Christopher Paolini

BRISINGR

Boek 3 - Het erfgoed

Oorspronkelijke titel: Brisingr
Vertaling: Lia Belt en Jaap van Spanje
Omslagontwerp: DPS design & prepress services, Amsterdam
Omslagillustratie: © John Jude Palencar

Eerste druk oktober 2008
ISBN 978 90 8968 006 8 / NUR 334

© 2008 by Christopher Paolini
This translation published by arrangement with Random House Children's Books,
a division of Random House, Inc.
© 2008 voor de Nederlandse taal: De Boekerij bv, Amsterdam
Mynx is een imprint van De Boekerij bv, Amsterdam

Niets uit deze uitgave mag worden verveelvoudigd en/of openbaar gemaakt
door middel van druk, fotokopie, microfilm of op welke andere wijze ook,
zonder voorafgaande schriftelijke toestemming van de uitgever

*Zoals altijd draag ik dit boek op aan mijn familie.
En ook aan Jordan, Nina en Sylvie,
de heldere lichten van een nieuwe generatie.*
Atra esterní ono thelduin.

Synopsis van *Eragon* en *Oudste*

Eragon, een boerenjongen van vijftien, is onthutst als hij in de bergketen die bekendstaat als het Schild plotseling op een glanzende blauwe steen stuit. Hij neemt de steen mee naar de boerderij waar hij met zijn oom Garrow en zijn neef Roran woont, vlak bij het dorpje Carvahall. Garrow en zijn overleden vrouw Marian hebben Eragon opgevoed. Van Eragons vader is niets bekend; zijn moeder, Selena, was Garrows zus en is sinds Eragons geboorte niet meer gezien.

Later breekt de steen open en komt er een babydraak uit. Als Eragon haar aanraakt, verschijnt er een zilverkleurig teken in zijn handpalm en wordt er onherroepelijk een band tussen hen gesmeed, waardoor Eragon een van de legendarische Drakenrijders wordt. Hij noemt de draak Saphira, naar een draak waarover Brom, de verhalenverteller in het dorp, hem had verteld.

De Drakenrijders ontstonden duizenden jaren eerder, in de nasleep van een verwoestende oorlog tussen de elfen en de draken, om ervoor te zorgen dat hun volken nooit meer tegen elkaar zouden strijden. De Rijders werden bewaarders van de vrede, onderwijzers, genezers, natuurfilosofen en de grootste van alle magiërs – want de band met een draak geeft iemand magische vaardigheden. Dankzij hun begeleiding en bescherming ging het land een gouden tijdperk tegemoet.

Toen er mensen in Alagaësia arriveerden, sloten ook zij zich aan bij deze eliteorde. Na vele jaren van vrede doodden strijdlustige Urgals de draak van een jonge menselijke Rijder die Galbatorix heette. Het verlies maakte hem waanzinnig, en toen zijn Ouderlingen weigerden hem een andere draak te geven, nam Galbatorix zich voor de Rijders te vernietigen.

Hij stal een andere draak – die hij Shruikan noemde en die hij met duistere bezweringen dwong hem te dienen – en verzamelde een groep van dertien verraders om zich heen: de Meinedigen. Met de hulp van die wrede onderdanen wierp Galbatorix de Rijders omver. Hij doodde hun leider, Vrael, en riep zichzelf uit tot koning van Alagaësia. Zijn daden dwongen de elfen zich terug te trekken tot diep in hun dennenwoud, en de dwergen om zich te verstoppen in hun tunnels en grotten, en geen van beide volken komt nu nog uit die schuilplaatsen tevoorschijn. De patstelling tussen Galbatorix en de andere volken houdt al meer dan honderd jaar stand, en in die tijd zijn alle Meinedigen aan verschillende doodsoorzaken bezweken. In deze politieke situatie komt Eragon terecht.

Enkele maanden nadat Saphira uit haar ei komt, arriveren er in Carvahall twee dreigende, keverachtige zonderlingen die Ra'zac worden genoemd, op zoek naar Saphira's ei. Eragon en Saphira weten hen te ontlopen, maar de schepsels verwoesten Eragons huis en vermoorden Garrow. Eragon zweert dat hij de Ra'zac zal opsporen en doden. Terwijl hij uit Carvahall vertrekt, houdt de verhalenverteller Brom, die op de hoogte is van Saphira's bestaan, hem staande en vraagt of hij mee mag. Brom geeft Eragon een rood Drakenrijderszwaard met de naam Zar'roc, hoewel hij weigert te vertellen hoe hij daaraan is gekomen.

Eragon leert veel van Brom tijdens hun reizen, waaronder zwaardvechten en het gebruik van magie. Als ze het spoor van de Ra'zac bijster raken, gaan ze naar de havenstad Teirm en bezoeken Broms oude vriend Jeod. Van hem vernemen ze dat de Ra'zac zich schuilhouden in de buurt van de stad Dras-Leona. Eragon laat zich ook de toekomst voorspellen door de kruidenvrouw Angela en krijgt twee vreemde adviezen van haar metgezel, de weerkat Solembum.

Onderweg naar Dras-Leona onthult Brom dat hij voor de Varden werkt – een rebellengroepering die zich ten doel stelt Galbatorix omver te werpen – en dat hij zich schuilhield in Carvahall, wachtend tot er een nieuwe Drakenrijder zou opstaan. Twintig jaar geleden was Brom betrokken bij de diefstal van Saphira's ei van Galbatorix en had toen Morzan gedood, de eerste en laatste van de Meinedigen. Er bestaan nog maar twee andere drakeneieren, die allebei nog in het bezit zijn van Galbatorix.

In en rond Dras-Leona komen ze de Ra'zac tegen, die Brom een fatale wond toebrengen terwijl hij Eragon beschermt. Een mysterieuze jongeman genaamd Murtagh verjaagt de Ra'zac. Op zijn sterfbed biecht Brom op dat ook hij ooit een Rijder was, en dat zijn gedode draak eveneens Saphira heette.

Eragon en Saphira besluiten zich aan te sluiten bij de Varden, maar in de stad Gil'ead wordt Eragon gevangengenomen en voor Durza geleid, een kwaadaardige en machtige Schim die Galbatorix dient. Met de hulp van Murtagh weet Eragon uit zijn gevangenis te ontsnappen. Hij bevrijdt ook de elf Arya, een andere gevangene van Durza en een gezant van de Varden. Arya is vergiftigd en heeft medische hulp van de Varden nodig.

Achtervolgd door een bende Urgals vlucht het viertal naar het hoofdkwartier van de Varden in de uitgestrekte Beorbergen, die meer dan tien mijl hoog zijn. De omstandigheden dwingen Murtagh – die niet naar de Varden wil – te onthullen dat hij de zoon van Morzan is. Murtagh heeft echter de kwaadaardige daden van zijn vader afgezworen en is het hof van Galbatorix ontvlucht om zijn eigen lotsbestemming te volgen. En hij vertelt Eragon dat het zwaard Zar'roc ooit aan Murtaghs vader toebehoorde.

Net voordat ze door de Urgals worden ingehaald, worden Eragon en zijn vrienden gered door de Varden. Zij wonen in Farthen Dûr, een holle berg waarin zich ook de hoofdstad van de dwergen bevindt: Tronjheim. Eenmaal binnen wordt Eragon naar Ajihad gebracht, de leider van de Varden, terwijl

Murtagh gevangen wordt gezet vanwege zijn relatie tot Morzan. Eragon ontmoet de dwergenkoning Hrothgar en Ajihads dochter Nasuada, en hij wordt beproefd door de Tweeling, twee nogal nare magiërs die Ajihad dienen. Terwijl de Varden Arya ontdoen van het vergif in haar lichaam, zegenen Eragon en Saphira een weeskind.

Eragons verblijf wordt verstoord door nieuws over een Urgal-leger dat ondergronds door de dwergentunnels oprukt. In de daaropvolgende strijd raakt Eragon van Saphira gescheiden en is hij gedwongen in zijn eentje tegen Durza te vechten. De Schim, die veel sterker is dan een mens, verslaat hem met gemak en hakt Eragons rug van schouder tot heup open. Op dat ogenblik breken Saphira en Arya door het dak van een grot – een stersaffier van zestig voet doorsnede – en leiden Durza net lang genoeg af, zodat Eragon hem door zijn hart kan steken. Ontdaan van Durza's dwingende bezweringen worden de Urgals teruggedreven.

Terwijl Eragon bewusteloos is na de strijd, wordt er telepathisch contact met hem opgenomen door een wezen dat zich bekendmaakt als Togira Ikonoka – de Gebrekkige zonder Gebrek. Hij spoort Eragon aan naar hem toe te komen voor onderricht in Ellesméra, de hoofdstad van de elfen.

Eragon ontwaakt met een reusachtig litteken op zijn rug. Ontdaan beseft hij dat hij Durza alleen door puur geluk heeft kunnen doden en dat hij wanhopig meer oefening nodig heeft. En aan het eind van boek één besluit hij dat hij op zoek zal gaan naar Togira Ikonoka om van hem te leren.

Oudste begint drie dagen nadat Eragon Durza heeft gedood. De Varden herstellen zich van de Slag in Farthen Dûr, en Ajihad, Murtagh en de Tweeling zijn op jacht naar de Urgals die na de strijd de tunnels onder Farthen Dûr in zijn gevlucht. Als een groep Urgals hen overweldigt, wordt Ajihad gedood en verdwijnen Murtagh en de Tweeling spoorloos. De Raad van Ouderlingen stelt Nasuada aan om haar vader op te volgen als nieuwe leider van de Varden, en Eragon zweert trouw aan haar.

Eragon en Saphira besluiten dat ze naar Ellesméra moeten gaan om hun onderricht te beginnen bij de Gebrekkige zonder Gebrek. Voordat ze vertrekken, biedt dwergenkoning Hrothgar aan om Eragon te adopteren in zijn clan, de Dûrgrimst Ingeitum, en Eragon neemt het aanbod aan. Het geeft hem evenveel wettelijke rechten als een dwerg en stelt hem in staat deel te nemen aan dwergenraden.

Zowel Arya als Orik, Hrothgars pleegzoon, vergezellen Eragon en Saphira op hun reis naar het land van de elfen. Onderweg overnachten ze in Tarnag, een dwergenstad. Enkele dwergen zijn hun vriendelijk gezind, maar Eragon ontdekt dat vooral één clan Saphira en hem niet zal verwelkomen: de Az Sweldn rak Anhûin, die Rijders en draken haten omdat de Meinedigen zoveel leden van hun clan hebben vermoord.

De groep arriveert uiteindelijk in Du Weldenvarden, het bos van de elfen. In Ellesméra ontmoeten Eragon en Saphira de koningin van de elfen, Islanzadí, en ontdekken dat zij Arya's moeder is. Ze maken ook kennis met Oromis, de Gebrekkige zonder Gebrek. Oromis en zijn draak Glaedr houden hun bestaan al honderd jaar voor Galbatorix verborgen terwijl ze zoeken naar wegen om de koning te onttronen.

Zowel Oromis als Glaedr heeft last van oude wonden, waardoor ze niet kunnen vechten – Glaedr mist een poot en Oromis, die was gevangen en gemarteld door de Meinedigen, kan geen grote hoeveelheden magie hanteren en heeft vaak last van vreselijke pijnscheuten.

Eragon en Saphira beginnen aan hun opleiding, zowel samen als afzonderlijk. Eragon hoort meer over de geschiedenis van de volken in Alagaësia, leert zwaardvechten en bestudeert de oude taal, die alle magiërs gebruiken. Tijdens zijn studie van de oude taal ontdekt hij dat hij een vreselijke vergissing heeft begaan toen Saphira en hij de zuigeling in Farthen Dûr zegenden. Hij wilde eigenlijk zeggen: 'Moge je afgeschermd zijn voor tegenspoed en ongeluk.' Maar wat hij in feite had gezegd, was: 'Moge je een schild zijn tegen rampspoed.' Hij heeft het weeskind vervloekt, en nu zal ze anderen moeten beschermen tegen allerlei soorten pijn en ongeluk.

Saphira leert snel van Glaedr, maar het litteken dat Eragon aan zijn strijd met Durza heeft overgehouden belemmert zijn opleiding. Niet alleen is het lelijk en ontsierend, maar op onverwachte momenten krijgt hij pijnlijke spiersamentrekkingen waardoor hij helemaal niet meer kan functioneren. Hij weet niet hoe hij zich als magiër en zwaardvechter nog zal kunnen verbeteren als dit zo doorgaat.

Eragon begint te beseffen dat hij gevoelens voor Arya heeft. Hij biecht dit aan haar op, maar ze weert hem af en keert kort daarna terug naar de Varden.

Dan houden de elfen een ritueel dat ze de Agaetí Blödhren noemen, de Viering van de Bloedeed, waarbij Eragon een magische transformatie ondergaat. Hij wordt veranderd in een hybride tussen elf en mens; niet helemaal het een, maar ook niet helemaal het ander. Als gevolg daarvan is zijn litteken verdwenen en heeft hij nu dezelfde bovenmenselijke kracht als de elfen. Zijn uiterlijk is ook veranderd, waardoor hij er een beetje elfachtig uitziet.

Op dat moment ontdekt Eragon dat de Varden op het punt staan de strijd aan te gaan met het Rijk en dat ze Saphira en hem dringend nodig hebben. Terwijl Eragon weg was, heeft Nasuada de Varden van Farthen Dûr naar Surda verplaatst, een land ten zuiden van het Rijk, dat nog onafhankelijk is van Galbatorix. Eragon en Saphira verlaten Ellesméra samen met Orik, nadat ze Oromis en Glaedr hebben beloofd zo spoedig mogelijk terug te keren om hun opleiding te voltooien.

Intussen heeft Roran, Eragons neef, zijn eigen avonturen beleefd. Galbatorix stuurt de Ra'zac en een legioen soldaten naar Carvahall om Roran gevangen te nemen, zodat hij hem tegen Eragon kan gebruiken. Roran en de anderen proberen de soldaten te verdrijven, maar daarbij komen talloze dorpelingen om. Als Sloan, de dorpsslager – die Roran haat en fel gekant is tegen diens verloving met zijn dochter Katrina – Roran aan de Ra'zac verraadt, komen de insectachtige wezens midden in de nacht naar Rorans slaapkamer en vallen hem aan. Hij weet te ontkomen, maar de Ra'zac nemen Katrina gevangen.

Roran overtuigt de mensen in Carvahall ervan dat ze hun dorp moeten ontvluchten en bescherming moeten zoeken bij de Varden in Surda. Ze vertrekken westwaarts naar de kust, in de hoop dat ze daar vandaan naar Surda kunnen varen. Roran toont zich een leider en brengt hen veilig door het Schild naar de kust. In de havenstad Teirm ontmoeten ze Jeod, die Roran vertelt dat Eragon nu een Rijder is. Hij legt ook uit wat de Ra'zac zochten in Carvahall: Saphira. Jeod biedt aan Roran en de dorpelingen te helpen Surda te bereiken, en wijst erop dat zodra ze veilig bij de Varden zijn, Roran zijn neef Eragon om hulp kan vragen om Katrina te bevrijden. Jeod en de dorpelingen kapen een schip en zeilen naar Surda.

Eragon en Saphira komen bij de Varden aan, die zich voorbereiden op de strijd. Eragon ontdekt ook wat er met het weeskind is gebeurd dat hij zijn slecht verwoorde zegen had gegeven: ze heet Elva en hoewel ze feitelijk nog een zuigeling is, ziet ze eruit als een kind van vier en heeft ze de stem en uitstraling van een wereldwijze volwassene. Door Eragons bezwering is ze gedwongen de pijn van alle mensen om haar heen te voelen en hen te beschermen; als ze zich tegen die neiging verzet, lijdt ze daar zelf onder.

Eragon, Saphira en de Varden trekken naar de Brandende Vlakten, een groot terrein dat rookt en smeult door ondergrondse veenbranden, waar de troepen van het Rijk zijn. Ze zijn stomverbaasd wanneer er een andere Rijder op een rode draak verschijnt. Deze Rijder doodt Hrothgar, de dwergenkoning, en gaat dan in gevecht met Eragon en Saphira. Als Eragon de helm van de Rijder af weet te krijgen, ziet hij tot zijn schrik dat het Murtagh is.

Murtagh is dus niet omgekomen tijdens de hinderlaag van de Urgals onder Farthen Dûr. De Tweeling had alles geregeld; zij zijn de verraders die de hinderlaag hadden voorbereid zodat Ajihad zou sneuvelen, zij Murtagh gevangen konden nemen en hem naar Galbatorix konden brengen. De koning heeft Murtagh gedwongen trouw aan hem te zweren in de oude taal. Nu zijn Murtagh en zijn pas uit het ei gekomen draak, Thoorn, slaven van Galbatorix. Murtagh vertelt dat hij door zijn eed de koning nooit ongehoorzaam kan zijn, ook al smeekt Eragon hem Galbatorix te verlaten en zich bij de Varden aan te sluiten.

Murtagh weet Eragon en Saphira met een ongelooflijk vertoon van kracht te verslaan. Maar hij besluit hen, omwille van hun vroegere vriendschap, te laten gaan. Voordat Murtagh vertrekt, pakt hij Eragon Zar'roc af, omdat hij als oudste zoon van Morzan het zwaard als zijn erfgoed beschouwt. Dan onthult hij dat hij niet de enige zoon van Morzan is – Eragon en Murtagh zijn broers, allebei zoons van Selena, Morzans metgezel. De Tweeling had dat ontdekt toen ze in Eragons herinneringen groeven op de dag dat hij in Farthen Dûr aankwam.

Nog altijd duizelend van Murtaghs onthulling trekken Eragon en Saphira zich terug. Ze worden eindelijk herenigd met Roran en de dorpelingen uit Carvahall, die net op tijd op de Brandende Vlakten zijn aangekomen om de Varden bij de strijd te helpen. Roran vecht heldhaftig en weet de Tweeling te doden.

Eragon en Roran praten Eragons rol bij de dood van Garrow uit, en Eragon zweert dat hij Roran zal helpen Katrina van de Ra'zac te bevrijden.

De Poorten des Doods

Eragon staarde naar de donkere stenen toren, de schuilplaats van de monsters die zijn oom Garrow hadden vermoord. Hij lag op zijn buik achter de top van een zandige heuvel waarop wat spaarzaam gras, doornstruikjes en kleine, rozenbottelachtige cactussen groeiden. De droge stoppels van de begroeiing van vorig jaar prikten in zijn handpalmen terwijl hij naar voren kroop om een beter zicht te hebben op de Helgrind, die boven het omringende land uittorende als een zwarte dolk die vanuit de ingewanden van de aarde naar buiten stak.

De avondzon bestreek de lage heuvels met lange, smalle schaduwen en verlichtte – ver in het westen – het oppervlak van het Leonameer, zodat de horizon veranderde in een rimpelende staaf goud.

Links hoorde Eragon de gelijkmatige ademhaling van zijn neef Roran, die op zijn buik naast hem lag. De normaal onhoorbare luchtstroom scheen Eragon nu met zijn verbeterde gehoor onnatuurlijk luid toe. Het was een van de vele veranderingen die hij had doorgemaakt sinds de Agaetí Blödhren, de viering van de Bloedeed bij de elfen.

Hij besteedde daar nu weinig aandacht aan terwijl hij een rij mensen richting de voet van de Helgrind zag kruipen, kennelijk gekomen uit de stad Dras-Leona enkele mijlen verderop. Een groep van vierentwintig mannen en vrouwen, gekleed in dikke leren mantels, liep voor aan de rij. Deze groep bewoog zich op vele verschillende manieren voort – ze hinkten, schuifelden, hobbelden en kronkelden; ze zwaaiden zich naar voren op krukken of gebruikten hun armen om zich te verplaatsen op merkwaardig korte benen. Hun capriolen waren noodzakelijk omdat de vierentwintig stuk voor stuk een arm of been of een combinatie daarvan misten. Hun leider zat rechtop op een draagbaar die werd getorst door zes geoliede slaven, wat Eragon nogal een aanzienlijke prestatie vond. De man of vrouw – dat kon hij eigenlijk niet zien – in kwestie bestond namelijk uit niets meer dan een bovenlichaam en een hoofd, waarop ook nog eens een ingewikkelde kam van drie voet hoog balanceerde.

'De priesters van de Helgrind,' mompelde hij tegen Roran.

'Hebben ze magische vaardigheden?'

'Misschien. Ik durf de Helgrind niet met mijn geest te verkennen tot ze weg zijn, want als er magiërs bij zijn, dan voelen ze mijn aanraking, hoe licht ook, en verraden we onszelf.'

Achter de priesters sjokte een dubbele rij jongemannen gekleed in gouddoek. Ieder droeg een metalen onderstel verdeeld met twaalf horizontale dwarsbalken, waaraan ijzeren klokken zo groot als winterknollen hingen. De helft van de jongemannen schudde heftig aan de constructie als ze met hun rechtervoet naar voren stapten, waardoor een smartelijke kakofonie van geluid werd geproduceerd, terwijl de andere helft met hun bouwsel schudde als ze met de linkervoet naar voren stapten. IJzeren tongen sloegen daardoor voortdurend tegen ijzeren kelen en brachten een somber gerinkel voort dat over de heuvels galmde. De acolieten vulden het rinkelen van de bellen aan met hun eigen extatische kreten, kreunen en schreeuwen.

Achter aan de groteske optocht liep een groep inwoners uit Dras-Leona: edelen, kooplieden, handelaars en enkele hoge militaire commandanten. De staart van de optocht werd gevormd door een uiteenlopende verzameling van mindere lieden: arbeiders, bedelaars en gewone voetsoldaten.

Eragon vroeg zich af of de gouverneur van Dras-Leona, Marcus Tábor, zich ergens in hun midden bevond.

Toen ze aan de rand van de steile berg gruis die de Helgrind omringde tot stilstand waren gekomen, verzamelden de priesters zich aan weerszijden van een roestkleurig rotsblok met een gladde bovenkant. Zodra de hele rij roerloos voor het ruwe altaar stond, begon het wezen boven op de draagbaar te bewegen en te zingen met een stem die even knarsend klonk als het gekreun van de klokken. De verklaringen van de sjamaan werden herhaaldelijk afgekapt door windvlagen, maar Eragon ving flarden op van de oude taal – vreemd verwrongen en onjuist uitgesproken – doorspekt met dwerg- en Urgalwoorden, allemaal verenigd in een archaïsch dialect van Eragons eigen taal. Wat hij ervan begreep gaf hem de rillingen, want de priester sprak over gruwelijke dingen, over een kwaadaardige haat die eeuwenlang had gewoekerd in de duistere grotten van mensenharten voordat ze had kunnen opbloeien in afwezigheid van de Rijders, over bloed en waanzin, en over smerige riten die onder een zwarte maan werden uitgevoerd.

Na afloop van die verdorven preek haastten twee lagere priesters zich naar voren en tilden hun meester – of meesteres – van de draagbaar op het altaar. De hogepriester gaf een kort bevel. Twee stalen klingen blikkerden als sterren toen ze rezen en vielen. Een stroom bloed sprong uit de schouders van de hogepriester, stroomde omlaag langs het in leer gehulde bovenlichaam en vormde een poel op het rotsblok, waarna het op het grind eronder stroomde.

Twee andere priesters sprongen naar voren om de rode vloed op te vangen in bekers en gaven die door aan de leden van de groep, die er gretig uit dronken.

'Bah!' zei Roran zachtjes. 'Je had niet verteld dat die dolende vleeshandelaars, die vette, gestoorde idiotenaanbidders kannibálen waren.'

'Niet helemaal. Ze eten het vlees niet.'

Toen alle aanwezigen hun keel hadden bevochtigd, zetten de lagere novicen de hogepriester weer op de draagbaar en verbonden de schouders van het schepsel met stroken wit linnen. De schone doeken vertoonden al snel grote natte plekken.

De wonden schenen de hogepriester niet te deren, want de gestalte zonder ledematen draaide zich om naar de volgelingen met hun veenbesrode lippen en verklaarde: 'Nu zijn jullie werkelijk mijn broeders en zusters, nu jullie het sap uit mijn aderen hebben geproefd, hier in de schaduw van de almachtige Helgrind. Bloed roept tot bloed, en als je familie ooit je hulp nodig heeft, doe dan wat je kunt voor de kerk en voor anderen die de macht van onze Gevreesde Heer erkennen. Reciteer de Negen Eden met mij om onze trouw aan het Triumviraat te bevestigen en herbevestigen... Bij Gorm, Ilda en Fell Angvara zweren we minstens driemaal per maand eer te bewijzen, in het uur voor de zonsondergang, en dan een offer van onszelf aan te bieden om de eeuwige honger van onze Grote en Afschrikwekkende Heer te stillen... We zweren de richtlijnen in acht te nemen zoals die worden gepresenteerd in het boek van Tosk... We zweren altijd onze Bregnir op ons lichaam te dragen en altijd af te zien van de twaalf van twaalven en de aanraking van een veelknopig touw, zodat het niet kan corrumperen...'

Een plotselinge windvlaag maakte de rest van de opsomming van de hogepriester onverstaanbaar. Toen zag Eragon de toehoorders kleine, gebogen messen tevoorschijn halen, zich een voor een in de holte van hun elleboog snijden en het altaar zalven met een stroompje van hun eigen bloed.

Een tijdje later nam de felle wind wat af en hoorde Eragon de priester weer: '... en de dingen waar jullie naar verlangen en die jullie begeren zullen jullie worden geschonken als beloning voor jullie gehoorzaamheid... Onze dienst is voltooid. Als er onder jullie nu echter enkelen zijn met voldoende moed om de ware diepte van hun geloof te demonstreren, laat diegenen dan nu naar voren stappen!'

De toehoorders verstijfden en bogen zich met verrukte gezichten naar voren; dit was kennelijk waar ze op hadden gewacht.

Een lange, roerloze tijd leek het alsof ze zouden worden teleurgesteld, maar toen stapte een van de acolieten naar voren en riep: 'Ja, ik!' Na een brul van vreugde begonnen zijn broeders met woeste, snelle slagen hun klokken te luiden en de groep tot zo'n razernij op te zwepen dat ze sprongen en gilden alsof ze hun verstand hadden verloren. De ruwe muziek wekte ook een vonk van opwinding in Eragons hart – ondanks zijn walging over wat er gebeurde – en er ontwaakte een primitief en bruut deel van hem.

De donkerharige jongeling, die zijn gouden mantel afgooide en daaronder niets anders droeg dan een leren lendendoek, sprong boven op het altaar. Spetters robijnrood bloed vlogen aan weerszijden van zijn voeten op. Hij keek naar de Helgrind en begon te rillen en schudden alsof hij een soort van verlamming over zich kreeg, in het ritme van de wreed galmende ijzeren

17

klokken. Zijn hoofd rolde losjes heen en weer op zijn nek, hij kreeg schuim in zijn mondhoeken en zijn armen kronkelden als slangen. Zijn zweet gaf zijn spieren een olieachtige glans, waardoor hij in het tanende licht glom als een bronzen standbeeld.

De klokken bereikten al snel een manisch tempo waarin de klanken langs elkaar schuurden, en op dat moment stak de jongeman een hand uit. Daarin legde een priester een bizar voorwerp: een wapen met één rand, tweeënhalve voet lang, met een scherpe doorn, een geschubde handgreep en een rudimentaire stootplaat. De brede, platte kling werd aan het uiteinde breder en was geschulpt in een vorm die deed denken aan een drakenvleugel. Het was een instrument dat voor slechts één doel ontworpen was: om moeiteloos door pantsers, botten en pezen te hakken.

De jongeman hief het wapen zodat het naar de hoogste top van de Helgrind wees. Toen liet hij zich op een knie zakken en bracht met een onverstaanbare kreet het wapen omlaag op zijn rechterpols.

Bloed spoot over de stenen achter het altaar.

Eragon grimaste en wendde zijn blik af, hoewel hij het doordringende gekrijs van de jongeman niet kon buitensluiten. Eragon had dergelijke dingen al eeder in de strijd gezien, maar hij kon de gedachte dat iemand zichzelf met opzet verminkte niet verkroppen, aangezien het in het dagelijks leven al zo gemakkelijk was om mismaakt te raken.

Grassprieten schuurden langs elkaar heen terwijl Roran zich een beetje verplaatste. Hij mompelde een vloek die verloren ging in zijn baard en zweeg weer.

Terwijl een priester de wond van de jongeman verzorgde – het bloeden stelpte met een bezwering – maakte een acoliet twee slaven van de draagbaar van de hogepriester los om ze vervolgens met hun enkels aan een ijzeren ring in het altaar vast te ketenen. Daarna haalden de acolieten talloze pakketjes onder hun mantels vandaan en stapelden die op de grond op, buiten bereik van de slaven.

Nu hun ceremonie ten einde was, lieten de priesters en hun gevolg de Helgrind achter en vertrokken naar Dras-Leona, de hele weg jammerend en klokken luidend. De nu eenhandige fanatiekeling strompelde achter de hogepriester aan.

Met een gelukzalige glimlach op zijn gezicht.

'Nou,' zei Eragon, en hij liet zijn ingehouden adem ontsnappen terwijl de rij over een heuvel in de verte verdween.

'Nou wat?'

'Ik heb zowel met dwergen als met elven kennisgemaakt, en niets wat zij deden was ooit zo vreemd als wat die lui, die ménsen doen.'

'Ze zijn even monsterlijk als de Ra'zac.' Roran maakte met zijn kin een

gebaar naar de Helgrind. 'Kun je nu kijken of Katrina daarbinnen is?'
'Ik zal het proberen. Maar hou je klaar om te vluchten.'

Eragon deed zijn ogen dicht en strekte langzaam zijn bewustzijn naar buiten, bewegend van de geest van het ene levende ding naar het andere, als spoortjes water sijpelend door zand. Hij raakte krioelende steden van hardwerkende insecten aan, hagedissen en slangen verstopt tussen warme rotsen, diverse soorten zangvogels en talloze kleine zoogdieren. De insecten en zoogdieren waren allemaal druk bezig met hun voorbereidingen voor de snel invallende nacht, door zich terug te trekken in hun schuilplaatsen of, in het geval van de nachtdieren, door te geeuwen, zich uit te rekken en zich klaar te maken om te jagen en voedsel te zoeken.

Net als met zijn andere zintuigen nam Eragons vermogen om de gedachten van een ander schepsel aan te raken af naarmate de afstand groter werd. Tegen de tijd dat zijn mentale taster de voet van de Helgrind naderde, voelde hij alleen de grootste dieren, en zelfs die alleen maar vaag.

Hij ging voorzichtig verder, klaar om zich meteen terug te trekken als hij toevallig de geest van hun prooi zou raken: de Ra'zac en hun ouders en rijdieren, de gigantische Lethrblaka. Eragon was alleen bereid zich op deze manier bloot te geven omdat geen van de Ra'zac magie kon gebruiken, en hij dacht niet dat ze geestenbrekers waren – niet-magiërs die waren opgeleid om te strijden middels telepathie. De Ra'zac en Lethrblaka hadden dergelijke trucs niet nodig, want alleen hun adem kon bij de grootste mannen al verlamming veroorzaken.

En hoewel Eragon door zijn geestelijke onderzoek ontdekking riskeerde, moesten ze zeker weten of de Ra'zac Katrina – Rorans verloofde – gevangen hielden in de Helgrind. Dat zou bepalen of hun missie een reddingsactie werd, of een poging om iemand te vangen en te ondervragen.

Eragon zocht langdurig en ingespannen. Toen hij bij zichzelf terugkeerde, keek Roran hem aan met de uitdrukking van een hongerige wolf. In zijn grijze ogen fonkelde een mengeling van woede, hoop en wanhoop, zo intens dat het leek alsof zijn emoties naar buiten zouden barsten en alles in de buurt zouden verbranden in een ongelooflijke vuurzee, die de rotsen zelf zou doen smelten.

Dat begreep Eragon maar al te goed.

Katrina's vader, de slager Sloan, had Roran verraden aan de Ra'zac. Toen die hem niet te pakken konden krijgen, hadden ze Katrina ontvoerd en haar meegenomen naar de Palancarvallei, waarop de inwoners van Carvahall door de soldaten van koning Galbatorix waren vermoord of tot slaven gemaakt. Roran, die niet in staat was Katrina te volgen, had de dorpelingen er – net op tijd – van weten te overtuigen dat ze hun huizen moesten achterlaten. Na een tocht met vele vreselijke ontberingen, door het Schild en vervolgens zuidwaarts langs de kust van Alagaësia, hadden ze de krachten gebundeld met de rebelse Varden. Maar hoe groot de omweg ook was, uiteindelijk was Roran herenigd met Eragon, die de locatie van de schuilplaats van de Ra'zac kende en had beloofd hem te helpen Katrina te redden.

Roran was daar alleen in geslaagd, zo had hij later verteld, omdat de kracht van zijn passie hem had gedreven tot dingen die anderen vreesden en vermeden, waardoor hij zijn vijanden te slim af had kunnen zijn.

Eragon verkeerde nu in een gelijksoortige stemming.

Hij zou zonder één gedachte aan zijn eigen veiligheid het gevaar tegemoet springen als iemand om wie hij gaf werd bedreigd. Hij hield van Roran als van een broer, en aangezien Roran met Katrina wilde trouwen, had Eragon ook haar in gedachten al opgenomen in zijn familie. Dat idee leek nog belangrijker omdat Eragon en Roran de laatsten van hun lijn waren. Eragon had alle banden met zijn echte broer, Murtagh, doorgesneden, en de enige familie die Roran en hij nog over hadden was elkaar, en nu Katrina.

Maar de twee werden niet alleen gedreven door nobele gevoelens van verwantschap. Ze hadden ook nog een ander doel: wraak! Terwijl ze Katrina uit de greep van de Ra'zac bevrijdden, wilden de twee strijders – sterfelijk man en Drakenrijder – ook de onnatuurlijke dienaren van koning Galbatorix doden. Zij hadden immers Rorans vader Garrow gefolterd en vermoord, die ook een vader voor Eragon was geweest.

De informatie die Eragon nu had verzameld was even belangrijk voor hemzelf als voor Roran.

'Ik geloof dat ik haar heb gevoeld,' zei hij. 'Ik kan er niet helemaal zeker van zijn, omdat we zo ver van de Helgrind vandaan zitten en ik haar geest nog nooit eerder heb aangeraakt, maar ik denk dat ze in die verlaten piek zit, ergens vlak bij de top.'

'Is ze ziek? Gewond? Wel vervloekt, Eragon, spaar me niet: hebben ze haar iets aangedaan?'

'Ze heeft momenteel geen pijn. Meer kan ik er niet over zeggen, want het kostte me al mijn kracht om de gloed van haar bewustzijn te voelen; ik kon niet met haar communiceren.' Eragon zei echter niet dat hij nog een tweede persoon had bespeurd, iemand van wie hij vermoedde wie het was en wiens aanwezigheid, als het klopte, hem bijzonder verontrustte. 'Wat ik niet heb gevonden, waren de Ra'zac of de Lethrblaka. Zelfs al zou ik de Ra'zac op een of andere manier over het hoofd hebben gezien, dan nog zijn hun ouders zo groot dat hun levenskracht zou moeten stralen als duizend lantaarns, zoals die van Saphira. Behalve Katrina en een paar andere vage lichtpuntjes is de Helgrind zwart, zwart, zwart.'

Roran fronste zijn voorhoofd, balde zijn linkervuist en loerde naar de rotsberg, die in de schemering vervaagde terwijl hij werd omhuld door purperen schaduwen. Op lage, vlakke toon, alsof hij in zichzelf praatte, zei hij: 'Het maakt niet uit of je het goed of fout hebt.'

'Hoezo?'

'We kunnen vannacht niet aanvallen. 's Nachts zijn de Ra'zac het sterkst, en als ze wél in de buurt zijn is het niet slim om tegen ze te vechten terwijl wij in het nadeel zijn. Ben je het daarmee eens?'

'Ja.'

'Dus wachten we tot het licht wordt.' Roran gebaarde naar de slaven die aan het besmeurde altaar waren geketend. 'Als die arme drommels dan weg zijn, weten we dat de Ra'zac hier zijn en gaan we door volgens plan. Als dat niet zo is, zijn ze helaas ontkomen, maar dan bevrijden we de slaven, redden Katrina en vliegen met haar terug naar de Varden voordat Murtagh achter ons aan komt. Hoe dan ook, als Galbatorix wil dat Katrina blijft leven zodat hij haar tegen me kan gebruiken, denk ik niet dat de Ra'zac haar lang alleen zullen laten.'

Eragon knikte. Hij wilde de slaven liever nu meteen bevrijden, maar dat zou hun vijanden kunnen waarschuwen dat er iets niet in de haak was. En als de Ra'zac hun maaltijd kwamen halen, konden Saphira en hij ook niets doen voordat de slaven werden meegevoerd. Een strijd op open terrein, tussen een draak en wezens zoals de Lethrblaka, zou de aandacht trekken van iedereen in een omtrek van mijlen. En Eragon dacht niet dat Saphira, Roran of hijzelf het zou overleven als Galbatorix ontdekte dat ze zonder versterkingen in zijn rijk waren.

Hij wendde zijn blik af van de geketende mannen. *Voor hen hoop ik dat de Ra'zac aan de andere kant van Alagaësia zijn, of anders dat ze vannacht geen honger hebben.*

Zonder dat ze het hardop hadden uitgesproken, kropen Eragon en Roran achteruit van de top van de lage heuvel waarachter ze zich verstopten. Onderaan hurkten ze, draaiden zich om en renden voorovergebogen tussen twee rijen heuvels door. De laagte verdiepte zich geleidelijk tot een smalle greppel, uitgesleten door een stroompje, die vol lag met verbrokkelende stukken schalie.

Bukkend onder de takken van verwrongen jeneverbessen die overal in de greppel groeiden, keek Eragon op en zag, door de takken vol naalden, de eerste sterren aan de fluwelen hemel verschijnen. Ze leken koud en scherp, als heldere scherven ijs. Daarna moest hij goed oppassen waar hij liep terwijl Roran en hij zuidwaarts naar hun kamp draafden.

Bij het kampvuur

Het bergje kolen pulseerde als het hart van een soort reuzenbeest. Af en toe sprong er een vlaag gouden vonken op en spoedde zich over het oppervlak van het hout, om dan weer te verdwijnen in een withete kloof.

De dovende resten van het vuur dat Eragon en Roran hadden gemaakt wierp een vaag rood licht over het terrein om hen heen en onthulde een stuk rotsige aarde, een paar tingrijze struikjes, de onduidelijke omtrekken van een jeneverbes verder weg, en verder niets.

Eragon zat met zijn blote voeten uitgestrekt naar het nest van robijnrode sintels – genietend van de warmte – en met zijn rug tegen de knobbelige schubben van Saphira's rechter voorpoot. Tegenover hem zat Roran op de ijzerharde, door de zon gebleekte en door de wind geschuurde stam van een oude boom. Telkens als hij zich bewoog protesteerde de stam krijsend, waardoor Eragon de neiging kreeg zijn handen over zijn oren te slaan.

Op dit moment heerste er stilte in de laagte. Zelfs de kolen smeulden in stilte; Roran had alleen zeer oude, droge takken verzameld, om te zorgen dat vijandige ogen geen rook zouden bespeuren.

Eragon had net hun activiteiten van die dag aan Saphira beschreven. Normaal hoefde hij haar nooit te vertellen wat hij had gedaan, want gedachten, gevoelens en andere waarnemingen stroomden tussen hen heen en weer als water van de ene kant van een meer naar de andere. Maar in dit geval was het nodig, omdat Eragon zichzelf tot nu toe, behalve tijdelijk voor zijn geestelijke tocht naar het schuilhol van de Ra'zac, zorgvuldig afgesloten had gehouden.

Na een vrij lange stilte in het gesprek geeuwde Saphira en ontblootte haar vlijmscherpe tanden. *Ze zijn dan misschien wreed en kwaadaardig, maar ik sta ervan te kijken dat de Ra'zac hun prooien kunnen laten denken dat ze willen worden opgegeten. Dat is een groot voordeel voor een jager... Misschien moet ik het ook eens proberen.*

Maar niet, zo voelde Eragon zich gedwongen te zeggen, *bij mensen. Probeer het maar op schapen.*

Mensen, schapen – wat voor verschil maakt het, voor een draak? Toen lachte ze diep in haar lange keel – een rommelend geluid dat hem aan de donder deed denken.

Eragon boog zich naar voren, weg van Saphira's scherpe schubben, en pakte de staf van haagdoorn die naast hem lag. Hij rolde hem tussen zijn handpalmen heen en weer en bewonderde het spel van het licht over het gepolijste wortelkluwen bovenaan en de gekraste metalen dop en punt aan het andere uiteinde.

Roran had hem de staf in zijn handen gedrukt voordat ze de Varden op de Brandende Vlakten achterlieten. Hij had gezegd: 'Hier. Deze heeft Fisk voor me gemaakt toen de Ra'zac me in mijn schouder had gebeten. Ik weet dat je je zwaard kwijt bent, en ik dacht dat jij hem misschien nodig had... Als je weer een zwaard wilt hebben vind ik dat ook prima, maar ik heb gemerkt dat er maar heel weinig gevechten zijn die je niet ook kunt winnen met een paar flinke meppen met een goeie, stevige stok.' Denkend aan de staf die Brom altijd bij zich had, had Eragon besloten geen nieuw zwaard te nemen en het stuk haagdoorn bij zich te houden. Nu hij Zar'roc kwijt was, voelde hij niet de behoefte om een ander, minder goed zwaard te bemachtigen. Die nacht had hij zowel de staf van haagdoorn als het handvat van Rorans hamer versterkt met diverse bezweringen waardoor de wapens niet zouden breken, behalve onder de meest extreme druk.

Plotseling werd Eragon overstelpt door een vloed van herinneringen: *Een sombere oranje en scharlakenrode hemel wervelde om hem heen toen Saphira omlaagdook om de rode draak en zijn Rijder te volgen. De wind floot om zijn oren... Zijn vingers werden gevoelloos van de klap van zwaard tegen zwaard terwijl hij met diezelfde Rijder streed op de grond... De helm van zijn vijand die afvloog tijdens de strijd en onthulde dat hij tegenover een oude vriend en reisgenoot stond: Murtagh, van wie hij had gedacht dat die dood was... De sneer op Murtaghs gezicht toen hij Eragon Zar'roc afnam, het rode zwaard opeiste als zijn erfenis, omdat hij Eragons oudere broer was...*

Eragon knipperde met zijn ogen, gedesoriënteerd terwijl het lawaai en de woede van de strijd vervaagden en het aangename aroma van jeneverbeshout de stank van bloed verjoeg. Hij ging met zijn tong langs zijn boventanden en probeerde de smaak van gal die in zijn mond hing weg te slikken.

Murtagh.

De naam alleen al zorgde voor vele verwarde emoties bij Eragon. Aan de ene kant mócht hij Murtagh graag. De jongeman had Saphira en hem van de Ra'zac gered na hun eerste ongelukkige bezoek aan Dras-Leona. Hij had zijn leven gewaagd om Eragon uit Gil'ead te bevrijden. Hij had zijn naam gezuiverd tijdens de Slag in Farthen Dûr. En ondanks de folteringen die daar ongetwijfeld uit waren voortgevloeid, had hij besloten zijn bevelen van Galbatorix zodanig op te vatten dat hij Eragon en Saphira na de Slag van de Brandende Vlakten kon vrijlaten in plaats van hen gevangen te nemen. Het was niet Murtaghs schuld dat de Tweeling hem had ontvoerd, dat de rode draak, Thoorn, voor hem uit het ei was gekomen, of dat Galbatorix hun ware namen had ontdekt, waarmee hij een eed van trouw in de oude taal aan Murtagh en Thoorn had ontlokt.

Niets daarvan was Murtaghs schuld. Hij was een slachtoffer, en dat was hij al sinds de dag dat hij was geboren.

En toch... Murtagh diende Galbatorix dan misschien tegen zijn wil, en misschien walgde hij van de gruweldaden die de koning hem dwong te plegen, maar een deel van hem scheen te genieten van zijn pas verworven macht. Tijdens de recente gevechten tussen de Varden en het Rijk op de Brandende Vlakten had Murtagh de dwergenkoning Hrothgar gedood, hoewel Galbatorix hem daar geen bevel toe had gegeven. Hij had Eragon en Saphira laten gaan, ja, maar pas nadat hij hen had verslagen in een bruut gevecht en nadat Eragon had gesmeekt om hun vrijheid.

En Murtagh had veel te veel genoten van de pijn die hij Eragon had toegebracht door hem te vertellen dat ze allebei zoons waren van Morzan – de eerste en laatste van de dertien Drakenrijders, de Meinedigen, die hun kameraden aan Galbatorix hadden verraden.

Nu, vier dagen na de strijd, diende er zich een andere verklaring bij Eragon aan: *Misschien genoot Murtagh ervan een ander dezelfde vreselijke last te zien dragen die hij zijn hele leven al met zich meedroeg.*

Of dat waar was of niet, Eragon vermoedde dat Murtagh zijn nieuwe rol op zich had genomen om dezelfde reden dat een hond die zonder reden slaag krijgt zich op een dag tegen zijn meester zal keren. Murtagh was geslagen en geslagen, en nu had hij de kans om terug te slaan naar een wereld die hem maar weinig vriendelijkheid had betoond.

Maar hoeveel goedheid er misschien nog in Murtaghs inborst aanwezig was, hij en Eragon waren gedoemd doodsvijanden te zijn, want Murtaghs beloften in de oude taal bonden hem met onbreekbare ketens aan Galbatorix, en dat zou altijd zo blijven.

Was hij maar niet met Ajihad meegegaan om onder Farthen Dûr op Urgals te jagen. Was ik maar een beetje sneller geweest. De Tweeling...

Eragon, zei Saphira.

Dit onderbrak zijn gedachtestroom en hij knikte, dankbaar voor haar inmenging. Eragon deed zijn best om niet over Murtagh of hun gezamenlijke ouders te peinzen, maar zulke gedachten overvielen hem vaak wanneer hij ze het minst verwachtte.

Eragon haalde diep adem en liet de lucht langzaam ontsnappen om zijn gedachten weer te dwingen naar zijn huidige situatie te gaan, maar het lukte niet.

De ochtend na de grote strijd op de Brandende Vlakten – toen de Varden zich aan het hergroeperen waren en zich voorbereidden om achter het leger van het Rijk aan te marcheren, dat zich enkele mijlen langs de rivier de Jiet had teruggetrokken – was Eragon naar Nasuada en Arya gegaan. Hij had Rorans probleem uitgelegd en hun toestemming gevraagd om zijn neef te helpen. Dat was niet gelukt. Beide vrouwen waren fel gekant tegen wat Nasuada omschreef als 'een dom plan dat als het misgaat catastrofale gevolgen zal hebben voor iedereen in Alagaësia!'.

De discussie had zich zo lang voortgesleept dat Saphira hen uiteindelijk had onderbroken met een brul waar de wanden van de tent van hadden geschud. Toen zei ze: *Ik heb pijn en ik ben moe, en Eragon legt het allemaal slecht uit. We hebben wel wat beters te doen dan hier te staan kletsen als torenkraaien, nietwaar? Mooi, en nu luisteren jullie naar mij.*

Het was, zo overpeinsde Eragon, lastig discussiëren met een draak.

De details van Saphira's opmerkingen waren ingewikkeld, maar de onderliggende structuur van haar betoog was eenvoudig. Saphira steunde Eragon omdat ze begreep hoeveel de missie die hij wilde uitvoeren voor hem betekende. Eragon steunde Roran uit liefde en omdat hij familie was. En ook omdat hij wist dat Roran Katrina toch wel achterna zou gaan, met of zonder Eragon, en dat zijn neef de Ra'zac nooit in zijn eentje zou kunnen verslaan. Bovendien, zolang het Rijk Katrina gevangen hield zou Roran – en via hem ook Eragon – kwetsbaar zijn voor manipulatie door Galbatorix. Als de overweldiger dreigde Katrina te vermoorden, zou Roran geen andere keus hebben dan zich aan zijn eisen te onderwerpen.

Het zou dus het beste zijn om de bres in hun verdediging te dichten voordat hun vijanden er gebruik van konden maken.

En wat het moment aanging, dat was perfect. Noch Galbatorix, noch de Ra'zac zouden een inval verwachten in het midden van het Rijk, nu de Varden nabij de grens van Surda druk in gevecht waren met de troepen van Galbatorix. Murtagh en Thoorn waren weggevlogen in de richting van Urû'baen – ongetwijfeld om te worden gestraft – en Nasuada en Arya waren het met Eragon eens dat die twee dan waarschijnlijk verder noordwaarts zouden trekken. Zodra de elfen hun eerste aanval deden en hun aanwezigheid onthulden, zouden de twee koningin Islanzadí en haar leger tegemoet moeten treden. En als het mogelijk was, zou het goed zijn de Ra'zac uit te schakelen voordat ze de strijders van de Varden konden terroriseren en demoraliseren.

Saphira had daarop in zeer diplomatieke termen uitgelegd dat als Nasuada op haar strepen ging staan als Eragons leenvrouwe en hem verbood aan Rorans expeditie deel te nemen, dat hun relatie zou vergiftigen met het soort wrok en onmin dat de zaak van de Varden zou ondermijnen. *Maar*, had Saphira gezegd, *de keus is aan u. Houd Eragon hier als u wilt. Zijn beloften zijn echter niet die van mij, en ik heb voor mezelf besloten met Roran mee te gaan. Het lijkt me een mooi avontuur.*

Eragon glimlachte lichtjes toen hij zich dat weer voor de geest haalde.

Het gezamenlijke gewicht van Saphira's uitspraken en haar onweerlegbare logica hadden Nasuada en Arya overgehaald hun toestemming te geven, al was het met tegenzin.

Naderhand had Nasuada gezegd: 'We vertrouwen hierin op jullie oordeel, Eragon en Saphira. Voor jullie en ons hoop ik dat deze expeditie goed afloopt.' Door haar toon wist Eragon niet zeker of haar woorden een hartgrondige wens of een subtiel dreigement waren.

Eragon had de rest van die dag proviand verzameld, samen met Saphira kaarten van het Rijk bestudeerd en de nodige bezweringen uitgesproken, onder andere om pogingen van Galbatorix of zijn onderdanen om Roran te schouwen te dwarsbomen.

De volgende ochtend waren Eragon en Roran op Saphira's rug geklommen en was ze opgestegen, oprijzend boven de oranje wolken die de Brandende Vlakten verstikten, en waren ze naar het noordoosten gekoerst. Ze had constant gevlogen tot de zon langs de hemelkoepel was getrokken en was uitgeblust achter de horizon, en vervolgens weer tevoorschijn was gekomen in een schitterende uitbarsting van rood en geel.

Het eerste deel van hun reis bracht hen naar de rand van het Rijk, waar slechts weinig mensen woonden. Daar sloegen ze af naar het westen, in de richting van Dras-Leona en de Helgrind. Vanaf dat moment reisden ze 's nachts, om niet te worden opgemerkt door de mensen in de kleine dorpjes die verspreid over het grasland tussen hen en hun bestemming lagen.

Eragon en Roran moesten zich hullen in mantels, bont, wollen wanten en vilthoeden, want Saphira vloog hoger dan de ijzige toppen van de meeste bergen – waar de lucht ijl en droog was en in hun longen stak. Als een boer die zorgde voor een ziek kalf in een wei, of een wachter met goede ogen die zijn rondes deed, toevallig opkeek wanneer zij overvlogen, zou Saphira niet groter lijken dan een adelaar.

Overal waar ze gingen zag Eragon bewijzen van de oorlog die nu gaande was: kampementen van soldaten, wagens vol proviand in een kring opgesteld voor de nacht en rijen mannen met ijzeren halsketens die van hun huizen werden weggevoerd om te vechten voor Galbatorix. Het aantal middelen dat tegen hen werd ingezet was om moedeloos van te worden.

Aan het eind van de tweede nacht was in de verte de Helgrind verschenen: een massa versplinterde pilaren, vaag en onheilspellend in het asgrijze licht net voor zonsopgang. Saphira was neergestreken in de laagte waar ze nu waren, en ze hadden het grootste deel van de afgelopen dag geslapen voordat ze met hun verkenning begonnen.

Een fontein van amberkleurige stofjes wolkte op en wervelde rond toen Roran een takje op de kooltjes gooide. Hij ving Eragons blik en haalde zijn schouders op. 'Koud,' zei hij.

Voordat Eragon daar iets op kon zeggen, hoorde hij een glibberend, schrapend geluid, dat klonk alsof iemand een zwaard trok.

Hij dacht niet na; hij dook de andere kant op, rolde om en kwam ineengedoken overeind, met de staf van haagdoorn geheven om een aanval af te weren. Roran was bijna even snel. Hij greep zijn schild van de grond, krabbelde achteruit van de boomstam waar hij op had gezeten en trok de hamer achter zijn riem vandaan, allemaal binnen een paar tellen.

Ze verstijfden, wachtend op de aanval.

Eragons hart bonsde en zijn spieren trilden terwijl hij de duisternis afspeurde naar de lichtste beweging.

Ik ruik niks, zei Saphira.

Toen er enige tijd was verstreken zonder dat er iets gebeurde, tastte Eragon met zijn geest naar het omringende landschap. 'Niemand,' zei hij. Hij reikte diep binnen in zichzelf naar de plek waar hij de stroming van de magie kon aanraken en uitte de woorden: 'Brisingr raudhr!' Een bleekrood weerlicht verscheen enkele handbreedten voor hem en bleef daar, zwevend op ooghoogte terwijl het de laagte met een waterig schijnsel beschilderde. Hij bewoog zich een beetje, en het weerlicht deed zijn beweging na, alsof het met een onzichtbare draad aan hem was verbonden.

Samen liepen Roran en hij naar de plek waar ze het geluid hadden gehoord, door de greppel richting het oosten omlaag. Ze hielden hun wapens geheven en bleven na elke stap staan, klaar om zich op ieder moment te verdedigen. Ongeveer tien meter van het kamp stak Roran zijn hand op om Eragon staande te houden en wees naar een plaat schalie op het gras. Die leek daar niet thuis te horen. Roran knielde neer en wreef met een kleiner stuk schalie over de plaat; dat veroorzaakte hetzelfde metalig schrapende geluid dat ze eerder hadden gehoord.

'Die moet zijn gevallen,' zei Eragon, kijkend naar de zijkanten van de greppel. Hij liet het weerlicht vervagen.

Roran knikte, stond op en klopte het zand van zijn broek.

Toen hij terugliep naar Saphira, dacht Eragon na over hoe snel ze hadden gereageerd. Zijn hart balde zich bij elke slag nog tot een harde, pijnlijke knoop, zijn handen trilden, en hij had de neiging het bos in te springen en een paar mijl hard te lopen. *Voorheen zouden we nooit zo zijn geschrokken,* dacht hij. De reden voor hun waakzaamheid was geen mysterie: alle gevechten die ze hadden geleverd hadden hun gemoedsrust aangetast en niets anders achtergelaten dan rauwe zenuwen, die bij de lichtste aanraking in beweging kwamen.

Bij Roran waren kennelijk dezelfde gedachten opgekomen, want hij vroeg: 'Zie jij ze?'

'Wie?'

'De mensen die je hebt gedood. Zie je ze in je dromen?'

'Soms.'

De pulserende gloed van de kooltjes verlichtte Rorans gezicht van onderaf, vormde dichte schaduwen boven zijn mond en voorhoofd en gaven zijn zware, half geloken ogen een onheilspellend aanzien. Hij sprak langzaam, alsof de woorden hem moeite kostten. 'Ik heb nooit strijder willen worden. Ik droomde wel van bloed en glorie toen ik jonger was, zoals alle jongens, maar het land was belangrijker voor me. En onze familie ook... En nu heb ik gedood... Ik heb gedood en gedood, en jij hebt nog meer gedood.' Zijn blik richtte zich op een verre plek die alleen hij kon zien. 'Er waren twee mannen in Narda... Heb ik je dat wel eens verteld?'

Dat had hij inderdaad, maar Eragon schudde zwijgend zijn hoofd.

'Het waren wachters bij de hoofdpoort... Twee stuks, weet je, en de man rechts, die had heel wit haar. Ik weet dat nog omdat hij niet ouder kon zijn geweest dan vier- of vijfentwintig. Ze droegen het zegel van Galbatorix, maar ze spraken alsof ze uit Narda kwamen. Het waren geen beroepssoldaten. Het waren waarschijnlijk gewoon kerels die hadden besloten hun huizen te beschermen tegen Urgals, piraten, boeven... We wilden ze helemaal niets doen. Ik zweer het je, Eragon, dat was nooit onderdeel van het plan. Maar ik had geen keus. Ze herkenden me. Ik stak die witharige man onder zijn kin... Het was net als wanneer vader de keel van een varken doorsneed. En toen de andere, die heb ik zijn schedel ingeslagen. Ik voel nog steeds hoe zijn botten meegaven... Ik herinner me elke klap die ik heb uitgedeeld, van de soldaten in Carvahall tot die op de Brandende Vlakten... Weet je, als ik mijn ogen dichtdoe kan ik soms niet slapen omdat het licht van de brand die we in de havens van Teirm stichtten zo fel is in mijn hoofd. Dan denk ik dat ik gek word.'

Eragon merkte dat hij de staf met zoveel kracht omklemde dat zijn knokkels wit waren en de pezen aan de binnenkant van zijn polsen opbolden. 'Ja,' zei hij. 'Eerst waren het alleen de Urgals, toen waren het mensen en Urgals, en nu in deze laatste strijd... Ik weet dat we voor de goede zaak vechten, maar dat maakt het nog niet gemakkelijk. Vanwege wie we zijn verwachten de Varden dat Saphira en ik voor aan hun leger staan en hele bataljons soldaten afslachten. En dat doen we ook. Dat hebben we gedaan.' Zijn stem haperde en hij zweeg.

Elke grote verandering gaat gepaard met onrust, zei Saphira tegen hen allebei. *En wij hebben er meer mee te maken gehad dan anderen, want wij zijn instrumenten van juist die verandering. Ik ben een draak, en ik heb geen spijt van de dood van onze vijanden. Het doden van die wachters in Narda is misschien niets om te vieren, maar je hoeft je er ook niet schuldig over te voelen. Je had geen keus. Als je moet vechten, Roran, is het dan niet de felle vreugde van de strijd die je voeten vleugels geeft? Ken je niet het plezier van vechten tegen een waardig tegenstander en de voldoening als je de lijken van je vijanden opgestapeld voor je ziet liggen? Eragon, jij hebt dat ervaren. Help me het aan je neef uit te leggen.*

Eragon staarde naar de kooltjes. Ze had een waarheid uitgesproken die hij liever niet wilde erkennen, want door toe te geven dat hij kon genieten van geweld zou hij misschien wel een man worden die hij zelf zou minachten. Dus zweeg hij. Roran scheen op dezelfde manier geraakt.

Op mildere toon zei Saphira: *Wees niet boos. Ik wilde je niet van streek maken... Ik vergeet soms dat je nog altijd niet gewend bent aan die emoties, terwijl ik al met klauw en tand voor mijn overleven vecht sinds de dag dat ik uit het ei ben gekropen.*

Eragon stond op, liep naar hun zadeltassen en pakte de kleine aardewerken kruik die Orik hem had gegeven voordat ze afscheid namen. Hij goot twee grote slokken frambozenmede door zijn keel. De warmte bloeide op in zijn maag. Grimassend gaf hij de kruik aan Roran, die er ook wat uit dronk. Enkele slokken later, toen de mede zijn sombere bui wat had weten te verlichten, zei Eragon: 'We hebben morgen misschien een probleem.'

'Hoe bedoel je?'

Eragon richtte zijn woorden ook tot Saphira. 'Weet je nog dat ik zei dat we – Saphira en ik – de Ra'zac met gemak aankonden?'

'Ja.'

Dat is ook zo, zei Saphira.

'Nou, ik heb erover nagedacht terwijl we de Helgrind in ogenschouw namen, en ik ben er niet meer zo zeker van. Er zijn bijna ontelbaar veel manieren waarop je iets met magie kunt doen. Als ik bijvoorbeeld een vuur wil aansteken, kan ik dat doen met warmte die ik uit de lucht of de grond onttrek; ik kan een vlam maken van pure energie; ik kan een bliksemflits oproepen; ik kan een bundel zonnestralen in een enkel punt samenballen; ik kan wrijving gebruiken; enzovoorts.'

'En?'

'Het probleem is dat ik vele bezweringen kan bedenken om die ene handeling uit te voeren, maar dat er voor het blokkéren van die bezweringen misschien maar één tegenbezwering nodig is. Als je voorkomt dat de handeling zelf plaatsvindt, dan hoef je je tegenbezwering niet aan te passen om de unieke eigenschappen van elke afzonderlijke bezwering ongedaan te maken.'

'Ik begrijp nog steeds niet wat dat met morgen te maken heeft.'

Ik wel, zei Saphira. Ze had de implicaties onmiddellijk begrepen. *Het betekent dat in de afgelopen eeuw Galbatorix...*

'... misschien afweerbezweringen over de Ra'zac heeft gelegd.'

... die hen zullen beschermen tegen...

'... een hele reeks aan bezweringen. Ik zal waarschijnlijk niet...'

... in staat zijn ze te verslaan met de...

'... woorden des doods die ik heb geleerd, of met...'

... aanvallen die we links en rechts kunnen doen. We moeten misschien...

'... gebruikmaken van...'

'Hou op!' riep Roran. Hij glimlachte gepijnigd. 'Hou alsjeblieft op. Ik krijg er hoofdpijn van als jullie dat doen.'

Eragon zweeg met open mond; tot dat moment had hij niet eens gemerkt dat Saphira en hij om beurten spraken. Die wetenschap verheugde hem: het betekende dat ze een nieuw niveau van samenwerking hadden bereikt en samen handelden als één entiteit – en dat maakte hen veel sterker dan ze afzonderlijk zouden zijn geweest. Aan de andere kant verontrustte het hem ook, want zo'n partnerschap moest door zijn aard haast wel de individualiteit van de betrokkenen aantasten.

Hij grinnikte. 'Sorry. Ik zal je zeggen waar ik me zorgen over maak. Als Galbatorix de vooruitziende blik heeft gehad om bepaalde voorzorgsmaatregelen te nemen, dan kunnen we de Ra'zac misschien alleen met wapengeweld doden. Als dat zo is...'

'Dan loop ik jullie morgen alleen maar voor de voeten.'

'Onzin. Jij bent misschien trager dan de Ra'zac, maar ik twijfel er niet aan dat ze bang zullen zijn voor je wapen, Roran Sterkhamer.' Het compliment scheen Roran te verheugen. 'Het grootste gevaar voor jou is dat de Ra'zac of de Lethrblaka jou van Saphira en mij zullen proberen te scheiden. Hoe dichter we bij elkaar blijven, hoe veiliger we alle drie zullen zijn. Saphira en ik zullen de Ra'zac en Lethrblaka bezighouden, maar sommige van hen kunnen langs ons glippen. Vier tegen twee is alleen gunstig als je bij die vier hoort.'

Tegen Saphira zei Eragon: *Als ik een zwaard had, zou ik de Ra'zac wel in mijn eentje kunnen doden, maar ik weet niet of ik met alleen deze staf twee wezens kan verslaan die zo snel zijn als elfen.*

Jij was degene die erop stond die droge tak mee te nemen in plaats van een echt wapen, kaatste ze terug. *Vergeet niet dat ik je heb gezegd dat het misschien niet afdoende zou zijn tegen vijanden zo gevaarlijk als de Ra'zac.*

Dat moest Eragon met tegenzin toegeven. *Als mijn bezweringen mislukken, zijn we veel kwetsbaarder dan ik had verwacht... De dag van morgen zou heel slecht kunnen aflopen.*

Roran, die verder ging met het deel van het gesprek dat hij had meegekregen, zei: 'Die magie klinkt als een riskante aangelegenheid.' De boomstam waar hij op zat slaakte een langgerekte kreun toen hij zijn ellebogen op zijn knieën zette.

'Dat klopt,' beaamde Eragon. 'Het moeilijkste is proberen te anticiperen op elke mogelijke bezwering; het grootste deel van de tijd vraag ik me af hoe ik me kan beschermen als ik zús word aangevallen en of een andere magiër zou verwachten dat ik zó deed.'

'Kun je mij even sterk en snel maken als jezelf?'

Eragon dacht een tijdje over de vraag na. 'Ik zou niet weten hoe. De energie die ervoor nodig is zou ergens vandaan moeten komen. Saphira en ik zouden je die kunnen geven, maar dan zouden wij alle kracht en snelheid verliezen die jij kreeg.' Wat hij niet zei, was dat hij ook energie kon putten uit planten en dieren in de buurt, al was het tegen een vreselijke prijs: de dood van de kleine wezentjes uit wiens levenskracht hij putte. De techniek was een groot geheim, en Eragon vond niet dat hij die zomaar kon onthullen, als het al mocht. Bovendien zou Roran er niets aan hebben, want er groeide en leefde te weinig op de Helgrind om het lichaam van een man te voeden.

'Kun je me dan leren magie te gebruiken?' Toen Eragon weifelde, voegde Roran eraan toe: 'Niet nu, natuurlijk. We hebben er de tijd niet voor, en ik verwacht hoe dan ook niet dat je binnen één dag magiër kunt worden. Maar in het algemeen gesproken, waarom niet? Jij en ik zijn neven. We hebben grotendeels hetzelfde bloed. Zo'n vaardigheid zou goed van pas komen.'

'Ik weet niet hoe iemand die geen Rijder is leert om magie te gebruiken,' gaf Eragon toe. 'Dat heb ik niet geleerd.' Hij keek om zich heen, plukte een platte ronde steen van de grond en gooide die naar Roran, die hem handig opving. 'Hier, probeer dit eens: concentreer je erop die steen ongeveer een voet de lucht in te laten zweven en zeg: "Stenr rïsa".'

'Stenr rïsa?'

'Precies.'

Roran keek fronsend naar de steen op zijn hand, in een houding die Eragon zo aan zijn eigen training deed denken dat hij met weemoed terugverlangde naar de dagen dat hij werd opgeleid door Brom. Rorans wenkbrauwen raakten elkaar, zijn lippen verstrakten grimmig en hij gromde: 'Stenr rïsa!' met zoveel intensiteit dat Eragon half verwachtte dat de steen ver omhoog zou vliegen.

Er gebeurde niets.

Nog dieper fronsend herhaalde Roran zijn bevel: 'Stenr rïsa!'

De steen weigerde hardnekkig in beweging te komen.

'Nou,' zei Eragon, 'blijf het proberen. Dat is het enige advies dat ik je kan geven. Maar,' hij stak zijn vinger op, 'als het je toevallig wél lukt, kom dan meteen naar me toe of ga als ik er niet ben naar een andere magiër. Je kunt jezelf en anderen ombrengen als je gaat experimenteren met magie zonder dat je de regels kent. Onthoud in ieder geval dit: als je een bezwering uitspreekt die te veel energie kost, ga je dood. Probeer geen dingen die boven je macht liggen, probeer geen doden tot leven te wekken en probeer niets ongedaan te maken.'

Roran knikte, nog altijd turend naar de steen.

'Behalve magie is er nog iets veel belangrijkers dat je moet leren, besef ik net.'

'O?'

'Ja, je moet je gedachten kunnen afschermen van de Zwarte Hand, Du Vrangr Gata, en anderen zoals zij. Je weet nu al een heleboel dingen die de Varden schade kunnen berokkenen. Het is dus cruciaal dat je die vaardigheid leert zodra we terugkeren. Tot je jezelf tegen spionnen kunt beschermen, kan noch Nasuada, noch ik, noch iemand anders je informatie toevertrouwen die onze vijanden zou kunnen helpen.'

'Ik begrijp het. Maar waarom noemde je Du Vrangr Gata in dat lijstje? Zij dienen jou en Nasuada toch?'

'Dat klopt, maar zelfs onder onze bondgenoten zijn er best veel mensen die hun rechterarm zouden geven,' hij grimaste bij de toepasselijkheid van die uitspraak, 'om onze plannen en geheimen te ontdekken. En die van jou ook, in niet mindere mate. Je bent iemand gewórden, Roran. Deels vanwege je daden, en deels omdat wij familie van elkaar zijn.'

'Weet ik. Het is vreemd om te worden herkend door mensen die je nooit eerder hebt ontmoet.'

'Klopt.' Enkele andere inzichten die ermee te maken hadden sprongen naar het puntje van Eragons tong, maar hij weerstond de neiging dat onderwerp aan te snijden; daar was het geen geschikt moment voor. 'Nu je weet hoe het voelt als de ene geest de andere aanraakt, kun je misschien leren zelf naar andere geesten te tasten.'

'Ik weet niet zeker of ik die vaardigheid wel wil hebben.'

'Maakt niet uit; het is best mogelijk dat je het níét kunt. Hoe dan ook, voordat je gaat proberen daarachter te komen moet je je eerst richten op je verdediging.'

Zijn neef trok een wenkbrauw op. 'Hoe dan?'

'Kies iets – een geluid, een beeld, een emotie, wat dan ook – en laat dat in je gedachten aanzwellen tot het al het andere overstemt.'

'En is dat alles?'

'Het is niet zo gemakkelijk als je denkt. Probeer het maar eens. Als je er klaar voor bent, zeg het dan, dan zal ik kijken hoe je het hebt gedaan.'

Er verstreken enkele momenten. Toen wuifde Roran met zijn hand en lanceerde Eragon zijn bewustzijn naar dat van zijn neef, benieuwd naar wat die had bereikt.

De volle kracht van Eragons mentale taster botste tegen een muur van Rorans herinneringen aan Katrina, en werd erdoor tegengehouden. Eragon kon geen houvast krijgen, kon geen ingang vinden of de ondoordringbare barrière die voor hem stond ondermijnen. Op dat moment was Rorans hele identiteit gebaseerd op zijn gevoelens voor Katrina. Zijn verdedigingen waren beter dan Eragon ze ooit eerder was tegengekomen, want Rorans geest bevatte niets anders wat Eragon kon beetpakken en gebruiken om de macht over zijn neef over te nemen.

Toen verplaatste Roran zijn been en gaf het hout onder hem een luide krijs.

Daarop brak de muur waar Eragon zich tegenaan had geworpen in tientallen stukken uiteen, doordat Roran werd afgeleid door een horde verschillende gedachten. *Wat was... Vervloekt! Besteed er geen aandacht aan; dan breekt hij erdoor. Katrina, denk aan Katrina. Negeer Eragon. De avond dat ze zei dat ze met me wilde trouwen, de geur van het gras en haar haren... Is hij dat? Nee! Concentreer je! Niet...*

Eragon maakte gebruik van Rorans verwarring, zette door en verlamde Roran met zijn wilskracht voor die zich weer kon afschermen.

Je begrijpt het basisprincipe, begon Eragon, voor hij zich terugtrok uit Rorans geest en hardop vervolgde: 'Maar je moet leren je concentratie vast te houden, zelfs midden in een gevecht. Je moet leren te denken zonder na te denken... je te ontdoen van alle hoop en zorgen, behalve dat ene idee dat je pantser is. Iets wat de elfen me geleerd hebben en waar ik veel aan heb gehad, is het opzeggen van een raadsel of een deel van een gedicht of lied. Een handeling die je steeds opnieuw kunt herhalen maakt het veel makkelijker om te voorkomen dat je gedachten afdwalen.'

'Ik zal eraan werken,' beloofde Roran.

Zachtjes vroeg Eragon: 'Je houdt echt van haar, hè?' Het was eerder de vaststelling van een feit en een verklaring van verwondering dan een vraag – het antwoord was duidelijk – en hij voelde zich onzeker toen hij het vroeg. Romantiek was geen onderwerp waar Eragon het al eens met zijn neef over had gehad, ondanks de vele uren die ze vroeger hadden besteed aan het bespreken van de voor- en nadelen van de jonge vrouwen in en rond Carvahall. 'Hoe is het zo gekomen?'

'Ik mocht haar. Zij mocht mij. Wat doen de details ertoe?'

'Kom op,' zei Eragon. 'Ik was te boos om het te vragen voordat je naar Therinsford vertrok, en we hebben elkaar daarna niet meer gezien, tot vier dagen geleden. Ik ben nieuwsgierig.'

De huid rond Rorans ogen vertrok en rimpelde toen hij over zijn slapen wreef. 'Er valt niet veel te vertellen. Ik heb haar altijd aardig gevonden. Het betekende niet veel voordat ik een man werd, maar na mijn overgangsriten begon ik me af te vragen met wie ik zou moeten trouwen en met wie ik kinderen zou willen krijgen. Tijdens een van onze bezoekjes aan Carvahall zag ik Katrina bij Lorings huis blijven staan om een mosroos te plukken die in de schaduw van de takken groeide. Ze glimlachte toen ze naar de bloem keek... Het was zo'n tedere glimlach, zo tevreden, dat ik ter plekke besloot om haar steeds weer zo te laten glimlachen, en ik wilde die glimlach zien tot de dag dat ik zou sterven.' Er glansden tranen in Rorans ogen, maar zijn stem haperde niet, en een tel later knipperde hij en verdwenen ze. 'Ik vrees dat ik in dat opzicht heb gefaald.'

Eragon zweeg een tijdje respectvol. 'Dus je hebt haar het hof gemaakt? Wat heb je nog meer gedaan, behalve mij inschakelen om complimenten aan Katrina over te brengen?'

'Je vraagt het als iemand die instructies wil hebben.'

'Nietes. Je beeldt je...'

'Kom op nou,' zei Roran. 'Ik weet best wanneer je liegt. Je gaat stompzinnig grijnzen en je oren worden rood. De elfen hebben je dan misschien een nieuw gezicht gegeven, maar dat deel van jou is niet veranderd. Wat is er tussen jou en Arya?'

Rorans scherpzinnigheid verontrustte Eragon. 'Niks! De maan heeft je hersens week gemaakt!'

'Wees eens eerlijk. Je hangt aan haar lippen alsof elk woord van haar een diamant is, en je kijkt naar haar alsof je verhongert en zij een feestmaal is dat net buiten je bereik staat.'

Een pluim donkergrijze rook kwam uit Saphira's neusgaten omhoog toen ze een verstikt geluid maakte.

Eragon negeerde haar onderdrukte pret. 'Arya is een elf.'

'En heel mooi. Puntige oren en schuinstaande ogen zijn maar kleine minpuntjes als je het vergelijkt met haar charmes. En je lijkt nu trouwens zelf ook wel een kat.'

'Arya is meer dan honderd jaar oud.'

Dat stukje informatie verraste Roran; zijn wenkbrauwen schoten omhoog. 'Dat kan ik maar moeilijk geloven! Zo te zien is ze in de bloei van haar jeugd.'

'Toch is het zo.'

'Nou, dat kan wel zijn, maar je geeft me alleen maar redenen, Eragon, en het hart luistert niet naar de rede. Vind je haar leuk of niet?'

Als hij haar nog leuker vond, zei Saphira tegen zowel Eragon als Roran, *dan zou ik zelf proberen Arya te kussen.*

Saphira! Vernederd sloeg Eragon op haar poot.

Roran was zo verstandig om Eragon niet nog verder te pesten. 'Beantwoord dan mijn oorspronkelijke vraag en vertel hoe het staat tussen jou en Arya. Heb je hier met haar of haar familie over gesproken? Ik heb gemerkt dat het onverstandig is om dergelijke zaken te laten etteren.'

'Ja,' zei Eragon, starend naar het stuk gepolijste haagdoorn. 'Ik heb met haar gepraat.'

'En?' Toen Eragon niet meteen antwoord gaf, slaakte Roran een gefrustreerde kreet. 'Antwoorden uit jou krijgen is nog moeilijker dan Birka door de modder trekken.' Eragon grinnikte bij het horen van de naam van een van hun ploegpaarden. 'Saphira, wil jij deze puzzel voor me oplossen? Anders vrees ik dat ik nooit een verklaring krijg.'

'Het heeft geen zin. Helemaal geen zin. Ze wil me niet.' Eragon sprak emotieloos, alsof hij het had over de pech van een vreemde, maar binnen in hem raasde een storm van pijn die zo diep en woest was dat Saphira zich een beetje van hem terugtrok.

'Wat erg voor je,' zei Roran.

Eragon slikte moeizaam langs de brok in zijn keel, langs de beurse plek die zijn hart was, en omlaag naar de knoop in zijn maag. 'Die dingen gebeuren nu eenmaal.'

'Ik weet dat het nu onwaarschijnlijk lijkt,' zei Roran, 'maar ik weet ook zeker dat je nog wel een andere vrouw ontmoet die je Arya helpt vergeten. Er zijn talloze meisjes – en ook behoorlijk wat getrouwde vrouwen, wed ik – die dolblij zouden zijn als ze de aandacht trokken van een Rijder. Je zult er geen moeite mee hebben om onder alle schoonheden in Alagaësia een vrouw te vinden.'

'En wat zou jij hebben gedaan als Katrina jou had afgewezen?'

Die vraag sloeg Roran met stilzwijgen; het was duidelijk dat hij zich niet kon indenken hoe hij dan zou hebben gereageerd.

Eragon vervolgde: 'Anders dan wat jij, Arya en ieder ander schijnt te denken, ben ik me er echt wel van bewust dat er nog andere geschikte vrouwen in Alagaësia wonen en dat mensen wel vaker meer dan eens verliefd worden. Als ik mijn dagen in het gezelschap van hofdames aan het hof van koning Orrin had doorgebracht, zou ik me ongetwijfeld tot een van hen aangetrokken hebben gevoeld. Maar mijn pad is niet zo eenvoudig. Of ik mijn affectie nu naar iemand anders kan verplaatsen of niet – en het hart, zoals je zei, is een berucht grillig beest – de vraag blijft: moet ik dat wel doen?'

'Je tong is al even kronkelig geworden als de wortels van een sparrenboom,' zei Roran. 'Spreek toch niet in raadsels.'

'Goed dan: welke menselijke vrouw kan beginnen te begrijpen wie en wat ik ben, of het bereik van mijn krachten? Wie zou mijn leven kunnen delen? Niet veel, en allemaal magiërs. En hoevelen van dat selecte groepje, of zelfs van vrouwen in het algemeen, zijn ook nog eens onsterfelijk?'

Roran lachte, een ruw, diep gebulder dat luid door de greppel galmde. 'Dan kun je net zo goed vragen om de zon in je hand of...' Hij brak zijn zin af en spande zijn spieren, alsof hij naar voren wilde springen, maar toen bleef hij heel stil zitten. 'Dat meen je niet.'

'Toch wel.'

Roran moest naar woorden zoeken. 'Komt het door je verandering in Ellesméra, of maakt het deel uit van het feit dat je een Rijder bent?'

'Omdat ik een Rijder ben.'

'Dat verklaart waarom Galbatorix nog leeft.'

'Ja.'

De tak die Roran op het vuur had gelegd, plofte uiteen toen de kooltjes het verwrongen stuk hout zover hadden verhit dat de kleine hoeveelheid sap of water erin – die op een of andere manier tientallen jaren lang de zonnestralen had ontweken – ontplofte en in stoom overging.

'Dat idee is zo... groots dat het bijna niet te bevatten is,' zei Roran. 'De dood maakt deel uit van wie we zijn. Hij geeft ons richting. Hij vormt ons. Hij drijft ons tot waanzin. Kun je nog wel menselijk zijn als je geen sterfelijk einde hebt?'

'Ik ben niet onoverwinnelijk,' merkte Eragon op. 'Ik kan nog wel worden gedood door een zwaard of een pijl. En ik kan ook nog altijd een ongeneeslijke ziekte krijgen.'

'Maar als je die gevaren vermijdt, kun je eeuwig leven.'

'In dat geval wel. Saphira en ik zullen standhouden.'

'Het lijkt me zowel een zegen als een vloek.'

'Ja. Ik kan niet met een gerust gemoed trouwen met een vrouw die ouder wordt en sterft terwijl ik onaangetast blijf door de tijd; dat zou voor ons allebei wreed zijn. Bovendien vind ik de gedachte dat ik dan eeuw na eeuw met de ene vrouw na de andere zou moeten trouwen nogal deprimerend.'

'Kun je iemand onsterfelijk maken met magie?' vroeg Roran.

'Je kunt grijs haar weer kleur geven, je kunt rimpels gladstrijken en staar laten verdwijnen, en als je heel ver wilt gaan kun je een man van zestig het lichaam geven dat hij als negentienjarige had. Maar de elfen hebben nooit een manier gevonden om de geest van iemand te verjongen zonder zijn of haar herinneringen te vernietigen. En wie wil zijn identiteit nu eens in de tachtig jaar of zo wegvagen in ruil voor onsterfelijkheid? Het zou dan een vreemde zijn die verder leefde. Een oud brein in een jong lichaam is ook niet het antwoord, want zelfs met de beste gezondheid gaat dat waar wij mensen uit bestaan maar ongeveer een eeuw mee, misschien iets langer. En je kunt ook niet zomaar iemands verouderingsproces stopzetten. Dat veroorzaakt een heleboel andere problemen... O, elfen en mensen hebben op duizend-en-één manieren geprobeerd de dood te slim af te zijn, maar het is niemand gelukt.'

'Met andere woorden,' zei Roran, 'het is veiliger voor je om van Arya te houden dan je hart vrij te houden voor een mensenvrouw.'

'Wie kan ik anders trouwen dan een elf? Vooral hoe ik er nu uitzie.' Eragon onderdrukte de neiging om de puntjes van zijn oren aan te raken, een gewoonte die hij had ontwikkeld. 'Toen ik in Ellesméra woonde, had ik geen enkele moeite te aanvaarden hoe de draken mijn uiterlijk hadden veranderd. Ze hadden me immers ook nog vele andere geschenken gegeven. Bovendien waren de elfen vriendelijker voor me na de Agaetí Blödhren. Pas toen ik me weer bij de Varden aansloot besefte ik hoe ánders ik was geworden... Het zit me ook dwars. Ik ben niet langer alleen maar menselijk, en ik ben ook niet helemaal een elf. Ik ben er iets tussenin: een mengeling, een halfbloed.'

'Kop op!' zei Roran. 'Je hoeft je misschien niet druk te maken over een eeuwig leven. Galbatorix, Murtagh, de Ra'zac, of zelfs een van de soldaten van het Rijk kan ieder moment een stuk staal door ons heen steken. Een wijs man zou de toekomst negeren, en drinken en feestvieren terwijl hij nog de kans had om van deze wereld te genieten.'

'Ik weet precies wat vader daarop zou zeggen.'

'En hij zou ons ook een stevig pak rammel geven.'

Ze lachten samen, en toen daalde de stilte die zich zo vaak in hun gesprekken mengde weer over hen neer. Het was een leegte die bestond uit gelijke delen vermoeidheid, vertrouwdheid en – het omgekeerde – de vele

verschillen die het lot had aangebracht tussen mensen die verder waren gegaan met hun eigen leven, als variaties op dezelfde melodie.
Jullie moeten gaan slapen, zei Saphira. *Het is al laat, en we moeten morgen vroeg op.*
Eragon keek naar de zwarte koepel van de hemel en probeerde aan de hand van de draaiing van de sterren te bepalen hoe laat het was. Het was later dan hij had verwacht. 'Goed advies,' zei hij. 'Ik wou alleen dat we nog een paar dagen tijd hadden om te rusten voordat we de Helgrind bestormen. De strijd op de Brandende Vlakten heeft Saphira en mij uitgeput, en we hebben ons nog niet helemaal hersteld sinds we hierheen zijn gevlogen. Bovendien heb ik de afgelopen twee avonden energie in de riem van Beloth de Wijze opgeslagen. Mijn armen en benen doen nog steeds pijn, en ik heb meer blauwe plekken dan ik kan tellen. Kijk...' Hij maakte de linten van de manchet van zijn linker mouw los, duwde de zachte lámarae opzij – een stof die de elfen maakten door wol met netelvezels te verweven – en onthulde een vuilgele streep waar zijn schild tegen zijn onderarm was geplet.

'Ha!' riep Roran. 'Noem je dát een blauwe plek? Ik deed mezelf meer pijn toen ik vanmorgen mijn teen stootte. Hier, ik zal je eens een blauwe plek laten zien waar een man trots op kan zijn.' Hij maakte zijn linker laars los, trok hem uit en rolde zijn broekspijp op. Hij onthulde een zwarte streep zo breed als Eragons duim, die schuin over zijn kuitspier liep. 'Ik kreeg de schacht van een speer tegen me aan toen een soldaat zich omdraaide.'

'Indrukwekkend, maar ik heb betere.' Eragon dook uit zijn tuniek, rukte zijn hemd uit zijn broek en draaide zich opzij, zodat Roran de grote vlek op zijn ribben en de gelijksoortige verkleuring op zijn buik kon zien. 'Pijlen,' verklaarde hij. Toen ontblootte hij zijn rechter onderarm en onthulde een blauwe plek net als die op zijn andere arm, gekregen toen hij een zwaard had gepareerd met zijn armbeschermer.

Nu onthulde Roran een verzameling onregelmatige blauwgroene vlekken, elk zo groot als een goudstuk, die van zijn linkeroksel tot onder aan zijn ruggengraat omlaagliepen, het resultaat van een val op een stapel stenen en pantsers.

Eragon inspecteerde de plekken en grinnikte. 'Ach, maar dat zijn speldenprikjes! Ben je soms verdwaald en een rozenstruik in gerend? Ik heb er eentje waarbij die van jou verbleken.' Hij trok zijn beide laarzen uit, stond op en liet zijn broek zakken, zodat hij alleen nog in zijn hemd en wollen onderbroek gekleed was. 'Overtref dit maar eens,' zei hij, wijzend naar de binnenkant van zijn dij. Daar was een felle verzameling kleuren op zijn huid te zien, alsof Eragon een exotische vrucht was die in ongelijke vlekken van wilde-appelgroen tot verrot paars rijpte.

'Au,' zei Roran. 'Waar is dat van?'

'Ik ben van Saphira af gesprongen toen we in de lucht tegen Murtagh en Thoorn vochten. Zo heb ik Thoorn weten te verwonden. Saphira wist onder me te duiken en me op te vangen voor ik de grond raakte, maar ik kwam iets harder op haar rug terecht dan de bedoeling was.'

Roran grimaste en huiverde tegelijkertijd. 'Gaat het helemaal...' Zijn stem stierf weg terwijl hij vagelijk naar boven gebaarde.

'Helaas wel.'

'Ik moet toegeven dat het een opzienbarende blauwe plek is. Je zou trots moeten zijn; het is nogal een prestatie om op die manier en op die... specifieke plek gewond te raken.'

'Ik ben blij dat je dat inziet.'

'Nou,' zei Roran, 'jij hebt dan misschien de grootste blauwe plek, maar de Ra'zac hebben me een wond bezorgd die jij nooit kunt evenaren, aangezien ik heb begrepen dat de draken het litteken van je rug hebben verwijderd.' Terwijl hij sprak, trok hij zijn hemd uit en liep dichter naar het pulserende licht van de kooltjes.

Eragons ogen werden al groot voor hij zich in de hand had en zijn schok achter een neutralere uitdrukking kon verbergen. Hij vermaande zichzelf omdat hij zo reageerde en hield zich voor: zo erg kan het niet zijn. Maar hoe langer hij naar Roran keek, des te moedelozer hij werd.

Een lang, knobbelig litteken, rood en glanzend, draaide om Rorans rechterschouder heen, beginnend bij zijn sleutelbeen en eindigend net onder het midden van zijn arm. Het was duidelijk dat de Ra'zac een deel van de spier had doorgebeten en dat de twee uiteinden niet meer aan elkaar waren gegroeid, want onder het litteken zat een lelijke bobbel, waar de onderliggende vezels zich hadden teruggetrokken. Verderop was de huid naar binnen gezonken en was een deuk van een kwart duim diep ontstaan.

'Roran! Dit had je me dagen geleden al moeten laten zien. Ik had geen idee dat die Ra'zac je zo had toegetakeld... Heb je moeite om je arm te bewegen?'

'Niet naar opzij of naar achteren,' zei Roran, draaiend met zijn arm. 'Maar naar voren kan ik mijn hand maar ongeveer zo hoog optillen... tot halverwege mijn borst.' Grimassend liet hij zijn arm zakken. 'En zelfs dat kost me moeite. Ik moet mijn duim recht houden, anders wordt mijn arm gevoelloos. De beste manier die ik heb ontdekt, is mijn arm van achteren naar voren te draaien en die te laten neerkomen op wat ik dan ook wil vastpakken. Ik heb een paar keer mijn knokkels ontveld voor ik die truc doorhad.'

Eragon draaide de staf tussen zijn handen. *Moet ik het doen?* vroeg hij aan Saphira.

Ik denk van wel.

Misschien hebben we er morgen spijt van.

Je zult meer spijt hebben als Roran sterft doordat hij zijn hamer niet kan gebruiken als daar noodzaak toe is. Als je gebruikmaakt van de bronnen om ons heen, kun je voorkomen dat je jezelf nog verder uitput.

Je weet dat ik dat niet graag doe. Zelfs erover praten maakt me misselijk.
Onze levens zijn belangrijker dan die van een mier, wierp Saphira tegen.
Niet voor een mier.
En ben jij een mier? Doe niet zo oppervlakkig, Eragon; het past niet bij je.
Met een zucht legde Eragon de staf neer en wenkte Roran. 'Kom hier, dan zal ik dat voor je genezen.'
'Kún je dat?'
'Klaarblijkelijk.'
Er trok een vlaag van opwinding over Rorans gezicht, maar toen weifelde hij en trok een ongerust gezicht. 'Nu? Is dat wel verstandig?'
'Saphira zei net dat het beter is als ik het nu doe, terwijl ik de kans heb, anders kan je verwonding je het leven kosten of ons allemaal in gevaar brengen.'
Roran kwam dichterbij. Eragon legde zijn rechterhand over het rode litteken, terwijl hij tegelijkertijd zijn bewustzijn verruimde om de bomen, planten en dieren in de greppel te omvatten, behalve degene waarvan hij vreesde dat ze te zwak waren om zijn bezwering te overleven.

Toen begon Eragon te prevelen in de oude taal. De bezwering die hij opsomde was lang en ingewikkeld. Het repareren van zo'n wond omvatte veel meer dan alleen nieuwe huid te laten groeien en was in het beste geval al moeilijk. Hierin vertrouwde Eragon op de geneeskrachtige formules die hij na zoveel weken studeren in Ellesméra had geleerd.

Het zilverachtige teken op Eragons hand, de gedwëy ignasia, gloeide witheet op toen hij de magie vrijliet. Even later uitte hij onwillekeurig een kreun terwijl hij drie maal stierf: samen met twee vogeltjes die in een jeneverbes vlakbij nestelden en met een slang die verstopt zat tussen de rotsen. Roran gooide zijn hoofd achterover en ontblootte in een geluidloos gejammer zijn tanden toen zijn schouderspieren sprongen en kronkelden onder zijn verschuivende huid.

Toen was het voorbij.

Eragon haalde huiverend adem en steunde zijn hoofd in zijn handen, gebruikmakend van de dekking die ze boden om zijn tranen weg te vegen voor hij het resultaat van zijn werk bekeek. Hij zag Roran zijn schouders een paar keer ophalen, zich vervolgens uitrekken en met zijn armen molenwieken. Rorans schouder was groot en rond, het gevolg van jarenlang gaten graven voor hekpalen, rotsen verslepen en hooien. In weerwil van zichzelf voelde Eragon een steekje van afgunst. Hij was dan misschien sterker, maar hij was nooit zo gespierd geweest als zijn neef.

Roran glimlachte breed. 'Hij is zo goed als ooit! Misschien wel beter. Dank je.'
'Graag gedaan.'
'Het was heel vreemd. Ik had echt het gevoel alsof ik uit mijn huid zou

kruipen. En het jeukte verschrikkelijk, ik kon mezelf er amper van weerhouden...'

'Wil je wat brood voor me uit je zadeltas halen? Ik heb honger.'

'We hebben net gegeten.'

'Ik moet altijd wat eten nadat ik dergelijke magie heb gebruikt.' Eragon snufte, pakte zijn zakdoek en snoot zijn neus. Hij snufte nog eens. Wat hij had gezegd was niet helemaal waar. Het was de invloed die de bezwering op het leven om hen heen had gehad die hem verontrustte, niet de magie zelf, en hij vreesde dat hij zou moeten overgeven als hij niet iets at om zijn maag tot rust te brengen.

'Je bent toch niet ziek?' vroeg Roran.

'Nee.' Terwijl de herinnering aan de dieren wier dood hij had veroorzaakt nog zwaar op hem drukte, reikte Eragon naar de kruik mede, hopend een getijde van morbide gedachten te kunnen afweren.

Iets heel groots, zwaars en scherps belandde op zijn hand en drukte die tegen de grond. Hij keek grimassend opzij en zag de punt van Saphira's ivoren klauw in zijn vlees drukken. Haar dikke ooglid gleed met een *flap* over de grote glanzende iris die ze op hem had gericht. Na een tijdje tilde ze haar klauw op, zoals een mens een vinger zou optillen, en Eragon trok zijn hand terug. Hij slikte en greep de staf van haagdoorn weer vast, proberend de mede te negeren en zich te concentreren op wat echt en tastbaar was in plaats van te zwelgen in deze sombere introspectie.

Roran haalde een stuk zuurdesembrood uit zijn zadeltassen, bleef staan en vroeg met een zweem van een glimlach: 'Wil je niet liever wat hertenvlees? Ik heb het niet allemaal opgegeten.' Hij stak het provisorische spit van jeneverbeshout uit, waar drie grote hompen goudbruin vlees op gespietst waren. Voor Eragons gevoelige neus was de geur die op hem af dreef dik en doordringend. Het deed hem denken aan de nachten die hij in het Schild had doorgebracht en aan lange maaltijden op winteravonden waarbij Roran, Garrow en hij zich rond hun fornuis hadden geschaard om van elkaars gezelschap te genieten terwijl buiten de storm raasde. Het water liep hem in de mond.

'Het is nog warm,' zei Roran, en hij zwaaide met het vlees voor Eragons neus heen en weer.

Met grote wilsinspanning schudde Eragon zijn hoofd. 'Geef me maar gewoon dat brood.'

'Weet je het zeker? Het is perfect: niet te taai, niet te rauw, en gebraden met precies de juiste hoeveelheid kruiden. Het is zo sappig, een hap hiervan is net een mondvol van de beste stoofpot van Elain.'

'Nee, ik kan het niet.'

'Ik weet dat je het lekker vindt.'

'Roran, hou op met dat gepest en geef me dat brood!'

'Ah, kijk, je ziet er meteen al beter uit. Misschien heb je geen behoefte aan brood, maar aan iemand die je op de kast jaagt, hmm?'

Eragon keek hem woest aan en toen, sneller dan het oog kon volgen, griste hij het brood uit Rorans hand.

Dat leek Roran nog meer te amuseren. Terwijl Eragon zijn tanden in het brood zette, zei hij: 'Ik snap niet hoe je kunt overleven op niets anders dan brood, fruit en groenten. Een man moet vlees eten als hij op krachten wil blijven. Mis je het niet?'

'Meer dan je je kunt voorstellen.'

'Waarom folter je jezelf dan zo? Elk schepsel op de wereld moet andere levende wezens eten – zelfs al zijn het maar planten – om te overleven. Zo zijn we gemaakt. Waarom probeer je de natuurlijke orde te weerstaan?'

Zoiets zei ik ook in Ellesméra, merkte Saphira op, *maar hij wilde niet naar me luisteren.*

Eragon haalde zijn schouders op. 'Dit gesprek hebben we al gevoerd. Jij doet wat jij wilt. Ik vertel niemand anders hoe ze moeten leven. Maar ik kan niet met een gerust hart een beest eten waarvan ik de gedachten en gevoelens heb gedeeld.'

De punt van Saphira's staart zwiepte heen en weer en haar schubben klikten tegen een afgesleten rots die uit de grond opstak. *O, hij is hopeloos.* Saphira tilde haar nek op, strekte hem uit en hapte het hertenvlees met spit en al uit Rorans andere hand. Het hout kraakte tussen haar kartelige tanden toen ze erop beet, en vervolgens verdwenen het spit en het vlees in de vurige diepten van haar buik. *Hmm. Je hebt niet overdreven,* zei ze tegen Roran. *Wat een heerlijk sappig stuk vlees: zo zacht, zo zilt, zo heerlijk hapklaar, ik ga er bijna van kwispelen. Je zou vaker voor me moeten koken, Roran Sterkhamer. Alleen denk ik dat je de volgende keer een paar herten tegelijk moet braden. Anders krijg ik geen fatsoenlijke maaltijd binnen.*

Roran weifelde, alsof hij niet zeker wist of het een serieus verzoek van haar was en, zo ja, hoe hij dan in vredesnaam onder zo'n onvrijwillige en nogal lastige verplichting uit kon komen. Hij keek smekend naar Eragon, die in lachen uitbarstte, zowel om Rorans gezichtsuitdrukking als om zijn lastige situatie. Het rijzen en dalen van Saphira's diepe lach vermengde zich met het gelach van Eragon en schalde door de laagte. Haar tanden glansden meekrapwortelrood in het licht van de sintels.

Een uur nadat de drie waren gaan slapen, lag Eragon op zijn zij tegen Saphira aan, in lagen dekens gewikkeld tegen de nachtelijke kilte. Alles was rustig en stil. Het leek wel alsof een tovenaar een spreuk over het land had uitgesproken: alsof alles in de wereld was gebonden in een eeuwige slaap en voor altijd bevroren en roerloos zou blijven onder de waakzame blik van de twinkelende sterren.

Zonder te bewegen fluisterde Eragon in gedachten: *Saphira?*
Ja, kleintje?
Stel dat ik gelijk heb en hij in de Helgrind is? Ik weet niet wat ik dan moet doen... Zeg me wat ik dan moet doen.
Dat kan ik niet, kleintje. Dit is een beslissing die je zelf moet nemen. Mensen hebben andere gebruiken dan draken. Ik zou zijn hoofd eraftrekken en hem opeten, maar dat is niks voor jou, denk ik.
Wil je me bijstaan, wat ik ook besluit?
Altijd, kleintje. Slaap nu maar. Alles komt goed.

Getroost keek Eragon in de leegte tussen de sterren en liet zijn ademhaling vertragen terwijl hij wegdreef in de trance die voor hem de slaap had vervangen. Hij bleef zich bewust van zijn omgeving, maar tegen de achtergrond van de witte sterrenbeelden beenden de figuranten van zijn wakende dromen naar de voorgrond en voerden verwarde en schimmige toneelstukken op, zoals altijd.

Aanval op de Helgrind

Het was nog een kwartier voor zonsopgang toen Eragon overeind kwam. Hij knipte tweemaal met zijn vingers om Roran te wekken, pakte zijn dekens bij elkaar en rolde ze op in een strakke bundel.

Roran duwde zich overeind en deed hetzelfde met zijn eigen bed.

Ze keken elkaar aan en huiverden van spanning.

'Als ik doodga,' zei Roran, 'zorg jij dan voor Katrina?'

'Dat zal ik doen.'

'Zeg haar dan dat ik de strijd in ging met vreugde in mijn hart en haar naam op mijn lippen.'

'Zal ik doen.'

Eragon mompelde snel een regel in de oude taal. De terugval in energie die erop volgde was bijna onnaspeurbaar. 'Zo. Dat zal de lucht voor ons filteren en zorgen dat we geen last hebben van de verlammende effecten van de adem van de Ra'zac.'

Uit zijn tassen haalde Eragon zijn maliënhemd en rolde het stuk jute uit waarin hij het had gewikkeld. Bloed van het gevecht op de Brandende Vlakten kleefde nog aan het ooit glanzende borstkuras, en door de combinatie van gedroogd bloed, zweet en verwaarlozing waren er vlekken roest over de ringetjes gekropen. De maliën waren echter vrij van scheuren, want

Eragon had ze gerepareerd voordat hij vertrok naar het Rijk. Eragon stak zijn hoofd door het hemd met het leren rugpand en trok zijn neus op bij de geur van bloed en wanhoop die er nog aan hing, en vervolgens bevestigde hij armbeschermers om zijn onderarmen en scheenbeschermers om zijn benen. Op zijn hoofd zette hij een gevoerde muts, een maliënkap en een eenvoudige stalen helm. Hij was zijn schild en de helm die hij had gedragen in Farthen Dûr – die de dwergen hadden voorzien van het wapen van Dûrgrimst Ingeitum – verloren tijdens het luchtduel tussen Saphira en Thoorn. Aan zijn handen trok hij maliënhandschoenen.

Roran kleedde zich op een gelijksoortige manier, hoewel hij zijn pantser aanvulde met een houten schild. Om de buitenrand van het schild liep een band van zacht ijzer, zodat hij daar beter een zwaard van een vijand mee kon opvangen en vasthouden. Eragons linkerarm was vrij van de belemmering van een schild; de staf van haagdoorn was een wapen dat je met twee handen moest hanteren.

Over zijn rug had Eragon de pijlenkoker gehangen die hij van koningin Islanzadí had gekregen. Naast twintig dikke eiken pijlen met grijze ganzenveren bevatte de koker ook de boog met zilverbeslag die de koningin voor hem uit een taxusboom had gezongen. De boog was al voorzien van een pees en klaar voor gebruik.

Saphira kneedde de grond met haar klauwen. *Kom! Hoogste tijd om te gaan!*

Eragon en Roran hadden besloten hun zadeltassen en rugzakken niet mee te nemen. Dus nadat ze die aan de tak van een jeneverbes hadden gehangen, klommen ze op Saphira's rug. Ze had haar tuig die nacht omgehouden, dus ze verloren geen tijd met haar te zadelen. Het op maat gevormde zadel was warm, bijna heet toen Eragon erin ging zitten. Hij greep zich stevig vast aan de onderste stekel op Saphira's nek – om houvast te hebben bij plotselinge veranderingen van richting – terwijl Roran een gespierde arm om Eragons middel sloeg. In zijn andere hand hield hij zijn hamer.

Een stuk schalie brak onder Saphira's gewicht toen ze zich diep door haar poten liet zakken en toen, met één enkele duizelingwekkende sprong, de rand van het ravijn wist te bereiken, waar ze even haar evenwicht zocht, voordat ze haar enorme vleugels uitsloeg. Er ging een gonzen door de dunne membranen terwijl Saphira ze ophief naar de hemel. Volledig gestrekt en omhooggeheven zagen ze eruit als doorschijnende blauwe zeilen.

'Niet zo hard,' bromde Eragon.

'Neem me niet kwalijk.' Roran liet zijn greep iets verslappen.

Verder praten was onmogelijk toen Saphira opnieuw krachtig afzette. Op het hoogtepunt van haar sprong sloeg ze met haar vleugels, en met elke wiekslag klommen ze met een machtig suizen dichter naar de platte, smalle wolkenband die zich van oost naar west uitstrekte.

Terwijl Saphira koers zette naar de Helgrind, kon Eragon dankzij hun enorme hoogte aan zijn linkerhand een brede strook water van het Leonameer zien, enkele mijlen in de verte. Dichte mist rees op van het water, een grijze, spookachtige sluier, als van een heksenvuur dat brandde op het meer.

Eragon spande zich tot het uiterste in, maar zelfs met zijn haviksogen kon hij de andere kust niet onderscheiden, noch de zuidelijke regionen van het Schild daarachter, en dat vond hij jammer. Sinds zijn vertrek uit de Palancarvallei had hij de bergketen waar hij zijn jeugd had doorgebracht nooit meer gezien. In het noorden lag Dras-Leona, een reusachtige, uitgestrekte verzameling huizen en gebouwen die zich als een hoekig silhouet aftekende tegen de muur van mist waarmee de westkant van de stad was omhuld. Het enige bouwwerk dat Eragon herkende, was de kathedraal waar de Ra'zac hem destijds hadden belaagd; de torenspits, voorzien van een uitstaande rand, verhief zich hoog boven de stad, als een speerpunt met weerhaken. En ergens in het landschap dat onder hen voorbijraasde, waren de overblijfselen van het kamp waar de Ra'zac Brom dodelijk hadden verwond, wist Eragon. Hij gaf zijn woede en verdriet over de gebeurtenissen van die dag – maar ook over de moord op Garrow en de verwoesting van hun boerderij – de vrije loop, om er moed aan te ontlenen voor de confrontatie met de Ra'zac. Sterker nog, gedreven door zijn woede en verdriet verlángde hij zelfs naar die confrontatie.

Eragon, begon Saphira. *Vandaag hoeven we onze geest toch niet af te schermen, hè? Vandaag hoeven we onze gedachten toch niet voor elkaar geheim te houden?*

Nee, tenzij we het pad van een magiër kruisen.

Een waaier van gouden licht laaide op toen het hoogste punt van de zon boven de horizon verscheen. In een oogwenk werd de daarvoor nog zo vale en kleurloze wereld verlevendigd door het complete kleurenspectrum: de mist gloeide wit op, het water werd diepblauw, de aarden wal rond het centrum van Dras-Leona bleek groezelig geel, de bomen hulden zich in alle denkbare tinten groen, en de grond kreeg een rode blos, hier en daar afgewisseld met oranje. De Helgrind bleef echter zoals hij altijd was geweest – git- en gitzwart.

Het rotsmassief werd snel groter naarmate ze dichterbij kwamen. Zelfs vanuit de lucht zag het er intimiderend uit.

Toen ze naar de voet van de Helgrind dook, helde Saphira zo ver naar links dat Eragon en Roran van haar rug zouden zijn gevallen als ze hun benen niet aan het zadel hadden vastgebonden. Toen joeg ze rond de schuine, met kiezels en gruis bedekte helling, en over het altaar waar de priesters van de Helgrind hun riten uitvoerden. De rand van Eragons helm ving de wind die langs hen raasde, en dat produceerde een gehuil dat hem bijna doof maakte.

'En?' riep Roran. Doordat hij achter Eragon zat, kon hij niet zien wat er recht vóór hen gebeurde.

'De slaven zijn weg!'

Het was alsof Eragon door een enorm gewicht in het zadel werd gedrukt toen Saphira haar duikvlucht staakte en weer opvloog, cirkelend rond de Helgrind, op zoek naar een ingang waardoor ze zich toegang konden verschaffen tot de schuilplaats van de Ra'zac.

Ik zie niks. Nog geen gat dat groot genoeg is voor een bosrat, meldde ze. Daarop vertraagde ze haar vlucht, en ze bleef hangen voor een richel die de op een na laagste van de vier toppen verbond met de piek die zich daarboven verhief. De getande steunbeer weerkaatste het geluid van Saphira's vleugelslagen, tot het klonk als het gebulder van donderklappen. Eragons ogen begonnen te tranen van de lucht die tegen zijn huid pulseerde.

Een web van witte aderen bedekte de achterkant van de steenmassa's en zuilen, waar rijp zich had verzameld in de scheuren waarmee de rots was doorploegd. Verder was er niets wat de duisternis van de Helgrind verstoorde, het inktzwarte, door de wind geteisterde bolwerk van Ra'zac. Geen boom, geen struik wortelde tussen de hellende stenen, zelfs geen grassprietje, geen mos wilde er groeien, noch waagden adelaars het te nestelen op de gebarsten richels van de toren. De Helgrind deed zijn naam eer aan en verhief zich als een oord des doods, gehuld in de vlijmscherpe, grillig getande plooien van zijn steile rotswanden en kloven, als een hoog oprijzende, benige geestverschijning, met als enig doel de aarde en al wat daar leefde angst aan te jagen.

Toen Eragon zijn geest vooruit liet reizen, slaagde hij erin de aanwezigheid van een van de slaven te bevestigen, evenals van de twee mensen van wie hij de vorige dag had ontdekt dat ze in de Helgrind gevangen werden gehouden. Tot zijn ongerustheid lukte het hem echter niet te ontdekken waar de Ra'zac zich ophielden, en hetzelfde gold voor de Lethrblaka.

Als ze niet hier waren, waar dan wel, vroeg hij zich af. Toen hij opnieuw op zoek ging, ontdekte hij iets wat hem eerder was ontgaan: een enkele bloem, een gentiaan, misschien vijftig voet verderop, slechts omringd door kale, grimmige rots. Hoe was het mogelijk dat hij genoeg licht kreeg om te groeien?

Saphira beantwoordde zijn vraag toen ze op een brokkelig uitsteeksel een eindje verder naar rechts neerstreek. Terwijl ze dat deed, verloor ze even haar evenwicht, waarop ze heftig met haar vleugels begon te klapperen om zich staande te houden. In plaats van daarbij tegen de massieve rotsmassa van de Helgrind te slaan, verdween de punt van haar rechtervleugel in het gesteente zonder ook maar de geringste weerstand te ontmoeten.

Saphira! Zag je dat?

Ja.

Saphira boog zich naar voren en bracht haar snuit tot vlak voor de steile rotswand. Ze aarzelde even – alsof ze verwachtte dat er een val zou dichtklappen – en toen drukte ze door. Schub na schub verdween haar kop in de Helgrind, tot Eragon alleen nog maar haar nek, haar tors en haar vleugels kon zien.

Het is een illusie! riep Saphira.

Met een krachtig afzetten van haar machtige poten sprong ze op van de richel en slingerde ze de rest van haar lijf achter haar kop aan. Het kostte Eragon de grootste moeite om niet zijn handen voor zijn gezicht te slaan, in een futiele poging zichzelf te beschermen tegen de massieve steenmassa die hem tegemoet raasde.

Het volgende moment bevonden ze zich in een reusachtige, gewelfde grot die zich koesterde in een warme ochtendgloed. Saphira's schubben weerkaatsten het licht en wierpen duizenden bewegende blauwe vlekken op het gewelf. Toen Eragon zich omdraaide, zag hij geen rotswand achter zich, maar de opening van een grot die een weids uitzicht bood op het landschap daarachter.

Eragon vertrok zijn gezicht. Hij had geen moment rekening gehouden met de mogelijkheid dat Galbatorix het hol van de Ra'zac met magische vermogens aan het oog had onttrokken. *Stommeling! Ik moet m'n kop er beter bij houden*, dacht hij. Door de koning te onderschatten tekende hij hun aller doodvonnis.

Achter hem slaakte Roran een krachtige verwensing. 'Als je weer eens zoiets doet, heb ik graag dat je me waarschuwt.'

Eragon bukte zich en maakte de gespen los van de riemen waarmee zijn benen aan het zadel waren gebonden. Ondertussen liet hij zijn blik om zich heen gaan, alert op het geringste teken dat er gevaar dreigde.

De opening van de grot was een onregelmatig ovaal, naar schatting vijftig voet hoog en zestig voet breed. Vanaf die opening strekte de grot zich zowel in de hoogte als in de breedte tot twee keer dat formaat uit tot hij een royaal boogschot in de verte eindigde bij een stapel zware stenen platen die grillig, bijna rommelig tegen elkaar aan geleund stonden en de achterwand vormden.

De vloer was doorgroefd met doffe, grijze krassen – de sporen van de talloze malen dat de Lethrblaka waren opgevlogen, neergestreken en er hadden rondgelopen. Vijf lage gangen doorboorden als geheimzinnige sleutelgaten de zijwanden van de grot, en hetzelfde gold voor een hoge, scherp gewelfde gang, groot genoeg om zelfs Saphira moeiteloos door te kunnen laten. Eragon inspecteerde de gangen zorgvuldig, maar het was er aardedonker en ook een snel aftasten met zijn geest leverde geen teken van leven op.

Vanuit de ingewanden van de Helgrind echoden echter vreemde, onsamenhangende mompelingen, die suggereerden dat zich daar ongekende dingen rondhaastten in het duister, begeleid door het geluid van eindeloos vallende waterdruppels. Bij dit koor van fluisteringen voegde zich het gestage in- en uitademen van Saphira, dat in het kale grotgewelf bijna oorverdovende proporties aannam.

Het opmerkelijkste echter was de combinatie van geuren waarmee het gewelf was doordrenkt. De geur van koud gesteente overheerste, maar daaronder was Eragon zich bewust van een zweem van vocht, van schimmel en van iets nog veel afschuwelijkers: de ziekelijke, zoetige stank van rottend vlees.

Toen hij ook de laatste riemen had losgemaakt, zwaaide Eragon zijn rechterbeen over Saphira's rug, zodat hij met twee benen aan één kant van het zadel zat, klaar om naar beneden te springen. Roran volgde zijn voorbeeld aan de andere kant.

Voordat hij zijn greep op het zadel losliet, hoorde Eragon, te midden van de talloze ritselingen waarvoor hij geen verklaring had, een twintigtal tikken, volledig synchroon, alsof iemand met twintig hamers tegelijk op de rotswand sloeg. Het geluid werd bijna onmiddellijk herhaald.

Net als Saphira keerde Eragon zich in de richting waaruit het geluid leek te komen.

Vanuit de hoge, gewelfde gang kwam een reusachtige, verwrongen gedaante aanstormen – zwarte, uitpuilende ogen zonder leden, een snavelachtige bek van wel zeven voet lang, vleugels als van een vleermuis, een naakte, onbehaarde tors waarop de spieren duidelijk zichtbaar waren, klauwen als kwaadaardige ijzeren pieken.

Saphira schoot opzij toen ze probeerde de Lethrblaka te ontwijken, maar het was tevergeefs. Het schepsel beukte tegen haar rechterflank, met de kracht en de woestheid van een lawine, dacht Eragon onwillekeurig.

Wat er daarna precies gebeurde, wist hij niet, want door het geweld werd hij door de grot geslingerd, zo verdwaasd dat hij amper tot denken in staat was. Zijn blinde vlucht eindigde net zo abrupt als hij was begonnen toen hij met zijn hoofd en zijn rug tegen een hard, plat vlak sloeg en op de grond viel, waarbij hij nogmaals zijn hoofd stootte.

Door die tweede dreun werd het laatste restje lucht uit zijn longen geslagen.

Hij bleef ineengedoken op zijn zij liggen, hijgend, wanhopig proberend althans enige controle over zijn ledematen te herwinnen, maar zijn spieren weigerden hem te gehoorzamen.

Eragon! hoorde hij Saphira roepen.

De bezorgdheid in haar stem spoorde Eragon aan tot nog grotere inspanning. Terwijl het gevoel in zijn armen en benen terugkeerde reikte hij uit en greep de staf die naast hem was gevallen. Hij zette de doorn onder aan de staf in een rotsspleet en trok zich aan de staf van haagdoorn overeind. Hij wankelde. Een wolk van rode stipjes danste voor zijn ogen.

De situatie was zo verwarrend dat hij amper wist waar hij het eerst moest kijken.

Saphira en de Lethrblaka rolden om en om in de grot, schoppend, klauwend en bijtend naar elkaar met genoeg kracht om de rotsen onder hen te beschadigen. Het lawaai van hun gevecht moest onvoorstelbaar luid zijn, maar voor Eragon worstelden ze in stilte; zijn oren werkten niet. Toch voelde hij de trillingen door zijn voetzolen terwijl de kolossale beesten heen en weer kronkelden en dreigden iedereen te verpletteren die te dichtbij kwam.

Een stroom van blauw vuur schoot tussen Saphira's kaken vandaan en baadde de linkerkant van de kop van de Lethrblaka in een razende vuurzee die heet genoeg was om staal te smelten. De vlammen kromden zich om de Lethrblaka heen zonder hem te schaden. Onverstoord hakte het monster in op Saphira's nek, wat haar dwong te stoppen en zich te verdedigen.

Snel als een afgevuurde pijl schoot de tweede Lethrblaka uit een kruisende gang, dook op Saphira's flank af en uitte een afgrijselijke, oorverdovende krijs waar Eragons hoofdhuid van tintelde en waardoor hij een kille klomp van angst in zijn maag kreeg. Hij grauwde aangedaan; dát hoorde hij wel.

De geur, nu beide Lethrblaka hier waren, leek op de overstelpende stank die je zou ruiken als je een paar pond bedorven vlees in een vat rioolwater smeet en dat mengsel een week onder de zomerzon liet staan.

Eragon kneep zijn lippen opeen toen zijn maag protesteerde en richtte zijn aandacht ergens anders op om niet te gaan kokhalzen.

Een paar passen verderop lag Roran slap tegen de zijkant van de grot waar hij was neergekomen. Terwijl Eragon naar hem keek, tilde zijn neef zijn arm op en kwam op handen en knieën en vervolgens op zijn voeten overeind. Zijn ogen stonden glazig en hij wankelde alsof hij dronken was.

Achter Roran kwamen de twee Ra'zac uit een andere tunnel tevoorschijn. Ze hadden lange, bleke klingen van een oud ontwerp in hun misvormde handen. Anders dan hun ouders waren de Ra'zac ongeveer even groot en gelijksoortig van vorm als mensen. Een exoskelet zo zwart als ebbenhout omhulde hen van top tot teen, hoewel daar weinig van te zien was, want zelfs in de Helgrind droegen de Ra'zac donkere mantels.

Ze kwamen met onvoorstelbare snelheid naderbij, met schokkerige, scherpe bewegingen als van insecten.

En toch voelde Eragon hen of de Lethrblaka nog steeds niet. *Zijn zij ook een illusie*, vroeg hij zich af. Maar nee, dat was onzin; het vlees waar Saphira met haar klauwen op inhakte was maar al te echt. Toen schoot hem een andere verklaring te binnen: misschien was het onmogelijk om hun aanwezigheid te detecteren. Misschien konden de Ra'zac zich verbergen voor de geest van mensen, hun prooi, net zoals spinnen zich verbergen voor vliegen.

Als dat zo was, dan begreep Eragon eindelijk waarom de Ra'zac zo succesvol waren geweest in het opsporen van magiërs en Rijders voor Galbatorix, ook al konden ze zelf geen magie gebruiken.

Barst! Eragon had wel kleurrijkere vloeken kunnen bedenken, maar het was tijd voor daden, niet voor het vervloeken van zijn pech. Brom had beweerd dat de Ra'zac hem bij daglicht niet aan zouden kunnen, en hoewel dat misschien waar was – gezien het feit dat Brom tientallen jaren de tijd had gehad om bezweringen tegen de Ra'zac te ontwikkelen – wist Eragon dat Saphira, Roran en hij zonder het verrassingselement moeite zouden hebben levend te ontkomen, laat staan Katrina te redden.

Met zijn rechterhand boven zijn hoofd riep Eragon: 'Brisingr!' en smeet een brullende bol van vuur naar de Ra'zac toe. Ze doken opzij en de vuurbal barstte uiteen op de rotsvloer, sputterde even en verdween. De bezwering was lachwekkend en kinderachtig en zou geen enkele schade aanrichten als Galbatorix de Ra'zac net zo had beschermd als de Lethrblaka. Toch vond Eragon de aanval onmetelijk tevredenstellend. Het leidde ook de Ra'zac lang genoeg af om Eragon in staat te stellen naar Roran toe te rennen en met zijn rug tegen die van zijn neef te gaan staan.

'Hou ze even af,' riep hij, hopend dat Roran hem zou horen. Of hij dat deed of niet, Roran begreep wat Eragon bedoelde, want hij dekte zichzelf met zijn schild en tilde zijn hamer op, voorbereid op een gevecht.

De enorme kracht van elk van de verschrikkelijke aanvallen van de Lethrblaka had de afweerbezweringen tegen fysiek gevaar die Eragon om Saphira heen had gelegd al afgezwakt. Zonder die bescherming hadden de Lethrblaka haar al enkele krassen over haar poten bezorgd – lang maar ondiep – en haar drie keer weten te steken met hun snavels; die wonden waren kort en diep, en bezorgden haar heel veel pijn.

Op haar beurt had Saphira de ribben van een Lethrblaka opengelegd en de laatste drie voet van de staart van de andere afgebeten. Het bloed van de Lethrblaka, tot Eragons opperste verbazing, was metalig blauwgroen van kleur, een beetje zoals het laagje dat zich vormt op oud koper.

Op het ogenblik hadden de Lethrblaka zich teruggetrokken en cirkelden ze om Saphira heen, diep ineengedoken om haar op afstand te houden terwijl ze wachtten tot ze moe werd of ze haar konden doden met hun snavels.

Saphira was beter uitgerust voor een gevecht dan de Lethrblaka dankzij haar schubben – die harder en taaier waren dan de grijze huid van de Lethrblaka – en haar tanden, die op korte afstand veel dodelijker waren dan de snavels van de Lethrblaka. Desondanks had ze moeite om beide schepsels tegelijk af te weren, vooral aangezien ze door het lage plafond niet kon opspringen en rondvliegen en haar vijanden te snel af zijn. Eragon vreesde dat zelfs als ze standhield, de Lethrblaka haar zouden verminken voordat ze hen kon doden.

Eragon haalde snel adem en wierp een enkele bezwering uit, die elk van de twaalf doodstechnieken bevatte die Oromis hem had geleerd. Hij verwoordde de bezweringen zorgvuldig als een reeks van processen, zodat als Galbatorix' afweerbezweringen hem zouden belemmeren, hij de stroom van magie kon onderbreken. Anders zou de bezwering zijn kracht kunnen opslorpen tot hij eraan bezweek.

Het was maar goed dat hij die voorzorgsmaatregel had genomen. Toen hij de bezwering liet gaan, kreeg Eragon al snel in de gaten dat de magie geen effect had op de Lethrblaka, en hij liet de aanval voor wat hij was. Hij had niet verwacht te zullen slagen met de traditionele doodswoorden, maar hij moest het proberen, want er bestond een kleine kans dat Galbatorix achteloos was geweest toen hij zijn bezweringen over de Lethrblaka en hun gebroed had gelegd.

Achter hem schreeuwde Roran. Even later bonsde er een zwaard tegen diens schild, gevolgd door het getinkel van scheurende maliën en het klokachtige galmen van een tweede zwaard dat van Rorans helm afketste.

Eragon besefte dat zijn gehoor zich aan het herstellen was.

De Ra'zac sloegen steeds opnieuw toe, maar telkens ketsten hun wapens van Rorans pantser af of misten op een haar na zijn gezicht en ledematen, hoe snel ze hun wapens ook hanteerden. Roran was te traag om terug te slaan, maar de Ra'zac konden hem ook niet deren. Ze sisten van frustratie en spuugden een doorlopende stroom scheldwoorden uit, die des te smeriger klonken doordat de harde, klakkende kaken van de schepsels de taal mangelden.

Eragon glimlachte. De cocon van bezweringen die hij rond Roran had gesponnen, deed zijn werk. Hij hoopte dat het onzichtbare net van energie zou standhouden tot hij een manier kon vinden om de Lethrblaka te verslaan.

Alles trilde en werd grijs voor Eragons ogen toen de twee Lethrblaka allebei tegelijk krijsten. Even liet zijn vastberadenheid hem in de steek en was hij niet in staat zich te bewegen, maar toen herstelde hij zich en schudde zich als een hond om hun smerige invloed kwijt te raken. Het geluid deed hem akelig veel denken aan dat van kinderen die schreeuwden van pijn.

Eragon begon te prevelen, zo snel hij kon zonder de oude taal verkeerd uit te spreken. Elke zin die hij uitte, en het waren er veel, bevatte het potentieel om iemand onmiddellijk te doden, en elke dood was uniek onder zijn soortgenoten. Terwijl hij zijn geïmproviseerde monoloog afdraaide, liep Saphira weer een wond in haar linkerflank op. Op haar beurt brak ze de vleugel van haar aanvaller door het dunne membraan met haar klauwen aan repen te scheuren. Een aantal zware bonzen liep via Rorans rug over in die van Eragon toen de Ra'zac in een bliksemsnelle uithaal op hem inhakten. De grootste van de twee Ra'zac begon om Roran heen te sluipen, met de bedoeling Eragon rechtstreeks aan te vallen. En toen, temidden van het lawaai van staal op staal, staal op hout en klauwen op steen, klonk het geschraap van een zwaard dat door maliën schoof, gevolgd door een vochtig gekraak. Roran schreeuwde en Eragon voelde bloed op zijn rechterkuit spetteren.

Vanuit zijn ooghoek zag Eragon een gebochelde gestalte naar zich toe springen, met een bladvormig zwaard naar voren gericht om hem ermee te doorsteken. Alles scheen samen te ballen rondom de dunne, smalle kling; de punt glansde als een scherf kristal, elk krasje was een draadje kwikzilver in het felle licht van de zonsopgang.

Hij had alleen nog tijd voor één bezwering voordat hij iets zou moeten doen om te voorkomen dat de Ra'zac dat zwaard tussen zijn lever en nieren zou planten. Wanhopig gaf hij zijn pogingen om de Lethrblaka rechtstreeks schade te berokkenen op en riep: 'Garjzla, letta!'

Het was een ruwe bezwering, haastig samengesteld en slecht verwoord, maar het werkte wel. De uitpuilende ogen van de Lethrblaka met de gebroken vleugel werden spiegels, elk een perfecte halve bol, terwijl Eragons magie het licht weerkaatste dat anders de pupillen van de Lethrblaka zou zijn binnengedrongen. Blind stommelde het schepsel rond en maaide door de lucht in een vergeefse poging om Saphira te raken.

Eragon draaide zijn staf rond in zijn handen en sloeg het zwaard van de Ra'zac opzij toen dat nog minder dan een duim van zijn ribben vandaan was. De Ra'zac viel voor hem neer en strekte zijn nek. Eragon deinsde achteruit toen er vanuit de diepten van de kap van het schepsel een korte, dikke snavel verscheen. Het uitsteeksel van chitine klapte net voor Eragons rechteroog dicht. Op een nogal afstandelijke manier merkte Eragon op dat de tong van de Ra'zac stekelig en paars was en dat die kronkelde als een slang zonder kop.

Eragon schoof zijn handen naar elkaar toe, naar het midden van de staf, en dreef zijn armen naar voren, waarna hij de Ra'zac op zijn holle borst sloeg en het monster een paar meter naar achteren smeet. Het viel op handen en knieën. Eragon draaide om Roran heen, wiens linkerkant onder het bloed zat, en pareerde het zwaard van de andere Ra'zac. Hij deed een schijnaanval, sloeg tegen de kling van de Ra'zac en toen, terwijl de Ra'zac uithaalde naar zijn keel, draaide hij de andere helft van de staf over zijn lichaam en weerde hem af. Zonder te stoppen sprong Eragon naar voren en plantte het houten uiteinde van de staf in de buik van de Ra'zac.

Als Eragon Zar'roc in zijn handen had gehad, zou hij de Ra'zac daarmee hebben gedood. Nu kraakte er iets in het lichaam van de Ra'zac en rolde het schepsel een dozijn of meer passen door de grot. Het wezen kwam meteen weer overeind en liet daarbij een veeg blauwe vloeistof op de ruwe rotsvloer achter.

Ik heb een zwaard nodig, dacht Eragon.

Hij plantte zijn voeten verder uit elkaar toen de twee Ra'zac op hem af kwamen; hij had geen andere keus dan stand te houden en hun gezamenlijke aanval het hoofd te bieden, want hij was alles wat er tussen die geklauwde aaskraaien en Roran in stond. Hij begon dezelfde bezwering te prevelen die zich had bewezen tegen de Lethrblaka, maar de Ra'zac voerden al voor hij ook maar een lettergreep had uitgesproken hoge en lage aanvallen uit.

De zwaarden ketsten met een dof gebonk op de staf van haagdoorn af. Ze maakten geen deuken of krassen in het betoverde hout.

Links, rechts, omhoog, omlaag. Eragon dacht niet na; hij handelde en reageerde terwijl hij woest slagen uitwisselde met de Ra'zac. De staf was ideaal om mee tegen meerdere tegenstanders te vechten, want hij kon met beide kanten toeslaan en blokkeren, en vaak ook nog tegelijkertijd. Die vaardigheid kwam hem nu goed van pas. Hij hijgde in korte, snelle ademteugen. Het zweet droop van zijn voorhoofd en poelde samen in zijn ooghoeken, en ook op zijn rug en de onderkanten van zijn armen lag een laagje vocht. Het rode waas van de strijd dimde zijn zicht en bonsde mee met de samentrekkingen van zijn hart.

Hij voelde zich nooit zo levendig, of bang, als wanneer hij vocht.

Eragons eigen afweerbezweringen waren karig. Aangezien hij zijn aandacht grotendeels had gericht op Saphira en Roran, waren Eragons magische verdedigingen al snel verdwenen, en de kleinere Ra'zac verwondde hem aan de buitenkant van zijn linkerknie. Het was geen levensbedreigende wond, maar het was wel ernstig, want zijn linkerbeen kon niet langer zijn hele gewicht dragen.

Eragon greep zijn staf aan de onderzijde vast, zwaaide ermee alsof het een knuppel was en sloeg er een Ra'zac mee op zijn kop. Het schepsel stortte ineen, maar of hij dood was of slechts bewusteloos wist Eragon niet. Terwijl hij de nog overgebleven Ra'zac naderde, begon hij op het hoofd en de schouders van het beest in te slaan, en toen rukte hij met een plotselinge beweging het zwaard uit diens klauwen.

Voordat Eragon de Ra'zac kon afmaken, vloog de verblinde Lethrblaka met zijn gebroken vleugel door de grot en botste tegen de achterste muur, waardoor een regen van steenplaten van het dak van de grot omlaagkwam. De aanblik en het lawaai waren zo schokkend dat Eragon, Roran en de Ra'zac puur uit instinct ineendoken en zich omdraaiden.

Saphira sprong achter de kreupele Lethrblaka aan, die ze net een schop had gegeven, en liet haar tanden in de pezige nek van het schepsel zinken. De Lethrblaka kronkelde in een laatste poging zichzelf te bevrijden, maar toen zwaaide Saphira haar kop woest heen en weer en brak zijn ruggengraat. Oprijzend van haar bloedige overwinning vulde Saphira de grot met een luide triomfkreet.

De andere Lethrblaka aarzelde niet. Hij viel Saphira aan, duwde zijn klauwen onder de randen van haar schubben en trok haar mee in een ongecontroleerde val. Samen rolden ze naar de rand van de grot, wankelden daar een halve tel en vielen toen naar beneden, de hele weg omlaag vechtend. Het was een slimme tactiek, want daardoor kwam de Lethrblaka buiten bereik van Eragons zintuigen, en wat hij niet kon voelen, kon hij ook moeilijk aanvallen met een bezwering.

Saphira! riep Eragon.

Zorg voor jezelf. Deze zal me niet ontsnappen.

Met een schok draaide Eragon zich net op tijd om om de twee Ra'zac te zien verdwijnen in de diepten van de dichtstbijzijnde tunnel, waarbij de kleinere de grotere ondersteunde. Eragon deed zijn ogen dicht en zocht naar de geesten van de gevangenen in de Helgrind en mompelde iets in de oude taal. 'Ik heb Katrina's cel afgesloten, zodat de Ra'zac haar niet als gijzelaar kunnen gebruiken. Alleen jij en ik kunnen die deur nu openen,' vertelde hij Roran.

'Mooi,' zei Roran met opeengeklemde kiezen. 'Kun je hier iets aan doen?' Hij gebaarde met zijn kin naar de plek waar hij zijn rechterhand overheen had geslagen. Er welde bloed op tussen zijn vingers. Eragon betastte de wond. Zodra hij die aanraakte, kromp Roran ineen en deinsde achteruit.

'Je hebt geluk,' zei Eragon. 'Het zwaard is op een rib gestuit.' Hij legde één hand op de wond en de andere op de twaalf diamanten in de riem van Beloth de Wijze om zijn middel, en putte uit de kracht die hij in de edelstenen had opgeslagen. 'Waíse heill!' Er trok een huivering door Rorans zij toen de magie zijn huid en spieren repareerde.

Daarna heelde Eragon zijn eigen wond: de snee in zijn linkerknie.

Toen hij klaar was, rechtte hij zijn rug en keek in de richting waarin Saphira was verdwenen. Zijn connectie met haar vervaagde terwijl ze de Lethrblaka achtervolgde naar het Leonameer. Hij wilde haar graag helpen, maar hij wist dat ze zichzelf voorlopig zou moeten redden.

'Schiet op,' zei Roran, 'ze ontkomen!'

Eragon hief zijn staf, liep naar de onverlichte tunnel en liet zijn blik van de ene stenen uitstulping naar de volgende gaan, in de verwachting dat de Ra'zac daar achter vandaan zouden springen. Hij liep langzaam, zodat zijn voetstappen niet in de kronkelende tunnel zouden weerkaatsen. Toen hij een rotsblok aanraakte om zichzelf in evenwicht te houden, voelde hij dat er een laag slijm op lag.

Na tientallen plooien en bochten in de gang was de hoofdgrot niet meer te zien en werden ze in zo diepe duisternis gedompeld dat zelfs Eragon geen hand voor ogen meer zag.

'Misschien is het voor jou anders, maar ik kan in het donker niet vechten,' fluisterde Roran.

'Als ik licht maak, komen de Ra'zac niet bij ons in de buurt, niet nu ik een bezwering heb gevonden die op hen werkt. Dan verstoppen ze zich gewoon tot we weggaan. We moeten ze doden nu we de kans hebben.'

'En wat moet ík doen? Ik zal nog eerder tegen een muur lopen en mijn neus breken dan die twee beesten vinden... Ze kunnen wel om ons heen sluipen en ons in het donker aanvallen.'

'Sst... Hou mijn riem vast, volg mij, en hou je klaar om te bukken.'

Eragon zag niets, maar hij kon wel horen, ruiken, voelen en proeven, en die zintuigen waren zo gevoelig dat hij wel een idee had van zijn omgeving. Het grootste gevaar was dat de Ra'zac van een afstand zouden aanvallen, misschien met een pijl en boog, maar hij vertrouwde erop dat zijn reflexen scherp genoeg waren om Roran en zichzelf van een naderend projectiel te redden.

Een luchtstroom kriebelde over Eragons huid, aarzelde en draaide om terwijl de druk van buitenaf aanwaste en afnam. De cyclus herhaalde zich met onregelmatige tussenpozen, waardoor onzichtbare wervelingen ontstonden die als fonteinen van kolkend water langs hem heen stroomden.

Zijn ademhaling, en die van Roran ook, was luid en hijgerig vergeleken met de andere geluiden die zich door de tunnel verspreidden. Boven de vlagen van hun ademhaling uit hoorde Eragon het *plink, ploink, kletter* van een steen die ergens in de doolhof van aftakkende tunnels viel, en het aanhoudende *doink... doink... doink* van druppels condens die het oppervlak van een ondergrondse poel raakten en het deden trillen als het strakgespannen vel van een trommel. Hij hoorde ook het gekraak van het erwtgrote grind onder hun voeten. Een lange, spookachtige kreun klonk ergens ver voor hen uit.

De geuren waren geen van alle nieuw: bloed, vocht en schimmel.

Stap voor stap leidde Eragon Roran voort terwijl ze zich dieper de krochten van de Helgrind in begaven. De tunnel helde omlaag en splitste vaak of maakte bochten, zodat Eragon snel verdwaald zou zijn geraakt als hij Katrina's geest niet als richtpunt had kunnen gebruiken. De verschillende onregelmatig gevormde grotten waren laag en benauwend. Eenmaal, toen Eragon zijn hoofd tegen het plafond stootte, werd hij overspoeld door een plotselinge vlaag van claustrofobie.

Ik ben terug, kondigde Saphira aan, net toen Eragon zijn voet op een ruwe trede zette die uit de rotsen onder hem was gehouwen. Hij bleef staan. Ze had geen verdere verwondingen opgelopen, en dat was een opluchting voor hem.

En de Lethrblaka?

Die drijft op zijn buik in het Leonameer. Ik vrees dat een vissersboot onze strijd heeft gezien. Ze roeiden naar Dras-Leona toen ik ze voor het laatst zag.

Nou ja, daar is niks aan te doen. Kijk wat je kunt vinden in de tunnel waar die

Lethrblaka uit kwamen. En hou een oogje open voor de Ra'zac. Ze kunnen proberen langs ons heen te glippen en door de ingang die wij hebben gebruikt uit de Helgrind te ontsnappen.
	Ze hebben waarschijnlijk een nooduitgang op grondniveau.
	Waarschijnlijk wel, maar ik denk dat ze nog niet meteen zullen vluchten.
	Na wat wel een uur leek, opgesloten in de duisternis – hoewel Eragon wist dat het niet meer dan een kwartier kon zijn geweest – en nadat ze meer dan honderd voet in de Helgrind waren afgedaald, bleef Eragon staan op een vlak stuk steen. Hij zond zijn gedachten naar Roran. *Katrina's cel is ongeveer vijftig voet verderop, aan de rechterkant.*
	We kunnen niet het risico nemen haar eruit te laten tot de Ra'zac dood of weg zijn.
	Stel dat ze zich niet aan ons laten zien tot we haar bevrijden? Om een of andere reden kan ik ze niet voelen. Ze kunnen zich hier wel tot het eind der tijden schuilhouden. Dus wat doen we? Hier wachten, wie weet hoe lang, of Katrina bevrijden terwijl we daar nog de kans voor hebben? Ik kan wat woorden om haar heen leggen die haar tegen de meeste aanvallen zouden moeten beschermen.
	Roran zweeg een tijdje. *Laten we haar dan maar bevrijden.*
	Ze liepen weer verder, zich op de tast een weg zoekend door de lage gang met zijn ruwe, onafgewerkte vloer. Eragon moest zijn aandacht er voornamelijk op richten zijn voeten zodanig te plaatsen dat hij zijn evenwicht niet zou verliezen.
	Daarom miste hij bijna het geruis van stof dat over stof gleed en vervolgens de lichte *ploink* die van ergens rechts van hem kwam.
	Hij deinsde achteruit tegen de muur en duwde Roran achter zich. Op hetzelfde moment schoot er iets langs zijn gezicht en sneed een groef van huid uit zijn rechterwang. De dunne inkeping brandde alsof hij was geschroeid.
	'Kveykva!' schreeuwde Eragon.
	Rood licht, helder als de middagzon, vlamde op. Het had geen bron, en daarom werd elk oppervlak gelijkmatig en zonder schaduwen verlicht, waardoor alles een vreemd vlak aanzien kreeg. Het plotselinge licht verblindde Eragon half, maar voor de ene Ra'zac die voor hem stond was het erger; het schepsel liet zijn boog vallen, schermde zijn gezicht dat onder een kap schuilging af en slaakte een hoge, schrille kreet. Een gelijksoortig gekrijs vertelde Eragon dat de tweede Ra'zac achter hen was.
	Roran!
	Eragon draaide zich net op tijd om en zag Roran op de andere Ra'zac af stormen, met zijn hamer hoog geheven. Het gedesoriënteerde monster schuifelde achteruit, maar het was te traag. De hamer kwam neer. 'Voor mijn vader!' schreeuwde Roran. Hij sloeg nog eens. 'Voor ons huis!' De Ra'zac was al dood, maar Roran hief de hamer nog een keer. 'Voor Carvahall!' Zijn laatste klap verbrijzelde het pantser van de Ra'zac als een verdroogde kale-

basschil. In de genadeloze robijnrode gloed leek de uitspreidende plas bloed wel paars.

Eragon draaide zijn staf rond om de pijl of het zwaard weg te meppen waarvan hij overtuigd was dat die op hem af kwam en draaide zich om naar de overgebleven Ra'zac. De tunnel voor hen was leeg. Hij vloekte.

Hij beende naar de verwrongen gestalte op de grond. Toen zwaaide hij de staf boven zijn hoofd en liet die met een harde klap op de borst van de dode Ra'zac neerkomen.

'Daar had ik lang naar uitgekeken,' zei Eragon tevreden.

'Ik ook.'

Hij en Roran keken elkaar aan.

'Ahh!' schreeuwde Eragon, en hij drukte zijn hand tegen zijn wang toen de pijn erger werd.

'Het borrelt!' riep Roran. 'Doe iets!'

De Ra'zac moest de pijlpunt met seithrolie hebben ingesmeerd, dacht Eragon. Denkend aan zijn opleiding spoelde hij de wond en het weefsel eromheen uit met een bezwering en herstelde de schade aan zijn gezicht. Hij opende en sloot zijn mond een paar keer om te controleren of alle spieren goed werkten. Met een grimmige glimlach zei hij: 'Stel je voor hoe we er zonder magie aan toe zouden zijn.'

Klets later maar, zei Saphira. *Zodra die vissers in Dras-Leona aankomen, hoort de koning misschien van onze daden via een van zijn tamme magiërs in de stad, en we willen niet dat Galbatorix de Helgrind gaat schouwen terwijl wij hier nog zijn.*

Ja, ja. Hij doofde de alomtegenwoordige rode gloed. Daarna riep hij met de woorden 'Brisingr raudhr' een rood weerlicht op zoals de vorige avond, behalve dat deze zes duim van het plafond verankerd bleef in plaats van overal met Eragon mee te gaan.

Nu hij de kans had om de tunnel eens wat beter te bekijken, zag Eragon dat er wel een stuk of twintig deuren met ijzeren banden langs de stenen gang waren, sommige aan weerskanten. Hij wees de gang door. 'De negende aan de rechterkant. Ga jij haar halen. Ik ga in de andere cellen kijken. De Ra'zac hebben daar misschien nog iets interessants achtergelaten.'

Roran knikte. Bukkend fouilleerde hij het lijk aan hun voeten, maar daar vond hij geen sleutels. Hij haalde zijn schouders op. 'Dan doe ik het wel op de moeilijke manier.' Hij rende naar de deur, liet zijn schild staan en ging met zijn hamer aan het werk op de scharnieren. Elke klap maakte een afschuwelijke herrie.

Eragon bood niet aan hem te helpen. Zijn neef zou nu geen prijs stellen op hulp, en bovendien was er iets anders wat Eragon moest doen. Hij liep naar de eerste cel, fluisterde drie woorden en duwde, nadat het slot was opengesprongen, de deur open. Alles wat het kamertje bevatte waren een zwarte ketting en een stapel verrotte botten. Hij had niets anders verwacht dan die droevige resten; hij wist al waar datgene dat hij zocht was, maar hij hield zich onwetend om Rorans wantrouwen niet te wekken.

Nog twee deuren gingen open en dicht onder Eragons vingers. Toen, bij de vierde cel, ging de deur open en onthulde in de verschuivende gloed van het weerlicht nu juist de man die Eragon had gehoopt *niet* aan te treffen: Sloan.

Afdwaling

De slager zat onderuitgezakt tegen de muur, met beide armen aan een ijzeren ring boven zijn hoofd vastgeketend. Zijn flarden kleding bedekten maar amper zijn bleke, uitgemergelde lichaam en zijn botten en blauwe aderen staken scherp af onder zijn doorschijnende huid. Hij had zweren op zijn polsen, waar die door de boeien waren geschaafd. Uit de wonden sijpelde een mengeling van heldere vloeistof en bloed. Wat er van zijn haar restte, was grijs of wit geworden en hing in lange, vettige slierten over zijn pokdalige gezicht.

Opgeschrikt door het gebeuk van Rorans hamer tilde Sloan zijn kin naar het licht en vroeg met trillende stem: 'Wie is daar? Wie is daar?' Zijn haren vielen uiteen en schoven naar achteren, waardoor zijn oogkassen werden onthuld, die diep in zijn schedel lagen. Waar zijn oogleden behoorden te zijn, zaten nu alleen een paar restjes rafelige huid over de lege kassen. De huid eromheen was blauw en zat vol korsten.

Met een schok besefte Eragon dat de Ra'zac Sloans ogen hadden uitgepikt.

Eragon kon niet besluiten wat hij moest doen. De slager had de Ra'zac verteld dat Eragon Saphira's ei had gevonden. Bovendien had hij de wachter Byrd vermoord en had hij Carvahall aan het Rijk verraden. Als hij voor zijn mededorpelingen werd geleid, zouden die Sloan ongetwijfeld schuldig bevinden en hem tot de strop veroordelen.

Het leek Eragon alleen maar rechtvaardig dat de slager zou sterven voor zijn misdaden. Dat was niet de bron van zijn onzekerheid. Het kwam door het feit dat Roran van Katrina hield, en dat Katrina, wat Sloan ook had gedaan, nog altijd een zekere mate van genegenheid voor haar vader moest koesteren. Toekijken terwijl een jury in het openbaar Sloans misdaden opsomde en hem dan ophing, zou niet gemakkelijk voor haar zijn, en dus ook niet voor Roran. Dergelijke schokkende zaken zouden misschien zelfs voor voldoende onmin tussen hen zorgen om een einde aan hun verloving te maken. Hoe dan ook, Eragon was ervan overtuigd dat als hij Sloan meenam, dat weer onmin zou zaaien tussen Roran, Katrina, hemzelf en de andere dorpelingen, en misschien genoeg woede zou wekken om hen af te leiden van hun strijd tegen het Rijk.

De eenvoudigste oplossing, dacht Eragon, *zou zijn om hem te doden en te zeggen dat ik hem dood in de cel heb aangetroffen...* Zijn lippen trilden terwijl een van de doodswoorden al zwaar op zijn tong lag.

'Wat moet je?' vroeg Sloan. Hij draaide zijn hoofd van de ene naar de andere kant om beter te kunnen horen. 'Ik heb je al alles verteld wat ik wist!'

Eragon vervloekte zichzelf omdat hij aarzelde. Sloans schuld stond niet ter discussie; hij was een moordenaar en een verrader. Elke wetgever zou hem tot de dood veroordelen.

Ondanks de waarheid van die argumenten was het wel Sloan die voor hem op de grond zat, een man die Eragon al zijn hele leven kende. De slager was een walgelijk heerschap, maar de vele herinneringen en ervaringen die Eragon met hem deelde zorgden voor een gevoel van verbondenheid dat Eragons geweten stak. Sloan nu doodslaan zou net zoiets zijn als een hand heffen tegen Horst of Loring of een van de andere ouderlingen van Carvahall.

Wederom bereidde Eragon zich voor om het fatale woord uit te spreken.

Er verscheen een beeld voor zijn geestesoog: Torkenbrand, de slavenhandelaar die hij en Murtagh waren tegengekomen tijdens hun vlucht naar de Varden, knielend op de stoffige grond terwijl Murtagh naar hem toe beende en hem onthoofdde. Eragon herinnerde zich hoe hij had geprotesteerd tegen Murtaghs daad en hoe hij er dagen daarna nog mee had gezeten.

Ben ik dan zo veranderd, vroeg hij zich af, *dat ik nu hetzelfde kan doen? Zoals Roran zei, ik heb gedood, maar alleen in het heetst van de strijd... nooit zó.*

Hij keek over zijn schouder toen Roran het laatste scharnier van Katrina's celdeur brak. Roran liet zijn hamer vallen en wilde op de deur af stormen en die naar binnen beuken, maar toen scheen hij zich te bedenken en probeerde de deur uit de scharnieren te tillen. De deur ging een klein stukje omhoog, bleef stilhangen en wiebelde in zijn handen. 'Help me even een handje!' riep hij. 'Ik wil niet dat hij op haar valt.'

Eragon keek om naar de ellendige slager. Hij had geen tijd meer voor zinloze overpeinzingen. Hij moest kiezen. Hoe dan ook moest hij kiezen...

'Eragon!'

Ik weet niet wat het beste is, besefte Eragon. Zijn eigen onzekerheid zei hem dat het verkeerd zou zijn om Sloan te doden, maar ook om hem mee te nemen naar de Varden. Hij had geen idee wat hij moest doen, behalve een derde pad vinden, een pad dat minder voor de hand lag en minder gewelddadig was.

Hij tilde zijn hand op als in een zegening en fluisterde: 'Slytha.' Sloans ketenen ratelden toen hij slap neerzakte en in een diepe slaap verzonk. Zodra Eragon er zeker van was dat de bezwering had gewerkt, sloot hij de celdeur, deed die op slot en legde er afweerbezweringen overheen.

Wat voer je uit, Eragon? vroeg Saphira.

Wacht tot we weer bij elkaar zijn. Dan leg ik het uit.

Wat moet je uitleggen? Je hebt geen plan.

Geef me even tijd, dan heb ik er wel een.

'Wat was daarbinnen?' vroeg Roran toen Eragon bij hem kwam staan.

'Sloan.' Eragon pakte de andere kant van de deur vast. 'Hij is dood.'

Rorans ogen werden groot. 'Hoe?'

'Het lijkt erop dat ze zijn nek hebben gebroken.'

Even vreesde Eragon dat Roran hem niet zou geloven. Toen gromde zijn neef en zei: 'Zo is het maar beter, denk ik. Klaar? Een, twee, drie...'

Samen tilden ze de massieve deur uit de deurposten en smeten hem door de gang. De stenen gang weerkaatste de resulterende knal steeds opnieuw. Zonder af te wachten rende Roran de cel in, die werd verlicht door één zwak brandende lont. Eragon volgde hem op de hielen.

Katrina zat ineengedoken op de achterste hoek van een ijzeren bed. 'Laat me met rust, tandeloze smeerlappen! Ik...' Ze zweeg, met stomheid geslagen toen Roran naar voren stapte. Haar gezicht was bleek door een gebrek aan zonlicht en zat onder de vuile strepen, maar op dat moment bloeide er een blik van zo'n verwondering en tedere liefde op haar gezicht op dat Eragon bedacht dat hij nog maar zelden zo'n mooie vrouw had gezien.

Zonder haar blik ook maar een moment van Roran af te wenden stond Katrina op en raakte met een trillende hand zijn wang aan. 'Je bent gekomen.'

'Ik ben er.'

Er ontsnapte Roran een lachende snik en hij omhelsde haar, trok haar tegen zich aan. Ze bleven lange tijd verloren in hun omhelzing staan.

Roran stapte achteruit en kuste haar drie maal op de lippen. Katrina trok haar neus op en riep: 'Je hebt een baard laten staan!' Van alle dingen die ze had kunnen zeggen was dit zo onverwacht – en ze klonk zo geschokt en verbaasd – dat Eragon moest grinniken.

Nu pas scheen Katrina hem op te merken. Ze nam hem van top tot teen op en eindigde bij zijn gezicht, dat ze met overduidelijke verwondering bekeek. 'Eragon? Ben jij dat?'

'Ja.'

'Hij is nu Drakenrijder,' zei Roran.

'Een Rijder? Je bedoelt...' Ze aarzelde; die onthulling scheen haar te overstelpen. Ze keek naar Roran alsof ze zijn bescherming zocht en hield hem nog steviger vast terwijl ze om hem heen schuifelde, weg bij Eragon. Aan

Roran vroeg ze: 'Hoe... hoe heb je ons gevonden? Wie is er nog meer bij jullie?'

'Dat komt allemaal later wel. We moeten de Helgrind uit voordat de rest van het Rijk achter ons aan komt.'

'Wacht! Mijn vader. Hebben jullie hem gevonden?'

Roran keek Eragon aan, richtte zijn blik weer op Katrina en zei: 'We waren te laat.'

Katrina huiverde. Ze sloot haar ogen en een enkele traan biggelde over haar wang. 'Het zij zo.'

Terwijl zij praatten, overpeinsde Eragon vurig wat hij met Sloan moest doen, hoewel hij die gedachten voor Saphira verborgen hield; hij wist dat ze de richting van zijn gedachtegang zou afkeuren. Er begon zich een plan in zijn hoofd te vormen. Het was een buitenissig idee, vol gevaar en onzekerheid, maar het was gezien de omstandigheden het enig haalbare pad.

Hij liet verder nadenken voor wat het was en ging over tot actie. Hij had veel te doen en maar weinig tijd. 'Jierda!' riep hij, met zijn vinger wijzend naar de metalen banden om Katrina's enkels. Met een knal van blauwe vonken en rondvliegende splinters braken ze open. Katrina schrok ervan.

'Magie...' fluisterde ze.

'Een simpele bezwering.' Ze deinsde achteruit van zijn hand toen hij naar haar reikte. 'Katrina, ik moet zeker weten dat Galbatorix of een van zijn magiërs je niet heeft bezworen met valstrikken, of je gedwongen heeft dingen te zweren in de oude taal.'

'De oude...'

Roran viel haar in de rede. 'Eragon! Doe dat maar als we vanavond ons kamp opslaan. We kunnen hier niet blijven.'

'Nee.' Eragon maakte een resoluut gebaar. 'We doen het nu.' Fronsend stapte Roran opzij toen Eragon zijn handen op Katrina's schouders legde. 'Kijk me maar gewoon in mijn ogen,' zei hij tegen haar. Ze knikte en gehoorzaamde.

Dit was de eerste keer dat Eragon een reden had om de bezweringen te gebruiken die Oromis hem had geleerd om het werk van een andere magiër te detecteren, en hij had moeite zich alle woorden uit de schriftrollen in Ellesméra te herinneren. Er ontbraken zoveel stukjes uit zijn herinnering dat hij drie keer gebruik moest maken van een synoniem om de bezwering te voltooien.

Lange tijd staarde Eragon in Katrina's glinsterende ogen en prevelde hij frasen in de oude taal. Nu en dan – met haar toestemming – onderzocht hij een van haar herinneringen nader, op zoek naar bewijs dat iemand ermee had gerommeld. Hij was zo voorzichtig mogelijk, anders dan in het geval van de Tweeling, die Eragon met een gelijksoortige procedure had onderzocht toen hij in Farthen Dûr was aangekomen.

Roran stond op wacht, ijsberend voor de open deur. Elke tel die voorbijging maakte hem onrustiger; hij speelde met zijn hamer en klopte met de kop ervan tegen zijn bovenbeen, alsof hij meetikte op de maat van muziek.

Eindelijk liet Eragon Katrina los. 'Ik ben klaar.'

'Wat heb je gevonden?' fluisterde ze. Ze sloeg haar armen om haar lichaam, en haar voorhoofd rimpelde in bezorgde lijntjes terwijl ze wachtte op zijn oordeel. Stilte vulde de cel toen Roran bleef staan.

'Niets behalve je eigen gedachten. Je bent vrij van bezweringen.'

'Natuurlijk is ze dat,' gromde Roran, en hij omhelsde haar opnieuw.

Samen liepen de drie de cel uit. 'Brisingr, iet tauthr,' zei Eragon, gebarend naar het weerlicht dat nog altijd bij het plafond in de gang zweefde. Op zijn bevel schoot de gloeiende bol naar een plek recht boven zijn hoofd en bleef daar, meedeinend als een stuk drijfhout in de branding.

Eragon ging voorop toen ze door de doolhof van gangen terugsnelden naar de grot waar ze waren geland. Terwijl hij over de glibberige rotsen draafde, keek hij uit naar de overgebleven Ra'zac en richtte tegelijkertijd afweerbezweringen op om Katrina te beschermen. Achter zich hoorde hij haar en Roran een reeks korte zinnen en woorden uiten: 'Ik hou van je... Horst en de anderen zijn veilig... Altijd... Voor jou... Ja... Ja... Ja... Ja...' Het vertrouwen en de genegenheid die ze voor elkaar voelden waren zo overduidelijk dat ze een doffe pijn van verlangen in Eragon opwekten.

Toen ze nog ongeveer tien meter van de grote grot verwijderd waren en weer iets konden zien dankzij de lichte gloed van buiten, doofde Eragon het weerlicht. Een stukje verderop vertraagde Katrina haar pas, drukte zich tegen de zijkant van de tunnel en sloeg haar handen voor haar gezicht. 'Ik kan niet verder. Het is te fel; het doet pijn aan mijn ogen.'

Roran ging snel voor haar staan, zodat zijn schaduw over haar heen viel. 'Wanneer ben je voor het laatst buiten geweest?'

'Weet ik niet...' Er kroop iets van paniek in haar stem. 'Ik weet het niet! Toen ze me hierheen brachten. Roran, word ik blind?' Ze snufte en begon te huilen.

Eragon was verbaasd over haar tranen. Hij herinnerde zich Katrina als iemand met grote kracht en zelfbeheersing. Maar ze had vele weken in het donker opgesloten gezeten, vrezend voor haar leven. *Ik zou misschien ook niet mezelf zijn als ik in haar schoenen stond.*

'Nee, het komt allemaal goed. Je moet alleen weer aan de zon wennen.' Roran streelde haar haren. 'Kom, rustig maar. Alles komt goed... Je bent nu veilig. Veilig, Katrina. Hoor je me?'

'Ik hoor je.'

Hoewel hij het vreselijk vond om een tuniek die hij van de elfen had gekregen te ruïneren, scheurde Eragon een reep stof van de onderkant van zijn kledingstuk. Hij gaf het aan Katrina en zei: 'Bind dit om je ogen. Je zou er goed genoeg doorheen moeten kunnen kijken om niet te struikelen of ergens tegenaan te botsen.'

Ze bedankte hem en blinddoekte zichzelf.

Toen ze weer verder liepen, kwam het trio in de zonnige, met bloed besmeurde hoofdgrot – die nog erger stonk dan eerst, door de giftige walmen die opstegen van het karkas van de Lethrblaka – terwijl Saphira uit de diepten van de gang tegenover hen opdook. Bij het zien van de draak slaakte Katrina een kreet, klampte zich aan Roran vast en kneep angstig in zijn arm.

'Katrina, laat me je voorstellen aan Saphira,' zei Eragon. 'Ik ben haar Rijder. Ze begrijpt alles wat je zegt.'

'Het is me een eer, o draak,' wist Katrina uit te brengen. Ze boog haar knieën in een zwakke imitatie van een reverence.

Saphira boog haar nek. Toen keek ze Eragon aan. *Ik heb het nest van de Lethrblaka doorzocht, maar ik heb alleen maar botten, botten en nog eens botten gevonden, waaronder enkele die roken naar vers vlees. De Ra'zac moeten de slaven gisteravond hebben opgegeten.*

Ik wou dat we ze hadden kunnen redden.

Ik weet het, maar in deze oorlog kunnen we niet iedereen beschermen.

Eragon gebaarde naar Saphira. 'Klim maar op haar rug. Ik kom zo bij jullie.'

Katrina aarzelde en keek Roran aan, die knikte en mompelde: 'Het is al goed. Saphira heeft ons hierheen gebracht.' Samen liepen ze om het karkas van de Lethrblaka heen naar Saphira, die zich op haar buik liet zakken zodat de twee omhoog konden klimmen. Met zijn handen in elkaar gevouwen om een opstapje te vormen, tilde Roran Katrina zo hoog op dat ze zich over Saphira's linker voorpoot heen kon trekken. Van daaraf klom Katrina naar boven langs de lussen van de beenriemen aan het zadel, alsof het een ladder was, tot ze op de kam van Saphira's schouders zat. Als een berggeit die van de ene richel naar de volgende sprong ging Roran haar achterna.

Eragon liep door de grot achter hen aan en bekeek Saphira om de ernst van haar diverse schrammen, scheurtjes, krassen en steekwonden te beoordelen. Hiervoor ging hij af op wat zijzelf voelde, naast dat wat hij kon zien.

Nou, zeg, zei Saphira, *bespaar je de moeite in vredesnaam tot we buiten gevaar zijn. Ik bloed niet dood.*

Dat is niet helemaal waar, en dat weet je best. Je bloedt vanbinnen. Als ik dat nu niet stelp, kunnen er complicaties optreden die ik niet kan genezen, en dan komen we nooit terug bij de Varden. Niet protesteren; ik verander toch niet van gedachten, en het duurt maar eventjes.

Eragon bleek toch wel enige tijd nodig te hebben om Saphira weer gezond te maken. Haar verwondingen waren zo ernstig dat hij om zijn bezweringen te voltooien alle energie uit de riem van Beloth de Wijze nodig had en daarna nog moest putten uit Saphira's eigen enorme energievoorraad.

Telkens als hij van een grotere wond naar een kleinere ging, protesteerde ze dat hij zich aanstelde en of hij alsjeblieft wilde ophouden, maar tot haar toenemende ergernis negeerde hij haar geklaag.

Ten slotte liet Eragon zijn schouders zakken, moe van de magie en het vechten. Hij wees met een vinger naar de plekken waar de Lethrblaka haar met hun snavels hadden doorboord en zei: *Je moet Arya of een andere elf laten controleren of alles in orde is. Ik heb mijn best gedaan, maar het kan zijn dat ik iets heb gemist.*

Ik waardeer je bezorgdheid, antwoordde ze, *maar dit is amper de plek voor geëmotioneerde taferelen. Laten we nu eindelijk gaan!*

Ja. Tijd om te gaan. Eragon stapte achteruit en liep weg bij Saphira, in de richting van de tunnel achter zich.

'Kom op!' drong Roran aan. 'Schiet op!'

Eragon! riep Saphira.

Eragon schudde zijn hoofd. 'Nee, ik blijf hier.'

'Je...' begon Roran, maar hij werd onderbroken door een woeste grauw van Saphira. Ze sloeg met haar staart tegen de wand van de grot en krabde met haar klauwen over de grond, zodat bot en steen knarsten met een geluid als van vreselijke pijn.

'Luister!' schreeuwde Eragon. 'Een van de Ra'zac loopt nog vrij rond. En denk eens aan wat er nog meer in de Helgrind kan zijn: schriftrollen, toverdranken, informatie over de activiteiten van het Rijk – dingen die nuttig voor ons zijn! De Ra'zac hebben misschien zelfs wel hun eieren hier opgeslagen. Als dat zo is, moet ik ze vernietigen voordat Galbatorix ze kan opeisen.'

Tegen Saphira voegde hij er nog aan toe: *Ik kan Sloan niet doden. Roran en Katrina mogen hem niet zien, en ik kan hem ook niet laten verhongeren in zijn cel of weer door Galbatorix' mannen laten vangen. Het spijt me, maar ik moet me in mijn eentje om Sloan bekommeren.*

'Hoe kom je het Rijk dan weer uit?' wilde Roran weten.

'Ik ren wel. Ik ben nu even snel als een elf, weet je.'

De punt van Saphira's staart zwiepte heen en weer. Dat was de enige waarschuwing die Eragon kreeg voordat ze naar hem toe sprong en een van haar glinsterende poten uitstak. Hij vluchtte en sprong de tunnel in, een halve tel voordat Saphira's poot op de plek belandde waar hij had gestaan.

Saphira kwam schuivend voor de tunnel tot stilstand en brulde gefrustreerd, want ze kon hem niet volgen in de nauwe gang. Haar lichaam blokkeerde het grootste deel van het licht. De stenen rondom Eragon beefden terwijl ze met haar klauwen en tanden op de ingang inhakte en er grote brokken afbrak. Haar woeste gegrauw en het zien van haar grote bek, vol tanden zo lang als zijn onderarm, bezorgde Eragon een steek van angst. Hij begreep toen hoe een konijn zich moest voelen als het zich in zijn hol verstopte terwijl een wolf zich naar binnen groef.

'Gánga!' riep hij.

Nee! Saphira legde haar kop op de grond en uitte een droevig gejammer, met grote, deerniswekkende ogen.

'Gánga! Ik hou van je, Saphira, maar je moet gaan.'

Ze trok zich een paar meter terug van de tunnel en snuffelde naar hem, miauwend als een kat. *Kleintje...*

Eragon vond het vreselijk om haar verdriet te doen en haar weg te sturen; het voelde alsof hij zichzelf verscheurde. Saphira's ellende stroomde door hun mentale verbinding naar hem toe en voegde zich bij zijn eigen verdriet, waardoor hij bijna verlamd raakte. Op een of andere manier wist hij de moed te verzamelen om te zeggen: 'Gánga! Kom me niet halen, en stuur ook niemand anders naar me toe. Ik red me wel. Gánga! Gánga!'

Saphira jankte van frustratie en liep toen met tegenzin naar de ingang van de grot. Vanuit het zadel riep Roran: 'Eragon, kom op! Doe niet zo achterlijk. Je bent te belangrijk om het risico te nemen...'

Een combinatie van geluid en beweging overstemde de rest van zijn zin toen Saphira zich de grot uit lanceerde. In de heldere hemel buiten sprankelden haar schubben als vele schitterende blauwe diamanten. Ze was prachtig, dacht Eragon: trots, nobel en mooier dan elk ander levend wezen. Geen hengst of leeuw kon wedijveren met de pracht van een vliegende draak. Ze zei: *Een week, zo lang zal ik wachten. Dan kom ik je halen, Eragon, ook al moet ik me een weg banen langs Thoorn, Shruikan en duizend magiërs.*

Eragon bleef daar staan tot ze uit het zicht was verdwenen en hij haar geest niet langer kon aanraken. Toen, met een hart zo zwaar als lood, rechtte hij zijn schouders, wendde zich af van de zon en alles wat licht en levend was en daalde weer af in de tunnels van schaduw.

Ruiter en Ra'zac

In de cellengang nabij het centrum van de Helgrind baadde Eragon in de warmteloze straling van zijn rode weerlicht. Zijn staf lag op zijn schoot. De rotsen weerkaatsten zijn stem terwijl hij steeds opnieuw iets in de oude taal herhaalde. Het was geen magie, maar meer een boodschap aan de nog overgebleven Ra'zac. Wat hij zei, betekende: 'Kom, o gij eter van mensenvlees, laat ons dit gevecht beëindigen. U bent gewond, en ik ben vermoeid. Uw metgezellen zijn dood, en ik ben alleen. We zijn aan elkaar gewaagd. Ik beloof dat ik geen gramarije tegen u zal gebruiken, noch u zal verwonden of misleiden met bezweringen die ik al heb uitgesproken. Kom, o gij eter van mensenvlees, laat ons dit gevecht beëindigen...'

Het leek wel alsof hij dit nu al eindeloos herhaalde: een periode van tijdloosheid in een afschrikwekkend getinte ruimte die onveranderd bleef gedurende een eeuwigheid van doorlopende woorden, waarvan de volgorde en betekenis niet langer tot hem doordrongen. Na een tijdje hielden zijn razende gedachten zich stil en kroop er een vreemdsoortige kalmte over hem heen.

Hij zweeg met open mond, waakzaam.

Dertig voet verderop stond de Ra'zac. Er droop bloed van de zoom van zijn gescheurde mantel. 'Mijn meessster wil niet dat ik je dood,' zei het schepsel.

'Maar dat maakt jou nu niet meer uit.'

'Nee. Alsss ik val voor je ssstaf, laat Galbatorix dan maar met je doen wat hij wil. Hij heeft meer harten dan jij.'

Eragon lachte. 'Harten? Ik ben de kampioen van het volk, niet hij.'

'Domme jongen.' De Ra'zac hield zijn kop scheef en keek langs hem naar het lijk van de andere Ra'zac, dat verderop in de tunnel lag. 'Zij wasss mijn nessstgenoot. Je bent sssterk geworden sssinds we elkaar leerden kennen, Ssschimmendoder.'

'Het was haar leven of dat van mij.'

'Wil je een pact met me sssluiten, Ssschimmendoder?'

'Wat voor pact?'

'Ik ben de laatssste van mijn volk. We zijn oud, en ik wil niet dat we worden vergeten. Zul je, in je liederen en verhalen, je medemensssen herinneren aan de angsssst die we wekten bij jouw sssoort? Onsss in herinnering houden als vreesss?'

'Waarom zou ik dat voor je doen?'

De Ra'zac drukte zijn snavel tegen zijn smalle borst en klokte en kwetterde even in zichzelf. 'Omdat ik je een geheim zal vertellen, ja.'

'Vertel dan maar.'

'Geef me eerssst je woord, zodat je me niet misssleidt.'

'Nee. Vertel het me, dan zal ik besluiten of ik akkoord ga of niet.'

Er verstreek lange tijd, waarin geen van beiden zich bewoog, hoewel Eragon zijn spieren gespannen hield en klaar was voor een verrassingsaanval. Na nog een paar scherpe klikken, zei de Ra'zac: 'Hij heeft de naam bijna gevonden.'

'Wie?'

'Galbatorix.'

'De naam waarvan?'

De Ra'zac siste van frustratie. 'Dat kan ik niet zeggen! De náám! De ware naam!'

'Je moet me meer informatie geven.'
'Dat kan ik niet!'
'Dan hebben we geen pact.'
'Je bent vervloekt, Rijder! Ik vervloek je! Ik hoop dat je nooit een nessst of hol of gemoedsssrussst zult vinden in dit land van je! Ik hoop dat je Alagaësssia verlaat en nooit meer terugkeert!'

Eragons nekvel prikte van kille angst. In gedachten hoorde hij weer de woorden van Angela de kruidenvrouw toen ze haar drakenbotten voor hem had geworpen en hem zijn toekomst had voorspeld, waarbij ze hem een lot van gelijke strekking had voorgehouden.

Eragon en zijn vijand waren slechts een stap van elkaar verwijderd toen de Ra'zac zijn doorweekte mantel opende en een boog met een al aangelegde pijl onthulde. Hij hief het wapen, spande de pees en schoot de pijl op Eragons borst af.

Eragon sloeg de pijl opzij met zijn staf.

Alsof zijn poging alleen maar een openingsgebaar was geweest, door het gebruik voorgeschreven voordat ze met hun eigenlijke confrontatie verder konden, bukte de Ra'zac, legde de boog op de vloer, rechtte zijn mantel en trok er rustig zijn bladvormige zwaard onder vandaan. Intussen kwam Eragon overeind, zette zijn voeten een eindje uit elkaar en verstrakte zijn greep op zijn staf.

Ze sprongen naar elkaar toe. De Ra'zac probeerde Eragon van sleutelbeen tot heup open te klieven, maar Eragon draaide opzij en stapte erlangs. Hij ramde het uiteinde van de staf omhoog en dreef de metalen punt onder de snavel van de Ra'zac dwars door de platen die de keel van het schepsel beschermden.

De Ra'zac huiverde één keer en viel om.

Eragon staarde naar zijn meest gehate vijand, naar die zwarte ogen zonder oogleden, en plotseling werden zijn knieën week en gaf hij over tegen de muur. Hij veegde zijn mond af, rukte de staf los en fluisterde: 'Voor onze vader. Voor ons huis. Voor Carvahall. Voor Brom... Ik heb genoeg van wraak. Je mag hier eeuwig liggen rotten, Ra'zac.'

Eragon ging naar de juiste cel en haalde Sloan op – die nog altijd diep in een betoverde slaap was – gooide de slager over zijn schouder en liep terug naar de hoofdgrot van de Helgrind. Onderweg liet hij Sloan vaak even op de grond zakken en ging dan een ruimte of zijgang verkennen die hij nog niet eerder had gezien. Daarin ontdekte hij vele kwaadaardige materialen, waaronder vier metalen kruiken seithrolie, die hij meteen vernietigde, zodat niemand het vleesetende zuur kon gebruiken voor hun snode plannen.

Warm zonlicht prikte op Eragons wangen toen hij het netwerk van tunnels uit strompelde. Hij hield zijn adem in terwijl hij zich langs de dode Lethrblaka haastte en liep naar de rand van de enorme grot, waar hij omlaagkeek naar de steile wand van de Helgrind en de heuvels ver beneden. In het westen zag hij een zuil van oranje stof opwolken boven de laan tussen de Helgrind en Dras-Leona, wat aangaf dat er een groep ruiters naderde.

Zijn rechterkant brandde door het torsen van Sloans gewicht, dus verschoof Eragon de slager naar zijn andere schouder. Hij knipperde de zweetdruppeltjes weg die aan zijn wimpers hingen en overpeinsde hoe hij Sloan en zichzelf zo'n vijfduizend voet omlaag naar de grond moest krijgen.

'Het is bijna een mijl naar beneden,' mompelde hij. 'Als er een pad was, zou ik die afstand gemakkelijk kunnen lopen, zelfs met Sloan op mijn schouder. Dus moet ik ook de kracht hebben om ons met magie te laten afdalen... Ja, maar wat normaal enige tijd kost, kan te zwaar zijn om in één keer te doen zonder jezelf om te brengen. Zoals Oromis zei, het lichaam kan zijn voorraad brandstof niet snel genoeg in energie omzetten om de meeste bezweringen langer dan een paar tellen vol te houden. Ik heb op enig moment maar een beperkte hoeveelheid kracht, en zodra die op is, moet ik wachten tot ik hersteld ben... En met kletsen tegen mezelf schiet ik niks op.'

Eragon pakte Sloan steviger beet en richtte zijn blik op een smalle richel ongeveer honderd voet lager. Dit gaat pijn doen, dacht hij, zich voorbereidend op zijn poging. Toen blafte hij: 'Audr!'

Hij voelde zich enkele duimlengtes boven de vloer van de grot opstijgen. 'Fram,' zei hij, en de bezwering voerde hem weg van de Helgrind en de open lucht in, waar hij als een wolk in de lucht zweefde. Omdat hij was gewend aan vliegen met Saphira, maakte het zien van niets dan lucht onder zijn voeten hem onbehaaglijk.

Door de stroom van de magie te manipuleren daalde Eragon snel uit het nest van de Ra'zac – dat weer verborgen ging achter de illusie van een muur van steen – af naar de richel. Zijn laars glipte weg over een los stuk steen toen hij landde. Een paar ademloze tellen lang wankelde hij, zoekend naar houvast voor zijn voeten maar niet in staat omlaag te kijken, want als hij zijn hoofd schuinhield zou hij al naar voren kunnen buitelen. Hij slaakte een kreet toen zijn linkerbeen van de richel gleed en hij begon te vallen. Voordat hij zichzelf met magie kon redden, kwam hij abrupt tot stilstand doordat zijn linkervoet stevig in een scheur tussen de rotsen terechtkwam. De randen van de scheur beten in zijn kuit, achter zijn scheenbeschermer, maar dat vond hij niet erg, want hij kon in ieder geval niet vallen.

Eragon leunde met zijn rug tegen de Helgrind en gebruikte de rotsen om Sloans slappe lichaam te ondersteunen. 'Dat ging niet al te slecht,' merkte hij op. De inspanning had hem energie gekost, maar niet zoveel dat hij niet kon doorgaan. 'Ik kan dit wel,' sprak hij zichzelf bemoedigend toe. Hij haalde diepe teugen frisse lucht binnen, wachtend tot zijn razende hartslag zou vertragen; hij had het gevoel alsof hij twintig meter had hardgelopen met Sloan over zijn schouder. 'Ik kan dit wel...'

De naderende ruiters trokken zijn blik weer. Ze waren nu een stuk dichterbij en galoppeerden over het droge land met een snelheid die hem verontrustte. *Het is een wedren tussen hen en mij*, besefte hij. *Ik moet ontkomen voordat ze de Helgrind bereiken. Er zijn ongetwijfeld magiërs bij hen, en mijn conditie is niet goed genoeg om tegen Galbatorix' magiërs te strijden.* Hij keek naar Sloans gezicht en zei: 'Misschien kun jij me een beetje helpen? Dat is wel het minste wat je kunt doen, aangezien ik de dood en erger voor je riskeer.' Het hoofd van de slapende slager, verloren in zijn droomwereld, rolde opzij.

Met een grom zette Eragon zich af van de Helgrind. Wederom zei hij: 'Audr,' en weer zweefde hij omhoog. Deze keer putte hij uit Sloans kracht – hoe weinig die er ook van had – naast die van zichzelf. Samen daalden ze als twee vreemde vogels langs de ruige flank van de Helgrind af naar een volgende richel, die zo breed was dat hij een veilig toevluchtsoord bood.

Zo stuurde Eragon hun afdaling. Hij ging niet in een rechte lijn, maar schuin naar rechts omlaag, zodat ze om de Helgrind heen gingen en de massa steenblokken hem en Sloan voor de ruiters verborg.

Hoe dichter ze bij de grond kwamen, hoe langzamer ze gingen. Een vreselijke vermoeidheid nam bezit van Eragon en verkleinde de afstand die hij telkens kon afleggen, en hij had steeds meer moeite om zich in de pauzes tussen zijn inspanningen te herstellen. Zelfs het bewegen van een vinger werd een taak die hem extreem vermoeide en hem mateloos irriteerde. De sloomheid omhulde hem met een warme deken en verdoofde zijn gedachten en gevoel, tot de hardste rots onder zijn pijnlijke spieren zo zacht aanvoelde als een kussen.

Toen hij eindelijk op de zongeblakerde aarde aanbelandde, was hij te zwak om te voorkomen dat Sloan en hij op de grond stortten. Eragon bleef met zijn armen onhandig onder zijn borst gepind liggen en staarde met geloken ogen naar de gele vlekjes citrine die in een rotsblok zo'n twee duim voor zijn neus ingebed zaten. Sloan lag boven op zijn rug als een stapel ijzeren blokken. De lucht sijpelde weg uit Eragons longen, maar scheen niet opnieuw te worden aangevuld. Zijn zicht verduisterde alsof er een wolk voor de zon was getrokken. Een dodelijke stilte viel tussen elke hartslag, en de bons, als die kwam, was niet meer dan een zwakke samentrekking.

Eragon was niet meer in staat samenhangend te denken, maar ergens achter in zijn hoofd was hij zich ervan bewust dat hij op het punt stond te sterven. Dat joeg hem geen angst aan; integendeel, het vooruitzicht was een troost, want hij was ongelooflijk moe en de dood zou hem bevrijden van zijn gehavende omhulsel van vlees en hem toestaan eeuwig te rusten.

Op dat moment kwam er een hommel zo groot als zijn duim aanvliegen. Het beestje cirkelde om zijn oor en bleef toen voor de rots zweven, tastend langs de korreltjes citrine, die dezelfde felgele kleur hadden als de veldsterren die tussen de heuvels bloeiden. Het vachtje van de hommel gloeide in het ochtendlicht – elk haartje duidelijk en scherp zichtbaar voor Eragon – en het waas van zijn vleugeltjes zoemde lichtjes, als een roffel op een trommel. De kammen aan zijn pootjes zaten vol stuifmeel.

De hommel was zo stralend, zo vol levenskracht en zo mooi dat Eragons wil om te leven terugkeerde. Een wereld met een wezentje erin dat zo ongelooflijk was als die hommel, was een wereld waarin hij wilde leven.

Uitsluitend op wilskracht trok hij zijn linkerhand onder zijn borst vandaan en pakte de houten stam van een struik vast. Als een bloedzuiger of teek zoog hij het leven uit de plant, waardoor die slap en bruin werd. De stroom energie die daarop door Eragon trok, verscherpte zijn geest. Nu werd hij bang; omdat hij weer de wens had om te blijven leven, zag hij niets dan angst in de duisternis daarvoorbij.

Terwijl hij zich naar voren sleepte, greep hij een volgende struik en zoog de levenskracht daarvan op, toen een derde struik en een vierde, en zo verder tot hij al zijn energie weer terughad. Hij stond op en keek achterom naar het spoor van bruine planten dat zich achter hem uitstrekte; een bittere smaak vulde zijn mond toen hij zag wat hij had gedaan.

Eragon wist dat hij onzorgvuldig was geweest met de magie en dat zijn roekeloze gedrag de Varden zou hebben gedoemd tot de nederlaag als hij was gestorven. Achteraf gezien grimaste hij om zijn eigen stommiteit. *Brom zou me een oorvijg hebben gegeven omdat ik mezelf in zo'n situatie had gebracht.*

Hij liep terug naar Sloan en hees de enorme slager weer van de grond. Toen wendde hij zich naar het oosten en rende weg van de Helgrind, de dekking van een geul in. Enige tijd later, toen hij bleef staan om te kijken of hij werd achtervolgd, zag hij een wolk van stof onder aan de Helgrind wervelen, waardoor hij aannam dat de ruiters bij de donkere toren van steen waren gearriveerd.

Hij glimlachte. Galbatorix' onderdanen waren te ver weg, en mindere magiërs onder hen zouden zijn geest of die van Sloan niet kunnen opmerken. *Tegen de tijd dat ze de lijken van de Ra'zac vinden,* dacht hij, *heb ik al meer dan een mijl gerend. Ik betwijfel of ze me dan nog zullen kunnen vinden. Bovendien zullen ze op zoek gaan naar een draak en haar Rijder, niet naar een man te voet.*

Vol vertrouwen dat hij zich geen zorgen hoefde te maken over een onmiddellijke aanval hervatte Eragon zijn vorige tempo: een gelijkmatige gang die hem geen moeite kostte en die hij desnoods de hele dag zou kunnen volhouden.

Boven hem straalde de zon goud en wit. Voor hem strekten zich vele mijlen van maagdelijke wildernis uit, tot aan de buitenste gebouwen van een dorp. En in zijn hart vlamde nieuwe vreugde en hoop op.

Eindelijk waren de Ra'zac dood!

Eindelijk was zijn zoektocht naar wraak voltooid. Eindelijk had hij zijn plicht aan Garrow en Brom vervuld. En eindelijk had hij de mantel van angst en woede afgeworpen waar hij onder gebukt was gegaan sinds de Ra'zac voor het eerst in Carvahall waren verschenen. Hen doden had veel langer geduurd dan hij had verwacht, maar nu was het gebeurd, en dat was schitterend. Hij stond zichzelf toe tevreden te zijn omdat hij zo'n moeilijke taak had volbracht, zij het dan met de hulp van Roran en Saphira.

Maar tot zijn verbazing was zijn triomf bitterzoet, besmeurd door een onverwacht gevoel van verlies. Zijn jacht op de Ra'zac was een van zijn laatste connecties geweest met zijn leven in de Palancarvallei, en hij wilde die connectie liever niet loslaten, hoe vreselijk hij ook was. Bovendien had de taak hem een doel in het leven gegeven toen hij er geen had; het was de reden waarom hij oorspronkelijk zijn huis had verlaten. Zonder dat doel gaapte er een gat in hem, op de plek waar hij zijn haat jegens de Ra'zac had gekoesterd.

Dat hij kon rouwen om het einde van zo'n verschrikkelijke missie was ongelooflijk, en Eragon zwoer dat hij die fout niet nog eens zou maken. *Ik weiger zo gehecht te raken aan mijn strijd tegen het Rijk, Murtagh en Galbatorix dat ik niet naar iets anders door zal willen gaan wanneer en als het moment daar is – erger nog, dat ik zal proberen het conflict te rekken in plaats van me aan te passen aan wat daarna volgt.* Toen besloot hij zijn misplaatste spijtgevoelens van zich af te zetten en zich in plaats daarvan te richten op zijn opluchting. Hij was vrij van de grimmige eisen van zijn zelfopgelegde queeste, en de enige verplichtingen die hij nu nog had kwamen voort uit zijn huidige positie.

De uitgelatenheid verlichtte zijn tred. Nu de Ra'zac dood waren, had Eragon het gevoel dat hij eindelijk zijn eigen leven kon vormgeven, niet op basis van wie hij was geweest, maar op basis van wie hij was geworden: een Drakenrijder.

Hij glimlachte naar de grillige horizon en lachte onder het rennen, onverschillig of iemand hem zou horen. Zijn stem rolde omhoog en omlaag door de geul, en om hem heen leek alles nieuw, mooi en vol belofte.

Eenzame tocht door het land

Eragons maag knorde. Hij lag op zijn rug, met zijn knieën opgetrokken – om zijn bovenbeenspieren op te rekken nadat hij verder en met meer gewicht had gerend dan ooit tevoren – toen het luide, vloeibare gerommel uit zijn ingewanden opklonk. Het geluid kwam zo onverwachts dat Eragon overeind schoot en naar zijn staf graaide.

De wind floot over het kale land. De zon was ondergegaan en nu was alles blauw en paars. Niets bewoog, op de grassprieten die wuifden in de wind en Sloan na, wiens vingers zich langzaam openden en sloten in reactie op een of ander visioen in zijn betoverde slaap. Een bijtende kou kondigde het invallen van de nacht aan.

Eragon ontspande weer en stond zichzelf een flauw glimlachje toe.

Zijn amusement verdween snel toen hij nadacht over de bron van zijn ongemak. Het vechten tegen de Ra'zac, het gebruiken van talloze bezweringen en het dragen van Sloan op zijn schouders gedurende het grootste deel van de dag had Eragon uitgehongerd gemaakt. Als hij nu terug kon reizen in de tijd, zou hij het hele feestmaal kunnen opeten dat de dwergen ter ere van hem hadden klaargemaakt tijdens zijn bezoek aan Tarnag. Bij de herinnering aan de geur van de geroosterde Nagra, het reuzenzwijn – heet, kruidig, met honing en specerijen en druipend van het vet – liep het water hem in de mond.

Het punt was dat hij geen proviand had. Water was gemakkelijk te vinden; hij kon vocht uit de grond onttrekken wanneer hij wilde. Voedsel vinden op deze verlaten plek was echter niet alleen veel moeilijker, het confronteerde hem met een moreel dilemma dat hij liever had vermeden.

Oromis had veel van zijn lessen gewijd aan de verschillende klimaten en geografische gebieden in Alagaësia. Dus toen Eragon hun kamp verliet om het omringende gebied te verkennen, kon hij de meeste planten die hij tegenkwam identificeren. Er stonden er niet veel die eetbaar waren, en bovendien waren ze niet groot of gezond genoeg om een maaltijd te vormen voor twee volwassen mannen. De dieren hier hadden ongetwijfeld voorraadjes zaden en fruit verstopt, maar hij had geen idee waar hij die zou kunnen vinden. Hij dacht ook niet dat het waarschijnlijk was dat een woestijnmuis meer dan een paar happen voedsel had verstopt. Dus bleven er nog maar twee opties over, en die stonden hem geen van beide aan. Hij kon – net als eerder – energie uit de planten en insecten rondom hun kamp onttrekken. De prijs daarvan zou zijn dat hij een dode plek op het land achterliet, een smet waar niets, zelfs niet de kleinste organismen in de aarde, nog leefde. En hoewel dat hem en Sloan gaande zou houden, waren energietransfusies verre van tevredenstellend, want ze vulden je maag niet.

Of hij kon gaan jagen.

Eragon fronste zijn voorhoofd en draaide met de punt van zijn staf in de grond. Nadat hij de gedachten en verlangens van talloze dieren had gedeeld, walgde hij van de gedachte een dier op te eten. Toch wilde hij zich niet laten verzwakken en het Rijk daarmee mogelijk de kans bieden om hem te vangen, alleen maar omdat hij zonder voedsel verder ging zodat hij het leven van een konijn kon sparen. Zoals zowel Saphira als Roran had gezegd, alles wat leefde, overleefde door iets anders te eten. We leven in een wrede wereld, dacht hij, en ik kan de aard ervan niet veranderen... De elfen eten dan misschien terecht geen vlees, maar op het moment is mijn behoefte groot. Het is geen misdaad om wat spek of forel of wat dan ook te eten.

Hoewel hij er alles aan deed om zichzelf gerust te stellen met uiteenlopende argumenten, toch bleef zijn afkeer van het idee in zijn ingewanden roeren. Bijna een half uur lang bleef hij stilstaan, niet in staat te doen wat de logica hem zei dat nodig was. Toen werd hij zich ervan bewust hoe laat het was en schold hij zichzelf uit omdat hij tijd had verspild; hij had alle rust die hij kon krijgen hard nodig.

Eragon vermande zich en stuurde tasters vanuit zijn geest over het land, tot hij twee grote hagedissen vond en, opgekruld in een hol van zand, een kolonie knaagdieren die hem deden denken aan een kruising tussen een rat, een konijn en een eekhoorn. 'Deyja,' zei Eragon, en hij doodde de hagedissen en een van de knaagdieren. Ze stierven ogenblikkelijk en zonder pijn, maar toch knarste hij op zijn tanden toen hij de felle vlam van hun geest doofde.

De hagedissen haalde hij met de hand op, door de rotsen om te draaien waaronder ze verstopt hadden gezeten. Het knaagdier moest hij echter met magie uit het hol halen. Hij paste ervoor op dat hij de andere dieren niet wekte terwijl hij het lichaampje naar boven manoeuvreerde; het leek hem wreed ze angst aan te jagen met de wetenschap dat een onzichtbaar roofdier hen in hun geheime onderkomen zomaar kon doden.

Hij vilde de hagedissen en het knaagdier en ontdeed ze van hun ingewanden, die hij zo diep begroef dat ze voor aaseters verborgen bleven. Daarna verzamelde hij smalle platte stenen en bouwde een oventje, stak er een vuurtje in aan en braadde het vlees. Zonder zout kon hij het niet fatsoenlijk kruiden, maar enkele inheemse planten gaven een plezierige geur af toen hij ze tussen zijn vingers wreef, en die stopte hij in het vlees.

Het knaagdier, dat het kleinst was, was het eerst klaar. Eragon pakte het van de provisorische oven en hield het vlees voor zijn mond. Hij grimaste en zou in de greep van zijn walging zijn blijven steken, maar hij moest het vuur gaande houden en de hagedissen omdraaien. Die twee activiteiten leidden hem voldoende af, zodat hij zonder nadenken gehoor gaf aan het dringende bevel van zijn honger en begon te eten.

De eerste hap was het ergste; die bleef in zijn keel steken, en de smaak van het hete vet dreigde hem misselijk te maken. Toen huiverde hij, slikte twee keer, en de neiging verdween. Daarna ging het gemakkelijker. Hij was er zelfs dankbaar voor dat het vlees nogal flauw smaakte, want het gebrek aan smaak hielp hem vergeten waar hij op kauwde.

Hij at het hele knaagdier en een deel van een hagedis op. Terwijl hij het laatste stukje vlees van een dun bot trok, slaakte hij een zucht van tevredenheid en weifelde, boos omdat hij in weerwil van zichzelf had genoten van de maaltijd. Hij had zo'n honger gehad dat het karige maaltje heerlijk was geweest zodra hij zijn bedenkingen had overwonnen. Misschien, overpeinsde hij, misschien als ik terugkeer... als ik aan Nasuada's tafel zit, of die van koning Orrin, en er vlees wordt geserveerd... misschien, als ik er zin in heb en het onbeleefd zou zijn om te weigeren, eet ik dan wel een paar happen... Ik zal het niet zo vol overgave eten zoals vroeger, maar ik zal ook niet meer zo strikt zijn als de elfen. Gematigdheid is een beter beleid dan fanatisme, vind ik.

Bij het licht van de kooltjes in de oven bekeek Eragon Sloans handen; de slager lag een eindje verderop, waar Eragon hem had neergelegd. Tientallen smalle witte littekens liepen kruiselings over zijn lange, benige vingers, met overdreven grote knokkels en lange nagels. Hoewel ze in Carvahall altijd onberispelijk waren geweest, waren ze nu rafelig, gescheurd en zwart van het vuil. De littekens spraken van de relatief weinig vergissingen die Sloan in zijn tientallen jaren als slager had gemaakt. Zijn huid was gerimpeld en verweerd en bolde op door wormachtige aderen, maar de spieren eronder waren hard en pezig.

Eragon ging op zijn hurken zitten en kruiste zijn armen over zijn knieën. 'Ik kan hem niet zomaar laten gaan,' mompelde hij. Als hij dat deed, kon Sloan misschien Roran en Katrina opsporen, een vooruitzicht dat Eragon onaanvaardbaar leek. Bovendien vond hij, ook al zou hij Sloan niet doden, dat de slager straf verdiende voor zijn misdaden.

Eragon was geen goede vriend geweest van Byrd, maar hij wist dat de man een goed mens was geweest, eerlijk en standvastig. Hij dacht ook met enige genegenheid terug aan Byrds vrouw, Felda, en hun kinderen, want Garrow, Roran en Eragon hadden verschillende keren in hun huis gegeten en geslapen. Eragon vond Byrds dood dan ook uitermate wreed, en hij vond dat de familie van de wachter gerechtigheid verdiende, zelfs al zouden ze er nooit iets over horen.

Maar wat zou een juiste straf zijn? Ik heb geweigerd beul te worden, dacht Eragon, maar nu heb ik mezelf tot rechter uitgeroepen. Wat weet ik nou van de wet?

Hij stond op, liep naar Sloan toe, boog zich over diens oor en zei: 'Vakna.'

Sloan schrok wakker en krabbelde met zijn pezige handen over de grond. De restanten van zijn oogleden trilden toen de slager ze instinctief probeerde te openen om zijn omgeving te bekijken. In plaats daarvan bleef hij gevangen in zijn eigen persoonlijke nacht.

'Hier, eet op,' zei Eragon. Hij stak de resterende helft van de hagedis naar Sloan uit, die niets kon zien maar ongetwijfeld de geur van het voedsel had geroken.

'Waar ben ik?' vroeg Sloan. Met trillende handen begon hij de rotsen en planten om zich heen te betasten. Hij raakte zijn gehavende polsen en enkels aan en scheen verward toen hij vaststelde dat zijn boeien waren verdwenen.

'De elfen – en de Rijders van vroeger tijden – noemden deze plek Mírnathor. De dwergen noemen het Werghadn, en mensen noemen het de Grijze Heide. Als dat geen antwoord op je vraag is, dan weet je het misschien als ik zeg dat we enkele mijlen ten zuidoosten van de Helgrind zijn, waar je gevangen zat.'

Sloan vormde met haar lippen het woord *Helgrind*. 'Heb je me gered?'

'Ja.'

'En hoe zit het...'

'Bewaar je vragen voor later. Eet eerst maar.'

Zijn strenge toon werkte als een zweep op de slager. Sloan kromp ineen en reikte met onhandige vingers naar het vlees. Eragon liet los en trok zich terug naar zijn plaats bij de rotsoven, waar hij handenvol zand op de kolen schepte en de gloed dempte, zodat die hun aanwezigheid niet zou verraden in het onwaarschijnlijke geval dat er nog iemand anders in de buurt was.

Na een eerste voorzichtige lik om te bepalen wat Eragon hem had gegeven, zette Sloan zijn tanden in het hagedissenvlees en trok er een groot stuk af. Met elke hap stopte hij zijn mond propvol vlees en kauwde er een of twee keer op voor hij slikte en het proces herhaalde. Hij knaagde alle botten helemaal af, met de efficiëntie van een man die een diepgaand begrip had van hoe dieren in elkaar zaten en wat de snelste manier was om ze te ontleden. De botten liet hij op een nette stapel links van hem vallen. Toen het laatste stukje vlees van de hagedissenstaart door Sloans keel was verdwenen, gaf Eragon hem het andere reptiel, dat nog heel was. Sloan gromde dankbaar en bleef zich volstoppen, zonder de tijd te nemen om het vet van zijn mond en kin te vegen.

De tweede hagedis bleek te groot en Sloan kon hem niet op. Hij stopte twee ribben boven de onderzijde van de ribbenkast en legde de rest van het karkas boven op het stapeltje botten. Toen rechtte hij zijn rug, veegde met zijn hand over zijn lippen, stopte zijn haren achter zijn oren en zei: 'Dank u, vreemdeling, voor uw gastvrijheid. Het was zo lang geleden dat ik fatsoenlijk had gegeten, dat ik denk dat ik nog meer prijs stel op uw voedsel dan op mijn vrijheid... Als ik vragen mag: weet u iets van mijn dochter, Katrina, wat er met haar is gebeurd? Zij zat samen met mij gevangen in de Helgrind.' Zijn stem bevatte een complexe mengeling van emoties: respect, angst en onderworpenheid in aanwezigheid van een onbekende autoriteitsfiguur; hoop en angst over het lot van zijn dochter; en vastberadenheid zo onverzettelijk als de bergen van het Schild. Het enige element dat Eragon had verwacht te horen maar dat er niet was, was de snerende minachting die Sloan eerder tijdens hun ontmoetingen in Carvahall tentoon had gespreid.

'Ze is bij Roran.'

Sloan slaakte een kreet. 'Roran! Hoe is hij hier gekomen? Hebben de Ra'zac hem ook gevangengenomen? Of heeft...'

'De Ra'zac en hun rijdieren zijn dood.'
'Hebt u ze gedóód? Hoe? Wie...' Even verstijfde Sloan, alsof hij stotterde met zijn hele lichaam, en toen werden zijn wangen en lippen slap, zakten zijn schouders en greep hij een struikje vast om zich te ondersteunen. Hij schudde zijn hoofd. 'Nee, nee, nee... Nee... Dat kan niet. De Ra'zac hadden het hierover; ze wilden antwoorden die ik niet had, maar ik dacht... Ik bedoel, wie zou geloven...' Zijn flanken gingen zo heftig op en neer dat Eragon bang was dat hij zichzelf zou verwonden. In een ademloze fluistering, alsof hij was gedwongen te praten nadat hij een stomp in zijn maag had gekregen, zei Sloan: 'Jij kunt Eragon niet zijn.'

Een gevoel van verdoemenis en noodlot daalde over Eragon neer. Hij had het gevoel alsof hij een instrument was van die twee genadeloze opperheren, en hij antwoordde dienovereenkomstig, zijn spraak vertragend zodat elk woord aankwam als een mokerslag en alle gewicht droeg van zijn waardigheid, positie en woede. 'Ik ben Eragon en nog veel meer. Ik ben Argetlam en Schimmendoder en Vuurzwaard. Mijn draak is Saphira, zij die ook bekendstaat als Bjartskular en Vuurmuil. We zijn onderwezen door Brom, die vóór mij Rijder was, en door de dwergen en elfen. We hebben gevochten tegen de Urgals en een Schim en Murtagh, die Morzans zoon is. We dienen de Varden en het volk van Alagaësia. En ik heb jou, Sloan Aldenszoon, hierheen gebracht om over je te oordelen voor de moord op Byrd en het verraden van Carvahall aan het Rijk.'

'Je liegt! Jij kunt niet...'

'Lieg ik?' brulde Eragon. Hij reikte naar buiten met zijn geest, omhulde Sloans bewustzijn met dat van zichzelf en dwong de slager herinneringen te accepteren die de waarheid van zijn uitspraken bevestigden. Hij wilde ook dat Sloan de macht voelde die hij nu bezat en zou beseffen dat Eragon niet langer geheel menselijk was. En hoewel Eragon het liever niet wilde toegeven, genoot hij ervan macht te hebben over een man die het hem vaak lastig had gemaakt en hem had bespot, hem en zijn familie had beledigd. Enige tijd later trok hij zich terug.

Sloan bleef beven, maar hij stortte niet ineen en smeekte niet, zoals Eragon had verwacht. In plaats daarvan werd de houding van de slager kil en hard. 'Wel vervloekt,' zei hij. 'Ik hoef me niet te verantwoorden aan jou, Eragon zoon van Niemand. Maar weet wel dit: ik deed wat ik deed omwille van Katrina, en nergens anders om.'

'Dat weet ik. Het is de enige reden dat je nog leeft.'

'Doe dan maar met me wat je wilt. Het kan me niet schelen, zolang zij maar veilig is... Nou, toe dan! Wat zal het worden? Een pak slaag? Een brandmerk? Ze hebben mijn ogen al, dus misschien een hand? Of laat je me hier verhongeren of weer gevangennemen door het Rijk?'

'Dat heb ik nog niet besloten.'

Sloan knikte scherp en trok zijn gerafelde kleding strak om zich heen tegen de nachtelijke kilte. Hij zat in een militaire houding, met lege, zwarte oogkassen starend naar de schaduwen rondom hun kamp. Hij smeekte niet. Hij vroeg niet om genade. Hij ontkende zijn daden niet en probeerde Eragon niet gunstig te stemmen. Hij bleef zitten wachten, gewapend met zijn volkomen stoïcijnse zelfbeheersing.

Eragon was onder de indruk van zijn moed.

Het donkere landschap om hen heen scheen Eragon onvoorstelbaar immens toe, en hij had het gevoel alsof het hele verborgen uitspansel zich om hem heen samenbalde, een gevoel dat zijn onrust versterkte over de keus die hij moest maken. *Mijn oordeel zal de rest van zijn leven vormgeven,* dacht hij.

Hij liet de kwestie van straf even los en overwoog wat hij over Sloan wist. De slager hield heel veel van Katrina. Hoe obsessief, egoïstisch en ongezond die liefde ook was, ooit was het iets goeds. Hij haatte en vreesde het Schild, een gevolg van zijn verdriet om zijn overleden vrouw Ismira, die was omgekomen tijdens een val tussen die hoge pieken. Eragon dacht aan Sloans beroepstrots, de verhalen die hij over Sloans jeugd had gehoord en zijn eigen ervaring van hoe het was om in Carvahall te wonen.

Eragon nam die verzameling verspreide flarden van inzicht en keerde ze in gedachten om en om, nadenkend over het belang ervan. Net als de stukjes van een puzzel probeerde hij ze in elkaar te passen. Hij slaagde daar maar af en toe in, maar hij hield vol, en uiteindelijk vond hij vele verbindingen tussen de gebeurtenissen en emoties in Sloans leven en weefde er een ingewikkeld web mee, waarvan de patronen vertegenwoordigden wie Sloan was. Toen hij de laatste draad van het web spon, had Eragon het gevoel dat hij eindelijk de redenen voor Sloans gedrag begreep. Daarom kon hij zich in Sloan inleven.

Maar het was méér dan inleven: hij had het gevoel dat hij Sloan begreep, dat hij de kernelementen van Sloans persoonlijkheid had geïsoleerd, de dingen die je niet kon wegnemen zonder de man onherroepelijk te veranderen. Toen schoten hem drie woorden in de oude taal te binnen die Sloan schenen te belichamen, en zonder nadenken fluisterde Eragon die woorden zachtjes.

Het geluid kon Sloan niet hebben bereikt, maar hij bewoog zich – zijn handen omklemden zijn bovenbenen en zijn gezichtsuitdrukking werd onbehaaglijk.

Er liep een koude tinteling over Eragons linkerzij, en hij kreeg kippenvel op zijn armen en benen terwijl hij naar de slager keek. Hij overwoog een aantal verschillende verklaringen voor Sloans reactie, telkens ingewikkelder dan de vorige, maar slechts één ervan leek plausibel, ook al kwam het hem wat onwaarschijnlijk voor. Hij fluisterde de drie woorden opnieuw. Net als voorheen verschoof Sloan weer, en Eragon hoorde hem mompelen: '... er liep iemand over mijn graf.'

Eragon liet huiverend zijn adem ontsnappen. Het was amper te geloven, maar zijn experiment liet geen ruimte voor twijfel: hij had, geheel per ongeluk, Sloans ware naam gevonden. Die ontdekking maakte hem nogal van slag. Iemands ware naam kennen was een grote verantwoordelijkheid, want het gaf je absolute macht over die persoon. Vanwege de inherente risico's onthulden de elfen maar zelden hun ware naam, en als ze dat deden, dan uitsluitend aan degenen die ze onvoorwaardelijk vertrouwden.

Eragon had nog nooit eerder iemands ware naam ontdekt. Hij had altijd verwacht dat als dat gebeurde, het als geschenk zou zijn van iemand om wie hij heel veel gaf. Dat hij nu Sloans ware naam had gevonden zonder diens toestemming, was een ontwikkeling waar Eragon niet op voorbereid was en waarvan hij niet zeker wist hoe hij ermee om moest gaan. Er schoot hem te binnen dat hij om Sloans ware naam te ontdekken de slager beter moest kennen dan die zichzelf kende, want Eragon had geen flauw benul wat zijn eigen ware naam kon zijn.

Dit besef zat hem dwars. Hij vermoedde dat – gezien de aard van zijn vijanden – het wel eens fataal kon blijken te zijn als hij niet alles over zichzelf wist wat er te weten viel. Hij zwoer op dat moment meer tijd te besteden aan introspectie om zijn eigen ware naam te vinden. *Misschien kunnen Oromis en Glaedr me vertellen wat die is,* dacht hij.

Welke twijfels en verwarring Sloans ware naam ook in hem oproepen, het gaf Eragon het begin van een idee van hoe hij met de slager moest omgaan. Zelfs nu hij het basisidee had, had hij nog enige tijd nodig om de rest van zijn plan te overdenken en na te gaan of het zou werken zoals zijn bedoeling was.

Sloan tilde zijn hoofd in Eragons richting toen Eragon opstond en hun kamp uitliep naar het door sterren beschenen landschap erbuiten. 'Waar ga je heen?' vroeg Sloan.

Eragon antwoordde niet.

Hij liep door de wildernis tot hij een lage, brede rots met korstmos erop en een komvormige holte in het midden vond. 'Adurna rïsa,' zei hij. Rondom de rots filterden talloze minuscule waterdruppeltjes uit de grond op en vloeiden samen tot schone zilveren adertjes die over de rand van de rots en in de holte stroomden. Toen het water begon over te stromen en terug te keren naar de aarde, alleen om daar weer te worden gegrepen door zijn bezwering, liet Eragon de stroom van magie los.

Hij wachtte tot het wateroppervlak volkomen stil was – zodat het glad was als een spiegel en hij voor een bassin vol sterren leek te staan – en toen zei hij: 'Draumr kópa,' en nog vele andere woorden, in een bezwering waardoor hij niet alleen anderen ver weg kon zien, maar ook met hen kon spreken. Oromis had hem die variatie op het schouwen geleerd, twee dagen voordat Saphira en hij vanuit Ellesméra naar Surda waren gegaan.

Het water werd helemaal zwart, alsof iemand de sterren als kaarsen had uitgeblazen. Even later werd een ovale vorm midden in het water lichter en zag Eragon de binnenkant van een grote witte tent, verlicht door het vlamloze licht van een rode Erisdar, een van de magische lantaarns van de elfen.

Normaal gesproken zou Eragon niet in staat zijn een persoon of plek te schouwen die hij nog niet eerder had gezien, maar het zichtglas van de elfen was betoverd om een beeld van de omgeving over te zenden naar iedereen die er contact mee opnam. Zo projecteerde Eragons bezwering ook een beeld van zichzelf en zijn omgeving op het oppervlak van het glas. Hierdoor konden vreemden vanaf elke plek ter wereld contact met elkaar opnemen, en dat was in tijden van oorlog een aanwinst van onschatbare waarde.

Een lange elf met zilverkleurige haren en een pantser dat gehavend was van de strijd liep Eragons blikveld binnen, en hij herkende heer Däthedr, een adviseur van koning Islanzadí en een vriend van Arya. Als Däthedr al verbaasd was om Eragon te zien, dan liet hij daar niets van merken. Hij neigde zijn hoofd, legde twee vingers van zijn rechterhand tegen zijn lippen en zei met lijzige stem: 'Atra esterní ono thelduin, Eragon Shur'tugal.'

Terwijl Eragon mentaal overschakelde op een gesprek in de oude taal, maakte ook hij het gebaar met zijn vingers en antwoordde: 'Atra du evarínya ono varda, Däthedr-vodhr.'

Doorgaand in zijn moedertaal zei Däthedr: 'Ik ben blij te zien dat het u goed gaat, Schimmendoder. Arya Dröttningu vertelde ons enkele dagen geleden over uw missie, en we zijn bijzonder bezorgd om u en Saphira geweest. Ik vertrouw erop dat er niets is misgegaan?'

'Nee, maar ik ben op een onverwacht probleem gestuit en ik zou graag met koningin Islanzadí spreken om haar wijsheid in deze zaak te vragen.'

Däthedrs katachtige ogen zakten bijna dicht en werden twee schuine spleten die hem een felle en ondoorgrondelijke uitdrukking verleenden. 'Ik weet dat u dit niet zou vragen als het niet belangrijk was, Eragon-vodhr, maar pas op: een gespannen boog kan even gemakkelijk breken en de boogschutter verwonden als een pijl afschieten... Als u zou willen wachten, dan zal ik informeren bij de koningin.'

'Ik zal wachten. Uw assistentie stel ik bijzonder op prijs, Däthedr-vodhr.'

Toen de elf zich afwendde van het zichtglas, grimaste Eragon. Hij hield niet van de formaliteit van de elfen, maar hij vond het vooral vreselijk om hun raadselachtige uitspraken te interpreteren. Waarschuwde hij me nu dat plannen maken en konkelen rondom de koningin een gevaarlijk tijdverdrijf is, of dat Islanzadí een aangespannen boog is die ieder moment kan breken? Of bedoelde hij iets heel anders? Nou ja, ik kan in ieder geval contact maken met de elfen, dacht Eragon. De afweerbezweringen van de elfen zorgden ervoor dat niets Du Weldenvarden in kon komen via magische middelen, inclusief het vergezicht of schouwen. Zolang de elfen in hun steden bleven kon je alleen met hen communiceren door boodschappers hun bos in te sturen. Maar nu de elfen onderweg waren en de schaduw van hun dennenbomen met zwarte naalden hadden verlaten, werden ze niet langer beschermd door hun grote bezweringen en kon je toestellen zoals het zichtglas gebruiken.

Eragon werd steeds onrustiger terwijl de tijd verstreek. 'Kom op nou,' mompelde hij. Hij keek snel om zich heen om te controleren of er geen mens of beest op hem af sloop terwijl hij in de poel water tuurde.

Met een geluid als scheurend doek vloog de tentflap open toen koningin Islanzadí binnenkwam en naar het zichtglas stormde. Ze droeg een schitterend borstkuras van gouden schubben, versierd met maliën, beschermkappen en een prachtig getooide helm – ingelegd met opalen en andere kostbare stenen – die haar golvende zwarte haren uit haar gezicht hield. Een rode cape afgebiesd met wit golfde omlaag van haar schouders; ze deed Eragon denken aan een naderend stormfront. In haar linkerhand had Islanzadí een ontbloot zwaard. Haar rechterhand was vrij, maar hij leek omhuld met scharlakenrood, en even later besefte Eragon dat haar vingers en pols dropen van het bloed.

Islanzadí's schuinstaande wenkbrauwen trokken naar elkaar toe toen ze naar Eragon keek. Met die uitdrukking leek ze opvallend veel op Arya, hoewel haar houding en uitstraling nog indrukwekkender waren dan die van haar dochter. Ze was mooi en afschrikwekkend, als een angstaanjagende oorlogsgodin.

Eragon legde zijn vingers op zijn lippen en draaide zijn rechterhand voor zijn borst in een elfengebaar van trouw en respect. Hij sprak de eerste regel van hun traditionele begroeting uit, als eerste sprekend zoals het hoorde als je iemand van een hogere rang ontmoette. Islanzadí gaf het verwachte antwoord, en in een poging haar te plezieren en zijn kennis van hun gebruiken te demonstreren eindigde Eragon met de optionele derde regel van de groet: 'Moge er vrede leven in uw hart.'

De felheid van Islanzadí's houding verminderde wat en er trok een flauwe glimlach over haar lippen, alsof ze zijn zet erkende. 'En ook het uwe, Schimmendoder.' Haar lage, diepe stem bevatte verwijzingen naar ruisende dennennaalden, klaterende beekjes en muziek die werd gespeeld op rietfluiten. Ze stopte haar zwaard weg, liep door de tent naar de klaptafel en stond schuin voor Eragon terwijl ze het bloed van haar handen waste met water uit een karaf. 'Vrede is tegenwoordig moeilijk te vinden, vrees ik.'

'Wordt er zwaar gevochten, Majesteit?'

'Dat zal binnenkort gebeuren. Mijn volk verzamelt zich langs de westelijke rand van Du Weldenvarden, waar we ons dicht bij de bomen waar we zo van houden kunnen voorbereiden op doden en gedood worden. We zijn een verspreid levend volk en marcheren niet in rangen en gelederen zoals anderen – door de schade die dat het land toebrengt – en dus kost het tijd om ons vanuit de verre delen van het woud te verzamelen.'

'Ik begrijp het. Maar...' Hij zocht naar een manier om zijn vraag te stellen zonder onbeleefd te zijn. 'Als de gevechten nog niet zijn begonnen, moet ik me toch afvragen waarom uw hand rood is van het bloed.'

Terwijl ze waterdruppels van haar vingers schudde tilde Islanzadí haar perfecte goudbruine onderarm naar Eragon op, en hij besefte dat zij model had gestaan voor de sculptuur van twee verstrengelde armen die bij de ingang van zijn boomhuis in Ellesméra had gestaan. 'Ongeverfd. De enige smet die bloed op iemand achterlaat, is op de ziel, niet het lichaam. Ik zei dat de gevechten binnenkort zouden escaleren, niet dat we nog moesten beginnen.' Ze trok de mouw van haar borstkuras en de tuniek eronder weer over haar pols. Vanachter de met edelstenen bezette riem om haar middel pakte ze een handschoen met zilveren borduursel, die ze aantrok. 'We hebben de stad Ceunon in de gaten gehouden, want daar willen we als eerste aanvallen. Twee dagen geleden zagen onze verkenners groepen mannen met muilezels van Ceunon naar Du Weldenvarden reizen. We dachten dat ze hout wilden halen van de rand van het bos, zoals vaak gebeurt. Het is een praktijk die we tolereren, want de mensen hebben hout nodig, de bomen aan de rand zijn jong en vallen bijna buiten onze invloedssfeer, en we hebben onszelf niet eerder willen blootgeven. De groepen stopten echter niet bij de buitenrand. Ze trokken ver door in Du Weldenvarden, over wildpaden die ze overduidelijk kenden. Ze zochten naar de hoogste, dikste bomen – bomen zo oud als Alagaësia zelf, bomen die al volgroeid waren toen de dwergen Farthen Dûr ontdekten. Toen ze die vonden, begonnen ze die te kappen.' Haar stem trilde van woede. 'Uit hun gesprekken konden we afleiden waarom ze daar waren. Galbatorix wilde de grootste bomen hebben die hij kon vinden om de aanvalsmachines en stormrammen te vervangen die hij was kwijtgeraakt in de slag op de Brandende Vlakten. Als hun motief puur en eerlijk was geweest, hadden we hun het verlies van een van de monarchen van het woud misschien vergeven. Misschien zelfs twee. Maar geen achtentwintig.'

Eragon voelde een kille huivering. 'Wat hebt u gedaan?' vroeg hij, al vermoedde hij al wat het antwoord zou zijn.

Islanzadí hief haar kin en haar gezicht verhardde. 'Ik was erbij, met twee van onze verkenners. Samen hebben we de vergissing van de mensen gecorrigeerd. In het verleden wisten de mensen uit Ceunon wel beter dan ons land binnen te dringen. Vandaag hebben we ze eraan herinnerd waarom dat zo was.' Zonder het kennelijk te merken wreef ze over haar rechterhand, alsof die haar pijn deed, en keek langs het zichtglas naar een eigen visioen. 'U hebt geleerd hoe het is, Eragon-finiarel, om de levenskracht aan te raken van de planten en dieren om u heen. Stel u voor hoe u ze zou koesteren als u dat vermogen al eeuwenlang had. Wij geven iets van onszelf om Du Weldenvarden te behouden, en het bos is een verlengstuk van onze lichamen en geesten. Elke pijn die het bos lijdt, is ook onze pijn... Ons volk wordt niet gemakkelijk boos, maar als we boos zijn, zijn we als de draken: we worden waanzinnig van woede. Het is meer dan honderd jaar geleden dat ik, of de meeste andere elfen, bloed had vergoten in de strijd. De wereld is vergeten waartoe we in staat zijn. Onze kracht is misschien afgenomen sinds de val van de Rijders, maar we zullen ons beslist laten gelden; voor onze vijanden zal het lijken alsof de elementen zelf zich tegen hen hebben gekeerd. We zijn een oud volk, en onze vaardigheden en kennis zijn veel groter dan die van stervelingen. Laat Galbatorix en zijn bondgenoten maar oppassen, want wij elfen staan op het punt ons woud te verlaten, en we zullen terugkeren in triomf of helemaal niet meer.'

Eragon huiverde. Zelfs tijdens zijn confrontaties met Durza had hij nooit zo'n onverzettelijke vastberadenheid en meedogenloosheid gezien. *Het is niet menselijk,* dacht hij, maar toen lachte hij zichzelf spottend uit. *Natuurlijk niet. En dat kan ik maar beter niet vergeten. Hoe we ook op elkaar lijken – en in mijn geval is dat heel veel – we zijn niet hetzelfde.* 'Als u Ceunon verovert,' zei hij, 'hoe wilt u de mensen daar dan beheersen? Ze haten het Rijk misschien meer dan de dood zelf, maar ik betwijfel of ze u zullen vertrouwen, al was het maar omdat zij mensen zijn en jullie elfen.'

Islanzadí wuifde met haar hand. 'Dat doet er niet toe. Zodra we binnen de stadsmuren zijn, hebben we middelen om ervoor te zorgen dat niemand zich tegen ons zal verzetten. Dit is niet de eerste keer dat we tegen uw soort hebben gevochten.' Ze zette haar helm af, en haar haren vielen naar voren en omkransten haar gezicht met ravenzwarte lokken. 'Ik was niet blij te horen over uw inval in de Helgrind, maar ik neem aan dat het voorbij is en dat u succesvol was?'

'Ja, Majesteit.'

'Dan doen mijn tegenwerpingen er niet toe. Ik waarschuw u echter, Eragon Shur'tugal: riskeer uw leven niet met dergelijke nodeloos gevaarlijke ondernemingen. Ik moet u iets zeggen dat wreed is maar toch waar, en dat is dit: uw leven is belangrijker dan het geluk van uw neef.'

'Ik had Roran gezworen dat ik hem zou helpen.'

'Dan hebt u een roekeloze eed afgelegd, zonder over de gevolgen na te denken.'

'Zou u willen dat ik degenen om wie ik geef in de steek laat? Als ik dat deed, zou ik een man zijn die minachting en wantrouwen waard is: een slecht voertuig voor de hoop van de mensen die geloven dat ik op een of andere manier Galbatorix zal verslaan. En terwijl Katrina door Galbatorix gegijzeld werd, was Roran bovendien kwetsbaar voor zijn manipulaties.'

De koningin trok een wenkbrauw zo scherp als een dolk op. 'Een kwetsbaarheid waarvan u had kunnen voorkomen dat Galbatorix er gebruik van maakte door Roran te onderwijzen in bepaalde eden in de taal van de magie... Ik wil u niet aanraden uw vrienden en familie af te zweren. Dat zou heel dom zijn. Maar houd goed in gedachten wat er op het spel staat: heel Alagaësia. Als we nu falen, zal Galbatorix' tirannie zich uitstrekken over alle volkeren, en zijn regeerperiode zal misschien nooit eindigen. U bent de punt van de speer die onze inspanning vormt, en als de punt afbreekt en verloren raakt, dan ketst de speer af op het pantser van onze vijand en zijn ook wij verloren.'

Het korstmos kraakte onder Eragons vingers terwijl hij de rand van het rotsbassin omklemde en de neiging onderdrukte een brutale opmerking te maken: dat elke goed uitgeruste krijger naast de speer nog een zwaard of ander wapen zou moeten hebben. Hij was gefrustreerd over de richting die dit gesprek had genomen en wilde graag zo snel mogelijk van onderwerp veranderen; hij had geen contact opgenomen met de koningin zodat ze hem kon berispen alsof hij maar een kind was. Toch zou het hem niet baten als hij zijn ongeduld zijn acties liet bepalen, dus bleef hij kalm en antwoordde: 'Geloof me alstublieft, Majesteit, ik neem uw zorgen zeer, zeer serieus. Ik kan alleen zeggen dat als ik Roran niet had geholpen, ik me even ellendig zou hebben gevoeld als hij, en nog meer als hij had geprobeerd Katrina in zijn eentje te redden en daarbij was omgekomen. Hoe dan ook, ik zou te zeer van streek zijn geweest om u of wie dan ook nog van nut te zijn. Kunnen we niet afspreken dat we hierin van mening verschillen? We zullen geen van beiden de ander kunnen overtuigen.'

'Goed dan,' antwoordde Islanzadí. 'We zullen deze kwestie laten rusten... voorlopig. Maar denk niet dat u een fatsoenlijk onderzoek naar de motieven voor uw besluit kunt ontlopen, Eragon Drakenrijder. Het schijnt me toe dat u een frivole houding hebt ten opzichte van uw grotere verantwoordelijkheden, en dat is een serieuze zaak. Ik zal het met Oromis bespreken; hij zal besluiten wat er met u dient te gebeuren. Maar vertel nu eens, waarom wilde u me spreken?'

Eragon klemde zijn kiezen een paar keer stevig op elkaar voordat hij zich ertoe kon brengen op beschaafde toon de gebeurtenissen van die dag te bespreken, de redenen voor zijn acties aangaande Sloan, en de straf die hij voor de slager in gedachten had.

Toen hij klaar was draaide Islanzadí zich om en ijsbeerde door de tent – met bewegingen zo soepel als die van een kat – bleef toen staan en zei: 'U verkoos achter te blijven, midden in het Rijk, om het leven te redden van een moordenaar en verrader. U bent alleen met die man, te voet, zonder proviand of wapens behalve magie, en uw vijanden zijn vlakbij. Ik zie dat mijn eerdere berispingen gerechtvaardigd waren. U...'

'Majesteit, als u boos op me moet zijn, wees dan boos op een later moment. Ik wil dit zo snel mogelijk oplossen, zodat ik nog wat kan rusten voordat het licht wordt; ik moet morgen vele mijlen afleggen.'

De koningin knikte. 'Uw overleven is alles wat ertoe doet. Ik zal boos zijn ná dit gesprek... Wat uw verzoek aangaat, zoiets is in onze geschiedenis nog nooit voorgekomen. Als ik in uw schoenen had gestaan, zou ik Sloan hebben gedood en het probleem ter plekke uit de wereld hebben geholpen.'

'Dat weet ik. Ik heb Arya eens een gewonde giervalk zien doden omdat zijn dood toch onvermijdelijk was en ze hem zo uren van lijden bespaarde. Misschien had ik hetzelfde met Sloan moeten doen, maar ik kon het niet. Ik denk ook dat ik die keus voor de rest van mijn leven zou hebben betreurd, of erger, dat die het me gemakkelijker zou hebben gemaakt om in de toekomst weer te doden.'

Islanzadí zuchtte, en plotseling leek ze moe. Eragon bracht zich in herinnering dat ook zij vandaag had gevochten. 'Oromis was misschien uw echte leraar, maar u hebt bewezen dat u Broms erfgenaam bent, niet die van Oromis. Brom is de enige ander die zich zo vaak liet verstrikken in hachelijke situaties als u. Net zoals hij schijnt u de neiging te hebben altijd het diepste stuk drijfzand op te zoeken en daar dan in te duiken.'

Eragon verborg een glimlach, blij met de vergelijking. 'En Sloan?' vroeg hij. 'Zijn lot ligt nu in uw handen.'

Langzaam ging Islanzadí op een kruk naast de klaptafel zitten, vouwde haar handen in haar schoot en keek langs het zichtglas. Haar gezichtsuitdrukking werd raadselachtig: een mooi masker dat haar gedachten en gevoelens verborg en waar Eragon niet doorheen kon kijken, hoe hij dat ook probeerde. Toen zei ze: 'Aangezien u vond dat u het leven van die man moest redden, wat u behoorlijk wat inspanning en moeite heeft gekost, kan ik uw verzoek niet weigeren en uw offer daarmee betekenisloos maken. Als Sloan de beproeving overleeft die u hem voorlegt, dan zal Gilderien de Wijze hem doorlaten en zal Sloan een kamer, bed en voedsel krijgen. Meer kan ik niet beloven, want wat naderhand gebeurt zal afhangen van Sloan zelf, maar als aan de voorwaarden die u hebt genoemd wordt voldaan: ja, dan zullen we zijn duisternis verlichten.'

'Dank u, Majesteit. U bent bijzonder gul.'

'Nee, niet gul. Deze oorlog staat me niet toe gul te zijn, alleen maar praktisch. Doe wat u moet doen, en wees voorzichtig, Eragon Schimmendoder.'

'Majesteit.' Hij maakte een buiging. 'Als ik nog een laatste verzoek mag doen: zou u alstublieft niets over mijn huidige situatie tegen Arya, Nasuada of de Varden willen zeggen? Ik wil niet dat ze zich zorgen over me maken, en ze horen het toch snel genoeg van Saphira.'

'Ik zal uw verzoek in overweging nemen.'

Eragon wachtte, maar toen ze bleef zwijgen en het hem duidelijk werd dat ze niet van zins was haar besluit kenbaar te maken, maakte hij nog een buiging en zei: 'Dank u.'

Het gloeiende beeld op het wateroppervlak trilde en maakte plaats voor duisternis toen Eragon de bezwering beëindigde. Hij leunde op zijn hielen achterover en keek op naar de vele sterren, om zijn ogen te laten wennen aan het vage, twinkelende licht dat ze gaven. Toen liet hij de afbrokkelende rots met de waterpoel achter en liep over het gras en door de struiken terug naar het kamp, waar Sloan nog altijd rechtop zat, stram als een staaf ijzer.

Eragon schopte tegen een kiezeltje, en het geluid onthulde zijn aanwezigheid aan Sloan, die snel als een vogel zijn hoofd omdraaide. 'Heb je je besluit genomen?' wilde hij weten.

'Ja,' antwoordde Eragon. Hij hurkte voor de slager neer, zichzelf ondersteunend met een hand op de grond. 'Luister goed, want ik ben niet van plan mezelf te herhalen. Je deed wat je deed vanwege je liefde voor Katrina, of dat beweer je althans. Of je het nu toegeeft of niet, ik geloof dat je ook andere, lagere motieven had voor je verlangen haar van Roran te scheiden: woede... haat... wraakzucht... en je eigen pijn.'

Sloans lippen verhardden tot dunne witte strepen. 'Je doet me onrecht aan.'

'Nee, dat denk ik niet. Aangezien mijn geweten me ervan weerhoudt je te doden, moet je straf het vreselijkste zijn wat ik bedenken kan, op de dood na. Ik ben ervan overtuigd dat wat je eerder zei waar is, dat Katrina belangrijker voor je is dan wat ook. Daarom is dit je straf: je zult je dochter niet meer zien, niet meer aanraken, niet meer spreken, nooit meer, tot de dag dat je sterft, en je zult leven met de wetenschap dat ze bij Roran is en dat ze samen gelukkig zijn, zonder jou.'

Sloan haalde door opeengeklemde tanden adem. 'Dát is je straf? Ha! Die kun je me niet opleggen: je hebt geen gevangenis om me in te stoppen.'

'Ik ben nog niet klaar. Ik zal je die opleggen door je een eed te laten zweren in de taal van de elfen – in de taal van de waarheid en de magie – om je aan de voorwaarden van je straf te houden.'

'Je kunt me niet dwingen mijn woord te geven,' gromde Sloan. 'Zelfs niet door me te martelen.'

'Jawel, en ik hoef je niet te martelen. Bovendien zal ik je de verplichting opleggen naar het noorden te reizen tot je de elfenstad Ellesméra bereikt, diep in het hart van Du Weldenvarden. Je kunt proberen die neiging te weerstaan als je wilt, maar hoe lang je er ook tegen vecht, de bezwering zal je irriteren als een jeukplek die je niet kunt krabben tot je aan de eisen ervan voldoet en naar het elfenrijk gaat.'

'Heb je niet de moed om me zelf te doden?' vroeg Sloan. 'Je bent te laf om mijn hoofd af te hakken, dus laat je me door de wildernis zwerven, blind en verdwaald, tot het weer of de beesten me de das omdoen?' Hij spoog op de grond. 'Je bent niks anders dan het laffe nageslacht van een verkankerd zwijn. Je bent een smeerlap, dat ben je, en een onwelkome welp; een met mest besmeurde talgkoppige rotsenvreter; een kotsende boef en een giftige pad; het misbakselige, jammerende gebroed van een vette zeug. Ik zou je mijn laatste broodkorst nog niet geven al was je aan het verhongeren, of een druppel water als je in brand stond, of een bedelaarsgraf als je dood was. Je hebt pus in je botten in plaats van beenmerg en schimmels in plaats van hersens, en je bent een bruingerugde wangenbijter!'

Er was, zo dacht Eragon, iets nogal obsceen indrukwekkends aan Sloans gescheld, hoewel zijn bewondering hem er niet van weerhield de slager te willen wurgen, of in ieder geval op een gelijksoortige manier te reageren. Wat zijn verlangen naar wraak echter onderdrukte, was zijn vermoeden dat Sloan hem expres woest probeerde te maken, zodat hij de oudere man zou doden en hem zodoende een snel en onverdiend einde zou bezorgen.

'Ik ben misschien een smeerlap,' zei Eragon, 'maar ik ben geen moordenaar.' Sloan haalde scherp adem. Voordat hij zijn stroom van scheldwoorden kon hervatten, voegde Eragon eraan toe: 'Waar je ook gaat, het zal je niet ontbreken aan voedsel, en ook wilde dieren zullen je niet aanvallen. Ik zal bepaalde bezweringen om je heen leggen die mensen en dieren ervan zullen weerhouden je lastig te vallen, en dieren zullen je voedsel brengen als je het nodig hebt.'

'Dit kun je niet maken,' fluisterde Sloan. Zelfs in het sterrenlicht zag Eragon de laatste kleur uit zijn gezicht trekken, waardoor hij wasbleek werd. 'Je hebt de middelen niet. Je hebt het recht niet.'

'Ik ben een Drakenrijder. Ik heb evenveel rechten als een koning of koningin.'

Toen uitte Eragon, die niet de wens had om Sloan nog verder te tergen, de ware naam van de slager zo luid dat die hem kon horen. Er trok een uitdrukking van afgrijzen en openbaring over Sloans gezicht, en hij stak zijn armen naar voren en jammerde alsof hij was gestoken. Zijn kreet was hees, scherp en verlaten: de schreeuw van een man die door zijn eigen aard was veroordeeld tot een lot waar hij niet aan kon ontkomen. Hij viel naar voren op zijn handpalmen en bleef in die positie zitten snikken, zijn gezicht verhuld achter zijn slierten haar.

Eragon keek toe, gebiologeerd door Sloans reactie. *Heeft het horen van je ware naam op iedereen zo'n invloed? Zou dit ook bij mij gebeuren?*

Hij verhardde zijn hart tegen Sloans ellende en begon te doen wat hij had gezegd te zullen doen. Hij herhaalde Sloans ware naam en onderwees de slager woord voor woord in de eed in de oude taal die zou zorgen dat Sloan nooit meer in contact zou komen met Katrina. Sloan verzette zich met veel gehuil, gejammer en tandengeknars, maar hoe hij ook vocht, hij had telkens als Eragon zijn ware naam noemde geen andere keus dan te gehoorzamen. Toen ze klaar waren met de eed, sprak Eragon de vijf bezweringen uit die Sloan naar Ellesméra zouden sturen, hem zouden beschermen tegen gevaar en die de vogels, beesten en vissen in de meren en rivieren ertoe zouden aanzetten hem te voeden. Eragon maakte de bezweringen zodanig dat ze hun energie uit Sloan putten, en niet uit hemzelf.

Middernacht was een vervagende herinnering tegen de tijd dat Eragon de laatste bezwering voltooide. Dronken van vermoeidheid leunde hij op de staf van haagdoorn. Sloan lag opgerold aan zijn voeten.

'Klaar,' zei Eragon.

Er dreef een zwak gekreun op van de gestalte op de grond. Het klonk alsof Sloan iets probeerde te zeggen. Fronsend knielde Eragon bij hem neer. Sloans wangen waren rood en gevlekt omdat hij er met zijn vingers overheen had geharkt. Zijn neus liep en tranen biggelden uit de hoek van zijn linker oogkas, die het minst verminkt was van de twee. Medelijden en schuldgevoel welden in Eragon op; het gaf hem geen genoegen om Sloan zo diep gezonken te zien. Hij was een gebroken man, ontdaan van alles in het leven waar hij prijs op stelde, waaronder zijn zelfmisleiding, en Eragon was degene die hem had gebroken. Eragon voelde zich bezoedeld, alsof hij iets schandelijks had gedaan. *Het was nodig,* dacht hij, *maar niemand zou moeten hoeven doen wat ik heb gedaan.*

Sloan kreunde nog eens, en daarna zei hij: '... alleen een stuk touw. Ik wilde niet... Ismira... Nee, nee, alsjeblieft niet...' Het geraaskal van de slager nam af en in de stilte legde Eragon zijn hand op Sloans bovenarm. Sloan verstijfde onder de aanraking. 'Eragon...' fluisterde hij. 'Eragon... ik ben blind, en jij stuurt me op een zwerftocht door het land... in mijn eentje. Ik ben verlaten en verloochend. Ik weet wie ik ben en ik kan het niet verdragen. Help me; dood me! Bevrijd me van deze ellende.'

Impulsief drukte Eragon Sloan de staf van haagdoorn in zijn hand en zei: 'Neem mijn staf maar. Laat hem je geleiden op je reis.'

'Dood me!'

'Nee.'

Er ontsnapte Sloan een gebroken schreeuw, en hij rolde heen en weer en sloeg met zijn vuisten op de grond. 'Wreed, wreed ben je!' Zijn weinige kracht was opgebruikt en hij rolde zich hijgend en jammerend tot een nog kleinere bal op.

Eragon boog zich over hem heen en bracht zijn mond dicht bij Sloans oor. Hij fluisterde: 'Ik heb wel genade, dus ik zal je deze hoop meegeven: als je Ellesméra bereikt, zul je daar een thuis vinden. De elfen zullen voor je zorgen en je voor de rest van je leven laten doen wat je wilt, met één uitzondering: zodra je Du Weldenvarden binnengaat, zul je niet meer kunnen vertrekken... Sloan, luister naar me. Toen ik bij de elfen was, heb ik geleerd dat de ware naam van een persoon vaak verandert naarmate hij of zij ouder wordt. Begrijp je wat dat betekent? Wie je bent ligt niet voor alle eeuwigheid vast. Een man zou zichzelf opnieuw kunnen smeden als hij dat wilde.'

Sloan gaf geen antwoord.

Eragon liet de staf bij Sloan liggen en liep naar de andere kant van het kamp, waar hij zich op de grond uitstrekte. Met zijn ogen al dicht mompelde hij een bezwering die hem vóór het ochtendgloren zou wekken, en toen liet hij zich wegdrijven in de troostende omhelzing van zijn wakende slaap.

De Grijze Heide was koud, donker en onherbergzaam toen er een laag gezoem in Eragons hoofd klonk. 'Letta,' zei hij, en het geluid hield op. Terwijl hij kreunend zijn pijnlijke spieren strekte kwam hij overeind en tilde zijn armen boven zijn hoofd, ze schuddend om de bloedsomloop op gang te brengen. Zijn rug voelde zo beurs dat hij hoopte dat het heel lang zou duren voor hij weer een wapen hoefde te hanteren. Hij liet zijn armen zakken en zocht naar Sloan.

De slager was weg.

Eragon glimlachte toen hij voetsporen zag, met de ronde indruk van de staf ernaast, die wegleidden van het kamp. Het spoor was verward en niet recht, maar de algemene richting ervan was noordwaarts, naar het grote bos van de elfen. *Ik wil dat hij het redt,* dacht Eragon met enige verbazing. *Ik wil dat hij het redt, want dat betekent dat we misschien allemaal een kans hebben om onze fouten goed te maken. En als Sloan de gebreken in zijn karakter kan herstellen en vrede kan krijgen met de kwaadaardige dingen die hij heeft gedaan, zal hij merken dat zijn situatie niet zo slecht is als hij denkt.*

Wat Eragon Sloan niet had verteld, was dat als de slager liet zien dat hij werkelijk spijt had van zijn misdaden, zijn leven beterde, koningin Islanzadí haar magiërs zou opdragen zijn zicht te herstellen. Dat was echter een beloning die Sloan zou moeten verdienen zonder te weten dat die bestond, anders zou hij de elfen misschien proberen te misleiden om die genezing eerder te ontvangen.

Eragon staarde lange tijd naar de voetsporen, toen keek hij naar de horizon en zei: 'Succes.'

Moe maar ook tevreden draaide hij Sloans sporen de rug toe en rende over de Grijze Heide naar het zuidwesten, waar hij wist dat de oude formaties van zandsteen stonden waar Brom in zijn diamanten tombe begraven lag. Hij wilde graag een omweg nemen en Brom zijn respect gaan betuigen, maar dat durfde hij niet. Als Galbatorix die plek had ontdekt, zou hij ongetwijfeld zijn mensen sturen om Eragon daar te zoeken.

'Ik kom terug,' zei hij. 'Ik beloof het u, Brom: op een dag kom ik terug.'

Hij rende verder.

De Beproeving van de Lange Messen

'Maar wij zijn van uw eigen volk!' Fadawar, een lange man met een zwarte huid en een lange neus, sprak met de zware nadruk en vervormde klinkers die Nasuada zich herinnerde uit haar jeugd in Farthen Dûr, als er afgevaardigden van de stam van haar vader kwamen en zij op Ajihads schoot zat te dommelen terwijl de mannen praatten en cardus rookten.

Nasuada keek naar Fadawar op en wenste dat ze een paar duim langer was, zodat ze de strijdheer en zijn vier bedienden in de ogen kon kijken. Maar ze was het wel gewend dat mannen boven haar uittorenden. Ze vond het eigenlijk onthutsender om bij een groep mensen te staan die even donker waren als zij. Het was weer eens wat anders om niet nieuwsgierig aangestaard en fluisterend besproken te worden.

Ze stond voor de bewerkte stoel waarin ze haar audiënties hield – een van de weinige stevige stoelen die de Varden op hun campagne hadden meegenomen – in haar rode paviljoen. De zon ging bijna onder, de zonnestralen filterden door de rechterkant van de tent als door gebrandschilderd glas en verfden alles binnen met een rossige gloed. Een lange, lage tafel vol rapporten en kaarten nam één helft van de ruimte in beslag.

Ze wist dat, net voor de ingang van de grote tent, zes leden van haar persoonlijke wacht – twee mensen, twee dwergen en twee Urgals – op wacht stonden met getrokken wapens, klaar om naar binnen te stormen bij de geringste aanwijzing dat ze in gevaar was. Jörmundur, haar oudste en meest vertrouwde commandant, had haar sinds de dag dat Ajihad was gedood opgezadeld met wachters, maar nooit eerder met zoveel en voor zo lang. De dag na de strijd op de Brandende Vlakten had Jörmundur echter zijn diepe en aanhoudende zorg om haar veiligheid uitgesproken; een zorg, zo zei hij, die hem 's nachts vaak wakker hield met brandend maagzuur. Een moordenaar had geprobeerd haar te doden in Aberon, en Murtagh was er zelfs minder dan een week geleden in geslaagd koning Hrothgar te doden, dus vond Jörmundur dat Nasuada een troepenmacht voor haar eigen verdediging nodig had. Ze had geprotesteerd dat zo'n maatregel overdreven was, maar ze had Jörmundur niet weten te overtuigen. Hij had zelfs gedreigd zijn functie neer te leggen als ze weigerde verstandige maatregelen te nemen. Uiteindelijk had ze erin toegestemd, om vervolgens een uur lang te moeten onderhandelen over hoeveel wachters ze dan zou krijgen. Hij had er te allen tijde minimaal twaalf willen hebben. Zij wilde er op z'n hoogst vier. Ze waren het eens geworden over zes, wat Nasuada nog altijd te veel vond. Ze was bang dat ze angstig zou overkomen of, erger nog, alsof ze probeerde haar gesprekspartners te intimideren. Wederom hadden haar protesten Jörmundur niet overtuigd. Toen ze hem ervan had beschuldigd een koppige oude piekeraar te zijn, had hij gelachen en gezegd: 'Beter een koppige ouwe piekeraar dan een domme jongeling die voortijdig dood is.'

Omdat de leden van haar wacht elkaar elke zes uur aflosten, werd Nasuada in totaal door vierendertig strijders beschermd, inclusief de tien reserveleden die bereidstonden om hun kameraden te vervangen in geval van ziekte, letsel of de dood.

Nasuada had erop gestaan dat die wachters moesten worden geworven uit elk van de drie sterfelijke rassen die in het verweer kwamen tegen Galbatorix. Daardoor hoopte ze een grotere solidariteit onder hen te bewerkstelligen, en ze hoopte er bovendien mee uit te dragen dat ze de belangen van alle volken onder haar bevel vertegenwoordigde, niet alleen die van de mensen. Ze zou de elfen er ook bij hebben betrokken, maar op het moment was Arya de enige elf die samen met de Varden en hun bondgenoten vocht, en de twaalf magiërs die Islanzadí zou sturen om Eragon te beschermen waren er nog niet. Tot Nasuada's teleurstelling waren haar menselijke en dwergwachters vijandig gezind ten opzichte van de Urgals met wie ze dienden, een reactie die ze had voorzien maar die ze niet had weten te voorkomen of temperen. Het zou, zo wist ze, meer dan één gezamenlijke strijd kosten om de spanning te verminderen tussen volken die elkaar al vele generaties lang haatten en bevochten. Toch vond ze het bemoedigend dat de strijders besloten zichzelf de Nachtraven te noemen, want die titel was zowel een verwijzing naar haar huidskleur als naar het feit dat de Urgals haar altijd Vrouwe Nachtjager noemden.

Hoewel ze het nooit aan Jörmundur zou toegeven, was Nasuada snel prijs gaan stellen op het verhoogde gevoel van veiligheid dat haar wachters haar boden. Naast het feit dat het allemaal meesters waren met hun uitverkoren wapens – of dat nu mensenzwaarden, dwergenbijlen of de buitenissige instrumenten van de Urgals waren – waren veel van de strijders ook vaardige magiërs. En ze hadden stuk voor stuk eeuwige trouw aan haar gezworen in de oude taal. Sinds de dag dat de Nachtraven hun taken hadden opgevat, hadden ze Nasuada met niemand alleen gelaten, behalve met Farica, haar dienstmaagd.

Tenminste, tot nu toe.

Nasuada had hen het paviljoen uit gestuurd omdat ze wist dat haar bespreking met Fadawar kon uitlopen op het soort bloedvergieten dat het plichtsgevoel van de Nachtraven hen zou dwingen te voorkomen. Toch was ze niet helemaal weerloos. Ze had een dolk tussen de plooien van haar jurk verstopt, en een kleiner mes in het lijfje van haar onderkleding. Bovendien stond het helderziende heksenkind, Elva, achter het gordijn achter Nasuada's stoel, klaar om tussenbeide te komen als dat nodig mocht zijn.

Fadawar tikte met zijn vier voet lange scepter op de grond. De gegroefde staf was gemaakt van puur goud, net als zijn ongelooflijke verzameling juwelen: gouden armbanden om zijn polsen; een borstplaat van geslagen goud; lange, dikke gouden kettingen om zijn hals; geciseleerde schijven witgoud aan zijn oorlellen. Op zijn hoofd stond een schitterende gouden kroon, die zo groot was dat Nasuada zich afvroeg hoe Fadawars nek het gewicht ervan kon dragen zonder om te klappen en hoe zo'n monumentaal stuk architectuur op zijn plaats bleef. Het scheen haar toe dat het bouwsel, dat minstens tweeënhalve voet hoog was, haast met bouten moest zijn bevestigd om niet om te vallen.

Fadawars mannen waren gelijksoortig uitgedost, hoewel wat minder weelderig. Het goud dat zij droegen diende niet alleen om hun rijkdom te tonen, maar ook als blijk van de status en daden van elk individu, en van de vaardigheid van de beroemde ambachtslieden van hun stam. Als nomaden of stadsbewoners waren de donkerhuidige volkeren van Alagaësia al heel lang befaamd om de kwaliteit van hun juwelen, waarvan de beste stukken die van de dwergen konden evenaren.

Nasuada bezat er zelf enkele stukken van, maar ze had besloten die niet te dragen. Haar armzalige verzameling viel in het niet bij de pracht van die van Fadawar. Bovendien leek het haar niet verstandig zich met een bepaalde groep te vereenzelvigen, hoe vermogend of invloedrijk ook, omdat ze moest omgaan met en spreken voor alle verschillende groeperingen binnen de Varden. Als ze een voorkeur liet blijken voor de ene of andere groep, zou haar vermogen om de hele bevolking te leiden afnemen.

En dat was de basis van haar discussie met Fadawar.

Weer stampte Fadawar met zijn scepter op de grond. 'Bloed is het belangrijkste! Eerst komen je verantwoordelijkheden aan je familie, dan je stam, dan je strijdheer, dan de goden boven en beneden, en pas dan aan je koning en je natie, als je die hebt. Zo had Unulukuna voor ogen dat mensen moesten leven, en zo moeten we ook leven als we gelukkig willen zijn. Bent u dapper genoeg om te spugen op de schoenen van de Oude? Als een man zijn familie niet helpt, op wie kan hij dan rekenen als hij zelf hulp nodig heeft? Vrienden zijn grillig, maar familie is voor altijd.'

'U vraagt me,' zei Nasuada, 'om posities van macht te verlenen aan uw verwanten omdat u de neef van mijn moeder bent en omdat mijn vader bij jullie is geboren. Ik zou dat graag doen als uw verwanten die posities beter zouden kunnen bekleden dan ieder ander bij de Varden, maar niets wat u tot nu toe hebt gezegd heeft me ervan overtuigd dat dit het geval is. En voordat u nog meer van uw welsprekendheid verspilt, moet u weten dat verzoeken op basis van onze gedeelde afkomst me niets zeggen. Ik zou langer over uw verzoek nadenken als u ooit meer had gedaan om mijn vader te steunen dan snuisterijen en loze beloften naar Farthen Dûr sturen. Pas nu de overwinning en invloed aan mij zijn, maakt u zich aan mij bekend. Nou, mijn ouders zijn dood, en ik heb geen familie behalve mezelf. U bent mijn volk, dat klopt, maar meer ook niet.'

Fadawar kneep zijn ogen tot spleetjes en stak zijn kin naar voren. 'De trots van een vrouw is altijd zonder rede. Zonder onze steun zult u falen.'

Hij was overgeschakeld op zijn moedertaal, wat Nasuada dwong daarin te antwoorden. Ze haatte hem erom. Haar haperende spraakbeheersing en onzekere toon onthulden hoe onbekend ze met haar moedertaal was en benadrukte dat ze niet bij hun stam was opgegroeid, maar een buitenstaander was. De onderliggende listigheid ondermijnde haar autoriteit. 'Ik verwelkom nieuwe bondgenoten altijd,' zei ze. 'Maar ik kan niemand voortrekken, noch zou u dat nodig moeten hebben. Jullie stammen zijn sterk en begaafd. Ze zouden in staat moeten zijn snel door de rangen van de Varden op te stijgen, zonder afhankelijk te zijn van de liefdadigheid van anderen. Zijn jullie uitgehongerde honden die zitten te janken aan mijn tafel, of zijn jullie mannen die zichzelf kunnen voeden? Als jullie dat kunnen, dan zie ik ernaar uit om met u samen te werken om het lot van de Varden te verbeteren en Galbatorix te verslaan.'

'Bah!' riep Fadawar. 'Uw aanbod is al even vals als uzelf. We weigeren het werk van dienaren te doen; wij zijn de uitverkorenen. U beledigt ons. U staat daar en u glimlacht, maar uw hart is vol van het vergif van schorpioenen.'

Nasuada onderdrukte haar woede en probeerde de strijdheer te kalmeren. 'Het was niet mijn bedoeling u te beledigen. Ik wilde alleen mijn positie duidelijk maken. Ik heb niets tegen de zwervende stammen, maar ik heb ook geen bijzondere voorliefde voor ze. Is dat zo slecht?'

'Het is erger dan slecht, het is ronduit verraad! Uw vader heeft ons op basis van onze relatie bepaalde verzoeken gedaan, en nu negeert u onze diensten en stuurt ons weg als bedelaars!'

Nasuada werd overvallen door een gevoel van gelatenheid. Dus Elva had gelijk – het is onvermijdelijk, dacht ze. Een vlaag van angst en spanning trok door haar heen. Als het dan toch moet, dan heb ik geen reden meer om deze schijnvertoning op te houden. Ze verhief haar stem. 'Verzoeken die u de helft van de tijd niet honoreerde.'

'Wel waar!'

'Niet waar. En zelfs al zou u de waarheid zeggen, dan is de positie van de Varden te wankel om u iets voor niets te geven. U vraagt om gunsten, maar zeg eens, wat biedt u mij in ruil daarvoor aan? Wilt u helpen de Varden te financieren met goud en juwelen?'

'Niet rechtstreeks, maar...'

'Wilt u me gratis gebruik laten maken van uw ambachtslieden?'

'Dat zouden we niet kunnen...'

'Hoe bent u dán van plan die bonussen te verdienen? U kunt niet betalen met strijders, want uw mannen vechten al voor me, of het bij de Varden is of in het leger van koning Orrin. Wees tevreden met wat u hebt, strijdheer, en vraag niet om meer dan u toekomt.'

'U verdraait de waarheid voor uw eigen egoïstische doeleinden. Ik wil dat waar we recht op hebben! Daarom ben ik hier. U praat en u praat, maar uw woorden betekenen niets, want door uw acties hebt u ons verraden.' Zijn armbanden rammelden tegen elkaar terwijl hij gebaarde, alsof hij voor een publiek van duizenden stond. 'U geeft toe dat we uw volk zijn. Volgt u dan nog altijd onze gebruiken en aanbidt u onze goden?'

Hier komt het kantelpunt, dacht Nasuada. Ze kon liegen en beweren dat ze de oude gebruiken had laten varen, maar als ze dat deed, zouden de Varden Fadawars stammen kwijtraken, en ook de andere nomaden, zodra ze daarvan hoorden. *We hebben ze nodig. We hebben iedereen nodig die we kunnen krijgen als we ook maar de geringste kans willen hebben om Galbatorix te verslaan.*

'Ja,' zei ze.

'Dan verklaar ik dat u ongeschikt bent om de Varden te leiden en, zoals mijn recht is, daag ik u uit voor de Beproeving van de Lange Messen. Als u wint, zullen we voor u buigen en uw autoriteit nooit meer betwijfelen. Maar als u verliest, dan stapt u opzij en zal ik uw plaats als hoofd van de Varden innemen.'

Nasuada zag de fonkeling van tevredenheid in Fadawars ogen. *Dit is wat hij al die tijd al wilde,* besefte ze. Hij zou de beproeving zelfs ter sprake hebben gebracht als ik had ingestemd met zijn eisen. 'Misschien vergis ik me, maar ik dacht dat het traditie was dat degene die won het bevel overnam over de stammen van zijn rivaal, naast het bevel over die van zichzelf. Is dat niet zo?' Ze barstte bijna in lachen uit om de uitdrukking van verbijstering die over Fadawars gezicht trok. *Je had niet verwacht dat ik dat wist, zeker?*

'Dat klopt.'

'Dan aanvaard ik uw uitdaging, met dien verstande dat als ík win, uw kroon en scepter van mij zijn. Zijn we het eens?'

Fadawar fronste zijn voorhoofd en knikte. 'Ja.' Hij stak zijn scepter zo diep in de grond dat die vanzelf rechtop bleef staan, pakte de eerste armband om zijn linkerpols en begon die over zijn hand omlaag te wurmen.

'Wacht,' zei Nasuada. Ze liep naar de tafel aan de andere kant van het paviljoen, pakte een koperen belletje op en rinkelde er twee keer mee, wachtte even en belde toen nog vier keer.

Binnen enkele tellen liep Farica de tent in. Ze keek openlijk naar Nasuada's gasten, maakte een reverence voor het hele stel en zei: 'Ja, vrouwe?'

Nasuada knikte naar Fadawar. 'We kunnen doorgaan.' Toen zei ze tegen haar dienstmaagd: 'Help me uit mijn gewaad; ik wil het niet bederven.'

De oudere vrouw leek geschokt over het verzoek. 'Híer, vrouwe? In het bijzijn van die... mannen?'

'Ja, hier. En snel een beetje! Ik hoef toch niet met mijn eigen bediende in discussie te gaan?' Nasuada klonk strenger dan haar bedoeling was, maar haar hart ging tekeer en haar huid was ongelooflijk, vreselijk gevoelig; het zachte linnen van haar onderkleding voelde ruw als canvas. Geduld en beleefdheid waren haar nu te veel. Ze kon zich alleen maar concentreren op de komende beproeving.

Nasuada bleef roerloos staan terwijl Farica pulkte en trok aan het kant van haar jurk, die van haar schouderbladen tot onder aan haar rug doorliep. Toen de linten los genoeg waren, hielp Farica Nasuada's armen uit de mouwen en viel het omhulsel van bolle stof in een stapel om Nasuada's voeten, waardoor ze alleen nog in haar witte ondergewaad stond. Ze onderdrukte een huivering toen de vier strijders haar bekeken, voelde zich kwetsbaar onder hun begerige blikken. Ze negeerde hen, stapte naar voren, en Farica griste het kledingstuk van de grond.

Fadawar had zijn armbanden afgedaan en de geborduurde mouwen van zijn gewaad eronder onthuld. Toen hij klaar was, zette hij zijn enorme kroon af en overhandigde die aan een van zijn dienaren.

Het geluid van stemmen buiten het paviljoen onderbrak hen. Een boodschappenjongen – Jarsha heette hij, herinnerde Nasuada zich – stapte naar binnen en verklaarde: 'Koning Orrin van Surda, Jörmundur van de Varden, Trianna van Du Vrangr Gata en Naako en Ramusewa van de Inapashunnastam.' Jarsha hield heel nadrukkelijk zijn blik op het dak van de tent gericht terwijl hij sprak.

Jarsha draaide zich abrupt om en vertrok toen de groep die hij had aangekondigd binnenkwam, met Orrin voorop. De koning zag Fadawar als eerste en begroette hem met de woorden: 'Ah, strijdheer, wat onverwacht. Ik vertrouw erop dat u en...' Een blik van stomme verbazing trok over zijn jeugdige gezicht toen hij Nasuada zag staan. 'Maar, Nasuada, wat heeft dit te betekenen?'

'Dat zou ik ook graag willen weten,' rommelde Jörmundur. Hij greep het gevest van zijn zwaard vast en loerde naar iedereen die het waagde al te openlijk naar Nasuada te staren.

'Ik heb jullie hierheen geroepen,' antwoordde ze, 'om getuige te zijn van de Beproeving van de Lange Messen tussen Fadawar en mij, en om naderhand tegen iedereen die ernaar vraagt te getuigen over de waarheid van de uitkomst.'

De twee grijsharige stamleden, Naako en Ramusewa, schenen geschrokken over die onthulling; ze bogen zich fluisterend naar elkaar toe. Trianna sloeg haar armen over elkaar – en onthulde de slangenarmband om haar slanke pols – maar liet verder geen reactie zien.

Jörmundur vloekte hartgrondig. 'Bent u uw verstand verloren, vrouwe? Dit is waanzin. U kunt niet...'

'Dat kan ik wél, en dat doe ik ook.'

'Vrouwe, als u dat doet, dan...'

'Je bezorgdheid is me duidelijk, maar mijn besluit staat vast. En ik verbied iedereen zich erin te mengen.' Ze kon zien dat hij ernaar verlangde haar bevel naast zich neer te leggen, maar hoezeer hij haar ook wilde beschermen, loyaliteit was altijd Jörmundurs sterkste eigenschap geweest.

'Maar, Nasuada,' zei koning Orrin, 'die beproeving, is dat niet die waarbij...'

'Dat klopt.'

'Vervloekt, waarom geef je die waanzin dan niet op? Je zou wel gek zijn om dit te doen.'

'Ik heb Fadawar mijn woord al gegeven.'

De stemming in het paviljoen werd nog bedrukter. Dat ze haar woord had gegeven, betekende dat ze haar belofte niet kon terugnemen zonder een eerloze eedbreekster te lijken die eerlijke mensen alleen maar konden vervloeken en mijden.

Orrin aarzelde even, maar hij bleef doorvragen. 'Met welk doel? Ik bedoel, als je verliest...'

'Als ik verlies, leggen de Varden niet langer verantwoording aan míj af, maar aan Fadawar.'

Nasuada had een storm van protest verwacht. In plaats daarvan viel er een stilte, waarin de felle woede die koning Orrins gezicht had vertrokken bekoelde, verscherpte en een broze gelijkmatigheid bereikte. 'Ik stel geen prijs op je keus om onze hele zaak in gevaar te brengen.' Hij wendde zich tot Fadawar. 'Wilt u niet tot rede komen en Nasuada van haar verplichting ontheffen? Ik zal u rijkelijk belonen als u deze ondoordachte ambitie laat varen.'

'Ik ben al rijk,' zei Fadawar. 'Ik heb uw tinnen goud niet nodig. Nee, niets anders dan de Beproeving van de Lange Messen zal me genoegdoening geven voor de smaad die Nasuada mijn volk en mij heeft aangedaan.'

'Wees nu getuige,' zei Nasuada.

Orrin omklemde de plooien van zijn gewaad, maar hij maakte een buiging en zei: 'Ja, ik zal getuige zijn.'

Vanuit hun wijde mouwen haalden Fadawars vier strijders kleine, harige trommels van geitenhuid. Ze hurkten neer en zetten de instrumenten tussen hun knieën, waarop ze woest begonnen te trommelen, zo snel dat hun handen donkere vegen in de lucht waren. De luide muziek overstemde elk ander geluid, en ook de paniekerige gedachten die Nasuada hadden overstelpt. Haar hartslag voelde aan alsof die het manische tempo dat haar oren bestookte bijhield.

Zonder een enkele toon te missen reikte de oudste van Fadawars mannen onder zijn vest en haalde er twee lange, gebogen messen uit, die hij naar de top van de tent gooide. Nasuada zag de messen heft over blad tuimelen, gefascineerd door de schoonheid van de beweging.

Toen het dichtbij genoeg was, stak ze haar hand uit en ving haar mes op. Het heft, bezet met opalen, prikte in haar handpalm.

Fadawar ving zijn wapen handig op.

Toen greep hij de linker manchet van zijn gewaad en trok de mouw tot over zijn elleboog omhoog. Nasuada hield haar blik op Fadawars onderarm gericht terwijl hij dat deed. De arm was dik en gespierd, maar dat vond ze niet belangrijk; spierballen zouden hem niet helpen hun wedstrijd te winnen. Waar zij naar zocht, waren de veelzeggende richels die, als ze bestonden, over de binnenkant van zijn onderarm zouden liggen.

Ze zag er vijf.

Vijf, dacht ze. *Wat veel!* Haar vertrouwen wankelde toen ze de bewijzen van Fadawars kracht overdacht. Het enige wat ervoor zorgde dat ze de moed niet helemaal verloor, was Elva's voorspelling: het meisje had gezegd dat Nasuada dit zou winnen. Nasuada hield zich vast aan die herinnering alsof het haar enige kind was. *Ze zei dat ik dit kan, dus moet ik in staat zijn langer stand te houden dan Fadawar... Het moet lukken!*

Aangezien hij de uitdager was, begon Fadawar. Hij hield zijn linkerarm recht opzij, met de handpalm naar boven, legde het spiegelend gepoetste lemmet van zijn mes net onder zijn elleboog tegen zijn onderarm en trok het over zijn vlees. Zijn huid spleet als een overrijpe bes en bloed welde op uit de scharlakenrode snee.

Hij ving Nasuada's blik.

Ze glimlachte en legde haar mes tegen haar arm. Het metaal was koud als ijs. Het was een test van wilskracht, om te kijken wie de meeste snijwonden kon verdragen. De overtuiging was dat iemand die strijdheer of stamhoofd wilde worden, bereid moest zijn omwille van zijn of haar mensen meer pijn te doorstaan dan ieder ander. Hoe konden de stammen er anders op vertrouwen dat hun leiders de zorgen van de gemeenschap vóór hun eigen egoïstische verlangens zouden stellen? Nasuada vond dat de praktijk het extremisme bevorderde, maar ze begreep ook dat het gebaar diende om vertrouwen bij mensen te wekken. Hoewel de Beproeving van de Lange Messen specifiek was voor de donkerhuidige stammen, zou ze door Fadawar te verslaan meer aanzien krijgen onder de Varden en, zo hoopte ze, onder koning Orrins volgelingen.

Ze richtte een snel gebedje om kracht naar Gokukara, de bidsprinkhaangodin, en trok het mes omlaag. Het geslepen staal gleed zo gemakkelijk door de huid dat ze moeite moest doen om niet te diep te snijden. Ze huiverde bij het gevoel. Ze wilde het liefst het mes wegsmijten, de wond omklemmen en gillen.

Nasuada deed geen van die dingen. Ze hield haar spieren ontspannen; als zij ze spande, zou het alleen maar meer pijn doen. En ze bleef glimlachen terwijl het mes langzaam haar lichaam ontsierde. De snee eindigde na slechts drie tellen, maar in die tellen bracht haar vlees duizend krijsende klachten voort, en bij ieder daarvan stopte ze bijna. Toen ze het mes liet zakken, merkte ze dat hoewel de stamleden nog altijd op hun trommels sloegen, ze niets anders hoorde dan het gebons van haar eigen hartslag.

Toen sneed Fadawar zichzelf een tweede keer. De pezen in zijn nek bolden op en zijn halsslagader leek op barsten te staan terwijl het mes zijn bloedige spoor maakte.

Nasuada zag dat het haar beurt weer was. Dat ze nu wist wat ze moest verwachten, maakte haar alleen maar banger. Haar instinct tot zelfbehoud – een instinct dat haar bij andere gelegenheden goed had gediend – streed tegen de bevelen die ze naar haar arm en hand stuurde. Wanhopig concentreerde ze zich op haar verlangen om de Varden te behouden en Galbatorix omver te werpen: de twee zaken waaraan ze haar hele wezen had gewijd. In gedachten zag ze haar vader, Jörmundur, Eragon en het volk van de Varden, en ze dacht: Voor hen! Ik doe dit voor hen. Ik ben geboren om te dienen, en dit is mijn dienst.

Ze maakte de snee.

Fadawar opende een derde wond in zijn onderarm, en Nasuada deed hetzelfde bij zichzelf.

De vierde snee volgde even later.

En de vijfde...

Een vreemde lethargie overviel Nasuada. Ze was zo vreselijk moe, en ze had het koud. Toen schoot haar te binnen dat misschien niet de pijndrempel van de deelnemers beslissend was voor het ritueel, maar eerder wie als eerste zou flauwvallen door het bloedverlies. Straaltjes bloed liepen over haar pols en langs haar vingers omlaag, spetterend in een poel aan haar voeten. Een gelijksoortige, maar grotere poel verzamelde zich bij Fadawars laarzen.

De rij gapende rode spleten op de arm van de strijdheer deed Nasuada denken aan de kieuwen van een vis, een gedachte die haar op een of andere manier vreselijk grappig toescheen; ze moest op haar tong bijten om niet te giechelen.

Met een kreet van pijn wist Fadawar de zesde snee te voltooien. 'Evenaar dat maar eens, futloze heks!' schreeuwde hij boven het lawaai van de trommels uit, en hij liet zich op één knie zakken.

Dat deed ze.

Fadawar beefde terwijl hij zijn mes van zijn rechterhand naar zijn linker verplaatste; de traditie schreef maximaal zes sneden per arm voor, anders liep je het risico de aders en pezen dicht bij de pols door te snijden. Nasuada imiteerde zijn beweging.

Maar koning Orrin sprong tussen hen in en schreeuwde: 'Stop! Ik laat dit niet langer doorgaan. Jullie brengen jezelf nog om.' Hij reikte naar Nasuada, maar sprong achteruit toen ze met het mes naar hem stak.

'Bemoei je er niet mee,' gromde ze tussen haar tanden door.

Nu begon Fadawar op zijn rechter onderarm, waarbij een fontein van bloed vrijkwam uit de gespannen spieren. Hij knijpt, besefte ze. Ze hoopte dat die vergissing ernstig genoeg zou zijn om hem te breken.

Nasuada kon er niets aan doen: ze uitte een woordeloze kreet toen het mes haar huid spleet. De vlijmscherpe rand brandde als een withete draad. Halverwege de snee maakte haar gewonde linkerarm een schokkerige beweging. Het mes wiebelde, waardoor ze een lange, onregelmatige snee maakte die twee keer zo diep was als de andere. Haar adem stokte terwijl ze de pijn doorstond. *Ik kan niet doorgaan,* dacht ze. *Ik kan niet... Ik kan het niet! Het is ondraaglijk. Ik ga liever dood... O, alsjeblieft, laat dit ophouden!* Het gaf haar enige verlichting om deze gedachten en andere wanhopige klachten te luchten, maar diep in haar hart wist ze dat ze het nooit zou opgeven.

Voor de achtste keer hield Fadawar het mes boven zijn onderarm, en hij hield het daar, het bleke metaal een kwart duim boven zijn zwarte huid. Hij bleef zo zitten terwijl het zweet in zijn ogen droop en zijn wonden robijnrode tranen huilden. Het leek alsof zijn moed hem in de steek had gelaten, maar toen grauwde hij en sneed met een snelle ruk in zijn arm.

Zijn aarzeling versterkte Nasuada's tanende kracht. Ze voelde een felle uitgelatenheid, die haar pijn veranderde in een bijna plezierig gevoel. Ze evenaarde Fadawars inspanning en toen, aangespoord door een plotselinge, achteloze minachting voor haar eigen welzijn, bracht ze het mes nog eens omlaag.

'Evenaar dát maar eens,' fluisterde ze.

Het vooruitzicht dat hij twee sneden achter elkaar zou moeten maken – een om Nasuada's aantal in te halen en een om weer voor te staan in de wedstrijd – scheen Fadawar te intimideren. Hij knipperde met zijn ogen, likte langs zijn lippen en verplaatste drie maal zijn greep op het heft van het mes voor hij het wapen boven zijn arm hield.

Zijn tong schoot naar buiten toen hij opnieuw zijn lippen bevochtigde.

Er trok een schok door zijn linkerhand, het mes viel uit zijn verkrampte vingers en bleef rechtop in de grond staan.

Hij pakte het op. Onder zijn mantel ging zijn borstkas ongelooflijk snel op en neer. Hij tilde het mes op en zette het op zijn arm; het maakte onmiddellijk een sneetje en er vloeide wat bloed. Fadawars kaak verstrakte en bewoog, er trok een huivering langs zijn ruggengraat en hij boog zich voorover, met zijn gewonde armen tegen zijn buik gedrukt. 'Ik geef me gewonnen,' zei hij.

De trommels stopten.

De stilte die erop volgde duurde maar een tel, voordat koning Orrin,

Jörmundur en alle anderen het paviljoen vulden met hun kreten. Nasuada lette niet op wat ze zeiden. Ze graaide achter zich, vond haar stoel en liet zich er snel in zakken voordat haar benen het begaven. Ze probeerde bij bewustzijn te blijven terwijl haar zicht dimde en vervaagde; het laatste wat ze wilde was flauwvallen in het bijzijn van de stamleden. Een tedere druk op haar schouder maakte haar bewust van het feit dat Farica naast haar stond, met windsels in haar handen.

'Vrouwe, mag ik u verzorgen?' vroeg Farica, die zowel ongerust als weifelend keek, alsof ze niet zeker wist hoe Nasuada zou reageren.

Nasuada knikte instemmend.

Terwijl Farica repen linnen om haar armen begon te wikkelen, benaderden Naako en Ramusewa haar. Ze bogen, en Ramusewa zei: 'Nooit eerder heeft iemand zoveel sneden doorstaan bij de Beproeving van de Lange Messen. Zowel u als Fadawar hebt uw moed bewezen, maar u bent overduidelijk de winnares. We zullen onze mensen over uw prestatie vertellen, en ze zullen u hun trouw geven.'

'Dank u,' zei Nasuada. Ze deed haar ogen dicht terwijl het gebons in haar armen erger werd.

'Vrouwe.'

Om zich heen hoorde Nasuada een verwarrende mengeling van geluiden, maar ze deed geen moeite ze te ontcijferen en trok zich dieper in zichzelf terug, waar de pijn niet langer zo direct en bedreigend was. Ze dreef in de baarmoeder van een eindeloze zwarte ruimte, verlicht door vormeloze klonters van steeds veranderende kleuren.

Haar respijt werd onderbroken door de stem van Trianna, toen de tovenares zei: 'Stop waar je mee bezig bent, dienstmaagd, en haal die verbanden eraf zodat ik je meesteres kan genezen.'

Nasuada opende haar ogen en zag Jörmundur, koning Orrin en Trianna om zich heen staan. Fadawar en zijn mannen hadden het paviljoen inmiddels verlaten. 'Nee,' bracht ze uit.

De groep keek haar verbaasd aan, en toen nam Jörmundur het woord. 'Nasuada, u denkt niet helder na. De beproeving is voorbij. U hoeft niet langer met die wonden te leven. Hoe dan ook moeten we het bloeden stelpen.'

'Dat doet Farica al. Ik zal mijn wonden door een genezer laten hechten en een kompres laten aanbrengen om de zwelling te verminderen, maar dat is alles.'

'Maar waarom?'

'Bij de Beproeving van de Lange Messen is het een vereiste dat deelnemers hun wonden op natuurlijke snelheid laten genezen. Anders hebben we niet de volle mate aan pijn doorleefd die de beproeving behelst. Als ik die regel schend, zal Fadawar alsnog tot winnaar worden uitgeroepen.'

'Laat me dan minstens uw pijn verlichten,' zei Trianna. 'Ik ken een aantal bezweringen die elke hoeveelheid pijn kunnen wegnemen. Als u me van tevoren had ingelicht, had ik het zo geregeld dat u zonder enig ongemak een hele arm had kunnen afhakken.'

Nasuada lachte en liet haar hoofd opzij rollen omdat ze zich nogal zweverig voelde. 'Mijn antwoord zou dan hetzelfde zijn als nu: valsspelerij is oneerlijk. Ik moest de beproeving winnen zonder misleiding, zodat niemand in de toekomst mijn leiderschap in twijfel kan trekken.'

'Maar stel dat je had verloren?' vroeg koning Orrin op dodelijk zachte toon.

'Ik kon niet verliezen. Zelfs al was het mijn dood geworden, dan nog zou ik Fadawar nooit de leiding over de Varden hebben laten nemen.'

Ernstig keek Orrin haar lange tijd aan. 'Ik geloof je. Alleen, is de loyaliteit van de stammen zo'n groot offer waard? Je bent niet zo gewoon dat we je simpelweg kunnen vervangen.'

'De loyaliteit van de stammen? Nee. Maar dit heeft een veel groter effect dan alleen op de stammen, zoals je weet. Het zal helpen onze troepen te verenigen. En dat is een beloning die ik kostbaar genoeg vind om vrijwillig een heleboel onplezierige manieren om te sterven onder ogen te zien.'

'Zeg eens, wat zouden de Varden ermee zijn opgeschoten als je vandaag wél dood was gegaan? Dan zou er geen voordeel zijn. Je erfgoed zou bestaan uit ontmoediging, chaos en waarschijnlijk de ondergang.'

Telkens als Nasuada wijn dronk, of mede, en vooral sterke drank, werd ze voorzichtiger in haar uitspraken en daden, want zelfs als ze het niet meteen merkte, dan wist ze dat alcohol haar oordeelvermogen en coördinatie aantastte, en ze had niet de wens zich onfatsoenlijk te gedragen of anderen voordeel ten opzichte van haar te bieden. Pijndronken als ze was, besefte ze pas later dat ze in haar discussie met Orrin even waakzaam had moeten zijn alsof ze drie pullen zwarte bessen-honingmede van de dwergen had gedronken. Als ze dat had gedaan, zou haar goed ontwikkelde gevoel voor beschaving hebben voorkomen dat ze antwoordde: 'Je maakt je zorgen als een ouwe man, Orrin. Ik moest dit doen, en het is gedaan. Het heeft nu geen zin meer om je er druk over te maken... Ik heb een risico genomen, ja. Maar we kunnen Galbatorix niet verslaan als we zelf niet langs de afgrond van de rampspoed dansen. Jij bent koning. Jij zou moeten begrijpen dat gevaar de mantel is die iemand aantrekt wanneer hij – of zij – de arrogantie heeft om het lot van anderen te bepalen.'

'Ik begrijp het goed genoeg,' gromde Orrin. 'Mijn familie en ik hebben Surda elke dag van ons leven, al generaties lang, verdedigd tegen het oprukkende Rijk, terwijl de Varden zich enkel verstopten in Farthen Dûr en parasiteerden op Hrothgars gulheid.' Zijn mantel wervelde op toen hij zich omdraaide en het paviljoen uit beende.

'Dat hebt u niet zo best aangepakt, vrouwe,' merkte Jörmundur op. Nasuada grimaste toen Farica haar windsels straktrok. 'Ik weet het,' zei ze ademloos. 'Ik zal zijn verwonde trots morgen wel herstellen.'

Gevleugelde tijdingen

Er ontstond een kloof in Nasuada's geest: een afwezigheid van zintuiglijke informatie die zo volkomen was dat ze zich alleen van de ontbrekende tijd bewust werd toen het tot haar doordrong dat Jörmundur aan haar schouder schudde en luid iets tegen haar riep. Het kostte haar even om de geluiden die hij voortbracht te ontcijferen, maar toen hoorde ze: '... blijf naar me kijken, vervloekt nog aan toe! Zo, ja! Niet weer in slaap vallen. Dan wordt u niet meer wakker.'

'Je kunt me wel loslaten, Jörmundur,' zei ze, en ze wist flauwtjes te glimlachen. 'Het gaat wel weer.'

'En mijn oom Undset was een elf.'

'Was hij dat niet?'

'Bah! U bent net zoals uw vader: altijd alle goeie raad negeren als het op uw eigen veiligheid aankomt. De stammen kunnen de pot op met hun stomme ouwe gebruiken, wat mij betreft. Laat een genezer naar u kijken. U bent niet bij machte beslissingen te nemen.'

Farica verscheen van ergens opzij en boog zich over Nasuada heen. 'O, vrouwe, we zijn zo van u geschrokken.'

'Nog steeds, wat dat aangaat,' mompelde Jörmundur.

'Nou, nu gaat het weer beter met me.' Nasuada duwde zich overeind in de stoel en negeerde haar gloeiende onderarmen. 'Jullie kunnen allebei gaan; ik red me wel. Jörmundur, laat Fadawar weten dat hij hoofdman van zijn eigen stam mag blijven, zolang hij trouw aan mij zweert. Hij is een te vaardig leider om te verspillen. En Farica, laat op weg terug naar de tent Angela de kruidenvrouw alsjeblieft weten dat ik haar diensten nodig heb. Ze had beloofd wat tonicums en kompressen voor me te maken.'

'Ik laat u niet alleen in deze toestand,' verklaarde Jörmundur.

Farica knikte. 'Pardon, vrouwe, maar ik ben het met hem eens. Het is niet veilig.'

Nasuada wierp een blik op de ingang van het paviljoen om te controleren of geen van de Nachttraven dichtbij genoeg was om hen af te luisteren, en liet haar stem dalen tot een fluistering. 'Ik bén niet alleen.' Jörmundurs wenkbrauwen schoten omhoog en er trok een geschrokken uitdrukking over Farica's gezicht. 'Ik ben nóóit alleen. Begrijp je dat?'

'U hebt bepaalde... voorzorgsmaatregelen genomen, vrouwe?' vroeg Jörmundur.

'Ja.'

Geen van beide personen scheen gerustgesteld te zijn, en Jörmundur zei: 'Nasuada, uw veiligheid is mijn verantwoordelijkheid; ik moet zeker weten welke aanvullende bescherming u hebt en wie er precies toegang tot u hebben.'

'Nee,' zei ze vriendelijk. Toen ze de gekwetste en verontwaardigde blik in Jörmundurs ogen zag, vervolgde ze: 'Het komt niet doordat ik je loyaliteit betwijfel – verre van. Alleen dit moet ik zélf doen. Voor mijn eigen gemoedsrust moet ik een dolk hebben die niemand anders kan zien: een verborgen wapen, verstopt in mijn mouw, zeg maar. Zie het maar als een gebrek in mijn karakter, maar folter jezelf niet door te denken dat mijn keus op enigerlei wijze als kritiek op jouw werk is bedoeld.'

'Vrouwe.' Jörmundur maakte een buiging, een formaliteit die hij bijna nooit bij haar gebruikte.

Nasuada hief een hand en gaf hun toestemming te vertrekken, en Jörmundur en Farica haastten zich het rode paviljoen uit.

Lange tijd waren de enige geluiden die Nasuada hoorde de rauwe kreten van aaskraaien die boven het kamp van de Varden rondcirkelden. Toen, achter zich, hoorde ze een licht geruis, als dat van een muis op zoek naar voedsel. Ze draaide haar hoofd en zag Elva vanuit haar schuilplaats achter twee panelen van textiel de hoofdruimte van het paviljoen in stappen.

Nasuada keek haar onderzoekend aan.

De onnatuurlijke groei van het meisje had doorgezet. Toen Nasuada haar kortgeleden voor het eerst ontmoette, had Elva tussen de drie en vier jaar oud geleken. Nu leek ze eerder zes. Haar eenvoudige jurk was zwart, met een paar purperen plooien rond de halslijn en schouders. Haar lange, steile haar was nog donkerder: een vloeibare leegte die helemaal tot haar onderrug hing. Haar scherpe gezichtje was wasbleek, want ze kwam maar zelden buiten, en het drakenteken op haar voorhoofd was zilverkleurig. En haar ogen, haar violetkleurige ogen, bevatten een uitgeputte, cynische blik – het resultaat van Eragons zegen die een vloek was, want die dwong haar zowel de pijn van anderen te verdragen als die te voorkomen.

De recente strijd had haar bijna het leven gekost, toen de gecombineerde pijn van duizenden mensen op haar geest had ingebeukt, hoewel een van de Du Vrangr Gata haar tijdens de gevechten in een kunstmatige slaap had gebracht in een poging om haar te beschermen. Pas kortgeleden was het meisje weer begonnen te praten en belangstelling te tonen voor haar omgeving.

Ze veegde met de rug van haar hand over haar roze lippen, en Nasuada vroeg: 'Heb je overgegeven?'

Elva haalde haar schouders op. 'De pijn ben ik wel gewend, maar het wordt nooit gemakkelijker om Eragons bezwering te weerstaan... Ik ben niet gauw onder de indruk, Nasuada, maar u bent een sterke vrouw dat u zoveel sneden kon verdragen.'

Hoewel Nasuada hem vaak had gehoord, maakte Elva's stem haar nog altijd onbehaaglijk, want het was de bittere, spottende stem van een wereldwijze volwassene, niet die van een kind. Ze deed haar best het gevoel te negeren en antwoordde: 'Jij bent sterker. Ik hoefde niet ook nog eens Fadawars pijn te verdragen. Dank je wel dat je bij me bent gebleven. Ik weet wat het je moet hebben gekost, en ik ben dankbaar.'

'Dankbaar? Ha! Dat is een leeg woord voor me, vrouwe Nachtjager.' Elva's kleine mondje vertrok in een scheve glimlach. 'Hebt u iets te eten? Ik ben uitgehongerd.'

'Farica heeft wat brood en wijn achter die schriftrollen gezet,' zei Nasuada, wijzend door het paviljoen. Ze zag het meisje naar het eten lopen en met grote happen het brood naar binnen werken. 'Gelukkig hoef je in ieder geval niet meer veel langer zo te leven. Zodra Eragon terugkeert, zal hij de bezwering opheffen.'

'Misschien.' Nadat ze een half brood had weggewerkt, zweeg Elva even. 'Ik had tegen u gelogen over de Beproeving van de Lange Messen.'

'Hoe bedoel je?'

'Ik voorzag dat u zou verliezen, niet winnen.'

'Wát?'

'Als ik de zaak op zijn beloop had gelaten, zou u het hebben opgegeven bij de zevende snede en zou Fadawar nu op uw plaats zitten. Dus vertelde ik u wat u moest horen om stand te houden.'

Er liep een koude rilling over Nasuada's rug. Als Elva de waarheid sprak, dan stond ze meer dan ooit bij het heksenkind in de schuld. Toch vond ze het niet prettig om te worden gemanipuleerd, ook al was het dan voor haar eigen bestwil. 'Ik begrijp het. Schijnbaar moet ik je alweer bedanken.'

Elva lachte, maar het was een broos geluid. 'En u haat het, nietwaar? Maakt niet uit. U hoeft niet bang te zijn dat u me beledigt, Nasuada. We zijn nuttig voor elkaar, meer niet.'

Nasuada was opgelucht toen een van de dwergen die het paviljoen bewaakten, de kapitein van die ploeg, met zijn hamer op zijn schild sloeg en verklaarde: 'De kruidenvrouw Angela verzoekt te mogen binnentreden, vrouwe Nachtjager.'

'Akkoord,' riep Nasuada.

Angela haastte zich het paviljoen in, met diverse zakken en manden aan haar armen. Zoals altijd vormde haar krullende haar een stormwolk rondom haar gezicht, dat vertrokken was van bezorgdheid. Ze werd op de hielen gevolgd door de weerkat Solembum in zijn dierlijke vorm. Hij liep meteen naar Elva toe en begon met een gekromde rug kopjes tegen haar benen te geven.

Angela zette haar bagage op de grond, rolde met haar schouders en riep: 'Het is ongelooflijk! Door u en Eragon lijkt het wel alsof ik mijn tijd bij de Varden voornamelijk besteed aan het genezen van mensen die te dom zijn om te beseffen dat ze moeten voorkómen dat ze aan mootjes worden gehakt.' Onderwijl beende de kleine kruidenvrouw naar Nasuada toe en begon het verband rond haar rechter onderarm af te wikkelen. Ze klakte afkeurend met haar tong. 'Normaal gesproken is dit het moment waarop een heelster haar patiënt vraagt hoe het gaat, en de patiënt liegt dan en zegt: "O, best aardig", en de heelster zegt: "Mooi, mooi. Blijf positief, dan zul je snel herstellen." Ik denk echter dat het duidelijk is dat u níet op het punt staat te gaan rondrennen en aanvallen tegen het Rijk aan te voeren. Verre van.'

'Maar ik zal toch wel herstellen?' vroeg Nasuada.

'Zeker wel als ik magie zou kunnen gebruiken om die wonden te dichten. Aangezien dat niet kan, is het wat moeilijker te voorspellen. U zult moeten doormodderen zoals de meeste andere mensen en maar hopen dat geen van die wonden ontstoken raakt.' Ze onderbrak haar werk en keek Nasuada in de ogen. 'U beseft toch wel dat u hier littekens aan overhoudt?'

'Het wordt wat het wordt.'

'Dat is waar.'

Nasuada onderdrukte een kreun en keek omhoog terwijl Angela haar wonden hechtte en vervolgens bedekte met een dikke, vochtige mat van vermalen planten. Vanuit haar ooghoeken zag ze Solembum op de tafel springen en naast Elva gaan zitten. De weerkat stak een lange, harige poot uit, haakte een stukje brood van Elva's bord en knabbelde eraan, met blikkerende witte tanden. De zwarte pluimen op zijn grote oren trilden terwijl hij ze heen en weer draaide, luisterend naar de in metaal gehulde strijders die langs het rode paviljoen liepen.

'Barzûl,' mompelde Angela. 'Alleen mannen zouden zoiets bedenken als jezelf snijden om te bepalen wie de roedelleider is. Idioten!'

Lachen deed pijn, maar Nasuada kon zich niet inhouden. 'Inderdaad,' zei ze toen haar lachbui over was.

Toen Angela de laatste reep verband om Nasuada's armen had gedraaid, riep de dwergenkapitein voor het paviljoen: 'Halt!' Er klonk een refrein van schrapende, klokachtige geluiden terwijl de mensenwachters hun zwaarden kruisten en de ingang versperden voor wie er dan ook naar binnen wilde lopen.

Zonder nadenken trok Nasuada haar mes uit de schacht die in het lijfje van haar ondergewaad was genaaid. Het kostte haar moeite het vast te houden, want haar vingers voelden dik en onhandig en de spieren in haar arm reageerden traag. Het leek wel alsof de arm gevoelloos was geworden, op de scherpe, brandende strepen die ze in haar vlees had gekerfd na.

Angela haalde ook een dolk ergens onder haar kleding vandaan, ging voor Nasuada staan en mompelde iets in de oude taal. Solembum sprong op de grond en dook naast Angela ineen. Zijn haren stonden overeind, waardoor hij groter leek dan de meeste honden. Hij gromde diep in zijn keel.

Elva at gewoon door, schijnbaar onverstoord door de commotie. Ze bekeek het stukje brood dat ze tussen duim en wijsvinger vasthield zoals iemand naar een vreemd insect zou kijken, doopte het in een roemer wijn en stopte het in haar mond.

'Vrouwe!' riep een man. 'Eragon en Saphira naderen vanuit het noordoosten!'

Nasuada stopte haar mes weg. Ze duwde zich overeind uit haar stoel en zei tegen Angela: 'Help me even aankleden.'

Angela hield het kledingstuk open voor Nasuada, die erin stapte. Toen hielp Angela haar armen voorzichtig in haar mouwen en knoopte de achterkant van de jurk dicht. Elva hielp haar, en samen hadden ze Nasuada snel weer fatsoenlijk aangekleed.

Nasuada keek naar haar lange mouwen en zag geen spoor van het verband. 'Moet ik mijn verwondingen verbergen of juist openlijk tonen?' vroeg ze.

'Dat hangt ervan af,' zei Angela. 'Denkt u dat het uw status verhoogt om ze te laten zien, of zal het uw vijanden bemoedigen omdat ze denken dat u zwak en kwetsbaar bent? Die vraag is eigenlijk nogal filosofisch, want de een ziet een man zonder grote teen en zegt: "O, hij is kreupel," en de ander zegt: "O, hij was slim, sterk of gelukkig genoeg om ernstiger letsel te voorkomen."'

'Je komt altijd met de vreemdste vergelijkingen op de proppen.'

'Dank u.'

'De Beproeving van de Lange Messen is een krachtmeting,' zei Elva. 'Dat weten de Varden en de Surdanen. Bent u trots op uw kracht, Nasuada?'

'Knip de mouwen eraf,' zei Nasuada. Toen de twee aarzelden, zei ze: 'Toe! Bij de ellebogen. Maak je geen zorgen om die jurk, die laat ik wel weer herstellen.'

Met een paar handige bewegingen verwijderde Angela de door Nasuada aangeduide delen en liet de resten stof op de tafel vallen.

Nasuada hief haar kin. 'Elva, als je het gevoel krijgt dat ik ga flauwvallen, zeg het dan tegen Angela, zodat ze me kan opvangen. Zullen we dan maar?' De drie vrouwen gingen dicht bij elkaar lopen, met Nasuada voorop. Solembum liep op enige afstand achter hen aan.

Toen ze het rode paviljoen uit kwamen, blafte de dwergkapitein: 'Posities!' en stelden de zes leden van de Nachtraven zich rondom Nasuada's groep op: de mensen en dwergen voor en achter, en de enorme Kull – Urgals van minimaal acht voet lang – aan weerszijden.

De schemering spreidde zijn goud-met-purperen vleugels over het kamp van de Varden uit en verleende een mysterieuze sfeer aan de rijen canvas tenten die zich uitstrekten tot zover Nasuada's oog reikte. Dieper wordende schaduwen kondigden de komst van de nacht aan, en talloze fakkels en vuren gloeiden al warm en fel op in de zwoele schemering. De hemel in het oosten was helder. In het zuiden gingen de horizon en de Brandende Vlakten, een halve mijl verderop, verborgen achter een lange, laaghangende wolk van zwarte rook. Ten westen duidde een rij berken en espen de loop van de Jiet aan, waarop de *Vliegende Draak* dreef, het schip waarop Jeod, Roran en de andere dorpelingen uit Carvahall waren aangekomen. Maar Nasuada had alleen oog voor het noorden en de glinsterende gestalte van Saphira die van daaraf afdaalde. Het licht van de ondergaande zon verlichtte haar nog en hulde haar in een blauw aureool. Ze leek wel een groep sterren die uit de hemel viel.

Het was zo'n majestueuze aanblik dat Nasuada even gebiologeerd bleef staan kijken, dankbaar dat ze het geluk had dit te mogen aanschouwen. Ze zijn veilig, dacht ze, en ze slaakte een zucht van verlichting.

De strijder die het nieuws van Saphira's aankomst had gebracht – een magere man met een lange, onverzorgde baard – maakte een buiging en wees. 'Vrouwe, zoals u ziet heb ik de waarheid gesproken.'

'Ja. Goed gedaan. Je moet wel bijzonder scherpe ogen hebben dat je Saphira al zo vroeg zag. Hoe heet je?'

'Fletcher, zoon van Harden, vrouwe.'

'Mijn dank, Fletcher. Je mag terugkeren naar je post.'

Na nog een buiging haastte de man zich naar de rand van het kamp.

Terwijl ze haar blik op Saphira gericht hield, zocht Nasuada zich tussen de rijen tenten een weg naar de grote open plek die was vrijgelaten zodat Saphira er kon landen en opstijgen. Haar wachters en metgezellen liepen met haar mee, maar ze lette er niet op omdat ze zo uitkeek naar een weerzien met Eragon en Saphira. Ze had de afgelopen dagen veel zorgen om hen gehad, zowel als leider van de Varden als, enigszins tot haar verbazing, als vriendin.

Saphira vloog even snel als een havik of valk, maar ze was nog een aantal mijlen van het kamp verwijderd en het zou nog even duren voordat ze de resterende afstand kon overbruggen. Inmiddels had er zich een enorme massa strijders rondom de open plek verzameld: mensen, dwergen en zelfs een groep grijshuidige Urgals, geleid door Nar Garzhvog, die siste naar de mannen om hem heen. Ook in de groep stonden koning Orrin en zijn hovelingen, die tegenover Nasuada gingen staan: Narheim, de dwerggezant die Oriks taken had overgenomen sinds Orik naar Farthen Dûr was vertrokken, Jörmundur, de andere leden van de Raad van Ouderlingen, en Arya.

De lange elfenvrouw beende door de menigte naar Nasuada toe. Zelfs nu Saphira bijna bij hen was, wendden mannen en vrouwen hun blik van de hemel af om naar Arya te kijken omdat ze zo'n opvallende gedaante was. Geheel in het zwart gekleed en met een broek zoals van een man, een zwaard op haar heup en een boog en pijlenkoker op haar rug. Haar huid had de kleur van lichte honing. Haar gezicht was hoekig als dat van een kat. En ze bewoog zich met een soepele, gespierde gratie die sprak van haar vaardigheid met een wapen, en ook van haar bovennatuurlijke kracht.

Nasuada had haar buitenissige uitdossing altijd als enigszins onfatsoenlijk gezien, omdat het zoveel van haar figuur onthulde. Maar Nasuada moest toegeven dat zelfs als Arya lompen zou aantrekken, ze er nog altijd koninklijker en waardiger zou uitzien dan elke sterfelijke edele.

Arya bleef voor Nasuada staan en gebaarde met één elegante vinger naar haar wonden. 'Zoals de dichter Earnë zei, het mooiste wat je kunt doen is jezelf in gevaar brengen omwille van het volk en het land waar je van houdt. Ik heb alle leiders van de Varden gekend, het waren allemaal indrukwekkende lieden, en niemand meer dan Ajihad. Hierin denk ik echter dat u zelfs hem hebt overtroffen.'

'Je eert me, Arya, maar ik vrees dat als ik zo helder straal, maar weinigen zich mijn vader zullen herinneren zoals hij dat verdient.'

'De daden van de kinderen zijn het bewijs van de opvoeding die ze van hun ouders hebben gekregen. Brand als de zon, Nasuada, want hoe feller u straalt, hoe meer mensen respect zullen hebben voor Ajihad omdat hij u al op zo jonge leeftijd de verantwoordelijkheden van het bevel heeft bijgebracht.'

Nasuada neigde haar hoofd en nam Arya's advies ter harte. Toen glimlachte ze en zei: 'Jonge leeftijd? Ik ben een volwassen vrouw, volgens jullie berekening.'

Er verscheen amusement in Arya's groene ogen. 'Dat is waar. Maar als we kijken naar jaren in plaats van wijsheid, zou geen enkel mens door mijn volk als een volwassene worden beschouwd. Behalve Galbatorix, dan.'

'En ik,' mengde Angela zich erin.

'Kom nou,' zei Nasuada, 'jij kunt niet veel ouder zijn dan ik.'

'Ha! U verwart uiterlijk met leeftijd. U zou toch beter moeten weten na zolang met Arya te zijn omgegaan.'

Voordat Nasuada kon vragen hoe oud Angela eigenlijk was, voelde ze een harde ruk aan de achterkant van haar jurk. Ze keek om en zag dat het Elva was geweest, die haar wenkte. Ze bukte zich en Elva mompelde in haar oor: 'Saphira heeft Eragon niet bij zich.'

Nasuada's keel sloeg dicht en bemoeilijkte haar ademhaling. Ze tuurde omhoog: Saphira cirkelde recht boven het kamp, enkele duizenden voet hoog. Haar enorme, vleermuisachtige vleugels tekenden zich zwart af tegen de hemel. Nasuada zag Saphira's onderkant, en haar klauwen die wit afstaken tegen de overlappende schubben van haar buik, maar ze kon niet zien wie er op haar rug zat.

'Hoe weet je dat?' vroeg ze op gedempte toon.

'Ik voel zijn ongemak niet, en ook niet zijn angsten. Roran is daar, en een vrouw van wie ik vermoed dat het Katrina is. Maar verder niemand.'

Nasuada rechtte haar rug, klapte in haar handen en riep: 'Jörmundur!'

Jörmundur, die een tiental meter verderop stond, kwam aanrennen, waarbij hij iedereen die hem in de weg stond opzij duwde; hij was ervaren genoeg om te weten dat dit een noodgeval was. 'Vrouwe.'

'Maak het veld vrij! Stuur iedereen hier weg voordat Saphira landt.'

'Ook Orrin, Narheim en Garzhvog?'

Ze grimaste. 'Nee, maar alle anderen moeten weg. Snel!'

Terwijl Jörmundur bevelen begon te roepen, kwamen Arya en Angela naar Nasuada toe. Ze leken even geschrokken als zij. 'Saphira zou niet zo kalm zijn als Eragon gewond of dood was,' zei Arya.

'Waar is hij dan?' wilde Nasuada weten. 'In wat voor moeilijkheden heeft hij zichzelf nu weer gebracht?'

Een enorm tumult vulde de open plek toen Jörmundur en zijn mannen de toeschouwers terugstuurden naar hun tenten en met rottinkjes naar hen sloegen wanneer de onwillige strijders treuzelden of protesteerden. Er braken wat opstootjes uit, maar de kapiteins van Jörmundur overweldigden de daders snel, om te voorkomen dat het geweld wortel zou schieten en zich zou verspreiden. Gelukkig vertrokken de Urgals, toen het bevel van hun hoofdman Garzhvog kwam, zonder mokken, hoewel Garzhvog zelf naar Nasuada toe ging, net als koning Orrin en de dwerg Narheim.

Nasuada voelde de grond onder haar voeten beven toen de achtenhalve voet lange Urgal haar naderde. Hij hief zijn benige kin en ontblootte zijn keel, zoals gebruikelijk was bij zijn volk, en vroeg: 'Wat heeft dit te betekenen, vrouwe Nachtjager?' De vorm van zijn kaken en tanden, samen met zijn tongval, maakten het moeilijk hem te verstaan.

'Ja, dat zou ik verdorie ook wel willen weten,' viel Orrin hem bij. Zijn gezicht was rood.

'En ik,' zei Narheim.

Het schoot Nasuada te binnen, terwijl ze naar hen keek, dat dit waarschijnlijk de eerste keer in duizenden jaren was dat leden van zoveel volken in Alagaësia zich in vrede hadden verzameld. De enigen die ontbraken waren de Ra'zac en hun rijdieren, maar Nasuada wist dat niemand bij zijn volle verstand die smerige wezens zou uitnodigen bij hun geheime bijeenkomsten. Ze wees naar Saphira. 'Zij zal jullie antwoorden verschaffen.'

Net toen de laatste achterblijvers van de open plek vertrokken, spoelde er een werveling van lucht om Nasuada heen, doordat Saphira naar de grond dook en haar vleugels uitspreidde om haar vlucht te vertragen voordat ze op haar achterpoten landde. Ze liet zich op vier poten zakken en een doffe bons galmde door het kamp. Roran en Katrina, die zich losmaakten van haar zadel, stegen snel af.

Nasuada beende naar voren en bekeek Katrina onderzoekend. Ze was nieuwsgierig te zien wat voor vrouw een man zou kunnen inspireren om zo'n buitengewone reddingsactie te wagen. De jonge vrouw die voor haar stond had zware botten, de bleke huid van een zieke, een bos koperkleurig haar en een jurk die zo gescheurd en vuil was dat onmogelijk te bepalen was hoe hij er oorspronkelijk had uitgezien. Ondanks de tol die haar gevangenschap van haar had geëist zag Nasuada wel dat Katrina best aantrekkelijk was, maar niet wat de barden een grote schoonheid zouden noemen. Ze bezat echter een zekere kracht in haar blik en houding. Nasuada vermoedde dat, als Roran degene was geweest die was gevangengenomen, Katrina net zo goed in staat zou zijn geweest om de dorpelingen van Carvahall zuidwaarts naar Surda te brengen, in de slag van de Brandende Vlakten te vechten en dan door te reizen naar de Helgrind, allemaal omwille van haar geliefde. Zelfs toen ze Garzhvog zag staan, verblikte of verbloosde Katrina niet, maar bleef ze aan Rorans zijde.

Roran maakte een buiging voor Nasuada en vervolgens voor koning Orrin. 'Vrouwe,' zei hij met een ernstig gezicht. 'Majesteit. Als ik u mag voorstellen: dit is mijn verloofde, Katrina.'

Ze maakte een reverence voor hen beiden.

'Welkom bij de Varden, Katrina,' zei Nasuada. 'We hebben hier allemaal je naam gehoord, vanwege Rorans ongewone toewijding aan je. Liederen over zijn liefde voor jou verspreiden zich al door het land.'

'Je bent zeer welkom,' zei Orrin. 'Zeer welkom.'

Nasuada zag dat de koning alleen oog had voor Katrina, net als alle andere aanwezige mannen, inclusief de dwergen, en ze wist zeker dat ze voordat de avond om was verhalen over Katrina's bekoorlijkheid aan hun wapenbroeders zouden vertellen. Wat Roran voor haar had gedaan verhief haar boven alle normale vrouwen; het maakte haar onderwerp van mysterie, fascinatie en aantrekkingskracht voor de strijders. Dat iemand zoveel voor een ander zou opofferen moest betekenen dat die persoon onvoorstelbaar kostbaar was.

Katrina bloosde en glimlachte. 'Dank u,' zei ze. Ondanks haar schaamte vanwege alle aandacht kleurde haar gezicht ook van een beetje trots, alsof ze wist hoe bijzonder Roran was en overgelukkig was dat zij, van alle vrouwen in Alagaësia, zijn hart had veroverd. Hij was van haar, en dat was alle status of rijkdom die ze zich wenste.

Nasuada voelde een steek van eenzaamheid. *Ik wou dat ik had wat zij hebben,* dacht ze. Haar verantwoordelijkheden weerhielden haar ervan meisjesachtige dromen over romantiek en het huwelijk te koesteren – en zeker over kinderen – behalve als ze een verstandshuwelijk omwille van de Varden zou aangaan. Ze had vaak genoeg overwogen dat met Orrin te doen, maar ze had nooit gedurfd. Toch was ze tevreden met haar lot en misgunde ze Katrina en Roran hun geluk niet. Zij gaf om haar zaak; Galbatorix verslaan was veel belangrijker dan zoiets onbenulligs als een huwelijk. Bijna iedereen trouwde, maar hoeveel mensen hadden de kans om de geboorte van een nieuw tijdperk mogelijk te maken?

Ik ben mezelf niet vanavond, besefte Nasuada. *Mijn wonden hebben mijn gedachten aan het zoemen gebracht als een nest bijen.* Ze vermande zich en keek langs Roran en Katrina naar Saphira. Nasuada opende de barrières die ze zo zorgvuldig rondom haar geest in stand hield om te kunnen horen wat Saphira te zeggen had en vroeg: 'Waar is hij?'

Met het droge geruis van schubben die langs schubben gleden kroop Saphira naar voren en boog haar nek, zodat haar kop zich direct voor Nasuada, Arya en Angela bevond. Het linkeroog van de draak fonkelde met een blauw vuur. Ze snuffelde twee keer en haar rode tong kwam uit haar bek. Hete, vochtige adem bracht de kanten kraag van Nasuada's jurk in beweging.

Nasuada slikte toen Saphira's bewustzijn langs dat van haar streek. Saphira voelde anders aan dan alle andere wezens die Nasuada ooit had ontmoet: oud, buitenaards en tegelijkertijd woest en goedaardig. Dat, samen met Saphira's indrukwekkende fysieke verschijning, bracht Nasuada altijd in herinnering dat als Saphira hen wilde opeten, ze dat zou kunnen doen. Het was onmogelijk, zo overpeinsde Nasuada, om zelfingenomen te blijven in de nabijheid van een draak.

Ik ruik bloed, zei Saphira. *Wie heeft u pijn gedaan, Nasuada? Zeg het maar, dan zal ik hem van nek tot kruis openrijten en u zijn hoofd brengen als trofee.*

'Je hoeft niemand te verscheuren. Nog niet, althans. Ik heb het mes zelf gehanteerd. Maar dit is geen geschikt tijdstip om daar nader op in te gaan. Op dit moment ben ik alleen geïnteresseerd in waar Eragon is.'

Eragon, zei Saphira, *heeft besloten in het Rijk te blijven.*

Een paar tellen lang kon Nasuada zich niet bewegen, of nadenken. Toen werd haar ontkenning van Saphira's onthulling vervangen door een toenemend gevoel van onheil. De anderen reageerden op gelijksoortige manieren, waaruit Nasuada afleidde dat Saphira tegen iedereen tegelijk had gesproken.

'Hoe... hoe kon je hem daar laten blijven?' vroeg ze.

Tongetjes van vuur flakkerden in Saphira's neusgaten toen ze snoof. *Eragon heeft zijn eigen keus gemaakt. Ik kon hem niet tegenhouden. Hij staat erop te doen wat hij denkt dat juist is, wat de consequenties voor hem of de rest van Alagaësia ook zijn... Ik zou hem door elkaar moeten schudden als een nestkuiken, maar ik ben ook trots op hem. Vrees niet – hij kan voor zichzelf zorgen. Tot nu toe is hem niets overkomen. Ik zou het weten als hij gewond was.*

'En waarom heeft hij die keus gemaakt, Saphira?' vroeg Arya.

Ik kan het jullie sneller laten zien dan in woorden uitleggen. Mag ik?

Ze knikten allemaal instemmend.

Een rivier aan herinneringen van Saphira stroomde Nasuada's geest binnen. Ze zag de zwarte Helgrind van boven een laag wolken; hoorde Eragon, Roran en Saphira bespreken hoe ze het best konden aanvallen; zag hen het nest van de Ra'zac ontdekken; en ervoer Saphira's heftige strijd met de Lethrblaka. De optocht van beelden fascineerde Nasuada. Ze was geboren in het Rijk, maar ze kon zich er niets van herinneren; dit was voor het eerst dat ze als volwassene iets anders zag dan de woeste buitenranden van Galbatorix' land.

Als laatste kwam Eragons confrontatie met Saphira. Saphira probeerde het te verbergen, maar de angst die ze voelde toen ze Eragon achterliet was nog zo vers en pijnlijk dat Nasuada met het verband om haar onderarmen haar wangen droogde. Maar de redenen die Eragon gaf om te blijven – het doden van de laatste Ra'zac en het verkennen van de Helgrind – vond Nasuada ontoereikend.

Ze fronste haar wenkbrauwen. *Eragon is misschien overhaast, maar hij is niet zo dom dat hij alles wat wij willen bereiken in gevaar brengt alleen om in een paar grotten te kijken en de laatste bittere resten van zijn wraak te zoeken. Er moet een andere verklaring zijn.* Ze vroeg zich af of ze bij Saphira moest aandringen op de waarheid, maar ze wist dat Saphira dergelijke informatie niet zomaar zou achterhouden. Misschien wil ze het onder vier ogen bespreken, dacht ze.

'Vervloekt!' riep koning Orrin. 'Eragon had geen slechter moment kunnen kiezen om in zijn eentje op avontuur te gaan. Wat maakt één Ra'zac uit als Galbatorix' hele leger slechts op een paar mijl afstand van ons is? We moeten hem terughalen.'

Angela lachte. Ze was bezig een sok te breien met vijf benen naalden, die klikten en klakten en langs elkaar schraapten in een aanhoudend, zij het wat vreemd ritme. 'Hoe dan? Hij zal overdag reizen, en Saphira kan niet naar hem zoeken terwijl de zon op is, anders zal iedereen haar kunnen zien en Galbatorix waarschuwen.'

'Ja, maar hij is onze Rijder! We kunnen niet zomaar blijven zitten terwijl hij te midden van onze vijanden is.'

'Dat vind ik ook,' zei Narheim. 'Hoe het ook gebeurt, we moeten zorgen dat hij veilig terugkeert. Grimstnzborith Hrothgar heeft Eragon in zijn familie en clan geadopteerd – dat is mijn eigen clan, zoals jullie weten – en we zijn hem de trouw van onze wetten en ons bloed verschuldigd.'

Arya knielde neer en begon, tot Nasuada's verbazing, de schachten van haar laarzen open te maken en weer vast te binden. Met een van de linten tussen haar tanden geklemd vroeg ze: 'Saphira, waar was Eragon precies toen je voor het laatst contact met hem had?'

Bij de ingang van de Helgrind.

'En heb je enig idee welk pad hij wilde volgen?'

Dat wist hij zelf nog niet.

Arya sprong overeind. 'Dan zal ik overal zoeken waar ik kan.'

Als een hert rende ze de open plek over, waar ze tussen de tenten verdween terwijl ze zo snel en licht als de wind naar het noorden rende.

'Arya, nee!' riep Nasuada, maar de elf was al weg. Nasuada dreigde te worden overmand door hopeloosheid terwijl ze haar nastaarde. *De kern verbrokkelt,* dacht ze.

Met de randen van de slecht bij elkaar passende stukken bepantsering om zijn bovenlichaam in zijn handen geklemd alsof hij ze meteen los wilde trekken, vroeg Garzhvog: 'Wilt u dat ik haar volg, vrouwe Nachtjager? Ik kan niet zo snel rennen als elfjes, maar wel net zo lang.'

'Nee... Nee, blijf maar hier. Arya kan van een afstand doorgaan voor een mens, maar soldaten zouden jou achterna gaan zodra een boer je in het oog kreeg.'

'Ik ben het gewend achterna te worden gezeten.'

'Maar niet midden in het Rijk, met honderden mannen van Galbatorix op pad. Nee, Arya zal zichzelf moeten redden. Ik hoop dat ze Eragon kan vinden en voor zijn veiligheid kan waken, want zonder hem zijn we gedoemd.'

Ontsnapping en misleiding

Eragons voeten trommelden over de grond. Zijn bonzende voetstappen begonnen in zijn hielen en trokken omhoog via zijn benen, langs zijn heupen en door zijn ruggengraat tot ze onder aan zijn schedelbasis eindigden, waardoor zijn tanden rammelden en de hoofdpijn vererger-de die met elke afgelegde mijl scheen toe te nemen. De monotone melodie van zijn gang had hem aanvankelijk geërgerd, maar het duurde niet lang voor hij in een tranceachtige toestand terechtkwam waarin hij niet nadacht en zich enkel voortbewoog.

Telkens als Eragons laarzen landden, hoorde hij broze grasstengels breken als takjes en zag hij wolkjes stof opdwarrelen van de gebarsten aarde.

Hij schatte dat het in dit deel van Alagaësia al minstens een maand niet had geregend. De droge lucht onttrok het vocht aan zijn adem, waardoor zijn keel rauw aanvoelde. Hoeveel hij ook dronk, hij kon de hoeveelheid water die de zon en de wind van hem stalen niet snel genoeg aanvullen.

Vandaar die hoofdpijn.

De Helgrind lag ver achter hem. Hij boekte echter minder snel vooruitgang dan hij had gehoopt. Honderden patrouilles van Galbatorix – bestaande uit zowel soldaten als magiërs – zwermden over het land, en vaak moest hij zich verstoppen om hen te ontlopen. Dat ze hém zochten, daar twijfelde hij niet aan. De vorige avond had hij zelfs Thoorn laag aan de westelijke horizon zien vliegen. Hij had onmiddellijk zijn geest afgeschermd, was in een greppel gedoken en daar een half uur gebleven, tot Thoorn weer onder de rand van de wereld was verdwenen.

Eragon had besloten waar mogelijk over bestaande wegen en paden te reizen. De gebeurtenissen van de afgelopen week hadden hem tot aan de grenzen van zijn fysieke en emotionele uithoudingsvermogen gedreven. Hij liet zijn lichaam liever rusten en herstellen dan zichzelf nog verder in te spannen door zich door doornstruiken, over heuvels en door modderige rivieren te slepen. De tijd voor wanhopige, woeste inspanning zou wel weer komen, maar niet nu.

Zolang hij op de wegen bleef, durfde hij niet zo snel te rennen als hij kon; het zou zelfs verstandiger zijn helemaal niet te rennen. Een flink aantal dorpjes en buitengebouwen stonden in het gebied verspreid. Als een van de inwoners een eenzame man door het platteland zag rennen alsof hij door een roedel wolven op de hielen werd gezeten, zou dat zeker nieuwsgierigheid en argwaan wekken en zou de bange boer misschien zelfs het incident melden bij het Rijk. Dat zou fataal kunnen zijn voor Eragon, want zijn beste verdediging was de mantel van de anonimiteit.

Hij rende nu alleen omdat hij al een mijl geen levende wezens was tegengekomen, behalve een eenzame slang die had liggen zonnen op een rots.

Terugkeren naar de Varden was Eragons eerste prioriteit, en het beviel hem niet dat hij over de weg moest ploeteren als een gewone vagebond. Toch stelde hij prijs op de kans om eens alleen te zijn. Hij was niet meer alleen geweest, echt alleen, sinds hij Saphira's ei had gevonden in het Schild. Altijd wreven haar gedachten tegen die van hem aan, of was Brom of Murtagh of iemand anders aan zijn zijde geweest. Naast de last van voortdurend gezelschap was Eragon alle maanden sinds hij uit de Palancarvallei was vertrokken bezig geweest met zware training, en had hij alleen pauze genomen om deel te nemen aan het tumult van de strijd. Nooit eerder had hij zich zo lange tijd zo intens geconcentreerd of met zoveel ongerustheid en angst te maken gehad.

Hij verwelkomde dus de eenzaamheid en de rust die ermee gepaard ging.

De afwezigheid van stemmen, ook die van hemzelf, was een zoet wiegeliedje dat, korte tijd, zijn angst om de toekomst wegnam. Hij had geen behoefte om te schouwen naar Saphira – hoewel ze te ver bij elkaar vandaan waren om elkaars geest aan te raken, zou hun band het hem vertellen als ze gewond was – of contact op te nemen met Arya of Nasuada om hun vermaningen aan te horen. Veel beter, vond hij, om te luisteren naar het lied van de fladderende vogels en het zuchten van de bries door het gras en de bladerrijke takken.

Het geluid van rammelende tuigage, klossende hoeven en mannenstemmen rukte Eragon uit zijn dromerij. Geschrokken bleef hij staan en keek om zich heen, proberend te bepalen uit welke richting de mannen naderden. Een paar kwetterende torenkraaien vlogen spiraalsgewijs op uit een ravijn vlakbij.

De enige dekking in de buurt was een bosje jeneverbessen. Hij sprintte ernaartoe en dook onder de laaghangende takken, net toen zes soldaten uit het ravijn kwamen en de smalle zandweg nog geen tien voet verderop op draafden. Normaal gesproken zou Eragon hun aanwezigheid allang hebben aangevoeld voordat ze zo dichtbij waren, maar sinds Thoorns verschijnen had hij zijn geest afgeschermd gehouden van zijn omgeving.

De soldaten hielden hun paarden in en stapten midden op de weg rond, ruziënd onder elkaar. 'Ik zeg het je, ik zag iets!' schreeuwde een van hen. Hij was van gemiddeld postuur, met rossige wangen en een gele baard.

Met bonzend hart probeerde Eragon zijn adem langzaam en geruisloos te houden. Hij raakte zijn voorhoofd aan om te controleren of de doek die hij om zijn hoofd had gebonden nog altijd zijn omhoogwijzende wenkbrauwen en puntige oren verborg. Ik wou dat ik mijn pantser nog droeg, dacht hij. Om ongewenste aandacht te voorkomen, had hij een ransel voor zichzelf gemaakt – met dode takken en een stuk canvas dat hij van een ketellapper had gekocht – en daar zijn pantser in gestopt. Nu durfde hij het niet uit te pakken en aan te trekken, uit angst dat de soldaten het zouden horen.

De soldaat met de gele baard stapte van zijn paard en liep langs de kant van de weg, speurend over de grond en tussen de jeneverbessen. Net als alle andere leden van Galbatorix' leger droeg de soldaat een rode tuniek versierd met borduursel in gouddraad, in de vorm van een puntige tong van vuur. De draden fonkelden als hij zich bewoog. Zijn pantser was eenvoudig – een helm, een taps toelopend schild en een leren pantserhemd – wat aangaf dat hij weinig meer was dan een voetsoldaat te paard. In zijn rechterhand droeg hij een speer en op zijn heup een slagzwaard.

Toen de soldaat met rammelende sporen zijn schuilplaats naderde, begon Eragon in de oude taal een ingewikkelde bezwering te fluisteren. De woorden rolden van zijn tong in een ononderbroken stroom totdat, tot zijn schrik, hij een bijzonder moeilijke reeks woorden verhaspelde en opnieuw moest beginnen.

De soldaat zette nog een stap naar hem toe.

En nog een.

Net toen de soldaat voor hem bleef staan, voltooide Eragon de bezwering en voelde hij zijn kracht wegebben terwijl de magie actief werd. Hij was echter een tel te laat om geheel aan ontdekking te ontkomen, want de soldaat riep: 'Aha!' en duwde de takken opzij om Eragon te onthullen.

Eragon bewoog zich niet.

De soldaat tuurde recht naar hem en fronste zijn voorhoofd. 'Wat krijgen we...' mompelde hij. Hij prikte met zijn speer in de struiken en miste Eragons gezicht op niet meer dan een halve duim afstand. Eragon duwde zijn nagels in zijn handpalmen terwijl zijn gespannen spieren trilden. 'Ah, verdomme,' gromde de soldaat. Hij liet de takken los, die terugsprongen naar hun beginpositie, en Eragon was weer verborgen.

'Wat was daar?' vroeg een andere man.

'Niks,' zei de soldaat, die terugliep naar zijn metgezellen. Hij zette zijn helm af en veegde zijn voorhoofd af. 'Ik zie ze vliegen.'

'Wat verwacht die rotzak van een Braethan eigenlijk van ons? We hebben de afgelopen twee nachten amper een oog dichtgedaan.'

'Ja. De koning moet wel wanhopig zijn dat hij ons zo onder druk zet... Eerlijk gezegd wil ik diegene die we zoeken liever niet eens vinden. Niet dat ik laf ben, maar kerels zoals wij kunnen de tegenstanders van Galbatorix maar beter ontlopen. Laat Murtagh en dat monster van een draak onze mysterieuze vluchteling maar vangen, vinden jullie ook niet?'

'Of we moeten Murtagh zelf zoeken,' opperde een derde man. 'Je hebt net zo goed als ik gehoord wat het nageslacht van Morzan zei.'

Er viel een onbehaaglijke stilte onder de soldaten. Toen sprong de man die was afgestegen weer op zijn strijdros, wikkelde de leidsels rond zijn linkerhand en zei: 'Hou je kop, Derwood. Je kletst te veel.'

Daarop spoorde de groep van zes hun rijdieren weer aan en reden ze verder noordwaarts over de weg.

Toen het geluid van de hoefslagen zich had verwijderd, beëindigde Eragon de bezwering, wreef met zijn vuisten in zijn ogen en legde zijn handen op zijn knieën. Een diepe lach ontsnapte hem, en hij schudde zijn hoofd, geamuseerd over hoe vreemd zijn situatie was vergeleken met zijn jeugd in de Palancarvallei. Dit had ik in ieder geval nooit verwacht mee te maken, dacht hij.

De bezwering die hij had gebruikt bestond uit twee delen: de eerste boog lichtstralen af rondom zijn lichaam zodat hij onzichtbaar leek, en de tweede voorkwam hopelijk dat andere magiërs ontdekten dat er magie was gebruikt. De grootste nadelen van de bezwering waren dat hij geen voetafdrukken kon verbergen – daarom moest je stokstijf blijven zitten als je hem gebruikte – en vaak werd ook je schaduw niet geheel weggenomen.

Hij baande zich een weg vanuit de struiken, rekte zijn armen boven zijn hoofd uit en keek naar het ravijn waar de soldaten uit waren gekomen. Een enkele vraag hield hem bezig toen hij zijn reis voortzette:

Wat had Murtagh gezegd?

'Ahh!' De gaasachtige illusie van Eragons wakende dromen verdween toen hij met zijn handen in de lucht klauwde. Hij klapte zijn lichaam bijna dubbel terwijl hij wegrolde van de plek waar hij had gelegen. Achteruit krabbelend duwde hij zich overeind en stak zijn handen voor zich op om een aanval af te weren.

Hij werd omgeven door de duisternis van de nacht. Boven hem bleven de onpartijdige sterren draaien in hun eindeloze hemelse dans. Onder hem bewoog geen enkel wezen, en hij hoorde ook niets anders dan de lichte bries die door het gras streek.

Eragon tastte naar buiten met zijn geest, ervan overtuigd dat iemand op het punt stond hem aan te vallen. Hij zocht meer dan duizend voet in alle richtingen, maar trof niemand anders in de buurt aan.

Uiteindelijk liet hij zijn handen zakken. Zijn borst ging op en neer, zijn huid brandde en hij stonk naar zweet. In zijn gedachten woedde een orkaan: een wervelwind van flitsende klingen en afgehakte ledematen. Even had hij gedacht dat hij in Farthen Dûr was, vechtend tegen de Urgals, en toen op de Brandende Vlakten, de zwaarden kruisend met mannen zoals hijzelf. Elke locatie was zo echt dat hij had durven zweren dat een vreemd soort magie hem door tijd en ruimte terug had gevoerd. Voor hem stonden de mannen en Urgals die hij had gedood; zo echt dat ze ieder moment leken te kunnen gaan praten. En hoewel hij niet langer de littekens van zijn wonden droeg, herinnerde zijn lichaam zich de vele verwondingen die hij had opgelopen, en hij huiverde toen hij weer zwaarden en pijlen in zijn vlees voelde dringen.

Met een woordeloze kreet viel Eragon op zijn knieën en drukte zijn armen tegen zijn maag, zichzelf omhelzend terwijl hij heen en weer wiegde. *Het is al goed... Alles is goed.* Hij drukte zijn voorhoofd tegen de grond en rolde zich op tot een strakke bal. Zijn adem voelde warm tegen zijn buik.

'Wat is er toch met me aan de hand?'

In geen van de verhalen die Brom in Carvahall had verteld had hij iets gezegd over dat helden van vroeger door dergelijke visioenen waren geplaagd. Geen van de strijders die Eragon bij de Varden had ontmoet scheen gebukt te gaan onder het bloed dat ze hadden vergoten. En hoewel Roran toegaf dat hij niet van doden hield, werd hij niet gillend midden in de nacht wakker.

Ik ben zwak, dacht Eragon. *Een man zou zich niet zo moeten voelen. Een Rijder zou zich niet zo moeten voelen. Garrow of Brom zou zich prima hebben gered, dat weet ik zeker. Zij deden wat er gedaan moest worden, en dat was dat. Niets om over te huilen, niets om je eindeloos druk over te maken of over te tandenknarsen... Ik ben zwak.*

Hij sprong op en ijsbeerde rond zijn nest in het gras, in een poging rustig te worden. Na een half uur, terwijl de onrust zijn borst nog altijd in een ijzeren greep klemde, zijn huid jeukte alsof er duizend mieren onder kropen en hij nog schrok van het lichtste geluidje, greep Eragon zijn ransel en zette het op een lopen. Het kon hem niet schelen wat er in de onbekende duisternis voor hem lag, noch wie zijn gehaaste tocht zag.

Hij wilde alleen maar aan zijn nachtmerries ontsnappen. Zijn geest had zich tegen hem gekeerd, en hij kon niet vertrouwen op rationele gedachten om zijn paniek te verdrijven. Zijn enige toevluchtsoord was dus om te vertrouwen op de oude dierlijke wijsheid van het vlees, die hem zei te rénnen. Als hij maar snel genoeg rende, misschien kon hij zich dan verankeren in het moment. Misschien zouden het maaien van zijn armen, het bonzen van zijn voeten op de aarde, het koude zweet onder zijn armen en een veelheid van andere gevoelens hem dwingen er niet aan te denken.

Misschien.

Een zwerm spreeuwen schoot door de middaglucht als een school vissen door de oceaan. Eragon tuurde ernaar. In de Palancarvallei vormden de spreeuwen, als ze terugkeerden na de winter, vaak zulke grote zwermen dat ze de dag in nacht veranderden. Deze zwerm was niet zo groot, maar deed hem denken aan avonden van muntthee drinken met Garrow en Roran op de veranda van hun huis, kijkend naar de ruisende zwarte wolk die boven hun hoofd draaide en wentelde.

In gedachten verzonken bleef hij staan en ging op een rotsblok zitten om de veters van zijn laarzen opnieuw te strikken.

Het weer was omgeslagen; het was nu fris, en een grijze veeg in het westen wees op de mogelijkheid van een storm. De begroeiing was hier weelderiger, met mos, riet en dikke pollen groen gras. Enkele mijlen verderop stonden vijf heuvels in het verder vlakke landschap. Een groepje dikke eikenbomen sierde de middelste heuvel. Boven de wazige pollen begroeiing zag Eragon de verbrokkelde muren van een lang verlaten gebouw, opgetrokken door een volk in vroeger tijden.

Zijn nieuwsgierigheid was gewekt en hij besloot bij de ruïne te ontbijten. Er zou vast meer dan genoeg wild te vinden zijn, en het zoeken naar voedsel zou hem een uitvlucht bieden om een beetje te verkennen voordat hij verder trok.

Eragon kwam een uur later aan de voet van de eerste heuvel aan, waar hij de resten vond van een oude weg geplaveid met vierkante stenen. Hij volgde die naar de ruïnes en verwonderde zich over de vreemde constructie, want het leek voor zover hij wist op niets wat de mensen, elfen of dwergen ooit hadden gebouwd.

De schaduwen onder de eikenbomen verkilden Eragon terwijl hij de middelste heuvel beklom. Nabij de top werd de grond vlakker en opende het struikgewas zich, en hij kwam op een grote open plek. Daar stond een gebroken toren. Het onderste deel van de toren was breed en geribbeld, als de stam van een boom. Daarboven werd het gebouw smaller en rees meer dan dertig voet de lucht in, eindigend in een scherpe, kartelige lijn. De bovenste helft van de toren lag op de grond, in ontelbare scherven gebroken.

Eragon bespeurde een zekere mate van opwinding. Hij vermoedde dat hij een buitenpost van de elfen had gevonden, lang voor de vernietiging van de Rijders gebouwd. Geen enkel ander volk had de vaardigheden of de neiging om zo'n bouwwerk neer te zetten.

Toen zag hij de moestuin tegenover de open plek.

Er zat een man in zijn eentje gehurkt tussen de rijen planten, bezig een bed met erwten te wieden. Zijn omlaaggerichte gezicht ging gehuld in schaduwen. Zijn grijze baard was zo lang dat die als een berg ongekamde wol in zijn schoot gevouwen lag.

Zonder op te kijken zei de man: 'Nou, ga je me nog helpen met die erwten of hoe zit dat? Je kunt er een maaltijd mee verdienen.'

Eragon aarzelde, niet zeker wat hij moest doen. Toen dacht hij: Waarom zou ik bang moeten zijn voor een oude kluizenaar? Hij liep naar de tuin toe. 'Ik ben Bergan... zoon van Garrow.'

De man gromde. 'Tenga, zoon van Ingvar.'

Het pantser in Eragons ransel rammelde toen hij hem op de grond liet vallen. Het uur daarop werkte hij in stilte samen met Tenga. Hij wist dat hij niet zo lang zou moeten blijven, maar hij genoot van het werk; het voorkwam dat hij ging peinzen. Terwijl hij wiedde strekte hij zijn geest uit en raakte de vele levende wezens rondom de open plek aan. Hij verwelkomde het gevoel van eenheid dat hij met ze deelde.

Toen ze alle gras, postelein en paardenbloemen rondom de erwten hadden weggehaald, volgde Eragon Tenga naar een smalle deur voor in de toren, waarachter een ruime keuken en woonkamer lagen. Midden in de kamer leidde een wenteltrap naar de eerste verdieping. Boeken, schriftrollen en stapels losjes gebonden perkament bedekten elk beschikbaar oppervlak, waaronder een groot deel van de vloer.

Tenga wees naar het stapeltje takken in de open haard. Met wat geplof en geknisper ontbrandde het hout. Eragon spande zijn spieren, klaar om zich fysiek en mentaal met Tenga te meten.

De andere man scheen zijn reactie niet op te merken maar bleef druk bezig in de keuken. Hij pakte bekers, borden, messen en enkele kliekjes voor hun middagmaal. Onderwijl mompelde hij zachtjes in zichzelf.

Met al zijn zintuigen alert liet Eragon zich op de lege hoek van een stoel zakken. Hij heeft niets in de oude taal gezegd, dacht hij. Zelfs al zei hij de bezwering in gedachten, dan nog riskeerde hij de dood of erger, alleen om een kookvuur aan te steken! Oromis had Eragon namelijk geleerd dat woorden de manier waren waardoor je de vrijgave van magie kon beheersen. Als je een bezwering gebruikte zonder de structuur van de taal om die kracht te binden, liep je de kans dat een willekeurige gedachte of emotie het resultaat kon vervormen.

Eragon keek rond in de kamer, zoekend naar aanwijzingen over zijn gastheer. Hij zag een open schriftrol liggen met rijen woorden uit de oude taal erop, en die herkende hij als een compendium van ware namen, gelijksoortig aan de documenten die hij in Ellesméra had bestudeerd. Magiërs zochten altijd naar dergelijke schriftrollen en boeken en zouden er bijna alles voor overhebben om ze te bemachtigen, want daarmee konden ze nieuwe woorden leren voor een bezwering en ontdekte woorden toevoegen. Slechts weinigen waren echter in staat een compendium te bemachtigen, want ze waren uitzonderlijk zeldzaam en degenen die ze bezaten zouden er bijna nooit vrijwillig afstand van doen.

Het was dus heel bijzonder dat Tenga zo'n compendium bezat, maar tot Eragons verbazing zag hij nog zes andere in de kamer liggen, en ook geschriften over vele onderwerpen, van geschiedenis tot wiskunde, van astronomie tot botanie.

Een beker bier en een bord met brood, kaas en een stuk koude vleespastei werden voor hem neergezet.

'Dank u,' zei Eragon.

Tenga negeerde hem en ging in kleermakerszit naast de haard zitten. Hij bleef grommen en mompelen in zijn baard terwijl hij zijn middagmaal naar binnen werkte.

Toen Eragon zijn bord schoon had geschraapt en de laatste druppels van het uitstekende bier had opgedronken, en Tenga bijna klaar was met zijn maal, moest Eragon wel vragen: 'Hebben de elfen deze toren gebouwd?'

Tenga keek hem indringend aan, alsof hij door die vraag aan Eragons intelligentie twijfelde. 'Ja. De listige elfen hebben Edur Ithindra gebouwd.'

'Wat doet u hier? Bent u helemaal alleen, of...'

'Ik zoek het antwoord!' riep Tenga uit. 'Een sleutel tot een ongeopende deur, het geheim van de bomen en de planten. Vuur, warmte, bliksem, licht... De meesten kennen de vraag niet eens en dwalen onwetend rond. Anderen kennen de vraag, maar vrezen wat het antwoord betekent. Bah! Duizenden jaren al leven we als wilden. Wilden! Daar zal ik een einde aan maken. Ik zal het tijdperk van het licht inluiden, en iedereen zal me prijzen.'

'Maar wat zoekt u dan precies?'

Tenga's gezicht vertrok in een frons. 'Ken je de vraag niet? Ik dacht misschien van wel. Maar nee, ik heb me vergist. En toch zie ik dat je mijn zoektocht begrijpt. Jij zoekt een ander antwoord, maar je zoekt wel. In jouw hart brandt dezelfde fakkel als in dat van mij. Wie anders dan een medepelgrim kan begrijpen wat we moeten opofferen om het antwoord te vinden?'

'Het antwoord waaróp?'

'Op de vraag die we kiezen.'

Hij is gek, dacht Eragon. Om zich heen kijkend op zoek naar iets waarmee hij Tenga kon afleiden, belandde zijn blik op een rij kleine houten dierenbeeldjes op de vensterbank onder een traanvormig venster. 'Die zijn mooi,' zei hij, wijzend naar de snijwerkjes. 'Wie heeft ze gemaakt?'

'Zíj... voordat ze vertrok. Ze maakte altijd dingen.' Tenga sprong op en legde zijn wijsvinger op het eerste beeldje. 'Hier de eekhoorn met zijn zwaaiende staart, zo kwiek en snel en vol lachende bespottingen.' Zijn vinger zweefde naar het volgende beeldje in de rij. 'Hier het woeste zwijn, zo dodelijk met zijn enorme slagtanden... Hier de raaf met...'

Tenga lette er niet op toen Eragon achteruitliep, noch toen hij de grendel van de deur openschoof en Edur Ithindra uit glipte. Hij hees zijn ransel over zijn schouder en draafde weg onder de kroon van eikenbomen, weg bij de vijf heuvels en de gestoorde magiër die ertussen woonde.

De rest van die dag en de volgende nam het aantal mensen op de weg toe, tot Eragon het idee had dat er telkens weer een nieuwe groep over een heuvel verscheen. De meesten waren vluchtelingen, hoewel er ook soldaten en werklieden bij waren. Eragon ontweek die wanneer hij kon, en sjokte met zijn hoofd omlaag door als dat niet kon. Daardoor was hij echter gedwongen de nacht door te brengen in het dorpje Oosterakker, twintig mijl ten noorden van Melian. Hij was van plan geweest veel eerder van de weg af te gaan en een holte of grot te zoeken waar hij de nacht kon doorbrengen, maar vanwege zijn relatieve onbekendheid met de streek had hij de afstand verkeerd ingeschat en kwam hij tegelijk met een groepje van drie wapenbroeders bij het dorp aan. Als hij hen had achtergelaten, minder dan een uur van de veiligheid van Oosterakkers muren en poorten en het comfort van een warm bed vandaan, zou zelfs de domste onder hen vragen gaan stellen. Dus klemde Eragon zijn kaken op elkaar en oefende in stilte de verhalen die hij had bedacht om zijn reis te verklaren.

De gezwollen zon stond twee vingers boven de horizon toen Eragon Oosterakker voor het eerst zag, een middelgroot dorp omgeven door een hoge palissade. Het was bijna donker tegen de tijd dat hij er eindelijk aankwam en door de poort naar binnen ging. Achter zich hoorde hij een wachter de wapenbroeders vragen of er nog iemand anders aankwam.

'Niet dat ik weet.'

'Dat is dan best,' antwoordde de wachter. 'Als er nog laatkomers arriveren, zullen ze tot morgen moeten wachten om binnen te komen.' Tegen een man aan de andere kant van de poort riep hij: 'Doe maar dicht!' Samen duwden ze de vijftien voet hoge deuren met ijzeren banden dicht en vergrendelden ze met vier eiken balken zo dik als Eragons borstkas.

Ze verwachten zeker een beleg, dacht Eragon, maar toen glimlachte hij over zijn domheid. *Ach, wie verwacht er in deze tijden géén toestanden?* Een paar maanden geleden zou hij zich zorgen hebben gemaakt omdat hij nu vastzat in Oosterakker, maar nu was hij ervan overtuigd dat hij de verdedigingsmuren met blote handen zou kunnen beklimmen en, als hij zich met magie verborg, in de duisternis van de nacht ongezien zou kunnen ontkomen. Hij besloot echter te blijven, want hij was moe en een bezwering zou de aandacht kunnen trekken van magiërs in de buurt, als die er waren.

Voordat hij meer dan een paar stappen over de modderige laan naar het dorpsplein had gezet, hield een wachter hem staande en zwaaide met een lantaarn voor zijn gezicht. 'Wacht! Jij bent nog niet eerder in Oosterakker geweest, nietwaar?'

'Dit is mijn eerste bezoek,' bevestigde Eragon.

De gedrongen wachter knikte. 'En heb je hier familie of vrienden om je te verwelkomen?'

'Nee.'

'Wat brengt je dan naar Oosterakker?'

'Niets. Ik ben onderweg naar het zuiden om de familie van mijn zus te halen en ze naar Dras-Leona te begeleiden.' Eragons verhaal scheen geen effect op de wachter te hebben. *Misschien gelooft hij me niet,* speculeerde Eragon. *Of misschien heeft hij al zoveel van dergelijke verhalen gehoord dat het hem niet meer uitmaakt.*

'Dan moet je de herberg hebben, bij de grootste put. Ga daarheen voor voedsel en onderdak. En denk eraan terwijl je in Oosterakker bent: we tolereren hier geen moord, diefstal of ontucht. We hebben stevige gevangenissen en galgen, en die hebben allebei hun aandeel aan gasten gehad. Begrijp je wat ik bedoel?'

'Jawel, heer.'

'Loop dan maar door, en het ga je goed. Maar wacht! Hoe heet je, vreemdeling?'

'Bergan.'

Daarop beende de wachter weg en ging verder op zijn avondronde. Eragon wachtte tot de lantaarn van de wachter achter enkele huizen verborgen ging voordat hij naar het boodschappenbord liep dat links van de poorten was opgehangen.

Daar, boven een stuk of zes aanplakbiljetten van verschillende misdadigers, hingen twee vellen perkament van bijna drie voet lang. Op een ervan stond Eragon, op de andere Roran, en allebei werden ze bestempeld tot verraders van de Kroon. Eragon bekeek de biljetten belangstellend en verwonderde zich over de beloning die werd geboden: een graafschap voor elk van hen voor degene die hen ving. De tekening van Roran leek goed en was nu zelfs voorzien van de baard die hij had laten staan sinds hij uit Carvahall was gevlucht, maar het portret van Eragon beeldde hem af zoals hij was geweest vóór de viering van de Bloedeed, toen hij er nog helemaal menselijk uitzag.

Wat is er toch veel veranderd, dacht hij.

Hij liep omzichtig door het dorp naar de herberg. De gelagkamer had een laag plafond met geteerde balken. Gele talgkaarsen boden een zacht, flakkerend licht en verdikten de lucht met kruiselingse lagen rook. Op de vloer lagen zand en biezen, en het mengsel kraakte onder Eragons laarzen. Links van hem stonden tafels en stoelen en was een grote open haard, waar een spitknecht een varken aan het spit ronddraaide. Ertegenover was een lange toog, een fort met opgetrokken ophaalbruggen die vaten pils en donker bier beschermden tegen de horde dorstige mannen die er zich van alle kanten omheen drong.

Er waren zeker zestig mensen binnen, waardoor het er onbehaaglijk druk was. Het geroezemoes van gesprekken zou al schokkend genoeg voor Eragon zijn geweest na zijn rustige tocht, maar met zijn gevoelige oren leek het wel alsof hij midden tussen een bulderende waterval stond. Hij kon zich moeilijk op één bepaalde stem concentreren. Zodra hij een woord of zinsnede opving, werd die alweer weggezwiept door een volgende. In een hoek stond een trio minstrelen te zingen en spelen, een komische versie van 'Lieve Aethrid o'Dauth', en zij voegden nog eens toe aan de herrie.

Grimassend om de barrage aan geluid wurmde Eragon zich door de drukte tot hij bij de toog was. Hij wilde praten met de dienster, maar ze had het zo druk dat het een hele tijd duurde voor ze hem aankeek en zei: 'Zeg het maar.' Er hingen lokken haar in haar bezwete gezicht.

'Hebt u een kamer te huur, of een hoekje waar ik de nacht kan doorbrengen?'

'Ik zou het niet weten. Dat moet je aan de vrouw des huizes vragen. Ze komt zo beneden,' zei de serveerster, gebarend naar een schemerige trap.

Terwijl hij wachtte, leunde Eragon tegen de toog en bekeek de mensen in de kamer. Het was een bonte verzameling. Hij vermoedde dat ongeveer de helft bestond uit dorpelingen die een avondje kwamen drinken. De rest bestond grotendeels uit mannen en vrouwen – vaak families – die verhuisden naar veiliger streken. Ze waren gemakkelijk te herkennen aan hun gerafelde hemden en vuile broeken, en aan hoe ze ineengedoken op hun stoel zaten en naar iedereen loerden die in de buurt kwam. Maar ze vermeden het allemaal nadrukkelijk te kijken naar de laatste en kleinste groep gasten in de herberg: soldaten van Galbatorix. De mannen in rode tunieken waren luidruchtiger dan alle anderen. Ze lachten en schreeuwden en sloegen met hun gehandschoende vuisten op tafel terwijl ze bier slempten en naar elke serveerster graaiden die zo dom was om langs hen heen te lopen.

Gedragen ze zich zo omdat ze weten dat niemand er iets van durft te zeggen en ze ervan genieten hun macht te laten gelden, vroeg Eragon zich af, *of omdat ze gedwongen werden om zich bij Galbatorix' leger aan te sluiten en hun schaamte en angst willen verdoven door te feesten?*

Nu zongen de minstrelen:

Met wapperende haren rende Aethrid o'Dauth
Naar heer Edel en riep: 'Laat mijn minnaar gaan!
Anders tovert een heks u om in een harige bok, ook al bent u al oud.'
Maar heer Edel lachte erom en was bepaald niet ontdaan.

De menigte verplaatste zich wat en gaf Eragon uitzicht op een tafel die tegen de muur was geschoven. Er zat een vrouw aan, haar gezicht verborgen achter de opgezette kap van haar donkere reismantel. Ze werd omringd door vier mannen: grote, stevige boeren met dikke nekken en wangen die rood waren van de drank. Twee van hen leunden tegen de muur aan weerszijden van de vrouw, boven haar uittorenend, terwijl de derde grijnzend op een omgekeerde stoel zat en de vierde met zijn linkervoet op de tafelrand steunde en zich over zijn knie naar voren boog. De mannen praatten en gebaarden met nonchalante bewegingen. Hoewel Eragon niet kon zien of horen wat de vrouw zei, was hem duidelijk dat de boeren boos waren om haar antwoorden, want ze fronsten en bliezen hun borst op als een stel hanen. Een van hen schudde met zijn vinger naar haar.

Het leken Eragon fatsoenlijke, hardwerkende mannen die hun manieren kwijt waren geraakt in de diepten van hun kroezen, een vergissing die hij vaak genoeg had gezien op feestdagen in Carvahall. Garrow had niet veel respect gehad voor mannen die wisten dat ze niet tegen drank konden en zichzelf toch in het openbaar voor schut zetten. 'Het hoort niet,' had hij gezegd. 'Bovendien, als je drinkt om je lot in het leven te vergeten en niet voor het genoegen, zou je dat moeten doen op een plek waar je er niemand mee lastigvalt.'

De man links van de vrouw stak plotseling zijn hand uit en haakte zijn vinger onder de rand van haar kap, alsof hij die naar achteren wilde gooien. Zo snel dat Eragon het amper kon zien hief de vrouw haar rechterhand op en greep de man bij zijn pols, maar toen liet ze los en zakte terug in haar vorige houding. Eragon betwijfelde of iemand anders in de gelagkamer, ook de man die ze had aangeraakt, haar beweging had opgemerkt.

De kap zakte af en Eragon verstijfde van stomme verbazing. De vrouw was menselijk, maar ze leek op Arya. De enige verschillen waren haar ogen – die rond waren en recht stonden, niet schuin als die van een kat – en haar oren, die niet puntig waren zoals die van elfen. Ze was even mooi als de Arya die Eragon kende, maar op een minder exotische, vertrouwdere manier.

Zonder aarzelen tastte Eragon met zijn geest naar de vrouw. Hij moest weten wie ze echt was.

Zodra hij haar bewustzijn aanraakte, kreeg Eragon een mentale klap, die zijn concentratie brak. Meteen daarop hoorde hij in zijn schedel een oorverdovende stem roepen: *Eragon!*

Arya?

Hun blikken kruisten elkaar heel even voordat de menigte weer naar voren drong en haar aan het oog onttrok.

Eragon wurmde zich tussen de mensen door naar haar tafel. De boeren keken hem schuins aan toen hij uit het gedrang stapte, en een van hen zei: 'Dat is verrekte onbeschoft, om zo onuitgenodigd aan te komen banjeren. Hoepel maar snel op.'

Met zoveel diplomatie als hij kon opbrengen, zei Eragon: 'Het schijnt mij, heren, dat de dame liever met rust wil worden gelaten. U zou de wensen van een eerlijke vrouw toch niet naast u neerleggen?'

'Een eerlijke vrouw?' schamperde de dichtstbijzijnde man. 'Eerlijke vrouwen reizen niet alleen.'

'Laat me uw zorgen dan wegnemen, want ik ben haar broer, en we gaan bij onze oom in Dras-Leona wonen.'

De vier mannen keken elkaar onbehaaglijk aan. Drie van hen begonnen weg te schuifelen bij Arya, maar de grootste ging vlak voor Eragon staan en zei, ademend in zijn gezicht: 'Ik weet nog niet zo net of ik je wel geloof, vriend. Je probeert ons alleen maar weg te krijgen zodat je zelf met haar alleen kunt zijn.'

Hij zit er niet ver naast, dacht Eragon.

Zo zachtjes dat alleen die man hem kon horen zei Eragon: 'Geloof me, ze ís mijn zus. Alstublieft heer, ik heb niets tegen u. Wilt u niet weggaan?'

'Nee, want ik denk dat je liegt dat je barst.'

'Heer, wees toch redelijk. Deze onplezierigheid is nergens voor nodig. De nacht is nog jong en er is muziek en drank in overvloed. Laten we niet bakkeleien om zo'n klein misverstand. Daar staan we boven.'

Tot Eragons opluchting ontspande de man zich en gromde geringschattend. 'Ik zou toch niet tegen zo'n jongmens als jij willen vechten,' zei hij. Hij draaide zich om en beende naar de toog, waar zijn vrienden stonden.

Met zijn blik op de menigte gericht schoof Eragon achter de tafel en ging naast Arya zitten. 'Wat doe jij hier?' vroeg hij, waarbij hij amper zijn lippen bewoog.

'Jou zoeken.'
Verbaasd keek hij haar aan, en ze trok één gebogen wenkbrauw op. Hij keek weer naar de menigte en vroeg met een geveinsde glimlach: 'Ben je alleen?'
'Nu niet meer. Heb je al een bed voor vannacht?'
Hij schudde zijn hoofd.
'Mooi. Ik heb al een kamer genomen. Daar kunnen we praten.'
Ze stonden tegelijk op en hij volgde haar naar de trap achter in de gelagkamer. De versleten treden kraakten onder hun voeten toen ze naar een overloop op de eerste verdieping liepen. Eén kaars verlichtte de bedompte, met hout beklede gang. Arya ging hem voor naar de laatste deur aan de rechterkant, en uit de wijde mouw van haar mantel haalde ze een ijzeren sleutel. Ze deed de deur open, stapte naar binnen en wachtte tot Eragon binnen was, waarop ze de deur sloot en weer op slot deed.
Een vage oranje gloed kwam door het glas-in-lood aan de andere kant, afkomstig van een lantaarn die aan de overkant van het dorpsplein hing. Daardoor kon hij de omtrekken zien van een olielantaarn op een lage tafel rechts van hem.
'Brisingr,' fluisterde Eragon, en vervolgens stak hij de lont aan met een vonk van zijn vinger.
Zelfs met de lamp aan was het nog schemerig in de kamer. De muur was bekleed met dezelfde houten panelen als de gang, en het kastanjebruine hout absorbeerde het meeste licht dat erop viel en deed de kamer klein en bedrukkend lijken, alsof er een groot gewicht naar binnen drukte. Behalve de tafel stond er alleen een smal bed met één deken over de matras. Op de matras stond een tasje met proviand.
Eragon en Arya stonden tegenover elkaar. Eragon wikkelde de reep stof van zijn hoofd, Arya maakte de speld los waarmee haar mantel om haar schouders werd dichtgehouden en legde het kledingstuk op het bed. Ze droeg een bosgroene jurk, de eerste jurk waarin Eragon haar ooit had gezien.
Het was een vreemde ervaring voor Eragon te zien dat hun uiterlijk was omgewisseld, dat hij degene was die eruitzag als een elf, en Arya als een mens. De verandering deed niets af aan zijn respect voor haar, maar hij voelde zich wel meer op zijn gemak in haar aanwezigheid, want nu was ze minder buitenissig.
Arya verbrak als eerste de stilte. 'Saphira zei dat je was achtergebleven om de laatste Ra'zac te doden en de rest van de Helgrind te verkennen. Is dat waar?'
'Het is een deel van de waarheid.'
'En wat is de hele waarheid?'
Eragon wist dat niets minder haar tevreden zou stellen. 'Beloof me dat

je wat ik ga vertellen tegen niemand zegt, behalve als ik je daar toestemming voor geef.'

'Ik beloof het,' zei ze in de oude taal.

Toen vertelde hij haar hoe hij Sloan had gevonden, waarom hij had besloten hem niet mee terug te nemen naar de Varden, de vloek die hij op de slager had gelegd en de kans die hij Sloan had gegeven om zich te beteren – althans gedeeltelijk – en zijn zicht terug te krijgen. Eragon eindigde met de woorden: 'Wat er ook gebeurt, Roran en Katrina mogen nooit horen dat Sloan nog leeft. Anders komen er eindeloos veel problemen van.'

Arya ging op de rand van het bed zitten en staarde lange tijd naar de lamp en de flakkerende vlam. 'Je had hem moeten doden.'

'Misschien, maar dat kon ik niet.'

'Alleen omdat een taak je niet aanstaat, is dat nog geen reden hem te ontlopen. Je bent laf geweest.'

Eragon was niet blij met die beschuldiging. 'O ja? Iedereen met een mes had Sloan kunnen doden. Wat ik deed, was veel moeilijker.'

'Fysiek wel, maar moreel niet.'

'Het leek me gewoon niet juist om hem te doden.' Eragon fronste geconcentreerd zijn voorhoofd terwijl hij zocht naar woorden om zich te verantwoorden. 'Ik was niet bang... dat was het niet. Niet na de strijd... Het was iets anders. In een oorlog wil ik wel doden. Maar ik wil het niet op me nemen te beslissen wie leeft en wie sterft. Ik heb er de ervaring of de wijsheid niet voor... Iedereen heeft een grens waar hij niet overheen kan, Arya, en ik vond die van mij toen ik naar Sloan keek. Zelfs als ik Galbatorix als gevangene had gehad, dan nog zou ik hem niet hebben gedood. Ik zou hem naar Nasuada en koning Orrin brengen, en als zij hem ter dood veroordeelden, dan zou ik hem zonder bezwaar zijn hoofd afhakken, maar niet eerder. Noem het maar zwak, maar zo zit ik in elkaar, en ik bied er mijn verontschuldigingen niet voor aan.'

'Dus je wilt een werktuig zijn dat door anderen wordt gebruikt?'

'Ik wil het volk zo goed mogelijk dienen. Ik heb nooit de ambitie gehad om te leiden. Alagaësia heeft geen behoefte aan een volgende tiran.'

Arya wreef over haar slapen. 'Waarom moet alles bij jou zo ingewikkeld zijn, Eragon? Waar je ook gaat, je lijkt overal in lastige situaties terecht te komen. Het lijkt wel alsof je moeite doet om door elke doornstruik in het land te lopen.'

'Je moeder zei net zoiets.'

'Daar kijk ik niet van op... Goed dan, we laten het gaan. We zullen toch niet van standpunt veranderen, en we hebben dringender zorgen dan te bakkeleien over rechtvaardigheid en moraal. Maar in de toekomst zou je er goed aan doen te onthouden wie je bent en wat je betekent voor de volkeren van Alagaësia.'

'Dat ben ik nooit vergeten.' Eragon zweeg even, wachtend op haar antwoord, maar Arya sprak hem niet tegen. Hij ging op de rand van de tafel zitten en zei: 'Je had me niet hoeven komen zoeken, hoor. Ik redde me prima.'

'Natuurlijk moest dat wél.'

'Hoe heb je me gevonden?'

'Ik heb gegokt welke route je vanaf de Helgrind zou nemen. Gelukkig kwam ik daardoor veertig mijl ten westen van hier terecht, en dat was dichtbij genoeg om je te vinden door te luisteren naar de fluisteringen van het land.'

'Dat snap ik niet.'

'Een Rijder wandelt niet onopgemerkt door de wereld, Eragon. Degenen die oren hebben om te horen en ogen om te zien kunnen de tekens gemakkelijk interpreteren. De vogels zingen over je komst, de beesten van de aarde ruiken je, en de bomen en het gras herinneren zich je aanraking. De band tussen Rijder en draak is zo sterk dat degenen die gevoelig zijn voor de natuurkrachten hem kunnen bespeuren.'

'Dat trucje moet je me eens leren.'

'Het is geen truc, alleen maar de kunst van aandacht besteden aan wat er om je heen is.'

'Maar waarom ben je naar Oosterakker gekomen? Het zou veiliger zijn geweest me buiten het dorp te treffen.'

'De omstandigheden dwongen me hierheen, net als bij jou gebeurde, neem ik aan. Jij kwam hier toch ook niet vrijwillig?'

'Nee...' Hij rolde met zijn schouders, vermoeid van een dag reizen. Hij duwde de slaap van zich af, gebaarde naar haar jurk en vroeg: 'Heb je eindelijk je broek en hemd opgegeven?'

Er verscheen een glimlachje op Arya's gezicht. 'Alleen maar voor zolang deze reis duurt. Ik woon al meer jaren dan ik me kan herinneren tussen de Varden, maar ik vergeet nog altijd hoe mensen erop staan de vrouwen van de mannen te onderscheiden. Ik heb me er nooit toe kunnen brengen jullie gebruiken over te nemen, ook al zag ik mezelf niet helemaal als een elf. Wie zou me iets verbieden? Mijn moeder? Zij was aan de andere kant van Alagaësia.'

Arya scheen te schrikken, alsof ze meer had gezegd dan haar bedoeling was. Ze vervolgde: 'Hoe dan ook, ik had een onfortuinlijke ontmoeting met een paar ossenherders kort nadat ik de Varden verliet, en daarna heb ik deze jurk gestolen.'

'Hij past goed.'

'Een van de voordelen van magie is dat je nooit op een kleermaker hoeft te wachten.'

Eragon lachte. Toen vroeg hij: 'En nu?'

'Nu rusten we. Morgen, voordat de zon opkomt, glippen we ongezien Oosterakker uit.'

Die nacht lag Eragon voor de deur, terwijl Arya het bed nam. Hun regeling kwam niet voort uit eerbied of beleefdheid van Eragon – hoewel hij er hoe dan ook op zou hebben gestaan dat Arya in het bed sliep – maar uit voorzichtigheid. Als er iemand de kamer in kwam, zou het vreemd zijn als er een vrouw op de grond sliep.

Terwijl de lege uren voorbijkropen staarde Eragon naar de balken boven zijn hoofd en volgde met zijn blik de scheuren in het hout, niet in staat zijn razende gedachten te bedaren. Hij probeerde elke methode die hij kende om zich te ontspannen, maar zijn geest bleef terugkeren naar Arya, naar zijn verbazing om haar te zien, naar haar opmerkingen over hoe hij met Sloan was omgegaan, en vooral naar de gevoelens die hij voor haar had. Wat die precies waren, wist hij niet. Hij verlangde ernaar bij haar te zijn, maar ze had zijn avances afgewezen en dat bezoedelde zijn genegenheid met gekwetstheid, boosheid en ook frustratie. Hoewel Eragon weigerde te aanvaarden dat zijn hofmakerij hopeloos was, kon hij ook niet bepalen hoe hij verder moest.

Hij kreeg pijn in zijn borst terwijl hij luisterde naar het lichte rijzen en dalen van Arya's ademhaling. Het was een foltering om zo dicht bij haar te zijn en haar toch niet te kunnen benaderen. Hij verfrommelde de rand van zijn tuniek tussen zijn vingers en wenste dat hij iets kon doen in plaats van zich neer te leggen bij een onwelkom lot.

Tot diep in de nacht worstelde hij met zijn opstandige emoties, tot hij zich uiteindelijk overgaf aan zijn uitputting en de wachtende omhelzing van zijn wakende dromen binnendreef. Toen zwierf hij een paar onrustige uren rond, tot de sterren begonnen te vervagen en het tijd werd om Oosterakker achter zich te laten.

Samen openden ze het raam en sprongen van het vensterkozijn op de grond, twaalf voet lager, een kleine sprong voor iemand met de vaardigheden van een elf. Terwijl ze viel, greep Arya haar rokken bij elkaar zodat ze niet om haar heen opbolden. Ze belandden vlak naast elkaar op de grond en renden tussen de huizen door naar de palissade.

'De mensen zullen zich wel afvragen waar we zijn gebleven,' zei Eragon onder het rennen. 'Misschien hadden we moeten wachten en als normale reizigers moeten vertrekken.'

'Blijven is riskanter. Mijn kamer is al betaald. Dat is alles waar de herbergier om geeft, niet of we er vroeg tussenuit zijn geknepen.' Ze gingen even een stukje uit elkaar toen ze om een afstandse wagen heen liepen, en toen voegde Arya eraan toe: 'Het belangrijkste is om in beweging te blijven. Als we treuzelen, zal de koning ons zeker vinden.'

Toen ze bij de buitenmuur aankwamen, liep Arya erlangs tot ze een paal vond die wat uitstak. Ze sloeg haar handen eromheen en trok, het hout beproevend met haar gewicht. De paal zwaaide en rammelde tegen de andere, maar hij hield het.

'Jij eerst,' zei Arya.

'Alsjeblieft, na jou.'

Met een ongeduldige zucht klopte ze op haar heup. 'Een jurk is wat luchtiger dan een broek, Eragon.'

Zijn wangen werden warm toen hij begreep wat ze bedoelde. Hij reikte boven zijn hoofd, pakte de paal stevig vast en begon tegen de palissade op te klimmen, zich schrapzettend met knieën en voeten. Bovenaan wachtte hij en balanceerde op de punten van de aangescherpte palen.

'Spring maar,' fluisterde Arya.

'Niet tot jij ook boven komt.'

'Doe niet zo...'

'Wachter!' siste Eragon. Een lantaarn zweefde in de duisternis tussen een paar huizen vlakbij. Terwijl het licht naderde, dook de gloeiende omtrek van een man uit het donker op. Hij droeg een ontbloot zwaard in zijn hand.

Stil als een spook greep Arya de paal en trok zichzelf hand over hand naar Eragon toe. Ze scheen haast omhoog te zweven, als door magie. Toen ze dichtbij genoeg was, greep Eragon haar rechter onderarm vast en tilde haar verder naar boven, waarna hij haar naast zich neerzette. Als twee vreemde vogels zaten ze boven op de palissade, roerloos en ademloos terwijl de wachter onder hen door liep. Hij zwaaide de lantaarn heen en weer, zoekend naar indringers.

Niet naar de grond kijken, smeekte Eragon in gedachten. *En niet omhoogkijken.*

Even later stopte de wachter zijn zwaard weg en liep neuriënd verder.

Zonder een woord te zeggen sprongen Eragon en Arya aan de andere kant van de palissade naar beneden. Het pantser in Eragons ransel rammelde toen hij de met gras begroeide helling eronder raakte en omrolde om de kracht van de inslag te verminderen. Hij sprong overeind, boog zich voorover en rende door het grijze landschap bij Oosterakker weg, met Arya op zijn hielen. Ze volgden laagtes en droge rivierbeddingen terwijl ze de boerderijen rondom het dorp ontweken. Een keer of zes renden verontwaardigde honden naar buiten om tegen de indringing in hun territorium te protesteren. Eragon probeerde hen te kalmeren met zijn geest, maar de enige manier waarop de honden wilden ophouden met blaffen was door ze ervan te overtuigen dat hun afschrikwekkende tanden en klauwen hem en Arya hadden weggejaagd. Blij met hun succes liepen de honden dan kwispelend terug naar hun schuren en veranda's, waar ze de wacht hielden over hun leengoed. Hun zelfingenomen vertrouwen amuseerde Eragon.

Vijf mijl van Oosterakker vandaan, toen duidelijk werd dat ze helemaal alleen waren en dat niemand hen volgde, kwamen Eragon en Arya bij een verkoolde boomstronk tot stilstand. Knielend groef Arya enkele handenvol zand op uit de grond. 'Adurna rïsa,' zei ze. Met een licht getinkel welde er water op uit de omringende aarde en stroomde in het gat dat ze had gegraven. Arya wachtte tot het water de holte had gevuld en zei toen: 'Letta,' waarop de stroom stopte.

Ze prevelde een schouwbezwering, en even later verscheen Nasuada's gezicht op het oppervlak van het stilstaande water. Arya begroette haar.

'Vrouwe,' zei Eragon met een buiging.

'Eragon,' antwoordde ze. Ze zag er moe uit, met ingevallen wangen, alsof ze lange tijd ziek was geweest. Een haarlok was aan haar knot ontsnapt en tot een strakke krul opgerold. Toen ze met haar hand over haar hoofd streek om de opstandige haren glad te strijken, zag Eragon een rij dikke windsels om haar arm. 'Je bent veilig, Gokukara zij dank. We waren zo bezorgd.'

'Het spijt me dat ik u heb verontrust, maar ik had mijn redenen.'

'Die moet je me maar uitleggen als je hier bent.'

'Zoals u wilt,' zei hij. 'Hoe bent u gewond geraakt? Heeft iemand u aangevallen? Waarom hebben de Du Vrangr Gata u niet genezen?'

'Ik heb ze bevolen van me af te blijven. En dat leg ík wel uit als jij hier aankomt.' Verwonderd knikte Eragon en slikte zijn vragen in. Tegen Arya zei Nasuada: 'Ik ben onder de indruk; je hebt hem gevonden. Ik wist niet zeker of het je wel zou lukken.'

'Het geluk lachte me toe.'

'Misschien, maar ik geloof toch dat je eigen vaardigheid minstens even belangrijk was als het geluk. Hoe lang voordat jullie hier zijn?'

'Twee, drie dagen, behalve als we op onvoorziene problemen stuiten.'

'Mooi. Dan verwacht ik jullie. Van nu af aan wil ik dat je minstens eenmaal voor het middaguur en eenmaal voor zonsondergang contact met me opneemt. Als ik niet van je hoor, zal ik ervan uitgaan dat jullie gevangen zijn genomen en Saphira sturen met een reddingsgroep.'

'We hebben mogelijk niet altijd de nodige afzondering om magie te gebruiken.'

'Zoek maar een manier. Ik moet weten waar jullie twee zijn en of jullie veilig zijn.'

Arya dacht even na. 'Als het kan, zal ik doen wat u vraagt, maar niet als het Eragon in gevaar brengt.'

'Akkoord.'

Eragon, die gebruikmaakte van de stilte die in het gesprek viel, vroeg: 'Nasuada, is Saphira in de buurt? Ik zou haar graag willen spreken... We hebben sinds de Helgrind geen contact meer gehad.'

'Ze is een uur geleden vertrokken om de buitenranden te verkennen. Kun je de bezwering in stand houden terwijl ik even ga kijken of ze al terug is, Arya?'

'Ga maar,' antwoordde Arya.

Met één stap was Nasuada uit hun blikveld verdwenen en liet ze een stilstaand beeld van de tafel en stoelen in haar rode paviljoen achter. Lange tijd zat Eragon naar de inhoud van de tent te kijken, maar toen werd hij rusteloos en liet zijn blik van de waterpoel naar Arya's nek afdwalen. Haar dikke zwarte haar hing opzij en onthulde een stukje gladde huid net boven de kraag van haar jurk. Dat biologeerde hem een tijdje, en toen bewoog hij zich en leunde tegen de verkoolde boomstronk aan.

Er klonk een geluid van brekend hout en vervolgens vulde een veld van fonkelende blauwe schubben de poel terwijl Saphira zich het paviljoen in perste. Eragon kon niet bepalen welk deel van haar hij zag, omdat het zo klein was. De schubben schoven langs de poel en hij zag een deel van een poot, een stekel op haar staart, het bolle membraan van een opgevouwen vleugel, en toen de glanzende punt van een tand terwijl ze draaide en kronkelde, zoekend naar een houding waarin ze de spiegel die Nasuada voor haar esoterische communicatie gebruikte gemakkelijk kon zien. Uit de alarmerende geluiden achter Saphira maakte Eragon op dat ze de meeste meubels plette. Eindelijk had ze een houding gevonden. Ze bracht haar kop dicht bij de spiegel, zodat één groot saffierkleurig oog de hele poel vulde, en tuurde naar Eragon.

Ze keken elkaar een hele tijd aan, allebei zonder zich te bewegen. Eragon stond ervan te kijken hoe opgelucht hij was om haar te zien. Hij had zich niet echt veilig gevoeld sinds ze waren gescheiden.

'Ik heb je gemist,' fluisterde hij.

Ze knipperde eenmaal met haar oog.

'Nasuada, bent u daar nog?'

Het gedempte antwoord dreef hem tegemoet van ergens rechts van Saphira. 'Ja, maar amper.'

'Zou u zo vriendelijk willen zijn Saphira's antwoorden aan me door te geven?'

'Met alle genoegen, maar op dit ogenblik zit ik vast tussen een vleugel en een paal, en voor zover ik zie kan ik hier niet weg. Je hoort me misschien moeilijk. Als je me even een momentje geeft, zal ik het proberen.'

'Alstublieft.'

Nasuada zweeg enkele tellen en toen, op een toon die heel veel op die van Saphira leek, vroeg ze: 'Gaat het goed met je?'

'Gezond als een os. En jij?'

'Mezelf vergelijken met een rund zou zowel belachelijk als beledigend zijn, maar ik ben fit als altijd, als je dat vraagt. Ik ben blij dat Arya bij je is. Het is goed voor je om een verstandig iemand te hebben die op je past.'

'Vind ik ook. Hulp is altijd welkom als je in gevaar bent.' Hoewel Eragon dankbaar was dat Saphira en hij konden praten, al was het dan via een omweg, vond hij het gesproken woord een karige vervanging voor de vrije uitwisseling van gedachten en emoties die ze deelden als ze bij elkaar waren. Bovendien wilde Eragon, nu Arya en Nasuada meeluisterden, liever geen persoonlijke onderwerpen aansnijden, zoals of Saphira hem had vergeven dat hij haar had gedwongen hem in de Helgrind achter te laten. Saphira deelde dat gevoel kennelijk, want ook zij begon er niet over. Ze kletsten over andere, onbelangrijke gebeurtenissen en namen toen afscheid. Voordat hij bij de poel wegliep, legde Eragon zijn vingers op zijn lippen en prevelde: *Het spijt me.*

Er verscheen een beetje ruimte tussen elk van de schubjes rondom Saphira's oog toen haar blik verzachtte. Ze knipperde langzaam met haar oog, en hij wist dat ze zijn boodschap had begrepen en het hem niet kwalijk nam.

Nadat Eragon en Arya afscheid hadden genomen van Nasuada, beëindigde Arya haar bezwering en stond op. Met de rug van haar hand klopte ze het zand van haar jurk.

Terwijl ze dat deed, werd Eragon onrustig, ongeduldig als nooit tevoren; op dat moment wilde hij niets liever dan recht naar Saphira rennen en zich samen met haar opkrullen bij een kampvuur.

'Laten we gaan,' zei hij, al weglopend.

Een delicate zaak

De spieren in Rorans rug bolden en golfden terwijl hij het rotsblok van de grond tilde. Hij liet de zware steen even op zijn bovenbenen rusten, duwde hem toen grommend boven zijn hoofd en strekte zijn armen. Een volle zestig hartslagen hield hij het enorme gewicht in de lucht. Toen zijn schouders begonnen te trillen en op het punt stonden hun kracht te verliezen, smeet hij het rotsblok op de grond voor zich neer. Het landde met een doffe plof en maakte een deuk van enkele duimen diep in het zand.

Aan weerszijden van Roran probeerden twintig strijders van de Varden gelijksoortige rotsblokken te heffen. Slechts twee van hen slaagden daarin; de rest liep terug naar de lichtere stenen die ze gewend waren. Het verheugde Roran dat de maanden die hij had doorgebracht in de smederij van Horst en de jaren van werken op de boerderij hem de kracht hadden gegeven om zich te meten met mannen die sinds hun twaalfde elke dag met wapens hadden geoefend.

Roran schudde het branderige gevoel uit zijn armen en haalde een paar keer diep adem, en de lucht voelde koel op zijn blote borst. Hij masseerde zijn rechterschouder, legde zijn hand om de ronde bol van spieren en betastte die met zijn vingers, nog maar eens bevestigend dat er geen spoor meer over was van de bijtwond van de Ra'zac. Hij grijnsde, blij om weer heel en gezond te zijn, want dat had hem niet waarschijnlijker geleken dan dat een kraai de horlepiep zou dansen.

Bij een kreet van pijn keek hij om naar Albriech en Baldor, die oefenden met Lang, een getaande veteraan met littekens van de strijd, die krijgskunst onderwees. Zelfs met twee tegen één stond Lang zijn mannetje. Met zijn houten oefenzwaard had hij Baldor al ontwapend door hem tegen zijn ribben te slaan en mepte hij Albriech zo hard op zijn been dat die op de grond viel, allemaal binnen enkele tellen. Roran voelde met hen mee; hij had net zelf een sessie met Lang achter de rug, en hij had er sinds de Helgrind een paar nieuwe blauwe plekken bij gekregen. Meestal gebruikte hij liever zijn hamer dan een zwaard, maar hij dacht dat hij toch met een kling zou moeten kunnen omgaan voor het geval de situatie erom vroeg. Zwaarden vereisten meer finesse dan hij vond dat er voor de meeste gevechten nodig was: sla een zwaardvechter op zijn pols en, gepantserd of niet, hij zal te druk bezig zijn met zijn gebroken botten om zich te verdedigen.

Na de Slag van de Brandende Vlakten had Nasuada de dorpelingen uit Carvahall uitgenodigd zich aan te sluiten bij de Varden. Ze hadden het aanbod allemaal aangenomen. Degenen die zouden hebben geweigerd, waren al in Surda gebleven toen de groep onderweg naar de Brandende Vlakten in Dauth stopte. Elke gezonde man uit Carvahall had fatsoenlijke wapens gekregen – en zijn provisorische speren en schilden neergelegd – en allemaal hadden ze hard gewerkt om strijders te worden die zich konden meten met elke andere in Alagaësia. De mensen uit de Palancarvallei waren gewend aan een hard leven. Zwaaien met een zwaard was niet taaier dan houthakken, en het was een stuk gemakkelijker dan harde aarde breken of in de zomerhitte akkers vol bieten te oogsten. Degenen die een nuttige vaardigheid beheersten, bleven hun ambacht uitoefenen in dienst van de Varden, maar in hun vrije tijd probeerden ze toch de wapens die hun waren gegeven te leren beheersen, want van iedere man werd verwacht dat hij zou vechten als er een oproep voor de strijd kwam.

Roran had zich sinds hij terug was uit de Helgrind onophoudelijk aan de training gewijd. De Varden helpen het Rijk en, uiteindelijk, Galbatorix te verslaan, was iets wat hij kon doen om de dorpelingen en Katrina te beschermen. Hij was niet zo arrogant te denken dat hij in zijn eentje het verschil kon maken in de oorlog, maar hij had vertrouwen in zijn mogelijkheid om de wereld vorm te geven en hij wist dat als hij zijn best deed, hij de kansen van de Varden op succes kon vergroten. Hij moest echter in leven blijven, en dat betekende dat zijn conditie beter moest worden en dat hij de werktuigen en technieken van het gevecht moest beheersen om niet te worden gedood door een meer ervaren strijder.

Terwijl hij over het oefenveld liep, op weg terug naar de tent die hij met Baldor deelde, kwam Roran langs een strook gras van zestig voet lang. Er lag een boomstam op van twintig voet lang, ontdaan van de bast en glad gepolijst door de duizenden handen die er elke dag langs streken. Zonder zijn pas in te houden draaide Roran zich om, schoof zijn vingers onder het dikke uiteinde van de stam, tilde hem op en zette hem grommend van inspanning rechtop. Toen gaf hij de stam een zetje en kantelde hem. Hij greep het dunne uiteinde vast en herhaalde dit nog twee keer.

Omdat hij niet de energie had om de stam nog een keer te kantelen, verliet Roran het veld en draafde door het omringende labyrint van grijze tenten, wuivend naar Loring en Fisk en anderen die hij herkende, en ook nog enkele andere vreemdelingen die hem begroetten. 'Hallo, Sterkhamer!' riepen ze hem hartelijk toe.

'Hallo!' riep hij terug. Vreemd, dacht hij, om een bekende te zijn van mensen die je nog nooit eerder hebt ontmoet. Even later kwam hij bij de tent aan die zijn thuis was geworden. Hij dook naar binnen en legde de boog, de pijlenkoker en het korte zwaard dat de Varden hem hadden gegeven weg.

Hij greep zijn waterbuidel van zijn bed, haastte zich weer het warme zonlicht in, trok de kurk van de buidel en goot de inhoud over zijn rug en schouders. Een bad nemen was iets wat Roran maar zelden deed, maar vandaag was een belangrijke dag en hij wilde fris en schoon zijn voor wat er ging komen. Met de scherpe zijkant van een stok schraapte hij het vuil van zijn armen en benen en onder zijn nagels vandaan, kamde toen zijn haar en knipte zijn baard bij.

Toen hij vond dat hij er presentabel uitzag, trok hij zijn pas gewassen tuniek aan, stak zijn hamer achter zijn riem en wilde vertrekken. Op dat moment besefte hij dat Birgit naar hem keek vanachter de hoek van de tent. Ze klemde met beide handen een dolk in een schede vast.

Roran verstijfde, klaar om bij de geringste provocatie zijn hamer te trekken. Hij wist dat hij in groot gevaar was, en ondanks zijn vaardigheden was hij er niet van overtuigd dat hij Birgit zou kunnen verslaan als ze hem aanviel. Net als hij trad ook zij de vijand met grimmige vastberadenheid tegemoet.

'Je hebt me eens om hulp gevraagd,' zei Birgit, 'en ik heb die toegezegd omdat ik de Ra'zac wilde doden omdat ze mijn man hadden opgegeten. Heb ik me niet aan de afspraak gehouden?'

'Ja.'

'En weet je nog dat ik ook had beloofd dat zodra de Ra'zac dood waren,

ik genoegdoening van jou wilde voor jouw aandeel in Quimborts dood?'
'Ja.'
Birgit draaide de dolk rond, haar vuisten vol richels van pezen. De dolk kwam een halve duim uit de schede omhoog, het felle staal werd zichtbaar, en toen zonk hij langzaam weer terug. 'Mooi,' zei ze. 'Ik zou niet willen dat je geheugen je in de steek laat. Ik zál mijn genoegdoening krijgen, Garrowzoon. Twijfel daar nooit aan.' Met een snelle, ferme stap was ze weg, de dolk verdwenen tussen de plooien van haar jurk.

Roran liet zijn adem ontsnappen, ging op een krukje zitten en wreef over zijn keel, ervan overtuigd dat hij ternauwernood aan een messteek van Birgit was ontsnapt. Haar bezoekje was een schok voor hem geweest, maar hij was er niet verbaasd over; hij wist al maanden van haar bedoelingen, sinds voor ze uit Carvahall waren vertrokken, en hij wist dat hij op een dag zijn schuld met haar moest vereffenen.

Een raaf vloog over hem heen, en terwijl hij het dier nakeek verbeterde zijn stemming en glimlachte hij. Een man kent maar zelden de dag en het uur dat hij zal sterven, dacht hij. Ik zou ieder moment kunnen omkomen, en er is verrekte weinig wat ik eraan kan doen. Wat gebeurt, dat gebeurt, en ik ga de tijd die ik boven de grond heb niet verspillen met me zorgen maken. Het ongeluk vindt degenen die wachten altijd. De truc is om het geluk te vinden in de korte tussenpozen tussen de rampen. Birgit zal doen wat haar geweten haar ingeeft, en ik zal het onder ogen zien als het zover is.

Bij zijn linkervoet zag hij een gelige steen liggen, die hij oppakte en tussen zijn vingers liet rollen. Hij concentreerde zich zo goed hij kon en zei: 'Stenr rïsa.' De steen negeerde zijn opdracht en bleef roerloos tussen zijn duim en wijsvinger liggen. Snuivend smeet hij hem weg.

Roran stond op en beende tussen de rijen tenten door. Onder het lopen probeerde hij een knoop in het kant van zijn kraag te ontwarren, maar die weerstond zijn pogingen. Hij gaf het op toen hij bij Horsts tent aankwam, die twee keer zo groot was als de meeste andere. 'Hallo binnen,' zei hij, kloppend op de paal tussen de twee ingangsflappen.

Katrina schoot met wapperende haren de tent uit en sloeg haar armen om hem heen. Lachend tilde hij haar bij haar middel op en draaide haar rond, waarbij alles behalve haar gezicht vervaagde, en zette haar toen zachtjes neer. Ze kuste hem op zijn lippen, eenmaal, tweemaal, driemaal. Hij bleef stil staan en keek in haar ogen, gelukkiger dan hij ooit eerder was geweest.

'Wat ruik je lekker,' zei ze.

'Hoe gaat het met je?' De enige smet op zijn vreugde was te zien hoe mager en bleek ze door haar gevangenschap was geworden. Hij wilde bijna de Ra'zac weer tot leven brengen, zodat zij hetzelfde leed konden meemaken dat ze haar en haar vader hadden aangedaan.

'Elke dag vraag je me dat, en elke dag zeg ik: "beter". Heb geduld; ik zal herstellen, maar het kost tijd... De beste remedie is hier bij jou zijn, onder de zon. Dat doet me meer goed dan ik je kan zeggen.'

'Dat was niet alles wat ik wilde weten.'

Er verschenen rode vlekken op Katrina's wangen, ze kantelde haar hoofd achterover en haar lippen krulden in een ondeugende glimlach. 'Nou, u bent wel brutaal, heer. Zeer brutaal. Ik weet niet of ik wel alleen met u zou moeten zijn, uit angst dat u zich vrijpostigheden zult veroorloven.'

De luchtigheid van haar antwoord veegde zijn zorgen weg. 'Vrijpostigheden, hè? Nou, aangezien je me toch al ziet als een schurk, kan ik me net zo goed een paar vrijpostigheden veroorloven.' En hij kuste haar tot ze het contact verbrak, al bleef ze in zijn armen.

'O,' zei ze buiten adem. 'Het valt niet mee om een discussie met jou te voeren, Roran Sterkhamer.'

'Dat klopt.' Knikkend naar de tent achter haar liet hij zijn stem dalen en vroeg: 'Weet Elain het?'

'Ze zou het wel weten als ze niet zo in beslag werd genomen door haar zwangerschap. Ik denk dat de ontberingen van de reis vanuit Carvahall misschien tot gevolg kunnen hebben dat ze het kind verliest. Ze is een groot deel van de dag misselijk, en ze heeft pijn die... nou, die niet goed is. Gertrude zorgt voor haar, maar ze kan niet veel doen aan haar ongemak. Hoe eerder Eragon terugkomt, hoe beter het is. Ik weet niet zeker hoe lang ik dit geheim kan houden.'

'Je redt je best, dat weet ik zeker.' Hij liet haar los en trok aan de zoom van zijn tuniek om hem glad te strijken. 'Hoe zie ik eruit?'

Katrina bekeek hem kritisch, maakte haar vingertoppen vochtig en streek ermee door zijn haar, om het weg te vegen van zijn voorhoofd. Ze zag de knoop bij zijn kraag en begon eraan te prutsen, zeggend: 'Je zou meer op je kleren moeten letten.'

'Mijn kleren zijn niet degenen die me hebben geprobeerd te vermoorden.'

'Nou, alles is nu anders. Je bent de neef van een Drakenrijder, en zo moet je er ook uitzien. De mensen verwachten het van je.'

Hij liet haar plukken en trekken tot ze tevreden was met hoe hij eruitzag. Hij kuste haar en liep de halve mijl naar het midden van het enorme kamp van de Varden, waar Nasuada's rode paviljoen stond. Het vaandel bovenop droeg een zwart schild met twee parallel geplaatste zwaarden eronder, en het klapperde in de warme wind uit het oosten.

De zes wachters voor het paviljoen – twee mensen, twee dwergen en twee Urgals – richtten hun wapens op Roran toen hij naderde. Een van de Urgals, een gedrongen bruut met gele tanden, vroeg: 'Wie is daar?' Zijn tongval was bijna onverstaanbaar.

'Roran Sterkhamer, zoon van Garrow. Nasuada heeft me ontboden.'

De Urgal sloeg met zijn vuist op zijn borstplaat, wat een harde klap gaf, en kondigde hem aan. 'Roran Sterkhamer wenst een onderhoud met u, vrouwe Nachtjager.'

'Je mag hem binnenlaten,' klonk het antwoord uit de tent.

De krijgers hieven hun wapens, en Roran liep er behoedzaam langs. Ze keken naar hem, en hij naar hen, met de afstandelijke houding van mannen die misschien ieder moment tegen elkaar moeten vechten.

In het paviljoen schrok Roran toen hij zag dat de meeste meubels kapotgeslagen op de vloer lagen. De enige stukken die onbeschadigd leken, waren een spiegel op een paal en de grote stoel waarin Nasuada zat. Hij negeerde de rommel en knielde voor haar neer.

Nasuada was zo anders dan de vrouwen met wie Roran was opgegroeid, dat hij niet zeker wist hoe hij zich tegenover haar moest gedragen. Ze kwam vreemd en koninklijk op hem over, met haar geborduurde jurk, de gouden kettingen in haar haren en met haar donkere huid, die op het ogenblik een rossige gloed had door de kleur van de tentwanden. In sterk contrast tot de rest van haar kleding waren haar onderarmen omwikkeld met linnen verband, een bewijs van haar ongelooflijke moed tijdens de Beproeving van de Lange Messen. Haar prestatie was onderwerp van doorlopende gesprekken onder de Varden geweest sinds Roran met Katrina terug was gekomen. Het was het enige aspect van haar waarvan hij het gevoel had dat hij het begreep, want ook hij zou alles opofferen om degenen te beschermen om wie hij gaf. Het enige verschil was dat zij gaf om een groep van duizenden personen, terwijl hij toegewijd was aan zijn familie en zijn mededorpelingen.

'Sta toch op, alsjeblieft,' zei Nasuada.

Hij gehoorzaamde, legde zijn hand op de kop van zijn hamer en wachtte terwijl ze hem onderzoekend opnam.

'Mijn positie staat me maar zelden de luxe van heldere, duidelijke taal toe, Roran, maar ik zal vandaag recht door zee tegen je zijn. Je lijkt me een man die prijs stelt op eerlijkheid, en we hebben veel te bespreken en niet veel tijd.'

'Dank u, vrouwe. Ik heb nooit van woordspelletjes gehouden.'

'Uitstekend. Recht door zee, dus. Je hebt me twee moeilijkheden bezorgd, en geen van beide kan ik eenvoudig oplossen.'

Hij fronste zijn voorhoofd. 'Wat voor moeilijkheden?'

'Eentje die te maken heeft met je karakter, en de andere met politiek. Je daden in de Palancarvallei en tijdens je vlucht daarvandaan met je mededorpelingen zijn bijna ongelooflijk. Ze zeggen me dat je moed hebt en dat je een vaardig vechter bent, en dat je mensen inspireert om je loyaal te volgen, zonder vragen te stellen.'

'Ze hebben me misschien gevolgd, maar ze bleven me beslist vragen stellen.'

Ze glimlachte. 'Misschien. Maar toch heb je ze hier gekregen, nietwaar?

Je hebt kostbare talenten, Roran, en de Varden kunnen je goed gebruiken. Ik neem aan dat je wilt dienen?'

'Ja.'

'Zoals je weet heeft Galbatorix zijn leger opgesplitst en soldaten naar het zuiden gestuurd, om de stad Aroughs te versterken, naar het westen, naar Feinster, en naar het noorden, naar Belatona. Hij hoopt de strijd te rekken, ons langzaam maar zeker uit te putten. Jörmundur kan niet op tien plaatsen tegelijk zijn. We hebben kapiteins nodig die we kunnen vertrouwen, om het hoofd te bieden aan de vele conflicten die rondom ons ontstaan. Hierin zou je je waarde voor ons kunnen bewijzen. Maar...' Haar stem haperde.

'Maar u weet nog niet of u me kunt vertrouwen.'

'Inderdaad. Een mens wordt sterk als hij zijn vrienden en familie beschermt, maar ik vraag me af hoe je het zonder hen zult redden. Houden je zenuwen het? En we weten dat je kunt leiden, maar kun je ook bevelen opvolgen? Ik spreek geen twijfels over je karakter uit, Roran, maar het lot van Alagaësia staat op het spel, en ik kan het me niet veroorloven een incompetent man mijn soldaten te laten leiden. De oorlog vergeeft ons dergelijke fouten niet. En het zou ook niet eerlijk zijn jegens de mannen die al bij de Varden zijn om jou boven hen te plaatsen zonder dat daar een goede reden voor is. Je moet je verantwoordelijkheden bij ons verdienen.'

'Ik begrijp het. Wat wilt u dat ik doe?'

'Ah, maar zo gemakkelijk is het niet, want jij en Eragon zijn bijna broers, en dat maakt de zaak ongelooflijk veel ingewikkelder. Zoals je vast beseft is Eragon de sleutel tot onze hoop. Het is dus belangrijk hem af te schermen van afleiding, zodat hij zich kan concentreren op de taak die voor hem ligt. Als ik jou de strijd in stuur en je als gevolg daarvan sneuvelt, is het heel wel mogelijk dat verdriet en woede hem uit zijn evenwicht brengen. Ik heb het eerder zien gebeuren. Bovendien moet ik heel zorgvuldig kiezen met wie ik je zal laten dienen, want er zijn mensen die zullen proberen je te beïnvloeden vanwege je relatie met Eragon. Dus nu heb je een aardig idee van de omvang van mijn zorgen. Wat heb je erop te zeggen?'

'Als het land zelf op het spel staat en deze oorlog even controversieel is als u zegt, dan vind ik dat u het zich niet kunt veroorloven me niets te laten doen. Mij inzetten als eenvoudig zwaardvechter zou evengoed verspilling zijn. Maar ik denk dat u dat al weet. Wat de politiek aangaat...' Hij haalde zijn schouders op. 'Het kan mij niet schelen bij wie u me neerzet. Niemand zal via mij Eragon kunnen raken. Mijn enige zorg is het breken van het Rijk, zodat mijn dorpsgenoten naar huis kunnen terugkeren en in vrede kunnen leven.'

'Je bent vastberaden.'

'Zeer. Kunt u me niet de leiding laten houden over de mannen uit Carvahall? We zijn even hecht als een familie, en we werken goed samen. Beproef me op die manier. De Varden hebben er dan niet onder te lijden als ik zou falen.'

Ze schudde haar hoofd. 'Nee. Misschien in de toekomst, maar nu nog niet. Ze hebben de juiste instructie nodig, en ik kan je prestaties niet beoordelen wanneer je wordt omringd door mensen die zo loyaal zijn dat ze op jouw aanraden hun huizen hebben verlaten en heel Alagaësia hebben doorkruist.'

Ze ziet me als een bedreiging, besefte hij. *Mijn vermogen om de dorpelingen te beïnvloeden maakt haar wantrouwig ten opzichte van mij.* In een poging haar gerust te stellen zei hij: 'Ze lieten zich voornamelijk leiden door hun eigen gezonde verstand. Ze wisten dat het dom zou zijn om in de vallei te blijven.'

'Je kunt hun gedrag niet op die manier verklaren, Roran.'

'Wat wilt u van me, vrouwe? Wilt u me laten dienen of niet? En zo ja, hoe?'

'Dit is mijn aanbod. Vanochtend hebben mijn magiërs in het oosten een patrouille van Galbatorix gezien, bestaande uit drieëntwintig soldaten. Ik stuur een groep onder leiding van Martland Roodbaard, de graaf van Thun, om ze te vernietigen en nog wat verkenningswerk te doen. Als je wilt, kun je dienen onder Martland. Je luistert naar hem, gehoorzaamt hem en hopelijk leer je nog iets van hem. Hij zal op zijn beurt een oogje op jou houden en het mij melden als hij denkt dat je aan een promotie toe bent. Martland is zeer ervaren, en ik heb alle vertrouwen in zijn mening. Lijkt je dat eerlijk, Roran Sterkhamer?'

'Ja. Maar wanneer zou ik vertrekken, en hoe lang zou ik weg zijn?'

'Je zou vandaag vertrekken en binnen twee weken terugkeren.'

'Dan moet ik u vragen of u zou kunnen wachten en me over een paar dagen op een andere missie zou kunnen sturen. Ik wil hier graag zijn als Eragon terugkeert.'

'Je bezorgdheid om je neef is bewonderenswaardig, maar de gebeurtenissen voltrekken zich snel en we kunnen niet wachten. Zodra ik weet hoe het met Eragon gaat, zal ik een van de Du Vrangr Gata contact met je laten opnemen met het nieuws, of het goed is of slecht.'

Roran wreef met zijn duim over de scherpe kanten van zijn hamer terwijl hij probeerde een antwoord te bedenken dat Nasuada ervan zou overtuigen van gedachten te veranderen, maar waarbij hij zijn geheim niet zou verraden. Uiteindelijk gaf hij het op – het was onmogelijk – en stelde zich erop in de waarheid te onthullen. 'U hebt gelijk. Ik bén bezorgd om Eragon, maar hij kan beslist voor zichzelf zorgen. Ik wil niet alleen hier blijven om met eigen ogen te zien dat hij veilig is.'

'Waarom dan nog meer?'

'Omdat Katrina en ik willen trouwen, en we willen graag dat Eragon de ceremonie leidt.'

Er klonk wat scherp geklik terwijl Nasuada met haar nagels op haar stoelleuningen tikte. 'Als je denkt dat ik je laat luieren terwijl je de Varden zou kunnen helpen, alleen zodat jij en Katrina een paar dagen eerder van je huwelijksnacht kunnen genieten, dan heb je het mis.'

'Het is een zaak van enige urgentie, vrouwe Nachtjager.'

Nasuada's vingers hielden stil en ze kneep haar ogen tot spleetjes. 'Hoe urgent?'

'Hoe sneller we trouwen, hoe beter het is voor Katrina's eer. Als u me enigszins begrijpt, dan weet u dat ik nooit om gunsten voor mezelf vraag.'

Het licht verschoof over Nasuada's huid toen ze haar hoofd schuinhield. 'Ik begrijp het... Waarom Eragon? Waarom wil je dat hij de ceremonie leidt? Waarom niet iemand anders: een ouderling uit je dorp, misschien?'

'Omdat hij mijn neef is en ik om hem geef, en omdat hij een Rijder is. Katrina is vanwege mij bijna alles kwijtgeraakt – haar huis, haar vader en haar bruidsschat. Ik kan die dingen niet vervangen, maar ik wil haar dan in ieder geval een bruiloft geven die ze nooit meer vergeet. Zonder goud of vee kan ik niet betalen voor een prachtige ceremonie, dus moet ik een andere manier vinden om er een gedenkwaardige dag van te maken, en ik kan niets schitterenders bedenken dan wanneer een Drakenrijder ons trouwt.'

Nasuada zweeg zo lang dat Roran zich afvroeg of ze soms verwachtte dat hij wegging. Toen zei ze: 'Het zou inderdaad een eer zijn als jullie door een Drakenrijder in de echt worden verbonden, maar het zou een droeve dag zijn als Katrina je hand zou moeten aanvaarden zonder een fatsoenlijke bruidsschat. De dwergen hebben me vele geschenken van goud en juwelen gegeven toen ik in Tronjheim woonde. Sommige daarvan heb ik al verkocht om de Varden van fondsen te voorzien, maar wat ik overheb zou een vrouw nog vele jaren in nertsen en satijn gekleed kunnen houden. Die zullen van Katrina zijn, als je dat behaagt.'

Roran maakte onthutst nog een buiging. 'Dank u. Uw gulheid is overstelpend, en ik weet niet hoe ik u ooit kan terugbetalen.'

'Betaal me maar terug door voor de Varden te vechten zoals je dat voor Carvahall hebt gedaan.'

'Dat doe ik, ik zweer het. Galbatorix zal de dag betreuren dat hij ooit de Ra'zac achter me aan stuurde.'

'Ik ben ervan overtuigd dat hij dat al doet. Ga nu. Je mag in het kamp blijven tot Eragon terugkeert en Katrina en jou trouwt, maar dan verwacht ik dat je de volgende ochtend in het zadel zit.'

Bloedwolf

*W*at een trots man, dacht Nasuada terwijl Roran het paviljoen verliet. *Interessant: hij en Eragon lijken op zoveel manieren op elkaar, en toch zijn hun persoonlijkheden fundamenteel verschillend. Eragon is misschien wel een van de dodelijkste strijders in Alagaësia, maar hij is geen harde of wrede persoon. Roran is echter van taaier materie gemaakt. Ik hoop dat hij nooit een struikelblok voor me wordt; ik zou hem moeten vernietigen om hem tegen te houden.*

Ze controleerde haar verband, dat er nog schoon uitzag, en riep Farica om haar een maaltijd te brengen. Toen haar dienstmaagd haar het eten had gebracht en zich had teruggetrokken uit de tent, wenkte Nasuada Elva, die uit haar schuilplaats achter het valse paneel achter in het paviljoen tevoorschijn kwam. Samen deelden ze een ontbijt.

Nasuada besteedde de uren daarop aan het beoordelen van de laatste inventarisverslagen van de Varden, berekende het aantal karavanen dat ze nodig zou hebben om de Varden naar het noorden te verplaatsen en telde de getallen op die de financiële middelen van haar leger vertegenwoordigden. Ze stuurde boodschappen aan de dwergen en de Urgals, liet de wapensmeden de productie van speerpunten opvoeren, bedreigde de Raad van Ouderlingen met opheffing – zoals ze bijna elke week deed – en hield zich met andere aangelegenheden van de Varden bezig. Toen, met Elva aan haar zijde, reed Nasuada uit op haar hengst, Stormstrijder, en ging naar Trianna. Er was een lid van het spionnennetwerk van Galbatorix, de Zwarte Hand, gevangengenomen en Trianna was hem aan het ondervragen.

Toen Elva en zij Trianna's tent verlieten, werd Nasuada zich bewust van tumult ten noorden van haar. Ze hoorde geschreeuw en gejuich, en vervolgens kwam er een man tussen de tenten vandaan rennen, haar richting uit. Zonder een woord te zeggen vormden haar wachters een kring om haar heen, op een van de Urgals na, die de renner met geheven knuppel de weg versperde. De man kwam voor de Urgal tot stilstand en schreeuwde hijgend: 'Vrouwe Nasuada! De elfen zijn er! De elfen zijn gekomen!'

Een vreemd, onwaarschijnlijk moment lang dacht Nasuada dat hij het over koningin Islanzadí en haar leger had, maar toen herinnerde ze zich dat Islanzadí in de buurt van Ceunon was; zelfs de elfen konden niet binnen een week een groep door heel Alagaësia verplaatsen. Het moesten de twaalf magiërs zijn die Islanzadí zou sturen om Eragon te beschermen.

'Snel, mijn paard,' zei ze, en ze knipte met haar vingers. Haar onderarmen brandden terwijl ze Stormstrijder besteeg. Ze wachtte alleen tot de dichtstbijzijnde Urgal Elva voor haar op het zadel had getild en dreef toen haar hielen in de flanken van de hengst. Zijn spieren welfden onder haar toen hij meteen in galop overging. Laag over zijn hals gebogen stuurde ze hem over een ruw pad tussen twee rijen tenten door, waarbij ze mannen en dieren ontweek en over een regenton die op haar pad stond sprong. De mannen schenen er geen aanstoot aan te nemen; ze lachten en renden achter haar aan om de elfen met eigen ogen te aanschouwen.

Toen ze bij de noordelijke ingang van het kamp aankwam stegen zij en Elva af en tuurden de horizon af op zoek naar beweging.

'Daar,' zei Elva wijzend.

Bijna twee mijl verderop kwamen twaalf lange, slanke gestalten uit een groepje jeneverbessen tevoorschijn, en hun omtrekken trilden in de ochtendhitte. De elfen renden met gelijkmatige tred voort, zo licht en snel dat hun voeten geen stofwolkjes opwierpen en ze boven de grond leken te zweven. Nasuada's hoofdhuid tintelde. Hun snelheid was tegelijkertijd mooi en onnatuurlijk. Ze deden haar denken aan roofdieren die hun prooi achtervolgden. Ze kreeg hetzelfde gevoel van gevaar als toen ze in de Beorbergen een shrrg, een reuzenwolf, had gezien.

'Indrukwekkend, nietwaar?'

Nasuada schrok toen Angela ineens naast haar stond. Ze was geërgerd en verwonderd over hoe de kruidenvrouw haar zo geruisloos had kunnen naderen. Ze wenste dat Elva haar had gewaarschuwd dat Angela eraan kwam. 'Hoe komt het toch dat jij er altijd bent wanneer er iets interessants staat te gebeuren?'

'O, ik weet graag wat er aan de hand is, en erbij zijn gaat zoveel sneller dan wachten tot iemand me er naderhand over vertelt. Bovendien laten mensen altijd belangrijke informatie weg, zoals wanneer iemands ringvinger langer is dan hun wijsvinger, of dat ze magische schilden om zich heen hebben, of dat de ezel waar iemand op rijdt een kale plek heeft in de vorm van een hanenkop. Vindt u ook niet?'

Nasuada fronste haar voorhoofd. 'Je onthult je geheimen nooit, hè?'

'Wat zou ik dáár nou aan hebben? Iedereen zou helemaal opgewonden worden over een of andere kletskoek van een bezwering, en dan zou ik het urenlang moeten uitleggen, en uiteindelijk zou koning Orrin mijn hoofd willen afhakken en zou ik de helft van uw magiërs van me af moeten slaan terwijl ik ontsnapte. Het is gewoon de moeite niet waard, als u het mij vraagt.'

'Je antwoord is niet erg geruststellend. Maar...'

'Dat komt doordat u te serieus bent, vrouwe Nachtjager.'

'Maar zeg eens,' drong Nasuada aan, 'waarom zou je het willen weten als iemand op een ezel rijdt met een kale plek in de vorm van een hanenkop?'

'Ah, dat. Nou, de man die eigenaar is van die specifieke ezel heeft me eens bij een spelletje bikkelen drie knopen en een interessant stuk betoverd kristal ontfutseld.'

'Heeft hij jóú iets weten te ontfutselen?'

Angela tuitte haar lippen, overduidelijk geërgerd. 'De bikkels waren gemanipuleerd. Ik had ze stiekem verruild, maar toen verving hij ze door zijn eigen stel terwijl ik afgeleid was... Ik weet nog altijd niet helemaal zeker hoe hij me om de tuin heeft geleid.'

'Dus jullie speelden allebei vals.'

'Het was een waardevol kristal! En hoe kun je nou valsspelen bij een valsspeler?'

Voordat Nasuada daar iets op kon zeggen, kwamen de zes Nachtraven het kamp uit rennen en stelden zich rondom haar op. Ze verborg haar afkeer toen de warmte en geur van hun lichamen haar overspoelden. De geur van de twee Urgals was erg doordringend. Toen, enigszins tot haar verbazing, richtte de kapitein van de ploeg, een stevige kerel met een kromme neus die Garven heette, zich rechtstreeks tot haar. 'Vrouwe, kan ik u even onder vier ogen spreken?' Hij sprak met opeengeklemde kiezen, alsof hij een felle emotie onderdrukte.

Angela en Elva keken Nasuada aan om te zien of ze wilde dat de twee zich terugtrokken. Ze knikte, en ze liepen naar het westen, in de richting van de Jiet. Zodra Nasuada ervan overtuigd was dat ze buiten gehoorsafstand waren, wilde ze iets zeggen, maar Garven was haar voor. 'Verdorie, vrouwe Nasuada, u had ons niet zo moeten achterlaten!'

'Rustig, kapitein,' antwoordde ze. 'Het risico was niet groot, en ik vond het belangrijk om hier op tijd te zijn om de elfen te begroeten.'

Garvens maliën rinkelden zacht toen hij met een gebalde vuist tegen zijn been sloeg. 'Niet groot? Nog geen uur geleden hebt u bewijs gekregen dat Galbatorix nog altijd agenten onder ons verborgen heeft. Hij is steeds opnieuw in staat geweest hier te infiltreren, en toch laat u uw geleide achter en galoppeert tussen een groep potentiële moordenaars door! Bent u de aanval in Aberon vergeten, of dat de Tweeling uw vader heeft gedood?'

'Kapitein Garven! Nu gaat u te ver.'

'Ik zal nog verder gaan als dat uw veiligheid garandeert.'

De elfen, zag Nasuada, hadden de afstand tussen hen en het kamp gehalveerd. Boos en ongeduldig zei ze: 'Ik heb ook mijn eigen bescherming, kapitein.'

Garvens blik schoot naar Elva. 'We vermoedden al zoiets, vrouwe.' Hij zweeg even, alsof hij hoopte dat ze hem nog meer informatie zou geven. Toen ze dat niet deed, ploegde hij voort: 'Als u werkelijk veilig was, dan was het verkeerd van me u van roekeloosheid te beschuldigen, en dan bied ik mijn verontschuldigingen aan. Toch zijn veiligheid en de schijn van veiligheid twee verschillende dingen. Als de Nachtraven effectief willen zijn, moeten we de slimste, taaiste en gemeenste strijders in het land zijn, en dan moeten mensen ook gelóven dat wij de slimste, de taaiste en de gemeenste zijn. Ze moeten geloven dat als ze proberen u neer te steken, met een kruisboog neer te schieten of magie tegen u te gebruiken, wij ze beslíst zullen tegenhouden. Als ze geloven dat de kans om u te doden ongeveer even groot is als dat een muis een draak doodt, dan geven ze dat idee misschien wel op, en dan hebben we een aanval afgewend zonder een vinger te hoeven uitsteken.

We kunnen niet tegen al uw vijanden vechten, vrouwe Nasuada. Daar zou een leger voor nodig zijn. Zelfs Eragon zou u niet kunnen redden als iedereen die u dood wilde hebben de moed zou hebben iets met hun haat te doen. U kunt honderd aanslagen op uw leven overleven, of duizend, maar uiteindelijk zou er een slagen. De enige manier om dat te voorkomen is door de meerderheid van uw vijanden ervan te overtuigen dat ze nóóit langs de Nachtraven zullen komen. Onze reputatie kan u beschermen, net zoals onze zwaarden en pantsers. Het doet ons dus geen goed als mensen u zonder ons zien wegrijden. We zagen er ongetwijfeld uit als een stel dwazen, terwijl we ons uiterste best deden om u in te halen. Als ú ons immers niet respecteert, vrouwe, waarom zouden anderen dat dan wel doen?'

Garven stapte dichterbij en liet zijn stem dalen. 'We zullen met alle plezier voor u sterven als het moet. Alles wat wij in ruil daarvoor vragen is dat u ons onze taken laat uitvoeren. Het is een kleine gunst, alles in aanmerking genomen. En misschien komt er nog eens een dag dat u dankbaar bent dat we er zijn. Uw andere bescherming is menselijk en dus feilbaar, hoe esoterisch haar krachten ook mogen zijn. Ze heeft niet dezelfde eed in de oude taal gezworen als wij van de Nachtraven. Haar loyaliteit kan zich verplaatsen, en u zou er goed aan doen uw lot te overwegen als ze zich tegen u zou keren. De Nachtraven zullen u echter nooit verraden. Wij zijn van u, vrouwe Nasuada, volledig en onvoorwaardelijk. Dus laat de Nachtraven alstublieft doen wat ze moeten doen... Laat ons u beschermen.'

Aanvankelijk hadden zijn argumenten Nasuada niet veel gedaan, maar ze was onder de indruk van zijn welbespraaktheid en heldere redenatie. Hij was, zo dacht ze, een man die ze misschien elders kon gebruiken. 'Ik zie dat Jörmundur me heeft omringd met strijders die even vaardig zijn met hun tong als met hun zwaard,' zei ze glimlachend.

'Vrouwe.'

'Je hebt gelijk. Ik had jou en je mannen niet moeten achterlaten, en het spijt me. Het was achteloos en onnadenkend. Ik ben het nog altijd niet gewend elk uur van de dag en de nacht wachters bij me te hebben, en soms vergeet ik dat ik me niet meer zo vrij kan bewegen als vroeger. Je hebt mijn erewoord, kapitein Garven, dat het niet nog eens zal gebeuren. Ik wil de Nachtraven evenmin kreupel maken als jij.'

'Dank u, vrouwe.'

Nasuada wendde zich weer naar de elfen, maar ze gingen verborgen achter de oever van een droge rivier, ongeveer een kwart mijl verderop. 'Er schiet me net te binnen, Garven, dat je misschien wel een motto voor de Nachtraven hebt bedacht.'

'Is dat zo? Dat kan ik me niet herinneren.'

'Jawel. "De slimste, de taaiste en de gemeenste," zei je. Dat zou een mooi motto zijn, hoewel misschien zonder dat "en". En als de andere Nachtraven het ermee eens zijn, zou je Trianna die frase in de oude taal moeten laten vertalen, dan zal ik het op jullie schilden laten aanbrengen en op jullie vaandel laten borduren.'

'Dat is bijzonder gul, vrouwe. Als we terugkeren naar onze tenten, zal ik het bespreken met Jörmundur en de andere kapiteins. Alleen...'

Hij weifelde, en omdat Nasuada vermoedde wat hem dwarszat, zei ze: 'Maar je bent bezorgd dat zo'n motto te vulgair zou kunnen zijn voor mannen in jullie positie, en je hebt liever iets nobelers en hoogstaanders. Heb ik gelijk?'

'Precies, vrouwe,' zei hij met een opgelucht gezicht.

'Dat is een gerechtvaardigde zorg, neem ik aan. De Nachtraven vertegenwoordigen de Varden, en jullie moeten omgaan met hoogwaardigheidsbekleders van alle rassen en rangen. Het zou spijtig zijn als jullie de verkeerde indruk wekten... Goed dan, ik laat het aan jou en je metgezellen over een geschikt motto te kiezen. Ik vertrouw erop dat jullie daar uitstekend toe in staat zijn.'

Op dat ogenblik kwamen de twaalf elfen uit de droge rivierbedding tevoorschijn en liep Garven, nadat hij haar nogmaals had bedankt, een discrete afstand bij Nasuada weg. Nasuada rechtte haar rug voor het staatsiebezoek en wenkte Angela en Elva.

Toen de voorste elf nog enkele honderden voet weg was, zag ze dat hij van top tot teen zwart leek van het roet. Aanvankelijk nam Nasuada aan dat hij een donkere huid had, net als zij, en donkere kleding droeg, maar toen hij dichterbij kwam zag ze dat de elf alleen een lendendoek en een gevlochten riem van stof met een buideltje eraan droeg. De rest van hem was bedekt met een middernachtelijk blauwe vacht die glansde onder de stralen van de zon. Over het grootste deel van zijn lichaam was zijn vacht ongeveer een kwart duim lang – een glad, flexibel pantser dat de bewegingen en vorm van de onderliggende spieren weerspiegelde – maar aan zijn enkels en de onderzijde van zijn onderarmen was hij een hele duim lang, en tussen zijn schouderbladen had hij ruige manen die een handbreedte van zijn lichaam afstaken en over zijn hele rug doorliepen. Zijn voorhoofd werd beschaduwd door puntige haarpieken, en katachtige toefjes staken omhoog van zijn puntige oren, maar verder was de vacht op zijn gezicht zo kort en glad dat alleen de kleur ervan de aanwezigheid verraadde. Zijn ogen waren felgeel. In plaats van nagels had hij klauwen aan zijn middelvingers. Toen hij voor haar tot stilstand kwam, merkte Nasuada dat er een bepaalde geur om hem heen hing: een ziltige muskusgeur die deed denken aan droog jeneverbeshout, geolied leer en rook. Het was zo'n sterke geur, en zo overduidelijk mannelijk, dat Nasuada het warm en koud tegelijk kreeg. Ze was blij dat haar blos niet te zien zou zijn.

De andere elfen waren meer zoals ze had verwacht, met min of meer dezelfde bouw en huidskleur als Arya. Ze droegen korte tunieken in dof oranje en dennennaaldgroen. Zes van hen waren mannelijk, zes vrouwelijk. Ze hadden allemaal ravenzwart haar, behalve twee vrouwen met haren in de kleur van sterrenlicht. Hun leeftijd was onmogelijk te bepalen, want hun gezichten waren glad en rimpelloos. Behalve Arya waren dit de eerste elfen die Nasuada ooit persoonlijk had ontmoet, en ze wilde graag ontdekken of Arya een afspiegeling was van haar volk.

Met twee vingers tegen zijn lippen maakte de voorste elf een buiging, net als zijn metgezellen, draaide zijn rechterhand voor zijn borst en zei: 'Groeten en gelukwensen, Nasuada, dochter van Ajihad. Atra esterní onto thelduin.' Zijn accent was duidelijker dan dat van Arya: een lijzige intonatie die zijn woorden muziek verleende.

'Atra du evarínya ono varda,' antwoordde Nasuada, zoals Arya haar had geleerd.

De elf glimlachte en onthulde tanden die scherper waren dan normaal. 'Ik ben Blödhgarm, zoon van Ildrid de Schone.' Hij stelde de andere elfen voor en vervolgde: 'We brengen u verheugend nieuws van koningin Islanzadí. Gisteravond hebben onze magiërs de poorten van Ceunon weten te vernietigen. Op dit ogenblik rukken onze troepen door de straten op naar de toren waar heer Tarrant zich heeft verschanst. Sommigen zullen zich nog tegen ons verzetten, maar de stad is gevallen, en weldra zullen we de volledige macht over Ceunon hebben.'

Nasuada's wachters en de Varden die zich achter haar hadden verzameld begonnen te juichen bij dat nieuws. Zij was ook verheugd over de overwinning, maar toen werd haar feeststemming getemperd door een onrustig voorgevoel bij de gedachte aan elfen – vooral als ze zo sterk waren als Blödhgarm – die mensenhuizen binnenvielen. Welke bovenmenselijke krachten heb ik losgelaten, vroeg ze zich af.

'Dat is inderdaad verheugend nieuws,' zei ze, 'en ik ben blij het te horen. Als Ceunon is veroverd, zijn we weer dichter bij Urû'baen, en dus bij Galbatorix en de vervulling van onze doelstellingen.' Op iets gedempter toon voegde ze eraan toe: 'Ik vertrouw erop dat koningin Islanzadí voorzichtig zal zijn met het volk van Ceunon, met degenen die geen liefde koesteren voor Galbatorix maar niet de middelen of de moed hebben om zich tegen het Rijk te verzetten.'

'Koning Islanzadí is zowel vriendelijk als genadig voor haar onderdanen, zelfs al zijn het onwillige onderdanen, maar als iemand zich tegen ons durft te verzetten, zullen we ze opzij vegen als dode bladeren voor een herfststorm.'

'Ik verwacht niets minder van een volk zo oud en machtig als dat van u,' antwoordde Nasuada. Nadat ze nog wat beleefdheden van afnemend belang hadden besproken, leek het Nasuada het juiste moment om de reden van het bezoek van de elfen te bespreken. Ze liet de verzamelde toeschouwers zich verspreiden en zei: 'Uw doel hier, voor zover ik heb begrepen, is om Eragon en Saphira te beschermen. Klopt dat?'

'Dat klopt, Nasuada Svit-kona. En we zijn ons ervan bewust dat Eragon nog in het Rijk is, maar dat hij weldra zal terugkeren.'

'Bent u zich er ook van bewust dat Arya hem is gaan zoeken en dat ze nu samen reizen?'

Blödhgarm wiebelde met zijn oren. 'Dat is ons ook verteld. Helaas zijn ze nu allebei in gevaar, maar hopelijk overkomt hun niets.'

'Wat wilt u doen? Wilt u ze opzoeken en terug begeleiden naar de Varden? Of blijft u hier wachten in het vertrouwen dat Eragon en Arya zich wel kunnen verdedigen tegen Galbatorix' onderdanen?'

'We blijven hier als gasten van u, Nasuada, dochter van Ajihad. Eragon en Arya zijn veilig genoeg zolang ze onopgemerkt weten te blijven. Als wij naar ze toe gaan in het Rijk zou dat ongewilde aandacht kunnen trekken. Onder de omstandigheden lijkt het ons beter af te wachten op een plek waar we mogelijk nog iets goeds kunnen uitrichten. Galbatorix zal zeer waarschijnlijk hier aanvallen, bij de Varden, en als dat gebeurt, en als Thoorn en Murtagh verschijnen, zal Saphira de hulp van ons allen nodig hebben om hen te verdrijven.'

Nasuada was verbaasd. 'Eragon heeft me gezegd dat u een van de sterkste magiërs van uw volk bent, maar hebt u echt de middelen om dat stel te dwarsbomen? Net als Galbatorix hebben zij machten ver boven die van gewone Rijders.'

'Als Saphira ons helpt, dan denken we wel dat we Thoorn en Murtagh kunnen evenaren of zelfs te sterk af zijn. We weten waar de Meinedigen toe in staat waren, en hoewel Galbatorix Thoorn en Murtagh waarschijnlijk sterker heeft gemaakt dan een afzonderlijk lid van de Meinedigen, zal hij ze zeker niet gelijk aan zichzelf hebben gemaakt. In dat opzicht althans is zijn angst voor verraad in ons voordeel. Zelfs drie Meinedigen zouden ons twaalftal en een draak niet kunnen verslaan. Daarom zijn we ervan overtuigd dat we het hoofd kunnen bieden aan iedereen behalve Galbatorix.'

'Dat is bemoedigend. Sinds Eragon door Murtagh werd verslagen vraag ik me af of we ons niet moeten terugtrekken en verstoppen tot Eragon sterker wordt. Uw uitspraken overtuigen me echter dat we niet geheel zonder hoop zijn. We hebben misschien geen idee hoe we Galbatorix zelf moeten doden, maar tot we de poorten van zijn citadel in Urû'baen bestormen of tot hij besluit op Shruikan uit te vliegen en ons op het slagveld tegemoet te treden, zal niets ons tegenhouden.' Ze zweeg even. 'U hebt me geen reden gegeven u te wantrouwen, Blödhgarm, maar voordat u ons kamp betreedt moet ik u verzoeken een van mijn mannen uw geest te laten aanraken om te bevestigen dat u echt elfen bent, en geen mensen in vermomming, gestuurd door Galbatorix. Het steekt me om zo'n verzoek te doen, maar we zijn geplaagd door spionnen en verraders, en we kunnen u of wie dan ook niet zomaar op zijn woord geloven. Het is niet mijn bedoeling u te beledigen, maar de oorlog heeft ons geleerd dat dergelijke voorzorgsmaatregelen nodig zijn. U, die de hele lommerrijke uitgestrektheid van Du Weldenvarden hebt omringd met beschermende bezweringen, zult ongetwijfeld mijn redenatie kunnen begrijpen. Wilt u hiermee akkoord gaan?'

Blödhgarms ogen waren katachtig en zijn tanden angstwekkend scherp toen hij antwoordde: 'De meeste bomen van Du Weldenvarden hebben naalden, geen bladeren. Beproef ons als het moet, maar ik waarschuw u: degene die die taak op zich neemt moet oppassen dat hij niet te diep in onze geest duikt, anders kan het zijn dat hij wordt ontdaan van zijn rede. Het is gevaarlijk voor stervelingen om tussen onze gedachten te dwalen; ze kunnen eenvoudig verdwalen en dan niet meer terugkeren naar hun lichaam. Noch zijn onze geheimen beschikbaar voor inspectie.'

Nasuada begreep het. De elfen zouden iedereen vernietigen die probeerde verboden gebied te betreden. 'Kapitein Garven,' zei ze.

Garven, die naar voren stapte met de gezichtsuitdrukking van een man die zijn verdoemenis tegemoet trad, ging tegenover Blödhgarm staan, deed zijn ogen dicht en fronste intens terwijl hij naar Blödhgarms bewustzijn tastte. Nasuada beet op haar lip. Als klein kind had een man met één been, Hargrove genaamd, haar geleerd hoe ze haar gedachten kon verbergen voor telepaten en hoe ze de stekende lansen van een mentale aanval kon blokkeren en doen afketsen. Ze blonk uit in die beide vaardigheden, en hoewel het haar nooit was gelukt zelf contact te leggen met de geest van een ander, was ze zeer bekend met de principes ervan. Ze voelde daarom mee met de moeilijkheid en delicate aard van wat Garven probeerde te doen, een beproeving die alleen nog maar moeilijker werd gemaakt door de vreemde aard van de elfen.

Angela boog zich naar haar toe en fluisterde: 'U had mij de elfen moeten laten beproeven. Dat was veiliger geweest.'

'Misschien,' zei Nasuada. Ondanks alle hulp die de kruidenvrouw haar en de Varden had geboden, vond ze het nog altijd geen aangename gedachte om op haar te rekenen voor officiële aangelegenheden.

Na nog een paar ogenblikken sprongen Garvens ogen open en liet hij in een explosieve uitbarsting zijn adem ontsnappen. Zijn hals en gezicht waren gevlekt van inspanning, en zijn pupillen waren verwijd alsof het donker was.

Blödhgarm daarentegen leek onaangedaan; zijn vacht was glad, zijn ademhaling regelmatig, en een lichte glimlach van vermaak trilde rondom zijn mondhoeken.

'En?' vroeg Nasuada.

Het scheen even te duren voordat Garven haar vraag hoorde, maar toen zei de gedrongen kapitein met de scheve neus: 'Hij is niet menselijk, vrouwe. Geen twijfel mogelijk.'

Nasuada was verheugd, maar ook verontrust omdat er iets onbehaaglijk afstandelijks in zijn antwoord doorklonk. 'Goed. Ga door.' Daarna had Garven steeds minder tijd nodig om de elfen te beproeven, niet meer dan een paar tellen voor het laatste lid van de groep. Nasuada hield hem tijdens dit alles nauwlettend in het oog en zag dat zijn vingers wit en bloedeloos werden, dat de huid bij zijn slapen tegen zijn schedel leek te zakken als de trommelvliezen van een kikker, en dat hij het trage aanzien kreeg van iemand die diep onder water zwemt.

Toen Garven zijn taak had verricht, keerde hij terug naar zijn plaats naast Nasuada. Hij was veranderd, vond ze. Zijn aanvankelijke vastberadenheid en felheid van geest waren vervaagd en veranderd in de dromerige uitstraling van een slaapwandelaar. Hoewel hij haar aankeek toen ze vroeg of het goed met hem ging, en hij op vrij evenwichtige toon antwoordde, had ze het gevoel dat zijn geest ver weg was, wandelend ergens op de stoffige, zonverlichte open plekken van het mysterieuze woud van de elfen. Nasuada hoopte dat hij zich snel zou herstellen. Als dat niet gebeurde, zou ze Eragon of Angela, of misschien die twee samen, moeten vragen zich om Garven te bekommeren. Tot zijn toestand verbeterde, besloot ze, kon hij niet dienen als actief lid van de Nachtraven. Jörmundur zou hem iets eenvoudigs te doen moeten geven, zodat zij zich geen zorgen hoefde te maken dat hem nog meer zou overkomen, en dan kon hij tenminste genieten van welke visioenen het contact met de elfen dan ook bij hem had achtergelaten.

Bitter om haar verlies, woest op zichzelf en de elfen, en op Galbatorix en het Rijk omdat die zo'n offer noodzakelijk maakten, had ze moeite haar stem beschaafd te houden en haar manieren niet te vergeten. 'Toen u het over gevaar had, Blödhgarm, had u beter ook kunnen zeggen dat zelfs degenen die naar hun lichaam terugkeren dat niet geheel ongestraft doen.'

'Vrouwe, het gaat prima met me,' zei Garven. Zijn protest was zo zwak en machteloos dat amper iemand het opmerkte, en dat versterkte Nasuada's verontwaardiging alleen nog maar.

De vacht op Blödhgarms nek rimpelde en verstijfde. 'Als ik me voorheen niet helder genoeg heb uitgedrukt, dan bied ik u mijn verontschuldigingen aan. Maar geef ons niet de schuld van wat er is gebeurd; we kunnen onze aard niet veranderen. En geef uzelf ook niet de schuld, want dit is een tijdperk van wantrouwen. Het zou nalatig van u zijn geweest om ons ongehinderd toegang te verlenen. Het is spijtig dat zo'n onplezierig incident een smet werpt op deze historische ontmoeting tussen ons, maar nu kunt u in ieder geval opgelucht ademhalen omdat u zeker bent van onze oorsprong, dat we zijn wie we zeggen te zijn: elfen uit Du Weldenvarden.'

Een volgende wolk van zijn muskusgeur dreef over Nasuada heen, en hoewel ze gespannen was van boosheid werden haar gewrichten slap en werd ze overspoeld door gedachten aan takken omkleed met zijde, roemers kersenwijn en de droevige dwergenliederen die ze vaak door de lege zalen van Tronjheim had horen schallen. Afgeleid zei ze: 'Ik wou dat Eragon of Arya hier was, want zij hadden in jullie geest kunnen kijken zonder angst om hun eigen rede te verliezen.'

Weer gaf ze zich over aan de grillige aantrekkingskracht van Blödhgarms geur en stelde zich voor hoe het zou voelen om haar handen door zijn manen te halen. Ze keerde pas bij zichzelf terug toen Elva aan haar linkerarm trok, wat haar dwong zich naar voren te buigen en haar oor dicht bij de mond van het heksenkind te brengen. Op lage, hese toon zei Elva: 'Malrove. Concentreer u op de smaak van malrove.'

Nasuada volgde haar raad op en riep een herinnering op aan het vorige jaar, toen ze malrovesnoep had gegeten tijdens een feest van koning Hrothgar. Alleen al de gedachte aan de zure smaak van de snoep droogde haar mond uit en werkte tegen de verleidelijke eigenschappen van Blödhgarms muskusgeur. Ze probeerde haar concentratieverlies te verhullen door te zeggen: 'Mijn jonge metgezel hier vraagt zich af waarom u er zo anders uitziet dan andere elfen. Ik moet toegeven dat ik daar zelf ook wel nieuwsgierig naar ben. Uw uiterlijk is niet wat we zijn gaan verwachten van uw volk. Zou u de reden voor uw meer dierlijke kenmerken met ons willen delen?'

Er trok een glanzende rimpeling door Blödhgarms vacht toen hij zijn schouders ophaalde. 'Deze gestalte bevalt me,' zei hij. 'Sommigen schrijven gedichten over de zon en de maan, anderen kweken bloemen, bouwen grote bouwwerken of componeren muziek. Hoezeer ik die kunstvormen ook op prijs stel, ik vind dat ware schoonheid alleen bestaat in de slagtand van een wolf, in de vacht van een boskat, in het oog van een adelaar. Dus heb ik die kenmerken in mezelf opgenomen. Over nog eens honderd jaar verlies ik misschien mijn belangstelling voor de beesten van het land en besluit in plaats daarvan dat de beesten van de zee al het goede belichamen. Dan zal ik mezelf bedekken met schubben, mijn handen transformeren tot vinnen en mijn voeten tot een staart, en verdwijnen onder de golven om nooit meer in Alagaësia te worden gezien.'

Als hij een grapje maakte, zoals Nasuada vermoedde, dan liet hij daar niets van blijken. Integendeel, hij was zo serieus dat ze zich afvroeg of hij haar bespotte. 'Heel interessant,' zei ze. 'Ik hoop dat de neiging om een vis

149

te worden u niet in de nabije toekomst overvalt, want we hebben u hier op de droge aarde nodig. Als Galbatorix ook besluit de haaien en rotsvissen tot zijn slaven te maken, dan zou natuurlijk een magiër die onder water kan ademen wel van nut zijn.'

Ineens vulden de twaalf elfen de lucht met hun heldere, welluidende lach, en vogels binnen een omtrek van een mijl begonnen te zingen. Het geluid van hun vreugde klonk als water dat op kristal viel. Nasuada glimlachte onwillekeurig, en rondom zag ze gelijksoortige uitdrukkingen op de gezichten van haar wachters. Zelfs de twee Urgals leken uitgelaten van vreugde. Toen de elfen zwegen en alles weer terugkeerde naar normaal, voelde Nasuada de bedroefdheid van een vervagende droom. Een paar hartslagen lang werd haar zicht vertroebeld door tranen, en toen was ook dat weg.

Voor de eerste keer glimlachend, waarbij zijn gezicht zowel aantrekkelijk als angstaanjagend was, zei Blödhgarm: 'Het zal me een eer zijn te dienen naast een vrouw die zo intelligent, vaardig en grappig is als u, vrouwe Nasuada. Een dezer dagen, als uw taken het toestaan, zou het me een genoegen zijn u ons Runenspel te leren. Ik ben ervan overtuigd dat u een formidabel tegenstandster zou zijn.'

De plotselinge gedragsverandering bij de elfen deed haar denken aan een woord dat ze de dwergen wel eens in een beschrijving van hen had horen gebruiken: grillig. Het had toen ze klein was een vrij onschuldige typering geleken – het versterkte haar concept van elfen als wezens die van het ene pleziertje naar het volgende fladderden, zoals in een bloementuin – maar nu snapte ze wat de dwergen echt hadden bedoeld: *Pas op! Pas op, want je weet nooit wat een elf zal doen.* Ze zuchtte inwendig, gedeprimeerd door het vooruitzicht dat er nog een groep wezens bijkwam die haar wilden beheersen voor hun eigen doeleinden. Is het leven altijd zo ingewikkeld, vroeg ze zich af, of roep ik het over mezelf af?

Van binnen uit het kamp zag ze koning Orrin op hen af komen rijden, aan het hoofd van een lange rij edelen, hovelingen, hoge en lage ambtenaren, adviseurs, assistenten, dienaren, wapenlieden en een veelheid van anderen waarvan ze niet de moeite nam ze te identificeren, terwijl uit het westen, snel neerdalend op uitgespreide vleugels, Saphira naderde. Ze zette zich schrap voor het lawaai dat hen zo dadelijk zou overspoelen. 'Het kan enkele maanden duren voor ik uw aanbod kan aannemen, Blödhgarm, maar ik dank u er toch voor. Ik zou prijs stellen op de afleiding van een spel na het werk van een lange dag. Voorlopig moet dat echter een uitgesteld genoegen blijven. Het hele gewicht van de menselijke samenleving staat op het punt zich over u uit te storten. Ik raad u aan zich in te stellen op een lawine van namen, vragen en verzoeken. Wij mensen zijn nieuwsgierig, en niemand van ons heeft ooit eerder zoveel elfen bij elkaar gezien.'

'We zijn erop voorbereid, vrouwe Nasuada,' zei Blödhgarm.

Terwijl koning Orrins denderende ruiterstoet naderde en Saphira de landing inzette, het gras plettend met de wind van haar vleugels, was Nasuada's laatste gedachte: O jee. *Ik zal een bataljon om Blödhgarm heen moeten zetten om te voorkomen dat hij door de vrouwen in het kamp wordt overrompeld. En zelfs dat lost het probleem misschien nog niet eens op!*

Genade, Drakenrijder

Het was halverwege de middag, de dag nadat ze uit Oosterakker waren vertrokken, toen Eragon een patrouille van vijftien soldaten voelde naderen.

Hij zei het tegen Arya, en ze knikte. 'Ik heb ze ook opgemerkt.' Noch hij, noch zij sprak bezorgdheid uit, maar de onrust begon aan Eragons ingewanden te knagen en hij zag dat Arya's wenkbrauwen omlaagdoken in een diepe frons.

Het terrein om hen heen was open en vlak, zonder enige dekking. Ze waren al eerder groepen soldaten tegengekomen, maar altijd in het gezelschap van andere reizigers. Nu waren ze alleen, op het vage spoor van een weg.

'We zouden een gat kunnen graven met magie, de bovenkant afdekken met struiken, en ons daarin verstoppen tot ze weg zijn,' opperde Eragon.

Arya schudde zonder haar pas in te houden haar hoofd. 'Wat moeten we met de aarde die uit het gat komt? Ze zouden denken dat ze de grootste das ter wereld hadden gevonden. Bovendien spaar ik onze energie liever om te rennen.'

Eragon gromde. *Ik weet niet hoeveel mijl ik nog in me heb.* Hij was niet buiten adem, maar het onophoudelijke gebons maakte hem moe. Zijn knieën deden pijn, zijn enkels waren beurs, zijn linker grote teen was rood en gezwollen en hij bleef maar blaren op zijn hielen krijgen, hoe strak hij ze ook omzwachtelde. De vorige avond had hij de diverse pijntjes genezen die hem dwarszaten, en hoewel dat enige verlichting had gebracht, hadden de bezweringen zijn vermoeidheid alleen maar verergerd.

De patrouille was al een half uur als een stofpluim zichtbaar voordat Eragon de gestalten van mannen en paarden onder aan de gele wolk kon zien. Aangezien Arya en hij betere ogen hadden dan de meeste mensen, was het onwaarschijnlijk dat de ruiters hen op die afstand konden zien, dus bleven ze nog even rennen. Toen hielden ze halt. Arya haalde haar rok uit haar ransel en bond die over de broek die ze voor het rennen had aangetrokken, en Eragon stopte Broms ring in zijn ransel en smeerde modder op zijn rechterhand om de zilverachtige gedwëy ignasia te verbergen. Ze vervolgden hun reis met gebogen hoofd, opgetrokken schouders en slepende voeten. Als alles goed ging, zouden de soldaten aannemen dat ze gewoon vluchtelingen waren.

Hoewel Eragon het gerommel van naderende hoefslagen voelde en de kreten van de mannen die hun paarden aanspoorden hoorde, duurde het nog bijna een uur voordat de twee groepen elkaar op de uitgestrekte vlakte tegenkwamen. Toen dat gebeurde, stapten Eragon en Arya van de weg en bleven met neergeslagen blik staan. Eragon ving vanonder zijn wenkbrauwen een glimp van paardenbenen op terwijl de eerste ruiters voorbij galoppeerden, maar toen wolkte het verstikkende stof over hem heen en verborg de rest van de patrouille. Er hing zoveel stof in de lucht dat hij zijn ogen dicht moest doen. Zorgvuldig luisterend telde hij, tot hij zeker wist dat meer dan de helft van de patrouille voorbij was. *Ze nemen niet de moeite ons te ondervragen!*

Zijn uitgelatenheid was van korte duur. Even later schreeuwde iemand in de wervelende storm van stof: 'Compagnie, halt houden!' Een refrein van: 'Hooo', 'Rustig', en 'Hé daar, jongens' klonk toen de vijftien mannen hun paarden in een kring om Eragon en Arya stuurden. Voordat de soldaten hun manoeuvre hadden voltooid en de lucht was geklaard, grabbelde Eragon in het zand naar een grote kiezelsteen en stond weer op.

'Rustig!' siste Arya.

Terwijl hij wachtte tot de soldaten hun bedoelingen kenbaar maakten, probeerde Eragon zijn bonzende hartslag te bedaren door in gedachten het verhaal te herhalen dat Arya en hij hadden bedacht om hun aanwezigheid zo dicht bij de grens met Surda te verklaren. Zijn pogingen faalden, want ondanks zijn kracht, zijn opleiding, de veldslagen die hij had gewonnen en de zes bezweringen die hem beschermden, bleef zijn lichaam ervan overtuigd dat hem binnen afzienbare tijd letsel of de dood wachtte. Zijn maag verkrampte, zijn keel kneep dicht en zijn ledematen waren licht en bibberig. O, schiet toch op, dacht hij. Hij verlangde ernaar iets met blote handen uit elkaar te scheuren, alsof zo'n daad de druk zou verminderen die zich in hem opbouwde, maar de neiging versterkte zijn frustratie alleen maar, want hij durfde zich niet te verroeren. Het enige wat hem staande hield was Arya's aanwezigheid. Hij zou zichzelf eerder een hand afhakken dan haar de indruk te geven dat hij een lafaard was. En hoewel ze zelf een machtig strijder was, voelde hij toch het verlangen om haar te beschermen.

De stem die de patrouille had laten halthouden klonk weer. 'Laat je gezicht zien.' Eragon keek op en zag een man op een grauw strijdros zitten, met zijn gehandschoeide handen over de zadelknop gevouwen. Op zijn bovenlip droeg hij een enorme gekrulde snor die voorbij zijn mondhoeken nog zeker vier duim in beide richtingen uitstak en in sterk contrast stond met het steile haar dat tot op zijn schouders viel. Hoe zo'n enorm stuk gebeeldhouwd groeisel zijn eigen gewicht kon dragen wist Eragon niet, vooral niet omdat het dof en glansloos was en duidelijk niet was behandeld met warme bijenwas.

De andere soldaten hielden speren op Eragon en Arya gericht. Ze zaten dusdanig onder het stof dat de op hun tunieken geborduurde vlammen onzichtbaar waren.

'Zo,' zei de man, en zijn snor wiebelde heen en weer als een weegschaal die slecht in balans is. 'Wie zijn jullie? Waar gaan jullie naartoe? En wat hebben jullie op het land van de koning te zoeken?' Toen wuifde hij met zijn hand. 'Nee, geef maar geen antwoord. Het maakt niet uit. Tegenwoordig maakt niks nog uit. De wereld vergaat, en wij verspillen onze tijd met het ondervragen van boeren. Bah! Bijgelovig ongedierte dat van de ene plek naar de andere holt, al het eten in het land opvreet en zich in een gruwelijk tempo voortplant. Op mijn familielandgoed bij Urû'baen zouden we jullie soort zweepslagen geven als we jullie zonder toestemming betrapten op rondzwerven, en als we hadden gehoord dat jullie van onze meester hadden gestolen, dan zouden we jullie ophangen. Wat je me ook wilt vertellen, het zijn toch leugens. Dat is altijd zo...

En wat heb je in die ransel zitten? Eten en dekens, ja, maar misschien ook een paar gouden kandelaars? Zilver uit de afgesloten kist? Geheime brieven voor de Varden? Nou? Kun je niet praten? Ach, we zoeken het gauw genoeg uit. Langward, ga jij eens even kijken wat voor schatten je in die knapzak kunt vinden. Goed zo.'

Eragon struikelde naar voren toen een van de soldaten hem met de steel van zijn speer op zijn rug sloeg. Hij had zijn pantser in lompen gewikkeld om te voorkomen dat de delen ervan tegen elkaar zouden schuren, maar de lompen waren te dun om de klap helemaal te absorberen en het gekletter van metaal te dempen.

'Oho!' riep de man met de snor uit.

De soldaat greep Eragon van achteren vast, maakte de bovenkant van zijn ransel open en trok er zijn maliënhemd uit, waarbij hij riep: 'Kijk, commandant!'

De man met de snor begon verheugd te grijnzen. 'Een pantser! En nog goed gemaakt ook. Héél goed, zou ik zeggen. Zit jij even vol verrassingen. Je ging je zeker aansluiten bij de Varden? Zin in verraad en opruiing, zeker?' Zijn gezicht werd zuur. 'Of ben je zo'n kerel die eerlijke soldaten een slechte naam geeft? Als dat zo is ben je een zeer incompetente huurling; je hebt niet eens een wapen. Was het te veel moeite om een staf of knuppel voor jezelf te snijden, huh? Nou, hoe zit het? Geef antwoord!'

'Nee, heer.'

'Nee, heer? Had je zeker niet aan gedacht, dan. Jammer dat we zulke traag denkende ellendelingen moeten aannemen, maar daar zijn we door die rotoorlog toe gebracht: de restjes bij elkaar schrapen.'

'Waarvóór aannemen, heer?'

'Stil, brutale vlegel! Niemand heeft je toestemming gegeven om te spreken!' Met trillende snor gebaarde de man naar een van zijn kameraden. Er dansten rode vlekken voor Eragons ogen toen de soldaat achter hem hem op het hoofd sloeg. 'Of je nu een dief bent, een verrader, een huurling of gewoon een stommeling, je lot blijft hetzelfde. Zodra je een eed van dienstbaarheid zweert, zul je geen andere keus hebben dan Galbatorix en degenen die voor hem spreken te gehoorzamen. Wij zijn het eerste leger in de geschiedenis dat vrij is van meningsverschillen. Geen zinloos geblaat over wat we zouden moeten doen. Alleen maar bevelen, helder en direct. Jij zult je ook bij onze zaak aansluiten en het voorrecht krijgen om te helpen de glorierijke toekomst die onze koning heeft voorzien waar te maken. En wat je lieftallige reisgenote aangaat: er zijn andere manieren waarop zij het Rijk van nut kan zijn, nietwaar? Bind ze vast!'

Eragon wist wat hij moest doen. Hij keek opzij en zag dat Arya hem al aankeek, met harde, stralende ogen. Hij knipperde eenmaal met zijn ogen. Zij knipperde terug. Zijn hand verstrakte om de kiezel.

De meeste soldaten tegen wie Eragon op de Brandende Vlakten had gevochten, waren voorzien geweest van bepaalde rudimentaire afweerbezweringen om hen af te schermen van magische aanvallen, en hij vermoedde dat dit ook bij deze mannen het geval was. Hij was er zeker van dat hij de bezweringen van Galbatorix' magiërs kon verbreken of omzeilen, maar dat zou meer tijd kosten dan hij nu had. In plaats daarvan bracht hij zijn arm naar achteren en gooide met een snelle polsbeweging de kiezel naar de man met de snor.

De kiezel ging door de zijkant van zijn helm.

Voordat de soldaten konden reageren draaide Eragon zich om, rukte de speer uit de handen van de man die hem had geslagen en gebruikte die om hem ermee van zijn paard te meppen. Toen de man op de grond belandde, stak Eragon hem door zijn hart, waarbij de speerpunt afbrak op de wambuisplaten van de soldaat. Eragon liet de speer los en dook achteruit, zijn lichaam parallel aan de grond terwijl hij onder zeven speren door ging die op de plek waar hij had gestaan af vlogen. De dodelijke schachten leken boven hem te zweven toen hij viel.

Zodra Eragon de kiezel had geworpen, sprong Arya tegen het paard op dat het dichtst bij haar stond, van de stijgbeugel naar het zadel, en schopte tegen het hoofd van de nietsvermoedende soldaat die op de merrie zat. Hij vloog meer dan dertig voet door de lucht. Toen sprong Arya van het achterwerk van het paard naar het volgende en doodde de soldaten met haar knieën, haar voeten en haar handen in een ongelooflijke demonstratie van gratie en balans.

Puntige stenen prikten in Eragons buik toen hij tuimelend tot stilstand kwam. Grimassend sprong hij overeind. Vier soldaten die waren afgestegen kwamen met getrokken zwaard op hem af. Ze vielen aan. Hij dook naar links, greep de pols van de eerste soldaat vast toen de man met zijn zwaard uithaalde en sloeg hem onder zijn oksel. De man viel neer en bleef liggen. Eragon schakelde zijn volgende tegenstanders uit door hun hoofd om te draaien tot hun nek brak. De vierde soldaat was inmiddels zo dichtbij, met geheven zwaard op hem af rennend, dat Eragon hem niet kon ontwijken.

Hij zat in de val en deed het enige wat hij kon doen: hij sloeg de man met al zijn kracht tegen zijn borst. Een fontein van bloed en zweet sprong op toen zijn vuist doel trof. De klap verbrijzelde de ribben van de man en slingerde hem meer dan twaalf voet over het gras, waar hij tegen een ander lijk belandde.

Eragon hijgde en boog zich voorover, met zijn bonzende hoofd in zijn handen. Vier knokkels waren uit de kom geschoten en er was wit kraakbeen te zien onder zijn gehavende huid. Vervloekt, dacht hij terwijl er heet bloed uit de wonden gutste. Zijn vingers weigerden te bewegen toen hij ze dat opdroeg; hij besefte dat zijn hand nutteloos was tot hij die kon genezen. Omdat hij een volgende aanval vreesde, keek hij om om te zien waar Arya en de rest van de soldaten waren.

De paarden hadden zich verspreid. Er waren nog maar drie soldaten in leven. Arya vocht op enige afstand met twee van hen, terwijl de derde en laatste soldaat te voet over de weg naar het zuiden vluchtte. Eragon verzamelde al zijn kracht en zette de achtervolging in. Terwijl hij de afstand tussen hen verkleinde, begon de man om genade te smeken, te beloven dat hij niemand over het bloedbad zou vertellen, en stak zijn handen op om te laten zien dat ze leeg waren. Toen Eragon binnen armbereik was, schoot de man opzij en veranderde een paar stappen verderop weer van richting, haken slaand als een bang konijn. Al die tijd bleef de man smeken, terwijl de tranen hem over de wangen stroomden, zeggend dat hij te jong was om te sterven, dat hij nog moest trouwen en kinderen krijgen, dat zijn ouders hem zouden missen, dat hij gedwongen bij het leger was gekomen, dat dit pas zijn vijfde missie was, en waarom kon Eragon hem niet met rust laten? 'Wat heb je tegen me?' snikte hij. 'Ik deed alleen maar wat me werd opgedragen. Ik ben een goed mens!'

Eragon bleef staan en dwong zichzelf te zeggen: 'Je kunt ons niet bijhouden. En we kunnen je niet achterlaten; dan vang je een paard en verraad je ons.'

'Nee, dat doe ik niet!'

'Mensen zullen vragen wat hier is gebeurd. Door je eed aan Galbatorix en het Rijk kun je niet liegen. Het spijt me, maar ik weet niet hoe ik je moet bevrijden van die ketens, behalve...'

'Waarom doe je dit? Je bent een monster!' schreeuwde de man. Met een gezichtsuitdrukking van pure doodsangst probeerde hij om Eragon heen te duiken en terug te rennen naar de weg. Eragon haalde hem binnen een paar stappen in. Terwijl de man nog huilde en vroeg om genade, sloeg hij zijn linkerhand om diens hals en kneep. Toen hij zijn greep verslapte, viel de soldaat dood neer.

Eragon proefde gal op zijn tong terwijl hij op het slappe gezicht van de man neer staarde. Telkens als we doden, doden we een deel van onszelf, dacht hij. Trillend van schok, pijn en zelfminachting liep hij terug naar de plek waar het gevecht was begonnen. Arya knielde neer naast een lijk en waste haar handen en armen met water uit de tinnen veldfles van een van de soldaten.

'Hoe kan het,' zei Arya, 'dat je die man wel kon doden, maar dat je je er niet toe kon zetten een vinger naar Sloan uit te steken?' Ze stond op en keek hem met een open blik aan.

Zonder emotie haalde hij zijn schouders op. 'Hij was een bedreiging. Sloan niet. Is dat niet duidelijk?'

Arya zweeg een tijdje. 'Dat zou het moeten zijn, maar dat is het niet... Het beschaamt me in moraliteit te worden onderwezen door iemand met zoveel minder ervaring. Misschien ben ik te zelfverzekerd geweest, te overtuigd van mijn eigen keuzes.'

Eragon hoorde haar wel, maar haar woorden betekenden niets voor hem terwijl zijn blik over de lijken dwaalde. Is dit alles wat mijn leven is geworden, vroeg hij zich af. Een nooit eindigende reeks gevechten? 'Ik voel me een moordenaar.'

'Ik begrijp hoe moeilijk dit is,' zei Arya. 'Vergeet niet, Eragon, dat je pas een klein stukje hebt ervaren van wat het betekent om een Drakenrijder te zijn. Uiteindelijk zal deze oorlog eindigen, en dan zul je zien dat je taken meer omvatten dan alleen geweld. De Rijders waren niet alleen krijgers, maar ook onderwijzers, genezers en wetenschappers.'

Zijn kaak verstrakte even. 'Waarom vechten we tegen die mannen, Arya?'

'Omdat ze tussen ons en Galbatorix in staan.'

'Dan moeten we een manier vinden om Galbatorix rechtstreeks te raken.'

'Die bestaat niet. We kunnen niet naar Urû'baen marcheren voordat we zijn legers verslaan. En we kunnen zijn kasteel niet binnengaan voordat we bijna een eeuw aan valstrikken, magisch en anderszins, onschadelijk hebben gemaakt.'

'Er moet een manier zijn,' mompelde hij. Hij bleef waar hij was toen Arya naar voren stapte en een speer van de grond pakte. Maar toen ze de punt van de speer onder de kin van een gesneuvelde soldaat hield en in zijn schedel dreef, sprong Eragon naar haar toe en duwde haar weg. 'Wat doe je?' schreeuwde hij.

Er trok een woedende blik over Arya's gezicht. 'Ik vergeef je dat alleen omdat je van streek bent en niet helder nadenkt. Gebruik je verstand, Eragon! Je bent te ver gekomen om nog in de watten te worden gelegd. Waarom is dit nodig?'

Het antwoord diende zich aan, en met tegenzin zei hij: 'Als we dit niet doen, zal het Rijk zien dat de meeste mannen met de hand zijn gedood.'

'Precies! De enigen die dat kunnen zijn elfen, Rijders en Kull. En aangezien zelfs een imbeciel kan bedenken dat een Kull hier niet verantwoordelijk voor is, zullen ze meteen weten dat wij in de buurt zijn, en binnen een dag vliegen Thoorn en Murtagh dan over, zoekend naar ons.' Er klonk een vochtige *plop* toen ze de speer uit het lijk trok. Ze stak die naar hem uit tot hij hem aanpakte. 'Ik vind dit even walgelijk als jij, dus kun je je net zo goed nuttig maken en helpen.'

Eragon knikte. Arya greep een zwaard en samen zetten ze zich aan de taak om het te laten lijken alsof een groep gewone strijders de soldaten had gedood. Het was vuil werk, maar het ging snel, want ze wisten allebei wat voor wonden de soldaten moesten hebben om de deceptie te laten slagen, en geen van beiden wilden ze hier lang blijven. Toen ze bij de man kwamen wiens borst Eragon had verbrijzeld, zei Arya: 'We kunnen niet veel doen om zo'n verwonding te verbergen. We zullen het moeten laten zoals het is en hopen dat mensen aannemen dat er een paard op hem is gaan staan.' Ze liepen verder. De laatste soldaat waarom ze zich bekommerden was de commandant van de patrouille. Zijn snor hing nu slap en scheef en had veel van zijn eerdere pracht verloren.

Nadat ze het kiezelgat hadden vergroot om het te laten lijken op de driehoekige wond van de punt van een strijdhamer, rustte Eragon even uit en overpeinsde de droevige snor van de commandant. 'Hij had gelijk, weet je.'

'Waarover?'

'Ik heb een wapen nodig, een fatsoenlijk wapen. Ik heb een zwaard nodig.' Hij veegde zijn handen af aan zijn tuniek en tuurde over de vlakte, waarbij hij de lijken telde. 'Dat is het dan, nietwaar? We zijn klaar.' Hij pakte zijn pantser op, dat in stukken op de grond lag, wikkelde het in de doeken en stopte het weer onder in zijn ransel. Toen ging hij naar Arya toe, die een lage heuvel had beklommen.

'We kunnen van nu af aan de wegen beter mijden,' zei ze. 'We kunnen niet nog een ontmoeting met de mannen van Galbatorix riskeren.' Ze wees naar zijn misvormde rechterhand, die zijn tuniek met bloed bevlekte. 'Dat moet eerst worden rechtgezet voordat we vertrekken.' Ze gaf hem geen kans te antwoorden, maar greep zijn verlamde vingers vast en zei: 'Waíse heill.'

Onwillekeurig ontsnapte hem een kreun toen zijn vingers in de kom terugschoten, zijn geschaafde pezen en verbrijzelde kraakbeen de volheid van hun voormalige vorm terugkregen en de huidflappen die van zijn knokkels hingen het rauwe vlees eronder weer bedekten. Toen de bezwering was voltooid, opende en sloot hij zijn hand om te bevestigen dat die helemaal was genezen. 'Dank je,' zei hij. Het verbaasde hem dat zij het initiatief had genomen, want ze wist heel goed dat hij zelf zijn letsel ook had kunnen genezen.

Arya leek wat beschaamd. Ze wendde haar blik af, keek uit over de vlakte en zei: 'Ik ben blij dat je vandaag aan mijn zijde was, Eragon.'

'Ik ook dat jij er was.'

Ze lachte kort, onzeker naar hem. Ze bleven nog even op de heuvel staan, geen van beiden gretig om hun reis te hervatten. Toen zuchtte Arya. 'We moeten gaan. De schaduwen lengen, en er komt vast iemand langs die alarm zal slaan als ze dit kraaienbuffet vinden.'

Ze lieten de heuvel achter zich, liepen in zuidwestelijke richting weg van het pad en draafden over de oneffen zee van gras. Achter hen liet de eerste aaseter zich uit de hemel vallen.

Schaduwen uit het verleden

Die avond zat Eragon in hun karige vuurtje te staren, kauwend op een paardenbloemblad. Hun maaltijd had bestaan uit een verzameling wortels, zaden en groenten die Arya in het gebied om hen heen had verzameld. Ongekookt en ongekruid was het allemaal niet bijzonder smakelijk, maar hij had de maaltijd niet aangevuld met een vogel of konijn, die overvloedig in de directe nabijheid voorkwamen, want hij wist dat Arya dat niet prettig zou vinden. Bovendien maakte de gedachte om nog een leven te nemen, na hun gevecht met de soldaten, hem misselijk.

Het was al laat en ze moesten de volgende morgen weer vroeg op, maar hij maakte geen aanstalten om te gaan slapen, en Arya ook niet. Ze zat haaks naast hem, met haar benen opgetrokken, haar armen eromheen geslagen en haar kin op haar knieën. Haar rokken waren naar buiten gespreid, als de door de wind geplette blaadjes van een bloem.

Eragon liet zijn kin laag op zijn borst zakken en masseerde zijn rechterhand met zijn linker om een diepe pijn te verdrijven. Ik heb een zwaard nodig, dacht hij. Of anders een soort van bescherming voor mijn handen zodat ik ze niet vermink als ik ergens tegenaan sla. Het punt is dat ik nu zo sterk ben dat ik heel dikke handschoenen zou moeten dragen, en dat is belachelijk. Ze zouden veel te onhandig en warm zijn, en bovendien kan ik niet de rest van mijn leven met handschoenen aan rondlopen. Hij fronste zijn voorhoofd. Terwijl hij de botjes van zijn hand uit hun normale stand duwde, keek hij naar het veranderde lichtspel over zijn huid, gefascineerd door de lenigheid van zijn lichaam. *En wat gebeurt er als ik in gevecht raak terwijl ik Broms ring draag? Hij is door de elfen gemaakt, dus ik hoef me waarschijnlijk geen zorgen te maken dat de saffier stukgaat. Maar als ik er iets mee sla, heb ik niet alleen een paar knokkels uit de kom, dan breek ik alle botten in mijn hand... Misschien kan ik dergelijke schade niet eens meer herstellen...* Hij balde zijn handen tot vuisten en draaide ze langzaam heen en weer, kijkend naar de schaduwen die verdiepten en vervaagden tussen de knokkels. *Ik zou een bezwering kunnen verzinnen die een voorwerp dat met een gevaarlijke snelheid nadert van mijn handen weghoudt. Nee, wacht, dat is niet goed. Stel dat het een rotsblok zou zijn? Of een berg? Ik zou omkomen bij die poging.*

Nou, als handschoenen en magie niet werken, dan zou ik graag een set Ascûdgamln van de dwergen hebben, hun 'vuisten van staal'. Glimlachend herinnerde hij zich de dwerg Shrrgnien, die in elk van zijn knokkels behalve die van zijn duim een stalen punt had laten plaatsen. Door die punten kon Shrrgnien met weinig vrees voor pijn tegen alles aan slaan wat hij wilde, en ze waren ook handig, want als hij wilde, kon hij ze verwijderen. Het idee sprak Eragon wel aan, maar hij was niet van plan gaten in zijn knokkels te boren. *Bovendien*, dacht hij, *zijn mijn botten dunner dan die van dwergen, te dun misschien om er punten in te bevestigen en de gewrichten nog te laten werken zoals het hoort... Dus Ascûdgamln zijn een slecht idee, maar misschien kan ik in plaats daarvan...*

Hij boog zich diep over zijn handen heen en fluisterde: 'Thaefathan.'

De rug van zijn handen begon te bewegen en tintelen alsof hij in een bosje netels was gevallen. Het was zo'n intens en onplezierig gevoel dat hij het liefst wilde opspringen en zich woest krabben. Met een uiterste wilsinspanning bleef hij zitten en keek toe terwijl de huid op zijn knokkels opbolde en een vlakke, witte eeltplek van ongeveer een halve duimtop dik over elk van zijn gewrichten legde. Ze deden hem denken aan de hoornachtige afzettingen die aan de binnenkant van paardenbenen groeien. Toen hij tevreden was met de afmeting en dichtheid van de knobbels, liet hij de stroom van magie los en begon, op de tast en visueel, het bergachtige nieuwe terrein boven zijn vingers te verkennen.

Zijn handen waren zwaarder en stijver dan eerst, maar hij kon zijn vingers nog volledig bewegen. *Het ziet er misschien lelijk uit,* dacht hij, met zijn linker handpalm wrijvend over de ruwe uitsteeksels op zijn rechterhand, en

159

misschien gaan mensen lachen en schimpen als ze het zien, maar dat kan me niet schelen, want het zal zijn doel dienen en kan mijn leven redden.

Overlopend van zwijgende opwinding sloeg hij op een bolle rots die uit de grond tussen zijn voeten stak. De klap trok door zijn arm en veroorzaakte een gedempte bons, maar het was niet pijnlijker dan wanneer hij op een plank met een paar lagen stof eroverheen zou hebben geslagen. Gesterkt pakte hij Broms ring uit zijn ransel en deed de koele gouden band om zijn vinger, controlerend of het eelt ernaast hoger was dan de bovenzijde van de ring. Hij beproefde zijn bevinding door nog eens met zijn vuist op de steen te slaan. Het enige geluid wat eruit voortkwam was dat van droge, stevige huid die botste op onverzettelijk steen.

'Wat ben je aan het doen?' vroeg Arya, die tussen haar zwarte haren door naar hem tuurde.

'Niks.' Toen stak hij zijn handen uit. 'Dit leek me wel een goed idee, vooral aangezien ik waarschijnlijk nog wel eens iemand zal moeten slaan.'

Arya bekeek zijn knokkels. 'Het zal je moeite kosten handschoenen aan te krijgen.'

'Ik kan ze altijd opensnijden om meer ruimte te maken.'

Ze knikte en keek weer in het vuur.

Eragon leunde op zijn ellebogen naar achteren en strekte zijn benen, tevreden omdat hij nu voorbereid was op alle gevechten die hem mogelijk in de nabije toekomst nog te wachten stonden. Verder durfde hij niet te speculeren, want als hij dat deed, zou hij zich gaan afvragen hoe Saphira en hij in vredesnaam Murtagh of Galbatorix moesten verslaan, en dan zou de paniek zijn ijzige klauwen in hem slaan.

Hij richtte zijn blik op de flakkerende diepten van het vuur. Daar, in die kolkende vuurzee, zocht hij naar wegen om zijn zorgen en verantwoordelijkheden te vergeten. Maar de constante beweging van de vlammen bracht hem al snel in een passieve toestand waar onsamenhangende fragmenten van gedachten, geluiden, beelden en emoties door hem heen dreven als sneeuwvlokken in een kalme winterhemel. En tussen al die indrukken verscheen het gezicht van de soldaat die voor zijn leven had gesmeekt. Weer zag Eragon hem huilen, weer hoorde hij zijn wanhopige smeekbeden, en weer voelde hij hoe hij de nek van de man brak als een natte tak.

Geplaagd door die herinneringen klemde Eragon zijn kiezen op elkaar en ademde woest door opengesperde neusgaten. Het koude zweet brak hem uit. Hij verplaatste zijn gewicht en probeerde de onvriendelijke geest van de soldaat uit te drijven, maar het lukte niet. *Ga weg,* schreeuwde hij. *Het was niet mijn schuld. Je moet Galbatorix de schuld geven, niet mij. Ik wilde je niet doden!*

Ergens in de duisternis huilde een wolf. Van verschillende plekken op de vlakte antwoordden andere wolven, die hun stemmen verhieven in een dissonante melodie. Eragons hoofdhuid tintelde van het spookachtige gezang en hij kreeg kippenvel op zijn armen. Toen, heel even, smolt het gehuil samen tot een enkele toon die leek op de strijdkreet van een aanstormende Kull.

Eragon huiverde onwillekeurig.

'Wat is er?' vroeg Arya. 'Komt het door de wolven? Die zullen ons niet lastigvallen, weet je. Ze leren hun welpen jagen, en ze laten hun nageslacht niet in de buurt bij wezens die zo vreemd ruiken als wij.'

'Het komt niet door de wolven daarbuiten,' zei Eragon, die zijn armen tegen zijn buik drukte. 'Het komt door de wolven hierbinnen.' Hij tikte tegen zijn hoofd.

Arya knikte, een scherpe, vogelachtige beweging die verried dat ze niet menselijk was, ook al had ze dan de gestalte van een mens aangenomen. 'Zo is het altijd. De monsters in de geest zijn veel erger dan de monsters die echt bestaan. Vrees, twijfel en haat hebben al meer mensen kreupel gemaakt dan beesten ooit hebben gedaan.'

'En liefde,' merkte hij op.

'En liefde,' gaf ze toe. 'En inhaligheid, jaloezie en elke andere obsessieve aandrang waar intelligente rassen gevoelig voor zijn.'

Eragon dacht aan de eenzame Tenga in de geruïneerde elfenbuitenpost van Edur Ithindra, ineengedoken boven zijn kostbare verzameling geschriften, zoekend, altijd zoekend naar zijn ongrijpbare 'antwoord'. Hij zei niets over de kluizenaar tegen Arya, want hij wilde op dit moment die vreemde ontmoeting niet bespreken. In plaats daarvan vroeg hij: 'Zit het jou dwars als je iemand doodt?'

Arya kneep haar groene ogen tot spleetjes. 'Niemand van mijn volk eet dierenvlees, omdat we geen andere wezens kwaad willen doen om onze honger te stillen, en dan ben jij zo onbeschaamd om te vragen of doden ons verontrust? Begrijp je echt maar zo weinig van ons dat je denkt dat we koelbloedige moordenaars zijn?'

'Nee, natuurlijk niet,' protesteerde hij. 'Dat bedoelde ik niet.'

'Zeg dan wat je bedoelt en beledig me niet, behalve als dat je bedoeling is.'

Eragon koos zijn woorden nu zorgvuldiger. 'Ik vroeg ditzelfde aan Roran voordat we de Helgrind binnengingen, of iets heel gelijksoortigs. Wat ik wil weten, is hoe jij je voelt als je iemand doodt. Hoe hóór je je eigenlijk te voelen?' Hij keek fronsend in het vuur. 'Zie je de strijders die je hebt verslagen naar je staren, zo echt als jij nu voor me zit?'

Arya verstrakte haar armen om haar benen en keek peinzend voor zich uit. Een vlam schoot omhoog toen het vuur een van de motten die rond het kamp cirkelden in de as legde. 'Gánga,' mompelde ze, gebarend met een vinger. Met een gefladder van donzige vleugels vertrokken de motten. Zonder haar blik af te wenden van de stapel brandende takken, zei ze: 'Negen maanden nadat ik gezant werd, eerlijk gezegd de enige gezant van mijn moeder, ging ik van de Varden in Farthen Dûr naar de hoofdstad van Surda, dat in die tijd nog een nieuw land was. Kort nadat mijn metgezellen en ik de Beorbergen verlieten, stuitten we op een bende zwervende Urgals. Wij hadden liever onze zwaarden weggestopt gehouden om gewoon door te lopen, maar de Urgals, zoals in hun aard ligt, stonden erop eer en glorie te behalen om hun status binnen hun stam te verhogen. Onze groep was sterker dan die van hen – want Weldon, de man die Brom voorging als leider van de Varden, was bij ons – en het kostte ons geen moeite hen te verjagen... Die dag was de eerste keer dat ik een leven nam. Het heeft me nog weken dwarsgezeten, tot ik besefte dat ik gek zou worden als ik erbij stil bleef staan. Velen doen dat en ze worden zo boos, zo verdrietig, dat ze niet langer betrouwbaar zijn, of hun hart verandert in steen en ze verliezen het vermogen om goed van kwaad te onderscheiden.'

'Hoe ben je in het reine gekomen met wat je had gedaan?'

'Ik onderzocht mijn redenen om te doden, om te bepalen of ze gerechtvaardigd waren. Toen ik ervan overtuigd was dat dat zo was, vroeg ik me af of onze zaak belangrijk genoeg was om die te blijven steunen, ook al zou ik daarvoor waarschijnlijk nog meer levens moeten nemen. Toen nam ik me voor dat telkens als ik aan de doden dacht, ik mezelf in gedachten zou verplaatsen naar de tuinen van Tialdarí.'

'Werkte dat?'

Ze veegde haar haren uit haar gezicht en stopte ze achter haar oor. 'Ja. Het enige tegengif voor het zure vergif van het geweld is dat je vrede in jezelf vindt. Het is een moeilijk te vinden remedie, maar zeer de moeite waard.' Ze zweeg even. 'Ademhalen helpt ook.'

'Ademhalen?'

'Langzaam, regelmatig ademhalen, alsof je mediteert. Het is een van de meest effectieve methoden om rustig te worden.'

Eragon volgde haar advies op en begon bewust in- en uit te ademen, waarbij hij een gelijkmatig tempo aanhield en met elke uitademing alle lucht uit zijn longen blies. Binnen korte tijd werd de knoop in zijn maag losser, ontspande zijn frons en leek de aanwezigheid van zijn gesneuvelde vijanden niet langer zo tastbaar... De wolven huilden weer, en na een korte uitbarsting van ongerustheid luisterde hij zonder angst, want hun gehuil had niet meer de macht om hem onbehaaglijk te maken. 'Dank je,' zei hij. Arya reageerde met een gracieus heffen van haar kin.

De stilte hield zeker een kwartier aan, tot Eragon zei: 'Urgals.' Hij liet die uitspraak even hangen, een verbale monoliet van tegenstrijdigheid. 'Wat vind je ervan dat Nasuada hen zich bij de Varden heeft laten aansluiten?'

Arya pakte een takje bij haar uitgespreide rokken op en rolde het heen en weer tussen haar vingers, kijkend naar het kromme stukje hout alsof het een geheim bevatte. 'Het was een moedige beslissing, en daar bewonder ik haar om. Ze handelt altijd in het belang van de Varden, wat de prijs ook is.'

'Ze heeft veel Varden tegen de haren in gestreken toen ze Nar Garzhvogs aanbod van ondersteuning accepteerde.'

'En ze heeft hun loyaliteit herwonnen met de Beproeving van de Lange Messen. Nasuada is heel sluw als het aankomt op het behoud van haar positie.' Arya gooide het takje in het vuur. 'Ik ben niet dol op Urgals, maar ik haat ze ook niet. Anders dan de Ra'zac zijn ze niet inherent kwaadaardig, alleen maar heel erg gek op oorlog. Dat is een belangrijk verschil, al kan het geen troost bieden aan de families van hun slachtoffers. Wij elfen hebben eerder omgang gehad met Urgals, en dat zullen we weer doen als het nodig is. Maar het is een vergeefs vooruitzicht.'

Ze hoefde niet uit te leggen waarom. Veel van de schriftrollen die Oromis Eragon had laten lezen waren gewijd aan Urgals. Eén in het bijzonder, *De reizen van Gnaevaldrskald*, had hem geleerd dat de hele cultuur van de Urgals was gebaseerd op hun prestaties in de strijd. Mannelijke Urgals konden hun status alleen verbeteren door een ander dorp binnen te vallen – of het van Urgals, mensen, elfen of dwergen was maakte weinig uit – of door één op één tegen hun rivalen te vechten, soms tot aan de dood toe. En als het aankwam op het kiezen van een partner weigerden vrouwelijke Urgals een ram te aanvaarden als hij niet minstens drie tegenstanders had verslagen. Daardoor had elke nieuwe generatie van Urgals geen andere keus dan hun gelijken uit te dagen, hun ouders uit te dagen en het land af te speuren naar mogelijkheden om hun moed te bewijzen. De traditie was zo diep geworteld dat elke poging om die te onderdrukken had gefaald. Ze blijven in ieder geval trouw aan wat ze zijn, overpeinsde Eragon. Dat is meer dan de meeste mensen kunnen zeggen.

'Hoe komt het,' vroeg hij, 'dat Durza jou, Glenwing en Fäolin wist te verrassen met die Urgals? Hadden jullie geen afweerbezweringen om jullie te beschermen tegen fysieke aanvallen?'

'Hun pijlen waren betoverd.'

'Waren de Urgals dan magiërs?'

Arya deed haar ogen dicht, zuchtte en schudde haar hoofd. 'Nee. Het was een of andere duistere magie van Durza. Hij snoefde erover toen ik in Gil'ead was.'

'Ik snap niet hoe je hem zo lang hebt weten te weerstaan. Ik heb gezien wat hij met je heeft gedaan.'

'Het... het was niet gemakkelijk. Ik zag de folteringen waaraan hij me onderwierp als een beproeving van mijn toewijding, als een kans om te bewijzen dat ik geen vergissing had begaan en dat ik inderdaad het yawësymbool waard was. Als zodanig was de beproeving me welkom.'

'Maar toch, zelfs elfen zijn niet immuun voor pijn. Ik sta ervan te kijken dat je de locatie van Ellesméra al die maanden voor hem verborgen hebt weten te houden.'

Een spoortje trots kleurde haar stem. 'Niet alleen de locatie van Ellesméra, maar ook de plek waar ik Saphira's ei naartoe had gestuurd, en mijn woordenschat in de oude taal, en al het andere waar Galbatorix iets aan zou kunnen hebben.'

Het gesprek stokte, maar toen vroeg Eragon: 'Denk je er vaak aan, aan wat je hebt doorstaan in Gil'ead?' Toen ze geen antwoord gaf, voegde hij eraan toe: 'Je praat er nooit over. Je vertelt wel over de feiten van je gevangenschap, maar je hebt het nooit over hoe het voor jou was, en hoe je er nu op terugkijkt.'

'Pijn is pijn,' zei ze, 'daar is geen beschrijving voor nodig.'

'Dat is waar, maar het negeren ervan kan meer kwaad aanrichten dan het oorspronkelijke letsel... Niemand kan zoiets doorstaan en er ongeschonden van afkomen. Niet vanbinnen, althans.'

'Waarom neem je aan dat ik al niet iemand in vertrouwen heb genomen?'

'Wie dan?'

'Maakt het uit? Ajihad, mijn moeder, een vriendin in Ellesméra.'

'Misschien zie ik het verkeerd,' zei hij, 'maar zo hecht lijk je met niemand. Waar je loopt, loop je alleen, zelfs bij je eigen volk.'

Arya's gezicht bleef onbewogen. Haar gebrek aan emotie was zo volkomen dat Eragon zich begon af te vragen of ze wel zou reageren, een twijfel die net was omgeslagen in overtuiging toen ze fluisterde: 'Zo is het niet altijd geweest.'

Alert wachtte Eragon roerloos af, bang dat als hij iets deed, ze niets meer zou zeggen.

'Vroeger heb ik iemand gehad om mee te praten, iemand die begreep wat ik was en waar ik vandaan kwam. Vroeger... Hij was ouder dan ik, maar we waren verwante geesten, allebei nieuwsgierig naar de wereld buiten ons bos. We verkenden graag en wilden graag optreden tegen Galbatorix. Geen van ons beiden kon het verdragen om in Du Weldenvarden te blijven – te studeren, magie te bedrijven, onze eigen projecten uit te voeren – terwijl we wisten dat de Drakendoder, de plaag van de Rijders, zocht naar een manier om ons volk te verslaan. Hij kwam later dan ik tot die conclusie – tientallen jaren nadat ik mijn functie als gezant op me had genomen en een paar jaar voordat Hefring Saphira's ei stal – maar zodra hij dat deed, zei hij dat hij met me mee wilde, overal waar Islanzadí me opdroeg heen te gaan.' Ze knipperde met haar ogen en slikte. 'Ik wilde hem geen toestemming geven, maar het idee beviel de koningin wel, en hij was zo ontzettend overtuigend...' Ze tuitte haar lippen en knipperde weer met haar ogen, die stralender waren dan normaal.

'Heb je het over Fäolin?' vroeg Eragon zo vriendelijk mogelijk.

'Ja,' zei ze, en die bevestiging kwam bijna als een zucht naar buiten.
'Hield je van hem?'
Arya legde haar hoofd in haar nek en keek op naar de twinkelende sterren, haar lange hals goud glanzend in het vuurlicht, haar gezicht bleek van de straling vanuit de hemel. 'Vraag je dat uit vriendschappelijke bezorgdheid of uit eigenbelang?' Ze lachte abrupt, verstikt, met het geluid van water dat over koude rotsen klatert. 'Laat maar. De nachtlucht heeft me verward. Het heeft mijn gevoel voor beleefdheid ongedaan gemaakt en me vrijgemaakt om de meest hatelijke dingen te zeggen die in me opkomen.'
'Het maakt niet uit.'
'Het maakt wel uit, want ik heb er spijt van, en ik tolereer het niet. Hield ik van Fäolin? Hoe zou je liefde definiëren? Meer dan twintig jaar lang reisden we samen, de enige onsterfelijken die tussen de kortlevende soorten liepen. We waren metgezellen... en vrienden.'

Eragon voelde een steek van jaloezie. Hij worstelde ermee, onderdrukte het en probeerde het weg te vagen, maar dat lukte niet helemaal. Een klein restje van het gevoel bleef hem irriteren, als een splinter onder zijn huid.

'Meer dan twintig jaar,' herhaalde Arya. Ze bleef naar de sterren kijken en wiegde heen en weer, en het leek wel alsof ze Eragon niet opmerkte. 'En toen nam Durza me dat in één kort moment af. Fäolin en Glenwing waren in bijna een eeuw tijd de eerste elfen die sneuvelden in de strijd. Toen ik Fäolin zag vallen, begreep ik dat de werkelijke verschrikking van een oorlog niet is om zelf gewond te raken, maar om te zien hoe degenen om wie je geeft gewond raken. Het was een les waarvan ik dacht dat ik hem al had geleerd in mijn tijd bij de Varden, toen de mannen en vrouwen die ik was gaan respecteren een voor een stierven door zwaarden, vergif, ongevallen en ouderdom. Het verlies was echter nog nooit zo persoonlijk geweest, en toen dat gebeurde dacht ik: "Nu moet ik vast ook sterven." Wat voor gevaar we eerder ook het hoofd hadden geboden, Fäolin en ik hadden het samen altijd overleefd, en als hij niet kon ontkomen, waarom ik dan wel?'

Eragon besefte dat ze huilde, dat er dikke tranen uit haar ooghoeken liepen, langs haar slapen en in haar haren. Onder de sterren zagen de tranen eruit als rivieren van verzilverd glas. De intensiteit van haar verdriet schokte hem. Hij had niet gedacht dat het mogelijk was om zo'n reactie aan haar te ontlokken, en het was ook niet zijn bedoeling geweest.

'Toen Gil'ead,' zei ze. 'Die dagen waren de langste van mijn leven. Fäolin was er niet meer, ik wist niet of Saphira's ei veilig was of dat ik haar naar Galbatorix had teruggebracht, en Durza... Durza leste de bloeddorst van de geesten die hem bestuurden door de vreselijkste dingen die hij zich kon voorstellen met me te doen. Soms, als hij te ver ging, genas hij me zodat hij de volgende dag opnieuw kon beginnen. Als hij me een kans had gegeven om na te denken, had ik mijn cipier misschien kunnen bedotten, zoals jij hebt gedaan, en het verdovende middel kunnen weigeren waardoor ik geen magie kon gebruiken, maar ik had nooit meer dan een paar uur rust.

Durza hoefde niet vaker te slapen dan jij of ik, en hij was altijd bij me als ik bij bewustzijn was en zijn andere taken het toestonden. Terwijl hij aan me werkte was elk uur een week, en elke dag een eeuwigheid. Hij paste er wel voor op dat hij me niet waanzinnig maakte – Galbatorix zou dat niet op prijs hebben gesteld – maar hij kwam er in de buurt. Hij kwam er heel dicht in de buurt. Ik begon vogels te horen waar geen vogels konden zijn en ik zag dingen die niet konden bestaan. Eenmaal, toen ik in mijn cel zat, spoelde er een gouden licht door het vertrek en werd ik helemaal warm. Toen ik opkeek, zag ik dat ik op een tak hoog boven in een boom lag, bijna midden in Ellesméra. De zon ging bijna onder en de hele stad gloeide alsof hij in brand stond. De Äthalvard zongen op het pad beneden en alles was zo kalm, zo vredig, zo mooi, dat ik daar altijd had willen blijven. Maar toen vervaagde het licht en lag ik weer op mijn brits... Ik was het vergeten, maar er was één keer een soldaat die een witte roos in mijn cel legde. Het was het enige vriendelijke gebaar dat iemand in Gil'ead ooit naar me had gemaakt. Die nacht schoot de bloem wortel en werd een enorme rozenstruik die tegen de muur op klom, door de steenblokken in het plafond drong, zodat ze braken, en zich een weg de kerker uit, naar buiten zocht. Hij bleef groeien tot hij de maan raakte en een grote, kronkelende toren werd die me ontsnapping beloofde als ik maar van de vloer kon opstaan. Ik probeerde het met alle kracht die me nog restte, maar het was te moeilijk, en toen ik mijn blik afwendde was de rozenstruik weg... Dat was mijn gemoedstoestand toen jij over me droomde en ik je aanwezigheid boven me voelde zweven. Geen wonder dat ik dat gevoel afdeed als gewoon weer een illusie.'

Ze glimlachte zwakjes. 'En toen kwam jij, Eragon. Jij en Saphira. Toen ik geen hoop meer had en op het punt stond naar Galbatorix in Urû'baen te worden gebracht, verscheen er een Rijder om me te redden. Een Rijder en een draak!'

'En Morzans zoon,' zei hij. 'Allebei Morzans zoons.'

'Beschrijf het hoe je wilt, maar het was zo'n onwaarschijnlijke redding dat ik af en toe nog steeds denk dat ik gek ben geworden en me alles sindsdien alleen maar verbeeld.'

'Zou je je hebben kunnen indenken dat ik zoveel problemen zou veroorzaken door in de Helgrind achter te blijven?'

'Nee,' zei ze, 'ik denk het niet.' Met haar linkermouw depte ze haar ogen om haar tranen te drogen. 'Toen ik bijkwam in Farthen Dûr was er te veel dat gedaan moest worden om bij het verleden stil te blijven staan. Maar de laatste tijd is alles duister en bloedig, en steeds meer merk ik dat ik me die dingen herinner, terwijl ik dat niet zou moeten doen. Het maakt me grimmig en van streek, ongeduldig ten opzichte van de normale hindernissen in het leven.' Ze verplaatste zich naar een knielende positie en legde haar handen aan weerszijden op de grond. 'Je zegt dat ik alleen loop. Elfen hebben niet de aandrang tot die openlijke uitingen van vriendschap die mensen en dwergen hebben, en ik ben altijd al een beetje op mezelf geweest. Maar als je me vóór Gil'ead had gekend, als je me had gekend zoals ik toen was, dan had je me niet zo hooghartig gevonden. Toen kon ik zingen en dansen en me niet bedreigd voelen door een gevoel van naderend onheil.'

Eragon legde zijn rechterhand over haar linker. 'In de verhalen over helden uit vroeger tijden hebben ze het er nooit over dat dit de prijs is die je betaalt als je vecht met monsters uit de duisternis en monsters uit de geest. Blijf denken aan de tuinen van Tialdarí, dan red je je vast wel.'

Arya liet het contact tussen hen enige tijd aanhouden; geen tijd van warmte en passie voor Eragon, maar een tijd van rustig samenzijn. Hij deed geen poging om zijn hofmakerij bij haar door te zetten, want hij koesterde haar vertrouwen meer dan wat ook, op zijn band met Saphira na, en hij zou liever de strijd in gaan dan dat in gevaar brengen. Toen, met een heel kleine beweging van haar arm, liet Arya hem weten dat het moment voorbij was en trok hij zonder klagen zijn hand terug.

Omdat hij graag haar last op alle mogelijke manieren wilde verlichten, keek Eragon naar de grond om zich heen en mompelde heel zachtjes: 'Loivissa.' Geleid door de kracht van de ware naam zocht hij door de aarde aan zijn voeten tot zijn vingers zich sloten rondom datgene wat hij zocht: een dun, papierachtig schijfje ongeveer half zo groot als zijn pinknagel. Hij hield zijn adem in en legde het zo geconcentreerd mogelijk midden op de gedwëy ignasia in zijn rechterhand. Hij overwoog wat Oromis hem had geleerd over het soort bezwering dat hij in gedachten had om te zorgen dat hij geen fouten zou maken, en toen begon hij te zingen zoals de elfen, melodieus en vloeiend:

Eldhrimner O Loivissa nuanen, dautr abr deloi,
Eldhrimner nen ono weohnataí medh solus un thringa,
Eldhrimner un fortha onr fëon vara, wiol allr sjon.
Eldhrimner O Loivissa nuanen...

Steeds weer herhaalde Eragon die vier regels en richtte ze op de bruine vlok in zijn hand. Het schijfje trilde en zwol op, waarna het bol werd. Witte uitsteeksels van ongeveer een halve duim lang begonnen te ontspruiten aan de onderzijde van de afpellende bol, wat kietelde in zijn hand, terwijl een groene stengel aan de bovenkant naar buiten kwam en op zijn aandringen bijna een voet de lucht in schoot. Een enkel blad, breed en plat, groeide aan de zijkant van de stengel. Toen werd de punt van de stengel dikker, begon om te buigen en spleet, na een momentje van schijnbare inactiviteit, in vijf segmenten die zich naar buiten strekten en de wasachtige blaadjes van een diepkeellelie onthulden. De bloem was lichtblauw en gevormd als een klok.

Toen de bloem zijn volle grootte had bereikt, liet Eragon de magie los en bekeek zijn werk. Planten in vorm zingen was een vaardigheid die de meeste elfen al op jonge leeftijd beheersten, maar Eragon had het maar een paar keer geoefend en hij was er niet zeker van geweest of het hem zou lukken. De bezwering had hem veel energie gekost; de lelie had verbazingwekkend veel kracht nodig gehad om zich te voeden voor wat gelijkstond aan anderhalf jaar groeien.

Tevreden met wat hij had gemaakt gaf hij de lelie aan Arya. 'Het is geen witte roos, maar...' Hij glimlachte en haalde zijn schouders op.

'Dat had je niet hoeven doen,' zei ze, 'maar ik ben er blij mee.' Ze streelde de onderkant van de bloesem en tilde hem op om eraan te ruiken. De lijntjes in haar gezicht vervaagden. Ze bleef een hele tijd naar de lelie zitten kijken. Toen schepte ze een gat in de aarde naast zich en plantte de bol, waarna ze de aarde aandrukte met haar handpalm. Ze raakte de bloemblaadjes nog eens aan, bleef naar de lelie kijken en zei: 'Dank je. Bloemen geven is een gebruik dat onze volken met elkaar delen, maar wij elfen hechten er meer waarde aan dan mensen. Ze staan voor alles wat goed is: het leven, schoonheid, wedergeboorte, vriendschap en nog veel meer. Ik vertel je dat zodat je begrijpt wat dit voor me betekent. Je wist het niet, maar...'

'Ik wist het wel.'

Arya keek hem ernstig aan, alsof ze probeerde te bepalen wat hij bedoelde. 'Vergeef me. Dat is nu al de tweede keer dat ik vergeet hoe goed je bent opgeleid. Ik zal die fout niet nog eens maken.'

Ze herhaalde haar dank in de oude taal en Eragon antwoordde – ook in haar moedertaal – dat het zijn genoegen was geweest en dat hij blij was dat ze zijn geschenk op prijs stelde. Hij huiverde, merkend dat hij honger had, ondanks de maaltijd die ze net hadden gegeten. Arya merkte het op. 'Je hebt te veel kracht gebruikt. Als je nog energie in Aren overhebt, gebruik die dan om weer aan te sterken.'

Eragon herinnerde zich pas even later dat Aren de naam van Broms ring was; hij had die slechts één keer eerder gehoord, van Islanzadí, op de dag dat hij in Ellesméra was aangekomen. *Mijn ring nu*, hield hij zich voor. *Ik moet ophouden hem te blijven zien als de ring van Brom.* Hij keek kritisch naar de grote saffier die in de gouden zetting om zijn vinger fonkelde. 'Ik weet niet of er wel energie in Aren zit. Ik heb het er nooit zelf in opgeslagen, en ik heb nooit gekeken of Brom dat heeft gedaan.' Terwijl hij het zei, strekte hij zijn bewustzijn naar de saffier uit. Zodra zijn geest in contact kwam met de edelsteen voelde hij de aanwezigheid van een enorme, wervelende poel van energie. Voor zijn innerlijk oog zoemde de saffier van kracht. Het was haast een wonder dat de steen niet ontplofte door de hoeveelheid energie die in de scherpe facetten was opgeslagen. Toen hij die kracht had gebruikt om zijn pijn te verhelpen en zijn lichaam van nieuwe energie te voorzien, was de totale krachtvoorraad in Aren amper verminderd.

Met tintelende huid verbrak Eragon zijn contact met de edelsteen. Verheugd over de ontdekking en zijn plotselinge gevoel van welbevinden lachte hij hardop en vertelde Arya wat hij had gevonden. 'Brom moet elk beetje energie dat hij kon missen erin hebben opgeslagen, al die tijd dat hij zich in Carvahall verstopte.' Hij lachte nog eens verwonderd. 'Al die jaren... Met wat er in Aren zit, zou ik met één bezwering een heel kasteel kunnen verwoesten.'

'Hij wist dat hij het nodig zou hebben om de nieuwe Rijder te beschermen zodra Saphira uit haar ei kwam,' merkte Arya op. 'En ik ben ervan overtuigd dat Aren ook een manier was om zichzelf te beschermen als hij moest vechten tegen een Schim of een andere sterke tegenstander. Hij heeft niet per ongeluk bijna een eeuw lang zijn vijanden weten te ontlopen... Als ik jou was, zou ik die energie bewaren voor wanneer je hem 't hardst nodig hebt, en zou ik eraan toevoegen wanneer ik kon. Het is een ongelooflijk waardevolle bron. Je moet het niet verspillen.'

Nee, dacht Eragon, *dat zal ik niet doen.* Hij draaide de ring rond zijn vinger en bewonderde de glans ervan in de weerschijn van het vuur. *Sinds Murtagh Zar'roc van me heeft gestolen, zijn dit, Saphira's zadel en Sneeuwvuur de enige dingen die ik nog van Brom heb, en hoewel de dwergen Sneeuwvuur hebben meegebracht uit Farthen Dûr, rijd ik tegenwoordig nog maar zelden op hem. Aren is eigenlijk mijn enige aandenken aan hem... Mijn enige erfenis van hem. Mijn enige nalatenschap. Ik wou dat hij nog leefde! Ik heb nooit de kans gehad om met hem te praten over Oromis, Murtagh, mijn vader... O, de lijst is eindeloos. Wat zou hij hebben gezegd over mijn gevoelens voor Arya?* Eragon snoof. *Ik weet wat hij zou hebben gezegd: hij zou me de pan uit hebben geveegd, hebben gezegd dat ik een verliefde dwaas was, dat ik mijn energie verspilde aan een hopeloze zaak... En hij zou ook gelijk hebben gehad, denk ik, maar, ach, wat kan ik eraan doen? Zij is de enige vrouw die ik wil.*

Het vuur knetterde. Een wolk vonken dreef omhoog. Eragon keek er met half geloken ogen naar en dacht na over Arya's onthullingen. Toen keerde zijn geest terug naar een vraag die hem al dwarszat sinds de strijd op de Brandende Vlakten. 'Arya, groeien mannelijke draken sneller dan vrouwelijke?'

'Nee. Hoezo?'

'Vanwege Thoorn. Hij is pas een paar maanden oud, maar hij is al bijna even groot als Saphira. Ik snap het niet.'

Arya plukte een droge grasspriet en begon te schrijven in de droge aarde, met de gebogen vormen van lettertekens uit de elfentaal, de Liduen Kvaedhí. 'Waarschijnlijk heeft Galbatorix zijn groei versneld zodat Thoorn groot genoeg zou zijn om het tegen Saphira op te nemen.'

'Ah... Maar is dat niet gevaarlijk? Oromis zei dat als hij magie gebruikte om me kracht, snelheid, uithoudingsvermogen en andere vaardigheden te geven, ik mijn nieuwe vermogens niet zo goed zou begrijpen dan wanneer ik ze op de normale manier verwierf: door hard te werken. En hij had gelijk. Zelfs nu verrassen de veranderingen die de draken tijdens de Agaetí Blödhren in mijn lichaam hebben aangebracht me nog wel eens.'

Arya knikte en bleef lettertekens in de aarde tekenen. 'Het is mogelijk de ongewenste neveneffecten te verminderen met bepaalde bezweringen, maar dat is een lang en moeilijk proces. Als je echt meester wilt worden over je lichaam, is het nog altijd het beste om dat op de normale manier te bereiken. De transformatie die Galbatorix aan Thoorn heeft opgedrongen moet ongelooflijk verwarrend voor hem zijn. Thoorn heeft nu het lichaam van een bijna volgroeide draak, maar zijn geest is nog altijd die van een jong.'

Eragon streek over het nieuwe eelt op zijn knokkels. 'Weet je ook waarom Murtagh zo sterk is... sterker dan ik?'

'Als ik dat wist, zou ik ongetwijfeld ook begrijpen hoe Galbatorix zijn eigen kracht zo onnatuurlijk heeft kunnen vergroten, maar helaas.'

Maar Oromis weet het wel, dacht Eragon. Zoiets had de elf namelijk gesuggereerd. Hij had die informatie echter nog niet gedeeld met Saphira en Eragon. Zodra ze konden terugkeren naar Du Weldenvarden was Eragon van plan met de oudere Rijder te praten om de waarheid te achterhalen. *Hij moet het ons nu vertellen! Door onze onwetendheid heeft Murtagh ons kunnen verslaan, en hij had ons gemakkelijk naar Galbatorix kunnen brengen.* Eragon kwam in de verleiding Arya te vertellen over Oromis' opmerkingen, maar hij hield zijn mond. Hij besefte dat Oromis zo'n feit niet een eeuw lang geheim had gehouden als het niet ontzettend belangrijk was.

Arya had de regel die ze in de grond had geschreven voltooid. Eragon boog zich eroverheen en las: *Drijvend op de zee van tijd zwerft de eenzame god van oever naar verre oever en houdt de wetten van de sterren aan de hemel in stand.*

'Wat betekent dat?'

'Weet ik niet,' zei ze, en met een snelle beweging van haar hand veegde ze de zin weg.

'Waarom,' vroeg hij, langzaam sprekend terwijl hij zijn gedachten ordende, 'verwijst niemand ooit naar de draken van de Meinedigen bij hun naam? We zeggen "Morzans draak" of "Kialandi's draak", maar we benoemen de draak zelf nooit. Ze waren toch even belangrijk als hun Rijders? Ik herinner me zelfs niet dat ik die namen heb zien staan in de schriftrollen van Oromis... hoewel ze er móéten zijn geweest... Ja, ik ben ervan overtuigd dat ze erin stonden, maar om een of andere reden blijven ze me niet bij. Is dat niet vreemd?' Arya wilde antwoord geven, maar hij was haar voor. 'Voor één keer ben ik blij dat Saphira hier niet is. Ik schaam me dat het me niet eerder was opgevallen. Zelfs jij, Arya, en Oromis en elke andere elf die ik ooit heb ontmoet, weigert hen bij name te noemen, alsof het stomme beesten zijn die zo'n eer niet verdienen. Doen jullie dat expres? Is het omdat ze jullie vijanden waren?'

'Is dit in geen van je lessen aan bod gekomen?' vroeg Arya. Ze scheen oprecht verbaasd.

'Ik geloof,' zei hij, 'dat Glaedr er iets over tegen Saphira heeft gezegd, maar ik weet het niet helemaal zeker. Ik stond zelf op dat ogenblik achterovergebogen in de Dans van Slang en Kraanvogel, dus ik lette niet echt op wat Saphira deed.' Hij lachte een beetje, beschaamd over zijn tekortkoming en omdat hij het gevoel had dat hij zich moest verantwoorden. 'Het werd soms wat verwarrend. Oromis praatte tegen mij, en ondertussen luisterde ik naar Saphira's gedachten terwijl zij en Glaedr communiceerden. Erger nog, Glaedr gebruikt maar zelden een herkenbare taal bij Saphira; hij gebruikt meestal beelden, geuren en gevoelens in plaats van woorden. In plaats van namen stuurt hij indrukken van de mensen en voorwerpen waar hij het over heeft.'

'Herinner je je niets van wat hij heeft gezegd, met woorden of anderszins?'

Eragon weifelde. 'Alleen dat het ging over een naam die geen naam was of zoiets. Ik snapte er niks van.'

'Waar hij het over had,' zei Arya, 'was Du Namar Aurboda, het Uitbannen van de Namen.'

'Het Uitbannen van de Namen?'

Ze nam haar droge grasspriet en schreef weer in het zand. 'Het is een van de belangrijkste gebeurtenissen tijdens de gevechten tussen de Rijders en de Meinedigen. Toen de draken beseften dat dertien leden van hun eigen volk hen hadden verraden – dat die dertien Galbatorix hielpen de rest van hun volk uit te roeien en dat het onwaarschijnlijk was dat iemand een einde zou maken aan hun strooptocht – werden de draken woest. Alle draken die niet bij de Meinedigen hoorden, bundelden hun krachten om een van hun onverklaarbare magische werken te bewerkstelligen. Samen ontdeden ze de dertien van hun namen.'

Ontzag bekroop Eragon. 'Hoe is dat mogelijk?'

'Ik zeg toch net dat het onverklaarbaar was? Alles wat we weten, is dat toen de draken hun bezwering hadden uitgesproken, niemand de namen van de dertien nog hardop kon zeggen; degenen die zich de namen herinnerden vergaten ze al snel. En hoewel je de namen kunt lezen in schriftrollen en brieven en ze zelfs kunt overschrijven als je naar één letterteken tegelijk kijkt, kun je er niets mee. De draken spaarden Jarnunvösk, Galbatorix' eerste draak, want het was niet zijn schuld dat hij was gedood door Urgals, en ook Shruikan, want hij koos er niet voor om Galbatorix te dienen maar was door Galbatorix en Morzan gedwongen.'

Wat een vreselijk lot om je naam kwijt te raken, dacht Eragon. Hij huiverde. *Als er één ding is wat ik heb geleerd sinds ik Rijder ben, dan is het dat je nooit, maar dan ook nooit een draak als vijand wilt hebben.* 'En hun ware namen?' vroeg hij. 'Hebben ze die ook weggewist?'

Arya knikte. 'Ware namen, geboortenamen, bijnamen, achternamen, titels. Alles. En als resultaat daarvan werden de dertien gereduceerd tot weinig meer dan dieren. Ze konden niet langer zeggen: "Ik hou hiervan," of "Daar hou ik niet van," of "Ik heb groene schubben," want daarmee zouden ze zichzelf benoemen. Ze konden zichzelf niet eens draken noemen. Woord voor woord vaagde de bezwering alles weg wat hen als denkende wezens definieerde, en de Meinedigen hadden geen andere keus dan in zwijgende ellende toe te kijken terwijl hun draken afzakten naar volkomen onwetendheid. De ervaring was zo verontrustend dat minstens vijf van de dertien draken en enkele Meinedigen als resultaat daarvan waanzinnig werden.' Arya zweeg even, kijkend naar de omtrekken van een letterteken. Toen veegde ze het weg en begon opnieuw. 'Het Uitbannen van de Namen is de voornaamste reden waarom zoveel mensen tegenwoordig geloven dat draken niets anders waren dan dieren die je kon gebruiken om van de ene plek naar de andere te komen.'

'Ze zouden dat niet geloven als ze Saphira hadden ontmoet,' zei Eragon.

Arya glimlachte. 'Nee.' Met een zwier voltooide ze de laatste zin die ze had geschreven. Hij hield zijn hoofd schuin en schoof dichterbij om de lettertekens te ontcijferen. Er stond: *De bedrieger, de raadselmaker, de bewaarder van het evenwicht, hij met de vele gezichten die leven vindt in de dood en die geen kwaad vreest; hij die door deuren loopt.*

'Waarom heb je dat geschreven?'

'Door de gedachte dat veel dingen niet zijn wat ze lijken.' Er wervelde stof op rond haar hand toen ze op de grond klopte en de lettertekens uitwiste.

'Heeft iemand wel eens geprobeerd om Galbatorix' ware naam te raden?' vroeg Eragon. 'Het lijkt mij de snelste manier om deze oorlog te beëindigen. Om eerlijk te zijn denk ik dat het onze enige hoop is om hem in de strijd te verslaan.'

'Ben je eerder niet eerlijk tegen me geweest?' vroeg Arya met fonkelende ogen.

Hij grinnikte om haar vraag. 'Natuurlijk wel. Het is maar bij wijze van spreken.'

'Maar niet zo'n beste insteek,' zei ze. 'Behalve als je normaal altijd liegt.'

Eragon weifelde even, maar toen wist hij weer wat hij had willen zeggen en vervolgde: 'Ik weet dat het moeilijk zal zijn om Galbatorix' echte naam te vinden, maar als alle elfen en alle leden van de Varden die de oude taal kennen ernaar zoeken, dan moet het vast lukken.'

Als een bleek, door de zon verkleurd vaandel hing de droge graspriet omlaag tussen Arya's duim en wijsvinger. Hij trilde mee met elke bloedstuwing door haar aderen. Ze pakte hem met haar andere hand bij het uiteinde vast, scheurde het blad doormidden en deed toen hetzelfde met de twee helften, waardoor het blad in vieren was verdeeld. Toen begon ze de reepjes te vlechten en vormde er een stramme, gevlochten staaf mee. 'Galbatorix' ware naam is niet zo'n groot geheim. Drie verschillende elfen – een Rijder en twee gewone magiërs – hebben die al ontdekt, vele jaren na elkaar en ieder afzonderlijk,' zei ze.

'Echt?' riep Eragon uit.

Onverstoord plukte Arya nog een graspriet, scheurde hem in repen, stak ze door de openingen in haar gevlochten staaf en begon ze in andere richtingen te vlechten. 'We kunnen alleen maar speculeren of Galbatorix zelf zijn ware naam wel kent. Ik denk van niet, want wat het ook is, zijn ware naam moet zo vreselijk zijn dat hij niet zou kunnen blijven leven als hij die hoorde.'

'Behalve als hij zo kwaadaardig of gestoord is dat de waarheid over zijn handelen hem niet deert.'

'Misschien.' Haar soepele vingers bewogen zo snel, draaiend, vlechtend, wevend, dat ze bijna onzichtbaar waren. Ze plukte nog twee grasprieten. 'Hoe dan ook, Galbatorix is er zich beslist van bewust dat hij een ware naam heeft, net als alle andere wezens en dingen, en dat het een potentiële zwakte is. Op enig moment voordat hij op zijn campagne tegen de Rijders vertrok heeft hij een bezwering gemaakt waardoor iedereen die zijn ware naam gebruikt dat met de dood moet bekopen. En aangezien we niet precies weten hoe die bezwering doodt, kunnen we ons er niet van afschermen. Dus je ziet wel in waarom we die mogelijkheid zo ongeveer hebben opgegeven. Oromis is een van de weinigen die dapper genoeg is geweest om onderzoek te blijven doen naar Galbatorix' ware naam, al is het dan via een omweg.' Met een verheugd gezicht hield ze haar handen naar voren, met de handpalmen omhoog. Er lag een prachtig scheepje van wit en groen gras op. Het was niet meer dan twee duimen lang, maar zo gedetailleerd dat Eragon bankjes voor roeiers kon ontwaren, kleine relingen rondom de rand van het dek en patrijspoorten ter grootte van frambozenzaadjes. De gebogen boeg was enigszins gevormd als de kop en nek van een steigerende draak. Het had één mast.

'Wat mooi,' zei hij.

Arya boog zich naar voren en mompelde: 'Flauga.' Ze blies zachtjes op het scheepje, en het steeg op van haar hand en zeilde rond het vuur. Toen maakte het meer snelheid, schoot omhoog en gleed weg in de sprankelende diepten van de nachthemel.

'Hoe lang zal het blijven gaan?'

'Voor altijd,' zei ze. 'Het scheepje onttrekt de energie om te zweven uit de planten op de aarde eronder. Waar planten zijn, kan het vliegen.'

Het idee verwarde Eragon, maar hij vond het ook nogal droevig te denken aan het mooie grasscheepje, voor alle eeuwigheid zwervend tussen de wolken, met niemand behalve vogels als gezelschap. 'Stel je voor welke verhalen de mensen er in de komende jaren over zullen vertellen.'

Arya verstrengelde haar lange vingers, alsof ze ze ervan moest weerhouden nog iets anders te maken. 'Er bestaan veel van dergelijke merkwaardige dingen in de wereld. Hoe langer je leeft en hoe verder je reist, hoe meer je er zult zien.'

Eragon keek een tijdje naar het flakkerende vuur. 'Als het zo belangrijk is om je ware naam te beschermen, zou ik dan geen bezwering moeten inzetten om te zorgen dat Galbatorix mijn ware naam niet tegen me kan gebruiken?'

'Dat kun je doen als je wilt,' zei Arya, 'maar ik denk niet dat het nodig is. Ware namen zijn niet zo gemakkelijk te vinden als je denkt. Galbatorix kent je niet goed genoeg om je naam te raden, en als hij in je geest zou dringen en al je gedachten en herinneringen kon onderzoeken, dan zou je toch al verloren zijn, ware naam of niet. Als het een troost is, ik betwijfel of zelfs ik je ware naam zou kunnen achterhalen.'

'Nee?' vroeg hij. Hij was zowel verheugd als bedroefd dat ze dacht dat delen van hem een mysterie voor haar waren.

Ze keek hem kort aan en sloeg haar blik weer neer. 'Nee, ik denk van niet. Zou je die van mij kunnen raden?'

'Nee.'

Er daalde een stilte neer over hun kamp. Boven hen glansden de sterren koud en wit. Er stak wind op uit het oosten, die over de vlakte trok, het gras plette en jammerde met een trage, ijle stem, alsof hij treurde om het verlies van een geliefde. Toen de wind het vuur raakte, ontvlamden de gloeiende kooltjes weer en werd er een draaiende spiraal van vonken naar het westen getrokken.

Eragon trok zijn schouders op en klemde de kraag van zijn tuniek dicht om zijn hals. Er was iets onvriendelijks aan de wind; hij beet met ongebruikelijke felheid en scheen Arya en hem van de rest van de wereld af te sluiten. Ze bleven roerloos zitten, gestrand op hun eilandje van licht en warmte, terwijl de enorme rivier van lucht langsraasde, jammerend in zijn boze verdriet over de verlaten uitgestrektheid van het land.

Toen de windvlagen feller werden en de vonken verder wegdroegen van het kale stukje grond waar Eragon het vuur had aangelegd, gooide Arya een handvol zand over het hout. Eragon, die op zijn knieën naar voren kroop, hielp haar en schepte het zand er met beide handen overheen om het vuur sneller te doven. Toen het uit was, zag hij niet veel meer; het landschap was een schim van zichzelf geworden, vol kronkelende schaduwen, onduidelijke vormen en zilverachtige bladeren.

Arya wilde opstaan maar bleef half gehurkt zitten, met haar armen uitgestoken om in evenwicht te blijven en een alerte blik in haar ogen. Eragon voelde het ook: de lucht tintelde en zoemde, alsof er ieder moment bliksem kon inslaan. De haartjes op de rug van zijn handen kwamen overeind en trilden in de wind.

'Wat is er?' vroeg hij.

'We worden bekeken. Wat er ook gebeurt, gebruik geen magie, want dat kan ons het leven kosten.'

'Wie...'

'Sst.'

Om zich heen kijkend vond hij een vuistgrote steen, peuterde die uit de grond en woog hem op zijn hand.

In de verte verscheen een verzameling veelkleurige lichtjes. Ze schoten laag over het gras vliegend op het kamp af. Toen ze naderden zag hij dat de lichtjes steeds van grootte veranderden – van niet groter dan een parel tot meerdere voeten doorsnee – en dat de kleuren ook varieerden, steeds wisselend langs alle tinten van de regenboog. Elke lichtbol werd omgeven door een knetterende stralenkrans, een aureool van vloeibare tentakels die kronkelden en zwiepten, alsof ze ernaar hongerden iets vast te grijpen. De lichtjes bewogen zo snel dat hij niet precies kon bepalen hoeveel het er waren, maar hij telde er ongeveer vijfentwintig.

De lichtjes schoten het kamp binnen en vormden een wervelende muur om Arya en hem heen. De snelheid waarmee ze draaiden en de barrage van pulserende kleuren maakten Eragon duizelig. Hij legde zijn hand op de grond om in evenwicht te blijven. Het gezoem was nu zo luid dat zijn tanden tegen elkaar klapperden. Hij proefde metaal en zijn haren stonden overeind. Dat van Arya deed hetzelfde, ook al was het een stuk langer, en dat zag er zo grappig uit dat hij er bijna om lachte.

'Wat willen ze?' schreeuwde Eragon, maar ze gaf geen antwoord.

Eén bol maakte zich los uit de muur en ging op ooghoogte voor Arya hangen. Hij kromp en zwol op als een bonzend hart, wisselend tussen koningsblauw, smaragdgroen en af en toe een flits van rood. Een van de tentakels pakte een lok haar van Arya vast. Er klonk een scherpe *plop* en even straalde de lok als een stukje van de zon, maar toen verdween hij. De geur van verbrand haar dreef op Eragon toe.

Arya kromp niet ineen en liet ook anderszins geen angst zien. Met een kalm gezicht tilde ze haar arm op en legde, voordat Eragon haar kon tegenhouden, haar hand op de sprankelende bol. De bol verkleurde naar goudmet-wit en zwol op tot hij meer dan drie voet in doorsnede was. Arya sloot haar ogen en kantelde haar hoofd achterover terwijl een stralende vreugde

175

zich over haar gezicht verspreidde. Haar lippen bewogen, maar Eragon kon niet horen wat ze zei. Toen ze haar hand terugtrok, werd de bol bloedrood en veranderde vervolgens snel van rood, naar groen, naar paars en van een rossig oranje naar een blauw dat zo helder was dat hij zijn ogen moest dichtknijpen. Uiteindelijk werd de bol diepzwart, omringd door een stralenkrans van kronkelende witte tentakels, zoals de zon tijdens een verduistering. Het uiterlijk veranderde daarna niet meer, alsof alleen de afwezigheid van kleur de stemming van de bol goed kon overbrengen.

De bol dreef weg bij Arya en naderde Eragon, als een gat in de wereld, omringd door een kroon van vlammen. Zwevend voor hem zoemde de bol zo indringend dat zijn ogen ervan traanden. Zijn tong voelde aan alsof die was bedekt met koper, zijn huid tintelde en korte spankeltjes elektriciteit dansten over zijn vingertoppen. Enigszins angstig vroeg hij zich af of hij de bol moest aanraken, zoals Arya had gedaan. Hij keek haar vragend aan. Ze knikte en gebaarde.

Hij stak zijn rechterhand uit naar de leegte die de bol was. Tot zijn verbazing voelde hij weerstand. De bol was onstoffelijk, maar duwde tegen zijn hand, net als een snelle waterstroom. Hoe dichterbij Eragon kwam, hoe harder het licht terugduwde. Met moeite reikte hij over de laatste afstand heen en kwam in contact met de kern van het wezen.

Blauwachtige stralen schoten tussen Eragons handpalm en het oppervlak van de bol heen en weer, in een duizelingwekkend, waaierachtig patroon dat het licht van de andere bollen overtrof en alles verbleekte tot een blauwwitte kleur. Eragon slaakte een kreet van pijn toen het licht in zijn ogen stak, en hij trok met dichtgeknepen ogen zijn hoofd terug. Toen bewoog er iets in de bol, als een slapende draak die zich uitrekte, en er kwam een aanwezigheid zijn hoofd binnen, die zijn verdedigingen opzij veegde alsof het droge bladeren in een herfststorm waren. Hij slaakte een kreet. Een buitengewone vreugde vulde hem; wat die bol ook was, hij scheen te bestaan uit gedestilleerd geluk. Het ding genoot ervan te leven, en alles rondom het wezen bracht het in meer of mindere mate genoegen. Eragon kon wel huilen van blijdschap, maar hij had niet langer de controle over zijn lichaam. Het schepsel hield hem op zijn plaats, de trillende stralen gloeiden nog altijd onder zijn hand terwijl het wezen langs zijn botten en spieren flitste, even stoppend bij de plekken waar hij gewond was geweest, en weer terugkeerde naar zijn geest. Euforisch als Eragon was, de aanwezigheid van het schepsel was zo vreemd en onaards dat hij ervoor wilde vluchten, maar in zijn bewustzijn kon hij zich nergens verstoppen. Hij moest in intiem contact blijven met de vurige ziel van het wezen terwijl het zijn herinneringen afspeurde, van de ene naar de andere schoot met de snelheid van een elfenpijl. Hij vroeg zich af hoe het zo snel zoveel informatie kon verwerken. Terwijl het zocht, probeerde hij op zijn beurt de geest van de bol af te tasten, om te ontdekken wat hij kon over de aard en oorsprong ervan, maar het weerstond zijn pogingen het te begrijpen. De weinige indrukken die hij kreeg, waren zo anders dan die hij in de geest van andere schepsels had gevonden dat ze onbegrijpelijk waren.

Na een laatste, bijna bliksemsnelle ronde door zijn lichaam trok het wezen zich terug. Het contact tussen hen werd verbroken als een verwrongen kabel die onder te veel spanning had gestaan. De veelheid van stralen rondom Eragons hand vervaagde en liet alleen felroze nabeelden op zijn netvliezen achter.

De bol, die weer van kleur veranderde, kromp voor Eragons ogen tot het formaat van een appel en voegde zich weer bij zijn metgezellen in de wervelende spiraal van licht die Arya en hem omringde. Het gezoem steeg naar een bijna onverdraaglijke hoogte, en toen explodeerde de spiraal terwijl de stralende bollen alle kanten op schoten. Ze hergroepeerden zich ongeveer honderd voet vanaf het kamp, tuimelend over elkaar als spelende katjes, vlogen razendsnel naar het zuiden en verdwenen alsof ze er nooit waren geweest. De wind nam af tot een lichte bries.

Eragon liet zich op zijn knieën zakken, met één arm uitgestrekt naar de plek waar de bollen waren verdwenen, en hij voelde zich leeg zonder de blijdschap die ze hem hadden geschonken. 'Wat...' vroeg hij, maar hij moest hoesten en opnieuw beginnen omdat zijn keel zo droog was. 'Wat waren dat?'

'Geesten,' antwoordde Arya. Ze ging zitten.

'Ze zagen er niet uit zoals de geesten die uit Durza kwamen toen ik hem doodde.'

'Geesten kunnen vele verschillende vormen aannemen, naar gelang ze willen.'

Hij knipperde een paar keer met zijn ogen en veegde zijn tranen weg. 'Hoe kan iemand het over zijn hart verkrijgen om ze met magie op te sluiten? Dat is monsterlijk. Ik zou me schamen om mezelf een tovenaar te noemen. Bah! En Trianna schept op dat ze er een is. Ik zal eisen dat ze ophoudt geesten te gebruiken, anders stuur ik haar bij Du Vrangr Gata weg en vraag Nasuada haar van de Varden te verbannen.'

'Ik zou maar niet zo haastig zijn.'

'Je vindt het toch zeker niet goed als magiërs geesten dwingen om aan hun wil te gehoorzamen... Ze zijn zo mooi dat...' Hij maakte zijn zin niet af en liet zijn hoofd hangen, overstelpt door emotie. 'Iemand die hen iets aandoet, zou een ongelooflijk pak slaag moeten krijgen.'

Met een flauwe glimlach zei Arya: 'Ik neem aan dat Oromis dat onderwerp nog niet had besproken voordat Saphira en jij Ellesméra verlieten.'

'Als je het over de geesten hebt, daar heeft hij wel een paar keer over gesproken.'

'Maar niet in veel detail, durf ik te beweren.'

'Misschien niet.'

In het donker bewoog de omtrek van haar gestalte terwijl ze zich opzij boog. 'Geesten schenken altijd een gevoel van welbehagen als ze besluiten met wezens van de materie te communiceren, maar laat je niet door ze bedotten. Ze zijn niet zo goedaardig, tevreden of vrolijk als ze je willen doen geloven. Ze plezieren degenen met wie ze contact hebben, maar dat is een soort van verdediging. Ze haten het om op één plek vast te zitten, en ze beseften lang geleden al dat als de persoon met wie ze omgaan gelukkig is, hij of zij minder gauw zal proberen hen gevangen te nemen.'

'Ik weet het niet,' zei Eragon. 'Ze geven je zo'n goed gevoel dat ik wel kan begrijpen waarom iemand ze bij zich zou willen houden in plaats van vrij te laten.'

Haar schouders kwamen een keer omhoog. 'Geesten hebben net zoveel moeite om ons gedrag te voorspellen als wij bij hen hebben. Ze hebben zo weinig gemeen met de andere volken van Alagaësia dat zelfs in de meest eenvoudige termen met hen communiceren een grote uitdaging is, en elke ontmoeting is gevaarlijk, want je weet nooit hoe ze zullen reageren.'

'Niets daarvan verklaart waarom ik Trianna niet zou moeten bevelen op te houden met die toverij.'

'Heb je haar wel eens geesten zien oproepen om dingen voor haar te doen?'

'Nee.'

'Dat dacht ik al. Trianna is al bijna zes jaar bij de Varden, en in die tijd heeft ze haar beheersing van de toverij precies één keer gedemonstreerd, en dat pas na veel overreding van Ajihad en veel consternatie en voorbereiding van Trianna. Ze heeft de nodige vaardigheden – ze is geen charlatan – maar het oproepen van geesten is bijzonder gevaarlijk, en je moet zoiets niet lichtvaardig ondernemen.'

Eragon wreef met zijn linkerduim over zijn glanzende handpalm. De tint van het licht veranderde terwijl zijn bloed naar zijn huid trok, maar zijn pogingen deden niets af aan de hoeveelheid licht die van zijn hand afstraalde. Hij krabde met zijn nagels over de gedwëy ignasia. *Dit kan maar beter niet langer dan een paar uur duren. Ik kan niet gloeiend als een lantaarn rondlopen. Dat kan me mijn leven kosten. En het is ook belachelijk. Wie heeft er ooit gehoord van een Drakenrijder met een gloeiend lichaamsdeel?*

Eragon overpeinsde wat Brom hem had verteld. 'Het zijn geen mensengeesten, hè? Geen elfen, of dwergen, of een van de andere wezens. Het zijn geen spoken. Wij worden niet zoals zij als we dood zijn.'

'Nee. En vraag me nu niet, zoals ik weet dat je wilt doen, wat ze dan wél zijn. Dat is een vraag die Oromis moet beantwoorden, niet ik. De studie van toverij, als het goed wordt gedaan, is lang en zwaar en moet zorgvuldig worden aangepakt. Ik wil niets zeggen dat de lessen die Oromis je wil geven dwarsboomt, en ik wil al helemaal niet dat jij jezelf iets aandoet door iets doms te proberen terwijl je nog niet juist bent geïnstrueerd.'

'En wanneer moet ik dan terug naar Ellesméra?' wilde hij weten. 'Ik kan de Varden niet opnieuw verlaten, niet terwijl Thoorn en Murtagh nog leven. Tot we het Rijk verslaan, of het Rijk ons verslaat, moeten Saphira en ik Nasuada bijstaan. Als Oromis en Glaedr onze training echt willen afmaken, dan zouden ze zich bij ons moeten voegen, en naar de hel met Galbatorix!'

'Alsjeblieft, Eragon,' zei ze. 'Deze oorlog is niet zo snel afgelopen als je denkt. Het Rijk is groot, en we hebben alleen maar een steekje in zijn huid gegeven. Zolang Galbatorix niets van Oromis en Glaedr weet, hebben wij een voordeel.'

'Is het wel een voordeel als ze zich nooit helemaal nuttig kunnen maken?' gromde hij. Ze gaf geen antwoord, en even later voelde hij zich kinderachtig omdat hij had geklaagd. Oromis en Glaedr wilden nog meer dan ieder ander zien dat Galbatorix aan zijn einde kwam, maar ze kozen ervoor af te wachten in Ellesméra, ongetwijfeld om uitstekende redenen. Eragon kon er zelfs wel een paar noemen, en de belangrijkste daarvan was dat Oromis geen bezweringen kon gebruiken die grote hoeveelheden energie van hem vergden.

Verkild trok Eragon zijn mouwen omlaag en sloeg zijn armen over elkaar. 'Wat heb je tegen de geest gezegd?'

'Hij was nieuwsgierig waarom we magie hadden gebruikt; dat had hun aandacht getrokken. Ik heb het uitgelegd, en ik heb ook verteld dat jij degene bent die de geesten uit Durza had bevrijd. Dat scheen ze heel blij te maken.'

Er viel een stilte tussen hen, en toen schoof ze naar de lelie toe en raakte die weer aan. 'O!' zei ze. 'Ze waren inderdaad dankbaar. Naina!'

Op haar bevel werd hun kamp verlicht door een zachte gloed. Daarin zag hij dat het blad en de stengel van de lelie van puur goud waren, de blaadjes van een witachtig metaal dat hij niet herkende, en het hart van de bloem, zoals Arya liet zien door de kelk te kantelen, leek te zijn gesneden uit robijnen en diamanten. Verwonderd streek Eragon met zijn vinger over het gebogen blad, en de kleine draadhaartjes erop kietelden hem. Hij boog zich naar voren en zag dezelfde knobbeltjes, groefjes, putjes, adertjes en andere kleine details waarvan hij de oorspronkelijke versie van de plant had voorzien; het enige verschil was dat ze nu van goud waren.

'Het is een perfecte kopie!' zei hij.

'En hij leeft nog.'

'Nee!' Hij concentreerde zich en zocht naar de flauwe sporen van warmte en beweging die erop zouden wijzen dat de lelie meer was dan een voorwerp. Hij vond ze, sterk als ze altijd waren in een plant tijdens de nacht. Terwijl hij nog eens over het blad streek zei hij: 'Dit gaat alles wat ik van magie weet te boven. Eigenlijk zou deze lelie dood moeten zijn. In plaats daarvan is hij kerngezond. Ik kan me niet eens voorstellen wat erbij komt kijken om een plant in levend metaal te veranderen. Misschien zou Saphira het kunnen, maar ze zou de bezwering nooit aan iemand anders kunnen leren.'

'De echte vraag,' zei Arya, 'is of die bloem vruchtbare zaden zal voortbrengen.'

'Zodat hij zich kan verspreiden?'

'Ik zou er niet van staan te kijken als dat gebeurde. Er bestaan talloze voorbeelden van zichzelf voortzettende magie in Alagaësia, zoals het drijvende kristal op het eiland Eoam en de droombron in de Grotten van Mani. Dit zou niet onwaarschijnlijker zijn dan die andere fenomenen.'

'Helaas zal iemand die deze bloem of het nageslacht ervan ontdekt ze allemaal opgraven. Elke schatjager in het land zou hierheen komen om de gouden lelies te plukken.'

'Ze zijn niet zo gemakkelijk te verwoesten, denk ik, maar dat zullen we moeten afwachten. Hun bedoelingen waren in ieder geval nobel. We kunnen het ze niet kwalijk nemen dat ze niets weten van de menselijke aard.'

Arya knipte met haar vingers en het licht vervaagde. 'We hebben het grootste deel van de nacht zitten kletsen. Het is tijd om te gaan slapen. Straks wordt het licht, en daarna moeten we snel verder.'

Eragon strekte zich uit op de vlakke grond en dreef zijn wakende dromen tegemoet.

Tussen de rusteloze menigte

Het was halverwege de middag toen het kamp van de Varden eindelijk in zicht kwam. Eragon en Arya bleven op de top van een lage heuvel staan en bekeken de uitgestrekte stad van grijze tenten die voor hen lag, wemelend van duizenden mensen, paarden en walmende kookvuren. Ten westen van de tenten kronkelde de met bomen omzoomde Jiet. Een halve mijl naar het oosten stond een tweede, kleiner kamp – als een eilandje voor de kust van een moedercontinent – waar de Urgals onder leiding van Nar Garzhvog woonden. Enkele mijlen rondom de buitenrand bevonden zich talloze groepen ruiters. Sommigen patrouilleerden, anderen waren banierdragende boodschappers en weer anderen waren aanvalstroepen die ofwel vertrokken, ofwel terugkeerden van missies. Twee van de patrouilles zagen Eragon en Arya staan, bliezen op hun hoorns en galoppeerden op hoge snelheid naar hen toe. Een brede glimlach trok over Eragons gezicht en hij lachte opgelucht. 'We hebben het gered!' riep hij uit. 'Murtagh, Thoorn, honderden soldaten, de tamme magiërs van Galbatorix, de Ra'zac – niemand kon ons vangen. Ha! Dat is nog eens de koning tarten, nietwaar? Dit zal hem zeker dwarszitten als hij ervan hoort.'

'En dan zal hij twee keer zo gevaarlijk zijn,' waarschuwde Arya.

'Weet ik,' zei hij met een nog bredere grijns. 'Misschien wordt hij wel zo kwaad dat hij vergeet zijn soldaten te betalen, zodat ze allemaal hun uniform aan de kant gooien en zich bij de Varden aansluiten.'

'Jij bent vandaag in een goeie bui.'

'En waarom ook niet?' wilde hij weten. Stuiterend op zijn tenen zette hij zijn geest zo wijd mogelijk open, verzamelde al zijn kracht en schreeuwde: *Saphira!* waarna zijn gedachte als een speer over het landschap vloog.

Het duurde niet lang voor er antwoord kwam.

Eragon!

Ze omhelsden elkaar met hun geest, verstikten elkaar in warme golven van liefde, vreugde en bezorgdheid. Ze wisselden herinneringen uit aan de tijd die ze gescheiden waren geweest, en Saphira troostte Eragon over de soldaten die hij had gedood door de pijn en woede die hij sinds dat incident in zich had opgeslagen weg te nemen. Hij glimlachte. Nu Saphira zo vlakbij was leek alles weer goed.

Ik heb je gemist, zei hij.

En ik jou ook, kleintje. Toen stuurde ze hem een beeld van de soldaten die Arya en hij hadden gedood. *Telkens als ik je alleen laat, elke keer weer, kom je in de problemen! Daarom vind ik het zo vreselijk om je achter te laten, uit angst dat je zodra je uit het zicht bent in een dodelijke strijd verwikkeld raakt.*

Wees eens eerlijk: ik heb ook meer dan genoeg problemen gehad waar jij wél bij was. Het gebeurt niet alleen maar als ik alleen ben. We schijnen onverwachte gebeurtenissen gewoon aan te trekken.

Nee, jij trekt onverwachte gebeurtenissen aan, snoof ze. *Er gebeurt nooit iets ongewoons met mij als ik alleen ben. Maar jij trekt duels aan, hinderlagen, onsterfelijke vijanden, schimmige wezens zoals de Ra'zac, lang verloren familieleden en mysterieuze magische gebeurtenissen, alsof het uitgehongerde wezels zijn en jij een konijn bent dat hun hol binnenloopt.*

En die keer dat je het bezit was van Galbatorix? Was dat een gewone gebeurtenis?

Ik was nog niet uit mijn ei gekomen, zei ze. *Dat telt niet. Het verschil tussen jou en mij is dat dingen jou overkomen, terwijl ik dingen zelf veroorzaak.*

Misschien, maar dat komt doordat ik nog aan het leren ben. Geef me een paar jaar, dan ben ik net zo goed als Brom, hè? Je kunt niet zeggen dat ik het initiatief niet heb genomen bij Sloan.

Hmf. Daar moeten we het nog over hebben. Als je me ooit weer zo verrast, pin ik je op de grond vast en lik je van top tot teen af.

Eragon huiverde. Haar tong zat vol kromme stekels die met één lik haar, huid en vlees van een hert konden rukken. *Ik weet het, maar ik wist pas of ik Sloan zou doden of vrijlaten toen ik voor hem stond. Bovendien, als ik je had verteld dat ik zou achterblijven, had je me toch proberen tegen te houden.*

Hij voelde een lichte grom door haar borst rommelen. *Je had erop moeten vertrouwen dat ik de juiste beslissing zou nemen. Als we niet openlijk kunnen praten, hoe moeten we dan functioneren als draak en Rijder?*

Zou de juiste beslissing zijn geweest om me mee te nemen uit de Helgrind, wat ik zelf ook wilde?

Misschien niet, zei ze op nogal defensieve toon.

Hij glimlachte. *Maar je hebt gelijk. Ik had mijn plan met jou moeten bespreken. Het spijt me. Ik beloof dat ik van nu af aan met je overleg voordat ik iets onverwachts doe. Is dat acceptabel?*

Alleen als het gaat om wapens, magie, koningen of familieleden, antwoordde ze.

Of bloemen.

Of bloemen, beaamde ze. *Ik hoef het niet te weten wanneer je besluit midden in de nacht brood met kaas te gaan eten.*

Behalve als er natuurlijk een man met een heel lang mes bij de tent op me staat te wachten.

Als je één man met een heel lang mes niet kunt verslaan, ben je nogal een waardeloze Rijder.

Niet te vergeten een dode.

Nou...

Je zei het net zelf, je zou troost moeten putten uit het feit dat ik misschien wel meer problemen aantrek dan de meeste mensen, maar ik kan heel goed ontsnappen uit situaties die een ander het leven zouden kosten.

Zelfs de grootste krijgers kunnen sneuvelen door pech, zei ze. *Weet je nog, dwergenkoning Kaga, die werd gedood door een beginnend zwaardvechter – zwaarddwerg – toen hij over een rots struikelde? Je moet altijd voorzichtig blijven, want hoe vaardig je ook bent, je kunt niet elk ongelukje dat het lot op je pad legt voorspellen en voorkomen.*

Akkoord. Kunnen we dan nu dit soort gewichtige gesprekken laten voor wat ze zijn? Ik ben de afgelopen dagen volkomen uitgeput geraakt door gedachten aan het lot, onze bestemming, rechtvaardigheid en andere even sombere onderwerpen. Wat mij betreft maakt een filosofisch vraagstuk je eerder verward en depressief dan dat hij je stemming verbetert. Eragon draaide zijn hoofd en keek uit over de vlakte en de hemel, speurend naar de opvallende blauwe schittering van Saphira's schubben. *Waar ben je? Ik voel dat je in de buurt bent, maar ik zie je niet.*

Recht boven je!

Met een brul van vreugde dook Saphira een wolk enkele duizenden voet hoger uit en maakte een spiraalduik naar de grond, waarbij ze haar vleugels tegen haar lichaam vouwde. Ze opende haar angstaanjagende kaken en stootte een wolk van vuur uit, die als brandende manen achteruit over haar kop en nek stroomde. Eragon lachte en strekte zijn armen naar haar uit. De paarden van de patrouille, in galop naar Arya en hem onderweg, schrokken van de aanblik en het lawaai van Saphira en renden de andere kant op, terwijl hun ruiters uit alle macht probeerden ze in bedwang te houden.

'Ik had gehoopt dat we het kamp binnen konden gaan zonder al te veel aandacht te trekken,' zei Arya, 'maar ik neem aan dat ik had moeten beseffen dat dat niet zou lukken met Saphira in de buurt. Een draak is lastig over het hoofd te zien.'

Dat hoorde ik, zei Saphira, die haar vleugels spreidde en met donderend geraas landde. Haar reusachtige poten en schouders golfden toen ze de klap van de inslag opving. Een vlaag lucht sloeg in Eragons gezicht en de aarde beefde onder hem, en hij boog door zijn knieën om in evenwicht te blijven. Ze vouwde haar vleugels plat op haar rug en zei: *Ik kán wel steels zijn als ik wil.* Toen hield ze haar kop scheef en knipperde met haar ogen, terwijl de punt van haar staart heen en weer zwiepte. *Maar vandaag wil ik niet steels zijn! Vandaag ben ik een draak, geen bange duif die moet voorkomen dat een jagende valk hem ziet.*

Wanneer ben jij nou géén draak? vroeg Eragon terwijl hij op haar af rende.

Licht als een veertje sprong hij van haar linker voorpoot naar haar schouder en van daaraf naar de holte onder aan haar nek waar hij normaal gesproken zat. Hij ging zitten, legde zijn handen aan weerszijden van haar warme nek en voelde haar gespannen spieren rijzen en dalen door haar ademhaling. Hij glimlachte weer, uiterst tevreden. *Dit is waar ik hoor, hier bij jou.* Zijn benen trilden mee toen Saphira tevreden neuriede. Haar diepe gerommel volgde een vreemde, subtiele melodie die hij niet herkende.

'Gegroet, Saphira,' zei Arya, en ze draaide haar hand voor haar borst in het respectvolle gebaar van de elfen.

Saphira zakte diep voorover, boog haar lange nek en raakte Arya op haar voorhoofd aan met de punt van haar snuit, net zoals ze had gedaan toen ze Elva zegende in Farthen Dûr. *Gegroet, älfa-kona. Welkom, en moge de wind oprijzen onder je vleugels.* Ze sprak Arya met dezelfde genegenheid aan die ze tot dan toe voor Eragon had bewaard, alsof ze Arya nu zag als lid van hun kleine familie, dat dezelfde eerbied en intimiteit waard was die zij twee deelden. Haar gebaar verraste Eragon, maar na een korte vlaag van jaloezie keurde hij het goed. Saphira vervolgde: *Ik ben dankbaar dat je Eragon hebt geholpen gezond weer terug te keren. Als hij gevangen was genomen, had ik me geen raad geweten!*

'Je dankbaarheid doet me veel,' zei Arya met een buiging. 'En ik weet wel wat je had gedaan als Galbatorix Eragon gevangen had genomen. Dan was je hem gaan redden, en ik was met je meegegaan, al was het naar Urû'baen zelf!'

Ja, ik hou me graag voor dat ik je zou redden, Eragon, zei Saphira, die haar nek

183

draaide om hem aan te kijken, *maar ik vrees dat ik me had moeten overleveren aan het Rijk om jou te redden, wat de gevolgen voor Alagaësia ook zouden zijn.* Toen schudde ze haar hoofd en kneedde de aarde met haar klauwen. *Ach, dat zijn zinloze overpeinzingen. Je bent hier, je bent veilig, en zo ziet de wereld er echt uit. De dag verspillen aan mijmeringen over kwade dingen die hadden kunnen gebeuren is gif voor het geluk dat we hebben...*

Op dat moment galoppeerde er een patrouille naar hen toe en kwam op dertig meter afstand tot stilstand vanwege hun nerveuze paarden. De leider vroeg of hij hen naar Nasuada kon begeleiden. Een van de mannen steeg af en gaf zijn paard aan Arya, en als groep reden ze naar de zee van tenten in het zuidwesten. Saphira bepaalde het tempo: een rustige kruipgang waardoor Eragon en zij van elkaars gezelschap konden genieten voordat ze zich onderdompelden in de chaos en het lawaai dat hen zeker zou overspoelen zodra ze bij het kamp aankwamen.

Ze praatten even over Roran en Katrina, en toen vroeg Eragon: *Heb je genoeg vuurblad gegeten? Je adem lijkt sterker te ruiken dan normaal.*

Natuurlijk. Je merkt het alleen op omdat je zo lang weg bent geweest. Ik ruik precies zoals een draak hoort te ruiken, en ik heb liever dat je er geen nare opmerkingen meer over maakt, anders laat ik je op je hoofd vallen. Bovendien hebben jullie mensen niks om over op te scheppen, zweterig, vettig en penetrant als jullie zijn. De enige wezens die even indringend ruiken als mensen zijn bokken en beren in winterslaap. Vergeleken met jou is de geur van een draak een parfum zo heerlijk als een weiland vol bergbloemen.

Kom op zeg, niet overdrijven. Alhoewel, zei hij terwijl hij zijn neus optrok, *sinds de Agaetí Blödhren heb ik gemerkt dat mensen soms inderdaad nogal stinken. Maar je kunt mij niet met hen over één kam scheren, want ik ben niet langer geheel menselijk.*

Misschien niet, maar je moet wel dringend in bad!

Terwijl ze de vlakte overstaken sloten steeds meer mannen zich bij Eragon en Saphira aan en vormden zo een volkomen overbodige, maar zeer indrukwekkende erewacht. Na zo lang in de wildernis van Alagaësia waren de drukte van lichamen, de kakofonie van opgewonden stemmen, de storm van onbewaakte gedachten en emoties en de verwarrende bewegingen van maaiende armen en dansende paarden nogal overstelpend voor Eragon.

Hij trok zich diep binnen in zichzelf terug, waar het dissonante geestelijke refrein niet luider was dan het gedonder van golven in de verte. Zelfs door de lagen aan barrières voelde hij twaalf elfen naderen, rennend in formatie vanaf de andere kant van het kamp, snel en lenig als geologige bergkatten. Omdat hij een goede indruk wilde maken, kamde Eragon met zijn vingers door zijn haar en rechtte zijn schouders, maar hij verstevigde ook de muren rondom zijn bewustzijn zodat niemand behalve Saphira zijn gedachten kon horen. De elfen waren hier om Saphira en hem te beschermen, maar uiteindelijk waren ze trouw aan koningin Islanzadí. Hoewel hij dankbaar was voor hun aanwezigheid en betwijfelde of hun innerlijke beleefdheid het hun zou toestaan hem af te luisteren, wilde hij de koningin der elfen geen gelegenheid geven de geheimen van de Varden te ontdekken, noch om iets te krijgen wat ze tegen hem kon gebruiken. Als ze hem los kon peuteren van Nasuada, zo wist hij, dan zou ze dat niet nalaten. Over het geheel genomen vertrouwden elfen mensen niet, niet na het verraad van Galbatorix, en daarom en om andere reden was hij ervan overtuigd dat Islanzadí Saphira en hem liever rechtstreeks onder haar bevel had staan. En van alle leidersfiguren die hij had ontmoet, vertrouwde hij Islanzadí nog wel het minst. Ze was te keizerlijk en te grillig.

De twaalf elfen bleven voor Saphira staan. Ze maakten buigingen, draaiden hun hand net zoals Arya had gedaan en stelden zich om de beurt aan Eragon voor met de openingszin van de traditionele elfenbegroeting, waar hij met de juiste regels op antwoordde. Toen sprak de voorste elf, een lange, knappe mannelijke elf met een glanzende blauwzwarte vacht over zijn gehele lichaam, voor iedereen binnen gehoorsafstand het doel van hun missie uit en vroeg Eragon en Saphira formeel of de twaalf hun taken mochten opvatten.

'Dat mag,' zei Eragon.

Dat mag, bevestigde Saphira.

Toen vroeg Eragon: 'Blödhgarm-vodhr, heb ik u misschien gezien bij de Agaetí Blödhren?' Hij herinnerde zich namelijk een elf met een gelijksoortige vacht tussen de bomen te hebben zien huppelen tijdens de festiviteiten.

Blödhgarm glimlachte en ontblootte de slagtanden van een dier. 'Ik denk dat u mijn nicht Liotha hebt gezien. We lijken opvallend veel op elkaar, al is haar vacht bruin gevlekt, terwijl die van mij donkerblauw is.'

'Ik had kunnen zweren dat u het was.'

'Helaas had ik op dat moment andere verplichtingen en kon ik niet bij het feest aanwezig zijn. Misschien heb ik de volgende keer de kans, over honderd jaar.'

Vind je ook niet, zei Saphira tegen Eragon, *dat hij lekker ruikt?*

Eragon snuffelde. *Ik ruik niks. En ik zou het zeker wel ruiken als er iets te ruiken viel.*

Dat is vreemd. Ze gaf hem indrukken van de vele geuren die ze had bespeurd, en hij besefte meteen wat ze bedoelde. Blödhgarms muskus omgaf hem als een wolk, dik en zwaar, een warme, rokerige geur die spoortjes geplette jeneverbessen bevatte en waar Saphira's neusgaten van trilden. *Alle vrouwen bij de Varden schijnen verliefd op hem te zijn geworden. Ze volgen hem overal waar hij gaat en willen dolgraag met hem praten, maar ze zijn al tevreden als hij naar ze kijkt.*

Misschien ruiken alleen vrouwen hem. Hij keek bezorgd naar Arya. *Zij schijnt er geen last van te hebben.*

Arya heeft bescherming tegen magische invloeden.

Ik hoop het... Denk je dat we Blödhgarm erop moeten aanspreken? Wat hij doet is een stiekeme, onderhandse manier om het hart van vrouwen te winnen.

Is het stiekemer dan je uitdossen in mooie kleren om de blik van je geliefde te trekken? Blödhgarm heeft geen misbruik gemaakt van de vrouwen die door hem gefascineerd zijn, en het lijkt me onwaarschijnlijk dat hij zijn geur specifiek voor mensenvrouwen heeft gecomponeerd. Ik denk eerder dat het een onvoorzien gevolg is en dat hij die geur voor een heel ander doel had samengesteld. Behalve als hij alle beschaafdheid laat varen, denk ik dat we ons er niet mee moeten bemoeien.

En Nasuada? Is zij vatbaar voor zijn charmes?

Nasuada is wijs en behoedzaam. Ze heeft Trianna een afweerbezwering om haar heen laten leggen om haar te beschermen tegen Blödhgarms invloed.

Mooi.

Toen ze bij de tenten aankwamen, zwol de menigte aan tot het leek alsof de helft van de Varden zich rond Saphira had verzameld. Eragon stak zijn hand op toen de mensen schreeuwden: 'Argetlam!' en 'Schimmendoder!' en hij hoorde anderen zeggen: 'Waar ben je geweest, Schimmendoder? Vertel ons over je avonturen!' Een flink aantal verwees naar hem als de Gesel van de Ra'zac, wat hij zo immens tevredenstellend vond dat hij die titel zachtjes vier keer in zichzelf herhaalde. Mensen riepen Saphira en hem wensen voor een goede gezondheid toe, uitnodigingen om te komen dineren, aanbiedingen van goud en juwelen. Hij hoorde echter ook deerniswekkende verzoeken om hulp: wilde hij een zoon genezen die blind was geboren, wilde hij een gezwel verwijderen dat de echtgenote van een man het leven zou kosten, wilde hij het gebroken been van een paard genezen, een krom zwaard repareren, want, zoals de man riep: 'Het was van mijn grootvader!' Twee maal riep een vrouwenstem: 'Schimmendoder, wil je met me trouwen?' en hoewel hij rondspeurde, kon hij niet achterhalen wie het had gevraagd.

Tijdens alle commotie bleven de twaalf elfen dicht in de buurt. De wetenschap dat ze uitkeken naar wat hij niet kon zien en luisterden naar wat hij niet kon horen was een geruststelling voor Eragon en gaf hem de gelegenheid met de massa Varden om te gaan met een gemak dat vroeger onmogelijk zou zijn geweest.

Toen, tussen de gebogen rijen wollen tenten vandaan, begonnen de voormalige dorpelingen van Carvahall te verschijnen. Eragon steeg af en liep tussen de vrienden en kennissen uit zijn jeugd door, schudde handen, sloeg op schouders en lachte om grappen die onbegrijpelijk waren voor iemand die niet in Carvahall was opgegroeid. Horst was er, en Eragon greep de smid bij zijn stevige onderarm vast. 'Welkom terug, Eragon. Goed gedaan. We staan bij je in de schuld omdat je wraak hebt genomen op de monsters die ons van ons huis hebben verdreven. Ik ben blij te zien dat je nog heel bent.'

'De Ra'zac hadden een heel stuk sneller moeten zijn om stukken van mij af te hakken!' zei Eragon. Toen begroette hij de zoons van Horst, Albriech en Baldor; en toen Loring de schoenmaker en zijn drie zoons; Tara en Morn, de eigenaars van de taveerne in Carvahall; Fisk; Felda; Calitha; Delwin en Lenna; en toen Birgit met de felle ogen, die zei: 'Ik dank je, Eragon zoon van Niemand. Ik dank je omdat je ervoor hebt gezorgd dat de wezens die mijn man hebben opgegeten fatsoenlijk zijn gestraft. Mijn haard is van jou, nu en voor altijd.'

Voordat Eragon kon reageren, werd hij door de menigte voortgeduwd. Zoon van Niemand, dacht hij. Ha! Ik heb een vader, en iedereen haat hem.

Tot zijn vreugde wurmde Roran zich een weg door de menigte, met Katrina aan zijn zijde. Hij en Roran omhelsden elkaar en Roran gromde: 'Dat was stom van je, om achter te blijven. Ik zou je een pak rammel moeten geven omdat je ons zo in de rats hebt laten zitten. Waarschuw me de volgende keer van tevoren voordat je in je eentje op pad gaat. Het begint een gewoonte van je te worden. En je had moeten zien hoe van streek Saphira op de terugweg was.'

Eragon legde zijn hand op Saphira's linker voorpoot. 'Het spijt me dat ik je niet van tevoren kon zeggen dat ik van plan was te blijven, maar ik besefte pas op het allerlaatste moment dat het nodig was.'

'En waarom bén je eigenlijk in die smerige grotten gebleven?'

'Ik moest iets uitzoeken.'

Toen hij niet verder uitweidde, verhardde Rorans brede gelaat, en even vreesde Eragon dat hij zou aandringen op meer uitleg. Maar toen zei Roran: 'Nou, wat kan een gewone man zoals ik hopen te begrijpen van de beweegredenen van een Drakenrijder, ook al is hij dan mijn neef? Alles wat ertoe doet, is dat je me geholpen hebt Katrina te bevrijden en dat je nu hier bent, veilig en wel.' Hij strekte zijn nek alsof hij wilde zien wat er op Saphira's rug lag, en toen keek hij naar Arya, die een paar meter achter hem stond. 'Jullie zijn mijn staf kwijt! Ik heb heel Alagaësia doorkruist met die staf. Kon je hem niet een paar dagen bij je houden?'

'Hij is naar een man gegaan die hem harder nodig had dan ik,' antwoordde Eragon.

'O, val hem toch niet lastig,' zei Katrina tegen Roran, en even later omhelsde ze Eragon. 'Hij is echt heel blij om je te zien, weet je. Hij kan alleen moeilijk de woorden vinden om het te zeggen.'

Met een schaapachtige grijns haalde Roran zijn schouders op. 'Ze heeft gelijk, zoals altijd.' De twee wierpen elkaar een liefdevolle blik toe.

Eragon bekeek Katrina eens goed. Haar koperkleurige haren hadden hun glans teruggekregen en de sporen van haar beproeving waren grotendeels vervaagd, hoewel ze nog steeds magerder en bleker was dan normaal.

Ze stapte dichter naar hem toe zodat geen van de Varden om hen heen haar kon horen en zei: 'Ik had nooit gedacht dat ik je nog eens zoveel verschuldigd zou zijn, Eragon. Dat wíj je zoveel verschuldigd zouden zijn.

Sinds Saphira ons hierheen heeft gebracht heb ik gehoord wat je hebt geriskeerd om me te redden, en ik ben heel dankbaar. Als ik nog een week in de Helgrind had moeten blijven, zou ik dood zijn gegaan of gek zijn geworden, en dat is een levende dood. Omdat je me van dat lot hebt gered, en omdat je Rorans schouder hebt genezen, ben ik je immens dankbaar, maar ook omdat je ons twee weer bij elkaar hebt gebracht. Als jij er niet was geweest, hadden we elkaar nooit meer gezien.'

'Ergens denk ik dat Roran wel een manier had gevonden om je uit de Helgrind te krijgen, zelfs zonder mij,' zei Eragon. 'Hij heeft een zilveren tong. Hij had wel een andere magiër overgehaald om hem te helpen – Angela de kruidenvrouw misschien – en zou dan toch zijn geslaagd.'

'Angela de kruidenvrouw?' spotte Roran. 'Die wauwelende meid had de Ra'zac nooit aangekund.'

'Dat zou je nog verbazen. Ze is meer dan ze lijkt... of dan hoe ze klinkt.' Toen durfde Eragon iets te doen wat hij nooit zou hebben gewaagd toen hij nog in de Palancarvallei woonde, maar dat hij nu in zijn rol van Rijder wel passend vond. Hij kuste Katrina op haar voorhoofd, toen deed hij hetzelfde bij Roran en zei: 'Roran, jij bent als een broer voor me. En Katrina, jij bent als een zus voor me. Als jullie ooit moeilijkheden hebben, laat me dan halen. Of je nu hulp nodig hebt van Eragon de boer of Eragon de Rijder, alles wat ik ben zal jullie ter beschikking staan.'

'En,' zei Roran, 'als jíj ooit in moeilijkheden verkeert, hoef je maar te roepen en we zullen je meteen komen helpen.'

Eragon knikte dankbaar en zei maar niet dat de moeilijkheden die hij kon tegenkomen waarschijnlijk niet het soort dingen zouden zijn waar zij hem bij konden helpen. Hij greep ze allebei bij de schouders. 'Ik wens jullie een lang leven, altijd samen en gelukkig, en vele kinderen.' Katrina's glimlach vervaagde heel even, en Eragon verwonderde zich daarover.

Op Saphira's aandringen liepen ze verder naar Nasuada's rode paviljoen in het midden van het kamp. Uiteindelijk arriveerden zij en de menigte juichende Varden voor de tent, waar Nasuada stond te wachten. Koning Orrin stond links van haar en vele tientallen edelen en andere vooraanstaande figuren verzamelden zich aan weerszijden, achter een dubbele rij wachters.

Nasuada droeg een groenzijden jurk die in de zon glansde als de borstveren van een kolibrie, in fel contrast met de donkere tint van haar huid. De mouwen van haar jurk eindigden in kanten manchetten bij haar ellebogen. Wit-linnen verband bedekte de rest van haar armen, tot aan haar slanke polsen. Van alle mannen en vrouwen die rondom haar waren verzameld was zij de voornaamste, als een smaragd op een bedje van bruine herfstbladeren. Alleen Saphira kon wedijveren met haar stralende verschijning.

Eragon en Arya begroetten Nasuada en vervolgens koning Orrin. Nasuada sprak een formeel welkom uit in naam van de Varden en prees hen voor hun moed. Ze eindigde met de woorden: 'Ja, Galbatorix heeft een Rijder en draak die voor hem vechten, net zoals Eragon en Saphira voor ons vechten. Hij heeft een leger zo groot dat het land erdoor verduisterd wordt. Hij is bedreven in vreemde en afschrikwekkende magie, gruwelen van de kunst van de magiërs. Maar ondanks al zijn kwaadaardige macht kon hij niet voorkomen dat Eragon en Saphira zijn rijk binnendrongen en zijn meest geliefde dienaren doodden, of dat Eragon zonder moeilijkheden het Rijk doorkruiste. De arm van de pretendent is inderdaad zwak geworden als hij zijn grenzen niet kan verdedigen, of zijn smerige agenten binnen hun verborgen fort niet kan beschermen.'

Terwijl de Varden enthousiast juichten, glimlachte Eragon steels om hoe goed Nasuada inspeelde op hun emoties en hun vertrouwen. Ze bood hun loyaliteit en opgetogenheid, ondanks een realiteit die een stuk minder optimistisch was dan hoe zij die afschilderde. Ze loog niet tegen hen – voor zover hij wist loog ze nooit, zelfs niet in haar omgang met de Raad van Ouderlingen of andere politieke rivalen. Ze meldde de feiten die haar positie en argumenten het best ondersteunden. In dat opzicht, vond hij, was ze net als de elfen.

Toen de opwinding van de Varden wat was bedaard, begroette ook koning Orrin Eragon en Arya uitgebreid. Zijn betoog was saai vergeleken met dat van Nasuada, en hoewel de toehoorders beleefd luisterden en naderhand applaudisseerden, was het Eragon duidelijk dat hoe de mensen Orrin ook respecteerden, ze niet van hem hielden zoals van Nasuada, en dat hij niet zo tot hun verbeelding kon spreken als zij. De koning met zijn gladde gelaat had een superieure intelligentie, maar zijn persoonlijkheid was te verheven, te excentriek en te ingetogen om een richtpunt te zijn voor de wanhopige hoop van de tegenstanders van Galbatorix.

Als we Galbatorix omverwerpen, zei Eragon tegen Saphira, *zou Orrin eigenlijk niet zijn plaats moeten innemen in Urû'baen. Hij zou het land niet kunnen verenigen zoals Nasuada de Varden heeft verenigd.*

Vind ik ook.

Eindelijk was koning Orrin uitgesproken. Nasuada fluisterde Eragon in: 'Nu is het jouw beurt om de mensen toe te spreken, want ze hebben zich hier allemaal verzameld om een glimp op te vangen van de befaamde Drakenrijder.' Haar ogen fonkelden van onderdrukte pret.

'Ik?'

'Het wordt van je verwacht.'

Eragon draaide zich om naar de menigte, met een tong zo droog als zand. Zijn geest was leeg, en een paar paniekerige tellen lang dacht hij dat hij niet zou kunnen praten en dat hij zich voor gek zou zetten in het bijzijn van alle Varden. Ergens hinnikte een paard, maar verder was het kamp angstwekkend stil. Saphira doorbrak zijn verlamming door met haar snuit tegen zijn elleboog te porren. *Zeg hoe vereerd je bent met hun steun en hoe blij je bent om weer terug te zijn.* Dankzij haar aanmoediging wist hij een paar stamelende woorden te vinden en toen, zodra het kon, maakte hij een buiging en zette een stap achteruit.

Hij glimlachte geforceerd terwijl de Varden klapten, juichten en met hun zwaarden op hun schilden sloegen. *Dat was vreselijk! Ik vecht nog liever tegen een Schim dan dat ik dát nog een keer doe.*

Nou ja! Zo erg was het niet, Eragon.

Jawel!

Er dreef een rookwolkje uit haar neusgaten omhoog toen ze snoof van vermaak. *Fijne Drakenrijder ben jij, bang om te praten voor een grote groep! Als Galbatorix dat wist, zou hij je kunnen onderwerpen door je gewoon maar te vragen een toespraak voor zijn troepen te houden. Ha!*

Het is niet grappig, gromde hij, maar ze bleef grinniken.

Antwoord aan een koning

Nadat Eragon de Varden had toegesproken, wenkte Nasuada Jörmundur. 'Laat iedereen terugkeren naar zijn positie. Als er nu een aanval zou komen, zouden we verloren zijn.'

'Ja, vrouwe.'

Nasuada wenkte Eragon en Arya, legde haar linkerhand op koning Orrins arm en wandelde het paviljoen in.

En jij dan? vroeg Eragon aan Saphira terwijl hij volgde. Maar toen hij het paviljoen in stapte, zag hij dat er aan de achterkant een paneel was opgerold en aan de houten stut erboven was gebonden, zodat Saphira haar kop naar binnen kon steken en alles kon meemaken. Hij hoefde maar heel even te wachten voordat haar glinsterende kop en nek rond de rand van de opening in zicht kwamen en het interieur verduisterden terwijl ze ging zitten. Paarse lichtvlekjes sierden de wanden, door haar blauwe schubben op de rode stof weerkaatst.

Eragon keek om zich heen in de tent. Die was kaal vergeleken met de vorige keer dat hij hier was, door de verwoesting die Saphira had aangericht toen ze het paviljoen in was gekropen om Eragon in Nasuada's spiegel te zien. Met slechts vier meubels was de tent zelfs voor militaire begrippen sober ingericht. Daar stond de gewreven stoel met hoge rugleuning waarin

Nasuada zat, koning Orrin stond naast haar; de betreffende spiegel die op ooghoogte aan een bewerkte koperen paal was bevestigd; een klapstoel; en een lage tafel vol kaarten en belangrijke documenten. Een prachtig geknoopt dwergenkleed lag op de grond. Behalve Arya en hij hadden zich al twintig mensen voor Nasuada verzameld. Ze keken allemaal naar hem. Onder hen herkende hij Narheim, de huidige commandant van de dwergsoldaten; Trianna en andere magiërs van Du Vrangr Gata; Sabrae, Umérth en de rest van de Raad van Ouderlingen, op Jörmundur na; en een verzameling edelen en functionarissen van het hof van koning Orrin. Degenen die hij niet kende hadden ongetwijfeld ook hoge posities in een van de vele groeperingen waaruit het leger van de Varden bestond. Zes wachters van Nasuada waren aanwezig – twee bij de ingang en vier achter Nasuada – en Eragon bespeurde het ingewikkelde patroon van Elva's donkere, verwrongen gedachten: het heksenkind zat verstopt aan het uiteinde van het paviljoen.

'Eragon,' zei Nasuada, 'jullie hebben elkaar nog niet ontmoet, dus ik wil je graag voorstellen aan Sagabato-no Inapashunna Fadawar, hoofdman van de Inapashunnastam. Hij is een dapper man.'

Het volgende uur doorstond Eragon een eindeloze opeenvolging van introducties, felicitaties en vragen die hij niet rechtstreeks kon beantwoorden zonder geheimen te onthullen die beter geheim konden blijven. Toen alle gasten met hem hadden gepraat, liet Nasuada hen vertrekken. Terwijl ze het paviljoen uit liepen, klapte ze in haar handen en lieten de wachters buiten een nieuwe groep binnen. Nadat de tweede groep de dubieuze vruchten had geplukt van een onderhoud met hem, volgde er een derde. Eragon glimlachte al die tijd. Hij drukte de ene hand na de andere. Hij wisselde betekenisloze praat uit, probeerde de veelheid aan namen en titels die hem overstelpte te onthouden en beschaafd de rol te spelen die van hem werd verwacht. Hij wist dat ze hem eerden, niet alleen omdat hij hun vriend was, maar vanwege de kans op overwinning voor de vrije volkeren van Alagaësia die hij belichaamde, vanwege zijn macht en vanwege wat ze hoopten via hem te winnen. In zijn hart jammerde hij van frustratie en wilde hij zich het liefst bevrijden van de verstikkende beperkingen van de goede manieren en het beleefde gedrag, op Saphira klimmen en wegvliegen naar een vredige plek.

Het enige onderdeel van het proces waar Eragon van genoot was te kijken hoe de gasten reageerden op de twee Urgals die achter Nasuada's stoel stonden. Sommigen deden alsof ze de gehoornde strijders niet opmerkten – hoewel Eragon uit hun snelle gebaren en schrille stemmen kon afleiden dat ze van slag waren over de schepsels – terwijl anderen naar de Urgals loerden en hun hand op het gevest van hun zwaard of het heft van hun dolk hielden. Weer anderen probeerden een valse bravoure op te houden, de beruchte kracht van de Urgals te beschimpen en over die van zichzelf op te scheppen. Slechts een paar mensen schenen werkelijk onaangedaan bij het zien van de Urgals. De voornaamste onder hen was Nasuada, maar ook koning Orrin, Trianna, en een graaf die zei dat hij Morzan en zijn draak een heel stadje in de as had zien leggen toen hij nog een kleine jongen was.

Toen Eragon het niet meer kon verdragen, blies Saphira haar borst op en uitte een laag, zoemend gegrom, zo diep dat de spiegel ervan rammelde in de lijst. Het werd zo stil als het graf in het paviljoen. Haar gegrom was niet bijzonder bedreigend, maar het ving ieders aandacht en maakte duidelijk dat haar geduld opraakte. Geen van de gasten was zo dom om haar tolerantie op de proef te stellen. Met gehaaste uitvluchten pakten ze hun spullen en verlieten het paviljoen, en ze versnelden hun pas nog verder toen Saphira met de punten van haar klauwen op de grond tikte.

Nasuada zuchtte toen de tentflap na de laatste bezoeker dichtviel. 'Dank je, Saphira. Het spijt me dat ik je moest onderwerpen aan de ellende van een openlijke presentatie, Eragon, maar je weet vast wel dat je een hoge positie onder de Varden bekleedt en dat ik je niet meer voor mezelf kan houden. Je bent nu van het volk. Ze eisen dat je hen aanhoort en dat je ze hun rechtmatige aandeel van je tijd geeft, zoals zij dat zien. Noch jij, noch Orrin, noch ik kan de wensen van het volk negeren. Zelfs Galbatorix op zijn duistere machtszetel in Urû'baen vreest de grillige menigtes, hoewel hij dat tegenover iedereen zal ontkennen, zelfs tegenover zichzelf.'

Nu de gasten waren vertrokken, liet Orrin zijn koninklijke houding varen. Zijn strenge gelaat verzachtte tot een meer menselijke uitdrukking van opluchting, ergernis en ongelooflijke nieuwsgierigheid. Hij rolde met zijn schouders onder zijn stijve mantel, keek Nasuada aan en zei: 'Ik denk niet dat je Nachtraven hier nog hoeven te blijven.'

'Nee, dat klopt.' Nasuada klapte in haar handen en stuurde de zes wachters uit de tent weg.

Koning Orrin sleepte de extra stoel naar die van Nasuada toe en ging zitten, met uitgestrekte benen in een wolk van opbollend textiel. 'Zo,' zei hij, kijkend van Eragon naar Arya, 'vertel ons alles wat je hebt gedaan, Eragon Schimmendoder. Ik heb alleen maar vage verklaringen gehoord over waarom je in de Helgrind wilde blijven, en ik heb genoeg van ontwijkende en misleidende antwoorden. Ik ben vastbesloten om de waarheid van deze zaak te achterhalen, dus ik waarschuw je: probeer niet te verbergen wat er echt is gebeurd terwijl je in het Rijk was. Tot ik ervan overtuigd ben dat je me alles hebt verteld wat er te vertellen valt, verlaat niemand deze tent.'

Met kille stem zei Nasuada: 'Je matigt je te veel aan... majesteit. Je hebt het gezag niet om mij hier te houden; noch Eragon, die mijn vazal is; noch Saphira; noch Arya, die verantwoording aflegt aan geen enkele sterfelijke heer, maar aan iemand die machtiger is dan wij tweeën samen. Noch hebben wij de autoriteit om jou ergens toe te dwingen. Wij vijf zijn gelijken, meer dan de meeste anderen in Alagaësia. Dat kun je maar beter niet vergeten.'

Koning Orrins antwoord was even ontoegeeflijk. 'Overschrijd ik de grenzen van mijn koningschap? Nou, misschien wel. Je hebt gelijk: ik heb niets over je te zeggen. Maar als we gelijken zijn, dan moet ik daar nog bewijzen van zien in hoe je me behandelt. Eragon legt verantwoording af aan jou, en alleen aan jou. Door de Beproeving van de Lange Messen heb je heerschappij gekregen over de zwervende stammen, en veel daarvan had ik lange tijd tot mijn onderdanen gerekend. Je beveelt ook zowel de Varden als de mannen uit Surda, die mijn familie met hun grote moed en vastberadenheid lange tijd hebben gediend.'

'Jijzelf hebt mij gevraagd deze campagne te leiden,' zei Nasuada. 'Ik heb jou niet van de troon gestoten.'

'Ja, je hebt inderdaad op mijn verzoek het bevel genomen over onze verschillende troepen. Ik schaam me er niet voor toe te geven dat jij meer ervaring en succes hebt gehad dan ik als het op oorlog aankomt. Onze vooruitzichten zijn te gevaarlijk voor jou, mij, of ieder van ons om toe te geven aan valse trots. Maar sinds je aanstelling schijn je te zijn vergeten dat ik nog altijd koning van Surda ben en dat wij van de familie Langfeld teruggaan tot Thanebrand de Ringgever zelf, hij die de oude, waanzinnige Palancar opvolgde en als eerste van ons volk op de troon zat in wat nu Urû'baen is.

Gezien onze afkomst en de hulp die het Huis Langfeld je in deze zaak heeft geboden, is het beledigend als je de rechten van mijn positie negeert. Je doet alsof jouw oordeel het enige is dat ertoe doet en dat de meningen van anderen niet tellen, alsof je daar rustig overheen kunt stappen op weg naar het doel waarvan jíj al hebt bepaald dat het het beste is voor de vrije mensen die het geluk hebben jou als hun leider te hebben. Je onderhandelt uit eigen beweging over verdragen en bondgenootschappen, zoals met de Urgals, en je verwacht van mij en anderen dat we ons aan jouw beslissingen houden, alsof je voor ons allen spreekt. Je regelt staatsbezoeken, zoals met Blödhgarm-vodhr, en neemt niet de moeite me te zeggen dat hij komt, noch wacht je op me om zijn afvaardiging samen te begroeten, als gelijken. En als ik de brutaliteit heb om te vragen waarom Eragon – de man wiens bestaan de reden is dat ik mijn land in deze onderneming op het spel zet – waarom die zo belangrijke persoon de levens van Surdanen en andere wezens die zich tegen Galbatorix verzetten in gevaar brengt door zich midden tussen onze vijanden op te houden, hoe reageer jij dan? Door me te behandelen alsof ik niet meer ben dan een overijverige, te veel vragen stellende onderdaan, met kinderlijke zorgen die je afleiden van dringender zaken. Bah! Ik pik het niet, zal ik je zeggen. Als je mijn positie niet kunt respecteren en geen eerlijke verdeling van de verantwoordelijkheid kunt accepteren, zoals het zou moeten zijn tussen bondgenoten, dan ben ik van mening dat je niet geschikt bent om een coalitie zoals die van ons te leiden en zal ik me tegen je verzetten hoe ik kan.'

Wat een praatgrage kerel, merkte Saphira op.

Geschrokken van de richting die het gesprek had genomen, vroeg Eragon haar: *Wat moet ik doen? Ik was niet van plan om iemand anders over Sloan te vertellen, behalve Nasuada. Hoe minder mensen weten dat hij nog leeft, hoe beter het is.*

Een flikkerende zeeblauwe trilling liep van onder aan Saphira's kop naar de bolling van haar schouders toen de punten van de scherpe, ruitvormige schubben langs de zijkanten van haar nek een stukje omhoog kwamen van de huid eronder. De scherpgerande lagen van beschermende schubben gaven haar een fel, verstoord aanzien. *Ik kan je niet vertellen wat het beste is, Eragon. Hierin moet je op je eigen oordeel vertrouwen. Luister goed naar wat je hart zegt, en misschien wordt dan duidelijk hoe je je kunt bevrijden van die verraderlijke benedenwaartse wind.*

In antwoord op koning Orrins uitbarsting vouwde Nasuada haar handen op haar schoot, waarbij haar verband helwit afstak tegen het groen van haar jurk, en ze zei op kalme, gelijkmatige toon: 'Als ik u heb beledigd, Sire, dan was dat door mijn eigen haastige onvoorzichtigheid, niet door enige wens van mij om u of uw huis te kleineren. Vergeef me mijn tekortkomingen alstublieft. Het zal niet weer gebeuren, dat beloof ik u. Zoals u hebt opgemerkt heb ik deze positie pas sinds kort, en ik moet me alle bijbehorende subtiliteiten nog eigen maken.'

Orrin neigde zijn hoofd in koele maar gracieuze aanvaarding van haar woorden.

'Wat Eragon en zijn activiteiten in het Rijk aangaat, daarvan had ik geen specifieke details kunnen verschaffen, want ik heb zelf geen nadere informatie. Het was niet, zoals je vast wel begrijpt, een situatie die ik algemeen wilde bekendmaken.'

'Nee, natuurlijk niet.'

'Dus lijkt mij dat de snelste remedie voor dit dispuut tussen ons is dat Eragon de feiten van zijn reis onthult, zodat we de gebeurtenissen kunnen begrijpen en beoordelen.'

'Op zichzelf is dat geen remedie,' antwoordde koning Orrin, 'maar het is het begin van een remedie, en ik wil het graag aanhoren.'

'Laten we dan niet langer treuzelen,' zei Nasuada. 'Laten we bij het begin beginnen en een einde maken aan de spanning. Eragon, het is tijd voor je verhaal.'

Terwijl Nasuada en de anderen hem vragend aankeken, nam Eragon zijn besluit. Hij hief zijn kin. 'Wat ik u vertel, vertel ik u in vertrouwen. Ik kan niet van u, koning Orrin, of van u, vrouwe Nasuada, verlangen dat u zweert dit geheim in uw hart te bewaren tot de dag dat u sterft, maar ik smeek u te doen alsof dat wel het geval is. Het zou een heleboel ellende veroorzaken als deze kennis in de verkeerde oren werd gefluisterd.'

'Een koning blijft niet lang koning als hij niet weet hoe belangrijk zwijgen is,' zei Orrin.

Zonder omhalen beschreef Eragon alles wat er was gebeurd in de Helgrind en de dagen daarna. Naderhand legde Arya uit hoe ze Eragon had gevonden, en vervolgens bevestigde ze zijn verhaal over hun reizen door het aan te vullen met enkele eigen feiten en bevindingen. Toen ze allebei waren uitgesproken, was het stil in het paviljoen en zaten Orrin en Nasuada roerloos in hun stoelen. Eragon voelde zich weer een kind, afwachtend tot Garrow hem zou vertellen wat zijn straf was omdat hij iets doms had gedaan op de boerderij.

Orrin en Nasuada bleven een tijdlang in diep gepeins verzonken, maar toen streek Nasuada haar rokken glad. 'Koning Orrin denkt er misschien anders over, en zo ja, dan hoor ik graag zijn redenen daarvoor, maar ik vind dat je het goed hebt aangepakt, Eragon.'

'Ik ook,' zei Orrin, waar ze allemaal verbaasd over waren.

'Echt waar?' riep Eragon. Hij weifelde. 'Ik wil niet brutaal zijn, want ik ben blij dat u het goedkeurt, maar ik had niet verwacht dat u welwillend zou staan tegenover mijn besluit om Sloans leven te sparen. Als ik vragen mag, waarom...'

Koning Orrin viel hem in de rede. 'Waarom we dit goedkeuren? De wet moet worden nageleefd. Als je jezelf had aangesteld als beul van Sloan, Eragon, dan zou je de macht op je hebben genomen die bij Nasuada en mij ligt. Iemand die de euvele moed heeft om te bepalen wie zou moeten leven en sterven diént niet langer de wet, maar dictéért de wet. En hoe goedaardig je ook bent, dat zou niet goed zijn voor ons volk. Nasuada en ik leggen in ieder geval verantwoording af aan de enige heer voor wie zelfs koningen moeten knielen. We leggen verantwoording af aan Angvard, in zijn rijk van eeuwige schemer. We leggen verantwoording af aan de Grijze Man op zijn grijze paard, de Dood. We zouden de ergste tirannen in de geschiedenis kunnen zijn, maar uiteindelijk zou Angvard ons wel onderwerpen... maar jou niet. Mensen leven slechts korte tijd, en zouden niet moeten worden bestuurd door een van de Onsterfelijken. We kunnen geen volgende Galbatorix gebruiken.' Toen lachte Orrin op een merkwaardige manier, en zijn mond vertrok in een humorloze glimlach. 'Begrijp je, Eragon? Je bent zo gevaarlijk dat we gedwongen zijn het gevaar in jouw bijzijn onder ogen te zien en te hopen dat je een van de weinige mensen bent die de verleiding van de macht kan weerstaan.'

Koning Orrin vouwde zijn handen onder zijn kin en keek naar een plooi in zijn mantel. 'Ik heb meer gezegd dan mijn bedoeling was... Dus om al die redenen en nog andere ben ik het met Nasuada eens. Je had gelijk dat je besloot niets te doen toen je Sloan in de Helgrind aantrof. Hoe onfortuinlijk dit avontuur ook was, het zou veel erger zijn geweest, ook voor jou, als je had gedood om jezelf tevreden te stellen, en niet uit zelfverdediging of in dienst van anderen.'

Nasuada knikte. 'Goed gezegd.'

Al die tijd had Arya met een onpeilbare gezichtsuitdrukking geluisterd. Wat haar eigen gedachten over de kwestie ook waren, ze deelde ze niet.

Orrin en Nasuada stelden Eragon nog enkele andere vragen over de eed die hij Sloan had laten afleggen en over de rest van zijn reis. De ondervraging ging zo lang door dat Nasuada een blad gekoelde cider, fruit en vleespasteien het paviljoen in liet brengen, samen met een groot stuk stierenvlees voor Saphira. Nasuada en Orrin hadden tussen de vragen door voldoende gelegenheid om te eten; maar ze hielden Eragon zoveel aan het woord dat hij slechts twee happen fruit kon eten en een paar slokken cider kon nemen om zijn keel te smeren.

Uiteindelijk nam koning Orrin afscheid en vertrok om de status van zijn cavalerie te beoordelen. Arya vertrok even later, met de mededeling dat ze zich moest melden bij koningin Islanzadí en om, zoals ze zei, 'een tobbe water op te warmen, het zand van me af te wassen en mijn gezicht weer in de normale vorm terug te brengen. Ik voel me niet mezelf zonder de punten aan mijn oren, en met zulke ronde ogen en de botten van mijn gezicht op de verkeerde plek.'

Toen Nasuada alleen was met Eragon en Saphira zuchtte ze en liet haar hoofd tegen de rugleuning van haar stoel rusten. Eragon schrok ervan hoe moe ze eruitzag. Haar eerdere vitaliteit en krachtige uitstraling waren verdwenen. Het vuur in haar ogen was gedoofd. Ze had zich, zo besefte hij, sterker voorgedaan dan ze was om haar vijanden niet te verleiden en de Varden niet te demoraliseren door zwakte te tonen.

'Bent u ziek?' vroeg hij.

Ze knikte naar haar armen. 'Niet echt. Het kost me alleen langer om te herstellen dan ik had verwacht... Sommige dagen zijn zwaarder dan andere.'

'Als u wilt, kan ik...'

'Nee. Dank je, maar nee. Verleid me niet. Een regel van de Beproeving van de Lange Messen is dat je je wonden in hun eigen tempo moet laten genezen, zonder magie. Anders hebben de deelnemers niet de volledige pijn van de proef ervaren.'

'Dat is barbaars!'

Ze glimlachte loom. 'Misschien wel, maar het is wat het is, en ik wil niet zo lang na de beproeving alsnog falen omdat ik niet tegen een beetje pijn kan.'

'Maar stel dat uw wonden gaan ontsteken?'

'Dan ontsteken ze en zal ik de prijs betalen voor mijn vergissing. Maar ik betwijfel of dat zal gebeuren, want Angela zorgt voor me. Ze heeft een schat aan kennis over medicinale planten. Ik denk eigenlijk dat ze je de ware naam zou kunnen vertellen van elke grassoort op de vlakte ten oosten van hier, gewoon door aan de sprieten te voelen.'

Saphira, die zo stil had gezeten dat het leek alsof ze sliep, geeuwde nu – haar geopende kaken raakten bijna de vloer en het dak van de tent – en schudde haar kop en nek. Kleine lichtvlekjes die werden weerkaatst door haar schubben wervelden met duizelingwekkende snelheid rond in de tent.

Nasuada ging rechtop zitten in haar stoel en zei: 'Ach, het spijt me. Ik weet dat dit saai was. Jullie zijn allebei heel geduldig geweest. Dank jullie wel.'

Eragon knielde neer en legde zijn rechterhand op die van haar. 'U hoeft zich geen zorgen over me te maken, Nasuada. Ik ken mijn plicht. Ik heb nooit de ambitie gehad om te regeren; dat is mijn lotsbestemming niet. En als ik ooit de kans krijg om op een troon plaats te nemen, dan zal ik weigeren en ervoor zorgen dat hij naar iemand gaat die beter geschikt is dan ik om ons volk te leiden.'

'Je bent een goed mens, Eragon,' mompelde Nasuada, terwijl ze zijn hand tussen die van haar drukte. Toen grinnikte ze. 'Met jou, Roran en Murtagh lijkt het wel alsof ik het grootste deel van de tijd ongerust ben over leden van je familie.'

Eragon was verontwaardigd. 'Murtagh is geen familie van me.'

'Natuurlijk. Vergeef me. Maar toch, je moet toegeven dat het opvallend is hoeveel kopzorgen jullie drie zowel het Rijk als de Varden hebben bezorgd.'

'Het is een gave,' grapte Eragon.

Het zit in hun bloed, zei Saphira. *Waar ze ook gaan, ze komen altijd in het grootst mogelijke gevaar terecht.* Ze porde Eragon tegen zijn arm. *Vooral deze. Wat kun je anders verwachten van mensen uit de Palancarvallei? Afstammelingen van een waanzinnige koning.*

'Maar zelf niet waanzinnig,' zei Nasuada. 'Tenminste, ik denk van niet. Het is soms moeilijk te bepalen.' Ze lachte. 'Als jij, Roran en Murtagh in dezelfde cel opgesloten zaten, weet ik nog niet wie het zou overleven.'

Eragon lachte ook. 'Roran is niet van plan zoiets onbeduidends als de dood tussen hem en Katrina te laten komen.'

Nasuada's glimlach werd minder gespannen. 'Nee, daar heb je vast gelijk in.' Een tijdje zweeg ze, maar toen zei ze: 'O jee, wat ben ik een egoïst. De dag is al bijna om, en ik hou jullie maar op zodat ik eventjes gewoon kan kletsen.'

'Het is me een genoegen.'

'Ja, maar er zijn betere plekken dan hier voor een gesprek onder vrienden. Na wat jij hebt doorgemaakt wil je je vast wassen, omkleden en dan een stevige maaltijd, nietwaar? Je bent vast uitgehongerd!'

Eragon keek naar de appel die hij nog steeds in zijn hand hield en stelde spijtig vast dat het onbeleefd zou zijn hem op te eten nu zijn audiëntie bij Nasuada ten einde liep.

Nasuada zag hem kijken. 'Je gezicht antwoordt voor je, Schimmendoder. Je hebt het aanzien van een uitgehongerde wolf in de winter. Nou, ik zal je niet langer folteren. Ga in bad en kleed je in je mooiste tuniek. Als je weer presentabel bent, zou het me verheugen als je het avondmaal met me zou willen delen. Je zult niet mijn enige gast zijn, want de zaken van de Varden vereisen mijn doorlopende aandacht, maar je zou het gezelschap behoorlijk voor me opfleuren als je aanwezig zou willen zijn.'

Eragon onderdrukte een grimas bij de gedachte aan nog meer uren verbale uithalen pareren van mensen die hem voor hun eigen voordeel wilden gebruiken of hun nieuwsgierigheid over Rijders en draken wilden bevredigen. Toch kon hij Nasuada niet weigeren, dus maakte hij een buiging en ging akkoord.

Een feestmaal met vrienden

Eragon en Saphira verlieten Nasuada's rode paviljoen met de groep elfen om hen heen en liepen naar de kleine tent die hem was toegewezen toen hij zich op de Brandende Vlakten bij de Varden had aangesloten. Daar stond een vat heet water op hem te wachten, waarvan glinsterende stoom opsteeg in het schuin invallende licht van de gezwollen avondzon. Hij negeerde het water en dook de tent in.

Nadat hij had gecontroleerd of geen van zijn weinige bezittingen tijdens zijn afwezigheid was aangeraakt, ontdeed Eragon zich van zijn ransel en trok zorgvuldig zijn pantser uit, dat hij onder zijn brits legde. Het moest worden schoongemaakt en geolied, maar dat was een taak die zou moeten wachten. Hij reikte nog verder onder de brits, tot aan de canvas wand erachter, en graaide in de duisternis tot hij een lang, hard voorwerp voelde, greep het vast en legde de zware in stof gewikkelde bundel op zijn knieën. Hij maakte de knopen in de touwen los en toen, beginnend bij het dikste uiteinde van de bundel, begon hij de ruwe repen stof af te wikkelen.

Stukje voor stukje kwam het versleten lederen gevest van Murtaghs anderhalve hand in zicht. Eragon stopte toen hij het gevest, de stootplaat en een aanzienlijk stuk van de glanzende kling had onthuld, die gekarteld was als een zaag als gevolg van toen Murtagh Eragons slagen met Zar'roc had afgeweerd. Eragon bleef besluiteloos naar het wapen zitten staren. Hij wist niet wat hem ertoe had aangezet om een dag na de slag naar de hoogvlakte terug te keren om het zwaard op te halen uit het moeras van omgeploegde aarde waar Murtagh het had laten vallen. Zelfs na één nacht blootstelling aan de elementen had het staal een gevlekte laag stof opgelopen. Met een woord had hij de laag roest verwijderd. Misschien kwam het doordat Murtagh zijn eigen zwaard had gestolen dat Eragon zich gedwongen had gevoeld dat van Murtagh mee te nemen, alsof die ruil, hoe ongelijkwaardig en onvrijwillig die ook was geweest, zijn verlies beperkte. Misschien was het omdat hij een aandenken aan dat bloedige conflict had willen hebben. En misschien was het omdat hij nog altijd een gevoel van diepe genegenheid voor Murtagh koesterde, ondanks de grimmige omstandigheden die hen tegen elkaar hadden gekeerd. Hoe Eragon ook verafschuwde wat Murtagh was geworden, en hoe hij hem ook beklaagde, hij kon de band die tussen hen bestond niet ontkennen. Ze deelden een lotsbestemming. Als het niet toevallig zo was uitgekomen, zou hij zijn opgegroeid in Urû'baen en Murtagh in de Palancarvallei, en zouden hun huidige posities misschien wel zijn omgedraaid. Hun levens waren onontwarbaar met elkaar verweven.

Terwijl hij naar het zilverkleurige staal keek, stelde Eragon een bezwering samen die de deuken uit de kling zou halen, de wigvormige inkepingen langs de randen zou dichten en de kracht van het staal zou herstellen. Hij vroeg zich echter af of hij dat wel moest doen. Het litteken dat Durza hem had gegeven had hij gehouden als aandenken aan hun ontmoeting, tenminste tot de draken het tijdens de Agaetí Blödhren wegwisten. Zou hij dit litteken ook moeten houden? Zou het wel goed zijn om zo'n pijnlijke herinnering op zijn heup mee te dragen? En wat voor boodschap zou het aan de rest van de Varden zijn als hij besloot de kling van een verrader te gebruiken? Zar'roc was een geschenk van Brom geweest; Eragon had het zwaard niet kunnen weigeren, noch speet het hem dat hij het wapen had aangenomen. Maar er was nu niets wat hem dwong het naamloze zwaard dat op zijn benen lag voor zichzelf op te eisen.

Ik heb een zwaard nodig, dacht hij. *Maar niet dit zwaard.*

Hij pakte het wapen weer in de doeken en schoof het terug onder de brits. Daarna, met een schoon hemd en tuniek onder zijn arm, liep hij de tent uit naar het bad.

Toen hij schoon was en zich had omgekleed in het mooie lámaraehemd en een tuniek, vertrok hij om Nasuada bij de tenten van de genezers te ontmoeten, zoals ze had verzocht. Saphira vloog, want ze zei: *Het is te benauwd voor mij op de grond; ik stoot steeds tenten om. En als ik met je meeloop zal er zich zo'n kudde mensen om ons heen verzamelen dat we ons amper nog kunnen bewegen.*

Nasuada stond op hem te wachten bij een rij van drie vlaggenmasten, waaraan een stuk of zes kleurige banieren slap in de afkoelende lucht hingen. Ze had zich omgekleed en droeg nu een licht zomergewaad met de kleur van gebleekt stro. Haar weelderige haren waren hoog op haar hoofd opgetast in een ingewikkelde massa knopen en vlechten. Eén wit lint hield alles op zijn plek.

Ze glimlachte naar Eragon. Hij glimlachte terug en versnelde zijn pas. Toen hij naderbij kwam, mengden zijn wachters zich met die van haar, met een opvallend vertoon van argwaan van de Nachtraven en bestudeerde ongeïnteresseerdheid van de elfen.

Nasuada pakte zijn arm. Op vriendschappelijke toon pratend geleidde ze hem wandelend door de zee van tenten. Boven hen cirkelde Saphira over het kamp, wachtend tot de twee op hun bestemming aankwamen voordat ze de moeite nam om te landen. Eragon en Nasuada praatten over vele dingen. Er werd weinig belangwekkends besproken, maar haar humor, haar vrolijkheid en de attentheid van haar opmerkingen charmeerden hem. Het was gemakkelijk om met haar te praten en nog gemakkelijker om naar haar te luisteren, en dat gemak deed hem beseffen hoeveel hij om haar gaf. Haar band met hem oversteeg die van een leenvrouwe met haar vazal. Het was een nieuw gevoel voor hem. Behalve zijn tante Marian, aan wie hij slechts vage herinneringen had, was hij opgegroeid in een wereld vol mannen en jongens en had hij nooit de kans gehad om vriendschap te sluiten met een vrouw. Zijn onervarenheid maakte hem onzeker, en zijn onzekerheid maakte hem onhandig, maar Nasuada scheen het niet op te merken.

Ze hield hem staande voor een tent die van binnenuit gloeide door het licht van vele kaarsen en waar het geroezemoes van onverstaanbare stemmen uit opklonk. 'Nu moeten we het moeras van de politiek weer induiken. Hou je vast.'

Nasuada duwde de ingangsflap van de tent opzij, en Eragon kreeg de schrik van zijn leven toen een hele groep mensen schreeuwde: 'Verrassing!' Een brede schragentafel vol voedsel domineerde het midden van de tent, en aan tafel zaten Roran en Katrina, een stuk of twintig dorpelingen uit Carvahall – ook Horst en zijn gezin – Angela de kruidenvrouw, Jeod en zijn vrouw Helen, en enkele andere mensen die Eragon niet herkende maar die eruitzagen als zeelieden. Een stuk of zes kinderen speelden op de grond bij de tafel; ze onderbraken hun spel en staarden met open mond naar Nasuada en Eragon, schijnbaar niet in staat te besluiten wie van die twee vreemde gestalten meer aandacht waard was.

Eragon grijnsde verrast. Voor hij kon bedenken wat hij moest zeggen, tilde Angela haar beker op en zei: 'Nou, blijf daar niet zo staan gapen! Kom binnen, ga zitten. Ik heb honger!'

Terwijl iedereen lachte trok Nasuada Eragon mee naar de twee lege stoelen naast Roran. Eragon hielp Nasuada in haar stoel en vroeg: 'Hebt ú dit geregeld?'

'Het was mijn idee, maar Roran heeft me verteld wie je erbij zou willen hebben. En ik heb zelf ook wat mensen uitgenodigd, zoals je ziet.'

'Dank u,' zei Eragon overstelpt. 'Hartelijk dank.'

Hij zag Elva in kleermakerszit in de uiterste hoek van de tent zitten, met een bord eten op schoot. De andere kinderen lieten haar links liggen – Eragon kon zich voorstellen dat ze niet veel met elkaar gemeen hadden – en geen van de volwassenen, op Angela na, scheen zich bij haar op zijn gemak te voelen. Het kleine, slanke meisje keek vanonder haar zwarte haren met haar verschrikkelijke violetkleurige ogen naar hem op en mompelde iets wat leek op: 'Gegroet, Schimmendoder.'

'Gegroet, Verziener,' zei hij in antwoord. Haar roze lipjes gingen uiteen in wat een charmante glimlach zou zijn geweest als er niet van die felle ogen boven hadden gestaan.

Eragon greep de armleuningen van zijn stoel vast toen de tafel beefde, de schotels rammelden en de wanden van de tent flapperden. Toen bolde de achterkant van de tent naar binnen en weken de panelen uiteen doordat Saphira haar kop naar binnen duwde. *Vlees!* zei ze. *Ik ruik vlees!*

De daaropvolgende uren dompelde Eragon zich onder in een waas van eten, drinken en het plezier van goed gezelschap. Het was net alsof hij was thuisgekomen. De wijn vloeide als water, en nadat ze hun bekers één of twee keer hadden leeggedronken vergaten de dorpelingen hun eerbied en behandelden hem als een van hen, wat het grootste geschenk was dat ze hem konden geven. Ze waren even gul ten opzichte van Nasuada, hoewel ze geen grappen ten koste van haar maakten, zoals ze wel af en toe bij Eragon deden. Bleke rook vulde de tent terwijl de kaarsen opbrandden. Naast zich hoorde Eragon steeds opnieuw het bulderende gelach van Roran, en aan de overkant nog diepere gebulder van Horsts gelach. Angela mompelde een spreuk en liet tot groot vermaak van de anderen een mannetje dansen dat ze van een korst zuurdesembrood had gemaakt. De kinderen zetten zich langzamerhand over hun angst voor Saphira heen en durfden naar haar toe te lopen en haar snuit te aaien. Weldra klommen ze over haar nek, hingen ze aan haar stekels en trokken ze aan de bogen boven haar ogen. Eragon keek lachend toe. Jeod vermaakte de aanwezigen met een lied dat hij lang geleden uit een boek had geleerd. Tara danste de horlepiep. Nasuada's tanden fonkelden toen ze lachend haar hoofd in haar nek gooide. En Eragon, op veler verzoek, vertelde over enkele van zijn avonturen, waaronder een gedetailleerde beschrijving van de vlucht uit Carvahall met Brom, die zijn luisteraars enorm interesseerde.

'En dan te bedenken,' zei Gertrude, de heelster met het ronde gezicht, terwijl ze aan haar sjaal trok, 'dat we een draak in onze vallei hadden, zonder het ooit te weten.' Met een paar breinaalden die ze uit haar mouw tevoorschijn had gehaald wees ze naar Eragon. 'En dan te bedenken dat ik je heb verzorgd toen je benen geschaafd waren na het vliegen op Saphira, en dat ik nooit heb vermoed waardoor het kwam.' Ze schudde haar hoofd, klakte met haar tong, pakte een bol bruine wol en begon met de snelheid van tientallen jaren ervaring te breien.

Elain was de eerste die het feest verliet, omdat ze uitgeput was door haar zwangerschap; een van haar zoons, Baldor, ging met haar mee. Een half uur later stond ook Nasuada op, zeggend dat de eisen van haar positie het haar onmogelijk maakten zo lang te blijven als ze wilde. Ze wenste hun echter gezondheid en geluk en hoopte dat ze haar zouden blijven steunen in hun strijd tegen het Rijk. Terwijl ze bij de tafel wegliep, wenkte Nasuada Eragon mee. Hij ging bij haar staan bij de ingang. Ze wendde zich iets af van de rest van de tent en zei: 'Eragon, ik weet dat je tijd nodig hebt om te herstellen van je reis en dat je zelf ook dingen te doen hebt. Daarom mag je morgen en overmorgen besteden zoals je wilt. Maar op de ochtend van de dag erna verzoek ik je naar mijn tent te komen zodat we over je toekomst kunnen praten. Ik heb een heel belangrijke missie voor je.'

'Vrouwe.' Toen vroeg hij: 'U houdt Elva altijd dicht in de buurt, nietwaar?'

'Ja, ze is mijn bescherming tegen elk gevaar dat langs de Nachtraven zou kunnen glippen. Bovendien is haar vermogen om te zien wat mensen dwarszit van enorm veel nut gebleken. Het is veel gemakkelijker iemands medewerking te krijgen als je al hun geheime pijnpunten kent.'

'Zou u bereid zijn dat op te geven?'

Ze keek hem doordringend aan. 'Wil je je vloek van Elva afhalen?'

'Ik wil het proberen. Denk eraan dat ik haar dat heb beloofd.'

'Ja, daar was ik bij.' De bons van een omvallende stoel leidde haar even af, en toen vervolgde ze: 'Jouw beloften worden nog eens onze dood... Elva is onvervangbaar; niemand anders heeft haar vaardigheid. En de dienst die ze levert, zoals ik net zei, is meer waard dan een berg goud. Ik heb zelfs gedacht dat zij misschien wel als enige van ons allemaal in staat is om Galbatorix te verslaan. Ze zou al zijn aanvallen kunnen voorzien, je bezwering zou haar tonen hoe ze die moest tegengaan, en zolang dat niet zou vereisen dat ze haar leven opoffert zou ze standhouden... Kun je niet, in het belang van de Varden, in het belang van iedereen in Alagaësia, doen alsof je poging om Elva te genezen mislukt?'

'Nee,' zei hij, het woord afbijtend alsof het hem beledigde. 'Zelfs als ik dat zou kunnen, zou ik het niet doen. Het zou verkeerd zijn. Als we Elva dwingen te blijven zoals ze is, zal ze zich tegen ons keren, en ik wil haar niet als vijand.' Hij zweeg even, en voegde er bij het zien van Nasuada's gezichtsuitdrukking aan toe: 'Bovendien is er een grote kans dat het me inderdaad niet lukt. Zo'n vaag verwoorde bezwering opheffen is een moeilijke onderneming... Mag ik een voorstel doen?'

'Ja?'

'Wees eerlijk tegen Elva. Leg haar uit wat ze voor de Varden betekent en vraag haar of ze haar last zou willen blijven dragen ten gunste van alle vrije mensen. Ze kan weigeren, daar heeft ze alle recht toe, maar als ze dat doet is haar karakter toch niet iets waar we op willen bouwen. En als ze het aanvaardt, dan doet ze dat uit vrije wil.'

Met een lichte frons knikte Nasuada. 'Ik zal morgen met haar praten. Jij zou erbij moeten zijn, om me te helpen haar te overtuigen of om de vloek op te heffen als het ons niet lukt. Zorg dat je drie uur na zonsopgang bij mijn paviljoen bent.' Daarna liep ze de met fakkels verlichte nacht in.

Veel later, toen de kaarsen sputterden in de kandelaars en de dorpelingen zich in groepjes van twee en drie terugtrokken, greep Roran Eragon bij zijn elleboog en leidde hem mee naar de achterkant van de tent. Ze gingen bij Saphira staan, waar de anderen hen niet konden horen. 'Wat je eerder over de Helgrind vertelde, was dat alles?' vroeg Roran. Zijn hand was als een ijzeren klem om Eragons arm. Zijn ogen stonden hard en vragend, en tegelijkertijd ongebruikelijk kwetsbaar.

Eragon wendde zijn blik niet af. 'Als je me vertrouwt, Roran, stel die vraag dan nooit meer. Je wilt het niet weten.' Terwijl hij het zei, voelde Eragon een diep onbehagen omdat hij Sloans bestaan voor Roran en Katrina verborgen moest houden. Hij wist dat de misleiding nodig was, maar het gaf hem toch een onprettig gevoel om tegen zijn familie te liegen. Even overwoog Eragon om Roran de waarheid te vertellen, maar toen herinnerde hij zich alle redenen waarom hij had besloten dat niet te doen en hield zijn mond.

Roran weifelde met een ongerust gezicht, maar toen verstrakte zijn kaak en liet hij Eragon los. 'Ik vertrouw je. Daar is familie immers voor, nietwaar? Vertrouwen.'

'Ja, en om elkaar af te maken.'

Roran lachte en wreef met zijn duim over zijn neus. 'Dat ook.' Hij rolde met zijn brede, ronde schouders en masseerde de rechter, een gewoonte die hij had overgehouden sinds de Ra'zac hem had gebeten. 'Ik heb nog een vraag.'

'O?'

'Het is een bonus... een gunst die ik van je wil vragen.' Er trok een droge glimlach over zijn lippen toen hij zijn schouders ophaalde. 'Ik had nooit gedacht dat ik hier met jou over zou praten. Jij bent jonger dan ik, je bent amper een man, en nog mijn neef ook.'

'Waaróver praten? Zeg wat je te zeggen hebt.'

'Ik heb het over trouwen,' zei Roran, die zijn kin hief. 'Wil jij Katrina en mij in de echt verbinden? Het zou me erg verheugen, en hoewel ik het nog niet tegen haar heb gezegd omdat ik eerst jouw antwoord wilde horen, weet ik zeker dat Katrina vereerd en dolblij zou zijn als jij ons zou willen trouwen.'

Eragon was stomverbaasd en wist niet wat hij moest zeggen. Uiteindelijk stamelde hij: 'Ik?' Maar toen liet hij er snel op volgen: 'Ik zou het natuurlijk graag doen, maar... ík? Is dat echt wat je wilt? Ik weet zeker dat Nasuada het met alle plezier zou doen... Of koning Orrin, een echte koning! Hij zou de kans om de ceremonie te leiden met beide handen aanpakken als hij daardoor bij mij in de gunst zou komen.'

'Ik wil jóú, Eragon,' zei Roran, en hij sloeg hem op de schouder. 'Jij bent een Rijder, en je bent de enige ander die mijn bloed deelt; Murtagh telt niet. Ik kan niemand anders bedenken die ik liever de knoop om haar en mijn pols zou laten leggen.'

'Dan,' zei Eragon, 'zal ik dat doen.' De lucht werd uit zijn longen geperst toen Roran hem omhelsde en met al zijn niet onaanzienlijke kracht kneep. Hij hijgde een beetje toen Roran hem losliet en vroeg zodra hij weer kon ademhalen: 'Wanneer? Nasuada wil me op een missie sturen. Ik weet nog niet wat het is, maar ik neem aan dat ik er wel een tijdje mee bezig zal zijn. Dus... misschien begin volgende maand, als het lukt?'

Rorans schouders spanden. Hij schudde zijn hoofd als een stier die met zijn hoorns door een doornstruik veegt. 'Wat dacht je van overmorgen?'

'Zo snel al? Is dat niet wat overhaast? Dan is er amper tijd om alles voor te bereiden. De mensen zullen het vreemd vinden.'

Rorans schouders kwamen omhoog en de aderen op zijn handen bolden op toen hij zijn vuisten balde en ontspande. 'Het kan niet wachten. Als we niet snel getrouwd zijn, zullen de oude vrouwen iets veel interessanters dan mijn ongeduld hebben om over te roddelen. Snap je?'

Het duurde even voordat Eragon begreep wat Roran bedoelde, maar toen kon hij de brede glimlach die over zijn gezicht trok niet onderdrukken. Roran wordt vader, dacht hij. Hij glimlachte nog altijd. 'Ik denk het wel. Overmorgen dus.' Eragon gromde toen Roran hem nogmaals omhelsde en hem op zijn rug sloeg. Met enige moeite wist hij zich te bevrijden.

'Ik sta bij je in de schuld. Dank je,' zei Roran grijnzend. 'Nu ga ik het nieuws aan Katrina vertellen, en dan moeten we proberen een trouwfeest te organiseren. Ik zal je de tijd nog laten weten.'

'Prima.'

Roran liep in de richting van de tent, maar toen draaide hij zich om en stak zijn armen in de lucht alsof hij de hele wereld aan zijn borst wilde drukken. 'Eragon, ik ga trouwen!'

Lachend zwaaide Eragon naar hem. 'Ga nou maar, dwaas. Ze wacht op je.'

Eragon klom op Saphira toen de flappen van de tent achter Roran dichtvielen. 'Blödhgarm?' riep hij. Stil als een schaduw schreed de elf het licht in, met gele ogen die gloeiden als kooltjes. 'Saphira en ik gaan een stukje vliegen. We zien je straks weer bij mijn tent.'

'Schimmendoder,' groette Blödhgarm, en hij hield zijn hoofd schuin.

Toen tilde Saphira haar enorme vleugels op, rende drie stappen en lanceerde zich boven de rijen tenten, ze geselend met wind terwijl ze stevig en snel wiekte. De bewegingen van haar lichaam onder hem schudden Eragon door elkaar, en hij greep zich stevig vast aan de stekel voor zich. Saphira schoot in een spiraal omhoog boven het twinkelende kamp, tot het een nietig spoortje licht was dat in het niet viel bij het donkere landschap eromheen. Daar bleef ze, zwevend tussen hemel en aarde, en alles was stil.

Eragon legde zijn hoofd tegen haar nek en staarde op naar de glinsterende gordel van stof die de hemel overspande.

Rust maar uit, kleintje, zei Saphira. *Ik laat je niet vallen.*

Hij rustte uit, en ondertussen werd hij bestookt door visioenen van een ronde stenen stad die midden op een eindeloze vlakte stond, en van een klein meisje dat door de smalle, kronkelende steegjes daarbinnen zwierf en een spookachtige melodie zong.

En de nacht verstreek.

Kruisende sagen

Het was net na zonsopgang en Eragon zat op zijn brits om zijn maliënhemd te oliën, toen een van de boogschutters van de Varden naar hem toe kwam en hem smeekte zijn vrouw te genezen, die leed aan een kwaadaardige tumor. Hoewel hij eigenlijk over minder dan een uur in Nasuada's paviljoen moest zijn, ging Eragon akkoord en liep met de man mee naar zijn tent. Hij zag dat de vrouw ernstig verzwakt was door het gezwel, en het kostte hem al zijn vaardigheid om de kruiperige tentakels ervan uit haar vlees los te maken. Hij was moe van de inspanning, maar blij te zien dat hij de vrouw had gered van een langzame, pijnlijke dood.

Naderhand sloot Eragon zich voor de tent van de boogschutter bij Saphira aan en bleef een tijdje bij haar staan, wrijvend over de spieren onder aan haar nek. Neuriënd zwiepte Saphira met haar lenige staart en draaide haar hoofd en schouders zodat hij beter bij de gladde onderkant ervan kon. Ze zei: *Terwijl jij daarbinnen bezig was, kwamen er nog anderen om een onderhoud met je vragen, maar Blödhgarm en zijn metgezellen hebben ze weggestuurd omdat hun verzoeken niet dringend waren.*

O ja? Hij groef met zijn vingers onder de rand van een van haar grote nekschubben en krabde nog wat harder. *Misschien moet ik Nasuada nadoen.*

Hoe bedoel je?

Op de ochtend van elke zesde dag van de week laat ze iedereen bij zich komen die haar verzoeken of disputen wil voorleggen. Ik zou hetzelfde kunnen doen.

Ik vind het een goed idee, zei Saphira. *Alleen zul je moeten oppassen dat je niet te veel energie besteedt aan de eisen van de mensen. We moeten klaar zijn om op ieder moment in gevecht te gaan met het Rijk.* Ze duwde haar nek tegen zijn hand en neuriede nog harder.

Ik heb een zwaard nodig, bromde Eragon.

Regel er dan een.

Hmm...

Eragon bleef haar krabben tot ze achteruitging en zei: Je komt te laat bij Nasuada als je niet opschiet.

Samen liepen ze naar het midden van het kamp en Nasuada's paviljoen. Het was nog geen kwart mijl verderop, dus Saphira liep met hem mee in plaats van tussen de wolken te zweven zoals ze eerder had gedaan.

Ongeveer honderd voet van het paviljoen vandaan zagen ze Angela de kruidenvrouw. Ze knielde tussen twee tenten, gebarend naar een vierkant stuk leer dat over een lage, platte rots was gedrapeerd. Op het leer lag een verzameling vingerlange botjes met op elke kant een ander symbool: de pootbotjes van een draak, waarmee ze in Teirm Eragons toekomst had voorspeld.

Tegenover Angela zat een lange vrouw met brede schouders, een gebruinde, verweerde huid, zwart haar dat in een lange vlecht op haar rug hing en een gezicht dat nog altijd mooi was, ondanks de harde lijnen die de jaren rondom haar mond hadden geëtst. Ze droeg een donkerrode jurk die eigenlijk voor een kleinere vrouw was gemaakt – haar polsen staken een eindje uit haar mouwen. Ze had een reep donkere stof om haar polsen gebonden, maar de linker was losgegaan en naar haar elleboog geschoven. Eragon zag dikke littekens waar de stof had gezeten. Het waren de littekens die je alleen kreeg door het constante schaven van boeien. Op enig moment, besefte hij, was ze gevangengenomen door haar vijanden, en ze had zich verzet – zich verzet tot ze haar polsen tot op het bot had opengelegd, als hij op die littekens kon afgaan. Hij vroeg zich af of ze iets had misdaan of een slavin was geweest, en hij voelde zijn gezicht betrekken bij de gedachte aan de wreedheid van iemand die een gevangene zodanig gewond liet raken, ook al had ze het dan zelf gedaan.

Naast de vrouw zat een ernstig kijkend jong meisje dat op het punt stond volledig tot bloei te komen en een mooie volwassen vrouw te worden. De spieren in haar onderarmen zagen er ongebruikelijk sterk uit, alsof ze leerling van een smid of zwaardvechter was geweest, wat heel onwaarschijnlijk was voor een meisje, hoe sterk ze ook was.

Angela had net iets tegen de vrouw en haar metgezel gezegd toen Eragon en Saphira achter de heks tot stilstand kwamen. Met één beweging pakte

Angela de leren lap met botjes bij elkaar en stopte die achter haar gele sjerp. Ze stond op en glimlachte stralend naar Eragon en Saphira. 'Nou, jullie weten je moment perfect te kiezen. Jullie duiken altijd op wanneer de spil van het lot begint te draaien.'

'De spil van het lot?'

Ze haalde haar schouders op. 'Wat nou? Je kunt niet altijd briljante uitspraken verwachten, zelfs niet van mij.' Ze gebaarde naar de twee vrouwen, die ook waren opgestaan, en vroeg: 'Eragon, zou je hun je zegen willen geven? Ze hebben vele gevaren doorstaan en er ligt nog een zware weg voor hen. Ik weet zeker dat ze prijs zouden stellen op wat voor bescherming de zegen van een Drakenrijder dan ook kan betekenen.'

Eragon weifelde. Hij wist dat Angela maar zelden de drakenbotjes wierp voor mensen die haar diensten inschakelden – meestal alleen degenen met wie Solembum wenste te spreken – want zo'n voorspelling was geen valse magie, maar een werkelijke voorspelling die de mysteries van de toekomst kon onthullen. Dat Angela had besloten dit te doen voor de knappe vrouw met de littekens op haar polsen en het meisje met onderarmen als van een zwaardvechter, vertelde hem dat dit opmerkelijke mensen waren, mensen die nu en in de toekomst belangrijke rollen te spelen hadden in Alagaësia. Bijna ter bevestiging van zijn conclusie zag hij Solembum in zijn gebruikelijke vorm van een kat met grote pluimoren achter een hoekje van een tent vandaan loeren, kijkend naar het gebeuren met zijn raadselachtige gele ogen. En toch aarzelde Eragon nog, geplaagd door de herinnering aan de eerste en laatste zegen die hij ooit had gegeven – want door zijn onbekendheid met de oude taal had hij het leven van een onschuldig kind totaal veranderd.

Saphira? vroeg hij.

Haar staart zwiepte door de lucht. Stel je niet aan. Je hebt van je vergissing geleerd en je zult hem niet nog eens maken. Waarom zou je je zegen onthouden aan mensen die ervan zouden kunnen profiteren? Zegen ze, zeg ik, en doe het deze keer goed.

'Hoe heten jullie?' vroeg hij.

'Als het u behaagt, Schimmendoder,' zei de lange zwartharige vrouw met een licht accent dat hij niet kon plaatsen, 'namen hebben macht, dus we zouden liever onbekend blijven.' Ze hield haar blik een beetje omlaag gericht, maar haar stem klonk ferm en onverzettelijk. Het meisje hield haar adem in, alsof ze geschokt was door de brutaliteit van de vrouw.

Eragon knikte, niet van streek en ook niet verbaasd, hoewel de zwijgzaamheid van de vrouw hem nog nieuwsgieriger had gemaakt. Hij had graag hun namen geweten, maar die waren niet essentieel voor wat hij wilde doen. Hij trok de handschoen van zijn rechterhand en legde zijn handpalm midden op het warme voorhoofd van de vrouw. Ze kromp ineen bij het contact, maar stapte niet achteruit. Haar neusvleugels bolden op, haar mondhoeken verstrakten, er verscheen een frons tussen haar wenkbrauwen en hij voelde haar trillen, alsof zijn aanraking haar pijn deed en ze de neiging had om zijn hand weg te slaan. Op de achtergrond was Eragon zich er vaag van bewust dat Blödhgarm dichterbij kwam, klaar om de vrouw aan te vallen als ze vijandig bleek te zijn.

Van streek door haar reactie doorbrak Eragon de barrière in zijn geest, dompelde zich onder in de stroming van de magie en zei met de volle kracht van de oude taal: 'Atra guliä un ilian tauthr ono un atra ono waíse skölir frá rauthr.' Door de zin te doordrenken van energie, zoals hij bij de woorden van een bezwering zou doen, zorgde hij dat die het verloop van de gebeurtenissen zou vormen en daardoor het lot van de vrouw zou verbeteren. Hij zorgde ervoor dat hij de hoeveelheid energie die hij in de zegen liet vloeien beperkte, want anders zou een bezwering van deze soort zich blijven voeden uit zijn lichaam tot die al zijn vitaliteit had geabsorbeerd en hijzelf achter zou blijven als een leeg omhulsel. Ondanks zijn voorzichtigheid was de hoeveelheid kracht die hem dit kostte onverwacht; zijn zicht dimde en zijn benen trilden en dreigden het onder hem te begeven.

Even later had hij zich hersteld.

Met een gevoel van opluchting haalde hij zijn hand van het voorhoofd van de vrouw, en zij scheen het ook zo te voelen, want ze stapte naar achteren en wreef over haar armen. Ze zag eruit als iemand die zich probeerde te ontdoen van een smerige substantie.

Eragon deed een stap opzij en herhaalde de procedure bij het meisje. Haar blik klaarde op toen hij de bezwering liet vrijkomen, alsof ze voelde dat die deel uit begon te maken van haar lichaam. Ze maakte een reverence. 'Dank u, Schimmendoder. We staan bij u in de schuld. Ik hoop dat u erin slaagt Galbatorix en het Rijk te verslaan.'

Ze draaide zich om en wilde vertrekken, maar stopte toen Saphira snoof en haar hoofd langs Eragon en Angela naar voren bracht, zodat ze boven de twee vrouwen uittorende. Saphira boog haar nek en ademde eerst op het gezicht van de oudere vrouw en toen op dat van de jongere. Ze projecteerde haar gedachten met zoveel kracht dat ze alles behalve de stevigste beschermingen tenietdeed – want Eragon en zij hadden ontdekt dat de zwartharige vrouw een goed beschermde geest had – en zei: *Een goede jacht, o Wilde Wezens. Moge de wind onder jullie vleugels oprijzen, moge de zon altijd in uw rug schijnen, en mogen jullie je prooi slapend aantreffen. En Wolvenoog, ik hoop dat als je degene vindt die je poten in zijn valstrik heeft achtergelaten, je hem niet te snel doodt.*

Beide vrouwen waren verstijfd toen Saphira begon te praten. Naderhand sloeg de oudste haar vuisten tegen haar borst en zei: 'Dat zal ik zeker niet doen, o Schone Jageres.' Toen maakte ze een buiging naar Angela met de woorden: 'Oefen veel, en sla als eerste toe, Zieneres.'

'Bladzanger.'

Met een werveling van rokken beenden zij en het meisje weg en verdwenen al snel uit het zicht in de doolhof van identieke grijze tenten.
Wat, geen tekens op hun voorhoofd? vroeg Eragon aan Saphira.
Elva was uniek. Ik zal nooit meer iemand op die manier een merkteken geven. Wat in Farthen Dûr is gebeurd... gebeurde gewoon. Ik werd gedreven door mijn instinct. Verder kan ik het niet uitleggen.
Terwijl ze met hun drieën naar Nasuada's paviljoen liepen, keek Eragon van opzij naar Angela. 'Wie waren dat?'
Haar lippen vertrokken. 'Pelgrims op hun eigen tocht.'
'Dat is niet echt een antwoord,' klaagde hij.
'Ik maak er geen gewoonte van om geheimen uit te delen als gesuikerde noten tijdens de winterzonnewende. Vooral niet als het andermans geheimen zijn.'
Hij zweeg een tijdje. 'Als iemand weigert me iets te vertellen, maakt me dat alleen maar nog nieuwsgieriger. Ik haat het om iets niet te weten. Voor mij is een onbeantwoorde vraag als een doorn in mijn vlees, die me telkens als ik me beweeg blijft steken tot ik hem eruit kan halen.'
'Ik leef met je mee.'
'Hoezo?'
'Omdat je dan wel elk uur van de dag pijn moet lijden, want het leven zit vol onbeantwoorde vragen.'
Zestig voet van Nasuada's paviljoen vandaan marcheerde een groep piekeniers langs, die hun de weg versperden. Terwijl ze wachtten tot de strijders voorbij waren, huiverde Eragon en blies hij op zijn handen. 'Ik wou dat we tijd hadden om te eten.'
Snel als altijd zei Angela: 'Het is de magie, zeker? Die heeft je uitgeput.'
Hij knikte.
Ze stak een hand in een van de buidels aan haar sjerp en haalde er een harde bruine klont vol glanzende vlaszaadjes uit. 'Hier, dit vult je wel tot het middagmaal.'
'Wat is dat?'
Ze stak het naar hem uit. 'Eet maar op. Je vindt het vast lekker. Vertrouw me.' Terwijl hij de vettige klont uit haar hand pakte, pakte zij zijn pols met haar andere hand en hield die vast terwijl ze de dikke eeltknobbels op zijn knokkels bekeek. 'Wat slim van je,' zei ze. 'Ze zijn zo lelijk als de wratten op een pad, maar wie kan dat schelen als het je heel houdt, hè? Ik vind dit wel wat. Ik vind dit heel goed. Waren de Ascûdgamln van de dwergen je inspiratie hiervoor?'
'Jou ontgaat ook niks, hè?'
'Laat maar gaan. Ik maak me alleen druk om dingen die bestaan.' Eragon knipperde met zijn ogen, zoals zo vaak van zijn stuk gebracht door haar verbale trucs. Ze tikte met een van haar korte nagels op een eeltplek. 'Ik zou

het zelf ook wel willen, alleen zou de wol er dan steeds achter blijven haken als ik aan het spinnen of breien was.'

'Spin je je eigen wol?' vroeg hij, verbaasd dat ze zich met zoiets gewoons zou bezighouden.

'Natuurlijk! Het is een schitterende manier om me te ontspannen. En trouwens, als ik dat niet zou doen, hoe moet ik dan aan een trui komen met Dvalars afweerbezwering tegen de waanzinnige konijnen in Liduen Kvaedhí aan de binnenzijde van het borstpand gebreid, of een haarnet in geel, groen en lichtroze?'

'Waanzinnige konijnen...'

Ze gooide haar dikke krullenbos naar achteren. 'Je staat ervan te kijken hoeveel magiërs er al zijn overleden aan een beet van een waanzinnig konijn. Het gebeurt veel vaker dan je zou denken.'

Eragon staarde haar aan. *Denk je dat ze een grapje maakt?* vroeg hij aan Saphira.

Vraag het haar zelf.
Ze zou toch alleen maar weer antwoorden met een raadsel.

Toen de piekeniers weg waren, liepen Eragon, Saphira en Angela verder naar het paviljoen, begeleid door Solembum, die zich bij hen had aangesloten zonder dat Eragon het had gemerkt. Terwijl ze zich een weg zocht rondom bergen mest van de paarden van koning Orrins cavalerie, vroeg Angela: 'Zeg, is er behalve je gevecht met de Ra'zac nog iets anders interessants gebeurd tijdens je reis? Je weet dat ik graag hoor over interessánte dingen.'

Eragon glimlachte, denkend aan de geesten die Arya en hem hadden bezocht. Maar hij wilde daar niet over praten. 'Nu je het zegt, er zijn behoorlijk wat interessante dingen gebeurd. Ik heb bijvoorbeeld de kluizenaar Tenga ontmoet, die in de ruïnes van een elfentoren woont. Hij had een ongelooflijke bibliotheek. Hij had zeven...'

Angela bleef zo abrupt staan dat Eragon al drie passen verder was voor hij het doorhad en was omgedraaid. De heks scheen stomverbaasd te zijn, alsof ze een harde klap op haar hoofd had gekregen. Solembum liep naar haar toe, leunde tegen haar benen en keek omhoog. Angela bevochtigde haar lippen. 'Weet je...' Ze hoestte een keer. 'Weet je zeker dat hij Tenga heette?'

'Heb je hem ontmoet?'

Solembum siste en de haren op zijn rug gingen rechtop staan. Eragon schuifelde weg bij de weerkat, buiten het bereik van zijn klauwen.

'Ontmoet?' Met een bittere lach zette Angela haar handen in haar zij. 'Ontmoet? Ik was zijn leerling gedurende... gedurende een onfortuinlijk aantal jaar.'

Eragon had nooit verwacht dat Angela vrijwillig iets over haar verleden zou onthullen. Omdat hij graag meer wilde weten, vroeg hij: 'Wanneer heb je hem ontmoet? En waar?'

'Lang geleden en ver weg. Maar we gingen op slechte voet uit elkaar, en ik heb hem al vele, vele jaren niet meer gezien.' Angela fronste haar voorhoofd. 'Sterker nog, ik dacht dat hij al dood was.'

Toen vroeg Saphira: *Was jij Tenga's leerling? Weet jij dan misschien welke vraag hij probeert te beantwoorden?*

'Ik heb geen flauw idee. Tenga had altijd wel een vraag die hij probeerde te beantwoorden. Als hij daarin slaagde, koos hij meteen weer een volgende, enzovoort. Hij heeft misschien al honderd vragen beantwoord sinds ik hem voor het laatst heb gezien, of misschien zwoegt hij nog steeds tandenknarsend op hetzelfde vraagstuk als toen ik vertrok.'

En dat was?

'Of de fasen van de maan invloed hebben op het aantal en de kwaliteit van de opalen die zich vormen aan de voet van de Beorbergen, zoals de meeste dwergen denken.'

'Maar hoe zou je zoiets moeten bewijzen?' protesteerde Eragon.

Angela haalde haar schouders op. 'Als iemand het zou kunnen, dan is het Tenga. Hij is misschien gestoord, maar zijn genialiteit is er niet minder om.'

Hij is een man die katten schopt, zei Solembum, alsof dat een volledige beschrijving van Tenga's karakter was.

Toen klapte Angela in haar handen. 'Genoeg gekletst! Eet je lekkers, Eragon, dan gaan we naar Nasuada.'

Genoegdoening

'Jullie zijn laat,' zei Nasuada toen Eragon en Angela gingen zitten in de rij stoelen die in een halve kring voor Nasuada's troon stond. Ook aanwezig waren Elva en haar verzorgster, Greta, de oude vrouw die Eragon in Farthen Dûr had gesmeekt het kind te zegenen. Net als voorheen lag Saphira buiten het paviljoen en stak haar kop door een opening aan het uiteinde, zodat ze aan de bespreking kon deelnemen. Solembum had zich naast haar opgerold. Hij scheen diep te slapen, al zwiepte af en toe zijn staart heen en weer.

Eragon maakte zijn verontschuldigingen omdat ze laat waren.

Vervolgens legde Nasuada Elva de waarde van haar vaardigheden voor de Varden uit – *Alsof ze dat niet al weet,* zei Eragon tegen Saphira – en vroeg haar of ze Eragon zijn belofte om zijn zegen ongedaan te maken wilde kwijtschelden. Ze zei dat ze begreep dat ze iets heel moeilijks van Elva vroeg, maar dat het hele land op het spel stond en dat het welbevinden van één persoon soms moest worden opgeofferd om te helpen Alagaësia te redden uit Galbatorix' kwaadaardige houdgreep. Het was een schitterende redevoering: welbespraakt, gepassioneerd en vol argumenten die gericht waren op de nobele kant van Elva's persoonlijkheid.

Elva, die haar kleine, puntige kin op haar vuisten had laten rusten, hief haar hoofd en antwoordde: 'Nee.' Er viel een geschokte stilte in het paviljoen. Ze verplaatste zonder met haar ogen te knipperen haar blik van de een naar de ander en voegde eraan toe: 'Eragon, Angela, jullie weten allebei hoe het is om iemands gedachten en emoties te delen op het moment dat hij of zij sterft. Je weet hoe vreselijk, hoe hartverscheurend het is, hoe het voelt, alsof een deel van jezelf voor altijd is verdwenen. En dat is nog maar bij de dood van één persoon. Geen van jullie heeft die ervaring onvrijwillig hoeven doorstaan, terwijl ik... ik heb geen keus en moet ze allemaal delen. Ik voel alle sterfgevallen om me heen. Zelfs nu voel ik het leven wegebben uit Sefton, een van uw zwaardvechters, Nasuada, die gewond is geraakt op de Brandende Vlakten, en ik weet wat ik tegen hem zou moeten zeggen om zijn angst voor de vergetelheid weg te nemen. Hij is zo bang, o, ik beef ervan!' Met een onsamenhangende kreet stak ze beschermend haar armen voor haar gezicht op. Toen zei ze: 'Ach, hij is weg. Maar er zijn nog anderen. Er zijn altijd anderen. Er gaan voortdurend mensen dood.' De bittere, spottende klank in haar stem werd sterker, een vertekening van het normale spraakpatroon van een kind. 'Begrijpt u het echt, Nasuada, vrouwe Nachtjager... Zij die koningin van de wereld zou willen worden? Begrijpt u het werkelijk? Ik ben deelgenoot van alle pijn om me heen, of die nu lichamelijk of geestelijk is. Ik voel het alsof het mijn eigen pijn is, en Eragons magie drijft me ertoe hun smart te verlichten, wat het mij ook kost. Als ik me tegen die neiging verzet, zoals ik op dit ogenblik doe, dan komt mijn lichaam in opstand: mijn maag verzuurt, mijn hoofd bonst alsof er een dwerg op hamert en ik kan me moeilijk bewegen, laat staan nadenken. Is dat wat u voor me wenst, Nasuada?

Dag en nacht, nooit heb ik eens respijt van de pijn van de wereld. Sinds Eragon me heeft gezégend heb ik niets anders gekend dan pijn en angst, nooit eens geluk of blijheid. De lichtere kant van het leven, de dingen die dit bestaan draaglijk maken, die zijn mij niet gegund. Nooit zie ik ze. Nooit deel ik erin. Alleen maar duisternis. Alleen maar de ellende van alle mannen, vrouwen en kinderen in een omtrek van een mijl, die op me inbeukt als een nachtelijke storm. Deze zégen heeft me de kans ontnomen net als andere kinderen te zijn. Het heeft mijn lichaam gedwongen sneller dan normaal volwassen te worden, en mijn geest nog sneller. Eragon is misschien in staat dat vreselijke vermogen en de neigingen die daarmee gepaard gaan van me weg te nemen, maar hij kan me niet terugbrengen naar wat ik was, noch naar wat ik zou moeten zijn, niet zonder te verwoesten wie ik ben geworden. Ik ben een monster: geen kind maar ook geen volwassene, voor altijd gedoemd om een zonderling te zijn. Ik ben niet blind, weet u. Ik zie hoe u ineenkrimpt als u me hoort praten.' Ze schudde haar hoofd. 'Nee, u vraagt te veel van me. Ik wil niet zo doorgaan. Niet voor u, Nasuada, niet voor de Varden, niet voor heel Alagaësia, en zelfs niet voor mijn lieve moeder als ze nog zou leven. Het is het niet waard, voor niets of niemand. Ik zou me kunnen terugtrekken op een afgelegen plek, zodat ik vrij zou zijn van de kwalen van anderen, maar ik wil niet zo leven. Nee, de enige oplossing is dat Eragon probeert zijn fout te herstellen.' Ze glimlachte sluw. 'En als u het daar niet mee eens bent, als u me dom en egoïstisch vindt, nou, vergeet dan vooral niet dat ik nog niet eens twee jaar oud ben. Alleen een dwaas verwacht van een peuter dat ze een martelaar wordt voor het grotere goed. Maar peuter of niet, ik heb mijn besluit genomen, en u kunt me daar op geen enkele manier van afbrengen. Hierin ben ik hard als ijzer.'

Nasuada probeerde haar nogmaals te overtuigen, maar zoals Elva al had gezegd bleek het een zinloze onderneming. Uiteindelijk vroeg Nasuada aan Angela, Eragon en Saphira om zich erin te mengen. Angela weigerde omdat ze niets aan Nasuada's woorden toe te voegen had. Bovendien vond ze dat Elva's keus persoonlijk was, en dat het meisje moest kunnen doen wat ze wilde zonder te worden aangevallen als een adelaar door een zwerm gaaien.

Eragon was het met haar eens, maar hij zei toch: 'Elva, ik kan je niet voorschrijven wat je zou moeten doen – alleen jij kunt dat bepalen – maar wijs Nasuada's verzoek niet zomaar af. Ze probeert ons allemaal te redden van Galbatorix, en ze heeft onze steun nodig als we enige kans van slagen willen hebben. De toekomst is voor mij verborgen, maar ik geloof dat jouw vermogen het perfecte wapen tegen Galbatorix zou kunnen zijn. Je zou elke aanval van hem kunnen voorspellen. Je zou ons precies kunnen zeggen wat we tegen zijn bezweringen moeten doen. En bovenal zou je kunnen voelen op welke plek Galbatorix kwetsbaar is, waar hij het zwakst is, en wat we kunnen doen om hem te raken.'

'Je zult beter je best moeten doen, Rijder, als je mij van gedachten wilt laten veranderen.'

'Ik wil je niet van gedachten laten veranderen,' zei Eragon. 'Ik wil alleen zeker weten dat je goed hebt nagedacht over de gevolgen van je beslissing en dat je die niet overhaast neemt.'

Het meisje verschoof op haar stoel, maar ze zei niets.

Wat zie je in je hart, Stralend Voorhoofd? vroeg Saphira.

Elva antwoordde zachtjes, zonder enige rancune: 'Ik heb al uitgesproken wat ik in mijn hart voel, Saphira. Nog meer woorden zijn overbodig.'

Als Nasuada gefrustreerd was door Elva's koppigheid, dan liet ze daar niets van merken, hoewel haar gezicht ernstig stond, zoals paste bij dit gesprek. 'Ik ben het niet eens met je keus, Elva, maar we zullen die respecteren, want het is duidelijk dat we je niet kunnen overreden. Ik neem aan dat ik het je niet kwalijk kan nemen, want ik heb geen ervaring met het leed waar jij elke dag aan wordt blootgesteld, en als ik in jouw schoenen stond zou ik misschien hetzelfde doen. Eragon, als je wilt...'

Eragon knielde bij Elva neer. Haar glanzende violetkleurige ogen boorden zich in die van hem toen hij haar handen beetpakte. Haar huid brandde onder die van hem alsof ze koorts had.

'Zal het pijn doen, Schimmendoder?' vroeg Greta met lichtelijk overslaande stem.

'Als het goed is niet, maar ik weet het niet zeker. Een bezwering verwijderen is een veel minder exacte kunst dan het activeren ervan. Magiërs proberen het maar zelden, vanwege de uitdagingen die erbij komen kijken.'

Terwijl de rimpels in haar gezicht vertrokken van ongerustheid, klopte Greta Elva op haar hoofd en zei: 'O, wees dapper, lieverd. Wees dapper.' Ze scheen de blik van ergernis die Elva haar toewierp niet op te merken.

Eragon negeerde de onderbreking. 'Elva, luister naar me. Er zijn twee verschillende methoden voor het verbreken van een bezwering. De eerste is dat de magiër die de oorspronkelijke bezwering heeft uitgesproken zich openstelt voor datgene wat onze magie voedt...'

'Dat is het onderdeel waar ik altijd moeite mee heb,' zei Angela. 'Daarom vertrouw ik liever op drankjes, planten en voorwerpen die van zichzelf magisch zijn dan op spreuken.'

'Mag ik even...'

Angela kreeg kuiltjes in haar wangen. 'Het spijt me. Ga door.'

'Juist,' gromde Eragon. 'De eerste is dat de oorspronkelijke magiër zich openstelt en dat hij...'

'Of zij,' onderbrak Angela hem opnieuw.

'Mag ik dit alsjeblieft afmaken?'

'Pardon.'

Eragon zag Nasuada met moeite een glimlach onderdrukken. 'Hij stelt zich open voor de vloed van energie in zijn lichaam en zegt in de oude taal niet alleen de woorden van zijn bezwering, maar ook van de bedoeling die erachter zit. Dat kan behoorlijk moeilijk zijn, zoals je je kunt voorstellen. Als de magiër niet exact de juiste bedoeling heeft, zal hij de oorspronkelijke bezwering alleen maar veranderen in plaats van opheffen. En dan zou hij twéé verstrengelde bezweringen ongedaan moeten maken.

De tweede manier is een bezwering te gebruiken die rechtstreeks de effecten van de oorspronkelijke bezwering tegengaat. Dat heft de oorspronkelijke bezwering niet op, maar als het goed wordt aangepakt wordt die daarmee onschadelijk. Met jouw toestemming is dat de methode die ik wil gebruiken.'

'Een elegante oplossing,' verklaarde Angela, 'maar wie, vertel me dat eens, zorgt voor de doorlopende energiestroom die nodig is om die tegenbezwering gaande te houden? En aangezien iemand het toch moet vragen: wat kan er mis gaan bij deze methode?'

Eragon hield zijn blik op Elva gericht. 'De energie zal van jou moeten komen,' zei hij tegen haar, terwijl hij haar handen tussen die van zichzelf drukte. 'Het zal niet veel zijn, maar het zal toch enig effect hebben op je uithoudingsvermogen. Als ik dit doe, zul je nooit meer zo ver kunnen rennen of zoveel brandhout kunnen dragen als iemand die geen last heeft van zo'n energie kostende bezwering.'

'Waarom kun jij de energie niet leveren?' vroeg Elva met een opgetrokken wenkbrauw. 'Jij bent immers degene die verantwoordelijk is voor mijn toestand.'

'Ik zou dat wel kunnen doen, maar hoe verder ik bij je weg ben, hoe moeilijker het zou worden om mijn energie bij je te krijgen. En als ik te ver weg ging – een mijl misschien, of iets meer – dan zou de inspanning me het leven kosten. En voor wat betreft er mis kan gaan, het enige risico is dat ik de tegenbezwering onjuist verwoord en dat niet mijn hele zegen wordt geblokkeerd. Als dat gebeurt, gebruik ik gewoon nog een andere tegenbezwering.'

'En als die ook tekortschiet?'

Hij zweeg even. 'Dan kan ik altijd nog teruggrijpen naar de eerste methode die ik noemde. Maar die wil ik liever vermijden. Het is wel de enige manier om een bezwering helemaal kwijt te raken, maar als het mislukt, en dat is heel goed mogelijk, dan zou je nog slechter af zijn dan nu.'

Elva knikte. 'Ik begrijp het.'

'Heb ik dan je toestemming om door te gaan?'

Toen ze weer knikte, haalde Eragon diep adem en bereidde zich voor. Met zijn ogen half dicht in diepe concentratie begon hij in de oude taal te spreken. Elk woord viel van zijn tong met het gewicht van een hamerslag. Hij zorgde dat hij elke lettergreep zorgvuldig uitsprak, elke klank die hem in zijn eigen taal vreemd was, om een mogelijk tragische vergissing te voorkomen. De tegenbezwering was in zijn geheugen gegrift. Hij had die tijdens zijn tocht vanuit de Helgrind vele uren lang geoefend, er zich zorgen over gemaakt en zichzelf uitgedaagd om betere alternatieven te verzinnen. Allemaal in afwachting van de dag dat hij zou moeten proberen het kwaad dat hij bij Elva had aangericht te herstellen. Terwijl hij sprak, voerde Saphira haar kracht naar hem toe, en hij voelde haar steun en aandacht, klaar om tussenbeide te komen als ze in zijn geest zag dat hij op het punt stond de spreuk te verhaspelen. De tegenbezwering was heel lang en ingewikkeld, want hij had geprobeerd alle mogelijke interpretaties van zijn zegen erin mee te nemen. Daarom verstreek er een hele tijd voordat Eragon de laatste zin, het laatste woord en de laatste lettergreep uitsprak.

In de stilte die volgde betrok Elva's gezicht van teleurstelling. 'Ik voel ze nog steeds,' zei ze.

Nasuada boog zich naar voren in haar stoel. 'Wie?'

'U, hem, haar, iedereen die pijn heeft. Ze zijn niet weg! De aandrang om ze te helpen is nu weg, maar hun pijn stroomt nog steeds door me heen.'

'Eragon?' vroeg Nasuada.

Hij fronste zijn wenkbrauwen. 'Ik heb vast iets over het hoofd gezien. Geef me even wat tijd om na te denken, dan zal ik een andere bezwering bedenken waarmee ik het mogelijk kan afronden. Er zijn nog een paar andere mogelijkheden, maar...' Hij maakte zijn zin niet af, ongerust over het feit dat de tegenbezwering niet het verwachte resultaat had gehad. Bovendien was het uitspreken van een bezwering, specifiek bedoeld voor het blokkeren van de pijn die Elva voelde, veel moeilijker dan de bezwering als geheel ongedaan te maken. Eén fout woord, één slecht geconstrueerde frase, en hij kon haar gevoel van empathie tenietdoen, of zorgen dat ze nooit meer telepathisch zou kunnen leren communiceren, of haar eigen pijngevoel wegnemen, zodat ze het niet meteen zou merken als ze gewond was.

Eragon was net in overleg met Saphira toen Elva riep: 'Nee!'

Verwonderd keek hij haar aan.

Er leek een euforische gloed van Elva af te stralen. Haar kleine, parelachtige tanden glansden terwijl ze glimlachte, en haar ogen fonkelden van triomfantelijke vreugde. 'Nee, probeer het niet opnieuw.'

'Maar Elva, waarom zou...'

'Omdat ik niet wil dat nog méér bezweringen energie van me absorberen. En omdat ik net heb beseft dat ik ze kan negéren!' Ze greep haar stoelleuningen vast en beefde van opwinding. 'Zonder de neiging om iedereen die lijdt te helpen kan ik hun problemen negeren, en ik word er niet ziek van! Ik kan de man met het geamputeerde been negeren, ik kan de vrouw die net haar hand heeft gebrand negeren, ik kan ze allemaal negeren, en ik voel me er niet slecht door! Goed, ik kan ze niet helemaal buitensluiten, nog niet, maar o, wat een opluchting! Stilte. Verrukkelijke stilte! Geen snijwonden, blauwe plekken, schaafwonden of gebroken botten meer. Geen kleinzielige zorgen van domme jongelui meer. Geen verdriet van in de steek gelaten vrouwen of bedrogen echtgenoten meer. Geen duizenden ondraaglijke verwondingen van een hele oorlog meer. Geen verscheurende paniek die voorafgaat aan de uiteindelijke duisternis meer.' Terwijl de tranen over haar wangen stroomden, lachte ze, een hese melodie waar Eragons hoofdhuid van tintelde.

Wat is dit voor waanzin? vroeg Saphira. *Zelfs al kun je het van je afzetten, waarom zou je dan geketend willen blijven aan de pijn van anderen, terwijl Eragon je er misschien helemaal van kan bevrijden?*

Elva's ogen glansden van ongezonde pret. 'Ik zal nooit zo zijn als gewone mensen. Als ik dan anders moet zijn, laat me dan datgene houden wat me van hen onderscheidt. Zolang ik deze kracht kan beheersen, zoals ik nu schijnbaar kan, heb ik geen bezwaar tegen deze last, want dan is het mijn keus, niet iets wat me is opgedrongen door magie. Ha! Van nu af aan leg ik aan niets en niemand meer verantwoording af. Als ik iemand help, doe ik dat omdat ík dat wil. Als ik de Varden dien, doe ik dat omdat mijn geweten het me ingeeft en niet omdat u het me vraagt, Nasuada, of omdat ik moet overgeven als ik het niet doe. Ik kan doen wat ik wil, en wee degene die me een strobreed in de weg legt, want ik ken al hun angsten en zal niet aarzelen daar gebruik van te maken om te krijgen wat ik wil.'

'Elva!' riep Greta. 'Zeg niet van die vreselijke dingen! Dat kun je niet menen!'

Het meisje draaide zich zo abrupt naar haar om dat haar haren opwapperden. 'Ach, ja, ik was jou vergeten: mijn verzorgster. Altijd trouw. Altijd bezorgd. Ik ben je dankbaar dat je me hebt geadopteerd toen mijn moeder was overleden en omdat je voor me hebt gezorgd sinds Farthen Dûr, maar ik heb je hulp niet meer nodig. Ik ga alléén wonen, voor mezelf zorgen, zodat ik bij niemand in de schuld sta.'

Geschrokken sloeg de oude vrouw haar hand voor haar mond en deinsde achteruit.

Eragon was geschokt door wat Elva zei. Hij besloot dat hij haar dit vermogen niet kon laten houden als ze er misbruik van zou maken. Met de hulp van Saphira, want zij was het met hem eens, koos hij de meest veelbelovende van de nieuwe tegenbezweringen die hij had bedacht en opende zijn mond om die uit te spreken.

Snel als een slang sloeg Elva een hand over zijn lippen en belette hem te spreken. Het paviljoen beefde toen Saphira grauwde, waar Eragon met zijn verbeterde gehoor bijna doof van werd. Terwijl iedereen nog van streek was, behalve Elva, die haar hand over Eragons mond hield, zei Saphira: *Laat hem los, kind!*

Op het gegrauw van Saphira renden zes wachters van Nasuada met getrokken wapens naar binnen, terwijl Blödhgarm en de andere elfen naar Saphira renden, zich aan weerszijden van haar schouders positioneerden en de wanden van de tent verder opzij trokken om te zien wat er gebeurde. Op een gebaar van Nasuada lieten de Nachtraven de wapens zakken, maar de elfen bleven klaar voor een gevecht. Hun klingen glinsterden als ijs.

Noch de commotie die ze had veroorzaakt, noch de zwaarden die naar haar wezen schenen Elva te deren. Ze hield haar hoofd schuin en keek naar Eragon alsof hij een merkwaardige kever was die ze op haar stoel had aangetroffen. Vervolgens glimlachte ze met zo'n lief, onschuldig gezichtje dat hij zich afvroeg waarom hij niet meer vertrouwen in haar karakter had. Met een stem als warme honing zei ze: 'Eragon, laat het zitten. Als je die bezwering uitspreekt doe je me weer pijn, zoals je al eens eerder hebt gedaan. Dat wil je niet. Elke nacht als je gaat slapen zul je aan mij denken, en de herinnering aan wat je hebt gedaan zal je plagen. Wat je wilde doen was boosaardig, Eragon. Ben jij de rechter van de wereld? Wil je me veroordelen, terwijl ik niets heb gedaan, alleen omdat je me afkeurt? Dan put je toch een verwrongen plezier uit de beheersing van anderen voor je eigen genoegdoening? Het zou meer iets voor Galbatorix zijn.'

Ze liet hem los, maar Eragon was te zeer van streek om in beweging te komen. Ze had hem in zijn kern geraakt en hij had geen enkel argument waarmee hij zich kon verdedigen, want haar vragen en opmerkingen waren dezelfde die hij aan zichzelf richtte. Haar inzicht in hem gaf hem de rillingen. 'Ik ben je ook dankbaar, Eragon, omdat je hier vandaag bent gekomen om je vergissing te herstellen. Niet iedereen is bereid zijn tekortkomingen onder ogen te zien en er iets aan te doen. Maar je hebt je bij mij vandaag niet geliefd gemaakt. Je hebt het evenwicht zo veel mogelijk hersteld, maar dat is alleen maar wat ieder fatsoenlijk mens zou hebben gedaan. Je hebt me niet schadeloos gesteld voor alles wat ik heb doorstaan, en dat kún je ook niet. Dus als we elkaar de volgende keer weer tegenkomen, Eragon Schimmendoder, zie me dan niet als vriendin of als vijand. Ik twijfel over jou, Rijder; ik ben even bereid je te haten als om van je te houden. De uitkomst ligt uitsluitend in jouw handen... Saphira, jij hebt me de ster op mijn voorhoofd gegeven en jij bent altijd vriendelijk voor me geweest. Ik ben je trouwe dienares en zal dat altijd blijven.'

Elva hief haar kin en strekte zich tot haar volle drieënhalve voet uit, waarna ze om zich heen keek in het paviljoen. 'Eragon, Saphira, Nasuada... Angela. Goedendag.' Ze knikte en liep naar de uitgang van de tent. De Nachtraven weken uiteen toen ze tussen hen door liep en naar buiten ging.

Eragon stond wankel op. 'Wat heb ik voor monster geschapen?' De twee Urgal-Nachtraven raakten de punten van hun hoorns aan, een gebaar waarvan hij wist dat het bedoeld was om het kwaad af te weren. Tegen Nasuada zei hij: 'Het spijt me. Ik schijn het alleen maar erger voor u te hebben gemaakt... voor ons allemaal.'

Kalm als een bergmeer schikte Nasuada haar gewaad. 'Het maakt niet uit. Het spel is alleen wat ingewikkelder geworden. En dat valt te verwachten, hoe dichter we bij Urû'baen en Galbatorix komen.'

Even later hoorde Eragon het geluid van iets wat door de lucht op hem af suisde. Hij kromp ineen, maar het ging zo snel dat hij de stekende klap die zijn hoofd opzij sloeg en hem tegen de stoel aan deed belanden niet meer kon ontwijken. Hij rolde over de zitting van de stoel en sprong overeind, met zijn linkerarm beschermend omhoog en zijn rechter naar achteren, klaar om toe te steken met het jachtmes dat hij ondertussen uit zijn riem had gegrist. Tot zijn verbazing zag hij dat Angela hem had geslagen. De elfen stonden vlak achter de waarzegster, klaar om haar te overmeesteren als ze hem nog eens aanviel of om haar weg te voeren als Eragon daar bevel toe zou geven. Solembum stond bij haar voeten, met zijn tanden en klauwen ontbloot en zijn haren recht overeind.

Op dat moment gaf Eragon niets om de elfen. 'Waarom doe je dat?' wilde hij weten. Hij grimaste toen zijn gespleten onderlip uitrekte en de wond opentrok. Warm, metalig smakend bloed liep in zijn mond.

Angela schudde haar hoofd. 'De komende tien jaar mag ik nu maar zien hoe ik Elva kan onderwijzen in hoe ze zich hoort te gedragen! Dat is niet wat ik in gedachten had!'

'Onderwijzen?' riep Eragon. 'Dat staat ze niet toe. Ze zal jou even gemakkelijk tegenhouden als ze bij mij heeft gedaan.'

'Hmf. Ik denk het niet. Ze weet niet wat mij dwarszit, en ook niet wat me misschien zou kwetsen. Daar heb ik de eerste dag dat ik haar leerde kennen al voor gezorgd.'

'Wil je die bezwering niet met ons delen?' vroeg Nasuada. 'Gezien hoe dit is afgelopen lijkt het verstandig om iets te hebben wat ons tegen Elva kan beschermen.'

'Nee, ik denk niet dat ik dat doe,' zei Angela. Toen beende ook zij het paviljoen uit, en Solembum liep achter haar aan, sierlijk zwiepend met zijn staart.

De elfen stopten hun wapens weg en keerden terug naar een discrete afstand vanaf de tent.

Nasuada wreef over haar slapen. 'Magie,' vloekte ze.

'Magie,' beaamde Eragon.

Ze schrokken allebei toen Greta in elkaar zakte en begon te huilen en jammeren. Ze trok aan haar dunne haren, sloeg zich in het gezicht en rukte aan haar kleding. 'O, mijn arme lieverd! Ik ben mijn lammetje kwijt! Ze is weg! Wat zal er van haar worden, helemaal alleen? O, wee mij, mijn bloesempje wil me niet meer! Het is een schandelijke beloning voor het werk dat ik heb gedaan, zwoegend als een slavin. Wat een wrede, harde wereld, die je geluk van je steelt.' Ze kreunde. 'Mijn bloempje. Mijn roosje. Mijn lieveling. Weg! En niemand om voor haar te zorgen... Schimmendoder! Wilt u over haar waken?'

Eragon pakte haar bij haar arm en hielp haar overeind, haar troostend met beloftes dat Saphira en hij Elva heel goed in het oog zouden houden. *Al was het maar,* zei Saphira tegen Eragon, *omdat ze misschien van plan is ons een mes tussen de ribben te steken.*

Geschenken van goud

Eragon stond naast Saphira, vijftig voet van Nasuada's rode paviljoen vandaan. Blij dat hij bevrijd was van alle commotie rond Elva keek hij op naar de heldere azuurblauwe lucht en rolde met zijn schouders, nu al vermoeid door alle gebeurtenissen van de dag. Saphira wilde naar de Jiet vliegen en een bad nemen in het diepe, traag stromende water, maar zijn eigen plannen waren minder vastomlijnd. Hij moest zijn pantser nog in de olie zetten, zich voorbereiden op het huwelijk van Roran en Katrina, een bezoekje brengen aan Jeod, een fatsoenlijk zwaard vinden, en ook... Hij krabde aan zijn kin.

Hoe lang blijf je weg? vroeg hij.

Saphira sloeg haar vleugels uit, voorbereid om te gaan vliegen. *Een paar uur. Ik heb honger. Zodra ik schoon ben, ga ik twee of drie van die vette herten vangen die ik langs de westelijke rivieroever heb zien grazen. De Varden hebben er echter al zoveel van geschoten dat ik misschien een paar mijl richting het Schild moet vliegen voordat ik wild vind dat de moeite waard is.*

Ga niet te ver weg, waarschuwde hij, *anders kom je misschien soldaten van het Rijk tegen.*

Nee, maar als ik op een groep soldaten stuit... Ze likte over haar tanden. *Ik heb wel zin in een gevecht. Bovendien smaken mensen net zo lekker als herten.*

Saphira, nee toch!

Haar ogen fonkelden. *Misschien, misschien niet. Hangt ervan af of ze pantsers dragen. Ik haat bijten op metaal, en mijn eten uit een schelp prutsen is al even irritant.*

Ik begrijp het. Hij keek naar de dichtstbijzijnde elf, een lange, zilverharige vrouw. *De elfen zullen het vast niet leuk vinden als je in je eentje gaat. Vind je het goed als er een paar op je rug meerijden? Anders kunnen ze je onmogelijk bijhouden.*

Niet vandaag. Vandaag jaag ik alleen. Met een slag van haar vleugels steeg ze op en ging hoog de lucht in. Terwijl ze naar het westen draaide, in de richting van de Jiet, klonk haar stem nog in zijn geest, vager dan eerst vanwege de afstand tussen hen. *Als ik terug ben, gaan we dan samen vliegen, Eragon?*

Ja, als je terug bent gaan we samen vliegen, met ons tweetjes. Haar plezier daarom ontlokte hem een glimlach terwijl hij haar nakeek.

Eragon sloeg zijn blik neer toen Blödhgarm naar hem toe rende, soepel als een boskat. De elf vroeg waar Saphira heen ging en scheen ontstemd over Eragons antwoord, maar hij hield zijn tegenwerpingen voor zich.

'Zo,' zei Eragon tegen zichzelf toen Blödhgarm terugging naar zijn kameraden, 'dan ga ik maar eens.'

Hij liep door het kamp tot hij bij een groot open terrein aankwam, waar een stuk of dertig Varden oefenden met een grote verscheidenheid aan wapens. Tot zijn opluchting waren ze te druk bezig om hem op te merken. Hij hurkte neer en legde zijn rechterhand met de handpalm omhoog op de platgetrapte aarde. Hij koos de woorden die hij nodig had uit de oude taal en mompelde: 'Kuldr. Rïsa lam iet un malthinae unin böllr.'

De aarde naast zijn hand leek onveranderd, hoewel hij de bezwering honderden voeten in alle richtingen door de aarde voelde graven. Slechts vijf tellen later begon het aardoppervlak te kolken als een pan water die te lang boven een hoge vlam had gehangen en kreeg de grond een felgele tint. Eragon had van Oromis geleerd dat waar je ook ging, het land altijd heel kleine deeltjes van bijna elk element bevatte, en hoewel die vaak te klein en te verspreid waren om op de traditionele methode te delven, kon een vaardig magiër ze met grote inspanning wel boven de grond halen.

Vanuit het midden van de gele vlek rees een fontein van sprankelend stof op, die midden in Eragons handpalm landde. Daar smolt elk glinsterend stofje samen met het volgende, tot er drie bolletjes van puur goud, elk zo groot als een flinke hazelnoot, op zijn hand lagen.

'Letta,' zei Eragon, en hij liet de magie los. Hij ging zitten en zette zijn hand op de grond toen er een golf van vermoeidheid over hem heen spoelde. Zijn hoofd knikte naar voren en zijn oogleden zakten half dicht terwijl er vlekken voor zijn ogen dansten. Hij haalde diep adem en bewonderde de spiegelgladde bolletjes in zijn hand, wachtend tot hij was uitgerust. *Zo mooi,* dacht hij. *Had ik dit maar kunnen doen toen we nog in de Palancarvallei woonden... al zou het bijna makkelijker zijn om gewoon te graven naar het goud. De laatste keer dat een bezwering me zoveel kracht kostte, was toen ik Sloan van de top van de Helgrind naar beneden bracht.*

Hij stopte het goud in zijn zak en liep door het kamp. Bij een kooktent at hij een stevig middagmaal, dat hij nodig had na de vele inspannende bezweringen, en vervolgens liep hij naar het gedeelte waar de dorpelingen uit Carvahall sliepen. Toen hij het naderde, hoorde hij het gekletter van metaal op metaal. Nieuwsgierig ging hij op het geluid af.

Eragon stapte om een rij van drie wagens die over het laantje waren geparkeerd heen en zag Horst in een spleet van dertig voet breed tussen de tenten staan, met een stalen staaf in zijn hand. Het uiteinde van de vijf voet lange staaf was fel kersrood en lag op een enorm aambeeld dat boven op een brede, lage boomstronk was bevestigd. Aan weerszijden van het aambeeld sloegen de forse zoons van Horst, Albriech en Baldor, om beurten met mokers op het staal, waarbij ze hun werktuigen in wijde bogen over hun hoofd zwaaiden. Een provisorische oven stond een stukje achter het aambeeld te gloeien.

Het gehamer klonk zo luid dat Eragon afstand hield tot Albriech en Baldor klaar waren met het spreiden van het staal en Horst de staaf weer in de oven had gestoken. Wuivend met zijn vrije arm riep Horst: 'Hé, Eragon!'

Toen stak hij zijn vinger op, om Eragon te waarschuwen dat hij nog niets moest zeggen en trok een propje vilt uit zijn linkeroor. 'Ah, nu kan ik weer horen. Wat brengt jou hier, Eragon?' Intussen schepten zijn zoons kolen uit een emmer in de oven en begonnen de tangen, hamers, mallen en andere werktuigen die op de grond lagen op te ruimen. Alle drie de mannen glommen van het zweet.

'Ik wilde weten wat er zo'n lawaai maakte,' zei Eragon. 'Ik had moeten weten dat jij het was. Geen mens kan zoveel oproer veroorzaken als iemand uit Carvahall.'

Horst lachte, en zijn dichte, spadevormige baard wees omhoog naar de lucht tot hij was bedaard. 'Ah, daar ben ik trots op. En ben jij daar geen levend bewijs van?'

'Wij allemaal,' antwoordde Eragon. 'Jij, ik, Roran, iedereen uit Carvahall. Zonder ons zal Alagaësia nooit meer hetzelfde zijn.' Hij gebaarde naar de oven en de andere werktuigen. 'Wat doe je hier? Ik dacht dat alle smederijen...'

'Dat klopt, Eragon. Dat klopt. Maar ik heb de kapitein die de leiding heeft over dit deel van het kamp overgehaald om me dichter bij onze tent te laten werken.' Horst trok aan zijn baard. 'Vanwege Elain, snap je. De zwangerschap valt haar zwaar, en geen wonder, gezien wat ze heeft doorstaan om hier te komen. Ze is altijd teer geweest, en nu maak ik me zorgen dat... nou...' Hij schudde zichzelf als een beer die vliegen verjaagt. 'Misschien kun jij als je tijd hebt even bij haar gaan kijken en haar ongemak verlichten.'

'Dat zal ik doen,' beloofde Eragon.

Met een tevreden grom tilde Horst de staaf een stukje uit de kolen op om de kleur van het staal te beoordelen. Hij stopte de staaf terug, midden in het vuur, en maakte met zijn kin een beweging naar Albriech. 'Geef hem eens wat lucht. Hij is bijna klaar.' Terwijl Albriech de leren blaasbalg bediende, grijnsde Horst naar Eragon. 'Toen ik tegen de Varden zei dat ik smid was, waren ze zo blij, bijna alsof ik had gezegd dat ik ook Drakenrijder was. Ze hebben niet genoeg metaalbewerkers. En ze hebben me de werktuigen gegeven die ik niet meer had, zoals dat aambeeld. Toen we uit Carvahall vertrokken, huilde ik om het vooruitzicht dat ik mijn ambacht niet meer zou kunnen uitoefenen. Ik ben geen wapensmid, maar hier, ah, hier is genoeg werk om Albriech, Baldor en mij zeker vijftig jaar bezig te houden. Het betaalt niet bijzonder goed, maar we liggen tenminste niet op de pijnbank in de kerkers van Galbatorix.'

'Terwijl de Ra'zac aan je botten knagen,' merkte Baldor op.

'Ja, dat ook.' Horst gebaarde dat zijn zoons de mokers weer moesten oppakken en zei met de vilten prop al bij zijn oor: 'Wil je nog iets van ons, Eragon? Het staal is klaar, en ik kan het niet langer in het vuur laten liggen, anders verzwakt het.'

'Weet je waar Gedric is?'
'Gedric?' De fronsrimpel tussen Horsts wenkbrauwen werd dieper. 'Hij zou bezig moeten zijn met zwaard- en speeroefeningen, samen met de rest van de mannen, ongeveer een kwart mijl die kant op.' Horst wees met zijn duim.
Eragon bedankte hem en liep in de richting die Horst had aangewezen. Het gekletter van metaal op metaal werd hervat, helder als het gelui van een klok en scherp en doordringend als een glazen naald in de lucht. Eragon sloeg zijn handen over zijn oren en glimlachte. Het troostte hem dat Horst weer een doel had gevonden en dat hij, ondanks het verlies van zijn rijkdom en huis, nog steeds dezelfde was die hij in Carvahall was geweest. Op een of andere manier sterkte de vasthoudendheid en taaiheid van de smid Eragons vertrouwen dat als ze Galbatorix maar omver konden werpen, alles uiteindelijk weer goed zou komen. Dat zijn leven en dat van de dorpelingen uit Carvahall weer enigszins normaal zou kunnen worden.
Eragon kwam al snel op het veld aan waar de mannen uit Carvahall oefenden met hun nieuwe wapens. Gedric was er ook, zoals Horst al had gezegd, oefenend met Fisk, Darmmen en Morn. Een kort woordje van Eragon tegen de eenarmige veteraan die de oefeningen overzag was voldoende om Gedric even pauze te geven.
De looier rende naar Eragon toe en kwam met neergeslagen blik voor hem staan. Hij was klein en gedrongen, met een kaak als die van een grote hond, zware wenkbrauwen en armen die dik en eeltig waren van het roeren in de stinkende vaten waar hij vroeger huiden in looide. Hoewel hij verre van knap was, wist Eragon dat hij een vriendelijk en eerlijk mens was.
'Wat kan ik voor je doen, Schimmendoder?' vroeg Gedric verlegen.
'Je hebt het al gedaan. En ik ben hier om je te bedanken en te belonen.'
'Ik? Hoe heb ik jou nou geholpen, Schimmendoder?' Hij sprak langzaam, behoedzaam, alsof hij bang was voor een valstrik.
'Kort nadat ik wegliep uit Carvahall, ontdekte jij dat iemand drie ossenhuiden uit de drooghut bij de vaten had gestolen. Heb ik gelijk?'
Gedrics gezicht betrok van schaamte, en hij schuifelde met zijn voeten. 'Eh, nou, ik had die hut niet op slot gedaan, moet je weten. Iedereen had er binnen kunnen glippen en er met die huiden vandoor kunnen gaan. Bovendien kan ik er, gezien wat er sindsdien is gebeurd, niet meer zo mee zitten. Ik heb het grootste deel van mijn voorraad vernietigd voordat we het Schild in gingen, zodat het Rijk en die smerige Ra'zac niets nuttigs in handen zouden krijgen. Doordat iemand die drie huiden had meegenomen, hoefde ik die in ieder geval niet meer te vernietigen. Dus zand erover, wat mij betreft.'
'Misschien,' zei Eragon, 'maar mijn eer gebiedt me toch je te vertellen dat ik degene ben die je huiden had gestolen.'

Gedric keek hem toen wel aan alsof hij een normaal mens was, zonder angst, ontzag of overdreven respect, alsof de looier zijn mening over Eragon bijstelde.

'Ik heb ze gestolen en ik ben er niet trots op, maar ik had ze nodig. Zonder de huiden denk ik dat ik het niet lang genoeg had overleefd om bij de elfen in Du Weldenvarden aan te komen. Ik hield me altijd voor dat ik ze had geleend, maar eigenlijk had ik ze gewoon gestolen, want ik was niet van plan ze terug te brengen. Dus bied ik je mijn verontschuldigingen aan. En aangezien ik de huiden hou, of wat er van over is, lijkt het me wel zo netjes om je ervoor te betalen.' Uit zijn riem haalde Eragon een van de gouden bolletjes – hard, rond en warm – en gaf het aan Gedric.

Gedric staarde naar de glanzende metalen parel, zijn stevige kaken op elkaar geklemd en de lijnen rond zijn dunne lippen streng en meedogenloos. Hij beledigde Eragon niet door het goud op zijn hand te wegen, noch door erop te bijten, maar toen zei hij: 'Ik kan dit niet aannemen, Eragon. Ik was een goeie looier, maar het leer dat ik had gemaakt was niet zóveel waard. Je gulheid siert je, maar het zou me dwarszitten als ik dit goud zou houden. Ik zou het gevoel hebben dat ik het niet had verdiend.'

Eragon was niet verbaasd. 'Je zou een ander toch zeker niet de kans ontzeggen om te onderhandelen over een eerlijke prijs?'

'Nee.'

'Mooi. Dan kun je me dit niet weigeren. De meeste mensen onderhandelen omlaag. In dit geval heb ik besloten omhoog te onderhandelen, maar ik zal even fel zijn als wanneer ik mezelf een handvol munten probeerde te besparen. Voor mij zijn de huiden elke gram van dat goud waard, en ik zou je geen koperstuk minder betalen, zelfs niet als je me een mes op de keel zette.'

Gedrics dikke vingers sloten zich om de gouden bol. 'Aangezien je zo aandringt, zal ik niet kinderachtig zijn en blijven weigeren. Niemand kan beweren dat Gedric Ostvenszoon het geluk liet voorbijgaan omdat hij te druk was zijn eigen onwaardigheid te verdedigen. Mijn dank, Schimmendoder.' Hij stopte de bol in een buidel aan zijn riem, maar voordien hulde hij het goud in een stukje doek zodat het niet zou krassen. 'Garrow heeft je goed opgevoed, Eragon. Zowel jou als Roran. Hij was misschien zo scherp als azijn en zo hard en droog als een winterknol, maar hij heeft jullie wel goed opgevoed. Hij zou trots op jullie zijn, denk ik.'

Een onverwachte emotie drukte op Eragons borst.

Voordat Gedric zich omdraaide om terug te lopen naar de andere dorpelingen, bleef hij nog even staan. 'Als ik het vragen mag, Eragon: waarom zijn die huiden je zoveel waard? Waar heb je ze voor gebruikt?'

Eragon grinnikte. 'Waarvoor? Nou, met de hulp van Brom heb ik er een zadel voor Saphira van gemaakt. Ze draagt het niet meer zo vaak als vroeger

– want de elfen hebben ons een echt drakenzadel gegeven – maar het heeft ons goed gediend in vele gevechten, en zelfs tijdens de Slag van Farthen Dûr.'

Gedric trok verbaasd zijn wenkbrauwen op en onthulde bleke huid die normaal in diepe plooien verborgen ging. Als een spleet in blauwgrijs graniet trok er een brede grijns over zijn gezicht, en zijn hele blik klaarde ervan op. 'Een zadel!' zei hij ademloos. 'Niet te geloven, ík heb een huid gelooid voor het zadel van een Rijder! En zonder te weten wat ik deed, nog wel! Nee, niet zomaar een Rijder, dé Rijder. Hij die uiteindelijk de ondergang zal worden van de zwarte tiran zelf! O, kon mijn vader me nu maar zien!' Gedric sprong in de lucht en maakte spontaan een dansje. Met dezelfde brede grijns maakte hij een buiging voor Eragon en draafde terug naar de andere dorpelingen, waar hij zijn verhaal ging vertellen aan iedereen die het horen wilde.

Omdat Eragon snel wilde ontsnappen voordat ze zich allemaal op hem konden storten, glipte hij tussen de rij tenten door, blij met wat hij had gedaan. *Het kan soms even duren*, dacht hij, *maar ik betaal mijn schuld altijd.*

Niet lang daarna kwam hij bij een andere tent aan, dicht bij de oostelijke rand van het kamp. Hij klopte op de paal tussen de twee tentflappen.

Met een scherpe ruk werd de toegangsflap opzij gerukt, en daar stond Jeods vrouw, Helen. Ze keek Eragon met een kille blik aan. 'Je bent zeker gekomen om met hém te praten.'

'Als hij er is.' Eragon wist heel goed dat hij er was, want hij voelde Jeods geest even duidelijk als die van Helen.

Even dacht Eragon dat Helen zou ontkennen dat haar man thuis was, maar toen haalde ze haar schouders op en stapte opzij. 'Kom dan maar binnen.'

Jeod zat op een kruk en was verdiept in vele schriftrollen, boeken en losse vellen papier die hoog op een lege brits waren opgestapeld. Een dunne pluk haar hing over zijn voorhoofd, in dezelfde vorm gebogen als het litteken dat van zijn hoofdhuid naar zijn linkerslaap liep.

'Eragon!' riep Jeod toen hij Eragon zag, en de lijntjes van concentratie in zijn gezicht verdwenen. 'Welkom, welkom!' Hij drukte Eragon de hand en bood hem de kruk aan. 'Hier, ik ga wel op het bed zitten. Nee, alsjeblieft, je bent te gast. Wil je iets eten of drinken? Nasuada geeft ons een extra rantsoen, dus hou je niet in uit angst dat wij iets te kort zullen komen. Het is pover spul vergeleken met wat we je in Teirm konden voorzetten, maar niemand die ten strijde trekt mag verwachten dat hij goed zal eten, zelfs een koning niet.'

'Een kop thee zou lekker zijn,' zei Eragon.

'Thee en koekjes, dus.' Jeod keek Helen aan.

Zijn vrouw griste de ketel van de grond, ondersteunde hem met haar heup, stak de nippel van een waterbuidel in de tuit van de ketel en kneep in de waterzak. De ketel trilde met een dof geruis toen er een stroom water in liep. Helens vingers verstrakten om de hals van de waterbuidel, zodat de stroom afnam tot een zacht getinkel. Ze bleef zo staan, met de afwezige blik van iemand die een vervelende taak uitvoert, terwijl de waterdruppels trommelden tegen de binnenkant van de ketel.

Er trok een verontschuldigende glimlach over Jeods gezicht. Hij staarde naar een velletje papier naast zijn knie terwijl hij wachtte tot Helen klaar was. Eragon bestudeerde een plooi in de wand van de tent.

Het luide geklater ging een hele tijd door.

Toen de ketel eindelijk vol was, haalde Helen de leeggelopen waterbuidel uit de tuit, hing die aan een haak aan de middenpaal van de tent en beende naar buiten.

Eragon trok een wenkbrauw naar Jeod op.

Jeod spreidde zijn handen. 'Mijn positie bij de Varden is niet zo prominent als ze had gehoopt, en daar geeft ze mij de schuld van. Ze had beloofd met me mee te vluchten naar Teirm in de verwachting, denk ik, dat Nasuada me zou verheffen tot een van haar belangrijkste adviseurs, me landen en rijkdom zou geven die geschikt waren voor een heer, of een of andere buitenissige beloning voor mijn hulp bij het stelen van Saphira's ei zoveel jaren geleden. Wat Helen niet had verwacht, was het niet zo spannende leven van een gewone zwaardvechter: slapen in een tent, haar eigen eten koken, haar eigen kleren wassen en zo. Niet dat rijkdom en status haar enige zorgen zijn, maar je moet begrijpen dat ze uit een van de rijkste scheepvaartfamilies in Teirm komt, en dat ik zelf ook best wat succes had gedurende de langste tijd dat we getrouwd waren. Ze is nog niet gewend aan dergelijke ontberingen.' Zijn schouders kwamen een heel klein stukje omhoog. 'Ik hoopte zelf dat dit avontuur – als het zo'n romantische benaming verdient – de afstand zou verkleinen die in de afgelopen jaren tussen ons is ontstaan, maar zoals altijd is niets zo simpel als het lijkt.'

'Vind jíj dat de Varden meer rekening met je zouden moeten houden?'

'Voor mezelf, nee. Voor Helen...' Jeod weifelde. 'Ik wil dat ze gelukkig is. Mijn beloning was dat ik levend uit Gil'ead wist te ontsnappen toen Brom en ik werden aangevallen door Morzan, zijn draak en zijn mannen. Dat ik kon terugkeren naar mijn vorige leven en nog altijd kon helpen bij de zaak van de Varden. En dat ik met Helen kon trouwen. Dat heb ik gekregen, en ik ben meer dan tevreden. Eventuele twijfels die ik nog had, verdwenen zodra ik Saphira uit de rook van de Brandende Vlakten zag wegvliegen. Ik weet alleen niet wat ik met Helen aan moet. Maar ik dwaal af. Dit zijn niet jouw problemen, en ik moet je er niet mee belasten.'

Eragon tikte met zijn wijsvinger op een schriftrol. 'Vertel dan eens waarom je al die papieren hier hebt. Ben je kopiist geworden?'

De vraag amuseerde Jeod. 'Niet echt, hoewel dit werk ook vaak saai is.

Aangezien ik degene was die de verborgen gang naar Galbatorix' kasteel in Urû'baen ontdekte, en ik enkele zeldzame boeken uit mijn bibliotheek in Teirm kon meenemen, heeft Nasuada me opdracht gegeven te zoeken naar gelijksoortige zwakke plekken in andere steden in het Rijk. Als ik een verwijzing kan vinden naar een tunnel onder de muren van Dras-Leona, bijvoorbeeld, zou ons dat een hoop tijd en bloedvergieten kunnen schelen.'

'Waar zoek je?'

'Overal waar ik kan.' Jeod veegde de haarlok die over zijn voorhoofd hing naar achteren. 'Geschiedenissen, mythen, legenden, gedichten, liederen, religieuze geschriften, teksten van Rijders, magiërs, zwervers, waanzinnigen, obscure potentaten, generaals. Iedereen die iets zou kunnen weten over een verborgen deur of een geheim mechanisme of zoiets, wat wij in ons voordeel kunnen gebruiken. De hoeveelheid materiaal die ik moet doorspitten is immens, want al die steden bestaan al honderden jaren, en sommige al sinds voor er mensen in Alagaësia waren.'

'Is het waarschijnlijk dat je daadwerkelijk iets vindt?'

'Nee, niet waarschijnlijk. Het is nooit waarschijnlijk dat je de geheimen van het verleden vindt. Maar misschien lukt het, met voldoende tijd. Ik twijfel er niet aan dat wat ik zoek in elk van die steden bestaat; ze zijn te oud om géén geheime muurdoorgangen naar binnen en buiten te hebben. Maar het is een heel andere vraag of die doorgangen zijn gedocumenteerd en of wij die documenten hebben. Mensen die kennis hebben van verborgen luiken en zo willen die informatie meestal liever niet prijsgeven.' Jeod greep een handvol papieren die naast hem op de brits lagen en tuurde ernaar, maar toen snoof hij en smeet ze aan de kant. 'Ik probeer raadsels op te lossen die zijn bedacht door mensen die vooral niet wilden dat iemand ze oploste.'

Hij en Eragon spraken nog een tijdje over andere, minder belangrijke zaken, tot Helen terugkwam met drie dampende bekers rode-klaverthee. Toen Eragon zijn beker aanpakte, zag hij dat haar eerdere boosheid scheen te zijn bekoeld, en hij vroeg zich af of ze buiten had staan luisteren naar wat Jeod over haar had gezegd. Ze gaf Jeod zijn beker en haalde een tinnen bord vol koekjes en een aardewerk potje met honing. Toen liep ze een stukje weg en leunde tegen de middenpaal van de tent, blazend op haar eigen thee.

Zoals de beleefdheid voorschreef wachtte Jeod tot Eragon een koekje van het bord had gepakt en er een hap van had genomen voor hij vroeg: 'Waaraan heb ik het genoegen van je gezelschap te danken, Eragon? Als ik me niet vergis, ben je hier niet zomaar.'

Eragon nipte van zijn thee. 'Na de Slag van de Brandende Vlakten had ik je beloofd dat ik je zou vertellen hoe Brom is overleden. Dáár ben ik voor gekomen.'

Jeods wangen werden grauw. 'O.'

'Het hoeft niet hoor, als je niet wilt,' zei Eragon snel.

Met moeite schudde Jeod zijn hoofd. 'Nee, ik wil het wel weten. Ik had het alleen niet verwacht.'

Toen Jeod Helen niet vroeg om weg te gaan, wist Eragon niet zeker of hij moest doorgaan, maar toen besloot hij dat het niet uitmaakte of Helen of iemand anders zijn verhaal hoorde. Op langzame, zorgvuldige toon begon Eragon te vertellen over de gebeurtenissen sinds Brom en hij bij Jeods huis waren weggegaan. Hij beschreef hun ontmoeting met de bende Urgals, hun zoektocht naar de Ra'zac in Dras-Leona, hoe de Ra'zac hen buiten de stad in een hinderlaag hadden laten lopen en hoe ze Brom hadden verwond toen ze voor Murtaghs aanval vluchtten.

Eragons keel kneep dicht terwijl hij over Broms laatste uren sprak, over de koele zandstenen grot waar Brom had gelegen, over de hulpeloosheid die hij had gevoeld terwijl hij Brom zag afglijden en over de geur van de dood die in de droge lucht had gehangen. Uiteindelijk vertelde hij over Broms laatste woorden, over de zandstenen tombe die Eragon met magie had gemaakt en die Saphira in pure diamant had veranderd.

'Had ik toen maar geweten wat ik nu weet,' zei Eragon, 'dan had ik hem kunnen redden. Maar...' Omdat hij niet kon praten door de brok in zijn keel depte hij zijn ogen en nam een slok thee. Hij wenste dat het iets sterkers was.

Jeod zuchtte. 'En zo kwam Brom aan zijn einde. Helaas, we zijn allemaal slechter af zonder hem. Als hij echter zelf de wijze van zijn dood had kunnen kiezen, dan denk ik dat hij voor deze dood had gekozen, in dienst van de Varden, bij het verdedigen van de laatste vrije Drakenrijder.'

'Wist jij dat hij zelf Rijder was geweest?'

Jeod knikte. 'De Varden vertelden me dat voordat ik hem ontmoette.'

'Hij leek me een man die weinig over zichzelf vertelde,' merkte Helen op.

Jeod en Eragon lachten allebei. 'Dat klopt,' zei Jeod. 'Ik heb me nog altijd niet hersteld van de schok van het zien van hem en jou, Eragon, toen jullie bij ons op de stoep stonden. Brom was altijd nogal terughoudend, maar we werden goede vrienden toen we samen reisden, en ik snap niet waarom hij me zestien of zeventien jaar lang heeft laten denken dat hij dood was. Te lang. Bovendien konden de Varden, aangezien Brom degene was die Saphira's ei bij hen bezorgde nadat hij Morzan in Gil'ead had gedood, me moeilijk zeggen dat ze haar ei hadden zonder te onthullen dat Brom nog leefde. Dus ben ik er bijna twintig jaar lang van overtuigd geweest dat het enige grote avontuur van mijn leven in een mislukking was geëindigd. Dat we geen hoop meer hadden op een Drakenrijder om ons te helpen Galbatorix te verslaan. Die wetenschap viel me niet makkelijk, kan ik je vertellen...'

Jeod wreef over zijn voorhoofd. 'Toen ik de voordeur opendeed en besefte wie ik voor me had, dacht ik dat de geesten uit mijn verleden bij me kwamen spoken. Brom zei dat hij zich verborgen had gehouden om te zorgen dat hij zou overleven, zodat hij de nieuwe Rijder kon opleiden wanneer hij of zij verscheen, maar zijn verklaring heeft me nooit helemaal tevredengesteld. Waarom was het nodig dat hij het contact verbrak met bijna iedereen die hij kende of om wie hij gaf? Waar was hij bang voor? Wat beschermde hij?'

Jeod draaide met zijn beker. 'Ik kan het niet bewijzen, maar het lijkt me dat Brom iets moet hebben ontdekt toen hij in Gil'ead tegen Morzan en zijn draak vocht, iets wat zo belangrijk was dat het hem ertoe zette alles op te geven wat tot dan toe zijn leven vormde. Het is vergezocht, dat geef ik toe, maar ik kan Broms gedrag anders niet verklaren. Er moet bijna wel iets zijn geweest wat hij nooit met mij of een andere levende ziel heeft besproken.'

Weer zuchtte Jeod en wreef over zijn lange gezicht. 'Na zoveel jaar had ik gehoopt dat Brom en ik nog een keer samen konden rijden, maar het lot had kennelijk andere ideeën. En om hem dan een tweede keer kwijt te raken, slechts een paar weken nadat ik had ontdekt dat hij nog leefde, dat was erg wreed.'

Helen liep langs Eragon heen en ging naast Jeod staan, met haar hand op zijn schouder. Hij glimlachte flauwtjes naar haar en sloeg zijn arm om haar slanke middel. 'Ik ben blij dat Saphira en jij Brom een graf hebben gegeven waar zelfs een dwergenkoning jaloers op zou zijn. Hij verdiende het, en nog veel meer, om alles wat hij voor Alagaësia heeft gedaan. Al vrees ik dat zodra mensen zijn graf vinden, ze niet zullen aarzelen het te slopen vanwege de diamanten.'

'Daar krijgen ze dan spijt van,' mompelde Eragon. Hij besloot zo snel mogelijk naar die plek terug te keren en afweerbezweringen over Broms graf te leggen om het te beschermen tegen grafrovers. 'Bovendien zullen ze het te druk hebben met zoeken naar gouden lelies om Brom lastig te vallen.'

'Hè?'

'Laat maar, het is niet belangrijk.' Ze dronken hun thee. Helen knabbelde aan een koekje. 'Jij hebt Morzan ontmoet, nietwaar?' vroeg Eragon toen.

'Het waren niet bepaald vriendschappelijke gelegenheden, maar ik heb hem inderdaad ontmoet.'

'Wat was hij voor iemand?'

'Als mens? Ik zou het echt niet kunnen zeggen, al ken ik de verhalen over zijn gruweldaden maar al te goed. Telkens als Brom en ik zijn pad kruisten, probeerde hij ons te vermoorden. Of eigenlijk gevangen te nemen, te folteren en dán te vermoorden, en niets van dat alles is bevorderlijk voor het opbouwen van een prettige relatie.' Eragon was te geconcentreerd om te lachen. Jeod verplaatste zijn gewicht op het bed. 'Als strijder was Morzan angstaanjagend. We zijn heel wat keren voor hem gevlucht, herinner ik me – voor hem en zijn draak, bedoel ik. Er zijn maar weinig dingen zo eng als wanneer een kwade draak achter je aan zit.'

'Hoe zag hij eruit?'

229

'Je lijkt bovenmatig veel belangstelling voor hem te hebben.'
Eragon knipperde met zijn ogen. 'Ik ben nieuwsgierig. Hij was de laatste van de Meinedigen, en Brom was degene die hem doodde. En nu is Morzans zoon mijn doodsvijand.'
'Even kijken,' zei Jeod. 'Hij was lang, breedgeschouderd, zijn haar was donker als ravenveren en zijn ogen hadden verschillende kleuren. Het ene was blauw en het andere zwart. Hij had geen baard en hij miste het topje van een vinger; ik ben vergeten welke. Hij was knap, op een wrede, hooghartige manier, en hij sprak bijna charismatisch. Zijn pantser was altijd gepoetst, of het nu een maliënkolder of een borstplaat was, alsof hij geen angst had dat zijn vijanden er vlekken op zouden maken, en dat zal ook wel niet. Als hij lachte, klonk het alsof hij pijn had.'
'En zijn metgezel, Selena? Heb je haar ook ontmoet?'
Jeod lachte. 'Als dat zo was, zou ik hier nu niet zitten. Morzan was misschien een vreeswekkend zwaardvechter, een formidabel magiër en een moorddadige verrader, maar de mensen waren het bangst voor die vrouw van hem. Morzan gebruikte haar alleen voor missies die zo walgelijk, moeilijk of geheimzinnig waren dat niemand anders ze wilde uitvoeren. Zij was zijn Zwarte Hand, en haar aanwezigheid ging altijd vooraf aan de dood, foltering, verraad of een andere verschrikking.' Eragon werd een beetje misselijk toen hij die beschrijving van zijn moeder hoorde. 'Ze was spijkerhard, had geen enkel medelijden of mededogen. Ze zeggen dat toen ze Morzan vroeg of ze hem mocht dienen, hij haar beproefde door haar het woord voor genezen in de oude taal te leren – want zij was magiër en strijder – en haar toen tegen twaalf van zijn beste zwaardvechters te laten vechten.'
'Hoe heeft ze hen verslagen?'
'Ze genas hen van hun angst en hun haat en alle andere dingen die een man ertoe aanzetten te doden. En toen, terwijl ze als domme schapen naar elkaar stonden te grijnzen, liep ze naar hen toe en sneed hen de keel af... Voel je je wel goed, Eragon? Je bent lijkbleek.'
'Ja hoor. Wat herinner je je nog meer?'
Jeod tikte peinzend tegen zijn beker. 'Heel weinig over Selena. Ze was altijd nogal een raadsel. Niemand behalve Morzan kende zelfs maar haar echte naam, tot een paar maanden voor Morzans dood. Voor het grote publiek is ze nooit iemand anders geweest dan de Zwarte Hand. De Zwarte Hand die we nu hebben – de groep spionnen, moordenaars en magiërs die Galbatorix' lage werk doen – is een poging van Galbatorix om Selena's nut voor Morzan te recreëren. Zelfs onder de Varden kenden maar een handvol mensen haar naam, en de meesten daarvan liggen nu in het graf. Voor zover ik me herinner, was Brom degene die haar ware identiteit ontdekte. Voordat ik naar de Varden ging met informatie over de geheime gang naar kasteel Ilirea – dat de elfen duizenden jaren geleden hebben gebouwd en dat Gal-

batorix heeft uitgebreid tot de zwarte citadel die nu boven Urû'baen uittorent – had Brom nogal wat gespioneerd op Morzans landgoed. Hij hoopte een tot dan toe onvermoede zwakte van Morzan te vinden... Ik geloof dat Brom toegang tot Morzans zalen wist te krijgen door zich te vermommen als dienaar. Toen ontdekte hij dat over Selena. Toch hebben we nooit kunnen achterhalen waarom ze zo aan Morzan gehecht was. Misschien hield ze van hem. Hoe dan ook, ze was hem volkomen toegewijd, zelfs tot aan de dood. Kort nadat Brom Morzan doodde, hoorden de Varden dat Selena was bezweken aan een ziekte. Het leek wel alsof de getrainde havik zo dol was op haar meester dat ze niet zonder hem kon leven.'

Ze was niet helemaal loyaal, dacht Eragon. *Ze verzette zich tegen Morzan toen het om mij ging, ook al kostte haar dat het leven. Had ze Murtagh ook maar kunnen redden.*

Wat Jeods verhalen over haar misdaden aanging, Eragon verkoos te geloven dat Morzan haar in wezen goedmoedige aard had gecorrumpeerd. Omwille van zijn eigen gemoedsrust kon Eragon niet aanvaarden dat allebei zijn ouders kwaadaardig waren geweest.

'Ze hield inderdaad van hem,' zei hij, starend naar de theeblaadjes onder in zijn beker. 'Aanvankelijk hield ze van hem; misschien later niet meer zoveel. Murtagh is haar zoon.'

Jeod trok zijn wenkbrauwen op. 'Echt? Dat heb je zeker van Murtagh zelf gehoord?' Eragon knikte. 'Nou, dat beantwoordt een paar vragen die ik altijd heb gehad. Murtaghs moeder... Ik sta ervan te kijken dat Brom dat geheim niet heeft onthuld.'

'Morzan heeft er alles aan gedaan om Murtaghs bestaan te verhullen, zelfs voor andere Meinedigen.'

'Gezien de geschiedenis van die machtswellustige, achterbakse schurken heeft dat waarschijnlijk Murtaghs leven gered. Jammer.'

Er kroop een stilte tussen hen in, als een dier dat klaar stond om bij de geringste beweging te vluchten. Eragon bleef in zijn beker staren. Hij had vele vragen, maar hij wist dat Jeod die niet kon beantwoorden, en dat waarschijnlijk niemand dat kon. Waarom was Brom ondergedoken in Carvahall? Om een oogje te houden op Eragon, de zoon van zijn meest gehate vijand? Was het een wrede grap dat hij Eragon Zar'roc, het zwaard van zijn vader, had gegeven? En waarom had Brom hem niet de waarheid verteld over zijn ouders? Hij verstrakte zijn greep op de beker tot hij, geheel per ongeluk, het aardewerk aan stukken kneep.

Ze schrokken alle drie van de plotselinge knal.

'Hier, ik help je wel even,' zei Helen, die naar voren sprong en met een doek zijn tuniek begon te deppen. Beschaamd bood Eragon enkele keren zijn verontschuldigingen aan, waarop zowel Jeod als Helen reageerde door hem ervan te verzekeren dat het een ongelukje was geweest en dat hij er niet mee moest zitten.

231

Terwijl Helen de scherven aardewerk opraapte, begon Jeod te zoeken tussen de stapels boeken, schriftrollen en papieren op het bed en zei: 'O, dat was ik bijna vergeten. Ik heb iets voor je, Eragon, dat misschien van pas komt. Als ik het maar kan vinden...' Met een verheugde kreet kwam hij overeind. Hij had een boek in zijn handen, dat hij aan Eragon gaf.

Het was *Domia abr Wyrda, Lotsbeheersing*, een volledige geschiedenis van Alagaësia, geschreven door Heslant de Monnik. Eragon had die voor het eerst gezien in Jeods bibliotheek in Teirm. Hij had niet verwacht dat hij nog eens de kans zou krijgen het boek opnieuw in te kijken. Genietend van het gevoel streek hij met zijn handen over het geciseleerde leer van het kaft, dat glansde van ouderdom, opende het boek en bewonderde de nette rijen runen erin, geschreven in glanzende rode inkt. Vol ontzag over de schat aan kennis in zijn handen vroeg Eragon: 'Wil je dit aan míj geven?'

'Ja,' bevestigde Jeod. Hij boog zich opzij terwijl Helen een stuk van de beker onder het bed vandaan pakte. 'Ik denk dat je er je voordeel mee kunt doen. Je bent betrokken bij historische gebeurtenissen, Eragon, en de wortels van de problemen waar je voor staat liggen in dingen die tientallen, honderden of zelfs duizenden jaren in het verleden zijn gebeurd. Als ik jou was zou ik elke kans die ik had aangrijpen om te lezen welke lessen de geschiedenis ons kan leren, want dat kan je helpen bij de problemen van nu. In mijn eigen leven heeft lezen over het verleden me vaak de moed en het inzicht geboden om het juiste pad te kiezen.'

Eragon wilde het geschenk graag aannemen, maar hij twijfelde toch. 'Brom zei dat *Domia abr Wyrda* het kostbaarste in je hele huis was. En zeldzaam... En hoe moet het dan met jouw werk? Heb je het niet nodig voor je onderzoek?'

'Het is inderdaad kostbaar en zeldzaam,' zei Jeod, 'maar alleen in het Rijk, waar Galbatorix elk exemplaar dat hij tegenkomt verbrandt en de onfortuinlijke eigenaar ervan ophangt. Hier in het kamp zijn me al zes exemplaren aangeboden door leden van het hof van koning Orrin, en dit is niet bepaald wat je noemt een groot centrum van wijsbegeerte. Maar ik doe er niet gemakkelijk afstand van, en alleen omdat jij het beter kunt gebruiken dan ik. Boeken moeten gaan naar degenen die er het meeste prijs op stellen, en niet stoffig en ongelezen blijven liggen op een vergeten plank. Vind je ook niet?'

'Inderdaad.' Eragon deed *Domia abr Wyrda* dicht en streek weer over de ingewikkelde patronen op het kaft, gefascineerd door de draaiende vormen die in het leer waren geciseleerd. 'Dank je. Ik zal het koesteren.' Jeod neigde zijn hoofd en leunde tegen de wand van de tent, kennelijk tevreden. Eragon kantelde het boek en bekeek de letters op de rug. 'Wat voor monnik was Heslant?'

'Van een kleine, geheimzinnige sekte die de Arcaena werd genoemd en die is ontstaan in het gebied rondom Kuasta. Hun orde, die al minstens vijfhonderd jaar bestaat, gelooft dat alle kennis heilig is.' Een lichte glimlach gaf Jeods gezicht een raadselachtig aanzien. 'Ze wijden zich eraan elk stukje informatie ter wereld te verzamelen en te behouden voor een moment waarop zij geloven dat een niet nader omschreven catastrofe alle beschavingen in Alagaësia zal verwoesten.'

'Dat lijkt me een vreemde religie,' zei Eragon.

'Zijn niet alle religies vreemd in de ogen van buitenstaanders?' wierp Jeod tegen.

'Ik heb ook een geschenk voor jou, of eigenlijk voor jou, Helen,' zei Eragon toen.

Ze hield haar hoofd schuin en fronste vragend haar wenkbrauwen.

'Je komt toch uit een koopliedenfamilie?'

Ze gaf een knikje ter bevestiging.

'Was je zelf ook thuis in die bedrijfstak?'

Er fonkelden bliksems in Helens ogen. 'Als ik niet met hém getrouwd was' – ze gaf een rukje met haar schouder – 'zou ik het familiebedrijf hebben overgenomen nadat mijn vader overleed. Ik was enig kind, en mijn vader heeft me alles geleerd wat hij wist.'

Dat had Eragon al gehoopt te horen. Tegen Jeod zei hij: 'Je zei dat je tevreden bent met je leven hier bij de Varden.'

'En dat ben ik ook. Meestal.'

'Ik begrijp het. Maar je hebt veel geriskeerd door Brom en mij te helpen, en nog meer door Roran en alle anderen uit Carvahall bij te staan.'

'De Piraten uit de Palancarvallei.'

Eragon grinnikte. 'Zonder jouw hulp zou het Rijk hen zeker gevangen hebben genomen. En vanwege jullie opstandige daad zijn jullie allebei alles kwijtgeraakt wat jullie in Teirm koesterden.'

'Ik zou het toch zijn kwijtgeraakt. Ik was bankroet en de Tweeling had me verraden aan het Rijk. Het was alleen maar een kwestie van tijd voordat heer Risthart me zou laten arresteren.'

'Misschien, maar je hebt niettemin Roran geholpen. Wie kan het je kwalijk nemen als je tegelijkertijd jullie eigen leven probeerde te redden? Feit blijft dat jullie alles in Teirm hebben achtergelaten om samen met Roran en de dorpelingen de *Vliegende Draak* te stelen. En voor jullie offer zal ik altijd dankbaar blijven. Dus dit is een onderdeel van mijn dank...'

Eragon schoof een vinger onder zijn riem, pakte de tweede gouden bol en gaf die aan Helen. Ze nam hem zo voorzichtig aan alsof het een jong roodborstje was. Terwijl ze er verwonderd naar keek en Jeod zijn hals strekte om mee te kijken, zei Eragon: 'Het is geen fortuin, maar als je slim bent zou je het moeten kunnen laten groeien. Wat Nasuada met kant deed, heeft me geleerd dat mensen ook in een oorlog voldoende kansen hebben om geld te verdienen.'

'O ja,' zei Helen ademloos. 'Oorlog is een groot genoegen voor kooplieden.'

'Om te beginnen zei Nasuada gisteren tijdens het eten tegen me dat de mede van de dwergen opraakt, en zoals je wel zou vermoeden hebben ze de middelen om net zoveel vaten te kopen als ze willen, zelfs als die duizend keer zoveel zouden kosten als voor de oorlog. Maar dat is maar een idee. Als je zelf op onderzoek uitgaat vind je misschien andere lieden, die nog wanhopiger op zoek zijn naar bepaalde goederen.'

Eragon zette een wankele stap achteruit toen Helen op hem af rende en hem omhelsde. Haar haren kriebelden langs zijn kin. Ze liet hem los, plotseling verlegen, maar toen kreeg haar opwinding weer de overhand. Ze bracht de gouden bol voor haar gezicht en zei: 'Dank je, Eragon! O, dank je!' Ze wees naar het goud. 'Dit kan ik gebruiken om een zaak te beginnen. Ik weet dat ik het kan. Hiermee kan ik een bedrijf opbouwen dat nog groter is dan dat van mijn vader.' De glanzende bol verdween in haar gebalde vuist. 'Denk je dat ik het niet kan waarmaken? Let maar op, het zal gebeuren. Ik zal niet falen!'

Eragon maakte een buiging. 'Ik hoop dat je slaagt en dat we allemaal profiteren van je succes.'

Hij zag dat de pezen in Helens hals opbolden toen ze een reverence maakte en antwoordde: 'Je bent bijzonder gul, Schimmendoder. Ik dank je nogmaals.'

'Ja, dank je,' zei Jeod, die opstond van het bed. 'Ik kan me niet voorstellen waar we dit aan verdiend hebben,' – Helen keek hem woedend aan – 'maar het is toch bijzonder welkom.'

Improviserend voegde Eragon eraan toe: 'En wat jou aangaat, Jeod, ik heb een geschenk voor je van Saphira. Ze heeft beloofd een stukje met jullie te gaan vliegen als jullie eens een paar uurtjes tijd hebben.' Het deed Eragon pijn om Saphira te delen, en hij wist dat ze boos zou zijn omdat hij haar diensten aanbood zonder dat eerst met haar te overleggen, maar nadat hij Helen het goud had gegeven zou hij zich schuldig hebben gevoeld als hij Jeod niet iets van gelijke waarde had aangeboden.

Er kwamen tranen in Jeods ogen. Hij pakte Eragons hand en drukte die. 'Ik kan me geen grotere eer voorstellen. Dank je. Je weet niet hoeveel je voor ons hebt gedaan.'

Nadat hij zich uit Jeods greep had bevrijd schuifelde Eragon naar de ingang van de tent, terwijl hij zich zo beleefd mogelijk excuseerde en afscheid nam. Eindelijk, na nog een ronde van bedankjes van hen en een bescheiden 'Het was niets,' wist hij naar buiten te ontsnappen.

Eragon greep *Domia abr Wyrda* wat beter vast en keek naar de zon. Het zou niet meer lang duren voordat Saphira terugkeerde, maar hij had nog tijd voor één ander ding. Eerst zou hij echter langs zijn tent moeten gaan, want

hij wilde het boek niet beschadigen door het met zich mee te dragen door het kamp.
Ik heb een bóék, dacht hij opgetogen.
Hij draaide weg, met het boek tegen zijn borst gedrukt, terwijl Blödhgarm en de andere elfen hem op de hielen volgden.

Ik heb een zwaard nodig!

Zodra *Domia abr Wyrda* veilig in zijn tent lag opgeborgen, ging Eragon naar de wapenopslag van de Varden, een groot open paviljoen vol rekken met speren, zwaarden, pieken, bogen en kruisbogen. Er stonden kratten vol schilden en leren pantsers. De duurdere maliënkolders, tunieken, kappen en beenbeschermers hingen aan houten standaards. Honderden conische helmen glansden als gepoetst zilver. Balen pijlen stonden overal in het paviljoen, en daartussen zaten een stuk of twintig pijlmakers, die druk bezig waren met het repareren van pijlen die beschadigd waren geraakt tijdens de Slag van de Brandende Vlakten. Een constante stroom mannen haastte zich het paviljoen in en uit; sommigen kwamen wapens en pantsers brengen om die te laten repareren, anderen waren nieuwe rekruten die hun uitrusting kwamen halen, en weer anderen droegen spullen naar andere delen van het kamp. Iedereen scheen uit volle borst naar elkaar te schreeuwen. En midden tussen al die drukte stond de man die Eragon had gehoopt te vinden: Fredric, de wapenmeester van de Varden.

Blödhgarm liep met Eragon mee toen hij het paviljoen in beende. Zodra ze onder het stoffen dak stapten, zwegen de mannen binnen en richtten hun blik op hen. Toen gingen ze verder met hun werk, al was het met snellere passen en zachtere stemmen.

Fredric zwaaide en liep naar hen toe. Zoals altijd droeg hij zijn harige ossenhuidpantser – dat bijna even erg stonk als toen het beest nog leefde – en er hing een enorm tweehands zwaard kruiselings over zijn rug, met het gevest boven zijn rechterschouder uit. 'Schimmendoder!' rommelde hij. 'Hoe kan ik je helpen op deze mooie middag?'
'Ik heb een zwaard nodig.'
Fredric glimlachte in zijn baard. 'Aha, ik vroeg me al af of je daar nog eens voor zou komen. Toen je zonder kling naar de Helgrind vertrok, dacht ik, eh... dat je misschien zulke dingen nu niet meer nodig hebt. Dat je misschien al je gevechten kunt afhandelen met magie.'

'Nee, nog niet.'

'Wel, ik kan niet zeggen dat me dat spijt. Iedereen heeft een goed zwaard nodig, hoe vaardig ze ook zijn met die toverij. Uiteindelijk komt het altijd aan op staal tegen staal. Let maar op, zo zal deze strijd met het Rijk worden beslist, met de punt van een zwaard door Galbatorix' vervloekte hart. Ha, ik verwed er een jaar soldij om dat zelfs Galbatorix een eigen zwaard heeft en dat hij dat ook gebruikt, ook al kan hij je met één vingerbeweging uitbenen als een vis. Niks is echt te vergelijken met het gevoel van prima staal in je vuist.'

Onder het praten leidde Fredric hen naar een rek vol zwaarden, dat apart van de andere stond. 'Wat voor zwaard zoek je?' vroeg hij. 'Dat Zar'roc dat je had was een eenhands zwaard, als ik het me goed herinner. Met een kling van zo'n twee duimen breed – twee van míjn duimen, althans – en een vorm die zowel geschikt was om te hakken als te steken, nietwaar?'

Eragon knikte bevestigend.

De wapenmeester gromde en begon zwaarden van het rek te trekken en ermee door de lucht te zwaaien, waarna hij ze schijnbaar ontevreden weer terugzette. 'Elfenklingen zijn meestal dunner en lichter dan die van ons of de dwergen, door de bezweringen die ze in het staal mee smeden. Als wij onze klingen zo kwetsbaar maakten als die van hen, zouden ze na eventjes vechten al buigen, breken of zo erg beschadigd raken dat je er niet eens meer zachte kaas mee zou kunnen snijden.' Zijn ogen schoten naar Blödhgarm toe. 'Toch, elf?'

'Precies wat je zegt, mens,' antwoordde Blödhgarm op perfect gelijkmatige toon.

Fredric knikte en bekeek de kling van een ander zwaard, maar toen snoof hij en liet het weer terugzakken in het rek. 'Wat betekent dat elk zwaard dat je kiest waarschijnlijk zwaarder zal zijn dan je gewend bent. Dat zou jou niet al te veel moeite moeten kosten, Schimmendoder, maar het extra gewicht kan wel invloed hebben op de snelheid van je uithalen.'

'Bedankt voor de waarschuwing,' zei Eragon.

'Geen punt,' antwoordde Fredric. 'Daar ben ik voor: om te zorgen dat er zo weinig mogelijk Varden omkomen en ze te helpen zo veel mogelijk soldaten van Galbatorix te doden. Het is een fijne baan.' Hij liet het rek achter zich en liep naar een ander toe, dat verborgen ging achter een stapel rechthoekige schilden. 'Het juiste zwaard voor iemand vinden is op zich al een kunst. Een zwaard moet aanvoelen als een verlengstuk van je arm, alsof het uit je eigen vlees is gegroeid. Je moet niet hoeven nadenken over hoe je wilt dat het beweegt; je moet het gewoon even instinctief hanteren als een reiger zijn snavel of een draak haar klauwen. Het perfecte zwaard is de vleesgeworden bedoeling: wat jij wilt, doet het wapen.'

'Je lijkt wel een dichter.'

Met een bescheiden blik haalde Fredric zijn schouders op. 'Ik kies al zesentwintig jaar wapens uit voor mannen die ten strijde trekken. Na een tijdje trekt het in je botten, richt het je gedachten op het lot, en vraag je je af of de jongeman die je met een piek op pad had gestuurd nog zou leven als je hem in plaats daarvan een knuppel had meegegeven.' Fredric bleef met zijn hand zwevend boven het middelste zwaard in het rek staan en keek Eragon aan. 'Vecht je liever met of zonder schild?'

'Met,' zei Eragon, 'maar ik kan het niet overal met me mee dragen. En er schijnt er nooit eentje in de buurt te zijn als ik word aangevallen.'

Fredric tikte op het gevest van het zwaard en beet op zijn lip. 'Hmf. Dus je hebt een zwaard nodig dat je op zichzelf kunt gebruiken, maar dat niet te lang is om samen met allerlei schilden te gebruiken, van een beukelaar tot een muurschild. Het moet dus een zwaard zijn van gemiddelde lengte, gemakkelijk met één hand te hanteren. Het moet een kling zijn die je overal kunt dragen, sierlijk genoeg voor een kroningsceremonie en taai genoeg om een bende Kull af te weren.' Hij grimaste. 'Het is onnatuurlijk, wat Nasuada heeft gedaan, een bondgenootschap sluiten met die monsters. Het kan niet standhouden. Onze soort en zij waren nooit bedoeld om met elkaar om te gaan...' Hij vermande zich. 'Jammer dat je maar één zwaard wilt. Of heb ik het mis?'

'Nee. Saphira en ik reizen veel te veel om zes verschillende zwaarden mee te slepen.'

'Je zult wel gelijk hebben. Bovendien wordt er van een strijder zoals jij verwacht dat je niet meer dan één wapen hebt. De vloek van het genaamde zwaard, noem ik het.'

'Wat is dat?'

'Elke grote strijder,' zei Fredric, 'heeft een zwaard – meestal een zwaard – met een naam. Ofwel hij geeft het zelf een naam, of, zodra hij zijn vaardigheid bewijst met een buitengewone prestatie, de barden doen dat voor hem. Daarna móét hij dat zwaard gebruiken. Het wordt van hem verwacht. Als hij zonder dat wapen op het slagveld verschijnt, zullen de andere krijgers vragen waar het is en zich afvragen of hij zich schaamt voor zijn succes of dat hij hen beledigt door de faam te verwerpen die ze hem hebben verleend. En zelfs zijn vijanden kunnen erop staan de gevechten uit te stellen tot hij zijn beroemde wapen haalt. Let maar op; zodra je tegen Murtagh vecht of iets anders memorabels doet met je nieuwe zwaard, zullen de Varden erop staan het een naam te geven. En vanaf dat moment zul je het altijd bij je moeten dragen.' Hij bleef praten terwijl hij naar een derde rek liep. 'Ik had nooit gedacht dat ik nog eens het geluk zou hebben een Rijder zijn wapen te helpen uitkiezen. Wat een kans! Het voelt als het hoogtepunt van mijn werk bij de Varden.'

Fredric plukte een zwaard uit het rek en gaf het Eragon aan. Eragon kantelde de punt van de kling op en neer en schudde zijn hoofd; de vorm van het gevest paste niet goed in zijn hand. De wapenmeester leek niet teleurgesteld. Integendeel, Eragons afwijzing scheen hem energie te geven, alsof hij genoot van de uitdaging. Hij gaf Eragon een volgend zwaard aan, maar weer schudde Eragon zijn hoofd; de balans lag in dit wapen te ver naar voren.

'Wat mij zorgen baart,' zei Fredric, terugdraaiend naar het rek, 'is dat elk zwaard dat ik je geef krachten zal moeten weerstaan die een gewone kling zouden breken. Wat jij nodig hebt, is dwergenwerk. Hun smeden zijn bijna net zo goed als die van de elfen, en soms zelfs beter.' Fredric tuurde naar Eragon. 'Wacht even, ik stel de verkeerde vragen! Hoe heb je leren blokkeren en pareren? Was dat rand tegen rand? Ik geloof dat ik je zoiets zag doen toen je in Farthen Dûr tegen Arya vocht.'

Eragon fronste zijn voorhoofd. 'En wat dan nog?'

'Wat dan nog?' Fredric bulderde van het lachen. 'Nou, Schimmendoder, als je met de rand van een zwaard tegen die van een ander zwaard slaat, beschadig je allebei de wapens ernstig. Dat was misschien geen probleem met een betoverde kling zoals Zar'roc, maar je kunt datzelfde niet doen met de wapens die ik hier heb, anders moet je na elke veldslag een nieuw zwaard komen halen.'

Eragon zag voor zijn geestesoog een beeld van de gehavende randen van Murtaghs zwaard, en hij was boos op zichzelf omdat hij iets zo voor de hand liggends was vergeten. Hij was gewend geraakt aan Zar'roc, dat nooit bot werd, nooit sporen van slijtage vertoonde en, voor zover hij wist, onkwetsbaar was voor de meeste bezweringen. Hij wist niet eens of het wel mogelijk was het zwaard van een Rijder te vernietigen. 'Daar hoef je je geen zorgen over te maken; ik zal het zwaard beschermen met magie. Nou, hoe zit 't, moet ik de hele dag op een wapen wachten?'

'Nog één vraag, Schimmendoder. Gaat je magie eeuwig mee?'

Eragons frons werd dieper. 'Nu je het zegt, nee. Er is maar één elf die weet hoe het zwaard van een Rijder moet worden gemaakt, en zij heeft haar geheimen niet met mij gedeeld. Wat ik wél kan doen is een bepaalde hoeveelheid energie in een zwaard stoppen. Die zal voorkomen dat het beschadigd raakt, totdat de energie is uitgeput. Daarna keert het zwaard naar zijn uitgangstoestand terug, en dan zal het de volgende keer dat het een ander zwaard raakt breken. Denk ik.'

Fredric krabde in zijn baard. 'Ik zal je maar op je woord geloven, Schimmendoder. Wat je bedoelt is dat als je lang genoeg op soldaten inhakt, je bezweringen verslijten, en hoe harder je slaat, hoe sneller de bezweringen verdwijnen, nietwaar?'

'Precies.'

'Dan moet je rand op rand dus nog steeds vermijden, want daardoor zullen je bezweringen sneller verslijten dan door de meeste andere bewegingen.'

'Ik heb hier geen tijd voor,' snauwde Eragon, die zijn ongeduld niet meer kon intomen. 'Ik heb geen tijd om een heel andere manier van vechten aan te leren. Het Rijk kan ieder moment aanvallen. Ik moet toepassen wat ik wél weet, niet een heel nieuwe reeks vormen onder de knie proberen te krijgen.'

Fredric klapte in zijn handen. 'Dan heb ik precies wat je nodig hebt!' Hij liep naar een krat vol wapens en rommelde erin, ondertussen in zichzelf mompelend: 'Eerst dít, dan dát, en dan zullen we zien waar we staan.' Onder uit het krat haalde hij een grote zwarte goedendag. Fredric klopte erop met zijn knuppel. 'Je kunt hier zwaarden mee breken. Je kunt maliën splijten en helmen inslaan, en hij zal geen schrammetje oplopen.'

'Het is een knuppel,' protesteerde Eragon. 'Een metalen knuppel.'

'Nou en? Met jouw kracht kun je ermee zwaaien alsof het een rietstengel is. Je wordt hiermee de schrik van het slagveld, geloof me.'

Eragon schudde zijn hoofd. 'Nee, dingen in puin slaan is niet hoe ik wil vechten. Bovendien had ik Durza nooit door zijn hart kunnen steken als ik zo'n ding bij me had gehad in plaats van een zwaard.'

'Dan heb ik nog één suggestie, behalve als je staat op een traditioneel zwaard.' Uit een ander gedeelte van het paviljoen haalde Fredric een kromzwaard. Het was niet een soort zwaard waar Eragon aan gewend was, hoewel hij ze wel eerder bij de Varden had gezien. Het kromzwaard had een gewreven, schijfvormig gevest, glanzend als een zilveren munt. De korte greep was van hout met zwart leer eromheen, en op de gebogen stootplaat stond een rij dwergenrunen. De eensnijdende kling was zo lang als zijn uitgestoken arm en had aan weerszijden een smalle groef, dicht bij de rug. Het kromzwaard was recht tot op ongeveer twee duim vanaf de punt, waarna de rug van de kling omhoog liep in een piek en toen glooiend omlaag kromde naar de naaldscherpe punt. Door die breed uitlopende kling zou de punt niet snel buigen of knappen als hij door een pantser werd gedreven, en het gaf het uiteinde van het zwaard een slagtandachtig aanzien. Anders dan een tweesnijdend zwaard was het kromzwaard gemaakt om met de kling en stootplaat loodrecht boven de grond te worden gehouden. Het vreemdste aan het kromzwaard was echter de onderste rand van de kling, die parelgrijs en aanzienlijk donkerder was dan het spiegelgladde staal erboven. De grens tussen de twee delen golfde, als een zijden sjaal die wappert in de wind.

Eragon wees naar de grijze band. 'Dat heb ik nog nooit gezien. Wat is dat?'

'De thriknzdal,' zei Fredric. 'Dat hebben de dwergen uitgevonden. Ze temperen de rand en de rug afzonderlijk van elkaar. De rand maken ze hard; harder dan wij durven doen bij de hele kling. Het midden van de kling en de rug worden zodanig getemperd dat de rug van het kromzwaard zachter is dan de rand, zacht genoeg om te buigen en de kracht van de inslag te overleven zonder te breken als een bevroren vijl.'

'Behandelen de dwergen al hun zwaarden zo?'

Fredric schudde zijn hoofd. 'Alleen de enkelsnijdende zwaarden en hun beste tweesnijdende.' Hij weifelde en zijn blik werd onzeker. 'Je begrijpt toch wel waarom ik dit wapen voor je heb uitgekozen, Schimmendoder?'

Eragon begreep het. Met de kling van het kromzwaard haaks ten opzichte van de grond zouden eventuele slagen die hij op het zwaard opving, behalve als hij zijn pols draaide, op het vlakke stuk van de kling belanden en niet op de rand, zodat die gespaard bleef voor als hij zelf moest aanvallen. Voor het hanteren van het kromzwaard hoefde hij zijn eigen vechtstijl maar een klein beetje aan te passen.

Nadat hij het paviljoen was uitgelopen, nam hij positie in met het kromzwaard. Hij zwaaide ermee, bracht het neer op het hoofd van een denkbeeldige tegenstander, draaide en haalde uit, sloeg een onzichtbare speer aan de kant, sprong zes meter naar links en manoeuvreerde in een briljante maar onpraktische beweging het wapen achter zijn rug langs, waarbij hij het van de ene hand in de andere overgooide. Met kalme ademhaling en hartslag keerde hij terug naar Fredric en Blödhgarm, die op hem stonden te wachten. De snelheid en balans van het kromzwaard hadden indruk op Eragon gemaakt. Het was niet gelijkwaardig aan Zar'roc, maar het was een uitstekend wapen.

'Je hebt goed gekozen,' zei hij.

Fredric zag echter kennelijk zijn terughoudendheid. 'Maar toch ben je niet helemaal tevreden, Schimmendoder?'

Eragon draaide het kromzwaard rond en grimaste. 'Ik wou alleen maar dat het er niet uitzag als een bovenmaats uitbeenmes. Ik voel me er nogal belachelijk mee.'

'Ah, let er maar niet op als je vijanden gaan lachen. Het lachen vergaat ze wel als je hun hoofd afhakt.'

Eragon knikte geamuseerd. 'Ik neem het.'

'Een momentje dan,' zei Fredric. Hij verdween in het paviljoen en keerde even later terug met een zwartleren schede, versierd met zilveren krullen. Hij gaf Eragon de schede en vroeg: 'Heb je ooit geleerd een zwaard te slijpen, Schimmendoder? Dat was zeker niet nodig bij Zar'roc?'

'Nee,' gaf Eragon toe, 'maar ik ben best goed met een wetsteen. Ik kan een mes slijpen tot het zo scherp is dat een draad die je eroverheen legt doorgesneden wordt. Bovendien kan ik de rand altijd nog met magie slijpen als het nodig is.'

Fredric kreunde en sloeg op zijn bovenbeen, waarbij een wolkje haren van zijn ossenhuidbroek losliet. 'Nee, nee, een vlijmscherpe rand is juist wat je níét wilt aan een zwaard. Hij moet dik zijn, dik en sterk. Een strijder moet weten hoe hij zijn spullen goed moet onderhouden, en daarbij hoort het slijpen van je zwaard!'

Fredric stond er vervolgens op een nieuwe wetsteen voor Eragon te halen en hem op de grond bij het paviljoen precies te laten zien hoe hij het kromzwaard klaar moest maken voor de strijd. Zodra hij ervan overtuigd was dat Eragon het zwaard van een heel nieuwe rand kon voorzien zei hij: 'Je kunt vechten met een roestig pantser. Je kunt vechten met een gedeukte helm. Maar als je de zon weer wilt zien opkomen, vecht dan nooit met een bot zwaard. Ook al heb je net een veldslag overleefd en ben je zo moe alsof je de Beorbergen hebt beklommen, als je zwaard niet zo scherp is als nu, maakt het niet uit hoe je je voelt. Je gaat zitten zodra je daar de kans toe hebt en pakt je wetsteen en riem. Net zoals je eerst voor je paard zou zorgen, of voor Saphira: voordat je je om je eigen behoeften bekommert, zorg je eerst voor je zwaard. Want zonder je wapen ben je niet meer dan een hulpeloze prooi voor je vijanden.'

Ze zaten al meer dan een uur in de middagzon voordat de wapenmeester eindelijk klaar was met zijn lessen. Op dat moment gleed er een koele schaduw over hen heen en landde Saphira vlakbij.

Je hebt gewácht, zei Eragon. *Je hebt expres gewacht! Je had me uren geleden al kunnen bevrijden, maar je liet me hier zitten terwijl Fredric maar doorzeverde over waterstenen en oliestenen, en of lijnzaadolie beter is dan ingekookt vet om metaal mee tegen water te beschermen.*

En is dat zo?

Niet echt. Het stinkt alleen minder. Maar dat doet er niet toe! Waarom heb je me hier in het verdomhoekje laten zitten?

Een van haar oogleden zakte in een vette knipoog. *Niet overdrijven. Verdomhoekje? Jij en ik hebben veel ergere verdomhoekjes in het vooruitzicht als we niet goed voorbereid zijn. Wat die vent in die stinkende kleren zei leek me belangrijk voor je.*

Nou, misschien was dat ook wel zo, gaf hij toe.

Ze boog haar nek en likte langs de klauwen aan haar rechter voorpoot.

Nadat hij Fredric had bedankt en afscheid van hem had genomen, en met Blödhgarm een plek had afgesproken waar ze elkaar weer zouden treffen, bevestigde Eragon het kromzwaard aan de riem van Beloth de Wijze en klom op Saphira's rug. Hij joelde en zij brulde terwijl ze haar vleugels hief en de lucht in vloog.

Uitgelaten greep Eragon zich vast aan de stekels voor zich en zag de mensen en tenten onder zich verkleinen tot vlakke miniatuurversies. Van bovenaf was het kamp een raster van grijze driehoekige punten waarvan de oostelijke zijden diep in schaduwen gehuld lagen, wat het hele terrein een geblokt aanzien gaf. De versterkingen rondom het kamp waren stekelig als een egel, en de polen in de verte waren helwit in het schuin invallende zonlicht. Koning Orrins cavalerie was een massa wervelende stipjes in het noordwestelijke gedeelte van het kamp. Ten oosten lag het kamp van de Urgals, laag en donker op de glooiende vlakte.

Ze gingen hoger vliegen.

De koude, pure lucht stak op Eragons wangen en brandde in zijn longen. Hij kon alleen maar ondiep ademhalen. Naast hen dreef een dikke zuil van wolken, die er even massief uitzag als slagroom. Saphira vloog er in een spiraal omheen en haar rafelige schaduw snelde over de pluim. Een vochtige uitloper raakte Eragon, verblindde hem tijdelijk en vulde zijn neus en mond met koude druppeltjes. Hij slaakte een kreet en veegde over zijn gezicht.

Ze stegen boven de wolken uit.

Een rode adelaar krijste naar hen terwijl ze langsvlogen.

Saphira's vleugelslagen werden moeizaam en Eragon begon zich licht in zijn hoofd te voelen. Saphira liet haar vleugels stilvallen en gleed van de ene thermiekstroom naar de volgende, op dezelfde hoogte blijvend maar niet verder stijgend.

Eragon keek omlaag. Ze waren zo hoog dat alles op de grond niet langer echt leek. Het kamp van de Varden was een onregelmatig gevormd spelbord bedekt met kleine grijze en zwarte rechthoekjes. De Jiet was een zilveren lint met groene franjes eraan. In het zuiden vormden de zwavelachtige wolken die van de Brandende Vlakten opstegen een reeks gloeiende oranje bergen, onderdak van schimmige monsters die de wereld in en uit trilden. Eragon wendde snel zijn blik af.

Ongeveer een half uur lang dreven Saphira en hij mee op de wind, zich ontspannend in de zwijgende geruststelling van elkaars gezelschap. Een bezwering beschermde Eragon tegen de kou. Eindelijk waren ze alleen, zoals ze in de Palancarvallei waren geweest voordat het Rijk zich in hun leven had gemengd.

Saphira was de eerste die de stilte verbrak. *Wij zijn meesters van het luchtruim. Hier bij het dak van de wereld.* Eragon stak zijn hand op, alsof hij vanuit het zadel de sterren kon aanraken.

Saphira maakte een bocht naar links, ving een vlaag warmere lucht van beneden en ging weer rechtuit vliegen. *Morgen moet je Roran en Katrina trouwen.*

Wat een vreemde gedachte is dat. Vreemd dat Roran gaat trouwen, en vreemd dat ik de ceremonie moet leiden... Roran getrouwd. Ik voel me oud bij die gedachte. Zelfs wij, die kort geleden nog maar jongens waren, kunnen niet ontkomen aan het onstuitbare verloop van de tijd. Zo verstrijken de generaties, en weldra is het onze beurt om onze kinderen het land op te sturen om het werk te doen.

Maar alleen als we de komende paar maanden weten te overleven.

Ja, dat is waar.

Saphira schommelde toen ze werd geraakt door turbulentie. Toen keek ze naar hem om en vroeg: *Klaar?*

Ja!
Ze kantelde naar voren, trok haar vleugels strak tegen haar lichaam en dook sneller dan een pijl op de grond af. Eragon lachte toen hij zich gewichtloos voelde worden. Hij verstrakte zijn benen rond Saphira om niet van haar weg te zweven en vervolgens liet hij in een roekeloze bui haar stekels los en stak zijn handen boven zijn hoofd. De schijf land onder hen draaide als een wiel terwijl Saphira als een kurkentrekker door de lucht schoot. Ze vertraagde, hield op met draaien en rolde naar rechts, zodat ze ondersteboven omlaagviel.

'Saphira!' riep Eragon, slaand op haar schouder.

Er kwam een lint van rook uit haar neusgaten toen ze weer recht ging vliegen en op de snel naderende grond af dook. Eragons oren plopten en hij draaide met zijn kaken terwijl de druk toenam. Minder dan duizend voet boven het kamp van de Varden, slechts enkele tellen voordat ze op de tenten zou storten en een grote, bloedige krater zou slaan, liet Saphira de wind onder haar vleugels komen. De klap gaf Eragon een zet naar voren, en de stekel waaraan hij zich vasthield belandde bijna in zijn oog.

Met drie krachtige vleugelslagen remde Saphira af. Ze hield haar vleugels gespreid en begon rustig omlaag te cirkelen.

Dat was leuk! riep Eragon.

Vliegen is de spannendste sport die er is, want als je verliest, ga je eraan.

O, maar ik heb alle vertrouwen in je vaardigheden; jij zou ons nooit laten neerstorten.

Haar genoegen over zijn compliment straalde van haar af. Ze koerste richting zijn tent, schudde haar hoofd waardoor hij door elkaar werd gerammeld, en zei: *Ik zou er nu aan gewend moeten zijn, maar telkens als ik uit zo'n duikvlucht kom, doen mijn borst en vleugels zo'n pijn dat ik me de volgende ochtend amper kan bewegen.*

Hij gaf haar een klopje. *Nou, morgen hoef je als het goed is niet te vliegen. Onze enige verplichting is het huwelijk, en daar kun je heen lopen.*

Ze gromde en landde in een wolk van stof, waarbij ze met haar staart per ongeluk een lege tent omver sloeg.

Eragon steeg af en liet haar achter bij een groepje van zes elfen. Met de andere zes draafde hij door het kamp naar de tent van de heelster Gertrude. Van haar hoorde hij welke huwelijksriten hij de volgende dag moest voltrekken, en hij oefende ze met haar om geen beschamende blunder te begaan als het zover was.

Toen keerde Eragon terug naar zijn tent, waste zijn gezicht en kleedde zich om voordat Saphira en hij zoals beloofd zouden gaan dineren met koning Orrin en zijn gevolg.

Laat die avond, toen het feestmaal eindelijk was afgelopen, liepen Eragon en Saphira terug naar zijn tent, kijkend naar de sterren, pratend over wat er achter hen lag en wat er nog voor hen zou kunnen liggen. En ze waren gelukkig. Toen ze op hun bestemming aankwamen, bleef Eragon staan en keek naar Saphira op. Zijn hart was zo vol liefde dat hij het gevoel had dat het ieder moment kon blijven stilstaan.

Welterusten, Saphira.

Welterusten, kleintje.

Onverwacht bezoek

De volgende ochtend liep Eragon naar de achterkant van zijn tent, trok zijn zware bovenkleding uit en begon de posities van het tweede niveau van de Rimgar te oefenen, de reeks lichaamsbewegingen die de elfen hadden ontwikkeld. Al snel was zijn aanvankelijke verkilling verdwenen. Hij begon te hijgen van inspanning en te zweten, en hij kreeg steeds meer moeite om zijn handen of voeten in positie te houden als hij zodanig gedraaid stond dat hij het gevoel had dat zijn spieren van zijn botten zouden scheuren.

Een uur later was hij klaar. Hij droogde zijn handen aan een hoek van zijn tent, trok het kromzwaard en oefende nog eens een half uur zijn zwaardbewegingen. Hij had zich liever de rest van de dag het zwaard eigen gemaakt – want hij wist dat zijn leven ervan af kon hangen – maar Roran zou weldra gaan trouwen en de dorpelingen konden wel wat hulp gebruiken bij alle voorbereidingen.

Eragon nam een bad in koud water en kleedde zich aan, en vervolgens liepen Saphira en hij naar de plek waar Elain toezicht hield op het koken van het huwelijksfeestmaal. Blödhgarm en zijn metgezellen volgden op enige afstand en glipten met steels gemak tussen de tenten door.

'Ah, mooi, Eragon,' zei Elain. 'Ik hoopte al dat je zou komen.' Ze stond met beide handen tegen haar onderrug gedrukt om het gewicht van haar dikke buik te ondersteunen. Ze wees langs een rij spitten en ketels die boven een bed van kolen hingen, langs een groepje mannen dat een varken aan het uitbenen was, langs drie provisorische ovens van modder en steen en langs een stapel vaten. Daarachter stond een rij planken op stronken, die door zes vrouwen als werkbank werd gebruikt. 'Er moeten nog twintig broden worden gekneed. Zou jij daarbij willen helpen?' Toen keek ze fronsend naar het eelt op zijn knokkels. 'Maar probeer die uit het deeg te houden, wil je?'

De zes vrouwen bij de planken, onder wie Felda en Birgit, zwegen toen Eragon tussen hen kwam staan. Zijn pogingen om een gesprek op gang te brengen mislukten, maar na een tijdje, toen hij niet langer probeerde hen op hun gemak te stellen en zich concentreerde op het kneden, hervatten ze hun eerdere gesprekken weer. Ze hadden het over Roran en Katrina en hoe gelukkig die waren, over het leven in het kamp en de reis hierheen, en ineens keek Felda Eragon aan en zei: 'Je deeg ziet er een beetje plakkerig uit. Moet je er niet wat meel bij doen?'

Eragon zag dat ze gelijk had. 'Inderdaad. Dank je.' Felda glimlachte, en vanaf dat moment betrokken de vrouwen hem bij hun gesprek.

Terwijl Eragon het warme deeg bewerkte, lag Saphira te zonnen op een grasveldje vlakbij. De kinderen van Carvahall speelden op haar en om haar heen; lachend gegil schoot boven het diepere geroezemoes van volwassen stemmen uit. Toen een paar schurftige honden naar Saphira begonnen te blaffen, tilde ze haar kop van de grond en gromde naar hen. Ze renden jankend weg.

Iedereen op de open plek was iemand die Eragon nog van vroeger kende. Horst en Fisk waren aan de andere kant van de spitten bezig tafels in elkaar te zetten voor het feestmaal. Kiselt veegde varkensbloed van zijn onderarmen. Albriech, Baldor, Mandel en enkele andere jongemannen droegen palen omwikkeld met linten naar de heuvel waar Roran en Katrina wilden trouwen. Herbergier Morn was bezig met het brouwen van de huwelijksdrank terwijl zijn vrouw, Tara, drie flessen en een vat voor hem vasthield. Een paar honderd voet verderop schreeuwde Roran iets naar een muilezelhoeder die probeerde zijn dieren over de open plek te drijven. Loring, Delwin en de kleine Nolfavrel stonden in een groepje vlakbij toe te kijken. Met een luide vloek greep Roran het hoofdstel van de voorste muilezel vast en probeerde de dieren bij te draaien. Eragon moest erom lachen; hij had Roran nog nooit zo verhit of opvliegend gezien.

'De machtige strijder is nerveus voor zijn wedstrijd,' merkte Isold op, een van de zes vrouwen aan de kneedtafel. De groep lachte.

'Misschien,' zei Birgit, terwijl ze water bij het meel goot, 'is hij bang dat zijn zwaard tijdens de strijd zal doorbuigen.' De vrouwen lachten gierend. Eragon kleurde. Hij hield zijn blik op het deeg voor zich gericht en ging sneller kneden. Schuine grappen waren heel gewoon tijdens huwelijken en hij had er zelf vroeger ook wel aan meegedaan, maar nu het over zijn neef ging, wist hij zich geen houding te geven.

Eragon dacht ook aan de mensen die niet bij de bruiloft aanwezig konden zijn. Hij dacht aan Byrd, Quimbort, Parr, Hida, de jonge Elmund, Kelby en de anderen die waren gestorven door toedoen van het Rijk. Maar vooral dacht hij aan Garrow en wenste hij dat zijn oom nog leefde. Dat hij zijn enige zoon kon zien, de held van de dorpelingen en de Varden, die nu eindelijk Katrina's hand kreeg en een echte man werd.

Eragon deed zijn ogen dicht, wendde zijn gezicht naar de middagzon en glimlachte tevreden op naar de hemel. Het was mooi weer. De geuren van gist, meel, geroosterd vlees, wijn, kokende soep, zoete pasteien en gesmolten snoep hingen op de open plek. Zijn vrienden en familie waren om hem heen verzameld voor een feest, niet om te rouwen. En voorlopig was hij veilig, en Saphira ook. *Zo hoort het leven te zijn.*

Er klonk hoorngeschal over het land, onnatuurlijk luid.

Toen nog eens.

En nog eens.

Iedereen verstijfde, niet zeker wat die drie tonen betekenden.

Heel even was het hele kamp stil, op de dieren na, maar toen begonnen de oorlogstrommels van de Varden te slaan. Er brak chaos uit. Moeders renden naar hun kinderen toe, koks doofden hun vuren en de andere mannen en vrouwen zochten snel de wapens op.

Eragon rende naar Saphira toe terwijl zij al overeind kwam. Hij tastte naar buiten met zijn geest en vond Blödhgarm. Zodra de elf zijn verdediging enigszins liet zakken, zei hij: *Kom naar de noordelijke ingang toe.*

Wij horen en gehoorzamen, Schimmendoder.

Eragon dook boven op Saphira. Zodra hij een been over haar nek had geslagen, sprong ze over vier rijen tenten heen, landde, sprong nog een keer met half gevouwen vleugels, niet vliegend, maar stuiterend door het kamp als een bergkat die een snelstromende rivier oversteekt. Van de klap van elke landing rammelden Eragons kiezen en ruggengraat en dreigde hij van haar rug te vallen. Terwijl ze op en neer gingen en bange strijders alle kanten op stoven, nam Eragon contact op met Trianna en de andere leden van Du Vrangr Gata, om de plek te bepalen waar elke magiër zich bevond en ze voor te bereiden op de strijd.

Iemand die niet van Du Vrangr Gata was raakte zijn gedachten aan. Hij trok zich terug, richtte snel muren rond zijn bewustzijn op, besefte toen pas dat het Angela de kruidenvrouw was en stond het contact toe. Ze zei: *Ik ben bij Nasuada en Elva. Nasuada wil dat Saphira en jij haar ontmoeten bij de noordelijke ingang...*

En wel zo snel mogelijk. Ja, ja, we zijn onderweg. En Elva? Voelt ze iets?

Pijn. Heel veel pijn. Die van jou. Van de Varden. Van de anderen. Het spijt me, ze is op het ogenblik niet erg samenhangend. Het is te veel voor haar. Ik ga haar in slaap brengen tot het geweld achter de rug is. Angela verbrak de verbinding tussen hen.

Als een timmerman die zijn werktuigen klaarlegt en inspecteert voordat hij begint aan een nieuw werkstuk, bekeek Eragon de afweerbezweringen die hij om Saphira, Nasuada, Arya, Roran en zichzelf had gelegd. Ze schenen allemaal in orde te zijn.

Saphira kwam schuivend tot stilstand voor zijn tent en ploegde de hard aangestampte aarde om met haar klauwen. Hij sprong van haar rug en rolde om toen hij de grond raakte. Terwijl hij naar binnen rende, maakte hij alvast zijn zwaardriem los. Hij liet de riem met het kromzwaard eraan op de grond vallen en grabbelde onder de brits naar zijn pantser. De koude, zware ringen van het maliënhemd gleden over zijn hoofd en belandden met het geluid van vallende munten op zijn schouders. Hij bond zijn muts vast, zette de kap eroverheen en drukte zijn helm op zijn hoofd. Toen greep hij de riem weer en gespte die om zijn middel. Met zijn scheen- en armbeschermers in zijn linkerhand haakte hij zijn pink door de armgesp van zijn schild, greep Saphira's zware zadel met zijn rechterhand en stormde de tent weer uit.

Hij liet met veel gerammel de pantserdelen vallen, gooide het zadel over de hobbel van Saphira's schouders en klom erachteraan. In zijn haast, opwinding en ongerustheid had hij moeite de riemen dicht te gespen.

Saphira verschoof een stukje. *Schiet op. Het duurt te lang.*

Ja! Ik werk zo snel ik kan! Maar je bent zo vervloekt groot!

Ze gromde.

Het kamp was een en al bedrijvigheid, van mannen en dwergen die zich in onregelmatige stromen naar het noorden haastten in antwoord op de oproep van de krijgstrommels.

Eragon pakte zijn pantserdelen van de grond en klom in het zadel. Met een neerwaartse klap van haar vleugels, een schok van versnelling, een vlaag wervelende lucht en de bittere klacht van armbeschermers die langs zijn schild schraapten ging Saphira de lucht in. Terwijl ze naar de noordelijke rand van het kamp vlogen, gespte Eragon de kappen om zijn schenen en klemde zich enkel met zijn benen aan Saphira vast. De armbeschermers zette hij vast tussen zijn buik en de voorkant van het zadel. Het schild hing hij aan een nekstekel. Toen de scheenbeschermers vastzaten, stak hij zijn benen door de lussen aan weerszijden van het zadel en schoof de knoop ervan vast.

Eragons hand streek langs de riem van Beloth de Wijze. Hij kreunde toen hij zich herinnerde dat hij de riem had geleegd toen hij Saphira had genezen in de Helgrind. *Argh! Ik had er energie in moeten opslaan.*

We redden ons wel, zei Saphira.

Hij was net bezig de armbeschermers om te gespen toen Saphira haar vleugels kromde, de lucht omhelsde met doorschijnende membranen en omhoogschoot, waarna ze op de top van een van de heuvels rondom het kamp neerstreek. Nasuada was er al en zat op haar enorme strijdros, Stormstrijder. Naast haar zat ook Jörmundur te paard. Arya was te voet en ook de huidige ploeg Nachtraven was er, geleid door Khagra, een van de Urgals die Eragon op de Brandende Vlakten had ontmoet. Blödhgarm en de andere elfen kwamen net tussen het woud van tenten achter hen vandaan en namen dicht bij Eragon en Saphira stelling in. Uit een ander deel van het kamp kwam koning Orrin met zijn gevolg aangaloperen, en ze hielden hun paarden pas in toen ze vlak bij Nasuada waren. Dicht op hun hielen kwam

Narheim, hoofdman van de dwergen, met drie van zijn strijders. Ze reden op pony's voorzien van pantsers van leer en maliën. Nar Garzhvog kwam aanrennen uit de velden in het oosten, en ze hoorden de denderende voetstappen van de Kull al enkele tellen voordat ze hem zagen. Nasuada schreeuwde een bevel naar de wachters bij de noordelijke ingang, die de ruwe houten poort opendeden om Garzhvog het kamp in te laten, al had de Kull die waarschijnlijk zelf wel in kunnen beuken als hij had gewild.

'Wie daagt ons uit?' gromde Garzhvog toen hij met vier onmenselijk lange passen de helling beklom. De paarden deinsden achteruit, weg van de gigantische Urgal.

'Kijk.' Nasuada wees.

Eragon keek al in de richting van hun vijanden. Ongeveer twee mijl ver weg waren vijf slanke schepen, zwart als teer, op de oever van de Jiet geland. Uit de schepen kwam een zwerm mannen gekleed in het uniform van het leger van Galbatorix. De groep glinsterde als door de wind opgezweept water onder de zomerzon toen zwaarden, speren, schilden, helmen en maliënringen het licht vingen en weerkaatsten.

Arya zette haar hand boven haar ogen tegen de zon en tuurde naar de soldaten. 'Ik schat dat het er tussen de tweehonderdzeventig en driehonderd zijn.'

'Waarom zo weinig?' vroeg Jörmundur zich hardop af.

Koning Orrin fronste zijn voorhoofd. 'Galbatorix is gek als hij denkt dat hij ons met zo'n mager stelletje kan verslaan!' Orrin zette zijn helm in de vorm van een kroon af en depte zijn voorhoofd met de zoom van zijn tuniek. 'We kunnen dat hele stel wegvagen zonder ook maar één man te verliezen.'

'Misschien,' zei Nasuada. 'Misschien niet.'

Knagend op zijn woorden vulde Garzhvog aan: 'De Drakenkoning is een verrader met een valse tong, een wilde ram, maar zijn geest is niet zwak. Hij is sluw als een bloeddorstige wezel.'

De soldaten verzamelden zich in ordelijke rijen en begonnen naar de Varden te marcheren.

Er rende een boodschappenjongen naar Nasuada toe. Ze boog opzij vanuit het zadel om hem aan te horen en stuurde hem weer weg. 'Nar Garzhvog, je volk is veilig in ons kamp. Ze hebben zich bij de oostelijke poort verzameld, klaar om door jou te worden geleid.'

Garzhvog gromde, maar hij bleef waar hij was.

Achteromkijkend naar de naderende soldaten zei Nasuada: 'Ik kan geen reden bedenken om ze op open terrein tegemoet te treden. We kunnen ze door onze boogschutters laten neerschieten zodra ze binnen schootsafstand komen. En als ze onze borstwering bereiken, spietsen ze zichzelf op de greppels met staken. Niet één van hen zal levend ontkomen.'

'Als ze dichtbij zijn,' zei Orrin, 'kunnen mijn ruiters en ik uitrijden en ze van achteren aanvallen. Ze zullen zo verrast zijn dat ze niet eens de kans hebben om zich te verdedigen.'

'Het getij van de strijd kan...' antwoordde Nasuada toen de schelle hoorn die de aankomst van de soldaten had aangekondigd nog een keer schalde, zo luid dat Eragon, Arya en de rest van de elfen hun handen over hun oren sloegen. Eragon grimaste zelfs van pijn.

Waar komt dat vandaan? vroeg hij aan Saphira.

Een belangrijkere vraag is volgens mij waarom die soldaten ons willen waarschuwen voor hun aanval, als zij inderdaad die herrie maken.

Misschien is het een afleidingsmanoeuvre of...

Eragon vergat wat hij wilde zeggen toen hij beweging zag aan de overkant van de Jiet, achter een sluier van treurwilgen. Rood als een in bloed gedoopte robijn, rood als ijzer in een oven, rood als een gloeiend kooltje van haat en woede verscheen Thoorn boven de bomenrij. En op de rug van de glinsterende draak zat Murtagh in zijn glanzende stalen pantser, met Zar'roc hoog boven zijn hoofd geheven.

Ze zijn voor óns gekomen, zei Saphira. Eragons maag kwam in opstand en hij voelde Saphira's angst als een stroom gal door zijn geest vloeien.

Vuur in de hemel

'Barzûl,' fluisterde Narheim, en vervolgens vervloekte hij Murtagh omdat die Hrothgar, koning van de dwergen, had vermoord.

Arya wendde zich af van de aanblik. 'Nasuada, Majesteit,' zei ze toen haar blik naar Orrin schoot, 'u moet de soldaten tegenhouden voordat ze het kamp bereiken. U kunt ze onze verdedigingswerken niet laten aanvallen. Als ze dat doen, zwermen ze over de borstwering als een door de storm voortgedreven golf en zaaien ze ongehoorde verwoesting in ons midden, tussen de tenten, waar we onvoldoende bewegingsruimte hebben.'

'Ongehoorde verwoesting?' spotte Orrin. 'Heb je zo weinig vertrouwen in ons kunnen, gezant? Mensen en dwergen zijn misschien niet zo begaafd als elfen, maar we zullen geen moeite hebben ons te ontdoen van die ellendelingen, dat kan ik je verzekeren.'

De lijnen in Arya's gezicht verstrakten. 'Uw kunnen is ongeëvenaard, Majesteit. Daar twijfel ik niet aan. Maar luister: dit is een valstrik, bedoeld voor Eragon en Saphira.' Ze wees naar de opstijgende gestalten van Thoorn en Murtagh. 'Zij zijn hier om Eragon en Saphira gevangen te nemen en mee te voeren naar Urû'baen. Galbatorix zou niet zo'n kleine groep hebben gestuurd als hij er niet op vertrouwde dat ze de Varden lang genoeg bezig kunnen houden om Murtagh de kans te geven Eragon te overmeesteren. Galbatorix moet bezweringen over die mannen hebben gelegd om ze te helpen bij hun missie. Wat die bezweringen doen weet ik niet, maar ik weet wel zeker dat die soldaten meer zijn dan ze lijken en dat we moeten voorkomen dat ze het kamp binnenkomen.'

Eragon had zich inmiddels hersteld van zijn aanvankelijke schrik. 'Thoorn mag niet over het kamp vliegen; hij kan het bij één keer overvliegen al half in brand zetten.'

Nasuada klemde haar handen om haar zadelknop, schijnbaar zonder Murtagh en Thoorn en de soldaten te zien, die nu nog minder dan een mijl verwijderd waren. 'Maar waarom hebben ze geen verrassingsaanval gedaan?' vroeg ze. 'Waarom hebben ze hun komst aangekondigd?'

Narheim had het antwoord. 'Omdat ze niet wilden dat Eragon en Saphira betrokken zouden raken bij de gevechten op de grond. Nee, als ik me niet vergis is het plan dat Eragon en Saphira in de lucht Thoorn en Murtagh tegemoet treden, terwijl de soldaten ons hier aanvallen.'

'Is het dan verstandig om aan hun wensen tegemoet te komen, om Eragon en Saphira bereidwillig die valstrik in te sturen?' Nasuada trok haar wenkbrauwen op.

'Ja,' drong Arya aan, 'want wij hebben een voordeel dat zij niet vermoeden.' Ze wees naar Blödhgarm. 'Deze keer staat Eragon niet alleen tegenover Murtagh. Hij heeft de gecombineerde kracht van dertien elfen om hem te steunen. Murtagh zal dat niet verwachten. Houd de soldaten tegen voordat ze ons bereiken, dan hebt u een deel van Galbatorix' plan al verijdeld. Stuur Saphira en Eragon naar boven, laat de machtigste magiërs van mijn volk hun strijd kracht bijzetten, dan verijdelt u de rest van Galbatorix' plan ook nog.'

'Je hebt me overtuigd,' zei Nasuada. 'Maar de soldaten zijn te dichtbij om ze nog op enige afstand van het kamp te laten onderscheppen door voetsoldaten. Orrin...'

Voordat ze was uitgesproken, had de koning zijn paard al gekeerd en galoppeerde hij naar de noordelijke poort van het kamp. Een lid van zijn gevolg blies op een trompet, een signaal waarop de rest van Orrins cavalerie zich verzamelde voor een bestorming.

Tegen Garzhvog zei Nasuada: 'Koning Orrin zal hulp nodig hebben. Stuur je rammen met hem mee.'

'Vrouwe Nachtjager.' Garzhvog gooide zijn enorme gehoornde hoofd in zijn nek en slaakte een woeste, jammerende brul. De huid op Eragons armen en nek tintelde terwijl hij de kreet van de Urgal aanhoorde. Met een klap van zijn kaken staakte Garzhvog zijn gebulder en gromde: 'Ze komen eraan.' De Kull zetten het stampend op een draven en renden naar de poort waar koning Orrin en zijn ruiters zich hadden verzameld.

Vier van de Varden sleurden de poort open. Koning Orrin hief zijn zwaard, schreeuwde iets, galoppeerde het kamp uit en leidde zijn mannen naar de soldaten in hun met gouddraad geborduurde tunieken. Een pluim roomkleurig stof wolkte op onder de hoeven van hun paarden en onttrok de wigformatie aan het zicht.

'Jörmundur,' zei Nasuada, 'laat tweehonderd zwaardvechters en honderd speerdragers achter hen aan gaan. En laat vijftig boogschutters positie innemen op zeventig of tachtig meter afstand van de gevechten. Ik wil dat die soldaten worden vernietigd, weggevaagd, in het stof vertrapt. De mannen moeten begrijpen dat er geen genade wordt geschonken of geaccepteerd.'

Jörmundur maakte een buiging.

'En zeg ze dat hoewel ik me vanwege mijn armen in deze veldslag niet bij ze kan aansluiten, mijn geest met hen mee marcheert.'

'Vrouwe.'

Terwijl Jörmundur zich op weg haastte, stuurde Narheim zijn pony dichter naar Nasuada toe. 'En mijn volk, Nasuada? Welke rol spelen wij?'

Nasuada keek fronsend naar het dikke, verstikkende stof dat boven het glooiende grasveld zweefde. 'Jullie kunnen helpen de buitenranden te bewaken. Als de soldaten zich op een of andere manier weten te ontworstelen aan...' Ze was gedwongen zichzelf te onderbreken toen vierhonderd Urgals – er waren er nog meer aangekomen sinds de Slag op de Brandende Vlakten – vanuit het midden van het kamp aan kwamen rennen, door de poort en het veld erachter op, terwijl ze al die tijd onverstaanbare strijdkreten brulden. Toen ze door het stof waren opgeslokt, vervolgde Nasuada: 'Als de soldaten weten door te breken, zullen jullie bijlen zeer welkom zijn in de gelederen.'

De wind blies op hen toe en droeg het geschreeuw van stervende mannen en paarden mee, het beverige geluid van metaal dat over metaal gleed, het gekletter van zwaarden die afketsten op helmen, de doffe klappen van speren op schilden en onder dat alles een verschrikkelijk, humorloos gelach dat uit een veelheid van kelen kwam en tijdens de slachting onverminderd doorging. Het was, dacht Eragon, het gelach van waanzinnigen.

Narheim stompte met zijn vuist op zijn bovenbeen. 'Bij Morgothal, we blijven niet staan toekijken als er gevochten wordt! Laat ons gaan, Nasuada, dan hakken we een paar koppen voor u af!'

'Nee!' riep Nasuada. 'Nee, nee, nee! Ik heb je mijn bevelen gegeven, en ik verwacht dat je je eraan houdt. Dit is een strijd tussen paarden, mensen en Urgals, en misschien zelfs draken. Het is geen geschikte plek voor dwergen. Jullie kunnen worden vertrapt als kinderen.' Toen Narheim verontwaardigd vloekte, stak ze haar hand op. 'Ik ben me er heus van bewust dat jullie afschrikwekkende strijders zijn. Niemand weet dat beter dan ik, die samen met jullie heeft gevochten in Farthen Dûr. Maar om bot te zijn: jullie zijn klein vergeleken bij ons, en ik wil je strijders liever niet op het spel zetten in zo'n chaos, waar jullie postuur je het leven kan kosten. Jullie kunnen beter hier wachten, op hoger terrein, waar jullie langer zijn dan iedereen die hier tegenop wil klimmen. Als er soldaten zijn die het tot hier weten te schoppen, dan zijn dat ongetwijfeld de allersterksten. En dan wil ik dat jij en je kameraden hier staan om hen af te weren, want je kunt beter proberen een berg te ontwortelen dan een dwerg te verslaan.'

Nog altijd ontstemd gromde Narheim een antwoord, maar wat hij zei ging verloren toen de Varden die Nasuada op pad had gestuurd door de opening in de borstwering reden waar de poort was geweest. Het lawaai van stampende hoeven en kletterend wapentuig vervaagde toen de mannen wegreden bij het kamp. Toen nam de wind toe tot een aanhoudende bries en dreef vanuit de richting van de gevechten opnieuw het grimmige gegiechel op hen af.

Even later werd Eragons verdediging doorbroken door een mentale schreeuw van ongelooflijke kracht, die dwars door zijn bewustzijn trok en hem vulde met pijn. Hij hoorde een man roepen: *Ah, nee, help me! Ze willen niet sterven! Angvard hale ze, ze willen niet sterven!* De verbinding tussen hun geesten vervaagde, en Eragon slikte moeizaam toen hij besefte dat de man was gedood.

Nasuada verschoof met een gespannen gezichtsuitdrukking in haar zadel. 'Wie was dat?'

'Hoorde u hem ook?'

'Kennelijk hebben we hem allemaal gehoord,' zei Arya.

'Ik denk dat het Barden was, een van de magiërs in de groep van koning Orrin, maar...'

'Eragon!'

Thoorn was steeds hoger gaan cirkelen terwijl koning Orrin en zijn mannen tegen de soldaten vochten, maar nu hing de draak stil in de lucht, halverwege tussen de soldaten en het kamp. Murtaghs stem, versterkt met magie, galmde over het land. 'Eragon! Ik zie je wel, verstopt achter de rokken van Nasuada. Kom tegen me vechten, Eragon! Het is je lot. Of ben je soms een lafaard, Schimmendoder?'

Saphira antwoordde voor Eragon door haar kop op te heffen, nog luider te brullen dan Murtaghs donderpreek en vervolgens een twintig voet lange straal knetterend blauw vuur uit te blazen. De paarden vlak bij Saphira, ook die van Nasuada, sprongen opzij, waardoor Saphira en Eragon alleen nog met de elfen op de heuvel achterbleven.

Arya liep naar Saphira toe, legde haar hand op Eragons linkerbeen en keek met haar schuinstaande groene ogen naar hem op. 'Neem dit van me aan, Shur'tugal,' zei ze. En hij voelde een stroom energie door zich heen spoelen.

'Eka elrun ono,' mompelde hij tegen haar.

Eveneens in de oude taal zei ze: 'Wees voorzichtig, Eragon. Ik wil niet dat Murtagh je breekt. Ik...' Het leek alsof ze nog meer wilde zeggen, maar ze weifelde, haalde haar hand van zijn been en ging naast Blödhgarm staan.

'Goede vlucht, Bjartskular!' zongen de elfen toen Saphira zich van de heuvel lanceerde.

Terwijl Saphira richting Thoorn vloog, liet Eragon zijn geest eerst samengaan met die van haar, toen met die van Arya, en via Arya met Blödhgarm en de andere elfen. Door Arya te laten optreden als richtpunt voor de elfen hoefde Eragon zich alleen te concentreren op de gedachten van Arya en Saphira; hij kende hen zo goed dat hun reacties hem niet zouden afleiden tijdens het gevecht.

Eragon greep het schild met zijn linkerhand vast en ontblootte zijn kromzwaard, dat hij rechtop hield zodat hij niet per ongeluk in Saphira's zwiepende vleugels prikte of haar schouders of nek verwondde. *Ik ben blij dat ik gisteravond de tijd heb genomen om het kromzwaard met magie te versterken*, zei hij tegen Saphira en Arya.

Laten we hopen dat je bezweringen standhouden, antwoordde Saphira.

Denk eraan, zei Arya, *blijf zo dicht mogelijk bij ons in de buurt. Hoe groter de afstand tussen ons, hoe moeilijker het voor ons wordt om deze band met jou in stand te houden.*

Thoorn liet Saphira met rust terwijl ze hem naderde en vloog weg op stijve vleugels, zodat ze ongestoord naar zijn hoogte kon stijgen. De twee draken balanceerden op de thermiek, tegenover elkaar op een afstand van vijftig meter, met zwiepende, stekelige staartpunten en allebei hun snuiten gerimpeld in een woeste grauw.

Hij is groter geworden, merkte Saphira op. *Het is nog geen twee weken geleden dat we voor het laatst hebben gevochten, maar hij is zeker vier voet gegroeid.*

Ze had gelijk. Thoorn was langer van kop tot staart en breder bij zijn borst dan toen ze voor het eerst in gevecht raakten boven de Brandende Vlakten. Hij was nog maar pas uit het ei, maar hij was al bijna even groot als Saphira.

Eragon wendde met tegenzin zijn blik van de draak af en keek naar de Rijder.

Murtagh droeg geen hoofddeksel en zijn lange zwarte haren wapperen als glanzende manen in de wind. Zijn gezicht stond hard, harder dan Eragon ooit eerder had gezien, en Eragon wist dat Murtagh hem deze keer geen genade zou, of kon, tonen. Met het volume van zijn stem een aanzienlijk stuk lager, maar nog altijd luider dan normaal zei Murtagh: 'Jij en Saphira hebben ons veel pijn bezorgd, Eragon. Galbatorix was woest omdat we jullie hadden laten gaan. En nadat jullie twee de Ra'zac hadden gedood was hij zo kwaad dat hij vijf van zijn bedienden ombracht en zijn woede vervolgens op Thoorn en mij koelde. We hebben allebei vreselijk geleden vanwege jou. Dat zal ons niet nog eens gebeuren.' Hij haalde zijn arm achterover, alsof Thoorn op het punt stond naar voren te suizen en Murtagh naar Eragon en Saphira wilde uithalen.

'Wacht!' riep Eragon. 'Ik weet een manier waarop jullie je allebei kunnen bevrijden van je eed aan Galbatorix.'

Een uitdrukking van wanhopig verlangen transformeerde Murtaghs gezicht, en hij liet Zar'roc een stukje zakken. Toen fronste hij zijn wenkbrauwen, spuugde naar de grond en schreeuwde: 'Ik geloof je niet! Het is onmogelijk!'

'Wel waar! Laat me het uitleggen.'

Murtagh scheen met zichzelf te worstelen, en een tijdlang dacht Eragon dat hij zou weigeren. Toen Thoorn zijn kop draaide en naar Murtagh omkeek, scheen er iets tussen hen te worden uitgewisseld. 'Vervloekt, Eragon,' zei Murtagh terwijl hij Zar'roc voor zich over het zadel legde. 'Dat je ons hier nu toch mee verleidt. We hadden ons al bij ons lot neergelegd, en jij moet ons weer verleiden met hoop, terwijl we die al hadden opgegeven. Als dit valse hoop blijkt te zijn, bróértje, dan hak ik je rechterhand af voordat we je bij Galbatorix brengen... Je zult die toch niet nodig hebben voor wat je in Urû'baen gaat doen.'

Er schoot Eragon een eigen dreigement te binnen, maar hij sprak het niet uit. Hij liet het kromzwaard zakken. 'Galbatorix zal je dit niet hebben verteld, maar toen ik bij de elfen was...'

Eragon, onthul niets meer over ons! riep Arya.

'... heb ik gehoord dat als je persoonlijkheid verandert, je ware naam in de oude taal ook verandert. Wat je bent is niet in ijzer gesmeed, Murtagh! Als jij en Thoorn iets aan jezelf kunnen veranderen, zijn jullie niet langer aan je eed gebonden en raakt Galbatorix zijn greep op jullie kwijt.'

Thoorn zweefde een paar meter dichter naar Saphira toe. 'Waarom heb je dat niet eerder gezegd?' wilde Murtagh weten.

'Ik was destijds te zeer in de war.'

Nog maar vijftig voet scheidden Thoorn en Saphira op dat ogenblik. De grauw van de rode draak was afgenomen tot een licht waarschuwend opkrullen van zijn bovenlip en in zijn fonkelende rode ogen was een enorme, verwonderde droefheid te zien. Het leek wel alsof hij hoopte dat Saphira en Eragon wisten waarom hij ter wereld was gekomen, alleen om tot slaaf van Galbatorix te worden gemaakt, te worden misbruikt en te worden gedwongen om andere levens te vernietigen. De punt van Thoorns neus trok op toen hij aan Saphira snuffelde. Zij snuffelde ook aan hem, en haar tong schoot uit haar bek terwijl ze zijn geur proefde. Medelijden voor Thoorn welde zowel in Eragon als in Saphira op, en ze wensten dat ze rechtstreeks met hem konden praten, maar ze durfden hun geest niet voor hem open te stellen.

Met zo weinig afstand tussen hen in zag Eragon de bundel pezen in Murtaghs nek en de gevorkte ader die midden op zijn voorhoofd klopte.

'Ik ben niet kwaadaardig!' zei Murtagh. 'Ik heb onder de omstandigheden zo goed mogelijk mijn best gedaan. Ik betwijfel of jij je zo goed als ik had gered als onze moeder jóú in Urû'baen had achtergelaten en míj in Carvahall had verstopt.'

'Misschien niet.'

Murtagh sloeg met zijn vuist op zijn borstplaat. 'Aha! En hoe moet ik dan je advies opvolgen? Als ik al een goed mens ben, als ik het al zo goed heb gedaan als te verwachten viel, hoe kan ik dan veranderen? Moet ik slechter worden dan ik ben? Moet ik de duisternis van Galbatorix eerst omhelzen om mezelf ervan te bevrijden? Dat lijkt me niet bepaald een zinnige oplossing. Als ik mijn identiteit zodanig weet te veranderen, zou het je niet bevallen wie ik was geworden, en dan zou je mij evenzeer vervloeken als je Galbatorix nu vervloekt.'

Gefrustreerd zei Eragon: 'Ja, maar je hoeft niet beter of slechter te worden dan nu, alleen maar anders. Er zijn vele soorten mensen in de wereld en vele manieren om eerlijk te leven. Kijk naar iemand die je bewondert en die andere paden dan die van jou door het leven heeft gekozen, en richt je daarop. Het kan wat tijd kosten, maar als je voldoende verandering in je persoonlijkheid kunt aanbrengen, kun je Galbatorix verlaten, kun je het Rijk verlaten, en kunnen jij en Thoorn je aansluiten bij ons en bij de Varden, waar je vrij zou zijn om te doen wat je wilt.'

En je eigen eed om Hrothgars dood te wreken? vroeg Saphira.

Eragon negeerde haar.

Murtagh sneerde naar hem: 'Dus je vraagt me iets te zijn wat ik niet ben. Als Thoorn en ik onszelf willen redden, moeten we onze huidige identiteit vernietigen. Je remedie is erger dan de kwaal.'

'Ik vraag je jezelf toe te staan door te groeien naar iets wat je nu niet bent. Het is moeilijk, dat weet ik, maar mensen vinden zichzelf zo vaak opnieuw uit. Laat om te beginnen je woede los, dan kun je straks eens en voor altijd Galbatorix de rug toekeren.'

'Mijn woede loslaten?' Murtagh lachte. 'Ik zal mijn woede loslaten als jij die van jou vergeet: over de rol van het Rijk in de dood van je oom en het plunderen van je boerderij. Woede is wat ons definieert, Eragon, en zonder woede zouden jij en ik allang voer voor de maden zijn. Maar toch...' Met half geloken ogen tikte Murtagh op de stootplaat van Zar'roc. De pezen in zijn nek ontspanden zich, hoewel de ader midden op zijn voorhoofd nog even gezwollen was. 'Het is een intrigerend idee, dat geef ik toe. Misschien kunnen we er samen aan werken als we in Urû'baen zijn. Als de koning ons tenminste met elkaar alleen laat. Hij kan natuurlijk besluiten ons permanent van elkaar gescheiden te houden. Dat zou ik wel doen als ik in zijn schoenen stond.'

Eragon verstrakte zijn greep om het gevest van het kromzwaard. 'Je schijnt te denken dat we met je meegaan naar de hoofdstad.'

'O, maar dat doe je ook, broertje.' Een scheve glimlach trok over Murtaghs lippen. 'Zelfs als we dat wilden, Thoorn en ik kunnen niet ter plekke veranderen wie we zijn. Tot de tijd dat we daar de kans toe hebben, blijven we verplicht aan Galbatorix, en hij heeft ons in duidelijke bewoordingen opgedragen jullie twee op te halen. Wij zijn geen van beiden bereid het ongenoegen van de koning nog eens te riskeren. We hebben je al een keer eerder verslagen. Het zal geen grote prestatie zijn om dat nog eens te doen.'

Er ontsnapte een vlam aan Saphira's lippen, en Eragon moest een gelijksoortige reactie in woorden onderdrukken. Als hij nu zijn geduld verloor, zou bloedvergieten onvermijdelijk worden. 'Alsjeblieft, Murtagh, Thoorn, willen jullie niet tenminste proberen wat ik voorstel? Hebben jullie niet de wens om Galbatorix te weerstaan? Jullie kunnen nooit je ketens afwerpen als jullie niet bereid zijn je tegen hem te verzetten.'

'Je onderschat Galbatorix, Eragon,' gromde Murtagh. 'Hij maakt al meer dan honderd jaar naamslaven, al sinds hij onze vader rekruteerde. Denk je dat hij zich er niet van bewust is dat iemands ware naam tijdens het verloop van zijn leven kan veranderen? Hij heeft daar vast voorzorgsmaatregelen tegen getroffen. Als mijn ware naam op dit moment zou veranderen, of die van Thoorn, zal dat waarschijnlijk een bezwering activeren. Dan weet Galbatorix dat er iets is veranderd, dwingt hij ons terug te keren naar Urû'baen en bindt hij ons opnieuw aan zich.'

'Maar alleen als hij jullie nieuwe namen kan raden.'

'Hij is daar heel bedreven in.' Murtagh tilde Zar'roc van het zadel. 'Wie weet maken we in de toekomst nog wel gebruik van je voorstel, maar alleen na zorgvuldige studie en voorbereiding, zodat Thoorn en ik als we onze vrijheid hebben die niet meteen weer aan Galbatorix kwijtraken.' Hij hief Zar'roc op, en de fonkelende blauwe kling weerkaatste het licht. 'Daarom hebben we geen andere keus dan jullie mee te nemen naar Urû'baen. Gaan jullie vreedzaam mee?'

Eragon kon zich niet langer beheersen. 'Ik ruk nog eerder mijn eigen hart uit!'

'Je kunt beter dat van mij uitrukken,' antwoordde Murtagh. Hij stak Zar'roc in de lucht en uitte een woeste strijdkreet.

Met hem mee brullend sloeg Thoorn twee maal snel met zijn vleugels en klom boven Saphira uit. Hij draaide zich in een halve cirkel om tijdens het stijgen, zodat zijn kop boven Saphira's nek zou komen en hij haar kon verlammen met één beet achter in haar nek. Saphira wachtte daar niet op. Ze dook naar voren, draaide haar vleugels in haar schoudergewrichten zodat ze een tel lang recht omlaag wees. Haar vleugels stonden nog altijd parallel aan de stoffige grond en droegen haar hele, onstabiele gewicht. Toen trok ze haar rechtervleugel in, draaide haar kop naar links en haar staart naar rechts, en wendde rechtsom. Haar gespierde staart raakte Thoorn in zijn linkerflank net toen hij over haar heen zeilde, waardoor zijn vleugel op vijf verschillende plekken brak. De kartelige uiteinden van Thoorns holle vleugelbotten staken door zijn huid en glinsterende schubben. Druppels dampend drakenbloed regenden op Eragon en Saphira neer. Een druppel spetterde op de achterzijde van Eragons maliënkap en drong door de maliën tot op zijn blote huid. Het brandde als hete olie. Hij krabde aan zijn nek om het bloed eraf te vegen.

Terwijl zijn brul overging in een gejammer van pijn tuimelde Thoorn langs Saphira heen, niet meer in staat te blijven zweven.

'Goed gedaan!' riep Eragon tegen Saphira toen ze weer recht ging vliegen.

Eragon keek van bovenaf toe toen Murtagh een klein rond voorwerp uit zijn riem pakte en dat tegen Thoorns schouder drukte. Eragon voelde geen vlaag van magie van Murtagh komen, maar het voorwerp in zijn hand gloeide op. Thoorns gebroken vleugel bewoog schokkerig toen botten weer op hun plek schoten en spieren en pezen welfden terwijl de scheuren erin verdwenen. Binnen een oogwenk was de wond in Thoorns huid gedicht.

Hoe deed hij dat? riep Eragon uit.

Hij moet het voorwerp van tevoren met een genezende bezwering hebben gevuld, antwoordde Arya.

Daar hadden we zelf ook aan moeten denken.

Nu zijn letsel was geheeld, kwam er een einde aan Thoorns val en begon hij snel naar Saphira op te stijgen. Intussen verzengde hij de lucht voor zich met een kokende speer van somber rood vuur. Saphira dook op hem af, in een spiraalvlucht om de zuil van vuur heen. Ze hapte naar Thoorns nek – waardoor hij achteruit deinsde – harkte met haar klauwen over zijn schouders en borst en sloeg hem met haar enorme vleugels. De rand van haar rechtervleugel raakte Murtagh en sloeg hem half uit het zadel. Hij herstelde zich snel en haalde met zijn zwaard naar Saphira uit, waardoor een scheur van drie voet in haar vleugelmembraan ontstond.

Sissend schopte Saphira Thoorn met haar achterpoten weg en braakte een stroom van vuur uit, die uiteenweek en onschuldig aan weerszijden van Thoorn passeerde.

Eragon voelde het gebons van Saphira's pijn. Hij staarde naar de bloedige wond terwijl hij koortsachtig nadacht. Als zijn tegenstander een andere magiër dan Murtagh was geweest, zou Eragon geen bezwering hebben durven uitspreken terwijl het gevecht nog gaande was. Dan zou de andere magiër namelijk denken dat Eragon op het punt stond het leven te laten en zou hij hebben aangevallen met een wanhopige, krachtige magische bezwering.

Het was anders bij Murtagh. Eragon wist dat Galbatorix hem had opgedragen Saphira en hem te vangen, niet te doden. *Wat ik ook doe,* dacht Eragon, *hij zal niet proberen me te doden.* Het was dus veilig, zo concludeerde Eragon, om Saphira te genezen. Hij realiseerde zich ook nu pas dat hij Murtagh met elke bezwering kon aanvallen die hij wilde, en dat Murtagh niet met dodelijke kracht zou kunnen reageren. Maar hij vroeg zich af waarom Murtagh een betoverd voorwerp had gebruikt om Thoorn te genezen, in plaats van zelf een bezwering uit te spreken.

Misschien wil hij zijn energie sparen, zei Saphira. *Of misschien wilde hij je niet bang maken. Het zou Galbatorix niet bevallen als Murtagh door magie te gebruiken paniek bij jou veroorzaakte en jij jezelf, Thoorn of Murtagh daardoor zou doden. Denk eraan dat de koning het liefst ons alle vier onder zijn bevel wil hebben. Dood heeft hij niets aan ons.*

Dat moet het zijn, beaamde Eragon.

Terwijl hij zich voorbereidde om Saphira's vleugel te helen zei Arya: *Wacht. Niet doen.*

Wat? Waarom niet? Voel je Saphira's pijn niet?

Laat mijn broeders en mij het doen. Het zal Murtagh verwarren, en op die manier kost het jou geen kracht.

Zijn jullie niet te ver weg om dat voor elkaar te krijgen?

Niet wanneer we de krachten bundelen. En Eragon? We raden je aan Murtagh niet met magie aan te vallen tot hij zelf met zijn geest of met magie aanvalt. Hij kan best sterker zijn dan jij, zelfs terwijl wij dertien je onze kracht lenen. We weten het niet. Het is beter je nog niet met hem te meten als er nog andere alternatieven zijn.

En als ik niet kan standhouden?

Dan zal heel Alagaësia in Galbatorix' handen vallen.

Eragon voelde dat Arya zich concentreerde. Toen hield het bloeden van de wond in Saphira's vleugel op en vloeiden de rauwe randen van het gevoelige vliegmembraan zonder korst of litteken naar elkaar toe. Saphira's opluchting was voelbaar. Op enigszins vermoeide toon zei Arya: *Bescherm jezelf beter als dat mogelijk is. Dit was niet gemakkelijk.*

Nadat Saphira hem had geschopt, had Thoorn gewankeld en hoogte verloren. Hij moest hebben aangenomen dat Saphira hem naar beneden wilde drijven, waar hij meer moeite zou hebben haar aanvallen te ontwijken, want hij vloog een kwart mijl naar het westen. Toen hij eindelijk merkte dat Saphira hem niet volgde, cirkelde hij in een bocht omhoog, tot hij meer dan duizend voet hoger vloog dan zij.

Thoorn trok zijn vleugels in en dook op Saphira af. Er flakkerden vlammen in zijn open muil, hij stak zijn ivoren klauwen naar voren en op zijn rug hief Murtagh Zar'roc.

Eragon verloor bijna het kromzwaard toen Saphira één vleugel naar binnen vouwde en in een duizelingwekkende schroef op de kop draaide, waarna ze haar vleugel weer uitstak om haar afdaling te vertragen. Als hij zijn hoofd naar achteren kantelde, kon Eragon de grond onder zich zien. Of was die boven hem? Hij klemde zijn kaken op elkaar en concentreerde zich erop in het zadel te blijven.

Thoorn en Saphira botsten tegen elkaar, en voor Eragon voelde het aan alsof Saphira tegen een berghelling was gevlogen. De kracht van de klap duwde hem naar voren en zijn helm knalde tegen de nekstekel voor hem, waardoor er een deuk in het dikke staal kwam. Verdoofd hing hij in het zadel en zag de schijven van hemel en aarde draaien, wervelend zonder duidelijk patroon. Hij voelde Saphira rillen toen Thoorn haar ontblote buik aanviel. Eragon wenste dat er tijd genoeg was geweest om haar het pantser aan te trekken dat de dwergen haar hadden gegeven.

Er verscheen een glinsterende robijnrode poot rond Saphira's schouder, die haar met bloedige klauwen begon te krabben. Zonder nadenken hakte Eragon ernaar, brak een rij schubben en sneed een bundel pezen door. Drie tenen aan de poot werden slap. Eragon hakte nog eens.

Grauwend maakte Thoorn zich van Saphira los. Hij kromde zijn nek en Eragon hoorde een diepe ademteug toen de draak zijn longen vulde. Eragon dook ineen en sloeg zijn arm voor zijn gezicht. Een razende vuurzee omspoelde Saphira. De hitte van het vuur kon hen niet deren – daar zorgden Eragons afweerbezweringen wel voor – maar de vloed van gloeiende vlammen was wel verblindend.

Saphira maakte een bocht naar links, het kolkende vuur uit. Inmiddels had Murtagh de schade aan Thoorns poot hersteld en dook Thoorn weer op Saphira af, worstelend met haar terwijl ze in misselijkmakende schokken in de richting van de grijze tenten van de Varden vielen. Saphira wist haar tanden om de gehoornde kam achter op Thoorns kop te krijgen, ondanks de beenderpunten die haar tong doorboorden. Thoorn brulde en kronkelde als een gespietste vis in een poging om weg te komen, maar hij kon niet tegen Saphira's ijzeren kaakspieren op. De twee draken zweefden zij aan zij omlaag, als een paar aan elkaar gehaakte herfstbladeren.

Eragon boog zich opzij en haalde uit naar Murtaghs rechterschouder, niet om hem te doden, maar hem zo ernstig te verwonden dat het gevecht afgelopen zou zijn. Anders dan tijdens hun strijd boven de Brandende Vlakten was Eragon goed uitgerust; met zijn arm zo snel als die van een elf had hij het vertrouwen dat Murtagh niet tegen hem op kon.

Murtagh tilde zijn schild op en blokkeerde het kromzwaard.

Zijn reactie was zo onverwacht dat Eragon aarzelde, amper de tijd had om achteruit te deinzen en te pareren toen Murtagh terugsloeg en Zar'roc met ongelooflijke snelheid door de lucht op hem af liet suizen. De klap kwam op Eragons schouder terecht. Murtagh zette zijn aanval door, sloeg naar Eragons pols en stak toe voordat Eragon het zwaard opzij kon slaan. De punt van Zar'roc ging onder Eragons schild door, tussen de rand van zijn maliënhemd en zijn broekband door, en belandde in het bot van Eragons linkerheup.

De pijn schokte Eragon als een plens koud water, maar gaf zijn gedachten ook een bovennatuurlijke helderheid en stuurde een golf van ongewone kracht door zijn ledematen.

Terwijl Murtagh Zar'roc terugtrok gaf Eragon een kreet en haalde naar hem uit, maar Murtagh pinde met een snelle polsbeweging het kromzwaard onder Zar'roc vast. Murtagh ontblootte zijn tanden in een sinistere glimlach. Zonder aarzelen rukte Eragon het kromzwaard los, maakte een schijnbeweging naar Murtaghs rechterknie, maar draaide het kromzwaard de andere kant op en hakte Murtagh over zijn wang.

'Je had een helm moeten opzetten,' zei Eragon.

Ze waren op dat moment zo dicht boven de grond – nog maar een paar honderd voet – dat Saphira Thoorn moest loslaten, en de twee draken gingen uiteen voordat Eragon en Murtagh elkaar weer konden aanvallen.

Terwijl Saphira en Thoorn spiraalsgewijs hoogte wonnen, in een wedren naar een parelwitte wolk die samentrok boven de tenten van de Varden, tilde Eragon zijn maliënhemd en tuniek op en bekeek zijn heup. Een vuistgroot stuk huid was verkleurd waar Zar'roc de maliën tegen zijn vlees had geplet. Midden in die vlek zat een dunne rode streep van een halve duim lang, waar Zar'roc hem had doorboord. Er liep bloed uit de wond, dat de bovenkant van zijn broek doorweekte.

Dat hij nu gewond was geraakt door Zar'roc – een zwaard dat hem bij gevaar nooit in de steek had gelaten en dat hij nog altijd als het zijne zag – was verontrustend. Dat zijn eigen wapen tegen hem was gebruikt, was verkéérd. Het was een verstoring van de natuurlijke orde, en zijn hele wezen kwam ertegen in opstand.

Saphira schommelde terwijl ze door een luchtstroom vloog en Eragon grimaste toen een volgende pijnsteek door zijn zij trok. Gelukkig vochten ze niet te voet, want hij dacht niet dat zijn heup zijn gewicht zou kunnen dragen.

Arya, zei hij, *wil jij me genezen, of moet ik het zelf doen en Murtagh me laten tegenhouden als hij kan?*

Wij zorgen er wel voor, zei Arya. *Je kunt Murtagh misschien verrassen als hij denkt dat je nog steeds gewond bent.*

O, wacht.

Waarom?

Ik moet je toestemming geven. Anders zullen mijn afweerbezweringen jouw bezwering blokkeren. De frase wilde Eragon niet meteen te binnen schieten, maar uiteindelijk herinnerde hij zich de constructie van de beveiliging en fluisterde in de oude taal: 'Ik geef Arya, dochter van Islanzadí, toestemming een bezwering over me uit te spreken.'
We moeten binnenkort eens over je afweerbezweringen praten. Stel dat je bewusteloos raakt? Hoe moeten we je dan verzorgen?
Het leek me een goed idee na de Brandende Vlakten. Murtagh schakelde ons toen allebei uit met magie. Ik wil niet dat hij of iemand anders zonder onze toestemming bezweringen op ons kan gebruiken.
En dat is ook goed, maar er zijn elegantere oplossingen dan die van jou.
Eragon kronkelde in het zadel toen de magie van de elfen in werking trad en zijn heup begon te tintelen en jeuken alsof hij bedekt was met vlooienbeten. Toen het jeuken ophield, stak hij zijn hand onder zijn tuniek en was opgetogen toen hij niets dan gladde huid voelde.
Zo, zei hij, rollend met zijn schouders, *laten we ze maar eens wat respect bijbrengen!*
De parelwitte wolk doemde voor hen op. Saphira draaide naar links en toen, terwijl Thoorn nog probeerde bij te draaien, dook ze in het hart van de wolk. Alles werd koud, vochtig en wit, maar Saphira schoot er aan de andere kant alweer uit, slechts een paar voet boven en achter Thoorn.
Triomfantelijk brullend liet Saphira zich boven op Thoorn vallen en greep hem bij zijn flanken, waarbij haar klauwen diep in zijn dijen en zijn rug zonken. Ze liet haar kop naar voren kronkelen, pakte Thoorns linkervleugel tussen haar kaken en liet haar vlijmscherpe tanden met een klap op elkaar komen.
Thoorn kronkelde en gilde, een vreselijk geluid waarvan Eragon niet had verwacht dat draken het konden voortbrengen.
Ik heb hem, zei Saphira. *Ik kan zijn vleugel er afscheuren, maar dat doe ik liever niet. Wat je ook gaat doen, doe het voordat we te ver vallen.*
Met een bleek gezicht, besmeurd met bloed, wees Murtagh met Zar'roc – trillend in de lucht – naar Eragon en schoot een mentale pijl van immense kracht Eragons bewustzijn in. De vreemde aanwezigheid graaide naar zijn gedachten, wilde die grijpen en onderdrukken en aan Murtagh onderwerpen. Net als op de Brandende Vlakten merkte Eragon dat Murtaghs geest aanvoelde alsof er vele geesten in zaten, alsof een verwarrend koor van stemmen dingen mompelde onder het tumult van Murtaghs eigen gedachten.
Eragon vroeg zich af of Murtagh werd bijgestaan door een groep magiërs, net zoals hijzelf door de elfen werd bijgestaan.
Hoe moeilijk het ook was, Eragon bande alles uit zijn geest behalve een beeld van Zar'roc. Hij concentreerde zich uit alle macht op het zwaard,

veegde de vlakte van zijn bewustzijn schoon in een kalme meditatie zodat Murtagh geen houvast zou vinden in zijn wezen. En toen Thoorn onder hen kronkelde en Murtagh even werd afgeleid, lanceerde Eragon een felle tegenaanval, graaiend naar Murtaghs bewustzijn.

Ze streden tijdens hun val in grimmig stilzwijgen tegen elkaar, heen en weer worstelend binnen in hun gedachten. Af en toe leek Eragon de bovenhand te krijgen, dan weer Murtagh, maar geen van beiden kon de ander verslaan.

Eragon keek naar de grond die hen snel tegemoet kwam en besefte dat ze deze wedstrijd op een andere manier zouden moeten beslissen. Hij liet het kromzwaard zakken zodat het voor Murtagh hing en schreeuwde: 'Letta!' – dezelfde bezwering die Murtagh tijdens hun vorige confrontatie op hem had gebruikt. Het was een eenvoudig stukje magie, met geen ander doel dan Murtaghs armen en bovenlichaam stilhouden, maar hierdoor zouden ze zichzelf rechtstreeks met elkaar kunnen meten en bepalen wie van hen twee de meeste energie tot zijn beschikking had.

Murtagh sprak een tegenbezwering uit, waarvan de woorden ten onder gingen in Thoorns gegrauw en de gierende wind.

Eragons hartslag versnelde toen de kracht uit zijn ledematen wegebde. Op het moment dat hij zijn reserves bijna had uitgeput en hij zich licht in zijn hoofd voelde van inspanning, goten Saphira en de elfen de energie uit hun eigen lichamen in dat van hem om de bezwering voor hem in stand te houden.

Murtagh had eerst zelfingenomen en vol vertrouwen geleken, maar terwijl Eragon hem bleef vasthouden, verdiepte Murtaghs frons zich en trok hij woest zijn lip op. En al die tijd vielen ze elkaars geest aan.

Eragon voelde de energie die Arya in hem goot afnemen, eerst eenmaal, toen twee maal, wat hem deed vermoeden dat twee van de magiërs die onder bevel van Blödhgarm stonden waren flauwgevallen. *Murtagh kan dit niet veel langer volhouden,* dacht hij, maar toen moest hij uit alle macht proberen de controle over zijn geest te behouden, want de korte afleiding had Murtagh bijna toegang tot hem gegeven.

De kracht vanuit Arya en de andere elfen nam voor de helft af, en zelfs Saphira begon te beven van uitputting.

Net toen Eragon ervan overtuigd begon te raken dat Murtagh zou standhouden, uitte die een gekwelde kreet. Er leek een groot gewicht van Eragon te verdwijnen toen Murtaghs aanval ophield. Murtagh leek stomverbaasd over Eragons succes.

En nu? vroeg Eragon aan Arya en Saphira. *Gijzelen we ze? Kunnen we dat?*

Nu, zei Saphira, *moet ik vliegen.* Ze liet Thoorn los en zette zich van hem af, tilde haar vleugels op en begon moeizaam te klapwieken om hen in de lucht te houden. Eragon keek over haar schouder en kreeg een korte indruk van snel naderende paarden en zonnig gras. Toen leek het alsof hij van onderaf door een reus werd geslagen, en werd alles zwart.

Het volgende wat Eragon zag was een gedeelte van Saphira's nekschubben, ongeveer een halve duim voor zijn neus. De schubben straalden als kobaltblauw ijs. Eragon was zich er vaag van bewust dat iemand vanaf grote afstand naar zijn geest reikte, en dat het bewustzijn van de ander een zeer dringend gevoel uitstraalde. Terwijl hij weer kon nadenken, herkende hij die ander als Arya. *Maak een eind aan de bezwering, Eragon!* riep ze. *Je doodt ons allemaal als je hem vasthoudt. Beëindig hem; Murtagh is te ver weg! Word wakker, Eragon, anders ga je de leegte in.*

Met een ruk kwam Eragon overeind in het zadel, amper opmerkend dat Saphira midden tussen een kring ruiters van koning Orrin zat. Arya was nergens te zien. Nu hij weer wakker was, voelde Eragon dat de bezwering die hij over Murtagh had uitgesproken nog altijd kracht van hem vergde, en dat in steeds grotere mate. Als Saphira, Arya en de andere elfen niet hadden geholpen, was hij doodgegaan.

Eragon liet de magie los en speurde toen op de grond naar Thoorn en Murtagh.

Daar, zei Saphira, gebarend met haar snuit. Laag aan de noordwestelijke hemel zag Eragon Thoorns glinsterende gestalte; de draak vloog over de Jiet in de richting van Galbatorix' leger, enkele mijlen verderop.

Hoe...

Murtagh heeft Thoorn weer genezen, en Thoorn had het geluk dat hij op een heuvel terechtkwam. Hij rende eraf en vloog weg voordat jij weer bij bewustzijn kwam.

Van ver weg over het glooiende landschap klonk Murtaghs versterkte stem: 'Denk maar niet dat jullie gewonnen hebben, Eragon en Saphira. We zien elkaar weer, dat beloof ik, en dan zullen Thoorn en ik jullie verslaan, want dan zijn we nog sterker dan nu!'

Eragon klemde zijn schild en kromzwaard zo stevig vast dat het bloed uit zijn nagels wegtrok. *Denk je dat je ze kunt inhalen?*

Misschien wel, maar de elfen kunnen je van zo ver weg niet helpen, en ik denk niet dat we het zonder hun steun redden.

Misschien kunnen we... Eragon zweeg en stompte gefrustreerd op zijn been. *Vervloekt, ik ben een idioot! Ik was Aren vergeten. We hadden de energie in Broms ring kunnen gebruiken om hen te verslaan.*

Je had andere dingen aan je hoofd. Iedereen had die fout kunnen maken.

Misschien wel, maar ik wou toch dat ik er eerder aan had gedacht. We kunnen Aren nog altijd gebruiken om Thoorn en Murtagh gevangen te nemen.

En dan? vroeg Saphira. *Hoe wou je ze gevangen houden? Zou je ze een verdovend middel toedienen, zoals Durza bij jou deed in Gil'ead? Of wil je ze alleen maar doden?*

Ik weet het niet! We zouden ze kunnen helpen hun ware naam te veranderen, om hun eed aan Galbatorix te breken. Maar het is te gevaarlijk om ze los te laten lopen.

Arya mengde zich erin. *In theorie heb je gelijk, Eragon, maar jij bent moe, Saphira is moe, en ik heb liever dat Thoorn en Murtagh ontsnappen dan dat we jullie kwijtraken omdat jullie niet op je best zijn.*

Maar...

Maar we hebben de middelen niet om een draak en een Rijder langere tijd veilig vast te houden, en ik denk niet dat Thoorn en Murtagh doden zo eenvoudig is als je denkt. Wees dankbaar dat we ze hebben verdreven, en houd vertrouwen dat we dat de volgende keer dat ze ons aanvallen weer kunnen doen. Daarmee trok ze zich terug uit zijn geest.

Eragon keek Thoorn en Murtagh na tot ze uit het zicht waren verdwenen, toen zuchtte hij en wreef over Saphira's nek. *Ik kan wel twee weken slapen.*

Ik ook.

Je mag wel trots zijn; je vloog stukken beter dan Thoorn.

Ja, hè? Ze zette haar borst op. *Al was het niet echt een eerlijke wedstrijd. Thoorn heeft mijn ervaring niet.*

En je talent ook niet, denk ik.

Ze draaide haar nek en likte over zijn rechter bovenarm, waardoor het maliënhemd tinkelde, en keek toen met fonkelende ogen naar hem.

Hij wist flauwtjes te glimlachen. *Ik had het misschien kunnen verwachten, maar toch verraste het me dat Murtagh even snel was als ik. Ook weer magie van Galbatorix, ongetwijfeld.*

Maar waarom konden je afweerbezweringen Zar'roc niet doen afketsen? Ze hebben je wel tegen grotere klappen beschermd toen we tegen de Ra'zac vochten.

Ik weet het niet. Murtagh of Galbatorix heeft misschien een bezwering gevonden waartegen ik me niet had beschermd. Of misschien is Zar'roc het wapen van een Rijder, en zoals Glaedr zei...

... kunnen de zwaarden die Rhunön heeft gesmeed...

... door alle soorten bezweringen snijden, en...

... zijn ze maar zelden vatbaar...

... voor magie. Precies. Eragon staarde vermoeid naar de vlekken van drakenbloed op het vlakke gedeelte van zijn kromzwaard. *Wanneer zijn we nu eens in staat zelf onze vijanden te verslaan? Ik had Durza niet kunnen doden als Arya de stersaffier niet had gebroken. En we konden Murtagh en Thoorn alleen maar aan dankzij de hulp van Arya en twaalf anderen.*

We moeten sterker worden.

Ja, maar hoe? Hoe heeft Galbatorix zijn kracht verzameld? Heeft hij een manier gevonden om te putten uit de lichamen van zijn slaven, zelfs als hij honderden mijlen ver weg is? Vervloekt, ik weet het niet.

Er liep een stroompje zweet over Eragons voorhoofd omlaag naar zijn rechter ooghoek. Hij veegde de transpiratie weg, knipperde met zijn ogen en merkte de ruiters rondom Saphira en hem weer op. *Wat doen zij hier?* Hij keek over hen heen en besefte dat Saphira op de plek was geland dichtbij waar koning Orrin de soldaten uit de schepen had onderschept. Een stukje links van haar liepen honderden mannen, Urgals en paarden in paniek en verwarring rond. Af en toe brak het gekletter van zwaarden of de schreeuw van een gewonde man door het tumult heen, vergezeld door flarden gestoord gelach.

Ik denk dat ze hier zijn om ons te beschermen, zei Saphira.

Ons? Waartegen? Waarom hebben ze die soldaten nog niet gedood? Waar... Eragon slikte de rest van zijn vraag in toen Arya, Blödhgarm en vier andere haveloos uitziende elfen vanuit het kamp naar Saphira kwamen rennen. Eragon hief begroetend zijn hand en riep: 'Arya! Wat is er gebeurd? Niemand schijnt het bevel te voeren.'

Tot Eragons schrik hijgde Arya zo dat ze een tijdje niet kon praten. 'De soldaten bleken gevaarlijker dan we hadden verwacht. We weten niet hoe. Du Vrangr Gata heeft niets dan wartaal gehoord van Orrins magiërs.' Toen ze weer op adem was, begon Arya Saphira's verwondingen en blauwe plekken te onderzoeken.

Voordat Eragon kon doorvragen, overstemde opgewonden geroep vanuit de maalstroom van strijders de rest van het tumult en hoorde hij koning Orrin schreeuwen: 'Achteruit, achteruit allemaal! Boogschutters, houd stand! Vervloekt, niet bewegen, we hebben hem!'

Saphira dacht hetzelfde als Eragon. Ze trok haar poten onder haar lichaam, sprong over de kring van ruiters heen – waarvan de paarden zo schrokken dat ze ervandoor gingen – en baande zich een weg over het met lijken bezaaide slagveld naar koning Orrin toe, waarbij ze zowel mannen als Urgals opzij veegde alsof het grassprieten waren. De andere elfen probeerden haar met zwaarden en bogen in de hand bij te houden.

Saphira vond Orrin op zijn strijdros voor aan de opeengepakte rijen strijders, starend naar een man die veertig voet verderop stond. De koning had een verhit gezicht en woeste ogen, en zijn pantser zat onder het vuil van de strijd. Hij had een wond onder zijn linkerarm, en uit zijn rechterdij stak een stuk van de schacht van een speer. Toen hij Saphira in het oog kreeg, trok er een opgeluchte blik over zijn gezicht.

'Mooi, mooi, jullie zijn er,' mompelde hij terwijl Saphira naar zijn paard toe kroop. 'We hadden je nodig, Saphira, en jou, Schimmendoder.' Een van de boogschutters schuifelde een stukje naar voren. Orrin wuifde met zijn zwaard naar hem en schreeuwde: 'Achteruit! Iedereen die niet blijft waar hij is raakt zijn hoofd kwijt, ik zweer het op Angvards kroon!' Daarna loerde Orrin weer naar de eenzame man.

Eragon volgde zijn blik. De man was een soldaat van gemiddelde lengte, met een paarse moedervlek in zijn hals en bruin haar dat was platgedrukt door de helm die hij had gedragen. Zijn schild was aan mootjes gehakt. Zijn zwaard was gebutst, krom, en de punt was afgebroken. Op zijn maliënbroek zaten korsten opgedroogde riviermodder. Er liep bloed uit een snee over zijn ribben. Een pijl met witte zwanenveren was door zijn rechtervoet gegaan en pinde die op de grond vast, de schacht tot drie kwart in de harde aarde geboord. Uit de keel van de man kwam een afgrijselijke, gorgelende lach. Die rees en daalde met een dronken ritme, van toonhoogte veranderend alsof de man ieder moment kon gaan schreeuwen van afgrijzen.

'Wat ben jij?' schreeuwde koning Orrin. Toen de soldaat niet meteen antwoord gaf, vloekte de koning. 'Geef antwoord, anders laat ik mijn magiërs op je los. Ben je man of beest of een of andere demon? In welke smerige put heeft Galbatorix jou en je broeders gevonden? Ben je familie van de Ra'zac?'

De laatste vraag was net een naald die zich in Eragon boorde; hij kwam recht overeind en al zijn zenuwuiteinden gingen tintelen.

Het gelach viel even stil. 'Man. Ik ben een man.'

'Ik ken geen enkele man zoals jij.'

'Ik wilde de toekomst van mijn gezin zekerstellen. Is dat zo vreemd voor je, Surdaan?'

'Kom niet met raadsels, ellendeling met je gespleten tong! Vertel hoe je zo geworden bent en wees eerlijk, anders giet ik gesmolten lood door je keel om te kijken of dát misschien pijn doet.'

Het vreemde gegrinnik begon weer, en de soldaat zei: 'Je kúnt me geen pijn doen, Surdaan. Dat kan niemand. De koning heeft ons onkwetsbaar gemaakt voor pijn. In ruil daarvoor kunnen onze gezinnen de rest van hun leven in alle weelde doorbrengen. Je kunt je voor ons verstoppen, maar we zullen nooit ophouden op je te jagen, zelfs wanneer gewone mannen al dood zouden vallen van uitputting. Je kunt tegen ons vechten, maar we blijven jullie doden zolang we nog een arm hebben om mee te zwaaien. Jullie kunnen je niet eens aan ons overgeven, want we nemen geen gevangenen. Jullie kunnen niets anders doen dan sterven en weer vrede in dit land brengen.'

Met een afgrijselijke grijnslach sloeg de soldaat zijn gemangelde schildhand om de pijl en trok de schacht met een geluid van scheurend vlees uit zijn voet. Stukjes rood vlees kleefden aan de pijlpunt toen die loskwam. De soldaat schudde met de pijl naar hen, smeet het projectiel naar een van de soldaten en verwondde diens hand. Luider lachend dan ooit kwam de soldaat wankel naar voren, zijn gewonde voet achter zich aan slepend. Hij hief zijn zwaard alsof hij wilde aanvallen.

'Schiet op hem!' schreeuwde Orrin.

Boogpezen klapten met het geluid van een slecht gestemde luit en twintig draaiende pijlen vlogen op de soldaat af. Even later raakten ze hem in zijn bovenlichaam. Twee pijlen ketsten af op zijn maliënkolder, maar de rest drong in zijn ribbenkast. Zijn gelach werd een hijgerig gegrinnik toen het bloed in zijn longen sijpelde, maar de soldaat bleef naderen terwijl het gras onder hem scharlakenrood werd geverfd. De boogschutters schoten nog eens pijlen in zijn schouders en armen, maar hij stond niet stil. Een volgend salvo pijlen volgde snel op het vorige. De soldaat struikelde en viel toen een pijl zijn linker knieschijf spleet en andere in zijn bovenbenen belandden. Een pijl ging door zijn hals – dwars door zijn moedervlek – en vloog suizend over het gras, gevolgd door een spoor van bloed. Nog altijd weigerde de soldaat te sterven. Hij begon te kruipen, zich naar voren te trekken met zijn armen, grijnzend en giechelend alsof de hele wereld een obscene grap was die alleen hij snapte.

Er liep een koude rilling over Eragons rug.

Koning Orrin vloekte hartgrondig, en Eragon bespeurde iets van hysterie in zijn stem. Orrin sprong van zijn paard, smeet zijn zwaard en schild op de grond en wees naar de dichtstbijzijnde Urgal. 'Geef me je bijl.' Geschrokken aarzelde de grijshuidige Urgal, maar toen stond hij zijn wapen af.

Orrin sprong over de soldaat heen, bracht de zware bijl met beide handen omhoog en hakte met één klap het hoofd van de soldaat af.

Het gegiechel stopte.

De ogen van de soldaat draaiden en zijn mond bleef nog een tijdje bewegen, maar toen lag hij stil.

Orrin greep het hoofd bij de haren vast en tilde het op, zodat iedereen het kon zien. 'Ze zíjn kwetsbaar,' verklaarde hij. 'Zeg iedereen dat die gruwelen alleen kunnen worden gedood door ze te onthoofden. Of sla ze de schedel in met een goedendag, of schiet ze van veilige afstand in hun oog... Grijstand, waar ben je?'

Een gedrongen ruiter van middelbare leeftijd stuurde zijn paard naar voren. Orrin gooide hem het hoofd toe, dat hij opving. 'Zet dat op een paal bij de noordelijke poort van het kamp. Zet ál hun hoofden op staken. Laat het een boodschap zijn aan Galbatorix dat we niet bang zijn voor zijn achterbakse trucs en dat we zullen standhouden.' Orrin beende naar zijn strijdros, gaf de bijl aan de Urgal terug en pakte zijn eigen wapens weer op.

Een paar meter verderop zag Eragon Nar Garzhvog tussen een groepje Kull staan. Eragon zei een paar woorden tegen Saphira, en ze schuifelde naar de Urgals toe. Nadat ze naar elkaar hadden geknikt, vroeg Eragon aan Garzhvog: 'Waren alle soldaten zo?' Hij gebaarde naar het vol pijlen geschoten lijk.

'Alle mannen zonder pijn. Je slaat ze en denkt dat ze dood zijn, je draait je om en hakken je achillespees door.' Garzhvog fronste zijn wenkbrauwen. 'Ik ben vandaag een heleboel rammen kwijtgeraakt. We hebben tegen hele menigtes mensen gevochten, Vuurzwaard, maar nooit eerder tegen die lachende monsters. Het is onnatuurlijk. Het geeft ons het idee dat ze bezeten zijn door hoornloze geesten, dat misschien de goden zelf zich tegen ons hebben gekeerd.'

'Onzin,' schamperde Eragon. 'Het is gewoon een bezwering van Galbatorix, en we zullen snel een manier vinden om ons ertegen te beschermen.' Ondanks zijn uiterlijke vertrouwen verontrustte het idee van vechten tegen vijanden die geen pijn voelden hem evenzeer als de Urgals. Bovendien vermoedde hij, door wat Garzhvog had gezegd, dat Nasuada nog meer moeite zou krijgen het moreel onder de Varden hoog te houden zodra iedereen over de soldaten had gehoord.

Terwijl de Varden en de Urgals hun gesneuvelde kameraden ophaalden, de doden ontdeden van nuttig gerei en de vijandelijke soldaten onthoofdden waarna ze hun lichamen naar brandstapels sleepten, keerden Eragon, Saphira en koning Orrin terug naar het kamp, begeleid door Arya en de andere elfen.

Onderweg bood Eragon aan Orrins been te genezen, maar de koning weigerde met de woorden: 'Ik heb mijn eigen artsen, Schimmendoder.'

Nasuada en Jörmundur stonden op hen te wachten bij de noordelijke poort. Nasuada sprak Orrin aan. 'Wat is er misgegaan?'

Eragon deed zijn ogen dicht terwijl Orrin uitlegde dat de aanval op de soldaten eerst zo goed leek te gaan. De ruiters waren over hen heen gedenderd en hadden links en rechts, zo dachten ze, doodsklappen uitgedeeld, en tijdens die aanval was aan hun eigen kant slechts één slachtoffer gevallen. Toen ze echter de overgebleven soldaten wilden bevechten, stonden velen die eerder waren neergesabeld op en sloten zich weer bij het gevecht aan. Orrin huiverde. 'Toen verloren we onze moed. Dat zou iedereen zijn gebeurd. We wisten niet of de soldaten onkwetsbaar waren, of het zelfs wel mensen waren. Wanneer je een vijand op je af ziet komen terwijl er een gebroken bot uit zijn kuit steekt, met een speer door zijn buik en zijn halve gezicht aan repen gehakt, en hij dan ook nog lacht, dan kunnen maar weinig mannen blijven staan. Mijn strijders raakten in paniek. Ze verbraken hun formatie. Het was een chaos. Een slachting. Toen de Urgals en jouw strijders, Nasuada, ons bereikten, werden ze meegesleept in de waanzin.' Hij schudde zijn hoofd. 'Ik heb nog nooit zoiets gezien, zelfs niet op de Brandende Vlakten.'

Nasuada was bleek geworden, zelfs met haar donkere huid. Ze keek Eragon en vervolgens Arya aan. 'Hoe heeft Galbatorix dat voor elkaar gekregen?'

'Door hun vermogen om pijn te voelen grotendeels te blokkeren,' antwoordde Arya. 'Door ze net voldoende gevoel te laten behouden om te weten waar ze zijn en wat ze doen, maar niet zoveel dat de pijn hen kan uitschakelen. Voor die bezwering is slechts een minimale hoeveelheid energie nodig.'

Nasuada likte langs haar lippen en richtte zich weer tot Orrin. 'Weet je hoeveel slachtoffers er aan onze kant zijn gevallen?'

Orrin rilde. Hij boog zich naar voren, drukte zijn hand op zijn been, klemde zijn kaken op elkaar en gromde: 'Driehonderd soldaten tegen... Hoe groot was jouw troepenmacht?'

'Tweehonderd zwaardvechters. Honderd speerdragers. Vijftig boogschutters.'

'Die, plus de Urgals, plus mijn cavalerie... Rond de duizend man. Tegen driehonderd voetsoldaten op open terrein. We hebben die soldaten stuk voor stuk gedood, maar wat het ons heeft gekost...' De koning schudde zijn hoofd. 'We zullen het pas zeker weten als we de slachtoffers hebben geteld, maar volgens mij is twee derde van je zwaardvechters dood. Nog meer speerdragers. Enkele boogschutters. Van mijn cavalerie is niet veel over: vijftig, zeventig. Veel van hen waren vrienden van me. Misschien honderd, honderdvijftig Urgals dood. Het totaal? Vijf- of zeshonderd gesneuvelden, en de overgrote meerderheid van de overlevenden gewond. Ik weet het niet... Ik weet het niet. Ik...' Orrins kaak werd slap en hij zakte opzij en zou van zijn paard zijn gevallen als Arya niet naar voren was gesprongen om hem op te vangen.

Nasuada knipte met haar vingers om twee Varden tussen de tenten vandaan te laten komen, en droeg ze op Orrin naar zijn paviljoen te brengen en de genezers van de koning te halen.

'We hebben een ernstige nederlaag geleden, ondanks het feit dat we de soldaten hebben uitgeroeid,' mompelde Nasuada. Ze perste haar lippen op elkaar en haar blik verried zowel wanhoop als smart. Haar ogen glansden van de onvergoten tranen. Ze rechtte haar rug en keek Eragon en Saphira met een staalharde blik aan. 'Hoe ging het met jullie twee?' Ze luisterde roerloos terwijl Eragon hun strijd met Murtagh en Thoorn beschreef. Toen hij klaar was, knikte ze. 'Dat jullie aan hun klauwen wisten te ontkomen was alles waar we op durfden te hopen. Maar jullie hebben meer bereikt. Jullie hebben bewezen dat Galbatorix Murtagh niet zo machtig heeft gemaakt dat we geen hoop hebben om hem te verslaan. Met nog een paar extra magiërs om jullie te helpen hadden jullie Murtagh kunnen overmeesteren. Om die reden denk ik niet dat hij het leger van koningin Islanzadí in zijn eentje tegemoet zal durven te treden. Als we voldoende magiërs om je heen kunnen verzamelen, Eragon, denk ik dat we Murtagh en Thoorn de volgende keer kunnen doden.'

'Wilt u ze niet gevangennemen?' vroeg Eragon.

'Ik wil een heleboel dingen, maar ik betwijfel of ik er ooit veel van zal krijgen. Murtagh en Thoorn proberen dan misschien niet om jullie te vermoorden, maar als de kans zich aandient, moeten we ze zonder aarzelen doden. Of zie jij het anders?'

'Nee.'
Nasuada wendde zich tot Arya. 'Zijn er magiërs van jou gesneuveld tijdens het gevecht?'
'Er zijn er een paar flauwgevallen, maar die hebben zich alweer hersteld.'
Nasuada haalde diep adem en keek met haar blik op oneindig richting het noorden. 'Eragon, vraag Trianna om Du Vrangr Gata te laten uitzoeken hoe we Galbatorix' bezwering kunnen namaken. Hoe walgelijk het ook is, we moeten Galbatorix hierin imiteren. We kunnen het ons niet veroorloven dat niet te doen. Het is niet praktisch als niemand van ons pijn voelt – dan zouden we veel te gemakkelijk gewond raken – maar we hebben een paar honderd zwaardvechters nodig, vrijwilligers, die immuun zijn voor lichamelijk leed.'
'Vrouwe.'
'Zoveel doden,' zei Nasuada somber. Ze verdraaide de leidsels in haar handen. 'We zijn te lang op één plek gebleven. Het wordt tijd dat we het Rijk weer in de verdediging dwingen.' Ze spoorde Stormstrijder aan, weg van de slachting voor het kamp. De hengst schudde zijn hoofd en kauwde op zijn bit. 'Je neef had me gesmeekt hem te laten deelnemen aan de gevechten van vandaag. Ik heb geweigerd omdat hij op het punt staat te trouwen, en daar was hij niet blij mee – al vermoed ik dat zijn verloofde daar anders over denkt. Zou je me kunnen laten weten of ze de ceremonie nog altijd vandaag willen laten doorgaan? Na zoveel bloedvergieten zou het de Varden kunnen bemoedigen om een huwelijk bij te wonen.'
'Ik zal het u laten weten.'
'Dank je. Je mag nu gaan, Eragon.'

Het eerste wat Eragon en Saphira deden nadat ze Nasuada hadden achtergelaten, was op bezoek gaan bij de elfen, van wie er enkelen waren flauwgevallen tijdens hun strijd met Murtagh en Thoorn, om hen te bedanken voor hun hulp. Toen verzorgden Eragon, Arya en Blödhgarm de wonden die Thoorn Saphira had toegebracht. Nadat haar snijwonden, schrammen en een paar blauwe plekken waren geheeld, spoorde Eragon Trianna met zijn geest op en bracht Nasuada's instructies over.
Pas toen gingen Saphira en hij op zoek naar Roran. Blödhgarm en zijn elfen gingen met hen mee; Arya vertrok om wat eigen dingen te regelen.
Roran en Katrina stonden zachtjes en indringend te discussiëren toen Eragon hen bij de hoek van Horsts tent zag. Ze zwegen toen Eragon en Saphira naderden. Katrina sloeg haar armen over elkaar en wendde haar blik van Roran af, terwijl Roran de kop van de hamer achter zijn riem vastpakte en met de hak van zijn laars tegen een steen trapte.
Eragon ging voor hen staan en wachtte even, hopend dat ze zouden uitleggen waarom ze ruzie hadden, maar Katrina vroeg: 'Zijn jullie gewond

geraakt?' Haar blik schoot van Saphira naar hem en weer terug.
'Ja, maar dat is al verholpen.'
'Dat is... zo vreemd. We hadden in Carvahall wel verhalen over magie gehoord, maar ik geloofde ze eigenlijk nooit. Het leek zo onwaarschijnlijk. Maar hier zijn overal magiërs... Hebben jullie Murtagh en Thoorn ernstig verwond? Zijn ze daarom gevlucht?'
'We hebben ze verslagen, maar geen blijvende schade toegebracht.' Eragon zweeg even, en toen noch Roran, noch Katrina iets zei, vroeg hij of ze nog altijd vandaag wilden trouwen. 'Nasuada opperde dat jullie er best mee konden doorgaan, maar misschien is het beter om te wachten. De doden moeten nog worden begraven en er moet nog veel werk worden verzet. Morgen zou beter uitkomen... en passender zijn.'
'Nee,' zei Roran, over de steen schrapend met de punt van zijn laars. 'Het Rijk kan ieder moment opnieuw aanvallen. Morgen is het misschien te laat. Als... als ik zou omkomen voordat we getrouwd zijn, wat moet er dan van Katrina worden of van ons...' Hij haperde en kleurde.
Met een zachtere blik wendde Katrina zich naar Roran en pakte zijn hand. 'Bovendien is het eten gekookt, de versiering is opgehangen en onze vrienden zijn hier voor het huwelijk. Het zou jammer zijn als al die voorbereidingen voor niets waren geweest.' Ze streelde over Rorans baard, en hij glimlachte en legde zijn arm om haar heen.
Ik begrijp de helft niet van wat er tussen hen gebeurt, klaagde Eragon tegen Saphira. 'Wanneer willen jullie de ceremonie houden?'
'Over een uur,' zei Roran.

Man en vrouw

Vier uur later stond Eragon op de top van een lage heuvel vol gele wildbloemen. Rondom de heuvel lag een grazig weiland langs de Jiet, die op ongeveer honderd voet afstand aan de rechterkant langsstroomde. De hemel was stralend en helder, het zonlicht overspoelde het landschap met een zachte gloed. Het was koel en windstil en de lucht rook fris, alsof het net had geregend.
Voor de heuvel stonden de dorpelingen uit Carvahall, van wie niemand tijdens de gevechten gewond was geraakt, en ongeveer de helft van de mannen van de Varden. Veel strijders hielden lange speren vast, met vaandels in allerlei geborduurde patronen. Verschillende paarden, waaronder

Sneeuwvuur, waren aan het uiteinde van de wei vastgebonden. Ondanks Nasuada's inspanningen had het organiseren van de bijeenkomst langer geduurd dan iedereen had verwacht.

De wind streek door Eragons haren, nog vochtig van het wassen, terwijl Saphira over de groep heen vloog en klapwiekend naast hem landde. Hij glimlachte en legde zijn hand op haar schouder.

Kleintje.

Onder normale omstandigheden zou Eragon nerveus zijn geworden omdat hij voor zoveel mensen moest spreken en zo'n ernstige en belangrijke ceremonie moest leiden, maar na de gevechten van vandaag leek alles onecht, alsof het allemaal alleen maar een bijzonder levensechte droom was.

Onder aan de heuvel stonden Nasuada, Arya, Narheim, Jörmundur, Angela, Elva en andere belangrijke lieden. Koning Orrin was er niet, want zijn verwondingen bleken veel ernstiger dan hijzelf had gedacht en zijn genezers waren nog met hem bezig in zijn paviljoen. Het hoofd van het kabinet van de koning, Irwin, was in zijn plaats aanwezig.

De enige Urgals die erbij waren, waren de twee in Nasuada's eigen wacht. Eragon was erbij geweest toen Nasuada Nar Garzhvog uitnodigde, en hij was opgelucht geweest toen Garzhvog zo verstandig was om te weigeren. De dorpelingen zouden nooit een grote groep Urgals bij het huwelijk hebben getolereerd. Nu al had Nasuada moeite hen ervan te overtuigen haar wachters te laten blijven.

Met een geruis van stof gingen de dorpelingen en de Varden uiteen en vormden een lang, open pad van de heuvel naar de rand van de menigte. Toen begonnen de dorpelingen samen de oude huwelijksliederen uit de Palancarvallei te zingen. De oude verzen spraken over de seizoenen, over de warme aarde die ieder jaar een nieuwe oogst voortbrengt, over de kalveren in de lente, over nestelende roodborstjes en kuitschietende vissen, en over de jonge generatie die voorbestemd is om de oudere te vervangen. Een van Blödhgarms magiërs, een vrouwelijke elf met zilverkleurige haren, haalde een gouden harpje uit een fluwelen foedraal en begeleidde de dorpelingen met haar eigen muziek, waarbij ze de simpele thema's van hun melodieën aanvulde en de bekende muziek een nostalgisch tintje gaf.

Met langzame, ritmische passen kwamen Roran en Katrina aan weerszijden van de menigte van het uiteinde van het pad aanlopen, draaiden zich naar de heuvel om en liepen zonder elkaar aan te raken naar Eragon toe. Roran droeg een nieuwe tuniek die hij van een van de Varden had geleend. Zijn haren waren gekamd, zijn baard was bijgeknipt en zijn laarzen waren gepoetst. Zijn gezicht straalde van onuitsprekelijke vreugde. Al met al vond Eragon hem er heel knap en beschaafd uitzien. Maar vooral Katrina trok ieders aandacht. Haar jurk was lichtblauw, zoals passend was voor een bruid bij haar eerste huwelijk, van een simpele snit, maar met een kanten sleep van twintig voet lang die werd gedragen door twee meisjes. Bij de lichtgekleurde stof gloeiden haar losse lokken als gewreven koper. In haar handen had ze een boeketje wilde bloemen. Ze was trots, sereen en mooi.

Eragon hoorde ingehouden ademteugen van sommige vrouwen toen ze Katrina's sleep zagen. Hij besloot Nasuada te bedanken omdat ze Du Vrangr Gata de jurk voor Katrina had laten maken, want hij nam aan dat zij verantwoordelijk was voor het geschenk.

Drie stappen achter Roran liep Horst. En op gelijke afstand achter Katrina liep Birgit, die oppaste dat ze niet op de sleep stapte.

Toen Roran en Katrina halverwege de heuvel waren, vlogen er twee witte duiven op uit de wilgenbomen langs de Jiet. De duiven droegen een kransje van gele paardenbloemen in hun poten. Katrina vertraagde haar pas en bleef staan toen de vogels haar naderden. De duiven vlogen drie maal om haar heen, van het noorden naar het oosten, doken omlaag en legden het kransje op haar hoofd voordat ze terugkeerden naar de rivier.

'Heb jij dat geregeld?' mompelde Eragon tegen Arya.

Ze glimlachte.

Boven aan de heuvel bleven Roran en Katrina roerloos voor Eragon wachten tot de dorpelingen klaar waren met zingen. Toen het laatste refrein vervaagde, stak Eragon zijn handen op en zei: 'Welkom iedereen. Vandaag zijn we bij elkaar om de vereniging te vieren tussen de families van Roran Garrowzoon en Katrina Ismirasdochter. Ze hebben beiden een goede reputatie en voor zover ik weet maakt niemand anders aanspraak op hun hand. Als dat echter niet het geval is, of als er een andere reden bestaat waarom ze geen man en vrouw zouden moeten worden, maak uw bezwaren dan nu kenbaar, in aanwezigheid van deze getuigen.' Eragon zweeg een passende tijd en vervolgde: 'Wie hier spreekt voor Roran Garrowzoon?'

Horst stapte naar voren. 'Roran heeft noch een vader, noch een oom, dus ik, Horst Ostrecszoon, spreek voor hem als mijn bloed.'

'En wie hier spreekt voor Katrina Ismirasdochter?'

Birgit stapte naar voren. 'Katrina heeft noch een moeder, noch een tante, dus ik, Birgit Mardrasdochter, spreek voor haar als mijn bloed.' Ondanks haar wraakzucht ten opzichte van Roran was het traditioneel Birgits recht en verantwoordelijkheid om Katrina te vertegenwoordigen, aangezien ze een goede vriendin van Katrina's moeder was geweest.

'Het is gerechtvaardigd. Wat brengt Roran Garrowzoon naar zijn huwelijk, opdat zowel hij als zijn vrouw welvarend kunnen zijn?'

'Hij brengt zijn naam mee,' zei Horst. 'Hij brengt zijn hamer mee. Hij brengt de kracht van zijn handen mee. En hij brengt de belofte mee van een boerderij in Carvahall, waar ze samen in vrede kunnen leven.'

Verbazing trok door de menigte toen de mensen beseften wat Roran deed. Hij verklaarde op de meest openlijke en bindende manier mogelijk dat het Rijk hem er niet van zou weerhouden met Katrina naar huis terug te keren en haar het leven te bieden dat ze zou hebben gehad als Galbatorix zich er niet zo moorddadig in had gemengd. Roran zette zijn eer, als man en als echtgenoot, in op de nederlaag van het Rijk.

'Accepteer jij dit aanbod, Birgit Mardrasdochter?' vroeg Eragon.

Birgit knikte. 'Ja.'

'En wat brengt Katrina Ismirasdochter naar haar huwelijk, opdat zowel zij als haar echtgenoot welvarend kunnen zijn?'

'Ze brengt haar liefde en toewijding mee, waarmee ze Roran Garrowzoon zal dienen. Ze brengt haar huishoudelijke vaardigheden mee. En ze brengt een bruidsschat mee.' Verrast keek Eragon toe terwijl Birgit gebaarde en twee mannen naast Nasuada naar voren stapten met een metalen kistje tussen hen in. Birgit maakte de sluiting van het kistje open en tilde het deksel op, en vervolgens liet ze Eragon de inhoud zien. Hij hield zijn adem in toen hij de berg juwelen erin zag liggen. 'Ze brengt een gouden halsketting met diamanten mee. Ze brengt een speld met rode koraal uit de Zuidelijke Zee mee, en een paarlen net voor in haar haren. Ze brengt vijf ringen mee van goud en electrum. De eerste ring...' Terwijl Birgit alle voorwerpen beschreef, tilde ze die uit het kistje zodat iedereen kon zien dat ze de waarheid sprak.

Onthutst keek Eragon naar Nasuada en zag dat ze verheugd glimlachte.

Nadat Birgit haar verhaal had afgestoken, het kistje had dichtgedaan en weer op slot had gedraaid, vroeg Eragon: 'Accepteer jij dit aanbod, Horst Ostrecszoon?'

'Ja.'

'Zo worden onze families één, in overeenstemming met de wetten van het land.' Toen, voor het eerst, sprak Eragon rechtstreeks tegen Roran en Katrina. 'Degenen die voor jullie spreken zijn het eens geworden over de voorwaarden van jullie huwelijk. Roran, ben je tevreden over Horst Ostrecszoons onderhandelingen ten gunste van jou?'

'Ja.'

'En Katrina, ben jij tevreden over Birgit Mardrasdochters onderhandelingen ten gunste van jou?'

'Ja.'

'Roran Sterkhamer, zoon van Garrow, zweer je dan bij je naam en je afkomst dat je Katrina Ismirasdochter zult beschermen en onderhouden zolang jullie beiden leven?'

'Ik, Roran Sterkhamer, zoon van Garrow, zweer bij mijn naam en mijn afkomst dat ik Katrina Ismirasdochter zal beschermen en onderhouden zolang we beiden leven.'

'Zweer je haar eer te bewaken, trouw en loyaal aan haar te blijven in de jaren die komen, en dat je haar zult behandelen met respect, waardigheid en genegenheid?'

'Ik zweer haar eer te bewaken, trouw en loyaal aan haar te blijven in de jaren die komen en haar te behandelen met respect, waardigheid en genegenheid.'

'En zweer je haar morgen bij zonsondergang de sleutels tot je bezittingen te geven, wat die ook zijn, en tot de schatkist waarin je je geld bewaart, zodat ze je belangen kan behartigen zoals dat een echtgenote betaamt?'

Roran zwoer het.

'Katrina, dochter van Ismira, zweer jij bij je naam en je afkomst dat je Roran Garrowzoon zult dienen en verzorgen zolang jullie beiden leven?'

'Ik, Katrina, dochter van Ismira, zweer bij mijn naam en mijn afkomst dat ik Roran Garrowzoon zal dienen en verzorgen zolang wij beiden leven.'

'Zweer je zijn eer te bewaken, trouw en loyaal aan hem te blijven in de jaren die komen, zijn kinderen te baren als dat jullie gegeven is en een liefhebbende moeder voor hen te zijn?'

'Ik zweer zijn eer te bewaken, trouw en loyaal aan hem te blijven, zijn kinderen te baren als dat ons gegeven is en een liefhebbende moeder voor hen te zijn.'

'En zweer je dat je zijn rijkdom en bezittingen op verantwoordelijke wijze zult beheren, zodat hij zich kan richten op de taken die alleen hem toevallen?'

Katrina zwoer het.

Glimlachend haalde Eragon een rood lint uit zijn mouw. 'Leg jullie polsen over elkaar heen.' Roran en Katrina staken hun linker- en rechterarm uit en deden wat hij vroeg. Eragon legde het midden van het lint over hun polsen, wond de reep satijn er drie keer omheen en bond de uiteinden in een strik aan elkaar vast. 'Dan verklaar ik, als Drakenrijder, jullie nu tot man en vrouw!'

De toeschouwers juichten. Toen Roran en Katrina elkaar kusten, zwol het gejuich van de menigte nog verder aan.

Saphira boog haar kop naar het stralende stel toe, en toen de twee uit elkaar gingen raakte ze hen beiden met de punt van haar snuit op het voorhoofd aan. *Leef lang, en moge jullie liefde zich verdiepen met elk verstrijkend jaar,* zei ze.

Roran en Katrina draaiden zich om naar de toeschouwers en staken hun samengebonden armen in de lucht. 'Laat het feest beginnen!' riep Roran uit.

Eragon volgde de twee toen ze tussen de vele juichende mensen door de heuvel af liepen, naar twee stoelen die voor aan een rij tafels waren neergezet. Daar gingen Roran en Katrina zitten, als de koning en koningin van hun huwelijk.

De gasten gingen in de rij staan om hun felicitaties en geschenken aan te bieden, maar Eragon stond vooraan. Zijn grijns was even breed als die van hen, en hij schudde Rorans vrije hand en neigde zijn hoofd naar Katrina.

'Dank je, Eragon,' zei Katrina.
'Ja, dank je,' voegde Roran eraan toe.
'Het was me een eer.' Hij keek hen allebei aan en barstte in lachen uit.
'Wat is er?' wilde Roran weten.
'Jullie! Jullie twee zijn zo blij als idioten.'
Katrina lachte met fonkelende ogen en omhelsde Roran. 'Dat klopt!'
Eragon werd ernstig. 'Jullie moeten weten hoeveel geluk jullie hebben dat jullie hier vandaag samen zijn. Roran, als jij niet iedereen had weten over te halen naar de Brandende Vlakten te reizen, en als de Ra'zac jou hadden meegenomen naar Urû'baen, Katrina, dan hadden jullie nooit...'

'Ja, maar dat heb ik wel gedaan, en zij hebben dat niet gedaan,' viel Roran hem in de rede. 'Laten we deze dag niet bederven met onplezierige gedachten over wat er had kúnnen gebeuren.'

'Daarom zeg ik het niet.' Eragon keek naar de rij mensen die achter hem stond te wachten, om te zien of ze hen niet konden afluisteren. 'Wij zijn alle drie vijanden van het Rijk. En zoals we vandaag hebben gezien zijn we niet veilig, zelfs niet hier bij de Varden. Als Galbatorix de kans krijgt, zal hij ieder van ons aanvallen, ook jou, Katrina, om de anderen te raken. Dus heb ik deze voor jullie gemaakt.' Uit de buidel aan zijn riem haalde Eragon twee eenvoudige, glanzend opgewreven gouden ringen. De vorige avond had hij ze gemaakt van de laatste gouden bol die hij uit de aarde had gehaald. Hij gaf de grotere aan Roran en de kleinere aan Katrina.

Roran draaide de ring onderzoekend rond, hield hem op tegen het licht en tuurde naar de lettertekens in de oude taal die aan de binnenzijde waren gegraveerd. 'Hij is heel mooi, maar hoe kan dit ons beschermen?'

'Ik heb ze betoverd voor drie doelen,' zei Eragon. 'Als je ooit mijn hulp of die van Saphira nodig hebt, draai de ring dan eenmaal om je vinger en zeg: "Help me, Schimmendoder; help me, Stralend Geschubde." Dan zullen we je horen en zo snel mogelijk komen. Als een van jullie op het randje van de dood staat, zal je ring ons en je partner waarschuwen dat je in gevaar bent. Zolang die ringen jullie huid raken, zullen jullie elkaar altijd weten te vinden, hoe ver jullie ook bij elkaar weg zijn.' Hij weifelde en voegde eraan toe: 'Ik hoop dat jullie ze willen dragen.'

'Natuurlijk willen we dat,' antwoordde Katrina.

Rorans borst zwol op en zijn stem klonk hees. 'Dank je,' zei hij. 'Dank je. Ik wou dat we ze hadden gehad voordat Katrina en ik werden gescheiden in Carvahall.'

Omdat ze allebei maar één hand vrij hadden, schoof Katrina Rorans ring voor hem om de ringvinger van zijn rechterhand, en schoof hij die van Katrina om de ringvinger van haar linkerhand.

'Ik heb ook nog een ander geschenk voor jullie,' zei Eragon. Hij draaide zich om, floot en zwaaide. Vanuit de menigte kwam een paardenknecht met

Sneeuwvuur aan de hand naar hen toe. De verzorger gaf Roran de leidsels van de hengst, maakte een buiging en trok zich terug. 'Roran, je hebt een goed rijdier nodig,' zei Eragon. 'Dit is Sneeuwvuur. Hij was ooit van Brom, toen van mij, en nu geef ik hem aan jou.'
Roran bekeek Sneeuwvuur. 'Hij is prachtig.'
'De beste. Wil je hem aannemen?'
'Met genoegen.'
Eragon riep de verzorger terug en liet hem Sneeuwvuur wegbrengen, waarbij hij hem vertelde dat Roran de nieuwe eigenaar van de hengst was. Toen de man en het paard weg waren, keek Eragon naar de mensen in de rij die geschenken voor Roran en Katrina bij zich hadden. Hij lachte. 'Jullie waren vanochtend misschien arm, maar vanavond zijn jullie rijk. Als Saphira en ik ooit de kans krijgen om stil te gaan leven, komen we misschien wel bij jullie wonen, in het enorme huis dat jullie voor al jullie kinderen gaan bouwen.'
'Wat we ook bouwen, het zal amper groot genoeg zijn voor Saphira, denk ik,' zei Roran.
'Maar jullie zijn altijd welkom bij ons,' vulde Katrina aan.
Nadat hij hen nog een keer had gefeliciteerd, vond Eragon een plekje aan het uiteinde van een tafel en amuseerde zich door stukjes geroosterde kip naar Saphira te gooien, die zij handig opving. Hij bleef daar tot Nasuada met Roran en Katrina had gesproken en hun iets kleins had toegestopt dat hij niet kon zien. Toen onderschepte hij Nasuada voordat ze het feest kon verlaten.
'Wat is er, Eragon?' vroeg ze. 'Ik heb het druk.'
'Had u Katrina haar jurk en haar bruidsschat gegeven?'
'Ja. Keur je dat af?'
'Ik ben dankbaar dat u zo vriendelijk bent geweest voor mijn familieleden, maar ik vraag me af...'
'Ja?'
'Hebben de Varden niet dringend behoefte aan goud?'
'Ja,' zei Nasuada, 'maar niet zo dringend als voorheen. Sinds mijn plan met het kant, en sinds ik gewonnen heb tijdens de Beproeving van de Lange Messen waardoor de zwervende stammen me toegang hebben gegeven tot hun rijkdom, zullen we niet zo snel verhongeren of een tekort aan zwaarden of speren krijgen.' Ze glimlachte. 'Wat ik Katrina heb gegeven is onbelangrijk vergeleken met de enorme sommen die mijn leger nodig heeft om te functioneren. En ik vind niet dat ik mijn goud heb verspild. Ik denk eigenlijk dat ik een waardevolle aankoop heb gedaan. Ik heb prestige en zelfrespect voor Katrina gekocht, en daardoor heb ik Rorans goede wil gekocht. Ik ben misschien te optimistisch, maar ik vermoed dat zijn loyaliteit veel waardevoller zal blijken dan honderd schilden of honderd speren.'

'U zoekt altijd naar wegen om de vooruitzichten van de Varden te verbeteren, nietwaar?' vroeg Eragon.
'Altijd. En dat zou jij ook moeten doen.' Nasuada liep bij hem weg, maar toen keek ze om en zei: 'Kom even voor zonsondergang naar mijn paviljoen, dan gaan we op bezoek bij de mannen die vandaag gewond zijn geraakt. Er zijn er velen die we niet kunnen genezen, weet je. Het zal ze goed doen om te zien dat we om hen geven en dat we hun offer waarderen.'
Eragon knikte. 'Ik zal er zijn.'
'Mooi.'

Uren verstreken terwijl Eragon lachte, at en dronk en verhalen uitwisselde met oude vrienden. De mede stroomde als water en het huwelijksfeest werd almaar luidruchtiger. De mannen maakten een ruimte tussen de tafels vrij en maten zich met elkaar door te worstelen, te boogschieten en elkaar met staven te bevechten. Twee elfen, een man en een vrouw, demonstreerden hun vaardigheid met het zwaard – de toeschouwers waren vol ontzag over de snelheid en gratie van hun dansende klingen – en zelfs Arya stemde erin toe een lied te zingen, waarvan Eragon kippenvel kreeg. Tijdens dit alles zeiden Roran en Katrina weinig en stemden zich er tevreden mee te zitten en naar elkaar te kijken, zonder zich iets aan te trekken van hun omgeving.

Toen de onderzijde van de oranje zon de verre horizon raakte, excuseerde Eragon zich met tegenzin. Met Saphira aan zijn zijde liet hij het feestgedruis achter zich en liep naar Nasuada's paviljoen, waarbij hij diepe teugen koele avondlucht inademde om zijn hoofd helder te maken. Nasuada wachtte op hem voor het rode paviljoen, met de Nachtraven dicht om zich heen. Zonder een woord te zeggen liepen zij, Eragon en Saphira door het kamp naar de tenten van de genezers, waar de gewonde strijders lagen.

Meer dan een uur lang brachten Nasuada en Eragon een bezoek aan de mannen die ledematen of ogen waren kwijtgeraakt of ongeneeslijke infecties hadden opgelopen tijdens hun strijd tegen het Rijk. Enkele strijders waren die ochtend gewond geraakt. Anderen, zoals Eragon ontdekte, waren al gewond geraakt op de Brandende Vlakten en waren nog niet hersteld, ondanks alle kruiden en bezweringen die de genezers hadden toegepast. Voor ze tussen de mannen op hun britsen door liepen, had Nasuada Eragon gewaarschuwd dat hij zich niet verder moest uitputten door te proberen iedereen te genezen die hij ontmoette. Toch kon hij het niet laten hier en daar een bezwering te prevelen om hun pijn te verlichten, een abces te verhelpen, een gebroken bot te zetten of een lelijk litteken te verwijderen.

Een van de mannen die Eragon ontmoette was zijn linkerbeen tot aan de knie en twee vingers van zijn rechterhand kwijtgeraakt. Zijn baard was kort en grijs, en over zijn ogen was een zwarte doek gebonden. Toen Eragon hem begroette en vroeg hoe het met hem ging, pakte de man Eragon met de drie vingers van zijn rechterhand bij zijn elleboog vast. Met hese stem zei de man: 'Ah, Schimmendoder. Ik wist dat je zou komen. Ik wacht al op je sinds het licht.'

'Hoe bedoel je?'

'Het licht dat de wereld verlichtte. In één ogenblik zag ik alle levende dingen om me heen, van het grootste tot het kleinste. Ik zag mijn botten dwars door mijn armen heen. Ik zag de wormen in de aarde, de aaskraaien in de hemel en de mijten op de vleugels van de kraaien. De goden hebben me aangeraakt, Schimmendoder. Ze hebben me dat visioen met een reden gegeven. Ik zag jou op het slagveld, jou en je draak, en je was als een stralende zon in een woud van gedimde kaarsen. En ik zag je broer, je broer en zijn draak, en ook zij waren als de zon.'

De haartjes achter in Eragons nek kwamen overeind. 'Ik heb geen broer,' zei hij.

De gewonde zwaardvechter lachte kakelend. 'Mij kun je niet bedotten, Schimmendoder. Ik weet wel beter. De wereld brandt om me heen, vanuit het vuur hoor ik het gefluister van gedachten, en ik leer daar dingen van. Je verstopt je nu voor me, maar ik zie je nog steeds, een man van gele vlammen met twaalf sterren rondom je middel en nog een ster, helderder dan de rest, op je rechterhand.'

Eragon drukte zijn handpalm tegen de riem van Beloth de Wijze, controlerend of de twaalf diamanten die erin waren genaaid nog altijd verborgen waren. Dat was zo.

'Luister naar me, Schimmendoder,' zei de man, die Eragon naar zijn gerimpelde gelaat toe trok. 'Ik heb je broer gezien, en hij brandde. Maar hij brandde niet zoals jij. O nee. Het licht van zijn ziel scheen dóór hem heen, alsof het van elders kwam. Hijzelf was een leegte, een omhulsel van een man. En door dat omhulsel kwam het brandende schijnsel. Begrijp je? Hij werd door ánderen verlicht.'

'Waar waren die anderen? Heb je hen ook gezien?'

De strijder aarzelde. 'Ik voelde ze dichtbij, tierend tegen de wereld alsof ze alles daarin haatten, maar hun lichamen waren voor me verborgen. Ze waren er, en tegelijkertijd waren ze er niet. Ik kan het niet beter uitleggen... Ik wilde niet dichter bij die wezens komen, Schimmendoder. Ze zijn niet menselijk, daar ben ik zeker van, en hun haat was als de ergste onweersstorm die je ooit hebt gezien, in een klein glazen flesje gepropt.'

'En als dat flesje breekt...' mompelde Eragon.

'Precies. Soms vraag ik me af of Galbatorix de goden zelf heeft gevangen en tot zijn slaven heeft gemaakt, maar dan lach ik en noem mezelf een idioot.'

'Maar wiens goden? Die van de dwergen? Die van de zwervende stammen?'

'Maakt het uit, Schimmendoder? Een god is een god, waar hij ook vandaan komt.'
Eragon gromde. 'Misschien heb je gelijk.'
Toen Eragon bij de brits van de man wegliep, hield een van de genezers hem staande. Ze zei: 'Vergeef hem, heer. De schok van zijn verwondingen heeft hem waanzinnig gemaakt. Hij tiert altijd over zonnen en sterren en gloeiende lichten die hij beweert te zien. Soms lijkt het alsof hij dingen weet die hij niet zou moeten weten, maar laat u niet bedotten, want hij hoort die gewoon van andere patiënten. Ze roddelen altijd, weet u. Verder hebben ze niets te doen, die arme drommels.'
'Ik ben geen heer,' zei Eragon, 'en hij is niet gek. Ik weet niet precies wat hij is, maar hij heeft een ongewoon vermogen. Als hij voor- of achteruit gaat, laat het dan alsjeblieft een van de Du Vrangr Gata weten.'
De vrouw maakte een kniebuiging. 'Zoals u wilt. Het spijt me dat ik me heb vergist, Schimmendoder.'
'Hoe is hij gewond geraakt?'
'Hij is zijn vingers kwijtgeraakt toen hij een zwaard met zijn hand wilde afweren. Later belandde een van de projectielen uit de katapulten van het Rijk op zijn been, waardoor het onherstelbaar verbrijzeld raakte. We moesten het amputeren. De mannen naast hem zeiden dat toen dat projectiel hem raakte, hij meteen begon te schreeuwen over het licht, en toen ze hem optilden zagen ze dat zijn ogen helemaal wit waren geworden. Zelfs zijn pupillen waren verdwenen.'
'Aha. Je hebt me heel goed geholpen. Dank je.'

Het was donker toen Eragon en Nasuada eindelijk de tenten van de genezers achter zich lieten. Nasuada zuchtte. 'Nu kan ik wel een beker mede gebruiken.' Eragon knikte en staarde naar zijn voeten. Ze liepen terug naar haar paviljoen, en na een tijdje vroeg ze: 'Waar denk je aan, Eragon?'
'Dat we in een vreemde wereld leven, en dat ik geluk heb als ik er ooit meer dan een klein stukje van zal begrijpen.' Toen vertelde hij haar over zijn gesprek met de gewonde man, waarvoor zij evenveel belangstelling had als hij.
'Je zou Arya hierover moeten vertellen,' zei Nasuada. 'Zij weet misschien wie die "anderen" kunnen zijn.'
Ze namen afscheid bij haar paviljoen. Nasuada ging naar binnen om een verslag te lezen, terwijl Eragon en Saphira verder liepen naar Eragons tent. Daar rolde Saphira zich op op de grond en ging slapen. Eragon ging naast haar zitten en keek naar de sterren, terwijl een optocht van gewonde mannen voor zijn ogen langstrok.
Wat veel van hen hem hadden verteld bleef door zijn gedachten spoken:
We hebben voor jóú gevochten, Schimmendoder.

Fluisteringen in de nacht

Roran deed zijn ogen open en staarde naar het doorhangende tentdoek boven zijn hoofd. Er stroomde een ijl grijs licht de tent binnen, dat alles van zijn kleur ontdeed en tot een bleke schim maakte van hoe het er bij daglicht uitzag. Hij huiverde. De dekens waren afgegleden en de koude nachtlucht raakte zijn blote borst. Toen hij ze weer optrok, merkte hij dat Katrina niet meer naast hem lag. Hij zag haar bij de ingang van de tent zitten, opstarend naar de hemel. Ze had een mantel over haar ondergewaad aangetrokken. Haar haren vielen tot aan haar onderrug in een verwarde donkere massa. Roran kreeg een brok in zijn keel terwijl hij naar haar keek.

Hij trok de dekens mee, ging naast haar zitten en legde zijn arm om haar schouders. Katrina leunde tegen hem aan, met haar nek en hoofd warm tegen zijn borst. Hij kuste haar op haar voorhoofd. Lange tijd keek hij samen met haar naar de glinsterende sterren en luisterde naar haar regelmatige ademhaling, het enige geluid naast dat van hem in de slapende wereld.

'De sterrenbeelden zien er hier anders uit. Had je dat gezien?' fluisterde ze.

'Ja.' Hij verschoof zijn arm, legde die om haar middel en voelde de lichte bolling van haar groeiende buik. 'Waar ben je wakker van geworden?'

Ze huiverde. 'Ik lag na te denken.'

'O.'

Sterrenlicht glansde in haar ogen toen ze zich in zijn armen omdraaide en hem aankeek. 'Ik dacht aan jou en mij... en onze toekomst samen.'

'Dat zijn zware gedachten voor zo laat op de avond.'

'Hoe ben je, nu we getrouwd zijn, van plan voor mij en ons kind te zorgen?'

'Ben je daar bezorgd om?' Hij glimlachte. 'Je zult niet verhongeren, want we hebben voldoende goud. Bovendien zullen de Varden er altijd voor zorgen dat Eragons familie voedsel en onderdak heeft. Zelfs als mij iets zou overkomen, dan zouden ze voor jou en de kleine blijven zorgen.'

'Ja, maar wat ben je van plan te dóén?'

Hij keek haar onderzoekend aan om te bepalen waarom ze zo van streek was. 'Ik ga Eragon helpen een eind aan deze oorlog te maken, zodat we naar de Palancarvallei terug kunnen keren en ons daar kunnen vestigen zonder angst te hoeven hebben voor soldaten die ons willen meeslepen naar Urû-'baen. Wat anders?'

'Dus je vecht met de Varden mee?'

'Dat weet je best.'

'Zoals je vandaag zou hebben gevochten als Nasuada je toestemming had gegeven?'
'Ja.'
'Maar ons kind dan? Een marcherend leger is geen plek om een kind op te voeden.'
'We kunnen niet vluchten en ons verstoppen voor het Rijk, Katrina. Als de Varden niet winnen, zal Galbatorix ons opsporen en vermoorden, of onze kinderen, of de kinderen van onze kinderen. En ik denk dat de Varden onmogelijk kunnen overwinnen als niet iedereen zijn uiterste best doet om hen te helpen.'
Ze legde haar vinger op zijn lippen. 'Jij bent mijn enige liefde. Geen enkele andere man zal ooit mijn hart veroveren. Ik zal alles doen om je last te verlichten. Ik zal je eten koken, je kleren verstellen en je pantser schoonmaken... Maar zodra het kind is geboren, ga ik weg bij dit leger.'
'Weg!' Hij verstijfde. 'Dat is onzin! Waar wil je dan naartoe?'
'Dauth, misschien. Denk eraan dat vrouwe Alarice ons een toevluchtsoord heeft geboden, en enkele mensen uit ons dorp zijn daar nog. Ik zou niet alleen zijn.'
'Als je denkt dat ik jou en ons pasgeboren kind in je eentje door Alagaësia laat trekken, dan...'
'Je hoeft niet te schreeuwen.'
'Ik schreeuw...'
'Ja, dat doe je wel.' Ze pakte zijn hand en drukte die tegen haar borst. 'Het is hier niet veilig. Als het alleen om ons tweeën ging, zou ik het gevaar wel kunnen accepteren, maar niet als ons kindje zou kunnen sterven. Ik hou van je, Roran, ik hou heel veel van je, maar ons kind moet vóór alles komen wat we zelf willen. Anders verdienen we het niet om ouders te zijn.' Er glansden tranen in haar ogen, en Roran voelde zijn ogen ook prikken. 'Jij was immers degene die me overhaalde om Carvahall te verlaten en ons in het Schild te verstoppen toen de soldaten aanvielen. Dit is niet anders.'
De sterren vervaagden toen Rorans zicht vertroebelde. 'Ik verlies nog liever een arm dan weer van jou gescheiden te worden.'
Katrina begon stilletjes te huilen, en haar lichaam schokte ervan. 'Ik wil jou ook niet verlaten.'
Hij verstrakte zijn omhelzing en wiegde met haar heen en weer. Toen ze uitgehuild was, fluisterde hij in haar oor: 'Ik verlies liever een arm dan dat ik weer van jou gescheiden word, maar ik ga nog liever dood dan dat ik iemand jou iets laat aandoen... of ons kind. Als je weggaat, moet je dat nu doen, nu je nog goed kunt reizen.'
Ze schudde haar hoofd. 'Nee. Ik wil Gertrude als vroedvrouw. Zij is de enige die ik vertrouw. En als er iets misgaat, heb ik liever dat het hier gebeurt, waar magiërs zijn die me kunnen helpen.'

'Er gaat niks mis,' zei hij. 'Zodra ons kind is geboren, ga je naar Aberon, niet naar Dauth; dat zal minder gauw worden aangevallen. En als het in Aberon te gevaarlijk wordt, ga je naar de Beorbergen om bij de dwergen te wonen. En als Galbatorix de dwergen aanvalt, ga je naar de elfen in Du Weldenvarden.'

'En als Galbatorix Du Weldenvarden aanvalt, vlieg ik naar de maan en voed ons kind op bij de geesten van de hemel.'

'En die zullen voor je buigen en je koningin maken, zoals je verdient.'

Ze kroop dichter tegen hem aan.

Samen bleven ze zitten kijken terwijl de sterren een voor een uit de hemel verdwenen, vervaagd door de gloed die zich vanuit het oosten verspreidde. Toen alleen de Morgenster nog over was, vroeg Roran: 'Je weet toch wel wat dit betekent?'

'Wat dan?'

'Ik zal ervoor moeten zorgen dat we alle soldaten van Galbatorix doden, alle steden in het Rijk veroveren, Murtagh en Thoorn verslaan en Galbatorix en zijn verraderlijke draak onthoofden, en dat allemaal voordat je uitgerekend bent. Dan is het niet meer nodig dat je weggaat.'

Ze zweeg een tijdje. 'Als je dat zou kunnen doen, zou me dat heel gelukkig maken.'

Ze stonden op het punt naar hun bed terug te keren toen er vanuit de glinsterende hemel een klein scheepje neerdaalde, geweven van reepjes gedroogd gras. Het scheepje zweefde voor hun tent, deinend op onzichtbare golven van lucht, en leek bijna naar hen te kijken met zijn draakvormige boeg.

Roran verstijfde, en Katrina ook.

Als een levend wezen schoot het scheepje over het pad voor hun tent, dook omhoog en draaide om, achter een fladderende mot aan. Toen de mot ontsnapt was, gleed het scheepje weer naar de tent en bleef een klein stukje voor Katrina's gezicht zweven.

Voordat Roran kon besluiten of hij het scheepje uit de lucht moest grissen, draaide het zich om en vloog in de richting van de Morgenster, waarna het weer in de eindeloze oceaan van de hemel verdween en zij het vol verwondering nakeken.

Bevelen

Laat die nacht verzamelden zich visioenen van sterfte en geweld langs de randen van Eragons dromen, dreigend hem te overstelpen met paniek. Hij woelde onbehaaglijk in bed, wilde zich bevrijden maar kon dat niet. Korte, verwarrende beelden van stekende zwaarden, schreeuwende mannen en Murtaghs boze gezicht schoten voor zijn blikveld langs.

Toen voelde Eragon Saphira zijn geest binnenkomen. Ze suisde door zijn dromen als een sterke wind en veegde zijn sombere nachtmerrie opzij. In de stilte die volgde fluisterde ze: *Alles is goed, kleintje. Rust maar; je bent veilig, en ik ben bij je... Rust maar uit.*

Een gevoel van immense rust daalde over Eragon neer. Hij draaide zich om en dreef weg op fijnere herinneringen, getroost door zijn besef van Saphira's aanwezigheid.

Toen Eragon een uur voor zonsopgang zijn ogen opendeed, merkte hij dat hij onder een van Saphira's dooraderde vleugels lag. Ze had haar staart om hem heen geslagen, en haar flank voelde warm tegen zijn hoofd. Hij glimlachte en kroop onder haar vleugel vandaan toen zij haar kop optilde en geeuwde.

Goeiemorgen, zei hij.

Ze geeuwde nog eens en rekte zich uit als een kat.

Eragon ging in bad, verwijderde met een bezwering de stoppels van zijn wangen, haalde het gedroogde bloed van de vorige dag van de schede van het kromzwaard en kleedde zich in een van zijn elfentunieken.

Zodra hij vond dat hij presentabel was en Saphira klaar was met haar tongbad, liepen ze naar Nasuada's paviljoen. Alle zes leden van de huidige ploeg Nachtraven stonden buiten, met hun gegroefde gezichten in de gebruikelijke grimmige uitdrukking geplooid. Eragon wachtte terwijl een gedrongen dwerg hen aankondigde. Toen ging hij de tent binnen, en Saphira kroop eromheen naar de achterkant, waar ze haar kop door het open paneel kon steken en het gesprek kon bijwonen.

Eragon maakte een buiging voor Nasuada, die in haar hoge stoel met het snijwerk van bloeiende distels zat. 'Vrouwe, u vroeg me hierheen te komen om mijn toekomst te bespreken; u zei dat u een belangrijke missie voor me had.'

'Dat klopt,' zei Nasuada. 'Ga toch zitten.' Ze wees naar een klapstoel naast Eragon. Hij hield het zwaard opzij zodat het nergens achter zou blijven haken en ging in de stoel zitten. 'Zoals je weet heeft Galbatorix bataljons gestuurd naar de steden Aroughs, Feinster en Belatona. Hij wil voorkomen dat wij ze belegeren en in handen krijgen, of hij wil onze opmars vertragen en ons dwingen onze troepen op te splitsen, zodat we kwetsbaarder zijn voor de soldaten die ten noorden van ons kampeerden. Na de strijd van gisteren hebben verkenners gemeld dat de laatste mannen van Galbatorix zijn vertrokken, al weet niemand waarheen. Ik wilde die soldaten dagen geleden al aanvallen, maar ik moest wachten omdat jij er niet was. Zonder jou hadden Murtagh en Thoorn onze strijders gemakkelijk kunnen afslachten, en we wisten niet of die twee bij de soldaten waren. Nu jij er bent, is onze positie wat verbeterd, al is het niet zoveel als ik had gehoopt omdat we nu ook rekening moeten houden met de nieuwste uitvinding van Galbatorix, namelijk die mannen zonder pijngevoel. Onze enige hoop is dat jullie twee, samen met Islanzadí's magiërs, hebben bewezen dat jullie Murtagh en Thoorn kunnen afweren. Ons plan voor de overwinning hangt af van die hoop.'

Dat rode misbaksel kan mij niet aan, zei Saphira. *Als hij de bescherming van Murtagh niet had, zou ik hem tegen de grond trappen en hem aan zijn nek door elkaar schudden tot hij zich aan me overgaf en mij erkende als leider van de jacht.*

'Daar ben ik van overtuigd,' zei Nasuada glimlachend.

'Dus tot welke aanpak hebt u dan besloten?' vroeg Eragon.

'Ik heb tot verschillende plannen besloten, en we moeten ze allemaal tegelijk uitvoeren als er een of meerdere van willen slagen. Ten eerste kunnen we het Rijk niet verder binnendringen en steden achterlaten die nog in handen zijn van Galbatorix. We zouden ons dan blootstellen aan aanvallen van zowel voor als achter en Galbatorix uitnodigen Surda te grijpen terwijl wij weg waren. Dus heb ik de Varden al opgedragen naar het noorden te marcheren, naar de dichtstbijzijnde plek waar we veilig de Jiet kunnen oversteken. Zodra we aan de overkant zijn, stuur ik strijders naar het zuiden om Aroughs te veroveren. Koning Orrin en ik trekken intussen met de rest van de troepen verder naar Feinster, dat we met de hulp van Saphira en jou zonder al te veel moeite zouden moeten kunnen innemen.

Terwijl wij bezig zijn met die saaie tocht door het land, heb ik andere taken voor jou, Eragon.' Ze boog zich naar voren in haar stoel. 'We hebben alle hulp van de dwergen nodig. De elfen vechten voor ons in het noorden van Alagaësia, de Surdanen hebben zich met lichaam en geest bij ons aangesloten, en zelfs de Urgals zijn onze bondgenoten. Maar we hebben de dwergen ook nodig. Zonder hen kunnen we niet slagen. Vooral nu we moeten vechten tegen soldaten die geen pijn voelen.'

'Hebben de dwergen al een nieuwe koning of koningin gekozen?'

Nasuada grimaste. 'Narheim verzekert me dat het proces snel verloopt, maar net als de elfen hebben de dwergen een ander perspectief op de tijd dan wij. Voor hen betekent snél misschien nog wel maanden van discussie.'

'Beseffen ze niet hoe dringend de situatie is?'

'Sommigen wel, maar velen zijn ertegen om ons in deze oorlog te helpen, en zij willen de procedure zo lang mogelijk rekken en een van hun eigen leden op de marmeren troon in Tronjheim krijgen. De dwergen leven al zo lang verborgen dat ze gevaarlijk argwanend zijn geworden ten opzichte van buitenstaanders. Als iemand die ons vijandig gezind is de troon bemachtigt, dan zijn we de dwergen kwijt. Dat mogen we niet laten gebeuren. En we kunnen ook niet wachten tot de dwergen hun geschillen in hun gebruikelijke tempo oplossen. Maar' – ze stak haar vinger op –'van zo ver weg kan ik me niet effectief in hun politiek mengen. Zelfs als ik in Tronjheim was, dan nog zou ik niet kunnen zorgen voor een gunstige uitkomst; de dwergen houden er niet van als iemand van buiten hun clans zich met hun beleid bemoeit. Dus ik wil dat jij in plaats van mij naar Tronjheim reist en doet wat je kunt om ervoor te zorgen dat de dwergen snel een nieuwe monarch kiezen – en dat ze iemand kiezen die met onze zaak sympathiseert.'

'Ik! Maar...'

'Koning Hrothgar heeft jou in de Dûrgrimst Ingeitum geadopteerd. Volgens hun wetten en gebruiken bén jij een dwerg, Eragon. Je hebt een wettelijk recht om deel te nemen aan de bijeenkomsten van de Ingeitum. Aangezien Orik hun hoofdman zal worden en bovendien je pleegbroer en een vriend van de Varden is, weet ik zeker dat hij je mee zal laten gaan naar de geheime raden van de dertien clans, waar ze hun regenten kiezen.'

Eragon vond haar voorstel absurd. 'En Murtagh en Thoorn dan? Als zij terugkomen, en ik ben ervan overtuigd dat ze dat zullen doen, zijn Saphira en ik de enigen die iets tegen hen kunnen uitrichten, al is het dan met wat hulp. Als wij er niet zijn, kan niemand voorkomen dat ze u, Arya, Orrin of de rest van de Varden vermoorden.'

Nasuada's wenkbrauwen kropen naar elkaar toe. 'Je hebt Murtagh gisteren een grote slag toegebracht. Waarschijnlijk vliegen hij en Thoorn op dit moment terug naar Urû'baen, zodat Galbatorix hen kan ondervragen over de strijd en hen kan straffen voor hun falen. Hij zal ze niet opnieuw laten aanvallen tot hij er zeker van is dat ze je kunnen verslaan. Murtagh is nu vast onzeker over het werkelijke bereik van je kracht, dus die ongelukkige dag kan nog wel een eindje in de toekomst liggen. Tussen nu en dat moment denk ik dat je genoeg tijd hebt om naar Farthen Dûr te reizen en weer terug te keren.'

'U kunt het ook mis hebben,' protesteerde Eragon. 'En hoe zou u willen voorkomen dat Galbatorix over onze afwezigheid hoort en aanvalt terwijl wij weg zijn? Ik betwijfel of u alle spionnen al hebt gevonden die hij bij ons heeft laten infiltreren.'

Nasuada tikte met haar vingers op de armleuning van haar stoel. 'Ik zei dat ik wilde dat je naar Farthen Dûr ging, Eragon, niet dat ik wilde dat Saphira met je meeging.'

Saphira draaide haar kop en blies een pluimpje rook naar de top van de tent.

'Ik ben niet van plan...'

'Laat me uitpraten, alsjeblieft, Eragon.'

Hij deed zijn mond dicht en tuurde naar haar, met zijn linkerhand stevig om het gevest van zijn kromzwaard geslagen.

'Je bent me niets verplicht, Saphira, maar mijn hoop is dat je hier zult willen blijven terwijl Eragon naar de dwergen reist, zodat we het Rijk en de Varden kunnen misleiden over Eragons verblijfplaats. Als we je vertrek stil kunnen houden, Eragon, dan zal niemand reden hebben om te denken dat je weg bent. We moeten alleen een geschikte uitvlucht verzinnen om te verklaren waarom je plotseling overdag in je tent blijft – misschien omdat jij en Saphira 's nachts uitvliegen naar vijandelijk gebied en dus moeten rusten als de zon schijnt.

Om die misleiding te laten slagen, zullen Blödhgarm en zijn metgezellen hier echter ook moeten blijven, om argwaan te voorkomen en voor onze verdediging. Als Murtagh en Thoorn weer opduiken terwijl jij weg bent, kan Arya jouw plek op Saphira innemen. Zij, Blödhgarms magiërs en Du Vrangr Gata zouden samen een goede kans moeten maken om Murtagh te verslaan.'

'Als Saphira me niet naar Farthen Dûr brengt, hoe moet ik daar dan tijdig heen komen?' vroeg Eragon op strenge toon.

'Door te rennen. Je zei zelf dat je vanuit de Helgrind het grootste deel van de tijd hebt gerend. Ik verwacht dat je, zonder je te hoeven verstoppen voor soldaten of boeren, per dag veel grotere afstanden kunt afleggen op weg naar Farthen Dûr dan in het Rijk mogelijk was.' Weer trommelde Nasuada op het gewreven hout van haar stoel. 'Natuurlijk zou het dom zijn om alleen te gaan. Zelfs een machtige magiër kan sterven door een simpel ongeluk in de uithoeken van de wildernis als hij niemand heeft om hem te helpen. Het zou een verspilling van Arya's talent zijn om jou door de Beor-bergen te begeleiden, en de mensen zouden het merken als een van Blödhgarms elfen zonder verklaring verdwijnt. Daarom heb ik besloten dat er een Kull met je mee moet gaan, want zij zijn de enige wezens die jou kunnen bijhouden.'

'Een Kull!' riep Eragon, die zich niet langer kon inhouden. 'Wilt u me naar de dwergen sturen met een Kull? Ik kan geen enkel ander volk bedenken dat ze zo haten als de Urgals. Ze maken bogen van hun hoorns! Als ik Farthen Dûr binnenwandel met een Urgal, luisteren de dwergen helemaal niet meer naar me.'

'Daar ben ik me van bewust,' zei Nasuada. 'En daarom ga je niet rechtstreeks naar Farthen Dûr. Je maakt eerst een tussenstop bij fort Bregan op de Thardûrberg, het vooroudeerlijk huis van de Ingeitum. Daar tref je Orik, en daar kun je de Kull achterlaten terwijl jij samen met Orik verder reist naar Farthen Dûr.'

Eragon staarde langs Nasuada heen. 'En stel dat ik het niet eens ben met het pad dat u hebt gekozen? Stel dat ik denk dat er andere, veiligere manieren zijn om te bereiken wat u wenst?'

'Welke manieren zouden dat dan zijn?' vroeg Nasuada, en haar vingers hielden stil.

'Daar zou ik over moeten nadenken, maar ik weet zeker dat ze bestaan.'

'Ik héb erover nagedacht, Eragon, en heel lang ook. Jou laten optreden als mijn afgevaardigde is onze enige hoop om invloed uit te oefenen op de troonopvolging van de dwergen. Vergeet niet dat ik tussen de dwergen ben opgegroeid en meer van ze weet dan de meeste mensen.'

'Ik denk nog altijd dat het een vergissing is,' gromde hij. 'Stuur liever Jörmundur, of een van de andere commandanten. Ik ga niet, zeker niet terwijl...'

'Je gáát niet?' zei Nasuada met stijgende stem. 'Een vazal die zijn leenvrouwe niet gehoorzaamt is niet beter dan een soldaat die zijn commandant op het slagveld niet gehoorzaamt, en kan op een gelijke manier worden gestraft. Als je leenvrouwe, Eragon, bevéél ik je om naar Farthen Dûr te gaan, of je wilt of niet, en toezicht te houden op het kiezen van de volgende heerser van de dwergen.'

Woedend ademde Eragon door zijn neus, terwijl hij zijn greep op het gevest van het kromzwaard beurtelings versterkte en verslapte.

Op mildere toon, maar nog altijd behoedzaam, vroeg Nasuada: 'Wat wordt het, Eragon? Doe je wat ik vraag, of wil je me afzetten en de Varden zelf leiden? Dat zijn je enige opties.'

Dat schokte hem. 'Nee, ik kan met u práten. Ik kan u van mening laten veranderen.'

'Dat kun je niet, want je kunt me geen alternatief met een even grote kans van slagen bieden.'

Hij keek haar aan. 'Ik zou uw bevel kunnen weigeren en me laten straffen hoe u nodig acht.'

Daar keek ze van op. 'Als ik je aan een paal zou laten binden en afranselen, zou dat de Varden onherstelbaar schaden. En het zou mijn gezag om zeep helpen. De mensen zouden weten dat jij me kunt tarten wanneer je wilt, met als enige gevolg een handvol striemen die je snel zou kunnen genezen, want we kunnen je niet terechtstellen zoals we bij een andere strijder die zijn bevelhebber ongehoorzaam is zouden doen. Ik zou liever mijn functie neerleggen en jou het bevel over de Varden geven dan zoiets te laten gebeuren. Als je denkt dat jij beter geschikt bent voor de taak, neem mijn functie dan over, neem mijn stoel, en roep jezelf uit tot meester over dit leger! Maar zolang ik voor de Varden spreek, heb ik het recht om deze beslissingen te

nemen. Als het vergissingen zijn, dan is dat ook mijn verantwoordelijkheid.'
'Wilt u dan niet naar advies luisteren?' vroeg Eragon ongerust. 'Wilt u de koers van de Varden bepalen, onafhankelijk van wat de mensen rondom u adviseren?'
Nasuada's nagels klikten tegen het gewreven hout van haar stoel. 'Ik luister wel naar advies. Ik luister elk wakend uur van mijn leven naar een doorlopende stroom van advies, maar soms komen mijn conclusies niet overeen met die van mijn ondergeschikten. Nu moet je besluiten of je je eed van trouw gestand doet en mijn besluit respecteert, ook al ben je het er misschien niet mee eens, of dat je je wilt opstellen als het spiegelbeeld van Galbatorix.'
'Ik wil alleen maar wat het beste is voor de Varden,' zei hij.
'Ik ook.'
'Dan laat u me geen andere keus dan een keus die me niet bevalt.'
'Soms is volgen moeilijker dan leiden.'
'Mag ik er even over nadenken?'
'Dat mag.'
Saphira? vroeg hij.
Vlekjes purperen licht dansten door de tent toen ze haar nek draaide en haar blik op Eragon richtte. *Kleintje?*
Moet ik gaan?
Ik denk van wel.
Hij perste zijn lippen in een dunne streep op elkaar. *En jij dan?*
Je weet dat ik het vreselijk vind om van jou gescheiden te zijn, maar Nasuada heeft goeie argumenten. Als ik kan helpen om Murtagh en Thoorn weg te houden door bij de Varden te blijven, dan moet ik dat misschien maar doen.
Zijn emoties en die van haar spoelden tussen hun geesten heen en weer, in getijden van een gedeelde poel van woede, verwachting, tegenzin en tederheid. Vanuit hem stroomde de woede en tegenzin; vanuit haar kwamen andere, vriendelijkere sentimenten – even geschakeerd als die van hem – die zijn kwade passie afzwakten en hem perspectieven verleenden die hij anders niet zou hebben. Toch hield hij met koppige vastberadenheid vast aan zijn afkeer van Nasuada's plan. *Als jij me naar Farthen Dûr bracht, zou ik niet zo lang hoeven wegblijven, wat betekent dat Galbatorix minder kans heeft om een nieuwe aanval op touw te zetten.*
Maar zijn spionnen zouden hem zodra wij wegvlogen vertellen dat de Varden kwetsbaar waren.
Ik wil niet zo snel na de Helgrind alweer afscheid van je nemen.
Onze eigen wensen mogen geen voorrang krijgen boven de behoeften van de Varden, maar ik wil ook geen afscheid van jou nemen. Denk aan wat Oromis zei, dat de kracht van een draak en een Rijder niet alleen wordt gemeten in hoe goed ze samenwerken, maar ook in hoe goed ze afzonderlijk van elkaar kunnen functioneren. We zijn allebei volwassen

genoeg om onafhankelijk van elkaar te functioneren, Eragon, hoezeer het vooruitzicht ons ook tegenstaat. Je hebt dat zelf bewezen op je reis vanuit de Helgrind.
Zou het je dwarszitten om te vechten met Arya op je rug, zoals Nasuada zei?
Haar zou ik het minst erg vinden. We hebben al eerder samen gevochten, en zij was degene die me bijna twintig jaar door Alagaësia droeg toen ik in mijn ei zat. Dat weet je, kleintje. Waarom stel je die vraag? Ben je jaloers?
En wat dan nog?
Er verscheen een geamuseerde twinkeling in haar saffierkleurige ogen. Ze stak haar tong naar hem uit. *Dan vind ik dat heel lief... Moet ik meegaan, of moet ik hier blijven?*
Dat is jouw keus, niet de mijne.
Maar het heeft invloed op ons allebei.
Eragon groef met de neus van zijn laars in de grond. *Als we dan meedoen aan dit waanzinnige plan, moeten we er alles aan doen om te zorgen dat het slaagt. Blijf hier en probeer te voorkomen dat Nasuada's vervloekte plan haar in de problemen brengt. Kop op, kleintje. Ren snel, dan zien we elkaar gauw weer.*
Eragon keek op naar Nasuada. 'Goed dan,' zei hij. 'Ik ga.'
Nasuada ontspande zich een beetje. 'Dank je. En jij, Saphira, blijf jij hier?'
Saphira projecteerde haar gedachten naar zowel Eragon als Nasuada. *Ik blijf hier, Nachtjager.*
Nasuada neigde haar hoofd. 'Dank je, Saphira. Ik ben je heel dankbaar voor je steun.'
'Hebt u hier al met Blödhgarm over gesproken?' vroeg Eragon. 'Is hij het ermee eens?'
'Nee, ik nam aan dat jij hem van de details op de hoogte zou brengen.'
Eragon vermoedde dat de elfen niet verheugd zouden zijn over het idee dat hij naar Farthen Dûr zou reizen met alleen een Urgal als gezelschap. Hij vroeg: 'Mag ik een voorstel doen?'
'Je weet dat ik je suggesties op prijs stel.'
Daar was hij even stil van. 'Een suggestie en een verzoek, dan.' Nasuada gebaarde hem met een vinger dat hij door kon gaan. 'Als de dwergen hun nieuwe koning of koningin hebben gekozen, zou Saphira ook naar Farthen Dûr moeten komen, zowel om de nieuwe heerser van de dwergen te eren als om de belofte te vervullen die ze na de slag om Tronjheim aan koning Hrothgar heeft gedaan.'
Nasuada's ogen verscherpten als die van een jagende boskat. 'Wat voor belofte was dat?' vroeg ze. 'Hier heb je nooit iets over gezegd.'
'Dat Saphira de stersaffier, Isidar Mithrim, zou repareren, als compensatie omdat Arya die heeft gebroken.'
Met grote ogen van verbazing keek Nasuada Saphira aan. 'Ben jij tot zoiets in staat?'
Ja, maar ik weet niet of ik in staat zal zijn de nodige magie op te roepen als ik voor

Isidar Mithrim sta. Mijn vermogen om bezweringen te gebruiken is niet iets wat ik zelf kan sturen. Soms is het net alsof ik een nieuw zintuig heb gekregen en de pulsering van de energie in mijn lichaam kan voelen, dat ik door die met mijn wil te sturen de wereld kan hervormen zoals ik wil. Maar de rest van de tijd kan ik net zomin bezweringen oproepen dan dat een vis kan vliegen. Als ik Isidar Mithrim echter zou kunnen repareren, zou ons dat helpen bij het winnen van de steun van alle dwergen, niet alleen een select groepje dat de nodige kennis heeft om het belang van een samenwerking met ons in te zien.

'Je zou er meer mee bereiken dan je je kunt voorstellen,' zei Nasuada. 'De stersaffier heeft een speciaal plekje in het hart van de dwergen. Elke dwerg houdt van edelstenen, maar Isidar Mithrim is iets wat ze liefhebben en koesteren boven al het andere, vanwege zijn schoonheid en vooral vanwege zijn immense grootte. Als je die in zijn vroegere glorie herstelt, zul je de trots van hun volk herstellen.'

'Zelfs als Saphira Isidar Mithrim niet kan herstellen, dan moet ze toch aanwezig zijn bij de kroning van de nieuwe dwergenmonarch,' zei Eragon. 'U kunt haar afwezigheid gedurende een paar dagen wel verdoezelen door de Varden te vertellen dat zij en ik voor een kort reisje naar Aberon zijn of zo. Tegen de tijd dat Galbatorix' spionnen beseffen dat ze zijn misleid, heeft het Rijk geen tijd meer om nog een aanval op touw te zetten voordat wij terugkeren.'

Nasuada knikte. 'Dat is een goed idee. Neem contact met me op zodra de dwergen een dag vaststellen voor de kroning.'

'Dat zal ik doen.'

'Je hebt je voorstel gedaan, vertel nu je verzoek. Wat wil je van mij?'

'Aangezien u erop staat dat ik deze reis maak zou ik, met uw toestemming, na de kroning graag met Saphira van Tronjheim naar Ellesméra vliegen.'

'Waarvoor?'

'Om degenen te spreken die ons tijdens ons laatste bezoek aan Du Weldenvarden hebben onderwezen. We hebben hun beloofd dat we zodra het kon naar Ellesméra zouden terugkeren om onze opleiding te voltooien.'

De lijn tussen Nasuada's wenkbrauwen werd dieper. 'Er is geen tijd om weken of maanden in Ellesméra door te brengen om jullie opleiding te voltooien.'

'Nee, maar misschien hebben we tijd voor een kort bezoek.'

Nasuada legde haar hoofd tegen de bewerkte hoofdsteun van haar stoel en keek vanonder half geloken oogleden naar Eragon. 'En wie zíjn jullie leermeesters eigenlijk? Ik heb gemerkt dat je rechtstreekse vragen over hen altijd ontwijkt. Wie heeft jullie twee in Ellesméra onderwezen, Eragon?'

Draaiend aan zijn ring, Aren, antwoordde Eragon: 'We hebben aan Islanzadí gezworen dat we hun identiteit niet zouden prijsgeven zonder haar toestemming, die van Arya, of degene die Islanzadí opvolgt.'

'Alle demonen boven en beneden, hoeveel eden hebben jullie wel niet afgelegd?' wilde Nasuada weten. 'Je schijnt je te binden aan iedereen die je ontmoet.'

Enigszins schaapachtig haalde Eragon zijn schouders op en deed zijn mond open om te antwoorden, toen Saphira het woord nam. *We zoeken het niet op, maar hoe kunnen we voorkomen dat we ons vastleggen als we Galbatorix en het Rijk alleen omver kunnen werpen met de steun van alle volkeren in Alagaësia? Eden zijn de prijs die wij betalen voor het inroepen van de hulp van partijen met macht.*

'Hmf,' zei Nasuada. 'Dus ik moet het aan Arya vragen?'

'Ja, maar ik denk niet dat ze het u zal vertellen; voor de elfen is de identiteit van onze leermeesters een van hun kostbaarste geheimen. Ze zullen het risico niet nemen om die informatie te delen als het niet absoluut noodzakelijk is, om te voorkomen dat het Galbatorix ter ore komt.' Eragon staarde naar de koningsblauwe steen in zijn ring en vroeg zich af hoeveel meer zijn eed en zijn eer hem zouden toestaan te vertellen. 'Maar u moet weten dat we niet zo alleen zijn als we ooit aannamen.'

Nasuada's blik verscherpte. 'Ik begrijp het. Dat is fijn om te weten, Eragon... Ik wou alleen dat de elfen wat toeschietelijker waren.' Ze tuitte haar lippen even. 'Waarom moet je helemaal naar Ellesméra? Hebben jullie geen middelen om rechtstreeks met je leermeesters te communiceren?'

Eragon spreidde zijn handen in een hulpeloos gebaar. 'Kon dat maar. Helaas, er is nog geen bezwering uitgevonden die de afweerbezweringen rondom Du Weldenvarden kan doorbreken.'

'Hebben de elfen zelfs geen opening gemaakt waar ze zelf gebruik van kunnen maken?'

'Als dat zo was, dan had Arya contact opgenomen met koningin Islanzadí zodra ze bijkwam in Farthen Dûr, in plaats van naar Du Weldenvarden te reizen.'

'Je zult wel gelijk hebben. Maar hoe kon jij dan contact opnemen met Islanzadí over het lot van Sloan? Je zei dat toen je met haar sprak, het elfenleger nog altijd in Du Weldenvarden was.'

'Dat klopt,' zei hij, 'maar helemaal aan de buitenrand, buiten de bescherming van de afweerbezweringen.'

De stilte tussen hen was tastbaar terwijl Nasuada zijn verzoek overwoog. Buiten hoorde Eragon de Nachtraven ruziën of een piek beter was dan een hellebaard voor gevechten tegen grote aantallen voetsoldaten, daarachter was het gekraak van een langsrijdende ossenkar hoorbaar, het gerinkel van pantsers van mannen die in de tegengestelde richting draafden, en honderden andere geluidjes die door het kamp dreven.

'Wat hoop je precies te bereiken met zo'n bezoek?' vroeg Nasuada toen.

'Ik weet het niet!' gromde Eragon. Hij sloeg met zijn vuist op het gevest van zijn kromzwaard. 'En dat is de kern van het probleem: we wéten niet genoeg. Misschien bereik ik er niks mee, maar aan de andere kant ontdekken we misschien iets wat ons kan helpen Murtagh en Galbatorix voor eens en altijd te verslaan. Gisteren hebben we maar amper gewonnen, Nasuada. Amper! En ik vrees dat als we weer tegenover Thoorn en Murtagh staan, Murtagh nog sterker zal zijn dan eerst. Ik krijg het koud als ik denk aan het feit dat Galbatorix' vaardigheden veel groter zijn dan die van Murtagh, ondanks de grote hoeveelheid kracht die hij mijn bróér al heeft gegeven. De elf die mij heeft onderwezen...' Eragon weifelde, peinzend of het wel verstandig was wat hij wilde zeggen, maar hij ploegde voort. 'Hij zei dat hij een idee had hoe Galbatorix' kracht elk jaar kan toenemen, maar hij wilde op dat moment niet meer vertellen omdat we nog niet ver genoeg gevorderd waren met onze opleiding. Nu, na onze ontmoetingen met Thoorn en Murtagh, denk ik dat hij die kennis wel met ons wil delen. Bovendien zijn er hele takken van magie die we nog niet hebben verkend, en elk daarvan zou een middel kunnen zijn om Galbatorix te verslaan. Als we deze reis gaan wagen, Nasuada, laten we dat dan niet doen om onze huidige positie te handhaven, maar om die te verbeteren en dit spel te winnen.'

Nasuada bleef een hele tijd roerloos zitten. 'Ik kan deze beslissing niet nemen voordat de dwergen hun kroning houden. Of je naar Du Weldenvarden kunt gaan hangt af van wat het Rijk dan doet en van wat onze spionnen melden over de activiteiten van Murtagh en Thoorn.'

In de volgende twee uur instrueerde Nasuada Eragon over de dertien dwergenclans. Ze onderwees hem over hun geschiedenis en politiek; over de producten waarin elke clan voornamelijk handelde; over de namen, families en persoonlijkheden van de clanhoofden; over de lijst van belangrijke tunnels die elke clan uitgroef en beheerde; over wat zij dacht dat de beste manier was om de dwergen over te halen een koning of koningin te kiezen die gunstig dacht over de doelstellingen van de Varden.

'In het ideale geval zou Orik op de troon terecht moeten komen,' zei ze. 'Koning Hrothgar stond in hoog aanzien bij de meesten van zijn onderdanen, en Dûrgrimst Ingeitum blijft een van de rijkste en meest invloedrijke clans, wat allemaal in Oriks voordeel is. Orik is toegewijd aan onze zaak. Hij heeft als een van de Varden gediend, jij en ik beschouwen hem allebei als vriend, en hij is je pleegbroer. Ik denk dat hij de vaardigheden bezit om een uitstekende koning van de dwergen te worden.' Haar blik werd geamuseerd. 'Dat is niet zo belangrijk. Maar hij is jong naar de maatstaven van de dwergen, en zijn relatie tot ons kan een onoverkomelijke barrière blijken voor de andere clanhoofden. Een volgend obstakel is dat de andere grote clans – Dûrgrimst Feldûnost en Dûrgrimst Knurlcarathn, om er maar twee te noemen – na honderd jaar overheersing door de Ingeitum de kroon graag naar een andere clan zouden zien gaan. Steun Orik vooral als het hem op de troon kan helpen, maar als duidelijk wordt dat zijn poging geen kans van slagen heeft en je steun het succes kan garanderen van een ander sympathiserend clanhoofd, verplaats je loyaliteit dan, ook al beledig je Orik daarmee. Je kunt vriendschap niet in de weg laten staan van politiek, niet nu.'

Toen Nasuada klaar was met haar lezing over de dwergenclans praatten zij, Eragon en Saphira nog een tijdje over hoe Eragon onopgemerkt het kamp uit zou kunnen glippen. Toen ze uiteindelijk alle details van het plan helder voor ogen hadden, keerden Eragon en Saphira terug naar hun tent en vertelden Blödhgarm wat ze hadden besloten.

Tot Eragons verbazing protesteerde de elf niet. Nieuwsgierig vroeg Eragon: 'Keur je dit goed?'

'Het is niet mijn plaats om te zeggen of ik het goedkeur of niet,' antwoordde Blödhgarm met een stem als een laag gespin. 'Maar aangezien Nasuada's strategie jullie twee niet in onredelijk gevaar lijkt te brengen, en je daardoor de kans kunt krijgen je onderwijs voort te zetten in Ellesméra, zal noch ik, noch mijn broeders ertegen protesteren.' Hij neigde zijn hoofd. 'Als jullie me willen verontschuldigen, Bjartskular, Argetlam.' De elf liep om Saphira heen en vertrok uit de tent, waardoor een helder licht de duisternis even verdreef terwijl hij de ingangsflap opzij duwde.

Een tijdje bleven Eragon en Saphira in stilte zitten, en toen legde Eragon zijn hand op haar kop. *Zeg wat je wilt, ik zal je toch missen.*

En ik jou ook, kleintje.

Wees voorzichtig. Als jou iets overkomt, dan...

Jij ook.

Hij zuchtte. *We zijn nog maar een paar dagen weer bij elkaar, en nu moeten we alweer afscheid nemen. Ik kan dat Nasuada maar moeilijk vergeven.*

Veroordeel haar niet omdat ze doet wat ze moet doen.

Nee, maar ik krijg er een bittere smaak van in mijn mond.

Wees dan snel, zodat ik me gauw bij je kan voegen in Farthen Dûr.

Ik zou het niet erg vinden om zo ver bij je vandaan te zijn als ik je geest nog kon aanraken. Dat is het ergste ervan: dat vreselijke gevoel van leegte. We kunnen niet eens met elkaar praten via de spiegel in Nasuada's tent, want de mensen zouden zich afvragen waarom je steeds zonder mij bij haar op bezoek ging.

Saphira knipperde met haar ogen en stak haar tong uit, en hij voelde een vreemde verschuiving in haar emoties.

Wat is er? vroeg hij.

Ik... Ze knipperde opnieuw met haar ogen. *Dat vind ik ook. Ik wou dat we mentaal contact konden houden op grote afstand. Het zou ons zorgen besparen en we zouden het Rijk gemakkelijker om de tuin kunnen leiden.* Ze neuriede tevreden toen hij naast haar kwam zitten en de schubjes achter haar kaak begon te krabben.

Schaduwspoor

Saphira bracht Eragon met een reeks duizelingwekkende sprongen door het kamp naar Rorans en Katrina's tent. Katrina was buiten de tent een hemdjurk aan het wassen in een emmer sop. Ze schrobde de witte stof tegen een bord van geribbeld hout en hield een hand boven haar ogen toen de stofwolk van Saphira's landing over haar heen zweefde.

Roran kwam de tent uit, gespte zijn riem dicht en tuurde kuchend door het stof. 'Waaraan hebben we de eer te danken?' vroeg hij toen Eragon was afgestapt.

Eragon vatte zijn naderende vertrek kort samen en drukte ze op het hart om zijn afwezigheid voor de rest van de dorpelingen geheim te houden. 'Ze zijn misschien diep beledigd omdat ik hen zogenaamd niet wil ontvangen, maar vertel ze de waarheid nooit, zelfs niet aan Horst en Elain. Ze mogen me wat mij betreft een onbeschofte en ondankbare pummel vinden, maar zeg vooral geen woord over Nasuada's plan. Dat vraag ik je ter wille van iedereen die zich tegen het Rijk verzet. Wil je dat doen?'

'We zouden je nooit verraden, Eragon,' zei Katrina. 'Daaraan mag je niet twijfelen.'

Toen zei Roran dat ook hij binnenkort vertrok.

'O ja, waarheen?' vroeg Eragon.

'Ik heb zoëven mijn nieuwe opdracht gekregen. We gaan bevoorradingskaravanen van het Rijk overvallen. Ergens ver in het noorden achter de vijandelijke linies.'

Eragon staarde het drietal om beurten aan. Eerst de ernstige en vastbesloten Roran, die zich gespannen voorbereidde op het gevecht. Daarna Katrina, die haar bezorgdheid probeerde te verbergen. En ten slotte Saphira. Uit haar neusgaten flakkerden vlammende tongetjes die sputterden als ze ademhaalde. 'We gaan dus allemaal onze eigen weg.' Wat hij niet zei, was dat ze elkaar misschien nooit levend zouden terugzien, maar dat hing wel als een donkere wolk boven hen.

Roran pakte Eragons onderarm, trok hem naar zich toe en omhelsde hem even. Toen liet hij hem weer los en keek hem diep in zijn ogen. 'Zorg dat je rug gedekt is, broeder. Galbatorix is niet de enige die graag een mes tussen je ribben steekt als je even niet kijkt.'

'Denk daar ook zelf aan. En als je tegenover een magiër staat, ren dan de andere kant op. De schilden die ik om je heen heb gezet, zijn niet voor de eeuwigheid bedoeld.'

Katrina omhelsde Eragon en fluisterde: 'Blijf niet te lang weg.'

'Nee, zeker niet.'

Roran en Katrina liepen samen naar Saphira en legden hun voorhoofd tegen haar lange, benige snuit. Met trillende ribbenkast bracht ze in haar keel een zuivere, diepe bastoon voort. *Vergeet één ding niet, Roran,* zei ze. *Maak niet de fout dat je je vijanden in leven laat. En Katrina, richt je niet te lang op dingen waaraan je niets veranderen kunt. Daar wordt je verdriet alleen maar erger van.* Met veel geritsel van vel en schubben legde Saphira haar uitgestrekte vleugels rond Roran, Katrina en Eragon en nam hen in een omhelzing waarmee ze hen van de wereld afsloot.

Toen Saphira haar vleugels hief, deden Roran en Katrina een stap naar achteren en klom Eragon op haar rug. Hij zwaaide naar het pas getrouwde paar en bleef met een brok in zijn keel wuiven, ook toen Saphira het luchtruim koos. Eragon knipperde met zijn ogen om zijn tranen te bedwingen. Hij leunde tegen de stekel achter hem en keek op naar de schuin hangende hemel.

Eerst naar de kooktenten? vroeg Saphira.

Ja.

Saphira klom nog een paar honderd voet voordat ze koers zette naar het zuidwestelijke kwadrant van het kamp, waar hoge rookzuilen opstegen uit rijen ovens en grote, brede vuurkuilen. Een klein briesje gleed langs haar flanken toen ze met Eragon omlaag gleed naar een stuk onbegroeid terrein tussen de twee wandloze tenten van elk ongeveer vijftig voet lang. Iedereen had al ontbeten, en toen Saphira er met een harde bons landde, waren er dan ook geen mannen meer in de tenten.

Eragon liep snel naar de vuren aan de andere kant van de planken tafels, en Saphira ging mee. De vele honderden mannen daar wijdden zich aan de nooit eindigende taak van eten koken voor de Varden – vuren onderhouden, vlees snijden, eieren breken, deeg kneden, geheimzinnige vloeistoffen in gietijzeren ketels roeren, enorme bergen vuile potten en pannen wassen en andere werkzaamheden verrichten. Ze staakten hun werk niet om naar Eragon en Saphira te staren. Want welk belang hadden een draak en een Ruiter vergeleken met de nietsontziende eisen van een vraatzuchtig wezen met talloze monden die allemaal moesten eten?

Een stevig gebouwde man met een dichte peper-en-zoutkleurige baard die bijna klein genoeg was om voor een dwerg te kunnen doorgaan, draafde naar Eragon en Saphira toe en boog kort. 'Ik ben Quoth Merrinszoon. Kan ik iets voor je doen? We hebben vers brood uit de oven, als je wilt, Schimmendoder.' Hij gebaarde naar een schaal met een dubbele rij zuurdesembroden op een tafel in de buurt.

'Ik zou wel een half brood lusten, als u het kunt missen,' zei Eragon. 'Maar het gaat nu niet om mijn honger. Saphira wil iets eten, maar we hebben geen tijd om te jagen zoals zij gewend is.'

Quoth keek langs hem heen en wierp een blik op Saphira's omvang. Hij werd bleek. 'Hoeveel eet ze... eh, ik bedoel: hoeveel eet je meestal, Saphira? Ik kan je meteen zes zijden gebraden rundvlees laten brengen en over een kwartiertje zijn er nog eens zes klaar. Is dat genoeg, of...?' Onder het slikken schoot zijn adamsappel op en neer.

Saphira uitte een zacht, rommelend gegrom, waarbij Quoth piepend naar achteren sprong.

Eragon zei: 'Ze heeft liever een levend dier, als dat niet ongelegen komt.'

Quoth zei met hoge stem: 'Ongelegen komt? Nee, natuurlijk niet.' Hij knikte een paar keer met kracht en veegde zijn vette handen aan zijn voorschoot af. 'Het komt me juist heel gelegen, Schimmendoder, draak Saphira. Op koning Orrins tafel zal het vanmiddag aan niets ontbreken, zeker niet.'

En een vat mede, zei Saphira tegen Eragon.

Rond Quoth' irissen verschenen witte kringen toen Eragon haar verzoek overbracht. 'Ik, eh... ben bang dat de dwergen het grootste deel van onze m-m-medevoorraad gekocht hebben. We hebben nog maar een paar vaten, en die zijn bestemd voor koning...' Quoth kromp ineen toen een vier voet lange vlam uit Saphira's neusgaten schoot en het gras voor zijn voeten verschroeide. Kronkelende rookpluimpjes stegen uit de verbrande sprieten op. 'Ik... ik... ik laat meteen een vat brengen. Volg m-m-me, alstublieft, ik breng je naar het vee om uit te k-k-kiezen.'

De kok liep langs de vuren, de tafels en de zwoegende mannen en bracht hen naar een aantal grote, houten omheiningen met varkens, runderen, ganzen, geiten, schapen, konijnen en een aantal wilde herten die de foerageurs van de Varden tijdens hun strooptochten door het omringende bos gevangen hadden. In de buurt van de omheiningen stonden hokken met kippen, eenden, duiven, kwartels, boshoenders en andere vogels. Ze kakelden, kwaakten, koerden en kraaiden in een zo weerzinwekkende kakofonie dat Eragon knarsetandde van ergernis. Om te voorkomen dat hij door de gedachten en gevoelens van zoveel dieren overweldigd werd, sloot hij zijn geest voor allemaal goed af, behalve voor Saphira.

Het drietal bleef op honderd voet van de omheiningen staan, zodat de gevangen dieren niet in paniek raakten door Saphira's aanwezigheid. 'Is er een dier bij dat je aanstaat?' vroeg Quoth, naar haar opkijkend. Hij wreef met nerveuze snelheid in zijn handen.

Toen ze een blik binnen de omheining geworpen hadden, zei Saphira snuivend tegen Eragon: *Wat een ellendige prooi... Eigenlijk heb ik helemaal geen honger, weet je. Ik heb eergisteren nog gejaagd en verteer nog steeds de botten van het hert dat ik toen gegeten heb.*

Je groeit nog steeds snel. Eten is goed voor je.

Niet als ik het niet verdraag.

Neem dan iets kleins. Een varken bijvoorbeeld.

Daar zou je weinig aan hebben. Nee, geef me die maar.

297

Saphira stuurde Eragon het beeld van een middelgrote koe met een handvol witte vlekken op haar linker flank.

Toen Eragon naar de koe gewezen had, riep Quoth iets naar een rij mannen die bij de omheiningen stond te luieren. Twee van hen scheidden de koe van de rest van de kudde, lieten een touw om haar kop glijden en trokken het onwillige dier in de richting van Saphira. Op dertig voet van de draak zette de koe haar hoeven in het zand. Het dier maakte zich klein van angst, probeerde uit het touw los te komen en wilde vluchten. Maar voordat het kon ontsnappen, overbrugde Saphira met een grote sprong de afstand tot de koe, en de twee mannen die aan het touw trokken, lieten zich plat op de grond vallen toen Saphira met wijd open bek op hen afstormde.

Saphira raakte de koe, die zich omdraaide om te vluchten, vol in de flank. Het dier viel op de grond, en Saphira hield het met gespreide klauwen op haar plaats. De koe loeide nog één laatste keer van angst voordat Saphira's kaken zich rond haar nek sloten. Met een woeste ruk van haar kop brak ze de ruggengraat van het dier. Toen bleef ze even staan, gebogen boven haar prooi, en keek Eragon vol verwachting aan.

Eragon sloot zijn ogen en richtte zijn geest op de koe. Het bewustzijn van het dier was al tot duisternis vervaagd, maar het lichaam leefde nog en het vlees huiverde van de bewegingsenergie, die nog sterker was geworden door de angst die even eerder door haar aderen was geraasd. Eragon werd vervuld door afkeer van wat hij doen moest, maar negeerde dat, en terwijl hij zijn hand op de gordel van Beloth de Wijze legde, bracht hij zoveel mogelijk energie uit het koeienlichaam over in de twaalf diamanten die rond zijn middel verborgen waren. Dat proces nam maar een paar tellen in beslag.

Hij knikte naar Saphira. *Klaar.*

Eragon dankte de mannen voor hun hulp. Het tweetal liep weg, en toen waren hij en Saphira alleen.

Terwijl Saphira zich te goed deed, ging Eragon met zijn rug tegen het vat mede zitten om de werkende koks gade te slaan. Steeds als zij of hun hulpjes een kip de kop afhakten of de keel van een varken, geit of ander dier doorsneden, bracht hij de energie van het stervende dier naar de gordel van Beloth de Wijze over. Dat was onaangenaam werk, want de meeste dieren waren nog bij kennis als hij hun bewustzijn raakte. De huilende storm van hun angsten en verwarring beukte hem dan tot zijn hart bonkte en het zweet op zijn voorhoofd stond. Dan wilde hij niets liever dan die lijdende dieren genezen. Hij wist echter dat ze tot sterven gedoemd waren, want anders leden de Varden honger. Hij had tijdens de laatste paar gevechten zijn energievoorraden uitgeput, en Eragon moest die aanvullen voordat hij aan zijn lange en potentieel gevaarlijke reis begon. Als Nasuada hem had toegestaan om zijn verblijf bij de Varden met één week te verlengen, zou hij de diamanten met energie uit zijn eigen lichaam hebben kunnen opladen, en had hij daarna nog tijd gehad om te herstellen voordat hij naar Farthen Dûr vertrok, maar in de paar uur die hem nog restten, was dat onmogelijk. En zelfs als hij niets anders had gedaan dan in bed liggen om het vuur uit zijn ledematen in de edelstenen te laten stromen, zou hij niet zoveel kracht hebben kunnen verzamelen als uit zo'n menigte dieren mogelijk was.

De diamanten in de gordel van Beloth de Wijze konden een bijna onbeperkte hoeveelheid energie absorberen, maar hij hield ermee op toen hij het vooruitzicht om zich in de doodsstuipen van alweer een volgend dier te moeten storten niet meer verdroeg. Bevend en van top tot teen druipend van het zweet boog hij zich voorover. Hij legde zijn handen op zijn knieën, staarde naar de grond tussen zijn voeten en probeerde zijn misselijkheid te bedwingen. Herinneringen die niet van hemzelf afkomstig waren, drongen in zijn gedachten door: Saphira zweefde met hem op haar rug over het Leonameer; ze doken samen in het koele en heldere water waarbij een wolk van witte belletjes langs hen gleed; hun gezamenlijke genot van vliegen, zwemmen en samen spelen.

Zijn ademhaling kwam tot rust, en hij richtte zijn blik op Saphira, die tussen de restanten van haar prooi aan de koeienschedel knaagde. Hij glimlachte en stuurde haar zijn dankbaarheid voor haar hulp.

We kunnen gaan, zei hij.

Ze slikte en antwoordde: *Neem ook mijn kracht. Die kun je nodig hebben.*

Nee.

Deze twist kun je niet winnen. Ik sta erop.

En ik sta op iets anders. Ik laat je hier niet verzwakt en ongeschikt voor de strijd achter. Bedenk maar wat er gebeurt als Murtagh en Thoorn later vandaag aanvallen. Dan ben je in een groter gevaar dan ik omdat Galbatorix en de rest van het Rijk nog steeds zullen denken dat ik bij je ben.

Ja, maar jij bent dan midden in de wildernis alleen met een Kull.

Ik ben net zo gewend aan de wildernis als jij. Ik ben niet bang voor plaatsen buiten de beschaving. En wat die Kull betreft... Ik weet niet of ik hem in een worstelwedstrijd kan verslaan, maar mijn schilden zullen me tegen verraad beschermen. Ik heb genoeg energie, Saphira. Je hoeft me niets meer te geven.

Ze keek hem aan en overpeinsde zijn woorden. Toen hief ze een poot en begon er het bloed af te likken. *Heel goed. Zal ik me dan maar... met mijn eigen zaken bemoeien?* Ze trok enigszins vermaakt haar mondhoeken op, en toen ze haar poot weer liet zakken, vroeg ze: *Wil je zo vriendelijk zijn om dat vat naar me toe te rollen?*

Hij kwam grommend overeind en deed wat ze gevraagd had. Ze strekte een klauw uit en prikte twee gaten in de bovenkant van het vat, waaruit de zoete geur van appelhoningmede opsteeg. Daarna pakte ze het tussen haar twee massieve voorpoten, tilde het hoog op en kromde haar nek tot het vat recht boven haar geopende kaken hing, zodat de inhoud gorgelend in haar keel liep. Toen het vat leeg was liet zij het vallen. Het verbrijzelde op de grond, en een van de ijzeren hoepels rolde een eindje weg. Saphira rimpelde haar bovenlip en schudde haar kop, maar toen bleef haar adem steken en daarna niesde ze zo hard dat haar snuit de grond raakte en een stroom vuur uit haar bek en neusgaten ontsnapte.

Eragon slaakte een verraste uitroep en sprong opzij, op de rokende zoom van zijn tuniek slaand. De rechterkant van zijn gezicht voelde door de hitte van het vuur rauw aan. *Saphira, je moet voorzichtiger zijn!* riep hij uit.

Ach. Ze liet haar kop zakken, wreef met haar bestofte snuit tegen een van haar poten en krabde aan haar neus. *Die mede kietelt.*

Je zou inmiddels echt beter moeten weten, gromde hij toen hij weer op haar rug klom.

Na nog eens met haar snuit over haar poot te hebben gewreven, sprong Saphira hoog de lucht in en bracht ze Eragon glijdend over het kamp van de Varden naar zijn tent terug. Hij liet zich van haar rug glijden en keek toen naar haar op. Heel even zeiden ze niets en lieten ze hun gedeelde emoties het woord voor hen doen.

Saphira knipperde met haar ogen, en hij vond dat ze feller glansden dan anders. *Dit is een proef,* zei ze. *Als we hiervoor slagen, zijn we des te sterker – als draak en als Rijder.*

We moeten zo nodig los van elkaar kunnen opereren, anders zijn we altijd in het nadeel vergeleken met anderen.

Ja. Ze kneedde de grond met haar klauwen. *Maar die wetenschap doet niets tegen mijn pijn.* Een huivering gleed van voor naar achter door haar kronkelende lichaam. Ze verschoof haar vleugels. *Moge de wind onder je vleugels opstijgen en de zon altijd achter je schijnen. Reis goed en snel, kleintje.*

Tot ziens, zei hij.

Eragon had het gevoel dat hij nu moest vertrekken, omdat het er anders nooit van zou komen. Zonder nog een blik achterom te werpen beende hij zijn donkere tent in. Hij sneed zijn band met haar – die even onlosmakelijk met hem verbonden was als zijn eigen vlees – compleet door. Straks waren ze hoe dan ook te ver van elkaar verwijderd om elkaars geest te kunnen voelen, en hij verlangde volstrekt niet naar een verlenging van de pijn van hun afscheid. Hij bleef even staan waar hij was en legde zijn hand op de knop van zijn kromzwaard, maar stond te wankelen alsof hij duizelig was. De doffe pijn van de eenzaamheid overspoelde hem nu al, en zonder de geruststellende aanwezigheid van Saphira's bewustzijn voelde hij zich klein en geïsoleerd. *Ik heb dit al eerder gedaan en kan het opnieuw,* dacht hij. Hij dwong zich om zijn schouders te rechten en hief zijn kin.

Onder zijn brits lag de zak die hij tijdens zijn reis vanaf Helgrind gemaakt had. Hij haalde hem eronder vandaan en deed er allerlei dingen in: de fraai besneden, in een doek gewikkelde houten buis met het opgerolde gedicht dat hij voor Agaetí Blödhren geschreven had (Oromis had het in zijn mooiste kalligrafie voor hem gekopieerd); het flesje met de betoverde faelnirv en het zeepstenen doosje met nalgask, die eveneens geschenken van Oromis waren; het dikke *Domia abr Wyrda*, het boek dat Jeod hem cadeau had gedaan; zijn slijpsteen en zijn scheerriem; en na enige aarzeling de vele delen van zijn wapenrusting, want hij redeneerde: *Als zich het geval voordoet dat ik hem nodig heb, dan is mijn blijdschap over het bezit ervan groter dan de moeite die het kost om hem helemaal naar Farthen Dûr te moeten slepen.* Dat geloofde hij tenminste. Het boek en het gedicht nam hij mee omdat hij een ervaren reiziger was en wist dat hij dingen die hem dierbaar waren en niet wilde verliezen, het beste overal mee naartoe kon nemen.

De enige andere kledingstukken die hij besloot in te pakken, waren een paar handschoenen, die hij in zijn helm stopte, plus zijn dikke wollen mantel voor het geval dat het koud was als ze overnachtten. De rest liet hij opgerold in Saphira's zadeltassen liggen. *Als ik echt een lid van Dûrgrimst Ingeitum ben, zullen ze me bij mijn aankomst in Fort Bregan wel fatsoenlijke kleren geven*, redeneerde hij.

Als laatste legde hij zijn ongespannen boog en pijlenkoker op zijn bepakking en bond ze aan het geraamte vast. Hij wilde net hetzelfde doen met het kromzwaard, toen hij besefte dat het zwaard uit de schede kon glijden als hij naar opzij boog. Daarom bond hij het zwaard plat tegen de achterkant van de bepakking, in een zodanige hoek dat het handvat tussen zijn nek en rechterschouder uitstak. Daar kon hij het zo nodig trekken.

Eragon hees de bepakking op zijn schouders en doorstak de barrière van zijn geest. Meteen voelde hij de energie opstijgen in zijn lichaam en in de twaalf diamanten die op de gordel van Beloth de Wijze waren aangebracht. Hij legde contact met die krachtstroom en mompelde een bezwering die hij pas één keer eerder had toegepast: de bezwering waarmee hij de lichtstralen rond zijn lichaam liet afbuigen en zichzelf daarmee onzichtbaar maakte. Een dunne sluier van moeheid verzwakte zijn ledematen toen hij de bezwering losliet.

Hij keek naar de grond, en het was opnieuw een onthutsende ervaring om dwars door zijn eigen romp en benen heen te kijken terwijl hij wél de afdrukken van zijn laarzen in de grond zag. *Nu komt het moeilijkste deel,* bedacht hij.

Hij liep naar de achterkant van de tent, maakte met zijn jachtmes een snee in de strakgespannen stof en liet zich door de opening glijden. Glad als een weldoorvoede kat stond Blodhgarm hem buiten op te wachten. Hij boog zijn hoofd vaag in Eragons richting en mompelde: 'Schimmendoder.' Daarna wijdde hij zijn aandacht aan het herstel van de scheur, wat hij met een half dozijn korte woorden in de oude taal voor elkaar kreeg.

Eragon gleed over het pad tussen de twee rijen tenten en gebruikte zijn kennis van het bos om zo weinig mogelijk geluid te maken. Steeds als iemand naderde, maakte hij zich snel uit de voeten en bleef hij roerloos staan in de hoop dat ze zijn schaduwspoor in de aarde of op het gras niet opmerkten. Hij vervloekte het feit dat de grond zo droog was. Zijn laarzen wierpen veel te vaak stofwolkjes op, hoe voorzichtig hij ze ook neerzette. De onzichtbaarheid was tot zijn verrassing nadelig voor zijn evenwichtsgevoel. Zonder het vermogen om zijn handen en voeten te zien schatte hij afstanden vaak verkeerd en liep hij tegen dingen aan – bijna alsof hij te veel bier had gedronken.

Ondanks zijn moeizame voortgang bereikte hij de rand van het kamp redelijk snel en zonder wantrouwen te wekken. Hij bleef achter een regenton staan, waar zijn voetsporen in de diepe schaduw onzichtbaar waren, en bestudeerde de wallen van aangestampte aarde en de met aangepunte palen afgezette greppels die de oostelijke rand van het kamp beschermden. Als hij er had willen binnendringen, zou het bijzonder moeilijk zijn geweest om – zelfs als hij onzichtbaar was – te ontsnappen aan de aandacht van een van de vele wachtposten die over de wallen patrouilleerden. Maar omdat die greppels en wallen waren ontworpen om aanvallers af te weren en niet om verdedigers binnen te houden, was de oversteek vanuit de andere richting veel makkelijker.

Hij wachtte totdat de twee dichtstbijzijnde wachtposten hem de rug hadden toegekeerd. Toen begon hij te rennen. In een paar tellen legde hij de ongeveer honderd voet tussen de regenton en de voet van de wal af. Daarna stormde hij zo snel de wal op dat hij een steentje leek dat over het water wordt gekeild. Op de top van de wal zette hij zich af en sprong zwaaiend met zijn armen over de linies van de verdediging. Drie stille hartslagen lang vloog hij. Toen landde hij zo hard dat de schok doortrilde in zijn botten.

Zodra hij zijn evenwicht herwonnen had, drukte hij zich plat tegen de grond en hield zijn adem in. Een van de wachtposten bleef tijdens zijn ronde staan, maar zag kennelijk niets ongewoons en hervatte na een paar tellen zijn patrouille. Eragon ademde uit en fluisterde: 'Du deloi lunaea.' Meteen voelde hij hoe de bezwering de sporen gladstreek die zijn laarzen op de wal hadden achtergelaten.

Nog steeds onzichtbaar stond hij op en rende hij bij het kamp weg. Hij stapte met zorg alleen op graspollen, zodat hij niet te veel stof opschootte. Hoe verder hij uit de buurt van de wachtposten kwam, des te harder hij ging rennen, en uiteindelijk gleed hij sneller dan een galopperend paard over de grond.

Bijna een uur later klom hij dansend omlaag langs de steile wand van een smalle geul die de wind en de regen in het grasland hadden uitgesleten. Op de bodem stroomde water tussen biezen en paardenstaarten. Hij liep stroomafwaarts maar bleef ruim uit de buurt van de zachte grond bij het water om geen sporen achter te laten. Na enige tijd verbreedde de geul zich tot een klein meertje, en aan de rand ervan zag hij de zware gestalte van een Kull met ontbloot bovenlichaam op een rotsblok zitten.

Toen Eragon zich met het geluid van ritselende blaadjes en stengels door een bosje paardenstaarten werkte, drong zijn aanwezigheid tot de Kull door. Het schepsel draaide zijn massieve gehoornde kop naar Eragon en snoof de lucht op. Het was Nar Garzhvog, de leider van de Urgals, die een bondgenootschap met de Varden had gesloten.

'Jij!' riep Eragon uit terwijl hij zijn onzichtbaarheid aflegde.

'Gegroet, Vuurzwaard,' gromde Garzhvog. Hij hees zijn dikke ledematen en enorme borstkas omhoog en verrees tot zijn volle lengte van achtenhalve voet. De spieren onder zijn grijze huid rimpelden in het licht van de middagzon.

'Gegroet, Nar Garzhvog,' zei Eragon voordat hij vroeg: 'Waar zijn je rammen? Wie zal ze hoeden als jij bij mij bent?'

'Mijn bloedbroeder Skgahgrezh hoedt ze. Hij is geen Kull maar heeft lange hoorns en een dikke nek. Hij is een goede leider in de strijd.'

'Ik begrijp het... Maar waarom ben jij hier?'

De Urgal hief zijn vierkante kin zodat zijn keel bloot kwam te liggen. 'Jij bent Vuurzwaard. Jij mag niet sterven, anders kunnen de Urgralgra – die jullie de Urgals noemen – geen wraak op Galbatorix nemen en zal ons volk in dit land uitsterven. Daarom ren ik met je mee. Ik ben de beste van onze strijders. Ik heb tweeënveertig rammen eigenhandig verslagen.'

Eragon knikte. Deze gang van zaken kwam hem niet slecht uit. Van alle Urgals vertrouwde hij Garzhvog het meest, want voorafgaand aan de Slag op de Brandende Vlakten had hij het bewustzijn van de Kull gepeild en daarbij ontdekt dat Garzhvog naar de maatstaven van zijn volk eerlijk en betrouwbaar was. *Zolang hij niet vindt dat zijn eer een duel met mij eist, hebben we eigenlijk niets van elkaar te vrezen.*

'Heel goed, Nar Garzhvog,' zei hij terwijl hij de riem van zijn bepakking rond zijn middel straktrok. 'Laten we dan rennen, jij en ik, zoals in de hele geschreven geschiedenis nog niet is gebeurd.'

Garzhvog grinnikte diep in zijn borstkas. 'Laten we rennen, Vuurzwaard.'

Ze draaiden zich samen naar het oosten en gingen op weg naar de Beorbergen. Eragon liep licht en snel en Garzhvog beende naast hem. Hij zette steeds één stap voor elke twee van Eragon, en de aarde huiverde onder de last van zijn gewicht. Donderwolken trokken zich aan de horizon samen en voorspelden een stortbui. Rondcirkelende haviken uitten eenzame kreten en joegen op hun prooi.

Over berg en dal

Eragon en Nar Garzhvog renden de rest van de dag, de hele nacht en een groot deel van de volgende dag. Ze stopten alleen om te drinken en zich te ontlasten.

Aan het eind van de tweede dag zei Garzhvog: 'Vuurzwaard, ik moet eten en ik moet slapen.'

Eragon leunde tegen een boomstam en knikte hijgend. Hij had niet als eerste willen klagen maar was even uitgeput en hongerig als de Kull. Algauw na zijn vertrek uit de Varden had hij ontdekt dat hij over afstanden tot vijf mijl sneller was dan Garzhvog, maar over grotere afstanden was Garzhvogs uithoudingsvermogen minstens even groot.

'Ik zal je helpen jagen,' zei hij.

'Dat hoeft niet. Maak maar een groot vuur voor ons. Ik haal wel eten.'

'Goed.'

Terwijl Garzhvog wegliep naar een beukenbosje ten noorden van hen, maakte Eragon de riem rond zijn middel los en zette hij met een zucht van verlichting zijn bepakking naast de boom. 'Dat vervloekte harnas,' mompelde hij. Zelfs in het Rijk had hij nooit zo ver gerend met zo'n last op zijn rug. Hij had niet beseft hoe zwaar dat zou zijn. Zijn voeten deden pijn, zijn benen deden pijn, zijn rug deed pijn, en als hij probeerde te hurken, weigerden zijn knieën goed te buigen.

Maar hij negeerde zijn ongemakken, begon gras en dode takken voor een vuur te sprokkelen en stapelde ze op een stuk droge, stenige grond. Hij en Garzhvog waren op dat moment ergens vlak ten oosten van de zuidpunt van het Tüdostenmeer. Het was een vochtig en vruchtbaar gebied met gras dat tot zes voet hoog stond, en er graasden kudden herten, gazellen en wilde runderen met een zwarte huid en brede, naar achteren gekromde hoorns. Eragon wist waaraan de rijkdommen van het gebied te danken waren: door de Beorbergen ontstonden enorme wolkenbanken die vele mijlen over de vlakten zweefden en regen brachten op plaatsen die anders zo droog als de Hadaracwoestijn zouden zijn geweest.

Hoewel het tweetal een enorme afstand had afgelegd, was Eragon teleurgesteld over hun voortgang. Tussen de Jiet en het Tüdostenmeer hadden ze verscheidene uren verloren door zich te verbergen en omwegen te maken om niet gezien te worden. Nu het meer achter hen lag, hoopte hij meer snelheid te kunnen ontwikkelen. *Nasuada heeft dit tijdverlies niet voorzien, toch? Nee, natuurlijk niet. Zij dacht dat ik doodgewoon van daar helemaal naar Farthen Dûr kon rennen. Ha!* Hij schopte naar een tak die in de weg lag en bleef hout sprokkelen, maar gromde al die tijd in zichzelf.

Toen Garzhvog een uur later terugkwam, had Eragon een zes voet lang en drie voet breed vuur gebouwd. Hij zat naar de vlammen te staren en bedwong de aandrang om zich te laten wegzakken in de wakende dromen die zijn rust vormden. Met een krakende nek keek hij op.

Garzhvog kwam naar hem toe met een dikke hinde onder zijn arm. Hij hief het dier op alsof het niet meer woog dan een zak vodden, en zette de kop klem in de vork van een boom, twintig voet verderop. Toen trok hij een mes en begon het karkas schoon te maken.

Eragon stond op met het gevoel dat zijn gewrichten versteend waren en liep wankelend naar Garzhvog. 'Hoe heb je haar gedood?' vroeg hij.

'Met mijn slinger,' zei de Kull grommend.

'Ga je het vlees aan het spit braden, of eten de Urgals het rauw?'

Garzhvog draaide zijn kop om en staarde door de kromming van zijn linkerhoorn naar Eragon. In een diepliggend, geel oog glom een raadselachtige emotie. 'Wij zijn geen beesten, Vuurzwaard.'

'Dat heb ik ook niet gezegd.'

De Urgal ging snuivend weer aan het werk.

'Het spit duurt te lang,' zei Eragon.

'Ik zat aan stoven te denken, en wat we over hebben, kunnen we op een steen bakken.'

'Stoven? Hoe dan? We hebben geen pan.'

Garzhvog bracht zijn rechterhand omlaag, veegde hem aan de grond schoon, haalde een opgevouwen, vierkant stuk materiaal uit de buidel aan zijn gordel en gooide het naar Eragon.

Eragon probeerde het op te vangen maar was te moe en miste. Het ding viel op de grond. Het leek wel een uitzonderlijk groot stuk velijn. Toen hij het opraapte, viel het open en bleek het een soort beurs te zijn van anderhalve voet breed en drie voet diep. De rand was met een dikke reep leer versterkt en daaraan waren metalen ringen genaaid. Hij draaide de beurs om en verbaasde zich over de zachtheid en de afwezigheid van naden.

'Wat is dit?' vroeg hij.

'De maag van de holenbeer die ik gedood heb in het jaar dat ik hoorns kreeg. Hang hem aan een stok of leg hem in een kuil, vul hem met water en leg er hete stenen in. De stenen verhitten het water, en het stoofvlees wordt gaar.'

'Branden de stenen niet door de maag heen?'

'Nog niet.'

'Is hij betoverd?'

'Er is geen bezwering aan te pas gekomen. Het is gewoon een sterke maag.' Garzhvogs adem kwam in wolkjes naar buiten toen hij de twee hertenheupen pakte en het middenrif met één beweging in tweeën scheurde. Het borstbeen spleet hij met een mes.

'Het moet een grote beer zijn geweest,' zei Eragon.

Garzhvog maakte een *ruk-ruk*-geluid diep in zijn keel. 'Groter dan ik nu ben, Schimmendoder.'

'Heb je hem met je slinger gedood?'

'Ik heb hem eigenhandig gewurgd. Als je volwassen wordt, mag je geen wapens hebben en moet je je moed bewijzen.' Garzhvog zweeg even. Zijn mes stak tot aan het heft in het karkas. 'De meesten durven geen holenbeer te doden. De meesten jagen op een wolf of berggeit. Daarom ben ik krijgshoofd en anderen niet.'

Eragon liet hem alleen om het vlees schoon te maken en liep naar het vuur, waar hij een kuil groef die hij met de berenmaag bekleedde. Daarna stak hij stokken door de metalen ringen om de maag op zijn plaats te houden. Hij raapte een dozijn appelgrote stenen van de grond eromheen en gooide ze midden in het vuur. Al wachtend tot de stenen heet waren, gebruikte hij magie om de berenmaag tot tweederde met water te vullen. Daarna improviseerde hij een tang van twee dunne wilgentakken en een riempje van geknoopte runderhuid.

Toen de stenen kersrood waren, riep hij: 'Ze zijn klaar!'

'Doe ze erin,' antwoordde Garzhvog.

Eragon haalde de dichtstbijzijnde steen met de tang uit het vuur en legde hem in de maag. Het water ontplofte in een stoomwolk toen de steen het oppervlak raakte. Hij legde nog twee stenen in de berenmaag, die het water ziedend aan de kook brachten.

Garzhvog kwam met zware stappen aangelopen en liet een paar grote stukken vlees in het water zakken. Toen bracht hij het stoofgerecht op smaak met grote mespunten zout uit de buidel aan zijn gordel, en hij deed er ook verscheidene takjes rozemarijn, tijm en andere wilde planten bij die hij op jacht was tegengekomen. Vervolgens legde hij een plat stuk schalie naast het vuur. Toen de steen heet was, bakte hij er repen vlees op.

Terwijl ze wachtten tot het vlees gaar was, sneden Eragon en Garzhvog lepels uit de boomstronk waar Eragon zijn bepakking op had gelegd.

Door zijn honger had Eragon de indruk dat het vlees nooit gaar werd. Maar even later was de stoofpot dan toch klaar en aten hij en Garzhvog als hongerige wolven. Eragon verslond tweemaal zoveel als ooit het geval was geweest, en wat hij liet liggen, maakte Garzhvog soldaat, die evenveel at als zes grote mannen.

Eragon ging naderhand op zijn rug en ellebogen liggen staren naar het flitsen van de vuurvliegjes die aan de rand van het beukenbos tevoorschijn waren gekomen. Ze zwierden in abstracte patronen achter elkaar aan. Ergens klonk de zachte, schorre roep van een uil. De eerste paar sterren bespikkelden de purperen hemel.

Maar eigenlijk zag hij niets. Hij dacht eerst aan Saphira, vervolgens aan

Arya en toen aan Arya en Saphira. Toen hij zijn ogen sloot, ontstond een dof schrijnen achter zijn slapen. Hij hoorde een gekraak, en toen hij zijn ogen weer opendeed, zag hij dat Garzhvog aan de andere kant van de lege berenmaag zijn tanden aan het schoonmaken was met het puntige uiteinde van een kapot dijbeen. Eragon liet zijn blik naar de onderkant van Garzhvogs blote voeten glijden – de Urgal had zijn sandalen uitgedaan voordat ze gingen eten – en zag tot zijn verrassing dat zijn makker zeven tenen aan elke voet had.

'De dwergen hebben evenveel tenen als jullie,' zei hij.

Garzhvog spuwde een stukje vlees in de gloeiende kooltjes. 'Dat wist ik niet. Ik heb nooit naar de voeten van een dwerg willen kijken.'

'Vind je het niet merkwaardig dat Urgals en dwergen allebei veertien tenen hebben en de elfen en mensen maar tien?'

Garzhvog trok zijn dikke lippen spottend op. 'Wij delen geen bloed met hoornloze bergratten, Vuurzwaard. Zij hebben veertien tenen en wij hebben veertien tenen. Het behaagde de goden om iedereen zo te maken toen ze de wereld schiepen. Een andere uitleg is er niet.'

Eragon reageerde met een grom en richtte zijn aandacht weer op de vuurvliegjes. Toen zei hij: 'Vertel eens een verhaal dat je volk graag hoort, Nar Garzhvog.'

De Kull dacht even na en haalde toen het bot uit zijn mond. Hij zei: 'Lang geleden was er een jonge Urgralgra die Maghara heette. Haar hoorns glommen als een gepolijste steen, haar haren hingen tot onder haar middel en haar lach lokte de vogels uit de bomen. Maar ze was niet knap. Ze was lelijk. Nu woonde er in haar dorp ook een ram die heel sterk was. Bij worstelwedstrijden had hij vier rammen gedood en drieëntwintig anderen verslagen. Maar hoewel zijn prestaties wijd en zijd beroemd waren, had hij nog geen nestmaat gevonden. Maghara wilde zijn nestmaat zijn, maar hij had geen oog voor haar omdat ze lelijk was. Vanwege haar lelijkheid zag hij niet haar glanzende hoorns en haar lange haar en hoorde hij haar lieve lach niet. Het deed Maghara veel verdriet dat hij niet naar haar keek. Daarom beklom ze de hoogste berg van de Rug en riep ze Rahna aan om haar te helpen. Rahna is de moeder van ons allemaal. Zij is degene die het weven en het boerenbedrijf uitvond en zij verhief de Beorbergen toen ze voor de grote draak vluchtte. Rahna, Zij met de Vergulde Hoorns, beantwoordde Maghara's smeekbede en vroeg waarom Maghara haar geroepen had. "Maak me mooi, Vereerde Moeder, zodat ik de ram kan winnen die ik wil," zei Maghara. Maar Rahna antwoordde: "Jij hoeft niet mooi te zijn, Maghara. Je hebt glanzende hoorns, lang haar en een lieve lach. Daarmee kun je een ram vangen die niet zo dom is om alleen naar het gezicht van een wijfje te kijken." Maghara liet zich op de grond vallen en zei: "Ik zal pas gelukkig zijn als ik deze ram kan krijgen, Vereerde Moeder. Maak me alstublieft mooi." Rahna glimlachte toen en vroeg: "Als ik dat doe, kind, wat geef je me dan in ruil?" En Maghara antwoordde: "Ik geef u alles wat u wilt." Rahna was heel blij met dat aanbod en maakte Maghara mooi. Dus toen Maghara in haar dorp terug was, verbaasde iedereen zich over haar schoonheid. Met haar nieuwe schoonheid werd ze de nestmaat van de ram die ze wilde. Ze kregen veel kinderen en leefden zeven jaar lang heel gelukkig. Toen kwam Rahna naar Maghara en zei: "Je hebt nu zeven jaar de ram gehad die je wilde. Heb je ervan genoten?" En Maghara zei: "Dat heb ik zeker." Toen zei Rahna: "Dan eis ik nu mijn betaling op." Ze keek in hun stenen huis rond, en haar blik viel op Maghara's oudste zoon. Ze zei: "Hem neem ik mee." Maghara smeekte Haar van de Vergulde Hoorns om niet haar oudste zoon mee te nemen, maar Rahna gaf niet toe. Maghara pakte uiteindelijk de knuppel van haar nestmaat en probeerde Rahna te slaan, maar het hout verbrijzelde in haar handen. Rahna beroofde Maghara voor straf van haar schoonheid en vertrok met Maghara's zoon naar haar zaal waar de vier winden verblijven. Ze noemde de jongen Hegraz en voedde hem zodanig op dat hij een van de machtigste krijgers werd die dit land ooit gekend heeft. Je moet van Maghara leren dat je je nooit tegen je lot moet verzetten, want dan verlies je wat je het dierbaarst is.'

Eragon zag de opgloeiende rand van de wassende maan boven de oostelijke horizon verschijnen. 'Vertel eens iets over jullie dorpen.'

'Wat wil je weten?'

'Alles wat je vertellen wilt. Toen ik in jouw geest was en in die van Khara en Orvek, heb ik honderden herinneringen ervaren, maar ik ben de meeste vergeten en weet van de rest niet veel. Ik probeer een samenhang te ontdekken in wat ik gezien heb.'

'Ik zou je veel kunnen vertellen,' zei Garzhvog grommend. Zijn zwarte ogen stonden nadenkend. Hij haalde zijn geïmproviseerde tandenstoker langs zijn klauwen en zei toen: 'We nemen houtblokken en snijden er gezichten van bergdieren uit, en die graven we in bij ons huis zodat ze de geesten van de wildernis afschrikken. Die palen lijken soms wel te leven. Als je een van onze dorpen in loopt, voel je hoe de ogen van de uitgesneden dieren je gadeslaan...' Het bot rustte even in de vingers van de Urgal maar hervatte toen zijn heen-en-weergaande beweging. 'Bij de deur van elke hut hangen we de namna. Dat is een reep stof zo breed als mijn uitgestrekte hand. Namna's hebben felle kleuren, en de patronen beelden de geschiedenis van het gezin in die hut af. Alleen de oudste en bekwaamste wevers mogen een namna uitbreiden of opnieuw weven als die beschadigd raakt...'

Het bot verdween in Garzhvogs vuist. 'In de wintermaanden werken Urgralgra's die een nestmaat hebben samen met die nestmaat aan hun haardkleed. Het kost minstens vijf jaar om zo'n kleed te voltooien, en als het klaar is, weet je of je een goede nestmaat hebt gekozen.'

'Ik heb nog nooit een van jullie dorpen gezien,' zei Eragon. 'Ze moeten goed verborgen zijn.'
'Goed verborgen en goed verdedigd. Niet veel van degenen die ze gezien hebben, leven lang genoeg om erover te kunnen vertellen.'
Eragon concentreerde zich nu op de Kull en vroeg met een zekere scherpte in zijn stem: 'Hoe komt het dat jullie deze taal hebben geleerd, Garzhvog? Heeft er een mens bij jullie gewoond? Hebben jullie leden van mijn volk als slaven gehad?'
Garzhvog beantwoordde Eragons blik zonder met zijn ogen te knipperen. 'Wij hebben geen slaven, Vuurzwaard. Ik heb die kennis onttrokken aan de geest van de mannen tegen wie ik gevochten heb, en die kennis heb ik met de rest van mijn stam gedeeld.'
'Jullie hebben veel mensen gedood, hè?'
'Jullie hebben veel Urgralgra's gedood, Vuurzwaard. Daarom moeten we bondgenoten zijn. Anders overleeft mijn volk het niet.'
Eragon legde zijn armen over elkaar. 'Toen Brom en ik de sporen van de Ra'zac volgden, passeerden we Yazuac, een dorp aan de Ninorrivier. Alle mensen bleken midden in het dorp op een stapel te liggen. Ze waren dood, en boven op die stapel was een pasgeborene aan een speer geregen. Dat was het ergste dat ik ooit gezien heb. En ze waren door Urgals gedood.'
'Voordat ik mijn hoorns kreeg, nam mijn vader me mee voor een bezoek aan een van onze dorpen langs de westelijke rand van de Rug,' zei Garzhvog. 'De Urgralgra's bleken gemarteld, verbrand en vermoord. De mannen van Narda hadden onze aanwezigheid ontdekt en het dorp met veel soldaten verrast. Niet één van ons volk is ontsnapt... Het is waar dat wij meer dan andere volkeren verzot zijn op oorlog, en dat is al vaak onze ondergang geweest, Vuurzwaard. Onze vrouwen hebben geen belangstelling voor een ram als nestmaat als hij zich niet op het slagveld bewezen heeft en niet eigenhandig minstens drie vijanden heeft gedood. En niets is zo vreugdevol als een gevecht.
We houden inderdaad van stoute staaltjes, maar dat betekent niet dat we onze fouten negeren. Als ons volk niet kan veranderen, zal Galbatorix ons doden voordat hij de Varden verslaat, en jij en Nasuada zullen ons allemaal doden als jullie die verrader met zijn slangentong verdrijven. Heb ik geen gelijk, Vuurzwaard?'
Eragon trok knikkend zijn kin omlaag. 'Ja.'
'Het heeft dus geen zin om lang stil te staan bij krenkingen uit het verleden. Als we niet kunnen vergeten wat onze twee volkeren hebben aangericht, zal er nooit vrede zijn tussen de mensen en de Urgralgra's.'
'Maar hoe moeten we jullie behandelen als wij Galbatorix verslaan en Nasuada jullie volk het land geeft dat jullie gevraagd hebben? Over twintig jaar beginnen jullie kinderen dan te moorden en te plunderen om nestmaten

te veroveren. Als jij je eigen geschiedenis kent, weet je dat het altijd zo gegaan is als de Urgals vredesverdragen sloten, Garzhvog.'

Garzhvog zei na een diepe zucht: 'Laten we dan hopen dat er aan de overkant van de zee nog Urgralgra's wonen en dat die wijzer zijn dan wij, want wij zullen dit land niet bewonen.'

De rest van die avond zwegen ze allebei. Garzhvog rolde zich op en sliep met zijn hoofd op de grond, terwijl Eragon zijn mantel om zich heen trok, tegen de boomstronk ging zitten en naar de traag draaiende sterren staarde die zijn wakende dromen in en uit gleden.

Aan het eind van de volgende dag kwamen de Beorbergen in zicht. Ze waren aanvankelijk niets anders dan spookachtige gestalten aan de horizon – schuine vlakken wit en purper – maar toen de avond naderde, kreeg de verre bergrug substantie. Eragon kon het donkere lint van bomen aan de voet onderscheiden en daarboven de nog bredere band van glanzende sneeuw en ijs. Helemaal bovenin verrezen de grijze, kale bergtoppen zelf. Ze waren zo hoog dat er geen planten groeiden en geen sneeuw viel. Bij zijn eerste bezoek had hij dit gebergte met zijn enorme omvang overweldigend gevonden. Elk instinct van hem hield vol dat zulke grote dingen niet konden bestaan, maar hij wist dat zijn ogen hem niet bedrogen. De bergen waren gemiddeld tien mijl hoog, en vaak waren ze zelfs nog hoger.

Eragon en Garzhvog pauzeerden die nacht niet maar renden in de donkere uren door. De hele volgende dag deden ze hetzelfde. In de ochtend werd de hemel verlicht, maar vanwege de bergen was het al bijna middag voordat de zon tussen twee toppen tevoorschijn kwam en lichtstralen zo breed als de bergen zelf over het land stroomden dat nog steeds in een vreemde schaduwschemering gevangen was. Eragon bleef even aan de oever van een beek staan en bewonderde het uitzicht, sprakeloos van verbazing.

De tocht langs de enorme bergketen begon voor Eragon onaangenaam sterk te lijken op de keer dat hij in gezelschap van Murtagh, Saphira en Arya uit Gil'ead naar Farthen Dûr moest vluchten. Hij dacht zelfs de plaats te herkennen waar ze na hun oversteek van de Hadaracwoestijn gekampeerd hadden.

De lange dagen en nog langere nachten gingen zowel kwellend langzaam als verrassend snel voorbij, want elk volgend uur was identiek aan het vorige. Het leek Eragon dat hun beproeving nooit eindigde hoewel tegelijkertijd grote delen ervan nooit hadden plaatsgevonden.

Toen hij en Garzhvog de ingang bereikten van de grote kloof die vele mijlen lang van noord naar zuid door het gebergte liep, sloegen ze rechtsaf langs de koude en onverschillige toppen. Eenmaal aan de Berentandrivier –

afkomstig uit het smalle dal dat naar Farthen Dûr leidde – staken ze het kille water over en trokken ze verder naar het zuiden. Voordat ze zich door de bergen zelf in oostelijke richting waagden, kampeerden ze bij een meertje, waar ze hun benen konden laten rusten. Garzhvog doodde weer met zijn slinger een hert – een bok ditmaal – en ze aten allebei naar hartenlust.

Toen hun honger gestild was en Eragon voorovergebogen zat om een gat in de zijkant van zijn laars te herstellen, hoorden ze ineens een griezelig gejank waarbij zijn bloed door zijn aderen ging jagen. Hij wierp een blik op de donkere omgeving om zich heen en zag tot zijn schrik de contouren van een enorm beest dat langs de met kiezels bezaaide oever van het meertje liep. 'Garzhvog,' zei Eragon zachtjes. Hij reikte naar zijn bepakking en trok zijn kromzwaard.

De Kull raapte een vuistgrote steen van de grond en legde hem in het leren zakje van zijn slinger. Toen verhief hij zich tot zijn volle lengte. Hij opende zijn muil en brulde een uitdaging de nacht in totdat de hele omgeving weergalmde van de echo's.

Het dier bleef staan, liep toen langzaam door en snuffelde hier en daar aan de grond. Toen het de cirkel van het vuurlicht betrad, stokte Eragons adem in zijn keel. Voor hem stond een wolf zo groot als een paard met een grijze rug, klauwen als sabels en brandende, gele ogen die al zijn bewegingen volgden.

Een shrrg! dacht Eragon.

Terwijl de reusachtige wolf ondanks zijn grote omvang bijna geruisloos rond hun kamp liep, dacht Eragon aan de elfen en aan de manier waarop zij met wilde dieren zouden omgaan. Hij zei in de oude taal: 'Broeder Wolf, wij hebben geen kwaad in de zin. Vannacht rusten we en jagen we niet. U bent tot de ochtend welkom om het voedsel en de warmte van ons leger met ons te delen.'

De shrrg bleef staan en draaide zijn oren naar de plek waar Eragon de oude taal sprak.

'Vuurzwaard, wat doe je?' vroeg Garzhvog grommend.

'Val pas aan als hij dat ook doet.'

Het zwaar geschouderde dier liep langzaam het kamp in. Al die tijd trilde het puntje van zijn enorme, natte neus. De wolf hield zijn ruige kop op het vuur gericht alsof de kronkelende vlammen zijn belangstelling trokken. Daarna slenterde hij naar de resten vlees en ingewanden die over de grond verspreid lagen op de plaats waar Garzhvog de bok had ontweid. De wolf liet zich door zijn knieën zakken, hapte de hompen vlees op, kwam overeind en sukkelde zonder ook maar één blik achterom de pikzwarte nacht in.

Eragon ontspande zich en stak zijn kromzwaard in de schede. Maar Garzhvog bleef staan waar hij stond. Hij had zijn lippen dreigend naar achteren getrokken en hield zijn ogen en oren open voor al het ongewone in de omringende duisternis.

Bij het eerste licht van de zonsopgang vertrokken Eragon en Garzhvog uit hun kamp. Ze renden naar het oosten en betraden het dal dat naar de Thardûrberg leidde.

Het hart van het gebergte werd door een dicht bos beschermd, en toen ze onder de takken door liepen, bleek de lucht merkbaar koeler. Het zachte bedje van dennennaalden op de grond dempte hun voetstappen. De hoge en donkere bomen die grillig boven hen uittorenden, leken hen gade te slaan. Ze liepen tussen dikke boomstronken en langs kronkelende wortels die zich uit de vochtige grond naar boven werkten en soms wel twee, drie of zelfs vier voet hoog reikten. Grote, donkere eekhoorns klauterden tussen de takken en kwetterden luidruchtig. Een dikke laag mos bedekte omgevallen bomen. Varens, vingerhoedsbessen en andere groene, bladrijke planten gedijden naast paddenstoelen in alle vormen, maten en kleuren.

De wereld versmalde toen Eragon en Garzhvog echt in het lange dal waren aangekomen. Enorme bergen drongen links en rechts op en leken hen met hun omvang te willen verpletteren. De hemel was een verre, onbereikbare reep zeeblauw. Dit was de hoogste hemel die Eragon ooit gezien had. Een paar dunne wolkjes scheerden langs de schouders van de bergen.

Even na het middaguur vertraagden Eragon en Garzhvog hun pas toen een even langdurig als vreselijk gebrul tussen de bomen echode. Eragon trok het zwaard uit zijn schede. Garzhvog raapte een gladde riviersteen op en legde hem in het zakje van de slinger.

'Het is een holenbeer,' zei Garzhvog. Een verwoed en hoog gegil dat veel op het geschraap van metaal over metaal leek, onderstreepte zijn uitspraak. 'En nagra's. We moeten voorzichtig zijn, Vuurzwaard.'

Ze trokken langzaam verder en zagen de dieren algauw op een hoogte van verscheidene honderden voet tegen de berghelling. Een troep roodbruine zwijnen met dikke, zwiepende slagtanden verdrong zich in een gillende chaos rond een enorme massa van zilvergrijze vacht, kromme klauwen en happende tanden, die zich met dodelijke snelheid voortbewoog. Eragon liet zich aanvankelijk door de afstand beetnemen, maar toen hij de dieren vergeleek met de bomen ernaast, besefte hij dat elk zwijn een shrrg in de schaduw zou hebben gesteld en dat de beer bijna zo hoog was als zijn huis in de Palancarvallei. De zwijnen hadden de flanken van de holenbeer opengehaald, maar de woede van het dier nam daardoor alleen maar toe. Het verhief zich op zijn achterpoten, sloeg brullend een zwijn met een van zijn enorme poten opzij en verwondde het dier zwaar. Het zwijn probeerde drie keer op te staan maar kreeg ook driemaal een klap van de holenbeer totdat het stil bleef liggen. Toen de beer aan zijn maaltijd begon, vluchtten de andere zwijnen weg tussen de bomen – hoger de berg op en uit de buurt van de beer.

Vol ontzag voor de kracht van de beer liep Eragon achter Garzhvog aan door het gezichtsveld van de beer. Het dier hief zijn vuurrode snuit op van de buik van zijn prooi en sloeg hen met zijn kraaloogjes gade, maar besloot kennelijk dat ze geen bedreiging vormden en hervatte zijn maaltijd.

'Ik denk dat zelfs Saphira zo'n monster niet kan verslaan,' mompelde Eragon.

Garzhvog gromde zachtjes. 'Zij kan vuur ademen. Een beer kan dat niet.'

Geen van hen maakte zijn blikken van de beer los totdat de bomen het dier aan het oog onttrokken, maar zelfs toen hielden ze hun wapens gereed omdat ze niet wisten welke gevaren hier nog meer loerden.

De dag was al tot het eind van de middag gevorderd toen een ander geluid tot hen doordrong: gelach. Eragon en Garzhvog bleven staan. Garzhvog hief een vinger en kroop verrassend geruisloos door een muur van begroeiing naar de bron van het gelach. Eragon zette zijn voeten steeds met veel zorg op de grond en liep met de Kull mee maar hield zijn adem in uit angst dat hij anders hun aanwezigheid verried. Door een dikke bos kornoeljes heen kijkend zag Eragon dat hier een veel gebruikt pad over de bodem van het dal liep. Daar in de buurt speelden drie dwergenkinderen. Ze gooiden stokken naar elkaar en gierden van het lachen. Volwassenen waren niet te zien. Eragon trok zich op een veilige afstand terug, ademde uit en bestudeerde de hemel, waar hij op ongeveer een mijl afstand verscheidene witte rookpluimen zag oprijzen.

Een takje knapte toen Garzhvog naast hem op zijn hurken ging zitten om zijn ogen op ongeveer gelijke hoogte met die van Eragon te brengen. Garzhvog zei: 'Onze wegen gaan uiteen, Vuurzwaard.'

'Ga je niet mee naar Fort Bregan?'

'Nee. Het was mijn taak om je veiligheid te verzekeren. Als ik met je meega, zullen de dwergen je niet naar behoren vertrouwen. De Thardûr is vlakbij en ik ga ervan uit dat niemand je tussen hier en daar iets durft aan te doen.'

Eragon wreef over zijn nek en keek tussen Garzhvog en de rook ten oosten van hen heen en weer. 'Ren je weer rechtstreeks naar de Varden terug?'

Garzhvog zei zacht grinnikend: 'Ja, maar misschien niet zo snel als op de heenweg.'

Eragon, die niet goed wist wat hij zeggen moest, duwde met de teen van zijn laars tegen het rottende uiteinde van een boomstronk. Daarbij legde hij een troep witte larven bloot, kronkelend in de tunnels die ze uitgegraven hadden. 'Maar laat je niet door een shrrg of beer opvreten, hè? Want dan moet ik achter dat beest aan om het doden, en daar heb ik geen tijd voor.'

Garzhvog drukte zijn twee vuisten tegen zijn benige voorhoofd. 'Ik hoop dat je vijanden zich voor je zullen vernederen, Vuurzwaard.' Hij kwam overeind, draaide zich om en liep met grote stappen weg. Zijn zware gestalte was algauw in het bos verdwenen.

Eragon vulde zijn longen met verse berglucht en werkte zich door de dichte begroeiing. Toen hij uit het bosje van adelaarsvarens en kornoelje tevoorschijn kwam, bleven de dwergenkinderen doodstil staan, en de uitdrukking op hun ronde gezicht werd behoedzaam. Eragon zette zijn handen in zijn zij en riep: 'Ik ben Eragon Schimmendoder, Niemandszoon. Ik zoek Orik, zoon van Thrifk, in Fort Bregan. Kunnen jullie me naar hem toe brengen?' Toen de kinderen niet reageerden, begreep hij dat ze zijn taal niet verstonden. 'Ik ben een Drakenrijder,' zei hij langzaam en nadrukkelijk. 'Eka Eddyr a'i Shur'tugal... Shur'tugal... Argetlam.'

De kinderogen lichtten op, en hun monden stonden ineens rond van verbazing. 'Argetlam!' riepen ze. 'Argetlam!'

Ze renden naar hem toe en stortten zich op hem, sloegen hun korte armpjes rond zijn benen, trokken aan zijn kleren en schreeuwden de hele tijd van blijdschap. Eragon staarde hen aan en voelde hoe een dwaze glimlach zich over zijn gezicht verspreidde. De kinderen pakten zijn handen, en hij liet zich door hen over het pad meetrekken. Hij kon ze niet verstaan, maar de kinderen bestookten hem met een ononderbroken stroom Dwergs. Wat ze hem allemaal aan het vertellen waren, wist hij niet, maar hij genoot van de klank van hun stemmen.

Toen een van de kinderen – een meisje, volgens hem – haar armen naar hem uitstak, tilde hij haar op en zette haar op zijn schouders, maar kromp ineen toen ze plukken van zijn haar beetpakte en eraan begon te trekken. Ze lachte vrolijk, en dat ontlokte hem opnieuw een glimlach. Met die last en dat gezelschap legde Eragon de weg naar de Thardûr af, en vandaar ging hij naar Fort Bregan voor een bezoek aan zijn pleegbroer Orik.

Uit liefde

R oran staarde naar de ronde, platte steen in zijn gebogen hand en fronste zijn wenkbrauwen gefrustreerd. 'Stenr rïsa!' gromde hij zachtjes.

'Wat wil je eigenlijk, Sterkhamer?' vroeg Carn, die zich op de boomstam liet zakken waar ook Roran zat.

Roran liet de steen in zijn gordel glijden en pakte het brood en de kaas aan die Carn voor hem had meegebracht. Hij zei: 'Niks. Ik zit maar wat te dromen.'

Carn knikte. 'Dat doen de meesten voorafgaand aan een missie.'

Onder het eten liet Roran zijn blik glijden over de man in wiens gezelschap hij zich bevond. Hun groep was dertig man sterk, hijzelf meegerekend. Allemaal waren ze geharde krijgers. Iedereen had een boog en meestal ook een zwaard, maar sommigen vochten liever met een speer of een strijdknots of een hamer. Hij vermoedde dat zeven of acht mannen van de groep ongeveer zo oud waren als hijzelf; de rest was diverse jaren ouder. De oudste was hun kapitein Martland Roodbaard, de afgezette graaf van Thun, die zoveel winters had gezien dat zijn beroemde baard inmiddels berijpt was met zilverwitte haren.

Toen Roran zich bij Martlands eenheid aansloot, meldde hij zich bij de graaf in diens tent. De man was klein gebouwd maar had na een leven lang paardrijden en zwaarden hanteren machtige ledematen gekregen. De baard waarnaar hij genoemd was, was dik en goed verzorgd en hing tot op de helft van zijn borstbeen. Na zijn blik over Roran te hebben laten glijden, had de graaf gezegd: 'Vrouwe Nasuada heeft me bijzondere dingen over je verteld, jongen, en ook de verhalen van mijn manschappen gaan vaak over je – geruchten, roddels, verslagen uit de tweede hand, enzovoort. Je weet hoe dat gaat. Je hebt ongetwijfeld opmerkelijke staaltjes laten zien. Dat je de Ra'zac in hun eigen leger getrotseerd hebt, was bijvoorbeeld een huzarenstukje. Maar daarbij had je natuurlijk de hulp van je neef, nietwaar? Hmm... Je bent er misschien aan gewend dat de mensen in je dorp doen wat je zegt, maar nu hoor je bij de Varden, beste jongen. Je bent om precies te zijn een van mijn krijgers. We zijn geen familie van je. We zijn geen buren. We zijn zelfs niet eens per se je vrienden. Het is onze plicht om Nasuada's bevelen uit te voeren, en dat doen we, ongeacht wat iemand van ons daarvan mag vinden. Als jij onder mij dient, zul je doen wat ik zeg, wanneer ik het zeg en hoe ik het zeg. Anders zweer ik je bij de botten van mijn gezegende moeder – moge ze in vrede rusten – dat ik persoonlijk het vel van je rug zal slaan, ongeacht met wie je verwant bent. Begrijp je dat?'

'Ja, kapitein!'

'Heel goed. Als je je weet te gedragen, als je bewijst dat je over enig gezond verstand beschikt en in leven weet te blijven, kan een vastbesloten iemand snel opklimmen in de Varden. Maar of dat gebeurt of niet, hangt helemaal af van de vraag of ik je goed genoeg vind om ook zelf een eenheid te leiden. Wees alleen geen moment zo dom om te denken dat ik door vleierij van jouw kant een goede dunk van je zal krijgen. Het laat me volstrekt koud wat je van me vindt. Het enige dat ik belangrijk vind, is of je kunt doen wat gedaan moet worden.'

'Dat begrijp ik heel goed, kapitein!'
'Ja? Nou ja, misschien heb je wel gelijk, Sterkhamer. Dat weten we gauw genoeg.. Ga en meld je bij mijn rechterhand Ulhart.'

Roran slikte zijn laatste brood door en spoelde het met een slok uit zijn wijnzak weg. Hij wou dat hij die avond warm had kunnen eten, maar ze waren te diep in het Rijk, en de soldaten zouden een vuur misschien hebben opgemerkt. Zuchtend strekte hij zijn benen. Zijn knieën deden pijn omdat hij al drie dagen van de ochtend- tot de avondschemering Sneeuwvuur had bereden.

In een uithoek van zijn geest voelde Roran een zwakke maar constante druk, een psychische jeuk die dag en nacht in dezelfde richting wees: in die van Katrina. De bron van die sensatie was de ring die Eragon hem gegeven had, en Roran vond het geruststellend te weten dat hij en Katrina elkaar dankzij die ring overal in Alagaësia konden vinden, zelfs als ze blind en doof waren.

Achter zich hoorde hij Carn zinnen mompelen in de oude taal. Hij glimlachte. Carn was hun magiër, meegestuurd om te zorgen dat een vijandelijke magiër hen niet allemaal met een handgebaar kon doden. Van een paar andere mannen had Roran begrepen dat Carn geen erg goede magiër was – elke bezwering kostte hem moeite – maar die zwakte compenseerde hij door buitengewoon slimme bezweringen te verzinnen en zich op een uitmuntende manier in de geest van hun tegenstanders te verplaatsen. Carn had een smal gezicht, een mager lichaam en half geloken oogleden, en hij vertoonde een nerveus, prikkelbaar gedrag. Roran had direct sympathie voor hem opgevat.

Twee andere mannen, Halmar en Ferth, zaten tegenover Roran voor hun tent, en Halmar vertelde Ferth: '... dus toen de soldaten hem kwamen ophalen, trok hij al zijn manschappen op zijn landgoed terug en stak hij plassen olie in brand die zijn bedienden eerder hadden uitgegoten. Daardoor liepen de soldaten in de val, en mensen die later kwamen, hadden de stellige indruk dat het hele stel samen verbrand was. Dat is toch niet te geloven? Hij doodde in één keer vijfhonderd soldaten zonder ook maar een zwaard te hoeven trekken.'

'Hoe wist hij te ontsnappen?' vroeg Ferth.

'Roodbaards grootvader was een linkmiegel. Dat mag je van mij aannemen. Hij liet een tunnel graven vanuit zijn eigen privé-zaal helemaal naar de dichtstbijzijnde rivier. Op die manier wist hij zijn familie en al zijn bedienden levend weg te krijgen. Hij bracht ze naar Surda, waar koning Larkin hem onderdak gaf. Het duurde heel wat jaren voordat Galbatorix ontdekte dat ze nog leefden. We hebben werkelijk geluk dat we onder Roodbaard dienen. Hij heeft maar twee veldslagen verloren, en dat kwam door magie.'

Halmar zweeg toen Ulhart midden tussen de rij van zestien tenten kwam staan. Met gespreide benen en roerloos als een diepgewortelde eik bekeek de veteraan met zijn grimmige gezicht alle tenten en controleerde hij of iedereen present was. Hij zei: 'De zon is onder. Ga slapen. Twee uur voor het eerste licht vertrekken we. Het konvooi hoort zich zeven mijl ten noordwesten van ons te bevinden. Hou het tempo erin, dan slaan we morgenochtend bij hun vertrek toe. Dood iedereen, verbrand iedereen. Dan gaan we terug. Jullie weten hoe het gaat. Sterkhamer, jij rijdt met mij mee. Als je er een zootje van maakt, ruk ik je darmen eruit met een botte vishaak.' De mannen grinnikten. 'Goed, ga maar slapen.'

De wind beukte Rorans gezicht. Het donderen van zijn kloppende bloed vulde zijn oren en verdreef elk ander geluid. Zijn blikveld was versmald. Hij zag niets anders dan de twee soldaten op bruine merries die naast de op een na laatste kar van de karavaan reden.

Roran richtte zich op in het zadel van Sneeuwvuur, hief zijn hamer boven zijn hoofd en brulde uit alle macht.

De twee soldaten schrokken en begonnen naar hun wapens en schilden te graaien. Een van hen liet zijn speer vallen en boog zich voorover om hem op te rapen.

Roran, die Sneeuwvuurs teugels aantrok om het tempo van het dier te vertragen, ging rechtop in de stijgbeugels staan en kwam langszij de eerste soldaat. Hij sloeg hem op zijn schouder en vernielde zijn maliënkolder. De man schreeuwde, en zijn arm hing ineens slap. Roran maakte hem met een opwaartse klap af.

De andere soldaat had zijn speer te pakken gekregen, viel naar Roran uit en mikte op zijn hals. Roran dook achter zijn ronde schild, en de speer boorde zich met een klap in het hout. Hij drukte zijn benen tegen Sneeuwvuurs flanken, waardoor de hengst hinnikend ging steigeren en met zijn beslagen hoeven naar de lucht klauwde. Eén hoef raakte de borst van de soldaat en scheurde zijn rode tuniek. Toen Sneeuwvuur weer op vier benen stond, zwaaide Roran zijn hamer naar opzij en verpletterde hij 's mans keel.

De soldaat bleef maaiend met armen en benen op de grond liggen, en Roran gaf Sneeuwvuur de sporen naar de volgende kar van het konvooi, waar Ulhart het in zijn eentje tegen drie soldaten opnam. Elke kar werd door vier ossen getrokken, en toen Sneeuwvuur de kar passeerde die hij zojuist veroverd had, gooide de voorste os zijn kop omhoog. De punt van zijn linker hoorn raakte Roran in zijn rechter onderbeen. Roran hijgde. Hij had het gevoel alsof een roodgloeiend ijzer op zijn scheen was gelegd. Hij keek omlaag en zag een flap van zijn laars loshangen met een laag huid en spierweefsel eraan.

Roran slaakte een strijdkreet en reed naar de dichtstbijzijnde van de drie soldaten tegen wie Ulhart aan het vechten was, en velde hem met één zwaai van zijn hamer. De volgende soldaat ontweek Rorans nieuwe aanval, keerde zijn paard en vluchtte in galop.

'Grijp hem!' riep Ulhart, maar Rotan had de achtervolging al ingezet.

De vluchtende soldaat zette zijn sporen in de buik van het paard tot het dier bloedde, maar ondanks zijn wanhopige wreedheid was zijn rijdier niet tegen Sneeuwvuur opgewassen. Roran boog zich diep over de nek van zijn paard. De hengst spande zich tot het uiterste in en vloog met een ongelooflijke snelheid over de grond. De soldaat, die begreep dat vluchten zinloos was, toomde zijn rijdier in, draaide zich pijlsnel om en viel met een sabel naar Roran uit. Maar Roran hief zijn hamer en wist het vlijmscherpe lemmet net af te weren. Hij kwam meteen met een zwiepende aanval boven zijn hoofd, maar de soldaat pareerde die en haalde toen nog tweemaal naar Rorans armen en benen uit. Roran vloekte inwendig. De soldaat was kennelijk een ervarener schermer dan hij, en als hij niet binnen een paar tellen de overwinning kon forceren, zou de soldaat hem doden.

De soldaat begreep kennelijk dat hij in het voordeel was, want hij zette zijn aanval voort en dwong Sneeuwvuur steigerend naar achter. Drie maal wist Roran zeker dat de soldaat op het punt stond om hem te verwonden, maar 's mans sabel week steeds op het laatste moment af en werd door een ongeziene kracht uit zijn baan geduwd. Roran was dankbaar voor Eragons schilden.

Roran had geen andere middelen meer en zocht zijn heil bij het onverwachte: hij rekte zijn hals en riep 'Boe!' alsof hij iemand in een donkere gang de stuipen op het lijf probeerde te jagen. De soldaat kromp ineen, en toen hij dat deed, boog Roran zich voorover om zijn hamer op 's mans linkerknie te rammen. De man werd bleek van pijn. Voordat hij zich kon herstellen, sloeg Roran tegen het smalle deel van zijn rug, en toen de soldaat schreeuwend zijn rug kromde, maakte Roran met een snelle klap op zijn hoofd een eind aan zijn lijden.

Hij bleef even hijgend zitten maar trok toen aan Sneeuwvuurs leidsels en bracht het dier in handgalop naar het konvooi terug. Zijn blik gleed van plek naar plek op zoek naar elke kleine beweging. Zo nam hij het slagveld in zich op. De meeste soldaten waren al dood, net als de karrenvoerders. Bij de voorste kar stond Carn tegenover een lange man in een gewaad. Op af en toe een zenuwtrekking na – het enige teken van hun onzichtbare duel – stonden ze allebei doodstil. Roran zag Carns tegenstander naar voren vallen en roerloos op de grond blijven liggen.

In het midden van de karavaan hadden vijf ondernemende soldaten echter de ossen van drie karren losgesneden en de karren zelf in een driehoek gezet. Op die manier konden ze Martland Roodbaard en tien andere Varden op afstand houden. Vier soldaten staken speren tussen de karren door terwijl de vijfde pijlen afschoot op de Varden, die daardoor gedwongen werden om achter de dichtstbijzijnde kar dekking te zoeken. De schutter had al diverse Varden weten te verwonden. Sommigen waren van hun paard gevallen, anderen hadden zich lang genoeg in het zadel kunnen houden om dekking te vinden.

Roran fronste zijn wenkbrauwen. Ze stonden onbeschut op een van de hoofdwegen van het Rijk en konden het zich niet veroorloven om de goed verschanste soldaten in alle rust uit te schakelen. De tijd was in hun nadeel.

Alle soldaten stonden met hun gezicht naar het westen, want de Varden hadden hen van daaruit aangevallen. Afgezien van Roran was geen van de Varden naar de andere kant van de karavaan gereden. De soldaten beseften dus niet dat hij hen vanuit het oosten kon bedreigen.

Er kwam een plan bij hem op. In elke andere omstandigheid zou hij het als onpraktisch en belachelijk verworpen hebben, maar nu aanvaardde hij het als de enige benadering waarmee hij de impasse zonder verder uitstel kon verbreken. Hij nam niet de moeite om de gevaren voor zichzelf te overwegen: toen de aanval begon, had hij iedere angst voor de dood of verwondingen laten varen.

Roran bracht Sneeuwvuur in volle galop. Hij legde zijn linkerhand op de voorkant van het zadel, trok zijn laarzen bijna uit de stijgbeugels en spande alvast zijn spieren. Toen Sneeuwvuur zich op nog maar vijftig voet van de driehoek van karren bevond, zette hij zich met zijn hand af. Hij duwde zichzelf op, zette zijn voeten op het zadel en bleef gehurkt op Sneeuwvuur staan. Het kostte al zijn vaardigheid en concentratie om zijn evenwicht te bewaren. Zoals Roran verwacht had, nam Sneeuwvuur snelheid terug en begon het paard naar opzij af te wijken. Intussen doemde het groepje karren hoog voor hen op.

Roran liet de teugels los vlak voordat Sneeuwvuur afsloeg, en sprong vanaf de paardenrug hoog over de op het oosten gerichte kar van de driehoek. Zijn maag kantelde. Zijn blik viel op het opgeheven gezicht van de boogschutter. De man had ronde ogen met wit eromheen. Roran kwam hard boven op hem terecht, en ze vielen allebei op de grond. Hij werkte zich op zijn knieën, hief zijn schild en dreef de rand door de opening tussen de helm en de tuniek van de soldaat. Daardoor brak zijn nek. Roran kwam overeind.

De vier andere soldaten reageerden traag. De man links van Roran maakte een fout door zijn speer binnen de driehoek van karren te willen trekken. In zijn haast zette hij de speer tussen de achterkant van de ene kar en het voorwiel van de andere klem, en het hout versplinterde in zijn handen. Roran stortte zich op hem. De soldaat probeerde zich terug te trekken, maar de kar stond in de weg. Roran zwaaide zijn hamer en bracht de soldaat onderhands een klap onder zijn kin toe.

De tweede soldaat was slimmer. Hij liet zijn speer los en reikte naar het zwaard aan zijn gordel. De kling was echter nog maar half uit de schede toen Roran zijn borstkas verbrijzelde.

De derde en vierde soldaat stonden inmiddels klaar. Ze benaderden hem van twee kanten en hielden hun ontblote zwaard met een snauwende grijns naar voren. Roran probeerde zijwaarts te ontsnappen, maar zijn gewonde been liet hem in de steek. Hij struikelde en viel op een knie. De dichtstbijzijnde soldaat hakte omlaag. Roran weerde de klap met zijn schild af, dook naar voren en verpletterde 's mans voet met de vlakke kant van zijn hamer. De soldaat viel vloekend op de grond. Roran sloeg hem meteen de schedel in en draaide zich op zijn rug in de wetenschap dat de laatste soldaat zich vlak achter hem bevond.

Roran verstijfde met gespreide armen en benen.

De soldaat torende boven hem uit en had zijn zwaard gestrekt. De glanzende punt hing op minder dan een duimbreedte afstand van Rorans keel.

Zo eindigt het dus, dacht Roran.

Toen verscheen een dikke arm rond de soldatennek. De soldaat werd naar achteren getrokken en uitte een verstikte kreet. Ineens stak een zwaardpunt uit het midden van zijn borstkas naar voren en begon een fontein bloed te spuiten. De soldaat zakte slap ineen, en daar stond Martland Roodbaard in zijn plaats. De graaf ademde zwaar, en zijn baard en borstkas waren met bloed bespat.

Martland stak zijn zwaard in de grond, leunde op de knop en bekeek de doden binnen de driehoek van karren. Hij knikte. 'Reden tot tevredenheid, denk ik.'

Roran zat op het achtereind van een kar op zijn tong te bijten terwijl Carn de rest van zijn laars wegsneed. Hij probeerde de felle pijnscheuten in zijn been te negeren en keek naar de gieren die hoog boven zijn hoofd rondzwierden. Daarna concentreerde hij zich op herinneringen aan zijn ouderlijk huis in de Palancarvallei.

Hij gromde toen Carn extra diep in de wond doordrong.

'Het spijt me,' zei Carn. 'Ik moet de wond inspecteren.'

Roran bleef naar de gieren staren en zei niets. Even later mompelde Carn een paar woorden in de oude taal. Weer een paar tellen later vervaagde de pijn in Rorans been tot een dof schrijnen. Toen hij omlaag keek, zag hij dat zijn been genezen was.

De genezing van Roran en de twee andere Varden die voor hem zaten, had Carn uitgeput. Zijn gezicht was grijs en hij beefde. De magiër leunde zwaar tegen de kar, sloeg zijn armen rond zijn middel en zag eruit alsof hij misselijk was.

'Hoe gaat het?' vroeg Roran.

Carn haalde nauwelijks zichtbaar zijn schouders op. 'Ik moet alleen even bijkomen... De os heeft het buitenste bot van je onderbeen geschampt. De schram is hersteld, maar ik heb niet meer de kracht om de rest van je verwonding te genezen. Ik heb je huid aan je vlees gehecht om je niet te veel last van pijn of bloedingen te geven, maar alleen losjes. Het vlees daar kan niet veel meer dan je eigen gewicht dragen, dat wil zeggen: totdat het zichzelf geneest.'

'Hoe lang duurt dat?'

'Een week. Misschien twee.'

Roran trok de restanten van zijn laars aan. 'Eragon heeft schilden om me heen gezet om me tegen verwondingen te beschermen. Ze hebben mijn leven vandaag meer dan eens gered. Maar waarom beschermden ze me niet tegen die ossenhoorn?'

'Dat weet ik niet, Roran,' zei Carn met een zucht. 'Niemand kan alle eventualiteiten voorzien. Daarom is magie zo gevaarlijk. Als je ook maar één facet van een bezwering over het hoofd ziet, verzwak je jezelf misschien alleen maar of gebeurt er iets verschrikkelijks dat je nooit bedoeld hebt. Dat overkomt zelfs de beste magiërs. De schilden van je neef hebben kennelijk een zwakke plek – een verkeerd woord of een slecht beredeneerde uitspraak – en zo kreeg die os je toch nog te pakken.'

Roran liet zich van de kar zakken en hinkte naar de achterkant van de karavaan om de uitslag van het gevecht vast te stellen. Vijf Varden waren gewond geraakt, onder wie hijzelf. Twee anderen waren gesneuveld. De ene was een man die Roran nauwelijks kende, de andere was Ferth, met wie hij meermalen gepraat had. Van de soldaten en karrenvoerders was niemand meer in leven.

Hij bleef staan bij de eerste twee soldaten die hij gedood had, en bestudeerde hun lijken. Zijn speeksel werd bitter en zijn darmen verkrampten van afkeer. *Ik heb mensen gedood... ik weet niet hoeveel.* Hij besefte dat hij tijdens de waanzin van de Slag op de Brandende Vlakten de tel was kwijtgeraakt van de mannen die hij had omgebracht. Het was onthutsend te bedenken dat hij velen ter dood had gebracht zonder precies te weten hoeveel dat er waren. *Moet ik hele velden vol mannen afslachten om terug te krijgen wat het Rijk me ontstolen heeft?* Toen kwam een nog verontrustender gedachte bij hem op: *En als ik dat doe, hoe kan ik dan naar de Palancarvallei terugkeren en in vrede leven terwijl mijn ziel bevlekt is met het bloed van honderden?*

Hij sloot zijn ogen, ontspande doelbewust alle spieren in zijn lichaam en probeerde te kalmeren. *Ik dood uit liefde. Ik dood uit liefde voor Katrina en uit liefde voor Eragon en alle anderen uit Carvahall, en ook uit liefde voor de Varden en voor dit land van ons. Uit liefde zal ik door een oceaan van bloed waden, zelfs als dat mijn ondergang is.*

'Zoiets heb ik nog nooit gezien, Sterkhamer,' zei Ulhart. Roran deed zijn ogen open en zag de grijsharige krijger voor hem staan. De man had

321

Sneeuwvuur bij de teugels. 'Niemand anders is gek genoeg om zo'n truc uit te halen en over de karren heen te springen. En niemand heeft het lang genoeg overleefd om erover te vertellen. Goed gedaan. Maar pas een beetje op. Als je nog 's een zomer wilt meemaken, moet je niet doorgaan met van paarden springen om vijf man tegelijk te grazen te nemen. Als je verstandig bent, hou je je een beetje in.'

'Ik zal eraan denken,' zei Roran terwijl hij Sneeuwvuurs teugels van Ulhart overnam.

In de korte tijd sinds Roran de laatste soldaten in het stof had laten bijten, waren de ongedeerde krijgers naar alle karren van de karavaan gegaan. Ze sneden de zakken met vracht open en meldden de inhoud aan Martland, die opschreef wat ze vonden. Nasuada kon die informatie dan bestuderen en er misschien iets over Galbatorix' plannen uit opmaken. Roran zag hoe de mannen de laatste paar karren onderzochten en er zakken tarwe en stapels uniformen aantroffen. Na afloop van de inventarisatie sneden ze de keel van de resterende ossen door, waarbij de weg met bloed doordrenkt raakte. Roran vond het niet prettig om dieren te zien doden, maar begreep hoe belangrijk het was dat het Rijk er niet meer de beschikking over had, en zou desgevraagd ook zelf het mes gehanteerd hebben. Ze zouden de ossen liever naar de Varden hebben gebracht, maar de dieren waren te traag en te log. De paarden van de soldaten waren echter een ander verhaal: die konden bij hun vlucht uit vijandelijk gebied hun tempo bijhouden. Ze vingen er dan ook zoveel mogelijk en bonden ze achter hun eigen rijdier.

Toen haalde een van de mannen een met hars doorweekte toorts uit zijn zadeltassen. Hij ging een paar tellen aan het werk met zijn vuursteen en staal en stak het ding aan. Heen en weer langs de karavaan rijdend hield hij de toorts bij elke kar totdat die in brand vloog. Daarna gooide hij de toorts achter in de laatste.

'Op je paarden!' riep Martland.

Rorans been schrijnde toen hij zich op Sneeuwvuur hees. Hij dreef zijn paard tot naast dat van Carn terwijl de overlevende krijgers hun rijdier in een dubbele rij achter Martland manoeuvreerden. De paarden snoven en krabden over de grond. Ze wilden zo snel mogelijk afstand scheppen tussen hen en het vuur.

Martland bracht zijn paard in een snelle draf, en de rest van de groep volgde. De rij brandende karren lieten ze achter zich als evenzovele gloeiende kralen die aan de eenzame weg geregen waren.

Een woud van steen

De menigte begon te juichen. Eragon zat op de houten tribune die de dwergen aan de voet van de buitenste wallen van Fort Bregan gebouwd hadden. Het fort stond op de ronde schouder van de Thardûr, meer dan een mijl boven de bodem van het mistige dal, en vanaf dat punt had iemand in alle richtingen een uitzicht van vele mijlen of totdat de bergkammen het zicht belemmerden. Net als Tronjheim en de andere dwergensteden die Eragon bezocht had, bestond Fort Bregan helemaal uit gehouwen natuursteen. In dit geval was het een roodachtig graniet dat een gevoel van warmte aan de kamers en gangen gaf. Het fort zelf was een zwaar en stevig gebouw van vijf verdiepingen dat door een open klokkentoren werd bekroond. Daar bovenop stond een glazen traan met een omtrek van twee dwergen. Hij werd op zijn plaats gehouden door vier onderling verbonden granieten ribben die samen een puntige deksteen vormden. De traan was – zoals Orik tegen Eragon gezegd had – een grotere versie van de vlamloze dwergenlantaarns, en bij belangrijke gebeurtenissen of in geval van nood kon het hele dal erdoor in een gouden gloed worden gehuld. De dwergen noemden hem Az Sindriznarrvel, ofwel: Edelsteen van Sindri. Tegen de zijmuren van het fort stonden talloze andere bouwwerken, zoals stallen, smidsen en een kerk voor Morgothal, de vuurgod van de dwergen en de schutspatroon van de smeden. Onder de hoge, gladde muren van het fort lagen dozijnen boerderijen verspreid over open plekken in het bos. Uit stenen huizen rees kringelende rook op.

Dat allemaal en nog meer had Orik zijn pleegbroer laten zien toen de drie dwergenkinderen Eragon naar de binnenplaats van het fort hadden gebracht en daarbij 'Argetlam!' hadden geroepen naar iedereen die het horen wilde. Orik had Eragon als een broeder begroet en naar het badhuis gebracht. Toen hij schoon was, liet hij hem een dieprode mantel geven plus een gouden diadeem voor zijn voorhoofd.

Daarna verraste Orik hem door hem voor te stellen aan Hvedra, een dwergenvrouw met heldere ogen, appelwangen en lang haar. Trots verklaarde hij dat hij sinds nog maar twee dagen met haar getrouwd was. Terwijl Eragon zijn verbazing en gelukwensen uitsprak, verschoof Orik zijn gewicht van voet naar voet voordat hij antwoordde: 'Het deed me pijn dat je de ceremonie niet kon bijwonen, Eragon. Ik heb een van onze magiërs contact met Nasuada laten opnemen, en ik heb gevraagd of zij mijn uitnodiging aan jou en Saphira wilde doorgeven, maar ze weigerde er met jou over te praten uit angst dat het aanbod je zou afleiden van de taak die je had. Ik kan haar dat niet kwalijk nemen, maar had gehoopt dat de oorlog je zou toestaan om de bruiloft bij te wonen – van mij en van je nicht, want we zijn nu allemaal verwant, wettelijk dan wel door bloed.'

Hvedra zei met een zwaar accent: 'Beschouw me alsjeblieft als een familielid, Schimmendoder. Zolang ik er de macht toe heb, zul je in Fort Bregan altijd als familielid behandeld worden, en je kunt hier je toevlucht zoeken wanneer je daar ook maar behoefte aan hebt, zelfs als het Galbatorix is die je achtervolgt.'

Eragon was door haar aanbod getroffen en boog. 'Je bent bijzonder vriendelijk.' Daarna vroeg hij: 'Je mag me mijn nieuwsgierigheid niet kwalijk nemen, maar waarom zijn jij en Orik uitgerekend nu getrouwd?'

'We hadden elkaar deze lente de hand willen reiken, maar...'

Orik onderbrak haar op zijn bruuske manier. '... maar de Urgals vielen Farthen Dûr aan, en toen liet Hrothgar me met jou naar Ellesméra sjokken. Toen ik weer terug was en de families van de clan me als hun nieuwe grimstborith aanvaardden, leek ons dat een uitstekend moment om ons huwelijk te sluiten en man en vrouw te worden. Niemand van ons overleeft misschien dit jaar. Waarom zouden we dan treuzelen?'

'Je bent dus clanhoofd geworden,' zei Eragon.

'Ja. De keuze van een nieuwe leider van Dûrgrimst Ingeitum is met conflicten gepaard gegaan – we zijn er meer dan een week over aan het bekvechten geweest – maar uiteindelijk vonden de meeste families dat ik in de voetsporen van Hrothgar moest treden en zijn functie moest erven, want ik was zijn enige aangewezen erfgenaam.'

Nu zat Eragon naast Orik en Hvedra. Hij verslond het brood met het schapenvlees dat de dwergen gebracht hadden, en sloeg de wedstrijden gade die voor de tribunes gehouden werden. Orik had verteld dat dwergenfamilies met genoeg goud de gewoonte hadden om voor het vermaak van bruiloftsgasten wedstrijden te organiseren. Hrothgars familie was zo rijk dat de huidige spelen al drie dagen duurden en – als alles goed ging – nog vier dagen langer zouden duren. De spelen bestonden uit tal van onderdelen: worstelen, boogschieten, schermen, krachtsporten en de Ghastgar die nu aan de gang was.

Vanaf de tegenovergestelde kanten van een grasveld reden twee dwergen op witte feldûnost op elkaar af. Deze gehoornde berggeiten stoven over het grasveld met sprongen van meer dan zeventig voet lang. De dwerg aan de rechterkant had een klein, rond schild aan zijn linkerarm maar droeg geen wapens. De ander had geen schild maar had in zijn rechterhand wel een werpspeer in de aanslag.

De afstand tussen de feldûnost werd kleiner, en Eragon hield zijn adem in. Toen ze nog maar minder dan dertig voet van elkaar verwijderd waren, liet de dwerg met de speer zijn arm door de lucht zwiepen en wierp hij zijn projectiel naar zijn tegenstander. De andere dwerg dekte zich niet met zijn schild maar stak zijn arm uit en greep de speer verbazingwekkend handig bij de schacht. Toen hief hij het wapen boven zijn hoofd. De massa die zich rond het strijdperk verzameld had, juichte oorverdovend waarbij Eragon zich krachtig klappend aansloot.

'Dat was uitstekend gedaan!' riep Orik uit. Hij dronk zijn kroes mede leeg, en zijn glimmende maliënkolder fonkelde in het licht van de vroege avond. Zijn helm was met goud, zilver en robijnen versierd, en aan zijn vingers droeg hij vijf grote ringen. De bijl hing aan zijn gordel, zoals altijd. Hvedra had zich nog weelderiger uitgedost. Ze had repen geborduurde stof op haar kostbare jurk genaaid en droeg snoeren van parels en gedraaid goud rond haar hals. Haar kapsel vertoonde een paar bijpassende ivoren kammen met een smaragd die zo groot was als Eragons duim.

Een rij dwergen stond op en blies op een stel kromme hoorns. De koperklanken daarvan schalden tegen de bergen. Toen kwam een dwerg met een brede borst naar voren. Hij noemde in het Dwergs de winnaar van de laatste wedstrijd en de namen van het volgende tweetal deelnemers aan de Ghastgar.

Toen de ceremoniemeester was uitgepraat, boog Eragon zich naar Hvedra en vroeg: 'Ga jij met ons mee naar Farthen Dûr?'

Ze schudde met een brede glimlach haar hoofd. 'Dat kan niet. Ik moet hier blijven en in afwezigheid van Orik de belangen van de Ingeitum behartigen. Hij mag niet bij zijn terugkeer vaststellen dat onze krijgers verhongeren en al ons goud is uitgegeven.'

Orik hield zijn kroes grinnikend uit naar een van de bedienden, die even verderop stond. Terwijl de dwerg haastig aan kwam lopen om de kroes met mede uit een kan bij te vullen, zei Orik met duidelijke trots tegen Eragon: 'Dat is geen snoeverij van haar. Ze is niet alleen mijn vrouw maar ook... Ach, jullie taal heeft er geen woord voor. Ze is de grimstcarvlorss van Dûrgrimst Ingeitum. *Grimstcarvlorss* betekent... "behoedster van het huis", "handhaafster van het huis". Het is haar taak om te zorgen dat de families van onze clan hun afgesproken tienden aan Fort Bregan betalen, dat onze kudden op het juiste moment naar de juiste velden worden gedreven, dat onze voorraden voedsel en graan niet uitgeput raken, dat de vrouwen van de Ingeitum genoeg stoffen weven, dat onze krijgers goed zijn uitgerust, dat onze smeden altijd genoeg erts hebben om er ijzer van te smelten, dat onze clan goed geleid wordt, voorspoedig is en gedijt. Bij ons volk bestaat het gezegde: een goede grimstcarvlorss kan een clan maken...'

'... en een slechte grimstcarvlorss kan een clan breken,' zei Hvedra.

Orik glimlachte en nam een van haar handen in de zijne. 'En Hvedra is de allerbeste grimstcarvlorss die er bestaat. De titel is niet erfelijk. Als je die functie wilt houden, moet je bewijzen dat je hem waardig bent. Het komt niet vaak voor dat de vrouw van een grimstborith tevens grimstcarvlorss is.

'Ik prijs me in dat opzicht bijzonder gelukkig.' Hij en Hvedra bogen hun hoofd naar elkaar toe en wreven met hun neus over die van de ander. Eragon wendde zijn blik af omdat hij zich eenzaam en buitengesloten voelde. Orik leunde naar achteren, nam een slok mede en zei: 'Er zijn in onze geschiedenis veel beroemde grimstcarvlorssn geweest. Men zegt vaak dat clanhoofden alleen deugen voor oorlogsverklaringen. De grimstcarvlorssn zien liever dat we onderling ruzie maken, want dan hebben we geen tijd om ons met het reilen en zeilen van de clan te bemoeien.'

'Ach, welnee, Skilfz Delva,' zei Hvedra verwijtend. 'Je weet dat dat niet waar is. Of in elk geval bij ons niet waar zal zijn.'

'Hmm,' zei Orik terwijl hij haar voorhoofd met het zijne aanraakte. Ze wreven hun neuzen weer over elkaar.

Eragon wijdde zijn aandacht aan de menigte onder hen, waar ineens verwoed gesist en gejoeld werd. Een van de dwergen die aan de Ghastgar deelnam, bleek zijn zelfbeheersing te verliezen. Hij trok op het laatste moment zijn feldûnost opzij en probeerde zelfs te vluchten. De dwerg met de werpspeer achtervolgde hem tweemaal rond het strijdperk. Toen ze dicht genoeg bij elkaar in de buurt waren, stond hij op in zijn stijgbeugels, wierp zijn speer en raakte de laffe dwerg in zijn linkerschouder. De dwerg viel jammerend van zijn rijdier, ging op zijn zij liggen en omklemde de speerpunt en de schacht die in zijn vlees staken. Een genezer rende naar hem toe. Even later draaide iedereen het spektakel de rug toe.

Orik krulde walgend zijn bovenlip. 'Bah! Het zal vele jaren duren voordat zijn familie de schande van deze zoon heeft uitgewist. Het spijt me dat je van deze minne daad getuige bent geweest, Eragon.'

'Het is nooit prettig om iemand iets eerloos te zien doen.'

Het drietal bekeek de volgende twee wedstrijden zwijgend, maar toen maakte Orik zijn pleegbroer aan het schrikken door diens schouder te pakken en te vragen: 'Zou je een woud van steen willen zien, Eragon?'

'Dat bestaat niet, tenzij het gebeeldhouwd is.'

Orik schudde met twinkelende ogen zijn hoofd. 'Het is niet gebeeldhouwd maar bestaat wel. Ik vraag je dus opnieuw: zou je een woud van steen willen zien?'

'Als dat geen grap is... Ja, heel graag.'

'Daar ben ik blij om. Het is geen grap, en ik beloof je dat jij en ik morgen tussen bomen van graniet zullen lopen. Dat is een van de wonderen van de Beorbergen. Ik vind dat elke gast van Dûrgrimst Ingeitum de kans moet krijgen om het te bezoeken.'

De volgende ochtend stond Eragon op uit zijn te kleine bed in een stenen kamer met een laag plafond en piepkleine meubels. Hij waste zijn gezicht in een bekken met koud water en probeerde uit gewoonte contact te leggen met Saphira's geest. Hij voelde echter alleen de gedachten van de dwergen en de dieren in en rond het fort. Eragon boog zich wankelend naar voren en moest de rand van het wasbekken grijpen omdat hij zich zo afgesloten voelde. Roerloos bleef hij in die houding staan zonder iets te kunnen denken totdat zijn gezichtsveld vuurrood werd en flitsende vlekken voor zijn ogen zweefden. Hij haalde hijgend adem en vulde zijn longen weer.

Ik heb haar tijdens de reis naar Helgrind gemist, maar toen wist ik in elk geval dat ik zo snel mogelijk naar haar terugkeerde. Nu reis ik bij haar vandaan en weet ik niet of we herenigd zullen worden.

Hij vermande zich, kleedde zich aan en zocht zijn weg door de kronkelende gangen van Fort Bregan. Daarbij boog hij naar passerende dwergen, die hem op hun beurt met een energiek 'Argetlam!' begroetten.

Hij trof Orik en twaalf andere dwergen op de binnenplaats van het fort. Ze zadelden een rij stevige pony's die witte wolkjes adem de koude lucht in bliezen. Eragon voelde zich een reus tussen de kleine maar stevig gebouwde mannen om hem heen.

Orik wenkte hem. 'We hebben een ezel in onze stallen, als je graag rijdt.'

'Nee, ik ga liever lopen, als je het niet erg vindt.'

Orik haalde zijn schouders op. 'Zoals je wilt.'

Vlak voor hun vertrek kwam Hvedra de brede stenen trap voor de ingang van de grote zaal af. Haar jurk sleepte achter haar aan, en ze overhandigde Orik een ivoren hoorn waarvan de monding en de punt met goudfiligrein bedekt waren. Ze zei: 'Deze was van mijn vader toen hij uitreed met grimstborith Aldhrim. Ik geef hem nu aan jou zodat je in de komende dagen aan me zult denken.' Daarna zei ze nog iets in het Dwergs maar praatte nu zo zacht dat Eragon haar niet kon verstaan. Zij en Orik raakten elkaar weer aan met hun voorhoofd. Toen Orik weer rechtop in het zadel zat, zette hij de hoorn aan zijn mond en blies erop. Een diepe, opwindende toon klonk op en werd luider totdat de lucht op de binnenplaats leek te trillen als een door de wind versleten touw. Twee zwarte raven stegen krassend van de toren op. Bij het geluid van de hoorn ging Eragons bloed tintelen. Zijn lichaam werd onrustig en wilde op weg.

Orik hief de hoorn boven zijn hoofd, wierp nog één laatste blik op Hvedra en gaf zijn pony de sporen. Hij draafde de hoofdpoort van Fort Bregan uit en sloeg af naar het oosten, naar de kop van het dal. Eragon en de twaalf andere dwergen bleven vlak achter hem.

Drie uur lang volgden ze een vaak begaan pad over de helling van de Thardûr. Ze kwamen steeds hoger boven de bodem van het dal terecht. De dwergen bereden hun pony's zo snel als ze konden zonder de dieren te schaden, maar hun tempo bleef maar een fractie van Eragons snelheid als hij alle beperkingen afschudde. Hij voelde zich gefrustreerd maar klaagde niet, wetend dat hij met iedereen behalve elfen of Kull langzamer moest reizen dan waartoe hij in staat was. Huiverend trok hij zijn mantel dichter om zich heen. De zon was nog niet boven de bergen opgestegen, en overal in het dal heerste een vochtige kilte hoewel het over een paar uur al middag was.

Daarna bereikten ze een granietvlakte van meer dan duizend voet breed, die aan de rechterkant door een schuine rotswand van natuurlijk gevormde, achthoekige zuilen begrensd werd. Schuivende mistgordijnen belemmerden het zicht op de andere kant van het stenen terrein.

Orik hief een hand en zei: 'Kijk, Az Knurldrâthn.'

Eragon fronste zijn wenkbrauwen. Hij kon kijken zoveel als hij wilde maar zag niets belangwekkends op dit kale veld van steen. 'Ik zie geen stenen bomen.'

Orik klauterde van zijn pony en gaf de teugels aan de krijger achter hem. Hij zei: 'Ga mee, als je wilt, Eragon.'

Samen liepen ze naar de kronkelende mistbank en Eragon verkortte zijn pas zodat Orik hem kon bijhouden. De mist kuste zijn gezicht koel en nat. De damp was zo dicht dat de rest van het dal erdoor aan het zicht onttrokken was en een vormloos, grijs landschap ontstond waarin zelfs boven en beneden willekeurige begrippen waren. Orik liet zich door niets weerhouden en liep zelfverzekerd verder, maar Eragon voelde zich gedesoriënteerd en een beetje onvast. Hij liep met een hand voor zich uitgestoken om in de mist niet tegen iets op te lopen.

Orik bleef staan aan de rand van een smalle spleet die het graniet ontsierde, en vroeg: 'Wat zie je nu?'

Eragon tuurde en keek alle kanten op, maar de mist bleef even ondoorgrondelijk als altijd. Hij wilde net zijn mond opendoen om dat te zeggen, toen hij in de mist rechts van hem een zekere onregelmatigheid opmerkte, een vaag patroon van licht en donker dat ook in stand bleef als de mist wegzweefde. Hij zag toen ook andere statische zones: vreemde, abstracte contrastplekken die geen herkenbare voorwerpen aanduidden.

'Ik weet niet...' begon hij, toen een windje zijn haar door de war blies. Zachtjes aangemoedigd door het net opgestoken briesje loste de mist iets op en bleken de losse schaduwpatronen afkomstig van asgrijze boomstammen met kale en gebroken takken. Er stonden dozijnen bomen om hem en Orik heen – bleke skeletten van een oeroud bos. Eragon drukte met zijn hand op een stam. De bast was koud en hard als een rotsblok. Aan het oppervlak hingen vlekken bleek mos. Eragon voelde getintel in zijn nek. Hij vond zichzelf niet erg bijgelovig, maar de spookachtige mist, het griezelige schemerlicht en het uiterlijk van de bomen zelf, die even grimmig als onheilspellend en geheimzinnig waren, sloegen een vonk van angst in zijn binnenste.

Hij bevochtigde zijn lippen en vroeg: 'Hoe zijn ze hier terechtgekomen?'

Orik haalde zijn schouders op. 'Volgens sommigen heeft Gûntera ze hier neergezet toen hij uit het niets Alagaësia schiep. Anderen beweren dat Helzvog ze gemaakt heeft, want steen is zijn favoriete element, en de steengod maakt natuurlijk stenen bomen voor zijn tuin. Weer anderen ontkennen dat en zeggen dat het ooit bomen waren zoals andere, maar in eeroude tijden vond een grote ramp plaats, en daarbij raakten ze in de grond begraven. Het hout werd mettertijd aarde en de aarde steen.'

'Is dat mogelijk?'

'Dat weten alleen de goden. Behalve hen mag niemand het hoe en waarom van de wereld willen begrijpen.' Hij verschoof zijn gewicht naar zijn andere voet. 'Onze voorouders ontdekten de eerste bomen toen ze hier meer dan duizend jaar geleden graniet aan het winnen waren. De toenmalige grimstborith van Dûrgrimst Ingeitum, Hvalmar Lackhand, staakte de mijnbouw en liet zijn steenhouwers de bomen uit het omringende gesteente loshakken. Toen ze al bijna vijftig bomen hadden uitgehakt, besefte Hvalmar dat er wel honderden of zelfs duizenden stenen bomen in de helling van de Thardûr verborgen konden zijn. Daarom beval hij de mannen om het project te staken. Maar deze plaats sprak tot de verbeelding van mijn volk, en sindsdien zijn knurlan van elke clan hierheen gekomen om meer bomen uit de greep van het graniet te bevrijden. Er zijn zelfs knurlan die hun leven aan deze taak hebben gewijd. Het is ook traditie geworden om lastige zoontjes hierheen te sturen om onder het toeziend oog van een meester-steenhouwer een boom of twee uit te hakken.'

'Dat klinkt doodsaai.'

'Het geeft hun de tijd om hun gedrag te betreuren.' Orik streelde met één hand zijn gevlochten baard. 'Ik heb hier ook zelf een paar maanden gezeten toen ik nog een onbesuisd knulletje van vierenderftig was.'

'En heb je je gedrag betreurd?'

'Eta. Nee. Het was gewoon te... *saai*. Na al die weken had ik nog maar één tak uit het graniet bevrijd. Daarom liep ik weg en sloot ik me aan bij een troep Vrenshrrgn...'

'Dwergen van de Vrenshrrgn-clan?'

'Ja, knurlan van de Vrenshrrgn-clan. Oorlogswolven, Wolven van de Oorlog, of hoe ze dat in jouw taal ook zeggen. Ik sloot me bij hen aan, werd dronken van het bier, en aangezien ze nagra's aan het jagen waren, besloot ik eveneens een zwijn te doden en dat naar Hrothgar te brengen om zijn woede op mij tot bedaren te brengen. Zelfs onze beste krijgers jagen niet graag op nagra's, en ik was toen nog eerder een jongen dan een man. Toen ik weer bij zinnen was gekomen, vervloekte ik mijn stompzinnigheid, maar ik had een eed gezworen en kon mijn woord niet breken.'

Orik zweeg, en Eragon vroeg: 'Wat gebeurde er?'

'Met hulp van de Vrenshrrgn heb ik inderdaad een nagra gedood, maar het zwijn verwondde mijn schouder en slingerde me tussen de takken van een boom in de buurt. De Vrenshrrgn moesten ons allebei – mij en de nagra – naar Fort Bregan dragen. Hrothgar was blij verrast met het zwijn, maar ik... Ondanks de goede zorgen van onze beste genezers moest ik de hele maand daarna in bed blijven. Hrothgar vond dat straf genoeg voor het feit dat ik zijn bevelen genegeerd had.'

Eragon keek de dwerg een tijdje aan. 'Je mist hem.'

Orik bleef even met zijn kin tegen zijn brede borstkas staan. Hij hief zijn bijl en sloeg met het uiteinde van de steel op het graniet. De scherpe klap echode tussen de bomen. 'Het is al bijna twee eeuwen geleden sinds de laatste dûrgrimstvren, de laatste clanoorlog, ons volk verscheurd heeft, Eragon. Maar ik zweer bij Morgothals zwarte baard dat een nieuwe ophanden is.'

'Uitgerekend nu?' riep Eragon ontzet uit. 'Is het echt zo erg?'

Orik fronste zijn wenkbrauwen. 'Het is nog erger. Tussen de clans zijn de spanningen hoger opgelopen dan sinds onze heugenis het geval is geweest. Door Hrothgars dood en Nasuada's invasie van het Rijk zijn hartstochten opgelaaid en oude rivaliteiten verergerd. Degenen die het dwaasheid vinden om ons lot met de Varden te verbinden, hebben de wind in de rug gekregen.'

'Hoe kunnen ze dat vinden als Galbatorix met de Urgals Tronjheim heeft aangevallen?'

'Omdat zij ervan overtuigd zijn dat Galbatorix onverslaanbaar is, en dat argument vindt bij ons volk veel weerklank,' zei Orik. 'Kun jij mij verzekeren, Eragon, dat jij en Saphira Galbatorix kunnen verslaan als jullie op ditzelfde moment met hem geconfronteerd zouden worden?'

Eragons keel verstrakte. 'Nee.'

'Dat dacht ik al. Zij die zich tegen de Varden verzetten, zijn blind voor Galbatorix' dreiging. Ze zeggen dat Galbatorix geen reden tot oorlog zou hebben als wij de Varden onderdak geweigerd hadden en jou en Saphira niet hadden toegelaten tot het mooie Tronjheim. Ze zeggen dat we van Galbatorix niets te vrezen zouden hebben als we gewoon op onszelf blijven en ons in onze grotten en tunnels verbergen. Ze beseffen niet dat Galbatorix' machtshonger onstilbaar is en dat hij niet zal rusten voordat heel Alagaësia aan zijn voeten ligt.' Orik schudde zijn hoofd. De spieren in zijn onderarmen bolden en verstrakten terwijl hij het bijlblad tussen zijn dikke vingers nam. 'Ik zal niet toestaan dat mijn volk zich als bange konijnen in tunnels schuilhoudt totdat de wolf buiten zich een weg naar binnen graaft en ons allemaal opvreet. We moeten doorgaan met vechten vanuit de hoop dat we hoe dan ook een middel vinden om Galbatorix te doden. En ik zal niet toestaan dat onze natie door een clanoorlog uiteenvalt. In de huidige omstandigheden zou een andere dûrgrimstvren onze beschaving verwoesten en mogelijk ook de ondergang van de Varden bewerkstelligen.' Hij keek Eragon met een vastbesloten blik aan. 'Ter wille van het welzijn van mijn volk wil ik de troon zelf opeisen. De dûrgrimstn Gedthrall, Ledwonnû en Nagra hebben me al hun steun beloofd. Veel anderen blokkeren echter mijn weg naar de troon, en het zal niet makkelijk zijn om zoveel stemmen te vergaren dat ik koning word. Ik wil weten of jij me hierin steunt, Eragon.'

Eragon legde zijn armen over elkaar, liep van de ene boom naar de andere en kwam toen weer terug. 'Als ik dat doe, kunnen de andere clans zich tegen je keren. Je vraagt niet alleen van je volk dat het een bondgenootschap met de Varden sluit... Je vraagt ook om een Drakenrijder als een van de hunnen te aanvaarden. Dat hebben ze nog nooit gedaan, en ik betwijfel of ze het nu wél zullen willen.'

'Ja, sommigen keren zich misschien tegen me, maar het kan me de steun van anderen opleveren,' zei Orik. 'Het oordeel daarover kun je aan mij overlaten. Ik wil alleen maar weten of je me steunt, Eragon... Waarom aarzel je?'

Eragon staarde naar een knoestige wortel die aan zijn voeten uit het graniet verrees, en meed Oriks blik. 'Je maakt je zorgen over het welzijn van je volk, en terecht. Maar mijn zorgen zijn breder. Ze omvatten het welzijn van de Varden en de elfen en alle anderen die zich tegen Galbatorix verzetten. Als... als onwaarschijnlijk is dat je de troon kunt winnen, en als er een ander clanhoofd is dat het wel kan en bovendien niet onwelwillend tegenover de Varden staat...'

'Niemand zou een welwillender grimstnzborith zijn dan ik!'

'Ik betwijfel je vriendschap niet,' riposteerde Eragon. 'Maar als inderdaad gebeurt wat ik net gezegd heb, en als zo'n clanhoofd dan met mijn steun kan zorgen dat de troon wint, dan moet ik voor het welzijn van je volk en voor het welzijn van de rest van Alagaësia de dwerg steunen die de meeste kans op de troonopvolging heeft. Vind je niet?'

Orik zei op een dodelijk kalme toon: 'Je hebt op de Knurlnien een bloedeed gezworen, Eragon. Op grond van elke wet van ons land ben je nu een lid van Dûrgrimst Ingeitum, hoe anderen dat ook mogen afkeuren. Wat Hrothgar deed door jou te adopteren, heeft in onze geschiedenis geen precedent en kan niet ongedaan worden gemaakt, tenzij ik als grimstborith jou uit onze clan stoot. Als jij je tegen mij keert, Eragon, maak je me te schande tegenover ons hele volk, en niemand zal ooit nog op mijn leiderschap vertrouwen. Bovendien bewijs je tegenover onze tegenstanders dat we een Drakenrijder niet mogen vertrouwen. Clanleden verraden elkaar niet aan andere clans, Eragon. Dat is eenvoudig ondenkbaar, tenzij je op een nacht wakker wilt worden met een dolk in je hart.'

'Is dat een dreigement?' vroeg Eragon even kalm als de dwerg.

Orik vloekte en ramde zijn bijl weer op het graniet. 'Nee! Ik zou mijn hand nooit tegen je opheffen, Eragon! Jij bent mijn pleegbroer, jij bent de enige Rijder die vrij is van Galbatorix' invloed en ik mag vervloekt zijn als ik tijdens onze gezamenlijke reizen niet bijzonder op je gesteld ben geraakt. Maar dat ik je niets aandoe, betekent niet dat de andere Ingeitum even tolerant zullen zijn. Dat zeg ik niet als dreigement maar als vaststelling van een feit. Begrijp dat, Eragon. Als de clan hoort dat jij iemand anders steunt, kan ik ze misschien niet in de hand houden. Je bent onze gast en wordt door de wetten van de gastvrijheid beschermd, maar als jij je uitspreekt tegen de Ingeitum, dan zal de clan je als een verrader beschouwen, en het is niet onze gewoonte om verraders in ons midden te dulden. Begrijp je me, Eragon?'

'Maar wat verwacht je van me?' riep Eragon. Hij spreidde zijn armen en liep voor Orik heen en weer. 'Ik heb ook aan Nasuada een eed gezworen, en zij heeft me dit bevel gegeven.'

'Je hebt je net zo goed aan de Dûrgrimst Ingeitum verbonden!' bulderde Orik.

Eragon bleef staan en keek de dwerg aan. 'Wil je echt dat ik heel Alagaësia ten onder laat gaan om jouw status bij de clans veilig te stellen?'

'Beledig me niet!'

'Vraag dan niet het onmogelijke van me! Ik zal je steunen zolang waarschijnlijk lijkt dat je de troon kunt bestijgen, maar daarna niet meer. Jij bekommert je om Dûrgrimst Ingeitum en je volk als geheel, maar het is mijn taak om me niet alleen om hen te bekommeren maar ook om heel Alagaësia.' Eragon leunde tegen een koude boomstam. 'Tegelijkertijd kan ik het me niet veroorloven om jouw... ik bedoel: onze clan of de rest van de dwergen te beledigen.'

Oriks toon werd vriendelijker. 'Er is nog een andere manier, Eragon. Die is voor jou moeilijker maar kan een uitweg uit je dilemma zijn.'

'O ja? Wat is die wondermanier dan?'

Terwijl Orik zijn bijl weer in zijn gordel stak, liep hij naar Eragon. Hij pakte hem bij zijn onderarmen en keek hem vanonder zijn dikke wenkbrauwen aan. 'Vertrouw erop dat ik het juiste doe, Eragon Schimmendoder. Gun mij de trouw die je betoond zou hebben als je inderdaad in de Dûrgrimst Ingeitum geboren was. Mijn volgelingen zouden het nooit wagen om zich tegen hun eigen grimstborith en ten gunste van een andere clan uit te spreken. Als een grimstborith het bij het verkeerde eind heeft, dan is dat alleen zijn eigen verantwoordelijkheid. Maar dat betekent niet dat ik geen oog heb voor je bekommernissen.' Hij keek even naar de grond. 'Misschien kan ik geen koning worden. Vertrouw me dan genoeg om te weten dat ik niet verblind zal zijn door de macht en niet in staat ben om te onderkennen wanneer mijn poging mislukt is. Als dat gebeurt – het zál overigens niet gebeuren, denk ik – zal ik uit eigen vrije wil een van de andere kandidaten steunen, want ik huiver net als jij bij het vooruitzicht dat een grimstnzborith wordt gekozen die de Varden vijandig gezind is. En als ik moet bevorderen dat iemand anders de troon bestijgt, dan omvatten de status en het prestige die ik in dienst van dat clanhoofd stel, natuurlijk ook die van jou, want jij bent een Ingeitum. Durf je me te vertrouwen, Eragon? Aanvaard je me als je grimstborith, zoals ook de anderen doen die in mijn zaal de eed hebben gezworen?'

Eragon legde kreunend zijn hoofd tegen de ruwe bast en keek omhoog naar de kronkelige, beenwitte takken die in mist gehuld waren. Vertrouwen. Van alle dingen die Orik van hem gevraagd kon hebben, was dit het moeilijkst te geven. Eragon was bijzonder op hem gesteld, maar de onderwerping aan zijn gezag, als zoveel op het spel stond, zou hem nog meer vrijheid kosten, en dat was een afschuwelijk vooruitzicht. En samen met zijn vrijheid verloor hij dan een deel van zijn verantwoordelijkheid voor het lot van Alagaësia. Eragon had het gevoel dat hij aan de rand van een afgrond hing en dat Orik hem ervan probeerde te overtuigen dat er een paar voet onder hem een richel was. Maar Eragon kon er zich niet toe zetten om zijn greep los te laten uit angst dat hij te pletter zou vallen. Hij zei: 'Ik zal nooit een geestloze dienaar zijn die je kunt commanderen zoals je wilt. Als het om zaken van Dûrgrimst Ingeitum gaat, onderwerp ik me aan jou, maar op elk ander gebied heb je geen gezag over mij.'

Orik knikte met een ernstig gezicht. 'Ik maak me geen zorgen over de opdracht die je van Nasuada gekregen hebt, noch over wie je zult doden in je strijd tegen het Rijk. Nee. Ik zou zo gezond moeten slapen als Arghen in zijn grot, maar wat me desondanks slapeloze nachten bezorgt is het beeld dat jij de stemming tijdens de clanvergadering probeert te beïnvloeden. Ik weet dat je nobele bedoelingen hebt, maar nobel of niet, je bent niet vertrouwd met onze politiek, hoe goed Nasuada je ook mag hebben opgeleid. Dit is mijn deskundigheid, Eragon. Laat mij de zaak aanpakken zoals het mij goeddunkt. Daarop heeft Hrothgar me mijn hele leven voorbereid.'

Eragon zei zuchtend en met het gevoel dat hij viel: 'Goed dan, grimstborith Orik. Wat de troonopvolging betreft zal ik doen wat jou het beste lijkt.'

Een brede glimlach verspreidde zich over Oriks gezicht. Hij verstrakte zijn greep op Eragons onderarmen maar liet ze toen los en zei: 'Dank je, Eragon. Je weet niet wat dit voor mij betekent. Het is goed van je, heel goed van je, en ik zal het niet vergeten, ook al word ik tweehonderd en wordt mijn baard zo lang dat die over de grond sleept.'

Eragon grinnikte ondanks zichzelf. 'Nou, laten we hopen dat het zover niet komt. Je zou er de hele tijd over struikelen!'

'Ja, misschien wel,' zei Orik lachend. 'Maar ik denk eigenlijk dat Hvedra hem knipt zodra hij mijn knieën bereikt, want ze heeft heel uitgesproken opvattingen over de juiste lengte van een baard.'

Orik ging voorop toen ze samen uit het woud van stenen bomen vertrokken en door de kleurloze mist liepen die tussen de verkalkte stammen kolkte. Ze sloten zich weer bij zijn twaalf krijgers aan en begonnen aan hun afdaling van de Thardûr. Eenmaal beneden vervolgden ze hun weg in een rechte lijn naar de overkant van het dal. Daar brachten de dwergen Eragon naar een tunnel die zo knap in de rotswand verborgen was, dat hij de ingang zelf nooit gevonden zou hebben.

Eragon verruilde het bleke zonlicht en de frisse berglucht met enige spijt voor de duisternis van de tunnel. De gang was acht voet breed en zes hoog – tamelijk laag dus voor Eragon – en net als alle andere dwergentunnels die hij bezocht had, was deze kaarsrecht zover als het oog reikte. Hij keek net op tijd achterom om te zien hoe de dwerg Farr de scharnierende plaat graniet dichttrok die als deur van de tunnel diende. Daarmee stond de groep in het stikdonker. Even later verschenen veertien gloeiende bollen met allerlei kleuren toen de dwergen hun vlamloze lantaarns uit hun zadeltassen haalden. Orik gaf er ook een aan Eragon.

Toen gingen ze onder de wortels van de berg op weg. De hoeven van de pony's vervulden de tunnel met botsende echo's die als woedende schimmen naar hen leken te roepen. Eragon trok een lelijk gezicht. Hij wist dat hij dit lawaai een hele tijd zou moeten horen – helemaal tot aan Farthen Dûr, vele mijlen verderop, want daar eindigde deze tunnel. Hij kromde zijn schouders, verstrakte zijn greep op de riemen van zijn bepakking en wou dat hij met Saphira hoog boven de grond vloog.

De lachende doden

Roran zat op zijn hurken en tuurde door het latwerk van wilgentakken. Tweehonderd meter verderop zaten drieënvijftig soldaten en karrenvoerders rond drie afzonderlijke kookvuren te eten. Het werd snel donker. De mannen waren voor de nacht gestopt op de brede grazige oever naast een naamloze rivier. De karren vol goederen voor Galbatorix' leger stonden ongeveer in een halve cirkel rond de vuren. Tientallen gekluisterde ossen graasden naast het kamp en loeiden af en toe naar elkaar. Een meter of twintig stroomafwaarts verrees een hoge wal van zachte aarde en voorkwam elke aanval of ontsnapping aan die kant.

Wat denken ze eigenlijk? vroeg Roran zich af. Op vijandelijk terrein was het een kwestie van gezond verstand om te kamperen op een plaats die te verdedigen viel. Dat betekende meestal een plaats met een natuurlijke rotsformatie in je rug. Maar tegelijkertijd moest je een rustplaats zien te vinden waaruit je kon ontsnappen als je in een hinderlaag was gelopen. In dit geval zou het voor Roran en de andere krijgers onder Martlands bevel kinderlijk eenvoudig zijn geweest om uit het kreupelhout te stormen waar ze zich verborgen hielden. De mannen van het Rijk zaten dan klem in de punt van de v tussen de aarden wal en de rivier. Daar konden ze de soldaten en ossendrijvers dan op hun gemak stuk voor stuk afmaken. Roran vond het vreemd dat ervaren soldaten zo'n grote fout maakten. *Ze komen misschien uit de stad,* dacht hij. *Of anders zijn het gewoon groentjes.* Hij fronste zijn wenkbrauwen. *Maar waarom hebben ze dan zo'n belangrijke taak?*

'Heb je valstrikken ontdekt?' vroeg hij. Hij hoefde zijn hoofd niet om te draaien om te weten dat Carn dichtbij was, net als Halmar en de twee anderen. Afgezien van de vier zwaardvechters die zich bij Martlands compagnie hadden aangesloten ter vervanging van de mannen die tijdens hun laatste treffen gedood of ongeneeslijk gewond waren, had Roran naast alle leden van de groep gevochten. Hij was niet met iedereen bevriend geraakt maar vertrouwde hen wel blindelings, zoals de anderen hem vertrouwden, naar hij wist. Die band was sterker dan verschillen in leeftijd of opvoeding. Na zijn eerste gevecht had het Roran verbaasd hoe nauw hij zich bij zijn makkers betrokken voelde en hoe warm zij zich op hun beurt tegenover hem gedroegen.

'Ik heb niks kunnen merken,' mompelde Carn. 'Aan de andere kant...'

'Ze hebben misschien nieuwe bezweringen bedacht die jij niet kunt waarnemen. Ja, ja, dat weet ik. Maar is er een magiër bij?'

'Dat weet ik niet zeker, maar ik geloof van niet.'

Roran duwde een stel smalle wilgenblaadjes weg om de stand van de karren beter te kunnen zien. 'Het bevalt me niet,' gromde hij. 'In de andere karavaan reisde een magiër mee. Waarom nu niet?'

'Er zijn minder magiërs dan je misschien denkt.'

'Mmm.' Roran krabde in zijn baard. Het kennelijke gebrek aan gezond verstand bij de soldaten bleef hem dwarszitten. *Proberen ze soms een aanval uit te lokken? Zo te zien zijn ze er niet klaar voor, maar schijn zegt niet alles. Wat voor een valstrik kunnen ze gespannen hebben? Binnen een straal van negentig mijl is er niemand anders, en toen Murtagh en Thoorn voor het laatst gezien zijn, vlogen ze vanuit Feinster naar het noorden.* 'Geef het teken,' zei hij. 'Maar zeg tegen Martland dat hun kampplaats me niet lekker zit. Het zijn misschien idioten, of anders hebben ze een soort verdediging die wij niet kunnen zien – magie of andere trucs van de koning.'

Even bleef het stil. Toen: 'Verstuurd. Martland zegt dat hij ons onbehagen deelt, maar hij wil zijn geluk beproeven, tenzij jij met je staart tussen je benen naar Nasuada wilt terughollen.'

Roran draaide de soldaten grommend de rug toe. Hij maakte een gebaar met zijn kin, en de andere mannen kropen samen met hem op handen en knieën naar de plaats waar ze de paarden hadden achtergelaten.

Hij stond op en besteeg Sneeuwvuur.

'Hu, rustig maar, knul,' fluisterde hij, Sneeuwvuur strelend terwijl de hengst zijn hoofd schudde. De manen en vacht van het dier glommen in het zwakke licht zilverwit. Roran wenste niet voor het eerst dat zijn paard een minder opvallende kleur had – rood- of kastanjebruin bijvoorbeeld.

Hij pakte het schild van zijn plaats naast het zadel, stak zijn linkerarm door de riemen en haalde zijn hamer van zijn gordel.

Hij slikte droog toen hij de vertrouwde verstrakking tussen zijn schouders voelde, en verplaatste zijn greep op de hamer.

Toen de vijf mannen klaar waren, hief Carn een vinger. Zijn oogleden vielen half dicht en zijn lippen trilden alsof hij in zichzelf aan het praten was. Ergens in de buurt tjirpte een krekel.

Carns ogen vlogen ineens open. 'Onthoud dat jullie je blik moeten neerslaan totdat je ogen eraan gewend zijn, en kijk ook daarna niet naar de hemel.' Daarna begon hij aan een incantatie in de oude taal met onbegrijpelijke woorden die huiverden van macht.

Roran zocht dekking achter zijn schild en staarde naar zijn zadel terwijl een zuiver wit licht het landschap fel als de middagzon bescheen. De gloed was afkomstig uit een punt ergens boven het kamp, maar Roran weerstond de verleiding om te kijken waar precies.

Hij schopte Sneeuwvuur schreeuwend in zijn ribben en boog zich diep over de paardennek toen het dier naar voren schoot. Links en rechts van hem deden Carn en de andere krijgers hetzelfde, zwaaiend met hun wapens. Takken rukten aan Rorans hoofd en schouders, maar toen had Sneeuwvuur de bomen achter zich gelaten en stormde het dier in volle galop naar het kamp.

Ook twee andere groepen ruiters reden donderend die kant op, de ene geleid door Martland, de andere door Ulhart.

De soldaten en karrenvoerders schreeuwden van schrik en bedekten hun ogen. Wankelend als blinden tastten ze naar hun wapens terwijl ze hun positie probeerden te vinden om de aanval af te slaan.

Roran deed geen poging om Sneeuwvuur in te tomen. Hij gaf de hengst opnieuw de sporen, ging rechtop in de stijgbeugels staan en hield zich uit alle macht overeind toen Sneeuwvuur over de kleine ruimte tussen twee karren sprong. Zijn tanden klapperden bij de landing. Sneeuwvuur schopte stof in een van de vuren, en daarbij vloog een wolk vonken op.

Ook de andere leden van Rorans groep sprongen over de karren. Hij wist dat zij de soldaten achter hem voor hun rekening zouden nemen, en concentreerde zich op de mannen voor zich. Hij draaide Sneeuwvuur naar een van de mannen, haalde met zijn hamer uit en brak 's mans neus waarbij vuurrood bloed over zijn gezicht stroomde. Roran ontdeed zich van hem met een tweede klap op zijn hoofd en pareerde het zwaard van een andere soldaat.

Verderop langs de halfronde rij karren sprongen ook Martland, Ulhart en hun mannen met veel geklepper van hoeven en gerinkel van wapenrustingen en wapens het kamp binnen. Een paard viel hinnikend op de grond toen een soldaat het met zijn speer verwondde.

Roran pareerde opnieuw een soldatenzwaard en gaf toen een klap op de zwaardhand. Botjes braken, en de man moest zijn wapen laten vallen. Zonder zich één moment rust te gunnen sloeg Roran de man op het midden van zijn tuniek. Hij hoorde het borstbeen kraken, en de dodelijk gewonde man viel hijgend op de grond.

Roran draaide zich in zijn zadel om en speurde in het kamp naar nieuwe tegenstanders. Zijn spieren trilden van een koortsachtige opwinding, en hij zag elk detail om zich heen zo scherp en helder alsof het in glas was gegrift. Hij voelde zich onoverwinnelijk, onkwetsbaar. De tijd zelf leek uitgerekt en vertraagd, zodat een verwarde mot die langs hem heen fladderde door honing leek te vliegen in plaats van door lucht.

Toen voelde hij twee handen hard aan de rug van zijn maliënkolder rukken. Hij viel van Sneeuwvuur op de harde grond. Even kreeg hij geen adem meer en zijn ogen weigerden dienst. Toen hij zich hersteld had, zag hij dat de eerste soldaat die hij had aangevallen op zijn borst zat en hem probeerde te wurgen. De man blokkeerde de lichtbron die Carn aan de hemel geschapen had. Een wit aureool omgaf zijn hoofd en schouders en legde zijn gezicht in een diepe schaduw. Het enige dat Roran ervan kon zien, was het wit van ontblote tanden.

De soldaat verstrakte zijn greep rond Rorans keel. Roran hapte naar adem en tastte naar zijn hamer die hij had laten vallen – buiten zijn bereik. Zijn halsspieren verstrakkend om te verhinderen dat de soldaat er het leven uit kneep, trok hij de dolk uit zijn gordel en dreef die door de maliënkolder, door het wambuis en tussen de linkerribben van de soldaat.

De soldaat reageerde er niet op en ontspande ook niet zijn greep.

Een onafgebroken stroom gorgelend gelach steeg uit de soldaat op. Bij dat rollende, adembenemende, uitzonderlijk afgrijselijke gegrinnik bevroor Rorans maag van angst. Hij had dat geluid al eens eerder gehoord: toen hij de Varden op de grazige oever van de Jiet had zien vechten tegen mannen die geen pijn kenden. Ineens begreep hij waarom de mannen zo'n slechte kampplaats hadden gekozen: *Het laat ze koud of ze in de val zitten of niet, want we kunnen hen niets aandoen.*

Rorans gezichtsveld werd rood. Gele sterren dansten voor zijn ogen. Op de rand van de bewusteloosheid wankelend trok hij zijn dolk los en stak hij omhoog in de oksel van de soldaat, waarbij hij het lemmet in de wond ronddraaide. Stromen heet bloed gutsten over zijn handen, maar de soldaat leek niets te merken. De wereld explodeerde in pulserende kleurvlekken toen de soldaat Rorans hoofd op de grond bonkte. Een keer. Twee keer. Drie keer. Roran dreef zijn heupen omhoog en probeerde de man af te werpen, maar het lukte hem niet. Niets ziend en wanhopig haalde hij uit naar waar hij 's mans gezicht vermoedde, en voelde de dolk wegzinken in zacht vlees. Hij trok het wapen terug, stak toen weer in dezelfde richting toe en voelde hoe de punt op bot stuitte.

De druk rond Rorans keel verdween.

Roran bleef liggen waar hij lag. Zijn borst zwoegde. Hij rolde om en kotste braaksel uit een brandende keel. Hijgend en hoestend kwam hij moeizaam overeind. De soldaat lag wijdbeens en roerloos naast hem. De dolk stak uit diens linker neusgat.

'Mik op het hoofd!' schreeuwde Roran ondanks zijn pijnlijke keel. 'Het hoofd!'

Hij liet de dolk in het neusgat van de soldaat zitten en pakte de hamer van de vertrappelde grond. Hij bleef ook lang genoeg staan om een achtergelaten speer op te rapen en in zijn schildhand te nemen. Over de gevallen soldaat springend rende hij naar Halmar die – eveneens te voet – met drie soldaten tegelijk vocht. Voordat de soldaten hem hadden opgemerkt, sloeg Roran de twee dichtstbijzijnden zo hard op hun hoofd dat hun helm spleet. De derde liet hij aan Halmar over. Zelf stormde hij naar de soldaat wiens borstbeen hij gebroken had en die hij voor dood had achtergelaten. De man bleek nu tegen het wiel van een kar te zitten en zijn best te doen om een boog te bespannen terwijl hij geronnen bloed opgaf.

Roran stak de speer door zijn oog. Toen hij de punt lostrok, hingen er grijze stukken vlees aan.

Ineens kreeg hij een idee. Hij wierp de speer naar een man in een rode tuniek aan de andere kant van het dichtstbijzijnde vuur – de speer bleef in 's mans romp staan – stak de steel van zijn hamer in zijn gordel en bespande de boog van de soldaat. Met zijn rug tegen een kar geleund beschoot hij de soldaten die door het kamp renden. Hij probeerde met een fortuinlijk schot hun gezicht, keel of hart te raken of hen anders zodanig te verwonden dat de Varden hem makkelijker konden afmaken. En als ook dat niet lukte, bloedde de gewonde soldaat misschien dood voordat het gevecht afliep.

Het aanvankelijke zelfvertrouwen van de aanvallers was in verwarring omgeslagen. De Varden vochten verspreid en verbijsterd. Sommigen zaten nog te paard, anderen stonden op de grond en de meesten bloedden. Voor zover Roran kon zien, waren er minstens vijf gedood door soldaten die gesneuveld leken en toch terugkwamen om hen aan te vallen. In het gedrang van maaiende lichamen was onmogelijk te zeggen hoeveel soldaten er nog over waren, maar Roran zag dat ze de nauwelijks vijfentwintig nog resterende Varden nog steeds overvleugelden. *Ze kunnen ons met blote handen in stukken scheuren terwijl wij hen in stukken hakken,* besefte hij. Hij speurde in het gewoel naar Sneeuwvuur en zag het witte paard verderop langs de rivier. Het dier stond nu met wijd open neusgaten en plat tegen het hoofd liggende oren bij een wilg.

Roran doodde met zijn boog vier soldaten en verwondde er meer dan twintig. Toen hij nog maar twee pijlen over had, zag hij Carn aan de andere kant van het kamp bij de hoek van een brandende tent met een soldaat duelleren. Zijn pijl naar achteren trekkend totdat de veren zijn oor kietelden, schoot Roran de soldaat in zijn borst. De man struikelde en werd door Carn onthoofd.

Roran gooide de boog weg, nam zijn hamer in zijn hand, rende naar Carn en schreeuwde: 'Kun je hen niet doden met magie?'

Carn kon heel eventjes alleen maar hijgen. Toen zei hij hoofdschuddend: 'Al mijn bezweringen zijn geblokkeerd.' Het licht van de brandende tent verguldde de zijkant van zijn gezicht.

Roran vloekte. 'Dan doen we het samen!' riep hij, zijn schild heffend.

Schouder aan schouder baande het tweetal zich een weg naar het dichtstbijzijnde groepje soldaten: acht mannen die drie Varden omsingelden. Wat daarna volgde vloeide voor Roran samen tot één stortvloed van flitsende zwaarden, scheurend vlees en plotselinge pijnen. De soldaten werden minder snel moe dan gewone mannen, deinsden nooit voor een aanval terug en verminderen hun inzet zelfs niet als ze de vreselijkste verwondingen hadden opgelopen. Het gevecht was zo zwaar dat Rorans misselijkheid terugkwam. Toen de achtste soldaat gesneuveld was, bukte hij zich en braakte opnieuw. Hij spuwde om het bittere vocht uit zijn mond te krijgen.

Een van de Varden die ze hadden willen redden, had een mes in zijn nieren gekregen en was dood, maar de twee anderen stonden nog overeind en sloten zich bij Roran en Carn aan. Samen namen ze de volgende groep soldaten onderhanden.

'Drijf ze naar de rivier!' schreeuwde Roran. Het water en de modder zouden de bewegingen van de soldaten belemmeren, en dan kregen de Varden hopelijk de overhand.

Even verderop was Martland erin geslaagd om de twaalf nog te paard zittende Varden bijeen te krijgen, en zij deden al wat Roran geopperd had: ze dreven de soldaten terug naar het glimmende water.

De soldaten en de paar nog levende karrenvoerders verzetten zich. Ze sloegen met hun schilden naar de mannen te voet. Ze vielen de paarden met speren aan. Maar ondanks hun felle tegenstand dwongen de Varden hen stap voor stap naar achteren totdat de mannen in hun vuurrode tunieken tot hun knieën in het snel stromende water stonden.

'Houwen zo!' schreeuwde Martland, die afstapte en zichzelf met gespreide benen op de rand van de oever posteerde. 'Laat ze niet meer aan land komen!'

Roran liet zich een eindje door zijn knieën zakken, zette zijn hakken in de zachte grond totdat hij tevreden was over zijn houding, en wachtte tot een lange soldaat in het koude water in de aanval ging. De man stond op verscheidene voeten afstand tegenover hem en kwam ineens het ondiepe water uit. Hij zwaaide met zijn zwaard naar Roran, maar deze ving de klap met zijn schild op. Roran beantwoordde de aanval met zijn hamer, maar de soldaat pareerde met zijn eigen schild en sloeg toen naar Rorans benen. Verscheidene tellen lang wisselden ze slagen uit zonder elkaar te kunnen verwonden. Toen verbrijzelde Roran 's mans onderarm en sloeg hij hem diverse passen naar achteren. De soldaat glimlachte alleen en uitte een vreugdeloze, verkillende lach.

Roran vroeg zich af of hij en zijn makkers deze nacht zouden overleven. *Ze zijn moeilijker te doden dan slangen. We kunnen ze aan reepjes snijden maar dan komen ze opnieuw terug tenzij we iets vitaals hebben geraakt.* Zijn volgende gedachte verdween omdat de soldaat weer op hem afstormde. Diens ingekeepte zwaard flikkerde als een vlammentong in het bleke licht.

Daarna werd het gevecht voor Roran een soort nachtmerrie. Het vreemde, onheilspellende licht van boven gaf het water en de soldaten iets onaards. Ze verloren al hun kleur en wierpen lange, smalle, messcherpe schaduwen over het vlietende water, terwijl het overal om hen heen stikdonker was. Steeds opnieuw weerde hij de soldaten af die struikelend uit het water kwamen om hem te doden. Hij bewerkte hen met zijn hamer totdat ze niets menselijks meer hadden. Toch wilden ze niet sterven. Bij elke klap vielen medaillons van zwart bloed op het wateroppervlak. Als vlekken gemorste inkt dreven ze op de stroom weg. Al zijn slagen waren zo huiveringwekkend identiek dat Roran ze ondraaglijk saai begon te vinden. Hij kon zich inzetten zoveel als hij wilde, maar altijd kwam er weer een andere verminkte soldaat die hem wilde doorsteken. En altijd klonk dat krankzinnige gegiechel van mannen die wisten dat ze dood waren, en toch een schijn van leven ophielden terwijl de Varden op hun lichamen inhakten.

Toen was het stil.

Roran bleef gehurkt achter zijn schild zitten. Zijn hamer was half geheven. Hij hijgde en was met zweet en bloed doorweekt. Er ging behoorlijk wat tijd voorbij voordat hij besefte dat niemand meer voor hem in het water stond. Hij keek drie keer naar links en rechts en snapte maar niet dat de soldaten eindelijk, goddank en onherroepelijk dood waren. In het glinsterende water dreef een lijk voorbij.

Hij uitte een ongearticuleerde schreeuw toen iemand zijn rechterarm greep en draaide zich bliksemsnel om, maar zag alleen Carn naast hem staan.

De uitgeputte, met bloed besmeurde magiër zei: 'We hebben gewonnen, Roran! Hé! Ze zijn weg! We hebben ze verslagen!'

Roran liet zijn arm zakken en legde zijn hoofd in zijn nek. Hij was zelfs te moe om te gaan zitten. Hij had het gevoel... hij had het gevoel dat zijn zintuigen abnormaal scherp waren hoewel zijn emoties dof en gedempt leken en diep in hemzelf waren weggedrukt. Hij was er blij om, want in het andere geval was hij misschien gek geworden.

'Verzamelen en de karren inspecteren!' riep Martland. 'Hoe harder jullie opschieten, des te eerder zijn we uit dit vervloekte oord weg! Carn, verzorg Welmar. Die snee van hem staat me niet aan.'

Roran draaide zich met een enorme wilskracht om en sjokte over de oever naar de dichtstbijzijnde kar. Knipperend met zijn ogen verwijderde hij het zweet dat van zijn voorhoofd droop, en zag dat er van hun oorspronkelijke strijdmacht nog maar negen mannen overeind wisten te blijven. Hij zette die waarneming van zich af. *Rouwen kan altijd nog.*

Toen Martland Roodbaard door het met lijken bezaaide kamp liep, draaide een soldaat die Roran dood had gewaand, zich ineens om en hakte hij de rechterhand van de graaf af. Martland reageerde met een soepelheid die wel geoefend leek. Hij schopte het zwaard uit de hand van de soldaat, knielde bij diens keel, trok met zijn linkerhand een dolk uit zijn gordel en stak de soldaat door een van zijn oren dood. Martland stak de stomp van zijn pols met een rood en vertrokken gezicht in zijn linker oksel en stuurde iedereen weg die kwam aangerend. 'Laat me met rust! Ik ben nauwelijks gewond. Ga naar die karren, niksnutten, en schiet op! Anders staan we hier nog als mijn baard sneeuwwit is. Aan het werk!' Toen Carn het bevel weigerde op te volgen, schreeuwde Martland woedend: 'Scheer je weg, anders laat ik je wegens ongehoorzaamheid afrossen! Dat zweer ik!'

Carn raapte Martlands afgehakte hand op. 'Die kan ik er misschien weer aanzetten, maar daar heb ik wel wat tijd voor nodig.'

'Wel alle donders, geef dat ding hier!' riep Martland. Hij rukte zijn hand uit die van Carn en stak hem in zijn tuniek. 'Hou op met zeuren over mij en red Welmar en Lindel, als je kunt. Zet die hand er maar aan als we een paar mijl afstand hebben geschapen tussen ons en deze monsters.'

'Dan is het misschien te laat,' zei Carn.

'Dat was een bevel, magiër, geen verzoek!' bulderde Martland. Terwijl Carn wegliep, gebruikte de graaf zijn tanden om de mouw van zijn tuniek over zijn armstomp te binden, die hij opnieuw in zijn linker oksel stak. Het zweet stond op zijn gezicht. 'Ziezo. Welke verachtelijke dingen zijn daar in die verdoemde karren verstopt?'

'Touw!' riep iemand.

'Whisky!' riep iemand anders.

Martland gromde. 'Ulhart, schrijf jij de cijfertjes maar op.'

341

Roran hielp de anderen die alle karren doorsnuffelden en de inhoud naar Ulhart riepen. Daarna doodden ze de spannen ossen en staken ze de karren in brand, zoals ze ook eerder hadden gedaan. Ten slotte dreven ze hun paarden bij elkaar, bonden de gewonden in het zadel vast en stegen op.

Toen ze klaar waren voor vertrek, maakte Carn een gebaar naar de lichtgloed aan de hemel en mompelde hij een lang, ingewikkeld woord. De wereld was ineens weer donker. Roran keek op en zag een pulserend nabeeld van Carns gezicht over de zwakke sterren heen geprojecteerd. Toen zijn ogen aan het donker gewend waren geraakt, viel zijn blik op de zachte, grijze vormen van duizenden gedesoriënteerde motten die als de schaduwen van mensenzielen langs de hemel fladderden.

Met een zwaar hart zette Roran zijn hakken tegen Sneeuwvuurs flanken en reed bij de restanten van de karavaan weg.

Bloed in de tunnels

Eragon stormde gefrustreerd weg uit de ronde zaal die diep onder het midden van Tronjheim verborgen lag. De eikenhouten deur viel met een holle klap achter hem dicht.

Hij bleef met zijn handen op zijn heupen midden in de gewelfde gang buiten de zaal staan en staarde naar de vloer – een mozaïek van rechthoeken agaat en jade. Hij was al drie dagen eerder met Orik in Tronjheim aangekomen, maar de dertien hoofden van de dwergenclans hadden alleen nog maar ruzie gemaakt over zaken die Eragon onbeduidend vond, zoals welke clans het recht hadden om hun kudden op bepaalde betwiste weidegronden te laten grazen. Luisterend naar de clanhoofden, die duistere punten van hun wetgeving aan het uitpluizen waren, kreeg Eragon vaak zin om te schreeuwen dat ze blinde domoren waren die Alagaësia onder Galbatorix' laars brachten tenzij ze hun kleine gekibbel staakten en zonder uitstel een nieuwe koning kozen.

Nog steeds diep in gedachten verzonken liep hij langzaam door de gang. Hij lette nauwelijks op de vier lijfwachten die hem overal volgden, noch op de dwergen die hem in de gang passeerden en hem groetten met variaties op 'Argetlam'. *Íorûnn is de ergste,* stelde hij vast. Deze dwergenvrouw was de grimstborith van Dûrgrimst Vrenshrrgn, een machtige en krijgszuchtige clan, en maakte al sinds het begin van de besprekingen duidelijk dat de troon haar toekwam. Slechts één andere clan – de Urzhad – had openlijk haar zijde gekozen, maar zoals ze tijdens de vergaderingen van de clanhoofden al diverse keren bewezen had, was ze handig, listig en in staat om bijna elke situatie in haar voordeel uit te buiten. *Ze zou een uitstekende koningin kunnen zijn,* moest Eragon toegeven. *Helaas is ze zo achterbaks dat met geen mogelijkheid te zeggen is of ze de Varden zal steunen als ze eenmaal op de troon zit.* Hij gunde zich een wrang glimlachje. Praten met Íorûnn was altijd een vreemde ervaring. De dwergen vonden haar een grote schoonheid, en zelfs naar de maatstaven van de mensen was ze knap. Bovendien leek ze een fascinatie voor Eragon ontwikkeld te hebben die hij niet kon peilen. Bij elk gesprek dat hij met haar had, maakte ze toespelingen op de dwergengeschiedenis en –mythologie die Eragon niet begreep maar die Orik en de andere dwergen buitengewoon vermakelijk vonden.

Naast Íorûnn wierpen ook twee andere clanhoofden zich op als troonpretendent: Gannel, hoofd van Dûrgrimst Quan, en Nado, hoofd van Dûrgrimst Knurlcarathn. De Quan hadden als wakers over de dwergengodsdienst een enorme invloed bij het hele volk, maar Gannel had tot dusver slechts de steun van twee andere clans weten te krijgen: Dûrgrimst Ragni Hefthyn en Dûrgrimst Ebardac – een clan die zich vooral aan wetenschappelijk onderzoek wijdde. Nado had echter een breder bondgenootschap weten te scheppen, bestaande uit de clans Feldûnost, Fanghur en Az Sweldn rak Anhûin.

Íorûnn leek vooral naar de troon te streven vanwege de macht die ze daarmee verwierf, en Gannel leek niet per definitie vijandig tegenover de Varden te staan (geen van beiden was de Varden overigens gunstig gezind), maar Nado verzette zich fel en openlijk tegen elke betrokkenheid met Eragon, Nasuada, het Rijk, Galbatorix, koningin Islanzadí en (voor zover Eragon wist) elk ander levend wezen buiten de Beorbergen. De Knurlcarathn waren de steenhouwersclan en kenden hun gelijke niet omdat elke andere clan afhankelijk was van hun kennis op het gebied van de tunnel- en woningbouw. Zelfs de Ingeitum hadden hen nodig voor de winning van erts voor hun smidsen. En als Nado's greep naar de kroon mislukte, waren er – zoals Eragon wist – veel andere, lagere clanhoofden die zijn meningen deelden en direct zijn plaats zouden innemen. Az Sweldn rak Anhûin, die door Galbatorix en de Meinedigen tijdens een opstand bijna waren uitgeroeid, hadden zichzelf bijvoorbeeld tot Eragons bloedvijanden uitgeroepen tijdens diens bezoek aan de stad Tarnag. Uit alles wat ze tijdens de clanbijeenkomst deden, bleek hun onverzoenlijke haat jegens Eragon, Saphira en alles wat te maken had met draken en degenen die ze bereden. Ze hadden zelfs bezwaar gemaakt tegen Eragons aanwezigheid, hoewel die volgens het dwergenrecht volstrekt legaal was, en hadden een stemming over die kwestie afgedwongen, wat een oponthoud van nog eens zes nodeloze uren had betekend.

Binnenkort zal ik een manier moeten bedenken om vrede met hen te sluiten. Anders zal ik moeten afmaken wat Galbatorix begonnen is. Ik weiger mijn hele leven bang te moeten zijn voor Az Sweldn rak Anhûin. Zoals hij de laatste dagen al heel vaak had gedaan, wachtte hij even op een reactie van Saphira. Toen die uitbleef, werd zijn hart met een vertrouwde scheut verdriet doorboord.

Maar hoe betrouwbaar de bondgenootschappen tussen de clans waren, werd niet erg duidelijk. Orik, Íorûnn, Gannel en Nado hadden geen van allen genoeg steun voor een meerderheid. Ze waren dus allemaal bezig om de steun te behouden van clans die hun hulp al beloofd hadden, en paaiden tegelijkertijd de aanhangers van hun tegenstanders. Ondanks het belang van dat proces vond Eragon het bijzonder saai en frustrerend.

Dankzij Oriks uitleg had Eragon begrepen dat de clanhoofden pas een nieuwe koning of koningin konden kiezen als ze eerst gestemd hadden over de vraag of ze daartoe bereid waren, en bij die voorbereidende stemming moesten er minstens negen voorstemmers zijn – anders ging het niet door. Tot dusver voelde geen enkel clanhoofd (inclusief Orik) zich vast genoeg in het zadel zitten om het erop aan te laten komen en tot de uiteindelijke verkiezing over te gaan. Zoals Orik gezegd had, was dit het kwetsbaarste deel van het proces, en bij sommige gelegenheden had deze fase frustrerend lang geduurd..

De situatie overpeinzend zwierf Eragon doelloos door het labyrint van vertrekken onder Tronjheim totdat hij terechtkwam in een droge, stoffige ruimte. In de ene muur zag hij vijf zwarte bogen, op de andere was een twintig voet hoog bas-reliëf van een grommende beer aangebracht. De beer had gouden tanden en ronde, geslepen robijnen in plaats van ogen.

'Waar zijn we, Kvîstor?' vroeg Eragon met een blik op de lijfwachten. Zijn stem gaf holle echo's in de ruimte. Hij voelde de geesten van veel dwergen op de verdiepingen boven hem maar had geen idee hoe hij hen bereiken kon.

Het hoofd van de lijfwachten, een jonge dwerg van hooguit zestig, kwam naar voren. 'Deze kamers zijn duizenden jaren geleden tijdens de bouw van Tronjheim uitgehakt door grimstnzborith Korgan. We hebben ze sindsdien niet vaak gebruikt, behalve wanneer ons hele volk in Farthen Dûr bijeenkomt.'

Eragon knikte. 'Kun je me weer naar boven brengen?'

'Natuurlijk, Argetlam.'

Na een pittige wandeling bereikten ze een brede trap met kleine treden van dwergenformaat. Ze leidden naar een gang ergens in het zuidwestelijke kwadrant van Tronjheims basis. Kvîstor bracht hem van daaruit naar de zuidelijke tak van de vier mijl lange gangen die in de vier windrichtingen door Tronjheim liepen.

Door diezelfde gang hadden Eragon en Saphira de stad vele maanden daarvoor voor het eerst betreden, en Eragon liep nu met een vreemd gevoel van heimwee naar het midden van de stadsberg. Hij leek in de tussentijd wel vele jaren ouder te zijn geworden.

In deze allee van vier niveaus hoog wemelde het van de dwergen uit alle clans. Hij wist zeker dat ze hem allemaal zagen, maar niet allemaal namen ze de moeite om hem te groeten, en daar was hij dankbaar voor, want het bespaarde hem de inspanning om hun groet te beantwoorden.

Hij verstijfde echter toen hij een rij Az Sweldn rak Anhûin zag lopen. De dwergen draaiden als één man hun hoofd en keken hem aan, maar hun gezichtsuitdrukking was verborgen achter de purperen sluier die hun clan in het openbaar altijd droeg. De laatste dwerg van de rij spuwde in Eragons richting op de grond alvorens met zijn of haar broeders door een boog weg te lopen.

Als Saphira erbij was geweest, zouden ze niet zo onbeschoft zijn geweest, dacht Eragon.

Een halfuur later bereikte hij het eind van de majesteitelijke gang, en hoewel hij er al vaak was geweest, werd hij door een gevoel van ontzag en verbazing overmand toen hij tussen de pilaren van zwarte onyx – bekroond met gele zirkonen die driemaal zo hoog waren als een man – doorliep en de ronde zaal in het hart van Tronjheim betrad.

De ruimte had een doorsnee van duizend voet en een vloer van gepolijste kornalijn. Daarin was de afbeelding van een hamer uitgehakt, omgeven door twaalf vijfhoeken, en dat was het wapen van de eerste dwergenkoning Korgan, die Farthen Dûr had ontdekt toen hij goud aan het zoeken was geweest. Tegenover Eragon en links en rechts van hem waren de openingen naar de drie andere zalen die over de stadsberg verspreid lagen. De ruimte had geen plafond maar liep helemaal door tot de top van Tronjheim, een mijl hoger. Daar verwijdde het gat zich tot de drakenvesting waar Eragon en Saphira verbleven hadden voordat Arya de stersaffier brak, en liep het tot de hemel door: een felblauwe schijf die onvoorstelbaar ver weg leek en omringd werd door de open mond van Farthen Dûr, de holle, tien mijl hoge berg die Tronjheim tegen de rest van de wereld beschermde.

Niet meer dan een kleine hoeveelheid daglicht bereikte de basis van Tronjheim. De elfen noemden haar de Stad van de Eeuwige Schemering. Omdat maar heel weinig zonnestralen in de stadsberg vielen – behalve in het oogverblindende halfuurtje voor en na het middaguur midden in de zomer – verlichtten de dwergen het binnenste met ontelbare hoeveelheden vlamloze lantaarns. Duizenden van die lantaarns hingen glorieus in de zaal. Een fel brandende lantaarn hing aan elke tweede pilaar van de gewelfde arcades die op elk niveau van de stadsberg liepen, en nog meer lantaarns hingen in de arcades zelf en markeerden de toegang tot vreemde en onbekende kamers en tot het pad van Vol Turin, de Eindeloze Trap, die van beneden tot boven rond de zaal spiraalde. Het effect was zowel grillig als spectaculair. De lantaarns hadden talloze verschillende kleuren zodat het leek of het interieur van de zaal met gloeiende juwelen bezaaid was.

Hun glorie verbleekte echter bij de luister van een echt juweel, het grootste juweel van allemaal: Isidar Mithrim. Op de vloer van de zaal hadden de dwergen een houten steiger van zestig voet doorsnee gebouwd, en binnen een omheining van goed passende eikenhouten balken zetten ze stukje voor stukje en met de uiterste zorg en subtiliteit de verbrijzelde stersaffier weer in elkaar. De scherven die nog een plaats moesten vinden, lagen op een bedje van ruwe wol in open kisten, en elke kist was van een reeks ragdunne runen voorzien. Ze stonden verspreid over een groot deel van de westkant van de zaal. Ongeveer driehonderd dwergen bogen er zich overheen en werkten in opperste concentratie om van de scherven weer een samenhangend geheel te maken. Een andere groep dwergen was druk in de weer op de steiger. Ze verzorgden het kapotte juweel in het midden en richtten aanvullende bouwsels op.

Eragon sloeg hun werk een tijdje gade en slenterde toen naar het deel van de vloer dat Durza vernield had toen hij en zijn Urgal-krijgers vanuit de tunnels in Tronjheim waren doorgedrongen. Eragon tikte met de punt van zijn laars op het gepolijste gesteente voor hem. Van de schade die Durza had aangericht, was geen spoor meer te zien. De dwergen waren er schitterend in geslaagd om alle vernielingen van de Slag om Farthen Dûr te herstellen, maar Eragon hoopte toch dat ze ook een soort gedenkteken aan de slag zouden wijden, want hij vond het belangrijk dat de toekomstige generaties niet vergaten hoeveel bloed de dwergen en Varden in de loop van hun strijd tegen Galbatorix vergoten hadden.

Onderweg naar de steiger knikte hij Skeg toe, die op een platform met uitzicht op de stersaffier stond. Hij had de magere dwerg met zijn rappe vingers al eens eerder ontmoet. Skeg hoorde bij Dûrgrimst Gedthrall, en koning Hrothgar had hem de restauratie van de waardevolste dwergenschat toevertrouwd.

Skeg gebaarde dat Eragon op het platform moest klimmen, en toen hij zich op de ruwhouten planken had gehesen, werd hij begroet met een fonkelend geheel van schuine, vlijmscherpe pieken, glinsterende en papierdunne randen en rimpelende oppervlakken. De top van de stersaffier deed hem denken aan de Anora in de Palancarvallei aan het eind van de winter, als het ijs meermalen gesmolten en weer bevroren was zodat het gevaarlijk was om eroverheen te lopen vanwege de oneffenheden en randen die de temperatuurschommelingen veroorzaakt hadden. De restanten van de stersaffier waren echter niet blauw, wit of doorschijnend maar zachtroze en met donkeroranje doorschoten.

'Hoe gaat het?' vroeg Eragon.

Skeg haalde zijn schouders op en wapperde met zijn handen alsof het

twee vlinders waren. 'Het gaat zoals het gaat, Argetlam. Je kunt de volmaaktheid niet versnellen.'
'Zo te zien schieten jullie hard op.'
Skeg tikte met zijn magere wijsvinger tegen de zijkant van zijn brede, platte neus. 'De top van Isidar Mithrim vormt nu de bodem. Arya brak hem in grote stukken, die makkelijk aan elkaar te passen zijn. Maar de onderkant van Isidar Mithrim, die nu bovenop ligt...' Skeg schudde zijn hoofd. Zijn gegroefde gezicht stond somber. 'De kracht van de breuk... alle stukjes die tegen de buitenkant duwden, die wegduwden van Arya en de draak Saphira en die omlaag duwden naar jou en de snode Schim... daarbij barstten de blaadjes van de roos in steeds kleinere scherfjes. En de roos, Argetlam... de roos is de sleutel tot het juweel. De roos is het ingewikkeldste en mooiste deel van Isidar Mithrim, en die is in de meeste stukjes uiteengevallen. Als we die niet meer in elkaar kunnen zetten en niet elk korreltje op de plaats kunnen krijgen waar het hoort, kunnen we het ding net zo goed aan onze juweliers geven om er ringen voor hun moeder van te slijpen.' De woorden stroomden uit Skegs mond alsof een beker water overstroomde. Hij riep iets in het Dwergs tegen iemand die met een kist door de zaal liep, en vroeg trekkend aan zijn witte baard: 'Heb je wel eens horen vertellen hoe Isidar Mithrim in de Tijd van Herran gemaakt is?'

Eragon aarzelde en dacht terug aan zijn geschiedenislessen in Ellesméra. 'Ik weet dat Dûrok hem geslepen heeft.'

'Ja, dat klopt, zei Skeg. 'Dat was Dûrok Ornthrond – Arendsoog, zoals jullie in deze taal zeggen. Hij was niet degene die Isidar Mithrim vond, maar wel degene die hem uit het omringende gesteente bevrijdde, sleep en polijstte. Hij heeft zevenenvijftig jaar aan de Sterroos gewerkt. Niets fascineerde hem zozeer als deze edelsteen. Elke nacht zat hij tot in de kleine uurtjes over Isidar Mithrim gebogen want hij was vastbesloten om van de Sterroos niet alleen een kunstwerk te maken. Het moest iets worden dat het hart raakte van iedereen die ernaar keek, en hij wilde er een ereplaats aan de tafel van de goden mee verdienen. Zijn toewijding was enorm. In het tweeëndertigste jaar van zijn arbeid zei zijn vrouw tegen hem dat ze uit zijn zaal zou vertrekken als hij geen leerlingen aan het project liet meewerken. Dûrok zei geen woord, draaide haar de rug toe en ging door met het slijpen van het bloemblad waaraan hij eerder dat jaar begonnen was. Hij werkte aan Isidar Mithrim totdat hij over elke lijn en kromming tevreden was. Toen liet hij zijn polijstlap vallen, zette een stap naar achteren en zei: "Gûntera, bescherm me; het is klaar." Hij viel meteen dood neer.' Skeg tikte met een hol geluid op zijn borst. 'Zijn hart begaf het, want hij had geen ander levensdoel... Dat proberen we te reconstrueren, Argetlam: zevenenvijftig jaar van onafgebroken concentratie door een van de beste kunstenaars die ons volk ooit gekend heeft. Als we Isidar Mithrim niet *precies* zo in elkaar kunnen zetten als hij was, doen we afbreuk aan Dûroks prestatie voor iedereen die de Sterroos nog niet gezien heeft.' Skeg balde zijn rechterhand en sloeg er stuiterend mee op zijn dij om zijn woorden te onderstrepen.

Eragon leunde tegen de balustrade, die tot zijn heupen reikte, en zag hoe vijf dwergen aan de andere kant van het sieraad een zesde dwerg in een tuig van touwen lieten zakken totdat hij een paar duim boven de scherpe randen van de verbrijzelde edelsteen hing. De hangende dwerg stak zijn hand in zijn tuniek en haalde een scherfje van Isidar Mithrim uit een leren beurs. Vervolgens pakte hij het met een minuscuul pincet vast en paste het in een kleine opening van de edelsteen onder hem.

'Als er over drie dagen een kroning is, hebben jullie Isidar Mithrim dan klaar?' vroeg Eragon.

Skeg trommelde met zijn vingers op de balustrade, maar Eragon herkende de melodie niet. De dwerg zei: 'Als het aanbod van de draak er niet was geweest, hadden we ons met Isidar Mithrim niet zo gehaast. Deze haast is ons vreemd, Argetlam. Het ligt niet in onze aard maar in die van de mensen om als opgewonden mieren rond te rennen. Maar natuurlijk doen we ons best om Isidar Mithrim op tijd voor de kroning klaar te hebben. Als die over drie dagen plaatsvindt... dan ben ik niet erg hoopvol gestemd. Maar voor een kroning later in de week zouden we klaar kunnen zijn.'

Eragon dankte Skeg voor zijn opinie en nam afscheid. Met de lijfwachten achter zich aan liep hij naar een van de vele gemeenschappelijke eetzalen in de stadsberg: een lange, lage ruimte met aan de ene kant rijen stenen tafels en aan de andere kant dwergen die met zeepstenen ovens in de weer waren.

Eragon at er zuurdesembrood, het witte vlees van een vis die de dwergen in onderaardse meren vingen, paddenstoelen en een puree van een wortel die hij in Tronjheim al eens eerder had gegeten zonder te weten waar die vandaan kwam. Maar voordat hij aan zijn maaltijd begon, testte hij alles op giftigheid met de bezweringen die Oromis hem geleerd had.

Toen Eragon zijn laatste broodkorst met een slok dun, aangelengd ontbijtbier wegspoelde, kwamen Orik en zijn contingent van tien krijgers de zaal in. De krijgers gingen aan eigen tafels zitten, en wel op zo'n manier dat ze de twee ingangen in het oog konden houden, terwijl Orik bij Eragon ging zitten en zich met een vermoeide zucht op de stenen bank tegenover hem liet zakken. Hij zette zijn ellebogen op tafel en wreef over zijn gezicht.

Eragon uitte diverse bezweringen om te voorkomen dat iemand hen afluisterde, en vroeg: 'Tegenslag gehad?'

'Nee, geen tegenslag. Die besprekingen zijn alleen uitzonderlijk uitputtend.'

'Dat heb ik gemerkt.'

'En iedereen heeft je frustratie gemerkt,' zei Orik. 'Je moet je beter beheersen, Eragon. Het bevordert de zaak van onze tegenstanders als ze ook maar enige zwakte zien. Ik...' Hij deed er het zwijgen toe omdat een welgedane dwerg schommelend aan kwam lopen en een dampend bord eten voor hem neerzette.

Eragon keek fronsend naar de tafelrand. 'Maar is de troon al binnen je bereik? Zijn we met al dat oeverloze geklets iets opgeschoten?'

Orik hief een vinger terwijl hij op een hap brood kauwde. 'Heel wat zelfs. Wees maar niet zo somber! Toen je weg was, was Havard bereid om de belasting te verlagen op het zout dat Dûrgrimst Fanghur aan de Ingeitum verkoopt, in ruil voor toegang in de zomer tot onze tunnel naar Nalsvridmérna. Ze kunnen dan de herten bejagen die zich in de warme maanden van het jaar bij het meer verzamelen. Je had eens moeten zien hoe Nado met zijn tanden knarste toen Havard zijn aanbod accepteerde!'

'Bah!' snauwde Eragon. 'Belastingen, herten... Wat heeft dat allemaal te maken met de vraag wie Hrothgar als koning opvolgt? Wees eerlijk tegen me, Orik. Wat is jouw positie, vergeleken met die van de andere clanhoofden? En hoe lang gaat dit nog duren? Met elke dag die voorbijgaat, wordt waarschijnlijker dat het Rijk onze list ontdekt en dat Galbatorix de Varden aanvalt als ik er niet ben om Murtagh en Thoorn af te weren.'

Orik veegde zijn mond aan de hoek van het tafellaken af. 'Mijn positie is bepaald goed. Geen van de grimstborithn heeft genoeg steun om het op een stemming te laten aankomen, maar Nado en ik hebben de meeste steun. Als een van ons bijvoorbeeld nog twee of drie clans achter zich kan krijgen, slaat de balans snel naar die persoon door. Havard staat al te wankelen. Hij heeft vermoedelijk niet veel aanmoediging meer nodig om naar ons kamp over te lopen. Vanavond breken we met hem het brood, en dan ga ik kijken wat ik kan doen om hem dat laatste zetje te geven.' Hij verslond een stuk paddenstoel uit de oven en vervolgde: 'En wat de duur van de bijeenkomst betreft... Als we geluk hebben, duurt die nog een week en anders bijvoorbeeld twee weken.'

Eragon vloekte zachtjes. Hij was zo gespannen dat zijn maag zich omdraaide en de maaltijd dreigde terug te geven die hij net gegeten had.

Orik stak zijn hand over de tafel uit en pakte Eragons pols. 'Jij en ik kunnen niets doen om de beslissing van de clanvergadering te versnellen. Trek je er dus niet te veel van aan. Maak je zorgen over wat je kunt veranderen en laat de rest zijn gang maar gaan.' Hij liet Eragon los.

Eragon ademde langzaam uit en zette zijn onderarmen op tafel. 'Ik weet het. We hebben alleen zo weinig tijd, en als we falen...'

'Wat gebeuren moet, gebeurt,' zei Orik. Hij glimlachte, maar zijn blik was droef en hol. 'Niemand ontsnapt aan zijn noodlot.'

'Kun je de troon niet met geweld veroveren? Ik weet dat je in Tronjheim niet veel troepen hebt, maar met mijn steun kan niemand tegen je op.'

Oriks mes bleef halverwege tussen het bord en zijn mond steken. Toen

schudde hij zijn hoofd en at verder. Tussen twee happen door zei hij: 'Dat zou op een ramp uitlopen.'
'Waarom?'
'Moet ik dat uitleggen? Ons hele volk zou zich tegen ons keren, en dan heb ik niet de heerschappij over een natie maar alleen een lege titel. Als het zover komt, durf ik er geen kapot zwaard om te verwedden dat we dit hele jaar nog leven.'
'Juist.'
Orik zei niets meer totdat al het voedsel van zijn bord verdwenen was. Toen nam hij een grote slok bier om na een flinke boer het gesprek te hervatten: 'We staan in wankel evenwicht op een winderig bergpad met links en rechts een afgrond van een mijl diep. Veel dwergen haten en vrezen de Drakenrijders vanwege de misdaden die Galbatorix, de Meinedigen en tegenwoordig Murtagh tegen ons gepleegd hebben. En heel veel dwergen vrezen de wereld buiten de bergen, de tunnels en de grotten waarin we schuilen.' Hij draaide zijn kroes op de tafel rond. 'Nado en Az Sweldn rak Anhûin maken de zaak alleen nog maar erger. Ze spelen in op de angst van mijn volk en vergiftigen de geest van de dwergen tegen jou, de Varden en koning Orrin... Az Sweldn rak Anhûin belichaamt wat we moeten overwinnen als ik eenmaal koning ben. Op de een of andere manier moeten we een weg zien te vinden om hun angst en die van anderen te sussen, want zelfs als ik koning ben, moet ik onbevangen naar hen luisteren als ik de steun van de clans wil behouden. Een dwergenkoning of -koningin is altijd aan de genade van de clans overgeleverd, hoe sterk zijn of haar bewind ook is, net zoals de grimstborithn afhankelijk zijn van de families in hun clan.' Orik legde zijn hoofd in zijn nek, dronk het laatste bier uit zijn kroes en zette hem toen met een scherpe tik neer.
'Kan ik dan helemaal niets doen? Hebben jullie geen rituelen of ceremonies die ik kan uitvoeren om Vermûnd en zijn volgelingen gerust te stellen?' vroeg Eragon. Vermûnd was de toenmalige grimstborith van Az Sweldn rak Anhûin. 'Ik kan toch wel íets ondernemen om hun wantrouwen te sussen en deze vete te beëindigen?'
Orik lachte en stond op. 'Je zou bijvoorbeeld kunnen sterven.'

De volgende morgen vroeg zat Eragon met zijn rug tegen de gebogen wand van de ronde kamer, diep onder het midden van Tronjheim, samen met een selecte groep krijgers, adviseurs, bedienden en familieleden van de clanhoofden die bevoorrecht genoeg waren om de vergadering te mogen bijwonen. De hoofden zelf zaten op zware, gebeeldhouwde stoelen rond een ronde tafel waarop het wapen van Korgan en de Ingeitum stond afgebeeld, net als op de meeste andere belangrijke voorwerpen op de lagere niveaus van de stadsberg.

Op dat moment was Gáldhiem, grimstborith van Dûrgrimst Feldûnost, aan het woord. Hij was zelfs voor dwergse begrippen klein – weinig meer dan twee voet – en droeg gewaden met gouden, roestbruine en donkerblauwe patronen. Anders dan de Ingeitum knipte of vlocht hij zijn baard niet, zodat die als een verwarde braamstruik over zijn borst viel. Op de zitting van zijn stoel staand sloeg hij met zijn gehandschoende vuist op de glanzende tafel en bulderde hij: 'Eta! Narho ûdim etal os isû vond Nrho ûdim etal os formvn mendûnost brakn, az Varden, hrestvog dûr grimstnzhadn Az Jurgenvren qathrid né dômar oen etal...'

'... nee, dat zal ik niet laten gebeuren,' fluisterde Eragons tolk, een dwerg die Hûndfast heette, in zijn oor. 'Ik zal niet toestaan dat die baardloze dwazen, de Varden, ons land verwoesten. Door de Drakenoorlog zijn we verzwakt en niet...'

Eragon onderdrukte een verveelde gaap. Hij liet zijn blik over de granieten tafel glijden: naar Nado, een dwerg met een rond gezicht en vlasblond haar, die goedkeurend knikkend naar Gáldhiems donderpreek luisterde; naar Havard, die een dolk gebruikte om de nagels van zijn twee nog resterende vingers aan zijn rechterhand schoon te maken; naar Vermûnd, wiens gezicht op zijn zware wenkbrauwen na achter zijn purperen sluier verborgen was; naar Gannel en Ûndin, die zich fluisterend naar elkaar toe bogen terwijl Hadfala, een oudere dwergenvrouw die clanhoofd van Dûrgrimst Ebardac en het derde lid van Gannels bondgenootschap was, fronsend naar de stapel met runen overdekte perkamentbladen keek die ze naar elke vergadering meenam; naar Manndrâth, het hoofd van Dûrgrimst Ledwonnû, die zijn profiel naar Eragon had gekeerd en zijn lange gebogen neus daardoor heel effectief tentoon spreidde; naar Thordris, grimstborith van Dûrgrimst Nagra, van wie weinig meer dan haar golvende bruine haar te zien was – het viel over haar schouders en lag spiralend op de grond in een vlecht die tweemaal zo lang was als zijzelf; naar het achterhoofd van Orik, die slap op zijn stoel hing; naar Freowin, grimstborith van Dûrgrimst Gedthrall, een buitengewoon corpulente dwerg die zijn blik gericht hield op het houtblok waaruit hij een bultige raaf aan het snijden was; vervolgens naar Hreidamar, grimstborith van Dûrgrimst Urzhad, die anders dan Freowin fit en compact was, spieren als koorden had en bij elke vergadering een maliënkolder en helm droeg; en ten slotte naar Íorûnn, de vrouw met een nootbruine huid die alleen ontsierd werd door een litteken in de vorm van een dun half maantje hoog op haar linker jukbeen, de vrouw met licht en matglanzend haar in een zilveren helm die in de vorm van een grauwende wolfskop gesmeed was, de vrouw met de vermiljoenrode jurk en het halssnoer van flitsende smaragden, gezet in vierkanten van goud waarop rijen ondoorgrondelijke runen waren gegrift.

Íorûnn merkte dat Eragon haar gadesloeg. Een luie glimlach verscheen op haar lippen. Ze gunde Eragon een even wellustig als ontspannen knipoogje, waarbij een van haar ovale ogen een paar hartkloppingen lang verdween.

Bloed stroomde naar Eragons wangen, die prompt begonnen te prikken. Zijn oorlelletjes brandden. Hij wendde zijn blik af en keek weer naar Gáldhiem, die nog steeds aan het oreren was en zijn borst als een pronkende duif had opgezet.

Zoals Orik gevraagd had, bewaarde Eragon tijdens de hele vergadering zijn zelfbeheersing en verborg hij zijn reacties voor degenen die hem gadesloegen. Toen de bijeenkomst voor de middagmaaltijd geschorst werd, haastte hij zich naar Orik. Hij boog zich naar hem toe zodat niemand anders iets kon horen, en zei: 'Reken niet op me aan tafel. Ik ben het gezit en gepraat beu en ga de tunnels een beetje verkennen.'

Orik knikte schijnbaar afwezig en mompelde: 'Doe wat je wilt, maar zorg dat je hier bent als we de vergadering hervatten. Spijbelen is onfatsoenlijk, hoe saai deze gesprekken ook zijn.'

'Zoals je wilt.'

Eragon baande zich een weg naar buiten, samen met de massa dwergen die zich op hun maaltijd verheugden. Hij verzamelde zijn lijfwachten in de gang, waar ze zaten te dobbelen met rondhangende krijgers uit andere clans. Met zijn lijfwachten op sleeptouw liep Eragon een willekeurige kant op en liet hij zich door zijn voeten dragen waar ze naartoe wilden. Intussen overwoog hij manieren om de ruziënde facties van de dwergen om te smeden tot een naadloze eenheid tegen Galbatorix. Tot zijn ergernis kon hij alleen methoden bedenken die zo vergezocht waren dat zelfs een poging absurd zou zijn.

Hij besteedde weinig aandacht aan de dwergen die hij in de tunnels tegenkwam, afgezien van de gemompelde groet die de hoffelijkheid soms vereiste, maar ook niet aan zijn omgeving, want hij ging ervan uit dat Kvîstor hem wel naar de vergaderzaal zou brengen. Hoewel hij zijn omgeving dus visueel niet erg goed in zich opnam, deed hij dat wel met de geest van alle levende wezens die hij in een straal van enkele honderden voet kon voelen – zelfs van de kleinste spin die achter zijn web in de hoek van een kamer zat. Hij wilde niet verrast worden door iemand die misschien reden had om hem iets aan te doen.

Toen hij eindelijk stilstond, bleek hij tot zijn verrassing in dezelfde stoffige kamer te staan waar hij tijdens zijn zwerftocht van de vorige dag terecht was gekomen. Links van hem zag hij dezelfde vijf zwarte bogen naar onbekende grotten, en rechts van hem hing het bas-reliëf van de kop en de schouders van een grommende beer. Peinzend over dit wonderlijke toeval slenterde Eragon naar de bronzen sculptuur en staarde naar de glanzende klauwen van het dier. Hij vroeg zich af waardoor hij hierheen was getrokken. Even later liep hij naar de middelste van de vijf bogen en keek erdoorheen. De smalle gang verderop was niet voorzien van lantaarns en verdween algauw in de zachte vergetelheid van schaduwen. Hij liet er zijn bewustzijn in doordringen en sondeerde de hele lengte ervan plus een paar lege kamers die erin uitkwamen. De enige bewoners waren een half dozijn spinnen en een kleine collectie motten, duizendpoten en blinde krekels. 'Hallo!' riep hij, waarna hij luisterde naar de echo's die steeds zwakker bij hem terugkwamen. Hij keek Kvîstor aan en vroeg: 'Woont helemaal niemand hier in deze oude gedeelten?'

De dwerg met het frisse gezicht antwoordde: 'Sommigen wel. Een paar rare knurlan die lege eenzaamheid plezieriger vinden dan de aanraking van hun vrouw of de stem van hun vrienden. Een van die knurlan waarschuwde ons voor de nadering van het Urgal-leger, zoals je je nog wel herinnert, Argetlam. En we praten er niet vaak over, maar er zijn ook dwergen die de wetten van ons land overtreden hebben en die door hun clanhoofd op straffe des doods voor een paar jaar of de rest van hun leven zijn verbannen. Zulke dwergen zijn voor ons als wandelende doden: we mijden hen als we hen buiten ons land tegenkomen, en hangen hen op als we hen binnen onze grenzen aantreffen.'

Toen Kvîstor uitgepraat was, gebaarde Eragon dat hij wilde vertrekken. De lijfwacht ging voorop. Eragon volgde hem door de deur die ze ook bij hun binnenkomst hadden gebruikt, en de drie andere dwergen liepen vlak achter hen aan. Ze waren nog geen twintig voet verder toen Eragon achter hen een zwak geschuifel hoorde – zo zwak dat het Kvîstor blijkbaar ontging.

Eragon keek achterom. In het amberkleurige licht van de vlamloze lantaarns zag hij een zevental dwergen. Ze waren helemaal in het zwart gekleed, hadden maskers van een donkere stof voor hun gezicht, hadden hun voeten met lappen omwonden en renden op zijn groep af met een snelheid die volgens Eragon eigenlijk alleen was voorbehouden aan elfen, Schimmen en andere schepsels met bloed dat zoemde van de magie. In hun rechterhand hadden ze een lange, scherpe dolk met een bleek lemmet dat flikkerde van de prismatische kleuren, en aan hun andere arm hing een rond, metalen schild met een scherpe punt op de knop. Net als bij de Ra'zac was hun geest voor Eragon verborgen.

Saphira! was zijn eerste gedachte. Toen begreep hij weer dat hij alleen was.

Zich bliksemsnel omdraaiend om de confrontatie met de dwergen aan te gaan reikte Eragon naar het heft van zijn kromzwaard en opende zijn mond om een waarschuwing te roepen.

Hij was te laat.

Terwijl het eerste woord nog door zijn keel gleed, grepen drie van de vreemde dwergen de achterste lijfwacht beet en hieven ze hun glanzende dolk om toe te steken. Sneller dan woorden of bewuste gedachten stortte

Eragon zijn hele wezen in de stroom van magie, en zonder gebruik te maken van de oude taal om zijn bezwering te structureren, herwerkte hij het weefsel van de wereld tot een patroon dat hem aangenamer was. De drie lijfwachten tussen hem en de dwergen vlogen naar hem toe alsof ze door onzichtbare draden getrokken werden, en landden op hun beide voeten naast hem – ongedeerd maar wel gedesoriënteerd.

Eragon kromp ineen bij de plotselinge afname van zijn kracht.

Twee van de in het zwart geklede dwergen renden op hem af en staken met hun bloeddorstige dolken naar zijn buik. Eragon pareerde beide slagen met het zwaard in zijn hand maar was verbijsterd over de woeste snelheid van de dwergen. Een van de lijfwachten sprong schreeuwend naar voren en zwaaide met zijn bijl naar de dwergen die hem wilden vermoorden. Voordat Eragon het maliënkolder kon grijpen om de dwerg veilig terug te trekken werd de gespierde dwergennek doorboord met een wit lemmet dat kronkelde als een spectrale vlam. Tijdens de val van de dwerg ving Eragon een glimp van diens vertrokken gezicht op en herkende hij tot zijn schrik Kvîstor. Zijn keel gloeide rood als gesmolten ijzer en viel rond de dolk uiteen.

Zelfs een schram is al dodelijk, dacht Eragon.

Uit woede over Kvîstors dood doorstak hij diens moordenaar zo snel dat de dwerg in het zwart geen kans kreeg om de slag te ontwijken en levenloos aan Eragons voeten viel.

Eragon schreeuwde uit alle macht: 'Blijf achter me!'

Dunne barsten spleten vloeren en wanden en schilfers steen vielen van plafonds toen zijn stem door de gang weergalmde. De aanvallende dwergen aarzelden even bij het horen van de ongebreidelde macht in zijn stem maar hervatten toen hun aanval.

Eragon trok zich een stukje terug om niet door de lijken gehinderd te worden en ging toen diep op zijn hurken zitten. Hij zwaaide zijn kromzwaard heen en weer als een slang die zich klaarmaakt om toe te slaan. Zijn hart bonsde tweemaal zo snel als anders, en hoewel het gevecht nog maar net was begonnen, hapte hij nu al naar adem.

De gang was acht voet breed, en dat was voor drie van de resterende dwergen breed genoeg om hem gezamenlijk aan te vallen. Ze verspreidden zich – twee probeerden het vanuit de linker- en rechterflank, terwijl de derde recht op hem afstormde en met verwoede snelheid naar Eragons armen en benen hakte.

Hij voelde niets voor de duels die hij zou hebben uitgevochten als de dwergen normale wapens hadden gehad. In plaats daarvan zette hij zich op de grond af en sprong hij schuin naar voren. Halverwege maakte hij een koprol en raakte hij met zijn voeten het plafond. Hij duwde zich af, rolde opnieuw om en landde op handen en voeten op een meter afstand achter de drie dwergen. Nog terwijl ze zich snel naar hem omdraaiden, deed hij een

stap naar voren en onthoofdde hij alle drie met één klap van achteren.
Eén tel eerder dan hun hoofden vielen hun dolken rinkelend op de grond.
Eragon sprong over hun verminkte lijken, draaide zich in de lucht om en landde op de plek waar hij begonnen was.
En dat was geen moment te vroeg.
Een briesje kietelde zijn hals toen de punt van een dolk langs vloog. Een tweede dolk raakte de omslag van zijn beenkap en sneed die open. Hij kromp ineen, zwaaide met zijn kromzwaard en probeerde manoeuvreerruimte te vinden. *Mijn schilden hadden hun dolken moeten afweren!* bedacht hij verbijsterd.

Hij uitte onwillekeurig een kreet toen zijn voet een plek met glibberig bloed raakte zodat hij zijn evenwicht verloor en achterover viel. Zijn hoofd klapte met een misselijkmakend gekraak op de stenen vloer. Voor zijn ogen flitsten blauwe lichten op. Hij hijgde.

Zijn drie nog resterende lijfwachten sprongen over hem heen en zwaaiden met hun bijlen. Daarmee beveiligden ze de ruimte boven Eragon en behoedden ze hem voor de beet van de flitsende dolken.

Meer tijd had Eragon niet nodig om zich te herstellen. Zichzelf vervloekend omdat hij het niet eerder geprobeerd had, sprong hij overeind en schreeuwde hij een bezwering met negen van de twaalf doodswoorden die Oromis hem geleerd had. Maar zodra hij zijn magie geuit had, liet hij de bezwering weer varen omdat de dwergen in het zwart door talrijke schilden beschermd werden. Als hij even de tijd had gehad, had hij die schilden misschien kunnen ontwijken of verslaan, maar in een gevecht zoals dit had het net zo goed dagen kunnen duren, want elke tel was even lang als een uur. Nu zijn magie mislukt was, verhardde Eragon zijn gedachten tot een ijzerharde speer en wierp hij die naar de plek waar het bewustzijn van een van de in het zwart gehulde dwergen had moeten zijn. De speer schampte af op een metalen kuras van een soort die Eragon niet kende: glad, naadloos en kennelijk onaangetast door de vanzelfsprekende zorgen van sterfelijke wezens die in een gevecht op leven en dood zijn gewikkeld.

Iemand anders beschermt hen, besefte Eragon. *Deze zeven dwergen zijn niet de enigen die me aanvallen.*

Hij wentelde op één voet rond zijn as, dook naar voren en doorstak met zijn kromzwaard de knie van de aanvaller links van hem. De dwerg begon wankelend te bloeden, en Eragons lijfwachten bestormden hem en grepen zijn armen zodat hij zijn afgrijselijke dolk niet kon gebruiken. Toen hakten ze met hun kromme bijlen op hem in.

De dichtstbijzijnde van de twee laatste aanvallers hief zijn schild in afwachting van de klap die Eragon hem ging toebrengen. Eragon verzamelde al zijn krachten, sloeg naar het schild en hoopte het te splijten en daarbij tevens de schildarm door te hakken, zoals hij met Zar'roc vaak gedaan had. Maar in de hitte van het gevecht vergat hij rekening te houden met de onverklaarbare snelheid van de dwerg. Toen het kromzwaard zijn doel naderde, hield de dwerg het schild schuin om de klap naar opzij af te laten ketsen.

Twee vonkenregens stegen van het schild op toen het zwaard eerst op de bovenkant en toen van de stalen punt in het midden weggleed. Het zwaard schoot door zijn vaart verder weg dan Eragon bedoeld had, en bleef door de lucht vliegen totdat het met zijn snede tegen een muur sloeg, wat een harde klap tegen Eragons arm betekende. Het lemmet viel met een kristalhelder geluid in een dozijn stukken uiteen, waardoor hij achterbleef met een zes duim lange piek van gekarteld metaal die uit het heft stak.

Eragon liet het kapotte zwaard verbijsterd vallen. Hij greep de rand van het dwergenschild en vocht met hem. Hij moest zijn uiterste best doen om het schild tussen hem en de in een halo van doorschijnende kleuren gevangen dolk te houden. De dwerg was ongelooflijk taai; hij wist Eragons pogingen te verijdelen en slaagde er zelfs in om hem een stap naar achteren te drijven. Eragon liet het schild met zijn rechterhand los maar bleef het met zijn linker vasthouden. Hij trok zijn arm naar achteren en sloeg zo hard als hij kon op het schild waarbij hij het getemperde staal met zoveel gemak doorboorde alsof het verrot hout was. Vanwege het eelt op zijn knokkels deed de klap geen pijn.

De kracht van zijn stoot dreef de dwerg tegen de andere muur. Zijn hoofd bengelde aan een gebroken nek, en hijzelf viel op de grond als een marionet waarvan de touwtjes waren doorgesneden.

Eragon trok zijn hand uit het gerafelde gat terug, schramde zich aan het verscheurde metaal en trok zijn jachtmes.

Toen had de laatste dwerg in het zwart zich al op hem gestort. Eragon pareerde zijn dolk tweemaal... driemaal... sneed toen dwars door de gevoerde dwergenmouw heen en haalde de vechtarm van de elleboog tot de pols open. De dwerg siste van pijn en keek boven zijn stoffen masker woedend uit zijn blauwe ogen. Hij begon aan een reeks uithalen waarbij de dolk zo snel door de lucht floot dat het oog hem niet kon volgen. Eragon zag zich gedwongen om weg te springen en het dodelijke lemmet op die manier te ontwijken. De dwerg zette zijn aanval met dubbele kracht voort. Eragon wist een hele tijd uit zijn buurt te blijven, maar raakte toen met zijn hak een lijk. In een poging eromheen te lopen, struikelde hij en viel tegen een muur, waarbij hij zijn schouder bezeerde.

De dwerg sprong met een kwaadaardige lach op en stak omlaag naar Eragons onbeschermde borst. Eragon, die in een futiele poging tot zelfverdediging zijn arm opstak, rolde verder door de gang maar wist dat zijn geluk hem ditmaal in de steek liet. Ditmaal was geen ontsnapping mogelijk.

Toen hij zich eenmaal had omgerold en zijn blik weer even op de dwerg richtte, zag Eragon de bleke dolk naar zijn vlees afdalen alsof een bliksemschicht uit de hemel viel. De punt van de dolk raakte echter tot zijn verbazing een van de vlamloze lantaarns aan de muren. Eragon rolde weg voordat hij nog iets zien kon, maar meteen daarna leek een gloeiend hete hand tegen zijn rug te slaan en hem zeker twintig voet door de gang te smijten totdat hij door de zijkant van een open doorgang werd gestuit. Daarbij verzamelde hij een nieuwe collectie schrammen en blauwe plekken. Een dreunende knal verdoofde zijn oren. Hij kreeg het gevoel dat iemand splinters in zijn trommelvliezen dreef, sloeg zijn handen tegen zijn oren en rolde zich jankend op tot een bal.

Toen het lawaai en de pijn waren weggeëbd, liet hij zijn handen zakken en kwam hij wankelend overeind. Hij moest er zijn tanden voor op elkaar zetten want zijn verwondingen meldden hun aanwezigheid met talloze onprettige gewaarwordingen. Onvast en verward staarde hij naar de plaats van de explosie.

Bij de ontploffing was de gang over een lengte van tien voet met roet besmeurd. Zachte asvlokken zweefden door de lucht, die zo heet was als lucht uit een brandend smidsvuur. De dwerg die Eragon had willen afmaken, lag trappelend op de grond. Zijn hele lichaam was met brandwonden overdekt. Na nog een paar krampen lag hij doodstil. Eragons drie nog levende lijfwachten lagen aan de rand van het zwarte gedeelte waar ze bij de ontploffing waren neergevallen. Ze kwamen onder zijn ogen wankelend overeind. Bloed droop uit hun oren en openstaande mond, hun baarden waren verschroeid en verfomfaaid. De maliën aan de rand van hun kolder gloeiden rood op, maar het leren wambuis eronder had hen kennelijk tegen de ergste hitte beschermd.

Eragon zette één stap naar voren maar bleef toen kreunend staan omdat tussen zijn schouderbladen pijn opbloeide. Hij probeerde zijn arm op zijn rug te krijgen om de omvang van de wond vast te stellen, maar toen zijn huid werd uitgerekt, werd de pijn te erg om door te gaan. Hij verloor bijna het bewustzijn en moest steun zoeken tegen de muur. Hij wierp weer een blik op de verbrande dwerg. *Ik moet net zulke wonden op mijn rug hebben.*

Hij dwong zich tot concentratie en reciteerde twee van de bezweringen die Brom hem tijdens hun reizen geleerd had en die bedoeld waren om brandwonden te genezen. Toen de bezweringen gingen werken, had hij het gevoel dat heerlijk koel water over zijn rug stroomde. Zuchtend van opluchting ging hij rechtop staan.

'Zijn jullie gewond?' vroeg hij zijn lijfwachten, die wankelend naar hem toe kwamen.

De voorste dwerg tikte fronsend tegen zijn rechteroor en schudde zijn hoofd.

Eragon vloekte zachtjes en merkte toen pas dat hij zijn eigen stem niet kon horen. Opnieuw uit de energievoorraden in zijn lichaam puttend zei hij een bezwering om het inwendige mechaniek van zijn oren en de hunne te herstellen. Na afloop van de incantatie had hij een irritante jeuk in zijn oren, maar die verdween samen met de bezwering.

'Zijn jullie gewond?'

De dwerg rechts, een stevig gebouwde man met een gevorkte baard, hoestte en spuwde een klodder geronnen bloed uit. Toen gromde hij: 'Niks dat de tijd niet heelt. En jij, Schimmendoder?'

'Ik overleef het wel.'

Eragon, die bij elke stap de vloer beproefde, liep het door roet besmeurde gedeelte in en knielde naast Kvîstor in de hoop dat hij de dwerg nog uit de klauwen van de dood kon redden. Zodra hij diens wond weer zag, wist hij dat hij machteloos stond.

Hij boog zijn hoofd. De herinnering aan recent en vroeger bloedvergieten liet bittere sporen in zijn ziel na. Hij stond op. 'Waarom is die lantaarn ontploft?'

'Ze zijn met licht en hitte gevuld, Argetlam,' antwoordde een van de lijfwachten. 'Als ze kapot gaan, ontsnapt dat allemaal meteen, en dan kun je maar beter een flink eind uit de buurt zijn.'

Eragon vroeg met een gebaar naar de ordeloze lijken van de aanvallers: 'Weten jullie uit welke clan ze komen?'

De dwerg met de gevorkte baard rommelde in de kleding van diverse dwergen in het zwart en zei toen: 'Barzûl! Ze hebben geen merktekenen bij zich die jij zou herkennen, Argetlam, maar wel dit.' Hij hield een armband van gevlochten paardenhaar omhoog. Er waren gepolijste cabochons van amethist in gezet.

'Wat betekent dat?'

'Deze amethist...' zei de dwerg, die met een beroete nagel op een van de cabochons tikte. 'Deze speciale soort amethist groeit alleen in vier delen van de Beorbergen, en drie ervan zijn van Az Sweldn rak Anhûin.'

Eragon fronste zijn wenkbrauwen. 'Heeft grimstborith Vermûnd tot deze aanval bevolen?'

'Dat weet ik niet zeker, Argetlam. Een andere clan kan de armband daar hebben neergelegd in de hoop dat wij hem zouden vinden. Ze willen misschien dat we Az Sweldn rak Anhûin voor de schuldigen aanzien zodat we niet beseffen wie onze eigenlijke vijanden zijn. Maar als ik moest wedden, zou ik een kar vol goud inzetten op de kans dat Az Sweldn rak Anhûin de verantwoordelijken zijn.'

'Vervloekt,' mompelde Eragon. 'Ik vervloek ze, wie ze ook zijn.' Hij balde zijn vuisten om te voorkomen dat ze gingen beven. Met de zijkant van een laars duwde hij tegen een van de prismatische dolken die de moordenaars gebruikt hadden. 'De bezweringen op deze wapens en op de... op de mannen' – hij gebaarde met zijn kin – 'mannen, dwergen of wat ze ook zijn, vereisen een ongelooflijke hoeveelheid energie, en ik kan me niet eens voorstellen hoe ingewikkeld hun bewoordingen zijn geweest. Het moet zwaar en gevaarlijk zijn geweest om ze te uiten...' Hij keek de lijfwachten een voor een aan en zei: 'Wees mijn getuigen. Ik zweer dat ik deze aanval en Kvîstors dood niet onbestraft zal laten. Ik weet niet uit welke clan deze moordenaars met hun strontsmoelen komen, maar als ik hun namen ken, zullen ze wensen dat ze nooit van plan waren geweest om mij en daarmee Dûrgrimst Ingeitum te schaden. Dit zweer ik jullie als Drakenrijder en als medelid van Dûrgrimst Ingeitum. En als iemand er jullie naar vraagt, herhaal mijn belofte dan zoals ik die tegenover jullie geuit heb.'

De dwergen bogen, en degene met de gevorkte baard zei: 'Wat jij beveelt, zullen wij doen, Argetlam. Met je woorden eer je Hrothgars nagedachtenis.'

Toen zei een van de andere dwergen: 'De clan die het geweest is, heeft de wet van de gastvrijheid overtreden. Ze hebben een gast aangevallen. Ze zijn nog kleiner dan ratten; ze zijn *menknurlan*.' Hij spuwde op de vloer, en de andere dwergen deden hetzelfde.

Eragon liep naar de restanten van zijn kromzwaard. Hij knielde in het roet, raakte met zijn vingertop de stukken metaal aan en volgde de gekartelde randen. *Ik heb het schild en de muur kennelijk zo hard geraakt dat ik de bezweringen heb uitgeschakeld waarmee het staal versterkt was,* dacht hij.

Toen dacht hij: *Ik heb een zwaard nodig.*
Een Rijderszwaard...

Een kwestie van perspectief

De wind-van-ochtendhitte-boven-vlak-land, die anders was dan de wind-van-ochtendhitte-boven-heuvels, liep om. Saphira stelde de hoek van haar vleugels bij ter compensatie van de snelheids- en drukveranderingen van de lucht die duizenden voeten boven de zonovergoten grond haar gewicht droeg. Ze sloot haar dubbele oogleden even en genoot van het zachte windbed en het warme ochtendlicht dat op haar gespierde lengte viel. Ze stelde zich voor dat het licht op haar schubben fonkelde, en dat degenen die haar langs de hemel zagen zeilen, zich over haar aanblik verbaasden. Daarom neuriede ze van genot. Ze wist immers dat ze het mooiste schepsel van Alagaësia was. Niemand kon tippen aan de glorie van haar schubben; aan haar lange, taps toelopende staart; aan haar zo fraaie en welgevormde vleugels; aan haar klauwen; en aan de lange, witte slagtanden waarmee ze de nek van een wild rund in één keer kon doorbijten. Glaedr-van-de-gouden-schubben kon niet aan haar tippen, want die was bij de val van de Ruiters een poot kwijtgeraakt. Noch Thoorn en Shruikan, want die waren slaven van Galbatorix geworden, en hun gedwongen dienstbaarheid had hun geest verminkt. Een draak die niet vrij was om te doen wat hij of zij wilde, was helemaal geen draak. Bovendien waren het allemaal mannetjes, en mannetjes mochten dan majesteitelijk lijken, maar belichaamden geen schoonheid zoals zij. Nee, zij was het oogverblindendste wezen in Alagaësia, en zo hoorde het ook te zijn.

Saphira kronkelde haar hele lijf – van haar kop tot het puntje van haar staart – van tevredenheid. Het was een volmaakte dag. De zonnehitte gaf haar het gevoel dat ze in een nest kooltjes lag. Haar buik was vol, de hemel was helder en er was niets dat ze hoefde te doen behalve uitkijken naar vijanden die misschien wilden vechten, en dat deed ze toch al uit gewoonte.

Haar geluk was maar op één punt onvolmaakt, maar dat was een heel fundamentele onvolmaaktheid, en hoe langer ze erover nadacht, des te ontevredener ze werd. Uiteindelijk besefte ze dat ze helemaal niet meer tevreden was. Ze wou dat Eragon er was om de dag met haar te delen. Grommend blies ze een korte stroom blauw vuur tussen haar kaken vandaan. De lucht voor haar snuit werd erdoor verhit, en toen die haar ademhaling belemmerde, sloot ze de stroom vloeibaar vuur af. Haar tong tintelde van de vlammen die eroverheen hadden gegleden. Wanneer zou Eragon, metgezel-van-haar-geest-en-hart, vanuit Tronjheim contact zoeken met Nasuada en vragen of zij, Saphira, naar hem toe wilde gaan? Ze had erop aangedrongen dat hij Nasuada gehoorzaamde en naar de te-hoge-bergen-voor-haar-vleugels trok, maar dat was inmiddels alweer veel te lang geleden, en Saphira voelde zich te koud en leeg in haar buik.

Er is een schaduw in de wereld, dacht ze. *Daarom ben ik zo van streek. Er is iets met Eragon. Hij is in gevaar, of was dat kort geleden. En ik kan hem niet helpen.* Ze was geen wilde draak. Sinds ze uit het ei was gekomen, had ze haar leven met Eragon gedeeld, en zonder hem was ze maar de helft van zichzelf. Als hij omkwam omdat zij er niet was om hem te beschermen, was wraak haar enige reden om in leven te blijven. Ze wist dat ze zijn moordenaars in stukken zou rijten en dat ze dan naar de zwarte stad van de verraderlijke-eierbreker zou vliegen die haar vele decennia lang gevangen had gehouden. Ze zou haar best doen om hem af te slachten, ook al betekende dat voor haar een wisse dood.

Saphira gromde opnieuw en hapte naar een musje dat dom genoeg was om zich binnen het bereik van haar tanden te wagen. Ze miste. Het vogeltje vloog ongedeerd verder en dat verergerde haar boze bui nog. Heel even overwoog ze de mus achterna te gaan, maar stelde toen vast dat zo'n onbeduidend balletje botten en veren niet de moeite waard was. Het was niet eens een lekker hapje.

Schuin tegen de wind in en met haar staart in de tegenovergestelde richting om het keren te vergemakkelijken verlegde ze haar koers. Ze keek aandachtig naar de grond diep beneden haar en naar al het kleine gedierte dat zich haastig voor haar jagersblik probeerde te verstoppen. Zelfs vanaf een hoogte van duizenden voeten kon ze het aantal veren tellen op de rug van een sperwer die de velden aangeplante tarwe ten westen van de Jiet afspeurde. Ze zag de bruine vacht van een konijn dat ijlings de veiligheid van zijn leger opzocht. Ze onderscheidde de kleine kudde herten die zich verborgen onder de takken van bessenstruiken aan een zijrivier van de Jiet. En ze hoorde het hoge gepiep van angstige dieren die hun broeders en zusters voor haar aanwezigheid waarschuwden. Hun onvaste kreten vervulden haar met tevredenheid, want het was alleen maar terecht dat haar voedsel bang voor haar was. Als zij ooit bang werd voor haar voedsel, zou ze weten dat haar tijd gekomen was.

Drie mijl stroomopwaarts kampeerden de Varden opgepropt aan de Jiet als een kudde edelherten tegen een rotswand. Ze waren een dag eerder bij de oversteekplaats aangekomen en sindsdien had ongeveer een derde van de mannen-die-vrienden-waren en de Urgals-die-vrienden-waren en de paarden-die-ze-niet-mocht-opeten de rivier overgestoken. Het leger bewoog zich zo traag dat ze zich soms afvroeg hoe de mensen tijd hadden voor nog iets anders dan reizen, in aanmerking genomen hoe kort hun leven was. *Vliegen is veel handiger,* dacht ze, zich afvragend waarom die tweebeners niet daarvoor kozen. Vliegen was doodsimpel, en het bleef haar verbazen dat er nog steeds schepsels waren die liever op de grond bleven. Zelfs Eragon bleef gehecht aan de zacht-harde-grond, hoewel ze wist dat hij zich op elk willekeurig moment in de lucht bij haar kon voegen door een paar woorden in de oude taal te uiten. Maar inderdaad begreep ze niet altijd de handelingen van degenen die op twee benen rondliepen, of ze nu ronde oren, puntige oren, of hoorns hadden dan wel zo klein waren dat ze hen onder haar poten kon verpletteren.

Een kleine beweging in het noordoosten trok haar aandacht, en ze vloog er nieuwsgierig heen. Ze zag een rij van vijfenveertig vermoeide paarden die zich naar de Varden sleepten. De meeste paarden werden niet bereden, en pas toen nog een halfuur verstreken was en ze de gezichten van de mannen in het zadel kon zien, drong tot haar door dat dit vermoedelijk de groep van Roran was, die terugkeerde van een overval. Er was kennelijk iets gebeurd, want de groep was zwaar uitgedund, en ze voelde enig onbehagen. Ze was niet met Roran verbonden, maar Eragon was erg op hem gesteld, en dat was voor haar reden genoeg om zich zorgen over zijn welzijn te maken.

Toen ze haar bewustzijn op de gedesorganiseerde Varden beneden had gericht, zocht ze net zo lang totdat ze de muziek in Arya's geest had gevonden, en na toestemming van de elf om haar gedachten te betreden, zei Saphira: *Roran is aan het eind van de middag terug. Maar zijn compagnie heeft zware verliezen geleden. Er is hem op deze tocht groot kwaad overkomen.*
Dank je, Saphira, zei Arya. *Ik zal het Nasuada laten weten.*
Toen Saphira zich uit Arya's geest terugtrok, voelde ze de vragende aanraking van blauwzwarte-wolfsharen-Blödhgarm. *Ik ben geen kuiken meer,* snauwde ze. *Je hoeft niet steeds te kijken hoe het gaat.*
Mijn nederigste verontschuldigingen, Bjartskular. Je bent alleen al enige tijd weg, en als iemand je in de gaten houdt, vraagt die zich misschien af waarom jij en...
Ja, ik weet het, zei ze grommend. Ze verkortte haar vleugelwijdte en richtte zich schuin omlaag. Ze verloor haar gevoel van gewicht en gleed in trage spiralen naar de gezwollen rivier. *Ik kom zo dadelijk.*

Duizend voet boven het water spreidde ze haar vleugels uit en voelde ze de spanning op haar vliegvliezen toenemen. De wind drukte er met een immense kracht tegenaan. Ze vertraagde tot ze bijna stil hing, haalde lucht uit haar vleugels en gleed toen verder tot op honderd voet boven het bruine, niet-goed-drinkbare-water. Met af en toe een vleugelslag om op hoogte te blijven vloog ze over de Jiet, voortdurend alert op plotselinge drukveranderingen die in koele-lucht-boven-stromend-water vaak voorkwamen en haar een onverwachte kant uit konden duwen of – nog erger – haar konden laten neerstorten op scherp-puntige-bomen of de botten-brekende-grond.

Ze zweefde hoog boven de Varden die aan de rivier verzameld waren, in ieder geval zo hoog dat de domme paarden niet van haar komst schrokken. Daarna gleed ze op nog steeds roerloze vleugels verder en landde ze op een open plek tussen de tenten, een plek die Nasuada speciaal voor haar gereserveerd had. Ze kroop door het kamp naar Eragons lege tent, waar Blödhgarm en de andere elfen onder zijn bevel op haar wachtten. Ze begroette hen met een knipperend oog en een snelle tongbeweging en rolde zich op voor Eragons tent, waar ze tot het donker moest liggen doezelen en wachten zoals ze ook zou doen als Eragon echt in zijn tent was en 's nachts met haar ging vliegen. Het was saai en vervelend om daar dag in dag uit te moeten liggen, maar ze moesten koste wat kost de schijn bewaren dat Eragon nog steeds bij de Varden was. Saphira klaagde dan ook niet, ook niet als haar schubben na tien of twaalf uur op de ruw-harde-grond vuil waren geworden en zij zin kreeg om tegen duizend soldaten te vechten of een woud met tanden, klauwen en vuur te verwoesten of op te springen en te vliegen tot er niets meer te vliegen viel en ze het eind van aarde, water en lucht had bereikt.

Zacht grommend kneedde ze met haar klauwen de grond. Ze maakte de aarde zacht, legde haar kop op haar voorpoten en sloot haar binnenste oogleden om te kunnen rusten terwijl ze desondanks de voorbijgangers in het oog kon houden. Een libel vloog zoemend over haar hoofd. Ze wist dat zo'n diertje in de oude taal een 'drakenvlieg' heette, en niet voor het eerst vroeg ze zich af welke ondermaatse ezel op het idee was gekomen om het insect naar haar volk te noemen. *Het lijkt helemaal niet op een draak,* gromde ze voordat ze wegdoezelde.

Het groot-ronde-vuur-aan-de-hemel hing dicht bij de horizon toen Saphira het geroep en de welkomstkreten hoorde. Roran en zijn makkers hadden kennelijk het kamp bereikt. Ze richtte zich op. Blödhgarm had het eerder gedaan en deed het nu weer: hij uitte een half gezongen, half gefluisterde bezwering waarmee hij een gelijkenis met Eragon schiep, die hij de tent uit liet lopen om als een perfecte imitatie van onafhankelijk leven op Saphira's rug te gaan zitten. De gelijkenis was visueel volmaakt maar had geen eigen geest, en als een van Galbatorix' agenten Eragons gedachten had proberen af te luisteren, zou het bedrog direct ontdekt zijn. Het succes van de list hing dus af van de snelheid waarmee Saphira de gelijkenis door het kamp en uit het zicht wist te krijgen, en Eragons geduchte reputatie was hopelijk groot genoeg om clandestiene waarnemers uit angst voor wraak ervan te weerhouden om inlichtingen over de Varden uit zijn bewustzijn te halen.

Saphira kwam overeind en sprong door het kamp. De elfen volgden haar in formatie. Mannen gingen ijlings uit de weg met de uitroep: 'Heil, Schimmendoder,' en: 'Heil, Saphira.' Dat bezorgde haar een warm gevoel in haar buik.

Toen ze aankwam bij Nasuada's vouwvleugel-rode-vlinderpoppen-tent maakte ze zich klein en stak ze haar kop door de donkere opening in een van de wanden, waar Nasuada's lijfwachten een paneel van de stof opzij hadden getrokken om haar doorgang te verlenen. Blödhgarm hervatte zijn zachte gezang. De Eragon-gelijkenis klom van Saphira's rug, liep de rode tent in en verdween buiten het zicht van nieuwsgierige toeschouwers in het niets.

'Denk je dat onze list ontdekt is?' vroeg Nasuada vanaf haar stoel met hoge rugleuning.

Blödhgarm boog met een elegant gebaar. 'Dat kan ik u opnieuw niet met zekerheid zeggen, vrouwe Nasuada. We zullen moeten wachten om te zien of het Rijk in actie komt om munt te slaan uit Eragons afwezigheid. Dan hebben we het antwoord op uw vraag.'

'Dank je, Blödhgarm. Je kunt gaan.'

De elf trok zich met een nieuwe buiging uit de tent terug, nam op diverse ellen achter Saphira zijn positie in en bewaakte haar flank.

Saphira liet zich op haar buik zakken en begon de schubben rond haar derde klauw van haar linker voorpoot schoon te likken. Daartussen waren

363

onfraaie lijnen van de droge witte klei zichtbaar waarin ze gestaan had toen ze haar laatste prooi gegeten had.

Vlak daarna kwamen Martland Roodbaard, Roran en een ronde-oren-man die ze niet herkende de rode tent binnen. Ze maakten een buiging voor Nasuada. Saphira staakte haar reiniging om met haar tong de lucht te proeven en nam van alles waar: de bijtende geur van opgedroogd bloed, de bitterzure muskuslucht van zweet, het gemengde aroma van paarden en leer, en de zwakke maar onmiskenbare en scherpe specerij van mensenangst. Ze bekeek het drietal weer en merkte op dat de rood-lange-baard-man zijn rechterhand kwijt was. Daarna richtte ze zich weer op de taak de klei rond haar schubben te verwijderen.

Terwijl Saphira haar poot likte en elke schub brandschoon liet glimmen, vertelde eerst Martland, daarna de ronde-oren-man-die-Ulhart-was en ten slotte Roran een verhaal van bloed en vuur en van lachende mannen die weigerden op de hun toegewezen tijd te sterven en in plaats daarvan bleven doorvechten lang nadat Angvard hun naam had afgeroepen. Zoals haar gewoonte was, hield Saphira zich op de achtergrond terwijl anderen – met name Nasuada en haar raadgever, lange-man-smal-gezicht Jörmundur – de krijgers over de details van hun zo rampzalig afgelopen missie ondervroegen. Zoals Saphira wist, verbaasde Eragon zich soms over het feit dat ze zich niet vaker met de gesprekken bemoeide, maar haar zwijgen had simpele redenen: op Arya en Glaedr na voelde ze zich eigenlijk alleen in haar contact met Eragon op haar gemak, en naar haar mening waren de meeste gesprekken niets anders dan zinloos gedelibereer. Tweebenigen konden rondorig, spitsorig, gehoornd of klein zijn, maar allemaal waren ze verslaafd aan delibereren. Brom had nooit gedelibereerd, en daarom was ze op hem gesteld geweest. Kiezen was voor haar iets simpels: ze kon iets doen om de situatie te verbeteren, en in dat geval deed ze dat; of er was geen sprake van zo'n actie, en dan was alles wat er nog over gezegd werd zinloos geblaat. Hoe dan ook, over de toekomst maakte ze zich geen zorgen, behalve als het om Eragon ging. Over hem was ze altijd bezorgd.

Toen alle vragen gesteld waren, uitte Nasuada haar medeleven met Martland voor zijn afgehakte hand. Toen stuurde ze Martland en Ulhart weg, maar Roran moest blijven, en ze zei tegen hem: 'Je hebt opnieuw je dapperheid bewezen, Sterkhamer. Ik ben heel blij met je krijgsmanschap.'

'Dank u, vrouwe.'

'Onze beste genezers zullen zich over Martland ontfermen, maar zijn herstel kost hoe dan ook tijd. Zelfs als hij geneest, kan hij overvallen zoals deze niet met één hand leiden. Van nu af aan zal hij de Varden in de achterhoede moeten dienen, niet in de voorhoede. Ik overweeg hem te promoveren naar de functie van een van mijn militaire adviseurs. Wat vind jij van dat idee, Jörmundur?'

'Het lijkt me een uitstekende gedachte, vrouwe.'

Nasuada knikte zichtbaar tevreden. 'Dat betekent echter dat ik voor jou een andere kapitein als bevelhebber moet vinden, Roran.'

Roran vroeg toen: 'Vrouwe, waarom geeft u mij niet zelf het bevel? Heb ik niet met deze twee overvallen en mijn vroegere prestaties naar uw volle tevredenheid mijn krijgsmanschap bewezen?'

'Als je je blijft onderscheiden zoals tot nu toe, komt dat bevel heel snel, Sterkhamer. Maar wees geduldig en wacht nog even. Op grond van twee missies alleen, hoe indrukwekkend ze ook zijn, is iemands karakter misschien niet volledig te peilen. Als ik mijn mensen aan iemand anders moet toevertrouwen, ben ik heel voorzichtig, Sterkhamer. Daarbij zul je je moeten neerleggen.'

Roran omklemde de steel van de bijl in zijn gordel zo hard dat de aderen en pezen als touwen op zijn hand lagen. Toch bleef zijn toon beleefd. 'Zoals u wilt, vrouwe Nasuada.'

'Heel goed. Een page brengt je later op de dag je nieuwe opdracht. Maar zorg dat je eerst goed eet zodra jij en Katrina jullie hereniging gevierd hebben. Dat is een bevel, Sterkhamer. Je ziet eruit alsof je elk moment kunt omvallen.'

'Ja, vrouwe.'

Toen Roran wilde weglopen, stak Nasuada een hand op. 'Roran.' Hij bleef staan. 'Je hebt gevochten tegen mannen die geen pijn voelen. Denk je dat ze makkelijker te verslaan zijn als wij net zo beschermd zijn tegen de pijnen van het vlees?'

Roran aarzelde even maar schudde toen zijn hoofd. 'Hun kracht is tevens hun zwakte. Ze beschermen zich niet op dezelfde manier als wanneer ze de beet van een zwaard of de steek van een pijl zouden vrezen. Ze springen dus onvoorzichtig met hun leven om. Het is waar dat ze blijven vechten als een gewone man allang dood neergevallen zou zijn, en op het slagveld is dat geen gering voordeel, maar ze sterven in grotere aantallen omdat ze hun lichaam niet naar behoren beschermen. In hun onnadenkende zelfvertrouwen lopen ze in valstrikken en riskeren ze gevaren die wij ten koste van alles zouden vermijden. Zolang de strijdlust van de Varden ongebroken blijft, denk ik dat wij deze lachende monsters met de juiste tactiek kunnen verslaan. Als wij net zo waren als zij, zouden we elkaar redeloos in de pan hakken, en dat zou ons niets kunnen schelen omdat we niet aan zelfbehoud denken. Zo luiden mijn gedachten.'

'Dank je, Roran.'

Toen Roran weg was, vroeg Saphira: *Nog geen nieuws van Eragon?*

Nasuada schudde haar hoofd. 'Nee, nog steeds niets. Zijn zwijgen begint me zorgen te baren. Als hij overmorgen nog geen contact met ons heeft opgenomen, laat ik Arya een bericht naar een van Oriks magiërs sturen en eis ik een rapport. Als Eragon het einde van de clanvergadering niet kan bespoedigen, dan vrees ik dat we niet langer op de dwergen kunnen rekenen als bondgenoten bij de komende gevechten. Het enige goede aspect van zo'n ramp zou zijn dat Eragon dan zonder verder uitstel kan terugkomen.'

Toen Saphira klaar was om uit de rood-vlinderpoppen-tent te vertrekken, riep Blödgarm opnieuw Eragons gelijkenis op, die op Saphira's rug ging zitten. Saphira trok haar kop uit de tent en rende net als eerst met grote sprongen door het kamp. De lenige elfen hielden haar het hele stuk gemakkelijk bij.

Toen Saphira weer bij Eragons tent stond en kleur-schaduw-Eragon erin verdwenen was, liet Saphira zich op de grond zakken en wijdde ze zich weer aan het wachten.

De rest van de dag verstreek in dodelijke saaiheid. Maar voordat ze weer tegen haar zin een dutje ging doen, strekte ze haar geest uit naar de tent van Roran en Katrina en oefende ze druk uit op Rorans geest totdat hij de barrières rond zijn bewustzijn liet zakken.

Saphira? vroeg hij.

Ken je nog iemand anders zoals ik?

Nee, natuurlijk niet. Je verraste me alleen. Ik heb het op dit moment, eh... nogal druk.

Ze bestudeerde de kleur van zijn emoties en die van Katrina en vond haar bevindingen vermakelijk. *Ik wilde je alleen welkom thuis heten. Ik ben blij dat je niet gewond bent.*

Rorans gedachten flitsten snel-heet-verward-koud en het kostte hem kennelijk moeite om een samenhangend antwoord te formuleren. Uiteindelijk zei hij: *Dat is heel vriendelijk, Saphira.*

Kom morgen even naar me toe, als je kunt. Dan kunnen we rustig praten. Ik word rusteloos als ik hier dag in dag uit zitten moet. Je kunt me misschien meer over Eragon vertellen, zoals hoe hij was voordat ik voor hem uit het ei kwam.

Dat... dat zou ik een grote eer vinden.

Tevreden omdat ze aan de beleefdheidseisen van de ronde-oren-tweebenen voldaan had door Roran welkom te heten en opgemonterd bij het besef dat de volgende dag minder saai zou zijn – want het was ondenkbaar dat iemand haar verzoek om een audiëntie zou negeren – maakte Saphira het zich op de kale grond zo gerieflijk mogelijk. Toch verlangde ze zoals zo vaak naar het zachte nest dat het hare was in Eragons wind-wiegend-boomhuis in Ellesméra. Bij een zucht ontsnapte een rookwolkje, en toen ze in slaap viel, droomde ze dat ze hoger vloog dan ze ooit eerder gedaan had.

Ze sloeg en sloeg met haar vleugels totdat ze boven de onbereikbare toppen van de Beorbergen uit steeg. Daar zweefde ze enige tijd rond en staarde ze naar heel Alagaësia, dat zich onder haar uitstrekte. Ze raakte in de greep van het onbedwingbare verlangen om nog hoger te klimmen en nog meer te zien, en zo begon ze weer met haar vleugels te slaan. In wat niet meer dan een oogwenk leek, schoot ze voorbij de glanzende maan totdat alleen zij en de zilveren sterren nog maar aan de zwarte hemel hingen. Zo zweefde ze een onbepaalbaar lange tijd tussen de hemelen als koningin van de heldere edelsteenwereld beneden, maar toen sloop onrust in haar hart en riep ze in gedachten: Eragon, waar ben je!

Kus me, liefste

Toen Roran wakker werd, maakte hij zich uit Katrina's zachte armen los en ging halfnaakt op de rand van hun gezamenlijke brits zitten. Hij gaapte, wreef in zijn ogen en staarde naar de bleke reep vuurlicht tussen de twee flappen van de tentingang. Door een overmaat aan uitputting voelde hij zich versuft en dwaas. Een kilte kroop over hem heen, maar hij bleef onbeweeglijk zitten waar hij was.

'Roran?' vroeg Katrina met een slaperige stem. Ze ging op één arm liggen en stak de andere naar hem uit. Hij reageerde niet op haar aanraking hoewel ze over zijn nek wreef en haar hand over zijn schouderbladen liet glijden. 'Ga slapen. Je hebt rust nodig. Binnenkort ben je weer weg.'

Hij schudde zijn hoofd maar wilde haar niet aankijken.

'Wat is er?' vroeg ze. Ze ging rechtop zitten en trok een deken over haar schouder. Toen leunde ze tegen hem aan en legde ze haar warme wang tegen zijn arm. 'Maak je je zorgen over je nieuwe kapitein of over Nasuada's nieuwe opdracht?'

'Nee.'

Ze zweeg even. 'Steeds als je weggaat, heb ik het gevoel dat een kleiner deel van je terugkomt. Je bent zo grimmig en zwijgzaam geworden... Als je me wilt vertellen over wat je dwarszit, dan kan dat, hoe vreselijk het ook is. Ik ben de dochter van een slager en heb al heel wat mannen op het slagveld zien sneuvelen.'

'Als ik wil?' riep Roran uit terwijl hij zo ongeveer stikte. 'Ik wil er niet eens meer over nadenken!' Hij balde zijn vuisten en ademde onzeker. 'Een echte krijger hoort zich niet zo te voelen als ik.'

'Een echte krijger vecht niet omdat hij dat wil maar omdat hij dat moet,' zei ze. 'Een man die naar oorlog snakt en van moordpartijen *geniet*, is een bruut en een monster. Hij kan op het slagveld zoveel eer behalen als hij wil, maar wist daarmee niet uit dat hij niet beter is dan een dolle hond die zich net zo makkelijk tegen zijn vrienden en verwanten keert als tegen zijn vijanden.' Ze veegde zijn haren weg van zijn voorhoofd en streelde licht en traag de bovenkant van zijn hoofd. 'Je hebt me een keer verteld dat "Het lied van Gerand" je favoriete verhaal van Brom was en dat je daarom met een hamer vecht in plaats van met een zwaard. Vergeet niet dat Gerand een afkeer had van doden en dat hij de wapens niet meer wilde opnemen.'

'Ja, dat weet ik nog.'

'Toch gold hij als de grootste krijger van zijn tijd.' Ze legde haar hand op zijn wang en draaide zijn gezicht naar het hare, zodat hij in haar plechtige ogen moest kijken. 'En jij bent de grootste krijger die ik ken, Roran, hier of waar dan ook.'

Hij zei met een droge mond: 'Maar Eragon dan en...'

'Zij zijn niet half zo moedig als jij. Eragon, Murtagh, Galbatorix, de elfen... allemaal marcheren ze naar het slagveld met bezweringen op hun lippen en een macht die de onze ver overtreft. Maar jij' – ze kuste hem op zijn neus – 'bent maar een gewone man. Je komt je vijanden op eigen kracht onder ogen. Je bent geen magiër en hebt desondanks de Tweeling verslagen. Je bent niet sneller en sterker dan een man kan zijn, en toch deinsde je er niet voor terug om de Ra'zac in hun leger aan te vallen en mij uit hun kerker te bevrijden.'

Hij slikte. 'Maar ik had schilden van Eragon om me te beschermen.'

'Nu niet meer. Bovendien had je ook in Carvahall geen schilden, en ben je toen voor de Ra'zac gevlucht?' Roran reageerde nauwelijks. Ze zei: 'Je bent niet meer dan een man, toch heb je dingen gedaan die Eragon en Murtagh niet gedaan zouden hebben. Daarmee ben je voor mij de grootste krijger van Alagaësia... Ik kan niemand anders in Carvahall bedenken die zoveel moeite zou hebben gedaan om mij te redden.'

'Je vader,' zei hij.

Hij voelde haar huiveren. 'Ja, misschien wel,' fluisterde ze. 'Maar hij zou nooit in staat zijn geweest om de anderen te leiden zoals jij.' Ze trok hem dichter tegen zich aan. 'Wat je ook gezien of gedaan hebt, ik zal altijd van jou zijn.'

'En meer heb ik niet nodig,' zei hij. Hij nam haar in zijn armen en hield haar een tijd vast. Toen zuchtte hij. 'Toch wou ik dat deze oorlog voorbij was. Ik wou dat ik weer een akker kon ploegen en gewassen zaaien en ze oogsten als ze rijp zijn. Het boerenbedrijf is loodzwaar, maar het is wel eerlijk werk. Doden is dat niet. Het is diefstal... diefstal van mensenlevens, en niemand met ook maar enig gezond verstand zou ernaar mogen streven.'

'Je bent het dus met me eens.'

'Ja, ik ben het met je eens.' Het kostte moeite, maar hij glimlachte. 'Ik ben mezelf vergeten en zadel jou op met mijn problemen terwijl je al genoeg zorgen hebt.' Hij legde een hand op haar steeds rondere buik.

'Jouw problemen zullen altijd de mijne zijn zolang we getrouwd zijn,' mompelde ze terwijl ze met haar neus over zijn arm wreef.

'Sommige problemen zouden niemand mogen kwellen,' zei hij. 'Vooral geen mensen die van je houden.'

Ze maakte zich een eindje van hem los. Hij zag haar ogen somber en futloos worden, zoals altijd gebeurde als ze piekerde over haar gevangenschap in Helgrind. 'Nee,' fluisterde ze. 'Sommige problemen zouden niemand mogen kwellen.'

'Kijk niet zo triest.' Hij trok haar dichter tegen zich aan, wiegde haar en wenste vurig dat Eragon het ei van Saphira niet in het Schild had gevonden. Toen Katrina na een tijdje weer zachtjes in zijn armen lag en hij zich niet meer zo gespannen voelde, streelde hij de welving van haar hals. 'Kus me, liefste, en laten we weer naar bed gaan want ik ben moe en wil graag slapen.'

Ze lachte naar hem en kuste hem allerliefst. Daarna lagen ze op hun brits zoals eerst. Buiten de tent was alles stil en rustig. Alleen de rivier die langs het kamp liep, hield nooit op en stroomde door Rorans dromen. Hij stelde zich voor dat hij naast Katrina op de voorplecht van een schip stond en naar de muil van de enorme draaikolk van het Berenoog staarde.

En hij dacht: *Hoe kunnen we hieraan in vredesnaam ontsnappen?*

Glûmra

Honderden voeten onder Tronjheim opende het gesteente zich tot een grot van duizenden voeten lang. Aan de ene kant lag een zwart, roerloos meer met een onbekende diepte. Aan de andere kant was een marmeren oever. Bruine en ivoorwitte stalactieten dropen vanaf het plafond omlaag, terwijl stalagmieten vanaf de vloer omhoog wezen. Op plaatsen waar die twee elkaar troffen, ontstonden dikke pilaren met een nog grotere omtrek dan zelfs de grootste bomen in Du Weldenvarden. Tussen de pilaren verspreid lagen hopen compost waarop paddenstoelen groeiden, plus drieëntwintig lage stenen hutten. Naast elke deur gloeide een roestrode, vlamloze lantaarn, maar voorbij het bereik van de lantaarns heerste schaduw.

In een van die hutten zat Eragon op een stoel die te klein voor hem was, naast een granieten tafel die maar tot zijn knieën reikte. Overal rook het naar zachte geitenkaas, plakjes paddenstoel, gist, stoofgerechten, duiveneieren en kolenstof. Tegenover hem zat Glûmra, een dwergvrouw uit de Mordfamilie, die de moeder van de vermoorde Kvîstor was. Ze trok jammerend aan haar haren en sloeg met haar vuisten op haar borst. Glinsterende sporen bewezen waar tranen over haar ronde gezicht waren gegleden.

Zij tweeën zaten alleen in de hut. Eragons vier lijfwachten – ze waren op sterkte gebracht met Thrand, een krijger uit Oriks gevolg – wachtten buiten met Hûndfast, Eragons tolk, die Eragon uit de hut had weggestuurd zodra hij ontdekt had dat Glûmra zijn taal sprak.

Na de moordaanslag had Eragon met zijn geest contact gezocht met Orik, die erop aandrong dat hij zo snel mogelijk naar de vertrekken van de Ingeitum ging. Daar was hij veilig voor nieuwe moordenaars. Eragon had gehoorzaamd en was er gebleven terwijl Orik de clans gedwongen had om de vergadering tot de volgende ochtend te schorsen. Hij gaf als reden op dat er in zijn clan een noodtoestand was ontstaan die zijn onmiddellijke aandacht eiste. Daarna marcheerde hij met zijn moedigste krijgers en bekwaamste magiër naar de plaats van de hinderlaag, die ze met zowel magische als wereldse middelen doorzochten en optekenden. Zodra Orik de indruk had dat ze alles te weten waren gekomen, ging hij haastig naar zijn vertrekken terug en zei hij tegen Eragon: 'We hebben veel te doen in weinig tijd. Voordat de vergadering morgenochtend op het derde uur hervat wordt, moeten we zonder een schijn van twijfel zien vast te stellen wie de aanval bevolen heeft. Daarna kunnen we drukmiddelen tegen hen inzetten. Maar als dat niet lukt, tasten we in het duister en weten we niet wie onze vijanden zijn. We kunnen de aanval geheim houden totdat de vergadering begint, maar niet langer. De knurlan hebben ongetwijfeld echo's van je gevecht in de tunnels onder Tronjheim gehoord, en ik weet dat ze nu al naar de bron van de stoornissen aan het speuren zijn uit angst voor een instorting of een soortgelijke ramp die de stad boven in gevaar kan brengen.' Orik vervloekte stampvoetend de voorouders van degene die de moordenaars gestuurd had, zette toen zijn vuisten in zijn heupen en zei: 'De clanoorlog die ons toch al bedreigde, staart ons nu recht aan. Als we dat gevreesde lot willen afwenden, moeten we snel in actie komen. We moeten knurlan vinden, vragen stellen, dreigementen uiten, smeergelden aanbieden en boekrollen stelen – en dat allemaal vóór morgenochtend.'

'En ik?' vroeg Eragon.

'Jij blijft hier totdat we weten of Az Sweldn rak Anhûin of een andere clan ergens anders een nog grotere strijdmacht heeft verzameld om je te doden. En zolang we voor je vijanden verborgen kunnen houden of je nog leeft, al dood bent of verwondingen hebt opgelopen, des te langer houden we ze in onzekerheid over de veiligheid van het gesteente onder hun voeten.'

Eragon was het aanvankelijk met Oriks voorstel eens, maar toen hij zag hoe de dwerg druk in de weer ging en allerlei bevelen uitvaardigde, begon hij zich steeds onprettiger en machtelozer te voelen. Uiteindelijk pakte hij Oriks arm en zei hij: 'Als ik hier naar de muur moet zitten staren terwijl jij de boosdoeners zoekt, dan knars ik net zo lang met mijn tanden totdat er niets van over is. Ik moet toch wel íets kunnen doen om te helpen? Hoe zit het bijvoorbeeld met Kvîstor? Heeft hij familie in Tronjheim? Weet die al van zijn dood? Als dat niet zo is, is het mijn taak om hun de tijding te brengen, want hij is gesneuveld bij de verdediging van mij.'

Orik vroeg het na bij de lijfwachten, en zij bevestigden dat Kvîstor inderdaad familie in Tronjheim had, of om precies te zijn: onder Tronjheim. Toen Orik dat hoorde, begon hij te fronsen en uitte hij een vreemd woord in het Dwergs. 'Het zijn bewoners van de diepte, knurlan die het oppervlak van de aarde vaarwel hebben gezegd voor de wereld beneden en nog maar heel soms naar boven komen. Hier onder Tronjheim en Farthen Dûr zijn er meer dan elders omdat ze er in Farthen Dûr uit kunnen komen zonder het gevoel te hebben dat ze echt buiten zijn. De meesten van hen zouden dat niet verdragen omdat ze helemaal aan afgesloten ruimten gewend zijn. Ik wist niet dat Kvîstor een van hen was.'

'Wat vind je ervan als ik zijn familie opzoek?' vroeg Eragon. 'Tussen al die kamers bestaan trappen omlaag, hè? We kunnen vertrekken zonder dat iemand dat merkt.'

Orik dacht even na en knikte toen. 'Je hebt gelijk. Het pad is veilig genoeg, en niemand komt op het idee om je bij de bewoners van de diepte te zoeken. Ze zouden eerst hierheen gaan, en je hier vinden... Ga, en kom pas terug als je van mij een boodschap hebt gekregen, zelfs als de Mordfamilie je wegstuurt en je tot de ochtend op een stalagmiet moet zitten. Maar wees voorzichtig, Eragon. De bewoners van de diepte zijn echte eigenheimers. Ze zijn heel opvliegend over hun eer en houden er vreemde gewoontes op na. Pas op alsof je over eieren loopt.'

En zo kwam het dat Eragon – zodra Thrand aan de lijfwachten was toegevoegd – samen met Hûndfast en een korte dwerg die een zwaard in zijn gordel droeg, naar de dichtstbijzijnde trap omlaag liep. Daarmee daalde hij dieper in de ingewanden van de aarde af dan hij ooit eerder gedaan had. Na enig zoeken vond hij Glûmra en vertelde hij haar over Kvîstors overlijden. Nu zat hij te luisteren naar haar verdriet over haar vermoorde zoon. Daarbij wisselde ze woordloos gejammer af met flarden Dwergs die ze op een kwellend dissonante toonhoogte zong.

Eragon, die niet goed wist hoe hij op haar grote verdriet moest reageren, wendde zijn blik af. Hij keek naar het fornuis van groene zeepsteen tegen een van de muren en naar het versleten, geometrische patroon waarmee de randen gebeeldhouwd waren. Hij bestudeerde het groene en bruine tapijt voor de haard, de karn in de hoek en de voorraden aan de plafondbalken. Hij staarde naar het zwarte, houten weefgetouw onder een rond raam met vensters van lavendelblauw glas.

Op het hoogtepunt van haar rouw ving Glûmra Eragons blik op toen ze van de tafel opstond, naar de hoek liep en haar linkerhand op de snijplank legde. Voordat Eragon haar kon tegenhouden, pakte ze een voorsnijmes en sneed ze het eerste gewricht van haar pink door. Ze boog zich kreunend voorover.

Eragon kwam met een onwillekeurige uitroep half overeind. Hij vroeg zich af welke waanzin over de dwergenvrouw was gekomen. Moest hij haar tegenhouden en voorkomen dat ze zich nog meer aandeed? Hij stond op het punt te vragen of ze wilde dat hij de wond genas, maar bedacht zich bij de herinnering aan Oriks vermaningen over de vreemde gebruiken en het sterk ontwikkelde eergevoel van de bewoners van de diepte. *Ze vindt mijn aanbod misschien wel beledigend*, bedacht hij. Hij sloot zijn mond en liet zich weer op de te kleine stoel zakken.

Even later kwam Glûmra overeind. Ze haalde diep adem, waste de bloedende stomp van haar vinger in alle rust en kalmte met brandewijn, smeerde er een gele zalf op en verbond de wond. Haar ronde gezicht was nog steeds bleek van de schok, maar ze ging weer op de stoel tegenover Eragon zitten. Ze sprak: 'Schimmendoder, ik dank je dat je me het nieuws over de dood van mijn zoon zelf bent komen brengen. Ik ben blij te weten dat hij trots gestorven is, zoals een krijger betaamt.'

'Hij was buitengewoon dapper,' zei Eragon. 'Hij zag dat onze vijanden de snelheid van elfen hadden. Toch stormde hij naar voren om me te beschermen. Zijn offer gaf me de tijd om aan hun dolken te ontsnappen en onthulde het gevaar van de toverbezweringen waarvan ze hun dolken voorzien hadden. Als hij er niet geweest was, had ik vermoedelijk niet meer geleefd.'

Glûmra knikte traag en sloeg haar ogen neer. Ze streek de voorkant van haar jurk glad. 'Weet je wie verantwoordelijk was voor deze aanval op jouw clan, Schimmendoder?'

'We hebben alleen vermoedens. Grimstborith Orik probeert op ditzelfde moment de waarheid in deze kwestie te achterhalen.'

'Waren het de Az Sweldn rak Anhûin?' vroeg Glûmra, die Eragon verbaasde met de schranderheid van haar gissing. Hij deed echter zijn best om zijn reactie te verbergen en zweeg. Ze vervolgde: 'Iedereen kent hun bloedvete met jou, Argetlam. Elke knurla in deze bergen kent die. Sommigen van ons hadden goede woorden over voor hun verzet tegen jou, maar als zij besloten hebben om je te doden, dan hebben ze niet begrepen hoe de bergen liggen en zijn ze daarom gedoemd.'

Eragon hief belangstellend een wenkbrauw. 'Gedoemd? Hoezo?'

'Jij was het die Durza versloeg en ons in staat stelde om Tronjheim en de woningen eronder te redden van Galbatorix' klauwen, Schimmendoder. Zolang Tronjheim overeind staat, zal mijn volk dat nooit vergeten. En het gerucht heeft de tunnels bereikt dat jouw draak Isidar Mithrim weer zal herstellen, nietwaar?'

Eragon knikte.

'Daar ben ik blij om, Schimmendoder. Je hebt veel voor ons volk gedaan. Wij zullen ons tegen elke clan keren die jou heeft aangevallen, en zullen wraak nemen.'

'Ik heb tegenover getuigen gezworen en zweer nu tegenover jou opnieuw dat ik degenen zal straffen die deze verraderlijke moordenaars gestuurd hebben. Dan zullen ze wensen nooit op de gedachte aan zo'n laaghartige daad te zijn gekomen. Maar...'

'Dank je, Schimmendoder.'

Eragon aarzelde en boog toen zijn hoofd. 'Maar we mogen niets doen waarmee we een clanoorlog ontketenen. Niet nu. Als we geweld moeten gebruiken, hoort grimstborith Orik degene te zijn die beslist waar en wanneer we onze zwaarden trekken. Ben je het met me eens?'

'Ik zal nadenken over wat je gezegd hebt, Schimmendoder,' antwoordde Glûmra. 'Orik is...' Wat ze wilde zeggen, bleef in haar keel steken. Haar dikke oogleden zakten omlaag en ze leunde even naar voren waarbij ze haar verminkte hand tegen haar buik drukte. Toen de aanval voorbij was, ging ze weer rechtop zitten. Ze legde de rug van haar hand tegen haar andere wang en zwaaide heen en weer met de kreunende uitroep: 'O, mijn zoon... mijn knappe zoon.'

Ze stond op en liep wankelend rond de tafel naar een kleine collectie zwaarden en bijlen die naast een met een roodzijden gordijn afgesloten alkoof aan de muur achter Eragon hingen. Eragon sprong overeind uit angst dat ze zich nieuwe verwondingen wilde toebrengen en gooide in zijn haast een eikenhouten stoel omver. Hij stak zijn hand al naar haar uit maar zag toen dat ze naar de alkoof liep, niet naar de wapens. Om haar niet te kwetsen trok hij zijn arm weer terug.

De koperen ringen die boven aan het zijden gordijn waren genaaid, rinkelden tegen elkaar toen Glûmra het opzijschoof. Daarbij zag Eragon een diepe, beschaduwde legplank die zo fantastisch en gedetailleerd met runen en andere patronen besneden was dat hij er urenlang naar zou kunnen kijken zonder het helemaal te begrijpen. Op de lage plank stonden beeldjes van zes belangrijke dwergengoden plus negen andere wezens die Eragon niet kende. Allemaal hadden ze overdreven weergegeven gezichten en houdingen om het karakter van de geportretteerde te onderstrepen.

Glûmra haalde een amulet van goud en zilver uit haar lijfje. Ze kuste het en legde het in de holte van haar hals terwijl ze voor de alkoof neerknielde. Ze hief een hoge klaagzang in haar eigen taal aan, en haar stem rees en daalde in de vreemde patronen van de dwergenmuziek. De melodie bracht tranen in Eragons ogen.

Glûmra bleef een tijdlang zingen, maar deed er toen het zwijgen toe en staarde alleen maar naar de beeldjes. Al starend werden de groeven in haar door verdriet geteisterde gezicht zachter, en waar Eragon even eerder alleen woede, ontzetting en wanhoop had gezien, straalde ze nu kalme aanvaarding, vrede en een opperste transcendentie uit. Haar gezicht leek in een zachte gloed te baden, en ze werd zo compleet getransformeerd dat Eragon haar bijna niet herkende.

Ze zei: 'Kvîstor eet vanavond in Morgothals zaal. Dat weet ik.' Ze kuste de amulet weer. 'Ik wou dat ik samen met mijn man Bauden het brood met hem kon breken, maar mijn tijd is nog niet gekomen om in de catacomben van Tronjheim te slapen, en Morgothal weigert de toegang tot zijn zaal aan diegenen die hun komst versnellen. Maar mettertijd zal onze hele familie herenigd zijn met al onze voorouders sinds Gûntera de wereld schiep uit duisternis. Dat weet ik.'

Eragon knielde naast haar en vroeg hees: 'Hoe weet je dat?'

'Dat weet ik omdat het zo is.' Ze raakte met trage en respectvolle bewegingen van haar vingertoppen de gebeeldhouwde voeten van de goden aan. 'Dat kan toch niet anders? De wereld kan zichzelf niet geschapen hebben. Dat geldt ook voor een zwaard of een helm. En omdat degenen met goddelijke krachten de enigen zijn die hemel en aarde hun vorm kunnen geven, moeten we ons voor antwoorden tot de goden wenden. Ik heb het volste vertrouwen dat de juistheid van de wereld bij hen in goede handen is, en door dat vertrouwen bevrijd ik me van de last van mijn vlees.'

Ze zei het zo overtuigd dat Eragon er ineens naar verlangde om haar geloof te delen. Hij wilde niets liever dan zijn twijfels en angsten opzij kunnen zetten en weten dat het leven niet alleen verwarring was, hoe afschuwelijk de wereld soms ook leek. Hij zou graag zeker hebben geweten dat zijn wezen niet gewoon verdween als een zwaard zijn hoofd van zijn romp scheidde, en dat hij ooit herenigd ging worden met Brom, Garrow en alle anderen dierbaren die hem waren ontrukt. Hij raakte in de greep van een vurig verlangen naar hoop en troost. Dat verwarde hem en maakte zijn plaats op de wereld onzeker.

En toch...

Een bepaald aspect van hem bleef op afstand en wilde niet toestaan dat hij zich aan de dwergengoden overgaf en zijn identiteit en gevoel van welzijn bond aan iets dat hij niet begreep. Als er goden bestonden, was het bovendien moeilijk te aanvaarden dat de dwergengoden de enigen waren. Eragon wist één ding zeker: als hij Nar Garzhvog of iemand van een nomadenstam of bijvoorbeeld de zwarte priesters van Helgrind zou vragen of hun goden echt bestonden, dan zouden ze de suprematie van hun godheden even vurig verdedigen als Glûmra die van de hare.

Hoe kan ik weten welke godsdienst de ware is? vroeg hij zich af. *Het feit dat iemand een bepaald geloof aanhangt, betekent niet per se dat hij op de goede weg is... Misschien is het zo dat geen enkele godsdienst alle waarheid van de wereld bevat. Elke godsdienst bevat misschien maar een fragment van de waarheid, en dan is het onze verantwoordelijkheid*

om die fragmenten te identificeren en aan elkaar te passen. Of anders hebben de elfen gelijk en bestaan er geen goden. Maar hoe kan ik dat zeker weten?
Glûmra mompelde na een lange zucht een zin in het Dwergs. Toen stond ze op en trok ze het zijden gordijn voor de alkoof dicht. Ook Eragon stond op – krimpend van pijn omdat zijn door het gevecht geteisterde spieren werden gestrekt – en volgde haar naar de tafel, waar hij ging zitten. De dwergenvrouw haalde twee tinnen kroezen uit een stenen kast in de muur, pakte een blaas vol wijn van zijn plaats aan het plafond en schonk voor zichzelf en Eragon iets te drinken in. Ze hief haar kroes en uitte een heildronk in het Dwergs, die Eragon probeerde te imiteren. Toen namen ze een slok.

Glûmra zei: 'Het is goed te weten dat Kvîstor nog leeft, te weten dat hij op ditzelfde moment gekleed gaat in gewaden die passend zijn voor een koning terwijl hij zich aansluit bij de feestelijke avondmaaltijd in Morgothals zaal. Moge hij in dienst van de goden veel eer behalen.' Toen dronk ze opnieuw.

Eragon dronk zijn kroes leeg en maakte aanstalten om afscheid van Glûmra te nemen, maar ze sneed hem met een handgebaar de pas af. 'Heb je een plek waar je kunt slapen en waar je veilig bent voor hen die je willen doden, Schimmendoder?'

Als antwoord vertelde Eragon dat hij onder Tronjheim verborgen moest blijven totdat Orik een boodschapper stuurde. Glûmra knikte kort en afdoende met haar kin en zei: 'Dan moeten jij en je metgezellen hier wachten totdat de boodschapper komt, Schimmendoder. Daar sta ik op.' Eragon wilde protesteren, maar zij schudde haar hoofd. 'Ik kan niet toestaan dat zij die met mijn zoon gevochten hebben, wegkwijnen in het vocht en het donker van de grotten zolang ik nog leven in mijn botten heb. Roep je metgezellen, dan zullen we eten en vrolijk zijn in deze sombere nacht.'

Eragon besefte dat hij niet kon weggaan zonder ruzie met Glûmra te krijgen. Dus riep hij zijn lijfwachten en zijn tolk, en samen hielpen ze Glûmra bij de voorbereiding van een maaltijd met brood, vlees en pastei, en toen die klaar was, bleven ze tot diep in de nacht eten, drinken en praten. Vooral Glûmra was heel levendig. Ze dronk het meest, lachte het hardst en was altijd de eerste die een grappige opmerking maakte. Eragon was aanvankelijk geschokt door haar gedrag, maar zag toen dat haar lach nooit haar ogen bereikte, en als ze dacht dat niemand keek, maakte de opgewektheid op haar gezicht plaats voor een sombere en gelaten blik. Hij concludeerde daaruit dat hen vermaken voor haar een manier was om haar zoon te gedenken en zich niet door Kvîstors dood te laten overweldigen.

Ik ken verder niemand zoals jij, dacht hij terwijl hij haar gadesloeg.

Lang na middernacht klopte iemand op de deur van de hut. Hûndfast bracht een dwerg naar binnen die een volledige wapenrusting droeg en zich kennelijk nerveus en slecht op zijn gemak voelde; hij wierp voortdurend blikken op deuren, ramen en beschaduwde hoekjes. Met een reeks zinnen in de oude taal overtuigde hij Eragon ervan dat hij Oriks boodschapper was, en toen zei hij: 'Ik ben Farn, zoon van Flosi... Argetlam, Orik verzoekt je om met alle mogelijke spoed terug te komen. Hij heeft belangrijk nieuws over de gebeurtenissen van vandaag.'

In de deuropening pakte Glûmra met vingers van staal Eragons onderarm vast. Terwijl hij in haar steenharde ogen keek, zei ze: 'Vergeet je eed niet, Schimmendoder. Laat de moordenaars van mijn zoon niet ongestraft ontkomen!'

'Nee, dat zal ik niet laten gebeuren,' beloofde hij.

Clanvergadering

De dwergen die buiten Oriks vertrekken op wacht stonden, gooiden de dubbele deur open op het moment dat Eragon met grote stappen naar hen toe liep. De hal daarachter was lang, mooi versierd en ingericht met drie ronde, rood beklede stoelen die midden in de ruimte op een rij stonden. Aan de muren hingen geborduurde draperieën en de alomtegenwoordige vlamloze dwergenlantaarns, terwijl in het plafond houtsnijwerk was aangebracht dat een beroemde veldslag uit de dwergengeschiedenis uitbeeldde.

Orik stond te overleggen met een groep krijgers en grijsbaardige dwergen uit de Dûrgrimst Ingeitum. Bij Eragons nadering draaide Orik zich met een grimmig gezicht om. 'Goed dat je meteen gekomen bent! Hûndfast, je kunt nu naar je vertrekken gaan. We willen even onder vier ogen praten.'

Eragons tolk boog en verdween door een galerij aan zijn linkerhand. Zijn voetstappen echoden over de vloer van gepolijste agaat. Zodra hij buiten gehoorsafstand was, vroeg Eragon: 'Vertrouw je hem niet?'

Orik haalde zijn schouders op. 'Ik weet niet wie ik op dit moment nog kan vertrouwen. Hoe minder mensen weten wat we ontdekt hebben, des te beter. We mogen niet riskeren dat het nieuws vóór zonsopgang naar een andere clan sijpelt, want als dat wel gebeurt, is oorlog bijna onvermijdelijk.'

De dwergen achter hem mompelden zachtjes en hoorbaar ontzet.

'Maar wat heb je dan voor nieuws?' vroeg Eragon ongerust.

De achter Orik verzamelde krijgers gingen opzij toen hij naar hen gebaarde. Daarbij werden drie geboeide en bebloede dwergen zichtbaar die boven op elkaar in de hoek waren gelegd. De onderste dwerg kreunde en schopte in het rond maar kon zich niet van zijn medegevangenen bevrijden.

'Wie zijn dat?' vroeg Eragon.

Orik antwoordde: 'Ik heb diverse van onze smeden de dolken laten bekijken die de aanvallers bij zich hadden. Zij identificeerden de smeedkunst als die van een zekere Kiefna Langneus, een wapensmid van onze clan die veel roem bij ons volk heeft verworven.'

'Dus hij kan ons vertellen wie de dolken gekocht heeft en wie dus onze vijanden zijn?'

Oriks borst schudde van een bruuske lach. 'Helaas. Maar we konden het spoor van de dolken volgen van Kiefna naar een wapensmid in Dalgon op vele mijlen van hier. Die smid verkocht ze aan een knurlaf met...'

'Een knurlaf?' vroeg Eragon.

Orik fronste zijn wenkbrauwen. 'Een vrouw. Een vrouw met zeven vingers aan elke hand heeft die dolken twee maanden geleden gekocht.'

'En heb je haar gevonden? Er kunnen niet veel vrouwen met dat aantal vingers zijn.'

'Dat komt bij ons volk helaas nogal vaak voor,' zei Orik. 'Maar hoe het ook zij, na enige problemen hebben we die vrouw in Dalgon opgespoord. Mijn krijgers hebben haar heel grondig ondervraagd. Ze komt uit Dûrgrimst Nagra, maar voor zover wij hebben kunnen vaststellen, heeft ze helemaal op eigen houtje gehandeld, niet in opdracht van haar clanleiding. We kwamen van haar te weten dat een dwerg haar had ingeschakeld om de dolken te kopen en af te leveren bij een wijnkoopman die ze bij zijn vertrek uit Dalgon zou meenemen. De opdrachtgever van de vrouw zei er niet bij voor wie de dolken bestemd waren, maar bij navraag bij de kooplieden van de stad ontdekten we dat hij vanuit Dalgon rechtstreeks naar een van de steden in handen van Az Sweldn rak Anhûin is gegaan.'

'Ze waren het dus inderdaad!' riep Eragon.

'Ja, maar het kan ook iemand zijn geweest die ons wil laten dénken dat zij het waren. We hadden meer bewijzen nodig voordat de schuld van Az Sweldn rak Anhûin ondubbelzinnig vaststond.' Oriks ogen begonnen te twinkelen en hij hief een vinger. 'Met behulp van een heel erg slimme bezwering konden we het pad van de moordenaars door de tunnels en grotten terugvolgen naar een verlaten deel op het twaalfde niveau van Tronjheim, buiten de aangrenzende hulpzaal van de zuidelijke spaak in het westelijke kwadrant langs de... ach, het doet er ook niet toe. Maar ooit moet ik je de indeling van Tronjheim leren, zodat je in geval van nood altijd zelf de weg in de stad kunt vinden. Hoe dan ook, het spoor leidde naar een verlaten voorraadkamer waar dat drietal' – hij gebaarde naar de geboeide dwergen – 'zich schuilhield. Ze verwachtten ons niet, en daarom hebben we hen levend te pakken gekregen, maar ze probeerden wel zelfmoord te plegen. Het is niet makkelijk geweest, maar van twee hebben we de geest gebroken zodat we van hen alles te weten zijn gekomen wat ze van de zaak wisten. De derde hebben we nog even gespaard zodat de andere grimstborithn hem naar genoegen kunnen ondervragen.' Orik wees weer naar de gevangenen. 'Zij drieën rustten de moordenaars voor de aanval uit, gaven hun de dolken en zwarte kleren en gaven hun de laatste nacht voedsel en onderdak.'

'Wie zijn het?' vroeg Eragon.

'Bah!' riep Orik uit waarna hij op de grond spuwde. 'Het zijn Vargrimstn, krijgers die zich te schande hebben gemaakt en buiten elke clan zijn gezet. Niemand wil iets met dat schorem te maken hebben, behalve clanleden die zelf laaghartigheid in de zin hebben en niet willen dat anderen dat weten. Zo was het ook met deze drie. Ze kregen hun bevelen rechtstreeks van grimstborith Vermûnd van Az Sweldn rak Anhûin.'

'Is elke twijfel uitgesloten?'

Orik keek hem aan. 'Ja. Az Sweldn rak Anhûin heeft je willen vermoorden, Eragon. We zullen waarschijnlijk nooit weten of er ook andere clans bij betrokken waren, maar als we het verraad van Az Sweldn rak Anhûin onthullen, dwingen we alle andere eventuele medeplichtigen om hun vroegere bondgenoten te verloochenen. Ze moeten dan verdere aanvallen op Dûrgrimst Ingeitum afblazen of in elk geval uitstellen, en als ik dit goed aanpak, geven ze mij hun stem voor het koningschap.'

Er flitste een beeld door Eragons geest: het prismatische lemmet dat uit Kvîstors nek stak, en de gepijnigde blik van de dwerg toen deze stervend op de grond viel. 'Hoe straffen we Az Sweldn rak Anhûin voor deze misdaad? Moeten we Vermûnd doden?'

'Laat dat maar aan mij over,' zei Orik terwijl hij op de zijkant van zijn neus tikte. 'Ik heb een plan. Maar we moeten heel voorzichtig te werk gaan want de situatie is uiterst kwetsbaar. Zulk verraad is in vele lange jaren niet voorgekomen. Jij als buitenstaander kunt niet weten hoe afgrijselijk wij het vinden dat iemand van ons een gast naar het leven staat. Dat jij de enige vrije Rijder bent die zich nog tegen Galbatorix verzet, maakt het nog erger. Verder bloedvergieten kan noodzakelijk zijn maar zou voorlopig alleen tot een nieuwe clanoorlog leiden.'

'Een clanoorlog kan de enige manier zijn om tegen Az Sweldn rak Anhûin op te treden,' merkte Eragon op.

'Dat denk ik niet, maar als ik me vergis en een oorlog onvermijdelijk is, moeten we zorgen dat het een oorlog tussen de rest van de clans en Az Sweldn rak Anhûin wordt. Dat hoeft niet slecht te zijn. Gezamenlijk kunnen we hen in een week verpletteren. Maar een oorlog waarbij de clans in twee of drie facties uiteenvallen, zou ons land verwoesten. Voordat we ons zwaard trekken, is het dan ook cruciaal om de andere clans te overtuigen van wat Az Sweldn rak Anhûin gedaan heeft. Sta je voor dat doel toe dat magiërs uit de diverse clans je herinneringen aan de overval onderzoeken zodat ze die zien gebeuren zoals wij het verteld hebben? Dan weten ze dat we die niet ten guste van onszelf in scène hebben gezet.'

Eragon aarzelde. Hij zette zijn geest niet graag voor onbekenden open. Toen maakte hij een hoofdgebaar naar de drie dwergen die boven op elkaar lagen. 'Waarom neem je hen niet? Hebben ze niet genoeg herinneringen om de clans duidelijk te maken dat Az Sweldn rak Anhûin de schuldige is?'

Orik trok een lelijk gezicht. 'Ze zouden genoeg moeten zijn, maar clanhoofden die een grondig onderzoek willen doen, zullen hun herinneringen willen vergelijken met de jouwe, en als je dat weigert, kunnen de Az Sweldn rak Anhûin beweren dat we iets voor de vergadering verbergen en dat onze aanklacht gewoon een lasterlijk verzinsel is.'

'Goed dan,' zei Eragon. 'Wat moet, dat moet. Maar als een van die magiërs afdwaalt naar een plaats waar hij niet hoort te zijn, al is het maar per ongeluk, dan kan ik niets anders doen dan uit hun geest branden wat ze gezien hebben. Van sommige dingen kan ik niet toestaan dat iedereen ze weet.'

Orik zei knikkend: 'Ja, ik kan minstens één inlichting bedenken die ons enig ongemak zou bezorgen als die van de daken werd geschreeuwd, nietwaar? Ik weet zeker dat de clanhoofden je voorwaarde zullen aanvaarden, want we hebben allemaal eigen geheimen die we niet graag op straat zien liggen, en ik weet ook zeker dat ze hun magiërs zullen bevelen om door te gaan ongeacht het gevaar. Deze aanval kan zoveel wanorde bij ons volk veroorzaken dat de grimstborithn zich gedwongen zullen voelen om de waarheid te achterhalen, ook al kan hun dat hun bekwaamste magiërs kosten.'

Orik, die zich tot zijn volle, zij het beperkte, lengte oprichtte, beval de gevangenen te verwijderen uit de fraai versierde zaal en stuurde ook al zijn vazallen weg, behalve Eragon en zesentwintig van zijn beste krijgers. Hij pakte met een gracieus gebaar Eragons elleboog en bracht hem naar de binnenste kamers van zijn vertrekken. 'Blijf vannacht hier bij mij, want hier durft Az Sweldn rak Anhûin niet toe te slaan.'

'Als je van plan was te slapen, moet ik je waarschuwen,' zei Eragon. 'Vannacht kan ik niet rusten. Mijn bloed kolkt nog van het tumultueuze gevecht, en ook mijn gedachten zijn nog niet tot bedaren gekomen.'

Orik antwoordde: 'Beslis zelf maar of je wilt rusten. Mijn slaap zul je niet verstoren, want ik trek een dikke wollen pet ver over mijn oren. Maar ik dring erop aan dat je je kalmte probeert te herwinnen – bijvoorbeeld met behulp van een paar technieken die de elfen je geleerd hebben – om zo goed mogelijk op krachten te komen. De zon gaat alweer bijna op, en over nog maar een paar uur komen de clans weer bijeen. Voor wat ons te wachten staat, moeten we allebei zo uitgerust mogelijk zijn. Onze daden en woorden van vandaag bepalen het uiteindelijke lot van mijn volk, mijn land en de rest van Alagaësia... Kijk me maar niet zo grimmig aan en bedenk het volgende: misschien hebben we succes, misschien niet – en ik hoop zeker dat we slagen – maar onze namen zullen tot het einde der tijden voortleven vanwege de manier waarop wij ons tijdens deze bijeenkomst gedragen. Dat alleen al is een prestatie waarbij je borst van trots opzwelt! De goden zijn wispelturig en de enige onsterfelijkheid waarop we kunnen rekenen, is die welke we met onze eigen daden verdienen. Roem of smaad – allebei zijn ze beter dan de vergetelheid zodra je uit deze wereld vertrokken bent.'

In de laatste uren van die nacht dwaalden Eragons gedachten af. Hij zat lui tussen de leuningen van een beklede dwergensofa en zijn samenhangende bewustzijn loste langzaam op in de wanordelijke fantasie van zijn wakende dromen. Hij bleef zich bewust van het mozaïek van kleurige steentjes aan de muur tegenover hem maar zag tegelijkertijd – alsof een opgloeiende doek over het mozaïek kwam te hangen – taferelen uit zijn leven in de Palancarvallei voordat een gewichtige en bloedige lotsbestemming zijn bestaan overhoop had gegooid. De taferelen weken echter af van wat er feitelijk gebeurd was, en dompelden hem in imaginaire situaties die beetje bij beetje werden opgebouwd uit fragmenten van de werkelijkheid. In de laatste paar tellen voordat hij zich uit zijn verdoving losrukte, begon zijn visioen te flikkeren en gaven de beelden de indruk van een versterkte realiteit.

Hij stond in de werkplaats van Horst. De deuren waren open en hingen los aan hun scharnieren als de slappe grijns van een idioot. De hemel buiten was sterrenloos. Een alles verslindende duisternis leek zich aan te drukken tegen de randen van het dofrode licht uit de kooltjes alsof het donker graag alles binnen het bereik van die rossige omgeving wilde opslokken. Naast het smidsvuur torende Horst hoog op. De glijdende schaduwen op zijn gezicht en baard waren angstaanjagend om te zien. Zijn dikke arm steeg en daalde, en een soort klokgelui huiverde door de lucht als zijn hamer het uiteinde van een geel opgloeiende stalen stang raakte. Een vonkenregen doofde op de grond. Nog vier keer bewerkte de smid het metaal; toen pakte hij de stang van het aambeeld en stak hij hem in een vat olie. Blauwe en zijdezachte maar spookachtige vlammetjes flakkerden boven het oppervlak van de olie en verdwenen met kreetjes van woede. Toen Horst de stang weer uit het vat had gehaald, wendde hij zich fronsend tot Eragon. Hij vroeg: 'Waarom ben je hier, Eragon?'

'Ik heb een Drakenrijderszwaard nodig.'

'Scheer je weg. Ik heb geen tijd om een Rijderszwaard voor je te maken. Zie je niet dat ik aan een ketelhaak voor Elain werk? Die moet ze hebben voor het slagveld. Ben je alleen?'

'Dat weet ik niet.'

'Waar is je vader? Waar is je moeder?'

'Dat weet ik niet.'
Toen klonk een andere stem – een gepolijste stem vol macht en kracht. De stem zei:
'Brave smid, hij is niet alleen. Hij is met mij meegekomen.'
'En wie ben jij dan wel?' vroeg Horst.
'Zijn vader.'
Op de drempel van de werkplaats tussen de openstaande deuren verscheen een enorme gestalte met een omtrek van bleek licht vanuit het gestremde duister. Een rode mantel hing golvend aan schouders die breder waren dan die van een Kull. In zijn linkerhand glom Zar'roc, scherp als pijn. Door de spleten in zijn glanzend gepolijste helm drongen zijn blauwe ogen in Eragon door en hielden hem op zijn plaats zoals een pijl die een konijn vastpint. Hij hief zijn vrije hand en strekte die naar Eragon uit. 'Mijn zoon, ga met mij mee. Samen kunnen we de Varden vernietigen, Galbatorix doden en heel Alagaësia veroveren. Je hoeft me alleen maar je hart te geven. Dan zijn we onoverwinnelijk. Geef me je hart, zoon.'

Eragon sprong met een gesmoorde uitroep van de sofa en bleef naar de vloer staan staren. Hij had zijn handen tot vuisten gebald en zijn borst zwoegde. Oriks wachtposten keken hem nieuwsgierig aan, maar hij negeerde hen. Hij was te onthutst om zijn uitbarsting te kunnen verklaren.

Het was nog vroeg, en Eragon ging na een tijdje dus weer op de sofa zitten, maar daarna bleef hij waakzaam en stond hij zich niet toe om in het land van dromen weg te zinken uit angst voor de verschijningen die hem konden kwellen.

Eragon stond met zijn rug tegen de muur. Zijn hand lag op de knop van het dwergenzwaard, en hij zag de clanhoofden in een rij de ronde vergaderzaal betreden, die onder Tronjheim verborgen was. Hij lette vooral aandachtig op Vermûnd, de grimstborith van Az Sweldn rak Anhûin, maar als het de dwerg met zijn purperen sluier verbaasde dat hij Eragon levend en wel aantrof, liet hij dat niet merken.

Eragon voelde dat Oriks laars hem aanstootte. Zonder zijn blik van Vermûnd los te maken boog hij zich naar Orik. Hij hoorde hem fluisteren: 'Niet vergeten. Naar links en drie deuren verderop.' Dat verwees naar de plaats waar Orik honderd krijgers gestationeerd had zonder dat de andere clanhoofden het wisten.

Ook Eragon fluisterde. Hij zei: 'Als er bloed vergoten wordt, moet ik dan de kans benutten om die slang Vermûnd te doden?'

'Liever niet, tenzij hij hetzelfde met jou of mij probeert.' Orik grinnikte even. 'De andere grimstborithn zouden er niet echt blij mee zijn... Maar ik moet nu gaan. Bid tot Sindri om geluk, alsjeblieft. We wagen ons nu op een lavaveld dat nog niemand heeft durven oversteken.'

En Eragon bad.

Toen alle clanhoofden rond de tafel waren gaan zitten, namen ook degenen plaats die vanaf de omtrek van de ruimte toekeken. Ze namen hun eigen stoel in de rij zitplaatsen langs de ronde muur. Eragon was een van hen maar ging niet op zijn gemak zitten, zoals veel dwergen deden. Hij zat op het randje van zijn stoel, klaar voor een gevecht zodra er ook maar enig gevaar dreigde.

Gannel, de zwartogige krijger-priester van Dûrgrimst Quan, stond op en nam in het Dwergs het woord. Hûndfast schoof dichter naar Eragons rechterkant en vertaalde simultaan. De dwerg zei: 'Opnieuw gegroet, medeclanhoofden. Ik weet alleen nog niet helemaal zeker of deze vergadering een blijde gebeurtenis is, want mij hebben bepaalde verontrustende geruchten – of liever gezegd: geruchten over geruchten – bereikt. Behalve dit vage en verontrustende gemompel heb ik geen inlichtingen of bewijzen op basis waarvan ik de aanklacht van een misdrijf kan formuleren. Maar aangezien het vandaag mij te beurt valt om deze vergadering voor te zitten, stel ik voor dat we onze diepgravende besprekingen even opschorten en – met uw goedkeuring – een paar vragen aan de vergadering stellen.'

De clanhoofden mompelden onderling, en toen zei Íorûnn, de knappe Íorûnn met de kuiltjes in haar wangen: 'Ik heb geen bezwaar, grimstborith Gannel. U hebt met deze geheimzinnige insinuaties mijn nieuwsgierigheid gewekt. Laat maar horen welke vragen u hebt.'

'Ja, laat maat horen,' zei Nado.

'Laat maar horen,' zeiden Manndrâth en alle andere clanhoofden inclusief Vermûnd instemmend.

Nu Gannel de toestemming had die hij wilde, legde hij zijn knokkels op tafel en zweeg hij even. Daarmee verzekerde hij zich van ieders aandacht. Vervolgens zei hij: 'Toen wij gisteren ons middagmaal aten, als altijd in de zaal van onze keuze, zijn overal in de tunnels in het zuidelijke kwadrant van Tronjheim verontrustende geluiden gehoord. De meldingen verschillen van mening over de luidheid ervan, maar dat zoveel knurlan in een zo groot gebied de geluiden gehoord hebben, bewijst dat het geen onbeduidend voorval betrof. Net als u heb ik de gebruikelijke waarschuwingen voor een mogelijke instorting gekregen. Wat u echter misschien niet weet is dat twee uur daarna tunnellopers...'

Hûndfast aarzelde even en fluisterde toen snel: 'Het woord is moeilijk in deze taal om te zetten. "Tunnellopers" is het beste, denk ik.' Toen hervatte hij zijn vertaling.

'...aanwijzingen ontdekten voor een grootscheeps gevecht in een van de oude tunnels die onze beroemde voorvader Korgan Langbaard heeft uitgegraven. De vloer van de tunnel was met bloed besmeurd en de muren waren zwart van het roet uit een lantaarn die een krijger met een wapen onnadenkend heeft vernield. In het omringende gesteente zaten barsten, en overal verspreid lagen de lijken van zeven verkoolde en verminkte dwergen. Tekenen wezen erop dat andere slachtoffers waren afgevoerd. Dit waren niet de restanten van een obscure schermutseling tijdens de Slag onder Farthen Dûr. Nee! Het bloed was nog niet eens opgedroogd, het roet was nog zacht, de barsten waren overduidelijk vers, en naar mij is meegedeeld, was in de omgeving nog de echo van machtige magie waar te nemen. Op ditzelfde moment proberen diversen van onze beste magiërs een beeld van de gebeurtenissen te reconstrueren, maar ze hebben weinig hoop omdat de betrokkenen in bijzonder achterbakse betoveringen gewikkeld waren. Mijn eerste vraag aan de vergadering is dus: bezit iemand van u meer kennis over deze mysterieuze actie?'

Terwijl Gannel zijn toespraak besloot, verstrakte Eragon zijn beenspieren, klaar om op te springen als de dwergen van Az Sweldn rak Anhûin met hun purperen sluier naar hun wapen zouden grijpen.

Orik schrapte zijn keel en zei: 'Ik denk dat ik een deel van uw nieuwsgierigheid op dit punt kan bevredigen, Gannel. Maar omdat mijn antwoord noodzakelijkerwijs uitgebreid is, stel ik voor dat u eerst uw andere vragen stelt.'

Een frons verduisterde Gannels voorhoofd. Met zijn knokkels op tafel trommelend zei hij: 'Goed dan... Kennelijk verband houdend met het wapengekletter in Korgans tunnels, heb ik meldingen gekregen over talloze knurlan die door Tronjheim trokken en zich met heimelijke bedoelingen in grote gewapende eenheden verzameld hebben. Mijn agenten hebben de clan van deze krijgers niet kunnen vaststellen, maar dat een lid van deze raad pogingen doet om zijn troepen in het geheim bijeen te brengen terwijl wij bezig zijn aan een vergadering om te besluiten wie koning Hrothgar moet opvolgen, doet motieven van de duisterste soort vermoeden. Mijn tweede vraag aan de vergadering is dan ook deze: wie is voor deze slecht doordachte manoeuvres verantwoordelijk? Als niemand van u bereid is zijn wangedrag in dezen toe te geven, dan stel ik met de grootst mogelijke nadruk voor om alle krijgers, ongeacht hun clan, voor de duur van deze vergadering uit Tronjheim te verbannen en dat we onmiddellijk een wetslezer benoemen om deze handelingen te onderzoeken en na te gaan wie er blaam voor verdient.'

Gannels onthulling, zijn vraag en zijn voorstel wekten een geroezemoes van verhitte gesprekken tussen de clanhoofden. De dwergen bestookten elkaar steeds venijniger met aanklachten, ontkenningen en tegenbeschuldigingen, en toen een woedende Thordris tegen een rood aangelopen Gáldhiem aan het bulderen was, schraapte Orik opnieuw zijn keel. Iedereen deed er het zwijgen toe en keek hem aan.

Orik zei op milde toon: 'Ik meen u ook dit te kunnen verklaren, Gannel, in elk geval voor een deel. Ik kan niets zeggen over de activiteiten van andere clans, maar verscheidene honderden van de krijgers die zich door de bediendenverblijven van Tronjheim hebben gehaast, waren Dûrgrimst Ingeitum. Dat geef ik graag toe.'

Iedereen zweeg. Toen nam Íorûnn het woord. 'Welke uitleg hebt u voor dit krijgszuchtige gedrag, Orik, zoon van Thrifk?'

'Zoals ik al gezegd heb, fraa Íorûnn, zal mijn antwoord uitvoerig zijn. Als u dus nog andere vragen te stellen hebt, Gannel, stel ik voor dat u daar nu toe overgaat.'

Gannels frons werd nog dieper en zijn vooruitstekende wenkbrauwen raakten elkaar zelfs bijna. Hij zei: 'Ik zal mijn andere vragen voorlopig opschorten, want zij houden allemaal verband met de vragen die ik de vergadering al gesteld heb. We moeten blijkbaar wachten tot het u behaagt om ons meer over deze kwesties uit de doeken te doen. Aangezien u echter met huid en haar bij deze dubieuze activiteiten betrokken blijkt, komt een nieuwe vraag bij me op die ik u met nadruk stellen wil, grimstborith Orik. Om welke reden hebt u de sessie van gisteren verlaten? En wees gewaarschuwd: ik duld geen ontwijkende antwoorden. U hebt al laten doorschemeren dat u kennis draagt van deze zaken. Het wordt tijd dat u volledige opening van zaken geeft, grimstborith Orik.'

Orik stond al op toen Gannel ging zitten, en zei: 'Het genoegen is geheel aan mijn kant.' Hij liet zijn bebaarde kin zakken totdat die op zijn borst rustte, deed er even het zwijgen toe en ging toen sonoor staan oreren. Hij begon echter niet zoals Eragon verwacht had, noch – nam Eragon aan – zoals de rest van de vergadering verwacht had. Orik beschreef niet de moordaanslag op Eragon om uit te leggen waarom hij de vorige sessie voortijdig verlaten had, maar hij vertelde het verhaal over de dageraad van de geschiedenis, toen het dwergenvolk van de altijdgroene velden van de Hadaracwoestijn naar de Beorbergen getrokken was. Daar hadden ze hun ontelbare mijlen aan tunnels uitgegraven, hun schitterende onder- en bovengrondse steden gebouwd en onbekommerd oorlog gevoerd, niet alleen onderling maar ook tegen de draken, naar wie de dwergen duizenden jaren lang met een combinatie van haat, angst en onwillig ontzag hadden opgekeken.

Daarna had hij het over de komst van de elfen naar Alagaësia, over hun oorlogen tegen de draken totdat ze elkaar bijna hadden uitgeroeid, en over het besluit van beide volkeren om de Drakenrijders te creëren en daarmee voortaan de vrede te bewaren.

'En hoe reageerden wij toen we hun bedoelingen vernamen?' vroeg Orik met een stem die overal in de zaal weergalmde. 'Vroegen wij om aansluiting bij dat bondgenootschap? Streefden we naar deelname aan de macht waarmee de Drakenrijders bekleed werden? Nee! We klampten ons vast aan onze oude gewoonten, onze oude haatgevoelens, en we verwierpen zelfs de gedachte aan een band met de draken. We weigerden iemand op ons gebied toe te laten om ons te surveilleren. Om ons gezag te handhaven offerden we onze toekomst op, want ik weet één ding zeker: als een paar knurlan Drakenrijders waren geworden, zou Galbatorix nooit aan de macht zijn gekomen. En zelfs als ik ongelijk heb – en daarmee bedoel ik geen kleinering van Eragon, die zich een uitstekende Rijder heeft betoond – zou de draak Saphira in dat geval voor iemand van ons volk uit het ei zijn gekomen in plaats van voor een mens. En dat zou een enorme glorie hebben betekend. In plaats daarvan is onze rol in Alagaësia afgenomen sinds koningin Tarmunora en Eragons naamgenoot vrede met de draken sloten. Onze geringere status was aanvankelijk niet ondraaglijk bitter en vaak makkelijker te negeren dan te aanvaarden. Maar toen kwamen de Urgals en daarna de mensen. De elfen veranderden hun spreuken zodanig dat ook mensen Rijders konden zijn. Maar probeerden we toen betrokken te zijn bij hun akkoord, zoals zeker gekund had en zoals ons recht zou zijn geweest?' Orik schudde zijn hoofd. 'Daar waren we te trots voor. Waarom zouden wij, het oudste volk van het land, de elfen moeten smeken om de gunst van hun magie? We hoefden ons lot toch niet met dat van de draken te verbinden om ons volk voor de ondergang te behoeden, zoals de elfen en mensen hadden gedaan? We negeerden natuurlijk de oorlogen die we onderling voerden. Die vonden we onze eigen zaak waarmee niemand iets van doen had.'

De luisterende clanhoofden werden onrustig. Velen waren kennelijk gegriefd door Oriks kritiek, anderen stonden er open voor en luisterden nadenkend.

Orik vervolgde: 'Toen de Rijders over Alagaësia waakten, beleefden wij de periode met de grootste voorspoed uit de annalen van ons land. We bloeiden zoals nooit tevoren maar hadden opnieuw geen aandeel in de oorzaak ervan: de Rijders. Toen de Rijders ten onder gingen, haperde onze voorspoed, maar opnieuw hadden we geen aandeel in de oorzaak ervan: de Rijders. Geen van beide situaties is passend voor een volk met onze status. Wij zijn geen land van vazallen die onderworpen zijn aan de grillen van buitenlandse heersers. Ons lot dient ook niet bepaald te worden door degenen die niet van Odgar en Hlordis afstammen.'

Deze redenering viel beter in de smaak; de clanhoofden knikten glimlachend, en Havard klapte bij de laatste regel zelfs een paar keer.

'Kijk nu eens naar het heden,' zei Orik. 'Galbatorix is in opkomst, en elk volk vecht om niet onder zijn heerschappij te vallen. Hij is zo machtig geworden dat we om nog maar één reden niet zijn slaven zijn geworden: hij heeft nog niet besloten om op zijn zwarte draak te klimmen en ons rechtstreeks aan te vallen. Wanneer hij dat doet, vallen we voor hem als jonge boompjes voor een lawine. Gelukkig vond hij het ook goed om te wachten totdat we ons, elkaar afslachtend, een weg naar de poorten van zijn citadel in Urû'baen hebben gebaand. Maar ik herinner jullie aan de tijd voordat

Eragon en Saphira nat en verfomfaaid op onze drempel stonden met honderd jammerende Kull vlak achter zich aan. Onze enige hoop op een overwinning op Galbatorix was dat Saphira ooit, waar dan ook, uit het ei zou komen voor haar uitverkoren Rijder en dat die onbekende persoon misschien, wie weet – als we meer geluk hadden dan enige gokker die ooit een dobbelspel heeft gewonnen – in staat zou zijn om Galbatorix ten val te brengen. Hoop? Ha! Er was geen sprake van hoop. We hadden alleen hoop op hoop. Toen Eragon bij ons opdook, waren velen van ons, ikzelf niet uitgezonderd, diep teleurgesteld over zijn verschijning. "Het is maar een jongen," zeiden we. "Hij had beter een elf kunnen zijn," zeiden we. Maar zie! Hij heeft bewezen de belichaming van al onze hoop te zijn! Hij versloeg Durza, en stelde ons daarmee in staat om onze meest geliefde stad Tronjheim te redden. Zijn draak Saphira heeft beloofd de Sterroos in haar vroegere luister te herstellen. Tijdens de Slag op de Brandende Vlakten verdreef hij Murtagh en Thoorn en schonk ons daarmee de zegepraal. En kijk! Tegenwoordig heeft hij zelfs de verschijning van een elf en heeft hij dankzij hun vreemde magie hun snelheid en kracht gekregen.'

Orik hief een vinger om zijn woorden te onderstrepen. 'Bovendien deed koning Hrothgar in zijn wijsheid iets dat geen enkele andere koning of grimstborith ooit eerder heeft gedaan; hij bood Eragon adoptie in Dûrgrimst Ingeitum aan en daarmee het lidmaatschap van zijn eigen familie. Eragon was volstrekt niet verplicht om dat aanbod te aanvaarden. Hij was zich ervan bewust dat veel Ingeitumfamilies er bezwaar tegen hadden en dat in het algemeen veel knurlan er geen voorstander van waren. Maar ondanks die pogingen om hem te weerhouden en ondanks het feit dat hij Nasuada al trouw had gezworen, aanvaardde Eragon zijn gift in de wetenschap dat zijn leven er zwaarder door zou worden. Zoals hij me zelf verteld heeft, zwoer hij de eed op het Hart van Steen vanuit het gevoel van plicht dat hij koestert tegenover alle volkeren van Alagaësia, en vooral tegenover ons, omdat wij hem en Saphira door Hrothgars daden zoveel goeds hadden bewezen. Dankzij Hrothgars genie heeft de laatste vrije Rijder van Alagaësia – en onze enige, onze laatste hoop tegen Galbatorix – uit vrije wil besloten om in elk opzicht behalve zijn afstamming een knurla te worden. Eragon heeft zich sindsdien naar beste weten aan onze wetten en tradities gehouden en heeft steeds meer kennis over onze cultuur willen verwerven om de ware betekenis van zijn eed te eren. Toen Hrothgar sneuvelde en door de verraderlijke Murtagh werd geveld, zwoer Eragon tegenover mij op elke steen in Alagaësia en ook als lid van Dûrgrimst Ingeitum dat hij Hrothgars dood zou wreken. En hij heeft mij het respect en de gehoorzaamheid bewezen waarop ik als grimstborith recht heb. Ik beschouw hem dan ook met trots als mijn pleegbroeder.'

Eragon keek naar de grond. Zijn wangen en de punten van zijn oren brandden. Hij wou dat Orik minder royaal was met zijn lof, want nu werd de handhaving van zijn positie in de toekomst alleen nog maar moeilijker.

Orik spreidde zijn armen in een gebaar dat alle andere clanhoofden omvatte en riep: 'Alles wat we ons in een Drakenrijder konden wensen, hebben we met Eragon gekregen! Hij leeft! Hij heeft macht! En hij heeft ons volk omhelsd zoals geen andere Drakenrijder ooit gedaan heeft.' Toen liet hij zijn armen zakken en dempte hij zijn stem. Eragon had moeite om hem te verstaan. 'Maar hoe hebben we zijn vriendschap vergolden? In het algemeen met spot, krenkingen en zure wrok. Wij zijn een ondankbaar volk, volgens mij, en ons geheugen gaat verder terug dan goed voor ons is... Sommigen van ons zijn zelfs zo vervuld van een etterende haat dat ze naar gewelddadige middelen grijpen om de dorst van hun woede te lessen. Ze denken misschien nog steeds dat ze het welzijn van ons volk voor ogen hebben, maar als dat zo is, dan is hun geest zo beschimmeld als kaas van een jaar oud. Waarom zouden ze Eragon anders willen doden?'

De luisterende clanhoofden verstijfden en richtten hun blik strak op Orik. Ze concentreerden zich zo intens dat de corpulente grimstborith Freowin zijn snijwerk aan de raaf staakte en zijn handen op zijn royale buik vouwde. Wie niet beter wist, zou hem voor een dwergenbeeldje houden.

Onder ieders strakke blik vertelde Orik de vergadering hoe zeven dwergen in het zwart Eragon en zijn lijfwachten hadden aangevallen terwijl ze door de tunnels onder Tronjheim zwierven. Hij vertelde ook over de armband van gevlochten paardenhaar, ingelegd met cabochons van amethist, die Eragons lijfwachten op een van de lijken hadden aangetroffen.

'Denk maar niet dat je op basis van zulk prullig bewijs de schuld voor de aanval op mijn clan kunt schuiven!' riep Vermûnd uit terwijl hij snel overeind kwam. 'Zulke snuisterijen zijn op bijna elke markt van ons land te koop!'

'Dat is juist,' zei Orik, Vermûnd aankijkend. Op kalme toon maar in hoog tempo vertelde hij zijn toehoorders – zoals hij de vorige nacht ook tegenover Eragon had gedaan – wat zijn onderdanen in Dalgon hem bevestigd hadden: de vreemd flikkerende dolken van de moordenaars waren gesmeed door Kiefna. Diezelfde onderdanen hadden ook ontdekt dat de dwerg die de wapens had meegebracht, het transport ervan uit Dalgon naar een van de steden van Az Sweldn rak Anhûin geregeld had.

Vermûnd, die zacht en grommend vloekte, kwam opnieuw overeind. 'Die dolken kunnen best nooit in onze stad aangekomen zijn, en zelfs als dat wel is gebeurd, kun je er geen conclusies uit trekken! Knurlan uit talloze clans verblijven binnen onze muren, net als binnen de muren van Fort Bregan bijvoorbeeld. Dat betekent allemaal *niets*. Let op je woorden, grimstborith Orik, want je hebt nog steeds geen reden voor een aanklacht tegen mijn clan.'

'Diezelfde mening was ik ook toegedaan, grimstborith Vermûnd,' antwoordde Orik. 'Daarom hebben mijn magiërs en ik gisteravond het pad van de moordenaars naar hun beginpunt teruggevolgd. Op het twaalfde niveau van Tronjheim overmeesterden we drie knurlan die zich in een stoffige voorraadkamer verborgen hielden. We braken de geest van twee van hen, en zo kwamen we te weten dat ze de moordenaars voor hun aanval hadden toegerust. Bovendien' – Oriks stem werd grimmig en dreigend – 'kwamen we van hen de identiteit van hun meester te weten. Dat bent u, grimstborith Vermûnd! Ik noem u Moordenaar en Eedbreker. Ik noem u vijand van Dûrgrimst Ingeitum en ik noem u verrader van uw volk, want u en uw clan hebben geprobeerd om Eragon te doden!'

De vergadering ontaardde in chaos omdat alle clanhoofden behalve Orik en Vermûnd begonnen te schreeuwen en te gebaren en ook op andere manieren het gesprek probeerden te beheersen. Eragon stond op, maakte het geleende zwaard in zijn schede los en trok het een klein stukje omhoog om bliksemsnel te kunnen reageren als Vermûnd of een van zijn dwergen tot de aanval besloot. Maar Vermûnd deed niets, en dat gold ook voor Orik. Ze staarden elkaar als rivaliserende wolven aan en besteedden geen aandacht aan het tumult om hen heen.

Toen Gannel uiteindelijk de orde wist te herstellen, zei hij: 'Grimstborith Vermûnd. Kunt u deze beschuldigingen ontkrachten?'

Vermûnd zei met een vlakke en emotieloze stem: 'Ik ontken ze met elk bot in mijn lichaam en daag iedereen uit om ze tot tevredenheid van een wetslezer te bewijzen.'

Gannel wendde zich tot Orik: 'Overleg dan uw bewijzen, grimstborith Orik, zodat wij kunnen vaststellen of ze geldig zijn of niet. Er zijn hier vandaag vijf wetslezers, als ik me niet vergis.' Hij gebaarde naar de muur, waar vijf dwergen met witte baarden opstonden en bogen. 'Zij zullen zorgen dat wij bij ons onderzoek de grenzen van de wet niet overschrijden. Is iedereen het daarmee eens?'

'Ja,' zei Ûndin.

'Ja,' zeiden Hadfala en alle andere clanhoofden na haar, behalve Vermûnd.

Orik legde allereerst de armband met de amethisten op tafel. Elk clanhoofd liet hem door een van zijn magiërs onderzoeken, maar niemand vond het een doorslaggevend bewijs.

Daarna gaf Orik een adjudant bevel om een spiegel op een bronzen driepoot brengen. Een van de magiërs in zijn gevolg uitte een bezwering, en toen verscheen op het glanzende oppervlak het beeld van een kleine kamer vol boeken. Even gebeurde er niets. Toen rende een dwerg de kamer in die vanuit de spiegel naar de vergadering boog. Hij stelde zichzelf ademloos voor als Rimmar, en na in de oude taal eden te hebben gezworen om zijn eerlijkheid te bewijzen, vertelde hij de vergadering hoe hij en zijn assistenten hun ontdekkingen hadden gedaan inzake de dolken die Eragons aanvallers gehanteerd hadden.

Toen de clanhoofden Rimmar ondervraagd hadden, liet Orik de drie dwergen binnenbrengen die de Ingeitum gevangengenomen hadden. Gannel beval hen in de oude taal de eed van eerlijkheid te zweren, maar ze vervloekten hem, spuwden op de grond en weigerden.

Toen verenigden de magiërs van alle clans hun gedachten. Ze drongen het denken van de gevangenen binnen en ontfutselden hun de inlichtingen die de vergadering wenste. De magiërs bevestigden zonder uitzondering wat Orik al gezegd had.

Ten slotte riep Orik Eragon als getuige op. Eragon liep, aangestaard door de dertien grimmige clanhoofden, nerveus naar de tafel. Hij keek door de zaal heen naar een kleine spiraal van kleur op een marmeren zuil en probeerde zijn onbehagen te verbergen. Hij herhaalde de eed van eerlijkheid die een van de dwergenmagiërs opzei, en vertelde de clanhoofden toen met een minimum aan uitweidingen hoe hij en zijn lijfwachten waren aangevallen. Vervolgens beantwoordde hij de onvermijdelijke vragen van de dwergen en liet hij zijn herinneringen aan de gebeurtenis door twee magiërs – die Gannel willekeurig tussen de aanwezigen aanwees – onderzoeken.

Toen hij de barrières rond zijn geest slechtte, merkte hij dat de twee magiërs een beetje bang waren. Hij vond dat prettig om te weten. *Goed*, dacht hij. *Als ze bang voor me zijn, dwalen ze minder makkelijk af naar plekken waar ze niet thuishoren.*

Tot Eragons opluchting verliep de inspectie zonder incidenten, en de magiërs bevestigden zijn rapport aan de clanhoofden.

Gannel stond op van zijn stoel en vroeg de wetslezers: 'Bent u tevreden over de bewijzen die grimstborith Orik en Eragon Schimmendoder hebben overlegd?'

De vijf bebaarde dwergen bogen, en de middelste zei: 'Dat zijn we, grimstborith Gannel.'

Gannel gromde maar was kennelijk niet verrast. 'Grimstborith Vermûnd, u bent verantwoordelijk voor de dood van Kvîstor, zoon van Bauden, en u hebt een gast proberen te vermoorden. Daarmee hebt u schande over ons hele volk gebracht. Wat hebt u daarop te zeggen?'

Het clanhoofd van Az Sweldn rak Anhûin legde zijn handen vlak op de tafel. Aderen zwollen op onder zijn gebruinde huid. 'Als deze *Drakenrijder* in alles behalve zijn afstamming een knurla is, dan is hij geen gast en mogen we hem behandelen zoals al onze vijanden uit een andere clan.'

'Maar dat is belachelijk!' riep Orik bijna sputterend van woede. 'U kunt niet zeggen dat hij...'

'Wees stil alstublieft, Orik,' zei Gannel. 'Met schreeuwen lossen we dit niet op. Orik, Nado en Íorûnn, ga even met mij mee, alstublieft.'

Een bezorgde Eragon zag de vier dwergen een tijdlang met de vier wetslezers overleggen. *Ze zullen Vermûnd toch niet zijn gerechte straf laten ontgaan vanwege een woordenspelletje?* dacht hij.

Íorûnn kwam weer naar de tafel en zei: 'De wetslezers zijn unaniem. Hoewel Eragon een gezworen lid van Dûrgrimst Ingeitum is, heeft hij ook belangrijke functies buiten ons gebied: namelijk die van Drakenrijder en ook die van officiële afgezant van de Varden, gezonden door Nasuada als getuige bij de kroning van onze volgende heerser, en ook die van invloedrijke vriend van koningin Islanzadí en haar volk als geheel. Eragon heeft om die redenen recht op dezelfde gastvrijheid als die wij een andere bezoekende ambassadeur, vorst, monarch of andere aanzienlijke persoon zouden verlenen.' De dwergenvrouw wierp een zijdelingse blik op Eragon en haar donkere, flitsende ogen bekeken zijn ledematen zonder enige poging om dat te verhullen. 'Kortom, hij is onze geëerde gast, en we dienen ons als zodanig te gedragen. Elke knurla die niet grottengek is, zou dat moeten weten.'

'Jazeker, hij is onze gast.' Nado was het met haar eens, maar had zijn lippen op elkaar geperst en zijn wangen naar binnen getrokken alsof hij net in een appel had gebeten die ineens zuur bleek.

'Wat heb je daarop te zeggen, Vermûnd?' vroeg Gannel.

De dwerg met zijn purperen sluier kwam overeind, keek de tafel rond en staarde elk clanhoofd afzonderlijk aan. 'Ik zeg dit, en let goed op mijn woorden, grimstborithn. Als ook maar één clan wegens deze valse beschuldigingen zijn bijl tegen Az Sweldn rak Anhûin opheft, zullen we dat als een vijandige daad beschouwen en dienovereenkomstig reageren. Ook als u mij gevangen zet, zullen wij dat als een vijandige daad beschouwen en dienovereenkomstig reageren.' Eragon zag Vermûnds sluier trillen. Het leek hem niet onmogelijk dat de dwerg daarachter aan het glimlachen was. 'Als u zich op ook maar enige manier tegen ons keert, hetzij met staal, hetzij met woorden, dan zullen wij dat als een vijandige daad beschouwen en dienovereenkomstig reageren, hoe mild uw verwijt ook is. Ik adviseer u het volgende. Tenzij u ons land graag in duizend bloedige stukken scheurt, kunt u de discussie van deze ochtend beter door de wind laten verstrooien en uw geest vullen met gedachten aan de nieuwe heerser op de granieten troon.'

De clanhoofden deden er een hele tijd het zwijgen toe.

Eragon moest zich verbijten om niet op de tafel te springen en net zo lang tegen Vermûnd uit te varen totdat de dwergen bereid waren om hem voor zijn misdaden op te hangen. Hij hield zich voor dat hij Orik beloofd had om in de vergadering van clanhoofden diens koers te volgen. *Orik is mijn clanhoofd, en ik moet hem laten antwoorden zoals het hem goeddunkt.*

Freowin maakte zijn handen los en sloeg met één vlezige handpalm op de tafel. De corpulente dwerg zei met zijn hese bariton, die overal in de zaal te horen was hoewel hij niet harder dan fluisterend praatte: 'Je hebt ons volk te schande gemaakt, Vermûnd. We zijn onze eer als knurlan kwijt als we je misdrijf door de vingers zien.'

De bejaarde dwergenvrouw Hadfala bladerde wat door haar met runen overdekte vellen en zei: 'Wat denk je met de moord op Eragon eigenlijk te bereiken, behalve onze ondergang? Zelfs als de Varden zonder hem Galbatorix konden verdrijven, zou de draak Saphira een oneindige stroom verdriet over ons brengen omdat we haar Rijder hadden omgebracht. Ze zou Farthen Dûr met een zee van ons bloed vullen.'

Vermûnd zei geen woord.

De stilte werd door gelach verbroken. Dat geluid kwam zo onverwacht dat Eragon aanvankelijk niet begreep wie het veroorzaakte: Orik. Deze zei toen zijn vrolijkheid was weggeëbd: 'Als we tegen jou of tegen Az Sweldn rak Anhûin optreden, beschouw je dat als een vijandige daad, Vermûnd? Heel goed. Dan treden we niet tegen je op. Op geen enkele manier.'

Vermûnd stak zijn wenkbrauwen naar voren. 'Waarom vind je dat zo vermakelijk?'

Orik grinnikte opnieuw. 'Omdat ik aan iets moest denken dat jij over het hoofd hebt gezien, Vermûnd. Jij wilt dus dat we jou en je clan met rust laten? Dan stel ik deze vergadering voor dat we precies doen wat Vermûnd wil. Als hij op eigen gelegenheid gehandeld zou hebben en niet als grimstborith, zou hij voor deze misdaad op straffe des doods verbannen zijn. Laten we de clan daarom behandelen zoals we de persoon behandeld zouden hebben. Laten we Az Sweldn rak Anhûin uit ons hart en ons denken verbannen totdat Vermûnd vervangen is door een grimstborith met een milder temperament en totdat ze hun laaghartigheid erkennen en zich tijdens een clanvergadering berouwvol tonen, ook al moeten we er duizend jaar op wachten.'

De gerimpelde huid rond Vermûnds ogen werd bleek. 'Dat durf je niet.'

Orik glimlachte. 'We raken jou en je soort met geen vinger aan. We negeren je gewoon en weigeren iets met Az Sweldn rak Anhûin te maken te hebben. Zul je ons de oorlog verklaren omdat we niets doen, Vermûnd? Want als de vergadering het met me eens is, is dat precies wat we zullen doen: *niets*. Zul je ons onder bedreiging van je zwaard dwingen om jullie honing en jullie textiel en jullie sieraden van amethist te kopen? Je hebt niet genoeg krijgers om ons daartoe te dwingen.' Hij wendde zich tot de rest van de deelnemers en vroeg: 'Wat zeggen de anderen daarop?'

Het kostte de vergadering niet veel tijd om een beslissing te nemen. De clanhoofden stonden stuk voor stuk op en stemden voor de verbanning van Az Sweldn rak Anhûin. Zelfs Nado, Gáldhiem en Havard – Vermûnds voormalige bondgenoten – steunden Oriks voorstel. Bij elke nieuwe stemmer werd het zichtbare deel van Vermûnds gezicht bleker totdat hij een geest leek die de kleren van zijn vroegere leven droeg.

Na afloop van de stemming wees Gannel naar de deur en zei: 'Ga, vargrimstn Vermûnd. Verlaat Tronjheim vandaag nog, en moge geen lid van Az Sweldn rak Anhûin de clanvergadering met zijn aanwezigheid storen voordat de voorwaarden zijn vervuld die wij hebben vastgesteld. Tot het moment dat dit gebeurt, zullen wij elk lid van Az Sweldn rak Anhûin mijden. Maar vergeet dit niet: uw clan kan zijn oneer uitwissen, maar u, Vermûnd, zult altijd en tot de dag van uw dood vargrimstn blijven. Zo luidt de wil van de clanvergadering.' Toen Gannel zijn verklaring had afgelegd, ging hij weer zitten.

Vermûnd bleef waar hij was, maar zijn schouders trilden van een emotie die Eragon niet kon benoemen. 'Jijzelf hebt ons volk te schande gemaakt en verraden,' zei hij grommend. 'De Drakenrijders hebben onze hele clan uitgeroeid, op Anhûin en haar lijfwacht na. Denk je echt dat we dat vergeten zijn? Denk je echt dat we dat vergeven? Bah! Ik spuw op de graven van je voorvaderen. In elk geval zijn wij nog niet onze baarden kwijt. Wij maken geen pret met elfen zolang onze dode familieleden nog niet gewroken zijn.'

Eragon werd door woede overmand omdat de andere clanhoofden niets zeiden, en wilde Vermûnds tirade even hardvochtig beantwoorden, maar Orik keek hem aan en schudde nauwelijks zichtbaar zijn hoofd. Eragon bedwong uit alle macht zijn woede maar vroeg zich wel af hoe het kwam dat Orik zulke beledigingen over zijn kant liet gaan.

Het lijkt wel of... Ja, inderdaad.

Vermûnd schoof zijn stoel naar achteren en stond op. Zijn handen waren tot vuisten gebald en zijn schouders hoog opgetrokken. Hij hervatte zijn betoog en gispte en bespotte de clanhoofden met groeiende hartstocht totdat hij uit alle macht aan het schreeuwen was.

Maar de clanhoofden reageerden niet, hoe smerig Vermûnds verwensingen ook waren. Ze staarden in de verte alsof ze complexe dilemma's overpeinsden, en hun blikken bleven nooit op Vermûnd rusten. Toen Vermûnd in zijn woede Hreidamar bij de voorkant van zijn maliënkolder greep, snelden diens drie lijfwachten toe. Ze trokken Vermûnd weg, maar Eragon zag dat ze intussen onaangedaan bleven kijken alsof ze Hreidamar slechts hielpen om zijn kolder recht te trekken. Toen de lijfwachten Vermûnd hadden losgelaten, keken ze hem niet meer aan.

Een kilte gleed langs Eragons ruggengraat. De dwergen gedroegen zich alsof Vermûnd gewoon niet bestond. *Dit betekent het dus om bij de dwergen verbannen te zijn.* Eragon bedacht dat hij liever gedood zou worden, en heel even kwam iets van medelijden met Vermûnd boven, maar dat verdween zodra hij zich de blik van de stervende Kvîstor herinnerde.

Vermûnd beende met een laatste vloek de deur uit, gevolgd door de leden van zijn clan die hem naar de vergadering begeleid hadden.

Bij de resterende clanhoofden verbeterde de stemming zodra de deuren achter Vermûnd waren dichtgevallen. De dwergen keken weer naar hartenlust om zich heen, hervatten hun luidruchtige gesprekken en bespraken wat ze met betrekking tot Az Sweldn rak Anhûin verder nog moesten ondernemen.

Orik sloeg toen met de knop van zijn dolk op de tafel, en iedereen draaide zijn hoofd om te horen wat hij te zeggen had. 'Nu we de zaak-Vermûnd hebben afgehandeld, is er nog een andere kwestie die de vergadering naar mijn mening moet overwegen. Het doel van onze bijeenkomst hier is de verkiezing van Hrothgars opvolger. We hebben allemaal al het nodige over dat onderwerp gezegd, maar mij lijkt de tijd nu rijp om onze tong te laten rusten en onze daden namens ons het woord te geven. Ik dring er dus op aan dat deze vergadering beslist of we klaar zijn – naar mijn mening zijn we meer dan klaar – om binnen drie dagen over te gaan tot de eindstemming, zoals onze wet bepaalt. Ik stem voor.'

Freowin keek naar Hadfala, die naar Gannel keek, die naar Manndrâth keek, die aan zijn kromme neus trok en naar Nado keek, die in zijn stoel hing en op de binnenkant van zijn wang beet.

'Voor,' zei Îorûnn.

'Voor,' zei Ûndin.

'Voor,' zei Nado, en dat zeiden ook de andere clanhoofden.

Toen de vergadering uren later voor het middagmaal werd geschorst, gingen Orik en Eragon weer naar Oriks vertrekken om te eten. Geen van beiden zei iets. Maar toen ze eenmaal binnen waren en niet meer afgeluisterd konden worden, gunde Eragon zich een glimlach. 'Je was al de hele tijd van plan om Az Sweldn rak Anhûin te verbannen, hè?'

Ook Orik glimlachte tevreden en gaf een klap op zijn buik. 'Ja, inderdaad. Dat is de enige koers die niet onvermijdelijk tot een clanoorlog leidt. Er komt misschien evengoed oorlog, maar dan niet door ons. Toch betwijfel ik of zo'n ramp zal plaatsvinden. Ze kunnen je haten wat ze willen, maar de meeste Az Sweldn rak Anhûin zijn ongetwijfeld ontzet over wat Vermûnd in hun naam gedaan heeft. Ik denk dat hij niet lang meer grimstborith zal blijven.'

'En nu heb je ervoor gezorgd dat de uitverkiezing van de nieuwe koning...'

'... of koningin.'

'... of koningin gaat plaatsvinden.' Eragon aarzelde omdat hij Oriks blijdschap over zijn triomf niet wilde bederven. Toch vroeg hij: 'Heb je echt de benodigde steun voor de troon?'

Orik haalde zijn schouders op. 'Tot vanochtend had niemand de vereiste steun. Het evenwicht is nu verschoven, en de sympathie ligt voorlopig aan onze kant. We kunnen het ijzer maar beter smeden als het heet is, want een betere kans krijgen we nooit. Hoe dan ook, we kunnen niet toestaan dat de vergadering zich nog langer voortsleept. Als je niet snel naar de Varden teruggaat, is alles misschien verloren.'

'Wat moeten we doen terwijl we de stemming afwachten?'

'Op de eerste plaats ons succes met een feestmaaltijd vieren,' verklaarde Orik. 'En als we allemaal genoeg gegeten hebben, gaan we door met wat we deden: extra stemmen winnen terwijl we de stemmen die we al hadden proberen te behouden.' Orik glimlachte opnieuw zodat zijn witte tanden boven de rand van zijn baard opflitsten. 'Maar voordat we ook maar één slok mede nuttigen, moet jij je wijden aan iets dat je vergeten bent.'

'Wat dan?' vroeg Eragon, die niets van Oriks kennelijke vermaak begreep.

'Saphira naar Tronjheim halen, natuurlijk! Ik kan koning worden of niet, maar over drie dagen kronen we een nieuwe vorst. Als Saphira de ceremonie wil bijwonen, zal ze snel moeten vliegen om op tijd te zijn.'

Eragon rende met een woordloze uitroep weg om een spiegel te zoeken.

Insubordinatie

De vruchtbare, zwarte aarde lag koel tegen Rorans hand. Hij pakte een losse kluit en verkruimelde hem tussen zijn vingers. Goedkeurend stelde hij vast dat er veel vocht en rottende bladeren in zaten, maar ook stelen, mos en ander organisch materiaal dat een uitstekende voeding voor gewassen was. De grond smaakte levend en had honderden geuren – van verpulverde bergen tot kevers, ontbindend hout en de zachte punten van gras.

Prima landbouwgrond, dacht Roran. Hij richtte zijn geest weer op de Palancarvallei en zag opnieuw de herfstzon stralen boven een gerstveld bij zijn ouderlijk huis. Nette rijen goudgele aren wiegden in de wind. In het westen stroomde de Anora, en aan beide kanten van het dal verrezen hoge, besneeuwde bergen. *Dat is mijn plaats. Daar hoor ik met Katrina de aarde te bewerken en een gezin te stichten in plaats van de grond te bevloeien met het vocht uit menselijke ledematen.*

'Hé daar!' riep kapitein Edric, vanaf zijn paard naar Roran wijzend. 'Staak je beuzelingen, Sterkhamer, anders bedenk ik me en zet ik je met de boogschutters op wacht!'

Roran veegde zijn handen aan zijn beenkappen af en kwam uit zijn knielende houding overeind. 'Jawel, kapitein. Zoals u wilt, kapitein,' zei hij.

Hij onderdrukte zijn afkeer van Edric. Sinds hij zich bij Edrics compagnie had aangesloten, had hij zoveel mogelijk over 's mans achtergrond proberen te achterhalen. Zo te horen was de man een competente commandant – Nasuada zou hem anders nooit het bevel over zo'n belangrijke missie hebben gegeven – maar hij had een kwetsend karakter en strafte zijn krijgers voor ook maar de geringste afwijking van de vastgestelde praktijken, zoals Roran tot zijn verdriet al op zijn eerste dag in Edrics compagnie bij drie verschillende gelegenheden gemerkt had. Roran vond dat zijn manier van leidinggeven iemands moreel ondermijnde en bovendien bij zijn ondergeschikten elke creativiteit en vindingrijkheid ontmoedigde. *Misschien heeft Nasuada me wel precies om die reden bij hem ingedeeld,* dacht Roran. *Of anders is dit weer een test van haar. Ze wil misschien weten of ik mijn trots lang genoeg kan inslikken om met iemand als Edric te werken.*

Roran besteeg Sneeuwvuur weer en reed naar de kop van de tweehonderdvijftig man sterke colonne. Hun opdracht was simpel: sinds Nasuada en koning Orrin het grootste deel van hun troepen uit Surda hadden teruggetrokken, had Galbatorix kennelijk besloten om munt te slaan uit hun afwezigheid door overal in het weerloze land vernielingen aan te richten. Steden en dorpen werden geplunderd, en de oogsten die nodig waren om de invasie van het Rijk te voeden, werden verbrand. De soldaten konden het makkelijkst buiten gevecht worden gesteld door Saphira erop uit te sturen en hen in stukken te scheuren, maar zolang zij op weg was naar Eragon, was iedereen het erover eens dat het voor de Varden te gevaarlijk was om al te lang buiten haar aanwezigheid te zijn. Nasuada had Edrics compagnie dus uitgestuurd om de soldaten af te slaan, en hun aantal werd aanvankelijk op driehonderd geschat. Roran en de andere krijgers waren echter twee dagen geleden tot hun schrik op sporen gestuit waaruit bleek dat Galbatorix' krijgsmacht eerder uit zevenhonderd man bestond.

Roran leidde Sneeuwvuur tot naast Carn op zijn gestippelde merrie en krabde aan zijn kin terwijl hij de omgeving bestudeerde. Voor hen lag een enorm uitspansel van glooiende weidegronden die af en toe door wilgen- en peppelbosjes onderbroken werden. Hoog boven hen joegen haviken terwijl het in het gras wemelde van de muizen, konijnen, gravende knaagdieren en ander wild. Het enige bewijs dat hier ooit mensen waren geweest, was de strook vertrapte begroeiing die naar de oostelijke horizon liep en het pad van de soldaten markeerde.

Carn wierp een blik op de middagzon, en de huid rond zijn half geloken ogen trok bij het turen strak. 'We halen ze vermoedelijk in voordat onze schaduwen langer dan onze lichaamslengte zijn.'

'En dan weten we of we sterk genoeg zijn om ze te verdrijven, want anders slachten ze ons gewoon af,' mompelde Roran. 'Ik zou best 's een keer de numerieke meerderheid willen hebben.'

Op Carns gezicht verscheen een grimmige glimlach. 'Zo gaat het bij de Varden altijd.'

'Op je plaatsen!' riep Edric, die zijn paard de sporen gaf over het in het gras vertrapte pad. Roran zette zijn kaken op elkaar en drukte zijn hakken in Sneeuwvuurs flanken terwijl de compagnie haar kapitein volgde.

Zes uur later verborg Roran zich op Sneeuwvuur in een beukenbosje aan de oever van een ondiep beekje vol biezen en drijvende slierten algen. Door de wirwar van takken die voor hem hing, staarde hij naar een bouwvallig dorp van hoogstens twintig huizen met grijze muren. Hij had met groeiende woede waargenomen hoe de dorpelingen de soldaten vanuit het westen hadden zien aankomen, waarna ze hun weinige bezittingen hadden ingepakt en zuidwaarts naar het hart van Surda waren gevlucht. Als het aan Roran had gelegen, had hij hun aanwezigheid bij de dorpelingen gemeld met de verzekering dat ze hun huizen niet zouden verliezen – niet als hij en de rest van de compagnie dat konden verhinderen. Want hij herinnerde zich nog heel goed de pijn, de wanhoop en het gevoel van hopeloosheid die bij hem opkwamen toen hij uit Carvahall had moeten vluchten. Dat zou hij deze mensen graag bespaard hebben. Hij zou de mannen van het dorp ook gevraagd hebben om met hen mee te vechten. Tien of twintig bewapende mannen extra konden het verschil tussen overwinning en nederlaag betekenen, en Roran wist beter dan wie ook met hoeveel inzet mensen vochten die hun eigen huis verdedigden. Maar Edric had dat idee verworpen en bevolen dat de Varden in de heuvels ten zuidoosten van het dorp verborgen moesten blijven.

'We hebben geluk dat ze te voet zijn,' mompelde Carn terwijl hij naar de rode colonne soldaten wees die naar het dorp marcheerde. 'Anders hadden we hier nooit op tijd kunnen aankomen.'

Roran wierp een blik achterom naar de mannen die daar verzameld waren. Edric had hem het tijdelijke bevel over eenentachtig krijgers gegeven. Zijn peloton bestond uit zwaardvechters, speerwerpers en een half dozijn boogschutters. Sand, die familie was van Edric, leidde een tweede peloton van eenentachtig man, terwijl Edric zelf de rest aanvoerde. De drie groepen stonden opgepropt tussen de beukenbomen, en Roran vond dat een vergissing. De tijd die het kostte om te hergroeperen als ze eenmaal uit hun dekking kwamen, betekende voor de soldaten een extra kans om hun verdediging te organiseren.

Roran boog zich naar Carn en zei: 'Ik zie niemand met ontbrekende handen of benen of andere zware verwondingen, maar dat bewijst hoe dan ook niets. Kun jij zeggen of er mannen bij zijn die geen pijn voelen?'

Carn zuchtte. 'Ik wou dat ik het kon. Je neef zou het misschien kunnen, want Murtagh en Galbatorix zijn de enige magiërs die Eragon moet vrezen, maar ik ben maar een beginneling en durf de soldaten niet te testen. Als er vermomde magiërs bij zijn, zouden ze mijn spionagewerk opmerken, en dan is de kans heel groot dat ik hun geest niet kan breken voordat ze hun makkers voor onze aanwezigheid hebben gewaarschuwd.'

'Deze discussie hebben we elke keer dat we op het punt staan om te gaan vechten,' merkte Roran op terwijl hij de bewapening van de soldaten bestudeerde en probeerde vast te stellen hoe hij zijn manschappen het beste kon opstellen.

Carn zei lachend: 'Dat is mij best, en ik hoop dat het zo blijft, want anders...'

'... want anders is een van ons dood...'

'... of heeft Nasuada ons bij verschillende kapiteins ingedeeld.'

'En dan zijn we dus ook dood, want niemand dekt onze rug zo goed als wijzelf,' besloot Roran. Er speelde een glimlach rond zijn lippen. Dit was een vaste grap tussen hen tweeën geworden. Hij trok zijn hamer uit zijn gordel en kromp ineen van de pijn in zijn rechterbeen, waar de os met zijn hoorn zijn vlees had doorboord. Hij stak fronsend zijn hand omlaag en masseerde de plaats van de wond.

Carn zag het en vroeg: 'Hoe gaat het?'

'Ik ga er niet dood aan,' zei Roran, maar toen dacht hij er beter over na. 'Nou ja, misschien toch wel, maar ik mag hangen als ik hier blijf wachten terwijl jij die onnozele halzen aan stukken hakt.'

Toen de soldaten het dorp bereikten, marcheerden ze gewoon verder. Ze stopten alleen om de deur van elk huis in te trappen en door de kamers te banjeren om te zien of zich daar iemand verborg. Vanachter een regenton kwam een hond tevoorschijn die met rechtopstaande vacht naar de soldaten begon te blaffen. Een van de mannen kwam naar voren en doorstak het dier met zijn speer.

Toen de eerste soldaten aan de andere kant van het dorp waren, verstrakte Roran zijn greep rond de steel van zijn hamer om de aanval voor te bereiden, maar hoorde toen een serie hoge uitroepen en werd door angstige voorgevoelens overmand. Een groepje soldaten kwam uit het op een na laatste huis tevoorschijn en sleepte drie tegenstribbelende mensen mee: een magere man met wit haar, een jonge vrouw met een gescheurd jak en een jongen die niet ouder dan elf was.

Het zweet stond op Rorans voorhoofd. Hij begon zacht, traag en monotoon te vloeken. Hij schold de gevangenen uit omdat ze niet met hun buren gevlucht waren, vervloekte de soldaten om wat ze gedaan hadden en misschien nog gingen doen, vervloekte Galbatorix en vervloekte elke gril van het lot die tot deze situatie had geleid. Achter zich hoorde hij de mannen onrustig worden en mompelen van woede. Ze stonden te popelen om de soldaten voor hun wreedheid te straffen.

Toen alle huizen doorzocht waren, liepen alle soldaten terug naar het midden van het dorp, waar ze in een ruwe halve cirkel rond hun gevangenen gingen staan.

Ja! juichte hij inwendig toen de soldaten hun rug naar de Varden keerden. Edrics plan was precies om hierop te wachten. Als voorbereiding op het bevel tot de aanval verhief Roran zich diverse duimbreedtes boven het zadel. Zijn hele lichaam was strak gespannen. Hij probeerde te slikken, maar zijn keel was te droog.

De bevelhebber van de soldaten, die als enige op een paard zat, stapte af en wisselde een paar onverstaanbare woorden met de witharige dorpeling. De officier trok zonder enige waarschuwing zijn zwaard en onthoofdde de oude man. Meteen sprong hij naar achteren om het spuitende bloed te vermijden. De jonge vrouw schreeuwde nog harder dan eerst.

'Aanvallen,' zei Edric.

Het duurde een halve tel, maar toen begreep Roran dat dit kalm uitgesproken woord het bevel was waarop hij gewacht had.

'Aanvallen!' schreeuwde Sand aan Edrics andere kant. Samen met zijn manschappen galoppeerde hij het beukenbosje uit.

'Aanvallen!' riep Roran terwijl hij zijn hakken in Sneeuwvuurs flanken zette. Hij dook achter zijn schild weg terwijl Sneeuwvuur hem door de wirwar van takken trok maar liet het weer zakken toen ze op het vrije veld waren en de helling af stormden tussen de donderende paardenhoeven om hen heen. Roran, wilde dolgraag de vrouw en de jongen redden en dreef Sneeuwvuur tot het uiterste aan. Toen hij achterom keek, zag hij tot zijn opluchting dat zijn eenheid zich zonder veel moeite van de rest van de Varden had losgemaakt; op een paar achterblijvers na bevond de meerderheid zich als één strijdmacht op niet meer dan dertig voet achter hem.

Roran zag Carn in de voorhoede van Edrics manschappen rijden. Zijn grijze mantel klapperde in de wind. Hij wenste opnieuw dat Edric hen in hetzelfde peloton had gezet.

Overeenkomstig zijn opdracht stoof Roran niet rechtstreeks het dorp in maar sloeg hij naar links af en reed hij rond de huizen om de soldaten vanuit een andere richting in de flank aan te vallen. Sand deed hetzelfde aan de rechterkant, terwijl Edric en zijn krijgers dwars door het dorp reden.

Een rij huizen onttrok het eerste treffen aan Rorans zicht, maar hij hoorde een koor van verwoed geschreeuw, daarna een reeks vreemde, metalige geluiden en vervolgens het gejammer van mannen en paarden.

Rorans darmen verkrampten van zorg. *Wat zijn dat voor geluiden? Zijn het soms metalen bogen? Bestaan die dan?* Maar hoe dan ook, het was verkeerd dat zoveel paarden schreeuwden van pijn. Zijn ledematen verstijfden toen tot hem doordrong dat de aanval op de een of andere manier was mislukt en dat de slag misschien al verloren was.

Na het passeren van het laatste huis trok hij hard aan Sneeuwvuurs teugels en leidde hij het dier naar het midden van het dorp. Achter hem deden zijn mannen hetzelfde. Tweehonderd ellen verderop zag Roran een driedubbele rij soldaten tussen twee huizen staan. Ze blokkeerden hem de weg en waren kennelijk niet bang voor de paarden die op hen af stormden.

Roran aarzelde. Zijn bevelen waren duidelijk; hij en zijn manschappen moesten de westelijke flank aanvallen en zich door Galbatorix' troepen een weg banen totdat ze zich weer bij Sand en Edric konden aansluiten. Maar Edric had niet gezegd wat Roran doen moest als het ineens onverstandig leek om frontaal op de soldaten af te gaan terwijl de aanval al begonnen was. En Roran wist heel goed wat er gebeurde als hij zijn orders in de wind sloeg, zelfs als hij daarmee voorkwam dat zijn manschappen werden afgeslacht: hij zou zich schuldig maken aan insubordinatie, en Edric kon hem dan dienovereenkomstig straffen.

Toen trokken de soldaten hun volumineuze mantels open en brachten ze gespannen kruisbogen naar hun schouder.

Op dat ogenblik besloot Roran te doen wat nodig was om de Varden het gevecht te laten winnen. Hij weigerde zijn strijdmacht met één salvo pijlen van de soldaten te laten afmaken, alleen maar om te voorkomen dat zijn ongehoorzaamheid aan dienstbevelen onaangename gevolgen kreeg.

'Dekken!' riep Roran. Hij rukte Sneeuwvuurs hoofd naar rechts en dwong het dier om naar de achterkant van een huis te draaien. Een tel later boorde een dozijn pijlen zich in de zijkant van het gebouw. Toen Roran zich omdraaide, zag hij dat al zijn strijders op één na achter huizen in de buurt hadden weten te komen voordat de soldaten konden schieten. De man die te langzaam was geweest, lag op de grond te bloeden. Er staken een paar pijlen uit zijn borst. Ze waren door zijn maliënkolder heen gevlogen alsof hij uit een enkele laag textiel bestond. Uit angst voor de geur van bloed begon zijn paard te steigeren voordat het met achterlating van een stofwolk het dorp ontvluchtte.

Roran stak zijn hand uit en greep de punt van een balk aan de zijkant van het huis. Daarmee hield hij Sneeuwvuur op zijn plaats, en intussen probeerde hij wanhopig te bedenken wat hij doen moest. De soldaten hadden hem en zijn manschappen klem gezet, want ze konden zich niet buiten de bescherming van de huizen wagen zonder zo vol pijlen te worden geschoten dat ze op stekelvarkens leken.

Een groep van Rorans eigen krijgers kwam naar hem toe van achter een huis dat door zijn eigen gebouw voor een deel aan het zicht van de soldaten onttrokken was. 'Wat doen we, Sterkhamer?' vroegen ze. Het liet ze kennelijk koud dat hij zijn bevelen negeerde, en keken hem integendeel met een hernieuwd vertrouwen aan.

Roran dacht na zo snel als hij kon en keek om zich heen. Zijn blik viel toevallig op de boog en de pijlkoker die achter het zadel van een van de mannen waren vastgebonden. Roran glimlachte. Niet veel krijgers vochten als boogschutters, maar allemaal hadden ze een boog en pijlen bij zich om op voedsel te kunnen jagen en de compagnie te voeden als ze zonder de steun van de andere Varden in de wildernis waren.

Hij wees naar het huis waartegen hij geleund stond, en zei: 'Neem je boog mee en klim met zoveel mensen op het dak als erop passen. Maar als je leven je lief is, blijf je tot nader order uit het zicht. Op mijn teken begin je te schieten en ga je daarmee door totdat je geen pijlen meer hebt of totdat de laatste soldaat dood is. Begrepen?'

'Jawel, commandant!'

'Opschieten dus. De rest zoekt eigen huizen om de soldaten onder vuur te nemen. Harald, geef het bevel aan alle anderen door. Zoek de tien beste speerwerpers en tien beste zwaardvechters en breng ze zo snel mogelijk hier.'

'Jawel, commandant!'

Zijn bevelen werden met veel activiteit opgevolgd. De mannen die het dichtst bij Roran waren, haalden hun boog en pijlen van achter hun zadels vandaan en gingen op de rug van hun paard staan maar hielden zich achter het rieten dak van het huis verborgen. Even later stonden de meeste manschappen van Roran op hun plaats achter het dak van zeven verschillende huizen – er waren ongeveer acht man per dak – en kwam Harald met de gevraagde zwaardvechters en speerwerpers terug.

Roran zei tegen de krijgers om hem heen: 'Juist. Luister goed. Om mijn bevel beginnen de mannen op de daken te schieten. Zodra het eerste salvo de soldaten raakt, rijden we erheen en proberen we kapitein Edric te redden. Als dat mislukt, kunnen we niets anders doen dan die roodjakken ons koude staal laten proeven. De boogschutters moeten zoveel verwarring scheppen dat we in de buurt van de soldaten zijn voordat ze hun kruisbogen kunnen gebruiken. Is dat duidelijk?'

'Jawel, commandant!'

'Vuur!' schreeuwde Roran.

De mannen achter de daken schreeuwden uit volle borst, verhieven zich boven de dakranden en schoten hun pijlen naar de soldaten beneden. De zwerm vloog door de lucht als bloeddorstige klauwieren die zich op hun prooi stortten.

Toen een paar tellen later allerlei soldaten begonnen te jammeren van pijn, riep Roran: 'Rijden!' waarbij hij zijn hakken in de flanken van Sneeuwvuur zette.

Hij en zijn manschappen galoppeerden samen rond de zijkant van het huis en keerden hun rijdieren zo scherp dat ze bijna omvielen. Roran verliet zich voor zijn bescherming op zijn snelheid en de bekwaamheid van de boogschutters en reed vlak langs de soldaten naar de plaats van Edrics rampzalige aanval. De grond was er glibberig van het bloed, en de ruimte tussen de huizen lag bezaaid met de lijken van talloze goede krijgers en uitstekende paarden. Edrics overgebleven troepen waren in een man-tot-man gevecht met de soldaten gewikkeld. Tot Rorans verrassing leefde Edric nog en vocht hij rug aan rug met vijf van zijn manschappen.

'Blijf bij me!' schreeuwde Roran tegen zijn metgezellen die het slagveld op stormden.

Sneeuwvuur haalde met zijn hoeven uit en sloeg twee soldaten tegen de grond, waarbij hun zwaardarm brak en hun ribbenkast verbrijzeld werd. Roran, die alle reden had om tevreden te zijn over zijn hengst, ging met zijn eigen hamer aan de slag. Joelend van strijdlust velde hij de ene soldaat na de andere, want niemand kon zijn woeste aanvallen weerstaan. 'Hierheen!' bulderde hij terwijl hij zich naast Edric en de andere overlevenden opstelde. 'Hierheen!' Even verderop bleef het pijlen regenen op de massa van de soldaten, die achter hun schilden dekking moesten zoeken en tegelijkertijd de zwaarden en speren van de Varden moesten zien af te weren.

Zodra hij en zijn krijgers de Varden hadden omringd die nog te voet aan het vechten waren, brulde Roran: 'Terug! Terug! Naar de huizen!' Het hele gezelschap trok zich stap voor stap terug totdat ze buiten het bereik van de soldatenzwaarden waren. Toen draaiden ze zich om en renden ze naar het dichtstbijzijnde huis. De soldaten wisten intussen nog drie Varden te doden, maar de rest bereikte de huizen ongedeerd.

Edric leunde hijgend tegen een muur. Toen hij weer op adem was gekomen, gebaarde hij naar Rorans manschappen en zei hij: 'Je tussenkomst kwam net op tijd en was bijzonder welkom, Sterkhamer, maar waarom zie ik je hier en kom je niet tussen de soldaten vandaan, zoals ik verwachtte?'

Roran legde uit wat hij gedaan had, en wees naar de boogschutters achter de daken.

Al luisterend naar Rorans verslag verscheen een duistere frons op Edrics voorhoofd. Hij berispte Roran echter niet vanwege zijn ongehoorzaamheid maar zei alleen: 'Haal je manschappen meteen naar beneden. Ze hebben de gelederen van de soldaten weten te verbreken. We zullen ze nu met eerlijk zwaardwerk moeten afmaken.'

'We zijn met te weinig voor een rechtstreekse aanval!' protesteerde Roran. 'De soldaten overtreffen ons meer dan driemaal in aantal.'

'Dan zullen we met moed moeten goedmaken wat ons aan krijgers ontbreekt!' bulderde Edric. 'Ze zeiden dat je moedig bent, Sterkhamer, maar dat is kennelijk een vals gerucht. Je staat te bibberen als een bang konijn. Doe wat je gezegd wordt, en ga niet opnieuw tegen me in!' De kapitein wees naar een van Rorans krijgers. 'Jij daar. Leen me je paard.' Toen de man was afgestapt, ging Edric in het zadel zitten. Hij zei: 'De helft van jullie is te paard

en gaat met mij mee. Ik ga Sand versterken. Alle anderen blijven bij Roran.'
Edric schopte zijn paard in de flanken en galoppeerde weg met de mannen die hem verkozen te volgen. Daarbij stoven ze van het ene huis naar het andere en maakten ze een omtrekkende beweging rond de soldaten die zich midden in het dorp verzameld hadden.

Roran schuimbekte van woede toen hij hen zag vertrekken. Nooit eerder had hij toegestaan dat iemand zijn moed in twijfel trok zonder die kritiek met woorden of daden te beantwoorden. Maar zolang de slag voortduurde, zou het onjuist zijn om de confrontatie met Edric aan te gaan. *Goed dan,* dacht Roran. *Ik zal hem de moed laten zien die ik volgens hem mis. Maar meer krijgt hij niet van me. Ik stuur geen boogschutters voor een man-teot-man gevecht met de soldaten als ze hier veiliger en doeltreffender zijn.*

Hij draaide zich om en bekeek de manshappen die Edric voor hem had achtergelaten. Tot zijn grote vreugde bleek Carn een van de overlevenden te zijn. De magiër had schrammen en snijwonden opgelopen maar was over het geheel genomen ongedeerd. Ze knikten naar elkaar, en toen sprak Roran de groep toe: 'Jullie hebben gehoord wat Edric zei. Ik ben het niet met hem eens. Als we doen wat hij wil, liggen we allemaal dood op een hoop voordat de zon ondergaat. We kunnen dit gevecht nog winnen, maar niet door met open ogen de dood tegemoet te gaan. Wat ons aan krijgers ontbreekt, kunnen we goedmaken met list. Jullie weten hoe ik bij de Varden terecht ben gekomen. Jullie weten dat ik het Rijk al eerder bestreden en overwonnen heb, en dat was in precies zo'n dorp! Ik kan het; dat zweer ik. Maar ik kan het niet alleen. Willen jullie me volgen? Denk er goed over na. Ik neem de verantwoordelijkheid voor het negeren van Edrics bevelen, maar hij en Nasuada kunnen iedereen straffen die zich bij me aansluit.'

'Dan zijn het dwazen,' zei Carn grommend. 'Hebben ze liever dat we hier sneuvelen? Nee, volgens mij niet. Op mij kun je rekenen, Roran.'

Terwijl Carn zijn verklaring aflegde, zag Roran hoe de anderen hun rug rechtten en hun tanden op elkaar zetten. In hun ogen brandde hernieuwde wilskracht, en hij wist dat ze besloten hadden om hun lot met het zijne te verbinden, al was het alleen maar omdat ze niet gescheiden wilden worden van de enige magiër in hun compagnie. Heel wat krijgers van de Varden dankten hun leven aan een lid van de Du Vrangr Gata, en de krijgers die Roran kende, doorstaken liever hun eigen voet dan dat ze zonder magiër in de buurt naar het slagveld trokken.

'Ja,' zei Harald. 'Reken ook op mij, Sterkhamer.'

'Volg me dan!' riep Roran. Hij stak zijn hand omlaag, hees Carn achter zich op zijn paard en reed weer met zijn groep rond het dorp naar de plaats waar de boogschutters nog steeds de soldaten aan het bestoken waren. Terwijl Roran en zijn mannen van huis naar huis stormden, vlogen kruisboogpijlen voorbij – ze klonken als woedende reuzeninsecten – en een ervan begroef zich tot halverwege in Haralds schild. Zodra ze veilig in dekking waren, beval Roran de ruiters om hun boog en pijlen aan de mannen te voet te geven, die hij vervolgens op huizen liet klimmen om zich bij de andere boogschutters aan te sluiten. Terwijl ze hem in allerijl gehoorzaamden, wenkte hij Carn, die van Sneeuwvuur was gesprongen zodra het dier stilstond. 'Ik moet een bezwering van je hebben. Kun je mij en de anderen tegen die kruisboogpijlen afschermen?'

Carn aarzelde. 'Hoe lang?'

'Geen idee.'

'De bescherming van zoveel mensen tegen meer dan een handvol pijlen gaat mijn krachten algauw te boven... Maar als ik de pijlen niet hoef tegen te houden en ze ook mag laten afbuigen, dan...'

'Mij best.'

'Wie moet ik precies beschermen?'

Roran wees naar de mannen die hij had uitgekozen om met hem mee te gaan, en Carn vroeg aan iedereen hoe hij heette. Met kromme schouders en een bleek, gespannen gezicht begon Carn iets te mompelen in de oude taal. Hij probeerde de bezwering driemaal te uiten, maar dat mislukte eveneel keer. 'Het spijt me,' zei hij. Hij ademde onvast uit. 'Ik kan me niet concentreren.'

'Vervloekt! Hou op met je excuses,' gromde Roran. 'Gewoon doen!' Hij sprong van Sneeuwvuur en greep Carns hoofd met beide handen beet. 'Kijk naar me! Kijk me recht aan. Heel goed. Blijf staren... Prima. Zet nu het schild om ons heen.'

Carns gezicht en schouders ontspanden zich. Toen reciteerde hij met een zelfverzekerde stem zijn incantatie. Na afloop van het laatste woord zakte hij een beetje in, maar hij herstelde zich in Rorans greep. 'Klaar,' zei hij.

Roran klopte hem op de schouder en stapte weer op zijn paard. Hij liet zijn blik over de tien ruiters glijden en zei: 'Dek mijn flanken en rug, maar blijf voor de rest achter me zolang ik mijn hamer kan hanteren.'

'Jawel, commandant!'

'Bedenk dat je veilig bent voor de pijlen. Carn, jij blijft hier. Beweeg je niet te veel en spaar je krachten. Als je denkt dat je de bezwering niet meer in stand kunt houden, geef je een teken voordat je hem opheft. Begrepen?'

Carn ging op het trapje naar de ingang van het huis zitten en knikte. 'Begrepen.'

Roran hernieuwde zijn greep op zijn schild en hamer, haalde diep adem en probeerde tot kalmte te komen. 'Hou je taai,' zei hij. Toen klakte hij met zijn tong naar Sneeuwvuur.

Met de tien ruiters achter zich aan reed hij naar het midden van de ongeplaveide straat tussen de huizen. Zo kwam hij weer tegenover de soldaten terecht. Ongeveer vijfhonderd soldaten van Galbatorix waren nog midden in het dorp. De meesten zaten op hun hurken of knielden achter hun schild om zo snel mogelijk hun kruisboog te herladen. Af en toe stond een soldaat op om een pijl af te schieten op een van de boogschutters op de daken voordat hij zich weer achter zijn schild liet zakken zodra een wolk pijlen door de lucht vloog naar het punt waar hij zojuist nog geweest was. Overal op het met lijken bezaaide terrein staken bosjes pijlen uit de grond alsof er riet groeide uit de bloederige grond. Verscheidene honderden voet verderop, aan de andere kant van de soldaten, zag Roran een kluwen van wild om zich heen slaande lichamen. Hij nam aan dat Sand, Edric en de rest van hun manschappen daar tegen de soldaten aan het vechten waren. De jonge vrouw en het kind waren er misschien ook nog, maar hij zag hen niet.

Een kruisboogpijl vloog zoevend op Roran af. Toen het ding op minder dan drie voet van zijn borst was, veranderde het ineens van richting en verdween het zonder hem of iemand anders te raken. Roran kromp ineen, maar de pijl was al weg. Zijn keel was verkrampt en zijn hart sloeg tweemaal zo snel als normaal.

Roran keek om zich heen en zag links van hem een kapotte kar tegen een huis staan. Hij wees ernaar en zei: 'Trek hem hierheen en leg hem ondersteboven. Blokkeer een zo groot mogelijk deel van de straat.' Naar de boogschutters riep hij: 'Laat de soldaten niet stiekem een omtrekkende beweging maken en ons vanuit de flanken aanvallen! Als ze onze kant op komen, dun je hun gelederen zoveel mogelijk uit. En als je geen pijlen meer hebt, kom je bij ons.'

'Jawel, commandant!'

'Maar pas op dat je niet per ongeluk op ons schiet, want ik zweer je dat je dan de rest van je leven geen rust zult hebben in je zaal!'

'Jawel, commandant!'

Nog meer kruisboogpijlen vlogen naar Roran en de andere ruiters op straat, maar dankzij Carns schild schampten ze steeds af en verdwenen ze in een muur of in de grond.

Roran zag hoe de mannen de kar de straat op trokken. Toen ze bijna klaar waren, hief hij zijn kin, vulde hij zijn longen en bulderde hij in de richting van de soldaten: 'Hé daar, laffe aasvreters! Zien jullie niet dat maar elf man van ons jullie de weg versperren? Vecht je erlangs, dan zijn jullie vrij. Probeer maar als je er de moed voor hebt. Wat? Zie ik jullie aarzelen? Waar is jullie mannelijkheid, misvormde maden. Waar, moordzuchtige zwijnen? Jullie vaders waren kwijlende idioten die al bij hun geboorte verdronken hadden moeten worden, en jullie moeders waren smerige sletten die bij Urgals in bed kropen!' Hij glimlachte tevreden toen diverse soldaten woedend begonnen te brullen en terugscholden. Een van de soldaten bleek zijn vechtlust echter kwijt te zijn en rende zigzaggend naar het noorden. Zich dekkend met zijn schild deed hij een wanhopige poging om de boogschutters te ontlopen. De Varden schoten hem ondanks zijn inspanningen dood voordat hij honderd voet verder was gekomen.

'Ha!' riep Roran uit. 'Lafaards zijn jullie! Allemaal! Knagende rivierratten! Misschien heb je er iets aan als je weet wie ik ben: Roran Sterkhamer is mijn naam, en Eragon Schimmendoder is mijn neef! Wie mij doodt krijgt van jullie verachtelijke koning minstens een graafschap. Maar dat zullen jullie met een zwaard moeten doen, want jullie kruisbogen zijn tegen mij van geen nut. Kom op, naaktslakken! Bloedzuigers! Teken met een witte buik! Kom op en kijk of je me kunt verslaan!'

Met een kakofonie van strijdkreten liet een groep van dertig soldaten hun kruisbogen vallen om hun flitsende zwaard te trekken. Met hoog geheven schilden renden ze op Roran en zijn manschappen af.

Roran hoorde Harald rechts achter zich zeggen: 'Ze zijn met veel meer dan wij, commandant.'

'Klopt,' zei Roran, die zijn blik op de naderende soldaten gericht hield. Vier van hen struikelden, doorboord door talloze pijlen, en bleven roerloos op de grond liggen.

'Als ze allemaal tegelijk aanvallen, hebben we geen schijn van kans.'

'Ook dat klopt, maar dat doen ze niet. Kijk maar, ze zijn een ongeorganiseerd zooitje. Hun commandant is kennelijk dood. Zolang wij de orde bewaren, kunnen ze ons niet overweldigen.'

'Maar zoveel mannen kunnen we zelf niet aan, Sterkhamer.'

Roran wierp een blik achterom. 'Natuurlijk wel! Wij vechten om ons gezin te beschermen en ons huis en onze grond weer op te eisen. Zij vechten omdat Galbatorix ze daartoe dwingt. Dit gevecht komt niet recht uit hun hart. Denk dus maar aan je gezin en aan je huis, en laat tot je doordringen dat je die aan het verdedigen bent. Een man die vecht voor iets dat groter is dan hijzelf doodt met gemak vijfhonderd vijanden!' Nog terwijl hij dat zei, kwam bij Roran het beeld boven van Katrina in haar blauwe trouwjurk. Hij rook haar huid en hoorde de gedempte klank van haar stem als ze 's avonds laat aan het praten waren.

Katrina.

Toen stortten de soldaten zich op hen. Roran hoorde een tijdlang niets anders dan het gebonk van zwaarden tegen zijn schild, het gerinkel van de hamer waarmee hij de soldatenhelmen raakte, en de kreten van de soldaten die onder zijn slagen vermorzeld werden. De soldaten gingen met de kracht van de wanhoop tekeer maar waren geen partij voor hem en zijn manschappen. Toen de laatste aanvaller verslagen was, barstte Roran opgelucht in lachen uit. Wat was het een vreugde om te verpletteren wie zijn vrouw en ongeboren kind bedreigde!

Hij was blij te zien dat geen van zijn krijgers ernstig gewond was. Het viel hem ook op dat verschillende boogschutters tijdens het treffen van de daken waren gekomen om zich te paard bij het gevecht aan te sluiten. Grijnzend zei hij tegen de nieuwkomers: 'Welkom op het slagveld!'

'En dan nog wel een wárm welkom!' antwoordde een van hen.

Roran wees met zijn bebloede hamer naar de rechterkant van de straat en zei: 'Jij, jij en jij. Stapel daar de lijken op. Maak er een soort trechter van zodat maar twee of drie soldaten ons tegelijk kunnen bereiken.'

'Jawel, commandant!' antwoordden de drie mannen, die zich van hun paard op de grond lieten zakken.

Een kruisboogpijl kwam recht op Roran af. Hij negeerde het ding en concentreerde zich op de hoofdmacht van de soldaten, waar een groep van zo'n honderd man sterk zich voor een tweede aanval verzamelde. 'Schiet op!' riep hij naar de mannen die met lijken aan het zeulen waren. 'Ze zijn er al bijna. Harald, ga helpen.'

Roran bevochtigde nerveus zijn lippen terwijl de soldaten oprukten. Tot zijn opluchting sleepten de vier Varden het laatste lijk al op zijn plaats, en vlak voordat de golf soldaten toesloeg, zaten ze weer op hun paard.

De huizen aan beide kanten van de straat, de omgekeerde kar en de lugubere lijkenbarrière vertraagden en comprimeerden de stroom soldaten, die vlak voor Roran volledig tot stilstand kwam. De soldaten stonden zo dicht opeen gepakt dat ze machteloos waren tegen de pijlen die van de daken op hen neerdaalden.

De eerste twee rijen soldaten droegen speren waarmee ze Roran en de andere Varden bedreigden. Roran pareerde drie uitvallen achter elkaar en vervloekte de situatie toen hij besefte dat hij met zijn hamer niet voorbij de speren kon komen. Een soldaat stak Sneeuwvuur in zijn schouder, en Roran boog zich naar voren om te verhinderen dat hij werd afgeworpen terwijl de hengst hinnikend aan het steigeren was.

Toen Sneeuwvuur weer op zijn benen stond, liet Roran zich uit het zadel glijden en hield hij de hengst tussen hem en de soldaten in. Sneeuwvuur bokte toen een volgende speer zijn huid doorboorde. Voordat de soldaten het dier opnieuw konden verwonden, trok Roran het aan zijn teugels weg en dwong hij het dansend naar achteren totdat de hengst tussen de andere paarden genoeg ruimte had om zich om te draaien. 'Nu!' riep hij terwijl hij Sneeuwvuur op zijn schoft sloeg en galopperend het dorp uit stuurde.

'Uit de weg!' brulde Roran met een gebaar naar de Varden. Ze maakten tussen hun paarden een pad voor hem vrij, en hij rende weer naar het strijdgewoel terwijl hij zijn hamer in zijn gordel stak.

Een soldaat stak met een speer naar Rorans borst. Hij blokkeerde hem met zijn arm, en hoewel hij zijn pols op het harde hout kneusde, wist hij de speer uit de handen van de soldaat te trekken. De man viel plat op zijn gezicht. Roran draaide het wapen, doorstak de man, stormde naar voren en reeg nog twee andere soldaten aan zijn speer. Met gespreide benen zette hij zijn voeten stevig in de vruchtbare aarde, waarin hij ooit graan had willen verbouwen, en schudde zijn speer naar zijn vijanden met de uitroep: 'Kom maar op, waardeloze bastaards! Dood me maar als je kunt! Ik ben Roran Sterkhamer en ben voor geen levend mens bang!'

Drie soldaten schuifelden naar voren en stapten over de lijken van vroegere strijdmakkers om het tegen Roran op te nemen. Roran danste opzij en dreef zijn speer in de kaak van de meest rechtse soldaat, wiens tanden erbij afbraken. Een wimpel van bloed stroomde over de punt toen hij het wapen terugtrok, en nadat hij op één knie was gaan zitten, stak hij de middelste soldaat door zijn oksel.

Roran voelde een klap tegen zijn linkerschouder, en zijn schild leek ineens dubbel zo zwaar. Toen hij overeind kwam, zag hij een speer uit de eikenhouten planken van het schild steken, en de laatste soldaat van het drietal stormde met getrokken zwaard op hem af. Roran hief de speer boven zijn hoofd alsof hij ermee wilde werpen, maar toen de soldaat aarzelde, schopte hij hem tussen zijn benen en maakte hij hem met één klap af. In de tijdelijke luwte daarna, maakte hij zijn arm uit het nutteloze schild los en gooide het met speer en al tussen de benen van zijn vijanden in de hoop dat ze erover struikelden.

Nieuwe soldaten schuifelden naar voren maar schrokken van Rorans woeste grijns en dreigende speer. Een groeiende stapel lijken lag voor hem. Toen die tot heuphoogte gestegen was, sprong hij boven op dat bloederige heuveltje: de hoogte bracht hem ondanks de glibberigheid in het voordeel. Omdat de soldaten eerst op stapels andere lijken moesten klimmen om hem te bereiken wist hij een groot aantal van hen te doden als ze over een arm of been struikelden, op de zachte keel van een van hun voorgangers stapten of op een schuin schild uitgleden.

Roran kon vanaf zijn uitkijkpunt zien dat de rest van de soldaten besloten had om zich bij de aanval aan te sluiten; slechts enkele tientallen van hen vochten nog aan de andere kant van het dorp tegen Sands en Edrics krijgers. Hij begreep dan ook dat hij tot het einde van het gevecht geen rust meer zou krijgen.

In de loop van de dag liep hij dozijnen verwondingen op. De meeste stelden niet veel voor – een snijwond aan de binnenkant van een onderarm, een gebroken vinger, een schram over zijn ribben waar een dolk door zijn maliën was gedrongen – maar andere waren ernstiger. Een soldaat die op een laag lijken lag, stak Roran door zijn rechter kuit, waardoor hij ging strompelen. Even later viel een zwaargebouwde, naar uien en kaas ruikende soldaat tegen Roran aan, en terwijl hij zijn laatste adem uitblies, drukte hij een kruisboogpijl in Rorans linkerschouder, waardoor deze zijn arm niet meer boven zijn hoofd kon heffen. Roran liet de pijl in zijn vlees zitten, want hij wist dat hij kon doodbloeden als hij hem er uittrok. Al zijn gevoelens werden overheerst door pijn, en bij elke beweging joeg een nieuwe scheut door zijn lichaam, maar stilstaan betekende sneuvelen, en dus bleef hij dodelijke klappen uitdelen zonder op zijn verwondingen en vermoeidheid te letten.

Roran besefte soms dat er Varden achter of naast hem stonden. Dat was bijvoorbeeld het geval wanneer iemand een speer langs hem gooide of wanneer het lemmet van een zwaard zijn schouder passeerde om een soldaat te vellen die op het punt stond om hem de hersens in te slaan, maar voor het grootste deel stond hij alleen tegenover de soldaten – vanwege de berg lijken waarop hij stond en vanwege de beperkte ruimte tussen de omgegooide kar en de zijkant van de huizen. Boven hem handhaafden de boogschutters die nog pijlen hadden hun salvo's, en hun schachten met grijze ganzenveren doorboorden beenderen en vlees.

In het laatste deel van het gevecht wierp Roran zijn speer naar een soldaat, maar toen de punt 's mans maliënkolder raakte, spleet de steel in de lengte. Het verbaasde de soldaat kennelijk dat hij nog leefde, want hij aarzelde even voordat hij als vergelding toesloeg met zijn zwaard. Dat onvoorzichtige uitstel stelde Roran in staat om onder het zoevende staal door te duiken en een andere speer van de grond te rapen waarmee hij de soldaat doodde. Tot zijn schrik en ontzetting duurde het niet lang voordat ook de tweede speer in zijn hand kapot ging. Hij gooide het versplinterde restant naar de soldaten, ontdeed een lijk van zijn schild en trok zijn hamer uit zijn gordel. In ieder geval had zijn hamer hem nooit in de steek gelaten.

De uitputting bleek Rorans gevaarlijkste tegenstander toen de laatste soldaten om beurten naderden om met hem te duelleren. Zijn ledematen voelden zwaar en levenloos aan, zijn gezichtsvermogen liet hem soms in de steek en hij kreeg vaak niet genoeg adem. Toch wist hij op de een of andere manier steeds genoeg energie bij elkaar te rapen om zijn volgende tegenstander te verslaan. Maar omdat zijn reflexen trager werden, brachten de soldaten hem talrijke wonden en blauwe plekken toe die hij in een eerdere fase met gemak zou hebben voorkomen.

Toen er gaten vielen tussen de soldaten en Roran door die gaten de open ruimte kon zien, wist hij dat zijn beproeving ten einde liep. Hij bood de laatste twaalf soldaten geen genade aan, en zij vroegen daar ook niet om, hoewel het onzinnig zou zijn geweest om te hopen dat ze zich niet alleen langs hem konden vechten maar ook langs de Varden achter hem. Toch probeerde niemand te vluchten. In plaats daarvan stormden ze grauwend en vloekend op hem af en wilden ze alleen maar de man doden die zoveel kameraden had laten sneuvelen voordat ook zijzelf in de leegte verdwenen.

Roran had in zekere zin bewondering voor hun moed.

Pijlen stonden in de borstkas van vier van hen, en daardoor vielen ze op de grond. Een speer die door iemand achter Roran geworpen werd, raakte een vijfde soldaat onder zijn sleutelbeen. Ook hij viel op een berg lijken. Nog twee speren eisten een slachtoffer, en toen waren de overige mannen bij Roran. De voorste hakte met een puntige bijl naar hem. Roran voelde de kop van de kruisboogpijl langs het bot schuren maar stak zijn linkerarm op en blokkeerde de bijl met zijn schild. Jammerend van pijn en woede en snakkend naar het einde van dit gevecht zwaaide Roran met zijn hamer en doodde hij de soldaat met een klap op zijn hoofd. Hij hinkte zonder uit te rusten op zijn goede been naar voren, en voordat de volgende soldaat zich kon verdedigen, sloeg hij hem tweemaal op zijn borst, waardoor zijn ribben braken. De derde man pareerde twee uitvallen, maar Roran misleidde hem toen met een schijnbeweging en doodde ook hem. De laatste twee soldaten benaderden Roran van links en rechts en mepten naar zijn enkels terwijl ze op de berg lijken klommen. Rorans kracht ebde weg en hij moest een uitputtend lange tijd met hen schermen, waarbij hij zowel verwondingen opliep als uitdeelde, maar uiteindelijk doodde hij de ene door zijn helm in te slaan en de andere met een welgemikte klap op zijn nek.

Toen zakte hij wankelend in elkaar.

Iemand tilde hem op, en toen hij zijn ogen opendeed, zag hij Harald een wijnzak tegen zijn lippen houden. 'Drink,' zei Harald. 'Dan gaat het beter.'

Met zwoegende borst en steeds tussen twee hijgende ademteugen door nam Roran een paar slokken. De door de zon verwarmde wijn prikte de binnenkant van zijn geteisterde mond. Hij voelde zijn benen weer wat op krachten komen en zei: 'Laat maar los. Het gaat wel.'

Steunend op zijn hamer bekeek Roran het slagveld. Nu pas drong tot hem door hoe hoog de berg lijken was geworden. Hij en zijn strijdmakkers stonden minstens twintig voet hoog op ongeveer het niveau van de daken links en rechts. Hij zag dat de meeste soldaten door pijlen geveld waren, maar wist dat hij er ook zelf heel veel gedood had.

'Hoe.. hoeveel?' vroeg hij aan Harald.

De met bloed bespatte krijger schudde zijn hoofd. 'Na tweeëndertig ben ik de tel kwijtgeraakt. Misschien weet iemand anders het. Maar wat jij gedaan hebt, Sterkhamer... Ik heb nog nooit zoiets zien doen... niet door iemand met menselijke vermogens. De draak Saphira heeft goed gekozen; de mannen uit jouw familie zijn ongeëvenaarde vechters. Geen sterveling kan aan jouw moed tippen, Sterkhamer. Ik weet niet hoeveel...'

'Het waren er honderddrieënnegentig!' riep Carn, die naar hen toe klom.

'Weet je dat zeker?' vroeg Roran ongelovig.

Carn kwam knikkend bij hen staan. 'Ja, ik heb gekeken en ik heb wél goed geteld. Het waren er honderddrieënnegentig – of honderdvierennegentig, als je de man meetelt die je in je buik hebt gestoken voordat de boogschutters hem afmaakten.'

Het aantal verbaasde Roran hogelijk. Hij had niet gedacht dat het er zoveel waren geweest, en hij begon hees te grinniken. 'Jammer dat er niet meer waren. Nog zeven, en dan waren het er een nette tweehonderd geweest.'

Ook de andere mannen lachten.

Carn stak met een bezorgde frons op zijn smalle gezicht een hand uit naar de pijl die uit Rorans linkerschouder stak. Hij zei: 'Ik moet even naar je wonden kijken.'

'Nee,' zei Roran, die hem wegduwde. 'Anderen zijn misschien zwaarder gewond dan ik. Verzorg die eerst.'

'Roran, je hebt allerlei wonden die dodelijk kunnen zijn als ik niet de bloeding stelp. Het duurt maar een...'

'Maak je geen zorgen en laat me met rust,' zei hij grommend.

'Roran, bekijk dan jezelf eens!'

Dat deed hij, en hij wendde zijn blik af. 'Goed. Als je maar opschiet.' Roran staarde naar de strakblauwe hemel en dacht volstrekt niets. Carn haalde intussen de pijl uit zijn schouder en mompelde allerlei bezweringen. Op elke plaats waar de magie werkzaam was, voelde Roran zijn huid kriebelen en jeuken, gevolgd door een weldadige afwezigheid van pijn. Toen Carn klaar was, was nog niet alle pijn weg, maar het was niet meer zo erg, en zijn hoofd was helderder dan eerst.

Maar Carn beefde en had na het genezingsproces een grauw gezicht. Daarom leunde hij met zijn knieën tegen iets aan totdat de beving ophield. 'Ik ga...' Hij zweeg even om op adem te komen. '... ik ga de andere gewonden helpen.' Hij rechtte zijn rug en klom wankel als een dronkeman de berg lijken af.

Roran keek hem bezorgd na. Pas toen kwam hij op het idee om vast te stellen hoe het de rest van zijn eenheid was vergaan. Hij keek naar de andere kant van het dorp en zag alleen overal lijken liggen. Sommigen droegen het rood van het Rijk, anderen de bruine wol waarin de Varden zich graag kleedden. 'Hoe is het met Edric en Sand?' vroeg hij aan Harald.

'Het spijt me, Sterkhamer, maar ik heb niet verder gekeken dan het puntje van mijn zwaard.'

Roran riep naar een paar mannen die nog steeds op de daken stonden: 'Hoe is het met Edric en Sand?'

'Dat weten we niet, Sterkhamer,' antwoordden ze.

Steunend op zijn hamer baande Roran zich langzaam een weg omlaag over de helling van lijken. Samen met Harald en drie andere mannen stak hij het open terrein in het midden van het dorp over. Intussen doodden ze alle soldaten die nog in leven bleken. Aan de andere kant van het terrein, waar het aantal gesneuvelde Varden dat van de gevallen soldaten overtrof, sloeg Harald met zijn zwaard op zijn schild. Hij riep: 'Is er nog iemand in leven?'

Even later kreeg hij antwoord van tussen de huizen: 'Zeg wie je bent.'

'Harald en Roran Sterkhamer en anderen van de Varden. Als jullie het Rijk dienen, geef je dan over, want jullie kameraden zijn dood en jullie kunnen ons niet verslaan.'

Ergens tussen de huizen klonk het geluid van vallend metaal, en toen kwamen steeds een of twee krijgers van de Varden tegelijk uit hun schuilplaats tevoorschijn. Ze strompelden het open terrein op, en velen ondersteunden gewonde kameraden. Ze leken verdwaasd, en sommigen waren zodanig bebloed dat Roran hen aanvankelijk voor gevangengenomen soldaten aanzag. Hij telde vierentwintig manschappen. Bij het laatste groepje Varden was ook Edric. Hij hielp een man die tijdens de gevechten zijn rechterarm was kwijtgeraakt.

Roran maakte een gebaar, en twee van zijn mannen ontlastten Edric haastig. De kapitein strekte zijn rug nu hij het gewicht van de gewonde niet meer voelde. Hij liep met trage stappen naar Roran toe en keek hem met een onpeilbare blik recht aan. Hij en Roran bleven doodstil staan, en Roran merkte dat op het open terrein een uitzonderlijke stilte heerste.

Edric was de eerste die iets zei. 'Hoeveel van je manschappen leven nog?'

'De meesten. Niet allemaal, maar de meesten wel.'

Edric knikte. 'En Carn?'

'Die leeft ook nog... Hoe is het met Sand?'

'Een soldaat heeft hem tijdens de aanval neergeschoten. Hij is nog maar net dood.' Edric keek langs Roran en zag de berg lijken. 'Je hebt mijn bevelen naast je neergelegd, Sterkhamer.'

'Ja.'

Edric hield zijn hand op, met de palm naar boven, en gebaarde met zijn kin naar Rorans hamer.

'Nee, kapitein!' riep Harald, die een stap dichterbij kwam. 'Als Roran er niet geweest was, zou niemand van ons hier gestaan hebben. En u had moeten zien wat hij gedaan heeft: hij heeft er eigenhandig bijna tweehonderd gedood!'

Haralds smeekbeden maakten geen enkele indruk op Edric, die nog steeds zijn hand uitgestrekt hield. Ook Roran deed niets.

Harald wendde zich tot hem. 'Roran, je weet dat de manschappen achter je staan. Geef het bevel, dan zullen wij...'

Roran bracht hem met een blik tot zwijgen. 'Wees geen dwaas.'

Edric zei met dunne lippen: 'Je hebt in ieder geval nog enig gezond verstand. Harald, hou je kiezen op elkaar, tenzij je de hele terugweg de pakpaarden wilt leiden.'

Roran hief zijn hamer en gaf hem aan Edric. Daarna gespte hij zijn gordel los waaraan zijn zwaard en zijn dolk hingen en gaf ook die aan Edric. 'Andere wapens heb ik niet,' zei hij.

Edric knikte grimmig en legde de gordel over zijn schouder. 'Roran

Sterkhamer, ik onthef je hierbij van je bevel. Heb ik je woord van eer dat je geen vluchtpoging zult doen?'

'Ja.'

'Dan kun je je nuttig maken als de gelegenheid zich voordoet, maar in elk ander opzicht zul je je als een gevangene gedragen.' Edric keek om zich heen en wees naar een andere krijger. 'Fuller, jij neemt Rorans functie over totdat we de hoofdmacht van de Varden bereiken en Nasuada kan besluiten hoe we dit oplossen.'

'Jawel, kapitein,' zei Fuller.

Verscheidene uren lang kromden Roran en de andere krijgers hun rug om hun doden bijeen te brengen en aan de rand van het dorp te begraven. Daarbij kwam hij erachter dat maar negen van zijn eenentachtig manschappen tijdens de gevechten waren omgekomen, terwijl Edric en Sand samen bijna honderdvijftig man hadden verloren – en Edric zou nog meer slachtoffers te betreuren hebben gehad als niet een handvol van zijn krijgers bij Roran was gebleven toen deze aan zijn reddingsoperatie begon.

Toen de Varden hun eigen slachtoffers begraven hadden, verzamelden ze hun pijlen. Midden in het dorp werd een brandstapel aangelegd. Ze ontdeden de soldaten van hun uitrusting, sleepten ze naar de berg hout en staken het geheel in brand. De brandende lijken vulden de lucht met een wolk vettige, zwarte rook die mijlenver leek op te stijgen. De zon scheen er als een platte, rode schijf doorheen.

De jonge vrouw en het kind die de soldaten gevangen hadden genomen, waren nergens te vinden. Omdat ze ook niet werden aangetroffen bij de doden, nam Roran aan dat ze bij het begin van de gevechten gevlucht waren, en dat leek hem het beste dat ze hadden kunnen doen. Hij wist niet waar ze naartoe waren gegaan maar wenste hun veel geluk.

Even voor het vertrek van de Varden draafde Sneeuwvuur tot Rorans aangename verrassing het dorp weer binnen. De hengst was aanvankelijk schichtig en afstandelijk en weigerde zich te laten benaderen, maar door zachtjes tegen hem te praten wist Roran hem genoeg te kalmeren om de wonden in zijn schouder te kunnen reinigen en verbinden. Het zou onverstandig zijn om Sneeuwvuur te berijden zolang hij nog niet helemaal genezen was, daarom bond Roran hem vast in de voorste linies van de pakpaarden, waartegen de hengst direct antipathie opvatte. Hij legde zijn oren plat, sloeg met zijn staart heen en weer en krulde zijn lippen om zijn tanden te ontbloten.

'Gedraag je een beetje,' zei Roran, zijn nek strelend. De hengst rolde hinnikend met zijn ogen, maar zijn oren ontspanden zich iets.

Daarna hees Roran zich op de ruin van een van de gesneuvelde Varden en reed naar zijn plaats aan de achterkant van de rij mannen die tussen de huizen verzameld was. Hij negeerde de vele blikken die op hem gericht werden, maar vond het bemoedigend dat diverse krijgers 'Goed gedaan' mompelden.

Al wachtend tot Edric het sein tot vertrek gaf, dacht Roran aan Nasuada, Katrina en Eragon. Een wolk van angst overschaduwde zijn gedachten toen hij zich voorstelde hoe ze op het bericht van zijn muiterij zouden reageren. Even later zette hij die zorgen van zich af. *Ik heb gedaan wat goed en noodzakelijk was,* hield hij zich voor. *Ik betreur het niet, wat de uitkomst ook zijn mag.*

'Op weg!' riep Edric vanaf de kop van de stoet.

Roran spoorde zijn paard tot een pittig tempo aan en reed samen met de andere Varden naar het westen. Het dorp lieten ze achter zich en de stapel lijken brandde tot het vuur vanzelf uitging.

Boodschap in een spiegel

De ochtendzon baadde Saphira in een aangename warmte. Ze lag te zonnebaden op een richel van gladde steen, verscheidene voeten boven Eragons lege stoffen-schelpen-tent. Na de activiteiten van die nacht – rondvliegen om de locaties van het Rijk te verkennen, zoals ze elke nacht deed sinds Nasuada Eragon naar grote-holle-berg-Farthen Dûr had gestuurd – was ze doezelig. Die vluchten waren noodzakelijk om Eragons afwezigheid te maskeren, maar het was een slopende routine, want ze was weliswaar allerminst bang in het donker maar toch van nature geen nachtdier, en ze vond het niet prettig om iets met een zo saaie regelmaat te moeten doen. Omdat het de Varden bovendien veel tijd kostte om van de ene plaats naar de andere te trekken, moest ze steeds heel vaak boven hetzelfde landschap vliegen. De enige recente opwinding van de laatste tijd kwam toen ze de ochtend ervoor kleindenker-roodschubben-Thoorn laag boven de noordoostelijke horizon had gezien. Hij had zich echter niet omgedraaid om de confrontatie aan te gaan maar was gewoon doorgevlogen, steeds dieper het Rijk in. Toen Saphira haar waarneming meldde, reageerden Nasuada, Arya en de elfen die Saphira bewaakten, als een troep bange gaaien. Ze schreeuwden en jammerden door elkaar en vlogen intussen alle kanten op. Ze hadden er zelfs op gestaan dat blauwzwarte-wolfsharen-Blödhgarm vermomd als Eragon met haar meevloog, maar dat had ze natuurlijk geweigerd. Het was al erg genoeg dat ze de elf toestond om een schaduw-water-geest van Eragon op haar rug te zetten bij elke keer dat ze bij de Varden opsteeg of landde, maar ze was niet bereid om zich door iemand anders dan Eragon te laten berijden, behalve als er een veldslag op til was en misschien zelfs dan niet.

Saphira gaapte, rekte haar rechter voorpoot uit en spreidde haar kromme klauwen. Toen ontspande ze zich weer. Ze wikkelde haar staart rond haar lichaam en verlegde haar kop op haar voorpoten. Visioenen van herten en andere prooi trokken aan haar geestesoog voorbij.

Niet lang daarna hoorde ze het getrappel van voeten. Iemand rende door het kamp op weg naar Nasuada's vouwvleugel-rode-vlinderpoppen-tent. Saphira besteedde weinig aandacht aan het geluid; er renden altijd koeriers rond.

Net toen ze in slaap wilde vallen, hoorde ze een andere renner voorbij stuiven, even later gevolgd door nog twee anderen. Zonder haar ogen te openen stak ze het puntje van haar tong uit om de lucht te proeven. Ze nam geen ongewone geuren waar, waaruit ze afleidde dat de opschudding niet de moeite van een onderzoek waard was, en daarna gleed ze weg in dromen waarin ze in een koel, groen meer naar vissen dook.

Ze werd wakker van woedend geschreeuw. Roerloos bleef ze liggen luisteren naar een heel stel rondorige tweebeners die ruzie aan het maken waren. Ze waren te ver weg om de woorden te kunnen verstaan, maar aan de klank van hun stem te horen waren ze kwaad genoeg om een moord te plegen. Bij de Varden braken soms net zo goed twisten uit als bij andere grote kuddes, maar nooit eerder had ze zoveel tweebeners zo lang en met zoveel hartstocht horen ruziën.

De basis van Saphira's schedel begon dof te schrijnen toen het geschreeuw van de tweebeners nog toenam. Ze zette haar klauwen tegen het gesteente onder haar en met een scherp gekraak krabde ze dunne plaatjes kwartsrijke steen rond de punten van haar nagels los.

Ik tel tot drieëndertig, dacht ze. *Als ze dan nog niet zijn opgehouden, mogen ze vurig hopen dat de reden voor hun ontsteltenis groot genoeg is om de rust van een dochter-van-de-wind te verstoren!*

Toen ze bij zevenentwintig was, werd het bij de tweebeners stil. Eindelijk! Ze ging wat gerieflijker liggen en maakte aanstalten om haar broodnodige sluimer te hervatten.

Metaal rinkelde, planten-laken-huiden piepten, leren-klauw-bedekkingen bonsden op de grond en de onmiskenbare geur van donkere-huid-krijger-Nasuada zweefde boven Saphira. *Wat nou weer?* vroeg ze zich af. Even overwoog ze om tegen iedereen te gaan brullen totdat ze doodsbang wegrenden en haar met rust lieten.

Saphira deed één oog open en zag Nasuada en haar zes lijfwachten naar haar slaapplaats benen. Aangekomen bij de laagste rand van de stenen plaat waarop Saphira lag te rusten, beval Nasuada haar lijfwachten om met Blödhgarm en de andere elfen – die op een klein graslandje aan het redetwisten waren – achter te blijven, waarna ze zelf naar boven klom.

'Gegroet, Saphira,' zei Nasuada. Ze droeg een rood gewaad dat onnatuurlijk fel afstak tegen het groene gebladerte van de appelbomen achter haar. Sprankjes licht van Saphira's schubben bespikkelden haar gezicht.

Saphira knipperde één keer met haar oog maar had geen enkele neiging om met woorden te reageren.

Toen Nasuada even had rondgekeken, kwam ze dichter bij Saphira's kop staan en fluisterde ze: 'Saphira, ik wil even onder vier ogen met je praten. Jij kunt doordringen in mijn geest maar ik niet in de jouwe. Kun je in mijn binnenste blijven, zodat ik kan denken wat ik zeggen moet, en jij me hoort?'

Saphira breidde zich uit naar het strak-hard-vermoeide-bewustzijn van de vrouw en overspoelde Nasuada met de irritatie die ze voelde omdat ze uit haar slaap werd gehouden. Toen zei ze: *Als ik dat wil, kan ik dat, maar zonder je toestemming zou ik het nooit doen.*

Natuurlijk niet, antwoordde Nasuada. *Dat begrijp ik.* Saphira ontving van de vrouw aanvankelijk niets anders dan onsamenhangende emoties en beelden: een galg met een lege strop, bloed op de grond, grauwende gezichten, angst, vermoeidheid en een onderstroom van grimmige wilskracht. *Vergeef me,* zei Nasuada. *Ik heb een uitputtende ochtend achter de rug. Neem het me niet kwalijk als mijn gedachten erg afdwalen.*

Saphira knipperde weer met haar ogen. *Wat heeft al die opschudding bij de Varden veroorzaakt? Een stel mannen heeft me met hun slechtgehumeurde gebekvecht uit mijn slaap gehaald, en daarvoor hoorde ik een ongewoon aantal koeriers door het kamp stormen.*

Nasuada wendde zich met opeengeklemde lippen van Saphira af. Ze sloeg haar armen over elkaar en nam haar genezende onderarmen in haar gebogen handen. De kleur van haar geest werd zwart als een middernachtelijke wolk – vol suggesties van dood en geweld. Na een ongewoon lang zwijgen zei ze: *Een van de Varden, een man die Othmund heet, is vannacht naar het kamp van de Urgals geslopen en heeft drie van hen gedood terwijl ze bij hun vuur lagen te slapen. De Urgals konden hem op dat moment niet te pakken krijgen, maar vanochtend eiste hij de eer ervan op en liep hij er bij het hele leger op te pochen.*

Waarom deed hij dat? vroeg Saphira. *Hebben de Urgals zijn familie uitgemoord?*

Nasuada schudde haar hoofd. *Ik wou bijna van wel, want dan zouden de Urgals niet zo kwaad zijn geweest. Wraak is iets dat ze begrijpen. Nee, dat is juist het rare van de zaak. Othmund haat de Urgals enkel en alleen omdat ze Urgals zijn. Ze hebben hem en zijn familieleden nooit kwaad gedaan, en toch minacht hij de Urgals met elke vezel in zijn lichaam. Dat begrijp ik tenminste na een gesprek met hem te hebben gehad.*

Hoe pak je deze zaak aan?

Nasuada keek Saphira weer aan. Er stond een diepe droefheid in haar

ogen. Hij zal voor zijn misdaad hangen. Toen ik de Urgals bij de Varden toeliet, heb ik bepaald dat ik elke aanval op een Urgal zal bestraffen alsof die een aanval op een mens was. Daarop kan ik niet terugkomen.
Heb je spijt van je belofte?
Nee, de mannen moeten weten dat ik zulke daden niet tolereer. Anders hadden ze zich al tegen de Urgals gekeerd op de dag waarop Nar Garzhvog en ik ons verbond sloten. Maar nu moet ik bewijzen dat ik meende wat ik zei. Als ik dat niet doe, komt het tot nieuwe moorden, en daarna nemen de Urgals de zaak in eigen hand. Dan vliegen onze twee volkeren elkaar opnieuw naar de keel. Het is niet meer dan terecht dat Othmund wordt opgehangen omdat hij ondanks mijn uitdrukkelijke bevel de Urgals heeft vermoord. Maar o, Saphira, de Varden zullen razend zijn. Ik heb mijn eigen vlees geofferd om hun trouw te verwerven, maar nu zullen ze me haten omdat ik Othmund laat ophangen... Ze zullen me haten omdat ik het leven van een Urgal gelijkstel aan dat van een mens.
Nasuada liet haar armen zakken en plukte aan de manchet van haar mouwen. *En ik moet helaas bekennen dat ik hun gevoelens deel. Ondanks al mijn pogingen om de Urgals open, eerlijk en als gelijken tegemoet te treden, zoals mijn vader zou hebben gedaan, kan ik niets doen tegen de herinneringen aan de manier waarop ze hem vermoord hebben. Ik herinner me nog maar al te goed hoe al die Urgals de Varden tijdens de Slag onder Farthen Dûr hebben afgeslacht. En ik herinner me nog maar al te levendig de verhalen die ik als kind gehoord heb – verhalen over Urgals die uit de bergen kwamen stormen om onschuldige mensen in hun bed af te slachten. De Urgals waren altijd de monsters waarvoor we bang moesten zijn, en nu heb ik ons lot met het hunne verbonden. Tegen mijn herinneringen sta ik machteloos, Saphira, en ik vraag me af of ik de juiste beslissing heb genomen.*
Je staat machteloos tegen het feit dat je een mens bent, zei Saphira in een poging om Nasuada te troosten. *Toch hoef je je niet gebonden te voelen door het geloof van de mensen om je heen. Als je er de wil toe hebt, kun je de beperkingen van je volk overstijgen. Als de gebeurtenissen uit het verleden ons één ding leren, dan is het wel dat de koningen, koninginnen en andere leiders die de volkeren dichter bij elkaar hebben gebracht, ook degenen zijn geweest die in Alagaësia het hoogst denkbare hebben bereikt. We moeten oppassen voor onenigheid en woede, niet voor nauwere betrekkingen met hen die ooit onze vijanden zijn geweest. Vergeet je wantrouwen jegens de Urgals niet, want dat hebben ze ruimschoots verdiend, maar vergeet ook niet dat de dwergen en draken ooit net zo'n afkeer van elkaar hadden als de mensen en Urgals. Ooit hebben de draken ook tegen de elfen gevochten, en we zouden dat volk hebben uitgeroeid als we het gekund hadden. Dat is allemaal ooit waar geweest, maar nu is dat niet meer zo omdat mensen zoals jij de moed hebben gehad om oude haatgevoelens te overwinnen en vriendschapsbanden te smeden die voorheen niet bestonden.*
Nasuada drukte haar voorhoofd tegen de zijkant van Saphira's kaak en zei: *Je bent heel wijs, Saphira.*
Saphira hief vermaakt haar kop van haar voorpoten en raakte Nasuada's voorhoofd aan met het puntje van haar snuit. *Ik zeg alleen de waarheid zoals ik*

die zie. Verder niet. Als dat wijsheid is, doe er dan je voordeel mee. Maar volgens mij heb je nu al de wijsheid die je nodig hebt. Othmunds executie zal de Varden geen genoegen doen, maar er is meer nodig om hun toewijding aan jou te ondermijnen. Bovendien weet ik zeker dat je wel een middel vindt om ze milder te stemmen.
Ja, zei Nasuada, die de tranen uit haar ogen veegde. *Laat ik dat maar eens gaan doen.* Toen glimlachte ze en stond haar gezicht ineens heel anders. *Maar eigenlijk wilde ik je niet spreken vanwege Othmund. Eragon heeft net contact met me opgenomen en wil dat jij je in Farthen Dûr bij hem voegt. De dwergen...*

Haar nek krommend, brulde Saphira naar de hemel en het vuur uit haar buik golfde als een flakkerend vlammengordijn via haar bek naar buiten. Nasuada wankelde ijlings naar achteren. Iedereen binnen gehoorsafstand verstijfde en staarde naar Saphira. De draak kwam overeind, schudde haar lijf van kop tot staart, was haar vermoeidheid alweer vergeten en spreidde haar vleugels om op te stijgen.

Nasuada's lijfwachten maakten aanstalten om naar haar toe te lopen, maar ze hield hen met een gebaar tegen. Er zweefde een sliert rook over haar heen, en ze drukte hoestend de onderkant van haar mouw tegen haar neus. *Je geestdrift is loffelijk, Saphira, maar...*

Is Eragon soms gewond? vroeg Saphira, die geschrokken op Nasuada's aarzeling reageerde.

Hij is even gezond als altijd, maar gisteren is er een... eh.. incident geweest.
Wat voor incident?
Hij en zijn lijfwachten zijn aangevallen.

Saphira bleef roerloos staan terwijl Nasuada haar alles vertelde wat Eragon tijdens zijn gesprek met haar gezegd had. Na afloop ontblootte de draak haar tanden. *Dûrgrimst Az Sweldn rak Anhûin mag dankbaar zijn dat ik er niet bij was. Na die moordaanslag zou ik hen niet zo makkelijk hebben laten ontsnappen.*

Nasuada zei met een milde glimlach: *Waarschijnlijk was het om precies die reden beter dat je hier was.*

Misschien, gaf Saphira toe. Ze blies een wolk hete rook uit en zwiepte met haar staart. *Maar het verbaast me niet. Steeds als Eragon en ik ieder ons weegs gaan, valt iemand hem aan. Het is zelfs zo erg dat mijn schubben gaan jeuken als hij meer dan een paar uur uit mijn ogen is.*

Hij kan zich anders heel goed zelf verdedigen.

Inderdaad, maar ook onze vijanden ontbreekt het niet aan bekwaamheden. Saphira nam ongeduldig een andere houding aan en hief haar vleugels nog hoger. *Nasuada, ik sta te trappelen om te vertrekken. Is er nog iets dat ik weten moet?*

Nee. Vlieg snel en hou koers, Saphira, maar blijf na je aankomst in Farthen Dûr niet treuzelen. Als je hier vertrokken bent, hebben we maar een paar dagen rust voordat het Rijk begrijpt dat ik jou en Eragon niet op een korte verkenningstocht heb gestuurd. Galbatorix kan dan al of niet besluiten om toe te slaan, maar die kans wordt groter met elk uur dat je afwezig blijft. Ik zou ook veel liever willen dat jullie er allebei zijn als we

417

Feinster aanvallen. We kunnen de stad ook zonder jullie innemen, maar dat kost ons veel meer levens. Kortom, het lot van de Varden hangt af van jullie snelheid.
We zullen snel zijn als de stormwind, verzekerde Saphira.

Nasuada nam afscheid van haar en liep bij de stenen plaat weg, waarna Blödhgarm en de andere elfen snel naast Saphira's flanken kwamen staan en het ongerieflijk-leren-genaaide-Eragon-zitzadel rond haar vastgespten. Daarna vulden ze haar zadeltassen met het voedsel en de uitrusting die ze altijd meenam als ze aan een tocht met Eragon begon. Ze had die dingen niet nodig en kon er niet eens bij, maar om de schijn op te houden moest ze ze meenemen. Toen alles klaar was, draaide Blödhgarm zijn hand voor zijn borst – het respectvolle gebaar van de elfen – en zei in de oude taal: 'Vaarwel, Saphira Lichtschub. Moge je met Eragon ongedeerd naar ons terugkomen.'

Vaarwel, Blödhgarm.

Saphira wachtte totdat de blauwzwarte-wolfsharen-elf een water-schaduw-geest van Eragon had geschapen en het ding vanuit Eragons tent op haar rug had gezet. Ze voelde niets toen de substantieloze geest van haar linker voorpoot op haar bovenpoot en haar schouder stapte. Blödhgarm knikte als teken dat de illusie van Eragon op zijn plaats zat. Zij hief haar vleugels totdat ze elkaar boven haar kop raakten, en sprong vanaf de stenen plaat naar voren.

Ze klapwiekte met haar vleugels om hoogte te winnen, draaide in de richting van Farthen Dûr en begon aan haar klim naar de laag dun-koudelucht hoog boven haar, waar ze een gestage wind hoopte aan te treffen die haar tocht zou vergemakkelijken.

Ze cirkelde boven de beboste rivieroever, waar de Varden voor de nacht hun kamp hadden opgeslagen, en kronkelde van felle vreugde. Niet langer hoefde ze te wachten terwijl Eragon zonder haar op avontuur ging! Niet langer hoefde ze de hele nacht steeds opnieuw boven hetzelfde gebied te vliegen! En zij die haar metgezel-van-geest-en-hart iets wilden aandoen, waren niet langer veilig voor haar toorn! Saphira opende haar kaken en brulde haar vreugde en zelfvertrouwen naar de hele wereld uit. Alle goden die er bestonden, daagde ze uit om het op te nemen tegen haar, die de dochter was van Iormûngr en Vervada, twee van de grootste draken van hun tijd.

Toen ze meer dan een mijl boven de Varden vloog en een sterke zuidwestenwind voelde, voegde ze zich naar de luchtstroom en liet ze zich voortduwen terwijl ze over het zonovergoten land beneden haar zweefde.

Haar gedachten voor zich uit werpend, riep ze: *Ik kom eraan, kleintje!*

Vier slagen op de trom

Eragon boog zich naar voren. Elke spier in zijn lichaam was gespannen. De witharige dwergenvrouw Hadfala, hoofd van Dûrgrimst Ebardac, stond op van de tafel waar de vergadering gehouden werd, en uitte een korte zin in haar eigen taal.

Hûndfast vertaalde mompelend in Eragons linkeroor: 'Namens mijn clan stem ik voor grimstborith Orik als onze nieuwe koning.'

Eragon ademde diep uit. *Eén.* Een clanhoofd werd heerser over de dwergen als de meerderheid van de andere clanhoofden op hem stemde. Als niemand de meerderheid kreeg, viel het clanhoofd met het minste aantal stemmen af en werd de vergadering maximaal drie dagen geschorst voordat er opnieuw gestemd werd. Dat ging zo nodig door totdat een clanhoofd de vereiste meerderheid kreeg, waarna de vergadering trouw zwoer aan de nieuwe monarch. Voor de Varden drong de tijd echter bijzonder, en Eragon hoopte vurig dat de stemming niet meer dan één ronde vereiste. In het tegenovergestelde geval namen de dwergen hopelijk niet meer dan enkele uren pauze, want anders sloot hij niet uit dat hij van frustratie de stenen tafel in het midden van de zaal kapotsloeg.

Dat Hadfala, het eerste clanhoofd dat een stem uitbracht, haar lot met dat van Orik verbond, was een goed voorteken. Eragon wist dat zij vóór de aanslag op zijn leven Gannel van Dûrgrimst Quan gesteund had. Als haar loyaliteit nu naar iemand anders uitging, was het heel goed mogelijk dat ook Gannels andere steunpilaar – namelijk grimstborith Ûndin – zijn stem aan Orik gaf.

Vervolgens stond Gáldhiem van Dûrgrimst Feldûnost op, hoewel hij zo klein was dat hij zittend langer was dan staand. 'Namens mijn clan stem ik voor grimstborith Nado als onze nieuwe koning,' verklaarde hij.

Orik keek opzij naar Eragon en zei zachtjes tegen hem: 'Dat verwachtten we al.'

Eragon knikte en wierp een blik op Nado. De dwerg met het vollemaansgezicht streelde de punt van zijn gele baard en was kennelijk erg ingenomen met zichzelf.

Daarna zei Manndrâth van Dûrgrimst Ledwonnû: 'Namens mijn clan stem ik voor grimstborith Orik als onze nieuwe koning.' Orik knikte dankbaar naar hem, en Manndrâth knikte terug. Het puntje van zijn lange neus ging op en neer.

Toen Manndrâth weer was gaan zitten, keken Eragon en alle anderen naar Gannel. Het werd doodstil in de zaal. Eragon kon de dwergen niet eens horen ademen. Als hoofd van de Quan, de godsdienstclan, had Gannel een enorme invloed bij zijn volk. De kandidaat voor wie hij koos, werd hoogstwaarschijnlijk koning.

Gannel verklaarde: 'Namens mijn clan stem ik voor grimstborith Nado als onze nieuwe koning.'

Een geroezemoes van zachte uitroepen brak los tussen de dwergen die langs de muren van de ronde zaal toekeken, en Nado's tevreden grijns werd breder. Eragon kneep in zijn handen en vloekte zwijgend.

'Geef de hoop nog niet op, knul,' mompelde Orik. 'We kunnen het nog best redden. Het zou niet voor het eerst zijn dat de grimstborith van de Quan de stemming verliest.'

'Hoe vaak is dat dan al gebeurd?' fluisterde Eragon.

'Best vaak.'

'Wanneer voor het laatst?'

Orik ging verzitten en wendde zijn blik af. 'Achthonderdvierentwintig jaar geleden, toen koningin...'

Hij deed er het zwijgen toe toen Ûndin van Dûrgrimst Ragni Hefthyn verklaarde: 'Namens mijn clan stem ik voor grimstborith Nado als onze nieuwe koning.'

Orik sloeg zijn armen over elkaar. Eragon kon alleen de zijkant van zijn gezicht zien, maar het was duidelijk dat hij fronste.

Op de binnenkant van zijn wang bijtend staarde Eragon naar de patronen op de vloer. Hij telde de stemmen die waren uitgebracht en de stemmen die nog restten. Zo probeerde hij vast te stellen of Orik de verkiezing nog kon winnen. Zelfs in het allerbeste geval was het kantje boord. Hij verstrakte zijn greep en dreef zijn nagels in de rug van zijn hand.

Thordris van Dûrgrimst Nagra stond op en drapeerde haar lange, dikke vlecht over een arm. 'Namens mijn clan stem ik voor grimstborith Orik als onze nieuwe koning.'

'Het staat dus drie drie,' zei Eragon zachtjes. Orik knikte.

Nu was het Nado's beurt. Het hoofd van Dûrgrimst Knurlcarathn streek zijn baard glad en glimlachte de vergadering met de blik van een roofdier toe. 'Namens mijn clan stem ik voor mezelf als onze nieuwe koning. Als u mij kiest, beloof ik ons land te ontdoen van de vreemdelingen die het vervuilen, en beloof ik ons goud en onze krijgers in te zetten voor de bescherming van ons eigen volk, en niet voor die van elfen, mensen en *Urgals*. Dat zweer ik op de eer van mijn familie.'

'Vier tegen drie,' merkte Eragon op.

'Ja,' zei Orik. 'Het zou wel te veel zijn gevraagd dat Nado op iemand anders dan zichzelf stemde.'

Freowin van Dûrgrimst Gedthrall schoof zijn mes en snijwerk terzijde, hees zijn zware lichaam tot halverwege uit zijn stoel, richtte zijn blik op de grond en zei met een fluisterende bariton: 'Namens mijn clan stem ik voor grimstborith Nado als onze nieuwe koning.' Daarna liet hij zich weer op zijn stoel zakken en hervatte zijn werk aan zijn raaf. De opgewonden verbazing in de zaal negeerde hij.

Nado's tevreden uitdrukking werd uitgesproken verwaand.

'Barzûl,' zei Orik grommend en met een steeds diepere frons. Zijn stoel kraakte toen hij met zijn onderarmen zwaar op de armleuningen drukte. De pezen in zijn hand waren hard van de spanning. 'Die trouweloze verrader. Hij heeft zijn stem aan mij beloofd!'

Eragon werd er moedeloos van. 'Waarom zou hij je verraden?'

'Hij gaat tweemaal per dag naar de tempel van Sindri. Ik had moeten weten dat hij nooit tegen Gannels wensen in zou gaan. Bah! Gannel heeft al die tijd met me gespeeld. Ik...' De hele vergadering had ineens aandacht voor Orik, die zijn woede bedwong, opstond en stuk voor stuk de andere clanhoofden rond de tafel aankeek. Hij zei in zijn eigen taal: 'Namens mijn clan stem ik voor mezelf als onze nieuwe koning. Als u mij kiest, beloof ik ons volk goud en glorie te bezorgen en bovendien de vrijheid om bovengronds te kunnen leven zonder de angst dat Galbatorix onze huizen verwoest. Dat zweer ik op de eer van mijn familie.'

'Vijf tegen vier,' zei Eragon tegen Orik toen deze weer zat. 'En niet in ons voordeel.'

Orik gromde. 'Ik kan net zo goed tellen als jij, Eragon.'

Eragon zette zijn ellebogen op zijn knieën, en zijn blik schoot van de ene dwerg naar de andere. Het verlangen tot actie knaagde. Hij wist niet wat hij doen kon, maar er stond veel op het spel en hij vond dat hij een manier moest vinden om te zorgen dat Orik koning werd. Dan zouden de dwergen de Varden blijven steunen in hun strijd tegen het Rijk. Maar hoe hij ook zijn best deed, hij kon niets beters bedenken dan zitten en wachten.

De volgende dwerg die opstond, was Havard van Dûrgrimst Fanghur. Hij tuitte zijn lippen met zijn hoofd tegen zijn borst en trommelde met de twee resterende vingers van zijn rechterhand op de tafel. Hij keek nadenkend. Eragon schoof met bonzend hart naar voren op zijn stoel. *Doet hij zijn overeenkomst met Orik gestand?*

Havard tikte opnieuw op de stenen tafel en gaf er ineens een klap op. Hij hief zijn kin en zei: 'Namens mijn clan stem ik voor grimstborith Orik als onze nieuwe koning.'

Tot Eragons oneindige tevredenheid zag hij hoe Nado zijn ogen opensperde. De dwerg knarste met zijn tanden, en in zijn wang trilde een spier.

'Mooi zo!' mompelde Orik. 'Die heeft een klit in zijn baard.'

De enige twee clanhoofden die nog moesten stemmen, waren Hreidamar en Íorûnn. Hreidamar, de compacte en gespierde grimstborith van de Urzhad, voelde zich duidelijk verlegen met de situatie, maar Íorûnn van Dûrgrimst Vrenshrrgn – de Oorlogswolven – liet een puntige nagel langs het halvemaanvormige litteken op haar linker jukbeen glijden en glimlachte als een tevreden kat.

Eragon wachtte met ingehouden adem op de uitspraak van het tweetal. *Als Íorûnn op zichzelf stemt en Hreidamar haar trouw blijft, dan krijgen we een tweede ronde. Maar dat heeft voor haar alleen zin als ze de zaak wil vertragen, en voor zover ik weet schiet ze daar niets mee op. Ze kan niet meer hopen dat ze zelf koningin wordt, want voorafgaand aan de tweede ronde zou ze uit de verkiezing geschrapt worden, en ik betwijfel of ze zo dom is dat ze de macht die ze nu heeft te grabbel gooit om ooit tegenover haar kleinkinderen te kunnen pochen dat ze eens kandidaat voor de troon is geweest. Maar als Hreidamar nu nee tegen haar zegt, dan staken de stemmen en krijgen we een tweede ronde, wat er verder ook... Grrr! Wat zou ik graag de toekomst willen zien! Wat doe ik als Orik verliest? Moet ik mijn gezag dan opleggen? Ik kan de zaal verzegelen zodat niemand in of uit kan gaan en... Maar dat zou...*

Íorûnn verstoorde zijn gedachten door naar Hreidamar te knikken en vervolgens met half geloken ogen naar Eragon te kijken, die het gevoel kreeg alsof ze een prijswinnende os aan het keuren was. Hreidamar stond met rinkelende maliën op en zei: 'Namens mijn clan stem ik voor grimstborith Orik als onze nieuwe koning.'

Eragons keel verkrampte.

Íorûnn krulde haar rode lippen van pret, stond met een vloeiende beweging op en zei met haar zachte, hese stem: 'Blijkbaar valt het mij te beurt om de beraadslagingen van vandaag te beslissen. Ik heb aandachtig naar uw argumenten geluisterd, Nado, en ook naar de uwe, Orik. U hebt allebei over talloze onderwerpen punten naar voren gebracht waarmee ik het alleen maar eens kan zijn, maar de allerbelangrijkste kwestie waarover we een beslissing moeten nemen, is of we ons aansluiten bij de campagne van de Varden tegen het Rijk. Als het alleen om een oorlog tussen rivaliserende clans ging, zou het me niet uitmaken welke kant won, en zou ik zeker niet overwegen om onze krijgers op te offeren aan de belangen van buitenlanders. Maar dat is niet aan de orde. Integendeel. Als Galbatorix als overwinnaar uit deze oorlog tevoorschijn komt, zullen zelfs de Beorbergen ons niet tegen zijn toorn beschermen. Als ons land wil overleven, zullen we moeten zorgen dat Galbatorix' troon omver wordt geworpen. Ik heb bovendien de stellige indruk dat het voor een zo oud en machtig volk als het onze onbetamelijk zou zijn om ons in tunnels en grotten te verstoppen terwijl anderen over het lot van Alagaësia beslissen. Wat zal men zeggen als de kronieken van deze tijd geschreven zijn? Dat we net als de helden van weleer vochten aan de zijde van mensen en elfen? Of dat we ons in onze zalen klein maakten als bange boeren terwijl buiten onze deuren een oorlog woedde? Wat mij betreft, ken ík het antwoord.' Íorûnn gooide haar haren naar achteren en zei: 'Namens mijn clan stem ik op grimstborith Orik als onze nieuwe koning!'

De oudste van de vijf wetslezers bij de ronde muur stond op, kwam naar voren en sloeg met de punt van zijn glimmende staf op de stenen grond voordat hij verklaarde: 'Juicht allen koning Orik toe, de drieënveertigste koning van Tronjheim, Farthen Dûr en elke knurla boven en onder de Beorbergen!'

'Juicht allen!' bulderde de hele vergadering, die met veel geritsel van kleding en gerinkel van maliën opstond. Eragon, wiens hoofd duizelde, deed hetzelfde en besefte dat hij zich nu in de aanwezigheid van een koning bevond. Hij wierp een blik op Nado, maar diens gezicht was een dood masker.

De wetslezer met de witte baard sloeg weer met zijn staf op de grond. 'Laat de kroniekschrijvers dit besluit van de clanvergadering onverwijld vastleggen en maak het nieuws direct bij iedereen in het land bekend. Herauten! Laat de magiërs met hun kristallen spiegels weten wat zich vandaag heeft afgespeeld. Ga dan naar de wachters van de berg en zeg tegen hen: "Vier slagen op de trom. Vier slagen, en zwaai daarbij uw hamers zoals u ze nog nooit in uw leven gezwaaid hebt, want er is een nieuwe koning. Vier slagen met zoveel kracht dat het nieuws in heel Farthen Dûr zal weergalmen." Ik draag u op om dit te zeggen. Ga!'

Na het vertrek van de herauten kwam Orik uit zijn stoel en wierp een blik op de dwergen om hem heen. Eragon vond hem een beetje verdwaasd kijken, alsof hij zijn uitverkiezing eigenlijk niet verwacht had. 'Ik dank u voor deze grote verantwoordelijkheid.' Hij zweeg even. 'Van nu af aan is de vooruitgang van ons land mijn enige streven, en dat doel zal ik onwankelbaar najagen totdat ik tot de aarde terugkeer.'

De clanhoofden kwamen een voor een naar voren. Ze knielden voor Orik neer en zwoeren hem als loyale onderdanen trouw. Toen Nado aan de beurt was om zijn trouw te zweren, toonde hij niets van zijn gevoelens en herhaalde hij zonder enige expressie de zinnen van de eed. De woorden vielen als staven lood uit zijn mond, maar toen hij klaar was, was de opluchting in de zaal tastbaar.

Toen iedereen de eed van trouw gezworen had, bepaalde Orik dat de kroning de volgende ochtend zou plaatsvinden. Daarna trokken hij en zijn gevolg zich in een aangrenzende ruimte terug. Eragon keek hem aan, hij keek Eragon aan, en geen van beiden zei iets totdat Orik breed begon te grijnzen en in lachen uitbarstte, waarbij zijn wangen rood werden. Eragon lachte met hem mee, pakte zijn onderarm en omhelsde hem. Oriks lijfwachten en raadgevers sloegen op zijn schouders en feliciteerden hem met welgemeende uitroepen.

Eragon liet hem los en zei: 'Ik had niet gedacht dat Íorûnn onze zijde zou kiezen.'

'Ik ook niet, maar ik ben blij dat ze het deed, hoewel het de zaak wel compliceert,' zei Orik, die even een lelijk gezicht trok. 'Ik zal haar op zijn

allerminst moeten belonen met een plaats in mijn raad, denk ik.'
'Dat is misschien ook wel het allerbeste!' zei Eragon, die zijn best moest doen om zich boven het lawaai van de anderen uit verstaanbaar te maken. 'Als de Vrenshrrgn hun naam eer aandoen, zullen we ze hard nodig hebben voordat we de poorten van Urû'baen bereiken.'

Orik wilde iets zeggen, maar toen dreunde een lange, diepe toon met een onheilspellende kracht door de vloer, het plafond en de lucht van de zaal. Eragons botten gingen ervan trillen. 'Luister!' riep Orik, en hief een hand. De hele groep werd stil.

De bastoon klonk in totaal viermaal, en bij elke herhaling schudde de zaal alsof een reus de zijkant van Tronjheim rammeide. Orik zei: 'Ik heb nooit kunnen dromen dat de Trommen van Derva ooit mijn koningschap zouden verkondigen.'

'Hoe groot zijn die trommen?' vroeg Eragon vol ontzag.

'Bijna vijftig voet in doorsnee, als mijn geheugen zich niet vergist.'

Het drong tot Eragon door dat de dwergen weliswaar het kortste volk waren maar desondanks de grootste bouwwerken van Alagaësia hadden neergezet, en dat vond hij vreemd. *Ze maken die enorme dingen misschien wel om zich niet zo klein te hoeven voelen.* Hij stond op het punt om die theorie aan Orik voor te leggen, maar bedacht toen dat die kwetsend kon zijn en hield zijn mond.

De leden van Oriks gevolg verdrongen zich om hem heen en consulteerden hem in het Dwergs. Ze praatten vaak luidkeels door elkaar heen, en Eragon, die Orik nog iets had willen vragen, zag zich verdrongen worden. Hij wachtte eventjes geduldig op een gaatje in het gesprek, maar het was al snel duidelijk dat de dwergen Orik met vragen en goede raad zouden blijven bestoken, want dat was nu eenmaal de aard van hun conversatie, nam hij aan.

Eragon zei daarom: 'Orik könungr,' en hij drenkte het oude woord voor 'koning' in zoveel energie dat hij de aandacht van alle aanwezigen kreeg. Het werd stil in de zaal, en Orik keek hem met opgetrokken wenkbrauwen aan. 'Majesteit, ik vraag uw verlof om mij terug te trekken. Ik moet nog een zekere... *kwestie* afhandelen, als het daarvoor tenminste niet te laat is.'

In Oriks bruine ogen stond ineens begrip te lezen. 'Natuurlijk! Haast je! Maar je hoeft me geen majesteit of sire te noemen, Eragon, en andere titels hoeven evenmin. We zijn en blijven vrienden en pleegbroers.'

'Dat zijn we inderdaad, majesteit,' antwoordde Eragon. 'Maar voorlopig lijkt het me passend om u met evenveel beleefdheid te bejegenen als iedereen. U bent nu de koning van uw volk en ook mijn eigen koning, want u weet dat ik bij Dûrgrimst Ingeitum hoor, en dat kan ik niet negeren.'

Orik keek hem even aan alsof hij op grote afstand stond. Toen knikte hij. 'Zoals je wilt, Schimmendoder.'

Eragon boog en liep de zaal uit. Samen met zijn lijfwachten stormde hij door de tunnels en beklom hij de trap naar de begane grond van Tronjheim en naar de zuidelijke aftakking van de vier grote gangen die de stadsberg doorsneden. Daar wendde hij zich tot Thrand, de kapitein van zijn lijfwacht. 'Ik zal de rest van de weg rennen. Jullie kunnen me dan niet bijhouden, en daarom stel ik voor dat jullie bij de zuidelijke poort van Tronjheim stoppen. Wacht daar op mijn terugkeer.'

Thrand zei: 'Alsjeblieft, Argetlam, je hoort niet alleen te gaan. Kan ik je niet overhalen om wat langzamer te lopen zodat we je wel bij kunnen houden? We zijn misschien niet zo snel als elfen, maar we kunnen van zonsopgang tot zonsondergang rennen, zelfs met volledige bepakking.'

'Ik waardeer je bezorgdheid, maar ik wil niet langer wachten, zelfs niet als ik wist dat achter elke pilaar sluipmoordenaars loerden,' zei Eragon. 'Vaarwel!'

Daarmee stoof hij weg door de brede gang, langs dwergen laverend die hem voor de voeten liepen.

Hereniging

Het punt waarop Eragon begon te rennen, lag op bijna een mijl afstand van de zuidelijke poort van Tronjheim. Hij was er al gauw, en zijn voeten bonkten hard op de stenen vloer. Al rennend ving hij glimpen op van de fraaie wandtapijten boven de gewelfde aansluitingen op gangen links en rechts van hem en groteske beelden van beesten en monsters tussen de zuilen van bloedrode jaspis waarmee de gewelfde allee was afgezet. De vier niveaus hoge verkeersader was zo groot dat het Eragon weinig moeite kostte om de vele dwergen te ontwijken, maar op een gegeven moment versperde een rij Knurlcarathn hem de weg en kon hij niets anders doen dan over hen heen springen. De dwergen doken met geschrokken uitroepen ineen, en Eragon genoot van hun verbaasde blikken toen hij boven hen zweefde.

Eragon rende met lange, soepele passen onder de zware, houten poort door die de zuidelijke ingang naar de stadsberg beschermde, en hoorde de wachtposten bij het passeren 'Heil, Argetlam!' roepen. De poort was aangebracht in uitsparingen in Tronjheims voet. Twintig ellen verderop rende hij langs twee reusachtige gouden griffioenen die met niets ziende ogen naar de horizon staarden. Toen stond hij in de open lucht.

De lucht was koel en vochtig en rook naar verse regen. Het was al ochtend, maar op de vlakke schijf land rond Tronjheim, waar wel mos en soms paddenstoelen groeiden maar geen gras, heerste nog een grijze schemering. Boven hem verrees Farthen Dûr meer dan tien mijl naar een smalle opening, waardoor bleek, indirect licht in de immense krater viel. Het kostte Eragon ondanks zijn blik omhoog moeite om de afmetingen van de berg te begrijpen.

Onder het rennen luisterde hij naar het monotone ritme van zijn ademhaling en zijn lichte, snelle voetstappen. Op een enkele nieuwsgierige vleermuis na, die boven zijn hoofd zwierde en schril piepte, was hij alleen. De rust die van de berg uitging, werkte kalmerend en bevrijdde hem van zijn gebruikelijke zorgen.

Hij volgde het keienpad dat van Tronjheims zuidelijke poort naar twee zwarte, dertig voet hoge deuren in de zuidelijke basis van Farthen Dûr liep. Toen hij daar was blijven staan, kwamen twee dwergen uit een geheime wachtruimte. Ze maakten de deuren haastig open en onthulden daarbij een schijnbaar eindeloze tunnel die de berg in liep.

Eragon liep door. De eerste vijftig voet van de tunnel waren afgezet met marmeren zuilen die met robijnen en amethisten bezaaid waren. Verderop was de tunnel kaal en verlaten. De gladde wanden werden alleen onderbroken door vlamloze lantaarns, die om de twintig ellen waren aangebracht en op onregelmatige afstanden door een dichte deur of poort werden onderbroken. *Ik vraag me af waar die naartoe leiden,* dacht Eragon. Daarna stelde hij zich de mijlendikke laag gesteente boven zijn hoofd voor, en leek de tunnel heel even ondraaglijk benauwend. Hij zette het beeld snel van zich af.

Halverwege de tunnel voelde hij haar.

'Saphira!' riep hij met zijn stem en zijn geest tegelijk. Haar naam echode met de kracht van een dozijn kreten tegen de stenen muren.

Eragon! Eén tel later rolde een zwak gerommel als van een ver onweer vanaf het andere uiteinde van de tunnel naar hem toe.

Eragon verhoogde zijn snelheid en opende zijn geest voor Saphira. Daarbij verwijderde hij elke barrière rond zijn wezen, zodat ze elkaar zonder voorbehoud konden zien. Haar bewustzijn stroomde als een golf warm water bij hem naar binnen, zoals ook hij in haar doordrong. Hij hijgde, struikelde en viel bijna. Ze omgaven elkaar met de plooien van hun gedachten en omhelsden elkaar met een intimiteit die geen lichamelijke omhelzing kon evenaren. Daarbij stonden ze toe dat hun identiteiten weer met elkaar versmolten. Hun grootste vreugde was iets heel simpels: ze waren niet meer alleen. Ze wisten dat ze om elkaar gaven, dat ze elke vezel van de ander begrepen en dat ze elkaar zelfs in de wanhopigste omstandigheden nooit in de steek zouden laten. Dát was de kostbaarste vriendschap die iemand kan hebben, en Eragon en Saphira koesterden die allebei.

Het duurde niet lang voordat hij Saphira in het oog kreeg. Ze haastte zich zoveel als ze kon zonder haar kop tegen het plafond te stoten of met haar vleugels langs de muur te schrapen. Haar klauwen piepten op de stenen vloer toen ze glijdend voor zijn voeten tot stilstand kwam – fel, fonkelend en glorieus.

Eragon sprong met een blijde kreet omhoog. Haar scherpe schubben negerend sloeg hij zijn armen rond haar nek en omhelsde hij haar zo hard als hij kon. Zijn voeten bengelden verscheidene duimbreedtes boven de grond. *Kleintje,* zei Saphira warm. Ze liet hem snuivend op de grond zakken. *Kleintje, maak je armen los, tenzij je wilt dat ik stik.*

Het spijt me. Hij deed grijnzend een stap naar achteren, lachte en drukte zijn voorhoofd tegen haar snuit. Toen krabde hij haar achter de twee hoeken van haar kaak.

Saphira's zachte gezoem vulde de tunnel.

Je bent moe, zei hij.

Ik heb nog nooit zo ver zo snel gevlogen. Na mijn vertrek van de Varden ben ik maar één keer gestopt, en als ik niet te dorstig was geweest om door te vliegen, zou ik helemaal niet gestopt zijn.

Bedoel je dat je drie dagen niet geslapen en gegeten hebt?

Ze knipperde met haar ogen en verborg haar glanzende, saffiergroene irissen eventjes.

Dan moet je uitgehongerd zijn! riep Eragon bezorgd uit. Hij onderzocht haar op tekenen van wonden maar zag gelukkig niets.

Ik ben inderdaad moe, maar honger heb ik niet. Nog niet. Als ik eenmaal gerust heb, zal ik moeten eten. Op dit moment hou ik nog geen konijn binnen, denk ik... De grond voelt onvast aan. Het is net of ik nog vlieg.

Als ze niet zo lang gescheiden waren geweest, had Eragon haar misschien om haar roekeloosheid berispt, maar nu voelde hij zich ontroerd en dankbaar omdat ze zoveel voor hem over had gehad. *Dank je,* zei hij. *Ik zou het vreselijk hebben gevonden als ik nog een dag op onze hereniging had moeten wachten.*

En anders ik wel! Ze sloot haar ogen en legde haar kop tegen zijn handen terwijl hij doorging met krabben. *Bovendien mocht ik niet te laat komen voor de kroning. Wie is door de vergadering...*

Voordat ze haar vraag kon afmaken stuurde Eragon haar een beeld van Orik.

Gelukkig, zei ze zuchtend. Haar tevredenheid stroomde door hem heen. *Hij wordt een goede koning.*

Dat hoop ik.

Is de stersaffier klaar voor herstel?

Als de dwergen hem nog niet in elkaar hebben gezet, zullen ze dat morgen zeker gedaan hebben.

Dat is goed. Ze trok een ooglid op en keek hem doordringend aan. *Nasuada* vertelde wat de *Az Sweldn rak Anhûin* geprobeerd hebben. *Als ik niet bij je ben, zit je altijd meteen in de problemen.*

Zijn glimlach werd breder. *En als je wel bij me bent? Dan vreet ik de problemen op voordat ze jou opvreten.*

Dat zeg jij. Maar wat gebeurde er toen de Urgals ons bij Gil'ead in een hinderlaag lokten en mij gevangennamen?

Een rookpluim ontsnapte tussen Saphira's slagtanden. *Dat telt niet. Ik was toen jonger en onervarener dan nu. Het zou nu niet meer gebeuren. En jij bent niet meer zo hulpeloos als toen.*

Ik ben nooit hulpeloos geweest, protesteerde hij. *Ik heb alleen maar heel machtige vijanden.*

Saphira vond die uitspraak om de een of andere reden buitengewoon humoristisch. Ze begon diep in haar borstkas te lachen, en even later lachte Eragon met haar mee. Geen van tweeën kon ophouden totdat Eragon snakkend naar adem op zijn rug lag en Saphira haar best moest doen om de vuurschichten te bedwingen die uit haar neusgaten bleven ontsnappen. Toen maakte ze een geluid dat Eragon nooit eerder gehoord had: het was een vreemd, springend gegrom, en via hun wederzijdse connectie kreeg hij er een heel raar gevoel bij.

Eragons mond viel open. Even bleef hij zo staan, maar toen vouwde hij weer dubbel van het lachen en stroomden er tranen over zijn wangen. Steeds als zijn slappe lach bijna over was, hikte Saphira opnieuw waarbij ze haar kop als een ooievaar naar voren stak, en dan zette hij het weer op een schateren. Uiteindelijk stopte hij zijn oren met zijn vingers dicht, waarna hij naar het plafond staarde en de echte namen opsomde van alle metalen en gesteenten die hij zich herinnerde.

Toen hij klaar was, haalde hij diep adem en stond op.

Beter? vroeg Saphira. Haar schouders schokten toen een nieuwe hik door haar lijf joeg.

Eragon beet op zijn tong. *Beter... Kom op, we gaan naar Tronjheim. Je moet wat water drinken. Dat helpt. En daarna moet je slapen.*

Kun je de hik niet met een bezwering genezen?

Misschien. Best mogelijk. Maar Brom en Oromis hebben me niet geleerd hoe. Saphira gromde begrijpend, en even later hikte ze opnieuw. Eragon moest nog harder op zijn tong bijten en staarde naar de punten van zijn laarzen. *Zullen we?*

Saphira stak uitnodigend haar rechter voorpoot uit. Eragon klom enthousiast op haar rug en ging vlak achter haar nek in het zadel zitten.

Samen liepen ze door de tunnel naar Tronjheim. Ze waren allebei gelukkig en maakten elkaar deelgenoot van dat geluk.

Troonsbestijging

De Trommen van Derva klonken en riepen de dwergen van Tronjheim op om de kroning van hun nieuwe vorst bij te wonen. 'Als de clanvergadering een koning of koningin kiest, begint hij of zij meestal meteen met regeren,' had Orik de avond ervoor tegen Eragon gezegd. 'We stellen de kroning dan minstens drie maanden uit, zodat iedereen die de ceremonie wil bijwonen de tijd heeft om zijn zaken te regelen en zelfs vanuit de verste uithoek van ons land naar Farthen Dûr te komen. Het komt niet vaak voor dat we een koning kronen, maar áls we het doen, dan is het de gewoonte om er iets van te maken. We vieren dan wekenlang feest, we zingen, we houden wedstrijden in denk- en krachtsporten en we organiseren concoursen voor smeden, houtsnijders en andere kunstenaars... Maar dit zijn geen normale tijden.'

Eragon stond met Saphira even buiten de centrale zaal van Tronjheim naar het geroffel op de reuzentrommen te luisteren. Aan beide kanten van de één mijl lange zaal verdrongen honderden dwergen zich in de galerijen op alle niveaus en staarden ze met donkere, glanzende ogen naar Eragon en Saphira.

Saphira's stekelige tong gleed schurend over haar schubben terwijl ze haar flanken likte, wat ze al deed sinds ze eerder die ochtend vijf volwassen schapen had verorberd. Toen hief ze haar linker voorpoot en wreef er met haar snuit overheen. De geur van verbrande wol hing om haar heen.

Hou op met dat gefriemel, zei Eragon. *Iedereen kijkt naar ons.*

Er ontsnapte een zachte grom aan de draak. *Ik kan het niet helpen. Er zit wol tussen mijn tanden. Nu weet ik weer waarom ik zo'n hekel aan schapenvlees heb. Van die vreselijke harige beesten krijg ik alleen maar haarballen en indigestie.*

Ik zal je helpen om je tanden schoon te maken zodra we hier klaar zijn, maar hou tot die tijd je gemak.

Hmpf.

Heeft Blödhgarm je geen heideroosjes meegegeven? Die zijn goed voor je maag.

Dat weet ik niet.

Mmm. Eragon dacht even na. *Zo niet, dan zal ik Orik vragen of de dwergen in Tronjheim wat in voorraad hebben. We zouden...*

Hij deed er het zwijgen toe omdat het laatste geluid van de trommen wegstierf. De menigte kwam in beweging, en hij hoorde het geritsel van kleding en af en toe een gemompelde zin in het Dwergs.

Een fanfare van dozijnen trompetten weerklonk en vulde de hele stadsberg met een opwekkende roep. Ergens zette een dwergenkoor in. Door de muziek begon Eragons hoofdhuid te tintelen en te jeuken, en zijn bloed stroomde sneller alsof hij op het punt stond om op jacht te gaan. Saphira sloeg met haar staart heen en weer en voelde kennelijk hetzelfde.

Daar gaan we, dacht hij.

Hij en de draak liepen broederlijk de centrale zaal van de stadsberg in en namen plaats bij de clan- en gildenhoofden en de andere notabelen die rond de hoge en brede ruimte zaten. Midden in de zaal lag de weer in elkaar gezette stersaffier in een omlijsting van houten steigers. Een uur voordat de kroning begon, had Skeg een bericht naar Eragon en Saphira gestuurd met de mededeling dat hij en zijn ambachtslieden zojuist de laatste fragmenten van het sieraad hadden aangebracht en dat Isidar Mithrim klaar lag om zich door Saphira te laten helen.

De zwartgranieten dwergentroon was uit zijn gebruikelijke opslagplaats onder Tronjheim gehaald en op een podium naast de stersaffier gezet. De troon keek uit op de oostelijke tak van de vier grote gangen die Tronjheim doorsneden, want het oosten was de richting van de opgaande zon en symboliseerde het begin van een nieuwe tijd. Duizenden dwergenkrijgers in glanzende maliënkolders stonden in de houding, niet alleen in twee grote blokken voor de troon maar ook in dubbele rijen aan weerszijden van de oostelijke gang, helemaal tot aan de oostelijke poort van Tronjheim, een mijl verderop. Veel krijgers droegen speren waaraan wimpels met vreemde patronen hingen. Oriks vrouw Hvedra stond helemaal vooraan. Toen de vergadering grimstborith Vermûnd had verbannen, had Orik haar laten komen in de hoop dat hij gekozen zou worden. Ze was pas die ochtend in Tronjheim aangekomen.

De trompetten schalden en het onzichtbare koor zong een half uur lang. Intussen liep Orik traag en bedachtzaam van de oostelijke poort naar het midden van Tronjheim. Zijn baard was geborsteld en gekruld en hij droeg halfhoge laarzen van het fijnst glanzende leer met zilveren sporen op de hakken, beenwindsels van grijze wol, een buis van purperen zijde die glom in het lantaarnlicht, en daaroverheen een kleine maliënkolder waarvan elke schakel gesmeed was van zuiver wit goud. Een lange, met hermelijn afgezette mantel waarop de emblemen van Dûrgrimst Ingeitum geborduurd waren, hing van Oriks schouders tot op de grond achter hem. Volund, de strijdhamer die de eerste dwergenkoning Korgan gesmeed had, hing aan een brede, met robijnen afgezette gordel rond zijn middel. Vanwege al die weelderige kleding en schitterende wapenrusting leek Orik van binnenuit te gloeien; Eragon vond dat hij een oogverblindende aanblik bood.

Twaalf dwergenkinderen liepen achter Orik aan. Het waren zes jongens en zes meisjes – dat vermoedde Eragon tenminste op grond van hun kapsel. De kinderen droegen tunieken van rood, bruin en goud. Allemaal hadden ze in hun gebogen handen een gepolijste bol van zes duimen doorsnee, en elke bol bestond uit een ander soort edelgesteente.

Toen Orik het midden van de stadsberg bereikte, werd het ineens minder licht in de zaal en verscheen een gespikkeld schaduwpatroon dat alles bedekte. Eragon keek verrast op en zag tot zijn verbazing roze rozenblaadjes vanaf de top van Tronjheim omlaag dwarrelen. Ze vielen als zachte, dikke sneeuwvlokken op de hoofden en schouders van de aanwezigen, bedekten de grond en verspreidden een zoete geur.

De trompetten en het koor zwegen toen Orik op één knie voor de troon ging zitten en zijn hoofd boog. De twaalf kinderen achter hem bleven roerloos staan.

Eragon legde zijn hand op Saphira's warme flank en maakte haar deelgenoot van zijn betrokkenheid en opwinding. Hij had geen idee wat er nog te gebeuren stond, want Orik had geweigerd om de verdere ceremonie te beschrijven.

Gannel, clanhoofd van Dûrgrimst Quan, kwam naar voren en verbrak daarmee de kring mensen rond de zaal. Hij ging rechts van de troon staan. De zwaargeschouderde dwerg droeg weelderige, rode gewaden waarvan de randen glommen van het metaaldraad waarmee runen geborduurd waren. In zijn ene hand droeg hij een lange staf die met een doorzichtig, puntig kristal bekroond werd.

Hij hief de staf met beide handen boven zijn hoofd en liet hem met een schallende klap op de stenen vloer neerkomen. 'Hwatum il skilfz gerdûmn!' riep hij uit. Hij praatte nog even verder in de taal van de dwergen, en Eragon luisterde zonder er iets van te begrijpen omdat zijn tolk er niet bij was. Maar toen kreeg Gannels tenorstem een andere klank. Eragon herkende ineens de oude taal en besefte dat Gannel een bezwering aan het zeggen was, hoewel het een heel andere bezwering was dan Eragon ooit gehoord had. De priester richtte de incantatie niet tot een voorwerp of een element van de wereld om hen heen, maar zei in de taal van macht en mysterie: 'Gûntera, schepper van hemelen, aarde en de grenzenloze zee, hoor nu de kreet van uw trouwe dienaar! Wij danken u voor uw grootmoedigheid. Ons volk gedijt. Dit jaar, zoals alle andere jaren, hebben wij u de beste rammen uit onze kuddes geofferd en voorts kruiken kruidenmede en delen van onze fruit-, groente- en graanoogst. Uw tempels zijn de rijkste van het land, en niemand waagt het u de glorie te betwisten die u toekomt. Machtige Gûntera, koning der goden, hoor mijn smeekbede en willig mijn verzoek in: voor ons komt het moment dat wij de sterfelijke heerser over uw aardse zaken gaan benoemen. Behaagt het u om uw zegen te geven aan Orik, zoon van Thrifk, en hem in de traditie van zijn voorgangers te kronen?'

Eragon dacht aanvankelijk dat Gannels verzoek onbeantwoord zou blijven, want hij voelde geen golf van magie toen de dwerg was uitgepraat. Maar Saphira stootte hem aan en zei: *Kijk*.

Eragon volgde haar blik en zag dertig voet boven hem een verstoring van de dwarrelende bloemblaadjes: een gat, een leegte, waar ze niet wilden vallen alsof een onzichtbaar voorwerp de ruimte in beslag nam. De verstoring breidde zich uit en reikte helemaal tot aan de vloer. De leegte die nu door bloemblaadjes omgeven werd, kreeg de vorm van een wezen met armen en benen zoals een dwerg, een mens, een elf of een Urgal, maar met heel andere proporties dan enig volk dat Eragon kende. Het hoofd was bijna zo breed als de schouders, de zware armen hingen tot onder de knie en de romp was weliswaar volumineus maar de benen waren kort en krom.

Dunne, naaldscherpe straaltjes waterig licht vielen uit de gestalte, en uit de contouren die de bloemblaadjes gevormd hadden doemde het mistige beeld op van een enorme man met warrig haar. De god – als hij inderdaad een god was – droeg alleen een geknoopte lendendoek. Zijn gezicht was zwaar en donker en straalde zowel wreedheid als vriendelijkheid uit, alsof hij zonder waarschuwing vooraf naar een van die twee extremen kon overhellen.

Terwijl Eragon al die details opmerkte, voelde hij ook de aanwezigheid in de zaal van een vreemd, verreikend bewustzijn, een bewustzijn met onleesbare gedachten en peilloze diepten, een bewustzijn dat opflitste, gromde en als een zomers onweer naar onverwachte kanten kolkte. Eragon maakte zijn geest snel van de ander los. Zijn huid tintelde en een koude huivering gleed over zijn lichaam. Hij wist niet wat hij gevoeld had, maar was in de greep van angst en zocht geruststelling bij Saphira, die naar de gestalte staarde. Haar blauwe kattenogen stonden ongewoon fel.

De dwergen zakten als één man door hun knieën.

Toen sprak de god. Zijn stem klonk als malende rotsblokken en het gejoel van de wind over kale bergtoppen en brekende golven op een stenige kust. Hij sprak Dwergs, en hoewel Eragon niet wist wat hij zei, deinsde hij terug voor de macht van zijn woorden. De god ondervroeg Orik driemaal, en driemaal antwoordde Orik, wiens stem in vergelijking zwak klonk. Kennelijk tevreden over Oriks antwoorden, strekte de verschijning zijn gloeiende armen uit en legde hij zijn wijsvingers aan beide kanten van Oriks blote hoofd.

De lucht tussen de godenvingers rimpelde, en op Oriks hoofd ontstond ineens de met edelstenen afgezette helm die Hrothgar had gedragen. De god sloeg op zijn eigen buik, uitte een dreunend gegrinnik en ging op in het niets. De rozenblaadjes vielen weer ongehinderd.

'Ûn quoth Gûntera,' riep Gannel uit. De trompetten schetterden hard en metalig.

Orik kwam uit zijn geknielde houding overeind en beklom het podium. Toen draaide hij zich om naar de aanwezigen en liet zich op de zwarte, stenen troon zakken.

'Nal, grimstnzborith Orik!' riepen de dwergen. Ze sloegen met hun bijlen en speren op hun schilden en stampten met hun voeten op de grond. 'Nal, grimstnzborith Orik! Nal, grimstnzborith Orik!'

'Juicht allen koning Orik toe!' riep Eragon. Saphira, die haar nek kromde, droeg bulderend haar steentje bij en blies een stroom vlammen uit die over de hoofden van de dwergen schoot en een reep rozenblaadjes verkoolde. Eragon kreeg tranen in zijn ogen toen hij een golf hitte over zich heen voelde spoelen.

Gannel knielde voor Orik neer en zei nog het nodige in het Dwergs. Toen hij klaar was, raakte Orik de kroon op zijn hoofd aan, en toen ging Gannel naar zijn plaats aan de rand van de zaal terug. Nado kwam naar de troon en herhaalde een en ander. Dat deden ook Manndrâth en Hadfala en alle andere clanhoofden, met uitzondering van grimstborith Vermûnd, die van de kroning was uitgesloten.

Ze zullen wel trouw zweren aan Orik, zei Eragon tegen Saphira.

Maar dat hebben ze toch al gedaan?

Ja, maar niet in het openbaar. Eragon zag Thordris naar de troon lopen en vroeg: *Saphira, wat hebben we daarnet gezien? Kan dat echt Gûntera zijn geweest of was het een illusie? Zijn geest leek me echt genoeg, en ik weet niet hoe je dat kunt simuleren, maar...*

Het kan een illusie zijn geweest, zei ze. *De goden hebben de dwergen op het slagveld nooit geholpen, en ook niet bij enige andere onderneming die ik ken. Ik geloof ook niet dat een echte god als een afgericht hondje komt opdraven als Gannel hem roept. Ik zou dat niet doen, en hoort een god niet groter te zijn dan een draak? Maar hoe dan ook, in Alagaësia bestaan veel onverklaarbare zaken. Kan het zijn dat we de schaduw van een lang vergeten tijd hebben gezien? Een bleek restant van wat ooit bestaan heeft en nu het land blijft kwellen omdat het snakt naar de terugkeer van zijn macht? Wie zal het zeggen?*

Toen het laatste clanhoofd zich bij Orik gemeld had, deden de gildenhoofden hetzelfde, en daarna gebaarde Orik naar Eragon. De Drakenrijder liep met langzame, bedachtzame passen tussen de rijen van de dwergenkrijgers door naar de voet van de troon, waar hij neerknielde en als lid van Dûrgrimst Ingeitum Orik als zijn koning erkende en zwoer hem te dienen en te beschermen. Daarna wenste hij Orik als afgezant van Nasuada geluk namens Nasuada zelf en de Varden en beloofde hij hem de vriendschap van de Varden.

Nadat Eragon zich had teruggetrokken, kwamen ook anderen met Orik praten. Een schijnbaar eindeloze rij dwergen wilde niets liever dan trouw zweren aan hun nieuwe vorst.

De stoet ging nog urenlang door, en daarna bood iedereen zijn geschenken aan. Elke dwerg bracht Orik iets van zijn eigen clan of gilde: een gouden bokaal die tot de rand met robijnen en diamanten gevuld was, een kuras van betoverde maliën dat geen zwaard kon doorboren, een twintig voet lang tapijt dat geweven was van de zachte wol die de dwergen uit de baard van feldûnost-geiten gekamd hadden, een tablet van agaat met de namen van al Oriks vooraderen, een kromme dolk die van een drakentand was gemaakt, en talloze andere schatten. In ruil daarvoor schonk Orik aan elke dwerg een ring om zijn dankbaarheid te tonen.

Eragon en Saphira waren de laatsten die voor Orik verschenen. Na opnieuw aan de voet van het podium geknield te hebben haalde Eragon de gouden armband uit zijn tuniek die hij de avond ervoor van de dwergen had losgepraat. Hij hield hem omhoog zodat Orik hem kon zien, en zei: 'Dit is mijn geschenk, koning Orik. Ik heb de armband niet gemaakt maar heb er wel bezweringen aan gehecht om u te beschermen. Zolang u hem draagt, hoeft u voor vergif niet te vrezen. Als een moordenaar u probeert te raken of te steken of een voorwerp naar u gooit, zal het wapen geen doel treffen. De band beschermt u zelfs tegen de vijandigste magie, en heeft ook andere eigenschappen die u nuttig zult vinden als uw leven in gevaar is.'

Orik boog zijn hoofd, pakte de band van Eragon aan en zei: 'Je gift wordt bijzonder gewaardeerd, Eragon Schimmendoder.' Onder de ogen van iedereen deed hij de band om zijn linkerarm.

Saphira nam daarna het woord en richtte haar gedachten tot iedereen die toekeek. *Mijn geschenk is dit, Orik.* Ze liep langs de troon, waarbij ze haar klauwen op de stenen vloer liet tikken. Daarna ging ze op haar achterpoten staan en legde ze haar voorpoten op de rand van de steigers rond de stersaffier. De zware houten balken kraakten onder haar gewicht maar braken niet. Een tijdlang gebeurde er niets, maar Saphira bleef waar ze was en staarde naar het reusachtige juweel.

De dwergen sloegen haar strak gade en durfden nauwelijks adem te halen.

Weet je zeker dat je het kunt? vroeg Eragon, die haar niet graag in haar concentratie stoorde.

Dat weet ik niet. De laatste keer dat ik magie toepaste, heb ik niet rustig nagedacht over de vraag of ik een bezwering uitte of niet. Ik wilde gewoon dat de wereld veranderde, en dat gebeurde toen. Het was geen bewust proces... Ik neem aan dat ik moet wachten tot het moment waarop ik het gevoel krijg dat ik Isidar Mithrim moet helen.

Laat me je helpen. Laat me via jou een bezwering uitspreken.

Nee, kleintje. Dit is mijn taak, niet de jouwe.

Een lage en zachte stem zweefde door de zaal en zong een trage, weemoedige melodie. Een voor een vielen de andere leden van het onzichtbare dwergenkoor in. Ze vulden Tronjheim met de klaaglijke schoonheid van hun muziek. Eragon wilde hun om stilte vragen, maar Saphira zei: *Laat ze maar. Het is goed.*

Hoewel Eragon niet begreep wat het koor zong, maakte hij uit de klank van de muziek op dat het een klaagzang was over dingen die bestaan hadden maar er nu niet meer waren, zoals de stersaffier. Het lied werkte naar een climax toe, waarbij hij merkte dat hij aan zijn verloren leven in de Palancarvallei moest denken, en toen stonden de tranen in zijn ogen.

Tot zijn verrassing merkte hij bij Saphira een vergelijkbare stroom nadenkende melancholie. Spijt en verdriet hoorden normaal gesproken niet bij haar persoonlijkheid. Het verbaasde hem dan ook, en hij zou ernaar gevraagd hebben als diep in haar binnenste zich niet tevens iets aan het roeren was alsof een oeroud deel van haar wezen ontwaakte.

Het lied eindigde met een lange, aarzelende toon, en toen die was weggestorven, joeg een golf van energie door Saphira – zoveel energie dat Eragons mond ervan openviel. Ze boog zich voorover en raakte de stersaffier met het puntje van haar snuit aan. De zich vertakkende barsten van het reusachtige juweel flitsten op, fel als bliksemflitsen, waarbij de steigers in stukken uiteenvielen en daarmee lieten zien dat Isidar Mithrim weer gaaf en heel was.

Maar niet helemaal identiek. Het juweel had een diepere, vollere kleur rood dan eerst en de binnenste bloemblaadjes van de roos waren met donkere strepen goud doorschoten.

De dwergen keken er vol verbazing naar. Toen sprongen ze juichend overeind en klapten ze zo geestdriftig voor Saphira dat een bulderende waterval er niets bij was. Ze boog haar kop naar de menigte en liep naar Eragon terug waarbij ze talloze rozenblaadjes verpletterde. *Dank je*, zei ze tegen hem.

Voor wat?

Voor je hulp. Jouw emoties hebben me de weg gewezen. Zonder die emoties had ik nog weken kunnen wachten voordat ik de inspiratie voelde om Isidar Mithrim te helen.

Orik hief zijn armen om de menigte tot bedaren te brengen en zei: 'Namens ons hele volk dank ik je voor je geschenk, Saphira. Vandaag heb je de trots van dit land hersteld, en we zullen je daad niet vergeten. Laat niemand ooit zeggen dat de knurlan ondankbaar zijn. Tussen nu en het einde der tijden zal je naam in de lijsten van Meestermakers tijdens de winterfeesten genoemd worden, en als Isidar Mithrim is teruggebracht naar zijn vatting op de top van Tronjheim, dan zal je naam gegraveerd worden op de kraag die de Sterroos omgeeft, samen met die van Dûrok Ornthrond die er vorm aan heeft gegeven.'

Tegen Eragon en Saphira samen zei Orik: 'Jullie hebben opnieuw bewezen dat jullie vrienden van mijn volk zijn. Het is verheugend te weten dat jullie met jullie daden het besluit van mijn pleegvader gestaafd hebben om jullie in Dûrgrimst Ingeitum op te nemen.'

Na afloop van de talrijke rituelen die na de kroning volgden, en toen Eragon geholpen had om de wol tussen Saphira's tanden vandaan te halen – een glibberig, stinkend en slijmerig werkje waarna hij hoognodig in bad moest –

nam het tweetal deel aan de feestmaaltijd die ter ere van Orik werd aangericht. Het ging er vrolijk en luidruchtig aan toe en duurde tot diep in de nacht. Jongleurs en acrobaten vermaakten de gasten en een troep acteurs bracht een stuk ten tonele dat *Az Sartosvrenht rak Balmung, Grimstnzborith rak Kvisagûr* heette. Hûndfast vertaalde de titel als 'de saga van koning Balmung van Kvisagûr'.

Toen de feestelijkheden ten einde liepen en de meeste dwergen al behoorlijk aangeschoten waren, boog Eragon zich naar Orik, die aan het hoofd van de stenen tafel zat. 'Majesteit...'

Orik maakte een gebaar. 'Ik wil niet dat je me de hele tijd majesteit noemt, Eragon. Dat heeft geen zin. Tenzij de omstandigheden het vereisen, noem je me net zoals anders. Dat is een bevel.' Hij reikte naar zijn bokaal maar miste en gooide bijna de kruik om. Hij lachte.

Eragon zei glimlachend: 'Ik wil je iets vragen, Orik. Was het echt Gûntera door wie je gekroond bent?'

Orik liet zijn kin op zijn borst zakken en friemelde met een serieuze blik aan de steel van zijn bokaal. 'Een echtere Gûntera krijgen we op aarde waarschijnlijk nooit te zien. Is dat een antwoord op je vraag, Eragon?'

'Ik... ik denk van wel. Komt hij altijd als hij wordt opgeroepen? Heeft hij ooit geweigerd om een van jullie heersers te kronen?'

De afstand tussen Oriks wenkbrauwen werd kleiner. 'Heb je wel eens van de Ketterkoningen en –koninginnen gehoord?'

Eragon schudde zijn hoofd.

'Dat waren knurlan die er niet in slaagden om als onze nieuwe heerser Gûntera's zegen te krijgen en desondanks met alle geweld de troon wilden bestijgen.' Orik vertrok zijn mond. 'Hun regering is zonder uitzondering kort en tragisch geweest.'

Het leek wel of rond Eragons borst een band werd aangetrokken. 'Als Gûntera je niet had willen kronen, zou je nu dus geen koning zijn geweest, hoewel de clanvergadering je tot hun leider heeft gekozen.'

'Ja, anders zou ik hoogstens koning zijn geweest van een land dat door burgeroorlog verscheurd werd.' Orik haalde zijn schouders op. 'Ik maakte me niet veel zorgen over die mogelijkheid. De Varden zijn aan een invasie van het Rijk bezig, en alleen een gek zou het aandurven om ons land te verdelen alleen maar om mij de troon te ontzeggen. Gûntera is ongetwijfeld een heleboel, maar gek is hij niet.'

'Maar dat wist je niet zeker,' zei Eragon.

Orik schudde zijn hoofd. 'Niet totdat hij de helm op mijn hoofd zette.'

Woorden van wijsheid

'Het spijt me,' zei Eragon toen hij tegen het bekken stootte. Nasuada fronste haar wenkbrauwen. Haar gezicht kromp en werd weer langer terwijl een reeks golfjes door het water in het bekken liep. 'Waarom zeg je dat?' vroeg ze. 'Gelukwensen lijken me eerder op hun plaats. Je hebt alles bereikt wat ik je vroeg te doen, en zelfs meer.'

'Nee, ik...' Eragon zweeg toen hij besefte dat zij de beroering in het water niet kon zien. De bezwering was op zo'n manier ontwikkeld dat Nasuada's spiegel haar een onbelemmerd zicht op hem en Saphira bood, niet op de voorwerpen waarnaar ze staarden. 'Mijn hand raakte alleen per ongeluk het bekken.'

'Nou, laat me je in dat geval formeel gelukwensen, Eragon. Door te zorgen dat Orik koning is geworden...'

'Zelfs als ik me daarvoor moest laten aanvallen?'

Nasuada glimlachte. 'Ja, het is je gelukt om ons bondgenootschap met de dwergen in stand te houden, hoewel je je daarvoor moest laten aanvallen. Dat bondgenootschap kan het verschil tussen overwinning en nederlaag betekenen, maar de kwestie wordt nu hoe lang de rest van het dwergenleger nodig heeft om zich bij ons aan te sluiten.'

'Orik heeft de krijgers al bevel gegeven om zich klaar te maken voor vertrek. Het kost de clans vermoedelijk een paar dagen om hun troepen te monsteren, maar als het eenmaal zover is, gaan ze direct op mars.'

'Dat is maar goed ook. Ze moeten zo snel mogelijk hier zijn, want we kunnen hen goed gebruiken. Dat herinnert me aan de vraag hoe lang jij nog wegblijft. Drie dagen? Vier dagen?'

Saphira verschoof haar vleugels en ademde heet in Eragons nek. Eragon wierp een blik op haar en koos zijn woorden met zorg. 'Dat ligt eraan. Weet u nog wat we voor ons vertrek besproken hebben?'

Nasuada tuitte haar lippen. 'Natuurlijk, Eragon. Ik...' Ze keek zijdelings het beeld uit en luisterde naar een man die haar aansprak, maar die stem klonk voor Eragon en Saphira als onverstaanbaar gemompel. 'Kapitein Edrics compagnie is net terug. Ze hebben blijkbaar veel slachtoffers te betreuren, maar volgens onze wachtposten heeft Roran het overleefd.'

'Is hij gewond?' vroeg Eragon.

'Dat vertel ik je zodra ik het weet. Maar maak je niet al te ongerust. Roran heeft meer geluk dan...' Nasuada werd opnieuw door iemand afgeleid en stapte het beeld uit.

Eragon wachtte, nerveus friemelend met zijn vingers.

'Mijn excuses,' zei Nasuada, wier gezicht weer in beeld kwam. 'We naderen Feinster maar moeten het opnemen tegen de plunderende troepen soldaten die vrouwe Lorana op weg stuurt om ons lastig te vallen... Eragon, Saphira, bij dit gevecht kunnen we jullie niet missen. Als de inwoners van Feinster alleen mensen, dwergen en Urgals buiten hun stadsmuren zien, denken ze misschien dat er een kans is om de stad te behouden, en dan vechten ze des te harder. Natuurlijk kunnen ze de stad niet behouden, alleen weten ze dat nog niet. Maar als ze een draak en een Rijder zien aanvallen, zullen ze hun wil om te vechten verliezen.'

'Maar...'

Nasuada hief een hand en snoerde hem de mond. 'Er zijn ook andere redenen voor je terugkeer. Vanwege de verwondingen die ik bij de Beproeving van de Lange Messen heb opgelopen, kan ik de Varden niet aanvoeren zoals vroeger. Jíj moet mijn plaats innemen, Eragon, om te zorgen dat mijn bevelen worden uitgevoerd zoals ik ze bedoeld heb en ook om de strijdlust van onze krijgers te bevorderen. In het kamp gaan bovendien al geruchten over je afwezigheid, hoewel we hardnekkig het tegendeel hebben beweerd. Als Murtagh en Thoorn ons als gevolg daarvan rechtstreeks aanvallen, of als Galbatorix hen als versterking naar Feinster stuurt... Hoe dan ook, zelfs met de elfen aan onze kant betwijfel ik of we hen zouden kunnen weerstaan. Het spijt me, Eragon, maar ik kan niet toestaan dat je op dit moment naar Ellesméra gaat. Daarvoor is de toestand te gevaarlijk.'

Eragon drukte zijn handen tegen de rand van de koude, stenen tafel waarop het bekken stond. 'Alsjeblieft, Nasuada. Als ik nu niet ga, wanneer dan wel?'

'Binnenkort. Wees geduldig.'

'Binnenkort.' Eragon verstrakte zijn greep op de tafel. 'Wanneer precies?'

Nasuada keek hem fronsend aan. 'Dat kan ik natuurlijk niet weten. Op de eerste plaats moeten we Feinster innemen, daarna moeten we het platteland beveiligen en vervolgens...'

'... bent u van plan om naar Belatona of Dras-Leona op te rukken en door te stoten naar Urû'baen,' zei Eragon. Nasuada probeerde ertussen te komen maar kreeg geen kans. 'En hoe dichter we bij Galbatorix komen, des te waarschijnlijker wordt het dat Murtagh en Thoorn u aanvallen, of zelfs de koning in eigen persoon, en dan hebt u nog minder zin om ons te laten gaan... Saphira en ik hebben niet de kunde noch de kracht om Galbatorix te doden, Nasuada. Dat weet u! Galbatorix zou op elk gewenst moment de oorlog kunnen beëindigen. Hij hoeft alleen maar uit zijn kasteel te komen en de Varden rechtstreeks aan te vallen. We móeten weer met onze leraren praten. Zij kunnen ons vertellen waar Galbatorix' macht vandaan komt. En ze kunnen ons misschien een paar trucs leren om hem te verslaan.'

Nasuada bekeek haar handen aandachtig. 'Thoorn en Murtagh kunnen ons in jouw afwezigheid vernietigen.'

'Als we niet gaan, zal Galbatorix óns vernietigen als we eenmaal voor Urû'baen staan... Kunt u de aanval op Feinster niet een paar dagen uitstellen?'

'Ja, maar elke dag dat we buiten de stad kamperen, kost mensenlevens.' Nasuada wreef met de muis van haar handen over haar slapen. 'Je vraagt heel veel in ruil voor een onzekere opbrengst, Eragon.'

'De opbrengst kan onzeker zijn, maar onze ondergang staat vast als we het niet proberen.'

'Denk je dat? Ik ben er niet zo zeker van...' Nasuada zweeg onaangenaam lang en staarde voorbij het beeld. Toen knikte ze één keer alsof ze iets voor zichzelf wilde onderstrepen. 'Ik kan onze aankomst bij Feinster twee of drie dagen rekken. En als we eenmaal voor de stad staan, kan ik de Varden nog twee of drie dagen bezig houden met de bouw van belegeringswerktuigen en versterkingen. Dat zal niemand vreemd vinden. Maar daarna zal ik Feinster aan moeten pakken, al was het maar omdat we hun voorraden nodig hebben. Een leger op vijandelijk gebied is een hongerig leger. Ik kan je hoogstens zes dagen geven, en misschien maar vier.'

Nog terwijl ze aan het woord was, voerde Eragon diverse snelle berekeningen uit. 'Vier dagen is te kort en zes dagen misschien ook. Het kostte Saphira drie dagen om naar Farthen Dûr te vliegen, en toen is ze niet gestopt om te slapen en hoefde ze mij niet te dragen. Als de kaarten die ik gezien heb kloppen, is het van hier naar Ellesméra even ver, zo niet verder, en dat geldt ook voor de tocht tussen Ellesméra en Feinster. Met mij op haar rug is Saphira ook minder snel.'

Dat klopt, zei Saphira tegen hem.

Eragon vervolgde: 'Zelfs als alles meezit, kost het ons een week om Feinster te bereiken, en dan zijn we nog niet eens in Ellesméra geweest.'

Nasuada keek ineens volstrekt uitgeput. 'Maar moet je dan helemaal naar Ellesméra? Is het niet genoeg om per kristallen bol met je mentoren te praten zodra je de wachten langs de grens van Du Weldenvarden gepasseerd bent? De tijd die je daarmee uitspaart kan cruciaal zijn.'

'Dat weet ik niet, maar we kunnen het proberen.'

Nasuada sloot haar ogen even en zei hees: 'Ik kan onze aankomst in Feinster misschien vier dagen traineren... Ga naar Ellesméra of niet; dat laat ik aan jou over. Maar als je dat doet, blijf dan zo lang als nodig is. Je hebt gelijk. Als we geen manier vinden om Galbatorix te verslaan, is er geen hoop op de overwinning. Hoe dan ook, houd voor ogen wat een geweldig risico we nemen, hoeveel levens van Varden ik opoffer om jou die paar dagen extra te geven, en hoeveel meer Varden zullen sneuvelen als we zonder jou Feinster moeten aanvallen.'

Eragon knikte somber. 'Ik zal het niet vergeten.'

'Dat hoop ik vurig. Ga nu! Talm niet langer! Vlieg. Vlieg! Vlieg sneller dan een duikende havik, Saphira, en laat je door niemand storen.' Nasuada bracht haar vingers naar haar lippen en legde ze vervolgens op het onzichtbare oppervlak van de spiegel, op de plaats waar zich de bewegende gestalten van hem en Saphira bevonden, naar hij wist. 'Veel geluk onderweg, Eragon, Saphira. Als we elkaar terugzien, is dat op het slagveld, vrees ik.'

Toen liep ze snel uit hun gezichtsveld weg. Eragon hief zijn bezwering op, en het water in het bekken werd weer helder.

De geselpaal

Roran stond kaarsrecht en staarde langs Nasuada heen. Zijn blik was op een plooi in de zijkant van het rode paviljoen gericht. Hij voelde dat Nasuada hem aandachtig bekeek, maar weigerde haar blik te beantwoorden. Tijdens de lange, drukkende stilte die tussen hen hing, overwoog hij een aantal gruwelijke mogelijkheden, en zijn slapen schrijnden van het intense denken. Hij wou dat hij het bedompte paviljoen kon verlaten om buiten een frisse neus te halen.

Uiteindelijk vroeg Nasuada: 'Wat moet ik met je aan, Roran?'

Hij trok zijn ruggengraat nog rechter. 'Alles wat u wilt, vrouwe.'

'Een bewonderenswaardig antwoord, Sterkhamer, maar het lost mijn dilemma niet op.' Ze nam een slokje wijn uit een bokaal. 'Tweemaal heb je een uitdrukkelijk bevel van kapitein Edric genegeerd, maar als je dat niet gedaan had, zouden hij en jij en de rest van je compagnie het waarschijnlijk niet lang genoeg hebben overleefd om het verhaal te vertellen. Maar je succes wist de realiteit van je ongehoorzaamheid niet uit. Je geeft in je eigen verslag toe dat je willens en wetens insubordinatie pleegde, en als ik de discipline bij de Varden wil bewaren, móet ik je straffen.'

'Ja, vrouwe.'

Haar blik werd bewolkt. 'Vervloekt, Sterkhamer. Als je niet Eragons neef was en als je gok ook maar iets minder geslaagd was geweest, zou ik je vanwege je wangedrag hebben laten ophangen.'

Roran slikte toen hij zich voorstelde hoe een strop rond zijn hals werd aangetrokken.

Nasuada tikte met de middelvinger van haar rechterhand een steeds sneller ritme, maar ineens hield ze op. 'Wil je bij de Varden blijven vechten, Roran?'

'Ja, vrouwe.'

'Wat ben je bereid te ondergaan om in mijn leger te blijven?'

Roran weigerde bij de implicaties van haar vraag stil te staan. 'Wat nodig is, vrouwe.'

De spanning op haar gezicht ebde weg, en ze knikte, kennelijk tevreden. 'Ik hoopte al dat je dat zou zeggen. De traditie en erkende precedenten geven me maar drie opties. Ten eerste kan ik je laten ophangen, maar dat doe ik niet... om allerlei redenen. Ten tweede kan ik je dertig zweepslagen geven en je uit de gelederen van de Varden ontslaan. En ten derde kan ik je vijftig zweepslagen geven en je onder mijn bevel houden.'

Vijftig is niet eens zo heel veel meer dan dertig, dacht Roran die zichzelf een hart onder de riem wilde steken. Hij bevochtigde zijn lippen. 'Word ik gegeseld waar iedereen bij is?'

Nasuada trok haar wenkbrauwen een fractie op. 'Je trots heeft er niets mee te maken, Sterkhamer. Het moet een zware straf zijn zodat anderen niet in de verleiding komen om je voorbeeld te volgen, en die moet in het openbaar worden toegediend zodat alle Varden er lering uit trekken. Als je ook maar half zo intelligent bent als je lijkt, wist je dat je beslissing om Edric te trotseren gevolgen zou hebben en dat die gevolgen hoogstwaarschijnlijk onaangenaam zouden zijn. Je staat nu voor een simpele keuze: blijf je bij de Varden of laat je je familie en vrienden in de steek om je eigen weg te gaan?'

Roran hief zijn kin uit kwaadheid omdat ze zijn woord in twijfel trok. 'Ik vertrek niet, vrouwe Nasuada. U kunt me zoveel slagen laten toedienen als u wenst, maar ze kunnen niet zo pijnlijk zijn als het verlies van mijn thuis en mijn vader geweest is.'

'Nee,' zei ze zacht. 'Dat zullen ze inderdaad niet... Een van de magiërs van Du Vrangr Gata zal toezicht houden op de geseling en je naderhand verzorgen, want de zweep mag geen permanente schade doen. Ze zullen je wonden echter niet helemaal genezen, en je mag ook niet zelf een magiër inschakelen om je rug te helen.'

'Dat begrijp ik.'

'Je geseling vindt plaats zodra Jörmundur de krijgers bijeen kan brengen. Tot dat moment blijf je in een tent bij de geselpaal gevangen.'

Het was voor Roran een opluchting dat hij niet langer hoefde te wachten; hij wilde niet hele dagen moeten doorbrengen in de schaduw van wat hem te wachten stond. 'Zoals u wilt, vrouwe.'

Ze stuurde hem met een gebaar van haar wijzende vinger weg.

Roran draaide zich om en marcheerde het paviljoen uit. Twee bewakers namen links en rechts van hem positie in toen hij naar buiten liep. Zonder hem aan te kijken of iets tegen hem te zeggen brachten ze Roran door het kamp naar een kleine lege tent niet ver van de geselpaal, die op een lage heling even voorbij de rand van het kamp stond. De paal was zesenhalve voet hoog. Dicht bij de top hing een dikke dwarsbalk, waaraan de polsen van gevangenen werden gebonden. Die balk was overdekt met krassen die de nagels van gegeselde mannen erin hadden gezet.

Roran wendde zijn blik met moeite af en dook de tent in. Het enige meubel binnen was een gebutste houten kruk. Hij ging zitten en concentreerde zich op zijn ademhaling. Hij wilde koste wat kost kalm blijven.

De tijd verstreek. Roran hoorde laarzen stampen en maliën rinkelen omdat de Varden zich rond de geselpaal verzamelden. Roran stelde zich voor hoe duizenden mannen en vrouwen, onder wie dorpelingen uit Carvahall, naar hem staarden. Zijn hartslag versnelde en er stond zweet op zijn voorhoofd. Na ongeveer een halfuur kwam de tovenares Trianna de tent in. Ze liet hem zich tot op zijn broek uitkleden, wat Roran onaangenaam vond hoewel de vrouw er geen aandacht aan besteedde. Trianna onderzocht zijn hele lichaam en sprak zelfs een extra genezende bezwering uit over zijn linkerschouder, waar de soldaat hem met een kruisboogpijl gestoken had. Toen verklaarde ze hem gezond genoeg om door te gaan en gaf ze hem een buis van jute die hij in plaats van zijn eigen hemd kon aantrekken.

Roran had het wambuis nog maar net over zijn hoofd getrokken toen Katrina zich de tent in werkte. Bij het zien van haar kwam evenveel vreugde als angst in hem op. Katrina liet haar blik tussen hem en Trianna heen en weer glijden en maakte een reverence voor de tovenares. 'Mag ik even onder vier ogen met mijn man praten?'

'Natuurlijk. Ik wacht buiten.'

Katrina rende naar Roran zodra Trianna verdwenen was, en sloeg haar armen om hem heen. Hij omhelsde haar even fel als zij hem, want sinds zijn terugkeer bij de Varden had hij haar niet meer gezien.

'Ik heb je zo gemist,' fluisterde Katrina in zijn rechteroor.

'En ik jou,' mompelde hij.

Ze maakten zich net genoeg van elkaar los om elkaar aan te kunnen kijken, en toen begon Katrina te fronsen. 'Dit is niet goed! Ik ben naar Nasuada gegaan en heb haar gesmeekt om je gratie te verlenen of op zijn minst het aantal zweepslagen te verkleinen, maar ze weigerde dat.'

Roran liet zijn handen op en neer over haar rug glijden. 'Ik wou dat je dat niet gedaan had.'

'Waarom niet?'

'Omdat ik gezegd heb dat ik bij de Varden wil blijven, en ik doe mijn woord gestand.'

'Maar het is niet goed!' Katrina pakte zijn schouders vast. 'Carn heeft me verteld wat je gedaan hebt, Roran. Je hebt eigenhandig bijna tweehonderd soldaten gedood, en als jij geen held was geweest, zou geen van de mannen die bij je waren het overleefd hebben. Nasuada zou je moeten overstelpen met lof en geschenken, en je niet moeten laten geselen als de eerste de beste misdadiger!'

'Het doet er niet toe of het goed is,' zei hij. 'Het is noodzakelijk. Als ik in Nasuada's schoenen had gestaan, zou ik hetzelfde bevel gegeven hebben.'
Katrina huiverde. 'Vijftig zweepslagen... Waarom moeten het er zo veel zijn? Er zijn mannen overleden omdat ze zo vaak geslagen werden.'
'Alleen als ze een zwak hart hadden. Maak je dus geen zorgen; zo makkelijk krijgen ze me niet klein.'
Een misleidende glimlach speelde rond haar lippen. Toen uitte ze een snik en begroef ze haar gezicht tegen zijn borst. Hij nam haar in zijn armen, streelde haar haren en stelde haar zo goed mogelijk gerust, hoewel hij zich zeker niet beter voelde dan zij. Even later hoorde hij iemand buiten op een hoorn blazen, en hij wist dat hun korte tijd samen ten einde liep. Toen hij zich uit Katrina's omhelzing had losgemaakt, zei hij: 'Ik wil graag dat je iets voor me doet.'
'Wat dan?' vroeg ze, haar ogen droog vegend.
'Ga naar onze tent terug en blijf daar totdat ze me gegeseld hebben.'
Katrina was geschokt. 'Nee! Nu.. laat ik je niet in de steek.'
'Alsjeblieft. Zo hoor je me niet te zien.'
'En dit hoor jij niet te verdragen,' riposteerde ze.
'Dat doet er niet toe. Ik weet dat je bij me wilt blijven, maar ik verdraag het beter als ik weet dat je niet kijkt... Ik heb het mezelf aangedaan, Katrina, en ik wil niet dat jij er ook onder moet lijden.'
Haar blik werd gespannen. 'Ik weet wat je doormaakt, en dat doet pijn, waar ik ook ben... Ik zal doen wat je vraagt, maar alleen omdat het je helpt om die marteling te doorstaan. Je weet dat ik liever de slagen met mijn eigen lichaam zou opvangen als ik kon.'
'En jij weet dat ik zou weigeren om je mijn plaats te laten innemen.' Hij kuste haar op beide wangen.
Tranen sprongen weer in haar ogen. Ze trok hem dichter tegen zich aan en omhelsde hem zo fel dat het hem moeite kostte om adem te halen.
Ze stonden nog steeds in elkaars armen toen de flap van de tentingang werd weggeslagen en Jörmundur samen met twee Nachtraven binnenkwam. Katrina maakte zich van Roran los, boog even voor Jörmundur en liep toen zonder één woord de tent uit.
Jörmundur strekte een hand uit naar Roran. 'Het is tijd.'
Roran knikte, stond op en liet toe dat Jörmundur en de bewakers hem naar de geselpaal buiten brachten. De ene rij Varden na de andere omringde het terrein rond de paal. Alle mannen, vrouwen en kinderen waren gekomen, en de Urgals stonden met stijve stekels en vierkante schouders te wachten. Na een eerste blik op het verzamelde leger richtte Roran zijn aandacht op de horizon en deed zijn best om de toeschouwers te negeren.
De twee bewakers hieven Rorans armen boven zijn hoofd en bonden zijn polsen aan de dwarsbalk. Jörmundur liep intussen naar de voorkant van de

paal en bood hem een in leer gewikkelde prop aan. 'Bijt hierop,' zei hij zachtjes. 'Dan bijt je je tong niet stuk.' Roran opende dankbaar zijn mond en liet Jörmundur de prop tussen zijn tanden steken. Het gelooide leer smaakte bitter als groene eikels.

Daarna waren een hoorn en wat tromgeroffel te horen. Jörmundur las de aanklachten tegen Roran voor, en de bewakers sneden het juten wambuis van zijn lichaam. Hij huiverde toen de koude lucht over zijn naakte bovenlichaam woei. Vlak voordat de zweep toesloeg, hoorde Roran hem door de lucht fluiten.

Hij had het gevoel dat een gloeiend hete stang op zijn vlees was gelegd. Hij kromde zijn rug en beet op de prop. Er ontsnapte hem onwillekeurig een kreun, maar de prop dempte het geluid daarvan en hij dacht dat niemand anders het gehoord had.

'Eén,' zei de man die de zweep hanteerde.

Bij de schok van de tweede klap moest Roran opnieuw kreunen, maar daarna bleef hij stil. Tegenover de verzamelde Varden wilde hij geen zwakkeling zijn.

De zweep was even pijnlijk als de talloze wonden die hij in de maanden daarvoor had opgelopen, maar na een stuk of twaalf slagen gaf hij zijn pogingen om tegen de pijn te vechten op en gaf hij zich over. Hij kwam in een wazige trance terecht. Zijn gezichtsveld werd zo smal dat hij alleen nog het versleten hout voor hem zag. Soms lieten zijn ogen hem in de steek en zagen ze niets meer terwijl hij korte aanvallen van bewusteloosheid kreeg.

Na een eindeloos lange tijd hoorde hij de vage en verre stem het woord 'Dertig' intoneren. Hij was in de greep van de wanhoop en vroeg zich af hoe hij in vredesnaam nog twintig slagen kon verdragen. Daarna dacht hij aan Katrina en hun ongeboren kind, en die gedachte gaf hem kracht.

Toen Roran wakker werd, lag hij op zijn buik op de brits in de tent waar hij en Katrina woonden. Katrina knielde naast hem, streelde zijn haar en mompelde dingen in zijn oor. Iemand anders streek een koude, kleverige vloeistof over de striemen op zijn rug. Hij kromp ineen en verstijfde toen een bijzonder gevoelig plekje werd geraakt.

'Dat is niet de manier waarop ík mijn patiënten behandel,' hoorde hij Trianna hooghartig zeggen.

'Als je al je patiënten behandelt zoals je Roran behandeld hebt, dan is het een wonder dat er ook maar één je kuur overleefd heeft,' zei een andere vrouw. Roran herkende die tweede stem even later als behorend bij de merkwaardige kruidenvrouw Angela met haar heldere ogen.

'Wel heb ik van mijn leven!' zei Trianna. 'Ik sta hier niet om me te laten beledigen door een verachtelijke *waarzegster* die zelfs de simpelste bezwering nog moeilijk vindt.'

'Dan moet je maar gaan zitten, als je dat liever doet, maar of je nou zit of staat, ik zal je blijven beledigen totdat je toegeeft dat zijn rugspier *hier* is aangehecht en niet *daar*.' Roran voelde hoe een vinger hem op twee verschillende plaatsen met een halve duim tussenruimte aanraakte.

'O!' zei Trianna toen ze de tent uitliep.

Katrina glimlachte naar Roran. Voor het eerst viel hem op dat er tranen over haar wangen liepen. 'Roran, hoor je me?' vroeg ze. 'Ben je wakker?'

'Eh... geloof van wel,' zei hij met een hese stem. Zijn kaak deed pijn omdat hij zo lang en zo hard op de prop had moeten bijten. Hij hoestte en trok een lelijk gezicht, want alle vijftig striemen op zijn rug begonnen tegelijk te schrijnen.

'Ziezo,' zei Angela. 'We zijn klaar.'

'Het is niet te geloven. Ik had nooit verwacht dat jij en Trianna zoveel konden doen,' zei Katrina.

'Op bevel van Nasuada.'

'Nasuada? Waarom zou die...'

'Dat moet je haar zelf maar vragen. Zeg dat hij niet op zijn rug gaat liggen als dat ook maar enigszins te vermijden valt. En hij moet oppassen dat hij niet gaat liggen woelen, want dan kunnen de korsten opengaan.'

'Dank je,' mompelde Roran.

Achter hem lachte Angela. 'Denk er maar niks van, Roran. Of liever gezegd: denk er maar wel wat van, maar hecht er niet te veel waarde aan. Het is bovendien vermakelijk dat ik wonden heb verzorgd op zowel jouw rug als die van Eragon. Maar dat doet er niet toe. Ik ben weg. Pas op voor fretten.'

Toen de kruidenvrouw verdwenen was, deed Roran zijn ogen weer dicht. Katrina's gladde vingers streelden zijn voorhoofd. 'Je bent erg dapper geweest.'

'O ja?'

'Ja. Jörmundur en alle anderen die ik gesproken heb, zeiden dat je geen moment geschreeuwd hebt of gesmeekt hebt om de geseling te stoppen.'

'Goed.' Hij wilde weten hoe ernstig zijn verwondingen waren, maar zag er tegenop om de schade aan zijn rug door haar te horen beschrijven.

Maar Katrina voelde hem kennelijk aan, want ze zei: 'Angela denkt dat je littekens met een beetje geluk niet al te erg zullen zijn. Hoe dan ook, als je helemaal genezen bent, kan Eragon of een andere magiër de littekens van je rug halen, en dan lijkt het net of je nooit geslagen bent.'

'Mmh.'

'Wil je iets drinken? Er staat een pot duizendbladthee te trekken.'

'Ja, graag.'

Toen Katrina opstond, hoorde Roran iemand anders de tent in komen. Hij opende één oog en zag tot zijn verbazing dat Nasuada naast de paal aan de voorkant van de tent stond.

'Vrouwe,' zei Katrina met een vlijmscherpe stem.

Ondanks de pijnscheuten in zijn rug duwde Roran zich half overeind, en met hulp van Katrina zwaaide hij zich in een zittende positie. Op Katrina steunend wilde hij zelfs opstaan, maar Nasuada hief een hand. 'Niet doen, alsjeblieft. Ik wil je niet meer pijn bezorgen dan ik al gedaan heb.'

'Waarom bent u hier, vrouwe Nasuada?' vroeg Katrina. 'Roran moet rusten en herstellen en mag geen tijd verspillen met praten als dat niet nodig is.'

Roran legde een hand op Katrina's linkerschouder. 'Ik kan zo nodig wel praten.'

Nasuada kwam verder de tent in, trok de zoom van haar groene gewaad op en ging zitten op het kistje met bezittingen dat Katrina uit Carvahall had meegebracht. Na de plooien van haar gewaad te hebben rechtgetrokken zei ze: 'Ik heb een nieuwe opdracht voor je, Roran. Een kleine overval, ongeveer zoals de missies waaraan je al hebt deelgenomen.'

'Wanneer vertrek ik?' vroeg hij, verbaasd over het feit dat ze hem over zo'n simpele taak persoonlijk kwam inlichten.

'Morgen.'

Katrina sperde haar ogen open. 'Bent u gek geworden?' riep ze uit.

'Katrina...' mompelde Roran. Hij probeerde haar tot bedaren te brengen, maar zij schudde zijn hand af en zei: 'Bij de laatste tocht waaraan hij op uw bevel heeft deelgenomen, is hij bijna omgekomen, en u hebt hem net laten geselen tot zijn leven aan een zijden draadje hing. U kunt hem niet zo snel weer op pad sturen; tegen Galbatorix' soldaten houdt hij het geen honderd tellen vol!'

'Dat kan ik en dat moet ik!' zei Nasuada met zoveel gezag dat Katrina er het zwijgen toe deed en Nasuada's uitleg afwachtte, hoewel Roran goed kon zien dat haar woede niet verdwenen was. Nasuada zei met een aandachtige blik op hem: 'Roran, je weet misschien, of misschien ook niet, dat ons bondgenootschap met de Urgals wankelt. Een van onze eigen mensen heeft drie Urgals vermoord terwijl jij onder kapitein Edric diende – die overigens geen kapitein meer is, wat je genoegen zal doen. Hoe dan ook, ik heb de ellendige sufferd die de Urgals vermoord heeft laten ophangen, maar sindsdien zijn onze betrekkingen met Garzhvogs rammen steeds hachelijker geworden.'

'Wat heeft dat met Roran te maken?' vroeg Katrina.

Nasuada perste haar lippen op elkaar. 'Ik moet de Varden overhalen om de aanwezigheid van de Urgals zonder verder bloedvergieten te aanvaarden. Dat kan ik niet beter doen dan door tegenover de Varden te *bewijzen* dat de twee volkeren gezamenlijk en zonder conflicten een doel kunnen najagen. Ik stuur dan ook een groep op pad die uit gelijke aantallen mensen en Urgals bestaat.'

'Maar dat...' zei Katrina.

'En ik plaats de eenheid onder jouw bevel, Sterkhamer.'

'Ik?' vroeg Roran hees en verbaasd. 'Waarom?'

Nasuada zei met een wrang glimlachje: 'Omdat je zult doen wat nodig is om je vrienden en familieleden te beschermen. In dat opzicht lijk je op mij, hoewel mijn familie groter is dan de jouwe, want voor mij zijn alle Varden mijn verwanten. Bovendien ben je Eragons neef, en daarom kan ik me geen nieuwe insubordinatie van jouw kant veroorloven, want dan moet ik je laten terechtstellen of je uit de Varden verbannen. Dat wil ik geen van beide. Daarom geef ik je je eigen bevel zodat je op mij na niemand boven je hebt aan wie je ongehoorzaam kunt zijn. En als je *mijn* bevelen negeert, kun je maar beter Galbatorix doden, want niets anders zal je kunnen redden van iets nog veel ergers dan de zweepslagen die je vandaag terecht gekregen hebt. En ten slotte geef ik je het bevel over deze eenheid omdat je bewezen hebt leiding te kunnen geven aan anderen, zelfs in de allermoeilijkste omstandigheden. Niemand is beter dan jij bij machte om je gezag over mensen en Urgals te handhaven. Als ik dat kon, zou ik Eragon sturen, maar omdat hij er niet is, valt die verantwoordelijkheid jou toe. Als de Varden horen dat Eragons eigen neef Roran Sterkhamer – de man die in zijn eentje bijna tweehonderd soldaten afslachtte – samen met Urgals een missie heeft uitgevoerd en succes heeft gehad, dan blijven de Urgals hopelijk voor de duur van deze oorlog onze bondgenoten. Om die reden heb ik je door Angela en Trianna meer laten genezen dan de gewoonte is – niet om je straf te verlichten, maar omdat je fit moet zijn om je eenheid te kunnen leiden. Wat zeg je daarop, Sterkhamer? Kan ik op je rekenen?'

Roran keek Katrina aan. Hij wist dat ze maar één ding wilde: tegen Nasuada zeggen dat hij de legereenheid niet kon leiden. Zijn blik neerslaand om haar verdriet niet te hoeven zien, dacht Roran aan het immense leger dat tegenover de Varden stond. Hij zei hees fluisterend: 'U kunt op me rekenen, vrouwe Nasuada.'

Tussen de wolken

Saphira vloog vanuit Tronjheim de vijf mijl naar Farthen Dûrs binnenste muur, waar zij en Eragon de tunnel in liepen die zich vele mijlen lang in oostelijke richting door de basis van Farthen Dûr boorde. Eragon had de hele lengte van de tunnel in korte tijd kunnen afleggen, maar omdat de hoogte van het plafond verhinderde dat Saphira sprong of vloog, zou ze hem niet hebben kunnen bijhouden. Daarom beperkte hij zich tot een stevig wandeltempo.

Een uur later kwamen ze uit in het dal van de Odred, dat van noord naar zuid liep. Tussen de lage bergen aan de kop van het smalle, met varens begroeide dal lag Fernoth-Mérna, een flink meer dat zich als een druppel zwarte inkt tussen de hoog oprijzende Beorbergen uitstrekte. Aan de noordkant van het meer begon de Ragni Darmn, die door het dal kronkelde totdat hij naast de flanken van Moldûn de Trotse, de noordelijkste top van het gebergte, samenvloeide met de Az Ragni.

Ze waren ruim voor zonsopgang uit Tronjheim vertrokken, en hoewel de tunnel hun voortgang had vertraagd, was het nog steeds ochtend. De gekartelde reep hemel boven hun hoofd werd doorschoten met stralen helgeel licht, waar zonlicht over de toppen van de torenhoge bergen stroomde. In het dal beneden klemden dikke wolkenslierten zich als grote grijze slangen aan de helling vast. Vanaf het glazige meeroppervlak kringelde witte mist omhoog. Eragon en Saphira bleven aan de oever van Fernoth-mérna staan om te drinken en hun waterzakken voor de volgende etappe van hun reis bij te vullen. Het water was gesmolten sneeuw en ijs van heel hoog in de bergen – zo koud dat Eragons tanden er pijn van deden. Hij draaide met zijn ogen en stampte kreunend op de grond toen de kou een pijnscheut door zijn schedel joeg.

Toen die weg was, staarde hij naar het meer. Tussen de schuivende slierten mist zag hij de ruïnes van een groot kasteel op de kale uitloper van een berg. Dikke koorden klimop wurgden de afbrokkelende muren, maar voor de rest leek het gebouw levenloos. Eragon huiverde. Het verlaten bouwwerk leek somber en dreigend als het rottende karkas van een roofdier.

Klaar? vroeg Saphira.

Klaar, zei hij, in het zadel klimmend.

Saphira vloog vanaf Fernoth-mérna naar het noorden en volgde het dal van de Odred tot buiten de Beorbergen. Het dal liep niet rechtstreeks naar Ellesméra, dat verder in het westen lag, maar ze moesten wel in het dal blijven omdat de passen tussen de bergen meer dan vijf mijl hoog waren.

Saphira vloog zo hoog als Eragon verdragen kon, want lange afstanden waren voor haar makkelijker af te leggen in de dunne lucht van de hogere lagen dan in de dikke, vochtige atmosfeer bij de grond. Eragon beschermde zich met verschillende lagen kleding tegen de ijzige kou en weerde zich tegen de wind met een bezwering die de koude luchtstroom splitste en onschadelijk naar links en rechts afvoerde.

Het was allerminst rustgevend om Saphira te berijden, maar omdat ze traag en gestaag met haar vleugels sloeg, hoefde Eragon zich niet op zijn evenwicht te concentreren, zoals hij wel moest als ze keerde, dook of andere, ingewikkelder manoeuvres uitvoerde. Hij verdeelde het grootste deel van zijn tijd tussen praten met Saphira, terugdenken aan de gebeurtenissen van de laatste weken en de bestudering van het steeds verschuivende uitzicht beneden.

Toen de dwergen je aanvielen, heb je magie zonder de oude taal gebruikt, zei Saphira. *Dat was gevaarlijk.*

Ja, dat weet ik, maar ik had geen tijd om de woorden te zoeken. Bovendien gebruik jij evenmin de oude taal als je een bezwering zegt.

Dat is iets anders. Ik ben een draak. Wij hebben de oude taal niet nodig om onze bedoelingen te uiten; we weten wat we willen en veranderen niet zo makkelijk van mening als elfen of mensen.

De oranje zon hing nog maar een handbreedte boven de horizon toen Saphira door de monding van het dal gleed en nu boven de vlakke, lege graslanden voorbij de Beorbergen vloog. Eragon, die rechtop in het zadel ging zitten, keek om zich heen en schudde zijn hoofd, verbaasd over de afstand die ze hadden afgelegd. *Als we meteen rechtstreeks naar Ellesméra hadden kunnen vliegen, hadden we veel langer bij Oromis en Glaedr kunnen zijn,* zei hij.

Saphira knikte in haar geest instemmend.

Ze vlogen door totdat de zon onder was gegaan, de sterren de hemel bedekten en de bergen nog maar een donkerrode veeg achter hen waren. Saphira zou tot aan de ochtend zijn doorgevlogen als Eragon er niet op gestaan had om te rusten. *Je bent nog te moe van je reis naar Farthen Dûr. Zo nodig vliegen we morgennacht door en de dag daarna ook, maar vannacht moet je slapen.*

Saphira was niet blij met het voorstel, maar legde er zich bij neer en landde bij een wilgenbosje aan een rivier. Toen Eragon afstapte, merkte hij dat zijn benen zo stijf waren dat het moeite kostte om overeind te blijven. Hij haalde het zadel van Saphira, legde zijn bedrol naast haar op de grond en ging met zijn rug tegen haar warme buik liggen. Een tent had hij niet nodig, want ze beschermde hem met een vleugel zoals een moederhavik haar jongen beschermt. Het tweetal verzonk algauw in hun eigen dromen, waarin ook vreemde en wonderbaarlijke zaken waren opgenomen, want zelfs in hun slaap was hun geest verbonden.

Zodra in het oosten het eerste daglicht verscheen, gingen Eragon en Saphira weer op weg. Ze vlogen hoog boven groene vlakten. In de loop van de ochtend stak een harde tegenwind op, die Saphira tot de helft van haar normale snelheid dwong. Ze kon proberen wat ze wilde maar kwam niet boven de wind uit. De hele dag vocht ze ertegen, en dat was zwaar werk. Eragon gaf haar zoveel kracht als hij durfde, maar in de middag was ze toch volstrekt uitgeput. Ze dook omlaag en landde op een heuveltje in het gras.

Daar bleef ze hijgend en trillend met uitgespreide vleugels op de grond zitten.

Laten we hier vannacht maar blijven, zei Eragon.

Nee.

Saphira, jij kunt geen stap meer verzetten. We kamperen hier totdat je bent opgeknapt. De wind gaat vanavond misschien wel liggen.

Hij hoorde het zachte schuren van haar tong over haar ribben en daarna weer haar zwoegende longen toen ze haar gehijg hervatte.

Nee, zei ze. *Op deze vlakten kan het weken en zelfs maanden achtereen waaien. We kunnen niet wachten tot de wind gaat liggen.*

Maar...

Ik weiger het op te geven als het alleen maar pijn doet, Eragon. Er staat te veel op het spel...

Laat me je dan wat energie van Aren geven. In de ring zit meer dan genoeg om je van hier tot Du Weldenvarden op de been te houden.

Nee, herhaalde ze. *Bewaar Aren voor als niets anders mogelijk is. Ik kan in het bos rusten en herstellen. Maar aan Aren kunnen we elk moment behoefte krijgen; je mag die energie niet uitputten, alleen maar omdat ik het moeilijk heb.*

Maar ik vind het vreselijk als je zo'n pijn lijdt.

Ze uitte een vage grom. *Mijn voorouders, de wilde draken, zouden niet zijn teruggeschrokken voor een onbenullig windje zoals dit, en ik doe dat evenmin.*

En met die woorden sprong ze de lucht weer in en vloog ze met hem op haar rug frontaal de storm in.

De dag liep ten einde. De storm joelde nog steeds om hen heen en duwde tegen Saphira aan alsof hij vastbesloten was te verhinderen dat ze Du Weldenvarden bereikten. Eragon dacht aan de dwergenvrouw Glûmra en haar rotsvaste geloof in de dwergengoden. Voor het eerst in zijn leven had hij behoefte aan bidden. Hij trok zich uit het mentale contact met Saphira terug – de draak was zo moe en ongerust dat ze het niet merkte – en fluisterde: 'Gûntera, koning der goden, als u bestaat en als u me kunt horen en als u er de macht toe hebt, breng deze wind dan alstublieft tot bedaren. Ik weet best dat ik geen dwerg ben, maar koning Hrothgar heeft mij in zijn clan geadopteerd, en ik denk dat dat me het recht geeft om tot u te bidden. Alstublieft, Gûntera, we moeten zo snel mogelijk in Du Weldenvarden zijn, niet alleen in het belang van de Varden maar ook in dat van uw volk, de knurlan. Ik smeek u: breng deze wind tot bedaren. Saphira houdt het niet veel langer vol.' Met een nogal dom gevoel breidde Eragon zich uit naar Saphira's bewustzijn en kromp hij meelevend ineen toen hij de brandende pijn in haar spieren voelde.

Diezelfde koude en donkere avond ging de wind liggen en daarna was er hoogstens af en toe een vlaag.

Bij zonsopgang keek Eragon omlaag en zag hij de droge, harde Hadaracwoestijn liggen. *Vervloekt,* zei hij, want ze waren minder ver gekomen dan hij gehoopt had. *Vandaag halen we Ellesméra niet meer, hè?*

Nee, tenzij de wind besluit om de andere kant op te blazen en ons op zijn rug mee te nemen. Saphira hijgde nog even na, en toen ze op adem gekomen was, vervolgde ze: *Maar als ons onaangename verrassingen bespaard blijven, moeten we vanavond in Du Weldenvarden kunnen zijn.*

Ze landden die dag maar twee keer. Een van die keren verslond Saphira een koppel eenden die ze ving en met een vuurstoot doodde, maar verder at ze niets. Om tijd te winnen at Eragon in het zadel.

Zoals Saphira voorspeld had, kwam Du Weldenvarden in zicht toen de zon bijna onder ging. Het woud doemde als een eindeloos groen uitspansel voor hen op. Loofbomen zoals eiken, beuken en esdoorns domineerden de buitenste delen van het bos, maar dieper in het woud maakten ze plaats voor de ontzagwekkende pijnbomen die het grootste deel van het bos in beslag namen.

Bij hun aankomst in Du Weldenvarden schemerde het al, en Saphira gleed naar een zachte landingsplaats onder de uitgestrekte takken van een zware eik. Ze vouwde haar vleugels maar was te moe om nog iets te doen en bleef een tijd stil zitten. Haar rode tong bengelde uit haar bek. Intussen luisterde Eragon naar het geritsel van de blaadjes boven zijn hoofd. Verderop krasten uilen en tjirpten krekels.

Toen Saphira zich genoeg hersteld voelde, begon ze te lopen. Ze passeerde twee enorme, met mos begroeide eiken en kwam op die manier te voet Du Weldenvarden binnen. De elfen hadden het voor iedereen en alles onmogelijk gemaakt om het bos met magische middelen te betreden, en omdat Saphira niet alleen met haar lichamelijke vermogens vloog, was het bos voor haar via de lucht niet toegankelijk. Anders weigerden haar vleugels dienst en viel ze op de grond.

Volgens mij zijn we hier ver genoeg, zei Saphira terwijl ze op verscheidene honderden voet van de bosrand op een graslandje bleef staan.

Eragon gespte de riemen rond zijn benen los en liet zich langs Saphira's flank glijden. Hij doorzocht het gras totdat hij een plek kale aarde vond. Met beide handen groef hij een ondiep kuiltje van anderhalve voet breed, waarna hij water opriep om het te vullen. Vervolgens zei hij een spiegelbezwering.

Het water glinsterde en kreeg een gele gloed toen Eragon het interieur van Oromis' hut te zien kreeg. De witharige elf zat aan zijn keukentafel een beschadigde boekrol te lezen. Hij keek naar Eragon op en knikte, maar was kennelijk niet verbaasd.

'Meester,' zei Eragon terwijl hij zijn hand draaiend voor zijn borst bewoog.

'Groeten, Eragon. Ik verwachtte je al. Waar ben je?'

'Saphira en ik zijn net in Du Weldenvarden aangekomen... Meester, ik weet dat we beloofd hebben om naar Ellesméra te komen, maar de Varden staan op maar een paar dagen van Feinster, en zonder ons zijn ze kwetsbaar. We hebben geen tijd om helemaal naar Ellesméra te gaan. Kunt u onze vragen hier beantwoorden met behulp van onze waterspiegel?'

Oromis leunde met een ernstige en nadenkende blik naar achteren op zijn stoel. Toen zei hij: 'Ik kan je niet op afstand onderwijzen, Eragon. Een paar dingen die je wilt weten, kan ik wel raden, en dat zijn dingen die we persoonlijk moeten bespreken.'

'Alstublieft, meester. Als Murtagh en Thoorn...'

'Nee, Eragon. Ik begrijp waarom je haast hebt, maar je studies zijn even belangrijk als de bescherming van de Varden, misschien nog wel belangrijker. Als we dit niet goed doen, kunnen we het beter laten.'

Eragon zuchtte en liet zich slap naar voren zakken. 'Ja, meester.'

Oromis knikte. 'Glaedr en ik wachten op je. Vlieg veilig en vlieg snel. We hebben veel te bespreken.'

'Ja, meester.'

Eragon beëindigde de bezwering met een versuft en uitgeput gevoel. Het water sijpelde terug in de grond. Hij nam zijn hoofd tussen zijn handen en staarde naar de vochtige grond tussen zijn voeten. Saphira zat naast hem en ademde zwaar en luidruchtig. *We moeten er helaas naartoe,* zei hij. *Het spijt me.*

Saphira hield even op met ademen en likte haar ribben. *Doet er niet toe. Ik hou het nog wel even vol.*

Hij keek naar haar op. *Weet je dat zeker?*

Ja.

Hij kwam tegen zijn zin overeind en klom op haar rug. *Als we naar Ellesméra gaan, moeten we maar weer een bezoek aan de Menoaboom brengen,* zei hij. *Misschien snappen we dan eindelijk wat Solembum bedoelde. Een nieuw zwaard zou ik goed kunnen gebruiken.*

Toen Eragon de weerkat in Teirm had leren kennen, had het dier tegen hem gezegd: *Mocht er ooit een moment komen waarop je verlegen zit om een wapen, kijk dan onder de wortels van de Menoaboom. En ten slotte, wanneer alles verloren lijkt, ga dan naar de Rots van Kuthian en noem je naam om de Kluis der Zielen te openen.* Eragon wist nog steeds niet waar de Rots van Kuthian was, maar tijdens hun eerste verblijf in Ellesméra hadden hij en Saphira wel diverse keren de kans gehad om de Menoaboom te bekijken. Ze hadden echter geen spoor van dat zogenaamde wapen ontdekt. Mos, aarde, bast en af en toe een mier... meer hadden ze tussen de wortels van de Menoaboom niet kunnen vinden, en niets wees erop waar ze moesten graven.

Solembum bedoelde misschien geen zwaard, merkte Saphira op. *Weerkatten houden bijna evenveel van raadsels als draken. Als dat wapen bestaat, kan het best een stuk*

perkament met een bezwering zijn, of een boek, of een schildering, of een scherpe steen of iets anders gevaarlijks.
  Maar ik hoop het te vinden, wat het ook is. Niemand weet wanneer we opnieuw naar Ellesméra terug kunnen gaan.
  Saphira schoof een omgevallen boom opzij die voor haar lag, ging op haar hurken zitten en ontvouwde haar fluweelzachte vleugels, waarbij haar zware schouderspieren opbolden. Eragon pakte de voorkant van zijn zadel met een geschrokken uitroep vast toen ze onverwacht krachtig opvloog en op weg ging. Met één duizelingwekkende sprong was ze boven de boomtoppen.
  Boven een zee van schommelende takken zwierend nam Saphira met trage, zware vleugelslagen een noordoostelijke koers naar de elfenhoofdstad.

Harde koppen

De overval op de karavaan verliep bijna precies zoals Roran voorzien had. Drie dagen nadat ze bij de hoofdmacht van de Varden vertrokken waren, stormden hij en de andere ruiters vanaf het uitsteeksel van een ravijn omlaag en stortten ze zich op de flank van de kronkelende rij karren. De Urgals verschenen intussen van achter rotsblokken die op de bodem van het ravijn verspreid lagen, en bestookten de karavaan aan de voorkant. Daarmee dwongen ze de karren tot stilstand. De soldaten en karrenvoerders vochten dapper, maar de hinderlaag verraste hen op een moment van slaperigheid en wanorde, en ze waren algauw door Rorans strijdmacht overweldigd. Bij de aanval kwam geen van de mensen of Urgals om, en er raakten er maar drie gewond: twee mensen en een Urgal.
  Roran doodde verscheidene soldaten eigenhandig maar bleef het grootste deel van de tijd in de achterhoede en concentreerde zich op de leiding van de operatie, zoals nu zijn taak was. Hij was nog steeds stijf van de pijnlijke geseling die hij had moeten ondergaan, en uit angst dat het netwerk van korsten op zijn rug het zou begeven, wilde hij zich niet meer inspannen dan nodig was.
  Het had hem tot dat moment geen moeite gekost om de discipline bij de twintig mensen en twintig Urgals te bewaren. Het was weliswaar duidelijk dat de twee groepen een afkeer van elkaar hadden en elkaar wantrouwden – dat gevoel deelde hij, want hij bekeek de Urgals met evenveel achterdocht

en afkeer als ieder ander die in de buurt van het Schild was opgegroeid – maar ze hadden de laatste drie dagen met nauwelijks één enkele stemverheffing weten samen te werken. Deze eendracht had weinig met zijn bekwaamheden als bevelhebber te maken, zoals hij heel goed wist. Nasuada en Nar Garzhvog hadden hun deelnemers met de grootste zorg uitgezocht en alleen strijders gekozen die bekendstonden om hun snelle zwaard, hun gezonde oordeel en vooral hun kalmte en evenwichtige aard.

Maar in de nasleep van de aanval op de karavaan, toen Rorans manschappen bezig waren om de dode soldaten en karrenvoerders op een hoop te slepen en hijzelf heen en weer langs de rij karren reed om toezicht op het werk te houden, hoorde hij een gepijnigde kreet van iemand aan de andere kant van de karavaan. Denkend dat ze toevallig door een andere eenheid soldaten ontdekt waren, riep hij Carn en verscheidene anderen om mee te gaan voordat hij de sporen in Sneeuwvuurs flanken zette en naar de achterste karren reed.

Vier Urgals hadden een vijandelijke soldaat aan de knoestige stam van een wilg vastgebonden en vermaakten zich door hem met hun zwaarden te porren en te steken. Roran sprong vloekend van Sneeuwvuur af en verloste de soldaat uit zijn lijden met een enkele klap van zijn hamer.

Een kolkende stofwolk overspoelde de groep toen Carn en vier andere krijgers naar de wilg toe kwamen gereden. Ze toomden hun paarden in en stelden zich met hun wapens in de aanslag links en rechts van Roran op.

De grootste Urgal – een ram die Yarbog heette – kwam naar voren. 'Sterkhamer, waarom misgun je ons een pretje? Hij zou nog veel langer voor ons gedanst hebben.'

Roran zei met opeengeklemde kaken: 'Zolang jullie onder mijn bevel staan, worden er zonder reden geen gevangenen gemarteld. Is dat begrepen? Veel van die soldaten worden gedwongen om Galbatorix te dienen. Velen van hen zijn vrienden of familieleden of buren. We moeten hen bestrijden, maar ik duld niet dat ze onnodig wreed behandeld worden. Als het lot niet anders had beslist, had ieder van ons in hun schoenen kunnen staan. Zij zijn onze vijand niet. Dat is Galbatorix, en hij is jullie vijand ook.'

De Urgal fronste zijn dikke wenkbrauwen zodat zijn diepliggende gele ogen bijna onzichtbaar werden. 'Maar u doodt ze evengoed, hè? Waarom mogen we ze dan niet eerst zien kronkelen en dansen?'

Roran vroeg zich af of de Urgalschedel te dik zou zijn om hem met zijn hamer te kraken, maar hij bedwong zijn woede. 'Alleen al omdat het verkeerd is!' Hij wees naar de dode soldaat. 'Hoe zou je het gevonden hebben als hij iemand van je eigen volk was geweest die in de klauwen van Durza de Schim was gevallen? Zou je hem dan ook gemarteld hebben?'

'Natuurlijk,' zei Yarbog. 'Ze zouden juist willen dat we ze met ons zwaard kietelden, want dan kregen ze de kans om hun moed te bewijzen voordat ze doodgingen. Dat is bij jullie, hoornloze mensen, toch net zo? Of verdragen jullie geen pijn?'

Roran wist niet goed hoe groot bij de Urgals de belediging was als iemand 'hoornloos' werd genoemd, maar twijfelde er geen moment aan dat iemands moed in twijfel trekken bij de Urgals minstens even beledigend was als bij de mensen. 'Ieder van ons kan meer pijn verdragen zonder erbij te gaan grienen dan jij, Yarbog,' zei hij terwijl hij zijn hamer en schild steviger vastpakte. 'Hoe dan ook, als je geen pijn wilt ervaren die alles te boven gaat wat jij je kunt voorstellen, overhandig je nu je zwaard aan mij. Daarna maak je die arme stakker los en draag je hem naar de rest van de lijken. Vervolgens ga je de pakpaarden verzorgen. Tot onze terugkeer bij de Varden ben jij daar verantwoordelijk voor.'

Zonder op de instemming van de Urgal te wachten draaide Roran zich om. Hij pakte de teugels en maakte aanstalten om weer op te stijgen.

'Nee,' gromde Yarbog.

Roran verstijfde met één voet in de stijgbeugel en vloekte geluidloos. Hij had gehoopt dat juist deze situatie zich tijdens de tocht niet zou voordoen. Hij draaide zich weer om. 'Nee? Weiger je mijn bevel te gehoorzamen?'

Yarbog trok zijn lippen terug om zijn korte slagtanden te tonen en zei: 'Nee. Ik betwist je leiderschap over deze stam, Sterkhamer.' De Urgal bracht zijn zware kop naar achteren en brulde zo hard dat alle andere mensen en Urgals hun bezigheden staakten en naar de wilg renden waar zich de hele eenheid rond Roran en Yarbog verzamelde.

'Moeten we dit schepsel voor je afmaken?' vroeg Carn met schallende stem.

Roran had liever minder toeschouwers gehad, maar schudde zijn hoofd. 'Nee, ik reken zelf met hem af.' Ondanks die uitspraak was hij blij dat zijn manschappen naast hem stonden – tegenover de rij boomlange Urgals met hun grijze huid. De mensen waren kleiner dan de Urgals, maar allemaal behalve Roran zaten ze op een paard, en dat gaf hun een licht voordeel als er tussen de twee groeperingen een gevecht uitbrak. In dat geval hadden ze weinig aan Carns magie, want de Urgals hadden een eigen magiër bij zich, een sjamaan die Dazhgra heette, en afgaande op wat Roran gezien had, was Dazhgra machtiger, hoewel minder bedreven in de nuances van die mysterieuze kunst.

Tegen Yarbog zei hij: 'Bij de Varden is het geen gebruik om het leiderschap toe te kennen op grond van een tweegevecht. Als je wilt vechten, zal ik vechten, maar jij schiet daar niets mee op. Als ik verlies, neemt Carn mijn bevel over en sta je onder zijn leiding in plaats van onder de mijne.'

'Bah! Ik betwist niet je recht om je eigen volk te leiden. Ik betwist je leiderschap over ons, de vechtrammen van de Bolvek-stam! Je hebt jezelf nog niet bewezen, Sterkhamer, en je kunt de positie van stamhoofd dus niet opeisen. Als jij verliest, word ik hier het stamhoofd en heffen we onze kin niet naar jou, niet naar Carn en niet naar anderen die te slap zijn om ons respect te verdienen!'

Roran overwoog de situatie maar moest het onvermijdelijke aanvaarden. Hij moest zijn gezag over de Urgals handhaven, ook als hem dat het leven kostte, anders verloren de Varden hen als bondgenoten. Hij haalde diep adem. 'Als bij mijn volk een duel plaatsvindt, is het de gewoonte dat de uitgedaagde de tijd en de plaats kiest en bepaalt welke wapens beide partijen zullen gebruiken.'

Yarbog zei met een grinnik die diep uit zijn keel kwam: 'De tijd is nu, Sterkhamer. De plaats is hier. En bij mijn volk vechten we in een lendendoek en zonder wapens.'

'Dat zou niet eerlijk zijn omdat ik geen hoorns heb,' merkte Roran op. 'Stem je erin toe dat ik mijn hamer gebruik om dat gebrek te compenseren?'

Yarbog dacht er even over na en zei: 'Je mag je helm en schild hebben, maar geen hamer. Als we vechten om het leiderschap, zijn wapens niet toegestaan.'

'Juist... Maar als ik geen hamer mag hebben, zie ik ook af van mijn helm en schild. Wat zijn de regels en hoe bepalen we de winnaar?'

'Er is maar één regel, Sterkhamer. Als je vlucht, heb je het duel verloren en ben je verbannen uit onze stam. Je wint door je tegenstander tot overgave te dwingen, maar aangezien ik me nooit overgeef, zullen we vechten tot de dood.'

Roran knikte. *Dat is hij misschien van plan, maar ik probeer te voorkomen dat ik hem moet doden.* 'We beginnen!' riep hij, met zijn hamer tegen zijn schild slaand.

Onder zijn leiding maakten de mannen en de Urgals midden in het ravijn een ruimte vrij en bakenden ze een ring van twaalf bij twaalf stappen af. Daarna kleedden Yarbog en Roran zich uit en smeerden twee Urgals het lichaam van Yarbog vol berenvet. Carn en Loften deden hetzelfde met Roran.

'Wrijf het heel dik op mijn rug,' mompelde Roran. Hij wilde de korsten zo zacht mogelijk maken om het aantal barsten te beperken.

Carn boog zich naar hem toe. 'Waarom wil je geen schild en helm?'

'Die maken me alleen maar traag. Als ik wil voorkomen dat hij me verplettert, moet ik snel zijn als een haas.' Terwijl Carn en Loften zijn ledematen onderhanden namen, bestudeerde Roran zijn tegenstander op zoek naar elk kwetsbaar punt dat hem bij de strijd tegen de Urgal kon helpen.

Yarbog was meer dan zes voet lang, had een brede rug en een reusachtige borstkas, en de spieren van zijn armen en benen waren als gespannen kabels. Zijn nek was zo dik als die van een stier omdat hij het gewicht van zijn kop en zijn kromme hoorns moest dragen. De linkerkant van zijn middel werd gemarkeerd door drie schuine littekens, waar een dier zijn klauwen in zijn vlees had gezet. Overal op zijn huid groeide dun, zwart borstelhaar.

Hij is gelukkig geen Kull, dacht Roran. Hij had vertrouwen in zijn eigen kracht, maar geloofde niet dat hij Yarbog op pure kracht zou kunnen verslaan. Niet veel mensen mochten hopen dat hun lichamelijke vermogens die van een gezonde Urgalram overtroffen. Roran wist ook dat Yarbogs lange, zwarte vingernagels, zijn slagtanden, zijn hoorns en zijn leerachtige huid de Urgal een aanzienlijk voordeel gaven in een ongewapend gevecht. Hij dacht aan alle vuile trucs die hij tegen de Urgal kon inzetten, en besloot ze te gebruiken als hij de kans schoon zag, want een handgemeen met een Urgal was heel iets anders dan worstelen met Eragon of Baldor of wie dan ook uit Carvahall. Hij wist zeker dat het meer op het woeste vechten van twee wilde dieren zou lijken.

Zijn blik ging steeds opnieuw naar Yarbogs immense hoorns, want hij wist dat die het gevaarlijkst waren. Yarbog kon er Roran mee stoten en verwonden, en ze beschermden de zijkanten van zijn kop tegen de slagen die Roran met zijn blote vuisten kon toebrengen, hoewel ze het gezichtsveld van de Urgal ook beperkten. Toen drong tot Roran door dat de hoorns weliswaar Yarbogs grootste voordeel waren, maar misschien ook zijn ondergang konden worden.

Hij liet zijn schouders rollen en wipte op en neer op de ballen van zijn voeten, hopend dat het duel snel voorbij zou zijn. Toen zowel hij als Yarbog volledig met berenvet ingesmeerd waren en hun secondanten zich hadden teruggetrokken, stapten ze de vierkante ring in die op de grond was afgezet. Roran hield zijn knieën licht gebogen, klaar om alle kanten op te springen zodra Yarbog ook maar de kleinste beweging maakte. De rotsachtige grond voelde koud, hard en ruw onder zijn blote voeten.

Een zacht windje bracht de takken van een wilg in de buurt in beweging. Een van de ossen voor een kar schraapte naar een bosje gras. Zijn tuig kraakte.

Yarbog viel met een bulderende schreeuw aan en overbrugde met drie zware stappen de afstand tussen hen beiden. Roran wachtte tot Yarbog dicht bij hem was en sprong toen naar rechts maar onderschatte de snelheid van de Urgal. Yarbog liet zijn kop zakken, ramde zijn hoorns tegen Rorans linker schouder en smeet hem languit door de ring.

Scherpe stenen staken bij de landing in Rorans zij. Pijnscheuten joegen door de half genezen wonden op zijn rug. Hij rolde zich grommend om, kwam overeind en voelde diverse korsten opengaan, waarbij zijn naakte vlees aan de bijtende lucht werd blootgesteld. Zand en steentjes kleefden aan de laag vet op zijn lichaam. Met beide voeten op de grond schuifelde hij naar Yarbog toe zonder de honende Urgal uit het oog te verliezen. Yarbog viel opnieuw aan, en Roran probeerde opnieuw weg te springen. Ditmaal lukte de manoeuvre, en hij gleed met een paar duim tussenruimte langs de Urgal, die bliksemsnel rond zijn as draaide en opnieuw kwam opzetten. Ook ditmaal wist Roran hem te ontwijken.

Daarna wijzigde Yarbog zijn tactiek. Na zijwaarts als een krab te zijn opgerukt stak hij zijn lange armen uit om Roran te vangen en in een dodelijke omhelzing te trekken. Roran deinsde terug en deed een stap naar achteren. Hij moest hoe dan ook voorkomen dat hij in Yarbogs klauwen viel; de Urgal was zo sterk dat hij dan snel met Roran kon afrekenen.

De mannen en de Urgals die zich rond de ring verzameld hadden, zwegen en zagen het gevecht van Roran en Yarbog onaangedaan heen en weer golven. Een tijdlang wisselden de twee kemphanen snelle, schampende slagen uit. Roran bleef zo goed mogelijk uit Yarbogs buurt en probeerde hem op afstand uit te putten, maar naarmate het gevecht langer duurde zonder dat Yarbog vermoeider leek dan in het begin, drong het tot hem door dat de tijd geen bondgenoot was. Als hij wilde winnen, moest hij het gevecht zonder uitstel beëindigen.

In de hoop om Yarbog tot de aanval te verleiden – want daarop was zijn strategie gebaseerd – trok hij zich in een hoek van de ring terug en begon hem te honen. 'Hé, Yarbog! Je bent zo vet en zo traag als een melkkoe! Kun je me niet vangen? Of zijn je benen van spek? Trek je hoorns maar uit je kop van schaamte omdat een mens je hier te kakken zet! Wat zullen je ooien denken als ze hiervan horen? Ga je ze vertellen...'

De rest van zijn woorden verdronk in gebrul. De Urgal stormde op hem af en draaide zich iets om Roran onder zijn volle gewicht te verpletteren. Roran sprong opzij en stak zijn handen uit om Yarbogs rechterhoorn te pakken, maar hij miste en viel al struikelend midden in de ring, waarbij hij zijn twee knieën ontvelde. Vloekend kwam hij weer overeind.

Vlak voordat Yarbog over de grenzen van de ring heen stormde, wist hij zich in te houden. Hij draaide zich om, en zijn gele ogen zochten Roran. 'Hier!' schreeuwde Roran. Hij stak zijn tong uit en maakte elk obsceen gebaar dat hij bedenken kon. 'Je kunt nog geen boom raken die vlak voor je neus staat!'

'Sterf, nietig wezen!' gromde Yarbog terwijl hij met uitgestrekte armen naar Roran sprong.

Twee van Yarbogs nagels kerfden bloedige geulen over Rorans ribben terwijl hij naar links schoot, maar hij kreeg een van Urgals hoorns te pakken. Voordat Yarbog hem kon afwerpen, greep hij ook de andere hoorn. Door de hoorns als handvatten te gebruiken wrikte hij Yarbogs kop opzij en kreeg hij de Urgal met een uiterste krachtsinspanning op de grond. Zijn rugspieren protesteerden woedend.

Zodra Yarbogs borst de grond raakte, klemde Roran diens rechterschouder met een knie vast. De Urgal bokte snuivend en probeerde Rorans greep te verbreken, maar Roran weigerde los te laten. Hij zette zich tegen een rotsblok schrap en draaide de Urgalkop zo ver mogelijk rond. Daarbij trok hij zo hard dat een menselijke nek gebroken zou zijn. Het vet op zijn handen maakte het overigens moeilijk om Yarbogs hoorns vast te houden.

De Urgal ontspande zich even en duwde zich toen met zijn linkerarm omhoog, waarbij hij ook Roran optilde. Daarbij trappelde hij met zijn poten in een poging om hem onder zich te krijgen. Roran trok een lelijk gezicht en leunde zwaar op Yarbogs nek en schouder. Na een paar tellen begaf Yarbogs linkerarm het en viel hij weer plat op zijn buik.

Roran en Yarbog hijgden zwaar alsof ze een wedstrijd hadden gelopen. Waar ze elkaar aanraakten, prikten de borstelharen op de Urgalhuid als stijf ijzerdraad in Rorans vlees. Stof bedekte hun hele lichaam. Dunne stroompjes bloed liepen uit de schrammen in Rorans zij en uit zijn pijnlijke rug.

Yarbog begon weer te trappen en te maaien zodra hij op adem kwam, en spartelde als een vis aan de haak in het zand. Roran moest al zijn krachten aanboren maar hield vol en probeerde de steentjes te negeren die in zijn voeten en benen beten. Yarbog bereikte met zijn getrappel dan ook niets. In plaats daarvan liet hij zijn ledematen slap hangen en spande hij vervolgens steeds opnieuw zijn nek om Rorans armen uit te putten.

Zo vochten ze tegen elkaar zonder zich meer dan een paar duim te kunnen bewegen.

Een vlieg zoemde boven hen en landde op Rorans enkel. Een van de ossen loeide.

Al snel droop het zweet van Rorans voorhoofd. Hij had het gevoel dat hij geen adem meer kreeg. Zijn armen schroeiden van de pijn. De striemen op zijn rug voelden aan alsof ze gingen scheuren. Zijn ribben schrijnden op de plaats waar Yarbog er zijn nagels in had gezet.

Roran wist dat hij het niet veel langer zou volhouden. *Vervloekt!* dacht hij. *Geeft hij het dan nóóit op?*

Net op dat moment trilde Yarbogs kop omdat een spier in de nek van de Urgal verkrampte. Hij gromde – het eerste geluid dat hij in een tijd geuit had – en mompelde zachtjes: 'Dood me, Sterkhamer. Ik kan het niet van je winnen.'

Roran, die zijn greep op Yarbogs hoorns bijstelde, gromde even zachtjes terug: 'Nee, als je zo nodig dood wilt, zoek je maar iemand anders om dat te doen. Ik heb volgens jouw regels met je gevochten, en nu aanvaard je je nederlaag volgens de mijne. Zeg tegen iedereen dat je je overgeeft. Zeg dat je ongelijk had toen je me uitdaagde. Als je dat doet, laat ik je los. Zo niet, dan hou ik je hier tot je van mening verandert, hoe lang dat ook duurt.'

Yarbogs kop beefde onder Rorans handen toen de Urgal zich opnieuw probeerde te bevrijden. Hij pufte een wolkje stof de lucht in en gromde: 'De schande is te groot, Sterkhamer. Dood me.'

'Ik hoor niet tot je volk en hou me dus niet aan jullie gewoonten,' zei Roran. 'Als je je zorgen maakt over je eer, vertel je alle nieuwsgierigen maar dat je verslagen bent door de neef van Eragon Schimmendoder. Daar hoeft niemand zich voor te schamen.' Toen Yarbog na een tijdje nog niet geantwoord had, rukte Roran hard aan zijn hoorns en gromde: 'Nou?'

Zijn stem verheffend zodat alle mannen en Urgals hem konden horen, verklaarde Yarbog: 'Gar! Moge Svarvok me vervloeken; ik geef me over! Ik had je niet moeten uitdagen, Sterkhamer. Jij bent het leiderschap waardig; ik niet.'

De mannen juichten en riepen in koor en sloegen met hun zwaardknop op hun schild. De Urgals bewogen zich onrustig maar zeiden niets.

Roran liet Yarbogs hoorns los en rolde bij de grijze Urgal weg. Met bijna het gevoel dat hij opnieuw gemarteld was, kwam hij langzaam overeind en wankelde hij de ring uit naar de plaats waar Carn wachtte.

Hij kromp ineen toen Carn een deken over zijn schouders legde en het weefsel over zijn geteisterde huid schuurde. Carn gaf hem grijnzend een wijnzak. 'Toen hij je tegen de grond sloeg, dacht ik echt dat je er geweest was. Maar ik had inmiddels moeten weten dat jij altijd nog wat achter de hand hebt, hè, Roran? Ha! Dit was zo ongeveer het mooiste gevecht dat ik ooit gezien heb. Je bent vast de enige man in de geschiedenis die met een Urgal geworsteld heeft.'

'Dat misschien niet,' zei Roran tussen twee slokken wijn door. 'Maar misschien wel de enige die het overleefde.' Hij glimlachte toen Carn begon te schateren. Roran wierp een blik op de Urgals, die om Yarbog heen stonden en laag grommend tegen hem praatten terwijl twee van zijn broeders het vet en het vuil van Yarbogs ledematen veegde. De Urgals leken terneergeslagen maar niet kwaad of wrokkig, voor zover hij dat kon zien. Hij had er alle vertrouwen in dat ze verder geen moeilijkheden zouden geven.

Ondanks de pijn van zijn wonden was Roran blij over de uitslag van het duel. *Dit zal niet het laatste gevecht tussen onze twee volkeren zijn, maar zolang we veilig naar de Varden kunnen terugkeren, zullen de Urgals het bondgenootschap niet verbreken, in elk geval niet vanwege mij.*

Na nog een laatste slok maakte Roran de wijnzak dicht en gaf hem aan Carn terug. Toen riep hij: 'Hé daar! Sta daar niet als schapen te mekkeren en maak de inventaris van de karren af! Loften, drijf de paarden van de soldaten bij elkaar, als die tenminste niet te ver weg zijn gelopen. Dazhgra, neem de ossen voor je rekening. Schiet op! Thoorn en Murtagh kunnen elk moment hier zijn. In de benen! Als de gesmeerde bliksem! En Carn, waar zijn verdomme mijn kleren!'

Genealogie

Op de vierde dag na hun vertrek uit Farthen Dûr kwamen Eragon en Saphira in Ellesméra aan. De zon scheen helder aan de hemel toen het eerste gebouw van de stad – een kronkelend torentje met glinsterende ramen dat tussen drie hoge pijnbomen stond en uit hun verwarde takken was gegroeid – in zicht kwam. Voorbij het met bast begroeide torentje zag Eragon de schijnbaar willekeurige verzameling open plekken waaruit deze uitgebreide stad bestond.

Terwijl Saphira over het ongelijkmatige bos gleed, reikte Eragon met zijn geest naar het bewustzijn van Gilderien de Wijze, die als behoeder van de Witte Vlam van Vándil de stad al meer dan tweeënhalf millennium tegen vijanden beschermde. Zijn denken in de richting van de stad uitbreidend vroeg Eragon in de oude taal: *Gilderien-elda, mogen wij passeren?*

Een diepe, kalme stem weerklonk in Eragons geest. *Jullie mogen passeren, Eragon Schimmendoder en Saphira Stralend Geschubde. Zolang jullie de vrede bewaren, zijn jullie in Ellesméra welkom.*

Dank u, Gilderien-elda.

Saphira's klauwen scheerden over de donkere naaldbomen die tot meer dan driehonderd voet uit de grond verrezen. Zo gleden ze over de pijnbomenstad naar een helling aan de andere kant van Ellesméra. Tussen de wirwar van takken beneden ving Eragon korte glimpen op van vloeiend gevormde gebouwen uit levend hout, kleurige bloembedden, kronkelende waterlopen, de kastanjebruine gloed van een vlamloze lantaarn en af en toe in een flits het omhoog kijkende gezicht van een elf.

Saphira hield haar vleugels schuin en scheerde langs de helling omhoog totdat ze de Rotsen van Tel'naeír bereikte. De kale, witte rotswand viel daar duizend voet steil omlaag naar het golvende woud aan de voet ervan en liep links en rechts drie mijl door. De draak sloeg daar rechtsaf en vloog in noordelijke richting langs de stenen richel, steeds tweemaal met haar vleugels slaand om haar snelheid en hoogte te handhaven.

Bij de rand van de rotswand verscheen een grazige open plek. Tegen de achtergrond van de omringende bomen stond een bescheiden, één verdieping hoog huis dat uit vier verschillende pijnbomen groeide. Een grinnikend en gorgelend beekje kwam kronkelend het bemoste woud uit, liep onder de wortels van een van de pijnbomen door en verdween toen opnieuw in Du Weldenvarden. En naast het huis lag de opgerolde gouden draak Glaedr, glimmend en massief. Zijn ivoren tanden waren zo dik als Eragons borst, zijn klauwen leken zeisen, zijn opgevouwen vleugels waren zacht als suède, zijn gespierde staart was bijna net zo lang als heel Saphira en de strepen van zijn ene zichtbare oog fonkelden als stralen in een stersaffier. De stomp van zijn ontbrekende voorpoot was aan de andere kant van zijn lichaam verborgen. Een rond tafeltje en twee stoelen stonden vóór Glaedr klaar. Oromis nam de stoel bij de draak, en het zilverwitte haar van de elf glom als metaal in het zonlicht.

Eragon boog zich voorover in het zadel toen Saphira een verticale stand innam om vaart te minderen. Ze landde met een klap op het groene grasveld en rende diverse stappen naar voren. Daarbij hield ze haar vleugels naar achteren, en zo kwam ze tot stilstand.

Met vingers die trilden van uitputting maakte Eragon de schuifknopen los waarmee de riemen rond zijn benen vastzaten. Vervolgens probeerde hij langs Saphira's rechter voorpoot omlaag te klimmen, maar toen hij zich liet zakken, weigerden zijn knieën dienst en viel hij op de grond. Hij hief zijn handen om zijn gezicht te beschermen en kwam op handen en knieën terecht, waarbij hij zijn scheenbeen schaafde aan een steen die in het gras verborgen was. Grommend van pijn en stijf als een oude man maakte hij aanstalten om zich overeind te werken.

Een hand gleed in zijn gezichtsveld.

Eragon keek op en zag Oromis met een vage glimlach boven zich uit torenen. De elf zei in de oude taal: 'Welkom in Ellesméra, Eragon-finiarel. En ook jij, Saphira Stralend Geschubde. Wees allebei welkom.'

Eragon pakte zijn hand, en Oromis trok hem zonder zichtbare inspanning overeind. Eragon kon aanvankelijk geen woord uitbrengen, want sinds hun vertrek uit Farthen Dûr had hij nauwelijks iets gezegd, en bovendien was zijn denken door moeheid vertroebeld. Hij bracht de eerste twee vingers van zijn rechterhand naar zijn lippen en antwoordde in de oude taal: 'Moge een goed gesternte over u heersen, Oromis-elda.' Daarna maakte hij met diezelfde hand een draaiende beweging voor zijn borst.

'Mogen de sterren over je waken, Eragon,' antwoordde Oromis.

Eragon herhaalde de ceremonie met Glaedr. Zoals altijd was hij vol ontzag en voelde hij zich klein bij de aanraking van het optimistische drakenbewustzijn.

Saphira begroette echter niemand. Ze bleef waar ze was, en kromde haar nek totdat haar neus de grond raakte. Haar schouders en schoften beefden alsof ze het koud had. In de hoeken van haar open bek was geel schuim opgedroogd en haar gevorkte tong hing slap tussen haar slagtanden.

Eragon zei als verklaring: 'Op de dag na ons vertrek uit Farthen Dûr kregen we tegenwind en...' Hij zweeg toen Glaedr zijn enorme kop hief en hem over de open plek heen zwaaide totdat hij op Saphira kon neerkijken. Ze liet niet merken dat ze zich van zijn aanwezigheid bewust was. Toen ademde Glaedr boven haar uit en liet hij vingers van brandende vlammen in haar neusgaten glijden. Een gevoel van opluchting overspoelde Eragon toen hij de energie in Saphira voelde stromen. Haar beven bedaarde en haar ledematen kregen nieuwe kracht.

De vlammen uit Glaedrs neus verdwenen in een rookwolkje. *Ik heb vanochtend gejaagd,* zei hij. Zijn mentale stem weergalmde door Eragons wezen. *Wat er van mijn prooi rest, ligt bij de witte tak aan de andere kant van het veld. Eet naar hartenlust.*

Saphira straalde stille dankbaarheid uit. Ze sleepte haar slappe staart over het gras en kroop naar de boom die Glaedr had aangewezen. Daar ging ze zitten om aan het karkas van een hert te beginnen.

'Kom,' zei Oromis met een gebaar naar de tafel en de twee stoelen. Op de tafel stond een dienblad met schalen fruit en noten, een halve ronde kaas, een brood, een karaf wijn en twee kristallen bokalen. Toen Eragon was gaan zitten, wees de elf naar de karaf en vroeg: 'Wil je iets drinken om het stof uit je keel te spoelen?'

'Ja, graag,' zei Eragon.

Oromis haalde met een elegant gebaar de stop van de karaf en vulde de glazen. Hij gaf er een aan Eragon, ging toen ook zelf zitten en streek zijn witte tuniek met lange, soepele vingers glad.

Eragon nam een slokje wijn. De drank smaakte mild naar kersen en pruimen. 'Meester, ik...'

Een opgeheven vinger van Oromis bracht hem tot zwijgen. 'Tenzij het iets ondraaglijk dringends is, wacht ik liever tot Saphira bij ons is voordat we bespreken wat je hierheen heeft gebracht. Akkoord?'

Eragon aarzelde even maar knikte toen en concentreerde zich op het eten en het heerlijke verse fruit. Oromis had er niets op tegen om zwijgend bij hem te zitten, wijn te drinken en uit te kijken over de Rotsen van Tel'naeír. Achter hem bezag Glaedr de gebeurtenissen als een levend standbeeld van goud.

Meer dan een halfuur ging voorbij voordat Saphira van haar maaltijd opstond, naar het beekje kroop en daar uitgebreid de tijd nam om te drinken. Waterdruppels hingen nog aan haar kaken toen ze zich eindelijk omdraaide en zuchtend en met zware oogleden naast Eragon ging liggen. Ze gaapte haar fonkelwitte tanden bloot en wisselde toen begroetingen met Oromis en Glaedr uit. *Praat maar zoveel als jullie willen,* zei ze. *Maar verwacht van mij niet veel. Ik kan elk moment in slaap vallen.*

Als dat gebeurt, zullen we wachten tot je wakker bent en dan pas doorgaan, zei Glaedr.

Dat is bijzonder... vriendelijk, zei Saphira, wier oogleden prompt nog dieper wegzakten.

'Nog wat wijn?' vroeg Oromis, die de karaf een duimbreed boven de tafel hief. Toen Eragon zijn hoofd schudde, zette Oromis de wijn terug. Daarna legde hij zijn vingertoppen tegen elkaar. Zijn ronde nagels glommen als gepolijste opalen. 'Je hoeft me niet te vertellen wat je de laatste paar weken overkomen is, Eragon. Sinds Islanzadí het woud verlaten heeft, heeft Arya haar op de hoogte gehouden van de gebeurtenissen in het land, en om de drie dagen stuurt ze een koerier van ons leger naar Du Weldenvarden terug. Ik weet dus van je duel met Murtagh en Thoorn op de Brandende Vlakten. Ik weet van je tocht naar Helgrind en hoe je de slager uit je dorp gestraft hebt. En ik weet van je aanwezigheid tijdens de clanvergadering in Farthen Dûr en van de uitkomst daarvan. Alles wat je me wilt vertellen, kun je dus zeggen zonder de angst dat je me eerst moet voorlichten over wat je recent gedaan hebt.'

Eragon liet een rijpe bosbes over zijn handpalm rollen. 'Weet u ook van Elva en wat er gebeurde toen ik haar van mijn vloek probeerde te bevrijden?'

'Ja, zelfs dat. Je bent er misschien niet in geslaagd om de hele vervloeking weg te nemen, maar je hebt wel je schuld aan het kind betaald, en dat is wat een Drakenrijder hoort te doen: zijn plicht vervullen, hoe klein of moeilijk die ook is.'

'Ze voelt de pijn van degenen om haar heen nog steeds.'

'Maar nu is dat haar eigen keuze,' zei Oromis. 'Ze wordt er niet meer toe gedwongen... Maar je bent hier niet om mijn mening over Elva te horen. Wat bedrukt je hart, Eragon? Vraag wat je wilt. Ik beloof dat ik al je vragen naar beste weten zal beantwoorden.'

'Maar als ik nu eens niet de juiste vragen stel?'

Oromis' grijze ogen begonnen te twinkelen. 'Juist. Je denkt dus al als een elf. Maar je mag ervan uitgaan dat wij als jullie mentoren jou en Saphira de dingen zullen leren die jullie nog niet weten. Je mag er ook van uitgaan dat wij bepalen wanneer het moment is aangebroken om zulke onderwerpen ter sprake te brengen, want jullie opleiding omvat veel elementen die niet te vroeg of te laat besproken mogen worden.'

Eragon legde de bosbes precies in het midden van de schaal en zei zacht maar op ferme toon: 'Er blijkt heel veel te zijn dat u nog niet aan de orde hebt gesteld.'

Heel even waren het geritsel van takken, het borrelende beekje en het gekwetter van verre eekhoorns de enige geluiden.

Glaedr zei: *Als je een grief tegen ons hebt, kom er dan mee voor de dag en knaag niet op je woede als een droog, oud bot.*

Saphira ging verzitten, en Eragon meende haar zachtjes te horen grommen. Hij wierp een blik op haar. Hij deed zijn uiterste best om de emoties te bedwingen die door zijn denken joegen, en vroeg aan Oromis: 'Wist u bij mijn laatste verblijf hier wie mijn vader was?'

Oromis knikte. 'Dat wisten we.'

'En wist u ook dat Murtagh mijn broer is?'

Oromis knikte opnieuw. 'Ja, maar...'

'Waarom hebt u dat niet gezegd?' Eragon sprong op en schopte daarbij zijn stoel omver. Hij sloeg met zijn vuist op de tafel, liep een paar stappen weg en staarde naar de schaduwen in het chaotische bos. Toen hij zich weer omdraaide, groeide zijn woede nog toen hij Oromis nog net zo kalm zag kijken als daarvoor. 'Was u van plan om het me ooit te vertellen? Hield u de waarheid over mijn familie geheim uit angst dat die me van mijn opleiding zou afleiden? Of was u bang dat ik net als mijn vader zou worden?' Een nog ergere mogelijkheid kwam bij hem op. 'Of vond u het gewoon niet de moeite van het vertellen waard? En hoe zat het met Brom? Wist hij het? Koos hij Carvahall als schuilplaats vanwege mij, omdat ik de zoon van zijn vijand was? U wilt me toch niet laten geloven dat dat toeval was? Dat ik *toevallig* op maar een paar mijl afstand woonde en dat Arya het ei *toevallig* naar mij in het Schild stuurde?'

'Wat Arya deed, was wel degelijk toeval,' verklaarde Oromis. 'Zij wist toen niets van jou.'

Eragon omklemde de knop van zijn dwergenzwaard. Alle spieren in zijn lichaam waren hard als ijzer. 'Ik weet nog wat Brom zei toen hij voor het eerst Saphira zag. Hij zei zachtjes dat hij niet wist of "dit" een farce dan wel een tragedie was. Op dat moment dacht ik dat zijn opmerking sloeg op het feit dat een gewone boer zoals ik de eerste nieuwe Rijder in meer dan honderd jaar was geworden. Maar dat bedoelde hij helemaal niet, hè? Hij vroeg zich af of het een farce dan wel een tragedie was dat Morzans jongste de Rijdersmantel kreeg toegewezen. Is dat de reden waarom u en Brom me hebben opgeleid? Alleen als wapen tegen Galbatorix? Om te boeten voor de misdaden van mijn vader? Ben ik voor u niets anders dan dat? Het gewicht dat de balans in evenwicht brengt?' Voordat Oromis kon antwoorden, vloekte Eragon, en hij vervolgde: 'Mijn hele leven is een leugen geweest! Sinds mijn geboorte heeft niemand behalve Saphira me gewild: mijn moeder niet, Garrow niet, tante Marian niet, zelfs Brom niet. Brom had alleen maar belangstelling voor me vanwege Morzan en Saphira. Ik ben altijd een last geweest. Maar u mag van me denken wat u wilt, toch ben ik niet mijn vader of mijn broer, en ik weiger hun voorbeeld te volgen.' Hij legde zijn handen op de tafel en boog zich naar voren. 'Ik sta niet op het punt om de elfen of de dwergen of de Varden aan Galbatorix te verraden, als u daar soms bang voor bent. Ik zal doen wat ik moet, maar van nu af aan hebt u noch mijn vertrouwen, noch mijn loyaliteit. Ik zal niet...'

De grond en de lucht trilden toen Glaedr ineens ging grommen. Hij trok zijn bovenlip weg en liet de volle lengte van zijn slagtanden te zien. *Jij hebt meer reden tot vertrouwen in ons dan wie ook, nestkuiken!* zei hij met donderende stem in Eragons geest. *Zonder onze inspanningen zou jij allang dood zijn geweest.*

Toen zei Saphira tot Eragons verrassing tegen Oromis en Glaedr: *Zeg het.* En hij schrok van het verdriet in haar mentale stem.

Saphira, wat moeten ze zeggen?
Ze negeerde hem. *Dit is een zinloze twist. Rek Eragons leed niet.*
Een van Oromis' scheve wenkbrauwen werd opgetrokken. 'Weet jij het dan?'
Ja.
'Wát weten jullie in vredesnaam!' bulderde Eragon, die zijn zwaard wilde trekken om iedereen te bedreigen totdat ze het hadden uitgelegd.
Oromis wees met een slanke vinger naar de omgevallen stoel. 'Ga zitten.' Maar Eragon was te kwaad en te wrokkig om te gehoorzamen en bleef staan. Oromis zuchtte. 'Ik begrijp dat het moeilijk is, Eragon, maar als je met alle geweld vragen wilt stellen zonder het antwoord te willen weten, is alleen frustratie je loon. Ga alsjeblieft zitten, zodat we er op een beschaafde manier over kunnen praten.'
Eragon zette de stoel met een woedende blik overeind en plofte erop. 'Waarom?' vroeg hij. 'Waarom hebt u niet verteld dat Morzan, de eerste van de Meinedigen, mijn vader was?'
'Op de eerste plaats mogen we ons gelukkig prijzen als je in ook maar iets op je vader lijkt, en dat doe je inderdaad, vind ik. En zoals ik al wilde zeggen toen je me onderbrak, is Murtagh niet je broer maar eerder je halfbroer.'
De hele wereld leek rond Eragon scheef te hangen. Hij werd er zo duizelig van dat hij de rand van de tafel moest pakken om overeind te blijven. 'Mijn halfbroer... Maar wie is dan...'
Oromis haalde een braam uit de schaal, bekeek hem even en at hem op. 'Glaedr en ik wilden het niet voor je verzwijgen maar hadden geen keus. We hebben allebei de meest bindende eden gezworen dat we de identiteit van je vader en halfbroer nooit zouden onthullen en nooit over je afkomst zouden praten tenzij je die zelf al ontdekt had of tenzij je door de identiteit van je verwanten in gevaar was. Wat er op de Brandende Vlakten tussen jou en Murtagh naar voren is gekomen, voldoet zodanig aan de vereisten dat we de kwestie nu vrijuit kunnen bespreken.'
Eragon vroeg bevend van nauwelijks bedwongen emotie: 'Oromis-elda, als Murtagh mijn halfbroer is, wie is dan mijn vader?'
Kijk in je hart, Eragon, zei Glaedr. *Je weet al wie hij is, en dat weet je al een hele tijd.*
Eragon schudde zijn hoofd. 'Ik weet het niet! Ik weet het niet! Alsjeblieft...'
Glaedr snoof en blies daarbij een guts rook en vlammen uit zijn neusgaten. *Is dat dan niet duidelijk? Je vader is Brom!*

Gedoemde geliefden

Eragon staarde met open mond naar de gouden draak. 'Maar hoe dan?' riep hij uit. Voordat Glaedr of Oromis kon antwoorden, wendde hij zich tot Saphira en zei hij met zowel zijn stem als zijn geest: 'Jij wist het. Jij wist het, en toch liet je me de hele tijd geloven dat Morzan mijn vader was, hoewel... hoewel... ik... ik...' Eragons borst zwoegde en hij deed er stotterend het zwijgen toe, buiten machte om iets samenhangends uit te brengen. Zonder het te willen werd hij overspoeld door herinneringen aan Brom, die alle andere gedachten verdreven. Hij heroverwoog de betekenis van al Broms woorden en gezichtsuitdrukkingen en wist ineens dat het klopte. Hij wilde nog steeds de uitleg horen maar had die niet nodig als bevestiging van Glaedrs bewering, want hij voelde in zijn botten dat Glaedr de waarheid had gezegd.

Hij wilde iets zeggen, maar Oromis tikte hem op zijn schouder. 'Eragon, kalmeer,' zei de elf geruststellend. 'Denk aan de meditatietechnieken die ik je geleerd heb. Beheers je ademhaling en concentreer je op de afvoer van de spanningen in je ledematen naar de grond onder je voeten... Ja, zo. Doe het nog een keer en adem diep in.'

Eragons handen trilden niet meer en zijn hartslag vertraagde toen hij de instructies van de elf had opgevolgd. Zodra zijn denken weer helder was, keek hij Saphira aan en vroeg zachtjes: 'Wist jij het?'

Saphira hief haar kop van de grond. *O, Eragon, ik wilde het je vertellen. Het was heel pijnlijk om te zien hoe Murtaghs woorden je kwelden zonder dat ik je kon helpen. Ik probeerde het – probeerde het talloze keren – maar net als Oromis en Glaedr heb ook ik in de oude taal gezworen om Broms identiteit voor je geheim te houden. Die eed kon ik niet breken.*

'W-wanneer vertelde hij het je?' vroeg Eragon, zo geagiteerd dat hij met stemverheffing bleef praten.

De dag nadat de Urgals ons buiten Teirm hadden aangevallen. Jij was toen nog bewusteloos.

'Heeft hij toen ook verteld hoe we met de Varden in Gil'ead contact konden opnemen?'

Ja. Voordat ik wist wat Brom te zeggen had, liet hij me zweren er nooit over te praten tenzij je het zelf ontdekte. Ik ben daarmee tot mijn spijt akkoord gegaan.

'Heeft hij je soms nog meer verteld?' vroeg Eragon. Zijn woede kwam weer boven. 'Zijn er nog meer geheimen die ik weten moet, bijvoorbeeld dat Murtagh niet mijn enige familielid is of hoe ik Galbatorix kan verslaan?'

In de twee dagen dat ik met Brom op Urgals heb gejaagd, vertelde hij me de details van zijn leven, want als hij doodging en als jij ooit jouw band met hem ontdekte, dan moest jij weten wat voor iemand je vader was geweest en waarom hij gedaan had wat hij deed. Brom gaf me ook een geschenk voor je.

Een geschenk?

Een herinnering aan een keer dat hij als vader en niet als Brom de Verteller met je praatte.

Oromis onderbrak hen. 'Maar voordat Saphira je dat geschenk geeft' – Eragon had kennelijk toegestaan dat de elf meeluisterde – 'lijkt het mij het beste als ik je eerst vertel hoe alles in zijn werk is gegaan. Wil je even naar me luisteren, Eragon?'

Eragon aarzelde omdat hij niet goed wist wat hij wilde. Toen knikte hij.

Oromis pakte zijn kristallen bokaal, nam een slok wijn en zette het glas weer op tafel. 'Zoals je weet, zijn Brom en Morzan allebei mijn leerling geweest. Brom was drie jaar jonger en had zo'n diep ontzag voor Morzan dat hij zich door hem liet kleineren. Morzan liep hem almaar te commanderen en gedroeg zich ook anderszins schandelijk.'

Eragon zei hees: 'Het is moeilijk voorstelbaar dat Brom zich door iemand liet commanderen.'

Oromis boog als een vogeltje heel kort zijn hoofd. 'Toch was het zo. Ondanks dat gedrag hield hij van Morzan alsof het zijn broer was. Pas toen Morzan de Rijders aan Galbatorix verried en de Meinedigen Saphira – Broms draak – doodden, besefte hij Morzans ware aard. Zijn genegenheid was heel sterk geweest maar bleek een kaarsje vergeleken met het hellevuur van haat dat ervoor in de plaats kwam. Hij zwoer Morzan overal en op alle denkbare manieren dwars te zitten, zijn prestaties te vernietigen en zijn ambities te laten plaatsmaken voor bittere spijt. Ik waarschuwde Brom tegen een pad zo vol haat en geweld, maar hij was gek van verdriet over Saphira's dood en wilde niet luisteren. In de decennia daarna nam Broms haat nooit af en streefde hij onverminderd naar de verdrijving van Galbatorix, de dood van de Meinedigen en vooral de wraak op Morzan voor het leed dat hij had ondergaan. Brom was de hardnekkigheid zelve. Zijn naam werd een nachtmerrie voor de Meinedigen en een baken van hoop voor degenen met de wil om het Rijk te weerstaan.'

Oromis staarde naar de witte lijn van de horizon en nam nog wat wijn. 'Ik ben erg trots op wat hij helemaal alleen en zonder de hulp van een draak bereikt heeft. Voor een leraar is het altijd bemoedigend te zien als een van zijn leerlingen ergens in uitmunt... Maar ik dwaal af. Een jaar of twintig geleden ontvingen de Varden van hun spionnen in het Rijk de eerste rapporten over de activiteiten van een geheimzinnige vrouw die alleen als de Zwarte Hand bekend was.'

'Mijn moeder,' zei Eragon.

'Ja, en die van Murtagh. De Varden wisten aanvankelijk weinig over haar, behalve dan dat ze buitengewoon gevaarlijk was en bovendien trouw aan het

Rijk. Mettertijd en na veel bloedvergieten werd duidelijk dat ze alleen en uitsluitend Morzan diende en dat hij zich op haar verliet om in het hele Rijk zijn wensen uit te voeren. Toen Brom dat ontdekte, besloot hij de Zwarte Hand te doden en Morzan op die manier een slag toe te brengen. Omdat de Varden niet konden voorspellen waar je moeder weer zou opduiken, reisde Brom naar Morzans kasteel en bespiedde hij het net zolang tot hij een manier vond om er binnen te dringen.'

'Waar was dat kasteel?'

'Het wás er niet maar is er nog steeds. Galbatorix gebruikt het tegenwoordig. Het staat in het voorgebergte van het Schild bij de noordwestelijke oever van het Leonameer, goed verborgen voor de rest van het land.'

Eragon zei: 'Volgens Jeod sloop Brom het kasteel in door net te doen of hij een bediende was.'

'Dat deed hij inderdaad, en makkelijk was dat niet. Morzan had zijn fort beveiligd met honderden bezweringen, allemaal bedoeld om hem tegen vijanden te beschermen. Hij dwong ook iedereen die hem diende trouw aan hem te zweren, vaak zelfs met hun echte naam. Maar Brom wist na veel experimenten een zwakke plek in Morzans schild te ontdekken. Zo kreeg hij een functie als tuinman op het landgoed, en in die vermomming leerde hij je moeder kennen.'

Eragon zei met een blik op zijn handen: 'En toen verleidde hij haar zeker om Morzan te kwetsen.'

'Volstrekt niet,' antwoordde Oromis. 'Dat was misschien aanvankelijk wel de bedoeling, maar toen gebeurde er iets dat hij noch je moeder verwacht had: ze werden verliefd. Alle genegenheid die je moeder ooit voor Morzan gekoesterd had, was inmiddels uitgewist door zijn wrede gedrag tegen haar en haar pas geboren kind Murtagh. Ik ken de loop van de gebeurtenissen niet precies, maar op een gegeven ogenblik onthulde Brom zijn ware identiteit aan haar. Ze verried hem niet maar voorzag de Varden van inlichtingen over Galbatorix, Morzan en de rest van het Rijk.'

'Maar had Morzan haar dan niet in de oude taal een eed van trouw aan hem laten zweren? Hoe kon ze zich dan tegen hem keren?'

Er verscheen een glimlach rond Oromis' dunne lippen. 'Dat kon ze omdat Morzan haar iets meer vrijheid gaf dan zijn andere dienaren. Om zijn bevelen uit te voeren moest ze namelijk op haar eigen vindingrijkheid en initiatief kunnen vertrouwen. Morzan dacht bovendien in zijn hoogmoed dat haar liefde voor hem meer trouw garandeerde dan welke eed ook. Inmiddels was ze echter niet meer de vrouw die zich aan Morzan gebonden had. Het moederschap en haar kennismaking met Brom veranderden haar karakter zodanig dat haar echte naam veranderde, en dat bevrijdde haar van haar oude verplichtingen. Als Morzan zorgvuldiger was geweest – of als hij bijvoorbeeld een bezwering had geuit om gewaarschuwd te worden zodra

469

ze haar beloften verbrak – zou hij meteen geweten hebben dat hij zijn macht over haar verloor. Die tekortkoming heeft Morzan altijd gehad: hij kon een listige bezwering verzinnen, maar die werkte dan niet omdat hij in zijn ongeduld een cruciaal detail over het hoofd zag.'

Eragon fronste zijn wenkbrauwen. 'Waarom ging mijn moeder niet bij Morzan weg zodra ze de kans kreeg?'

'Na alles wat ze in Morzans naam gedaan had, vond ze het haar plicht om de Varden te helpen. Maar nog belangrijker was dat ze het niet over haar hart kon verkrijgen om Murtagh bij zijn vader te laten.'

'Kon ze hem dan niet meenemen?'

'Als ze dat gekund had, zou ze het zeker gedaan hebben. Morzan besefte dat hij dankzij het kind een enorme macht over haar had. Hij dwong haar om Murtagh in handen van een baker te geven en stond haar alleen nu en dan een bezoek toe. Wat Morzan niet wist, was dat ze die keren ook Brom bezocht.'

Oromis draaide zijn hoofd en sloeg een paar ravottende zwaluwen aan de blauwe hemel gade. De exquise, vloeiende lijnen van zijn profiel deden Eragon denken aan dat van een havik of gestroomlijnde kat. Zonder zijn blik van de zwaluwen los te maken zei de elf: 'Zelfs je moeder kon niet voorzien waar Morzan haar heen zou sturen, noch wanneer ze weer op zijn kasteel kon zijn. Als Brom haar wilde zien, moest hij dus lange perioden op Morzans landgoed blijven. Hij is bijna drie jaar Morzans tuinman geweest. Af en toe glipte hij weg om een boodschap naar de Varden te sturen of contact op te nemen met zijn spionnen in het Rijk. Voor de rest bleef hij altijd op het kasteelterrein.'

'Drie jaar! Was hij niet bang dat Morzan hem zou herkennen?'

Oromis maakte zijn blik van de hemel los en keek Eragon weer aan. 'Brom kon zich uitstekend vermommen, en bovendien was het al heel lang geleden sinds hij en Morzan oog in oog hadden gestaan.'

'Juist.' Eragon draaide zijn bokaal tussen zijn vingers en bestudeerde het licht dat door het kristal gebroken werd. 'Wat gebeurde er toen?'

'Toen kreeg een van Broms agenten in Teirm contact met een jonge geleerde die Jeod heette en zich bij de Varden wilde aansluiten. Jeod beweerde voorts het bewijs te hebben ontdekt voor een tot dan toe geheime tunnel naar het door de elfen gebouwde deel van het kasteel in Urû'baen. Brom had het terechte gevoel dat die ontdekking te belangrijk was om haar te negeren. Hij pakte dus zijn spullen in, bood zijn medebedienden zijn excuses aan en vertrok in allerijl naar Teirm.'

'En mijn moeder?'

'Die was een maand eerder met een opdracht van Morzan vertrokken.'

Het kostte Eragon moeite om een samenhangend geheel te scheppen van de fragmenten die hij uit allerlei monden gehoord had. Hij zei: 'Dus...

Brom ontmoette Jeod, en toen hij eenmaal in het bestaan van die tunnel geloofde, regelde hij dat een van de Varden een poging deed om de drie drakeneieren te stelen die Galbatorix in Urû'baen bewaarde.'

Oromis' blik verduisterde. 'Ze kozen een zekere Hefring uit Furnost voor die taak, maar om redenen die nooit goed duidelijk zijn geworden, kreeg Hefring maar één ei te pakken – dat van Saphira. Zodra hij dat in zijn bezit had, ontvluchtte hij zowel de Varden als Galbatorix' dienaren. Vanwege dat verraad zocht Brom zeven maanden lang stad en land af om Hefring te vinden in een wanhopige poging om het ei terug te krijgen.'

'En intussen reisde mijn moeder in het geheim naar Carvahall, waar ik vijf maanden later geboren werd?'

Oromis knikte. 'Vlak voordat je moeder voor haar laatste reis vertrok, werd je verwekt. Daardoor wist Brom niets van haar zwangerschap terwijl hij Hefring en Saphira's ei achterna zat... Toen Brom en Morzan in Gil'ead eindelijk met elkaar geconfronteerd werden, vroeg Morzan hem of hij verantwoordelijk was voor de verdwijning van zijn Zwarte Hand. Dat Morzan zijn betrokkenheid vermoedde, is begrijpelijk omdat Brom de man achter de dood van diverse Meinedigen was. Brom concludeerde natuurlijk direct dat er iets verschrikkelijks met je moeder was gebeurd. Hij vertelde me later dat dit geloof hem de kracht en de vasthoudendheid gaf die nodig waren om Morzan en zijn draak te doden. Na hun dood nam Brom Saphira's ei van Morzans lijk mee – want Morzan had Hefring al gelokaliseerd en het ei van hem afgenomen – en ging hij de stad uit, waarbij hij zich alleen de tijd gunde om Saphira te verbergen op een plaats waarvan hij wist dat de Varden haar uiteindelijk zouden vinden.'

'Daarom dacht Jeod dus dat Brom in Gil'ead gedood was,' zei Eragon.

Oromis knikte opnieuw. 'Brom was zo bang dat hij niet op zijn metgezellen durfde te wachten. Zelfs toen je moeder gezond en wel bleek, bleef Brom bang dat Galbatorix van Selena zijn eigen Zwarte Hand zou maken en dat ze dan nooit meer de kans zou krijgen om haar dienstbaarheid aan het Rijk op te zeggen.'

Eragon voelde tranen in zijn ogen springen. *Wat moet Brom van haar gehouden hebben! Hij liet iedereen achter toen hij wist dat ze in gevaar was.*

'Brom reed van Gil'ead rechtstreeks naar Morzans landgoed en stopte onderweg alleen om te slapen. Ondanks zijn snelheid kwam hij echter te laat. Bij zijn aankomst in het kasteel ontdekte hij dat je moeder twee weken eerder was teruggekomen – ziek en doodmoe van haar geheimzinnige reis. Morzans genezers probeerden haar te redden, maar ondanks al hun pogingen was ze een paar uur voor Broms aankomst in de leegte opgegaan.'

'Hij heeft haar dus nooit teruggezien,' zei Eragon met gesmoorde stem.

'Nee, nooit.' Oromis zweeg even, en zijn blik werd milder. 'Haar verlies was voor Brom bijna even moeilijk als het verlies van zijn draak en doofde veel van het vuur in zijn ziel, denk ik. Maar hij gaf het niet op en werd ook niet gek, zoals een tijdlang het geval was toen de Meinedigen Saphira's naamgenoot afmaakten. In plaats daarvan besloot hij de reden voor je moeders dood te ontdekken en de verantwoordelijken zo mogelijk te straffen. Hij ondervroeg Morzans genezers en dwong hen de aandoeningen van je moeder te beschrijven. Op grond van hun uitspraken en van de roddels die hij op het landgoed hoorde, raadde hij de waarheid over je moeders zwangerschap. Bezeten van hoop reed hij naar de enige plaats die hij bedenken kon: het ouderlijk huis van je moeder in Carvahall. En daar vond hij jou onder de hoede van je tante en oom. Brom bleef echter niet in Carvahall. Zodra hij zich ervan vergewist had dat niemand jouw moeder kende als de Zwarte Hand en dat jij niet in direct gevaar verkeerde, ging hij in het geheim naar Farthen Dûr terug, waar hij zich bekendmaakte aan Deynor, de toenmalige Vardenleider. Deynor was verbaasd, want iedereen dacht dat hij in Gil'ead was omgekomen. Brom overreedde Deynor om zijn aanwezigheid geheim te houden voor iedereen behalve een select groepje, en...'

Eragon stak een vinger op. 'Maar waarom? Waarom moest iedereen denken dat hij dood was?'

'Brom wilde lang genoeg in leven blijven om bij de opleiding van de nieuwe Rijder te helpen. Hij wist dat hij maar op één manier kon voorkomen dat hij vermoord werd als wraak voor Morzans dood: namelijk door Galbatorix te laten denken dat hij al dood en begraven was. Hij hoopte bovendien ongewenste aandacht voor Carvahall te vermijden. Hij wilde zich daar vestigen om dicht bij jou te zijn, en dat deed hij ook, maar het Rijk mocht als gevolg daarvan niet ook nog eens jouw aanwezigheid ontdekken. Tijdens zijn verblijf in Farthen Dûr hielp Brom de Varden bij hun onderhandelingen met koningin Islanzadí over het beheer van het ei door mensen en elfen gezamenlijk, over de opleiding van de nieuwe Rijder en over wanneer het ei moest uitkomen. Vervolgens ging hij mee met Arya, die het ei van Farthen Dûr naar Ellesméra bracht. Bij zijn aankomst vertelde hij Glaedr en mij wat ik nu aan jouw vertel, opdat de waarheid over je afkomst niet na zijn dood vergeten zou worden. Dat was de laatste keer dat ik hem zag. Brom ging daarna naar Carvahall terug, waar hij zich voordeed als bard en verteller. De rest van het verhaal ken jij beter dan ik.'

Oromis zweeg, en een tijdlang zei niemand iets.

Met zijn blik op de grond ging Eragon alles nog eens na wat Oromis hem verteld had, en probeerde hij zijn gevoelens op een rij te krijgen. Ten slotte zei hij: 'Brom is dus echt mijn vader. Niet Morzan. Ik bedoel, als mijn moeder Morzans gezellin was, dan...' Hij was te beschaamd om verder te praten. Zijn stem stierf weg.

'Je bent de zoon van je vader, en je vader is Brom,' zei Oromis. 'Daaraan kan geen twijfel bestaan.'

'Geen enkele?'

Oromis schudde zijn hoofd. 'Geen enkele.'

Eragon werd door een duizelig gevoel overmand en besefte toen dat hij zijn adem had ingehouden. Hij ademde uit en zei: 'Ik denk nu te begrijpen waarom' – hij zweeg even om zijn longen te vullen – 'Brom er niets over zei voordat hij Saphira's ei gevonden had, maar waarom vertelde hij het me niet naderhand? En waarom liet hij u en Saphira geheimhouding zweren? Wilde hij me niet als zijn zoon erkennen? Schaamde hij zich voor mij?'

'Ik mag niet beweren dat ik al Broms redenen ken, Eragon. Maar één ding kan ik je verzekeren: Brom wilde niets liever dan jou als zijn zoon erkennen en opvoeden, maar hij durfde niet te onthullen dat hij je vader was, want het Rijk kon dat ontdekken en hem dan treffen via jou. Die voorzichtigheid was geboden. Kijk maar naar de manier waarop Galbatorix probeerde om je neef gevangen te nemen in de hoop dat Roran je tot overgave zou dwingen.'

'Brom had het mijn oom kunnen vertellen,' protesteerde Eragon. 'Garrow zou hem niet aan het Rijk verraden hebben.'

'Denk na, Eragon. Als jij bij Brom had gewoond en als het nieuws over Broms overleving de oren van Galbatorix' spionnen bereikt had, dan was jullie leven in gevaar geweest en zouden jullie allebei uit Carvahall hebben moeten vluchten. Door de waarheid geheim te houden hoopte Brom je tegen die gevaren te beschermen.'

'Dat is hem niet gelukt. We hebben hoe dan ook moeten vluchten.'

'Ja,' zei Oromis. 'Dat was in zekere zin Broms fout: hij verdroeg het niet om helemaal van je gescheiden te zijn, maar naar mijn mening heeft dat uiteindelijk meer goeds dan kwaads opgeleverd. Als hij sterk genoeg was geweest om niet naar Carvahall terug te gaan, zou je Saphira's ei nooit gevonden hebben, zouden de Ra'zac je oom niet vermoord hebben en zouden veel andere dingen gebeurd zijn die nu niet hebben plaatsgevonden. Hoe dan ook, hij kon je niet uit zijn hart wegsnijden.'

Eragon klemde zijn kaken op elkaar omdat er een rilling door zijn lichaam voer. 'En wat deed hij toen bleek dat Saphira voor mij uit het ei was gekomen?'

Oromis aarzelde, en zijn kalme blik verried ineens onrust. 'Dat weet ik niet, Eragon. Het is niet uitgesloten dat Brom je nog steeds tegen zijn vijanden probeerde te beschermen, en het geheim hield om dezelfde reden waarom hij je niet rechtstreeks naar de Varden bracht. Voor zoveel zou je niet klaar zijn geweest. Hij wilde het misschien vertellen vlak voordat je naar de Varden ging. Maar als ik ernaar zou moeten raden, denk ik dat Brom niet zijn mond hield omdat hij zich voor je schaamde maar omdat hij gewend was om met zijn geheimen te leven en er niet graag afstand van deed. En omdat – maar dat is pure speculatie – hij niet zeker wist hoe je op zijn onthullingen zou reageren. Uit je eigen verhaal blijkt dat je Brom helemaal niet goed kende toen je met hem uit Carvahall vertrok. Het lijkt me goed mogelijk dat hij bang was dat je hem zou haten als hij vertelde dat hij je vader was.'

'Hem haten?' riep Eragon uit. 'Ik zou hem niet gehaat hebben, maar... misschien had ik hem wel niet geloofd.'

'En zou je hem na zo'n onthulling vertrouwd hebben?'

Eragon beet op de binnenkant van zijn wang. *Nee, dat zou ik niet.*

Oromis vervolgde: 'Brom deed zijn uiterste best in ongelooflijk moeilijke omstandigheden. Het was op de allereerste plaats zijn verantwoordelijkheid om je in leven te houden. Hij moest je opleiden en adviseren, want je mocht je macht niet voor zelfzuchtige doelen aanwenden, zoals Galbatorix gedaan heeft. In die zin slaagde hij met vlag en wimpel. Hij is misschien niet de vader geweest die jij gewenst had, maar geen zoon heeft ooit een rijkere erfenis gekregen.'

'Niet rijker dan hij aan een andere nieuwe Rijder gegeven zou hebben.'

'Dat doet niets af aan de waarde,' merkte Oromis op. 'Bovendien vergis je je. Brom deed voor jou meer dan hij voor iemand anders zou hebben gedaan. Dat blijkt alleen al uit het feit dat hij zich opofferde om je leven te redden.'

Eragon pulkte met de nagel van zijn rechter wijsvinger in de tafelrand en staarde naar een kwast in het hout. 'En was het inderdaad toeval dat Arya Saphira naar mij stuurde?'

'In zekere zin wel, maar niet helemaal. Arya transporteerde het ei niet naar de vader maar legde het neer voor de zoon.'

'Hoe kan dat als ze niets van me wist?'

Oromis' magere schouders rezen en daalden. 'Na duizenden jaren van studie kunnen we nog steeds niet alle effecten van de magie voorspellen of verklaren.'

Eragon bleef peuteren in de tafelrand. *Ik heb een vader. Ik heb hem zien sterven en ik wist niet wie hij was...* 'Zijn mijn ouders ooit getrouwd geweest?'

'Ik begrijp je vraag, Eragon, en weet niet of ik je bevredigend kan antwoorden. Trouwen is bij de elfen geen gewoonte, en de subtiliteiten ervan ontgaan me vaak. Niemand heeft Brom en Selena ooit elkaar een hand laten geven en toen gezegd dat ze getrouwd waren, maar ik weet wel dat ze elkaar als man en vrouw zagen. Als je verstandig bent, maak je je geen zorgen over de mogelijkheid dat andere leden van je volk je een bastaard noemen. Wees liever blij dat je het kind van je ouders bent en dat zij hun leven voor het jouwe hebben opgeofferd.'

Het verbaasde Eragon dat hij er zo kalm onder bleef. Zijn leven lang had hij over zijn vaders identiteit gespeculeerd. Toen Murtagh beweerd had dat het Morzan was geweest, was dat voor Eragon een even zware klap geweest als de dood van Garrow. Glaedrs omgekeerde bewering dat Brom zijn vader was geweest, was eveneens een schok, maar die was snel overwonnen, misschien omdat het nieuws ditmaal minder onthutsend was. Maar ondanks zijn kalmte dacht hij dat het nog jaren kon duren voordat zijn gevoelens tegenover beide ouders vaststonden. *Mijn vader was een Rijder en mijn moeder Morzans bedgenote en de Zwarte Hand.*

'Mag ik het aan Nasuada vertellen?' vroeg hij.

Oromis spreidde zijn handen. 'Vertel het aan iedereen die je wilt. Het is jouw geheim; doe ermee wat je goeddunkt. Ik betwijfel of je in nog grotere gevaren raakt als de hele wereld weet dat je Broms erfgenaam bent.'

'Murtagh denkt dat we echte broers zijn,' zei Eragon. 'Dat heeft hij in de oude taal tegen me gezegd.'

'Dat denkt Galbatorix ongetwijfeld ook. Het waren de Tweelingen die ontdekten dat Murtaghs moeder en de jouwe een en dezelfde persoon was. Dat hebben ze de koning laten weten. Maar over Broms betrokkenheid konden ze hem niets melden omdat niemand bij de Varden dat wist.'

Eragon keek op toen twee zwaluwen boven zijn hoofd zwierden, en gunde zich een wrang glimlachje.

'Waarom glimlach je?' vroeg Oromis.

'Ik weet niet of u dat zou begrijpen.'

De elf vouwde zijn handen in zijn schoot. 'Misschien niet; daar heb je gelijk in. Daar staat tegenover dat je dat alleen kunt weten als je het probeert uit te leggen.'

Het kostte enige tijd voordat Eragon de woorden had gevonden die hij zocht. 'Toen ik nog jonger was, voordat... dit allemaal gebeurd was' – hij gebaarde naar Saphira, Oromis, Glaedr en de wereld in het algemeen – 'vermaakte ik me graag met het idee dat mijn moeder door haar grote schoonheid en intelligentie een graag geziene gast was aan de hoven van Galbatorix' adel. Ze reisde van stad tot stad en gebruikte de maaltijd met graven en gravinnen... en toen... nou ja, werd ze halsoverkop verliefd op een rijke en machtige man. Om de een of andere reden moest ze mijn bestaan echter voor hem verbergen en daarom gaf ze me aan Garrow en Marian om voor me te zorgen totdat ze ooit terugkwam om me te vertellen wie ze was en dat ze me nooit had willen achterlaten.'

'Dat verschilt niet erg van wat er echt gebeurd is,' zei Oromis.

'Nee, dat klopt, maar... ik stelde me voor dat mijn vader en moeder belangrijke mensen waren en dat ik dus zelf ook een gewichtig iemand was. Het lot heeft me gegeven wat ik wilde, maar de waarheid is minder grandioos en gelukkig dan ik gewild zou hebben... Ik glimlachte om mijn eigen onwetendheid, denk ik, en ook om de onwaarschijnlijkheid van alles wat me is overkomen.'

Op de open plek stak een windje op dat het gras aan hun voeten uit elkaar blies en de takken in het bos in beroering bracht. Hij sloeg het rillende gras een paar tellen gade en vroeg toen aarzelend: 'Was mijn moeder een goed mens?'

'Dat kan ik niet zeggen, Eragon. Ze heeft een heel gecompliceerd leven geleid. Het zou dom en dwaas van me zijn als ik me een oordeel aanmatigde over iemand van wie ik zo weinig weet.'

'Maar ik moet het weten!' Eragon legde zijn handen tegen elkaar en drukte zijn vingers tussen de eeltplekken op zijn knokkels. 'Toen ik Brom vroeg of hij haar gekend had, noemde hij haar trots en waardig. Ze hielp ook altijd mensen die armer waren en minder geluk hadden dan zij. Maar dat kan toch niet? Hoe kan ze tegelijkertijd de Zwarte Hand zijn? Jeod vertelde me verhalen over sommige dingen die ze deed toen ze nog dienstbaar aan Morzan was... Gruwelijke, afschuwelijke dingen... Was ze dan slecht? Liet het haar koud of Galbatorix heerste of niet? Waarom is ze eigenlijk met Morzan meegegaan?'

Oromis zweeg even. 'Liefde kan een verschrikkelijke vloek zijn, Eragon. Liefde kan zorgen dat je zelfs de grootste zwakten in iemands gedrag negeert. Ik betwijfel of je moeder Morzans ware aard kende toen ze met hem uit Carvahall vertrok, en toen ze dat wél deed, stond hij haar geen ongehoorzaamheid toe. Ze was alleen in naam niet zijn slavin, en pas toen haar identiteit veranderde, kon ze zich aan zijn macht onttrekken.'

'Maar volgens Jeod genoot ze van wat ze als Zwarte Hand deed.'

Een ietwat hooghartige uitdrukking gleed over Oromis' gezicht. 'Verhalen over vroegere wreedheden zijn vaak overdreven en onwaar. Hou dat altijd voor ogen. Niemand anders dan je moeder weet precies wat ze gedaan heeft, waarom ze dat deed en wat ze erbij voelde. En zij is niet meer onder de levenden en kan het ons niet vertellen.'

'Maar wie moet ik geloven?' vroeg Eragon smekend. 'Brom of Jeod?'

'Toen je Brom naar je moeder vroeg, vertelde hij wat hij haar belangrijkste eigenschappen vond. Mijn raad is: vertrouw op zijn kennis van haar. Als dat je twijfels niet kan wegnemen, onthoud dan één ding. Ze kan als Hand van Morzan tal van misdaden hebben gepleegd, maar uiteindelijk koos ze de kant van de Varden en heeft ze zich buitengewoon ingespannen om je te beschermen. Gewapend met die wetenschap, hoef je jezelf niet meer te kwellen met gepieker over haar aard.'

Voortgedreven door de wind zweefde een spin aan een zijdezachte draad langs Eragon. Het diertje steeg en daalde op onzichtbaar kolkende luchtstromen, en toen het uit het zicht verdwenen was, zei Eragon: 'De eerste keer dat we Tronjheim bezochten, vertelde de waarzegster Angela dat het Broms wyrd was om te mislukken bij alles wat hij probeerde, behalve bij het doden van Morzan.'

Oromis boog zijn hoofd. 'Ik begrijp waarom iemand dat denkt. Iemand anders zou misschien zeggen dat Brom veel grootse en moeilijke dingen heeft gedaan. Het hangt ervan af hoe je de wereld bekijkt. De woorden van waarzeggers zijn maar zelden makkelijk te doorgronden. Naar mijn ervaring leiden hun voorspellingen nooit tot gemoedsrust. Als je gelukkig wilt zijn, Eragon, denk je niet aan wat je te wachten staat of aan dingen waarover je geen macht hebt, maar alleen aan het nu en aan de dingen die je veranderen kunt.'

Er kwam ineens iets bij Eragon op. 'Blagden,' zei hij. Hij bedoelde de witte raaf die koningin Islanzadí vergezelde. 'Die weet ook wel iets over Brom, hè?'

Oromis trok een van zijn dunne wenkbrauwen op. 'Ja? Ik heb er nooit met hem over gepraat. Hij is humeurig en niet erg betrouwbaar.'

'Op de dag dat Saphira en ik naar de Brandende Vlakten vertrokken, gaf hij me een raadsel op... Ik kan niet alles meer herinneren, maar het ging erom dat een van de twee een kon zijn en een ook twee. Het was misschien een toespeling op het feit dat Murtagh en ik één ouder gemeen hebben.'

'Dat is niet onmogelijk,' zei Oromis. 'Blagden was hier in Elleswéra toen Brom me over jou vertelde. Het zou me niet verbazen als die dief met zijn scherpe snavel tijdens ons gesprek in een boom in de buurt zat. Deze brave raaf is helaas een luistervink. Maar het kan ook zijn dat het raadsel te danken was aan een van zijn schaarse aanvallen van een vooruitziende blik.'

Glaedr kwam even later in beroering. Oromis draaide zich om en wierp een blik op de gouden draak. De elf stond met een gracieuze beweging op en zei: 'Fruit, noten en brood zijn een puike maaltijd, maar jullie hebben na je reis behoefte aan iets substantiëlers om je maag te vullen. In mijn hut staat een soep te pruttelen, en daar moet ik even naar kijken. Maar haast je niet. Ik kom hem brengen als hij klaar is.' Oromis liep met zachte stappen over het gras naar zijn met bast begroeide huis en verdween naar binnen. Toen de fraai gebeeldhouwde deur dicht was, ademde Glaedr uit en sloot zijn ogen. Hij leek in slaap te vallen.

En toen was alles stil, behalve het geritsel van de takken die zwaaiden in de wind.

Erfgoed

Eragon bleef nog een tijdje aan de ronde tafel zitten. Toen stond hij op en liep naar de rand van de Rotsen van Tel'naeír, waar hij uitkeek over het golvende bos dat duizend voet onder hem lag. Met de teen van zijn linker laars duwde hij een steentje over de rand, en hij zag het stuiterend langs de steilte omlaag vallen totdat het in de diepten van het bladerdak verdween.

Er kraakte een tak toen Saphira van achteren kwam aanlopen. Ze ging op haar hurken zitten en staarde dezelfde kant op als hij. Haar schubben beschilderden hem met honderden dansende vlekjes blauw. *Ben je boos op me?* vroeg ze.

Nee, natuurlijk niet. Ik begrijp dat je je eed in de oude taal niet kon schenden... Ik wou alleen dat Brom me dit zelf had verteld en het niet nodig had gevonden om de waarheid te verzwijgen.

Ze zwaaide haar kop naar hem toe. *Hoe voel je je nu, Eragon?*

Dat weet je even goed als ik.

Daarnet wel, maar nu niet meer. Je bent stil geworden, en als ik in je geest kijk, lijk je een diep meer waarvan ik de bodem niet kan zien. Wat heb je van binnen, kleintje? Boosheid? Geluk? Of heb je geen emoties te geven?

Wat ik in me heb, is aanvaarding,' zei hij voordat hij zich omdraaide en haar aankeek. *Ik kan niet veranderen wie mijn ouders waren. Daarmee heb ik me na de Brandende Vlakten verzoend. Wat is, is, en daar kan ik met geen duizend jaar tandenknarsen iets aan doen. Ik ben... blij, geloof ik, dat ik Brom als mijn vader mag beschouwen. Maar ik weet niet... Het is te veel om alles tegelijk te verwerken.*

Ik moet je nog iets geven. Misschien helpt dat. Wil je de herinnering zien die Brom voor je heeft achtergelaten, of wacht je liever nog even?

Nee, niet wachten, zei hij. *Als we het uitstellen, krijgen we misschien nooit meer de kans.*

Doe dan je ogen dicht. Ik laat je zien wat ooit geweest is.

Eragon deed wat ze zei, en toen liet Saphira een hele stroom sensaties los: aanblikken, geluiden, geuren en nog meer, alles wat ze in de tijd van de herinnering ervaren had.

Ergens voor zich zag Eragon een open plek, in de voetheuvels aan de westelijke kant van het Schild. Het gras was dik en welig. Sluiers van groen korstmos hingen aan hoge, scheef hangende bomen. Vanwege de regens die vanaf de oceaan het binnenland in dreven, was het bos hier veel groener en natter dan in de Palancarvallei. Door Saphira's ogen gezien waren het groen en rood minder uitgesproken dan ze voor Eragon geweest zouden zijn, maar elke tint blauw glom extra fel. Overal rook het naar vochtige aarde en rottend hout.

En in het midden van de open plek zat Brom op een omgevallen boom. De kap van zijn mantel was naar achteren getrokken en onthulde zijn hoofd. Zijn zwaard lag op zijn schoot en zijn gekromde, met runen besneden staf stond tegen de stam. De ring Aren glom aan zijn rechterhand.

Brom bleef een hele tijd onbeweeglijk zitten, en toen hij opkeek naar de hemel, wierp zijn haakneus een lange schaduw over zijn gezicht. Zijn stem was hees, en Eragon wankelde even omdat hij in de tijd verdwaald was.

Brom zei: 'Altijd beschrijft de zon zijn baan van horizon naar horizon, altijd volgt de maan en altijd glijden de dagen voorbij zonder acht te slaan op de levens die stuk voor stuk vermalen worden.' Brom liet zijn blik zakken en staarde Saphira – en Eragon via haar – recht aan. 'Iedereen kan doen wat hij wil, maar uiteindelijk ontspringt niemand de dood, ook de elfen en de geesten niet. Aan allen komt een eind. Als jij dit ziet, Eragon, is mijn eind gekomen. Ik ben dood en jij weet dat ik je vader ben.'

Brom haalde zijn pijp uit de leren beurs naast hem, vulde hem met carduskruid en stak hem met een gemompeld 'Brisingr' aan. Hij nam een paar trekjes om het vuur goed op gang te krijgen en vervolgde: 'Eragon, als je dit ziet, hoop ik dat je veilig en gelukkig bent en dat Galbatorix dood is, al begrijp ik natuurlijk hoe onwaarschijnlijk dat is, al was het alleen maar omdat je een Drakenrijder bent, en een Drakenrijder rust niet zolang er nog onrecht bestaat.'

Hij begon ineens te grinniken en zijn baard golfde als water. 'Helaas. Ik heb niet de tijd om ook maar de helft te zeggen van wat ik graag zou willen. Dan zou ik pas zijn uitgepraat als ik tweemaal zo oud was als nu. Ter wille van de beknoptheid neem ik aan dat Saphira je verteld heeft hoe je moeder Selena en ik elkaar leerden kennen, hoe Selena gestorven is en hoe ik in Carvahall terechtkwam. Ik wou dat jij en ik dit persoonlijk konden bespreken, Eragon, en misschien komt het er ooit nog van en hebben we Saphira niet nodig om je deze herinnering door te geven, maar ik betwijfel het. Het verdriet van mijn jaren is een loden last, en ik voel een kou in mijn ledematen kruipen waar ik vroeger nooit last van gehad heb. Dat komt volgens mij omdat ik weet dat jij aan de beurt bent om mijn vaandel over te nemen. Ik hoop nog veel te bereiken, maar niets daarvan is nog voor mezelf, alleen maar voor jou, en jij zult alles in de schaduw stellen wat ik ooit gedaan heb. Dat staat voor mij vast. Maar voordat het graf zich boven me sluit, wil ik je één keer mijn zoon kunnen noemen... Mijn zoon... Je hele leven heb ik ernaar gesnakt om te kunnen vertellen wie ik ben. Het was een ongeëvenaard genot om je te zien opgroeien, maar het was ook een ongeëvenaarde kwelling vanwege het geheim in mijn hart.'

Hij begon schurend en blaffend te lachen. 'Nou ja, tegenover het Rijk heb ik je veiligheid helaas niet kunnen garanderen. Als je je nog steeds afvraagt wie voor Garrows dood verantwoordelijk is, dan hoef je niet verder te zoeken, want hij zit hier. Het is mijn eigen domheid geweest. Ik had nooit naar Carvahall moeten teruggaan. Kijk maar: Garrow is dood en jij bent Drakenrijder. Ik waarschuw je, Eragon, pas op voor de mensen van wie je houdt, want het lot heeft kennelijk een ziekelijke belangstelling voor onze familie.'

Brom klemde zijn pijp tussen zijn lippen en nam nog een paar trekjes van het smeulende carduskruid, waarbij hij de witte rook zijdelings wegblies. De doordringende geur hing zwaar in Saphira's neusgaten. Brom zei: 'Ik heb van een boel dingen spijt, Eragon, maar daar hoor jij niet bij. Soms gedraag je je als een maanzieke gek, zoals toen je die vervloekte Urgals liet ontsnappen, maar je bent geen grotere idioot dan ik op jouw leeftijd.' Hij knikte. 'Een kleinere zelfs. Ik ben er trots op dat je mijn zoon bent, trotser dan je ooit zult weten. Ik had nooit gedacht dat je net als ik een Rijder zou worden, en hoopte ook niet op zo'n toekomst, maar als ik jou met Saphira bezig zie, krijg ik zin om te kraaien als een haan bij het eerste ochtendlicht.'

Hij nam weer een trekje van zijn pijp. 'Ik besef dat je misschien boos op me bent omdat ik dit allemaal voor je verborgen heb gehouden. Je zult mij niet horen beweren dat ik het zelf prettig zou hebben gevonden om op die manier de naam van mijn eigen vader te moeten achterhalen. Maar hoe dan ook en of je het nu leuk vindt of niet, jij en ik zijn familie van elkaar. Ik heb je als vader niet de zorg kunnen geven waarop je recht had, maar ik kan je wel iets anders geven, en dat is mijn goede raad. Je mag me haten zoveel als je wilt, maar neem nota van wat ik te zeggen heb, want ik weet waarover ik het heb.'

Brom pakte met zijn vrije hand, waarvan de aderen gezwollen waren, de schede van zijn zwaard. Hij schoof zijn pijp naar zijn mondhoek en vervolgde: 'Goed. Mijn raad is tweeledig. Wat je ook doet, bescherm de mensen om wie je geeft. Zonder hen is je leven ellendiger dan je je kunt voorstellen. Ik weet dat dat een open deur is, maar daar is het niet minder waar om. Dat is het eerste deel van mijn advies. En wat de rest betreft... Als je zo fortuinlijk bent geweest om Galbatorix te doden – of als iemand anders de nek van die verrader heeft doorgesneden – dan wens ik je geluk. In het andere geval moet je beseffen dat Galbatorix je grootste en gevaarlijkste vijand is. Tot zijn dood zullen jij en Saphira nooit vrede kennen. Je kunt vluchten naar de verste uithoeken van het Rijk, maar als je je niet bij Galbatorix aansluit, kom je op een dag tegenover hem te staan. Het spijt me, Eragon, maar het is niet anders. Ik heb tegen veel magiërs en nogal wat Meinedigen gevochten en heb tot dusver al mijn tegenstanders verslagen.' De rimpels in Broms voorhoofd werden dieper. 'Nou ja, op een na, maar toen was ik ook nog niet volwassen. Hoe dan ook, het feit dat ik altijd overwonnen heb, komt doordat ik anders dan de meesten mijn hersens heb gebruikt. Vergeleken met Galbatorix ben ik geen sterke magiër en jij bent dat evenmin, maar in een duel tussen magiërs is *intelligentie* nog belangrijker dan kracht. Je verslaat een andere magiër niet door als een woesteling op zijn geest te rammen. Nee! Als je wilt winnen, probeer je erachter te komen hoe de vijand informatie interpreteert en op de wereld reageert. Dan ken je zijn zwakke plekken, en daar sla je toe. De grote truc is niet de uitvinding van een bezwering waar nog niemand aan gedacht heeft; de truc is het vinden van de bezwering die je vijand over het hoofd ziet en die je tegen hem kunt gebruiken. De truc is niet dat je je een weg baant door de barrières in iemands geest; de truc is dat je eronderdoor of eromheen weet te glippen. Niemand is alwetend, Eragon. Onthoud dat. Galbatorix heeft misschien een reusachtige macht maar kan niet alle mogelijkheden voorzien. Doe wat je wilt, maar blijf soepel denken. Omhels een bepaald geloof niet zo hardnekkig dat je geen andere mogelijkheden meer kunt zien. Galbatorix is gek en daarom onvoorspelbaar, maar er zitten in zijn denken ook gaten die een gewoon iemand niet heeft. Als je die kunt vinden, kunnen jij en Saphira hem misschien verslaan.'

Brom liet zijn pijp zakken en keek ernstig. 'Ik hoop dat het je lukt. Ik hoop vurig dat jou en Saphira een lang en vruchtbaar leven beschoren is, vrij van de angst voor Galbatorix en het Rijk. Ik wou dat ik je kon beschermen tegen alle gevaren die je bedreigen, maar dat ligt helaas niet in mijn vermogen. Ik kan je alleen goede raad geven en dingen leren in het nú, want nu ben ik er nog... Mijn zoon, wat er ook met je gebeurt, vergeet nooit dat ik van je hou zoals ook je moeder gedaan heeft. Mogen de sterren over je waken, Eragon Bromszoon.'

Terwijl Broms laatste woorden nog in Eragons denken nagalmden, verdween de herinnering in het niets. Een lege duisternis bleef achter. Eragon deed zijn ogen open en merkte tot zijn schaamte dat er tranen over zijn wangen liepen. Hij lachte gesmoord en veegde zijn ogen met de zoom van zijn tuniek droog. *Brom was echt bang dat ik hem zou haten*, zei hij sniffend.

Hoe gaat het nu met je?

Goed, zei Eragon terwijl hij zijn hoofd hief. *Straks tenminste. Ik heb weinig waardering voor sommige dingen die Brom gedaan heeft, maar ik ben er trots op dat ik hem mijn vader mag noemen en zijn naam draag. Hij was een groot mens... Toch zit het me dwars dat ik nooit de kans heb gekregen om met mijn ouders als ouders te praten.*

In elk geval ben je een tijd in je vaders gezelschap geweest. Dat kan ik je niet nazeggen. Lang voordat ik uit het ei kwam, waren mijn vader en moeder al dood. Wat nog het meest op een ontmoeting met hen lijkt, zijn een paar vage herinneringen van Glaedr.

Eragon legde een hand op haar nek, en ze troostten elkaar zo goed als ze konden, terwijl ze aan de rand van de rotswand stonden en over het elfenwoud staarden.

Oromis kwam even later uit de hut met twee kommen soep. Eragon en Saphira keerden de afgrond de rug toe en liepen langzaam terug naar het tafeltje voor Glaedrs enorme lichaam.

Zielen van steen

Toen Eragon zijn lege kom wegschoof, zei Oromis: 'Wil je een fairth van je moeder zien, Eragon?'

Eragon zat even doodstil van verbazing. 'Ja, graag.'

Oromis haal een dun plaatje leisteen uit de plooien van zijn tuniek en gaf het aan Eragon. Het steen lag koel en glad tussen Eragons vingers. Hij wist wat hij op de achterkant zou aantreffen: een volmaakt gelijkende afbeelding van zijn moeder, geschilderd door middel van een bezwering met pigmenten die een elf vele jaren geleden in het leisteen had aangebracht. Een rilling van onbehagen trok door zijn lichaam. Hij had zijn moeder altijd willen zien, maar nu hij er de kans toe kreeg, was hij bang dat de werkelijkheid een teleurstelling zou blijken.

Hij draaide het ding met moeite om en zag toen een beeld – helder alsof hij door een raam keek – van een tuin vol witte en rode rozen die door de bleke stralen van de ochtendzon beschenen werden. Tussen de rozenbedden liep een grindpad. En midden op dat pad knielde een vrouw. Ze hield een witte roos tussen haar gebogen handen en rook eraan. Haar ogen waren dicht en rond haar lippen speelde een klein glimlachje. Eragon vond haar heel mooi. Haar blik was zacht en teder, maar toch droeg ze kleding van gevoerd leer met zwarte arm- en beenbeschermers. En aan haar middel hingen een dolk en een zwaard. In de vorm van haar gezicht herkende Eragon iets van het zijne, maar er was ook een zekere gelijkenis met haar broer Garrow. Het was een fascinerend beeld. Eragon legde zijn hand op de fairth en wou dat hij in het steen kon reiken om haar arm aan te raken.

Moeder.

Oromis zei: 'Brom heeft de fairth bij mij in bewaring gegeven voordat hij naar Carvahall vertrok, en ik geef hem nu aan jou.'

Eragon vroeg zonder op te kijken: 'Wilt u hem ook voor mij bewaren? We reizen en vechten veel, en ik wil niet dat hij breekt.'

De stilte die volgde, trok Eragons aandacht. Hij maakte zijn blik met veel moeite van zijn moeder los en zag Oromis bezorgd en melancholiek kijken. 'Nee, Eragon. Dat kan niet. Als je de fairth wilt beschermen, zul je andere regelingen moeten treffen.'

Waarom? wilde Eragon vragen, maar het verdriet in Oromis' ogen weerhield hem.

Oromis vervolgde: 'Je hebt hier maar weinig tijd, en wij moeten nog veel bespreken. Zal ik raden welk onderwerp je nu ter sprake wilt brengen, of vertel je het zelf?'

Eragon legde de fairth met veel tegenzin op tafel, maar draaide hem toen zodat het beeld ondersteboven lag. 'De twee keer dat we tegen Murtagh en Thoorn gevochten hebben, bleek Murtagh machtiger dan een mens hoort te zijn. Op de Brandende Vlakten versloeg hij Saphira en mij omdat we niet beseft hadden hoe sterk hij was. Als hij niet van mening veranderd was, hadden we op dit moment als gevangenen in Urû'baen gezeten. U hebt een keer gezegd dat u weet hoe Galbatorix zo machtig is geworden. Wilt u ons dat vertellen, meester? We moeten dat voor onze eigen veiligheid weten.'

'Ik ben niet bevoegd om het je te vertellen,' zei Oromis.

'Wie dan wel?' vroeg Eragon. 'U kunt niet...'

Achter Oromis opende Glaedr een van zijn gesmolten ogen, die zo groot waren als een rond schild. *Ik ben bevoegd... De bron van Galbatorix' macht ligt in het hart van draken. Hij steelt zijn kracht van ons. Zonder onze hulp zou Galbatorix tegen de elfen en Varden allang het onderspit hebben gedolven.*

Eragon fronste zijn wenkbrauwen. 'Dat begrijp ik niet. Waarom helpen jullie Galbatorix? En hoe zouden jullie dat kunnen? Er zijn nog maar vier draken plus een ei dat nog in Alagaësia ligt... Toch?'

Veel draken van wie het lichaam door Galbatorix en de Meinedigen vernietigd is, leven nog steeds.

'Leven ze nog steeds?' Eragon keek Oromis verbijsterd aan, maar de elf bleef rustig en met een ondoorgrondelijke blik zitten. Nog onthutsender was dat Saphira zijn verbijstering kennelijk niet deelde.

De gouden draak verlegde zijn kop op zijn voorpoten om Eragon beter te kunnen zien. Daarbij schraapten zijn schubben over elkaar. *Anders dan bij de meeste schepsels zetelt het bewustzijn van een draak niet alleen in zijn schedel. In onze borstkas huist een hard voorwerp, een soort edelsteen die ongeveer net zo is samengesteld als onze schubben en eldunarí heet, ofwel: het 'hart van harten'. Als een draak uit het ei komt is zijn eldunarí helder en glansloos. Dat blijft meestal zijn leven lang zo, en als de draak doodgaat, lost zijn eldunarí samen met het lijk op. Maar als we dat willen, kunnen we ons bewustzijn naar ons eldunarí overbrengen. Dan krijgt het dezelfde kleur als onze schubben en gaat het gloeien als een kooltje. Als een draak dat gedaan heeft, overleeft het eldunarí het bederf van het vlees en kan de essentie van die draak eeuwig voortleven. Een draak kan zich ook nog tijdens zijn leven van zijn eldunarí ontdoen. Op die manier bestaan het lichaam en het bewustzijn van zo'n draak gescheiden van elkaar maar blijven ze toch verbonden, wat in bepaalde omstandigheden heel nuttig kan zijn. Maar daarmee begeven we ons ook in groot gevaar, want wie ons eldunarí bezit, bezit onze ziel. Daarmee kan hij ons dwingen om zijn wensen uit te voeren, hoe kwaadaardig die ook zijn.*

Eragon begreep de implicaties van wat Glaedr zei, en wist niet wat hij hoorde. Hij vroeg met een blik op Saphira: *Is dat nieuw voor jou?*

De schubben in haar nek rimpelden toen ze haar kop bewoog. *Ik heb altijd geweten dat ik een hart van harten heb. Ik heb het ook altijd in me gevoeld, maar het is nooit bij me opgekomen om er tegenover jou over te beginnen.*

Maar hoe kan dat nou als het zoiets belangrijks is?

Vind jij het de moeite van het melden waard dat je een maag hebt, Eragon? Of een hart of een lever of een ander orgaan? Mijn eldunarí is een vast onderdeel van wie ik ben. Het bestaan ervan heeft me nooit erg speciaal geleken... in elk geval niet tot ons laatste bezoek aan Ellesméra.

Je wist het dus!

Alleen maar een beetje. Glaedr liet doorschemeren dat mijn hart van harten belangrijker was dan ik aanvankelijk dacht, en hij waarschuwde dat ik het moest beschermen, anders kon ik me ongewild aan onze vijanden uitleveren. Meer dan dat heeft hij niet uitgelegd, maar veel van wat hij toen niet zei, kon ik naderhand wel raden.

En toch vond je het nog steeds niet de moeite waard om erover te beginnen?

Dat wilde ik best, maar net als bij Brom heb ik Glaedr gezworen dat ik er nooit iets over zou zeggen, zelfs niet tegen jou, zei ze grommend.

En daarmee ben je akkoord gegaan.

Ik vertrouw Glaedr en ik vertrouw Oromis. Jij niet?

Eragon fronste zijn wenkbrauwen en wendde zich weer tot de elf en de gouden draak. 'Waarom hebt u me dit niet eerder verteld?'

Oromis haalde de stop van de wijnkaraf en vulde zijn bokaal bij. 'Om Saphira te beschermen.'

'Om Saphira te beschermen? Tegen wat?'

Tegen jou, zei Glaedr. Eragon was zo verrast en boos dat hij niet eens kon protesteren. Glaedr sprak verder: *Een wilde draak wordt door een van zijn ouders voorgelicht over zijn eldunarí, en dat gebeurt als hij oud genoeg is om het gebruik ervan te begrijpen. Dan brengt een draak niet zijn bewustzijn naar zijn hart van harten over zonder het belang daarvan goed te begrijpen. Bij de Rijders ontstond een andere gewoonte. De eerste paar jaar van de samenwerking tussen draak en Rijder zijn doorslaggevend voor een gezonde relatie tussen die twee, en de Rijders ontdekten dat ze in die periode beter konden wachten met hun voorlichting over het eldunarí totdat Rijder en draak met elkaar vertrouwd waren geraakt. Anders kon een draak in de roekeloze dwaasheid van zijn jeugd besluiten om zich van zijn eldunarí te ontdoen, alleen maar om zijn Rijder te plezieren of indruk op hem te maken. Als wij ons eldunarí opgeven, geven we de belichaming van ons hele wezen op. En als het eenmaal weg is, kunnen wij het niet meer op zijn oude plaats in ons lichaam terugbrengen. Een draak mag de scheiding van zijn bewustzijn niet lichtvaardig ondernemen, want daarmee verandert de hele rest van zijn leven, zelfs als dat nog duizend jaar voortduurt.*

'Heb jij je hart van harten nog?' vroeg Eragon.

Het gras rond de tafel boog door onder de stoot hete lucht uit Glaedrs neusgaten. *Dat is een vraag die je alleen aan Saphira mag stellen. Waag het niet om het me nog eens te vragen, nestkuiken.*

Eragons wangen prikten van Glaedrs verwijt, maar hij had wel de tegenwoordigheid van geest om te antwoorden zoals het hoorde: met een zittende buiging en de woorden 'Nee, meester.' Toen vroeg hij: 'Wat... wat gebeurt er als je eldunarí breekt?'

Als de draak zijn bewustzijn al naar zijn hart van harten heeft overgebracht, betekent dat de echte dood van allebei. Glaedr knipperde hoorbaar klikkend met zijn ogen en zijn binnenste en buitenste oogleden gleden snel over de gestreepte bol van zijn iris. *Voordat we ons pact met de elfen sloten, bewaarden we ons hart in Du Fells Nángoröth, de bergen in het centrum van de Hadaracwoestijn. Toen de Rijders zich later op het eiland Vroengard vestigden en daar een rustplaats voor de eldunarí bouwden, gaven zowel de wilde als de gedomesticeerde draken hun eldunarí ter bewaring aan de Rijders.*

'Maar Galbatorix kreeg de eldunarí dus te pakken,' zei Eragon.

Anders dan hij verwacht had, kwam het antwoord van Oromis. 'Ja, maar niet allemaal tegelijk. Het was lang geleden sinds iemand een echte bedreiging voor de Rijders was geweest, en veel leden van onze orde werden nalatig bij hun bescherming van de eldunarí. In de tijd dat Galbatorix zich tegen ons keerde, was het betrekkelijk normaal dat de draak van een Rijder zich uit gemakzucht van zijn eldunarí ontdeed.'

'Gemakzucht?'

Iemand die een van onze harten in bezit heeft, kan naar willekeur en ongeacht de afstand communiceren met de draak van wie het afkomstig is, zei Glaedr. *Draak en Rijder kunnen door heel Alagaësia gescheiden zijn, maar als de Rijder het eldunarí van zijn draak bij zich heeft, kunnen ze elkaars gedachten even makkelijk delen als jij en Saphira hier.*

Oromis zei: 'Een magiër die een eldunarí bezit, kan bovendien uit de kracht van de draak putten om zijn bezweringen meer macht te geven, ook nu weer ongeacht de plaats waar de draak zich bevindt. Als...'

En fel gekleurde kolibrie onderbrak hun gesprek door over de tafel te vliegen. De vogel bleef boven de schalen met fruit hangen, onzichtbaar snel met zijn vleugels slaand, en likte aan de vloeistof die uit een gekneusde braam sijpelde. Toen vloog hij weer weg om even later tussen de bomen van het bos te verdwijnen.

Oromis hervatte zijn betoog: 'Toen Galbatorix zijn eerste Rijder doodde, stal hij ook het hart van diens draak. In de jaren daarna verborg hij zich in de wildernis, waar hij de geest van de draak brak en naar zijn hand zette, waarschijnlijk geholpen door Durza. En toen Galbatorix met Morzan aan zijn zijde serieus in opstand kwam, was hij al sterker dan bijna alle andere Rijders. Zijn kracht was niet alleen magisch maar ook geestelijk, want de kracht van het drakenbewustzijn versterkte het zijne. Galbatorix deed meer dan alleen de Rijders en draken doden. Hij stelde zich ten doel zoveel mogelijk eldunarí te pakken te krijgen, hetzij door ze aan de Rijders te ontfutselen, hetzij door een Rijder zo lang te martelen totdat de draak zijn hart van harten afstond. Toen we eindelijk beseften wat hij aan het doen was, was hij al te sterk om hem te kunnen stuiten. Het was voor hem ook gunstig dat veel Rijders niet alleen met het eldunarí van hun eigen draak reisden maar ook met die van draken waarvan het lichaam niet meer bestond, want zulke draken vonden het vaak doodsaai om in een nis te moeten liggen en snakten naar avontuur. En toen Galbatorix en de Meinedigen eenmaal de stad Dorú Areaba op Vroengard plunderden, kregen ze de hele schat van daar opgeslagen eldunarí in handen. Galbatorix organiseerde zijn succes door de macht en wijsheid van de draken in te zetten tegen heel Alagaësia. Aanvankelijk kon hij niet meer beheersen dan het handjevol eldunarí die hij geroofd had. Het is niet makkelijk om een draak tot onderdanigheid te dwingen, hoe machtig je ook bent. Zodra hij de Rijders verpletterd had en zich als koning in Urû'baen had gevestigd, wijdde hij zich aan de onderwerping van de andere harten, stuk voor stuk. Wij denken dat die taak hem het grootste deel van de veertig jaar daarna heeft beziggehouden. In die tijd besteedde hij weinig aandacht aan de gebeurtenissen in Alagaësia, en daarom kon het volk van Surda zich losmaken van het Rijk. Toen Galbatorix klaar was, kwam hij uit zijn afzondering tevoorschijn om zijn macht over het Rijk en de omringende landen te herstellen. Na tweeënhalf jaar van slachtpartijen en verdriet trok hij zich echter weer in Urû'baen terug, en daar is hij sindsdien gebleven, niet meer zo eenzaam als eerst maar kennelijk gericht op een project dat alleen hemzelf bekend is. Hij heeft veel ondeugden, maar ontucht hoort daar niet bij; dat hebben de spionnen van de Varden kunnen vaststellen. Maar meer dan dat hebben we helaas niet kunnen ontdekken.'

Diep in gedachten verzonken staarde Eragon in de verte. Alle verhalen die hij over Galbatorix' onnatuurlijke macht gehoord had, leken ineens logisch. Een zwak optimisme kwam bij hem boven toen hij tegen zichzelf zei: *Ik weet nog niet hoe, maar als we de eldunarí uit Galbatorix' greep kunnen bevrijden, is hij niet machtiger dan elke normale Drakenrijder.* Het was een weinig waarschijnlijk vooruitzicht, maar Eragon vond het bemoedigend te weten dat de koning een zwakte had, hoe klein die ook was.

Al peinzend kwam nog een andere vraag bij hem op. 'Waarom heb ik in de oude verhalen nooit de drakenharten horen noemen? Als ze zo belangrijk zijn, hadden de barden en geleerden ze toch moeten behandelen.'

Oromis legde een hand plat op de tafel. 'Van alle Alagaësische geheimen is dat van de eldunarí een van de best bewaarde, zelfs tegenover ons eigen volk. De hele geschiedenis lang hebben de draken ernaar gestreefd hun hart voor de rest van de wereld verborgen te houden. Tegenover ons onthulden ze het bestaan ervan pas toen onze twee volkeren hun magische pact hadden gesloten, en dan alleen nog maar tegenover een select groepje.'

'Waarom?'

Goede vraag, zei Glaedr. *We hebben de noodzaak tot geheimhouding vaak vervloekt, maar als iedereen het geheim had gekend, zou elke verachtelijke schobbejak in het land geprobeerd hebben om een eldunarí te stelen, en uiteindelijk zouden sommigen hun doel bereikt hebben. Die uitkomst hebben we met veel moeite weten te voorkomen.*

'Kan een draak zich op geen enkele manier via zijn eldunarí verdedigen?'

Glaedrs oog begon nog feller te glanzen dan anders. *Ook dat is een terechte vraag. Een draak die afstand heeft gedaan van zijn eldunarí maar nog steeds zijn lichaam kan gebruiken, kan zijn hart natuurlijk verdedigen met zijn klauwen en zijn slagtanden en zijn staart en met zijn slaande vleugels. Maar een draak met een dood lichaam heeft die mogelijkheden niet. Zijn enige wapen is dat van zijn geest, en als het juiste moment is aangebroken, misschien ook dat van de magie, waarover we niet naar willekeur kunnen beschikken. Dat is de enige reden waarom veel draken er de voorkeur aan gaven om hun bestaan na de dood van hun vlees niet te rekken. Bijna alle wezens zouden het heel moeilijk vinden om te leven zonder bewegingsvrijheid, zonder de wereld om je heen te kunnen ervaren behalve via de geest van anderen en zonder mogelijkheid om de loop van de gebeurtenissen te beïnvloeden met iets anders dan je gedachten en je zeldzame en onvoorspelbare vlagen van magie. Voor draken, die de meest vrije van alle wezens zijn, is dat nóg moeilijker.*

'Waarom deden ze dat dan toch?' vroeg Eragon.

Het gebeurde soms bij toeval. Als het lichaam van een draak dienst weigerde, kon hij in paniek raken en in zijn eldunarí vluchten. En als een draak zijn hart voor zijn dood had afgestaan, kon hij niets anders doen dan blijven bestaan. Maar de draken die in hun eldunarí wilden voortleven, waren meestal onpeilbaar oud, ouder dan Oromis en ik tegenwoordig, zo oud dat de bekommernissen van het vlees voor hen onbelangrijk waren geworden. Ze keerden zich in zichzelf en wensten de rest van de eeuwigheid door te brengen met peinzen over zaken die jongere draken niet begrijpen. Wij vereerden en koesterden de harten van zulke draken vanwege hun enorme wijsheid en intelligentie. Het was heel normaal dat wilde en gedomesticeerde draken maar ook Rijders over belangrijke kwesties raad kwamen vragen. Dat Galbatorix slaven van hen heeft gemaakt, is een misdaad van een bijna onvoorstelbare wrede kwaadaardigheid.

Ik heb ook een vraag, zei Saphira. De klank van haar gedachten zoemde door Eragons hoofd. *Als iemand van ons volk alleen nog in zijn eldunarí leeft, moet hij dan blijven bestaan, of heeft hij als hij zijn toestand niet langer verdraagt de mogelijkheid om zijn greep op de wereld los te laten en over te gaan naar de duisternis van de leegte?*

'Niet zelfstandig, behalve als de inspiratie tot magie de draak overspoelt en hem in staat stelt het eldunarí van binnenuit te breken, maar dat gebeurt bij mijn weten maar zelden,' zei Oromis. 'De tweede mogelijkheid is dat de draak iemand anders overhaalt om zijn eldunarí te vernielen. Dit gebrek aan beheersing is een andere reden waarom de draken er buitengewoon huiverig voor zijn zich naar hun hart van harten over te brengen. Ze zetten zichzelf daarmee vast in een gevangenis waaruit geen ontsnapping mogelijk is.'

Eragon voelde Saphira's afkeer bij dat vooruitzicht. Ze verwoordde die echter niet, maar vroeg: *Hoeveel eldunarí heeft Galbatorix in zijn macht?*

'We weten het aantal niet precies, maar naar schatting zijn het er vele honderden,' antwoordde Oromis.

Een rilling trok door de hele lengte van Saphira's lichaam. *Ons volk wordt dus helemaal niet met uitsterven bedreigd?*

Oromis aarzelde, en daarom antwoordde Glaedr. *Kleintje* – Eragon schrok toen hij die naam hoorde gebruiken – *zelfs als de grond bezaaid lag met eldunarí, zou ons volk tot de ondergang gedoemd zijn. Een draak in een eldunarí is nog steeds een draak, maar bezit niet de drang van het vlees noch de organen om die te stillen. Zulke draken kunnen zich niet vermenigvuldigen.*

Eragons schedelbasis begon te schrijnen en hij besefte steeds scherper hoe moe hij was van zijn vierdaagse reis. Zijn uitputting maakte het moeilijk om zijn gedachten langer dan een paar tellen vast te houden; bij de minste afleiding gleden ze uit zijn greep.

Saphira's staartpunt trilde. *Ik ben niet onwetend genoeg om te denken dat eldunarí nageslacht kunnen voortbrengen. Maar ik vind het een troost te weten dat ik minder eenzaam ben dan ik dacht... Ons volk is dan misschien gedoemd, maar er zijn gelukkig meer dan vier levende draken op de wereld, al dan niet in hun eigen vlees.*

'Dat is waar,' zei Oromis. 'Alleen zijn ze net zo goed Galbatorix' gevangenen als Murtagh en Thoorn.'

Hun bevrijding is voor mij een doel om naar te streven, samen met de redding van het laatste ei, zei Saphira.

'Het is voor ons allebei een doel om naar te streven,' zei Eragon. 'Wij zijn hun enige hoop.' Hij wreef met zijn rechterduim over zijn voorhoofd en zei: 'Maar er is nog steeds iets dat ik niet begrijp.'

'Wat dan? Wat is de reden van je verwarring?' vroeg Oromis.

'Als Galbatorix zijn macht aan die harten ontleent, hoe scheppen ze dan de energie die hij gebruikt?' Eragon zweeg even en probeerde een betere formulering van zijn vraag te vinden. Hij gebaarde naar de zwaluwen die langs de hemel zwierden. 'Elk levend wezen moet eten en drinken om zich in stand te houden. Dat geldt zelfs voor planten. Voedsel verschaft de energie die ons lichaam voor zijn werking nodig heeft. Het geeft ook de energie die we nodig hebben om magie te bedrijven, en het doet er dan niet toe of we op eigen kracht een bezwering uiten dan wel de kracht van anderen gebruiken. Maar hoe kan dat met die eldunarí? Ze hebben geen botten, spieren en huid. Ze eten niet. Hoe overleven ze dan? Waar komt hun energie vandaan?'

Oromis glimlachte, en zijn lange tanden blonken als geglazuurd porselein. 'Van magie.'

'Van magie?'

'Als je magie – terecht – definieert als de manipulatie van energie, dan is het antwoord inderdaad: van magie. Waar de eldunarí die magie precies vandaan halen, is een raadsel voor zowel de elfen als de draken; niemand heeft de bron ooit kunnen vaststellen. Misschien absorberen ze zonlicht zoals de planten doen, of voeden ze zich met de levenskracht van de wezens die het meest op hen lijken. Hoe dan ook is bewezen dat een draak die lichamelijk sterft en wiens bewustzijn in zijn eldunarí huist, alle overtollige kracht meeneemt die in zijn lichaam beschikbaar was toen zijn werking ophield. Daarna groeit zijn energievoorraad in vijf tot zeven jaar gestaag om dan de volle omvang van zijn inderdaad immense macht te bereiken. Hoeveel energie een eldunarí in totaal bevat, hangt van zijn omvang af. Hoe ouder de draak, des te groter zijn eldunarí en des te meer energie het absorbeert voordat het verzadigd is.'

Terugdenkend aan de keren dat hij en Saphira tegen Murtagh en Thoorn gevochten hadden, zei Eragon: 'Galbatorix moet Murtagh verscheidene eldunarí gegeven hebben. Dat is de enige verklaring voor de toename van zijn kracht.'

Oromis knikte. 'Je mag blij zijn dat Galbatorix hem niet nog meer harten heeft geleend, want dan zou Murtagh jou, Arya en alle andere magiërs van de Varden met gemak verpletterd hebben.'

Eragon en Saphira hadden bij twee gelegenheden tegenover Murtagh en Thoorn gestaan, en hij wist nog dat Murtaghs geest toen had aangevoeld alsof die meerdere wezens bevatte. Hij gaf die herinnering aan Saphira door en zei: *Ik moet toen eldunarí hebben gevoeld... Waar zou Murtagh ze gestopt hebben? Thoorn droeg geen zadeltassen en ik zag geen rare bulten in Murtaghs kleding.*

Dat weet ik niet, zei Saphira. *Maar besef je dat Murtagh waarschijnlijk een toespeling op zijn eldunarí maakte toen hij zei dat je niet je eigen hart moest uitrukken maar beter zijn harten kon nemen?* Harten, *niet* hart.

Je hebt gelijk! Hij probeerde me misschien te waarschuwen. Eragon ontspande de knoop tussen zijn schouderbladen door in te ademen en leunde naar achteren op zijn stoel. 'Zijn er – afgezien van Saphira's en Glaedrs hart van harten – nog andere eldunarí die Galbatorix niet te pakken heeft gekregen?'

Er verschenen vage rimpels rond Oromis' omlaag getrokken mondhoeken. 'Voor zover wij weten niet. Na de val van de Rijders is Brom naar eldunarí gaan zoeken die Galbatorix over het hoofd had gezien, maar zonder succes. Zelf heb ik talloze jaren heel Alagaësia afgespeurd met mijn geest, maar nergens ben ik ook maar een gefluisterde gedachte van een eldunarí tegengekomen. Toen Galbatorix en Morzan met hun aanval op ons begonnen, waren alle eldunarí bekend, en er is er niet één onverklaarbaar verdwenen. Het is ondenkbaar dat ergens een grote voorraad eldunarí verborgen is die ons kunnen helpen zodra we ze hebben opgespoord.'

Eragon had geen ander antwoord verwacht maar was desondanks teleurgesteld. 'Nog één laatste vraag. Als een Rijder of zijn draak sterft, kwijnt het overlevende lid van het tweetal weg of pleegt snel daarna zelfmoord. En als dat niet gebeurde, werden ze vaak gek door het verlies. Klopt dat?'

Ja, zei Glaedr.

'Maar wat gebeurde er als de draak zijn bewustzijn had overgebracht naar zijn hart voordat zijn lichaam stierf?'

Dwars door zijn schoenzolen heen voelde Eragon een zwakke trilling in de grond toen Glaedr een andere houding aannam. De gouden draak zei:

489

Als het lichaam van de draak stierf terwijl de Rijder nog leefde, stonden ze samen bekend als Indlvarn. De overgang moet voor de draak weinig aangenaam zijn geweest, maar veel Rijders en draken voegden zich met succes naar de verandering, en de draken bleven hun Rijder dan uitmuntend dienen. Maar als het de Rijder was die stierf, verbrijzelde de draak zijn eldunarí vaak of regelde hij dat een ander dat deed als zijn lichaam niet meer bestond. Zo pleegden ze zelfmoord en volgden ze de Rijder in de leegte. Maar niet allemaal. Sommige draken konden hun verlies verwerken – net zoals sommige Rijders, bijvoorbeeld Brom – en bleven onze orde nog vele jaren dienen, hetzij in hun lichamelijke vorm, hetzij via hun hart van harten.

U hebt ons veel stof tot nadenken gegeven, Oromis-elda, zei Saphira.

Oromis knikte zwijgend en overpeinsde wat er gezegd was.

Handen van een krijger

Eragon nam hapjes van een warme, zoete aardbei en staarde naar de peilloze diepte van de hemel. Toen de aardbei op was, legde hij het kroontje op het dienblad voor hem en duwde het met de top van zijn wijsvinger precies naar het midden. Toen maakte hij aanstalten om iets te zeggen.

Oromis was hem voor en vroeg: 'Wat nu, Eragon?'

'Wat nu?'

'We hebben alles wat je weten wilde uitvoerig besproken. Wat willen jij en Saphira bereiken? Je kunt niet in Ellesméra blijven. Ik vraag me dus af wat je met je bezoek hoopt te bereiken. Of wil je morgen weer vertrekken?'

'We hadden gehoopt om bij onze terugkeer onze opleiding te kunnen voortzetten zoals vroeger. Daar is nu natuurlijk geen tijd voor, maar ik wil nog wel iets anders doen.'

'En wat mag dat dan wel zijn?'

'Meester... ik heb u niet alles verteld wat me overkomen is toen Brom en ik in Teirm waren.' Eragon vertelde opnieuw hoe de nieuwsgierigheid hem naar Angela's winkel had gelokt en dat ze zijn toekomst had voorspeld. Ook herhaalde hij de goede raad die Solembum hun naderhand gegeven had.

Oromis haalde een vinger over zijn bovenlip en keek nadenkend. 'Het laatste jaar heb ik deze waarzegster steeds vaker horen noemen, zowel door jou als in Arya's rapporten over de Varden. Die Angela blijkt er heel handig in om op te duiken op de plaats en het moment waarop belangrijke gebeurtenissen gaan plaatsvinden.'

Dat is ze inderdaad, bevestigde Saphira.

Oromis vervolgde: 'Haar gedrag doet me sterk denken aan een menselijke magiër die ooit Ellesméra's zalen bezocht, hoewel ze toen niet Angela heette. Is ze soms een kleine vrouw met dik, bruin krulhaar, flitsende ogen en een even scherp als vreemd verstand?'

'Dat is een volmaakte beschrijving,' zei Eragon. 'Is ze dezelfde persoon?'

Oromis maakte een kleine beweging met zijn linkerhand. 'Als ze dat is, dan is ze buitengewoon... Maar van haar voorspellingen zou ik me niet te veel aantrekken. Ze komen uit of komen niet uit, en zonder méér te weten heeft niemand van ons daar invloed op. Wat echter de weerkat zegt, is veel meer aandacht waard. Helaas kan ik geen van zijn uitspraken toelichten. Van de Kluis der Zielen heb ik nooit gehoord, en de Rots van Kuthian wekt een vage herinnering, maar ik weet niet meer wanneer ik die naam ben tegengekomen. Ik zal er mijn boekrollen op nakijken, maar iets zegt me dat ik er in elfse geschriften geen melding van zal vinden.'

'En dat wapen onder de Menoaboom?'

'Ik weet niets van zo'n wapen, Eragon, en ken de verhalen over dit woud erg goed. In heel Du Weldenvarden zijn er misschien maar twee elfen wier geleerdheid inzake het woud de mijne overtreft. Ik zal het bij hen navragen maar vermoed dat het een vruchteloze inspanning zal blijken.' Toen Eragon zijn teleurstelling uitte, vervolgde de elf: 'Ik begrijp dat je een geschikte vervanger voor Zar'roc zoekt, en daarbij kan ik je helpen. Behalve mijn eigen zwaard Naegling bewaren de elfen nog twee andere zwaarden van Drakenrijders. Dat zijn Arvindr en Támerlein. Arvindr bevindt zich tegenwoordig in de stad Nädindl, en je hebt geen tijd om daarheen te gaan. Maar Támerlein ligt hier in Ellesméra. Het is een van de schatten van het Huis Valtharos. De heer van dat huis is heer Fiolr. Hij zal er zeker niet graag van scheiden, maar als je het met veel respect vraagt, denk ik wel dat hij het afstaat. Ik zal voor morgenochtend een afspraak met hem regelen.'

'Maar als dat zwaard niet past?' vroeg Eragon.

'Laten we hopen van wel. Maar ik zal ook smid Rhunön berichten dat ze je later op de dag verwachten kan.'

'Maar zij heeft gezworen dat ze nooit meer een zwaard zal smeden.'

Oromis zuchtte. 'Inderdaad, maar haar adviezen zijn altijd de moeite van het vragen waard. Als iemand je een goed wapen kan aanbevelen, dan is zij het wel. Het is ook heel goed mogelijk dat Támerlein prettig in je hand ligt, maar ook dan wil Rhunön het ongetwijfeld zien voordat je ermee vertrekt. Meer dan honderd jaar zijn verlopen sinds Támerlein voor het laatst op het slagveld gebruikt is, en het zwaard heeft misschien een opknapbeurt nodig.'

'Kan een andere elf een zwaard voor me smeden?'

'Nee,' zei Oromis. 'Niet als het vakmanschap opgewassen moet zijn tegen Zar'roc of een ander gestolen zwaard dat Galbatorix wil hanteren.

Rhunön is een van de alleroudste leden van ons volk, en alleen zij heeft zwaarden voor onze orde gesmeed.'

'Dan is ze dus zo oud als de Rijders,' zei Eragon verbaasd.

'Nog ouder zelfs.'

Eragon zweeg even. 'Wat doen we tussen nu en morgen, meester?'

Oromis keek Eragon en Saphira aan. 'Ga maar naar de Menoaboom. Ik weet dat jullie niet zullen rusten voordat jullie daar geweest zijn. Kijk maar of je het wapen kunt vinden waarmee de weerkat je hierheen heeft gelokt. Als jullie nieuwsgierigheid bevredigd is, trek je je terug in de vertrekken van je boomhuis dat Islanzadí's bedienden voor jou en Saphira in gereedheid hebben gebracht. Morgen zullen we doen wat we kunnen.'

'Maar meester, we hebben maar heel weinig tijd en...'

'Jullie tweeën zijn veel te moe om vandaag nog iets opwindends te doen. Geloof me, Eragon. Als jullie gerust hebben, gaat alles beter. Ik denk dat de uren tot morgen zullen bevorderen dat je al het besprokene verwerkt. Zelfs naar de maatstaven van koningen, koninginnen en paarden is ons gesprek geen kleinigheid geweest.'

Ondanks Oromis' verzekeringen vond Eragon het niet prettig om de rest van de dag te moeten luieren. Zijn gevoel van urgentie was zo groot dat hij wilde doorwerken, hoewel hij wist dat hij eigenlijk nieuwe krachten moest opdoen. Hij ging in zijn stoel verzitten en verried met die beweging kennelijk iets van zijn dubbele gevoelens, want Oromis zei glimlachend: 'Als dat je ontspanning bevordert, zal ik je iets beloven, Eragon. Voordat jij en Saphira weer naar de Varden vertrekken, mag je een magische handeling kiezen. In de korte tijd die we hebben, zal ik je daarover alles leren wat ik weet.'

Eragon duwde met zijn duim de ring aan zijn rechter wijsvinger rond, overwoog Oromis' aanbod en probeerde te bepalen over welk terrein van de magie hij het liefst zoveel mogelijk zou willen leren. Na een korte aarzeling zei hij: 'Ik wil graag geesten leren oproepen.'

Een schaduw gleed over Oromis' gezicht. 'Ik houd mijn belofte, Eragon, maar tovenarij is een duistere en onbetamelijke kunst. Je hoort geen andere wezens te willen beheersen voor eigen gewin. Zelfs als je de immoraliteit van de tovenarij negeert, is het een uitzonderlijk gevaarlijk en duivels ingewikkeld terrein. Een magiër moet minstens drie jaar intensief studeren voordat hij mag hopen om geesten op te roepen zonder er zelf door bezeten te worden. Tovenarij is anders dan andere vormen van magie, Eragon. Je probeert daarbij ongelooflijk machtige en vijandige wezens tot gehoorzaamheid aan jouw bevelen te dwingen, en die wezens besteden dan elk moment van hun gevangenschap aan het vinden van zwakke plekken in hun boeien, zodat ze zich tegen je kunnen keren en jou uit wraak aan henzelf te onderwerpen. In de hele geschiedenis is er nooit een Schim geweest die tevens Rijder was, en van alle gruwelen die door dit mooie land zijn getrokken, zijn geesten met afstand de ergste, zelfs erger dan Galbatorix. Kies alsjeblieft een ander onderwerp, Eragon, iets dat voor jou en onze zaak minder gevaarlijk is.'

'Kunt u me dan mijn echte naam leren?'

'Je wensen worden steeds lastiger, Eragon-finiarel. Als ik dat wilde, kon ik je ware naam wel raden.' De zilverharige elf bestudeerde Eragon met groeiende intensiteit en een borende blik. 'Ja, dat geloof ik wel. Maar ik doe het niet. Een echte naam kan magisch van groot belang zijn, maar is op zichzelf geen bezwering en valt dus buiten mijn belofte. Als je naar een beter begrip van jezelf streeft, probeer dan zelf je echte naam te achterhalen, Eragon. Als je hem van mij hoort, kun je daar voordeel van hebben, maar dan mis je de wijsheid die je anders tijdens je ontdekkingsreis naar je echte naam verworven zou hebben. Verlichting moet verdiend worden en wordt niet aan je doorgegeven door anderen, hoeveel verering ze ook verdienen.'

Eragon frunnikte nog even aan zijn ring, uitte toen een keelgeluid en schudde zijn hoofd. 'Ik weet niet... Mijn vragenvoorraad is opgedroogd.'

'Dat zou me bijzonder verbazen.'

Eragon vond het moeilijk om zich op de kwestie te concentreren. Zijn gedachten keerden voortdurend naar Brom en het eldunarí terug, en hij verbaasde zich opnieuw over de vreemde reeks van gebeurtenissen die ertoe geleid hadden dat Brom zich in Carvahall vestigde en hijzelf uiteindelijk Drakenrijder werd. *Als Arya niet...* Eragon maakte zijn gedachte niet af en glimlachte toen er iets anders bij hem opkwam. 'Wilt u me leren om een voorwerp zonder overgang van de ene plaats naar de andere te transporteren, net zoals Arya deed met het ei?'

Oromis knikte. 'Een uitstekende keuze. De bezwering kost veel energie maar heeft talloze toepassingen. Ik weet zeker dat die in je strijd tegen Galbatorix en het Rijk heel nuttig zal blijken. Arya kan getuigen hoe effectief die is.'

De elf pakte zijn bokaal en hield hem in de richting van de zon. Door het licht van boven werd de wijn doorzichtig. Hij bestudeerde de vloeistof een hele tijd en zette zijn bokaal toen weer neer. 'Voordat je je in de stad waagt, is het goed te weten dat de man die je naar ons toe hebt gestuurd enige tijd geleden is aangekomen.'

Het duurde even voordat Eragon begreep wie Oromis bedoelde. 'Is Sloan in Ellesméra?' vroeg hij verbaasd.

'Hij woont alleen in een huisje bij een beek aan de westelijke rand van Ellesméra. Toen hij uit het bos kwam wankelen, was hij op sterven na dood, maar we hebben de wonden van zijn vlees verzorgd, en nu is hij gezond. De elfen in de stad brengen hem voedsel en kleding en verzorgen hem ook in andere opzichten goed. Ze vergezellen hem waarheen hij gaat, en lezen hem soms voor, maar meestal zit hij liever alleen en zegt hij niets tegen degenen die hem benaderen. Hij heeft tweemaal geprobeerd te ontsnappen, maar je bezweringen verhinderden dat.'

Hij is hier verbazingwekkend snel aangekomen, zei Eragon tegen Saphira. *De dwang die je hem hebt opgelegd, moet sterker zijn geweest dan je besefte. Kennelijk.*

Eragon vroeg zacht: 'Hebt u zijn gezichtsvermogen kunnen herstellen?'

'Helaas niet.'

De huilende man is van binnen gebroken, zei Glaedr. *Zijn ogen hebben geen nut meer omdat hij niet helder kan zien.*

'Moet ik hem opzoeken?' vroeg Eragon, niet wetend wat Oromis en Glaedr van hem verwachtten.

'Dat moet je zelf beslissen,' zei Oromis. 'Een ontmoeting brengt hem misschien alleen maar van zijn stuk. Maar jij bent verantwoordelijk voor zijn bestraffing, Eragon. Het zou verkeerd zijn als je hem vergat.'

'Nee, meester. Ik zal hem niet vergeten.'

Met een kwieke hoofdbeweging zette Oromis zijn bokaal neer en schoof zijn stoel dichter naar Eragon toe. 'De dag wordt oud en ik wil je niet langer ophouden, want je moet rusten. Toch is er nog één ding dat ik doen wil voordat je vertrekt. Ik wil je handen bekijken om te zien wat ze tegenwoordig over je zeggen.' Oromis strekte zijn eigen handen uit naar Eragon.

Eragon legde zijn handen met de palm omlaag op die van Oromis. Hij huiverde bij de aanraking van de slanke elfenvingers tegen de binnenkant van zijn polsen. De eeltplekken op Eragons knokkels wierpen lange schaduwen over de rug van zijn handen toen Oromis ze schuin hield. Daarna draaide de elf Eragons handen met een lichte maar vastberaden druk om en bestudeerde hij de handpalmen en de onderkant van de vingers.

'Wat ziet u?'

Oromis draaide Eragons handen opnieuw en wees naar het eelt. 'Je hebt de handen van een krijger gekregen, Eragon. Pas op dat het niet de handen worden van een man die zich in bloedbaden wentelt.'

De levensboom

Vanaf de Rotsen van Tel'naeír vloog Saphira laag over het deinende lover tot ze aankwam op de open plek waar de Menoaboom stond. De boom was dikker dan de honderden pijnbomen eromheen en rees als een machtige zuil naar de hemel. De bladerkroon had een doorsnee van duizenden voeten. Het knoestige netwerk van wortels liep naar buiten vanuit een zware, met mos begroeide stam en overdekte meer dan tien morgen bosgrond voordat het dieper de zachte grond in dook en onder de wortels van kleinere bomen verdween. De lucht in de buurt van de Menoaboom was vochtig en koel en vanuit de wirwar van naalden zweefde een dunne maar hardnekkige mist omlaag die vocht verschafte aan de bosjes brede varens bij de voet van de boom. Rode eekhoorns snelden over de taken van deze oeroude boom, en vanuit de chaotische diepte van het gebladerte klonk het gezang en getjilp van honderden vogels. Overal op de open plek heerste een gevoel van waakzame aanwezigheid, want de boom bevatte de restanten van de elf die Linnëa geheten had en wier bewustzijn nu leiding gaf aan de groei van de boom en het bos eromheen.

Eragon speurde het hobbelige terrein van de wortels af op enig teken van een wapen, maar vond niets dat hem op het slagveld de moeite waard leek. Hij trok een los stuk bast uit het mos aan zijn voeten en liet het aan Saphira zien. *Wat vind je?* vroeg hij. *Kan ik er een soldaat mee doden als ik er genoeg bezweringen op loslaat?*

Jij zou een soldaat desgewenst met een grasspriet kunnen doden, antwoordde ze. *Maar tegen Murtagh en Thoorn of tegen de koning en zijn zwarte draak kun je beter een natte streng wol inzetten dan dat stuk bast.*

Je hebt gelijk, zei hij voordat hij het weggooide.

Ik heb de indruk dat je jezelf niet per se belachelijk hoeft te maken om te bewijzen dat Solembum het bij het goede eind had.

Nee, maar als ik dit wapen wil vinden, moet ik het probleem misschien op een andere manier aanpakken. Zoals je al hebt opgemerkt, kan het net zo goed een steen of een boek zijn als een soort zwaard. Een staf die van een tak van deze boom gesneden is, lijkt mij bijvoorbeeld een waardig wapen.

Maar niet opgewassen tegen een zwaard.

Nee... En ik zou het ook niet wagen om er een tak af te hakken zonder toestemming van de boom zelf, maar ik heb geen idee hoe ik hem zou moeten overhalen om mijn verzoek in te willigen.

Saphira boog haar kronkelige nek en keek naar de boom op. Daarna schudde ze haar kop en schouders om de waterdruppeltjes kwijt te raken die zich op de scherpe randen van haar facetschubben verzameld hadden. Eragon, die door een sproeiregen van koud water getroffen werd, sprong met een zachte kreet van schrik naar achteren en hield als bescherming zijn arm voor zijn gezicht. *Iemand die de Menoaboom beschadigt, leeft volgens mij niet lang genoeg om zijn daad te betreuren,* zei ze.

Eragon en Saphira speurden de open plek nog urenlang af, want hij bleef hopen dat hij ergens tussen de wirwar van wortels een holte of gaatje tegenkwam waar hij het hoekje van een begraven kist met daarin een zwaard zou zien.

Murtagh heeft Zar'roc, en dat is het zwaard van zijn vader, dacht hij. *Ik heb dus recht op het zwaard dat Rhunön voor Brom heeft gemaakt. Dat heeft ook de goede kleur, want zijn draak, mijn naamgenoot, was ook blauw.*

Uiteindelijk breidde Eragon zijn geest naar de Menoaboom uit en probeerde hij de aandacht van diens trage bewustzijn te trekken om zijn zoeken te verklaren en hulp te vragen. Maar hij had net zo goed kunnen proberen om met de wind of de regen te praten, want de boom trok zich even weinig van hen aan als hijzelf zou doen van een mier die met zijn voelsprieten tegen zijn laars sloeg.

Teleurgesteld verlieten hij en Saphira de Menoaboom toen de rand van de zon de horizon kuste. Saphira vloog vanaf de open plek naar het centrum van Elleséma, waar ze glijdend tot stilstand kwam in de slaapkamer van het boomhuis dat de elfen ter beschikking hadden gesteld. Het huis bestond uit een stelsel van diverse bolle kamers in de kroon van een stoere boom en bevond zich honderden voeten boven de grond.

Een maaltijd van fruit, groente, gekookte bonen en brood stond in de eetkamer op Eragon te wachten, en toen hij wat gegeten had, rolde hij zich naast Saphira op in de met dekens beklede kuil in de vloer, want hij sliep liever naast Saphira dan in een bed. Hij lag waakzaam naar de omgeving te kijken terwijl Saphira in een diepe slaap viel. Vanaf zijn plaats naast haar zag hij de sterren boven het maanverlichte bos opkomen en dacht hij aan Brom en het mysterie van zijn moeder. Pas heel laat gleed hij weg in de tranceachtige toestand van zijn wakende dromen, en daar praatte hij met zijn ouders. Hij kon niet verstaan wat ze zeiden, want zijn stem en de hunne klonken gedempt en vaag, maar op de een of andere manier besefte hij hun liefde en trots jegens hem, en hoewel hij wist dat ze niets anders waren dan fantomen van zijn rusteloze geest, bleef hij de herinnering aan hun genegenheid later altijd koesteren.

Bij zonsopgang bracht een slank elfenmeisje hen over de paden van Ellesméra naar het complex van de familie Valtharos. Tussen de donkere stammen van de pijnbomen lopend viel Eragon op hoe leeg en stil de stad was vergeleken met hun laatste bezoek. Hij zag tussen de bomen maar drie elfen – lange, gracieuze gestalten die op geluidloze voeten over de grond gleden.

Als de elfen ten strijde trekken, blijven er niet veel achter, merkte Saphira op.

Dat klopt.

Heer Fiolr wachtte op hen in een gewelfde zaal die door diverse zwevende weerlampjes verlicht werd. Zijn lange en strenge gezicht was hoekiger dan dat van de meeste andere elfen en deed Eragon aan een speer met een smalle punt denken. Hij droeg een groen-met-gouden gewaad, waarvan de kraag tot hoog achter zijn hoofd overeind stond als de nekveren van een exotische vogel. In zijn linkerhand droeg hij een stafje van wit hout met tekens uit het Liduen Kvaedhí. Aan het uiteinde ervan was een glanzende parel bevestigd.

Heer Fiolr boog vanuit zijn middel, en Eragon deed dat ook. Daarna wisselden ze de traditionele begroetingen van de elfen uit en dankte Eragon zijn gastheer voor het genereuze aanbod om het zwaard Támerlein te mogen inspecteren.

Heer Fiolr zei: 'Támerlein is al sinds lange tijd een gekoesterde bezitting van mijn familie, en ik ben er heel bijzonder op gesteld. Kent u de geschiedenis van Támerlein, Schimmendoder?'

'Nee,' zei Eragon.

'Mijn metgezel was de uiterst wijze en mooie Naudra, en haar broer Arva was tijdens de Val een Drakenrijder. Naudra bezocht hem in Ilirea toen Galbatorix en de Meinedigen zich als een noorderstorm op de stad stortten. Arva vocht samen met de andere Rijders om de stad te verdedigen, maar Kialandi van de Meinedigen bracht hem een dodelijke slag toe. Terwijl hij stervend op de tinnen van Ilirea lag, gaf Arva zijn zwaard Támerlein aan Naudra om zich ermee te verdedigen. Naudra wist met Támerlein aan de Meinedigen te ontsnappen en kwam met een andere draak en Rijder hier terug, maar overleed kort daarna aan haar verwondingen.'

Heer Fiolr liet een vinger over het stokje glijden en ontlokte zo een zachte gloed aan de parel. 'Támerlein is voor mij even kostbaar als de lucht in mijn longen. Ik zou liever afstand doen van het leven dan van het zwaard, maar helaas zijn noch ik, noch mijn familieleden waardig om het te hanteren. Támerlein is voor een Rijder gesmeed, en wij zijn geen Rijders. Ik ben bereid het u te lenen, Schimmendoder, om u te helpen in uw strijd tegen Galbatorix, maar Támerlein blijft in bezit van het Huis Valtharos, en u moet beloven het terug te geven zodra ikzelf of mijn erfgenamen erom vragen.'

Eragon beloofde dat, en toen bracht heer Fiolr hem en Saphira naar een lange, glanzende tafel die uit het levende hout van de vloer groeide. Op het uiteinde van de tafel stond een fraaie houder, en daarop lagen Támerlein en de schede ervan. Támerleins kling was fraai donkergroen, evenals de schede. Een grote smaragd sierde de knop. Het beslag van het zwaard was gesmeed van geblauwd staal. Op de stootplaat stond een rij tekens die samen een tekst in het Elfs vormden: *Ik ben Támerlein, brenger van de laatste slaap.* Het zwaard was even lang als Zar'roc maar had een bredere kling, een rondere punt en een zwaarder gevest. Het was een even mooi als dodelijk wapen, maar alleen al door ernaar te kijken kon Eragon zien dat Rhunön het gesmeed had voor iemand met een andere vechtstijl dan hij, een stijl waarin hakken en snijden een grotere rol speelden dan in de snellere, elegantere technieken die Brom hem had bijgebracht.

Zodra Eragons vingers zich rond het gevest sloten, besefte hij dat het voor zijn hand te groot was. Támerlein was geen zwaard voor hem. Het voelde niet aan als een verlengstuk van zijn arm, zoals Zar'roc had gedaan. Maar ondanks dat besef aarzelde hij, want waar anders was zo'n goed zwaard te vinden? Arvindr – de andere kling die Oromis genoemd had – lag op honderden mijlen afstand.

Toen zei Saphira: *Neem het niet. Als jouw en mijn leven afhangt van het zwaard dat je op het slagveld draagt, dan moet het zwaard volmaakt zijn. Niets anders is goed genoeg. Bovendien bevallen me de voorwaarden niet die heer Fiolr aan de uitleen gesteld heeft.*

Dus legde hij Támerlein terug op de houder en bood hij heer Fiolr zijn verontschuldigingen aan, uitleggend waarom hij het zwaard niet kon aanvaarden. De elf met het smalle gezicht leek niet uitgesproken teleurgesteld. Eragon meende integendeel een tevreden blik in Fiolrs felle ogen te zien.

Vanuit de zalen van de familie Valtharos baanden Eragon en Saphira zich een weg door de slecht verlichte spelonken van het bos naar de tunnel van kornoeljes die naar het atrium in het midden van Rhunöns huis leidde. Toen ze uit de tunnel tevoorschijn kwamen, hoorde Eragon het gerinkel van een hamer op een beitel en zag hij Rhunön op een bank bij het open smidsvuur midden in het atrium zitten. De elfenvrouw was bezig aan de bewerking van een brok staal dat voor haar lag, maar Eragon kon niet raden wat ze aan het beeldhouwen was, want het brok was nog ruw en vormloos.

'Zo, Schimmendoder, je leeft dus nog,' zei Rhunön zonder haar blik van haar werk los te maken. Haar stem knarste als draaiende molenstenen. 'Oromis vertelde dat je Zar'roc bent kwijtgeraakt aan de zoon van Morzan.'

Eragon kromp ineen en knikte, hoewel ze niet naar hem keek. 'Ja, Rhunön-elda. Hij heeft het op de Brandende Vlakten van me afgenomen.'

'Hm.' Rhunön concentreerde zich op haar hamer en bewerkte de bovenkant van de beitel met onmenselijke snelheid. Toen hield ze even op en zei: 'Het zwaard heeft zijn rechtmatige eigenaar dus gevonden. Ik moet weinig hebben van de manier waarop... hoe heet hij ook al weer... *Murtagh* het gebruikt, maar elke Rijder verdient een eigen zwaard, en voor Morzans zoon kan ik geen beter zwaard bedenken dan Morzans eigen kling.' De elfenvrouw keek met gerimpeld voorhoofd naar Eragon op. 'Begrijp me goed, Schimmendoder. Ik had liever gezien dat je Zar'roc nog bezeten had, maar het zou me nog meer genoegen doen als jouw zwaard speciaal voor jou gemaakt was. Zar'roc heeft je goede diensten bewezen, maar had voor je lichaam de verkeerde vorm. En over Támerlein wil ik het niet eens hebben. Je zou gek zijn geweest als je gedacht had dat je het kon hanteren.'

'U ziet dat ik het niet van heer Fiolr heb meegenomen.'

Rhunön knikte en beitelde weer door.

Eragon vroeg: 'Als Zar'roc het juiste zwaard voor Murtagh is, zou Broms zwaard dan niet het juiste wapen zijn voor mij?'

Er verscheen een frons tussen haar wenkbrauwen. 'Undbitr? Waarom denk je uitgerekend aan Broms kling?'

'Omdat Brom mijn vader was,' zei Eragon, die het heerlijk vond om dat te kunnen zeggen.

'Is dat zo?' Rhunön legde haar hamer en beitel neer en kwam onder het afdak van haar smidsvuur vandaan om tegenover Eragon te gaan staan. Haar lichaam was iets gebogen door de vele eeuwen dat ze over haar werk gebogen had gestaan, en om die reden leek ze een of twee duimen korter dan hij. 'Hmm, ja, ik zie de gelijkenis. Die Brom was een rauwe klant. Hij zei wat hij bedoelde en wond er geen doekjes om. Daar hield ik van. Ik kan niet uitstaan hoe mijn volk geworden is. Allemaal veel te beleefd, veel te verfijnd, veel te precieus. Ha! Ik kan me nog de tijd herinneren toen de elfen lachten en vochten zoals iedereen. Tegenwoordig zijn ze zo afstandelijk dat sommigen niet meer emoties hebben dan een marmeren beeld.'

Saphira vroeg: *Bedoelt u hoe de elfen waren voordat onze volkeren zich met elkaar verbonden?*

Rhunön wendde zich fronsend tot Saphira. 'Stralend Geschubde. Welkom. Ja, ik bedoel de tijd voordat de band tussen elfen en draken bezegeld werd. De veranderingen die ik sindsdien bij onze volkeren gezien heb, hou je nauwelijks voor mogelijk. Toch hebben ze plaatsgevonden, en hier sta ik, een van de weinigen die zich nog kan herinneren hoe we vroeger waren.'

Ze liet haar blik weer naar Eragon glijden. 'Undbitr is niet de remedie voor wat je nodig hebt. Brom heeft zijn zwaard bij de val van de Rijders verloren. Als het zich niet in Galbatorix' collectie bevindt, kan het vernietigd zijn of ergens in de aarde begraven, onder de rottende beenderen van een allang vergeten slagveld. Zelfs als het nog te vinden is, krijg je het niet te pakken voordat je weer oog in oog met je vijand staat.'

'Maar wat moet ik dan doen, Rhunön-elda?' Eragon vertelde haar over het kromzwaard dat hij bij de Varden gekozen had, over de bezweringen waarmee hij het versterkt had en over de manier waarop het hem in de tunnels onder Farthen Dûr in de steek had gelaten.

Rhunön snoof. 'Nee, zo lukt het nooit. Als een kling eenmaal gesmeed en geblust is, kun je er een eindeloze serie bezweringen op loslaten, maar het metaal zelf blijft even zwak. Een Rijder heeft iets beters nodig: een kling die de hardste klappen overleeft en nauwelijks door magie wordt aangetast. Nee, wat je doen moet, is spreuken zingen boven het hete metaal terwijl je het uitsmelt uit het erts en ook terwijl je het smeedt. Daarmee verander en verbeter je de structuur ervan.'

'Maar hoe kom ik aan zo'n zwaard? Kunt u er een voor me maken, Rhunön-elda?'

De draaddunne rimpeltjes op haar gezicht werden dieper. Ze wreef over haar linker elleboog en de dikke spieren in haar blote onderarm kronkelden.

'Je weet wat ik gezworen heb. Ik zal nooit meer van mijn leven een nieuw wapen smeden.'

'Dat weet ik.'

'Door die eed ben ik gebonden. Ik kan hem niet schenden, hoe graag ik het ook zou willen.' Haar elleboog nog steeds vasthoudend liep Rhunön weer naar haar werkbank en ging bij haar beeldhouwwerk zitten. 'En waarom zou ik, Drakenrijder? Vertel me dat maar eens. Waarom zou ik alweer een zielenrover op de wereld loslaten?'

Eragon koos zijn woorden met zorg. 'Als u het doet, helpt u een einde te maken aan Galbatorix' bewind. Zou het niet passend zijn dat ik hem dood met een kling die u gesmeed hebt? Hij en de Meinedigen hebben toch ook met uw zwaarden talloze draken en Rijders gedood? Hoe kunt u de balans beter in evenwicht brengen dan door het instrument van Galbatorix' ondergang te smeden?'

Rhunön sloeg haar armen over elkaar en keek naar de hemel. 'Een zwaard... een nieuw zwaard. Na al die tijd weer mijn vak beoefenen...' Ze liet haar blik weer zakken en stak haar kin in Eragons richting. 'Het is mogelijk – maar ook niet meer dan mogelijk – dat er een manier bestaat om je te helpen. Helaas is elke speculatie zinloos, want ik kan het niet eens proberen.'

Waarom niet? vroeg Saphira.

'Bij gebrek aan het vereiste metaal!' gromde Rhunön. 'Je denkt toch niet dat ik Rijderszwaarden maakte van gewoon staal, hè? Nee! Toen ik lang geleden door Du Weldenvarden zwierf, kwam ik fragmenten tegen van een ster die op de aarde was gevallen. De stukken bevatten erts van een soort waarmee ik nog nooit gewerkt had. Ik nam het mee terug naar mijn smidse en raffineerde het, en daarbij ontdekte ik dat de legering sterker, harder en buigzamer werd dan staal van aardse herkomst. Ik noemde het glimstaal omdat het ongewoon glom, en toen koningin Tarmunora me vroeg om het eerste Rijderszwaard te smeden, nam ik glimstaal. Daarna ging ik bij elke kans die zich voordeed het bos in om nieuwe stukken sterrenerts te zoeken. Ik vond ze niet vaak, maar als het gebeurde, bewaarde ik ze voor de Rijders. In de loop van de eeuwen werden de fragmenten steeds zeldzamer tot ik al begon te denken dat er niets meer over was. Het kostte me vierentwintig jaar om het laatste voorraadje te vinden. Daar heb ik zeven zwaarden van gemaakt, onder andere Undbitr en Zar'roc. Sinds de val van de Rijders heb ik nog maar één keer glimstaal gezocht, en dat was gisteravond, nadat Oromis me over je verteld had.'

Rhunön hield haar hoofd schuin en keek Eragon met haar waterige oogjes scherp aan. 'Ik heb het hele bos afgestroopt en veel bezweringen van vinden en binden geuit, maar van glimstaal geen spoor. Als ergens glimstaal te krijgen is, dan zouden we het eens kunnen hebben over een zwaard voor jou, Schimmendoder. Tot die tijd is een gesprek zinloos geklets.'

Eragon boog voor de elfenvrouw en dankte haar voor haar aandacht. Daarna verlieten hij en Saphira het atrium door de groene en lommerrijke tunnel van kornoeljes. Naast elkaar naar een open plek lopend waar Saphira zou kunnen opstijgen, zei Eragon: *Glimstaal. Dat moet Solembum bedoeld hebben. Onder de Menoaboom ligt glimstaal.*

Hoe kan hij dat weten?

De boom heeft het hem misschien zelf verteld. Maakt het wat uit?

Maar glimstaal of niet, hoe krijgen we iets te pakken dat onder de wortels van de Menoaboom verborgen is? vroeg Saphira. *We kunnen er niet dwars doorheen hakken. We weten niet eens waar we hakken moeten.*

Daar moet ik over nadenken.

Vanaf de open plek bij Rhunöns huis vloog Saphira met Eragon over Ellesméra terug naar de Rotsen van Tel'naeír, waar Oromis en Glaedr wachtten. Toen Saphira geland was en Eragon omlaag was geklommen, sprongen zij en Glaedr de rotswand af en vlogen ze hoog aan de hemel in kringetjes rond – zonder doel en uit puur genot over elkaars aanwezigheid.

Terwijl de twee draken tussen de wolken buitelden, onderwees Oromis zijn leerling in de manier waarop een magiër een voorwerp van de ene plaats naar de andere kan transporteren zonder de tussenliggende afstand af te hoeven leggen. 'De meeste vormen van magie vereisen een groeiende hoeveelheid energie naarmate de afstand tussen jou en je doelwit toeneemt,' zei hij. 'In dit bijzondere geval is dat echter niet zo. Het kost evenveel energie om het steentje in mijn hand naar de overkant van de beek te brengen als om het helemaal naar de Zuidelijke Eilanden te transporteren. Om die reden is deze bezwering het nuttigst als je iets met magische middelen moet overbrengen over een zo grote afstand dat het dodelijk zou zijn als je het door de gewone ruimte deed. Toch is het een veeleisende bezwering. Neem er alleen je toevlucht toe als al het andere faalt. Als je bijvoorbeeld iets ter grootte van Saphira's ei transporteert, ben je daarna te uitgeput om nog iets te doen.'

Oromis leerde hem de bewoordingen van de spreuk en diverse variaties erop, en toen Eragon de incantaties tot genoegen van Oromis uit zijn hoofd kende, liet de elf het hem proberen met een steentje in zijn hand. Zodra Eragon de hele bezwering had opgezegd, verdween het steentje uit Oromis' handpalm en verscheen het even later met een blauwe lichtflits, een harde knal en een golf gloeiend hete lucht midden op de open plek. Eragon schrok hevig van het geluid en greep de tak van een boom in de buurt om niet te vallen. Zijn knieën weigerden dienst en er kroop kou door zijn ledematen. Zijn hoofdhuid begon te tintelen bij de aanblik van het steentje, dat in een cirkel van verkoold en geplet gras lag, en hij moest denken aan de keer dat hij voor het eerst Saphira's ei had gezien.

501

'Goed gedaan,' zei Oromis. 'Maar kun je me nu vertellen waarom het steentje dat geluid maakte toen het daar in het gras weer opdook?'

Eragon luisterde goed naar alles wat Oromis zei, maar bleef tijdens de hele les over de kwestie van de Menoaboom piekeren, en hij wist dat Saphira hoog aan de hemel hetzelfde deed. Hoe langer hij erover nadacht, des te meer begon hij te betwijfelen of hij ooit een oplossing zou vinden.

Na de les vroeg de elf: 'Blijven jij en Saphira nog een tijd in Ellesméra nu je heer Fiolrs aanbod van Támerlein hebt afgewezen?'

'Dat weet ik niet, meester. Ik wil bij de Menoaboom nog één ding proberen, maar als ook dat niet slaagt, kan ik niets anders doen dan met lege handen naar de Varden vertrekken.'

Oromis knikte. 'Maar kom vóór je vertrek nog een keer met Saphira hier.'

'Ja, meester.'

Terwijl Saphira met Eragon op haar rug naar de Menoaboom vloog, vroeg ze: *Waarom denk je dat het nu wel gaat en eerst niet?*

Het zal gaan omdat het móet gaan. Heb jij soms een beter idee?

Nee, maar het staat me niet aan. We weten niet hoe de boom reageert. Vergeet niet dat Linnëa, voordat ze zich in de boom zong, eerst de jongeman doodde die haar liefde verried. Ze kan best opnieuw gewelddadig worden.

Zolang jij me beschermt, durft ze dat niet.

Hmm.

Met nauwelijks een zuchtje wind landde Saphira op een knokkelvormige wortel die op verscheidene honderden voeten afstand van de Menoaboom uit de grond stak. De eekhoorns in de enorme pijnboom zagen haar aankomen en krijsten waarschuwend naar hun broeders. Toen Eragon zich op de wortel had laten glijden, wreef hij zijn handen af aan zijn dijen en mompelde: 'Aan het werk. Geen tijd te verliezen.' Met lichte stappen rende hij over de wortel naar de stam en hield daarbij zijn armen gestrekt om zijn evenwicht te bewaren. Saphira volgde in een rustiger tempo. Haar klauwen spleten en kraakten al lopend de boombast.

Eragon ging op een glibberig stuk hout op zijn hurken zitten en stak een vinger door een spleet in de boomstam om te voorkomen dat hij viel. Hij wachtte tot Saphira boven hem stond, sloot toen zijn ogen, ademde de koele, vochtige lucht diep in en bracht zijn gedachten over naar de boom.

De Menoaboom deed geen poging om te verhinderen dat hij haar geest aanraakte, want zijn bewustzijn was zo uitgestrekt en vreemd en zodanig met het andere plantaardige leven in het bos verweven dat de boom zich niet hoefde te verdedigen. Iemand die de boom in zijn macht wilde krijgen, moest ook zijn heerschappij vestigen over een groot deel van Du Weldenvarden, en tot zo'n prestatie was niemand in staat.

Eragon voelde warmte en licht uit de boom komen en voelde ook hoe de aarde honderden passen in alle richtingen tegen de wortels drukte. Hij voelde de beroering van een briesje in de wirwar van takken en de stroom kleverig sap uit een sneetje in de bast. Daarnaast ontving hij soortgelijke indrukken van de andere planten die de Menoaboom onder zijn hoede had genomen. Vergeleken met het bewustzijn dat de boom tijdens de Viering van de Bloedeed tentoon had gespreid, leek hij nu bijna te slapen. De enige bewuste gedachte die Eragon kon waarnemen, verliep zo langzaam dat hij die met geen mogelijkheid ontcijferen kon.

Eragon zette al zijn middelen tegelijk in en slingerde een mentale schreeuw naar de Menoaboom. *Luister alstublieft, grote boom! Ik heb uw hulp nodig! Heel het land is in oorlog, de elfen hebben de veiligheid van Du Weldenvarden verlaten en ik heb geen zwaard om mee te vechten! De weerkat Solembum heeft me opgedragen om onder de Menoaboom te zoeken als ik een nieuw wapen nodig had. Dat moment is nu aangebroken! Luister alstublieft naar mij, moeder van het woud! Help mij bij mijn queeste!* Al pratend drong hij het bewustzijn van de boom beelden van Thoorn, Murtagh en de legers van het Rijk op. Saphira deed er voor alle zekerheid nog wat extra herinneringen bij en versterkte zijn pogingen met de kracht van haar eigen geest. Eragon vertrouwde echter niet alleen op woorden en beelden. Vanuit hemzelf en Saphira sluisde hij ook een gestage stroom energie naar de boom – een bewijs van goede wil dat hopelijk ook de nieuwsgierigheid van de Menoaboom wekte.

Er ging enige tijd voorbij. De boom reageerde niet, maar Eragon weigerde het op te geven. Hij redeneerde dat de boom een trager tempo had dan mensen of elfen. Het lag dus voor de hand dat een boom niet direct op hun verzoek zou ingaan.

We kunnen niet veel meer kracht missen, tenminste niet als we tijdig weer bij de Varden willen zijn, zei Saphira.

Eragon was het met haar eens en sloot de energiestroom spijtig af.

Terwijl ze de Menoaboom nog steeds met smeekbeden overstelpten, bereikte de zon zijn toppunt en begon hij aan de afdaling. Wolken bolden op en krompen terwijl ze langs de hemelkoepel zweefden. Vogels flitsten boven de bomen, boze eekhoorns kwetterden, vlinders zigzagden van bloem naar bloem en een rij rode mieren marcheerde met witte larfjes in hun scharen langs Eragons laars.

Saphira begon ineens te grommen, en elke vogel binnen gehoorsafstand vluchtte van schrik. *Weg met al die onderdanigheid! Ik ben een draak en weiger genegeerd te worden, ook niet door een boom!*

'Nee, wacht!' riep Eragon, die haar bedoelingen raadde, maar ze luisterde niet.

Saphira deed een stap naar achteren, ging op haar hurken zitten, zette haar klauwen diep in de wortel onder haar en trok met een enorme ruk drie lange repen hout uit de wortel. *Kom naar buiten en praat met ons, elfenboom!*

bulderde ze. Ze trok haar kop naar achteren als een slang die wil toeslaan, en loosde van tussen haar kaken een vuurzuil die de stam in een draaikolk van blauwe en witte vlammen zette.

Eragon bedekte zijn gezicht en sprong weg om aan de hitte te ontsnappen. 'Saphira, hou op!' schreeuwde hij ontzet.

Ik hou op als hij antwoordt.

Een dikke wolk waterdruppeltjes viel op de grond. Toen Eragon opkeek, zag hij de takken van de pijnboom met een groeiende opwinding trillen en zwaaien. Overal klonk het gegrom van hout tegen hout. Eragon kreeg tegelijkertijd een ijskoude wind tegen zijn wang en dacht onder zijn voeten zacht gerommel te voelen. Om zich heen kijkend zag hij dat de bomen rond de open plek hoger en hoekiger leken dan eerst; ze leken ook voorover te buigen en met hun kronkelige takken als klauwen naar hem te tasten.

En Eragon was bang.

Saphira... zei hij voordat hij zich iets door zijn knieën liet zakken, klaar om te vluchten of te vechten.

Saphira, die haar kaken sloot en daarmee de vuurstroom afsneed, maakte haar blik van de Menoaboom los en zag de dreigende ring van de andere bomen. Haar schubben rimpelden en de punten kwamen naar boven alsof een nijdige kat zijn vacht opzette. Grommend naar het bos zwaaide ze met haar kop en trok ze zich bij de Menoaboom terug. *Kom gauw op mijn rug.*

Voordat Eragon ook maar één stap kon zetten, groeide een wortel zo dik als zijn arm uit de grond en wikkelde zich rond zijn linker enkel, zodat hij op zijn plaats moest blijven staan. Nog dikkere wortels verschenen links en rechts van Saphira, grepen haar poten en staart en hielden haar op haar plaats. Saphira brulde van woede en boog haar nek om een nieuwe stroom vuur te lozen.

De vlammen in haar bek gingen flakkerend uit toen in haar geest en in die van Eragon een stem klonk. Het was een trage fluisterstem die Eragon aan ritselende bladeren deed denken, en de stem zei: *Wie waagt het om mijn vrede te verstoren? Wie waagt het om te bijten en te branden? Noem jullie namen, dan zal ik weten wie ik gedood heb.*

Eragons gezicht vertrok van pijn toen de wortel zijn greep op zijn enkel verstrakte. Als de druk nog iets toenam, gingen er beenderen breken. *Ik ben Eragon Schimmendoder, en dit is de draak met wie ik een band heb, Saphira Stralend Geschubde.*

Sterf dan goed, Eragon Schimmendoder en Saphira Stralend Geschubde.

Wacht! Ik heb onze hele namen nog niet genoemd, zei Eragon.

Een lange stilte volgde. Toen zei de stem: *Ga door.*

Ik ben de laatste vrije Drakenrijder van Alagaësia en Saphira is de laatste vrouwtjesdraak die nog bestaat. Wij zijn misschien de enigen die Galbatorix kunnen verslaan, en dat is de verrader die de Rijders vernietigde en de helft van Alagaësia heeft veroverd.

Waarom deed je me pijn, draak? vroeg de stem zuchtend.

Saphira ontblootte haar tanden en antwoordde: *Omdat je niet met ons wilde praten, elfenboom, en omdat Eragon zijn zwaard kwijt is en een weerkat zei dat we onder de Menoaboom moesten kijken als we een wapen nodig hadden. We hebben gekeken wat we konden, maar kunnen geen wapen vinden.*

Dan sterf je voor niets, draak, want er ligt geen wapen onder mijn wortels.

Eragon, die de boom hoe dan ook aan de praat wilde houden, zei: *We denken dat de weerkat glimstaal kan hebben bedoeld; dat is het sterrenmetaal waarvan Rhunön zwaarden voor de Rijders smeedt. Zonder glimstaal kan ze mijn zwaard niet vervangen.*

De hele grond rimpelde toen het netwerk van wortels op de open plek een beetje verschoof. Die beroering verjoeg honderden paniekerige konijnen, muizen, woelmuizen, spitsmuizen en andere kleine dieren uit hun holen en legers. Ze stoven nu in allerijl over het open terrein naar het dichte bos.

Vanuit zijn ooghoek zag Eragon dozijnen elfen naar de open plek rennen. Hun haren wapperden als zijden wimpels achter hen aan. Zwijgend als geestverschijningen bleven ze onder de omringende bomen staan. Ze staarden hem en Saphira aan, maar niemand maakte aanstalten om naar hen toe te gaan of hen te helpen.

Eragon stond op het punt om met zijn geest Oromis en Glaedr te roepen, toen de stem terugkwam. *De weerkat wist waarover hij het had. Aan de uiterste rand van mijn wortels ligt een klomp glimstaalerts begraven, maar die zal ik jullie niet schenken. Jullie hebben me gebeten en gebrand, en dat vergeef ik niet.*

Eragons opwinding over het bestaan van het erts werd aanzienlijk gedempt door schrik. *Maar Saphira is de laatste vrouwelijke draak! Die kun je toch niet doden!* riep hij uit.

Draken ademen vuur, fluisterde de stem, en een huivering voer door de bomen aan de rand van de open plek. *Vuren moeten geblust worden.*

Saphira gromde opnieuw. *Als wij de man niet kunnen stuiten die de Rijders vernietigd heeft, komt hij hier en brandt hij het bos om je heen plat. Daarna vernietigt hij ook jou, elfenboom. Maar als je ons helpt, kunnen we dat misschien verhinderen.*

Een gekrijs echode tussen de bomen toen twee takken over elkaar schraapten. *Als hij mijn zaailingen wil doden, dan zal hij zeker sterven. Niemand is zo sterk als een heel bos. Niemand kan hopen een heel bos te verslaan, en ik spreek namens het bos.*

Is de energie die we je gegeven hebben dan niet genoeg om je wonden te herstellen? vroeg Eragon. *Is dat niet voldoende compensatie?*

De Menoaboom antwoordde niet maar peilde Eragons geest en joeg als een windvlaag door zijn gedachten. *Wie ben je, Rijder? Ik ken elk schepsel in dit woud, maar iemand als jij heb ik nooit ontmoet.*

Ik ben elf noch mens, maar iets ertussenin. Tijdens de Viering van de Bloedeed hebben de draken mij veranderd.

Waarom hebben ze je veranderd, Rijder?
Om Galbatorix en het Rijk beter te kunnen bestrijden.
Ik weet nog dat ik tijdens de Viering een scheluwte in de wereld voelde, maar ik hechtte er toen geen belang aan... Tegenwoordig is nog maar weinig van belang behalve de zon en de regen.

Eragon zei: *Wij zullen je wortel en stam genezen als je dat graag wilt, maar mogen we alstublieft het glimstaal hebben?*

De andere bomen kraakten en kreunden als verdwaalde zielen, maar toen klonk de zachte ritselende stem weer. *Geef jij in ruil daarvoor wat ik wil, Drakenrijder?*

Ja, zei Eragon zonder aarzeling. Voor een Rijderszwaard was hij tot elke prijs bereid.

De kroon van de Menoaboom kwam tot rust, en een tijdlang heerste er stilte op de open plek. Toen begon de grond te schudden. De wortels voor Eragons voeten kronkelden en draaiden, lieten schilfers bast los en schoven opzij. Daarbij werd een kaal stuk aarde zichtbaar en daaruit stak iets dat nog het meest op een homp roestig ijzer leek. Het stuk was ongeveer twee voet lang en anderhalve voet breed. Toen het erts boven op de vruchtbare, zwarte aarde lag, voelde Eragon een lichte trekking in zijn onderbuik. Hij kromp ineen en wreef erover, maar het korte ongemak was alweer verdwenen. De wortel rond zijn enkel liet los en verdween in de grond, evenals de wortels die Saphira vasthielden.

Hier is je metaal, fluisterde de Menoaboom. *Neem het mee en ga...*
Maar...
Ga... zei de Menoaboom met wegstervende stem. *Ga...* Het bewustzijn van de boom verdween uit hem en Saphira en trok zich steeds dieper in zichzelf terug totdat zijn aanwezigheid nog maar nauwelijks te voelen was. De hoog oprijzende pijnbomen om hen heen ontspanden zich en kregen hun gebruikelijke stand terug.

'Maar...' zei Eragon hardop. Het verbaasde hem dat de Menoaboom hem niet verteld had wat hij wilde hebben.

Hij stond nog steeds voor datzelfde raadsel toen hij naar het erts liep, zijn vingers onder de rand van het metaalrijke gesteente legde en de onregelmatig gevormde massa optilde, grommend onder het gewicht. Met het stuk tegen zijn borst geklemd, keerde hij de Menoaboom de rug toe en begon aan de lange tocht naar Rhunöns huis.

Saphira kwam naast hem lopen en snuffelde aan het glimstaal. *Je had gelijk. Ik had hem niet moeten aanvallen,* zei ze.

Hoe dan ook, we hebben het glimstaal, zei Eragon. *En de Menoaboom... Ik weet niet wat die heeft, maar wij hebben waarvoor we gekomen zijn, en daar gaat het om.*

De elfen verzamelden zich langs het pad dat Eragon koos, en staarden hem en Saphira aan met een felheid waardoor hij sneller ging lopen. Zijn nekhuid tintelde. De elfen zeiden geen woord. Ze staarden met hun schuine ogen, staarden alsof ze een gevaarlijk dier tussen hun huizen zagen lopen.

Saphira blies een wolkje rook uit haar neusgaten. *Als Galbatorix ons niet vermoordt, gaan we hier nog spijt van krijgen, denk ik.*

Het ijzer smeden als het heet is

'Waar heb je dat vandaan?' vroeg Rhunön toen Eragon wankelend het atrium van haar huis in kwam en het brok glimstaalerts bij haar voeten op de grond gooide.

Ze ging er op haar hurken naast zitten en streelde het oppervlak, waarin talloze putjes zaten. Haar vingers hielden alleen stil bij de stukjes metaal die her en der verspreid in het gesteente zaten. 'Het was óf heel dom, óf heel dapper van jullie om de Menoaboom op die manier op de proef te stellen. Met die boom valt niet te spotten.'

Is er genoeg erts voor een zwaard? vroeg Saphira.

'Voor diverse, als mijn vroegere ervaring een goede graadmeter is,' zei Rhunön toen ze weer overeind kwam. De elfenvrouw wierp een blik op het smidsvuur in het midden van haar atrium en sloeg haar handen tegen elkaar terwijl haar ogen oplichtten door een combinatie van gretigheid en toewijding. 'Aan de slag dus. Jij moet een zwaard hebben, Schimmendoder? Uitstekend, ik zal je een zwaard geven waaraan niets kan tippen dat ooit eerder in Alagaësia gezien is.'

'Maar hoe zit het met uw eed?'

'Daar denken we maar even niet aan. Wanneer gaan jullie weer terug naar de Varden?'

'We hadden op de dag van onze aankomst al moeten vertrekken.'

Rhunön zweeg even met een nadenkende blik. 'Dan zal ik me moeten haasten met dingen die ik altijd ongehaast doe, en gebruik ik magie om dingen te maken die anders een handwerk van weken kosten. Jij en Stralend Geschubde helpen me.' Dat was geen vraag, maar Eragon knikte toch. 'We blijven de hele nacht op, maar ik beloof je dat je morgenochtend je zwaard hebt, Schimmendoder.' Haar knieën buigend, tilde ze het brok erts zonder zichtbare inspanning van de grond en droeg het naar de werkbank waar ze aan haar beeldhouwwerk bezig was geweest.

Eragon trok zijn tuniek en wambuis uit om ze tijdens het werk niet te beschadigen, en Rhunön gaf hem in plaats daarvan een strak buis en een voorschoot die op zo'n manier behandeld was dat de stof bestand was tegen vuur. Rhunön droeg hetzelfde. Toen Eragon haar om handschoenen vroeg, begon ze te lachen en schudde ze haar hoofd. 'Alleen een smid met twee linkerhanden draagt handschoenen.'

Rhunön liet hem vervolgens een lage, spelonkachtige kamer zien in de stam van een van de bomen waaruit haar huis was gegroeid. In die kamer lagen zakken houtskool en stapels bakstenen van wittige klei. Met behulp van een bezwering tilden Rhunön en Eragon verscheidene honderden bakstenen op en legden ze die buiten naast het open smidsvuur. Ze deden vervolgens hetzelfde met de zakken houtskool, die allemaal manshoog waren. Toen de voorraden tot Rhunöns tevredenheid buiten lagen, bouwden zij en Eragon een smeltoven voor het erts. Die oven was een ingewikkeld geval, en Rhunön weigerde magie te gebruiken voor de bouw ervan, zodat het project het grootste deel van de middag kostte. Eerst groeven ze een rechthoekige kuil van vijf voet diep, die ze vulden met lagen zand, grind, klei, houtskool en as. Daarin maakten ze een aantal ruimten en kanalen als afvoer voor het vocht, dat de hitte van het smeltvuur anders zou temperen. Toen de hele kuil vol was, bouwden ze daar bovenop een trog van bakstenen met een metselspecie van water en ongebrande klei. Rhunön dook haar huis in en kwam terug met een paar blaasbalgen, die ze aan gaten in de onderkant van de trog bevestigde. Toen pauzeerden ze even voor een paar happen brood met kaas. Na deze korte rust legde Rhunön een handvol takjes in de trog die ze met een gemompeld woord aanstak. Zodra ze goed brandden, legde ze er middelgrote stukken droog eikenhout naast. Bijna een uur lang verzorgde ze het vuur met de zorg van een tuinman die rozen kweekt, totdat het hout was opgebrand tot een gelijkmatige laag gloeiende kooltjes. Rhunön knikte vervolgens naar Eragon en zei: 'Nu.'

Eragon tilde het brok erts voorzichtig in de trog. Toen de hitte voor zijn vingers ondraaglijk werd, liet hij het erts los en sprong naar achteren omdat een wolk vonken als een zwerm vuurvliegjes omhoog kolkte. Boven op het erts en de kooltjes schepte hij een dikke deken van houtskool als brandstof voor het vuur. Hij veegde het houtskoolstof van zijn handen, pakte de handvatten van een blaasbalg en begon te pompen. Rhunön deed hetzelfde met de balg aan de andere kant van de smeltoven. Samen voorzagen ze het vuur van een gestage stroom lucht om het steeds heter te laten branden.

De schubben op Saphira's borst en op de onderkant van haar kop en nek fonkelden door de oogverblindende lichtflitsen van de dansende vlammen in de smeltoven. Ze kroop diverse passen naar achteren maar hield haar blik op het gesmolten hart van het vuur gericht. *Ik kan jullie hiermee helpen,* zei ze. *Ik heb het erts in een wip gesmolten.*

'Ongetwijfeld,' zei Rhunön. 'Maar als het metaal te snel smelt, verbindt het zich niet goed met de houtskool en wordt het niet hard en buigzaam genoeg voor een zwaard. Bewaar je vuur nog maar even, draak. Straks kunnen we het goed gebruiken.'

Door de hitte van het vuur en de inspanning die de blaasbalg kostte, was Eragon algauw met een laag zweet overdekt. Zijn blote armen glommen in het licht van het vuur. Hij en Rhunön lieten regelmatig hun werk in de steek om nieuwe houtskool op het vuur te scheppen. Het was monotoon werk, en Eragon vergat de tijd dan ook snel. Hij was zich alleen nog bewust van het onophoudelijke gebulder van het vuur, het gevoel van de blaasbalg in zijn handen, het geruis van de luchtstroom en Saphira's waakzame aanwezigheid. Het was dan ook een verrassing toen Rhunön zei: 'Zo is het wel genoeg. Laat de blaasbalg maar met rust.'

Nadat hij zijn voorhoofd had afgeveegd, hielp hij haar om gloeiende kooltjes vanuit de smeltoven in een ton water te scheppen. De kooltjes sisten en verspreidden een zurige stank toen ze met het water in aanraking kwamen.

Toen de gloeiende plas van het withete metaal op de bodem van de trog zichtbaar was – de slakken en andere ongerechtigheden waren tijdens het proces weggestroomd – dekte Rhunön het met een duimdikke laag fijne, witte as af. Vervolgens zette ze haar schop tegen de zijkant van de smeltoven en ging op haar bank zitten. 'En nu?' vroeg Eragon.

'Nu wachten we.'

'Waarop?'

Rhunön gebaarde naar de hemel, waar het licht van de ondergaande zon de ijle wolken van rode, purperen en gouden tinten voorzag. 'We moeten het metaal in het donker bewerken, anders kunnen we de kleur niet goed beoordelen. Glimstaal heeft bovendien tijd nodig om af te koelen, want het moet zacht en makkelijk te vormen zijn.'

Ze bracht haar hand tot achter haar hoofd, maakte het touwtje los waarmee ze haar haren had opgebonden, verzamelde ze en bond het touwtje weer vast. 'Laten we het intussen over je zwaard hebben. Hoe vecht je? Met één hand of twee?'

Eragon dacht even na en zei: 'Dat hangt ervan af. Als ik het voor het kiezen heb, doe ik het met één hand en neem ik in mijn andere een schild. Maar de omstandigheden zijn daar niet altijd geschikt voor, en ik heb vaak zonder schild moeten vechten. Dan pak ik het gevest met twee handen beet om harder te kunnen slaan. De greep van Zar'roc was groot genoeg voor ook mijn linkerhand, maar de richels rond de robijn waren niet prettig en gaven weinig houvast. Een iets langere handgreep zou plezierig zijn.'

'Ik neem dus aan dat je geen echt tweehandig zwaard wilt,' zei Rhunön.

Eragon schudde zijn hoofd. 'Nee, dat zou te groot zijn voor gevechten binnen.'

'Dat wordt bepaald door de lengte van het gevest en de kling samen, maar in het algemeen heb je gelijk. Wat denk je van een zwaard voor anderhalve hand?'

Het beeld van Murtaghs oorspronkelijke zwaard kwam bij hem op, en hij glimlachte. *Waarom ook niet?* dacht hij. 'Anderhalf lijkt me uitstekend.'

'En hoe lang wil je de kling?'

'Niet langer dan bij Zar'roc.'

'Hmm. Moet hij recht of krom zijn?'

'Recht.'

'Heb je een voorkeur voor de stootplaat?'

'Nee, niet echt.'

Rhunön, die haar armen over elkaar had gelegd, liet haar kin tegen haar borstbeen rusten en sloot haar ogen half. Haar lippen trilden. 'En de breedte van de kling? Vergeet niet dat het zwaard nooit breekt, hoe smal het ook is.'

'Hij zou bij de stootplaat wat breder kunnen zijn dan Zar'roc.'

'Waarom?'

'Volgens mij staat dat beter.'

Rhunön lachte hees en bijtend. 'Maar hoe bevordert dat het gebruik van je zwaard?'

Eragon ging beschaamd verzitten en wist niet wat hij zeggen moest.

'Vraag me nooit om een verandering van je wapen alleen maar vanwege het uiterlijk,' zei Rhunön vermanend. 'Een wapen is een middel, en als het mooi is, dan is het dat vanwege zijn nut. Een zwaard dat zijn functie niet kan vervullen, is in mijn ogen lelijk, hoe fraai de vorm ook is en hoeveel schitterende edelstenen en fijnzinnige gravures er ook in verwerkt zijn.' De elfenvrouw tuitte haar lippen nadenkend. 'Het zwaard moet dus geschikt zijn voor het grenzenloze bloedvergieten van een slagveld maar ook voor zelfverdediging in de smalle tunnels onder Farthen Dûr. Een zwaard voor alle gelegenheden, niet te lang en niet te kort. Alleen het gevest moet langer zijn dan gemiddeld.'

'Een zwaard om Galbatorix te doden,' zei Eragon.

Rhunön knikte. 'En als zodanig moet het goed tegen magie beschermd zijn...' Haar kin rustte weer op haar borstbeen. 'De maliënkolders en harnassen zijn de laatste eeuw sterk verbeterd. De punt moet dus smaller zijn dan wat ik vroeger maakte om beter door het ijzer heen te dringen en makkelijker in de ruimtes tussen de onderdelen te glijden. Hmm.' Uit een zak naast haar haalde ze een geknoopt stuk twijndraad waarmee ze allerlei maten van Eragons handen en armen nam. Vervolgens haalde ze een smeedijzeren pook uit de smidse en gooide die naar Eragon, die het ding met één hand opving en vragend een wenkbrauw optrok. De elfenvrouw wees naar hem en zei: 'Ga je gang. Ga staan en laat zien hoe je een zwaard hanteert.'

Eragon liep de open smidse uit en gehoorzaamde met een demonstratie van allerlei technieken die Brom hem geleerd had. Na een tijdje hoorde hij het gerinkel van metaal op steen, waarna Rhunön kuchte en zei: 'Dit is hopeloos.' Ze kwam met een andere pook tegenover Eragon staan. Op haar voorhoofd verscheen een woeste frons terwijl ze bij wijze van groet haar pook hief en riep: 'Kom maar op, Schimmendoder!'

Rhunöns zware pook floot door de lucht doordat ze hem een hakkende slag wilde toebrengen. Eragon danste naar opzij en pareerde. De pook schokte in zijn hand toen de twee stukken metaal tegen elkaar sloegen. Hij en Rhunön schermden een tijdje. Het was duidelijk dat ze al enige tijd geen zwaard meer had gehanteerd, maar Eragon vond haar een formidabele tegenstandster. Uiteindelijk moesten ze ermee ophouden omdat het zachte ijzer van de twee poken zodanig gebogen was dat ze op de takken van een taxus leken. Rhunön pakte Eragons pook en bracht de twee misvormde stukken metaal naar een stapel met kapot gereedschap. Toen ze terugkwam, hief de elfenvrouw haar kin en zei: 'Nu weet ik precies welke vorm je zwaard moet hebben.'

'Maar hoe ga je het maken?'

Er verscheen een geamuseerde twinkeling in Rhunöns ogen. 'Ik maak niks. Jij gaat in plaats van mij het zwaard smeden, Eragon.'

Eragon keek haar even met open mond aan. 'Ik? Maar ik ben nooit smidsleerling geweest, en al helemaal niet bij een wapensmid. Ik kan niet eens een snoeimes smeden.'

Rhunöns ogen twinkelden nog helderder. 'Toch word jij degene die dit zwaard maakt.'

'Maar hoe dan? Kom je naast me staan en zeg je wat ik doen moet terwijl ik aan het hameren ben?'

'Nee,' zei Rhunön. 'Ik zal je handelingen sturen vanuit het binnenste van je geest, zodat jouw handen kunnen doen wat de mijne verboden is. Dat is geen volmaakte oplossing, maar ik weet geen andere manier om mijn eed gestand te doen en toch mijn vak te beoefenen.'

Eragon fronste zijn wenkbrauwen. 'Maar als jij mijn handen beweegt, is dat toch precies hetzelfde als wanneer jijzelf het zwaard smeedt?'

Rhunöns blik werd duister, en ze vroeg kortaf: 'Wil je dat zwaard nou of niet, Schimmendoder?'

'Ja.'

'Val me dan niet lastig met zulke vragen. Het zwaard smeden via jou is anders omdat ik denk dat het anders is. Als ik dat niet dacht, zou mijn eed me verbieden om eraan mee te doen. Dus tenzij je met lege handen naar de Varden terug wilt, is het verstandig om er je mond over te houden.'

'Ja, Rhunön-elda.'

Ze liepen naar de smeltoven, en Rhunön liet Saphira de nog warme massa van het gestolde glimstaal uit de bakstenen trog halen. 'Breek het in vuistgrote stukken,' beval ze voordat ze zich op een veilige afstand terugtrok.

Saphira hief haar voorpoot en stampte uit alle macht op het gerimpelde stuk glimstaal. De grond beefde en het staal brak op verschillende plaatsen. Saphira stampte er nog driemaal op, en toen was Rhunön tevreden over het resultaat. De elfenvrouw verzamelde de scherpe stukken staal in haar voorschoot en bracht ze naar een lage tafel naast het vuur. Daar sorteerde ze de stukken op hardheid, die ze aan de hand van de kleur en textuur van het gebroken metaal vaststelde.

'Een deel is te hard en een deel is te zacht,' zei ze. 'Daar zou ik zo nodig iets tegen kunnen doen, maar dan moet ik het opnieuw verhitten. We nemen dus alleen de stukken die nu al geschikt zijn voor een zwaard, maar voor de randen nemen we iets harders' – ze raakte wat stukken aan die extra glansden en fonkelden – 'want dan zijn ze beter te slijpen. Voor het middendeel gebruiken we iets zachter staal,' – ze legde haar hand op grijzere en minder glanzende stukken – 'want dat buigt beter en vangt de kracht van een klap op. Maar voordat we het zijn vorm kunnen geven, moeten we er eerst de resterende ongerechtigheden uit verwijderen.'

Hoe doen we dat? vroeg Saphira.

'Dat zie je straks.' Rhunön liep naar een paal onder het afdak van de smidse en ging ertegenaan zitten. Toen kruiste ze haar benen en sloot met een kalm en beheerst gezicht haar ogen. 'Klaar, Schimmendoder?'

'Ja,' zei Eragon ondanks de toenemende spanning in zijn buik.

Toen Rhunöns geest de zijne raakte, vielen hem allereerst de zachte akkoorden op die door het duistere en chaotische landschap van haar gedachten echoden. Het was een langzame en doelgerichte muziek in een vreemde en onthutsende toonsoort die een aanval op Eragons zenuwen deed. Hij kon niet zeggen in hoeverre die griezelige melodie iets over haar karakter zei, maar vroeg zich wel af hoe verstandig het was om haar de leiding over zijn lichaam te geven. Maar vervolgens dacht hij aan Saphira, die naast het vuur over hem waakte. Daarmee verdween zijn angst en verwijderde hij de laatste barrières rond zijn bewustzijn.

Eragon had het gevoel alsof een dot ruwe wol over zijn huid werd gehaald toen Rhunön zijn geest met de hare omvatte en binnendrong in de intiemste delen van zijn wezen. Hij huiverde door het contact en maakte er zich bijna van los, maar toen klonk Rhunöns knarsende stem in zijn schedel: *Ontspan je, Schimmendoder. Dan gaat alles goed.*

Ja, Rhunön-elda.

Vervolgens begon de elfenvrouw aan een reeks oefeningen. Ze hief zijn armen, bewoog zijn benen, liet zijn hoofd rollen en deed andere experimenten met zijn lichamelijke vermogens. Hij vond het vreemd om zijn hoofd en ledematen te voelen bewegen zonder er zelf de beheersing over te hebben, maar het werd nog vreemder toen zijn ogen schijnbaar zelfstandig naar allerlei punten begonnen te kijken. Bij dat gevoel van machteloosheid ontstond ineens een golf van paniek in zijn binnenste. Toen Rhunön hem naar voren liet lopen en hij zijn voet tegen een hoek van de smidse stootte, zodat hij bijna viel, nam Eragon de beheersing van zijn lichaam meteen weer over en pakte hij de punt van Rhunöns aambeeld om zich overeind te houden.

Bemoei je er niet mee, snauwde ze. *Als je zenuwen tijdens het smeden op het verkeerde moment opspelen, kun je onherstelbare verwondingen oplopen.*

Jij ook, als je niet oppast, riposteerde hij.

Wees geduldig, Eragon. Als het straks donker is, heb ik het onder de knie.

Al wachtend tot het laatste licht uit de fluwelen hemel verdwenen was, bracht Rhunön de smidse in gereedheid en oefende ze het gebruik van allerlei gereedschappen. Van haar aanvankelijke onhandigheid met Eragons lichaam was algauw niets meer te merken, behalve de keer dat ze hem een hamer liet pakken en per ongeluk hard op zijn vingers sloeg. Door de pijn sprongen de tranen in Eragons ogen. Rhunön bood haar verontschuldigingen aan en zei: *Je armen zijn langer dan de mijne.* Toen ze even later met smeden wilde beginnen, merkte ze op: *Het is maar goed dat je de snelheid en kracht van een elf hebt, Schimmendoder. Anders was er geen schijn van kans dat we het vannacht af konden krijgen.*

Rhunön pakte de harde en zachte stukken glimstaal die ze gebruiken wilde, en legde ze in de smidshaard. Op verzoek van de elf verhitte Saphira het staal door haar kaken net genoeg te openen om de blauwe en witte vlammen uit haar bek te concentreren in een dunne straal die niet in de rest van de smidse terechtkwam. De bulderende vuurzuil baadde het hele atrium in een felblauw licht zodat Saphira's schubben met een oogverblindende schittering vonkten en flitsten.

Toen het metaal kersrood gloeide, liet Rhunön het door Eragon met een tang uit het vuur halen. Ze legde de stukken op het aambeeld en plette ze met een reeks snelle mokerslagen tot een plaat van hooguit een kwart duim dik. Het oppervlak van het staal glinsterde van de talloze roodgloeiende deeltjes. Elke plaat die Rhunön op dikte had gebracht, legde ze in een trog pekel. Toen alle stukken glimstaal geplet waren, haalde ze ze uit de pekel, die warm aanvoelde op Eragons arm. Elke plaat schuurde ze met een stuk zandsteen om de zwarte vlokjes te verwijderen die erop ontstaan waren. Door het schuren werd de kristalstructuur van het metaal zichtbaar, en Rhunön bekeek die met veel aandacht. Ze sorteerde de platen opnieuw op relatieve hardheid en zuiverheid op basis van de kristaleigenschappen.

Omdat ze zo intiem met elkaar verbonden waren, nam Eragon aan al haar gedachten en gevoelens deel. De diepte van haar kennis verbaasde hem; ze zag dingen in het metaal waarvan hij het bestaan nooit vermoed had, en de berekeningen die ze over de behandeling maakte, gingen zijn begrip te boven. Hij voelde ook dat ze ontevreden was over de manier waarop ze bij het pletten de moker gehanteerd had.

Haar ontevredenheid groeide en groeide, en uiteindelijk zei ze: *Bah! Moet je al die butsen zien! Zo kan ik geen zwaard smeden. Ik beheers je armen en handen te weinig om een zwaard te maken dat de moeite waard is.*

Voordat Eragon op haar in kon praten, zei Saphira: *Het gereedschap maakt de kunstenaar niet, Rhunön-elda. Je kunt heel zeker een manier bedenken om dat ongemak te compenseren.*

Ongemak! zei Rhunön snuivend. *Ik heb niet meer coördinatie dan een zuigeling. Ik ben een vreemdeling in een vreemd huis!* Nog steeds grommend gaf ze zich over aan mentale beraadslagingen die Eragon niet begreep, maar toen zei ze: *Ik heb misschien een oplossing, maar ik waarschuw je: ik ga er niet mee door als ik mijn normale niveau niet kan halen.*

Wat de oplossing was, vertelde ze niet. Ze legde de platen staal op het aambeeld en sloeg ze in stukken die niet groter waren dan een rozenblaadje. Ze nam de helft van de hardste vlokken en maakte er een soort baksteen van, die ze met klei en berkenbast omhulde om het geheel bij elkaar te houden. De baksteen kwam op een dikke plaat staal met een steel van zeven voet te liggen, zoals bakkers gebruikten om broden uit een hete oven te halen. Rhunön legde de schep in de haard en liet Eragon toen zo ver naar achteren staan dat hij de steel nog net kon vasthouden. Daarna vroeg ze Saphira het vuur weer aan te blazen. Het atrium werd opnieuw in een blauwe, flikkerende gloed gehuld. De hitte was buitengewoon fel. Eragon had het gevoel dat zijn onbedekte huid knapperig werd, en hij zag dat de granietstenen van de haard lichtgeel waren gaan gloeien.

Het glimstaal zou in een houtskoolvuur met gemak een halfuur nodig hebben gehad om op temperatuur te komen, maar in de verzengende hel van Saphira's vuur was het al snel witheet. Rhunön beval de draak om geen vuur meer te spuwen, en de smidse werd weer in het donker gehuld toen Saphira haar kaken sloot.

De elfenvrouw liet Eragon snel naar voren lopen om de gloeiende baksteen van door klei omringd staal naar het aambeeld te brengen, waar ze de losse plaatjes glimstaal tot één samenhangend geheel smeedde. Ze bewerkte het metaal een hele tijd, klopte het tot een lange staaf uit, maakte een snee in het midden, vouwde het metaal dubbel en smeedde de stukken aan elkaar. Het metaal rinkelde alsof er klokken aan het luiden waren, en het geluid echode tegen de oeroude bomen rond het atrium.

Rhunön liet Eragon het glimstaal weer in de haard leggen toen de witte kleur in geel was veranderd. Saphira baadde het metaal opnieuw in vuur uit haar buik. De elfenvrouw verhitte en vouwde het glimstaal zes keer, en bij elke keer werd het metaal gladder en soepeler totdat ze het kon buigen zonder dat het brak.

Terwijl Eragon het staal klopte – al zijn bewegingen werden door Rhunön gedicteerd – begon de elfenvrouw zowel met zijn stem als de hare te zingen. Hun twee stemmen vormden samen een niet-onaangename melodie die met de hamerslagen rees en daalde. Er kroop een rilling over Eragons ruggengraat toen hij Rhunön een gestage stroom energie in hun gezamenlijke woorden voelde stuwen, en hij besefte dat het lied bezweringen voor het maken, vormen en binden bevatte. Met hun twee stemmen zong Rhunön over het metaal dat op het aambeeld lag. Ze beschreef zijn eigenschappen – die ze veranderde op manieren die Eragons begrip te boven gingen – en gaf het glimstaal een complex web van spreuken mee die bedoeld waren om er meer kracht en buigzaamheid aan te geven dan gewoon staal bezat. Ze zong ook over Eragons hamerarm, en dankzij de milde invloed van haar gezang kwam elke klap die ze door hem liet uitvoeren precies op de juiste plaats terecht.

Rhunön bluste de staaf glimstaal na de zesde en laatste vouw. Ze herhaalde het hele proces met de andere helft van het harde glimstaal en maakte er een staaf van die identiek was aan de eerste. Daarna verzamelde ze de fragmenten van het zachtere staal, dat ze tienmaal vouwde en smeedde voordat ze er een korte wig van maakte.

Vervolgens liet ze Saphira de twee staven hard staal weer verhitten. Ze legde de glimmende staven naast elkaar op het aambeeld, pakte de uiteinden met tangen beet en draaide de staven zeven keer rond elkaar. Vonken vlogen de lucht in toen ze op de spiralen hamerde en er één stuk metaal van smeedde. De zo ontstane massa glimstaal werd opnieuw zesmaal gevouwen, gesmeed en op lengte geklopt. Toen ze over de kwaliteit van het metaal tevreden was, plette ze het tot een dikke, langwerpige plaat, die ze met een scherpe beitel in de lengte doormidden sloeg. Elke helft vouwde ze in de lengte dubbel zodat ze de vorm van een lange, ondiepe V kregen.

Naar Eragons schatting lukte haar dat allemaal in de loop van anderhalf uur. Haar snelheid verblufte hem, hoewel hij wist dat zijn eigen lichaam al het werk deed. Nooit eerder had hij een smid met zoveel gemak zien werken. Wat Horst uren zou hebben gekost, had zij in een mum van een tijd voor elkaar. En hoe zwaar het werk ook was, Rhunön bleef erbij zingen, waarbij ze een netwerk van bezweringen in het glimstaal verwerkte en Eragons arm met een onfeilbare precisie leidde.

In het inferno van lawaai, vuur, vonken en zweet dacht Eragon – Rhunön liet zijn blik door de smidse glijden – drie slanke gestalten bij de rand van het atrium te zien staan. Saphira bevestigde zijn vermoeden toen ze even later zei: *We zijn niet alleen, Eragon.*

Wie zijn dat? vroeg hij. Saphira stuurde hem een beeld van de kleine, gerimpelde weerkat Maud in mensengedaante, staande tussen twee bleke elfen die niet langer waren dan zij. Een van de elfen was mannelijk, de andere vrouwelijk, en ze waren allebei buitengewoon knap, zelfs naar de maatstaven van de elfen. Hun plechtige, traanvormige gezichten leken zowel wijs als onschuldig, en dat maakte het voor Eragon onmogelijk om hun leeftijd te schatten. Hun huid glansde vaag zilverwit alsof de twee elfen zoveel energie bezaten dat die uit hun lichaam naar buiten trad.

Hij vroeg Rhunön naar de identiteit van de elfen toen ze een pauze verordonneerde om zijn lichaam even rust te gunnen. Ze wierp een blik op hen, zodat ook hij ze iets beter kon zien, en zei met haar gedachten zonder haar lied te onderbreken: *Dat zijn Alanna en Dusan, de enige elfenkinderen in Ellesméra. Er was veel vreugde toen ze twaalf jaar geleden verwekt werden.*

Ze zijn anders dan de andere elfen die ik ken, zei hij.

Onze kinderen zijn bijzonder, Schimmendoder. Ze zijn gezegend met bepaalde gaven – gaven van gratie en gaven van macht – die geen volwassen elf kan evenaren. Naarmate we ouder worden, wordt onze bloei steeds minder uitbundig, hoewel de magie van onze vroegste jaren nooit helemaal verdwijnt.

Rhunön verspilde geen tijd meer aan praten. Ze liet Eragon de wig van glimstaal tussen de twee v-vormige repen leggen en ze kloppen totdat de repen de wig bijna helemaal bedekten en de drie stukken door de frictie bij elkaar werden gehouden. Daarna smeedde ze de stukken tot één geheel. Ze klopte het nog hete metaal verder uit, en toen was de ruwe vorm van het zwaard al zichtbaar. De zachte wig werd het midden van de kling, terwijl de hardere repen de snijkanten en de punt vormden. Toen deze plaat bijna zo lang als een voltooid zwaard was geworden, verliep het werk trager, want Rhunön ging weer met de doorn aan de slag en hamerde vervolgens de hele kling totdat de uiteindelijke hoeken en proporties bereikt waren.

Rhunön liet Saphira de kling verhitten in segmenten van hooguit zes of zeven duim tegelijk, en de elfenvrouw bereikte dat door het metaal boven een van Saphira's neusgaten te houden waaruit de draak één enkele straal vuur blies. Steeds als dat vuur tot leven kwam, vluchtte een hele horde kronkelende schaduwen naar de omtrek van het atrium.

Eragon was stomverbaasd dat een brok ruw metaal onder zijn handen een elegant krijgsinstrument aan het worden was. Bij elke slag werden de omtrekken van de kling duidelijker alsof het glimstaal een zwaard *wilde* worden en heel graag de vorm aannam die Rhunön wenste.

Aan het smeedwerk kwam ten slotte een eind. Op het aambeeld lag een lange, zwarte kling, die weliswaar nog ruw en onvolledig was maar nu al een gevoel van dodelijke doelgerichtheid uitstraalde.

Rhunön liet Eragons armen even rusten terwijl de kling aan de lucht afkoelde. Daarna liet ze hem de kling naar een andere hoek van haar werkplaats brengen, waar ze zes verschillende slijpwielen had klaargezet, en op een kleine bank lag een hele sortering vijlen, krabbers en schuurstenen. Ze bevestigde de kling tussen twee blokken hout, en het hele uur daarna was ze bezig om de zijkanten van het zwaard met een trekmes glad te krijgen en de contouren letterlijk bij te vijlen. Net als bij het hameren leek elke trek van het mes en elke haal van een vijl tweemaal zo efficiënt als normaal het geval zou zijn geweest – net of de gereedschappen precies wisten hoeveel staal ze moesten verwijderen, en daarna gewoon ophielden.

Toen alles gevijld was, maakte Rhunön een houtskoolvuur in de haard, en terwijl ze wachtte totdat het naar behoren brandde, maakte ze een papje van donkere, fijnkorrelige klei, as, gemalen puimsteen en uitgekristalliseerd jeneverbessensap. Daarmee besmeerde ze de hele kling, maar op het midden smeerde ze tweemaal zoveel als op de randen en de punt. Hoe dikker het papje was aangebracht, des te langer het zou duren voordat het metaal eronder afkoelde wanneer het werd geblust, en des te zachter dat deel van het staal dan werd.

De klei werd lichter van kleur toen Rhunön hem met een snelle incantatie liet drogen. Op aanwijzing van de elfenvrouw liep Eragon vervolgens naar het vuur, legde het zwaard plat op de gloeiende kooltjes, bediende met zijn vrije hand de blaasbalg en trok het metaal langzaam naar zich toe. Toen de punt uit het vuur kwam, draaide Rhunön het zwaard om en herhaalde ze de operatie. Op die manier bleef ze het zwaard door de kooltjes trekken totdat de twee zijkanten gelijkmatig oranje waren geworden en het midden felrood was. Met één soepele beweging haalde ze het uit het vuur, zwaaide het gloeiende stuk staal door de lucht en stak het in de trog met water naast het vuur. Een explosieve wolk stoom joeg uit het water, dat sissend en borrelend rond het staal stroomde. Al snel nam het geborrel af en haalde ze het nu parelgrijze zwaard uit het water. Ze legde het weer in het vuur om het hele zwaard op dezelfde lage temperatuur te brengen, want op die manier werden de randen minder bros. Toen bluste ze het opnieuw.

Eragon had verwacht dat Rhunön haar greep op zijn lichaam zou loslaten zodra het zwaard gesmeed, gehard en getemperd was, maar tot zijn verrassing bleef ze in zijn geest zijn ledematen beheersen. Rhunön liet hem het vuur met water doven en leidde hem toen weer naar de bank met de vijlen en de krabbers en de schuurstenen. Daar moest hij gaan zitten om met steeds fijnere stenen de kling te polijsten. Eragon maakte uit haar herinneringen op dat dit werkje normaal gesproken minstens een week kostte, maar dankzij het lied dat ze zong was ze via hem in staat om het in slechts vier uur te klaren. Bovendien maakte ze aan elke kant van de kling een smalle groef over het midden. Naarmate het glimstaal gladder werd, kwam ook de ware schoonheid van het metaal beter tot uiting. Eragon zag er een glimmend kabelpatroon in waarvan elk lijntje de overgang tussen twee lagen van het gladde metaal markeerde. En langs alle randen van het zwaard liep een kronkelende, zilverwitte band die zo breed was als zijn duim, zodat het leek alsof de randen brandden met tongen van bevroren vuur.

De spieren in Eragons rechterarm weigerden verdere dienst toen Rhunön de angel met decoratieve kruisarcering aan het bedekken was. De vijl die hij vasthield, gleed van de angel en viel uit zijn vingers. Het verraste hem dat hij zo uitgeput was, want hij had zich met uitsluiting van al het andere op het zwaard geconcentreerd.

Genoeg, zei Rhunön voordat ze zonder plichtplegingen uit zijn geest vertrok.

Geschokt door haar plotselinge afwezigheid zwaaide Eragon op zijn bank heen en weer en verloor bijna zijn evenwicht voordat hij zijn opstandige ledematen weer in bedwang had. 'Maar we zijn nog niet klaar!' protesteerde hij met een blik op Rhunön. Zonder de melodieën van hun langdurige duet vond hij de nacht onnatuurlijk stil.

Rhunön stond op van de plaats waar ze met gekruiste benen tegen een paal had gezeten en schudde haar hoofd. 'Ik heb je niet meer nodig, Schimmendoder. Ga tot de dageraad maar lekker dromen.'

'Maar...'

'Je bent moe, en zelfs met mijn magie ga je het zwaard geheid bederven als je er nog langer aan werkt. De kling is klaar, en de rest kan ik afmaken zonder me om mijn eed te bekommeren. Ga dus. Op de eerste verdieping van mijn huis vind je een bed. Mocht je honger hebben, dan vind je wat te eten in de provisiekast.'

Eragon aarzelde omdat hij eigenlijk niet weg wilde, maar knikte toen en liep wankelend weg. Zijn voeten sloften over de grond. Bij het passeren streelde hij Saphira's vleugel en wenste hij haar welterusten. Hij was te moe om verder nog iets te zeggen. Als dank maakte ze zijn haar in de war met een warme stroom lucht en zei ze: *Ik blijf kijken en zal alles voor je onthouden, kleintje.*

Eragon bleef op de drempel van Rhunöns huis staan en keek over het schaduwrijke atrium naar de plek waar Maud en de twee elfenkinderen nog steeds niet verdwenen waren. Hij hief groetend een hand en Maud glimlachte naar hem, waarbij haar scherpe tanden zichtbaar werden. Een kriebel gleed door zijn nek toen de kinderen hem bleven aanstaren. Hun grote, scheve ogen waren in het zwakke schijnsel enigszins lichtgevend. Ze bleven doodstil staan en hij haastte zich naar binnen om zich zo snel mogelijk op een zachte matras te kunnen vlijen.

Een echte Rijder

Wakker worden, kleintje, zei Saphira. *De zon is al op en Rhunön wordt ongeduldig.*
Eragon zat meteen rechtop en ontdeed zich even makkelijk van zijn dekens als van zijn wakende dromen, maar zijn schouders en armen deden nog pijn van de inspanningen van de vorige dag. Hij trok zijn laarzen aan – in zijn opwinding had hij moeite met de veters – pakte zijn vuile voorschoot van de vloer en stormde de mooi gebeeldhouwde trap naar de ingang van Rhunöns huis af.

Buiten begon het al aardig licht te worden, maar het atrium lag nog in de schaduw. Eragon zag de elfenvrouw en Saphira bij de smidse zitten en stapte haastig naar hen toe, intussen met zijn vingers zijn haren kammend.

Er lagen donkere wallen onder Rhunöns ogen en de lijntjes op haar gezicht waren dieper dan anders. Het zwaard lag voor haar, maar werd nog door een stuk witte stof bedekt. 'Ik heb het onmogelijke gedaan,' zei ze hees en knarsend. 'Ik heb een zwaard gemaakt ondanks mijn eed om dat niet te doen. Bovendien deed ik dat in minder dan een dag en met handen die de mijne niet zijn. Toch is het geen slordig afgeraffeld zwaard! Allerminst. Dit is het beste zwaard dat ik ooit gemaakt heb. Ik had tijdens het maken graag wat minder magie gebruikt, maar dat is mijn enige klacht – een kleinigheid vergeleken met de volmaaktheid van het resultaat! Kijk goed!'

Rhunön greep de punt van de doek en trok hem weg. Daar lag het zwaard.

Eragon hapte naar adem.

Hij had gedacht dat zij in de paar uur sinds zijn vertrek alleen maar tijd had gehad voor een simpele handgreep en stootplaat en bijvoorbeeld een eenvoudige houten schede, maar het zwaard dat Eragon op de bank zag liggen was even luisterrijk als Zar'roc, Naegling en Támerlein en naar zijn mening nog mooier dan die drie.

De kling stak in een glanzende schede met dezelfde donkerblauwe kleur als Saphira's schubben. De kleur was niet helemaal egaal maar leek eerder op het gespikkelde licht op de bodem van een helder bosmeertje. Een stuk geblauwd glimstaal in de vorm van een blad sierde het uiteinde van de schede, en de opening was gedecoreerd met een kraag van gestileerde wijnbladeren. Ook de gebogen stootplaat bestond uit geblauwd glimstaal, even als de vier ribben die de grote saffier van de zwaardknop op zijn plaats hielden. De extra lange handgreep was van zwart hardhout gemaakt.

Door diep ontzag overmand stak Eragon zijn hand uit naar het zwaard, maar bleef toen staan en keek Rhunön aan. 'Mag ik?'

Ze boog haar hoofd. 'Je mag. Ik geef het je, Schimmendoder.'

Eragon pakte het zwaard van de bank. De schede en het hout van het gevest voelden koel aan. Een tijdlang bekeek hij vol bewondering de details van de schede, de stootplaat en de knop. Toen pakte hij het gevest steviger vast en trok het zwaard uit de schede.

Net als de rest van het zwaard was de kling blauw, maar dan iets lichter: eerder het blauw van de schubben in de holte van Saphira's keel dan het blauw op haar rug. En net als bij Zar'roc was de kleur iriserend; als Eragon het zwaard bewoog, verschoof ook de kleur en waren alle tinten blauw van Saphira's lichaam te zien. Maar de kleur van het wapen onttrok de kabelpatronen in het glimstaal en de lichte banden langs de randen niet aan het zicht.

Eragon zwaaide het zwaard met één hand door de lucht en moest lachen omdat het zo licht en snel aanvoelde. Het leek wel te leven. Toen pakte hij het tweehandig vast en ontdekte tot zijn verrukking dat ze allebei perfect rond het gevest pasten. Hij haalde uit, stak naar denkbeeldige vijanden en wist zeker dat hij hen gedood zou hebben.

'Hier,' zei Rhunön. Ze wees naar een bundel van drie ijzeren staven die buiten de smidse rechtop in de grond waren gezet. 'Probeer die maar.'

Eragon gunde zich even de tijd om zijn geest te concentreren. Toen zette hij één stap naar de staven toe, sloeg met een harde uitroep omlaag en doorsneed alle drie de staven. De kling bracht één zuivere toon voort die langzaam wegstierf. Toen Eragon het deel van de snede bekeek waar die het ijzer had geraakt, was geen enkele beschadiging te zien.

'Is het zwaard naar genoegen, Drakenrijder?' vroeg Rhunön.

'Meer dan naar genoegen, Rhunön-elda.' Hij boog. 'Ik weet niet hoe ik u voor dit geschenk danken kan.'

'Je kunt me bedanken door Galbatorix te doden. Als er één zwaard bestemd is om die krankzinnige koning af te maken, dan is dit het wel.'

'Ik zal al het mogelijke doen, Rhunön-elda.'

De elfenvrouw knikte, kennelijk tevreden. 'Nou, eindelijk heb je je eigen zwaard, en zo hoort het ook. Nu ben je pas een echte Drakenrijder!'

'Ja.' Hij stak het zwaard bewonderend omhoog. 'Nu ben ik een echte Rijder.'

'Voordat je vertrekt, moet je nog één ding doen.'

'Wat dan?'

Ze wees met een vinger naar het zwaard. 'Je moet het een naam geven. Dan kan ik het bijbehorende schriftteken op de kling en de schede zetten.'

Eragon liep naar Saphira en vroeg: *Wat vind jij?*

Ik ben niet degene die het draagt. Verzin maar een naam die je passend vindt.

Ja, maar je hebt vast wel ideeën.

Ze hield haar kop omlaag, snoof aan het zwaard en zei: *Ik zou het Blauwsteen-tand noemen. Of Blauw-klauw-rood.*

Mensen vinden dat een belachelijke naam.
Wat vind je dan van Zielenrover of Darmentrekker? Of bijvoorbeeld Krijgsklauw of Glitterdoorn of Beenhakker? Andere mogelijkheden zijn Doodsangst of Pijn of Armenbijter of Altijdscherp of Rimpelschaal. Voorts hebben we nog Doodstong en Elfenstaal en Stermetaal en talloze andere.
Saphira liet hier een kant zien die hem verraste. *Je hebt er talent voor,* zei hij. *Willekeurige namen verzinnen is makkelijk. Maar voor het vinden van de juiste naam heeft soms zelfs een elf nauwelijks geduld.*
Wat vind je van Koningsmoorder? vroeg hij.
Maar wat doe je dan als je Galbatorix echt gedood hebt? Is er dan niets anders meer dat je met je zwaard wilt doen?
Hmm. Hij legde het zwaard naast Saphira's linker voorpoot en zei: *Het heeft precies dezelfde kleur als jij... Ik kan het naar jou noemen.*
Een zachte grom ontsnapte aan Saphira's borst. *Nee.*
Hij bedwong een glimlach. *Weet je dat zeker? Stel je maar voor dat we op het slagveld zijn en...*
Ze stak haar klauwen diep in de aarde. *Nee. Ik ben niet iets dat jij kunt rondzwaaien en waar je grappen over maakt.*
Nee, je hebt gelijk. Het spijt me... Maar wat vind je ervan als ik hem in de oude taal Hoop noem? Zar'roc betekent Bron van Smart, en lijkt het je niet passend om een zwaard te hebben dat alleen al door zijn naam smart tegengaat?
Een nobel sentiment. Maar wil je je vijanden echt hoop geven? Wil je Galbatorix doorsteken met hoop?
Het lijkt me een goeie grap, zei hij grinnikend.
Eén keer, hooguit; niet vaker.
Eragon wist niet meer wat hij doen moest. Hij trok een lelijk gezicht, wreef over zijn kin en bestudeerde het spel van het licht op de glanzende kling. Toen hij in de diepten van het staal staarde, viel zijn oog toevallig op het vlammenpatroon dat de overgang tussen het zachtere staal van het midden en het hardere aan de randen aangaf. Hij moest daarbij denken aan het woord waarmee Brom zijn pijp had aangestoken in de herinnering die Saphira aan hem had doorgegeven. Daarna dacht hij aan Yazuac, waar hij voor het eerst magie had gebruikt, en ook aan zijn duel met Durza in Farthen Dûr. Op dat moment wist hij zonder enige twijfel dat hij de juiste naam voor zijn zwaard had gevonden.
Hij overlegde met Saphira, en toen zij het met zijn keuze eens bleek, bracht hij het zwaard ter hoogte van zijn schouder en verklaarde hij: 'Ik heb een besluit genomen. Zwaard, ik noem je Brisingr.'
En met het geluid van een windvlaag vloog de kling ineens in brand. Het vlijmscherpe staal was in kronkelende vlammen gehuld.
Eragon liet het zwaard met een uitroep van schrik vallen en sprong naar achteren uit angst dat hij zich brandde. Het staal brandde op de grond

gewoon door en de vlammen verkoolden zelfs een pluk gras in de buurt. Pas toen besefte Eragon dat hijzelf de energie voor dit onnatuurlijke vuur leverde. Hij maakte snel een eind aan de magie, en daarmee verdwenen de vlammen van het zwaard. Verbaasd over het feit dat hij een bezwering had uitgesproken zonder dat te willen, raapte hij het zwaard op en voelde hij met de punt van een vinger aan de kling, die niet warmer bleek dan eerst.

Rhunön kwam met een boze frons aangelopen. Ze nam het zwaard van Eragon over en bekeek het van punt tot knop. 'Je mag van geluk spreken dat ik het al met schilden tegen hitte en schade beschermd heb, anders waren er krassen op de stootplaat gekomen en zou de ontlating van de kling bedorven zijn. Laat het niet nóg eens vallen, Schimmendoder, ook niet als ik het in een slang verander. Anders neem ik het terug en krijg je in plaats daarvan een versleten hamer.' Eragon bood zijn verontschuldigingen aan, en Rhunön, wier woede iets ging liggen, gaf het zwaard terug. 'Heb je het expres in brand gestoken?' vroeg ze.

'Nee,' zei Eragon, die het gebeurde niet kon verklaren.

'Zeg het nog eens,' beval ze.

'Wat moet ik zeggen?'

'De naam. Zeg de naam nog een keer.'

Het zwaard zo ver mogelijk uit de buurt van zijn lichaam houdend, riep hij uit: 'Brisingr!'

Een flakkerende vlammenzuil omgaf de kling van het zwaard, en de hitte verwarmde zijn gezicht. Ditmaal voelde hij dat de bezwering een beroep deed op zijn kracht. Na een paar tellen doofde hij het rookloze vuur.

Opnieuw riep hij: 'Brisingr!' En opnieuw flakkerde de kling met blauwe, griezelige vuurtongen.

Werkelijk een goed zwaard voor een Rijder en een draak! zei Saphira verrukt. *Het spuwt net zo makkelijk vuur als ik.*

'Maar ik probeerde helemaal geen bezwering uit te spreken!' zei Eragon verontwaardigd. 'Ik zei alleen maar brisingr en...' Hij schreeuwde vloekend toen het zwaard weer in brand vloog zodat hij het vuur voor de vierde maal moest doven.

'Mag ik?' vroeg Rhunön, met uitgestoken hand. Eragon gaf haar het zwaard, en zij zei: "Brisingr!' Er leek een huivering door de kling te trekken, maar verder gebeurde er niets. Ze gaf het zwaard met een nadenkende blik aan Eragon terug. 'Ik kan twee verklaringen voor dit wonder bedenken. De eerste is je betrokkenheid bij het smeden. Daarbij gaf je de kling een deel van je persoonlijkheid mee, en daarom is die afgestemd op je wensen. De andere uitleg is dat je de ware naam van je zwaard hebt ontdekt. Misschien zijn die twee dingen wel allebei gebeurd. Hoe dan ook, je hebt een goede keuze gedaan, Schimmendoder! Ja, ik vind het prima. Het is een goede naam voor een zwaard.'

Een heel goede naam, zei Saphira instemmend.

Rhunön legde vervolgens haar hand op het midden van de kling en mompelde een onhoorbare bezwering. Aan beide kanten van de kling verscheen het elfenteken voor 'vuur'. Met de voorkant van de schede deed ze hetzelfde.

Eragon boog opnieuw naar de elfenvrouw, en zowel hij als Saphira spraken hun dankbaarheid uit. Er verscheen een glimlach op haar bejaarde gezicht, en ze raakte het voorhoofd van allebei aan met een vereelte duim. 'Ik ben blij dat ik de Rijders nog een keer heb kunnen helpen. Ga, Schimmendoder. Ga, Stralend Geschubde. Keer naar de Varden terug, en mogen je vijanden vluchten van angst als ze jou je nieuwe zwaard zien zwaaien.'

Eragon en Saphira namen afscheid van haar, en toen ze uit Rhunöns huis vertrokken, had Eragon zijn zwaard als een pasgeborene in zijn armen.

Beschermers

Eén enkele kaars verlichtte het interieur van een grijze, wollen tent – een armzalige vervanging van het zonlicht. Roran had zijn armen uitgestrekt, terwijl Katrina de zijkanten dicht reeg van het gevoerde wambuis dat ze gemaakt had. Toen ze klaar was, stopte ze de zoom in, streek de plooien glad en zei: 'Alsjeblieft. Is hij niet te strak?'

Hij schudde zijn hoofd. 'Nee.'

Ze haalde de scheenbeschermers van de slaapbrits en knielde in het flakkerende kaarslicht voor hem neer. Roran zag haar de beschermers op zijn onderbenen gespen. Ze legde haar hand op de bolling van zijn kuit toen ze ook de tweede vastzette, en hij voelde haar warme vlees door de stof van zijn broek heen.

Ze stond op, liep naar de brits en pakte zijn armbeschermers. Roran stak zijn handen naar haar uit en staarde haar aan, zoals ook zij hem aanstaarde. Met langzame, doelgerichte bewegingen bevestigde ze de beschermers aan zijn onderarmen. Daarna liet ze haar handen van de binnenkant van zijn ellebogen naar zijn polsen glijden. Daar nam hij haar handen in de zijne.

Ze maakte zich glimlachend uit zijn milde greep los.

Op de brits was nu het maliënkolder aan de beurt. Ze ging op haar tenen staan, tilde het kolder boven zijn hoofd en hield het daar vast terwijl hij met zijn armen de mouwen zocht. De maliën rinkelden als ijs toen ze het losliet en omlaag liet zakken. De onderkant kwam ter hoogte van zijn knieën te hangen. Op zijn hoofd bevestigde ze een leren coif die ze met een knoop onder zijn kin vastmaakte. Toen nam ze zijn gezicht eventjes tussen haar handen. Ze kuste hem kort op zijn lippen en pakte zijn punthelm, die ze voorzichtig over de coif heen zette.

Roran legde zijn arm rond haar uitdijende middel en hield haar tegen toen ze naar de brits wilde lopen. 'Luister naar me,' zei hij. 'Er gebeurt me heus niks.' Hij probeerde via de klank van zijn stem en de kracht van zijn blik zijn liefde voor haar te uiten. 'Beloof me alleen dat je hier niet in je eentje blijft zitten. Ga naar Elain. Zij kan je hulp gebruiken. Ze is ziek en haar kind had al geboren moeten zijn.'

Katrina hief haar kin, en haar ogen glansden van de tranen die ze – naar hij wist – pas na zijn vertrek de vrije loop zou laten. 'Moet je echt in de voorste linie marcheren?'

'Iemand moet dat doen. Waarom dus ik niet? Wie zou je in mijn plaats willen sturen?'

'Iemand anders. Het kan me niet schelen.' Katrina keek naar de grond en zweeg even. Toen haalde ze een rood doekje uit het lijfje van haar jurk. 'Hier, neem mijn teken mee, zodat de hele wereld kan zien hoe trots ik op je ben.' Ze bond het doekje aan zijn gordel.

Roran kuste haar tweemaal en liet haar los, zodat ze zijn schild en speer van de brits kon halen. Hij kuste haar voor de derde keer, nam de dingen van haar over en stak zijn linkerarm door de schildriem.

'Als er iets met me gebeurt...'

Katrina legde een vinger op zijn lippen. 'Ssst. Zeg niks, anders gebeurt het ook nog.'

'Goed.' Hij omhelsde haar nog één keer. 'Wees voorzichtig.'

'Jij ook.'

Hij vond het vreselijk om haar achter te laten, maar hief zijn schild en beende in het licht van de dageraad de tent uit. Mensen, dwergen en Urgals stroomden in westelijke richting door het kamp op weg naar het vertrapte veld waar de Varden zich verzamelden.

Roran vulde zijn longen met koele ochtendlucht en volgde de anderen. Hij wist dat zijn eenheid op hem wachtte. Aangekomen op het veld zocht hij de divisie van Jörmundur, bij wie hij zich meldde. Daarna baande hij zich een weg naar de voorste linie van de groep, waar hij zich naast Yarbog besloot op te stellen.

De Urgal wierp een blik op hem en gromde: 'Een goeie dag om te vechten.'

'Een goeie dag.'

Bij de voorste gelederen van de Varden schalde een hoorn zodra de zon boven de horizon uitkwam. Roran hief zijn speer en begon met alle anderen om zich heen naar voren te rennen. Daarbij schreeuwde hij uit alle macht terwijl het pijlen regende en in beide richtingen rotsblokken over hun hoofden vlogen. Voor hem uit verrees een stenen muur van tachtig voet hoog. Het beleg van Feinster was begonnen.

Afscheid

Na het bezoek aan Rhunön vlogen Saphira en Eragon naar hun boomhuis terug. Eragon haalde zijn bezittingen uit de slaapkamer, zadelde Saphira en nam weer zijn gebruikelijke plaats op de top van haar schouders in.

Voordat we naar de Rotsen van Tel'naeír gaan, wil ik in Ellesméra nog één ding doen, zei hij.

O ja? vroeg ze.

Ja. Voor mijn eigen gemoedsrust.

Saphira sprong het boomhuis uit, gleed naar het westen totdat het aantal huizen begon af te nemen, boog naar omlaag af en maakte een zachte landing op een smal, met mos begroeid pad. Na de weg te hebben gevraagd en te zijn gewezen door een elf die tussen de takken van een boom in de buurt zat, liepen Eragon en Saphira door het bos totdat ze een klein huis van één kamer bereikten. Het was gegroeid uit de stam van een spar die zo schuin stond dat het leek alsof de wind er voortdurend tegenaan duwde.

Links van het huis stond een wal van zachte aarde die verscheidene voeten hoger was dan Eragon. Een beekje tuimelde over de rand ervan en viel in een schoon meertje tussen witte orchideeën voordat het kronkelend het vaag verlichte bos in stroomde. Een dikke wortel groeide uit de grond tussen de slanke bloemen die op de dichtstbijzijnde oever stonden, en op die wortel zat Sloan in kleermakerszit.

Eragon hield zijn adem in om zijn aanwezigheid niet kenbaar te maken. De slager droeg bruine en oranje gewaden in elfenstijl. Een smalle reep zwarte stof was rond zijn hoofd gebonden en verborg de grote gaten waar zijn ogen hadden gezeten. Op zijn schoot lag een verweerd stuk hout waaruit hij met een krom mesje iets aan het snijden was. Zijn gezicht was met veel meer rimpels overdekt dan Eragon zich herinnerde, en op zijn handen en armen staken nieuwe littekens bleek af tegen de omringende huid.

Wacht hier, zei hij tegen Saphira terwijl hij zich van haar rug liet glijden.

Toen Eragon naar Sloan toe liep, staakte deze zijn snijwerk en hield zijn hoofd schuin. 'Ga weg,' zei hij hees.

Eragon wist niet hoe hij reageren moest en bleef zwijgend staan.

De spieren in Sloans kaak rimpelden terwijl hij nog een paar krullen uit het hout op zijn schoot sneed. Toen tikte hij met het mesje tegen de wortel en zei: 'Vervloekt. Kun je me zelfs nog geen paar uur met mijn ellende alleen laten? Ik heb geen zin om naar jullie barden en minstrelen te moeten luisteren, en jullie kunnen het me nog duizend keer vragen, maar ik verander niet van mening. Ga dus weg. Hoepel op.'

Eragon voelde een golf van woede en medelijden opkomen, maar had ook het gevoel dat het niet klopte om een man met wie hij was opgegroeid en die hij zo vaak gevreesd en gehaat had in deze toestand te zien. 'Zit u gerieflijk?' vroeg hij in de oude taal en op een lichte, melodieuze toon.

Sloan gromde walgend. 'Je weet best dat ik jullie koeterwaals niet versta en ook niet van plan ben te leren. De woorden klinken langer in mijn oren na dan ze horen te doen. Als je de taal van mijn volk niet wilt spreken, hou je je mond maar.'

Ondanks Sloans dringende verzoek herhaalde Eragon zijn vraag niet in hun gemeenschappelijke taal en ging hij ook niet weg.

Sloan hervatte zijn snijwerk met een vloek. Na elke haal van zijn mes liet hij zijn duim tastend over het hout glijden en controleerde hij de voortgang van wat hij aan het maken was. De tijd verstreek. Toen zei Sloan met een zachtere stem: 'Je had gelijk. Het kalmeert mijn gedachten dat ik iets met mijn handen kan doen. Soms... soms vergeet ik bijna wat ik verloren heb, maar de herinneringen komen altijd terug, en dan heb ik het gevoel dat ik erin stik... Ik ben blij dat je het geslepen hebt. Een mannenmes moet altijd scherp zijn.'

Eragon sloeg hem nog even gade. Toen draaide hij zich om en liep terug naar de plek waar Saphira wachtte. Terwijl hij zich in het zadel hees, zei hij: *Sloan is niet erg veranderd.*

Je kunt ook niet verwachten dat iemand zo snel een heel ander mens wordt.

Nee, maar ik had gehoopt dat hij iets zou leren van de wijsheid hier in Ellesméra en dat hij bijvoorbeeld spijt van zijn misdaden zou hebben gekregen.

Als hij zijn fouten niet wil erkennen, dan kan niemand hem daartoe dwingen, Eragon. Hoe dan ook, je hebt alles voor hem gedaan wat je kon. Nu moet hij een middel vinden om zich met zijn lot te verzoenen. Als hij dat niet kan, dan rest alleen nog de troost van het eeuwige graf.

Saphira steeg op vanaf een open plek in de buurt van Sloans huis. Ze vloog over de omringende bomen in de richting van de Rotsen van Tel'naeír in het noorden en sloeg daarbij zo hard en zo snel als ze kon met haar vleugels. De ochtendzon hing al helemaal boven de horizon, en het zonlicht dat op de boomtoppen viel, schiep lange, donkere schaduwen die als eensgezinde, purperen wimpels naar het westen wezen.

Ze daalde naar de open plek bij Oromis' houten huis. Glaedr en Oromis stonden hen al op te wachten. Eragon schrok toen hij zag dat Glaedr tussen de hoge punten op zijn rug een zadel droeg en dat Oromis in groene en blauwe reiskleding van een dikke stof was gehuld. Daaroverheen droeg hij een borstkuras van gouden pantserschubben en bovendien beschermers op zijn armen. Een hoog, ruitvormig schild hing op zijn rug, een archaïsche helm rustte in de kromming van zijn linkerarm en aan zijn middel hing zijn bronskleurige zwaard Naegling.

Met een vlaag wind van haar vleugels landde Saphira op het gras- en klaverveldje. Ze stak haar tong uit en proefde de lucht terwijl Eragon zich op de grond liet glijden. *Vliegt u met ons naar de Varden?* vroeg ze. Het puntje van haar staart trilde van opwinding.

'We gaan mee tot de rand van Du Weldenvarden, maar daar scheiden onze wegen zich,' zei Oromis.

Eragon vroeg teleurgesteld: 'Gaat u dan weer naar Ellesméra terug?'

Oromis schudde zijn hoofd. 'Nee. We vliegen door naar Gil'ead.'

Saphira siste verrast en Eragon deelde dat gevoel volledig. 'Waarom naar Gil'ead?' vroeg hij verbijsterd.

Omdat Islanzadí's leger vanuit Ceunon daarheen gemarcheerd is en op het punt staat de stad te belegeren, zei Glaedr. De vreemde, glanzende bouwsels van zijn geest schuurden langs Eragons bewustzijn.

Maar willen jij en Oromis jullie bestaan dan niet voor het Rijk verborgen houden? vroeg Saphira.

Oromis sloot zijn ogen even en keek toen afstandelijk en raadselachtig. 'We verbergen ons niet meer, Saphira. In de korte tijd dat jullie bij ons konden studeren, hebben Glaedr en ik jullie geleerd wat we konden. Vergeleken met de opleiding die jullie vroeger gekregen zouden hebben, zijn onze lessen schamel geweest, maar de gebeurtenissen zetten ons onder druk en we zijn blij dat we jullie toch nog veel hebben kunnen bijbrengen. Glaedr en ik zijn ervan overtuigd dat jullie nu alles weten wat jullie nodig kunnen hebben om Galbatorix te verslaan. Het lijkt onwaarschijnlijk dat een van jullie beiden vóór het eind van deze oorlog de kans krijgt om hier nieuwe lessen te volgen. Nóg onwaarschijnlijker is dat we nog een andere draak en Rijder moeten opleiden zolang Galbatorix nog onze aarde bewandelt. Daarom hebben we vastgesteld dat er voor ons geen reden meer is om in Du Weldenvarden opgesloten te blijven. Het is belangrijker om Islanzadí en de Varden te helpen bij de verdrijving van Galbatorix dan dat we hier gerieflijk zitten wachten tot een andere Rijder en draak ons weten te vinden. Als Galbatorix hoort dat we nog leven, zal dat zijn zelfvertrouwen schaden, want hij weet niet of nog andere draken en Rijders zijn poging tot uitroeiing overleefd hebben. De kennis van ons bestaan is ook goed voor het moreel van de dwergen en Varden en gaat tegen dat de vastbeslotenheid van onze krijgers nadelig wordt beïnvloed door Murtaghs en Thoorns verschijning op de Brandende Vlakten. Bovendien kan het aantal rekruten dat Nasuada uit het Rijk ontvangt daardoor aanzienlijk toenemen.'

Eragon zei met een blik op Naegling: 'Maar u bent toch niet van plan om zelf aan de gevechten deel te nemen, meester?'

'En waarom niet?' Oromis hield zijn hoofd schuin.

Aangezien Eragon hem en Glaedr niet wilde beledigen, wist hij niet goed wat hij zeggen moest. Uiteindelijk merkte hij op: 'Vergeef me, meester, maar hoe kunt u vechten als u geen bezweringen kunt uiten die meer dan een kleine hoeveelheid energie kosten? En u lijdt toch soms aan krampen? Als die midden in een gevecht toeslaan, kunnen ze dodelijk zijn.'

Oromis antwoordde: 'Zoals je inmiddels had mogen weten, geeft pure kracht maar zelden de overwinning in een duel tussen magiërs. Desondanks heb ik alle kracht die ik nodig heb, en wel in de vorm van het juweel dat dit zwaard bekroont.'

Zijn rechterhand reikte langs zijn lichaam en kwam tot rust op de gele diamant die de zwaardknop van Naegling vormde. 'Al meer dan honderd jaar hebben Glaedr en ik elk beetje overschot aan kracht in deze diamant opgeslagen, en ook anderen hebben aan deze voorraad bijgedragen; tweemaal per week komen diverse elfen uit Ellesméra hier op bezoek en brengen dan zoveel mogelijk levenskracht in deze edelsteen over zonder er zelf aan te bezwijken. Deze steen bevat een formidabele hoeveelheid energie, Eragon. Ik kan er een hele berg mee verzetten. Het is dus een kleinigheid om Glaedr en mijzelf te verdedigen tegen zwaarden, speren en pijlen of zelfs tegen een door een blijde geworpen rotsblok. En wat mijn krampaanvallen betreft, aan de steen van Naegling heb ik bepaalde schilden gehecht die me voor kwaad behoeden als ik op het slagveld buiten gevecht raak. Je ziet dus dat Glaedr en ik allerminst hulpeloos zijn.'

Eragon liet zijn hoofd na deze terechtwijzing hangen en mompelde: 'Ja, meester.'

Oromis' blik werd milder. 'Ik waardeer je bezorgdheid, Eragon, en je bent terecht bezorgd, want oorlog is een gevaarlijk bedrijf en in de hitte van het strijdgewoel kan het zelfs de bekwaamste krijger overkomen dat de dood hem overvalt. Onze zaak is echter een nobele. Als voor Glaedr en mij het uur gekomen is, zullen we ons niet verzetten, want met ons offer helpen we Alagaësia bevrijden van de schaduw van Galbatorix' tirannie.'

'Maar als u sterft terwijl wij er nog in moeten slagen om Galbatorix te doden en het laatste drakenei te bevrijden, wie zal de Rijder en de draak dan opleiden?' vroeg Eragon, die zich heel klein voelde.

Oromis verraste hem door hem stevig bij de schouder te pakken. 'Als dat gebeurt, krijgen jullie, Eragon en Saphira, de verantwoordelijkheid om de nieuwe draak en Rijder in te wijden in de regels van onze orde,' zei de elf met een ernstig gezicht. 'Maar je hoeft niet zo beteuterd te kijken. Je staat er niet alleen voor. Islanzadí en Nasuada zullen zorgen dat de grootste wijzen en geleerden van beide volkeren klaarstaan om je te helpen. Daar twijfel ik niet aan.'

Een vreemd gevoel van onbehagen bekroop Eragon. Hij had er vaak naar verlangd om meer als een volwassene behandeld te worden; toch voelde hij zich niet klaar om Oromis' plaats in te nemen. Het leek hem zelfs niet goed om dat ook maar te overwegen. Hij begreep voor het eerst dat hij uiteindelijk een lid van de oudere generatie ging worden, en wanneer dat gebeurde, had hij geen mentor meer aan wie hij leiding kon vragen. Hij kreeg een brok in zijn keel.

Oromis, die Eragons schouder losliet, gebaarde naar Brisingr in diens armen en zei: 'Het hele woud huiverde toen je de Menoaboom wekte, Saphira. De helft van de elfen in Ellesméra legde contact met Glaedr en mij met het dringende verzoek om de boom te hulp te komen. Bovendien moesten we je zaak bepleiten bij Gilderien de Wijze om te voorkomen dat hij je gewelddadige middelen bestrafte.'

Ik bied geen verontschuldigingen aan, zei Saphira. *Er was geen tijd om te wachten totdat we met milde overreding ons doel bereikten.*

Oromis knikte. 'Dat begrijp ik en ik heb geen kritiek op je, Saphira. Ik wil alleen dat je de gevolgen van je daden beseft.'

Eragon gaf hem op zijn verzoek het nieuwe zwaard en hield Oromis' helm vast terwijl de elf het zwaard inspecteerde. 'Rhunön heeft zichzelf overtroffen,' verklaarde Oromis. 'Weinig zwaarden of andere wapens kunnen zich hiermee meten. Het is een gelukkige omstandigheid dat je deze indrukwekkende kling mag hanteren, Eragon.' Een van Oromis' dunne wenkbrauwen ging een fractie omhoog toen hij het schriftteken op de kling las. 'Brisingr... een bijzonder geschikte naam voor het zwaard van een Drakenrijder.'

'Ja,' zei Eragon, 'maar er is iets vreemds mee. Steeds als ik zijn naam uitspreek, verschijnt er een zuil van vlammen rond de kling.' Hij had eigenlijk 'vuur' willen zeggen, want dat betekende Brisingr in de oude taal, maar schrok ervoor terug.

Oromis' wenkbrauw steeg nog hoger. 'Werkelijk? Heeft Rhunön een verklaring voor dit unieke fenomeen?' Terwijl hij het zei, gaf hij Eragon het zwaard terug in ruil voor zijn helm.

'Ja, meester,' zei Eragon, en vertelde van haar twee theorieën.

Toen hij klaar was, mompelde Oromis: 'Ik vraag me af...' Zijn blik gleed langs Eragon naar de horizon. Toen schudde hij even zijn hoofd en richtte hij zijn grijze ogen weer op Eragon en Saphira. Daarbij keek hij nog plechtiger dan eerst. 'Ik ben bang dat ik mijn trots heb laten spreken. Glaedr en ik zijn dan misschien niet machteloos, maar je hebt er terecht op gewezen dat we ook niet ongeschonden zijn. Glaedr heeft zijn verwonding en ik heb mijn eigen... gebreken. Niet voor niets word ik de Gebrekkige Zonder Gebrek genoemd. Onze gebreken zouden geen probleem zijn als onze vijanden sterfelijk waren. Zelfs in onze huidige toestand, zouden we met gemak honderd gewone mensen kunnen doden – honderd of duizend; dat doet er niet toe. Onze tegenstander is echter de gevaarlijkste vijand die ons en ons land ooit bedreigd heeft. Ik geef het niet graag toe, maar Glaedr en ik zijn in het nadeel, en het is heel goed mogelijk dat we de komende gevechten niet overleven. We hebben een lang en vruchtbaar leven geleid en gaan gebukt onder het verdriet van eeuwen, maar jullie tweeën zijn nog jong, fris en hoopvol gestemd, en ik denk dat jouw kansen om Galbatorix te verslaan groter zijn dan van wie ook.'

Hij wierp een blik op Glaedr en zijn blik werd somber. 'Daarom en om jullie kansen op overleving te vergroten en als voorzorgsmaatregel tegen een eventueel overlijden heeft Glaedr met mijn zegen besloten...'

Ik heb besloten om jullie mijn hart van harten te geven, Stralend Geschubde en Schimmendoder, zei Glaedr.

Saphira was niet minder verbaasd dan Eragon. Ze staarden samen naar de majesteitelijke gouden draak, die hoog boven hen uittorende. Saphira vroeg: *Meester, u eert ons meer dan woorden zeggen kunnen, maar weet u zeker dat u ons uw hart wilt toevertrouwen?*

Dat weet ik zeker, zei Glaedr, die zijn kop liet zakken totdat hij vlak boven Eragon hing. *Om veel redenen weet ik het zeker. Als jullie mijn hart in bewaring hebben, zullen jullie met Oromis en mij kunnen communiceren, hoe groot onze afstand ook is, en zal ik jullie met mijn kracht kunnen bijstaan als jullie in moeilijkheden zijn. En als Oromis en ik op het slagveld sneuvelen, dan staan onze kennis en ervaring en ook mijn kracht nog steeds ter beschikking van jullie. Ik heb hier lang over gepeinsd en weet zeker dat mijn keuze de juiste is.*

'Maar als Oromis inderdaad sterft, wil je dan echt zonder hem en als eldunarí voortleven?' vroeg Eragon zachtjes.

Glaedr draaide zijn kop en richtte een van zijn enorme ogen op Eragon. *Ik wens niet van Oromis te scheiden, maar wat er ook gebeurt, ik zal blijven doen wat ik kan om Galbatorix van zijn troon te stoten. Dat is ons enige doel, en zelfs de dood zal ons niet daarvan afhouden. Het verlies van Saphira is voor jou een verschrikkelijk denkbeeld, Eragon, en terecht. Maar Oromis en ik zijn al eeuwenlang in de gelegenheid geweest om ons te verzoenen met het feit dat zo'n scheiding onvermijdelijk is. Als we lang genoeg leven, zal een van ons uiteindelijk sterven, hoe voorzichtig we ook zijn. Dat is geen opbeurende gedachte maar wel de waarheid. Zo gaat het nu eenmaal in deze wereld.*

Oromis nam een andere houding aan. 'Ik zal niet beweren dat ik hier erg gelukkig mee ben, maar het doel van ons leven is niet doen wat we graag willen, maar doen wat er te doen valt. Dat vraagt het lot van ons.'

Ik vraag dus nu aan jou, Saphira Stralend Geschubde, en aan jou, Eragon Schimmendoder: aanvaarden jullie mijn geschenk en alles wat het meebrengt? vroeg Glaedr.

Ja, zei Saphira.
Ja, antwoordde Eragon na een korte aarzeling.
Toen trok Glaedr zijn kop terug. Zijn buikspieren rimpelden en spanden zich een paar keer en zijn keel begon te verkrampen alsof er iets in vastzat. De draak zette zijn poten wijder en stak zijn hele nek recht voor zich uit. Elke spier en pees van zijn lichaam bolde op onder het pantser van zijn fonkelende schudden. Zijn keel bleef zich met groeiende snelheid spannen en ontspannen. Toen liet hij zijn kop tot Eragons hoogte zakken en opende hij zijn kaken, waarbij een stroom hete en penetrant ruikende lucht uit zijn enorme bek kwam. Eragon staarde en probeerde niet te kokhalzen. Toen hij in de diepten van de drakenbek keek, zag hij dat de keel zich nog één keer samentrok. Ineens was tussen de plooien van de druipende, bloedrode weefsels een straaltje gouden licht te zien. Meteen daarna gleed een rond voorwerp van ongeveer een voet in doorsnee over Glaedrs tong naar buiten – zo snel dat Eragon het nog maar net op tijd opving.

Zijn handen sloten zich rond het glibberige, met speeksel bedekte eldunarí. Hij wankelde hijgend naar achteren, want ineens voelde hij al Glaedrs gedachten en emoties en ook al zijn lichamelijke sensaties. De hoeveelheid informatie was overweldigend, maar even overweldigend was de intimiteit van hun contact. Eragon had zoiets wel verwacht, maar het bleef schokkend om te beseffen dat hij Glaedrs hele wezen in zijn handen hield.

Glaedr deinsde terug, schudde zijn kop alsof hij gestoken was, en schermde zijn geest snel van Eragon af, hoewel Eragon nog steeds het geflakker van schuivende gedachten en ook de algemene kleur van Glaedrs emoties waarnam.

Het eldunarí zelf was net een enorme gouden edelsteen. Het oppervlak was warm en bestond uit honderden scherpe facetten die enigszins wisselend van omvang waren. Sommige stonden in vreemde, schuine hoeken. Het middelpunt van het eldunarí glansde dof, als een lantaarn met een luikje ervoor. Het diffuse licht pulseerde in een traag en gestaag tempo. Op het eerste gezicht leek het egaal, maar hoe langer Eragon ernaar keek, des te meer details hij zag: kleine kolken en stromen die schijnbaar willekeurige kanten uit kronkelden, kleine stofjes die nauwelijks van hun plaats kwamen, en wolken lichtflitsen zo groot als een speldenkop, die even oplichtten en dan weer in de achtergrond van licht oplosten. Het eldunarí leefde.

'Hier,' zei Oromis terwijl hij Eragon een zak van stevige stof gaf.

Tot Eragons opluchting verdween zijn connectie met Glaedr zodra hij het eldunarí in de zak deed en zijn handen het niet meer aanraakten, maar hij hield het opgeborgen eldunarí nog steeds ietwat aarzelend tegen zijn borst – vol ontzag over het feit dat zijn armen rond Glaedrs essentie lagen, en bang voor wat er kon gebeuren als hij het hart van harten uit zijn handen liet vallen.

'Dank u, meester.' Eragon kon nauwelijks iets uitbrengen en boog zijn hoofd naar Glaedr.

We zullen uw hart met ons leven beschermen, voegde Saphira eraan toe.

'Nee!' riep Oromis geschrokken. 'Niet met jullie leven! Dat is precies wat we moeten voorkomen. Er mag natuurlijk niets met Glaedrs hart gebeuren uit onachtzaamheid, maar offer je ook niet op voor de bescherming van hem of mij of iemand anders. Jullie moeten koste wat kost in leven blijven, anders is alle hoop verloren en wordt alles duisternis.'

'Ja, meester,' zeiden Eragon en Saphira tegelijk – zij met haar denken, hij met zijn stem.

Glaedr zei: *Omdat jullie trouw aan Nasuada hebben gezworen en haar je loyaliteit en gehoorzaamheid verschuldigd zijn, mogen jullie haar zo nodig over het eldunarí vertellen, maar alleen als het niet anders kan. Ter wille van de weinige draken die er nog bestaan, mag de waarheid over het eldunarí geen publiek geheim worden.*

Mogen we het Arya vertellen? vroeg Saphira.

'En hoe zit het met Blödhgarm en de andere elfen die Islanzadí gestuurd heeft om mij te beschermen?' vroeg Eragon. 'Ik heb hen in mijn geest toegelaten toen Saphira en ik tegen Murtagh vochten. Als je ons op het slagveld komt helpen, zullen ze je aanwezigheid opmerken, Glaedr.'

Je mag Blödhgarm en zijn magiërs over het eldunarí inlichten, maar pas als ze eden van geheimhouding hebben gezworen, zei Glaedr.

Oromis zette zijn helm op zijn hoofd. 'Arya is Islanzadí's dochter, en het lijkt me dus gepast dat ze het weet. Zeg het echter pas tegen haar, net als tegen Nasuada, als dat absoluut noodzakelijk is. Een gedeeld geheim is geen geheim meer. Probeer jezelf te disciplineren om er nooit aan te denken, niet eens aan het bestaan van een eldunarí, zodat niemand die inlichting uit jullie geest kan stelen.'

'Ja, meester.'

'Laten we maar vertrekken,' zei Oromis terwijl hij een paar pantserhandschoenen aantrok. 'Ik heb van Islanzadí gehoord dat Nasuada Feinster belegert en dat de Varden jullie hard nodig hebben.'

We zijn te lang in Ellesméra gebleven, zei Saphira.

Misschien, zei Glaedr. *Maar dat was welbestede tijd.*

Tijdens een korte ren als start sprong Oromis op Glaedrs enige voorpoot en daarna op zijn hoge, gestekelde rug, waar hij in het zadel ging zitten en de riemen rond zijn benen vastmaakte.

'Onder het vliegen kunnen we de lijsten met echte namen doornemen die je tijdens je laatste bezoek achterhaald hebt,' riep de elf naar Eragon omlaag.

Eragon liep naar Saphira en klom voorzichtig op haar rug. Hij wikkelde een van zijn dekens rond Glaedrs hart en deed het pakket in een zadeltas. Daarna bond hij zijn benen op dezelfde manier vast als Oromis had gedaan.

Achter hem hoorde hij het constante gezoem van de energie die het eldunarí uitstraalde.

Glaedr rende naar de rand van de Rotsen van Tel'naeír en ontvouwde zijn reusachtige vleugels. De aarde schudde toen de gouden draak opsprong naar de bewolkte hemel, en de lucht dreunde en huiverde toen hij zijn vleugels omlaag dreef en daarmee uit de buurt van de bomenzee beneden hem bleef. Eragon pakte de punt vóór het zadel terwijl Saphira volgde: ze stortte zich in de open ruimte en dook een paar honderd voet steil omlaag, maar steeg toen tot naast Glaedr.

Glaedr nam de leiding, en het tweetal vloog naar het zuidwesten. De oudere draak had een tragere vleugelslag dan de andere, maar ze vlogen samen over het golvende woud.

Saphira kromde haar nek en uitte een schallende roep. Glaedr, die voor haar uit vloog, deed hetzelfde. Hun luide kreten echoden langs het immense hemelgewelf en brachten de vogels en de andere dieren beneden aan het schrikken.

Vlucht

Vanuit Ellesméra vlogen Saphira en Eragon zonder te stoppen over het oeroude elfenwoud van hoge, donkere pijnbomen. Soms brak het woud, en dan zag Eragon een meer of een rivier die kronkelend door het land stroomde. Vaak had zich aan de waterkant een kudde kleine herten verzameld. De dieren bleven staan en hieven hun kop om de draken snel te zien passeren. Het grootste deel van de reis besteedde hij echter weinig aandacht aan het landschap: hij had het druk met het in zijn geheugen prenten van elk woord uit de oude taal dat Oromis hem geleerd had, en als hij een woord vergat of verkeerd uitsprak, liet Oromis het hem herhalen totdat hij het uit zijn hoofd kende.

Aan het eind van de middag op de eerste dag bereikten ze de rand van Du Weldenvarden. Boven de schaduwrijke afscheiding tussen het bos en de grasvelden verderop omcirkelden Glaedr en Saphira elkaar nog één keer. Toen zei Glaedr: *Houd je hart veilig, Saphira, en het mijne ook.*

Dat zal ik doen, meester.

En Oromis riep vanaf Glaedrs rug: 'Een gunstige wind voor jullie allebei, Eragon, Saphira! We zien elkaar weer voor de poorten van Urû'baen!'

'En ook gunstige winden voor u!' riep Eragon terug.

Glaedr sloeg af om de bosrand naar het westen te volgen – hij wilde het noordelijkste punt van het Isenstarmeer bereiken en dan langs het meer naar Gil'ead vliegen – terwijl Saphira haar zuidwestelijke koers handhaafde.

Saphira vloog de hele nacht door. Ze landde alleen om te drinken en Eragon de kans te geven om zijn benen te strekken en zich te ontlasten. Anders dan op de heenweg naar Ellesméra stuitten ze nergens op tegenwind. De lucht was helder en meegaand alsof zelfs de natuur niets liever wilde dan dat ze naar de Varden teruggingen. Toen op de tweede dag de zon opging, waren ze al diep in de Hadaracwoestijn en vlogen ze recht naar het zuiden. Daarmee scheerden ze langs de oostgrens van het Rijk. En toen de duisternis het land en de hemel opnieuw in haar koude greep had, waren Saphira en Eragon de zandwoestenij gepasseerd en vlogen ze weer over de groene velden van het Rijk. Hun koers was zodanig dat ze tussen Urû'baen en het Tüdostenmeer naar Feinster zouden vliegen.

Saphira, die twee dagen en twee nachten zonder slaap gevlogen had, was uitgeput. Ze dook naar een berkenbosje bij een meer, rolde zich in de schaduw daarvan op en dutte een paar uur terwijl Eragon de wacht hield en zijn vaardigheid met Brisingr oefende.

Sinds hun afscheid van Oromis en Glaedr knaagde een constant gevoel van bezorgdheid aan Eragon, maar hij peinsde ook over wat hem en Saphira in Feinster te wachten stond. Hij wist dat ze beter dan de meeste anderen tegen dood en verwondingen beschermd waren, maar als hij terugdacht aan de Brandende Vlakten en de Slag onder Farthen Dûr, en als hij dan dacht aan de aanblik van spuitend bloed uit afgehakte ledematen, het geschreeuw van de gewonden en de witte hitte van een zwaard dat door eigen vlees joeg, dan wervelde het in zijn buik en schudden zijn spieren van de onderdrukte energie. Hij wist dan niet of hij tegen elke soldaat in het land wilde vechten of dat hij in de omgekeerde richting wilde vluchten om zich in een diep en donker hol te verbergen.

Zijn bange voorgevoelens werden nog erger toen hij en Saphira hun reis hervatten en rijen gewapende mannen over de velden beneden zagen lopen. Hier en daar stegen grijze rookwolken uit geplunderde dorpen op. Bij de aanblik van zoveel zinloze vernieling werd hij misselijk. Hij wendde zijn blik af, omklemde de stekel op Saphira's nek en kneep zijn ogen half dicht totdat de witte eeltplekken op zijn knokkels het enige waren dat hij tussen de tralies van zijn oogleden door kon zien.

We hebben dit al eens eerder gedaan, kleintje, zei Saphira met trage en vermoeide gedachten. *Laat je er niet door op je kop zitten.*

Hij betreurde dat hij haar had afgeleid van het vliegen en zei: *Het spijt me... Als we er eenmaal zijn, gaat het beter. Ik wou alleen dat het achter de rug was.*

Dat weet ik.

Eragon snoof en veegde zijn koude neus af aan het manchet van zijn tuniek. *Soms wou ik dat ik net zo van vechten hield als jij. Dan zou het veel makkelijker zijn.*

Als dat zo was, zou de hele wereld onderdanig aan je voeten liggen, ook Galbatorix. Nee, het is maar goed dat je niet zo bloeddorstig bent als ik. We houden elkaar in evenwicht, Eragon... Afzonderlijk zijn we onvolledig, maar samen worden we een geheel. Ontdoe je geest van al die giftige gedachten en geef me een raadsel op om me wakker te houden.

Goed dan, zei hij na even gezwegen te hebben. *Ik heb de kleuren rood, blauw, geel en alle andere tinten van de regenboog. Ik ben lang en kort, dik en dun en ik lig vaak opgerold. Ik kan honderd schapen achter elkaar opeten en heb dan nog steeds honger. Wat ben ik?*

Een draak natuurlijk, zei ze zonder aarzeling.

Mis, een wollen vloerkleed.

Bah!

De derde dag van hun reis ging afschuwelijk traag voorbij. De enige geluiden waren die van Saphira's vleugels, haar gestage gehijg en het doffe gebulder van de luchtstroom langs Eragons oren. Zijn benen en onderrug deden pijn omdat hij al zo lang in het zadel zat, maar Saphira was er veel erger aan toe: haar vliegspieren brandden van een ondraaglijke pijn. Toch hield ze zonder klagen vol en weigerde ze zijn aanbod om haar leed met een bezwering te verzachten. *Jij hebt die kracht nodig als we er straks zijn,* zei ze.

Een paar uur na de schemering werd haar vlucht ineens onrustig en zakte ze op een misselijkmakende manier vele voeten omlaag. Eragon ging geschrokken rechtop zitten en probeerde te zien wat de onrust veroorzaakt kon hebben, maar zag alleen duisternis op de grond en de glinsterende sterren aan de hemel.

Ik denk dat we net de Jiet gepasseerd zijn, zei Saphira. *De lucht is hier koel en vochtig, zoals altijd boven water.*

Dan kan Feinster niet ver meer zijn. Weet je zeker dat je de stad in het donker kunt vinden? We kunnen er wel honderd mijl ten noorden of zuiden van zijn!

Nee, dat is onmogelijk. Mijn gevoel voor richting is misschien niet onfeilbaar, maar zeker beter dan het jouwe of van een lopend dier. We hebben elfenkaarten gezien, en als die kloppen, kunnen we op niet meer dan vijftig mijl ten zuiden of noorden van Feinster zijn, en op deze hoogte moet de stad dan makkelijk te zien zijn. Misschien ruiken we zelfs wel de rook uit de schoorstenen.

Zo was het inderdaad. Later die nacht, op maar een paar uur voor de dageraad, verscheen een dofrode gloed aan de horizon. Toen Eragon die zag, draaide hij zich om en haalde zijn harnas uit de zadeltassen. Hij trok zijn maliënkolder, zijn coif, zijn helm en zijn arm- en beenbeschermers aan. Hij wou dat hij zijn schild had, maar dat had hij bij de Varden laten liggen voordat hij met Nar Garzhvog naar de Thardûr rende.

Eragon tastte met één hand door de inhoud van zijn zakken totdat hij het zilveren flesje faelnirv vond dat Oromis hem gegeven had. Het metaal voelde koel aan. Hij nam een klein slokje van de betoverde likeur, die de binnenkant van zijn mond schroeide en naar vlierbessen, mede en kruidencider smaakte. Hitte stroomde over zijn gezicht. Een paar tellen later zakte zijn vermoeidheid weg omdat de helende eigenschappen van de faelnirv hun werk gingen doen.

Eragon schudde het flesje en keek bezorgd: het leek wel of een derde van de kostbare drank verdwenen was, hoewel hij er niet meer dan een mondvol van gedronken dacht te hebben. *Ik moet er in de toekomst zuiniger mee zijn,* dacht hij.

Toen hij en Saphira dichter in de buurt kwamen, bleek de gloed aan de horizon uit duizenden individuele lichtjes te bestaan – van draagbare lantaarntjes tot kookvuren, kampvuren en grote hoeveelheden brandende pek die een smerige, zwarte rook in de nachtlucht verspreidden. Bij het rossige licht van de vuren zag hij dat een zee van fonkelende speerpunten en glimmende helmen de grote, goed verdedigde stad bestookte. Op de muren wemelde het van de kleine gestalten, die pijlen afschoten naar het leger op de grond, tussen de kantelen van de borstwering ketels met kokende olie leeggoten, touwen doorsneden en de wankele houten ladders wegduwden die de belegeraars hardnekkig tegen de muren bleven zetten. Vanaf de grond was zacht geroep en geschreeuw hoorbaar, maar ook het gedreun van een stormram die de ijzeren stadspoort beukte.

Eragons laatste vermoeidheid verdween toen hij het slagveld bestudeerde en de plaatsing van de manschappen, de gebouwen en de belegeringswerktuigen bekeek. Buiten de muren van Feinster stonden honderden bouwvallige krotten zo dicht op elkaar dat er nauwelijks een paard tussendoor kon. Dat waren de woningen van degenen die te arm waren om in de stad zelf te wonen. De meeste hutten waren kennelijk verlaten, en een heel stel was met de grond gelijk gemaakt om de Varden de ruimte voor een massale aanval te geven. Minstens twintig van deze armzalige hutten stond in brand, en onder Eragons ogen verspreidde het vuur zich van het ene rieten dak naar het andere. Ten oosten van de krottenwijk liepen zwarte, kromme lijnen over de aarde. Dat waren de loopgraven die het kamp van de Varden beschermden. Aan de andere kant van de stad lagen net zulke havens en werven als die Eragon zich van Teirm herinnerde, en verderop begon de donkere, rusteloze oceaan die zich tot in de oneindigheid leek uit te strekken.

Een opwelling van woeste opwinding joeg door Eragon, en tegelijkertijd voelde hij Saphira onder zich huiveren. Hij pakte Brisingrs gevest. *Ze hebben ons blijkbaar nog niet gezien. Zullen we onze aankomst melden?*

Saphira antwoordde met een brul waarvan zijn tanden rammelden, en tegelijkertijd beschilderde ze de lucht met een dikke laag blauw vuur. De Varden aan de voet van de muren en de verdedigers op de tinnen bleven even staan. Een paar tellen heerste er stilte op het slagveld. Toen begonnen de Varden te juichen. Ze sloegen met hun speren en zwaarden op hun schilden terwijl onder de inwoners van de stad een luide kreun van wanhoop opging.

Hé! riep Eragon, met zijn ogen knipperend. *Ik wou dat je dat niet gedaan had, want nu zie ik niets meer.*

Het spijt me.

Nog steeds met zijn ogen knipperend zei hij: *We moeten allereerst een paard of een ander dier zien te vinden dat net gedood is, zodat ik jouw kracht met de zijne kan aanvullen.*

Je hebt...

Saphira zweeg toen een andere geest de hunne raakte. Na een halve tel van paniek herkende Eragon het bewustzijn. Het was Trianna. *Eragon, Saphira!* riep ze. *Net op tijd! Arya en een andere elf hebben de muren beklommen maar zijn door een grote groep soldaten omringd. Als niemand hen helpt, zijn ze ten dode opgeschreven! Schiet op!*

Brisingr

Saphira legde haar vleugels strak tegen haar lichaam en dook steil naar de donkere huizen van de stad. Eragon boog diep zijn hoofd tegen de wind die zijn gezicht beukte. De hele wereld tolde om hem heen toen Saphira naar rechts ging hangen om het de boogschutters op de grond minder makkelijk te maken.

Zijn ledematen werden zwaar toen Saphira haar duikvlucht afbrak. Ze kwam weer horizontaal te hangen, en het gewicht dat op hen drukte, verdween. Pijlen floten als vreemde, gillende haviken langs. Sommige misten; andere schampten op Eragons schilden af.

Laag over de buitenste stadsmuren zwierend, brulde Saphira opnieuw. Ze haalde uit met haar staart en klauwen en sloeg groepen schreeuwende mannen van de borstwering naar de harde grond, tachtig voet de diepte in.

Aan het uiteinde van de zuidelijke muur stond een hoge, vierkante toren met vier ballista's. De enorme kruisbogen schoten twaalf voet lange javelijnen naar de Varden die zich voor de stadspoort verdrongen. Binnen de courtine zagen Eragon en Saphira ongeveer honderd soldaten rond een tweetal krijgers, die met hun rug tegen de muur van de toren stonden en zich wanhopig tegen een woud van stekende zwaarden verdedigden.

Zelfs in het donker en vanaf hun grote hoogte herkende hij een van de krijgers als Arya.

Saphira sprong van de borstwering en landde midden tussen de soldaten, van wie er verscheidene onder haar poten vertrapt werden. De rest vluchtte schreeuwend van angst en schrik. Saphira brulde gefrustreerd omdat haar prooi ontsnapte, en sloeg met haar staart over de grond, waarbij nog een dozijn soldaten verpletterd werd. Eén soldaat probeerde langs haar heen te rennen. Ze greep hem snel als een toeslaande slang tussen haar kaken en schudde haar kop, waarbij ze zijn ruggengraat brak. Van vier anderen ontdeed ze zich net zo.

De rest van de mannen was inmiddels tussen de huizen verdwenen.

Eragon maakte snel de riemen rond zijn benen los en sprong op de grond. Door het extra gewicht van het harnas zakte hij bij zijn landing door een knie. Grommend kwam hij overeind.

'Eragon!' riep Arya terwijl ze naar hem toe rende. Ze hijgde en was bezweet. Haar enige harnas was een gevoerd wambuis en een lichte helm die zwart was geschilderd om ongewenste weerkaatsingen tegen te gaan.

'Welkom, Bjartskular. Welkom, Schimmendoder,' zei Blödhgarm naast haar zachtjes. Zijn korte oranje slagtanden glinsterden in het toortslicht en zijn gele ogen gloeiden. De bontvacht op zijn rug en nek stond overeind, waardoor hij er nog woester uitzag dan anders. Hij en Arya waren met bloed bevlekt, maar Eragon kon niet zien of dat hun eigen bloed was.

'Gewond?' vroeg hij.

Arya schudde haar hoofd. Blödhgarm zei: 'Een paar schrammen, niets ernstigs.'

Wat doen jullie hier zonder versterkingen? wilde Saphira weten.

'De poort,' zei Arya hijgend. 'We proberen hem al drie dagen kapot te krijgen, maar hij is ongevoelig voor magie, en de stormram heeft er nauwelijks een deuk in gekregen. Dus toen haalde ik Nasuada over om...'

Arya zweeg even om op adem te komen en Blödhgarm pakte de draad van haar verhaal op. 'Arya haalde Nasuada over om vannacht een aanval uit te voeren zodat wij ongezien Feinster in konden glippen om de poort van binnenuit open te maken. Helaas kwamen we drie magiërs tegen. Ze hielden ons met hun geest bezig en verhinderden dat we magie gebruikten. Intussen riepen ze genoeg soldaten op om ons alleen al door hun aantal te overweldigen.'

Terwijl Blödhgarm aan het vertellen was, legde Eragon een hand op de borst van een van de dode soldaten en bracht hij diens nog resterende energie eerst naar zijn eigen lichaam en vervolgens naar Saphira over. 'Waar zijn die magiërs nu?' vroeg hij terwijl hij naar een volgend lijk liep.

Blödhgarms met bont bedekte schouders rezen en daalden. 'Ze schrokken blijkbaar van je verschijning, Shur'tugal.'

Daar hadden ze alle reden toe, gromde Saphira.

Eragon ontdeed nog drie soldaten van hun energie, en van de laatste pakte hij ook het ronde houten schild. 'Zullen we de poort dan maar voor de Varden openzetten?' vroeg hij terwijl hij opstond.

'Ja, en wel meteen,' zei Arya. Ze begon te lopen maar wierp eerst een zijdelingse blik op Eragon. 'Je hebt een nieuw zwaard.' Een vraag was het niet.

Hij knikte. 'Rhunön heeft het me helpen smeden.'

'En hoe heet je wapen, Schimmendoder?' vroeg Blödhgarm.

Eragon wilde net antwoorden toen vier soldaten met hun speren omlaag uit een donkere steeg kwamen rennen. Hij trok Brisingr met een vloeiende beweging uit de schede, hakte de speer van de voorste man doormidden, zette de klap voort en onthoofdde de man. Brisingr leek van een woeste vreugde te glanzen. Arya haalde naar voren uit en doorstak twee van de anderen voordat ze in actie konden komen, en Blödhgarm sprong opzij om de laatste soldaat onder handen te nemen. Hij doodde hem met zijn eigen dolk.

'Schiet op!' riep Arya, terwijl ze naar de stadspoort begon te rennen.

Eragon en Blödhgarm stormden achter haar aan, op de hielen gevolgd door Saphira. Haar klauwen klikten hard op het plaveisel van de straat. Boogschutters beschoten hen vanaf de borstwering, en driemaal kwamen er vanuit de straten soldaten aangestormd om zich op hen te storten. Eragon, Arya en Blödhgarm stelden hen buiten gevecht zonder hun tempo te vertragen, of anders deed Saphira hetzelfde met een schroeiende stroom vuur. Het gestage gedreun van de stormram klonk steeds harder naarmate ze dichter in de buurt van de veertig voet hoge stadspoort kwamen. Eragon zag twee mannen en een vrouw, gekleed in donkere gewaden, voor de met ijzer beslagen poort staan. Ze zongen spreuken in de oude taal en wiegden met omhoog gehouden armen heen en weer. Het drietal zweeg onmiddellijk toen ze Eragon en zijn metgezellen zagen, en renden met wapperende gewaden de hoofdstraat van Feinster in, die naar de donjon aan de andere kant van de stad leidde.

Eragon zou hen het liefst achterna zijn gegaan, maar het was belangrijker om de Varden de stad in te krijgen, want daar waren ze niet langer overgeleverd aan de soldaten op de muren. *Ik vraag me af wat ze voor onaangenaams georganiseerd hebben,* dacht hij terwijl hij de magiërs nakeek.

Maar voordat Eragon, Arya, Blödhgarm en Saphira bij de poort aankwamen, stroomden vijftig soldaten in glanzende kurassen de wachttoren uit om zich voor de enorme deur op te stellen.

Een van de soldaten sloeg met het gevest van zijn zwaard tegen zijn schild en riep: 'Hier roep ik jullie een halt toe, laaghartige demonen. Dit is onze woning, en wij zullen niet toestaan dat Urgals, elfen en andere onmenselijke monsters hier binnentreden! Scheer jullie weg, want in Feinster zullen jullie slechts bloed en leed aantreffen.'

Arya wees naar de wachttorens en mompelde tegen Eragon: 'Het mechaniek van de poort is daarbinnen verborgen.'

'Ga,' zei hij. 'Jij en Blödhgarm sluipen achter de mannen de torens in. Saphira en ik houden ze intussen bezig.'

Arya knikte en verdween met Blödhgarm in de poelen van inktzwarte schaduwen rond de huizen achter Eragon en Saphira.

Vanwege zijn band met haar kon Eragon voelen dat Saphira zich klaarmaakte om zich op de groep soldaten te storten. Hij legde een hand op een van haar voorpoten en zei: *Wacht. Laat me eerst iets anders proberen.*

Mag ik ze aan stukken scheuren als het niet werkt? vroeg ze, haar slagtanden aflikkend.

Ja, dan mag je met ze doen wat je wilt.

Eragon spreidde zijn armen met het zwaard en het schild en liep langzaam naar de soldaten. Een pijl die van bovenaf op hem werd afgeschoten, bleef op drie voet voor zijn borst in de lucht hangen en viel toen op de grond. Eragon bekeek de bange gezichten van de soldaten en zei met stemverheffing: 'Ik ben Eragon Schimmendoder. Jullie hebben misschien van me gehoord, en misschien ook niet. Hoe dan ook, jullie dienen het volgende te weten: ik ben een Drakenrijder en heb gezworen de Varden te helpen in hun strijd om Galbatorix van de troon te stoten. Zeg me, heeft iemand van jullie in de oude taal trouw gezworen aan Galbatorix of het Rijk? Heeft een van jullie zijn woord gegeven?'

De man die al eerder het woord had gevoerd en kennelijk de kapitein van de eenheid was, zei: 'Wij zouden nog geen trouw aan de koning zweren als hij een zwaard op onze nek hield. Onze trouw geldt vrouwe Lorana. Zij en haar familie regeren ons al vier generaties, en dat hebben ze opperbest gedaan!' De andere mannen mompelden instemmend.

'Sluit je dan bij ons aan!' riep Eragon. 'Leg je wapens neer, en ik beloof dat jullie en je gezin niets zal overkomen. Jullie kunnen niet hopen om Feinster te kunnen verdedigen tegen de verenigde macht van de Varden, Surda, de dwergen en de elfen.'

'Dat zeg jij,' riep een van de andere soldaten. 'Maar wat gebeurt er als Murtagh en die rode draak van hem terugkomen?'

Eragon aarzelde maar zei toen zelfverzekerd: 'Hij is geen partij voor mij en de elfen die de Varden steunen. We hebben hem al eens eerder verdreven.' Links van de soldaten zag hij Arya en Blödhgarm tevoorschijn komen achter een van de stenen trappen die naar de top van de stenen muren leidden. Met onhoorbare voetstappen slopen ze naar de linker toren.

De kapitein van de soldaten zei: 'We hebben ons dan misschien niet met de koning verbonden, maar vrouwe Lorana heeft dat wel gedaan. En wat ga je dan met haar doen? Haar doden? Haar gevangen zetten? Nee, wij zullen haar vertrouwen niet beschamen en weigeren niet alleen jullie de toegang maar ook de monsters die naar onze muren graaien. Jij en de Varden kunnen ons niets anders beloven dan de dood voor hen die gedwongen zijn om het Rijk te dienen. Waarom heb je ons niet gewoon met rust gelaten, Drakenrijder? Waarom heb je niet je kop omlaag gehouden zodat wij in vrede konden leven? Maar nee, de lokroep van de roem en de glorie en de rijkdom was te sterk voor je. Jij moest met alle geweld onze woningen in puin leggen om je eigen ambities te bevredigen. Nou, ik vervloek je, Drakenrijder. Ik vervloek je met mijn hele hart! Ik hoop dat je uit Alagaësia vertrekt en nooit meer terugkomt!'

Een kilte bekroop Eragon, want deze vloek was een echo van wat de laatste Ra'zac in Helgrind over hem had uitgesproken, en hij herinnerde zich dat Angela hem precies deze toekomst voorspeld had. Hij wist deze gedachten met moeite van zich af te zetten en zei: 'Het is niet mijn wens om te doden, maar ik schrik er zo nodig niet voor terug. Leg jullie wapens neer.'

Arya maakte de deur aan de voet van de linker wachttoren geruisloos open en glipte naar binnen. Blödhgarm sloop steels als een jagende wilde kat achter de soldaten langs naar de andere toren. Als een van de soldaten zich had omgedraaid, zou hij hem gezien hebben.

De kapitein van de eenheid spuwde op de grond. 'Je ziet er niet eens menselijk uit! Je bent een verrader van je volk. Dat ben je!' Met die woorden hief hij zijn zwaard en zijn schild en liep langzaam naar Eragon toe. 'Schimmendoder!' schamperde de soldaat. 'Ik zou nog eerder geloven dat de twaalfjarige zoon van mijn broer een Schim had gedood dan een melkmuil zoals jij!'

Eragon wachtte totdat de kapitein op een paar voet afstand was. Toen deed hij een stap naar voren en stak Brisingr door het midden van 's mans gebosseleerde schild, dwars door zijn arm erachter, en dwars door zijn bovenlichaam. De punt van het zwaard kwam er op zijn rug weer uit. De man verkrampte één keer en zakte toen ineen. Terwijl Eragon de kling uit het lijk trok, klonk er een kakofonie van lawaai uit de wachttorens, want tandwielen en kettingen kwamen in beweging en de zware balken die de poort dicht hielden, begonnen te schuiven.

'Leg je wapens neer of sterf!' riep Eragon.

Als één man brullend stormden twintig soldaten met getrokken zwaard op hem af. De anderen verspreidden zich en verdwenen in de stad of volgden Eragons goede raad: ze legden hun zwaard, speer en schild op het grijze plaveisel, gingen op hun knieën zitten en legden hun handen op hun bovenbenen.

Een dunne mist van bloed ontstond rond Eragon, die zich een weg door de soldaten baande en sneller van de ene naar de andere danste dan zij konden reageren. Saphira sloeg twee soldaten tegen de grond en stak twee anderen in brand met een kort salvo vlammen uit haar neusgaten, zodat ze in hun harnas gekookt werden. Eragon kwam achter de laatste soldaat die hij had aangevallen tot stilstand en bleef daar staan, zijn zwaardarm nog uitgestrekt vanwege de klap die hij zojuist had uitgedeeld, en wachtte totdat hij de man hoorde vallen – eerste de ene helft, toen de andere.

Arya en Blödhgarm kwamen uit de wachttorens op het moment dat de stadspoort kreunend openzwaaide. Het stompe, versplinterde uiteinde van de zware stormram van de Varden was ineens te zien. De boogschutters op de borstwering boven begonnen ontzet te roepen en trokken zich op beter verdedigbare posities terug. Dozijnen handen verschenen rond de rand van de poort om hem verder open te duwen, en Eragon zag een massa grimmige Varden-gezichten: mensen en dwergen verdrongen zich in de gewelfde toegang.

'Schimmendoder!' riepen ze, en ook 'Argetlam!' en 'Welkom thuis! Vandaag is er veel te jagen!'

'Dit zijn mijn gevangenen,' zei Eragon, wijzend met Brisingr naar de soldaten die aan de zijkant van de straat op hun knieën zaten. 'Boei ze en zorg dat ze goed behandeld worden. Ik heb ze mijn woord gegeven dat niemand ze kwaad zal doen.'

Zes krijgers voerden zijn bevel snel op.

De Varden stroomden de stad in. Hun rinkelende harnassen en stampende voeten veroorzaakten een ononderbroken rollende donder. Eragon was blij dat hij Roran, Horst en anderen uit Carvahall in de vierde rij van de krijgers zag lopen. Hij riep hen. Roran hief als groet zijn hamer en rende naar hem toe.

Eragon pakte Rorans onderarm en omhelsde hem met kracht. Toen hij zich weer van hem losmaakte, viel hem op dat Roran ouder leek en dieper liggende ogen had dan eerst.

'Het werd hoog tijd dat je kwam,' zei Roran grommend. 'We zijn met honderden tegelijk gesneuveld toen we de muren probeerden te nemen.'

'Saphira en ik hebben alle mogelijk haast gemaakt. Hoe gaat het met Katrina?'

'Prima.'

'Als het allemaal voorbij is, moet je me vertellen hoe het je vergaan is sinds ik vertrokken ben.'

Roran perste zijn lippen op elkaar en knikte. Toen wees hij naar Brisingr en vroeg: 'Waar heb je dat zwaard vandaan?'

'Van de elfen.'

'Hoe heet het?'

'Bris...' wilde hij zeggen, maar op dat moment kwamen de andere elfen die van Islanzadí de taak hadden gekregen om hem te beschermen om hen tweeën heen staan, na zich in allerijl van de hoofdmacht te hebben losgemaakt. Ook Arya en Blödhgarm voegden zich bij hen. Arya veegde intussen haar smalle kling schoon.

Voordat Eragon nog iets kon zeggen, kwam Jörmundur door de poort gereden met de uitroep: 'Schimmendoder! Blij je weer te zien!'

Eragon groette hem op zijn beurt en vroeg: 'Wat moet er nu gebeuren?'

'Wat je het beste lijkt,' antwoordde Jörmundur terwijl hij zijn bruine krijgsros intoomde. 'We moeten ons een weg naar de donjon banen. Ik heb de indruk dat Saphira niet tussen de meeste huizen past. Vlieg dus maar rond en bestook hun troepen zoveel als je kunt. Het zou fantastisch zijn als je de donjon open krijgt of vrouwe Lorana gevangen kunt nemen.'

'Waar is Nasuada?'

Jörmundur gebaarde naar achteren. 'In de achterhoede van ons leger. Ze coördineert onze troepen met koning Orrin.' Hij wierp een blik op de toestroom van krijgers en keek toen weer naar Roran en Eragon. 'Sterkhamer, jij hoort bij je manschappen te zijn en niet met je neef te staan praten.' De magere, pezige commandant gaf daarop zijn paard de sporen en reed de halfduistere straat in, terwijl hij orders naar de Varden schreeuwde.

Roran en Arya wilden hem volgen, maar Eragon pakte Rorans schouder en tikte met zijn zwaard op dat van Arya. 'Wacht.'

'Waarop?' vroegen Arya en Roran.

Ja, waarop? wilde Saphira. *We moeten niet gaan zitten kletsen als we pret kunnen maken.*

'Mijn vader is niet Morzan maar Brom!' riep Eragon uit.

Roran knipperde met zijn ogen. 'Brom?'

'Ja, Brom!'

Zelfs Arya was verrast. 'Is dat zeker, Eragon? Hoe weet je dat?'

'Natuurlijk is dat zeker. Ik leg het later wel uit, maar ik kon niet wachten tot ik het jullie verteld had.'

Roran schudde zijn hoofd. 'Brom... Dat zou ik nooit geraden hebben, maar het lijkt me niet onlogisch. Wees maar blij dat je Morzans naam kwijt bent.'

'Meer dan blij,' zei Eragon grijnzend.

Roran gaf hem een klap op zijn rug. 'Wees voorzichtig.' Toen liep hij achter Horst en de andere dorpelingen aan.

Arya wilde dezelfde kant op gaan, maar Eragon zei snel: 'De Gebrekkige Zonder Gebrek heeft Du Weldenvarden verlaten en zich in Gil'ead bij Islanzadí gevoegd.'

Arya keek hem aan, haar groene ogen opengesperd en haar lippen iets vaneen. Zo bleef ze even staan. Toen knikte ze, draaide zich om en liet zich door de hoofdmacht van de Varden meevoeren, dieper de stad in.

Blödhgarm kwam dichter bij hem staan. 'Schimmendoder, waarom heeft de Wijze het bos verlaten?'

'Hij en zijn metgezel vonden het moment gekomen om het Rijk een slag toe te brengen en hun aanwezigheid aan Galbatorix bekend te maken.'

De elfenvacht rimpelde. 'Dat is inderdaad gewichtig nieuws.'

Eragon klom weer op Saphira. Tegen Blödhgarm en zijn andere lijfwachten zei hij: 'Baan je een weg naar boven. Daar zien we elkaar weer.'

Zonder op het antwoord van de elf te wachten sprong Saphira over de trap naar de bovenkant van de stadsmuur. De stenen treden kraakten onder haar gewicht terwijl ze de brede borstwering beklom. Daar steeg ze boven de brandende krotten buiten Feinster op en won snel hoogte.

Arya zal toestemming moeten geven, anders mogen we het nieuws over Oromis en Glaedr aan niemand vertellen, zei Eragon bij de gedachte aan de geheimhoudingseed die hij, Orik en Saphira tijdens hun eerste bezoek aan Ellesméra tegenover koningin Islanzadí gezworen hadden.

Die krijgen we beslist zodra ze ons verhaal kent, zei Saphira.

Ja.

Eragon en Saphira vlogen in Feinster van de ene plek naar de andere en landden steeds als ze een grote groep mannen zagen of wanneer leden van de Varden belaagd werden. Hij werd soms meteen aangevallen, maar anders probeerde hij elke groep vijanden tot overgave te bewegen. Dat mislukte even vaak als het slaagde, maar hij voelde zich beter omdat hij het geprobeerd had, want veel van degenen die zich in de straten verdrongen, waren gewone burgers van Feinster, geen beroepssoldaten. Eragon zei tegen iedereen: 'Het Rijk is onze vijand, jullie niet. Neem niet de wapens tegen ons op, dan heb je niets te vrezen.' De paar keer dat hij een vrouw of een kind door de donkere stad zag rennen, beval hij hen zich in het dichtstbijzijnde huis te verbergen, en dat deden ze allemaal.

Eragon onderzocht de geest van iedereen om hem en Saphira heen en zocht magiërs die hun kwaad konden doen, maar hij vond geen anderen dan de drie die hij al gezien had, en dat drietal was voorzichtig genoeg om hun gedachten voor hem verborgen te houden. Het baarde hem zorgen dat ze zich op geen enkele merkbare manier weer in het gevecht hadden gemengd.

Ze willen de stad misschien verlaten, zei hij tegen Saphira.

Zou Galbatorix toestaan dat ze er midden in een gevecht vandoor gaan?

Ik betwijfel of hij een van zijn magiërs wil verliezen.

Misschien, maar laten we toch maar voorzichtig zijn. Wie weet wat ze van plan zijn.

Eragon haalde zijn schouders op. *Voorlopig kunnen we niet veel beters doen dan zorgen dat de Varden de stad zo snel mogelijk in handen hebben.*

Ze was het met hem eens en zette koers naar een schermutseling op een plein in de buurt.

Vechten in een stad bleek heel anders dan vechten op een open veld, waar Eragon en Saphira aan gewend waren. De smalle straten en dicht op elkaar staande huizen beperkten Saphira's bewegingsvrijheid en maakte het voor haar moeilijk om op een aanval te reageren, hoewel Eragon alle naderende mannen allang voor hun komst kon voelen. Hun confrontaties met de soldaten werden duistere en wanhopige gevechten, die alleen af en toe door een uitbarsting van vuur of magie onderbroken werden. Saphira verwoestte meer dan eens de voorgevel van een huis met een zwiep van haar staart. Zij en Eragon wisten blijvende verwondingen te vermijden door een combinatie van geluk, bekwaamheid en Eragons schilden, maar de ongewone omstandigheden maakten dat ze nog voorzichtiger en gespannener waren dan normaal op een slagveld.

Bij de vijfde in de reeks confrontaties kon hij zijn woede niet langer beheersen. Toen de soldaten zich terugtrokken, zoals uiteindelijk altijd gebeurde, ging hij hen achterna met het vaste besluit om hen tot de laatste man te doden. Ze verrasten hem door verderop in de straat de deur van een hoedenwinkel in te trappen en naar binnen te vluchten.

Eragon ging hen achterna. Het interieur van de winkel was pikdonker en rook naar kippenveren en verschaald parfum. Hij had de winkel met magie kunnen verlichten, maar deed dat niet omdat hij wist dat hij dan sterker in het nadeel was dan de soldaten. Hij kon hun geest voelen en hoorde hun gehijg, maar wist niet wat er tussen hen in lag. Tastend met zijn voeten liep hij duim voor duim de stikdonkere winkel in. Daarbij hield hij zijn schild voor zich en Brisingr boven zijn hoofd – klaar om toe te slaan.

Zacht als een draadje dat op de grond valt, hoorde Eragon iets door de lucht op hem afkomen.

Hij stapte snel naar achteren en wankelde toen een knots of hamer zijn schild raakte en vernielde. Er werd geschreeuwd. Iemand gooide een stoel of tafel om en er verbrijzelde iets tegen een muur. Eragon haalde uit en voelde Brisingr doordringen in vlees en beenderen. Er hing nu een zwaar gewicht aan de punt en Eragon trok het zwaard los. De man die hij geraakt had, viel dood voor zijn voeten.

Eragon waagde een blik achterom naar Saphira, die in de smalle straat buiten op hem wachtte. Pas toen besefte hij dat er aan een ijzeren paal op straat een lamp hing, en dat hij in de deuropening duidelijk afstak tegen het schijnsel en daardoor voor de soldaten binnen goed zichtbaar was. Hij liep snel bij de deuropening vandaan en gooide de restanten van zijn schild weg.

Er klonk opnieuw gekraak in de winkel en daarna een chaos van voetstappen omdat de soldaten achter in het huis over een trap naar boven vluchtten. Eragon ging achter hen aan. De eerste verdieping was het woongedeelte van het gezin dat de winkel beneden bezat. Allerlei mensen schreeuwden en een klein kind begon te huilen toen Eragon door een labyrint van kamertjes stormde, maar hij negeerde hen omdat hij alleen oog had voor zijn prooi. Hij dreef de vier soldaten uiteindelijk in een overvolle zitkamer in het nauw en velde hen met vier halen van zijn zwaard, ineenkrimpend toen hij met hun bloed bespat werd. Van een van hen roofde hij een nieuw schild en bleef toen staan om de lijken te bestuderen. Het leek hem ongemanierd om ze midden in de zitkamer te laten liggen, en daarom gooide hij ze uit een raam.

Op weg naar de trap kwam iemand een hoek om en wilde een dolk in Eragons ribben steken. De punt werd door de magische schilden tegengehouden en bleef op een fractie van een duim afstand van Eragons zij hangen. Eragon zwaaide Brisingr van schrik omhoog en wilde het hoofd van zijn aanvaller afhakken, maar besefte toen dat de eigenaar van de dolk een magere jongen van hooguit dertien was.

Eragon verstijfde. *Dit had ikzelf kunnen zijn. Als ik in zijn schoenen had gestaan, zou ik hetzelfde gedaan hebben*, dacht hij. Langs de jongen heen kijkend zag hij een man en een vrouw in een nachthemd met een gebreide muts staan. Ze hielden elkaar vast en keken hem vol afschuw aan.

Eragon begon te beven. Hij liet Brisingr zakken en pakte met zijn vrije hand de dolk uit de inmiddels minder vastbesloten greep van de jongen. 'Als ik jou was, zou ik pas naar buiten gaan als de gevechten voorbij zijn,' zei hij met een zo harde stem dat hij er zelf van schrok. Hij aarzelde even. 'Het spijt me.'

Met een beschaamd gevoel liep hij haastig de winkel uit en zocht Saphira weer op. Samen liepen ze verder door de straat.

Niet ver van de hoedenwinkel kwamen ze diverse manschappen van koning Orrin tegen, beladen met gouden kandelaars, zilveren borden en vaatwerk en een sortering artikelen die ze uit een rijk ingericht herenhuis hadden gehaald.

Eragon rukte een stapel kleden uit de armen van een van hen. 'Breng die dingen terug!' schreeuwde hij tegen de hele groep. 'We zijn hier om deze mensen te hélpen, niet om ze te bestelen! Het zijn onze broeders en zusters, onze moeders en vaders. Ik laat jullie ditmaal lopen, maar zeg voort dat ik iedereen die plundert als dieven laat ophangen en geselen!' Saphira gromde instemmend. De betrapte krijgers brachten hun buit onder haar waakzame blik naar het met marmer beklede herenhuis terug.

Eragon zei tegen Saphira: *Nu kunnen we misschien...*

'Schimmendoder! Schimmendoder!' riep een man die vanuit het centrum van de stad op hen af kwam rennen. Zijn wapens en kuras identificeerden hem als een van de Varden.

Eragon verstrakte zijn greep op Brisingr. 'Wat is er?'

'Je moet ons helpen, Schimmendoder. En jij ook, Saphira.'

Ze volgden de krijger door de stad totdat ze bij een groot, natuurstenen gebouw kwamen. Verscheidene dozijnen Varden zaten gebukt achter een muurtje voor het gebouw en waren zichtbaar opgelucht toen ze Eragon en Saphira zagen.

'Blijf uit de buurt!' zei een van de Varden, wijzend op het gebouw. 'Daarbinnen zit een hele troep soldaten en die hebben hun bogen op ons gericht.'

Eragon en Saphira bleven vlak buiten het gezichtsveld van de soldaten staan. De krijger die hen was komen halen, zei: 'We krijgen ze niet te pakken. De deuren en ramen zijn gebarricadeerd, en ze beschieten ons als we de ingang willen bestormen.'

Eragon keek Saphira aan. *Doe jij het of doe ik het?*

Laat mij het maar doen, zei ze voordat ze met breed uitgestrekte vleugels de lucht in vloog.

Het gebouw schudde en ramen verbrijzelden toen Saphira op het dak landde. Eragon en de anderen keken vol ontzag toe hoe ze haar klauwen in de voegen tussen de stenen dreef en kreunend van inspanning het gebouw kapot trok, waarbij de doodsbange soldaten zichtbaar werden. Ze doodde ze zoals een terriër ratten afmaakt.

Toen ze weer naast Eragon stond, bleven de Varden op een eerbiedige afstand, kennelijk geschrokken van haar gewelddadige demonstratie. Ze negeerde hen, likte haar klauwen en haalde het vuil van haar schubben.

Eragon zei: *Heb ik je wel eens verteld hoe blij ik ben dat we geen vijanden zijn?*

Nee, maar het is heel lief dat je het zegt.

Overal in de stad vochten de soldaten met een hardnekkigheid die Eragons bewondering afdwong. Ze weken alleen terug als ze ertoe gedwongen werden, en stelden alles in het werk om de opmars van de Varden te vertragen. Vanwege dat vastberaden verzet kwamen de Varden pas in het westelijke deel van de stad, waar de donjon stond, toen het eerste licht van de nieuwe dag zich al over de hemel verspreidde.

De donjon was een imposant bouwwerk: hoog, vierkant en voorzien van torens van uiteenlopende afmetingen. Het dak bestond uit leisteen, zodat belegeraars het niet in brand konden steken. Voor de donjon lag een groot plein met allerlei lage bijgebouwen en vier katapulten, en rond het hele complex liep een dikke courtine die op regelmatige afstanden van eigen torens voorzien was. Honderden soldaten bemanden de tinnen, en op de binnenplaats wemelde het van nog eens honderden anderen. De enige manier om het terrein over de grond te betreden was een brede, gewelfde gang door de muur, die werd afgesloten door een valhek en een tweetal dikke, eikenhouten deuren.

Verscheidene duizenden Varden stonden tegen de muur geperst en probeerden door het valhek heen te breken met de stormram die ze van de stadspoort hadden meegenomen. Anderen probeerden over de muur te komen met haken en ladders, die de verdedigers hardnekkig wegduwden. Wolken zoevende pijlen vlogen over de muur heen en weer. Geen van beide partijen leek in het voordeel.

De poort, zei Eragon wijzend.

Saphira dook van hoog aan de hemel omlaag en verdreef met een straal kolkend vuur alle aanwezigen op de borstwering boven het valhek. Rook stroomde uit haar neusgaten. Ze liet zich tot schrik van Eragon op de muur vallen en zei: *Ga. Ik zorg voor de blijden voordat ze stenen naar de Varden gaan gooien.*

Wees voorzichtig. Hij liet zich van haar rug op de borstwering glijden.

Moet je hem horen! antwoordde ze. Ze gromde naar de piekeniers rond de blijden. De helft van hen draaide zich om en vluchtte naar binnen.

De muur was zo hoog dat Eragon niet makkelijk naar de straat kon springen. Daarom legde Saphira haar staart over de rand tussen twee kantelen. Hij stak Brisingr in de schede en klom omlaag, waarbij hij de pieken op haar staart als de sporten van een ladder gebruikte. Toen hij bij de punt kwam, liet hij los en viel hij de laatste twintig voet tot de grond. Om de klap op te vangen liet hij zich bij zijn landing midden tussen de opeengeperste Varden rollen.

'Gegroet, Schimmendoder,' zei Blödhgarm, die met de andere elfen uit de menigte naar voren kwam.

'Gegroet.' Eragon trok Brisingr weer. 'Waarom hebben jullie de poort nog niet voor de Varden opengemaakt?'

'De poort wordt dat talrijke bezweringen beschermd, Schimmendoder. Het zou veel kracht kosten om hem te verbrijzelen. Mijn metgezellen zijn hier om jou en Saphira te beschermen, en we kunnen onze plicht niet doen als we ons met andere taken uitputten.'

Eragon bedwong een vloek. 'Willen jullie liever dat Saphira en ik ons uitputten, Blödhgarm? Worden we daar veiliger door?'

De elf staarde Eragon even aan, maar zijn gele ogen verrieden niets. Toen boog hij licht zijn hoofd. 'We zullen de poort zonder uitstel openen, Schimmendoder.'

'Nee, niet doen,' gromde Eragon. 'Wacht hier.'

Eragon baande zich een weg naar het front van de Varden en beende naar het neergelaten valhek. 'Maak plaats!' riep hij met een gebaar naar de krijgers. De Varden gingen achteruit en maakten een ruimte van twintig voet in doorsnee vrij. Een javelijn uit een ballista schampte af tegen zijn schilden en vloog tollend een zijstraat in. Saphira brulde op de binnenplaats, en hij hoorde geluiden van brekend hout en het knappen van kabels.

Hij greep zijn zwaard met beide handen vast, hield het boven zijn hoofd en riep: 'Brisingr!' De kling was meteen in blauwe vlammen gehuld, en de krijgers achter hem slaakten kreten van verbazing. Eragon deed een stap naar voren en sloeg op een van de kruisbalken van het valhek. Een verblindende flits verlichtte de muur en de omringende gebouwen toen het zwaard door de dikke ijzeren balk gleed. Op hetzelfde moment voelde hij een plotselinge toename van zijn vermoeidheid omdat Brisingr door de beschermende schilden van het valhek sneed. Hij glimlachte. Zoals hij al gehoopt had, waren de bezweringen van tegenmagie die Rhunön aan Brisingr had meegegeven meer dan genoeg om de toverspreuken te verslaan.

In een snel maar gestaag tempo hakte Eragon een zo groot mogelijk gat in het valhek. Het losse stuk rasterwerk viel met een onaangename klap op de straatstenen. Daarna legde hij Brisingr precies op de dunne lijn tussen de twee deuren. Hij zette er zijn gewicht achter en duwde de kling dwars door de smalle ruimte heen. Toen vergrootte hij de energiestroom naar het vuur rond de kling totdat het heet genoeg was om net zo makkelijk door zwaar hout te snijden als een mes door vers brood. Grote rookwolken kolkten rond de kling op, zodat zijn keel pijn deed en zijn ogen prikten.

Eragon trok het zwaard naar boven en brandde door de enorme houten balk heen die de deuren aan de binnenkant dicht hield. Zodra hij voelde dat de weerstand tegen Brisingrs kling afnam, trok hij het zwaard terug en doofde het vuur. Hij droeg dikke handschoenen en zag er dus niet tegenop om de gloeiende rand van een deur te pakken en hem met een enorme ruk open te trekken. De andere deur vloog schijnbaar op eigen kracht naar buiten, maar Eragon zag een moment later dat Saphira hem had opengeduwd: ze zat rechts van de ingang en keek hem met fonkelende, saffierkleurige ogen aan. Achter haar lagen de vier verbrijzelde blijden.

Eragon kwam bij Saphira staan toen de Varden de binnenplaats op stroomden en de lucht met hun luidruchtige strijdkreten vulden. Uitgeput van zijn inspanningen legde hij een hand op de gordel van Beloth de Wijze en vulde zijn afnemende krachten aan met een deel van de energie die hij in de twaalf verborgen diamanten van zijn gordel had opgeslagen. De rest bood hij Saphira aan, die even moe was als hij, maar zij wees het aanbod af. *Hou het zelf maar. Je hebt niet veel meer over. Bovendien moet ik eigenlijk vooral eten en een hele nacht slapen.*

Eragon leunde tegen haar aan en liet zijn oogleden tot halverwege zakken. *Straks,* zei hij. *Straks is alles over.*

Dat hoop ik.

Een van de krijgers die hem passeerden, was Angela. Ze droeg haar eigenaardige, geflenste harnas van groen-en-zwart en had haar hûthvír bij zich – het tweesnijdende stokwapen van de dwergenpriesters. De kruidenvrouw bleef naast Eragon staan en zei met een ondeugende blik: 'Een indrukwekkende vertoning, maar vond je het niet een beetje overdreven?'

'Wat bedoel je?' vroeg Eragon fronsend.

Ze trok een wenkbrauw op. 'Kom zeg. Moest je nou echt je zwaard in brand steken?'

549

Eragons gezicht verhelderde toen hij haar bezwaar begreep. Hij moest lachen. 'Nee, niet voor het valhek, maar ik heb er wel van genoten. Bovendien kan ik het niet helpen. Ik heb het zwaard in de oude taal "vuur" genoemd, en elke keer dat ik dat woord zeg, brandt het als een droge tak in een kampvuur.'

'Heb je je zwaard Vuur genoemd?' riep Angela ongelovig uit. 'Vuur? Wat een saaie naam! Had je het niet beter Rinkelkling kunnen noemen? Dan was je er meteen vanaf geweest. Vuur... Hmm. Ik weet nog wel betere namen voor een zwaard, zoals Schapenbijter of Klaprozenkliever of andere namen met veel fantasie.'

'Ik heb hier al een schapenbijter,' zei Eragon terwijl hij zijn hand op Saphira legde. 'Waarom zou ik nog een andere willen?'

Angela vertoonde ineens een brede glimlach. 'Jij bent dus gelukkig niet van elk verstand gespeend. Misschien is er nog hoop voor je.' Vervolgens danste ze naar de donjon terwijl ze haar stok naast haar dij liet draaien en 'Vuur? Bah!' mompelde.

Saphira uitte een zacht gegrom en zei: *Pas jij maar op met wie je Schapenbijter noemt, Eragon. Anders word je misschien zelf gebeten.*

Ja, Saphira.

Schim

Blödhgarm en de andere elfen waren inmiddels op de binnenplaats bij Eragon en Saphira komen staan, maar hij negeerde hen en zocht Arya. Toen hij haar zag, rennend naast Jörmundur op zijn krijgsros, riep hij haar en zwaaide met zijn schild om haar aandacht te trekken.

Arya hoorde hem roepen en kwam gracieus als een gazelle naar hem toe. Sinds ze elkaar voor het laatst gezien hadden, had ze een schild, een volwassen helm en een maliënkolder weten te bemachtigen, en het metaal van haar kuras glansde in het grijze schemerlicht waarin de stad was gehuld. Toen ze tot stilstand was gekomen, zei Eragon: 'Saphira en ik gaan via het dak de donjon in en proberen vrouwe Lorana gevangen te nemen. Zin om mee te gaan?'

Ze reageerde met een kort knikje.

Eragon sprong vanaf de grond op een van Saphira's voorpoten en klom in het zadel. Arya volgde zijn voorbeeld meteen en ging vlak achter hem zitten. De schakels van haar maliënkolder drukten tegen zijn rug.

Saphira ontvouwde haar gladde vleugels en vloog op, Blödhgarm en de andere elfen gefrustreerd achterlatend.

'Je moet je lijfwachten niet zo lichtvaardig laten staan,' mompelde Arya in Eragons linkeroor. Ze legde haar zwaardarm rond zijn middel en hield hem stevig vast terwijl Saphira boven de binnenplaats zwierde.

Voordat Eragon kon antwoorden, voelde hij de aanraking van Glaedrs reusachtige geest. Heel eventjes was de stad verdwenen en zag en voelde hij alleen wat Glaedr zag en voelde.

Kleine-prikkende-horzelpijlen stuitten af op zijn buik terwijl hij boven de verspreide hout-grotten van de twee-benen-rondoren opsteeg. De lucht onder zijn vleugels was glad en stevig, uitstekend geschikt voor de vlucht die hij van plan was. Het zadel op zijn rug schoof over zijn schubben toen Oromis ging verzitten.

Glaedr stak zijn tong uit en proefde de betoverende geur van verbrand-hout-gaar-vlees-vergoten-bloed. Hij was hier al vaak geweest. In zijn jeugd had het een andere naam gehad dan Gil'ead, maar de enige bewoners waren toen de somber-lachende-sneltongige-elfen en vrienden van elfen. Zijn vorige bezoeken waren altijd aangenaam geweest, maar het deed pijn te moeten denken aan de twee nestgenoten die hier waren omgekomen, gedood door de waanzin-geest-Meinedigen.

De luie-eenoog-zon hing vlak boven de horizon. Groot-water-Isenstar in het noorden was een rimpelend vel glimmend zilver. Beneden had de kudde puntoren zich op bevel van Islanzadí opgesteld rond de vernielde-mierenhoop-stad. De harnassen glommen als gestampt ijs. Dik als koude ochtendmist hing een wolk blauwe rook boven het hele gebied.

En vanuit het zuiden kwam de kleine-boze-scheurklauw-Thoorn naar Gil'ead aangevlogen, zijn uitdaging bulderend zodat iedereen hem hoorde. Morzan-zoon-Murtagh zat op zijn rug, en in Murtaghs rechterhand fonkelde Zar'roc fel als een spijker.

Glaedr was met verdriet vervuld toen hij die twee ellendige nestkuikens zag. Hij wenste dat hij en Oromis hen niet hoefden te doden. Maar opnieuw stond draak tegenover draak en Rijder tegenover Rijder, en dat allemaal vanwege die eierbreker-Galbatorix. Glaedr versnelde grimmig gestemd zijn vleugelslag en spreidde zijn klauwen, waarmee hij zijn naderende vijanden uiteen ging scheuren.

Eragons hoofd zwiepte opzij toen Saphira schuin ging hangen en enkele tientallen voeten viel voordat ze haar evenwicht herstelde. *Zag jij dat ook?* vroeg ze.

Ja. Eragon keek bezorgd achterom naar de zadeltassen, waar Glaedrs hart van harten was verstopt, en vroeg zich af of hij en Saphira een poging moesten doen om Oromis en Glaedr te helpen, maar het was geruststellend te bedenken dat er talrijke magiërs bij de elfen waren. Zijn leraren hadden aan hulp geen gebrek.

'Wat is er aan de hand?' riep Arya hard in Eragons oor.

Oromis en Glaedr staan op het punt om de strijd met Thoorn en Murtagh aan te binden, zei Saphira.

Eragon voelde Arya verstijven. 'Hoe weet je dat?'
'Dat leg ik je nog wel eens uit. Laten we hopen dat ze ongedeerd blijven.'
'Dat hoop ik zeker.'
Saphira vloog tot hoog boven de donjon, zweefde toen met stille vleugels omlaag en landde op de punt van de hoogste toren. Terwijl Eragon en Arya op het steile dak klommen, zei Saphira: *Tot straks in de kamer beneden. Het raam is voor mij te klein.* Toen ze wegvloog, werden ze door de windvlagen van haar vleugels gebeukt.

Eragon en Arya gingen aan de dakrand hangen en lieten zich vallen op een smalle richel, acht voet lager. Eragon negeerde de duizelingwekkende val die hem wachtte als hij uitgleed, en bewoog zich stapje voor stapje naar een kruisvormig raam. Hij hees zich naar binnen en stond toen in een grote, vierkante ruimte vol bergen pijlen en rekken met zware kruisbogen. Als er hier bij Saphira's landing mensen waren geweest, dan waren die inmiddels gevlucht.

Arya klom na hem door het raam. Ze bekeek de ruimte, wees naar de trap in de verste hoek en liep erheen. Haar leren laarzen maakten op de stenen vloer geen enkel geluid.

Eragon volgde haar. Hij voelde een vreemde samenvloeiing van energieën onder hem en bovendien de geest van vijf mensen wier gedachten voor hem gesloten waren. Uit angst voor een mentale aanval trok hij zich in zichzelf terug en concentreerde zich op een paar regels elfse poëzie. Hij tikte op Arya's schouder en fluisterde: 'Voel je dat?'

Ze knikte. 'We hadden Blödhgarm mee moeten nemen.'

Ze liepen zo stil mogelijk de trap af. De volgende torenkamer was veel groter dan de eerste. Het plafond had een hoogte van dertig voet, en daaraan hing een gefacetteerde lantaarn van glasplaatjes. Binnenin brandde een gele vlam. Aan de muren hingen honderden olieverfschilderijen: portretten van gebaarde mannen in fraaie gewaden en uitdrukkingsloze vrouwen die tussen kinderen met scherpe, platte tanden zaten; zeetaferelen waarin zeelieden in een storm verdronken; en gevechtsscènes waarin mensen bendes groteske Urgals afslachtten. Een rij hoge, houten luiken in de noordelijke muur bood toegang tot een balkon met een stenen balustrade. Aan de muur daartegenover stonden een paar ronde tafeltjes, drie beklede stoelen en twee te grote koperen vazen met droogbloemen erin. Op de tafeltjes lagen een stel boekrollen. Op een van de stoelen zagen ze een stevig gebouwde, grijsharige vrouw in een lavendelkleurige jurk zitten. Ze leek sterk op diverse mannen op de schilderijen. Een zilveren diadeem met jade en topazen rustte op haar hoofd.

Midden in de kamer stonden de drie magiërs die Eragon al eerder in de stad had gezien. De twee mannen en de vrouw keken elkaar aan. De kap van hun mantel was weggetrokken en ze hadden hun armen zijdelings gestrekt zodat hun vingertoppen elkaar raakten. Ze deinden synchroon heen en weer en mompelden unisono een onbekende bezwering in de oude taal. Een vierde persoon zat midden in de driehoek die ze vormden: het was een man die identiek aan hen gekleed was maar niets zei en een gezicht trok alsof hij pijn leed.

Eragon bestormde de geest van een van de mannelijke magiërs, maar de man was zodanig op zijn taak geconcentreerd dat Eragon geen toegang tot zijn bewustzijn kon krijgen en dus niet in staat was hem zijn wil op te dringen. De man leek de aanval niet eens te merken. Arya had kennelijk hetzelfde geprobeerd, want ze fronste haar wenkbrauwen en fluisterde: 'Ze zijn goed opgeleid.'

'Weet je wat ze aan het doen zijn?'

Ze schudde haar hoofd.

De vrouw in de lavendelkleurige jurk keek ineens op en zag Eragon en Arya gehurkt op de stenen trap zitten. Tot Eragons verrassing riep ze niet om hulp maar legde ze een vinger tegen haar lippen en wenkte ze hen.

Eragon keek Arya verbluft aan. 'Het kan een valstrik zijn,' fluisterde ze.

'Hoogstwaarschijnlijk,' zei ze.

'Wat moeten we doen?'

'Komt Saphira eraan?'

'Ja.'

'Laten we dan onze gastvrouw gaan begroeten.'

Schouder aan schouder liepen ze de rest van de treden af en slopen door het vertrek zonder hun blik van de geconcentreerde magiërs los te maken. 'Vrouwe Lorana?' vroeg Arya zachtjes toen ze voor de zittende vrouw stonden.

De vrouw boog haar hoofd. 'Dat ben ik, fraaie elf.' Ze richtte haar blik op Eragon en vroeg: 'En bent u de Drakenrijder over wie we de laatste tijd zoveel gehoord hebben? Bent u Eragon Schimmendoder?'

'Ja, dat ben ik.'

Op het gedistingeerde gezicht van de vrouw verscheen opluchting. 'Ik had al gehoopt dat u zou komen. U moet hen tegenhouden, Schimmendoder.' Ze wees naar de magiërs.

'Waarom beveelt u hen dat niet zelf?' fluisterde Eragon.

'Dat kan ik niet,' zei Lorana. 'Ze leggen alleen verantwoording af aan de koning en zijn nieuwe Rijder. Ik heb trouw gezworen aan Galbatorix – dat kon werkelijk niet anders – en kan dus niet mijn hand heffen tegen hem of zijn dienaren. Anders zou ik hun vernietiging zelf wel geregeld hebben.'

'Waarom?' vroeg Arya. 'Waar bent u zo bang voor?'

De huid rond Lorana's ogen verstrakte. 'Ze weten dat ze de Varden met hun huidige kracht niet kunnen verdrijven, en Galbatorix heeft geen versterkingen gestuurd. Wat ze nu aan het proberen zijn – maar ik weet niet hoe –

is een Schim scheppen in de hoop dat het monster zich tegen de Varden keert en leed en verwarring in uw gelederen brengt.'

Eragon werd door afschuw overmand en kon zich niet voorstellen dat hij nogmaals tegen een Durza zou moeten vechten. 'Maar een Schim kan zich net zo goed tegen henzelf en ieder ander in Feinster keren als tegen de Varden.'

Lorana knikte. 'Dat laat ze koud. Voordat ze sterven, willen ze gewoon zoveel mogelijk dood en verderf zaaien. Ze zijn waanzinnig, Schimmendoder. Ik smeek je ter wille van mijn volk: hou ze alsjeblieft tegen!'

Toen ze was uitgepraat, landde Saphira op het balkon buiten de kamer. Ze kraakte met haar staart de balustrade, sloeg met één klap van haar voorpoot de luiken opzij, brak alle kozijnen aan brandhout, stak haar hoofd en schouders naar binnen en gromde.

De magiërs zetten hun recitatieven voort en beseften haar aanwezigheid blijkbaar niet.

'Grote genade,' zei vrouwe Lorana terwijl ze in de armleuningen van haar stoel kneep.

'Inderdaad,' zei Eragon. Hij hief Brisingr en liep naar de magiërs. Saphira deed vanaf de andere kant hetzelfde.

De wereld tolde om Eragon heen, en hij keek ineens weer door Glaedrs ogen.

Rood. Zwart. Gele, pulserende lichtflitsen. Pijn... Bottenbrekende pijn in zijn buik en in de schouder van zijn linker vleugel. Pijn zoals hij in honderd jaar niet meer gevoeld had. Daarna opluchting toen metgezel-van-leven-Oromis zijn verwondingen genas.

Glaedr herstelde zijn evenwicht en zocht Thoorn. De kleine-rood-klauwier-draak was vanwege Galbatorix' bemoeienissen sterker en sneller dan Glaedr verwacht had.

Thoorn bestormde Glaedrs linkerkant, zijn zwakke kant, de kant waar hij zijn voorpoot had verloren. Ze wentelden om elkaar heen en tuimelden naar de harde-platte-vleugelplettende-grond. Glaedr hapte en scheurde en krabde met zijn achterpoten om de kleinere draak tot overgave te dwingen.

Jij zult mij niet verslaan, nestkuiken. Ik was al oud toen jij nog geboren moest worden.

Witte-dolk-klauwen schraapten over Glaedrs ribben en onderkant. Hij kromde zijn staart en sloeg de snauwende-langtand-Thoorn tegen een poot, waarbij een piek op zijn staart in Thoorns dij drong. Het gevecht had hun onzichtbare-bezwering-schilden allang uitgeput, en ze waren dus kwetsbaar voor alle soorten verwondingen.

Met de tollende grond nog maar een paar duizend voet verwijderd, haalde Glaedr adem en bracht zijn kop naar achteren. Hij spande zijn nek, trok zijn buik strak en putte dikke-vloeistof-vuur uit de diepte van zijn keel. Hij opende wijd zijn kaken en bespoot de rode draak met een blarentrekkende cocon van vlammen.

Hij sloot zijn keel en beëindigde daarmee de vuurstroom, terwijl hij en de kronkelend-

jankende-hak-klauw-draak zich van elkaar losmaakten. Glaedr hoorde Oromis op zijn rug zeggen: 'Hun kracht neemt af. Dat zie ik aan hun gedrag. Over niet al te lange tijd valt Murtaghs concentratie weg en kan ik zijn gedachten beheersen. Anders doden we hen met zwaard en tand.'

Glaedr gromde instemmend. Het was frustrerend dat hij en Oromis niet zoals gewoonlijk via hun geest durfden te communiceren. Stijgend op warme-wind-van-bewerkte-grond draaide hij zich naar Thoorn, wiens ledematen dropen van het rode bloed. Brullend maakte hij zich klaar voor een nieuw treffen.

Eragon staarde gedesoriënteerd naar het plafond. Hij lag op zijn rug in de toren van de donjon. Arya knielde naast hem, en haar gezicht was een en al bezorgdheid. Ze pakte zijn arm, hielp hem overeind en steunde hem toen hij begon te wankelen. Eragon zag Saphira aan de andere kant van de kamer haar kop schudden. Hij voelde bij haar dezelfde verwarring als bij zichzelf.

De drie magiërs stonden nog steeds deinend en met gestrekte armen in de oude taal spreuken te prevelen. De woorden van hun bezwering klonken opmerkelijk krachtig en hingen nog in de lucht als ze allang weggestorven hadden moeten zijn. De man die aan hun voeten zat, omvatte zijn knieën. Zijn hele lichaam huiverde en hij zwiepte zijn hoofd heen en weer.

'Wat is er gebeurd?' vroeg Arya met een gespannen klank in haar stem. Ze trok Eragon dichter naar zich toe en dempte haar stem nog verder. 'Hoe kun jij weten wat Glaedr denkt? Hij is heel ver weg, en zijn geest is zelfs voor Oromis niet toegankelijk. Vergeef me dat ik zonder toestemming je gedachten aanraak, Eragon, maar ik maakte me zorgen over je. Wat voor een band hebben jij en Saphira met Glaedr?'

'Later,' zei hij, zijn schouders rechtend.

'Heeft Oromis je een amulet of iets anders gegeven waardoor je contact met Glaedr kunt hebben?'

'De uitleg kost te veel tijd. Later. Ik beloof het je.'

Ze aarzelde maar knikte toen. 'Daar houd ik je aan.'

Eragon, Saphira en Arya benaderden de magiërs samen en vielen toen gescheiden aan. Er klonk een metalig gerinkel toen Brisingr weggleed voordat het zwaard zijn doelwit trof. Eragons schouder werd erdoor ontwricht. Ook Arya's zwaard ketste op haar bedoelde slachtoffer af, en met Saphira's voorpoot gebeurde hetzelfde. Haar klauwen gleden krijsend over de stenen vloer.

'Concentreer je op die!' riep Eragon terwijl hij naar de langste magiër wees – een bleke man met een warrige baard. 'Schiet op! Ze mogen geen geesten oproepen!' Eragon en Arya hadden kunnen proberen de bezweringen van de magiërs met eigen spreuken te omzeilen of uit te putten, maar de inzet van magie tegen magiërs was altijd een gevaarlijke onderneming als je hun geest niet beheerste. Eragon noch Arya wilde het risico lopen dat ze gedood werden door een bezwering die ze niet kenden. Het drietal viel nu om beurten aan. Ze hakten en beukten onophoudelijk op de gebaarde magiër in. Uiteindelijk voelde hij onder Brisingr iets wegvallen. Het zwaard maakte zijn zwaai gewoon af en sneed het magiërshoofd van diens romp. De lucht voor Eragons ogen trilde. Op hetzelfde moment stroomde een flink deel van zijn kracht weg omdat zijn schilden hem tegen een onbekende bezwering beschermden. De aanval duurde maar een paar tellen, maar hij werd er duizelig van en voelde zich licht in zijn hoofd. Zijn maag rommelde. Hij trok een lelijk gezicht en versterkte zich met energie uit de gordel van Beloth de Wijze.

De enige reactie van de twee andere magiërs op de dood van hun makker was een grotere snelheid van hun incantaties. Geel schuim bedekte hun mondhoeken, speeksel vloog van hun lippen en van hun ogen was alleen het oogwit te zien. Toch probeerden ze niet te vluchten of aan te vallen.

Eragon, Saphira en Arya concentreerden zich nu op de volgende magiër – een corpulente man met beringde vingers. Ze herhaalden wat ze tegen de andere magiër gedaan hadden: ze sloegen afwisselend toe totdat ze zijn schilden hadden uitgeput. Ditmaal gaf Saphira de genadeslag, en ze zwiepte hem met een haal van haar klauwen door de lucht. Hij raakte de zijkant van de trap, en zijn schedel werd verbrijzeld op de hoek van een tree. Ditmaal volgde geen magische vergelding.

Toen Eragon zich op de vrouwelijke magiër wilde richten, stroomde ineens een golf veelkleurige lichtbollen door de luiken naar binnen, en die concentreerden zich op de zittende man op de grond. De opgloeiende geesten kolkten met boosaardige virulentie rond de man en vormden een ondoordringbare muur. Hij stak schreeuwend zijn armen omhoog alsof hij zich wilde beschermen. De lucht zoemde en knetterde van de energie uit de flikkerende bollen. Eragon kreeg een zure ijzersmaak op zijn tong en zijn huid kriebelde. De haren op het hoofd van de vrouwelijke magiër stonden recht overeind. Alle spieren in haar lichaam waren strak gespannen. Aan de andere kant van haar stond Saphira met een kromme rug te sissen.

Een angstscheut joeg door Eragon heen. *Nee!* dacht hij misselijk. *Niet nu. Niet na alles wat we hebben meegemaakt.* Hij was inmiddels sterker dan toen hij in Tronjheim tegenover Durza stond, maar tegelijkertijd besefte hij ook beter hoe gevaarlijk een Schim kon zijn. Slechts drie krijgers hadden het doden van een Schim ooit overleefd: Laetrí de Elf, Irnstad de Rijder en hijzelf – maar hij had geen vertrouwen in een herhaling daarvan. *Blödhgarm, waar ben je?* riep hij met zijn geest. *Je moet ons helpen!*

Toen viel alles om hem heen ineens weg en zag hij:

Witheid. Lege witheid. Het koud-zachte-hemelwater viel kalmerend op Glaedrs ledematen na de verstikkende hitte van het gevecht. Hij likte de lucht en was dankbaar voor het dunne laagje vocht dat zich op zijn droog-kleverige-tong verzamelde. Hij sloeg nog een keer met zijn vleugels, en het hemelwater ging uiteen, zodat de gloeiende-rugschroeiende zon en de heiig-groenbruine-aarde weer zichtbaar werden. Hij vroeg zich af waar Thoorn was, en zwaaide zijn kop op zoek naar hem. De klein-rode-klauwier-draak was hoog boven Gil'ead weggevlucht, hoger dan een vogel meestal vloog, waar de lucht dun was en je adem water-rook werd.

'Glaedr, achter ons!' riep Oromis.

Glaedr draaide zich om maar was te traag. De rode draak beukte zijn rechterschouder en sloeg hem omver. Glaedr legde zijn ene voorpoot grauwend rond het knijpende-krabbende-woeste-nestkuiken en probeerde het leven uit Thoorns kronkelende lichaam te persen. De rode draak brulde en wist half uit Glaedrs greep te klimmen door zijn klauwen in Glaedrs borst te duwen. Glaedr kromde zijn nek en zette zijn tanden in Thoorns linker achterpoot. Daarmee hield hij hem vast hoewel de rode draak kronkelde en schopte als een in de val gelopen wilde kat. Heet-zout-bloed vulde Glaedrs bek.

Al vallend hoorde Glaedr het geluid van op elkaar slaande zwaarden. Oromis en Murtagh wisselden slagen uit. Thoorn verkrampte, en Glaedr wierp een blik op Morzanzoon-Murtagh. Hij meende angst in de blik van de man te zien, maar wist het niet helemaal zeker. Ondanks zijn langdurige band met Oromis kostten de gezichtsuitdrukkingen van de tweebeners-geen-hoorns hem nog steeds moeite vanwege hun zachte, platte snuit en ontbrekende staart.

Het gerinkel van het metaal hield op, en Murtagh schreeuwde: 'Vervloekt dat je je niet eerder vertoond hebt! Vervloekt! Je had ons kunnen helpen! Je had...' Murtagh leek even in zijn eigen tong te stikken.

Glaedr gromde toen een onzichtbare kracht hun val abrupt tot staan bracht zodat hij Thoorns poot bijna los moest laten. Diezelfde kracht hief het viertal vervolgens steeds hoger de hemel in totdat de vernielde-mierenhoop-stad nog maar een vaag vlekje beneden hen was en zelfs Glaedr in de dunne lucht moeilijk ademde.

Hij vroeg zich af wat die vlegel aan het doen was. Probeerde hij soms zelfmoord te plegen?

Toen begon Murtagh weer te praten, maar zijn stem was ditmaal voller en dieper dan eerst en echode alsof hij in een lege zaal stond. Glaedr voelde de schubben op zijn schouders kriebelen toen hij de stem van hun aartsvijand herkende.

'Jullie leven dus nog, Oromis, Glaedr,' zei Galbatorix. Zijn woorden klonken soepel en glad als van een ervaren redenaar en waren bedrieglijk vriendelijk. 'Allang houd ik rekening met de mogelijkheid dat de elfen een draak of Rijder voor mijn blik verborgen hielden. Het stemt tot tevredenheid dat mijn vermoedens bevestigd worden.'

'Scheer je weg, laaghartige eedbreker!' riep Oromis. 'Je zult van ons geen genoegdoening krijgen!'

Galbatorix grinnikte. 'Wat een kille begroeting. Schande, Oromis-elda. Hebben de elfen in de laatste eeuw hun befaamde hoffelijkheid verloren?'

'Jullie verdienen niet meer hoffelijkheid dan een dolle wolf.'

'Tut-tut, Oromis. Vergeet niet wat je tegen me zei toen ik voor jou en de andere

Ouderlingen stond: "Woede is een gif. Je moet je geest ervan bevrijden, anders bederft het je betere aard." Dat was ook voor jou goede raad.'

'Jij kunt me met je slangentong niet verwarren, Galbatorix. Je bent een gruwel, en we zullen de wereld van jou bevrijden, ook al kost ons dat het leven.'

'Maar waarom zou je dat doen, Oromis? Waarom ben je zo op mij gebeten? Wat is het droef te zien dat je je wijsheid door je haat hebt laten misvormen, want ooit was je wijs, Oromis, misschien wel wijzer dan wie ook in onze orde. Jij was de eerste die zag dat waanzin aan mijn ziel vrat, en jij was het die de Ouderlingen overhaalde om mijn verzoek om een ander drakenei af te wijzen. Dat was heel wijs van je, Oromis. Zinloos maar wijs. Op de een of andere manier wist je aan Kialandi en Formora te ontsnappen, hoewel ze je geest gebroken hadden, en verborg je je totdat op een na al je vijanden waren omgekomen. Ook dat was wijs, elf.'

Galbatorix zweeg even voor het effect. 'Verdere strijd tegen mij is onnodig. Ik geef toe dat ik in mijn jeugd verschrikkelijke misdaden heb begaan, maar die tijd ligt al heel lang achter ons, en als ik nadenk over al het bloed dat ik vergoten heb, dan kwelt dat mijn geweten. Maar wat wil je eigenlijk van mij? Ik kan mijn daden niet ongedaan maken. Mijn belangrijkste streven is nu de verzekering van vrede en voorspoed in het rijk, waarvan ik de eer heb om er heer en meester te zijn. Zie je dan niet dat ik mijn zucht naar vergelding kwijt ben? De woede die me zoveel jaar gedreven heeft, is uitgebrand. Vraag jezelf het volgende af, Oromis: wie is verantwoordelijk voor de oorlog die Alagaësia overspoeld heeft? Ik niet. De Varden waren degenen die dit conflict hebben uitgelokt. Ik zou er heel tevreden mee zijn geweest om mijn volk te regeren en de elfen, de dwergen en de Surdanen met rust te laten. Maar de Varden hebben mij die rust niet gegund. Zij waren het die besloten om Saphira's ei te stelen, en zij waren het die de aarde met bergen lijken overdekt hebben. Niet ik. Je bent heel vroeger wijs geweest, Oromis, en je kunt opnieuw wijs worden. Geef je haat op en voeg je in Ilirea bij mij. Met jou aan mijn zijde kunnen we een eind aan dit conflict maken en een tijdperk van vrede inluiden dat duizend jaar of meer zal standhouden.'

Glaedr liet zich niet overtuigen. Hij verstrakte de greep van zijn plettend-doordringende-kaken waardoor Thoorn begon te janken. Na Galbatorix' rede leek het pijn-lawaai ongelooflijk hard.

Oromis zei op een heldere, galmende toon: 'Nee, jij kunt ons je wreedheden niet met een balsem van honingzoete leugens laten vergeten. Laat ons los! Jij hebt niet de macht om ons hier nog veel langer vast te houden, en ik weiger nutteloze kout uit te wisselen met een verrader zoals jij.'

'Bah, seniele gek,' zei Galbatorix wiens stem nu hard en boos klonk. 'Je had mijn aanbod moeten aanvaarden, dan zou je de eerste en hoogste onder mijn slaven zijn geweest. Ik zal zorgen dat je spijt krijgt van je onnadenkende devotie aan je zogenaamde rechtvaardigheid. En je hebt ongelijk. Ik kan jullie zo lang vasthouden als ik wil, want ik ben machtig geworden als een god, en niemand kan me tegenhouden.'

'Je zult niet triomferen. Zelfs de goden leven niet eeuwig.'

Galbatorix uitte een kwaadaardige vloek. 'Jouw filosofie legt mij niet aan banden, elf! Ik ben de grootste onder de magiërs, en binnenkort ben ik nog groter. De Dood zal mij *niet vinden. Jij daarentegen zult sterven. Maar eerst zul je lijden. Je zult erger lijden dan je je kunt voorstellen, Oromis, en daarna zal ik je doden. En dan neem ik je je hart van harten af, Glaedr, en zul je mij tot het einde der tijden dienen.'*

'Nooit!' riep Oromis uit.

Glaedr hoorde opnieuw het gerinkel van staal op staal.

Hij had Oromis voor de duur van het gevecht buiten zijn geest gehouden, maar hun band was sterker dan hun bewuste gedachten, en hij voelde het toen Oromis verstijfde en door een scheurende pijn buiten gevecht werd gesteld. Glaedr liet Thoorns poot geschrokken los en probeerde de rode draak weg te trappen. Thoorn gilde het uit van de klap, maar bleef waar hij was. Galbatorix' spreuk hield hen tweeën op hun plaats – ze konden zich niet meer dan een paar voet in elke richting bewegen.

Opnieuw klonk gerinkel boven hem, en toen zag hij Naegling langs hem vallen. Het gouden zwaard tuimelde flitsend en glimmend naar de grond. Voor het eerst was Glaedr in de greep van een kille angst. De meeste woorden-wil-energie was in het zwaard opgeslagen, en zijn schilden waren aan zijn kling gebonden. Zonder zwaard was Oromis machteloos.

Glaedr beukte tegen de begrenzingen van Galbatorix' bezwering en vocht uit alle macht om los te komen, maar ondanks al zijn inspanningen kon hij niet ontsnappen. En net toen Oromis zich begon te herstellen, voelde Glaedr hoe Zar'roc Oromis van schouder tot heup opensneed.

Glaedr jammerde.

Hij jammerde zoals Oromis had gejammerd toen Glaedr zijn poot verloor.

Een niets ontziende kracht verzamelde zich in Glaedrs buik. Zonder zich af te vragen of het mogelijk was, schoof hij Thoorn en Murtagh met een grote stroom magie weg, zodat ze als bladeren in de wind verdwenen. Toen legde hij zijn vleugels plat langs zijn zijden en dook omlaag naar Gil'ead. Als hij daar snel genoeg kon zijn, waren Islanzadí en haar magiërs in staat om Oromis te redden.

Maar de stad was te ver weg. Oromis' bewustzijn wankelde... vervaagde... glipte weg...

Glaedr stuurde zijn kracht naar Oromis' vernielde lichaam en probeerde hem in leven te houden totdat ze de grond bereikten. Maar alle energie die hij Oromis gaf, kon zijn bloeding, zijn afschuwelijke bloeding niet stelpen.

'Glaedr, laat me los,' mompelde Oromis met zijn geest.

Even later fluisterde hij nog zachter: 'Treur niet om mij.'

En toen ging Glaedrs levensgezel op in de leegte.

Weg.

Weg!

WEG!

Zwarte leegte.

Hij was alleen.

Een rode gloed daalde over de wereld neer en klopte met zijn bloedsomloop mee. Hij sloeg met zijn vleugels en steeg weer op zoals hij gekomen was. Hij zocht Thoorn en de Rijder. Ze mochten niet ontsnappen, want hij wilde hen vangen en verscheuren en verbranden totdat ze van de wereld waren gevaagd. Glaedr zag de rode-klauwier-draak op hem af duiken. Brullend uitte hij zijn verdriet. Hij verdubbelde zijn snelheid. De rode draak week op het laatste moment uit om hem in de flank aan te vallen, maar was niet snel genoeg om te ontsnappen aan Glaedr, die uitviel en zijn kaken sperde en de laatste drie voet van de rode drakenstaart afbeet. Een bloedfontein spoot uit de stomp. De rode draak kronkelde gillend van pijn weg en schoot achter Glaedr. Glaedr wilde zich omdraaien om het gevecht met hem aan te gaan, maar de kleinere draak was te snel, te handig. Glaedr voelde een felle pijn in de onderkant van zijn schedel, en toen doofde zijn gezichtsvermogen flakkerend uit.

Waar was hij?
Hij was alleen.
Hij was alleen en het was donker.
Hij was alleen, het was donker en hij kon niets doen of zien.
Hij voelde de geest van andere schepsels in de buurt, maar dat was niet de geest van Thoorn en Murtagh maar die van Arya, Eragon en Saphira.
Toen besefte Glaedr waar hij was en drong het tot hem door hoe gruwelijk de situatie was. Hij jammerde naar het donker. Hij jammerde onophoudelijk en gaf zich over aan zijn pijn en had geen belangstelling voor de toekomst meer, want Oromis was dood en zelf was hij alleen.
Alleen!

Eragon kwam met een schok tot zichzelf. Hij lag opgerold tot een bal. Tranen liepen over zijn wangen. Hij kwam hijgend overeind en zocht Saphira en Arya.

Het duurde even voordat hij het tafereel begreep.

De vrouwelijke magiër die hij had willen aanvallen, lag voor hem op de grond en was met een zwaardslag geveld. De geesten die zij en haar metgezellen hadden opgeroepen, waren nergens te zien. Vrouwe Lorana zat nog steeds in haar stoel. Aan de andere kant van de kamer was Saphira bezig om op te staan van de grond. En de man die tussen de drie magiërs op de grond had gezeten, stond nu rechtop en hield Arya aan haar nek omhoog.

Uit de huid van de man was alle kleur verdwenen. Hij was lijkbleek. Zijn haar, dat bruin was geweest, was nu lichtrood, en toen hij Eragon glimlachend aankeek, zag deze dat zijn ogen kastanjebruin waren geworden. In alle aspecten van zijn uiterlijk en gedrag leek de man op Durza.

'Onze naam is Varaug,' zei de Schim. 'Vrees ons.' Arya schopte naar hem maar bereikte er niets mee.

Varaugs brandend hete bewustzijn drukte tegen dat van Eragon en probeerde zijn barrières af te breken. De kracht van de aanval dwong Eragon tot onbeweeglijkheid: hij kon de Schimmengeest maar ternauwernood afweren, laat staan dat hij kon lopen of een zwaard hanteren. Varaug was om welke reden dan ook nog sterker dan Durza, en Eragon wist niet hoe lang hij zijn macht nog zou kunnen weerstaan. Hij zag dat ook Saphira aangevallen werd; de draak zat stijf en onbeweeglijk bij het balkon en had een honende uitdrukking op zijn snuit.

De bloedvaten op Arya's voorhoofd zwollen op en haar gezicht werd purper en rood. Haar mond hing open maar ze aarzelde niet. Met de palm van haar rechterhand sloeg ze op Varaugs gebogen elleboog, en het gewricht brak met een harde knal. Varaug liet zijn arm iets zakken, en heel even scheerden Arya's voeten over de grond, maar toen schoten de beenderen in de Schimmenarm weer op hun plaats en tilde hij haar nog hoger op.

'Je zult sterven,' gromde Varaug. 'Je zult sterven omdat je ons in deze kille, harde klei opsluit.'

De wetenschap dat Arya en Saphira in levensgevaar waren, bevrijdde Eragon van elke emotie behalve een onwrikbare wilskracht. Met gedachten die zo hard en helder waren als een glasscherf, bestookte hij nu zelf het ziedende bewustzijn van de Schim. Maar Varaug was te machtig en de geesten die in hem huisden, waren te verschillend, zodat Eragon ze niet allemaal kon overweldigen en beheersen. Hij besloot de Schim te isoleren. Hij omringde de Schimmengeest met de zijne: steeds als Varaug wilde uithalen naar Saphira of Arya blokkeerde Eragon de mentale straal, en steeds als de Schim zijn lichaam wilde verplaatsen, zette Eragon die aandrang met een eigen bevel de voet dwars.

Ze streden met de snelheid van het denken, en de strijd golfde heen en weer langs de omtrekken van Varaugs geest – een zo chaotisch en onsamenhangend landschap dat Eragon vreesde gek te worden als hij er te lang naar keek. Eragon zette zich volledig in en probeerde elke stap van Varaug te voorzien, maar wist dat het treffen alleen met zijn eigen nederlaag kon eindigen. Hij was razendsnel, maar vreesde niet snel genoeg te zijn voor de talloze intelligenties die de Schim herbergde.

Eragons concentratie nam uiteindelijk af. Varaug greep die kans aan om dieper in Eragons geest door te dringen. Hij nam hem gevangen... hield hem onbeweeglijk... onderdrukte zijn gedachten totdat hij alleen nog maar met doffe woede naar de Schim kon staren. Een ondraaglijk gekriebel vulde zijn armen en benen terwijl de geesten stuk voor stuk door alle zenuwbanen van zijn lichaam heen en weer koersten.

'Je ring is een baaierd van licht!' riep Varaug uit terwijl hij zijn ogen opensperde van genot. 'Prachtig licht! Het zal ons heel lang voeden!'

Daarna gromde hij van woede omdat Arya zijn pols pakte en op drie plaatsen brak. Ze wist zich uit Varaugs greep te werken voordat hij zichzelf kon genezen, en liet zich snakkend naar adem op de grond vallen. Varaug schopte naar haar, maar ze wist hem rollend te ontwijken en tastte naar haar gevallen zwaard.

Eragon greep de kans en beefde bij zijn pogingen om de onderdrukkende aanwezigheid van de Schim af te werpen. Arya's hand sloot zich rond het gevest van haar zwaard. De schim uitte een woordloze schreeuw en stortte zich op haar. Toen rolden ze over de grond en probeerden ze allebei de macht over het wapen te krijgen. Arya sloeg hem brullend met de knop van haar zwaard tegen de zijkant van zijn hoofd. De Schim was tijdelijk verlamd, en Eragon profiteerde ervan. In een flits wist hij zich van de Schim te bevrijden. Zonder aandacht voor zijn eigen veiligheid hervatte hij zijn aanval op het Schimmenbewustzijn en probeerde hij Varaug een paar tellen in bedwang te houden.

Varaug ging op één knie zitten, maar wankelde toen Eragon zijn inspanningen verdubbelde.

'Nu!' riep Eragon.

Arya, die inmiddels was opgekrabbeld, stormde met wapperende haren naar voren en doorstak het hart van de Schim.

Eragon kromp ineen en maakte zich van Varaugs geest los, terwijl de Schim nog voor Arya terugdeinsde en zichzelf van haar kling trok. De Schim deed zijn mond open en uitte een doordringende, nerveuze jammerklacht die de glasplaatjes van de lantaarn aan het plafond verbrijzelde. Hij stak zijn hand naar haar uit en wankelde haar kant op, maar bleef staan toen zijn huid vervaagde en doorschijnend werd, zodat de dozijnen glinsterende geesten zichtbaar werden die binnen de omtrekken van zijn lichaam gevangen waren geweest. De geesten groeiden pulserend, en Varaugs huid spleet open langs de bolling van zijn spieren. Met een laatste krachtsinspanning scheurden ze Varaug aan stukken en ontvluchtten ze de torenkamer, dwars door de muren heen, alsof de stenen niet bestonden.

Eragons hartslag vertraagde geleidelijk. Met een stokoud en doodmoe gevoel liep hij naar Arya, die tegen een stoel leunde en één hand op haar keel had gelegd. Ze hoestte bloed op en kon geen woord uitbrengen. Eragon legde zijn hand op de hare en zei: 'Waíse heíll.' Toen de energie uit hem stroomde om haar wonden te genezen, voelde hij zijn benen verzwakken en moest ook hij zich aan de stoel vasthouden.

'Beter?' vroeg hij toen de bezwering haar werk gedaan had.

'Beter,' fluisterde ze terwijl ze hem een zwakke glimlach gunde. Ze gebaarde naar de plek waar Varaug gestaan had. 'We hebben hem gedood... We hebben hem gedood en we leven nog.' Ze klonk verrast. 'Heel weinigen hebben een Schim gedood zonder erbij om te komen.'

'Dat komt omdat ze alleen vochten, niet samen zoals wij.'

'Nee, niet zoals wij.'

'Ik had jouw hulp in Farthen Dûr en jij had mijn hulp hier.'

'Ja.'

'Nu zal ik jóu Schimmendoder moeten noemen.'

'We zijn allebei...'

Saphira maakte hen aan het schrikken met een lange, trieste lijkzang. Al klagend haalde ze haar klauwen over de grond en bekraste en beschadigde ze de plavuizen. Haar staart zwiepte heen en weer en verbrijzelde het meubilair en de grimmige schilderijen aan de muren. *Weg!* zei ze. *Weg! Voor altijd weg!*

'Saphira, wat is er?' riep Arya uit. Toen Saphira niet antwoordde, herhaalde ze haar vraag tegen Eragon.

Voor Eragon was het een afschuwelijke plicht om het haar te moeten vertellen. 'Oromis en Glaedr zijn dood. Door Galbatorix vermoord.'

Arya wankelde alsof ze geslagen was. 'Ach...' zei ze. Ze omklemde de rugleuning van de stoel zo hard dat haar knokkels wit werden. Tranen sprongen in haar schuine ogen, rolden over haar wangen en vielen omlaag. 'Eragon.' Ze stak haar hand uit en pakte zijn schouder. Bijna bij toeval lag ze ineens in zijn armen. Eragon voelde ook zijn eigen ogen vochtig worden en klemde zijn kaken op elkaar om zijn zelfbeheersing te bewaren. Als ook hij ging huilen, zou hij niet meer kunnen ophouden. Dat wist hij.

Ze bleven elkaar heel lang omhelzen. Toen Arya zich losmaakte, vroeg ze: 'Hoe is het gebeurd?'

'Oromis kreeg een van zijn aanvallen, en tijdens zijn verlamming gebruikte Galbatorix Murtagh om...' Zijn stem brak. Hij schudde zijn hoofd. 'Ik vertel het je als we bij Nasuada zijn. Ook zij moet het weten, en ik wil het niet meer dan één keer hoeven vertellen.'

Arya knikte. 'Dan gaan we naar haar toe.'

Dageraad

Toen Eragon en Arya vrouwe Lorana uit de torenkamer wegbrachten, kwamen ze Blödhgarm en de andere elfen tegen die met vier treden tegelijk de trap op renden.

'Schimmendoder! Arya!' riep een vrouwelijke elf met lang, zwart haar uit. 'Zijn jullie gewond? We hoorden Saphira's jammerklacht en dachten dat een van jullie gedood was.'

Eragon wierp een blik op Arya. Zijn geheimhoudingseed aan Islanzadí verbood een gesprek over Oromis of Glaedr in aanwezigheid van iemand die niet uit Du Weldenvarden kwam, zoals vrouwe Lorana. Althans niet zonder verlof van de koningin, Arya of wie Islanzadí ook op de troon van Ellesméra zou opvolgen.

Ze knikte. 'Ik ontsla je van je eed, Eragon. Jullie allebei. Praat over hem tegen wie jullie willen.'

'Nee, we zijn niet gewond,' zei Eragon. 'Maar Oromis en Glaedr zijn net tijdens een gevecht boven Gil'ead gesneuveld.'

De elfen slaakten in koor kreten van schrik en bestookten Eragon met tientallen vragen. Arya hief een hand. 'Beheers je. Dit is niet de tijd of de plaats om je nieuwsgierigheid te bevredigen. Er zijn nog soldaten in de buurt, en we weten niet wie er meeluistert. Bewaar je verdriet diep in je hart totdat we veilig zijn.' Ze zweeg even en keek Eragon aan. 'Ik zal de omstandigheden van hun dood volledig uiteenzetten zodra ik ze zelf ken.'

'Nen ono weohnata, Arya Dröttningu,' mompelden ze.

'Heb je mijn oproep gehoord?' vroeg Eragon aan Blödhgarm.

'Ja,' zei de harige elf. 'We zijn zo snel mogelijk gekomen, maar er waren veel soldaten tussen daar en hier.'

Eragon toonde zijn respect door zijn hand voor zijn borst te draaien. 'Ik bied mijn verontschuldigingen aan voor het feit dat ik je heb achtergelaten, Blödhgarm-elda. De hitte van het gevecht maakte me dwaas en overmoedig. Vanwege die fout zijn we bijna omgekomen.'

'Verontschuldigingen zijn onnodig, Schimmendoder. Ook wij hebben vandaag een fout gemaakt, en ik beloof dat we die niet zullen herhalen. Van nu af aan vechten we zonder voorbehoud samen met jou en de Varden.'

Ze liepen als groep de trap naar de binnenplaats af. De Varden hadden de meeste soldaten in de donjon gedood of gevangengenomen, en de paar soldaten die nog vochten, gaven zich over zodra ze vrouwe Lorana in handen van de vijand zagen. Saphira, voor wie de trap te smal was, was vliegend naar de binnenplaats afgedaald en wachtte hen beneden op.

Eragon bleef bij Saphira, Arya en vrouwe Lorana staan terwijl een van de Varden Jörmundur ging halen. Zodra de commandant aanwezig was, vertelden ze wat er in de toren gebeurd was – het verbaasde hem hevig – en toen droegen ze vrouwe Lorana aan hem over.

Jörmundur maakte een buiging voor haar. 'Vrouwe, u kunt ervan verzekerd zijn dat we u zullen behandelen met het respect en de waardigheid waarop iemand in uw positie recht heeft. Wij zijn dan misschien uw vijanden, maar ook beschaafde mensen.'

'Ik dank u,' antwoordde ze. 'Het is heel prettig om dat te horen. Maar mijn eerste zorg betreft nu de veiligheid van mijn onderdanen. Als dat mogelijk is, wil ik graag met uw leider Nasuada praten over haar plannen met hen.'

'Ik heb begrepen dat ze ook met u wil spreken.'

Bij het afscheid zei vrouwe Lorana: 'Ik ben je heel dankbaar, elf, en ook jou, Drakenrijder, dat jullie het monster hebben gedood voordat het in Feinster leed en verwoestingen aan kon richten. Het lot heeft ons in twee conflicterende kampen geplaatst, maar dat betekent niet dat ik jullie moed en ridderlijkheid niet zou kunnen bewonderen. We zien elkaar misschien nooit terug, en daarom wens ik jullie allebei vaarwel.'

Eragon boog zijn hoofd en zei: 'Vaarwel, vrouwe Lorana.'

'Mogen de sterren over u waken,' zei Arya.

Blödhgarm en de elfen onder zijn bevel vergezelden Eragon, Saphira en Arya tijdens hun zoektocht naar Nasuada. Ze vonden haar terwijl ze op haar hengst door de grijze straten reed en de schade aan de stad inspecteerde.

Nasuada begroette Eragon en Saphira met zichtbare opluchting. 'Ik ben blij dat jullie eindelijk terug zijn! We hadden jullie de laatste paar dagen goed kunnen gebruiken. Ik zie dat je een nieuw zwaard hebt, Eragon, een Drakenrijderszwaard. Van de elfen gekregen?'

'Ja, in zekere zin.' Eragon bekeek de diverse aanwezigen om hen heen en dempte zijn stem. 'Nasuada, we moeten onder vier ogen praten. Het is belangrijk.'

'Goed.' Nasuada wierp een blik op de huizen aan de straat en wees naar een huis dat kennelijk verlaten was. 'Laten we dat daar maar even doen.'

Twee van haar lijfwachten, de Nachtraven, renden erheen en gingen naar binnen. Even later kwamen ze weer naar buiten en bogen voor haar. 'Het is leeg, vrouwe.'

'Goed. Dank je.' Ze stapte van haar paard, gaf de teugels aan een van de mannen in haar gevolg en liep naar binnen. Eragon en Arya volgden. Het drietal zwierf door het vervallen huis totdat ze een ruimte vonden – een keuken – met een raam dat groot genoeg was voor Saphira's kop. Eragon duwde de luiken open en Saphira legde haar kop op het houten aanrecht. Haar adem vulde de keuken met de geur van verschroeid vlees.

'Hier kunnen we zonder angst praten,' meldde Arya nadat ze bezweringen had geuit die elke luistervink buitensloten.

Nasuada wreef huiverend over haar armen. 'Waar gaat het over, Eragon?'

Eragon slikte en wou dat hij Oromis en Glaedr niet hoefde te noemen. Toen zei hij: 'Nasuada... Saphira en ik waren niet alleen. Er vochten ook nog een andere draak en een andere Rijder tegen Galbatorix.'

'Dat wist ik!' Nasuada hijgde en had glanzende ogen. 'Dat was de enige logische verklaring. Het waren jullie leraren uit Ellesméra, hè?'

Dat waren ze, zei Saphira. *Nu niet meer.*

'Nu niet meer?'

Eragon perste zijn lippen op elkaar en schudde zijn hoofd. Door zijn tranen kon hij nog maar weinig zien. 'Vanochtend zijn ze boven Gil'ead omgekomen. Galbatorix gebruikte Thoorn en Murtagh om hen te doden. Ik hoorde hem met Murtaghs stem tegen hen praten.'

De opwinding verdween uit Nasuada's gezicht en werd door een nietszeggende uitdrukking vervangen. Ze liet zich op de dichtstbijzijnde stoel zakken en staarde naar de grijze as in de koude haard. Het was stil in de keuken. Eindelijk kwam ze weer in beweging. Ze vroeg: 'Weet je zeker dat ze dood zijn?'

'Ja.'

Nasuada veegde haar ogen droog met de zoom van haar mouw. 'Vertel het me, Eragon. Alsjeblieft.'

In het halfuur dat volgde, praatte Eragon over Oromis en Glaedr. Hij legde uit dat ze de val van de Rijders overleefd hadden en waarom ze besloten hadden om zich daarna verborgen te houden. Hij vertelde dat ze allebei gebreken hadden, en trok tijd uit voor een beschrijving van hun persoonlijkheid en hoe het was om bij hen te studeren. Eragon voelde zijn verlies nog scherper toen hij moest denken aan de lange dagen dat hij bij Oromis op de Rotsen van Tel'naeír was geweest, en aan de vele dingen die de elf voor hem en Saphira gedaan had. Toen hij over hun treffen met Thoorn en Murtagh boven Gil'ead begon, tilde Saphira haar kop op van het aanrecht en hief opnieuw een lijkzang aan. Het klonk zacht, hardnekkig en droef.

Na zijn verhaal moest Nasuada zuchten. 'Ik wou dat ik Oromis en Glaedr ontmoet had, maar dat is helaas nooit gebeurd... Er is alleen nog één ding dat ik niet begrijp, Eragon. Je zei dat je Galbatorix tegen hen *hoorde* praten. Hoe kan dat?'

'Ja, dat zou ik ook wel eens willen weten,' zei Arya.

Eragon keek rond of hij iets te drinken kon vinden, maar er was geen water of wijn in de keuken. Hij kuchte en begon aan een verslag van hun recente reis naar Ellesméra. Saphira merkte af en toe iets op, maar liet het verhaal grotendeels aan hem over. Hij begon met de waarheid over zijn afkomst en beschreef de gebeurtenissen tijdens hun verblijf beknopt – hun ontdekking van het glimstaal onder de Menoaboom, zijn bezoek aan Sloan en het smeden van Brisingr. Als laatste vertelde hij Arya en Nasuada over het drakenhart van harten.

'Grote genade,' zei Nasuada. Ze stond op, liep door de keuken en kwam weer terug. 'Jij de zoon van Brom, en Galbatorix slurpt de zielen leeg van draken van wie het lichaam gestorven is. Het is bijna te veel om te bevatten...' Ze wreef weer over haar armen. 'In ieder geval weten we nu de ware bron van Galbatorix' macht.'

Arya stond ademloos en als aan de grond genageld te kijken. Ze was verbijsterd. 'De draken leven dus nog,' fluisterde ze. Ze vouwde haar handen als in een gebed en legde ze tegen haar borst. 'Na al die jaren leven ze nog steeds. O, als ik dit tegen de andere leden van mijn volk kon vertellen! Wat een vreugde zou dat zijn! En hoe vreselijk zou hun toorn zijn als ze hoorden dat de eldunarí in slavernij zijn gebracht. We zouden meteen naar Urû'baen oprukken en niet rusten totdat we de harten aan Galbatorix' greep hadden ontrukt, ongeacht hoevelen van ons daarbij zouden omkomen.'

Maar we mogen het niet vertellen, zei Saphira.
'Nee,' zei Arya, die haar blik neersloeg. 'Ik wou alleen maar dat het kon.'
Nasuada keek haar aan. 'Neem het me alsjeblieft niet kwalijk, maar ik zou willen dat je moeder, koningin Islanzadí, het passend had gevonden om deze kennis met ons te delen. Dan hadden we er al lang geleden gebruik van kunnen maken.'
'Daar ben ik het mee eens,' zei Arya fronsend. 'Murtagh heeft jullie'– ze wees naar Eragon en Saphira – 'op de Brandende Vlakten kunnen verslaan omdat jullie niet wisten dat Galbatorix hem eldunarí had gegeven, zodat jullie niet met de nodige omzichtigheid optraden. Zonder Murtaghs geweten zouden jullie op ditzelfde moment slaven van Galbatorix zijn geweest. Oromis, Glaedr en nu ook mijn moeder hadden goede redenen om de eldunarí geheim te houden, maar hun zwijgzaamheid heeft ons bijna het leven gekost. Zodra ik mijn moeder weer spreek, zal ik dit punt aan de orde stellen.'
Nasuada ijsbeerde tussen het aanrecht en de haard heen en weer. 'Je hebt me veel stof tot nadenken gegeven, Eragon...' Ze tikte met de neus van haar laars op de grond. 'Voor het eerst in de geschiedenis van de Varden kunnen we Galbatorix doden of weten we een manier waarop dat misschien mogelijk is. Als we hem van deze harten kunnen scheiden, verliest hij het grootste deel van zijn macht, en dan kunnen jullie en onze andere magiërs hem overmeesteren.'
'Ja, maar hoe kunnen we hem van de harten scheiden?' vroeg Eragon.
Nasuada haalde haar schouders op. 'Dat kan ik nog niet zeggen, maar ik weet zeker dat het kan. Van nu af aan is het jouw werk om een manier te vinden. Niets anders is meer van belang.'
Eragon merkte dat Arya hem met een ongewone concentratie aankeek Hij was daar niet aan gewend en wierp haar een vragende blik toe.
Arya zei: 'Ik heb me altijd afgevraagd waarom Saphira's ei aan jou verscheen en niet ergens op een leeg veld terechtkwam. Het leek me veel te toevallig, maar ik kon geen andere plausibele uitleg bedenken. Nu begrijp ik het. Ik had eigenlijk wel kunnen raden dat je Broms zoon bent. Ik heb Brom niet goed gekend, alleen maar een beetje, maar je lijkt inderdaad op hem.'
'Echt waar?'
'Je mag er trots op zijn dat Brom je vader was,' zei Nasuada. 'Hij was in elk opzicht een opmerkelijke man. Als hij er niet geweest was, hadden de Varden niet bestaan. Het lijkt me passend dat jij zijn werk voortzet.'
Toen vroeg Arya: 'Mogen we Glaedrs eldunarí zien?'
Eragon aarzelde maar liep toen naar buiten, haalde de zak uit Saphira's zadeltassen en keerde terug naar waar de anderen wachtten. Hij maakte de trekveter aan de bovenkant los en liet de zak rond de gouden, juweelachtige steen omlaag zakken, maar raakte het eldunarí zelf niet aan. Anders dan toen

hij de steen voor het laatst gezien had, was de gloed in het hart van harten vaag en zwak alsof Glaedr nauwelijks bij bewustzijn was.

Nasuada boog zich naar voren en staarde in het kolkende middelpunt van het eldunarí. Haar ogen glansden van het weerkaatste licht. 'Hier zit dus de echte Glaedr in?'

Ja, zei Saphira.

'Kan ik met hem praten?'

'Dat kun je proberen, maar ik betwijfel of hij antwoordt. Hij heeft net zijn Rijder verloren, en het zal hem veel tijd kosten om van die schok te herstellen – als dat ooit gebeurt. Laat hem liever met rust, Nasuada. Als hij met je had willen praten, zou hij dat al gedaan hebben.'

'Natuurlijk. Het was niet mijn bedoeling om hem in deze tijd van rouw te storen. Ik zal wachten met praten tot het moment dat hij weer tot zichzelf is gekomen.'

Arya kwam dichter bij Eragon staan en hield haar handen ter weerszijden van het eldunarí – op minder dan een duimbreed afstand van het oppervlak. Ze staarde met een eerbiedige blik naar de steen en was er kennelijk helemaal in verdiept. Toen fluisterde ze iets in de oude taal. Glaedrs bewustzijn flakkerde even op alsof hij reageerde.

Arya liet haar handen zakken. 'Eragon, Saphira, jullie hebben de zwaarst mogelijke verantwoordelijkheid gekregen: de bescherming van een ander leven. Behoed Glaedr, wat er ook gebeurt. Nu Oromis er niet meer is, zullen wij zijn kracht en wijsheid harder nodig hebben dan ooit.'

Maak je geen zorgen, Arya. We zullen zorgen dat hem niets overkomt, beloofde Saphira.

Eragon borg het eldunarí weer in de zak op maar had moeite met de trekveter; zijn vermoeidheid maakte hem onhandig. De Varden hadden een belangrijke overwinning behaald en de elfen hadden Gil'ead ingenomen, maar uit die wetenschap putte hij weinig vreugde. Hij keek Nasuada aan en vroeg: 'En nu?'

Nasuada hief haar kin. 'Nu rukken we op naar het noorden en nemen Belatona in. Als we dat gedaan hebben, zetten we onze veldtocht voort en veroveren we Dras-Leona. En dan is het: óp naar Urû'baen, waar we Galbatorix zullen vellen of zullen omkomen bij de poging daartoe. Dat gaan we nu doen, Eragon.'

Toen ze bij Nasuada vertrokken waren, stemden Eragon en Saphira in met het plan om de stad te verruilen voor het Vardenkamp. Daar konden ze uitrusten zonder te worden gestoord door de kakofonie van lawaai in de stad. Met Blödhgarm en de rest van Eragons lijfwachten om hen heen liepen ze naar de grote poort van Feinster. Eragon had nog steeds het hart van harten bij zich. Niemand zei iets.

Eragon staarde naar de grond en besteedde weinig aandacht aan de mannen die hem lopend of rennend passeerden. Zijn aandeel in de slag was voorbij, en hij wilde niets anders dan gaan liggen en het verdriet van de dag vergeten. De laatste sensaties die hij van Glaedr had doorgekregen, weergalmden nog in zijn hoofd. *Hij was alleen. Hij was alleen en in het donker... Alleen!* Eragons adem bleef in zijn keel steken toen hij door een golf van misselijkheid overspoeld werd. *Zo is het dus om je Rijder of je draak te verliezen. Geen wonder dat Galbatorix gek werd.*

We zijn de laatsten, zei Saphira.

Eragon fronste zijn wenkbrauwen van onbegrip.

Ze legde het uit. *De laatste vrije draak en Rijder. Wij zijn als enigen over. Wij zijn...*

Alleen.

Ja.

Eragon struikelde bijna toen zijn teen een losse kei raakte die hij niet had gezien. Van ellende sloot hij even zijn ogen. *Wij kunnen dit niet alleen,* dacht hij. *Dat kunnen we niet. We zijn er niet klaar voor.* Saphira was het met hem eens, en haar leed en angst in combinatie met de zijne maakten hem bijna machteloos.

Toen ze bij de stadspoort kwamen, bleef hij staan. Hij wilde zich eigenlijk geen weg banen door de grote menigte die zich voor de opening verdrong in een poging om Feinster te ontvluchten. Hij keek om zich heen en zocht een andere route. Toen zijn ogen over de buitenste muren gleden, kwam ineens de sterke wens boven om de stad bij daglicht te zien. Hij liep bij Saphira weg en rende een trap naar de bovenkant van de muur op. Saphira gromde kort en geërgerd en volgde hem door haar vleugels half te spreiden en in één sprong vanaf de straat op de borstwering te landen.

Samen stonden ze bijna een uur achter de tinnen naar de opgaande zon te kijken. Stuk voor stuk vielen stralen helgeel licht vanuit het oosten over de groene velden en verlichtten ze de talloze stofdeeltjes in de lucht. Waar de stralen op een rookwolk vielen, lichtte de rook rood en oranje op en kolkte hij met nieuwe energie. De vuren in de krotten buiten de stad waren grotendeels gedoofd, maar sinds hun aankomst waren bij gevechten in Feinster zelf talloze huizen in brand gevlogen. De vuurzuilen die uit de instortende huizen verrezen, gaven de stad een griezelige schoonheid. De glinsterende zee achter Feinster strekte zich tot de verre, vlakke horizon uit en de zeilen van schepen die noordwaarts door het water ploegden, waren nog net zichtbaar.

Toen de zon Eragon dwars door zijn harnas heen verwarmde, loste zijn melancholie langzaam op, net als de vlagen mist die over de rivier beneden zweefden. Hij haalde diep adem, slaakte een zucht en ontspande zijn spieren.

Nee, we zijn niet alleen, zei hij. *Ik heb jou en jij hebt mij. En we hebben Arya en Nasuada en Orik en nog veel anderen die ons onderweg zullen helpen.*
En ook Glaedr, zei ze.
Ja.
Eragon staarde naar het eldunarí dat ingepakt in zijn armen lag, en voelde een golf van medeleven en beschermingsdrang tegenover de draak, die daar in zijn hart van harten gevangen zat. Hij trok de zak dichter tegen zijn borst aan en legde – dankbaar voor hun vriendschap – een hand op Saphira.
We kunnen dit aan, dacht hij. *Galbatorix is niet onkwetsbaar. Hij heeft een zwakte, en die zwakte kunnen we tegen hem gebruiken. We kunnen het.*
We kunnen het en we moeten het, zei Saphira.
Ter wille van onze vrienden en familieleden...
... en ter wille van de rest van Alagaësia...
... moeten we dit doen.
Eragon hief Glaedrs eldunarí boven zijn hoofd en presenteerde het glimlachend aan de zon en de nieuwe dag. Hij verlangde naar de gevechten die hun te wachten stonden, want hij wilde met Saphira eindelijk de confrontatie met Galbatorix aangaan en de duistere koning doden.

Hier eindigt het derde boek van de Erfgoed-cyclus. Het verhaal gaat door en wordt in boek vier besloten.

Over de oorsprong der namen

Voor de oppervlakkige waarnemer zijn de diverse, uiteenlopende namen die de onverschrokken reiziger in Alagaësia op zijn weg vindt, waarschijnlijk niet meer dan een willekeurige verzameling aanduidingen, zonder eigen karakter, cultuur of geschiedenis. Maar zoals in elk land dat herhaalde malen is gekoloniseerd door verschillende culturen – en, in dit geval, verschillende volkeren – vormde zich in Alagaësia in snel tempo de ene laag namen op de andere, van de elfen, de dwergen, de mensen en zelfs de Urgals. Vandaar dat we de Palancarvallei (afkomstig van de mensen), de rivier de Anora en Ristvak'baen (elfennamen), en de berg de Utgard (een dwergennaam) naast elkaar tegenkomen, in een gebied met een oppervlakte van slechts enkele vierkante mijlen.

Deze kwestie is weliswaar van groot historisch belang, maar leidt in praktische zin vaak tot verwarring als het op de uitspraak aankomt. Helaas zijn er geen vaste regels voor de oningewijde. Elke naam moet op zijn eigen voorwaarden worden geleerd, tenzij de taal van oorsprong meteen duidelijk is. Het wordt nog verwarrender doordat in vele gevallen de spelling en de uitspraak van vreemde woorden door de plaatselijke bevolking zijn veranderd en aangepast aan de eigen taal. De naam van de rivier de Anora is daarvan een goed voorbeeld. Oorspronkelijk werd 'anora' gespeld als 'aenora', wat 'breed' betekent in de oude taal. In hun geschriften veranderden de mensen de complexe *äe*-klank in een simpele *a*, en dat leverde de naam op zoals deze in de tijd van Eragon werd gehanteerd.

De oude taal

Adurna rïsa – Water, stijg
Agaetí Blödhren – Viering van de Bloedeed (vond elke eeuw plaats ter ere van het pact tussen elfen en draken)
älfa-kon – elfenvrouw
Äthalvard – organisatie van elfen die zich wijdde aan het behoud van hun liederen en gedichten
Atra du evarínya ono varda, Däthedr-vodhr – Mogen de sterren over je waken, eerbiedwaardige Däthedr
Atra esterní ono thelduin, Eragon Shur'tugal – Moge voorspoed je leven beheersen, Eragon Drakenrijder
Atra guliä un ilian tauthr ono un atra ono waíse sköliro fra rauthr – Mogen het geluk en de blijdschap je volgen en moge je beschermd zijn tegen ongeluk
Bjartskular – Glanzend Geschubde
Blödhgarm – Bloedwolf
Brisingr – vuur
Brisingr, iet tauthr – Vuur, volg me
Brisingr raudhr! – Rood vuur!
Deyja – sterf
draumr kópa – droomstaren
dröttningu – prinses
Du deloi lunaea – Strijk de aarde glad
Du Namar Aurboda – Het Uitbannen van de Namen
Du Vrangr Gata – Het Zwervende Pad
edur – een steilte of kopje
Eka eddyr aí Shur'tugal... Shur'tugal... Argetlam – Ik ben een Drakenrijder... een Drakenrijder... Zilveren Hand
Eka elrun ono – Ik dank je
elda – geslachtsneutraal achtervoegsel dat met een streepje aan een naam wordt gehecht en grote eerbied uitdrukt
Eldhrimner O Loivissa nuanen, dautr abr deloi / Eldhrimner nen ono weohnataí medh solus un thringa / Eldhrimner un fortha onr fëon vara / Wiol allr sjon – Groei, mooie Loivissa, dochter der aarde, / groei zoals je doen zou met zon en regen / groei en toon je lentebloem / zodat iedereen hem ziet
eldunarí – hart van harten
erisdar – de vlamloze lantaarns van zowel de elfen als de dwergen (genoemd naar de elf die ze uitvond)
faelnirv – elfendrank
fairth – afbeelding die met magische middelen op een plaat leisteen wordt aangebracht

fell – berg
finiarel – achtervoegsel voor veelbelovende jongemannen; het wordt met een streepje aan de naam gehecht
flauga – vlieg
fram – naar voren
Fricai onr eka eddyr – Ik ben je vriend
Gánga – ga
Garjzla, letta! – Licht, stop!
gedwëy ignasia – glanzende palm
Helgrind – Poorten des Doods
Indlvarn – bepaalde relatie tussen een Rijder en zijn draak
jierda – breuk, treffer
könungr – koning
Kuldr, rïsa lam iet un malthinae unin böllr – Goud, stijg naar mijn hand en vorm een bol
kveykva – bliksem
lámarae – soort textiel met een wollen inslag en een schering van neteldraad (vergelijkbaar met tieretein, maar beter van kwaliteit)
letta – stop
Liduen Kvaedhí – Poëtisch Schrift
loivissa – blauwe lelie met een diepe kelk, die overal in het Rijk groeit
maela – rustig
naina – helder maken
nalgask – mengsel van bijenwas en hazelnotenolie om de huid vochtig te houden
Nen ono weohnata, Arya Dröttningu – Zoals u wilt, prinses Arya
Seithr – heks
Shur'tugal – Drakenrijder
Slytha – slaap
Stenr rïsa! – Steen, stijg op!
svit-kona – formele aanduiding voor een elfenvrouw die een grote wijsheid bezit
talos – cactus die in de omgeving van Helgrind wordt aangetroffen
thaefathan – verdikken
Thorta du ilumëo! – Spreek de waarheid!
vakna – wakker worden
vodhr – achtervoegsel voor een man dat een middelgrote achting uitdrukt; het wordt met een streepje aan de naam gehecht
Waíse heill! – Wees genezen!
yawë – vertrouwensband

De dwergentaal

ascûdgamln – vuisten van staal
Az Knurldrâthn – De Bomen van Steen
Az Ragni – De Rivier
Az Sartosvrenht rak Balmung, Grimstnzborith rak Kvisagûr – de sage van koning Balmung van Kvisagûr
Az Sindriznarrvel – het Juweel van Sindri
barzûl – iemand vervloeken met veel tegenslag
delva – vertederende term tussen dwergen onderling; ook een vorm van goudklompjes die in de Beorbergen voorkomen en bij de dwergen hoog in aanzien staan
dûr – onze
dûrgrimst – clan (letterlijk: 'onze zaal' of 'onze woning')
dûrgrimstvren – clanoorlog
eta – nee
Eta! Narho ûdim etal os isû vond! Narho ûdim etal os formvn mendûnost brakn, az Varden, hrestvog dûr grimstnzhadn! Az Jurgenvren qathrid né dômar oen etal – Nee, dat zal ik niet laten gebeuren. Ik zal niet toestaan dat die baardloze dwazen, de Varden, ons land verwoesten. Door de Drakenoorlog zijn we verzwakt en niet...
fanghur – draakachtige dieren, maar kleiner en minder intelligent dan hun neven (inheems in de Beorbergen)
Farthen Dûr – Onze Vader
feldûnost – vorstbaard (geitenras dat inheems is in de Beorbergen)
gáldhiem – helder / glanzend hoofd
Ghastgar – op het steekspel lijkende speerwerperswedstrijd die op de ruggen van geiten wordt uitgevochten
grimstborith – clanhoofd (letterlijk: 'zaalhoofd'; meervoud: *grimstborithn*)
grimstcarvlorss – organisator van het huis
grimstnzborith – koning of koningin van de dwergen (letterlijk: 'zalenhoofd')
hûthvír – tweesnijdend stokwapen, in gebruik bij dûrgrimst Quan
Hwatum il skilfz gerdûmn! – Luister naar mijn woorden!
Ingeitum – vuurwerkers, smeden
Isidar Mithrim – Sterroos (de stersaffier)
knurla – dwerg (letterlijk: 'iemand van steen'; meervoud: *knurlan*)
knurlaf – vrouw / zij / haar
knurlag – man / hij / zijn
knurlagn – mannen
knurlcarathn – steenhouwers
Knurlnien – Stenen Hart
Ledwonnû – Kílfs halssnoer; ook aanduiding voor een halssnoer in het algemeen

menknurlan – 'onsteen', dwergen die steenloos zijn (de ergst mogelijke belediging in het Dwergs)
mérna – meer / poel
nagra – reuzen-everzwijn, inheems in de Beorbergen
Nal, Grimstnzborith Orik! – Heil, koning Orik!
Ornthrond – adelaarsoog
Ragni Darmn – Rivier van Rode Visjes
Ragni Hefthyn – Rivierwachter
shrrg – reuzenwolf, inheems in de Beorbergen
Skilfz Delva – mijn delva (zie ook *delva*)
thriknzdal – een van de lijnen op de kling van een gedifferentieerd getemperd wapen
Tronjheim – Reuzenhelm
Ûn quoth Gûntera! – Aldus sprak Gûntera!
urzhad – reuzenholenbeer, inheems in de Beorbergen
vargrimst – clanloze balling
Vrenshrrgn – Oorlogswolven
Werg – in het Dwergs het equivalent van *bah* (zonder enige vorm van humor gebruikt in een plaatsnaam zoals Werghadn; letterlijk: 'het land van bah' ofwel: 'het lelijke land')

De nomadentaal
no – een eervol achtervoegsel; het wordt met een streepje aan de naam verbonden

De taal van de Urgals
herndall – Urgal-rammen die hun stam regeren
namna – geweven stroken die aan de ingang van Urgalhutten bevestigd worden; ze bevatten de geschiedenis van het betreffende gezin
nar – een bijzonder respectvolle aanduiding voor iemand
Urgralgra – de Urgal-naam voor zichzelf (letterlijk: 'zij met hoorns')